俞樾全集

汪少華 王華寶 — 主編

春在堂雜文

貳

（清）俞樾 — 著

胡文波 白朝暉 張曉青
謝超凡 劉珈珈 王倩倩 — 整理

鳳凰出版社

春在堂雜文四編一

愛廬介壽圖記

「愛廬」者，陶柳門刺史之封翁築以奉其母凌太恭人者也。曰「介壽」者，太恭人於光緒十有一年行年九十，故封翁豫爲是圖以介之也；乃太恭人於光緒十年棄養，則圖雖成，而介壽固無及矣。人皆以爲憾，余曰：是可無憾也。余雖不及至所謂愛廬者，拜太恭人於堂下，然太恭人之賢，余固聞之矣。太恭人年十六歸於陶，未一歲失所天。其時君舅、君姑皆在，所以奉之者無不至。未幾，嗣兄公之子爲子，即封公也。所以飲食教誨之者，亦無不至。封公既成立，將爲太恭人築室。太恭人曰：「宜先宗祠。」乃先建宗祠而後築愛廬焉，禮也。太恭人守節七十四年，其卒也以五月三日。柳門於四月二十五日聞病，歸省之。太恭人笑曰：「我歸期當在端午前二日，何亟焉？」卒之前一夕，猶進酒一杯、飯一匙。次日日加丑，自起坐，易衣履，灑然而逝。是其於死生之際，豈猶夫庸庸者邪？太恭人固不死也。陶氏子孫世世蒙其遺澤，雖謂太恭人長在，可也。古之君子事亡如事存，顧亭林先生有《丁貢士亡考生日》詩，其序云：「丁君雄飛追數其考之年及其生日，曰：『吾父存，今八十矣。』乃陳其酒脯，設其裳衣，如其存之事，而求詩於友。」陶氏子孫誠援此例，歲歲於愛廬之中行介壽之禮，自九十歲以至百歲、百有十歲、百有二十歲，無不可以奉觴上壽，如其生時，太恭人之壽爲無疆矣。余亦將援亭林先生之例，作爲歌詩，以志其盛，而姑以此記爲之先。

金蓋山重建純陽宫記

壬午初秋，余方養痾吴下，而故鄉諸君子以重建金蓋山純陽宫落成，介沈仲復廉訪求余文爲記。嗟乎！余早衰多病，曾不能含精養神，自固靈株，其無與於斯道也審矣，又何以肦飾斯文哉？且金蓋山之源流宗派，則有閔嬾雲先生之《金蓋心燈》在；而純陽宫之創建本末，則有吴穀人先生之記在，又何以余言爲哉？雖然，余竊有感於子思子，《中庸》之言曰：「大哉聖人之道！待其人而後行。」余頻年主講杭州詁經精舍，歲必再至西湖。見湖上梵刹相望，而兵火以來，無不鞠爲茂草。一二緇流謀興復之，築舍道邊，三年不成，何其艱也！夫僧廬、道觀，其事豈不相等？當咸豐、同治間，吾湖兵禍，蓋視杭尤酷。金蓋山之純陽宫亦在劫火之中，皓壁丹柱拉雜摧燒之，惟崇德堂巋然獨存。亂後鍾君雪樵裹糧入山，躑躅於兔葵、燕麥之間。爰有聽泉張君、鏡泉趙君、蓮青陳君、蓉坡龐君就斗母閣故址，誅茅爲屋，以蔽風雨。未幾張君復與曉芳丁君、春洲潘君重建講堂。俄而子翔程君投簪解紱，以是山爲畏壘，於是碧嶺丹崖有起色矣。其後乃建大殿及左右樓，又創立山門并龍神、土穀二祠。已而仲復以未有子禱於山，果舉丈夫子，爰出銀二千餘兩，重建斗母閣。山中舊觀所未復者，惟彌羅閣矣。程君與諸同志集議，咸出巨貲助成斯舉。未半載而閣成，凡山中舊有之勝於是乎大備。雪樵鍾君又就古清和洞創建挹翠樓、龍嶠山房。此則曩之所未有，而今經始者也。嗟乎！溯吾湖之克復，歲在甲子；至純陽宫之落成，歲在甲戌，十有一年耳。而重殿洞門、深堂邃宇，土事木事次弟畢工，何其速也！余乃嘆子思子待人而行之説不虛矣。夫純陽仙迹，昭昭在人耳目，人固樂於趨事。然非諸君子之畢力經營，則西湖諸佛寺至今蕪廢，而何以金蓋之山有此重栭累榭之新宫哉？余因不避繁複，備載諸君子姓字，以明道不虛行之義。若夫金丹大旨，余未有聞；方士之言，又余所不欲道，故弗贅也。

孟河蔣氏支祠記

光緒六年，慈禧皇太后以宵旰憂勤，久疾不愈，詔徵天下通知醫術者咸詣闕下，而江蘇巡撫吴公以孟河馬君文植培之應詔書。既至，召見於長春宫。論醫稱旨，服所進方，效焉。慈躬大安，命南書房翰林書「務存精要」四字賜之。海内驚嘆，以爲至榮。而孟河馬氏之醫名益著，求醫者陸則輿相望，水則舳相接。逾年君避囂於蘇垣，所居與余曲園相距僅里許。一日過余春在堂，從容問余曰：「君知吾何姓？」余笑曰：「天下皆知馬徵君，何問也？」君曰：「不然，吾固姓蔣。」余异而徵其説。君曰：「吾蔣姓，出於周公，《左傳》所謂『凡、蔣、邢、茅』者是矣。至漢世，有諱澄者居宜興之函山，封函亭侯，吾始祖也。其後又遷鳳陽。迨明之季，有華宇公者遷於金陵，婚於馬氏。馬氏故以醫名，至是無後，以蔣氏承其業，於是始稱馬氏。華宇公生三子，長曰爾懋公，吾五世祖也，是始遷於孟河；其二子分居宜興、江陰，皆以馬氏之學行於世。爾懋公遺言：『子孫必復蔣姓。』至今遵其訓，婚宦皆蔣氏也，惟醫則馬氏。方被徵時，吾言於巡撫吴公，請易馬爲蔣。公曰：『吾薦馬某，不可更以蔣某往。』遂不果易。然而吾姓則固蔣而非馬也。吾大父省三公，纂修支譜，詳言蔣、馬易姓之由，又欲建祠宇而未逮。吾承先人遺志，積數十年力，至癸未之春始鳩工焉。今幸而成矣。所奉自華宇公上溯兩代至魁吾公而止，而宜興、江陰兩支亦并入焉。是謂蔣氏支祠，其旁别爲一室，以奉馬氏之祀，示不忘所受也。惟遭際聖世，謬以虚名聞於海内，而世無知吾爲蔣氏者。願得吾子一言，傳示後世，可乎？」余曰：「史傳所載，夏侯嬰子孫爲孫氏，灌長孺之先爲張氏，衛青之先爲鄭氏，若斯者往往有之。今君建蔣氏之祠，而附祀馬氏於别室，是亦仁義之兼盡者矣。《易》曰：『立人之道曰仁與義。』蔣氏之興其未艾乎？然君實蔣姓，而异日以名醫入國史《方伎傳》，必曰『馬某』不曰『蔣某』。請以吾此文刻石祠中，使後之人讀而知之，則以金石之文補國史之缺可也。」

象山試館記

功令凡子、午、卯、酉之歲聚州縣之士而試之行省，是曰鄉試。而行省大者所屬州縣以百計，次者亦以數十計。其所屬州縣之於行省，遠者千里，次者亦數百里。吾浙凡爲府者十有一，上八而下三。象山一縣，屬上八府之寧波，視温、台所屬諸州縣猶爲近者。然其至省鄉試也，必先浮海而至寧波，然後渡曹娥、錢唐二江而至於省。其爲地也七百五十里，江海間阻，舟車勞頓。一至省垣，無以弛負擔，往往奔走於烈日或疾風暴雨中，求一東道主人不可得；而西其邑人有陳君素興擔夫又迫日暮，索傭直求去甚急。傍徨瞻顧，汗出如漿。噫！亦甚憊矣。其妻某孺人悲夫志濤字白山者，邑諸生也。以高等餼於庠，屢赴鄉試，議築試館，未逮而卒。至省之未遂也，又念邑人應試之艱也，乃出巨貲，屬其夫之從兄南屏明經及其邑人鄭君秀文，又城買地於貢院之東橋，鳩工庀材，築屋一區，爲象山試館。俾士之應試者，皆得棲息於此。又買田二十畝，歲入其租，以備修葺，其用意可謂周矣。寧波所屬，如鄞、如慈溪、如鎮海，皆有試館。然距貢院或稍遠，而寓其館者大率萃居而聚食，不能自適。此館距貢院才數百武，又其制略仿貢院號舍之式，屋三間爲一號，凡三十三號，爲屋九十九間，庖湢器用咸備。士有同志切磋之樂，而無他族逼處之嫌，尤多士之所便而他試館所莫及也。《易》曰：「涣其群，元吉。」群也而又涣之，斯之謂歟？其占曰「元吉」，昔衛史朝以《屯》象辭「元亨」定其君之名，蓋因文托義，古自有此占法。斯館中人其有得元者乎？於斯兆之矣。

永康應氏義田記

余與應敏齋方伯於道光甲辰之歲同舉於鄉。及君陳臬開藩於三吴，而余亦寓居吴下，時相過從。因得備聞其母朱太夫人之賢，而其先德菊裳先生則固不及見矣。及君以奉母歸，遂不復出，余與君亦稍稍疏闊。今年夏，君自紹興寓書於余，并寄示田畝清册。余讀之，乃嘆菊裳先生暨朱太夫人之高義與君之善承先志，固超出尋常萬萬。而其副室劉夫人亦能薰而善良，好行其德。烏乎！是難能矣。其册有四：一曰《應氏常會田册》，則朱太夫人承菊裳先生之遺意，以祖遺及續買之田捐入公産，而君又續捐如干畝，以備春秋墓祭之用者也；一曰《應氏義莊田册》，則以宗支繁衍，貧富不齊，君承朱太夫人之命，建立秀芝堂義莊，凡族中鰥寡孤獨、廢疾失養者，取給於此，以養其生者也；一曰《永康賓興田册》，則以菊裳先生在日，憫本籍之應鄉試者無棲息之所、有租賃之費，謀建永康試館而力未逮，君乃買田二百餘畝，歲入其租，每届鄉試之年，賃屋省垣以居試者，積有盈餘，更謀築屋以成先志者也；一曰《應氏恤嫠田册》，則君副室劉夫人積朱太夫人每月所賜針綫錢買田百餘畝，以贍族中之節婦貞女者也。烏乎！其意美矣，其法備矣，其亦可以承先而垂後矣。考義莊之設，人皆知其始於吴中范氏，而不知有鉛山之劉輝所謂「劉氏義榮社」者，其事在宋嘉祐年，與范氏同時也。余居吴下，見吴之士大夫慕范氏之風，建立義莊者數姓矣，皆昌言於朝廷而表异其門閭。君之所爲，亦無多讓，且以君之力，豈不足以自表襮者？乃不求綽楔之榮，而顧求余文以爲之記，殆有劉氏義榮之意乎？余文之淺薄，豈足以表揚其盛美？然舊史氏也義固不得而辭，謹書大略，附其家乘，俾後有考焉。

龍游縣知縣高君實政記

「實政記」者，記實也。謹案：士民爲見任官長刊立去思碑、德政碑，律有明禁。雍正、乾隆、嘉慶間屢奉詔書，嚴行禁止。然則此記之作，豈亦如齊人之於阮德規冒禁而樹碑歟？曰：非然也。功令所禁者德政碑也，此所記者實政也。實政與德政异乎？曰：异。德政者稱頌其德，近乎獻諛；實政則惟紀其實迹，以示後之居是官者，使後人循迹而求之，以爲是歟，從而修之，可也；以爲非歟，從而改之，可也。此豈功令所禁哉？然則高君之實政柰何？小者不足言，言其大者。高君名英，字與卿，江寧人，以光緒十年令龍游。龍游，岩邑也。咸豐季年爲賊踞者三載，市廛煨燼，田疇污萊；羸瘠者未蘇，流亡者未復。高君至，則慨然曰：「是余之責也，余何敢不力！」殘破之後，興利爲先。水利所係，莫大乎姜、席兩堰。履行其地，倡議興修，蓄泄有方，旱潦有備，於是乎田之賴以灌溉者五萬餘畝。附郭驛路，濱臨大河，歲久不修，堤岸崩毁，民居圮陊，乃急築之。大堤峨峨，既鞏既固，民安其居，船安其步，於是乎居者、行者無不稱便。其對岸，兩涘之間不辨牛馬，是曰茶圩，北鄉之民咸取道於此。而水寬三里，其遠也不可溯，其深也不可砅。販夫販婦望而趑趄，往來皆阻。乃仿浮橋之制，編木爲柎，貫以鐵鍊，維以石柱，修凡百丈，博則三丈，拔來報往，如行康莊，於是乎民不病涉焉。君曰：「利則興矣，宜去其弊。」首行保甲之法，户籍田給剖豪析芒，暗丁匿口咸無所容，浮浪奸民胥斂迹矣。邑饒竹，春雷既發，竹萌乃胎。鄰邑無業之民十十五五，是掘是扣。君曰：「此亦吴楚争桑之故事也。」嚴禁絶之，枝峰蔓壑間無私哄者。其或吃菜事魔，以左道相煽，創立名目，號召徒侣；又或開六博五木之場，陳樗蒲葉子之戲，老少奔波，廢失時業。其尤甚者，有曰「花會」，來自閩廣，延及兩浙，踪迹詭异，種類繁多，率皆潛伏於莽罠之野、昧莫之坰。君微服私行，深入其阻，縛其渠魁，焚其蓬寮，於是乎諸作奸犯科者皆不禁而絶。君曰：「是可施吾教矣。」故事學校明倫堂後有尊經閣，龍游缺焉，君創立之。又修崇聖祠，春秋祀事不致廢隊，且立石欄於泮水之旁，民間煩攔浣濯不得入焉。尊泮宫，嚴學校也，禮也。邑舊有鳳梧書院，毁於兵火。鳩工庀材，不日成之。爲院長謀脯脩，爲生徒謀膏火，規畫周詳，視舊有加，於是乎邑人多嚮學之士矣。凡君之實政類如此，龍游人皆能言之。又曰：自君之設立育嬰堂也，而龍人生女無不舉者；自君之設立從善堂也，使屠户納錢，歲入其息，以爲命案相驗、夫役工食之資，而龍人無以命案傾其家者，是皆君之實政也。君既不自言，龍游人能言之，而不能紀之。傳之久遠，且失其實。且夫令尹子文之忠也，舊令尹之政必以告新令尹。君今遷東塘同知以去矣，其何以爲新令尹告乎？於是邑人聚謀，使舊史氏俞樾文而刻之石。樾曰：「紀述，吾職也。雖然，吾非龍人，何以諛高君爲哉？」乃就龍人所言次弟其事，粗加條理，以告後之官斯土者，俾從而斟酌焉；引而申之，觸類而長之，以成君未竟之志，而慰龍人無窮之望。是則斯記之所爲作也，故於是記無虛語，無溢辭。

徐氏凜存堂記

「凜存堂」者錢塘徐文敬公之里第，而額則聖祖仁皇帝御書也。昔在康熙中葉，海内清平，萬機之暇每御便殿作書，諸臣之直内廷者以堂名請，輒書以賜。時則有若陳元龍請書「愛日堂」、查升請書「澹遠堂」，《皇朝詞林典故》備載之。而文敬公以户部尚書得拜此賜，尤异數也。其第在姚園寺巷，御書之額摹刻而懸於堂，見者正容再拜，而後敢視。猶歐陽文忠於陸子履之室見仁宗飛白書，驚嘆以爲「雲章爛然，輝映日月」也。咸豐季年，杭之陷於賊者三載，高門巨室皆付煨燼，徐氏之居亦鞠爲茂草。而是堂巋然獨存，「凜存堂」額與御賜「凜矢清風」額及高廟所賜「清慎可風」額、「清德鎮俗」額與累朝御賜福字聯語，一一皆在，而聽事所懸歷科題名之匾亦完具如初。余每過其門，不勝喬木世家之嘆。花農太史乃文敬公之昆孫也，時甫由江北歸，以一窮諸生慨然有興復之志。經營數載，乃克有成。自大門以至堂室，一如其舊。於堂之東室尊藏高廟御製詩卷，蓋文敬公予告歸賜詩以寵其行者也。堂之西楹奉先世栗主，歲時祀之。花農旋以庚辰之歲成進士，入詞林。乞假南還，又因舊貫而稍庀之。聽事之東有紫薇一株，文敬公所手植也。至是枯而復榮，於是即其地築小軒，而彭雪琴尚書署之曰「瑞薇」。廳事之西築小齋，爲填詞之所，是爲「玉可庵」。雪琴尚書又命帳下健兒移其西湖退省庵之竹，植之玉可庵外，先以一箋云「奉贈琅玕十株」，於是又築「青琅玕館」。余每訪花農，周歷其居，仰天章之艴奭，俯花木之扶梳，輒低徊而不能去。

己丑夏日，花農自京師寓余書曰：「是宜有記。」余惟徐爲武林右族，自文敬公起家翰林，踌歷冢宰。其長子爲大學士文穆公，次子静谷公自西安巡撫内遷宗人府府丞。文穆公之子，内閣學士，諱以烜；静谷公之子，福建鹽法道，諱景熹，皆以翰林起家，并花農而六。其餘領鄉薦者更不勝數，合鄉會計之，凡十有七科。科名之盛，浙西稀有，而皆發於此堂。當文敬公在時，延致邑中英俊能文之士，使諸子從之。學有助教王先生者，出文敬之門，而文穆公實師事之。後又教文穆公諸子，館於斯堂，垂三十年。余過花農時，其坐客有王明經崇鼎字子調者，王先生之後也。世澤之長，即此可見。花農初舉於鄉，距文敬公拜凛存堂之賜一百有八十年；及授編修，即充順天鄉試同考官。而溯文穆公始授館職，亦分校京兆。余昔贈花農詩有云：「期君勉紹家聲舊，佳話應符五世昌。」斯言驗矣。歐陽公《仁宗飛白記》所云「陸子履」者，名位不顯。若花農之才之學，自壯歲已蜚聲玉堂，必將繼文敬、文穆兩公而起，豈特陸子履之比乎？余故因花農之請而詳記之，爲式是閭者告，并願花農存此言以待後日，明吾言之有徵也。

西湖清風草廬徐文敬公祠記

徐文敬公，爲康熙朝名臣。當康熙四十有二年，聖祖仁皇帝南巡狩，公時以河南巡撫迎謁於泰安，賜御書《督撫箴》及「凛矢清風」額。公後以吏部尚書乞歸，乃築清風草廬於湖上，志聖訓也。公之子文穆公繼起，官至大學士。而子若孫之内躋卿貳、外任封圻者又踵相接也，於是徐氏遂爲吾浙望族。因即清風草廬而擴大之，以爲文敬之祠。雍正中，李敏達公修《西湖志》已載入之，云：「清風草廬在陸宣公祠左，背倚石壁，爲軒數楹，修竹萬竿，參蔽天日。」其勝可知矣。歲月綿邈，棟宇撓厧。及咸豐初，遭粵寇之亂，蕩焉泯焉，遂無遺迹。文敬公有昆孫曰琪字花農者，其父宧游江南而生。生值離亂，道阻不通，未得諮父老而問桑梓也。然聞其母鄭太宜人言清風草廬中有雨奇晴好之樓，爲文穆公所書。慨然慕之，有修復之意。大亂之後，孑然獨歸，夐求於崩榛荒葛中，杳不可得，則取《西湖志》反復讀之，而有疑焉。曰：「《志》既稱在陸宣公祠左矣，又云背倚石壁。今陸祠在平湖秋月西北隅，其左即臨後湖，烟水茫茫，烏睹所謂石壁者乎？」因憶其父若溪君詩注有「雨奇晴好樓在聖因寺傍」之語，若在陸祠之左，即不得云「聖因寺傍」矣。然私家著述未足取信於人，不敢竟以爲證。又讀《國朝杭郡詩輯》文敬公小傳曰：「有別業在聖因寺右。」夫陸宣公祠在聖因寺之東，相距幾及半里。文敬別業既在聖因寺右，則不得在陸宣公祠左可知矣。《杭郡詩輯》乃杭郡諸老輩稽攈而成，豈不可信？然古人言地理貴乎目驗，猶未敢遽定也。光緒戊寅歲，花農爲余築俞樓，日往相度，偶見聖因寺行宫之右、朱文公祠之左，有野梅一株，著花如雪。因披蒙茸，躡硉矹，入而觀之，見花後石壁森列如屏，詫曰：「玆非石壁邪？《杭郡詩輯》小傳所謂『聖因寺右』者，正其地矣。」徘徊久之，又見其右有立石焉，以篆文大書曰「朱文公祠界」，旁有八分書二行，記其四至，則曰「東界徐祠」，乃狂喜曰：「信矣！信矣！」書此石者爲桐城吴康甫大令。康甫年已八十餘，癖好金石，又熟於杭郡故事。兵燹後，舊時祠宇多未修建，康甫輒立石識之。此石爲表章朱祠而立，而徐祠亦賴之以存。花農次日親往叩之，而曰：「然，此君家祠址也。」又召里胥問之，亦曰：「然，此君家祠址也。」然後知當時清風草廬實在於此，祠宇不存，而石壁故在。《西湖志》稱「陸宣公祠左」者，實朱文公祠左耳。顧亭林先生《日知録》所謂「人以相類而誤」是也。

明年，花農成進士，改庶吉士，乞假還里。念此後倘蒙恩留館供職，則不得長在里門，其地恐又廢，乃築垣墉，建門堂。恭摹聖祖御書「凛矢清風」四字，懸之門楣；而高廟追賜之「清慎可風」額及累朝賜祭文，皆摹刻而懸之，一如其舊。又築室三楹，鈎摹文敬公以來下至其先德若溪先生遺像，爲六世畫像，刻石而奉祀焉。彭雪琴尚書手爲題贊，復以細字書其官階名姓，曰：「吾老矣，久不作小楷書。今以雙靉靆取明而書之，嘉君志也。」花農少時以一窮諸生即有修復之志，不二十年，竟克副之，所謂有志竟成者乎？聞祠中舊有文敬公次子宗丞公《家誡》，勉其後人建置義莊，花農异日亦必能如其所誡矣。其祠東界行宫，有小巷間之，西界朱文公祠，北至山顛，南臨湖堤。幸較自東至西十六弓，自東南至石壁三十四弓，自西南至石壁三十三弓，自石壁至山顛東北三十弓、西北二十六弓，合門外計之，積弓四百四十一，爲地一畝九分有奇，山一畝八分有奇。每歲應納之税，輸於錢唐縣如額。樾與花農交至深，而所謂俞樓者，距祠又至近。自祠之成，而湖上游人至以阮墩、林墓、蔣祠、彭庵、徐祠、俞樓爲西湖新六景，形諸歌咏。然則知此事本末者非我而誰？宜乎徐祠之記花農以屬老夫也。是年太歲在己丑，恭逢慶科，花農奉命典試山右，臨發京師，寓書求文，因爲此記。

方正甫柏墅山莊記

往年方正甫觀察築生壙於慈溪杜郭山，而余爲之記，備叙其生平行誼，著於篇，刻入《春在堂雜文三編》。海内讀余文者皆嘆方君行義之高，而余文亦爲之增重矣。方君既營生壙，又援古人丙舍之例，而有山莊之建。乃卜地於姚家橋，曰：「卑且濕，不可。」又卜於下大園，曰：「狹而小，不可。」於是乃卜杜郭山之陽。其地四畝有奇，曰回瀾堰，距所營生壙一里而遠。其後枕山，松楸可望；其前臨溪，舟楫可通。其氣疏以達，其地寬以閎。相其陰陽，罄無不宜，山莊之建，無以易此。經之營之，鳩之度之，背子面午，兼以癸丁。繚其外爲周垣，廓其中爲正室。正室南鄉，其楹則九；北鄉之屋，廣亦如之，修則半焉。左右堂涂皆有屋宇，足蔽風雨。其旁小屋以栖僕圉，庖湢井匽罔有不修。凡用白金五千兩，而後畢功，命之曰「柏墅山莊」。柏墅者方君所居村名，故以名焉。既成，又求記於余。余惟方君曾置義莊，以贍其族，規模閎遠，經畫周詳。此柏墅山莊特其墓屋耳，然而廣狹得其宜，豐約中其度，春秋佳日嘯傲其中，彈琴咏風，足以忘老，何必如司空表聖之引賓客坐壙中酌酒賦詩，然後謂之達哉？余營生壙於錢唐右台山，亦嘗築屋其旁，海内所稱「右台仙館」是也。然實湫溢不可居，余虚名無實類如此。聞君之作，賀君之成，輒以文文之。至君行誼之大者，已備於《生壙記》矣，不再書。

徐氏瑞梅亭記

徐文敬公築清風草廬於湖上，以志聖訓。公殁，因以爲祠，事見雍正間李敏達所修《西湖志》及同時錢唐令魏嵉所修《錢唐縣志·人物列傳》。按：此志人物列入大臣者僅三人：唐之褚僕射，明之于忠肅，而國朝則公也。其重之如此，所載必得其實。傳末云：「杭人景慕其德，爲建祠賜塋及湖上，春秋奉祀不替。」然則湖上有徐文敬公祠，固炳然記載矣。惟《西湖志》誤載在陸忠宣公祠左，於是遺址遂不可考。花農太史，公之昆孫也，訪求其祠址，匪一朝夕。光緒戊寅歲，爲余建俞樓於六一泉之傍，日往相度。偶見聖因寺右有野梅一株，著花如雪。披荆榛而往觀之，見花後石壁森列，因憶《西湖志》謂徐祠背倚石壁，當即此地。又瞥見其西有石刻文曰「朱文公祠界」，旁記四至曰「東界徐祠」，乃狂喜，以爲數載營求一朝而得。非此老梅嫣然一笑於崩榛荒葛中，安能尋踪至此？此瑞梅亭所爲築也。花農往歲於城中修復文敬舊第，有四瑞焉，曰松瑞、桂瑞、梅瑞、蕙瑞，均以詩張之。然其爲瑞，皆不若此梅所繫之大。昔東坡喜記之，其事已具矣。兹因瑞梅亭之成，又掇大略著於篇，記兹亭之緣起云爾。徐文敬公祠成，余有文記雨築亭，以示不忘；花農以此梅之瑞之不可忘而築亭以志之，宜哉！

蔡教授祠碑

公姓蔡氏，諱召南，字二風，浙江蕭山人也。道光十七年舉人，明年成進士，用知縣，掣籤得雲南。以親老自陳，改選杭州府學教授。未幾，以憂去官。服除，選金華府學教授。在任十有五年，與諸生講明經義，并教以行文之法，從者甚衆。所入修脯，悉以予族黨之貧者。與人言，吶吶如不出諸口。雖有不合，不與辨。及與故舊宴語，談諧間作，聞者解頤。蓋其天性和易，故人樂依之；而其大節凛然，卒不可奪。咸豐十一年四月，粤寇將至。門下士張棪入見曰：「寇深矣，可若何？」笑不應。是月丁丑，城陷。公揮妻子出城，自投學前休文井中以死，其僕姚科從焉。賊退，知府劉公出其尸，葬以禮，言於臺司，聞於朝，賜恤如例。公夫人楊氏倉卒出走，至下俞，聞公死，亦自沈於水。子閏生、嘉生均遇害，惟嘉生之子晋蕃僅存，今已饟於庠矣。公殁之年元旦，楊夫人夢觀世音菩薩語之曰：「大劫將至。上帝以爾家累世良善，一人不在劫。」覺以語公，公亦時與人言之。至是乃悟，所謂「一人」者晋蕃也。光緒十二年，金華縣學教諭謝君遹聲、訓導何君汝舟，創議於府學明倫堂東偏建祠以祀公，諸同官者咸贊之。祠成，求記於余。方公之舉於鄉也，余亦列名副榜，有同歲之誼。雖未識公，而緬其風義，想見其人，因紀大略而系以銘。其辭曰：

恂恂蔡公，邈然高踪。簿書不樂，俎豆是共。咸豐之季，群寇匈匈。或曰行乎？公笑不從。湛湛古井，臣心與同。全家俱盡，大劫果逢。一孫僅存，其後將隆。聖朝優典，酬爾孤忠。士夫高義，慕其遺風。下走小言，銘此新宮。

浙江學署文昌宫碑

文昌，星也，天神也。今祀文昌，則以人鬼、國家、神道設教，原不必求其人以實之。然其神出於蜀，又出於蜀之梓潼，則自宋以來有此説。世以張惡子附會之，夫張惡子何與於文昌哉？余按《隸釋·益州太守高眹修周公禮殿記》云：「始自文翁，應期鑿度，開建畔宫。至於甲午，故府梓潼文君增造吏寺二百餘間。」洪氏跋云：「故府梓潼文君，建武中益州太守文參也。」按：畔宫即泮宫。文翁開建，而梓潼文君增造，是亦文翁以後一賢太守矣。考《華陽國志·序志篇》：「忠義鎮遠將軍、義侯文齊，字子奇。」注云：「梓潼人。平帝用爲益州太守。不服王莽、公孫述，光武嘉之。」即是人也。名雖不同，然古書「齊」字作「亝」，則與「參」形似而誤，不足疑也。又有「北海太守文忳」，注云「齊子」，是父子濟美矣。又有「丞相參軍文恭，字仲實」，注云「梓潼人」。雖不知於子奇爲何人，然可見梓潼文氏固大族矣。疑今世所謂「梓潼文昌帝君」者實即梓潼文君，而所謂「文昌宫」者實即梓潼文君之家廟也。其始惟文氏子姓奉之，後則溥及川中，今則遍於海内，列入祀典，同之天神。文君生平振興文教，比美文翁；又以忠義爲光武所褒美，蓋聰明正直而壹者乎？以文昌事之，雖非其實，然視張惡子天淵矣。奉張惡子爲文昌，何如奉梓潼文君爲文昌乎？其姓則文也，與文昌之號符；其家梓潼也，與梓潼帝君之號符。然則文昌之論，可以定矣。是説也，余讀《隸釋》始得之，以語學使者瞿子玖學士。學士欣然曰：「吾署旁有文昌宫，君曷以此説文其碑乎？」乃粗述其説，而係以銘。

銘曰：漢有文君，興於梓潼。爰有家廟，於川西東。始惟蜀郡，今遍寰中。春秋祟祀，曰文昌宫。傳之自昔，昧其所從。我發此義，傳之無窮。

彭剛直公神道碑

光緒十有六年三月乙亥，前兵部尚書、太子少保、衡陽彭公薨於里第。四月壬寅，遺疏聞，天子震悼。以公忠清亮直，卓著勛勞，贈太子太保銜，加恩予謚；立功所在許建專祠，生平事迹宣付史館；擢其孫候選員外郎見紳爲郎中，見綬、見綷均由吏部引見。已而内閣擬謚以請，御筆用「剛直」二字，賜祭、賜葬皆如律令。蓋朝廷眷公之厚、知公之深如此。而海内自搢紳之徒下至兒童走卒，無不咨嗟而涕洟，曰：「噫！彭公逝矣。」其年十二月庚子，見紳等奉公之喪，葬於樟寺山，乞文以文其墓道之碑。余惟公名滿天下而不自表襮，詩文、年譜無手定者，傳之後世，懼失其實。余與公交二十餘年，重之以昏姻，雖極知不任，又何敢以辭？

公諱玉麟，字雪琴，彭氏。其先江西太和縣人，明洪熙時有顯明者官於衡，因家焉。遂爲湖南衡陽縣人，所居曰查江。曾祖才昱，祖啓象。父鳴九，安徽懷寧縣三橋巡檢，遷合肥縣梁園巡檢，皖中稱循吏。母王氏，浙江山陰儒家女，賢明有識鑒。嘉慶二十一年，公生於梁園巡檢司署。十六歲，從父還查江舊居。父卒，爲族人所惎，母命出避之。公因入城，居石鼓書院。然無以自給，投協標，充書識，支月餉視馬兵。時衡州知府高公人鑒善相士，見公奇之，使入署讀書。衡陽一邑應童試者千人，入學不易。是歲縣試，群擬公必第一，案發乃第三。越數日，召入見，曰：「以文論汝，宜第一。今乃太守意也。」太守曰：「彭某异日名位未可量，然在吾署中讀書，若縣試第一，人必謂明府推屋烏之愛耳，是其終身之玷矣。」公聞而深感之，是歲竟不入學。又二年，始隸諸生之籍云。道光末，新寧民李沅發反，發協標兵捕討。公從大軍戰金嶂嶺，禽李沅發。上功，總督誤以爲武生也，拔補臨武營外委，賞藍翎，公辭歸。衡有富人啓質庫於耒陽，請公往董理之。歲入數百金，悉以賙人之急。其時粵賊由永安北犯，將掠耒，以趨衡。公入見耒令，問計將安出。令曰：「吾請兵、請餉，無一應，可奈何？」公曰：「患無兵耶？城中百姓皆兵也；患無餉耶？吾質庫中尚有錢數百萬在。」耒令曰：「然則竟以屬君矣。」出縣印授之。公即募勇數百人，製旗幟，使巡行雉堞間。賊知耒有備，由寧鄉趨長沙，而耒與衡皆獲全。公以無戰事不叙功，但請償還所假質庫錢，然公亦自此知名。

曾文正公以侍郎治兵衡、湘，廣求奇士。常君儀安薦公有膽略可用，文正弟靖毅公國葆又薦公與楊公載福英毅非常。曾文正亦雅知公耒陽之事，及創立水師，以公與楊公分統之。咸豐四年二月，水陸師俱發衡州，不利引還，而公以孤軍留西湖中。曾文正涕泣，謂必死。竟全師而還，乃益重公。曾文正議悉水師之衆，先攻湘潭。公請先行，望湘岸連檣皆賊舟，然多輜重，少戰艦。公計士卒争利必亂，乃以三營攻其首尾，自攻其中，縱火同時燒之。賊大敗，死無算，城中賊皆走。公還大軍，恂恂如未嘗戰，輜重一無所取。叙功以知縣用，賜藍翎。公固辭不獲，然公牘猶自署「衡陽學附生」。其後詔補金華府知府，乃始署官云。其年秋，公與楊公旁湘東下，公從君山、楊公從雷公湖張兩翼，先以小舟誘賊。賊舟出，鈔其後，燒百餘舟。賊退保雷鼓臺，攻之不克。公與楊公乘三版船，衝入賊中。公中槍子，傷指，血漬襟袖皆赤。進益猛，燒其坐船，賊遂潰退。軍中懾服，號爲「彭楊」。時羅公澤南等所統陸軍連戰皆捷，遂至沌口，謀攻武昌。公曰：「是宜渡江先燒其屯。」自塘角至青山，賊炮環列，丸發如雨。諸將皆露立三版，棹船徐進，無俯首避炮者。賊大驚，於是沿江賊悉潰，漢口、漢陽皆復。陸師不血刃復兩名城、一巨鎮，水師之力爲多。群寇乃聚於田鎮，依半壁山，夾江爲五屯。連舟斷江，纜以鐵索大鎖，布木爲筏，置大炮焉。又護以炮船，望之峨然。水師下攻之，則爲蘄州江岸之賊所撓。公麾師船掠蘄直下，分水軍爲四隊，頭隊悉令具鑪鞲椎斧之屬。哨官孫昌凱故鐵工也，方鼓槖吹埵，有小船視筏下劣容舠，試入之，竟度二船。呼曰：「鐵鎖開矣。」賊愕亦呼，驚走墮水。擲炬燒筏，筏舟俱燼。山上賊亦顛越坑谷，尸相藉。此一役也，湘軍水師名聞天下。公與楊公旋至武穴養傷。別將蕭捷三率水師由湖口駛入姑塘，爲所扼，不得出。公乃於新塘鎮設廠造船，別立新軍，而水師始有内湖外江之分矣。五年，湖北巡撫胡公林翼攻武昌，賊閉城不出。水師無所事，自沙口還沌口，道經武昌、漢陽。寇炮雷鳴，萬聲同發。公所乘船桅折船覆，公墜於水。或以三版船拯之，力挽不起，則水中有抱持公足者。舟人呼曰：「速釋手！此統領也！」公在水中闖然曰：「此時豈顧統領耶？」已而并出水，則抱足者即本船司柁者也。公笑罵曰：「若知是爾，我提擲數丈外矣。」公當生死之際，猶從容談笑如此。曾文正自江西召公自助。公時適在衡，將赴之，而袁、瑞并陷，道不通。公易衣操皖音，僞爲賈客，摩寇壘而行，徑達南昌，巡撫以下皆大驚。湘軍聞之，氣勢十倍。六年正月，公破賊樟樹鎮，又破臨江賊壘。三月，營於吴城鎮，以遏賊鋒。又會黄虎臣之師克建昌縣，轉戰吉、袁、臨、瑞、建、南、饒、廣間，無虚日。七年，以惠潮嘉道協理水師。曾文正疏言公任事勇敢，勵志清苦，有國士風，堪勝總統水師之任。而公在江西，餉不時得，乞火藥亦不與。曾文正每嘆曰：「吾負雪琴！」既而湖北陸軍再克武漢，水陸俱下，圍九江，攻湖口。賊扼石鐘山，遏内湖之軍，不使得合於外江。公率全軍分三隊出戰。賊於石鐘山置巨炮，適當我船之衝，傷十餘船矣。或諫公曰：「公驅士卒與飛火争命，徒死無益。」公泣曰：「不度此險，終無生理。今日我死日也。」義不令將士獨死，鼓棹赴之。賊炮裂，炮者斃，我舟遂銜尾直下。俄頃之間與外江合，歡聲如雷。陸軍應之，進奪小姑山，復彭澤，連破樅陽、大通、銅陵、峽口寇壘而還，遂攻克九江府城。十年，賊復圍湖口，公赴援。舍舟登陸，雨立數日夜，力戰却之。十一年，授廣東按察使。時文正弟忠襄公國荃攻圍安慶賊，陳玉成率悍賊三萬來援，營於菱湖。公創立飛划營，抬划船入湖，合陸軍大戰，毁其壘，遂克安慶，是爲肅清東南之始。俄授公安徽巡撫，公上疏三辭，於是改公提督。又以武職望輕，不足統率，改以兵部侍郎候補，旋補右侍郎。賊自據金陵，以蕪湖爲屏幛，以東西梁山爲關鍵。同治元年，公與曾忠襄公水陸會攻銅城閘，水師攻其東石壘，陸軍攻其西土壘，破之，於是收復巢縣、含山、和州三城。又襲破雍家鎮、玉溪口諸要隘，而克西梁山。又由鮎魚觜進，次采石磯。時忠襄之師已由西梁山南渡，逼金柱關而營。公分水軍爲三隊，一隊守險，一隊衝入内河，一隊輦炮登岸，環城而轟之。夜半射火箭，焚其西門轆樓。賊從火焰中逸出，積骸滿渠，遂復金柱關，而東梁山亦一鼓而下。東西梁山既復，蕪湖賊孤。循江而進，復蕪湖，而忠襄之師已進攻秣陵關。公懼其孤軍深入，率水軍由烈山赴之，會陸軍拔頭關，進攻江心洲。洲有二石壘，屹若堅城。日晡未克，選壯士登岸，蛇行蘆葦間，逼壘縱火，炎焱燭天，洲遂破。又破蒲包洲，進泊金陵之護城河口。而忠襄之師遂進而營於雨花臺，以規復金陵。二年五月，攻復江浦、浦口兩城，乃議攻九洑洲。九洑洲在驚湍急浪中，賊築壘數十，列舟環之，爲金陵掎角。又有攔江磯、草鞋磯、七里洲、燕子磯、中關、下關諸隘相倚以爲固。前督師向公、和公皆以攻洲不克，故無成功。公議先破其南岸諸隘，命丁泗濱等循南岸而下，預以枯荻灌油焚其舟，乘勢薄其壘，猱而升，草鞋磯、燕子磯、下關諸隘皆平。次日昧爽，兩岸并舉，人皆死戰，賊在中關者竟不爲動。自朝至暮，公令夜戰，且曰：「洲不破，不收隊矣。」是夜選精隊四十人，人持短兵，懷火蛋。令巴里坤總兵成發翔率之登岸，於黑霧中潛燒賊壘。諸將蛾附而上，前者殪，後者繼，踐尸復登。乙夜，大破九洑洲，群醜聚殲，無一脱者。最公生平，田家鎮之戰、石鐘山之戰、九洑洲之戰，皆肉薄血戰，所謂勞苦功高，洵不虛矣。是年八月，解青陽之圍。十月，又督諸軍收復高淳、寧國、建平、溧水諸郡縣，奪還水、陽新、河莊、東壩要隘。東壩既復，駐重兵焉，而金陵僞都糧道始斷。詔并論前九洑洲功，賜黃馬褂。

三年，江寧復，大功成，賞一等輕車都尉世職，加太子少保銜。四年，命署漕運總督。公再疏辭言：「臣本寒儒，傭書養母。曾國藩謬采虛譽，强令入營。初見即自誓不求保舉，不受官職。十餘年來，自知府至巡撫，由提督改侍郎，并未嘗一日居位。歷任廉俸及軍營例支官品銀，從未具領分豪。恩雖實授，官猶虛寄。若責臣以必赴，惟有負罪而再辭。」上鑒其誠，從之。乃與曾文正奏定長江水師之制，自荆、岳二州至崇明縣五千餘里，設提督一員，總兵五員，以六標分汛，營哨官七百九十八員，兵萬二千人，月餉及雜費銀皆取給長江釐税，不煩户部。公在軍垂二十年，初時軍餉奇絀，而淮鹽積滯，惟水師小船間道可運。公商於鹽政，捆鹽自賣，以供一軍之餉。至是軍餉有額支實款，公以所領鹽票犒諸將領之有功者，而歷年餘存鹽銀無慮六十萬，咨明兩湖、兩江督撫，發南北兩鹽道生息，存爲長江水師公費，且以備外患，一無所私。疏言：「臣以寒士來，願以寒士歸。」又言：「士大夫出處進退關係風俗之盛衰，臣墨経從戎，志在滅賊，賊滅不歸，近於貪位；長江既設提鎮，臣猶在軍，近於戀權；改易初心，貪戀權位，則前此辭官疑於作僞；三年之制，賢愚所同，軍事已終，仍不補行終制，涉於忘親。四者有一焉，皆足以傷敗風俗。天下之亂不徒在盜賊，而在士大夫進無禮、退無義。臣豈敢稍犯不韙，以傷朝廷之雅化？古來臣子往往始有建豎，末路隕越，由精氣竭也。臣每嘆其人不能善藏其短，又惜當日朝廷不能善全其長，知進而不知退，聖人深戒之。乞開臣兵部侍郎本缺，回籍終制。」疏入，報可，旋命公滿百日即出。

公既回里，以查江舊居久圮，卜郡城東岸，築小樓自居，是曰「退省庵」。時往母墓及查江家廟，布衣青鞋，不設輿衛。補制滿，竟不出，種樹灌園，有終焉之志。而自公之歸，長江水師規制浸弛，以侈靡相尚，篙舵工有不能操舟者，衆論至謂水師無益可廢。十一年，曾文正薨，詔復起公視師。公一出，劾罷營哨官八十餘人，於是長江水師又大振。公入覲，命署兵部右侍郎，賜紫禁城騎馬，大婚充宫門彈壓大臣。恩命稠疊，卿貳清閑，或謂公可無辭矣。公始終一轍，再疏力辭。始許公南歸，仍命每年巡閲長江，得專摺奏事，應需公費由兩江湖廣各總督籌備。公乃奏定巡閲章程，一歲自上游本籍衡州出巡，至江浙度歲；一歲自下游江浙出巡，至衡州度歲。於浙江西湖築室三楹，亦名「退省庵」，爲下游事竣休息之所，而經費即取給前存鹽道生息之款。歲支銀四五千兩，其兩江兩湖籌撥銀一萬兩皆奏罷之。自是歲以爲常，輕舟小艓，往來倏忽。不獨將佐畏之如神，即地方有司亦望風震懾。而民間諸不軌之徒、作奸犯科、愍不畏法者輒相驚曰：「彭宫保來！」駴瞿奔觸，伏不敢出。台州賊金滿束手來歸，威聲震動數千里，他帥莫與比也。朝廷知公廉直，凡有大事督撫不能決，輒以屬公。如兩江總督左公宗棠、劉公坤一，兩湖總督涂公宗瀛，兩廣總督張公樹聲，皆朝廷倚重大臣，而一經言官劾奏，皆命公察核。公平心論斷，務得其實，衆論韙之。時朝廷以洋務爲重，命巡江之外又出海，會操各省兵輪船。公則以「清吏治，嚴軍政，端士習，蘇民困」爲自强要策，製船造器皆爲末務，鐵路之議尤力排之。惟請造小兵輪船十號，固長江門户而已。七年，詔公署兩江總督，辭。八年，京察一等。九年，補兵部尚書，辭，不允。其後，京察又列一等，以既開缺之侍郎、未任事之尚書而三載考績與焉，异數也。

法越戰事起，朝議以廣東海防尤要，詔公酌帶舊部速往廣東。公適有疏乞養病，至是力疾請行，調湘軍四千由海道往，而自由衡州單騎入粤。審度形勝，以虎門爲第一重門户，由虎門而進，至常洲爲省城第二重門户。自此而進，左則漁山、珠山，是爲北路；右則海心岡、大黄滘，是爲南路。公無事駐大黄滘，有警駐虎門。省城官吏爲治行館，不居也。支帳爲棚，蔽以蕉葉，風雨沾濡，暑日蒸炙，與士卒共之。維時省中議者以虎門遼闊難守，不如退守黄埔。公親往履行，見虎門以外即零丁洋，大海浩瀚無涯，而屈曲清流實止一綫，無論帆船、輪船必循此一綫而進，進則必經沙角山下。公發健兒，鑿穿山石以爲炮洞，兵隱其中，敵不得見。十三年冬，民間争傳夷人將以明年正月犯粤。公自駐山上，令暮夜不得有一舟入口。至除夕，有舟入焉，發炮擊之，帆桅俱斷。於是遐邇咸知所守實扼險要。狡敵寢謀，粤境安堵。虎門以外，尚有横門、厓門及虎跳、磨刀諸門，可繞至省城之右。乃編查沙户漁船數千艘，分守支河汊港，而瓊州者近接越南，尤夷所必争。初擬自往，士民籲留，改令道員王之春往。議者徒謂公以平素威名懾服夷人，而不知規畫周詳有如此也。和議將成，公抗疏力争，言有五不可和：法夷無端生釁，不加懲創，遽與議和，不可者一；法夷未受懲創而請款，是必中藏詭譎，不可者二；法夷不索兵費但求越境通商，恐將來必有十倍取償於後者，不可者三；以外强中乾之法夷，不問其罪，降心就和，諸夷必狺狺然環向而起，不可者四；雲南物産富饒，久爲西人垂涎，若與議和，必許通商，廣傳邪教，以張羽翼，一旦竊發，將何以支？不可者五。又言有五可戰：揣敵情而可戰者一，論將才而可戰者二，察民情而可戰者三，采公法而可戰者四，卜天理而可戰者五。然朝議意主柔遠，不果用。公又嘗密飭道員鄭官應親赴暹羅，約令潛師襲西貢。又欲率全部十四營由欽、廉度十萬大山，過五峒出越南，收復北寧。此二者，人或咎公之輕發，不知當日實因諒山、興化諸軍早經撤入關中，故二策皆不可行，非公策之不善也。治軍之暇，又留心粵東利弊，請豁攤捐以免賠累，核釐捐以杜侵漁，補署差委務宜公平，著名劣幕概予驅逐，皆於吏治有益。及和議成、軍務畢，又陳善後事宜：請設海軍總統，駐紮吳淞；分設兩大鎮，一駐南洋，一駐北洋，而練陸軍以輔之；東三省宜創設兵輪，購配槍炮，分置要隘，以杜俄人窺伺；臺灣宜練士勇，簡任賢能專任其事。皆深識遠慮，所見者大。

公前在西湖得偏枯之疾，在粵三年感受瘴癘，宿疾大發，至不能飲食、言語，行步須四人扶掖。自粵北歸，連疏乞休，皆慰留。十四年，始開公兵部尚書缺，俟病痊，仍巡閱長江如故，而公病已不可爲矣。公卒，年七十有五。娶鄒氏、子永釗，皆先卒。孫四人，其第二孫曰見綬，以後其弟玉麒故，詔書不及焉。公性豪邁，善飲，喜宴客。而自奉至薄，不御肥甘，旁無姬侍，惟一二老兵給事其旁。遇部下舊將若布衣昆弟，而紀律極嚴。安徽有候補副將胡開泰召倡女飲，使妻行酒，妻不可，殺其妻；又有湖北忠義營營官副將譚祖綸誘劫其友妻，用計殺其友。

治兩獄者相持未決。公召其人至，詰得實，立麾出斬之，軍中股弁。性喜文士，折節下之。工畫梅，海内傳者近萬餘本，公殁未久即有以二十金易一幅者。能詩文，下筆立就，所爲奏疏皆自屬稿，與人書亦不假手記室，敷暢條達，忠義之氣溢於楮墨間。是以易名之典略其功業而獨表其性情，上之於公有特鑒矣。敬本斯意，而爲之銘。銘曰：

人之生直，其爲氣剛。剛則近仁，直大以方。明明天子，知公特詳。錫此二字，紀於太常。公之故舊，私議其旁。情性似矣，功業未彰。豈知功業，非公獨長。即在當時，并稱彭楊。至於情性，日月争光。睥睨宇宙，笑傲侯王。直如矢笴，剛若劍鋩。同時元老，令名孔臧。曾曰文正，左曰文襄。歷觀史策，後先相望。公曰剛直，自古未嘗。皇朝謚法，稽之舊章。曰剛曰直，莫克兼當。惟帝知公，特筆褒揚。傳千百世，久而彌芳。朝野共識，婦竪不忘。辟除魑魅，激發忠良。剛直之澤，永永無疆。

春在堂雜文四編二

贈通議大夫謝君傳

謝君元慶，字肇亨，別字蕙庭，晚年自號東皋，又號淡然。其先世本陳留人，後遷會稽，又遷餘姚。明崇禎時有曰振龍者避寇來吴，遂爲江蘇吴縣人。曾祖士鑄，祖長源，父亦梁。君事祖父母、父母以孝聞。少時家業鼎盛，姻婭皆貴顯，而君布衣徒步，若寒素。然其於歌樓舞榭、樗蒲陸博之場，終身未嘗闌入也。弱冠喪父，躃踊哀號，血涌出，病幾死。及喪母，亦如之。既合葬於婁門外，又以水患謀改葬。或曰：「是吉壤，不可動。」君曰：「陷吾親遺魄於水中，博子孫科第，可乎？」乃更窆焉。後君逾四十未有子，咸以爲咎。君曰：「修身立命，俟之而已。」行年五十，果生丈夫子一。君自幼工爲四書義，有聲鄉社。及孤露，乃嘆曰：「而今而後，禄不逮親矣。」因絶意仕進。時家已中落，恒産所入苦不給，而於從兄弟之子若女、女兄弟之子若女，皆鞠育之如己出。先世所遺田三百畝，立爲義産，族姻之孤寡貧乏者咸有助。其家累世以藥餌及錢粟施人，人稱「謝善人家」。至君益恢大之，日裹藥囊錢行委巷中，見貧病者予之，風雨無間。道光十一年，江北大水，與韓桂舲、潘功甫諸公集貲以食難民。嬰侻之遺棄者留養之，棺槥之漂流者收瘞之。十五年，吴下大雨霖，污邪之地皆没。君廉得極貧者四百餘家，計口授粟，日五合；鰥寡孤獨，益之以錢，人五百；名門舊族有廢疾者，倍其錢。嗣後遇灾歲，勸分同食，君率爲倡。胥門外故有大橋曰「萬年」，久圮不修，君爲一書曰《造橋徵驗録》，見者感動，橋工乃集。

咸豐三年，粤賊之亂益逼，率里人行保甲之法；慮負販之民無以生，且爲亂，言於官，賑焉。又爲米肆曰平糶，爲粥局曰平賣，以賑貧民之不屑就賑者。久之貲不給，乃創一法曰「救命浮屠」。其法：人以錢五十爲一願，願多寡視其力，積微成巨，得錢數千萬。金陵既陷，難民踵至，置廠以居之。其民之秀者，别其廠曰慧業。後二十餘年，有顯者焉。又製耐飢丸，使人散之丹徒、丹陽間，活無算。七年冬十二月甲子，君六十生日也。親故雅知君者，不以酒醴爲壽，率書券曰寒衣若干襲、米若干石，以助君施。君喜曰：「此足以壽我矣。」君少時善畫蘭，輒鈐小印於紙尾曰「畫蘭易粟」，意在得粟以施也。其好善之意至老不衰，蓋天性云。蘇城將陷，君以賑事不忍先去。既陷，乃間關以出，避居黄埭。鄉人以粟帛饋者相繼，問之則皆佃農平日屢減其租者也，不則灾歲受其賑者也。君日爲父老陳説國家恩德，戒勿從賊；又縱談善惡之報，愚民感化，故黄埭一區無劫奪者。已而聞城中亂益甚，同宗多死難者，憂憤不自勝，乃發疾日臻。將屬纊，戒其子曰：「勤學早修，此吾父易簀時訓我者，今語女。」語已遂卒。卒之日爲咸豐十年十二月丙戌，年六十有三。君生平善舉例得奬叙者，率推以予人，故以布衣終。以弟錫慶官，贈通議大夫。妻楊氏，贈淑人，先卒；側室張氏，生子家福，字綏之，即君五十時所生者也，勇於爲善，能繼君志，有聞於時。

論曰：江蘇爲東南財賦所出，而上海一隅爲其門户。故海内有水旱偏灾，謀賑者必於上海，而力成其事者則皆謝君綏之也。綏之以蘇人寓上海，善士之稱聞於朝野。余今年過上海，見其人，恂恂然君子也。出其先德蕙庭先生行狀，乞爲家傳。余讀之，乃知綏之之行善有自來矣。詩不云乎：「教誨爾子，式穀似之。」「穀」之言善也。若謝氏之世以「善人」稱，其爲穀也不亦大乎？夫景惠陰德，罕樂陽施，皆以長世遐紀炳然史册，吾知謝氏之興未有艾矣。

樊母馮太夫人傳

樊母馮太夫人，蜀人也。乾隆之季，川陝大亂，隨其父處士馮公避地於沌陽，遂歸咸寧封榮禄大夫樊公爲側室。樊公以子貴封，而子即馮太夫人出，故封與公同焉。公有如夫人者四，馮太夫人尤婉娩柔順，得公歡心。事嫡陳太夫人如母，遇其儕輩猶女昆弟也。撫嫡子如其子。生丈夫子二，其次子殤。會嫡子二人亦殤，乃茹痛爲陳太夫人百計慰解，不敢以喪其子幾微見顔色，人尤難之。其長子則河南府知府玉農樊君也。教之極嚴，遲明即趣使就塾。甫弱冠，郡試弟一，隸邑庠。未幾領鄉薦，而太夫人督責之如初。每入都應禮部試，必戒以慎行止，謹交游。曰：「男子不患名不立，患行不修耳。」無何，崇陽人鍾仁傑據城叛。咸寧與崇陽近，群情恇恇，謀他徙。太夫人誡家人曰：「汝曹無恐，朝廷惠養黎元，額征不及十之一，何負於民？彼乃抗不納糧，倡爲戎首，天理所不容，行就殄戮矣。」會縣令王公勸民用摶力古法以禦賊，無應者。太夫人命玉農君往，散家財募士卒，不足則撤環瑱助之，賊不能犯。事平論功，以知縣用，俄選授河南中牟縣。太夫人從之官，戒之曰：「官之賢否定於逮官之初，宜事事檢束，勿以自信無他，遇事任性。凡居官者清而不刻，嚴而不酷，斯爲善矣。」玉農君終身誦之。中牟大旱，請帑金以賑。太夫人曰：「凡賑之道，與其遺也，不如其濫也。」聞窮民生子女多不舉，命設局養之，全活無算。及去，中牟諸婦孺拜輿前者相望也。牟之士大夫則歌之曰：「先正有言兮，活一人者錫福自天。太母所活兮，其數盈千。歌燕喜而卜餘慶兮，錫純嘏以延年。」後數歲，太夫人卒於安陽縣署，年六十有六。太夫人持家節儉，而御下寬厚，於臧獲婢妾詢疾苦，問饑寒，常謂子婦曰：「彼亦人子也，宜善視之。」故卒之日左右者皆哭失聲。生平無疾言大笑，賓客之登其堂者，未始一聞其謦欬也。尤勤於女功，中年以後目力稍衰，乃紉色絲爲辮，至老不休，所衣非補綴至再勿易。樊氏素豐於財，太夫人辜較一歲所入，完國課外，悉以濟族之貧者。遇祲歲，所入不足，則命玉農君補益之，曰：「年例不可缺也。」玉農君每月進錢如干，備太夫人不時之需。藏弆不用，臨終指示家人曰：「所積得數百金矣，可取以營什一之息。族有不能婚葬者，以息錢予之，此吾素願也。」其天性好善，臨終猶不變如此。玉農君子孫振振，并有聞於時，皆太夫人所貽也。

舊史氏俞樾曰：嘗讀《三國志·鍾會傳》注載會爲其母張夫人傳，稱爲太傅成侯命婦，蓋會之生母也。傳中盛稱母賢明，且能以經術教其子。然會以志大心迂，卒及於難，負此母矣。今觀馮太夫人之教與玉農君之克承其教，是過鍾氏遠甚，宜其子孫振振，方興而未艾哉！

河南府知府樊公傳

樊公諱琨，字玉農，湖北咸寧人。自幼善屬文，弱冠試於郡，冠其曹，遂充縣學生。道光十一年應鄉試，中式。再試禮部，不售。時公之父年高，望公甚切，乃入貲，以州判分發四川，非其志也。俄奉母諱歸，未幾父亦卒。服闋，請於吏部，注銷原官，仍以舉人試禮部，又不售。會湖北有鍾仁傑之亂。仁傑據崇陽叛，咸寧當其衝，咸寧令王君命各鄉以摶力之法禦賊，無應者。公括家財募死士，鴆然成軍。賊不敢犯，咸寧以寧。大吏上其功，詔以知縣用，旋選授河南中牟縣知縣。是歲爲道光二十三年，舉行鄉試。公甫至即充同考試官，得士九人。試畢，之中牟。中牟岩邑也，南多沙磧，北濱大河，東西又爲孔道。地瘠而民貧，役繁而賦重。公始至，值河決，已而又遇大旱，水旱交至，民益大困。公請於上官，發帑金賙之，設粥廠以食餓者，日必親至。以貧民生子女多不舉，創立育嬰堂，全活無算。又教民穿渠蓄水，爲水旱備。民利賴之，名曰「樊公渠」。公治中牟凡五載，及調知安陽縣，牟人思之，爲歌詩以獻者無慮數百篇。又以公嘗出錢五十萬助景恭書院經費，刻石院中，頌公之德焉。

公治安陽，如治中牟。安陽民素雕悍，有紅衣而帶刀者曰「刀客」，横行閭里，爲良民害。

公名捕其尤悍者數人，杖斃之，餘皆易服逃去。大吏以公治行上聞，將擢用之，以丁所生母憂去官。大吏交章奏留，總理軍需局，序功以知府用。既免喪，授河南府知府。方是時，賊踪遍兩河，隳城殺吏無虚日。公練兵籌餉，以戰以守，河洛之間恃之以安。詔加公鹽運使銜，賜花翎焉。咸豐十一年，皖賊西犯，攻虎牢不克，由間道襲鞏縣。公率師禦之，遇於黑石關，夾河而軍。賊屢以筏渡河，輒擊退之。會河水驟長，筏無所施，賊遂宵遁。是役也，非公督衆力戰，則河洛危矣。公不自居功，以河水驟長謂有神助，請於朝，加河神封號云。公守河南，久負時望，咸謂將大用。而與大府有違言，讒人又交構之，竟坐免官。公在官時，奉入夥够，或勸爲子孫置田産。公曰：「官錢可爲私計邪？」性好士，幕中客常以百計。四方賓客稍有一面之雅，供其資糧屝屨，必陪〔一〕於常。以故去官之日家無餘財。又以家鄉遭兵亂不能歸，仍寓居中州終焉。同治七年，公年六十矣。時寓居郾城，將卒前數日，自郾至省城，與諸僚友談宴甚歡。比歸郾，又與客談至丙夜，客去始休。甫就枕，俄頃間即起呼家人至，口：「吾將逝矣。」處分後事，語畢而卒。一時皆驚，以公爲非常人也。公少時事親至孝，父之故舊悉以豐禮款留之，俾

〔一〕陪，疑當爲「倍」。

朝夕共游宴，以博其父歡。所娶余夫人亦賢，生五子：希楠候選道，希棠副貢生、兵部郎中、山東曹州府知府，希棣貴州候補道，希材候選同知，希椝舉人、刑部候補郎中。諸子皆材，而希棣尤奇偉，余别有傳。

舊史氏俞樾曰：余咸豐間視學中州，而公適守河南郡，一見如故，承以次女爲余長子婦焉。公恂恂長者，而材略過人，其强識尤不可及，凡公牘文字一過目輒能背誦，歷久不忘。以公之才，當咸豐、同治多事之秋，謂宜一歲三遷，膺受節鉞之寄，而竟止於此邪？嗚呼！士之才者未必見用，見用矣又未必能盡其才，有志之士所以三太息也。

貴州候補道樊君傳

樊君諱希棣，字蕚樓，河南府知府樊公琨第三子也。幼隨其父在中州讀書，習舉業已，忼慨有大志，以兵亂塗梗不得回湖北原籍應試，乃挾貲入都，將博一官。遍詢於人曰：「今仕途所尤畏者何地邪？」咸曰：「無逾貴州。」君即以布政司庫大使指分貴州。人皆危之，河南公亦以其年幼爲慮。君曰：「兒自願之，必不貽父母憂。」既至貴州桐梓，有亂民鳩衆以叛，苗夷皆從之而起，黔中大聳。大吏廉知君才，檄署貴定縣知縣。貴定在省城東北九十里，乃省城之門户也。君下車訓練卒伍，激厲士民，爲戰守計，賊不敢逼。每歲春耕秋穫，輒以練卒防護農民，故四郊多壘而三時無害。久之，賊勢愈熾，鄰邑盡陷，惟貴定獨完。賊以不得貴定不能進窺省城，乃合長圍以困之。君晝夜栖止雉堞間，與士卒同甘苦。賊近城，則出奇兵擊之，大小數十戰，殲賊無算；賊少却，則以其間率所部收復附近歸化、定番、廣順諸城。當是時，大府亦倚君爲重，而貴定之民戴君尤甚。君時已由庫大使歷升知縣、同知、直隸州知州、補仁懷直隸同知，賜托喀台巴圖魯勇號，賜戴花翎。旋有詔開缺，以知府用，然君猶署貴定縣如故。每以事至省城，必有數百人從之。君止之城外，而從入者猶數十人。至則噪於大吏之門曰：「無奪我好官！」故君在縣猶以縣令冠服，視事不敢言已遷官也。賊畏君甚，百計密圖之。一日欲剃頭，呼刀鑷之工至，其人見君而色變。問之，乃實告曰：「賊以千金賂小人，使乘間害公耳。」君曰：「若然，汝將害我乎？」曰：「不敢。」「然則汝執汝業，不汝罪也。」一日出行城外，突有人剚刃輿中，削冠緌去半。視其人，官兵也。執問之，賊所僞爲者。從者皆撟舌，君神色自若。其後賊賄通飢卒爲内應，探知君寓城南關廟中。黑夜蛾傅登城攻關廟，而是夜君適在署，聞警從床上躍起，跣而出。傳令守陴之兵毋妄動，毋使賊得繼至，乃奮身奪賊刃，與賊鬥。城中兵不百人，然皆死戰。自丙夜至戊，殺賊殆盡。遲明城中亂定，君回署，衣盡赤。解視之，凡受七創，皆深入四五寸。城中訛傳縣官傷重而死，君裹創出，行通衢，以靖邑人。又鞫所俘賊，得内應者主名，自副將以下數十人。是日皆入署賀戰勝，悉縛而誅之。然後白臺司，且請治專戮之罪。臺司諸公嘉君膽識，然亦以其傷重，不欲其久居危地，乃使人代之，俾君入省城養傷。

君既去貴定，未幾貴定竟陷於賊。省垣震動，强起君攝貴陽府知府。君力疾視事，内安外攘，不遑啓處。而大府又以遵義府爲賊覬覦，恐爲所得，檄君往守之。未至，又以遵義所屬正安州民變，命往案其事。君單騎至正安，撫定其衆，而亂首不可得。一日，按簿籍呼諸吏役名，見一役長鬚而豐頤，似素識者。久之乃憶初至黔時，署按察司司獄，其人曾來行賕，彼時即知其人非良善也。鞫之得實，竿其首，遂以無事。已而粵賊石達開自蜀回犯遵義，與土寇相鈎連，連營百餘里。君由間道出兵，乘賊不備，擊走之，土寇悉平。詔書褒美，命以道員記名簡放。會有傳習邪教者，制軍勞公使君治其獄。君以脅從者宜赦，與勞公意不合。争之過切，勞公怒，疏言：「樊某固執己見，與臣抵牾。」於是吏議撤銷所記名。已而黔撫張公又疏言：「樊某性情倔强，不善事上官，固咎有應得。然其治此獄甚合事理，督臣未免偏執。且樊某在黔素得民心，今處不當罪，恐乖衆望。」於是又有詔，復君原銜。久之，奏署糧儲道。時賊復據貴定、龍里等城，巡撫曾公檄君督剿復之，賜加布政使銜。當是時，黔中亦略定矣。

君在黔垂二十年，與兵事相終始，所在有功，其名甚著。官貴定時，從十餘騎行山谷中，遇賊大隊至。賊見君，遽曰：「樊蕚樓來矣！」則皆走。最後剿龍貴之賊，賊望君旗幟，驚曰：「聞樊蕚樓已死矣，得毋誑我乎？」君怒馬獨出，曰：「余在此！」賊皆辟易。麾衆擊之，大敗之。其爲賊所畏憚如此。無何，河南公卒於郾城，君自黔奔赴，奉其喪歸咸寧。服闋入都，由吏部引見，蒙召對一次，命還黔。君雖以將才顯，而居官實克舉其職，所至必興復尚節、育嬰諸堂，以收養嫠孺。又增益書院膏火，以興起文教。興利除弊，不遺微細。黔城之外有湖曰小烏江，君署貴陽守，偶經其地，見湖中魚甚多，無漁者。問其故，或告曰：「此湖，神所居也。一施網罟，水即涌起。」君曰：「妄耳，烏有是？」呼漁者至，督之漁，水果涌起。次日又往，復然。父老皆諫，君不聽。又次日又往，則水不復涌矣，至今民食其利焉。君廉而好施與，凡故舊來投者，可用則用之，不可用厚遺之，必滿其意，故歷官守令而不名一錢。以積勞成疾，又感受濕氣，於光緒二年某月日卒。發其篋，止白金十二兩而已。年四十有八。卒之日，民幾罷市；歛之日，傾城往送，其親屬轉無容足之所。其喪之歸也，黔之士大夫皆素服送之，巷哭野祭者相望。又言於官，請爲立祠，格不行，黔人至今惜之。

舊史氏俞樾曰：君本儒家子，恂恂然，非讀孫吴之書者也。一行作吏，遂爲名將。君之用兵，殆所謂天授，非人力乎？君以末秩至黔，不數年遂以功名顯，不可謂不遇矣。然君之志固不止於此，嘗自言：「异日國家有事四夷，雖死不辭。」烏乎！何其壯哉！今天下雖號無事，而伏莽之戎所在多有，鱗介之族亂我冠裳，尤志士所同憤。君子聽鼓鼙之聲則思將帥之臣，如君者可以深長思矣。

女子錢芬傳

乾隆間，江南有才女曰錢芬，字左才，常州武進人也。父枝起，字方高，工部主事。左才幼而慧，父授以《毛詩》，輒通曉。稍長，能詩，且工畫。所居曰段莊，就其景物爲江村圖。題詩其上，以尺絹綉之，詩、字、繪、綉皆佳，見者嘆爲四絶焉。及歸同里楊瑶，瑶字濱洲，其父爲式齋明經，與方高皆以能文名。左才善事之，三黨皆稱賢孝。然體弱善病，中年後又劬於家事，井臼刀尺不假手婢媪。俄而父兄相繼歿，益鬱鬱不自適。未幾母亦卒，朝欷暮唶，病遂不起，於乾隆二十六年十有二月某日卒。傳者失其生年，年若干歲不可考矣。子二人：長濟恩，爲縣學生，能詩文；次湛恩，亦善畫。《左才集》中有《示凝儒兒》詩，即濟恩也。又有側室子二人，曰洽志，曰淳意。洽志善畫仕女，時稱楊美人云。

論曰：乾隆時常州多才女，如莊蕡孫之《悟香閣草》、吴永和之《苔窗拾稿》，當時皆盛稱之，然皆不逮左才。左才有姑姊妹二人，曰守善，曰守芳，亦工詩，然亦不逮左才。故左才才女之名，至今其鄉里猶傳焉。余讀其詩，多思親憶姊悲傷憔悴之音，豈其所遭之境固有難言者與？嗟乎！左才卒於乾隆辛巳之歲，至今歲又再值辛巳，蓋百二十年矣。余所謂「誦其詩，不知其人」者，又烏足以知其意哉？然其詩則可傳矣。聞其族孫佩瑗將重刻其詩以行於世，庶足慰才女於地下乎？

姚君妻張夫人家傳

夫人姓張氏，浙江嘉興人。父以銘，江蘇布政司理問。生六歲入塾讀書，穎悟過男子。理問君嗜金石書畫，以此秏其家貲。夫人稍長，即能佐其母治家。年二十歸於姚。姚故禾中右姓，自明以來祀鄉賢者三人。道光二十九年大水，其君舅笛秋君捐萬金振鄉里，禾人稱焉。姚君名文枏，字訪梅，爲人通敏有智局，以長蘆鹽運司同知攝鹽運使，旋以道員候選，加布政使銜。夫人相之四十年，中間遭逢離亂，閱歷盛衰，卒脱諸險，重履亨衢，固姚君之賢且才，而夫人亦與有力焉。其始來歸也，笛秋君知其能，悉以家事委之，凡所區畫無不當。俄而粤賊自江蘇、安徽擾及吾浙。夫人聞警，即佐布政君部署諸事，奉家廟栗主及祖、父遺像以行。初避嘉興之南鄉，用搏力之法衛鄉里。已而由澉浦之紹興，之餘姚，之寧波，之上海，之南通州，之寶應。族中人避寇難者皆從之而至，夫人輒分宅以居之，衣食無私焉。又由鹽城浮海至膠州，陸行而達天津，謂布政君曰：「此地雖在海濱，然距輦轂近，可托以庇吾家矣。」乃出所賫金帛，營鹽筴之利。又以布政君方服官，不欲以私事煩之，千緒萬端，手自擘畫，雖老於榷會者謝弗如。不數年，富於其舊，乃進諸子而悉慎之，曰：「遭亂以來，故家子弟簞瓢捽茹、餬頤頰於人者不知凡幾矣。汝曹承先世餘澤，靡衣鮮食如故，可不知所勉乎？」諸子咸從其教，克自樹立。

夫人以家計粗足，益務爲善先，命長子寶勛省視先塋，自明太傅公以下咸修治之。太傅公故有專祠，春秋官爲致祭。亂後廢不舉，言於官復之，曰：「此兩者皆興復之要務也。」禾城之西有茶禪寺，寺前有三塔，相傳下爲龍穴，所以鎮也。塔毁而狂飇時作，舟行畏之。夫人出貲，建其中塔，而左右兩塔亦助之成，民賴其利。他如義學、義園諸善舉，無問遠近，有告必諾。同治十一年，津郡有洪水之災，城外諸淺葬者爲水所發，棺櫝隨流而下。夫人命舟四出鈎撈，至距城七十里地曰鐵嶺，得棺以千計。其有可別識者，招其人而歸之，無者買地而葬之。津郡舊無厲壇，夫人曰：「祀孤亦朝廷仁政之一，不可廢也。」出銀千餘兩爲之倡。津郡之有厲壇，自夫人始也。夏大暑，必製藥餌以療病者；歲暮，必分粟以食餓者，紉衣以衣寒者。津郡兩遇水災，皆振恤之。光緒中，自趙代以至秦晋皆大飢。夫人所捐助甚巨，有詔旌焉。其待宗族尤篤，有貧乏者月必餼之，嫠婦則加厚焉。布政君之弟早卒，撫其孤子至於成立。其居室時，孝於父母；既嫁，無逾月不歸省。其幼弟依之以生，今官永定河同知，能舉其職，夫人之教也。晚年喜誦佛書，嘗曰：「勸人爲善，儒釋無殊。余不能參無上妙諦，但知就此心此理檢束而已。」以國朝王澤泩所著《金剛經句解》文理明晰，刻以行世焉。君姑沈太夫人以病居禾中故第，夫人以不得迎養爲憾，每遇其生日及布政君生日，必多買禽魚縱之林沼，蓋亦用佛氏説也。光緒九年，夫人年六十矣，其生日亦如之。時直隸又有水災，夫人施棉衣五百襲，親督婢媼爲之。俄而感疾，十一月己丑卒。卒之日，遠近聞之，有嘆息者，有哭而來吊者，蓋平日善之及人深矣。子二人，竇勛、恩衍，服官中外，并有聲。孫四人，孫女六人。恩衍先夫人卒，其女曰引璋，自六齡即依夫人同卧起。夫人疾，引璋曰：「脱有不諱，必相從焉。」旬日之間，竟以毁，卒年甫十有六，是宜附夫人以傳者也。

舊史氏俞樾曰：同治之元，余航海至天津，而訪梅亦至焉，皆避寇亂也。以鄉人之誼，時相過從，已知夫人之賢。及余南歸，又爲夫人之弟平章娶仁和周氏女，蓋余外姊之女，而在余婦則女兄之女也。余於是於夫人之賢益知其詳矣。訪梅悼夫人之亡，請爲家傳，以存其人。余惟内子姚夫人亦以二十歲來歸，其卒也年亦六十，適與夫人相同，而中間更歷富貴貧賤患難，其情事亦有近之者。語不云乎：「家貧則思賢妻。」叙次夫人事，殊觸吾故劍之感矣。

韓烈婦傳

韓烈婦姓費氏，江蘇吴縣人。父某，官直隸長垣縣知縣。幼讀書，明大義。年十二，其母徐及其生母李相繼逝，哀慟如成人。及長，許嫁同縣韓少蓮。韓父蓮洲君曾權知河南温縣，前卒。少蓮奉其母錢宜人，依其姊婿居保定。光緒九年八月，就姻於長垣。既成禮，甚相得。而少蓮故羸弱，途中又感疾，俄病篤。婦百計醫療，刲肱肉羹以進，竟罔效。明年正月丁亥，遂卒。婦慟甚，誓從死，家人環護未得間。婦私念吾父年七十矣，若死於此，傷老父心，不可，乃忍不死。奉其夫之喪歸於保定，拜其姑。時錢宜人瘍生於指，婦晨夕吮血傅藥，不脱經帶者旬有五日，姑疾愈。承姑命奉喪歸蘇州，而貧不能成行。輀軸之費，撤環瑱佐之，乃克歸於先兆。族長老聚謀，謂婦之賢，不可無後，以其夫兄之子濟修子焉。濟修方從其父居河南，婦寄以五經一帙、硯一枚，曰：「期爾繼乃父書香也。」濟修未及歸，而婦竟以八月己卯仰藥死。檢篋中，得遺書，言：「曩所以不死者，恐傷親心，且以夫柩未歸耳，今則可矣。婢媼輩幸無救治我，徒苦我使再死，無謂也。」其附身、附棺之物，皆躬自料量，人無知者，蓋其死志久定矣。年二十有七。自成婚至徇夫以死，甫一稘耳。有《絶命》詩八章，濟修刻以傳於世，讀者悲之。

論曰：余讀烈婦《絶命》詩，知其母疾篤時亦嘗有封股之事。以十二齡女子而能辨此，天性固過人哉！其夫有妾曰麟徵，遺詩中猶及之，勉以事姑。其賢孝又可知也！成婚四月，遽失所天；艱難歸里，從容赴義。嗚呼！雖古烈丈夫何以加兹！

卞節婦傳

卞節婦姓孫氏，浙江歸安人。父崑，字均亭。母氏談，名印梅，才女也，有《九疑仙館詩集》，頗行於時，《湖州府志》有傳。婦年二十有四歸於卞，爲廣西候補主簿卞君乃諄繼配。歸三載，而卞君以病乞歸。既歸，病不瘳。婦事之謹，膳羞手治之，藥餌口嘗之。道光十有七年二月，卞君卒，蓋距來歸時僅六載耳。慟甚，以姑老子幼忍不死。事其姑孫氏益嚴，有所使，不宿而辦；有酒食，必先以進。子祖海甫六齡，卞君元配陳氏所出也。愛之如己出，幼則飲食教誨之，長而娶婦生子女矣，猶治其家事，至老不倦。於是鄉人士君子聚而言曰：「如節婦者，所謂『青年守志，白首完貞』者歟？且守節逾三十年，於例符矣。」乃於同治十二年八月言於官，聞於朝，依令甲旌其門。而縣令許公盛復大書四字以褒美之，曰「貞心勁節」。

舊史氏俞樾曰：余幼時即艷聞菱湖談氏印梅、印蓮二女史之詩名。及長，得讀其詩，爲之作序，今存《賓萌外集》中。節婦貞一之性，固受之於天，亦其稟於母氣者，至清而至淑歟？節婦猶在，於法不當立傳。余徇其鄉人之請而爲此者，蓋節婦之志久定矣，豈必待其没身之後而後論定其人哉？撮大略著於篇，附其家乘可也。

石船徐公家傳

錢唐徐氏爲吾浙望族，自文敬公始。文敬公之子爲大學士文穆公，文穆公之子爲宗伯公，諱以烜，國史皆有傳。宗伯公生丈夫子七，公其三也，諱紹基，字厚梁，别字石船。當雍正六年，歲在戊申，文穆公方爲貴州學政，宗伯從之至黔，而公以生焉。生二年而宗伯公成進士，入詞林。又十八年而文穆公卒，又六年而母俞夫人卒。既免喪，爲乾隆二十年，歲在丙子，公以治《易》應順天鄉試。主試者諸城劉文正公、漳浦蔡文恭公，得公文，賞其有奇氣，取置第十八。及發彌封，徐文敬曾孫也，曰：「是得人矣。」而是科宗伯充順天武鄉試主考官，父典武闈，子捷文闈，談者美之。其明年，宗伯知貢舉，公回避不與會試。及宗伯以内閣學士引疾歸，而公已以舉人仕廣西，爲東蘭州知州。任滿，遷安徽安慶府同知。乾隆三十六年，宗伯公年七十矣。公將馳還爲壽，未及期，宗伯遽捐館舍。公慟哭曰：「天乎！胡半月之暫而不我假乎！」服闋，補江南淮安府海防河務同知。是時江南全盛，淮上爲河工人員所聚，風俗浮夸，服食奢侈。公法晏子國奢示儉之意，務爲省約。嘗與同僚聚坐，或笑其靴敝。公笑曰：「幫雖敝，底子佳也。」其語意微婉類如此。嘉慶五年八月壬申，以積勞卒於官，年七十有三。娶陳氏海寧世家女，兩家門弟皆極盛，而能以樸素佐公清德，少公一歲，後公三年卒。生子一，寶鑒，湖北縣丞。副室馬氏亦生子一，是爲杉泉君，余别有傳。女子子三，程君德保、孔君獻堃、程君金皆其婿。

舊史氏俞樾曰：昌黎以殿中少監馬君爲「稱其家兒」。夫金張世族、黄散舊家而能稱之，斯亦難矣！如公者，非所謂「克稱其家」者乎？雖名位未大顯，然積厚流光，慶延其後，靴底之喻，可以深長思矣。

杉泉徐公家傳

公諱鼒，其家譜名祖錫，字聖植，别字松嚴，亦曰杉泉，錢唐人，徐氏文敬公玄孫也。曾祖大學士文穆公；祖以烜，内閣學士兼禮部侍郎銜；父紹基，余所爲作《石船徐公傳》者也。公生於乾隆四十年，歲在乙未。生數歲，即侍石船公於官舍，習聞吏事，故生平以官績著。年二十六丁石船公憂，逋逾年丁生母馬太宜人憂，越一年又丁母陳宜人憂。及服闋，年已三十二矣。時家中落，屢應鄉試不售，乃以縣丞分發南河，俄遷山陽縣知縣。山陽故多盜，公捕治幾盡。行保甲法，以清盜藪。又教以詩書，齊以禮俗，民頑丕變，盜風遂絶。陶文毅公知其賢，調任上元。公處繁劇如行無事，案無留牘，獄無滯囚，仍以其暇應接賓僚，倡導風雅，戴星之勤、鳴琴之逸，兼有之矣。已而又由上元調南匯，其地素稱沃壤，財賦饒衍，甲於三吴。居是官者，靡弗優渥。公悉以所入加書院之膏火，助善堂之經費。齋厨蕭然，至不能自給。去官之日，無所贏，有所負，鬻田不足以償，并圖籍書畫鬻之，以償官錢，所謂「身處脂膏，不能自潤」者也。道光十二年三月甲申，以疾終於里第，年五十有九。妻孫氏，後公二十三年卒，年八十有二。子二人：鴻度，江蘇昆山山陽縣巡檢；鴻謨，是爲若洲君，余别有傳。孫三人：惇原，署江蘇山陽縣巡檢；國霖，候選府經歷；琪，翰林院編修。公以琪貴，贈奉政大夫，妻宜人。公雖不以科第進，而喜文詞，工翰墨，尤善爲篆隸書，南匯人至今寶之。光緒中，琪至南匯，其邑人有改再薌者，以公手臨漢碑數種來歸，亦見其遺愛之在人也。琪又言公善於製墨，得易水遺法，有獲其一笏者珍如尺璧。今不可復得矣。

舊史氏俞樾曰：余居江蘇，久聞上海、南匯、青浦三縣爲仕途中所艷稱，有「上南青」之目。公宰南匯，乃反以致累，誠廉吏哉！清德之報在於其孫，觀於花農，信矣。誰謂廉吏不可爲也？

徐若洲君傳

君諱鴻謨，字若洲，浙江仁和人，故吏部尚書徐文敬公之來孫，東閣大學士文穆公之玄孫，禮部侍郎諱以烜者之曾孫也。徐氏於南宋初由河南遷浙之蘭溪，又由蘭溪遷杭，自文敬公以下三世皆以翰林起家，爲杭右姓。祖諱紹基，乾隆二十一年舉人，淮安府海防河務同知。考諱鼒，江蘇南匯縣知縣。君其次子也，少孤，隨其母孫宜人，依外家居平湖。年十二，作《觀潮賦》，驚其長老。十四歲入縣學，應鄉試，五薦不見取。君素有大志，道光中葉，海上始用兵，獻《籌海十策》，不用。及和議成，君撫髀太息。有經世之志，又以母老冀以禄養，乃入貲，爲從九品，分發江蘇，歷署上官、時堡司巡檢，又署江都、甘泉兩縣典史。咸豐五年，署揚州府經歷，兼理清軍同知。同知五品官，以從九品攝之，重其才也。俄孫太宜人卒於如皋，君以不及視含飲，欲絕食以徇。其友顧梅卿以大義責之，然後乃始食食。服闋，奉檄治揚州善後局文書。君說太守仿古制，製輪機炮、連臂弩，自練一軍，命之曰「忠義軍」。會粵賊破來安縣，温壯勇公時以道員駐六合，率兵二千救來安，檄君參其軍。暮與賊遇，隔河而陣，彼衆我寡，鉛藥將盡。君言於壯勇，請滅炬，使不我測，從之。一夜炮聲不絕，賊疑我兵衆，遲明遁去，遂克來安。壯勇上其功，而某大帥與壯勇不合，反責其公牘内首列總兵某君非制也，令曰：「此後毋出六合一步。」壯勇憤懣，後竟死六合，而君之功遂不見敘。八年，賊再犯揚州。太守發兵迎戰，皆大敗。賊薄城下，乃使君以五十人拒之。君大呼馳出，手刃數人，斬其黄旗頭目一人。賊發火銃，中君右目，顛。一賊以刃加頸，膚裂血流；又一賊以矛刺其足，曰：「是已死矣。」乃舍之入城。有民自城中出者，見之曰：「此非徐少尹乎？好官也，胡死此？」撫之尚有氣，解衣裹其首，負之行，至仙女廟大營，飲以水漿，乃蘇。鄉人許君緣仲牧泰州，迎君至署，凡十月，創始愈。出鉛子於右目，重五銖，其形曲，蓋鉛經火而柔，深入却竅，故隨之倨句也。是役也，君以禦賊受巨創，亦無以上聞者，而君遂眇一目矣。十年，署桃源縣典史。縣境陷賊中，不能往，仍從事揚、泰間。明年，又署瓜步司巡檢。未逾年，又署吕東司巡檢。地濱海，每歲石首魚出，漁者輸金請給執照，乃得出海捕魚。君予以照，却其金。民有訟者，君以一言折之，皆服。遇文士，與論詩文，人比之孟東野。官舍之左有浮圖焉，颶作而圮，占者曰：「是不利於文人。」君偶出謁客，得疾而歸，歸而疾篤。君之子琪年甫十有四，封臂肉，羹以進，竟無效。同治三年六月戊子卒，年五十有二。

君以薄宦出入兵間，又以家鄉淪陷，親故凋零，恒抑鬱不自得。方揚之初陷也，君尉江甘，已受代，與妻鄭宜人奉母及寡嫂張，猶居城中。君有袁江之役，寇猝至，城陷，家屬倉卒出城，中道相失，歷數月始會於如皋，失一女與其兄子。君楬於衢曰：「得吾兄子者予錢十萬。」果得之。君曰：「是可以慰吾寡嫂矣！吾女聽之耳。」俄而亦至。人皆曰是有天道。其署瓜步巡檢也，自泰州溯江，摩賊壘而上。至則前官攜印亡去，不知所之。無可受事，寄宿六合令舟中。舟隘不能容，又無他舟，俄有漁舟來，姑問：「至儀徵，可乎？」曰：「可。」君與幼子及一僕入其舟，倦極而寐。漁者呼曰：「至矣。」旁有舟頗寬，可暫居也。」視其舟，有盛饌。問奚自，曰：「漁翁使我治具待君也。」出覓漁者，欲予之值，則人與舟俱不見。因思自六合至儀徵，江路非近，何以俄頃而至？蓋神助也。

君貫通經史，尤好兵家言，精奇門壬遁之術，能布八陣圖，隨意疊數石，使兒童入之，終日不得出。父南匯公工篆隸書，君得其傳，凡書畫及鑱刻金石，皆極精妙。自孫太宜人歿，君頗好佛法，通内典，嘗注《楞嚴經》，識者贊嘆，以爲希有。其外所著有《十願齋一家言》《論墨元品》《奇門輯要》《檐蔔館雜文》及詩詞各如干卷。妻鄭宜人，賢而才，余自有傳。生丈夫子二，長即琪也，光緒元年恩科舉人，六年成進士，今官翰林院編修、國史館協修；次子璠，死揚州之難。女子子二，長適同邑袁啓瀛，其在室時刲臂療母疾，母愈而女竟以臂傷不永年，卒後以孝女旌；次女殤。孫興東，孫女四。初，鄭宜人在如皋，聞君於揚州力戰受傷，將往視之，乃先葬孫太宜人於如皋東門之外，而後行。及鄭宜人卒，亦葬其旁。君卒，將合葬。發之，有紫藤繞於棺，人之見之者以爲吉徵，故遂葬如皋。如皋人亦雅重君，同治初修縣志，列君《寓賢傳》。

論曰：吾親家翁彭雪琴尚書，其贈光禄公，官安徽巡檢，有惠政。尚書以諸生起家，至八坐，贈公之遺澤也。君官亦巡檢，負文武材，未竟所施而卒。而君之子花農太史已成進士，入詞林，有聲公卿間。天殆將昌其家如彭氏乎？花農從吾游有年矣，余望其繼文敬、文穆兩公而起也。故撰次君傳，而以彭氏爲比，花農勉乎哉！

傅商巖傳

君諱羹梅，字商巖，姓傅氏，浙江德清人。先世居三墩，明嘉靖間有諱銓者，始遷尚博村。

銓生沾，沾生榜，榜生士德，士德生九鼎，則君曾祖也。九鼎生廷琇，廷琇生同聲，是生君。君始識字，即知問字本義。及受經，默而識之，背諷如流。旁及醫書、宅經，咸通曉。弱冠入縣學，三應鄉試，不中式。乃入蜀，覆舟於道士洑，喪所賫。或唁之，君怡然曰：「不歷崎嶇，安得坦途？」蜀中聞君名，争延致焉。先後主按察司某君及墊江、酆都、雲陽、忠州、綿州諸君。已而由豫工納粟以府經歷分發雲南，乃自蜀入滇，署臨安府經歷。有溪處土司趙理以罪誅，其旁支曰趙維藩襲其職，與頭目李開元有隙。理之子平安煽之，遂大哄。知縣某右平安，衆汹汹，變叵測。君以轉餉至，得其情，力言於縣，事乃解。又署昭通府經歷。道由恩安縣，時久旱，君至大雨，恩安民喜曰：「是殆將父母我。」已而果署恩安縣。君先時經其地，見山麓竪大木，其下焦骨纍纍然，有數十人驅一乳臭兒至。君駐輿問故，曰：「吾鄉惡盗，得則焚之。是兒盗田黍，宜焚。」君惻然，予之錢償所失黍，縱兒去。語官其地者是宜禁，勿聽。君妻姚謂君曰：「异日君自禁之。」及是，集諸豪，申大禁，皆嘩曰：「是縱盗也。」君不爲動，竟革其俗，拔所植木。縣童生之應歲科試者，舊試於署，童自以几案來。君憫其勞，創立考棚，几案咸備。每試，手定甲乙，學使無以易。遇諸生以禮，然或以事至訟庭，不少假顔色。士皆自愛，訟益稀。縣境有石龍壩河，以河口石蜿蜒如龍，故名。河淤甚，夏霖暴至，激石倒流，兩岸皆没。君履行谿海口橋而老鴉岩、而灑魚河、而賢樂灣，咸疏浚之。石龍堅滑不受鑿，以麻纏石，沃以油燔之。積年水患，一朝而已。民爲之謡曰：「我食我衣，傅公富我。我婦我子，傅公父我。」院司謀以君即真，會同知某攝知府事忌君，遇事輒齟齬之，君乃引疾去。去任之日，民以觴酒豆肉獻者溢於衢，士之能文者爲繪《甘棠圖》紀以詩，父老獻新穀者不之縣署，而之君行館，猶道君鑿河事勿置。

君居官日，積奉銀三百，輒作一利民之事。坐是無歸資，寓四川之宜賓。逾年以在恩安時行部遇雨，水没馬脊，中水毒，生瘍，至是大作。咸豐五年冬十一月甲戌，卒於宜賓，年五十有六。君性孝友，昆若弟負人錢，輒代之償。伯兄有瞽女曰開，爲置田贍之。從子堃廢學，歲予之錢，曰：「毋輟讀。」方橐筆州縣幕中，已爲族人置祭田，置義學。叔季兩弟謀分居，議定矣。君在蜀，以書諭之，皆泣，同居如初。君既罷官，季弟自里來與偕，至蜀而卒。君哭之慟，亦遂不起。先娶於張，繼以姚。生子四：雲龍，兵部候補郎中；雲萬，刑部候補主事；雲夔，以孝旌；雲昭，先君卒。君以雲龍官加級，封通議大夫，妻張及姚皆恭人。

舊史氏俞樾曰：余丙戌春始識傳懋元駕部雲龍於京師，有學有行，君子人也。以其先德商巖君年譜、行述見示，請爲之傳。其言曰：「吾父性正直，書之外無他嗜。口不談道學，而孝弟皆見之實踐。睦婣任恤無德色，治民事亟於家事，不欺世，亦不苟合於時。」以此若言證之年譜、行述所載，言與行合。烏乎！可謂賢矣。而懋元能道之，必能肖之，是亦賢矣。身賢子賢，吾知傅氏之興未有艾也。

王蟾生傳

君姓王氏，初名權，後更名源通，其小名曰傳聲，因諧其聲曰蟾生，而即以爲字，江蘇震澤人。所居曰平望鎮，於吴江、震澤兩縣無專屬。而君之考以震澤籍爲太學生，故君亦籍震澤。君其先世富厚，自祖以來稍陵替。及君之父曰半怡君，窶甚，至不能讀書，廢而爲木棉之業。君生三歲能識字，其祖母馮以所懸柱銘中「孝弟詩書」四字教之，屢試不忘。十二歲從師讀書，師督之嚴，祖母馮及本生祖母董每爲之泣，目盡腫。君事兩祖母亦盡孝，馮事佛，常蔬食，董嗜鱸魚，既卒，遇忌日，君必以供，至今猶循之。君後又從徐江帆徵君游學，益進。所爲文喜宗漢儒說，不合有司律度，至三十一歲始受知於學使者祁文端公，以第一名撥入蘇州府學。然自此仍無所遇，竟以諸生終焉。君所學壹以漢儒爲主，而所作詩又有《擊壤集》之遺音。夷猶駘蕩，蓋天性然也，然其爲人介然不苟。一歲已館於孫氏，至夏有富人某以重幣來聘，不受。人曰：

「某氏之幣三倍於孫，却之何也？」君曰：「謂孫氏菲邪，不宜就之於先。無則就之，有美者而去之，是龍斷也。」孫氏嘗以田數百畝質於他族，將爲券書，欲署君名。署名者，示與聞其事也，俗謂之中人，必有所酬，謂之中金。君執不可，曰：「吾見訟田産者，必追究其中人。雖數十年後，猶爲子孫累。吾生平不爲中，不爲媒。媒固成人之美，然爲德亦或爲怨，吾不爲也，況中乎？」其耿介類如此。吴俗喜巫，有病者不之醫而之巫。巫之神最著者曰陳媪，陳之夫曰楊，而楊又有妾，陳又有妹，諸巫假其名行於江震間，其禳之法曰「坐茶」。君嫉之如仇，遇里中有爲此者，必呵斥之，甚者覆其所供。每深夜有以簫鼓送神者，君大書一版植門外當道，曰：「王某之門，邪神勿過。」後送神者皆迂道避焉。性愛蘭，常與翁、陳兩君同買蘭花一大簍，發之，中有佳品，直數十金。妻勞氏曰：「蓋匿諸？」「不可。」勞曰：「然則亦不宜先發其簍。」君曰：「匿其佳種，私也；必俟其至而發之，是以私心度人，尤不可也。」聞者嘆服。常購一羊裘，貲不足，其師徐徵君假以所值之半。然君忍寒不服，俟盡償所假然後服之。徐徵君常嘆曰：「吾門下不以貧而易業者，王蟾生也。」是時粤賊已踞金陵，江以南大聳。君五十一歲始喪母張孺人，兵荒之時，喪皆以禮。其明年，君亦遂卒。病革時問其子廷鼎曰：「汝讀書固矣，若貧不能自存，將奈何？」廷鼎曰：「還是讀書。」君曰：「善。」遂不復有他言。時咸豐八年十月丙寅也，年五十有二。君没之後，江浙皆陷，平望爲賊往來孔道，而君之柩及其母張孺人之柩猶未葬。廷鼎出奇計，假賊旗識，冒險至平望，載兩柩以出。越四年，始克葬於張王蕩祖塋。君所著有《禹貢札記》《月令考略》《鄉黨便讀》各如干卷，又博采班、許、馬、鄭及晋唐諸儒之説禮制者，條列於《禮記》陳澔《集説》之上，而未成書。所著詩有《片雲集》，亂後皆失之。惟其父半怡君在日喜莳花，君侍父吟賞，有《花隖雜咏》，今尚存草稿數十首，塗乙幾不可辨。廷鼎以意寫定，存於家。

論曰：君有學有行，不愧爲君子人。而困於一衿，未及中壽而卒，宜乎天之昌大其家，以爲爲君子者勸。而其子廷鼎宦又不達，至今猶以賣文自活，何歟？雖然，君臨終尚勉其子以讀書，而鼎也果能讀書以副乃父之遺意。此即天之所以報君也，豈必軒冕哉！鼎以君年譜求爲之傳，因撰次其事，而論之如此，爲王君幸，更爲鼎也勉也。

錢母蒯太淑人傳

乾隆中，嘉興錢文端公以詩文受高廟知，嘗以其母南樓老人《夜紡授經圖》奏。御賜詩有「嘉禾欲續賢媛傳，不愧當年畫荻人」之句，海内傳誦，爲錢氏美談。公有女適吴江蒯公嘉珍，字鐵崖。而蒯公之子光煥，字婁生，又以所生女歸文端曾孫子方。錢君子方早卒，其子怡甫大令以母蒯太淑人事實乞余爲傳，則文端公之曾孫婦而實即文端公之外曾孫女也。余憬然曰：「余何人斯？其敢續嘉禾賢媛傳乎？」然余與子方爲同歲生，又與怡甫善，固不得而辭，乃粗述其略曰：

蒯爲吴江望族，其祖官廣西泗川府同知，父以道光元年舉人官廣西蒼梧縣知縣。太淑人自幼工綉能書，其兄士薌廉訪授以《毛詩》，見他書即能成誦。蒼梧君以書記屬之，嘗曰：「吾内有記室，惜不幘也。」年二十歸於錢，其君舅時爲海昌校官，海内所稱「甘泉先生」者也。君姑胡太淑人治家嚴，太淑人在家事父母以孝聞。及爲婦，益謹伺姑，意旨不稍失。道光二十四年，子方舉於鄉。其明年，考取景山官學教習，留京師者三年。而其夫弟子密君亦以選拔貢生官吏部，娣許淑人從之入京。家事無巨細獨任之，上自尊章，下至臧獲，無閑言。咸豐五年，子方、子密皆乞假歸。歸三月，子方病。太淑人謹事之，目睫不交者六十餘夕，籲天請代，竟罔效。時太淑人年四十，其子長者十四歲，幼者遺腹生。每撫諸孤而泣曰：「我忍痛不死者，重傷二老心，且以有若曹耳。」越兩年，子密又入都。太淑人與娣許淑人素友愛，命仲叔二子從之，曰：「我豈忍離若哉？冀有成耳。行矣，毋我念。」至京逾月，許卒。已而程淑人來歸，讀太淑人與二子書，嘆曰：「是賢母也！」善視二子，如許在時。固由兩娣之賢，亦太淑人之所感深矣。

十一年，粵寇大至，奉舅姑避於鄉。子密適以養親乞歸，乃偕至澉浦，浮海走餘姚、慈溪，又由寧波、上海達九江，渡鄱陽湖，依大塘程氏以居。轉徙一載，艱險萬狀。外則子密主之，而周旋於内者太淑人也。同治元年，甘泉先生病，太淑人時亦病痁，力疾奉事，幸而瘳，而太淑人之病亟矣。卒之前一日，猶思躬視其舅起居，命人扶掖以行，憊而止。翌日遲明遂卒，時閏八月甲辰也，年四十有八。太淑人平居無疾言，意有所拂，不見顔面。衣雖敝，猶不易，製諸子衣履，必鮮翿。常治針黹，至午夜飢甚，輒自嚥其氣以解之，其刻苦如此。人有求者罔勿應，得良方，製如法，遇病者予之，輒效，人呼之曰「萬應膏」云。胡太淑人晚歲失明，恒鬱鬱。太淑人侍側，多方娱樂之。及卒，胡太淑人語其諸子曰：「爾母在日，吾不自知無目也。」嘗夜課其諸子讀書，偶及歐陽公《瀧岡阡表》，廢書而嘆曰：「古人少孤而能自立如此乎！」蓋以諷勵諸子也。子五人：發榮，附貢生，兵部武選司主事；肇元，兩淮候補場大使；志澄，廩貢生，江蘇青浦縣知縣；康榮，縣學生，候選縣丞；芬榮，直隸候補縣丞。女二人，長者未嫁卒，次適胡兆禧。孫十一人，其長者鍾齡、延齡、振聲，皆縣學生。孫女七人，曾孫三人，曾孫女二人。余所據事實其第三子志澄所爲，即怡甫大令也，以同知直隸州知州在任候補，加知府銜。遇覃恩爲父母請三品封，故稱太淑人云。

論曰：自范氏《後漢書》創立《列女傳》，而後之作史者因之。然所載多奇節，鮮庸行，《禮》所謂「婦順者」，在乎「順於舅姑，和於室人，而當於夫，以成絲麻、布帛之事，以審守委積、蓋藏」。如是而已，豈必奇節哉？錢氏在本朝爲周之尹吉，太夫人以錢氏外曾孫爲錢氏婦，其所稟承遠矣。雖其年不逾中壽，其事不越庸行，而今其諸子皆克自樹立，有聞於時，未必非太淑人之所貽也。何也？婦順修而内和理，其效固宜然也。恭譯高宗詩意，如太淑人者，非賢媛傳中之「畫荻人」乎？後先暉映，固於錢氏有光，而我朝河洲之化亦可見矣。

秦烈婦傳

秦烈婦崔氏，直隸阜城人也。光緒初，畿輔大無，江南諸長者輸錢粟以振焉。無錫秦君暐齋實預其事，而厥弟某字旭山者與之俱。旭山勇於義，凡散錢發粟必周，行糜鬻飲食必謹。阜人崔公維新嘆曰：「是誠善士！」以女女之，即烈婦也。光緒四年成婚於河間府，其年十月南歸，而旭山以久勞於外，歸未久即病。婦侍疾，寢食皆廢。俄而旭山卒，婦以頭觸棺，血漉漉，誓俱死，家人争護持之。既葬，語人曰：「我以喪葬大事苟延殘喘，今事畢矣，上無養親之職，下無撫孤之任，不死何爲？幸無我阻也。」家人百方慰解，泫然曰：「既娣姒輩苦勸，願少留盡禮。」世俗自初喪始，每七日必設祭，婦哭拜如禮。將及五七，遂絶食。勸之不聽，强之則蒙被卧。如是四日，一息僅存。會大雨雪，雪自屋笮入，積床下盈寸。婦乘人不見，掬食無算。翌日，體熱如火。又五日始卒，時光緒五年正月庚戌也，距旭山之亡匝月。乃悟所謂「盡禮」者，自一七至五七，稍盡祭禮也。結縭百日，遽隕所天，竟以身徇，絶食不死，食雪以速之，宛轉九晝夜，始得從亡者於九泉。烏乎！慘矣。暐齋悲其志，敬其烈，乞余爲傳以襮之。因書大略，附其家乘，用俟采風者。

顧孝子傳

光緒十二年十二月，兩江總督、江蘇巡撫具元和顧孝子事實於年終彙題，請旌表如律，令從之。於是烏頭綽楔光耀門閭，途人嗟嘆，籍籍稱顧孝子。余家吴久，得其詳，述大略告觀者。

孝子名梁基，顧氏，江蘇元和人。祖大昌，以詩畫名，自號楞伽山民。父曾壽，躬行君子也。矜孤頤老，重義輕利，設塾以教蒙士，輸財以拯灾黎。朝廷嘉焉，以道員注選籍并加三品銜，又以其善承先志，詔以「樂善好施」四字建坊，褒美其故父大昌，鄉里榮之。孝子生有至性，光緒六、七年間，晋、豫、齊、魯水旱荐臻，待振甚亟。時其家稍替，其父以力不足，往往中夜而嘆。孝子年甫八、九齡，知父意，乃集兒時族姻中所贈金銀珠玉諸玩物陳父前，請助振。父驚异之，如其請，不忍没其名。於是江南諸大吏彙請於朝，以俊秀作國子監生，賞州同銜，加二級予五品封。光緒十年，母病，晨夕扶持，躬進藥餌。又恐以廢學失父母意，置書母榻旁，默而誦之。五閱月，母病有間。明年夏，母又病瞽。孝子以舌餂之，始而不效，乃封股肉和藥以進，仍以舌餂。至秋復明，而孝子遂得嗽疾。醫者曰：「元陽未足，憂思過甚，肝脾受傷，不可爲也。」然孝子雖委頓床褥，聞父母聲必强起笑語。將卒之夕，執其母手曰：「兒不幸短命，幸有弟兄在，父母勿以兒爲念。」嗚咽久之，遂卒。時光緒十二年六月壬申也，年十有四。

余既撰次其事，乃申論其後曰：當孝子封股時，年甫十三耳。東漢趙昱年十三，母病，慘戚消瘠，目不交睫，鄉黨稱其孝。今孝子之年與趙昱同，母病亦同，然其事豈特如昱而已哉？汪踦執干戈衛社稷，孔子許其不殤，夫死孝與死忠一也。然則如孝子者，若得聖人論定，亦必在不殤之列可知矣。

春在堂雜文四編三

左春坊左中允劉君墓碑

光緒七年，國史館上言《儒林傳》曠不修，懼經明行修之士久而湮没不著，宜下各直省采訪以聞，從之。於是江蘇巡撫以故左春坊左中允劉君事實咨送史館。海内士大夫知其事者僉曰：「允哉！」君事實既在史館，自足傳後世，無待空言表襮。然墓道立碑，自漢以來然矣。君自上海以疾歸，微語諸子曰：「如我死，則志墓之文以屬德清俞樾。」君卒，諸子以狀告於樾，樾亦病，因循未作，而君已葬矣，藴幽無及焉。乃爲譜其系，叙其出處，述其行誼與其學術，紀其生卒，因及其所生而係以銘，俾刻石墓道，用諗來者。

其系曰：君諱熙載，字伯簡，號融齋，江蘇興化劉氏。曾祖考諱瓚，字瑟玉。祖考諱銓，字衡掌。考諱松齡，字鶴與。自曾祖妣以至於妣，并姓王氏。祖、父皆以君貴，贈奉政大夫，妣皆宜人。

其出處曰：君於道光十九年舉於鄉，二十四年成進士，改翰林院庶吉士，授編修。咸豐三年，文宗顯皇帝召對稱旨，旋奉命直上書房。久之，上見其氣體充溢，蚤莫無倦容，問所養，對以閉户讀書。上嘉焉，書「性静情逸」四大字賜之。六年，大計群吏，君在一等，記名以道府用，君旋以病乞假。十年，胡文忠公特疏薦君貞介絶俗。同治元年，詔起舊臣，而君與焉。其明年，兩奉寄諭，趣入都。三年，補國子監司業。其秋，命爲廣東學政，補春坊左右中允。引疾歸，遂不出，主上海龍門書院講席以終。

其行誼曰：君少孤苦，及貴不改其初。以翰林直内廷，徒步無車馬。視廣東學，一介不苟，取諸生試卷，無善否畢讀之。或曰：「次藝可無閲。」君曰：「不觀其全而謂吾已得之，欺人乎？自欺也！」試畢，進諸生而訓之，作《懲忿》《窒欲》《遷善》《改過》四箴以示之。其主講龍門歷十四年，與諸生講習，終日不倦。每五日必一一問其所讀何書，所學何事，講去其非而趨於是。丙夜或周視齋舍，察諸生在否，其嚴密如此。然與之居，温温然無疾言厲色。性嗜酒，招之飲，欣然往，雖醉不亂。樾時亦頻至上海，至必訪君，君亦數數來，談諧甚樂。初不覺其藐然高厲也，而意所不可，卒莫之能奪。嘗有异邦人求見，三至三却之。一日徑造其庭，君在内抗聲曰：「吾不樂與爾曹見！」其人悚然去，竟不得見。

其學術曰：君幼敏悟，父鶴與君曰：「此子學問當以悟入。」故晚年自號寤崖子云。自六經、子、史外，凡天文、算術、字學、韵學及仙、釋家言，靡不通曉，而尤以躬行爲重。嘗曰：「學求盡人道而已。」所著書有《持志塾言》二卷、《藝概》六卷、《四音定切》四卷、《説文雙聲》二卷、《説文疊韵》二卷、《昨非集》四卷，皆刊以行世。日記若干卷，藏於家，未刊。

其生卒曰：君生於嘉慶十八年正月癸巳，卒於光緒七年二月乙未，年六十有九，於某年月日葬某。原娶宗氏，以君官封宜人，先卒。生丈夫子三：彝程，國學生；展程，光緒元年恩科舉人；尊程，縣學生。女子子二，高郵吴嵩、泰州唐恩祥其婿也。孫三人：啓詵、增詵、祥詵。

其銘曰：士生今世，學術大明。貴在擇守，無取更張。云何漢宋，若判井疆。我觀君容，恭儉温良。粹然無滓，玄酒太羹。我觀君行，克柔克剛。意之所可，歡然承迎。其所不可，凛若冰霜。我讀君書，靡有不詳。高論道德，下逮文章。至於聲律，剖豪析芒。至於詞曲，乃亦所長。君之所學，小大具臧。宜其翕然，令聞令望。天子嘉嘆，巨公表揚。名在國史，澤在膠庠。學無宋元，亦無漢唐。一言居要，要在躬行。躬行君子，久而彌芳。我作斯文，刻石墓傍。俾千百世，知學之方。學君之學，吾道以亨。

吏部左侍郎邵公墓志銘

光緒九年六月壬子，吏部左侍郎邵公薨於位。其明年，諸子奉公之喪以歸。葬有日矣，以公所自定年譜乞銘於余。余與公同舉於鄉，同成進士，同入翰林。銘幽之文，非後死者之責而誰屬哉？按年譜，公諱亨豫，字汴生，姓邵氏，江蘇常熟人，寄籍順天府宛平縣。曾祖淵，曾祖妣歸氏以節孝旌。祖同善，祖妣錢氏。考元章，山東東昌府同知，妣歸氏、張氏。自曾祖以下皆以公貴，贈資政大夫，妣皆夫人。公生於河南開封府，東昌君卒，公南北奔走，幾廢學。而其時諸老輩皆知公爲大器，厲翼之，得無廢。道光十九年以太學生應順天鄉試，中式副榜。又五年，中舉人。至三十年，會試成進士，改翰林院庶吉士，散館授編修，與修《宣宗成皇帝實録》。咸豐六年，充會試同考試官。明年，補贊善。八年，典河南鄉試。試畢，拜安徽學政之命。安徽學政故駐太平，自孫文節公死難後，繼之者移駐徽州。環徽皆賊也，公至數月，始得舉試事。而借浙闈鄉試之議起，浙撫以號舍不敷爲言，於是又有請至明年爲安徽特開一科者。公曰：「幸較皖士不過三千人，仍與江蘇同考。」便言於朝，從之。又議中額，公言：「皖北人數已逾往年之半，而徽、寧、廣一隅籌備鄉試經費甚巨，皖北之士跋涉可念，皖南之士踊躍可嘉。」乃有旨，視舊額取十之六。公既畢徽試，試寧國，試廣德。廣德之分棚考試，自公始也，今廣德試院有公生祠云。時蘇撫上言：安徽撫藩遠在皖北，科場事俱歸安徽學政主持。公目閱試卷，手治官書，自朝至莫無少息。其至浙，録送遺才也。皖士之倉卒自賊中來者，髮猶毿然，公亦不詰也。榜發後，新中舉人應由巡撫給咨。公言：「皖北道路未通，其在皖南者請由皖南道詳請學政給咨。」士皆便之。試事畢，賊益熾。其明年，陷涇縣，陷績溪，徽寧大震。時督皖南之師者張公芾也。浙撫王公有齡以浙事亟請張援浙，而議以公統張之師，徽人咸喜。公曰：「徽防軍僅萬二千，張公固不能獨行，分其半則止六千，何以資戰守？況餉又不繼，行且嘩潰。吾受恩深，義固不得辭。心所不甘者，異日謂徽禍始我耳。」已而朝廷命曾文正公督兩江，浙撫所請不果行。公崎嶇戎馬中，屢以書抵文正及張公言兵事，所言有用有不用，而徽事已不可爲。未幾，聞英吉利寇京師，天子幸熱河，益感憤，遂得疾。其年十月以疾乞歸，迂道由江西、湖北、河南至山東之文登。樂其僻遠，有終焉之志。

明年，同治建元，毅皇帝登極，皇太后訓政。公曰：「此内憂外患之時，非臣子泉石優游之日也。」同治二年，間關至京師，即上疏言吏治宜飭，軍旅宜整，招撫宜慎，捐納宜核。旋補贊善，充《顯皇帝實録》協修官。大考列二等，俄以國子監祭酒視福建學。福建學校之弊爲天下最，公以耳目之難周也，創爲草案之法，如某縣應進若干名，先出草案，倍其數以坐號榜示，進而面試之。每有正場文字甚優而面試不得一字者，於是考試之弊絶。其冒籍匿喪者所在有之，知其事者初不攻訐，及其既入學乃發之，以求賂。賂足則曰：「吾懷疑而妄言。」然事非無因，兩置不論。公曰：「事不兩全。果冒籍匿喪邪，論如律；果誣告邪，論如律。」閩民難治，有司畏之。一鄉一村有一學，中人悉舉以責焉。其族或械鬥、殺人，責其縛送；其田賦有逋負，責其輸納。公曰：「是驅之爲不肖也。」持不可。公雖職在文衡，而閩故多訟，訟必涉學校，試卷與訟牒常并閲也。及報滿，已累遷至内閣學士。會閩撫乞養歸，閩士大夫及里巷細民皆言代之者公也。公思北歸，公配嚴夫人至每夜焚香籲天。已而果受代還朝，拜禮部右侍郎，權吏部右侍郎，旋以倉場侍郎權陝西巡撫，逾年即真。

陝自大亂後，各營之兵徵調者多，歸伍者少，所存纔十之二，而陝於是無兵；司庫歲入百六七十萬，而所出浮於入者數十萬，陝於是無餉。公至三月，賊由鄜州深入，犯澄城、郃陽，距省城百里。公飛檄調諸軍擊之，盡殲其類。已而楊世俊所部潰於馬營監，公慮其出汧瀧入鳳翔，將不可制，乃使曹提督克忠率師赴岐山收撫之，其事乃定。而曹所部曰「銘軍」，故劉公銘傳之兵也。曹與劉齟齬，軍中不悦。其右軍前後兩營先已鼓噪欲變，至是其武毅右營潰。陝人凶懼，朝命將軍穆公穆圖善來。公曰：「穆公於銘軍不相習，非弭變，是速變也。」疏請用遇缺題奏按察使劉公盛藻，從之。劉至，一軍帖然。軍事粗定，乃治民事。華陰之地有濱黄河爲河水衝陷者，免其糧。延榆綏鄜間荒蕪特甚，招集流亡，使耕治之。秦民舊苦差役之累，喇嘛差尤重。一喇嘛入京，則自川省從之者不可勝計。公議令自四川至直隸各委員接遞護送，而川員勿入京，於是附行者始絶。公初至，污萊滿目，至是大熟，麥一斤直錢十二三，而華州有麥秀五歧之瑞。公又使牧令課民紡織，蠶事興焉。光緒元年，舉行鄉試，陝、甘始議分闈，總督左公欲定甘額爲四十。公曰：「若然則部中執舊額相繩，而陝額無幾矣。請援乾隆間江蘇、安徽分額之例，蘇七十二，徽四十八，溢於原額者二十一。彼分額猶可，况分闈乎？如此則於隴有益，於秦無損。」卒從其議，定甘額三十而陝額不減。公昔視皖學，有借闈之舉，則力爲皖士謀；至是撫秦有分闈之議，又力爲秦士謀。其所至之處惠及士林，類如此。

公以衰病乞休，屢請乃許之。還京師，杜門養疴者一載。三年秋，拜湖北巡撫，未發，命偕侍郎崇公崇綺赴河南案事。蓋是時河南大無，巡撫李公慶翱、藩司劉公齊銜均爲言者所劾，公偕崇公廉問之。劉於災區仍徵收如額，而李亦不能察，致窮民困於誅求。李降三級，劉免官。公遂至鄂。鄂自輪船入長江，人咸以爲便。公曰：「江海自兹失其險，商賈自兹失其利，南方舟楫、北方車馬自兹失其用，吾未見其爲益也。吾自中州來，見小民無食之苦，利民之事莫大於積穀。」方議行之，旋調湖南巡撫以去。湖南自曾文正公興義兵、夷大難，其民習於戰事，喜金革，不畏法。其地山川叢雜，奸宄易於潛匿。公甫至，所屬永綏、益陽及岳州府均有竊發者，悉擊平之。然兵餉實奇絀，而水患又洊至。是歲，西水大盛，泛濫於上游，潰長德府老堤，亟籌巨貲修築之。次年春堤成，内患平，外患又作。自西洋人入中國，所至無與梗，獨湘人力阻之，竟不得入城。西人耻焉，有計約翰者艤舟城外，挾刃而登。湘人大哄，圍之者無慮數萬人。公曰：「是又雲南殺馬加里之故事矣。」命散其衆，驅計約翰出。逾年，計約翰又至長沙，堅請入城。公命府縣至其船譬喻之，乃已。公遇事不務張大，務持大體。有辰州守請開礦，公不可。又有請於瀏陽、醴陵間采銅鉛者，公曰：「開礦一事最爲弊政，鑿山川之氣脉，聚無業之游民，貪絲豪之利，而貽無窮之憂，甚勿取也。」嗚呼！所見遠矣。公之撫湘猶撫秦也，乃撫秦無閑言，而撫湘則言者甚衆。上命總督李公瀚章案之，皆無實。而言者猶以提督羅大章違制妄奏及候補道李鎬既丁憂仍從事鹺局爲公罪。然提督例得言事不先咨督撫，督撫不知也；李鎬由兩江總督札委，湘撫固不與聞。朝廷知公實無咎，乃内用公爲禮部左侍郎。至則召見於養心殿，詢楚事甚詳。命至内閣看群臣言俄羅斯事諸章奏，又命至總理衙門會議，蓋眷注固未衰也。明年，以協濟陝甘軍餉功賜一品冠服，調吏部左侍郎，兼署工部右侍郎，管錢法堂事。

公舊勞於外，精力久衰。七年冬，始感疾。八年春，請開缺，不許。凡侍郎謝病慰留者甚鮮，公感知遇厚，不敢復言去。其年户部雲南司報銷事起，農曹被逮者十餘輩，波及堂上官。公謂其子曰：「人無欲則剛，吾歷官中外，無一介妄取。不然，吾此時能安枕乎？汝曹識之。」九年夏，偶觸熱發宿疾。五月甲辰猶力疾入内，至六月辛亥，自知不起，草遺疏并言時政數事。明日遺疏聞，有「持躬勤慎」之諭，賜祭葬如例。公卒年六十七。娶嚴氏，故河道總督嚴公烺次女也，封一品夫人。生子二：松年，光緒九年進士，翰林院庶吉士；椿年，二品蔭生，刑部主事。女子子二，刑部郎中顧紹鈞、翰林院編修丁立鈞其婿也。孫六：福昇、福瀛、福湘、福仁、福熡、福新。孫女一。十年月日葬公於某原。銘曰：

公視學於皖，皖人曰：「嘻！我公桓桓，宜總師干。」公視學於閩，閩人曰：「嘻！我公勤勤，宜撫我民。」公以詞臣出使，而衆望若此，宜其撫秦、撫鄂、撫湘勛業爛然，有光青史。天子曰：「來！爾歸京師，典禮爾咨，黜陟爾司。」公以病告，温言留之。帝眷無斁，臣力奚惜。如何不淑，一朝易簀。我作銘詞，勒之貞石。千百年後，識公幽宅。

湖南辰永沅靖兵備道陸君墓志銘

君諱增祥，字魁仲，號星農，姓陸氏，江南太倉州人。乾隆間有諱毅者，以進士官御史，殁祀鄉賢祠，則君之六世祖也。高祖諱源，舉人，官山東泗水縣知縣。曾祖諱錫蕃，恩貢生。祖諱廷珪，鹽運司知事，充鄉飲介賓，殁祀孝子祠。考諱樹薰，舉人。自曾祖以下皆以君貴，贈通奉大夫，妣皆夫人。君於兄弟行居二。其生也，其父夢有人書「魁」字與之，以爲祥也，君名字取此焉。幼見其父作篆籀書，則已能效爲之。授以六書之學，輒通曉其意。道光十三年，父卒京師。君時年十八，欲奔赴，祖哀其幼，止之。及喪歸，匍匐迎數百里外。既免喪，益劬於學。道光十六年，兄弟并充州學生。會壽陽祁文端公視江蘇學，以君兄弟皆通漢唐注疏之説襃之。二十四年，又同舉於鄉，時有「二陸」之譽。兄名增福，早卒，故不顯云。君先世席中人産，及君已中落。兄卒後，君益不支，家居倚脩脯爲活，事母奉寡嫂，無進取意。道光三十年會試，將不赴，母錢太夫人責之曰：「爾父爾兄皆賫志以殁，今所望惟汝矣。余與汝嫂、汝婦恃十指，猶不至餓死，汝奈何不往？」乃行。其年成進士，以廷試第一人授翰林院修撰。無何，丁錢太夫人憂。

是時粵賊已陷金陵，江南震動。有詔原任湖北巡撫錢公寶琛辦本籍團練，君實左右之。會土寇劉麗川據上海，青浦人周立春應之，據嘉定，犯太倉。君與知州蔡公映斗破走之，隨同官軍收復嘉定，而上海久不下。君服闋，將入都，寓書蘇撫勇烈公吉爾杭阿，陳方略甚悉。明年春，上海平，吉公以聞，詔加君五品銜，以贊善即補，充咸豐六年會試同考官，歷充國史功臣、方略諸館纂修、《起居注》協修、文淵閣校理、本衙門撰文、庶常館提調。八年，大計群吏之治，君在一等，記名以道府用。十年，授廣西慶遠府知府。行及湖南，巡撫毛公疏請留湘，充軍需釐捐鹽茶局提調。同治元年，又疏請以道員留湖南補用，自是需次於湘者十有二年。再權糧儲道，一權鹽法長寶道，而經理釐捐事尤久。湘中歲入以釐捐爲巨，自京餉至協濟他省之餉，悉仰給焉。而湘軍之援黔者需餉更亟，君裁汰浮費以巨萬計，故軍府所需未嘗匱乏。積功加布政使銜，賜二品封典。其權糧儲道也，以湘漕改徵折色，款目糾繚難明。躬自稽核，整紛剔蠹，若網在綱，吏不敢欺，民胥用勸，新漕宿逋，畢輸恐後。及受代之日，糧庫所儲倍蓰於舊。光緒二年，補辰沅永靖道，所轄乃漢五溪蠻地，與黔蜀接壤，林麓黝儵，故爲群盜淵藪。君名捕其爲戎首者，置之法。陰使人偵寇蹤所至，則以告，掩捕之，無脱者。又使所屬行保甲法，久之境内粗定。乃減徭役，勸耕作，與民休息。見有種罌粟者輒拔棄之，使改種茶焉。疏鑿沱江，以通水道，罷采石炭，以省勞役。境内有苗民寨二千餘所，皆循謹守法度，而内地豪右反從而魚肉之。君曰：「此亂所由起也。」凡民與苗之獄，必持其平，虐苗者治無赦。故事正旦及巡道生日，苗官入賀，具酒食犒之，而諸在官者下及官之臧獲，皆從而求賄焉。苗官無以應，則取之民，苗民重困。君廉得其狀，痛禁絶之。苗疆有書院六，君益廣其額，優其膏火之資，自是苗民之嚮學者日益衆。君在任四年，於民之窮無告者尤矜恤之，歲終必賙以粟，寒則予衣，病則予藥，有物故則予棺槥，故去官之日無餘貲焉。

五年秋，以循例將引見，請先回籍省墳墓。會君之次子繼煇以典湖北試畢乞假歸，君顧諸子曰：「吾老矣，汝曹勉之。」其明年，遂以疾告。君居官固不廢學，至是益事撰述，校定三代兩漢以來金石文字三千五百有餘篇，踵王氏《金石萃編》之例，成《金石補正》百餘卷，又以所得古磚治爲硯，各係以考證爲一書，曰《三百磚硯譜》。此外又有《篆墨述詁》二十四卷、《楚辭疑義釋證》八卷、《吴氏筠清館金石記目》六卷。其晚年又作《古今字表》，謂與《篆墨述詁》相表裏，未及卒業，而君卒矣。其卒以光緒八年六月丁卯，年六十有七。是日，君晨起，猶入書室伏案作書，俄大欬汗出，扶入寢室，甫就枕而絶，其容若微笑然。娶徐氏，生子五人：長繼德，候補郎中；次即繼煇，典湖北試者也，同治十年進士，官翰林院編修；又次繼烜，候選通判，先君卒；繼賢，浙江候補布政司理問；繼常，中書科中書。孫男十有三：長康、長序、長廉、長歐、長廕、長佑、長偉、長佐、長葆、長葰、長蓓、長泰、長春。孫女亦十有三。諸子以光緒九年某月日葬君於塘市，以狀乞銘。余自入學及領鄉薦、成進士，無不與君同歲。君歿之年，猶至杭州訪余於俞樓，不謂別未數月而訃至也。玉堂舊事恍如夢寐，同年之友亦落落如晨星，余何忍銘君邪？雖然，誼固不得而辭。銘曰：

道光之季，咸豐之始。文廟御極，首選得子。宜參鼎軿，回翔朝右。遽辭槐棘，出采蘭茝。徘徊邊瑣，至於暮齒。得無榜運，有亨有否。庸知不然，視其人耳。吾榜峨然，大有人在。君爲領袖，乃杞乃梓。一麾而出，名譽鵲起。大府曰才，民曰父母。尤邃於學，金玉淵海。摩挲鼎鐘，下及甄瓿。文字光怪，俗目所駭。藏之名山，以竢千載。君於仕學，兩無所負。我作銘詞，傳之永久。下告幽宮，上告青史。文廟知人，冠君多士。

江蘇候補道杜君墓志銘

同治四年，余見今相國合肥公於金陵。公曰：「子見觀察杜君乎？」余曰：「未也。」公曰：「是賢而才，且工文辭，宜往見。」余往，未見。已而君來，一見如故。未幾，君權蘇藩，又攝臬事。余寓吴下，過從益熟。及君罷官還嘉興，而余蘇杭往返必經由焉，歲輒一再見，旬輒一再致書。往歲君病既愈，語余曰：「未知誰先耳。」無何，君竟捐館舍，所具大略不可復得。久之，其嗣子以一册來，則君自定年譜也。起嘉慶二十年，訖光緒四年，叙述甚詳。然止具入仕履歷，而言行之大者固無可見。又不具祖、父名諱，於志墓之例有闕。姑就其書刺取而編次之，蓋亦大略也。

君諱文瀾，字小舫，浙江秀水人。其生也，其王父夢老僧擔簦入室，謂有异徵，奇愛之。少而孤露，家甚貧。其舅褚公習法家言，久客湖北，憫君母子無所依，迎之往，以長女女之。君既從舅氏居，兼讀律，然欲以科第顯，不屑也。久之，始出就人聘，佐任明府於襄陽，凡三閲月，手定大獄七十有三，於是名大起，所得贄幣益豐腆。諸與爲賓主者咸愛重之，曰：「以君之才，胡不仕？」乃入貲爲縣丞，旋改兩淮鹽運分司運判。未引見，而湖北有李沅發之亂。總督裕公帥師征之，命君從夏方伯廷樾禦賊於靖州，遂由粤西之懷遠、永寧，歷苗猺諸峒寨，以達於桂林，復由大蓉江至西延而回新寧。崎嶇戎馬間數十日，李沅發平，賜藍翎，此君入仕之始也。既至兩淮，署淮北監掣同知，補海州分司運判，改補通州分司運判，署泰州分司運判，兼署東臺縣知縣，而君實已累遷同知直隸州知府，以道員用，加鹽運使銜，賜易花翎矣。當是時，軍務孔亟，諸事蝟集於江淮間，諸大吏皆倚君爲重，靡役不從，故一歲或數進階，而君於其間丁尊夫人憂、弟少牧戰湘北半截山陣亡、其舅氏褚公死難麻城，天倫之戚，無歲無之。雖簿書旁午，衽革枕戈，未嘗不涕泗滂沱也。時淮北詳定鹽法，君立章程十有四事，咸以爲便。其以私鹽牟利者，名捕得十一人，置之法。貲課充足，軍府賴焉。官軍之攻揚州也，君出奇計，度城高下遠近置雲梯船尾，帆風直下，適與城平。鼓士而上，城中賊出不意，大驚。而陸路兵失期不至，遂無功。君嘗與樾言，以爲憾。

同治初，江南平，諸大帥論功於朝，謂君才大心細，簡核精詳，屢克名城，咸資贊畫，詔加君布政使銜。自曾文正公以下，無不重君之才。歷署江藩、蘇藩、蘇臬、江安糧道、蘇松太道、常鎮通海道，所至咸治。其攝蘇臬也，如皋有冤獄，平反之，活三人於歐刀之下，至今稱焉。俄爲制府沈公所劾，免官。君初有肝疾，醫者以鴉片治之，遂不能絶。沈公疏云：「鴉片之害，以豪傑自命者犯焉，以道學自命者犯焉，縱其才學爲當世所希，臣亦不敢有所顧惜。」蓋雖能以法中君，而君之才學爲世所希，則沈公已論定之矣。曾文正公之督兩江也，充武鄉試主考，派君爲中闈監射官。君衣冠危坐，自黎明至日入乃休。曾文正曰：「誰謂小舫有俗好乎？」然則如君者，於公事固無廢，而況其才學又爲當世所希邪？君是年已六十三歲，曰：「吾老且病，固宜歸，劾我甚善。」

所營私宅在嘉興報忠埭，有花木泉石之勝。君歸，終日手一編不輟。所著有《曼陀羅閣瑣記》四卷、《采香詞》三卷、《萬紅友詞律校勘記》二卷、《古謡諺》一百卷、《平定粵寇紀略》若干卷、《江南北大營紀事》若干卷。其餘所校刊者，如《周草窗詞》《吴夢窗詞》諸書，皆行於世。晚年又作《同人詞話》，甫寫定未刊，而君殁矣。君卒於光緒七年七月某日，年六十有七。臨終爲七言古詩一章，頗自道其襟抱云。君兩娶，皆褚氏舅之子也。如夫人者三，曰王、曰魏、曰金。無子，以弟之子嗣，曰延章，先卒；又嗣從兄之子爲次子，曰廷章。女子子一，適章氏。廷章即於其年葬君某原。越二年，余追爲之銘。其辭曰：

自古官人，厥途甚備。繇唐以來，壹之進士。遂令天下，异視學仕。庸知人材，固無不有。彼幕府中，大有人在。練習名法，通達事理。駕輕就熟，其易十倍。英英杜君，人之杞梓。原其所學，自法家始。試之於事，事罔不治。千緒萬端，釐分毫剖。群公嗟嘆，言之天子。一歲數遷，猶以爲久。謂將大任，如何遽止？其才其學，實無餘子。雖在忌者，不得云否。如君所學，乃真無負。巨細咸宜，方圓可以。以之從政，庶乎可矣。嗟余不才，忝與君友。敬作銘詞，敢告千載。

江蘇候補道吴君墓志銘

君諱雲，字少甫，姓吴氏，自號平齋，晚年曰退樓，又曰愉庭，浙江歸安人也。所居在太湖之錢漊，譜毁於火，先世無徵焉。有曰元卿公者，於君爲六世祖。元卿公再傳曰魯招，是爲君曾祖。魯招生世傑，世傑生鼇，則君之考也。以君及君之子承潞貴，曾祖贈通奉大夫，祖與父并榮禄大夫。君生六歲，母康太夫人卒。十歲，父榮禄公卒。君雖孤露，能自奮於學，而屢困場屋，凡六試，始籍於學官。應省試，又不雠。乃講求經世之學，旁及金石書畫，咸究壼奥。道光二十四年，君年三十有四矣，始援例以通判分發江蘇。既至，佐郡守折獄，判决如流。時常熟民以徵漕事哄於縣，有陶四者年甫成童，有司誣爲魁。君鞫之非也，出之獄。糧道某公頗不嗛，君勿顧也。俄權知寶山縣。縣多逋賦，君立法懲勸，賦畢輸而民不擾。方伯李公僡下其法於三十二州縣，咸以君爲師。又權知金匱，治亦如之。及受代歸，適江北高家堰潰，灾民南來，江南設局留養，以君尸其事，無一夫失所者。二十九年，吴中大水，君冉權寶山。甫下車，爲鬻以食饑民，有鬻廠，有鬻擔，廠以人就鬻，擔以鬻就人。天遲明，設大鑊煮於庭，君夫人陳氏親督婢媪爲之。曰淡食弗便也，加鹽焉；曰冷食弗宜也，置薑焉。君履行四竟，勸富民各振其鄉；鄉無富民，使鄰村助之。是歲，朝廷發帑金百萬振江南饑，獨寶山一縣民自爲振，無一粟之浮，無一户之漏，於是大吏咸以君爲才。總督陸公方改淮鹽章程，使君攝泰壩，監掣同知。受事三月，粤賊沿長江東下，泰州爲裏下河門户，爲賊所窺，而壩上扛鹽之夫又以失業將爲變。君察其老弱者安集之，其强有力者則以摶力之法訓練之，鴻然成一軍，揚州東鄉恃以無患。侍郎雷公以誠駐師揚州萬福橋，以君總理營務，敘功升知府。大帥以軍餉不繼，使君履畝勸捐，不數月而餉足。議以君功上聞，君曰：「此不得已之策，可居爲功乎？」力辭之。已而總督怡良公上君保全裏下河功，加道銜。

咸豐八年，權知鎮江府。時郡城初復，官吏所需咸取給於各鄉鎮之團練局，而主局事者則苛斂於民。君至，悉裁撤之，曰：「孑遺之民，可重困乎？」鎮江故有關，常鎮通海道實主之。巡撫徐莊愍公以關政之弛廢也，欲以君攝道事，固辭。公曰：「然則專以關政屬君耳。」君曰：「兹事體大，果爾，必入告，公無易言也。」乃以會辦之檄往。君既治關，整紛剔蠹，商民不困，歲入益饒。是年以籌餉功，詔以道員用。明年，權知蘇州府。其時金陵大營潰，常州繼陷，蘇松太道吴公煦請以洋兵助戰守，莊愍公遂命君馳赴上海，與西洋諸國領事官會議。議未定，而省垣陷。巡撫薛公焕命君率礮船會合洋兵，收復松江府城，而部議以君失守蘇州奏奪君官。薛公上言蘇州失守，君實不在城中，莊愍所給咨文、委札、令箭歷歷有據，事乃白，復君官，薛公旋檄君兼攝松江府事。而君於是役也奔馳烈日中匝月，心力交憊，乃力請交代蘇郡事，并繳還松郡檄。薛公鑒其誠，許焉。然猶命君董釐捐事，且管營務。君與薛公約，勿任吏職，勿列薦牘，勿主銀錢出納，署所居曰「三勿齋」。已而薛公疏保諸有功者，君名居首。堅辭至再，曰：「息壤在彼矣。」謂所署齋名也。

當是時，賊勢甚盛，浦東諸防營皆潰，烽火及滬上，民大震。君雖不居職，而有大議必預焉。其尤大者，一在立會防局以聯合中外，中外合而滬上一隅乃得安堵以待援；一在籌巨貲賃輪船，以迎今相國肅毅伯李公安慶之師，師至而江浙以次肅清，東南底定，是二者皆君成之也。君口不言功，俄獲咎以去。先是，蘇城有賊魁李兆熙者請反正，以母子爲質。薛公使君圖之。賊中頗有受密約爲内應者，君白薛公：「機可乘矣。」顧薛公所部將皆恇怯無應變才，其兵則驕惰不可用，事垂成卒敗。忌君者以此事譖於李公，君亦不辨也，曰：「一官得失何足道？」惟念吴民久困重賦，曩以減賦事言於故總督何公，累數千言，格不行，至今以爲恨耳。會糧道郭公嵩燾以事諮於君，君即録舊稿與之。議俟克復蘇城然後發。君曰：「如此則需矣。及今言之，時不可失。」李公韙其言，會同曾文正公言於朝，減江浙兩省賦額數十萬石，此又君成之也。

君官江蘇，三宰劇邑，兩典名郡，年甫强仕罷官，遂不復出，人咸惜君之未竟所用。然而君之造福於三吴者已甚巨矣。諸大吏屢欲起君，皆以疾辭，而民間利病往往爲當事者言之。丁公日昌爲蘇藩，君語之曰：「兵燹後民無蓋藏，盍謀積穀乎？」丁公從之，民食裕焉。浙水利久不修，太湖諸漊港均淤塞，君致書太僕鍾公佩賢及之，鍾公以聞，詔下其所定章程於江浙督撫，遂有大修漊港之舉。嗣後雖歲恒雨，不爲災。同治十年，直隸大水，君施木棉衣如干襲。伯相李公疏請還君道銜，且曰：「吾督師十年，閲人多矣，獨於吴君有失之子羽之嘆，今以補過也。」

君篤嗜金石，幼時讀《漢書》至梁孝王罍尊事，曰：「此必三代上法物，惜史氏言之不詳耳。」塾師大异之。所著有《二百蘭亭齋金石記》，「二百蘭亭」者，君所藏禊帖積至二百餘種，故以名齋，其書以兵亂毁焉。後得齊侯罍二，遂名所居曰「兩罍軒」，著《兩罍軒彝器圖釋》十二卷，凡一器一銘，鈎摹而精刻之，意有所疑，則博稽經史以證明之。此外有《古官私印考》，都凡二十七卷，《虢季子白盤考》《漢建安弩機考》《温虞恭公碑考》《華山碑考》各一卷，《焦山志》十六卷，而詩文、尺牘、題跋之未寫定者尤夥。君於同治三年遷居吴下，所居有泉石之勝。客入其室，左圖右史，鍾鼎前列。君角巾杖履，揮麈而與談，望之如神仙，幾忘其前此之爲召父杜母也。余亦寓吴，與君居相望也。君長於余十歲，而嗜學好古，簡略世事，則與君同之。猶憶往歲嘉平既望，過君劇談，君謂余曰：「海内皆知君文章經術耳，君所學詎止此邪？」余深愧其言。孰意此一見後，君未及一月而遽謝賓客也。君卒於光緒九年正月癸巳，年七十有三。初娶於李，先君五十四年卒；繼娶於陳，後君九月卒。子五：清湘，幼殤；承璐，同治四年進士，江蘇候補道；承澤，兩淮候補鹽大使；承源，江蘇候補同知；承溥，縣學生，江蘇候補同知。澤、源、溥皆先君卒。女五，長女未嫁殤，餘四女并適名族，桐鄉周善有、歸安王錫玟、吴縣潘祖頤、歸安朱鏡清，其婿也。孫八：家棠、家棟、家楣、家樞、家楨、家枏、家楏、家椿。曾孫二：惟峻、惟昆。孫女四，曾孫女一。光緒十年四月壬子，承潞奉君與陳夫人葬吴縣某山之原，李夫人始淺葬於湖漊，至是亦奉移而祔焉，禮也。以狀乞銘，余衰病之餘，凡以碑傳請者概弗應。然君吾老友也，義固不得而辭，乃爲銘曰：

士之大端，惟學惟仕。苟不兼優，何以言士？惟君之仕，政績咸在。未竟所施，以詒厥子。惟君之學，與古爲友。羅列尊彝，排比圖史。我觀時流，無出君右。上壽八秩，盛名千載。鬱鬱佳城，蒸爲蘭茝。刻石幽宫，用示永久。

浙江候補道史君墓志銘

嗚呼！余昔嘗記君之半園矣，乃今又銘君之墓。余比因衰病，久謝文字，而其孤惟善等以狀來請，辭愈力，請愈堅。讀其狀，考其行，蓋卓然古之君子，昌黎所謂「行應銘法」者也。然則余安得辭？

按狀，君諱杰，字偉堂，姓史氏，江蘇溧陽人。曾祖隨，康熙四十八年進士，江西瑞州府知府。祖彙來，考光國，皆以君貴，贈榮禄大夫。曾祖妣曰陳、曰馬，祖妣許，妣曰狄、曰潘，皆一品夫人。本生考翼，贈通奉大夫；妣彭，封夫人。君生八歲，即出爲榮禄公後。已而榮禄公舉丈夫子二，有議令歸本生者。君白榮禄公曰：「兒非不能自立也。然大人春秋高，兩弟幼，兒願留膝下者，正爲兩弟計耳。」榮禄公爲動容者久之。榮禄公以申韓家言名天下，幕府章奏符檄，下筆千餘言立就。君禀其教，自少即留意吏治，不屑爲章句之學。弱冠應順天鄉試，已中式矣，溢於額黜焉。君奮然曰：「天生我才，當務其大者、遠者，安能持毛錐三寸、兔園一册，決得失於一夫哉？」乃縱觀經史諸子百家言，講求山川形勢、財賦原流與凡治河、治兵、屯田、漕運諸大政，而以鹽筴爲國家大利所在，百弊滋生，尤究心焉。榮禄公曰：「汝學成矣。然汝性鯁直，慎毋爲州縣吏。」乃謁選爲廣東鹽場大使。既至，諸臺司咸喜其才，惜其小就。君從容進曰：「官有尊卑，報國一耳。」皆聳然异之。故事臺司於各屬疑獄，悉下首郡。首郡政繁，乃設局招同列共讞之。然與其事者大抵皆丞倅牧令，鹽場大使無豫焉。時廣州府劉公雅重君，招入局。君見同列者多以刑求，顰蹙曰：「吾不忍也。」亟辭出。劉公方飯，含哺而出，執裾而留之，君乃止。每日輒决獄數起，不抶一人。侯官林文忠公莅粵，君上書陳八事。公嘆曰：「通才也。」所屬郡縣有事，每使君佐之。俄文忠去粵，有言於鹽運使者曰：「鹺政敝矣。以史某之才，官鹽官而不使事鹽事，何也？」時粵中私鹽充斥，大府增設巡船千以緝私販者，乃以君總理其事。君治事未三月，獲私鹽二百五十餘萬斤，捕治其私販者四十餘人。有李開雲者，武舉人也，五子皆隸武庠，實爲之魁。梟散之民皆出其門，廣畜死士，莫敢誰何。君率二從者造其門，開雲盛氣逆之。君笑曰：「吾來救汝也。汝不知書，亦嘗以弓馬膺鄉薦，諸子皆在庠序，家亦温飽，何自取駢戮爲？今從吾往，罪及身耳。不然者，汝族赤矣，汝祖宗且不血食。吾憫汝！吾憫汝！」開雲失氣，厥角於地不能起，五子争以金帛獻。君吐曰：「汝曹謂吾利汝有邪？吾來救汝耳。汝聽吾言，從吾去；不聽吾言，亦不汝强。吾去矣。」拂衣欲出，開雲與諸子傫然從之。乃以歸，論如律，於是私販皆斂迹。惟武營中偏裨以下尤玩法嗜利，未盡絶。有龍門協千總温權者，奉檄解礮赴楚，船中私鹽巨萬，密約私販者候於黄鼎河。君偵知之，率巡船往，果見大船四，泊其處，小船無數環繞之，以運其所賫鹽。巡船勇丁欲發火銃、火礮，君曰：「時方暮夜，施放火器，所傷必多。彼雖武夫，亦官也，宜可理諭。」乃乘小艇親至其船，陳説百端。温不聽，且令鼓棹疾行，蓋以君在舟則巡船不敢施火器也。君怒而出，欲躍上所乘小艇。或以戈揞之，君墮於水。君以兩手挽舷，踊而登，瞋目叱温曰：「汝欲反邪？」温懼，送君回舟。君獲私鹽五船，歸白大府，欲窮治之。會有兵事，不果。俄被檄攝電茂、博茂二場大使。電、博繁富，舊爲諸場冠，而積疲之餘，歲運不及十萬引。君至，乃增至五十萬。

咸豐初，粤西寇初起，而西洋諸國又蓄异志，君奉令往察其所爲。甫至新造墟，而洋船三艘突至，使譯者呼曰：「聞省中委官來，將與我爲難，今匿何所邪？」君出曰：「我即是也，奚匿哉！」一洋人手火銃欲然，又一人曰：「彼不以兵來，殺之不武，不如挾與俱。」乃擁君登舟。飲以酒，君滿引數巨觥。其酋導觀諸機器，君大笑曰：「器無工拙，人有短長，制勝固不在此。」酋知不可屈，乃曰：「若從我歸乎？」君曰：「余奉督撫檄，安輯吾民，必歸報，不從若也。」酋曰：「吾船且發，爾奈何？」曰：「蹈海易耳。」酋命熾炭，輪將動矣。君趨出，摳衣欲赴海。洋人争抱持之，唶曰：「鐵漢哉！」以舢版船送之歸。君生平厄於水火者凡十，皆繪圖紀之，此與登温權舟事即其二也。

俄遷同知，大府欲以君攝潮嘉鹽運同知，君辭，乃改命某君。將行，乞贈言焉。君曰：「弊去其太甚，利非百不興。勿惜小費，勿貪小益。」某意不爲然，後果敗。又議以君代之，君以太夫人年高，粤東地遠，不可迎養，乃以知府改浙江。時浙中方戒嚴，命以五百人守千秋關。君曰：「地當皖浙之衝，五百人何能爲？若增兵則餉又無出，宜更籌萬全。」諸大吏曰：「吾素耳史君名，今何怯也？」乃命他員往。甫至而敗，果如君言。台州民與官哄，大府令君率二千人往。君曰：「赤子無知，臨以兵則真反矣。」請單騎往，不可；請駐師樂清勿遽進，亦不可。君曰：「然則吾不能爲也。」乃命他員以兵往，甫至而台人乘之，師潰，又如君言。於是議者皆大服。時衢州防軍以欠餉大嘩，命君往案之。君歸，言防兵三萬，惟索倫及粤之潮勇最精鋭，月需餉十餘萬。司庫月給十一萬或七八萬，於數不足，又不能如期。而欽使李公親軍不及期全給。其號爲護勇長夫者名爲千，實不滿五百，予之餉必如額，而各營積欠垂百七八十萬，此衆之所以不平也。請每月予餉十萬，其舊所欠者别補之，夫勇虚額皆從汰，自此軍中肅然。時又有減文員薪水之議，君曰：「減公費不如汰冗員。」具列所應汰者三十餘人。人多怨君，君不知也。李公治軍嚴，多殺人。君以爲言，全活甚衆。人又以德君，君亦不知也。已而權寧波府，旋丁彭太夫人憂。大府援金革無避之義留之，不可。將歸而溧陽陷，中丞羅公又留之。君曰：「吾無歸矣。既留浙，敢不盡力？然勿以上聞，俟道通即歸耳。」時浙事孔亟，君言賊衆我寡，杭州舍滿營外無兵，請暫移滿兵遏賊衝。而多練民丁，盛設旗幟爲疑兵，使賊不測。及事迫，又請開水關，出難民以省糧食，爲堅守計。皆不從。君嘆曰：「事不可爲矣。」城陷，縋而出。服闋，再游粵。勞文毅公及中丞耆英疏言於朝，仍留廣東。文毅去，忌者爲蜚語，嗾言官以聞。詔覆核之，無所得，坐任才使氣免。曾文正公知君才，延入幕府，積功復官，加二品服，錫孔雀翎以飾其冠。文正薨，君泫然曰：「知我者死矣。」自是絶意仕進，僑寓揚州者數年，先世祠宇悉修葺之。晚歲愛吴中風景，築謙儉堂，遂移居焉。又築半園於宅之東，余所爲作《半園記》者也。

君初無疾，光緒七年七月丁卯晨起忽覺舌强，言語艱澀。使醫治之，或效或不。明年十二月丁卯遂卒，年七十有一。生平勇於爲義，義所在必赴。尤篤愛其兩弟，弟皆前卒。子女教養、婚嫁皆自任之。蓋始所言於榮禄公者，終不食也。嘗謂諸子曰：「吾承祖父遺訓，終身守四字，曰勤、曰儉、曰真、曰實。其得力則有二端：曰臨財廉，曰改過勇。惟性卞急，無容人量，汝曹識之。他日爲吾作行狀，毋失吾之真也。」今讀諸子所爲行狀，無溢辭，蓋能守君之教者。

君起家鹽場大使，官至廣東候補道，再起爲浙江候補道。元配鄭，廣東香山人；繼配沈，浙江仁和人，皆賢明有禮法。生子六：惟善，浙江杭州批驗所大使；廣善，候選員外郎；揚善，候選同知；濟善尚幼；寶善、樂善皆殤。女七：程炳烈、朱荃、唐福年、朱崧生、段士瀛、汪鈞皆其婿也，其一人殤。孫四：致大、致中、致康、致寬。孫女三。十年十月壬辰，惟善等葬君於某原。元配鄭夫人先君三十二年卒，至是合葬焉，禮也；爲沈夫人營生壙於其右，亦禮也。余既諾諸子之請，乃撰次其事，而系於銘。其辭曰：

君豐於才，未竟其用。一議之發，公卿推重。其臨財廉，其赴義勇。生平遭際，可駭可悚。水火寇盜，厥勢洶洶。乃安乃全，乃榮乃寵。起家鹽官，八騶坐擁。晚歲寓吴，屏絶塵滃。宜享期頤，壽逾大董。如何不淑，撓茲隆棟。昔記君園，今銘君壟。蕭蕭白楊，森森翁仲。更千百年，長護斯冢。

吴母顧太夫人墓碑銘

太夫人姓顧氏，河南裕州人，所居濱大河。某年河決毀其廬，太夫人尚幼，附片木漂流一日夜。有陽湖人畢公者拯之以歸，遂與家相失，不能言其系，雖生日無聞焉。既長，有容德，畢夫人愛之，以歸其侄吴君。吴君諱頡鴻，亦陽湖人，娶於劉，年四十無子，故以簉焉。生一子二女，子即今浙江候補知府名唐林者也。道光十三年，吴君以進士得知縣，分發山西。逾一年，補崞縣知縣，又逾二年卒。家故貧也，之官未久，其地又瘠苦，無以歸。嫡劉夫人病於床，不知所爲計會，其姑管太夫人又卒，益大困。太夫人百計經畫，奉二喪，扶持女君，挾子女間關四千餘里以歸於陽湖。歸而其故居爲族人所據，劉夫人病，不能爭。則遂歸依其母氏以居。吴君有從父昆弟之女歸管氏者，嫠也，而賢明有才識。太夫人從之謀，乃寄居於管氏，使唐林與管之二子曰晏、曰樂者同塾讀。太夫人率其二女以針黹自給，樵薪烘煁，日以爲常。然每食必市肉少許以食其子，曰：「好食之，勉讀書也。」遇家忌日若四時令節，必歸祭，而其家距管氏二里許。貧不能賃肩輿，於是遲明即起盥漱，從一鄰媪步而往，逮乙夜乃歸。往來道中不逢一人，而風雨寒暑不問也。後唐林學益進，頗有聲，族人反其屋，太夫人繕完葺之，迎劉夫人同歸其故居。俄而劉病且卒，太夫人所生之長女至刲肱以療之，雖其女之孝，亦太夫人之善教也。當是時，金陵已陷於賊，而常州猶安堵，總督某公擁重兵駐焉。僉曰：「是必無害。」太夫人曰：「將驕卒惰，禍無日矣。」載宗祏挈婦豎避地於泰州。未幾，常州陷，咸謂太夫人有先見云。

咸豐十一年，唐林應順天鄉試，中式舉人，旋入貲爲郎，行走於兵部。太夫人就養京師，久之有鄉井之思。唐林乃改以知府需次浙江，屢用海運功見叙，詔俟補知府。後以道員用，加三品銜，又詔俟補道員，後賜二品冠服。於是三代皆膺一品封，而太夫人以所生母得齊等焉，禮也。家門鼎盛，長孫已娶婦，長孫女亦贅婿於家，杭之風土服食與江南無异，太夫人甚安之。光緒四年，行年七十，唐林卜吉日爲太夫人稱觴，蓋太夫人歸吴氏艱難辛苦，至是始申眉一笑也。俄其長女卒，太夫人悼傷之，又以年高，遂恒有疾。七年十月丙戌卒於杭州，年七十有三。子一人，唐林也。孫三人：禮申，縣學生；禮璜，禮酬。女孫亦三人。唐林之官京師也，具太夫人守節年月以請旌，如例。太夫人長女歸山西裴氏者，亦早寡。先以封肱療嫡母，旌孝女焉；及卒，又以節旌，與太夫人同題姓氏於邑之節孝總坊，戚黨美之。既葬，唐林碣墓請銘。銘曰：

烏乎！是艱難其身，以濟其家之瘨，以成其子之賢者也。是始而煢煢，既苦既辛。以受福於天，以昌其後人者也。千載而下，其視此貞珉也。

吏部左侍郎潘公墓志銘

公諱曾瑩，字申甫，别字星齋，江蘇吴縣人，太傅大學士潘文恭公之仲子，世牒炳然，可無述也。道光十四年應順天鄉試，中式舉人，旋考補國子監學正。二十一年，中式進士，改翰林院庶吉士，散館授編修，以大考翰詹，名在高等，遷詹事府右春坊右庶子。累遷翰林院侍講學士、侍讀學士、光禄寺卿、内閣學士、吏部左侍郎。公以大臣子風貌清嚴，文章爾雅，道光、咸豐間，屢蒙召對，便殿奉命；恭繕仁宗睿皇帝神牌，恭送孝和睿皇后神牌升祔太廟；聖駕謁東陵，命隨扈臨雍；命撰《尚書講義》；親耕命從耕；充雲南正考官、會試同考官副考官各一，讀卷大臣三，閱卷大臣五，教習庶吉士者三；賜宴、賜茶、賜克食，賜玉佛、玉如意及其他器用、食物無算。咸豐三年，文恭公重宴瓊林，而公奉命典春官試，士論榮之。俄以文恭公薨，去官回籍。時粤寇久踞金陵，大江南北戒嚴，乃命公督辦江蘇團練。公會同大吏布置周密，又集貲以濟大營兵餉，設廠以待江北流民，椉散亂黨，禽斬其渠，以安市井。故雖鎮江已陷於賊，而吴中安堵。及公還朝，未再稘而蘇、常相繼陷，延及兩浙，無樂土焉。公至京師，授工部左侍郎。公曾歷署户、禮、兵、刑四部侍郎，至是遍歷六官矣。文廟方嚮用公，而公與權貴用事者齟齬，會有科場之獄，株連及公之長子翰林院庶吉士祖同，禍且不測，幸上矜全，得免。尋命公辦五城團防事。既而夷人内犯，諸權貴用事者請上幸熱河。公與廷臣交章争，不納，公憤懣憂懼。先是，公在籍辦團練，已積勞得疾，至是益劇，乃疏請解職，於京寓養痾。同治初，天子冲齡踐阼，皇太后垂簾聽政，時事方亟。公曰：「此何時也，豈吾養病時乎？」乃强赴宫門請安。朝廷亦知其衰老，不復煩以官守矣。

公學有根柢，尤長於史學，所著有《賜錦堂經進文稿》一卷、《小鷗波館文鈔》四卷、《詩鈔》十二卷、《補鈔》二卷、《詞鈔》一卷、《題畫詩》四卷、《畫識》三卷、《畫品》《畫寄》《墨緣小録》各一卷。畫以青藤白陽爲宗，書則初學吴興，晚學襄陽，尤得其神髓。配陸夫人亦知書，工書畫。同時女史汪小韞鐫小印以贈，文曰：「潘江陸海，性仁恕。」每大雨中，聞門前有衒瓜果者，曰：「清凉如此，誰與餹者？徒頳其肩耳。」命盡買之。偶有兩甌墮地，一瓻一否。顧諸子曰：「汝曹識之，薄者破，厚者完也。」晚年頗信佛法。光緒四年二月既望，夫人已示疾，猶誦經禮佛如平時。四月壬子，强出至中庭，向西南膜拜，共扶掖入室。時公亦寢疾，與夫人异室而處。得南中所寄金橘，呼次子使奉其母，夫人猶問：「汝父寢乎？」明日癸丑鷄鳴時，夫人卒，公未之知也。俄而曰：「天明邪？」祖同對曰：「尚早。」命進飲，飲已復睡。日加巳，亦卒。公生於嘉慶十三年十一月乙丑，夫人生於是年七月癸酉，至是歲皆七十有一。生同年，死同日，士大夫以爲美談。子五人：祖同，翰林院庶吉士，即以科場之獄免官者也。好學能文，有父風。祖福，殤。祖喜，工部虞衡司郎中。祖保，兵部武選司郎中，後公五月卒。祖楨，前卒。孫七人，皆卒。今存者，祖喜之女二，祖保之女一。某年月日祖同、祖喜葬公與夫人於吴縣萬安橋浜，以狀乞銘。銘曰：

古重世臣，同國戚休。公生相門，楊班之儔。弱冠登朝，風舉雲搖。長承帝眷，一德允孚。辰彼碩女，君子好仇。帨弧并設，鸞鶴同游。僉曰异哉，其生有由。千載而下，式此松楸。

西安縣知縣張君墓碑

君諱廷璜，字渭臣，别字夢周，張氏，江蘇吴江人。明嘉靖時有諱震者，實始遷吴江之北門。時有倭患，出私財繕完城之西隅，凡六十餘丈，至今稱焉，則君之十世祖也。曾祖曰漣，祖應鵬，父協華，以君官贈中議大夫。君始入塾讀書，倍常兒。及學爲文，其叔父曉江君深賞之，曰：「吾家自祖父以來，皆以諸生教授，隱居不仕。此兒其將昌吾宗乎？」甫弱冠，母葉淑人及父質庵君先後卒。大母葉淑人猶在堂，兩弟皆幼。君喟然曰：「瓶之罄兮，惟罍之耻。吾閉門授童子村書，所得幾何？其能仰事而俯畜乎？」乃舍舉業，游於皖。未幾大母卒，所居又毁於火，窶甚。而君故習名、法家言，兼工翰札，挾其藝往來江、浙、皖、豫、齊、魯間，争延致之，聲譽翕然。當是時，粤賊已起，天下方多故。朝廷命將出師，各開幕府，招徠智能之士。君乃入貲爲縣丞，謁袁端敏公於徐州，命治文書。又以儲胥不繼，命至鳳、潁二郡勸分以佐軍興。未逾月，得銀三萬，奏上其功，賜戴藍翎。君居袁營六載，以隨營殺賊無筭，又攻克王圩賊巢，詔以知縣發往浙江，旋以北路剿賊功賜易花翎。咸豐九年秋，入都引見。是冬至浙，而粵賊已由金陵潰圍出，浙中聳。巡撫王壯愍公命赴吳江，扼賊之衝。其明年正月，又以海警命設防於甬上。至十月，復以浙中乏食命至揚州仙女廟招集米商運糧濟浙，君遂復見袁端敏公於袁浦。公甚重君，留君營中管出納，且曰：「以君之才，宜得百里而治之。」僕僕奔走，何以見利器？」乃歷叙在營勞績，咨浙江巡撫，請不次用之。同治二年九月，浙撫左文襄公以君署山陰縣知縣。時賊猶在蕭山與山陰接壤，君撫視瘡痍，供應大軍資糧屝屨，次弟治之，無廢事。明年，官軍克復杭州，乃始解嚴。

君在州縣幕久，嫺習吏事，刑名錢穀手自治之，吏不能欺。故事署中日用所需取給，胥吏每月納錢十萬，曰「送署錢」。君曰：「身爲邑宰而仰給若輩，欲其不爲奸，得乎？革除之，自我始。」山陰爲紹興首縣，天下幕友皆出紹興，故其民多通曉律例，能持官短長。君不輕受詞訟，既受之，必判定曲直，不任自起自息，久之訟者益稀。四年五月大霖雨，衢嚴之水下凑，海塘潰決，田禾湴浸。君曰：「非開三江閘淤沙不可。」三江閘者，明太守湯公所建也。舊有湯公祠，君爲文禱於其祠。三日而淤沙解散，稍事畚鍤，隨流俱去，水乃暢行，田用作乂。然補蒔之稻，收穫不豐。言於臺司，蠲減如例。明年又水，賴閘宣泄，水不爲灾，其歲大有。輿人歌之，上官嘉焉，疏請補授仁和縣，又請補授歸安縣，部議皆不可。君在山陰首尾四載，受代而歸，浙撫馬端敏公以全浙肅清，君與有勞，請俟補缺。後以同知補用，從之。九年，補授西安縣知縣。先是，縣民納糧由糧櫃給，以櫃收一紙名曰「活串」。君曰：「串可活乎？以活串征收，何以核實？」乃造三聯印串，一存縣署，一給完户，一付糧櫃，至今循之。又聞民間米值有官民之別，官輕民重，而牙人又於分外需索，曰「貼差錢」。君一概禁絶，立石以示久遠。民感其德，以四字顔其大堂之楣，曰「弊絶風清」。君猶自以不由科甲，每歲科試必廣延耆宿，共定甲乙。邑有鹿鳴書院，危欲圮矣，君出俸錢新之。士之來肄業者，君獎誘甚。至閲三稔，擇其文詩之工者，鏤版以傳之，士林悦服。其外如栖流所、養濟院，凡屬善政，罔不修舉。會君之配費淑人卒，君自念與淑人共起寒微，深賴其贊助之力，撫存悼亡，畫焉心傷。又以軍營積勞舊疾，歲益加劇。力求去官，上臺倚重，未如所請。稟牘再陳，浙撫今閩浙總督楊公曰：「是不可留矣。」十二年九月，解西安任。明年，其長女婿宰休寧，使人來迎君往養疴，數月而歸。每坐笋輿，携酒榼，探岩壑之勝，觴咏忘歸，不自知疾之在體也。君篤於内，行遇兩弟，終身無閑言。兩叔父皆早世，恭遇覃恩，均以已封貤贈之。親族有所假貸，無勿應。凡保嬰恤嫠之舉、棺槥藥餌之施，無勿竭力。年終券粟以食餓者，絮衣以衣寒者，歲以爲常。自西安歸，八易寒暑，年近七十，行不持杖，鐙下能作細書，僉曰其壽未可量也。會其弟敬亭君卒，君甚傷之，俄亦感疾，光緒七年八月甲子終于正寢，年六十有七。有丈夫子三：長豫亨，殤；次晋昭，兩浙候補鹽場大使；次臨吉，附貢生，安徽候補同知，爲敬亭君後。女子子二：長適朱炳麟，即辛休寧者也；次適刑部主事范家祺。孫四人：慰祖、繩祖、繼祖、懋祖。孫女一。先是費淑人卒，葬於吴江之右洪圩。君卒後百日，晋昭等奉君之喪，於十一月辛丑合葬焉，禮也。葬後六年，晋昭以行狀來乞銘，乃述大略，刻石墓門而系以銘。銘曰：

同治之初，兩浙底定。大亂初夷，千室縣罄。緝我荒土，惟賢守令。君起寒微，知民利病。始宰山陰，横流滿境。君以至誠，爲民請命。繼莅西安，去其稗政。租估以平，弦誦斯盛。雙鳧所臨，萬口同慶。人歌五袴，我懷三徑。歸去來兮，林泉頤性。仕學并優，出處以正。宰樹蓊然，一鄉起敬。遺澤長存，留遺無竟。必有興者，在其子姓。爰作銘詞，用告史乘。

劉節婦李夫人墓表

光緒十有一年，湖南士大夫之宦[一]游浙中者以湘鄉劉節婦李夫人姓氏事實及其守節年歲詳陳於浙江巡撫劉公，而公以聞於朝。十二年正月壬戌，制詔下禮部，旌表如例。於是吾浙人士無不知湖南有劉節婦李夫人矣。越四年春，余來杭州，居右台山館，而夫人之曾孫曰祥勝者，與余素相得也。入山相訪，以一編見示，則夫人之事略也。祥勝告余曰：「吾曾祖母葬於本邑天螺山之陽，至今百有餘年。當日銘幽之文，既缺焉未備，至今亦未有以表於其阡，大懼名迹之不彰，樵蘇之莫禁，我子孫之獲戾滋大。敢乞先生一言，刻石墓門，以表襮之。其許我乎？」余曰：「敬諾。」按事略，夫人姓李氏，湖南湘鄉人。其在室也，有淑慎柔嘉之譽。年二十，歸贈建威將軍劉公。公諱世華，邑之儒士也。夫人相之以敬，上事舅姑以孝。姑殁，哀慟歷久不忘。每遇憫忌，營魚菽之祭，輒漣然隕涕。無何，劉公病，夫人謹事之。藥餌饘粥，必躬必親，昕夕扶持，不解衣而息。每旦焚香籲天，求代夫死。及贈公卒，夫人年三十，誓以身殉瀕

〔一〕宦，原訛作「宧」，據文意改。

死者。再後以君舅年耄，懼傷其心，又以諸娣姒慰勉，强從其言。而自贈公歿，家中落孤二人：長曰漢切，年甫七歲；次曰漢里，甫六歲。夫人躬紡績，佐饔飧，撫其遺孤，至於成立。乾隆四十七年正月九日以壽終，年五十有八。既歿六十餘年，曾孫祥勝以軍功起家，記名以總兵用。公與夫人皆贈如其官，禮也。祥勝以善治軍旅，久留吾浙。距原籍遠，故籲告同鄉諸君子表揚夫人苦節，而又乞文於余。余既諾其請，爰次其事，而系以銘。銘曰：

夫人之塋，蓋瀕水涘。每遇淫潦，水及其址。抔土巋然，至今不毀。百餘年來，未一修理。夫人之塋，有草薿薿。彼牛來思，若或禁止。牟然而鳴，戒勿敢履。神物護持，不煩鞭箠。夫人之靈，長如其始。夫人之澤，百世蒙祉。我作銘詞，表揚厥美。刻石墓門，雖久勿圮。下示後昆，上告國史。

春在堂雜文四編四

任母王太夫人墓志銘

嗚呼！自吾祖之殁至今九十有一年，海内士大夫與吾祖同輩行者，不復有其人矣。詩云：「雖無老成人，尚有典刑。」其惟任太夫人乎？太夫人姓王氏，直隸人。年及笄，歸贈光禄大夫宜興任公，生筱沅中丞。贈公諱烜，字跂園，以乾隆五十九年舉於鄉，與吾祖爲同歲生。余不及見公，而獲與中丞交，故得粗知太夫人之爲人。當太夫人之歸贈公也，公方守永平。已而遷通永道，以事去官。大吏訟其寃，仁廟召見，稱旨，將復起之。會丁内艱而止，遂歸老於家。公既卒，而族有不逞者覬覦所有，起而構難。中丞時甫十有三歲，禀承太夫人意，躬坐訟於邑令之庭，辭氣慷慨，涕泗交頤。邑令感動，事遂得解。太夫人撫中丞而泣曰：「自汝父死，吾不即死者，徒以有汝在。汝能讀書上進，吾尚可苟生人間。不然，吾從汝父地下矣。」中丞跪而受命。道光二十九年，中丞充選拔貢士，朝考以教職用，選授奉賢縣學訓導。越三年，遷湖北當陽縣知縣。九閱月，又遷直隸順德府知府。太夫人喜曰：「吾歷萬苦守汝，至今日吾心稍慰矣。」又曰：「汝父服官中外垂二十年，惟以勤政愛民爲主，汝宜勉之。」同治六、七年間，捻賊由山東、河南擾及直隸，而順德當其衝。中丞欲命其季子奉太夫人南歸，太夫人曰：「毋。吾一去，人心摇矣。汝宜死守此土，吾亦誓死從汝，無他圖也。」當是時，直隸屢被兵，陷城邑甚衆，順德獨完，咸曰：「太夫人之福蔭也。」

中丞旋移保定府，遷河南開歸陳許道，由江臬、浙藩調直隸藩司，擢山東巡撫。入覲京師，自陳母老乞歸養。上垂問：「母年如干，有無兄弟？」然以東事重趨之官。中丞不敢固請，奉母東行。蓋自守令至疆吏，太夫人皆從焉。每鞫獄，太夫人於屏後聽之，有不合，則俟中丞退，反復推究，務得其情，翌日再鞫而更正之。或偶用刑，累日不怡。故中丞治獄不以刑，母誡也。官江西、山東，皆遇水災。太夫人每日必問：「振活幾何？民命至重，汝毋倦也。」最太夫人一生，其居心慈，其賦性儉，案無兼珍之膳，笥無重錦之衣。常謂中丞曰：「衣食但取飽暖，若求甘美，徒長兒孫奢侈耳。」中丞由山東調浙江，罷歸，寓吴下。太夫人年逾耄耋，神明不衰。光緒十三年七月戊午，以微疾卒於内寢，臨終執中丞手呼曰：「佳兒！佳兒！」微笑而逝，年八十有七。子道鎔，即中丞也。女子子一，適同邑候選州同世襲雲騎尉楊家榮。孫五人：之駒，府學生，湖南湘鄉縣知縣；之騮，山西嵐縣知縣；之駿，候選知府，早卒；之驊，直隸候補道；德潤尚幼。曾孫七人：承弼，承祐，承沆，承澤，承曾，承憲，承傑。孫女二，曾孫女十。是年十二月庚子，葬太夫人於宜興和橋路萬二區八圖遐字圩。中丞徵銘於余，余愯然曰：「是與吾祖同輩行者也。小子其敢辭？」銘曰：

昔也艱阻，含辛茹苦。今也華膴，一門簪組。遇有屈信，德無亨屯。富而能儉，貴而能勤。始終一節，福其後人。如曰不信，視此貞珉。

冠縣知縣韓君墓碑銘

君諱光鼎，字俊伯，韓氏，宋忠獻王二十八世孫也。先世隨宋南渡，家於會稽，後遷杭，爲錢唐人。曾祖淮，州同知；祖榮，縣主簿；父雲濤，山東即墨縣知縣，祀樂安名宦祠。君弱冠入縣學，屢應鄉試，不中式。以即墨君年高，謀以禄養，遂入貲，以知縣謁選得湖南麻陽，改發江蘇，又改山東，未補官，以憂歸。時粵賊據徽寧，窺浙西。戴文節公在籍，治鄉兵禦寇，招君與謀。逾歲服闋，而杭亦解嚴，仍回山東。咸豐十年，權知平原縣。縣民郭少棠倡亂，勢甚熾。

以計禽斬之，論功以同知直隸州用。其明年，英吉利北犯，縣當南北衝，羽檄旁午，諸亂民乘間作合，圍城下者三日。君率衆力戰，斬其渠，始解散。同治三年，補高苑縣知縣。俄調補沂水，繕完縣城，築石爲郭，葺修學舍，設義學十有二。是夏不雨，禱於聖水坊，往來皆徒行，歸未及城而雨將至，從者請輿，不可。及郛大雨，父老跪迎，皆叩首呼父母。縣境有所謂圈裏者，介五邑間，爲盜淵藪。大學生王步雲踞其中，謀爲亂，奉故劉文正公裔孫爲渠帥，不從則脅以兵。捻賊應之，期有日矣。君聞變，將徒役數十人夜往，遲明入其巢，悉縛以歸，釋劉而誅步雲。及期，捻賊至，知事敗引去。巡撫丁公以聞，賜戴花翎；又叙平原守城功，以知府用。丁公以郯城多寇，調君治之。君將去沂，念沂有山水，春夏水盛，民則病涉，留白金二百，使建橋。君去，橋不果成，然民至今感之。比至郯縣〔一〕，合江南搏力之衆，禽奸戔猾，境内以平。十年，調補冠縣，察其地凋攰，緩急無備，修城浚隍，創建櫟樓四所，夜則募人聚樣，達旦不休。賞信罰必，辜罪恒獲，行之期年，一邑大治。乃修廟宇以妥明神；乃建考棚以優多士；又用西洋法設局，種牛痘以活嬰倪；仿古人常平法建倉積穀，春借秋還，不取其息，以利窮氓。寒者衣之，餓者食

〔一〕縣，原訛作「聯」，據文意改。

之，孤窮者餼之，病則有藥餌，死則有棺櫝。其初下車投牒如麻，季年草生於庭，盜賊衰息，民賦畢輸。

君素康强。光緒十年夏，自省城歸，感微疾，久之遂困憊，嘆曰：「吾不久於冠矣。」賦《留别士民》詩四章。十一年六月己丑，卒於官，年六十有八。君自少有至性，當即墨君官博平時，有捻賊圍城，君時在外，聞亂，與師友訣，馳赴之。塗遇避兵者，戒勿前。君顧其僕曰：「遇寇爾自去，勿相從也。」僕亦感動，誓勿去。間關數十里，竟達城中，時閉城五日矣。即墨君晚患目疾，君晨夕舐之。即墨君曰：「吾目必愈，爾孝動天矣。」善屬文，尤工於詩，所至以興起文教爲事。其官沂也，請加廣學額。其官郯也，籌巨貲爲公車膏秣之資。及在冠縣，歲舉賓興禮，士之赴試者厚贐之。北鄉距城遠，舊有書院圮矣，君至，廓其堂舍，優其餼廩。同官中有卒官不能歸者，必資遣使歸。故人子弟有貧乏者，周之，歲以爲常。性仁恕，而於强禦不稍假借，痛懲以法。尤長折獄，東阿孫氏一家五人爲人殺死。已而得罪人五，部議以死者五，非五人所能殺，獄久不决，株連數十人。大府以屬君，君曰：「是必盜伺於門外，一人出殺之，再出再殺之，尸五人，五人足矣。」獄遂定。巡撫丁公以爲東海循良之最云。妻邵氏，繼娶嚴氏，生子三：應樞，候選主事，早卒；壽椿，國學生；拱極，尚幼。女二人，天津沈恩益、番禺梁子渭其婿也。

孫一人，之茂。某年月日葬某原。王益吾祭酒已爲文，銘其幽宫矣。而壽椿又乞余文，以文其墓道之碑。乃綴都較係以銘。銘曰：

大盗初起，如萌如蘖。邑有賢令，可得而折。及其既熾，千里瓻䏘。如火燎原，炎炎誰滅？偉哉劉君，亂萌杜絶。手種甘棠，身入虎穴。熢燧銷除，俎豆陳列。得如君輩，寄之符節。八表無塵，九州有截。大書墓門，請俟來哲。

南陽縣知縣吴君墓碑

君諱某，字竹侯，氏吴。其先江西金溪人也，曾祖世傑，游雲南，愛永昌山水，家焉，遂爲保山人。祖肇京，父淮，并以文學籍縣庠。君弱冠入學，俄餼焉，應鄉試，薦者數矣。會其伯兄官山東東河縣，君往省之。是時兵徭旁午，君與參裁，恒得夙辦。咸曰：「幹濟才也。」而雲南自回民倡亂，軍事益亟，鄉試不能如期行。君遭時艱難，身歷憂患，慨然曰：「昔人不云乎『鉛刀冀一割』，吾胡久處囊中哉？」即入貲，以知縣分發山東，補招遠縣缺。俄奉令甲，兄弟不得同官，改河南涉縣。涉故岩邑，其民鷙悍。君曰：「是宜以文教柔之。」創建考棚，更定書院規條，優其餼稟；官費不足，以奉錢益之。他所興革類是。比三年，俗丕變。巡撫錢公行部至涉，稱爲「第一循吏」。時有令，令民積穀。涉素無儲，日食糠核，勺米斗粟皆遠糴鄰邑以牟利。令下，難之。君買穀四百石爲之倡，苦口勸譬。民乃樂從，積穀逾萬。後值凶祲，邑無飢民。

未幾，調署商城縣。商城有巨室某，恃其族强，數撓吏治，魚肉鄉里。一邑畏之，號曰「東衙」。歷官其地者爲所把持，畫諾而已。君不畏强禦，務行己意，扶翼良懦，遇事與争，民大悦服。而君竟陰爲所齮齕，奉檄回涉。涉父老聞君至，迎數十里外，歡聲如雷。是歲大旱，晋豫間赤地千里。其始胥吏猶循故事以催科請。君曰：「不可。」親履四鄉，飛書上大府請振。不待報，先發粟，民如干口粟如干斗，十日一發。明年，又市粟以平市價，轉運之費不取之。公凡用白金二千餘兩，皆私財也。他邑死亡載道，涉民死者才百中之一。及登麥，麥大熟，人謂善政所感云。大計群吏，君以卓异聞，調南陽縣。甫下車，有以盗劫告者。或謂君曰：「盗必不可得，取獄囚尸之，即無事矣。」君曰：「是何言也？」卒捕得盗，置之法。其地民夷雜處，君遇事持平，中外皆服。不數月調署臨漳縣。君宰涉時曾攝臨漳，至是再至，習其土俗而事又簡，君班條理務，勤恁如前。忽中蜚語免官，罔測所自，或曰此仍商城所謂「東衙」者爲之也。

君罷歸後，以故鄉遼遠，寓居濟南。齋厨蕭然，不以措意。其次子選授江蘇金匱令，將往視焉，忽得偏痺之疾。逾年有間矣，俄又暴下，遂於光緒十三年七月辛未卒於濟南，年六十有一。君性孝友，事繼母得其歡心。其仲兄就養於其子，遠在粤西，君恒念之。兄卒，秘不以聞。及兄之喪歸，而君即以其日捐館舍，亦可异也。君娶陳氏，咸豐十一年滇亂死焉。旌如律，祀節孝祠。君感悼不再娶。子二人，光緒元年鄉試，長子煜中式副榜貢生，次子灼舉人。人皆榮之。煜以通判分發直隸，灼由内閣中書改知縣，即選授金匱者也。孫三人：德培、恩培、天培。其年十月乙酉，二子葬君於山東肥城之程家莊。其明年，灼來吴中，請文其墓道之碑，乃撰次其事而爲之銘。銘曰：

爲政之道，惟仁惟義。君之一生，仁義咸備。遇灾斯振，當仁不避。上未報諾，我行其意。活人千萬，是仁之至。得罪巨室，仕宦所忌。君獨侃侃，吾不爾比。扶弱抑强，是義之至。兼義與仁，斯爲循吏。未竟厥施，報在後嗣。刻此銘詞，表其幽隧。

江蘇按察使李君墓志銘

往時，曾文正公以碩德元勛表儀一世，賢者才者争出其門。惟余以疏頑爲公門下羞，而亦因之得遍識海内賢豪之士，則李君香巖其一也。君諱鴻裔，字眉生，自號香巖；晚寓吴下，與蘇子美滄浪亭相近，又號蘇鄰。世居四川中江縣，曾祖某，祖某。父某，字夢蓮，嘉慶二十一年舉人，著有《卅樹梅花書屋詩集》。君生五歲而孤，無何，母何太夫人又卒，居喪如成人。十歲能書，無一筆苟簡。家貧甚，欲從師，至不能具十脡，然益自勵。年十六入縣學，逾年餼焉。年十九充道光二十九年拔貢生。將如京師，無以治任。或勸以田質於人，君曰：「我則行矣，吾兄吾嫂何以生乎？是不可。」遂行。咸豐元年應順天鄉試，中式舉人。名動都下，士大夫所持便面不得君書則以爲愧。旋入貲爲兵部主事，充漢本房坐辦。暇則研究經史，臨橅碑帖，手寫《春秋左氏傳》及《史記》《漢書》，皆卒業。於榮利澹如也。有達官諷使出其門，許以鼎甲，君笑不應。某相國方用事，素與君善。君見其權勢日盛，遂不入一刺，來見不納。後果敗，人皆謂君有先見。然君與人交，當其微賤時每甚密，愈貴顯愈疏，亦其介性然也。咸豐十年會試，已中式矣，復以微疵黜。同考官今陝甘總督譚公手録其四書文三篇出以示人，皆爲嘆息。

而是時粵賊踞金陵已七八年，其年秋復由江南上犯，皖鄂告警。胡文忠與李忠武知君之才，合言於朝。君奉命赴軍營，行及汴梁，資用不給，賣所乘車然後至鄂。文忠待以客禮，每事諮焉。文忠薨，曾文正以師船來迎，而皖撫李公亦招致之。君曰：「能辨賊者，非曾公而誰？吾必往。然吾受文忠殊遇，其喪未歸，未可他往也。」既送喪而後行。文正在京師雅重君，及至延入幕府，凡機事皆與聞焉。文正每言君豁達大度，敏而能精，請授以大任。穆宗嘉納，命樞臣存記。同治三年，江南平，文正疏請以君權十府糧道。其時大減，江南漕以蘇民困，量財品賦，君力爲多。又使君總理糧臺，總辦善後局，整紛剔蠹，百廢俱舉。會文正督師剿捻，以徐州爲南北襟要，乃會同今相國合肥李公奏補君淮揚徐海兵備道，駐徐州總辦營務，兼管糧臺。時吉林及湘淮諸軍不下數十營，資糧屝屨皆君供之。俄而捻賊大至，環攻四十餘晝夜，去而復至者再。終以君備禦甚嚴，且時出勁卒乘間襲擊，不敢久留，隴種而退。徐城獲全，君之功也。徐故有兵十數營，有支發無報銷，君并入大營報銷如例，又裁民間雜税錢數十萬。今相國李公方督兩江，讀其公牘，嘆曰：「古稱廉能，君之謂矣。」君又以境有葵河，久不疏瀹，商旅不適，乃議浚之，出奉錢爲倡，遐邇稱便。君猶歆然曰：「吾力不足，未能大浚也。」蓋君治徐未一載，又軍旅之日爲多，而其惠澤及民已如此。然君之心力亦坐是困。及簡授江蘇按察使之命下，而君以失眠數月，耳鳴重聽，不能赴。請開缺，不許。賞假三月，假滿未愈，又以請，乃許之，而以前功賞加布政司使銜，賜戴花翎。蓋朝廷眷注固未衰也，而君竟不復出矣。

君負經世之略，值需才之時，年甫强仕，以微疾乞歸，未竟其用，海内惜之。君既得請，以距家遠，遂寓吴中。命其嗣子賡猷還蜀，修先人墳墓，置祭田，設義塾。比年來，山東、山西頻遇水旱之灾，屢出巨貲以助之。振不足，則節省服食以濟益之；又不足，則賈字得錢，積少以成巨。常訓賡猷曰：「孔子之書，大旨在仁字，而成之者誠也。孟子亦發明仁字，而輔之者義也。佛氏有體無用，然其體亦止一仁字，故曰能仁。仁者，三教之所同也。桃杏無仁不能生，人無仁其能生乎？」又曰：「人之處世不可存一疑字，嫌隙由此起也，刻薄由此生也。」其生平寢興飲食皆有一定之節，不差寸晷。喜静不喜動，年四十後杜門謝客，惟以讀書爲事。《毛詩》、三禮每歲必讀一過，旁及金石文字，又流覽老莊及釋氏之書，皆有所得。於交游尤不苟，所往來者皆海内名流也。吴中所寓即宋氏之網師園，有花木之勝。君野服而朱履，倘徉泉石間，見者不知爲故廉訪使矣。光緒十年，偶得脾疾，時愈時劇。十一年秋，又病痁，八月辛巳遂卒，年五十有五。娶敖氏，爲榮昌望族，常從君至鄂，寇來圍城，驚悸成疾，迄今不瘳。無子，以從兄子爲嗣，即賡猷也，廩貢生議叙同知，加知府銜，援海防例，捐升道員。孫五人：鶱，候選知縣；鵠、鷀、鷃，皆業儒；鷗，尚幼。某年月日葬君於某原。余與君同出曾文正之門，又同寓吴中，相習也。而君之先德夢蓮先生又與先君同歲舉於鄉，有世講之誼。故於其子請銘不得辭焉。銘曰：

昔蘇子美，先世居蜀。晚寓吴中，滄浪一曲。八百年後，得君爲鄰。非惟同調，抑亦鄉人。

我思子美，坎坷失職。明月清風，聊以游息。君則不然，遭際聖明。官高方面，功在彭城。雖與蘇鄰，乃出蘇右。網師名園，從今不朽。大書墓碣，曰舊使君。吴中父老，下馬斯墳。

陝西候補知府恤贈太常寺卿祁君墓志銘

君諱兑，字悦亭。其先山西人，有遠祖在元時以千户指揮使戍甘肅，遂家焉，今爲鞏昌府隴西縣人。曾祖體，元祖璯，父尊賢，世以居積致富。君生有大志，入貲以同知發陝西，歷署漢陰、定遠撫民同知。不久即告歸，專爲義於鄉里。郡東二十里堡故有溝洫，久廢矣，爲大浚之，灌田數萬頃。其俗不知紡績，爲設機房，募工師教之，不數年民有餘布。又大治府學，修文昌宫，重建南安書院。士風興起，科名爲隴右冠。咸豐四年，陽坡寨民有以邪教相煽者，縣令不知，曰是饑民求食耳，請君與君之從兄前四川西充縣令嗣唐往撫之。半道會議，嗣唐謀以單騎往。君力阻不聽，往則戕焉。君遄返，自募死士二千人，身爲之先，馳入其寨，禽其魁石元義，誅妖婦曰九天仙女，餘黨悉潰。於是甘肅諸大吏皆知君才。

當是時，粵賊自兩湖踞金陵，犯及畿輔。海内大聳，然距甘猶遠也。君曰：「甘禍必始此矣。」陝甘古雍凉之地，花門種類自唐肅、代間居此，生聚益繁，性悍喜鬥，與土人積不相平，因無隙，未敢動。君私計是必爲亂，而甘肅乏鐵，製軍械必以鐵，預購數十萬斤儲之，人無喻其意者。同治元年，粵賊自河南大掠南陽，突入武關。山南諸回民應之，關中雲擾，秦隴間亦蠢動。於是郡中聚謀，始議鑄砲，而苦無鐵。君出所藏以告，乃造大將軍砲及其他槍砲，軍械皆具。於是鞏昌砲隊所至有功，名聞秦隴。甘肅以蘭州爲省會，東西北不通餉道，通者惟南路一綫，鞏昌其門户也。鞏不守，則由陜餫甘，其道必絶。君顧大局，以死守鞏。而其時渭源、西狄、道西、河州之賊，所在蜂起，皆與鞏鄰。河州回尤悍，屢至城下，皆以砲隊擊却之。俄大旱，赤地千里，民饑賊亦饑，以鞏殷富，將就食焉。四年秋八月，賊數萬來攻城。城中議以知府趙某守南城，君守北城。北城卑，又當賊衝，君任之不辭，每夜必周歷四城，拊循其士卒。守者皆曰：「我曹爲祁公死，死不悔。」而知府趙某故有所部八百人皆裹黑巾，號曰「黑頭客兵」。本無固志，又以圍久粟匱，藉搜粟爲名擾害閭閻。君曰：「事急矣！」請乞援於曹軍門。曹名克忠，故將軍多公部將也。君與之書曰：「郡城危在旦夕，願大軍速來。公爲我守，我爲公餉。」又有「黑頭不足恃」之語，書列府縣官名，使數人分路突圍，賫書往投。一人爲賊所殺，得其書，大呼於城下曰：「黑頭！黑頭！官且殺汝，何守爲？」黑頭洶洶，將爲變。君百方慰解之。及曹軍至，始誅黑頭之黠悍者，粲散其衆，事乃定。君發藏鏹犒曹軍。已而曹公赴洮州，留兵三千守鞏，軍餉皆君籌之，所費巨萬。先後敘功，由同知升知府，加道銜，賜孔雀翎。

而君亦積勞成疾，五年八月，病益臻。自知不起，乃從郡守以下悉延至卧榻前，流涕告曰：「此地不守，全隴皆陷。願諸公聽垂死之言，全力守此，如某未死。」又私語家人曰：「吾死，必速斂速葬，毋落賊手。」是月乙巳遂卒，年六十有四。卒之日，居民聚哭。而城外之賊酌酒相慶，越日丙午蟻傅城下，次日畢登城，遂陷君一門老幼，死者四十人。其嗣子及從子兆庚僅以身免，室廬皆毀，而君停柩之聽事獨存。或曰：「賊畏君威靈，不敢犯也。」同治十二年十二月，御史吴可讀以公事上聞。朝廷嘉嘆，詔贈光禄寺卿，賜祭葬，建專祠，一如典禮。君娶樊氏，無子，以弟之子爲嗣，曰兆煃，兵部員外郎，浙江候補道前署杭嘉湖道。孫二人：緝熙、緝誠。君始渴葬於東郊，至是兆煃自浙請假歸，謀改葬焉，禮也。瀕行，以狀乞銘。銘曰：

一身存亡，一郡所繫。一郡存亡，全隴所寄。毁家抒難，致命遂志。烏呼祁君，令名百世。

恤贈知府前高明縣知縣許君墓碑銘

君諱錞身，字彦直，許氏，浙江仁和人。許爲浙右族，世牒炳然，可無述也。祖某，父某，累贈光禄大夫。君少有奇氣，喜聞忠義事。嘗見優人演周忠武戰死狀，爲之慷慨泣下。母徐太夫人謂之曰：「兒欲爲周忠武邪？」應聲曰：「此兒素志也。」道光二十四年，以知縣謁選得廣東高明縣。高明隸肇慶府，地僻民貧，官其地者皆謂不足有所爲，苟焉而已。君因其所宜而爲之，治未一歲，百廢備舉。先是，歲科兩試率取富人子弟置前列。君杜絶請托，所甄拔皆宿名之士，衆論翕然，士氣咸奮。自入國朝二百年來，高明一縣無登甲乙科者。及二十六年鄉試，邑人李某裒然魁其曹，即君先一年縣試所取弟一人也。父老嘆异，以爲美談。調署高要縣，肇慶之首縣也。其地居省會上游，與廣西接壤。寇盗充斥，素號難治。君清其户籍，察其良莠，使其民相保相受，守望相助。寇不敢犯，閭閻按堵。俄吏部以君到任逾限，開缺議處。粤中大吏言君逾限有故，請免議，并以獲鄰縣盗咨送吏部引見。詔回粤以知州升用。

咸豐三年，署惠州府碣石通判。碣石介惠潮間，爲濱海要區，特設總兵官鎮其地，與通判同城而治。君航海出大虎門，歷零丁洋、香港、澳門諸處，縱覽形勢，登櫓四望，撫劍長嘆，其志遠矣。當是時，東南雲擾，群盗如麻，而兩粤土寇亦乘間起。君之官未久，而潮州亂，惠來縣陷，總兵馳救。城中兵少，民大恐。君行保甲法，又教民搏力以自衛，察知其與賊通者，捕數人，尸於市。雖鄰郡繹騷，境内帖然。已而惠州海豐縣有所謂「三點會」者，戕官踞城，警報日數至。海豐距君所治不二百里，來乞師焉。君商之護理總兵官何君，何有難色。君曰：「海豐之民陷於水火，何忍坐視？且公不聞脣亡則齒寒乎？賊久踞海豐，禍必及我。」何君乃簡丁壯，以君統之，約陸豐鄉兵，分道俱進。是行也，君以閑曹受事日淺，倉卒出師，糗糧器械皆不具，見者寒心。君投袂而出，意氣彌厲，旬日之内，三戰三勝，遂克海豐，破太平，圍賊巢。而餘賊又與歸善縣土寇相結，大掠於三多祝。君自三多祝進剿，遇賊於九州鄉，大破之。乘勝窮追，會日暮，駐兵烟墩墟。其夜賊收合餘燼，回撲我軍。猝爲所乘，我軍潰散。君義不反顧，遂遇害焉。幕友張受經、家人劉彩、書吏黄恩皆死之。時咸豐四年十一月己巳也。潰兵退集於三多祝。翌日賊大至，忽隴種而退，騤瞿奔觸，若鳥獸散。我軍相顧愕眙，因麾衆逐之，斬馘無算，禽其渠曰張來順。後問之俘者，是日見官軍甚衆，遍張白旗，賊衆目眩神奪，不戰自潰。聞者悚然，蓋白旗者君行軍之幟也。非君之靈有以陰相之邪？

越四十日，烟墩墟之人得君遺骸，送至三多祝，面如生。事聞於朝，議恤如例。同治元年，總督晏公端書又因士民之請，請從優議恤，詔加知府銜，於死事之地及原籍均建專祠，官爲致祭。凡從死者皆附焉，禮也。方君之剿賊海豐也，距海豐五里有五里山，山有方飯亭。相傳宋文丞相駐軍於此，方飯而元兵大至，被執北行，後人建亭識之。君登山賦詩，因以見志，未一月及於難。徐太夫人在家嘆曰：「吾兒真爲周忠武矣！」君之子曰之軫，余門下士也，具事實請表其墓，因書大略而係以銘。銘曰：

維鄰宜恤，維寇宜攘。武夫趦趄，君曰余往。三戰三捷，所殺過當。猝爲所乘，戎伏於莽。致命遂志，其氣彌壯。厲鬼殺賊，碧血歸葬。文山忠武，君所宗仰。頡頏其間，洵無多讓。我作銘詞，刻君墓上。千載而下，式其靈爽。

何賡堂墓碣銘

君諱錫金，字賡堂，何氏。其先浙江寧波鎮海縣人，自其曾祖以來家於定海，今遂爲定海廳人。祖大成，父廣仁，祖妣葉、妣俞并以君之子良棟貴，贈視三品。君少有令聞，耽詩悦書，研究典籍。家無儋石，未竟厥功，乃奉簿書鞠躬公門。忠絜清肅，進退以禮，浮游塵埃之外，皭然泛而不俗者也。嘗謂諸子曰：「人不可以苟富貴。吾家世皛白，吾雖折節爲吏，水火不與人交，上可以不愧先人，下庶以留詒爾輩耳。」君之令德，宜登大年，乃以道光二十四年正月丁亥遘疾而殂，春秋五十。元配董淑人，内行純備，禀命不嗬，先君十八年卒，年二十有八。繼配邱太淑人，事舅姑以孝，撫前室子以慈，處分家事，内外秩然，後君四十二年卒，年八十有三。君有丈夫子五：懷珍、懷瑾、懷瑜、懷瑛，董出也；懷瓚，今改名良棟，邱出也。孫四人：瑾之子曰基泰，瑜之子曰基賢，棟之子曰基康、曰基昌。邱太淑人嘗謂良棟曰：「汝父勇於爲善，恒苦無力。今稍優裕，宜勖行之。」良棟敬諾。同治八年，以佐黔中軍興，議叙同知，賜藍翎以飾其冠。後復輸家財振山西饑，加知府銜，易孔雀翎。又以畿輔饑，助振如前。詔以「樂善好施」四字，表其門閭。嗣後凡遇善舉，罔有弗力，親戚待以舉火者相踵也。是皆太淑人之教，而實君之遺意也。識者曰：「君之餘澤孔長矣。」同治三年某月某甲子，諸子奉君之喪葬於定海西山之麓。至光緒十四年，良棟具行狀碣墓，請銘。銘曰：

兩漢人材，吏居大半。如尹翁歸，如趙廣漢。張敞王尊，得人無算。逮乎後世，科舉盛行。五尺之童，跬步公卿。雖有尹趙，無自知名。雖不知名，食報自在。如君之賢，高門可待。我作銘詞，垂信千載。

峽江縣知縣暴君墓志銘

君諱大儒，字超亭，别字梅村，暴氏。其先山西洪洞人，明初遷河南滑縣，遂爲滑人。曾祖天民，祖宗昌，父荚，皆以君官贈中憲大夫。君弱冠入縣學，益自勵，夜讀倦則伏卧橙上，轉側墜地，復起讀。肄業大梁、河朔兩書院，試輒冠其曹。道光二十四年中式舉人，三十年成進士。以知縣用，掣籤得江西，咸豐二年署都昌縣。縣濱鄱陽湖，湖有劇盜，恃其險阻，不可捕。君雨夜馳九十里至其地，禽數十人以歸。三年夏，粵賊攻省城，賊船之往來於鄱湖者相望也。君聯合其民，翦除其土寇。他邑糜爛，縣境獨完。時省城被圍，文報隔絶。君密書上大府，備陳賊虚實。巡撫張文懿公大喜，自是諸文牘皆密下都昌以行。四年受代歸，六年以親老請終養，已而連丁父母憂，家居久之。

十一年春，曹濮間十數州縣奸民結會爲亂，擾及滑東。而團練大臣毛公所募勇又潰於獲嘉，驛騷於新鄉、陽武、封邱，而及滑南。滑人大聳。君飛書遍告諸村莊，期會於縣南之黄德集，至者數千人。叛勇始謂滑無備，及至，見勢盛，籠東四散。滑人大喜，君曰：「是非可常恃也。」創議築堡，堡成而四境安堵，鄰邑無堡者率被蹂躪無完區焉。於是叙君功，加直隸州知州銜，賜鶡羽飾其冠。同治二年，服闋還江西。巡撫沈文肅公命赴袁州勸捐，會霆字營叛勇犯袁州，從者皆勸君勿入。君不聽，馳入袁。袁守朱君與某令不相能，餉又無所出，惟辦一死。君曰：「公患無餉邪？吾所勸捐具在。與某令齟齬邪？請和解之。」朱君曰：「捐資可移用乎？」曰：「移緩就急，胡不可？」朱君起拜。君即往見某令，曉以大義，於是守禦粗定。而叛勇踵至，攻三晝夜不克，舍去。袁州獲全，君之力也。詔加運同銜，易孔雀翎。五年署南城縣，七年補授峽江縣。

君爲政以通達民隱爲主，懸鑼大堂，有訴冤者鳴鑼以聞，聞鑼聲立出爲判曲直。又以公正耆老充里社長，勸民輸賦，不費敲扑，田賦畢輸。罷遣差役五六百人，使歸南畝，民以不擾。捐俸錢益書院膏火，士益以奮。在峽九年，以目疾乞歸，歸裝蕭然。其祖遺田宅當析居初，又悉以膏腴讓諸兄弟。暮年惟以教授生徒自給，然遇大祲，猶捐金以振族人焉。光緒十四年十二月庚子，疾終於家，年八十有一。元配宋，繼配徐，贈封皆恭人。子四人：駿圖，咸豐元年副榜貢生，歷任遂平、林縣教諭；驥遠，廩貢生，候選主事；籥雲，光緒十一年選拔貢生，十四年舉人，工部七品小京官；篆雲，尚幼。孫七人：式昭，江蘇太湖角頭司巡檢，蘇撫以賢員保舉，詔軍機處存記；式琦，早卒；式濂，國學生；書斌、式廬、式固、式軥，皆幼。孫女六，曾孫二。諸子以君與余同歲舉於鄉、同成進士，故其葬也，以狀乞銘。銘曰：

君貌恂恂，若無异於常倫。及遇艱阻，毅然如忘其身。神智焕發，膽氣益振，用是除虣而安民。峽江之濱，遺愛千春。欲知君子之澤，觀其後人。

署安平縣知縣婁君墓碑

光緒四年十二月甲午，署安平縣知縣婁君以勤民事卒於官。其明年二月己亥，葬於宛平縣欄河峪之原。又二年，直隸總督大學士李公疏言於朝，援積勞病故例請恤，得贈知府銜。於是其子杰乃具行狀請文其墓道之碑。按狀，君諱詩漢，字慧波，別字卓堂，浙江山陰人，婁氏。曾祖融光，縣學生；祖青，河南彰衛懷兵備道；父煜，直隸石景山同知。君年十四，通五經。以治家事輟舉業，父命也。已而家事治，父喜曰：「是良吏才矣。」乃入貲，以從九品分發南河署沛縣典史，捕治豐沛間。劇盜悉得，尋以回避。改官陝西，補褒城縣黃官嶺巡檢。以母憂去官，免喪，改直隸。咸豐六年，署涿州州判。又以父憂去，免喪，仍官直隸。三年〔一〕代理靜海縣主簿，四年署景州運河州判，十年代理永平縣知縣，光緒二年代理成安縣知縣，四年署安平縣知縣。大吏累上其功，始請補缺。後以知縣用，又請加知州銜，又請以知縣候補，又請補知縣，後以同知用。然君終於縣令，所謂良吏才者，未得盡試也。其官褒城也，禽奸翦猾，如尉沛縣

〔一〕三年，前疑當有「同治」二字。

時。鄰縣有争訟者，輒赴愬於君。君以侵官辭，愬者曰：「以君賢者，求一言決是非耳，非必以官法治也。」去褒數年，君之兄詩徵官蜀，道出於褒。褒人以爲君也，争迎於車下。既而知其爲君之兄，羅拜而去。烏乎！君於褒城一巡檢耳，得民如此。使得大用，其治行當何如邪？

景州濱運河，自南漕改海運，河堤多圮，歲發民夫修築之。吏受值於官，以大半入己，而以賤值雇老弱充役，歲久無完堤。君攝州判，知其弊，痛治之，堤完且固，民田賴焉。同治六年，畿輔大無，君奉檄至天津爲鬻，以食餓者。别男女老幼而約束之，置旗鼓以進退之。或曰：「子以兵法部署邪？」曰：「否。此吾治河法也，分其流，使散而不聚，則無患矣。」其攝安平也，地濱河。自同治六年大河北徙，縣百二十餘村皆淪巨浸中。君日夜以扁舟周歷竟内，度地高卑，教民疏導，民於是乎始得宅土。其歲邑以秋灾，聞前令所報輕，君力争改灾三分爲四分。有詔緩當年租賦，振以銀米。君履行村虚，綜核户口，賦食與衣，罔有不當。退則判治文牒，每日未明即起，漏三下未休。仍於其間爲書院士子講論文字，拔其秀异，優其氣禀。又爲勸善歌，以化導愚民。每出行，所部部民迎拜如家人父子，雖老羸㾓病者，傴僂而至，願一見好官。君治安平四月，積勞成疾，竟以不起，年五十有九。國家優賢揚歷，以積勞病故賜恤者歲有其人，然如君者允副其實，飾終之典，無愧色矣。

君短身而容貌昳麗，目光如電。與人一見即識之，事雖細，一入耳終身不忘。善治獄，在永平決滯獄無慮數百。有巨室某，以陰事誣其兄之妾，冀逐之而得其遺貲，以胎衣爲證。君反覆推鞫，知某之女實與僕私，以藥下其胎，而嫁禍其兄妾。禽其僕以大杖杖之。某知事泄，叩頭求免治。堂下觀者咸頌君明察而不發人陰私，用意忠厚又如此。然遇事敢爲，不以艱險自阻。同治中，吴橋縣奸民以八卦教惑衆，且作亂。君時禦捻於天津，微服單騎馳兩晝夜至其竟，捕渠魁數人。餘衆皆散，事遂定。其治訟之明，定亂之勇，自尉沛縣以至歷宰劇縣，不少异。君父以良吏才許之，洵知其子矣。君没而安平士民號泣奔走，致賻賵者相望。匶將發，鄉民數百自懷糗糒，願爲体夫。既而以從祀名宦祠爲請，格於新例未果，而四境喧傳君爲本縣城隍神。事雖無稽，然《禮》曰：「以死勤事則祀之。」是固理所有也。君娶沈氏，能以儉成君之廉。丈夫子六：杰，東河試用同知；楨，河南試用巡檢；緝書，國學生；綬書，從九品；瑞書，殤；懷書，尚幼。孫三人：啓衍、啓信、啓覲。君曩在天津，與余長子紹萊善。余素聞其賢，又重違杰之請，撰次其事，而係以銘。銘曰：

君良吏才，奚啻百里？小試牛刀，乃止於此。其宰安平，自秋徂冬。纔四月耳，兩時未終。百里循聲，達於天聽。四月之澤，百世之咏。官無久暫，亦無崇卑。有德於民，民則思之。更三十年，民不能忘。祀於瞽宗，俎豆馨香。欄河之峪，君之安宅。千載而下，視此刻石。

徐編修祖母孫太宜人墓表

徐爲武林望族，文敬、文穆兩公賜塋及宗伯公以下兆域均在西湖，而江蘇如皋縣城外曰秦家港者，有徐氏之阡焉，孫太宜人墓也。孫太宜人者，南匯縣知縣杉泉公之配也。杉泉公葬杭州小和山之原，而孫太宜人之墓則在如皋。其孫花農太史琪言於俞樾曰：「是不可無吾師之文以表其阡。」樾曰：「諾。」謹按：錢唐孫氏與徐氏門第相埒，有諱灝者，以雍正八年翰林官至都察院左副都御史，實與徐氏宗伯公爲同年生，則太宜人之叔祖也。太宜人父諱同琨，又與杉泉公之父石船公先後爲江南淮安府海防河務同知。兩家有世講之誼，乃申之以昏姻。其來歸也，年二十有一，逮事舅姑，佐杉泉公，生事死葬，悉以禮。杉泉公官江蘇，太宜人從之官，衣履之類手自縫紉，不异寒素。杉泉公身後無銖金寸錦之儲，太宜人携其二子，依母家以居，寓嘉興之平湖。孫氏子弟皆能文章，工篆隸。太宜人使二子與之游，而又延宿儒陸君曉汀教之讀。貧不能具修脯，質釵珥以供之。時海上有警，乍浦不守，平湖相距密邇，人情洶洶，太宜人携二子屬陸君曰：「設有不測，敢以二孺子累先生，存徐氏之後，吾則死此矣。」後幸無事。二子相繼入縣學，太宜人喜曰：「是可少慰先人於地下矣。」二子者，長子名鴻度，後以巡檢需次江蘇；次子名鴻模，即花農太史之父，余爲作《若洲徐君家傳》者也。

徐固世家，而自杉泉公之亡，家中落。若洲君幼負美才，屢應鄉試不售，乃以縣佐筮仕江南，奉太宜人居揚州。咸豐三年，粵賊攻揚州，若洲君方奉使至袁浦，其配鄭太宜人請太宜人出避之。太宜人曰：「吾守此待二兒歸耳，何避爲？」鄭太宜人固請，乃遷居如皋，此太宜人寓如皋之始也。太宜人雖在危迫之地，無戚容，無悸色，陽陽如平常。及若洲君反，語之曰：「吾曩時稍涉惶惑，則上下失措，不知顛越何所矣。」其自揚州出也，鄭太宜人於筐箱囊橐皆棄不顧，惟奉高廟賜文敬公詩卷及先世畫像與家乘以行，道途跋涉，風雨沾濡，詩卷畫像均幸無恙，家乘則稍損焉。太宜人手自補葺之，今武林徐氏猶得以考訂世系叙次昭穆，賴有此册之存，兩太宜人之力也。琪時方五歲，隨侍於如皋，太宜人撫其耳曰：「此兒類我，耳角有二粒如珠，其壽徵乎？」爲琪言幼時恭遇純皇帝南巡，目睹其盛，至老不忘。又爲言徐氏、孫氏兩家舊事，娓娓不倦，蓋雖老而神明不衰焉。咸豐五年五月辛卯卒於如皋，年八十有二。時南北道梗，不能以時歸葬。而若洲公在揚州以禦賊受傷，訛傳已没。鄭太宜人欲奔赴之，泣曰：「先姑窀穸未安，奈何？」有顧君梅卿者，琪所從受業者也，以城東地一區爲贈，即所謂秦家港者是也，遂奉太宜人葬焉。旁有隙地，曰：「吾他日即歸骨於此，庶與先姑地下相依乎？」後三年，鄭太宜人卒，即葬其旁。又三年，若洲君卒，啓鄭宜人之竁而窆焉，禮也。光緒元年，琪舉於鄉。又六年，成進士，入翰林，恭遇覃恩，褒封其先世，乃謀遷葬於杭州。發視，有紫藤繞其棺。僉曰：「是不可動。」乃不果遷。此如皋城外所以有徐氏之阡也。樾既叙其事，表其墓道，又爲銘辭，以告後人。其銘曰：

如皋東門之外，有武林徐氏之阡。蓋其始以兵亂渴葬，而其後安焉。紫藤繞棺，瑞氣盤旋。既安且固，是不可遷。以利其子姓，子姓綿綿。我作銘辭，墓門是鐫。千百年後，保此墓田。

候選訓導惲君墓志銘

嗚呼！此惲次山中丞弟三子叔來君之墓。中丞有丈夫子五，其長、次兩君皆賢且才而早世。叔來君爲人孝弟，出乎天性，舉動合乎禮法。以貴游子弟而與布素無异，處人之事如己之事，平居逡逡如不能言，而言必盡意、曲中事理。自三黨之親以及素所與游者，皆無閑言。及聞其卒也，無不失聲嘆息，而甚者至於流涕。余辱與中丞交，而識其諸子。然則叔來君之葬，余安能無言？

惲氏爲武進舊族，明代有湖廣按察使副使諱巍者，由通江鄉遷居石橋灣，則君十二世祖也。曾祖輪、祖敷，以舉人官浙江海寧州知州。父世臨，即次山中丞也，以翰林起家，官至湖南巡撫，與海寧君父子并祀名宦祠。君諱夔章，原名俟孫，叔來其字也。生二歲而母梁夫人卒，繼母戴夫人口授以四書及《孝經》。八歲始入塾，五年而十三經卒業。中丞方官吏部，事冗甚，偶課所讀，背諷如流。十一歲能爲策論，十二歲始學爲時文，而中丞已由御史出守湖南常德。會粵賊石達開犯境，擊却之，因謂君曰：「方今盜賊充斥，爾膂力有餘，宜兼習武。」於是又學爲技擊，每持短梃與帳下健兒角，莫能敵也。已而中丞開府三湘，積勞得肝胃疾。同治四年，中蜚語罷歸。行至安慶，疾加劇。君侍寢二十餘日不解帶，每日躬進湯藥，凡所食飲必手治之，歷八十餘日，疾有間。歸寓吳下，無以爲生，湘中薦紳先生歲時醵錢助之。君佐中丞摒當，百務悉就理，而以其間益肆力於學。是年冬，入邑庠，歲科試必列高等。同治九年，入都應京兆試。時伯兄小山太守方爲北運河同知，中丞命留兄署讀書，所從師爲朱雪塍侍御。侍御負文望，號知人，語人曰：「吾門下士多矣，惟惲子粹然儒者，所造未可量也。」明年，中丞捐館舍，聞赴航海南歸，以不得親視含斂爲恨，事戴夫人益謹。光緒三年歲試，冠其曹，餼焉。時學使爲林錫三學士，奇賞之。五年，其仲兄仲清刺史卒。十年，伯兄小山太守又卒。

君頻遭天倫之變，而南北鄉試七次皆不售，慨然有日暮塗遠之嘆，乃入貲以訓導候選。次年仍應本省鄉試，同考官孫君葆田力薦主試者，初議取之，終以額滿置之。於是又偕其五弟季文舍人應十四年京兆之試，語季文曰：「吾南北應試，僅博一薦。今再不得，其命也。夫親老家貧，行且謀變計矣。」及失意南歸，以伯兄未有葬地，躬自營求。嘗黑夜冒風雪走田塍中三十餘里，汗透重綿。烏乎！其中既鬱鬱不自得，而外又爲嚴寒所中，其能久乎？明年正月，忽病瘠瘦。醫者以爲消疾，時瘥時劇。會上海有召箕仙者，問之，曰：「是子生有自來，死有所爲，其慎防己己乎？」光緒十五年，歲在己丑，四月建己巳，是月十四日又己丑也，君竟以是日卒，异哉！當光緒五六年間，北五省水旱頻仍，君典質服物，又廣爲勸募以助振，其他善舉無不佽也。內行如彼，義舉如此，仙言殆不虛矣！年四十有三。娶吕氏，無子，以伯兄子永錫嗣。某年月日葬於某原，納石墓中，余爲之銘。銘曰：

是名父之子，其材之美，爲杞爲梓；其德之美，爲蘭爲芷。宜乎登巍科、躋顯仕繼中丞君而起。烏呼，竟止於此！

三品卿銜記名海關道李君墓志銘

國家經緯六合，陶海外爲一家。才智之士，競出其間；人材之盛，超逾唐宋。而同治以來，故大學士曾文正公及今大學士肅毅伯李公所揚言於朝，稱爲奇才异能、當代無兩者，尤莫如丹崖李君。君以諸生受天子知，建旌節、稱使者，周歷海外諸國，時論翕然歸之，寖寖大用矣。復命之後，仍以野服南歸，天下知與不知，咸爲大息。且疑以君之才，當需才之時，何猶未竟其用也？君歸而旋卒，既卒而行狀出。余讀之而嘆曰：「向以君爲才智之士也，今乃知君學術之淵深，而又知君志節之高邁也。」《書》曰：「有猷有爲有守。」君之遭際，盛時致身通顯，猷也、爲也；其不得大用以終，君之守也。雖微其孤之請，猶將昌言之，爲不知君者告。况其孤又以志墓請乎？

按狀：君諱鳳苞，字海客，李氏，丹崖其自號也。其先句容人，自元季避亂至崇明，遂爲崇明人。曾祖某，祖瞻雲，父其壽，皆贈如君官。君幼慧异常兒，讀《詩》至「維參與昴」及「定之方中」，即究心天象，取《甘石星經》及《丹元子步天歌》諸書讀之。稍長讀《御製數理精蘊》，博考疇人家言，研究泰西新法，遂通天算之學。乃益泛覽諸史，凡地理、兵法，下至風角、壬遁、劍術、醫藥、卜筮，旁及金石、碑版、篆隸、音韵，靡不通曉。同治初，大吏奉部文繪輿圖，崇明縣圖君所繪也。圖成上之，咸曰善。時省中設輿圖局，即以君管其事。巡撫丁公日昌尤倚重君，命周歷大江南北，詢地方利害，官吏賢否。南洋有盜魁曰余錫高，據山築寨，吏莫能捕。君浮一舸，入其巢。盜踞胡床坐，其曹露刃侍。君直前呵之，曉以大義，慰以好言。盜束手伏焉。嘗以巡撫命視白茅河工，敝衣草履，乘小舟往。爲風所阻，艤蘆葦間。浚河官吏偵知之，駕巨艦往迎。君匿不出，終不自承爲撫軍使者也。及丁公以憂去，薦君於曾文正公。公命測量江浙外海各島嶼沙綫，又命至上海閱機器局，并繪地毬全圖，翻繹諸外國書，參預吴淞砲臺工程。上海爲泰西互市地，西人萃焉。君擇其賢者與之游，因盡得化學、重學諸術，學益大進。丁公服闋，入覲，招君與俱至天津，見大學士李公，縱論天下事，謂關外旅順一口爲京師東北要害，宜早爲備。今於旅順口駐重兵，自君發之也。及丁公拜福建船政大臣，以君總考工之事，事無巨細，悉以屬君。俄丁母憂歸。

其年冬，朝廷定議，遣生徒出洋肄西學，李公奏請君爲監督，秩視三品。君請終制，不可，乃於光緒三年率生徒赴英法兩國肄業。明年，天子命君署德國欽差大臣。又明年，改署爲授。七年，兼充奥國、義國、荷國欽差大臣。君感上知遇厚，殫竭心力，以奉厥職，遇事務崇國體，而仍使同歸於好。又於其間講習西人製造之方、駕駛之術、水陸戰陣攻守之法、魚雷水雷之用以及諸國治軍治民之要，刺取精義，各有成書。西人亦雅重君，所歷德、義、奥和瑞諸國，其國君皆以頭等寶星爲贈。寶星者，彼國所最重也。及十年，法蘭西與我屬國越南構釁，詔以君暫署法國欽差大臣。君與法人辨論是非曲直，侃侃不少屈。已而法事决裂，君奉命回國。當君未使法時，已屢疏請代，至是始得請，蓋居海外八年矣。歸過澳門，偵知葡萄牙人有據澳之意，即寓書部臣，謂宜請旨，與葡人定約，免後患。當事者持未决，而葡人竟據有其地。論者惜君言之不用也。時兵部尚書彭公玉麟督師廣州，與總督張公之洞一見君皆大器之，議留粤治軍事。君以當入朝復命辭焉。

既至京師，廷議以君才望出一時右，又久勞於外，周知情僞，皆以爲旦夕必大用。使君委蛇其間，稍自貶屈，或用漢陳太丘周旋侯〔一〕覽張讓故事，則龍旌蜺節，指顧間耳。君毅然不屈，有丹不奪赤、石不奪堅之志。每慷慨誦范純夫語，曰：「吾出劍門稱范秀才，今復爲一布衣，何所不可？」聞其事者，咸爲君惜之。烏呼！此君之有猷有爲而又有守者也。俄奉命至直隸聽

〔一〕侯，原缺，據《後漢書·陳寔傳》補。

李公指麾，未幾而落職歸矣。君弱冠入縣學，援例充貢入訾得官，内至郎中，外至候選道。及出使外國，賜二品冠服孔雀翎，又加三品卿銜，記名以海關道用。至是，還其初服，澹如也。既歸逾年，醇邸見其所議防海事宜，屬李公招君復出。君居外洋久，風濤震撼，寒暑不時，又心血秏竭，浸以成疾。及李公第三次書至，述醇邸言，殷殷勸駕，而君易簀矣。君卒於光緒十三年六月癸卯，年五十有四。元配、繼娶皆黄氏，并封夫人。子四人：鍾琦，道庫大使，先卒；鍾英，三品銜候選知府；鍾雋，同知銜，自幼從君至外國，盡通其語言文字，後君月餘卒，毁也；鍾杰，殤。女子子亦四人：長女殤，次女適國子監生龔純，三女許嫁王氏而殤，四女許嫁縣學生瞿廷鈺。孫二人：韶生、櫓生。孫女亦二人。

君之生也，母夢一老僧入室而生。豐頤廣顙而短脰，行步輒有風，姑布家以爲虎形。性嗜學，積書數萬卷，古碑帖稱是。自非對客及飲食，未嘗須臾釋卷也。所著有《四裔年表》《地毬圖説》《泰西日記》《西國聞政彙編》《海防新義》《陸操新義》《李氏自怡軒算書》十二種，皆寫定可讀。其外地理、音韵皆有論撰。君之所學，無不切於世用非苟。作者臨卒之夕，神明已離，而口中詀諵不絶。聽之皆在法國時事也，亦可悲已。君受知曾、李諸巨公，朝廷亦破格用之，不爲不遇。而用之卒不盡其才，行或使之，止或尼之，其命也夫！然不如是，不足見君之有守矣。君卒之明年，直隸河南大無，鍾英承君遺意以白金六千兩助振，有詔復君官。九泉有知，庶幾無憾乎！十五年某月某甲子，葬君於某原。余既諾其孤之請，乃撰次其事實而係以銘。銘曰：

茂材異等，可使絶域。漢詔所求，豈曰易得？爰至於今，視漢尤難。際天接地，鱗介衣冠。甝甝李君，古之膚使。樽俎口舌，折衝萬里。龍襄雲騰，高步天衢。俄焉一跌，歸卧田間。人重君才，我慕君節。赤石不奪，表示來哲。

山東運河道陸君墓志銘

君諱仁愷，字必壽，别字澹吾，其應鄉試名秉某，應會試名仁某，下一字皆與今上御名偏旁同，因奏改焉。姓陸氏，先世自廣東高要遷廣西臨桂，逮君七世矣。曾祖宏振，祖兆熊。父維筠，道光元年舉人。君三歲喪母，十歲喪父。有季父二教育之，以至成人。及君貴，請於朝，貤封季父維時正四品，維匡從四品，禮也。十九歲入縣學，逾年舉於鄉，咸豐二年成進士，改庶吉士，明年散館以主事分吏部，九年補文選司主事，十年遷考功司員外郎，掌本司印。是年秋，英法諸國入寇犯天津，京師戒嚴。君鎮定如常時，晨夕入署，治事益謹，積牘累百，數月而空。十一年，記名以御史用。俄奉命督貴州學政，遂以例加翰林院編修銜。學使一官，比來皆以詞臣充，用部員者鮮。君以員外郎得之，雖故事，實异數也。當是時，貴州苗頑逆命，千里爲墟。嘗試某郡，畢試而去，甫閲三日，郡陷於賊，其危險如此。諸生崎嶇從賊中出，應試每多速化之意。然君所至，必識拔真才，杜絶弊竇。士知不可干其倖緣，求進者皆望風引去。任滿還朝，仍補考功司員外郎，掌司印如故。

同治五年，將以次傳補御史。前大學士文文忠公爲吏部尚書，語之曰：「吾已保君郎中，留辦京察，俟得京察一等，再入諫垣，則外用道府較速，曷少徐之？」君不可，曰：「我留，則繼我者滯矣。」遂補授山西道監察御史，明年轉貴州道。疏言：「凡以六法罷官者，例不許捐復。而巧宦者往往請捐復原官以下之職，久之或夤緣復其舊矣。請一概禁絶。」從之。又劾廣西候補道李某貪殘，詔下巡撫察核。然其後卒從君言，褫其官，勒回籍，蓋朝廷知君深矣。已而奉命巡視中城。會捻賊張總愚侵擾畿輔，又命君督辦中城團防。九年，署京畿道監察御史，遷工科給事中。光緒元年，轉兵科，掌印給事中。君在諫垣久，巡城城治，查倉倉治，記名以繁缺道員用。五年，授山東督糧道。山東漕務夙號難治，君欲以廉儉先之。有饋服玩者，笑曰：「吾自奉仍如一老諸生耳，焉用此爲？」在任五稔，田賦畢輸，庫儲充溢。故事漕運三載如額，糧道得奏請獎勵。君曰：「此分内事，何足上聞？」惟報明户部而已。山東大水，捐俸錢振之，亦不自陳也。東撫以聞，議敘如〔一〕例。未幾，山東運河道穆君與河道總督有連，部議以君互調，乃改官運河道。時有試行江蘇河運之舉，河運久廢，運道失修，歲運江北漕已不易矣，驟增漕艘數百，議者難之。君履行其地，督率所屬，講求蓄泄之法，連檣北上，一無阻閡。十二年，河決鄭州，其流入東境者奪溜南趨。漕船回空，阻於陶城埠者以千計。人情汹汹，慮有變。君親駐河干，築堰畜水，浮送南歸，遂以無事。逾年，君以俸滿引見，蒙召對，猶詢及此事云。十五年，鄭工告成，議復河運。君往來風日中，巡視堤堰，遂感疾。七月肝疾大作，是月壬申卒於官，年六十有三。

君起家詞苑，跻至監司，凡除一官、遷一秩，皆出朝廷，不由論薦。君同年成進士入翰林者率居要路，執魁柄，稍通聲氣，大用可必。而峨然守正，不干以私。或竊以諷，君弗應也。簿書之暇，不廢文墨，書院課卷，手定甲乙，厚予膏火之資。山東舊有繁露書院，爲修復之。子孫讀書，亦躬自督课，至老不倦。其奉己儉而待人則厚，族姻僚友無不被澤。介而和，廉而不刻，君

〔一〕如，原訛作「加」，據文意改。

子人也。娶梁氏，封恭人。丈夫子五：嘉穀，江蘇補用知縣；嘉會，同治十二年舉人，考取國子監學正學録，先卒；嘉晋，光緒十四年舉人，内閣中書。君有弟無後，命之後；嘉藻、嘉策，俱國學生。女子子二：長者歸内閣中書雲南張士鑣。孫六人：紹焜、紹鋆、紹訓、紹治、紹祁、紹輝。孫女四。光緒十六年三月，諸子將奉君之喪歸葬先塋，具狀請銘。銘曰：

彈冠結綬，古人所有。君曰不然，我貞我守。一官一秩，受之自天。天實命之，人何權焉？起家詞曹，改官郎署。内歷掖垣，外管漕務。雖未大用，其才已彰。雖未上壽，厥後必昌。桂嶺之山，灕江之水。宰樹蒼蒼，千秋無毁。

本空和尚塔銘

夫死生旦暮，賢愚同歸。擾擾根塵，沈沈醉夢，有了然於去來之際者。達慧和尚，其出家之雄乎？和尚諱本空，姓徐氏，鄞人也。世有積德，遂生慧種。年十有九屏除葷血，三十一歲歸依空門，剃髮於邑之雲龍寺，晚居杭州西湖廣化寺。光緒戊子七月，辭杭歸鄞，曰：「吾於彼來，仍於彼去。」是月將盡，謂其徒曰：「八月朔旦，吾可行矣。然其日不利於後人，二日亦然，吾其於三日行乎？」鄞有優婆塞、優婆夷二十餘輩，敬其道法，願隸門下。和尚以三日黎明爲期。届期未明即起，沐浴易衣，敷坐而坐。諸善信入拜，各賜以名，拜已咸出。召諸弟子入曰：「萬法皆空，四大并幻。我且無有，何有於我之外者乎？爾等深思吾言。」已而端坐誦《楞伽呪》及《彌陀經》《金剛經》各一過，又念佛十氣。此後寂然無聲，已入涅槃矣。嗚呼！此於去來之際何如哉？余聞而敬之，爲銘其塔。銘曰：

湛然本性，無去無來。不死胡魄？不生胡胎？或云逝矣，或曰歸哉。千劫而後，式此蓮臺。

春在堂雜文四編五

張乳伯《説文發疑》序

張君乳伯，余主講詁經精舍所許爲高材生者也。俄歌《鹿鳴》之詩以去。未幾來見余於吴下，則已以鹽鐵使之屬需次兩淮矣。今年又來吴下相見。余問：「宦游樂乎？」曰：「録録無所試，月得薪水之資，不足餬其口。」言次，出巨編數帙見示。余嘆曰：「古之君子仕而優則學，今吾子之仕，不可得而優者也。然而，學則優矣，斯亦古今之异乎？」其書凡數種，皆治《説文》者也。惟《説文發疑》六卷，已寫有定本。讀其書，信乎於許氏之書韋編三絶矣。其論指事之异於會意者，會意兩體皆字，指事則兩體不皆字；异於象形者，象形之形有定，指事之形無定；論轉注，謂每類立一首字，而同類之字從之，皆可謂要言不煩者也。又論古韵所以不能强合者，皆方音爲之，而方音之所以异，則不外乎雙聲。余謂明乎此理，則古音固至今猶存。蓋今日四方之音有與韵書不合，而實與古音合者。如徽人讀「風」如「分」，吴人讀「羹」如「岡」，細審之，實皆雙聲。今世有韵書，故雖方音各异，而不能入詩；古人無韵書，則詩之韵各隨其方之音而殊矣。後人乃欲於數千年後爲古人釐定一韵書，何怪其勞而無功乎？誠知其爲雙聲也，則不必强古人以就今，而古人之用韵亦自秩然不紊也。他若因「睽」字「目不相聽」之義，解爲兩目乖隔不通，而悟《周易》睽卦「二女同居，其志不同行」，正取此義。又以「雅」字與「風雅」義絶遠，當作「夏」字，因而推之得風與雅之所以别；又因是而定《豳風》七篇《七月》爲風，《東山》爲雅，《破斧》以下諸篇爲頌。烏乎！小學之有益於經學，固如是夫！

余往時曾命精舍諸生釋「新」「舊」二字，「舊」字訖無定説。余據《説文》「肍讀若舊」，謂「肍」即「舊」之本字。然以經典無「肍」字，未敢自信也。今讀此書，亦有是説，則余説非孤見矣。又云「扶」即「伴」字，亦與余舊説合。然許君云「讀若伴侣之伴」，則知漢時固自有伴侣義。許君於「伴」下止曰「大皃」，此本義也；於「扶」下出「伴侣」義，此别義也。蓋許書别義，有即見本字下者，如「祥，福也。一曰善」是也；有見於他篆説解者，如「戲，三軍之偏也。一曰兵也」，并無戲謔義，而「謔」下曰「戲也」，則戲謔之别義見矣。「匹，四丈也」，并無配匹義，而「妃」下曰「匹也」，則配匹之别義見矣。「虚，大丘也」，并無空虚義，而「廖」下曰「空虚也」，則空虚之别義見矣。「止，下基也」，并無留止義，而「稽」下曰「留止也」，則留止之别義見矣。「約，纏束也」，并無省約義，而「儉」下曰「約也」，則省約之别義見矣。「白，西方色也」，并無告白義，而「謁」下曰「白也」，則告白之别義見矣。「乾，上出也」，并無乾燥義，而「晞」「暵」皆曰「乾也」，則乾燥之别義見矣。「濟，水。出常山房子贊皇山，東入泜」，并無濟渡義，而「渡」下曰「濟也」，則濟渡之别義見矣。「殿，擊聲也」，并無今所用「殿」字義，而「堂」下曰「殿也」，則今所用殿之别義見矣。「扇，扉也」，并無今所用「扇」字義，而「箑」下曰「扇也」，則今所用扇之别義見矣。因伴侣義而縱言及之，或有可以少資啓發者乎？余衰且病，學問之道日益荒落。漫書數語，不足副吾子所需也。

《思古齋雙鈎漢碑篆額》序

漢篆不可多見。欲觀漢篆者，不得不博求之於碑額，蓋漢碑諸篆額實秦篆之嫡派也。世人習見繹山傳刻之本，以爲秦篆初不如是。不知彼傳刻本結構僅存，神氣盡失，烏足以言秦篆哉？薛尚功所摹秦斤、秦權，其筆意居然可見。漢人作篆，皆從此出，乃學秦篆非變秦篆也。惟其中間有參雜隸體者，此則時爲之矣。何竟山太守博學好古，篆隸并工。嘗裒聚其所得漢碑額，用雙鈎法摹而刻之，以印本寄余。余謂欲學篆者，宜各置一篇，以玩其用筆之法，勝於摹寫棗木傳刻之本萬萬也。

余蓮村遺集序

孝惠先生蓮村余君之卒也，余既銘其墓矣。其生平所著《庶幾堂今樂府》，余又序而行之矣。然其他著作則未之得見也。今年夏，尤子鼎甫以君所著《尊小學齋集》見示。都凡文四卷，詩一卷，家訓一卷，無妃青儷白之浮辭，無嘲風弄月之虚語；懃懃焉，頎頎焉，一以化民成俗爲主。古語有云「善藥不離手，善言不離口」，其君之謂歟？君有《黜邪崇正説序》一篇，皆以治病爲喻。余謂病必需藥，而藥必以中病爲宜。元明以來，儒者著書必極言理氣心性，至於汗漫不可究詰，持論甚高而不切於用，此藥之不中病者也。君之意則惟以論卑易行爲救世之良方，《今樂府》之作，其尤用心者也。集中有《上當道書》，反復千言，爲中國相承之正教效捍衛侯遮之力，蓋即孟子距楊墨、韓子闢佛之意。而其所以爲説者，則亦惟聯合保甲也、推廣鄉約也，以至家祠之規制、蒙館之章程，推而至於梨園評話之細則，仍是今樂府之作用也。嗟乎！世之儒者持論高而不切於用，君則反之。其所作《劫海回瀾説》及《鐵泪圖説》諸篇，言近而指遠。咸豐、同治間隱受其益，世多知之者。若此書中所陳七條，其用意更深矣。有世道之責者，誠能用君之策，則放邪説而拒詖行，所謂「功不在禹下」者此也。君易簀前一日，曾命其門下大生録以示余。余爲刻其條目，署曰《蓮村善士遺言》。然未刻此書，則君之意猶隱而未顯。今刻入全集中，讀其書，意切而辭婉；讀其所列七條，則務在自治，而不在攻人之惡。請仍以藥譬之：君所用皆補益之藥，而非攻伐之藥；且又尋常習用之藥，而非必如青芝、赤箭世間所不經見之藥，尤藥之善者也。然則其功效當何如歟？

重刻《惓園集》序

國史《儒林傳》以顧亭林先生爲首。讀其書，篤信紫陽，不爲陸王异説所奪，則自宋以來儒者相承之嫡派也。於經史古義、注疏舊説爬羅剔抉，不遺一字，則又本朝治漢學者之先河也。至於朝章國典、吏治民風、山川形勝、閭閻疾苦，博考而詳詢之，原原本本，如示之掌，則永嘉諸儒猶有未逮，而百餘年來老師宿儒未有講求如先生者。嗚呼！是宜爲一代儒林之冠矣。健庵徐公，先生之甥也。其所學一出於先生，所著《讀禮通考》一書宏綱細目，條理秩然，爲秦氏《五禮通考》所自出，至今與秦氏之書并爲言禮者所不能廢。乃其所著《惓園集》則行世者頗鮮，學士大夫往往有不得見者。余讀其集，有云：「學程朱者，切實平正，不至流弊。陽明之説，善學則爲江西諸儒，不善學則龍溪、心齋矣。」是其論學宗旨與亭林同。至其議禮諸篇，如論北郊之古無配位，論文廟從祀諸賢當以時代爲次，皆卓然縣日月而不刊。信乎公之學出於亭林先生也！集中有修《明史》條例，有修《大清一統志》條例，可知國初大著作體裁皆公所定。亭林先生窮老著書，不獲見用於世。而公則遭際盛時，從容坐論，出其所學以潤色皇猷，此乃時爲之。而公與先生之學，固不以是爲優劣也。

臚青金君嘗宰昆山，先生與公皆其邑人也。臚青既刻《亭林先生年譜》，與《歸震川先生年譜》、朱柏廬先生《毋欺録》并行；而又購得公《憺園全集》，鏤版行世，以廣其傳。余衰且病，不足復言學術。而亭林先生之書則自幼喜讀之。今讀《憺園集》，原本經史，議論名通，可以配亭林之書而無愧，所謂「酷似其舅」者歟？臚青爲邑宰於斯，以表章先賢爲急，斯真知所先後者。自兹以往，《憺園全集》與《亭林遺書》并行於世，承學之士得以增長其學識，開祏其見聞。然則臚青之刻是集，其功爲不淺矣。

宋岸舫《柳亭詩話》序

自來言詩者，動謂詩以性情爲主，「不著一字，盡得風流」，詩之妙境也。余謂作詩者可以不著一字，而説詩者不可不博覽群書。杜少陵「五雲太甲」之句，韓昌黎「女丁夫壬」之辭，雖博考載籍，尚未能知其所出。世之「未窺六甲，先製五言」者，能無讀之而撟舌哉？山陰宋岸舫先生，國初詩人也。著有《柳亭詩話》三十卷，自三代漢唐至於國朝諸家之詩，皆有評論，不徒摘其字句之工，凡詩中所有故實一一證明之。陶靖節有言：「奇文共欣賞，疑義相與析。」先生此書二者兼之，非如他人之爲詩話，可以賞奇而不可以析疑者也。其中如「奩緣」二字，不知其出於《莊子》。又引飛卿《醉歌》：「洛陽盧仝稱文房，妻子脚禿舂黄粱。阿耋光顏不識字，指揮豪俊如驅羊。」「阿耋光顏」自謂李光顏，本姓阿跌氏。詩作「阿耋」者，譯音無定字也。先生誤從「阿耋光頭」之本，疑「阿耋」爲盧仝之子。盧仝之子何能指揮豪傑歟？蓋百密一疏，古人不免此等小疵，不足爲全書病也。是書成於康熙間，至今原版幸而無恙。坊間有得其版者，謀補其殘缺，流播士林，而屬余序之。余惟詩話之作汗牛充棟，未有實事求是如先生此書者，不獨見國初老輩論詩之精，抑可見其讀書之審。學者置此案頭，時時翻閲，可免「不識撑犂」之誚。從此討論故典，發明古義，則所云「杜詩韓筆無一字無來歷」者，庶有以窺其藩籬矣。

吴牧騶《小匏庵詩話》序

詩話之作始於歐陽子，而司馬温公又踵成之，是大賢亦嘗爲此也。近世詩話盛推隨園，其大旨專以性靈爲主，而不屑屑焉分别唐宋，誠爲通人之論。然其流失在乎纖佻率易，不善學之，百弊横生矣。余親家翁彭雪琴侍郎嘗勸余作詩話，謂君著書幾三百卷，各種皆備，所欠説詩耳。余因念比年來江浙間士大夫鏤刻詩集者無慮數十家，不余鄙棄，刻成之後必以示余。若就其中刺取以爲詩話，未始不足成書。而衰病相乘，精神疲苶，竟不能從事於此，殊有臣精銷亡之嘆。嘉興吴牧騶觀察乃先兄福寧君同歲生也，著有《小匏庵詩集》，余既序之矣，又示余詩話十卷，自唐宋以下至於本朝咸同間之詩，皆有所采録，辨其源流，論其工拙，卓然有自得之見。不苟爲去取，詩中事實亦間有考訂，視《隨園詩話》，博或不及，精則過之矣。惟余詩本不工，而君所采數篇又皆少作，意甚不愜，末涓纖塊，未足助嶽輸溟，讀之轉不免汗下也。

王補帆同年《東渡采風集》序

光緒元年，余親家翁王文勤公以福建巡撫巡閲臺灣，感疾而歸，歸僅旬日薨於位。余爲詩哭之，存集中；又爲作神道碑，刻石於其墓上。公自幼以神童名，道光庚戌年成進士，入詞林，與余爲同歲生。每見其詩文，輒心折之，同年中咸推爲高材生。後爲勛業所掩，詩文遂不甚著，公亦不自收拾。殁後余問之其家，則存者稀矣，僅得《東渡采風集》一卷。蓋其巡臺時聞見所及，形諸吟咏者，凡七言絶句四十四首。臺灣本荒服地，國朝始入版圖，川谷异制，民生异俗，中土士大夫鮮至其地。同治以來，朝廷長駕遠馭，聲教訖四海，乃命督撫大吏歲往巡閲，而公鑿行焉。然公先時已以病乞骸骨，未得請。至是以積病之身居瘴癘之地，鞠躬盡瘁，至於不起。讀是編者，觀其經畫周詳，則可見其謀國之忠，任事之勇。而至於暑月飛霜，逆砂起涌，則其地之風景亦可概見矣。是時，余方於吴下營曲園。園中小浮梅落成，有詩紀之，其末云：「問訊天南老開府，乘桴海上幾時回？」而公在臺坐竹箄，亦有詩云：「忽思湖上浮梅檻，泛到中流似此不？」若與余遥相酬唱者。讀至此，蓋不勝人琴之感矣！

何桂笙《劫火紀焚》序

咸豐同治間，東南數千里淪陷於賊，人民塗炭，市廛煨燼。論者謂黄巢以來未有之酷。雖王師猋騰電發，不四五年，群盗殄夷，復睹升平之舊。然士之生其間者，辛苦墊隘，則亦甚矣。何君桂笙爲浙東知名士。余主詁經講席，君曾與肄業焉。雖未謀面，而讀其文固已心識其人。比年來，君薄游滬上，頻以書問往來，承寄示《劫火紀焚》一卷，蓋紀辛酉壬戌之亂者也。當是時，越中失守，君崎嶇戎馬之中，奔走鋒刃之下。而適有包村義民曰包立身者，以搏力之法聚衆自衛，與賊相持。其地與君所居鄉密邇，賊往來必取道焉，一月輒四五驚，嗚呼憊矣！事定之後乃追紀以詩，凡得七言絶句六十六首。至今讀之猶爲心悸，在當日可知也。包村事言人人殊，讀君詩則知官軍收復寧波及嵊、上虞、餘姚諸縣，皆包村牽制之功；而其敗也，由於困守孤村，而不知扼守馬鞍山之勝。自始起事，以至於敗，歷歷言之。又包村之長包立身名聞海内，而包村後有地曰「古塘」，其民有陳朝雲者，實與包村爲掎角。微君之詩，知者罕焉。异日修志乘者表章忠義，舍此曷以哉？是亦可謂詩史矣。嘗讀元人周霆震《石初集》、郭鈺《静思集》，叙述至正中兵戈、饑饉之狀，流離轉徙，百世之下如目見之。君此詩殆與异曲同工乎？然彼皆白首亂離，君則大亂之後復游於化日光天之下。韋莊詩云：「且對一樽開口笑，未衰應見泰階平。」而君真及見之，其遭逢勝古人遠矣。

徐花農庶常《日邊酬唱》序

自來唱酬之樂，惟都下爲最。合海内風雅之士，金春而玉應之，宜非荒江老屋中雲唱雪和、作冷淡生活者所可望矣。光緒庚辰歲嘉平之月，花農乞假南旋，過吴中春在堂，示我一編，皆在都下與諸同人更唱迭和者，而余亦與焉。自惟江湖長翁遥望玉堂如在天上，乃以詩歌唱和，寄玉緘珠，不遠千里，一爲展讀，宛如重踏軟紅塵，租一廛於宣南坊巷間，與諸君子嘯咏其中，抑何幸歟？雖然，花農此册特其嚆矢耳。君家文穆公予告南歸時，高廟賜詩以寵其行。同朝恭和者，自鄂文端、張文和以下十有四人。而嵇文敏奉敕書爲長卷，至今猶珍藏其家。花農以公車入京師，則已名滿公卿間。今登上弟，入玉堂，聲香翕集，异日《卷阿》賡歌，《柏梁》應制，必且復如文穆公故事。余衰且病，未必及見，然可爲花農必之也。前年余贈花農詩云：「期君遠紹家風盛，佳話應符五世昌。」今亦何以易斯言乎？

次女綉孫《慧福樓幸草》序

余次女綉孫生而明慧，余授以《毛詩·國風》，又於韋縠《才調集》中選唐詩數十首授之，未教以讀他書也。而女酷嗜詩，見人詩集輒取觀之，終日不釋。余曰：「汝解此乎？」曰：「不解也。」余笑曰：「汝無我誑，安有不解而終日觀之不厭者乎？」即以「咏月」爲題使賦之。女略一思索，即成七言絶句一首。詩雖不工，而末句有舉頭天外之意。余聳然异焉，曰：「此女慧矣，或非久於人間者乎？」因題其所居曰「慧福樓」，冀其福與慧兼也。女自此遂致力於詩。及歸許氏，女婿子原孝廉好爲詞，女於是又致力於詞。久之而詞勝於詩，吐屬清新，用意微婉。使天假之年，殆可以入漱玉之室矣。許氏故武林大族，子原亦風流儒雅。然少孤，其家事日益落。子原始以入貲官刑曹，後舉京兆試。女從之居京師，艱難辛苦，怡然安之，惟相與倡和爲樂。及子原乞假歸，女從之俱南。時余已營曲園於吳下，自杭至蘇四百里而近。女每歲必至，春來秋去，率以爲常，嘗笑曰：「古有雁臣，我其燕乎？」及余門下諸君爲余築俞樓於孤山之陽，而余又於右台山中築右台仙館。每至西湖，或居湖樓，或居山館，女未嘗不至。余雖托山林之名，未絶人事之累。每當賓客喧闐，筆墨叢集，意亦甚苦之。聞女至，輒伸眉而一笑也。

女素弱，而所産子甚多，存者丈夫子一、女子子六。去年十一月之望，又産一男。時余在吴下，子原書來，言産後甚健。余貽書誡之曰：「健則尤不可不慎，飲食、寒暖毋忽。」乃越十日而病，二十餘日而竟卒。其修短有數邪？抑誤於藥邪？余自戊寅歲先慈見背以後，逾年而内子姚夫人卒，又逾兩年長子隕焉，去年又遘此變。老境如斯，復何聊賴邪？人或言死者於地下仍相聚如生人，余聞之，欣然規往矣。

女死後，余念其所作詩詞乃其一生心血，不可任其泯滅，議欲刻之。而子原書來，言其病前已盡付焚如矣。余不覺爽然若失。逝者已歸太虚，尚何心身後之名乎？及余所使者自杭州還，聞之許氏之僕媪言，焚詩實於九月。然則距其卒之日尚遠矣，豈逆知其數之將盡乎？余於十月至杭，十一月而還，與女相見者數矣，何無一言微示其意也？夫身已逝矣，於身外之物何有？刻其遺詩，亦生者之事耳。因檢余篋中，得舊藏女詩詞如干首，蓋皆女在京師時録寄者也；又子原所記憶者得如干首，序而刻之。舊題《慧福樓詩草》，今改曰《慧福樓幸草》。《論衡》云：「火燔野草，其所不燔名曰幸草。」取此義耳。刻成即附吾《春在堂全書》以傳，聊以塞老父與夫婿之悲思。固知與女無益，且亦非女意也。女從前賦《落花詞》有云：「嘆年華，我亦愁中老。」余謂少年人不宜作此凄惋語，爲和其詞，以廣其意。今女卒，年僅三十有四，是求其於愁中而老而不得也。悲夫！此詞今不可見，蓋亦在煨燼之中。所有者詩尚得七十五首，詞則僅得十五首，視易安居士《漱玉集》更少二首矣。余覽其遺稿，觸緒悲來，援筆作序，不自知其云云之多也。

王、嚴二公《冰玉恩榮録》序

自《晋書·衛玠傳》有「婦公冰清，女婿玉潤」之説，而至今以爲美談。然衛叔寶生不永年，無所表見。考其生平，不過一清談之客；其婦公樂彦輔，自太子舍人補元城令，累遷侍中、河南尹。史雖稱其「遺愛爲人所思」，然傳中實無政迹可紀，則亦一清談之客而已矣。若王、嚴兩公《冰玉恩榮録》則不然。王公諱鳳生，字竹嶼，安徽婺源人。以通判仕浙江，歷宰大縣，遷同知，累遷至河南彰衛懷道，署布政使，後又奉命署兩淮鹽運使，卒於官。其所至杜絶苞苴，勤求民隱，而在吾浙歷十六七年之久，至今父老猶謳思弗衰。嚴公諱廷珏，字比玉，浙江桐鄉人，即王公之女婿也。以同知仕雲南，終於順寧府。其居官，其居鄉，粹然古之君子。與王公後先輝映，洵不愧冰清玉潤之目。光緒中，嚴公之仲子芝僧庶常與其鄉之士大夫公言於官，爲王公請入祀嘉興府八學名宦祠，以從民望。越三年，禾中士大夫又請以嚴公入祀鄉賢祠。浙江巡撫梅公、譚公先後據以入告，下部議，從之。於是芝僧乃裒集兩次請祠公牘，彙爲一編，署曰《冰玉恩榮録》，雖用《衛玠傳》語，然兩公之德行政事，則固軼晋賢而上之矣。抑又思冰玉之名，非特婦公女婿有之。宋張耒《柯山集》有《冰玉堂記》曰：劉公道原父諱渙，字凝之。眉山蘇子由嘗曰凝之與道原「冰清而玉剛」。鄉人遂名其所居曰「冰玉堂」，是「冰玉」之名可施之父子也。嚴公長子伯雅太守，筮仕江蘇，其政績未可限量。芝僧以名翰林居家奉母，爲一鄉所矜式。异日名宦鄉賢必有接踵而起者，安知不有《冰玉恩榮後録》之刻乎？請留此言以驗之。

《武林掌故叢編》序

《周禮》：「訓方氏掌誦四方之傳道。」注謂：「世世所誦説往古之事也。」然則古者四方各有所傳道之事，意亦必編輯成書。秦火以後不可復見耳。「緑竹猗猗」，知衛地淇澳之産；「在其版屋」，知秦野西戎之宅。《易》曰：「君子以慎辨物居方。」居方而不辨物，君子耻之。武林爲東南大都會，山川之秀，人文之美，都邑之盛，海内想望若天堂。然唐杜光庭著《洞天福地岳瀆名山記》，又著《西湖古迹事實》二卷，可知武林之勝，與洞天福地岳瀆名山等矣。自宋以來著述益夥，如宋人何澹之《武林録》、周密之《武林舊事》、楊德之《武林聞見録》，明人馮廷槐之

《武林近事》、邵穆生之《武林内外志》、蘇文定之《武林聞見异事》。其書或傳或不傳，而從未有薈萃諸家之書爲一巨編者，則吾於錢唐丁氏之書嘆觀止矣。丁氏藏書之富，甲於大江以南。雖宋錢氏書藏，無以逾之。長公竹舟、次公松生又皆博聞强識、敦行不怠之君子也。自以生長武林，尤留意是邦掌故。今年秋，示余《武林掌故叢編》，已刻成者八集，每一集爲書十種。疆域之形勢，耆舊之言行，民俗之沿習，物産之流通，儒林文苑之所傳留，僧廬道觀之所緣起，無不見於此編。盛乎哉兩丁君之用心乎！自庚申、辛酉之亂，縹囊緗帙半付劫灰。承平以來，搜訪遺文，存者僅矣。兩丁君購覓文瀾閣遺書，得十之二三。言於大吏，次弟鈔補，俾浙東西承學之士復得窺石渠天禄之藏，其有裨於兩浙文教已不淺矣。乃又博觀精選，成此巨編，言武林掌故者舍此何觀焉？此抱殘守闕之苦心，亦即敬梓恭桑之雅意乎？

余幼時僑寓臨平，即在武林城外五十里而近，有康氏蓮伯、子蘭兩昆仲修《臨平志》，得十餘帙，皆厚如巨甓。乃亂後無一字之存，使其猶在，得刻入丁氏此編，不亦美乎？即此推之，知載籍存留日少一日，况遺聞軼事、叢殘瑣屑，非如經義史學之師友源淵，後先授受，可以永久勿墜也。然而徵文考獻，則又不能不有取於此。苟非彙而刻之，則散失不傳如康氏之書者，豈少哉？余於是嘆兩丁君用心之盛也。武林爲海内名勝之區，同治、光緒以來休養生息，粗復舊觀，再閲一二十年，乾嘉之盛不難再見。异時天子或仿乾隆南巡故事，翠華臨莅，流覽湖山，諮求文獻，則丁氏此編必且上塵乙夜之覽，或亦可當古者訓方氏之所誦乎？

《金剛經注》序

自五祖始勸僧俗誦《金剛經》，謂「但誦此經，可以見性成佛」，而《金剛經》遂爲世之所重。余嘗三復是經，竊謂經之大旨，在佛告須菩提「應如是住，如是降伏其心」。住者，住此心；降伏者，降伏此心，皆即所謂「阿耨多羅三藐三菩提心」，非有二心也。住則實矣，降伏則虚矣，即住即降伏，是以無實無虚，此金剛經之大旨也。以儒理譬之，子貢問：「有一言而可以終身行之者乎？」子曰：「其『恕』乎！已所不欲，勿施於人。」所謂應如是住也。子貢曰：「我不欲人之加諸我也，我亦欲無加諸人。」子曰：「賜也，非爾所及也。」所謂應如是降伏其心也。子曰：「衣敝緼袍，與衣狐貉者立而不耻者，其由也與？不忮不求，何用不臧？」所謂應如是住也。子路終身誦之，子曰：「是道也，何足以臧？」所謂應如是降伏其心也。不住，固無所謂降伏；而不降伏，又焉能住？經中「即非」「是名」句凡數見，「即非」者，降伏之謂；「是名」者，住之謂。而世俗解是經者，則謂安住其真心，降伏其妄心，分而二之，於此經之義全失。乃明洪武間僧宗泐奉詔注經，亦如此説，然則經義之晦久矣。是經推論即住即降伏之旨，至於無法可得，無法可説，真無上甚深之妙義也。而佛弟子懼其流傳中土，使人輕蔑佛法，遂於其中妄有增益，輒謂受持讀誦此經，有無量無邊福德，雖亦護法之苦心，然使經文隔絶，意義不明，則亦不得爲無罪。如云「一切賢聖皆以無爲法而有差别」，此爲下文須陀洹諸文發端，自須陀洹以至如來，即所謂一切賢聖也。而中間忽入七寶布施之文，則文義隔絶矣。此後人附益之證一也。又如「佛説非身，是名大身」，此是譬喻之詞，下文「佛説般若波羅密，即非般若波羅密」，乃正意也。而中間又入七寶布施之文，則文義隔絶矣。此後人附益之證二也。至如佛説經已，申以贊嘆之言，如《楞嚴經》末云：「若有衆生能誦此經，能持此呪，直成菩提，無復魔業。」固亦體例所有，乃此經則處處及之，經文未半，佛旨未宣，須菩提輒問衆生信不，世尊輒侈陳是經福德，抑何急遽乃爾？此後人附益之證三也。經文既訖，自表經名，如《巨力長者經》末云阿難白佛言：「此經當以何名？我等云何受持？」佛告阿難：「此經名曰《巨力長者所問大乘經》。」是亦體例所有，乃此經則於所謂第十三分中，而即出之。未説經文，先説經名，須菩提之問，世尊之答，皆失敘矣。此後人附益之證四也。又屢屢言及四句偈，不知何指。或以爲「若以色見我」四句，或以爲「一切有爲法」四句，然其文皆在後佛説四句偈時，未有此四句偈也。須菩提能不問此四句云何乎？嘗讀《楞伽經》，知所謂四句偈者，「離一異，俱不俱，有無非有非無，常無常」，與《金剛經》之旨頗合，而實非《金剛經》所有之文。疑佛平時常以此四句與《金剛經》并授諸弟子，後人遂牽連而及之。此後人附益之證五也。有是五證，知《金剛經》實有後人附益之語，以莠亂苗，厥旨愈晦。又，是經本不分章，今本分爲三十二分，云是梁昭明太子所定，未知然不。以意分并妄設名目，實非善本，未足信從。余以章句陋儒，桑榆暮景，窮而學佛，於西來大義固無所聞，而於此經竊有獨得之見，不揣固陋，爲之注釋，分爲上下二篇，上篇七節，下篇十一節，共十有八節。其附益之語相沿既久，且亦自西土傳來，未敢芟剃，輒下一格書之。學者欲誦習全文，全文具在；若欲推尋旨趣，則刊落繁蕪，真經自見。雖似前後複沓，實則脉絡分明，五祖所謂「但誦此經，可以見性成佛者」，亦可得其大概矣。

酈黄芝《諸暨詩存》序

宋孔延之知越州，搜輯古來詩文之有關於會稽者八百餘篇，爲《會稽掇英總集》，亦云富矣。然但取其有關於會稽而不必皆會稽人所作，是所以備掌故，而非以存其詩且存其人也。諸暨爲越州所屬一大縣，其地有五泄山，俗有「小雁蕩」之名。宅幽而勢阻，是多懷材藏穎之士。余考自明以來其最著者莫如王元章，《明史·文苑》有傳，史固稱其爲諸暨人也；《藝文志》載有王冕《竹齋詩集》三卷，而至今殊鮮傳本。然則諸家之詩其散佚而不可考者，固已多矣。嗟乎！此酈君黄芝所以有《諸暨詩存》之輯也。其書自唐宋以至國朝，得如干人，凡詩如干首，而詞亦附焉。余取而覽之，如宋之姚令威、明之駱纘亭，固世所共知者。其餘姓名則所識者不及十之六七。余固譾陋，然其名迹之晦亦可見矣。苟非酈君編輯是集，存其詩以存其人，不皆湮滅而無傳哉？以此推之，則知炱朽蟫斷之中其不可得而采獲者，當不止此矣。幸而得入此編者，不可不流布於世，以永其傳也。酈君之子方之茂才克承先志，稍稍補益，録爲十卷，而問序於余。余因勸方之集資以刻之，异時名公巨卿有爲《掇英集》者，必有取乎此，毋使千載下過苧蘿村〔一〕者，徒流連於浣紗之艷迹也。

酈黄芝《半情居遺集》序

余往年道經東甌，逆旅主人董子翰出其先德霞樵所輯《羅陽詩始》見贈。蓋哀録泰順一邑

〔一〕村，原訛作「材」，據文意改。

自前明至近人所作之詩，凡四卷。霞樵即泰順人也。霞樵所作之文遺稿甚多，今藏孫蕖田學士處。余贈之詩所云「贈我羅陽詩四卷，始知岩邑有詩人」是也。然霞樵之詩余固未之見也。今年春，諸暨酈伯行上舍方之茂才，以其先德黄芝先生所輯《諸暨詩存》求序。自唐宋至國朝，凡諸暨人之詩采輯得如干人，釐爲十卷。蓋與《羅陽詩始》體例相似，而篇什之多則有過之。余既爲之作序，而伯行昆弟又以先生所著曰《半情居遺集》者見示。都凡詩六卷，青梅詞一卷，詞一卷，文一卷。嗟乎！余於霞樵之詩不得見，而先生之詩則幸而得見之矣。先生論詩以種藝爲喻；漢魏其根柢也，晋宋六朝其萌蘖也，至於三唐則華而實也。其論詩如此，宜其詩之風格高邁乎？所爲文亦無宋以後衰苶之習。青梅詞則皆歌越中之土風，蓋竹枝詞之流，越人越吟，是可刊附《諸暨詩存》之後者也。先生之爲《諸暨詩存》，與霞樵用意略同。子翰雖亦能守父書，而伯行昆弟敦品勵學，既編纂先生之遺書，手自釐定，又各有撰著，以昌大其家學，過子翰遠甚。先生之詩必能大顯於世。《易》曰：「鳴鶴在陰，其子和之。」《太玄》曰：「蛟潛於淵，陵卵化之。」余序先生遺集，蓋深幸先生之有子也。

酈伯行《切音捷訣》序

天下之理，自然而已矣。君臣、父子、兄弟、夫婦、朋友，莫不有自然之節。聖人懼人之不知循其節也，於是制爲升降揖讓之儀、宮室衣服之等，委曲繁重，一似不可究詰者。其實無他也，使之循此以求其自然之節也。推而言之，制爲「六書」，以求合乎自然之文；制爲「五聲」「六律」，以求合乎自然之音。然則反切之學亦若是而已矣。夫反切，以一字雙聲、一字疊韵，合而求其音也。然古無韵書，則何疊韵之有？蓋其初止知有聲焉爾。是故「關關雎鳩，在河之洲」，疊韵固韵也；「弓矢既調，射夫既同」，雙聲亦韵也。後之人從而加密焉，於是「參差」爲雙聲，「窈窕」爲疊韵，而反切之法遂行乎其間。而推其原，則亦以雙聲爲主。惟止用一雙聲字，不能定其爲何字，於是又輔之以一疊韵字，而此字定矣。魏晋以來，反切之法盛行，學者又苦於不得要領，而字母之法興焉。蓋古人以雙聲取反切，而後人又以字母統雙聲。字母既行，學者或尊之爲絶學，或擯之爲梵音，不知此特借以管攝衆聲耳。三十六字母來自西域，行之既久，世以爲便，則吾人亦姑循而用之。不然，則取《廣韵》所有反切以類列之，而遞推而上之，亦自有可得其母者，不必拘拘以「見、溪、群、疑」爲也。諸暨酈伯行上舍著有《切音捷訣》，蓋爲初學設。甲申初夏，介蔡矅客問序於余。余於反切之學素未究心，而其理則固知之，故爲書此，將使學者循此以求自然之聲也。

翁稚驅《平望詩拾》序

今歲之春，有以《諸暨詩存》求序者，蓋裒集諸暨一邑自宋元以來諸人之詩也。然余謂諸暨詩人在明代當以王元章爲冠，而其所著《竹齋集》無一篇之存焉。信乎網羅放失之難也！未幾而王子夢薇又以翁君稚驅所輯《平望詩拾》十五卷問序於余。平望爲吴江、震澤兩縣一大鎮，余每歲自蘇還浙必過其地，市廛鱗次，棟宇相望，頗有烟火萬家之概。而遥望鶯脰湖，一水盈盈，烟波渺然，漁莊蟹舍錯落其間，時聞棹歌之聲，若斷若續，意其中其有隱君子乎？稚驅之祖某甫徵士，撰有《平望詩存》十五卷，兵火之後散佚無存。稚驅繼承先志，復有是輯。自唐宋以至國朝，都凡三百六十五人，爲詩一千一百三十二篇，視《諸暨詩存》遠過之矣。不曰「詩存」而曰「詩拾」，蓋謙不敢襲其祖之名，若曰「吾拾取於既墜之後」云爾。嗚呼！此其意可嘉也。吾湖長興縣舊有平望鄉。談鑰《吴興志》言漢元始中，有錢林者來隱於平望鄉陂門里梓山東造村。今按：「陂門里」在長興縣吉祥鄉，距城九里。所謂「梓山」者在縣北一里，則與此平望鎮相距甚遠，疑非一地。余不敢妄附於梓桑之義。然長興之古平望鄉僻在山陬，余生平足迹未至其地，而此平望鎮則固每歲所經由者。余於彼平望疏，而於此平望轉親矣。此余所以甚幸兹編之有成，不辭而爲之序也。

《釀齋訓蒙雜編》序

和州鮑古村先生著《史鑒節要便讀》六卷。其子穆堂中丞進呈乙覽，得備石渠、天禄之儲，可謂極稽古之榮矣。先生又有《釀齋訓蒙雜編》一書，都凡五種：曰《十三經源流口訣》，曰《廿三史評口訣》，曰《聖門諸賢迹略》，曰《歷代國號總括歌》，曰《直省府名歌訣》。余讀之而嘆先生用意之周也。昔管子著書，有《弟子職》一篇，其文皆四言韵語。朱子謂「作内政時，士之子恒爲士，以此教之」，蓋童稚之年取便於誦習，此體自古有之矣。其後蒙求諸書實仿此體而作。然其書不過搜逑索偶，供詞賦家取材，於實學無裨焉。元舒天民《六藝綱目》以《周官·保氏》「六藝」爲主，標爲條目，各以四字韵語括之，視蒙求諸書用意有進矣。然學者童年而讀此書，皓首而所得者仍不出乎六藝之外，問以經史之异同、古今之沿革，茫然無以應也。今先生之書於十三經之原流、二十三史之得失以及列代之國號、直省之郡名，凡稽古居今所不可不知者，歷歷言之，如示諸掌。至孔門七十二賢，雖老師宿儒有不能悉舉其名者，亦括以有韵之文，而又補其遺佚，闕其疑似，不徒爲記問之學而已。然則先生此書固非蒙求所可望，即視《六藝綱目》不亦遠過之哉？是宜與《史鑒便讀》并行，而爲訓於蒙士者所不可不讀之書也。

抑又思之，舒氏《六藝綱目》，其子綦實爲之注。今穆堂中丞紹承家學，而又遭逢聖天子游意經藝，敦勸儒風，遂使先生諸書大顯於世，豈止如舒氏子之獨抱父書私爲一家之學已哉？余於中丞爲翰林後輩，而於道光丁酉科又有同歲之誼。往年曾撰先生家傳，今年春中丞以先生諸書寄余吴中，且屬爲序。余惟《史鑒便讀》序者已衆，且書經進御，亦不待詹詹小言爲之喤引矣。《釀齋雜編》尚未有序，輒不辭而僭爲之。俾海内學者知先生此書體大思精，言簡意盡，家置一編，童而習之，异時於經史之學實有事半而功倍者，勿以蒙求諸書一律而視之也。

《宋贈少師三山胡公年譜》序

績溪胡氏自明諸生東峰先生以來，代有撰述。至國朝而言經學者必推績溪之胡，與婺源之江、休寧之戴并爲海内所宗仰。乃今讀胡主政培翬所撰《先少師年譜》，然後知胡氏之原遠而流長也。少師公於《宋史》有傳，而主政復刺取各書參互鉤比，以成斯譜。其弟曰培系字子繼者，又博求之南宋雜史，如《靖康要録》《建炎以來繫年要録》之類，以補葺其未備，分爲上下二卷，少師事迹亦略備矣。余按《宋史》本傳，與衛膚敏等同爲一卷，稱其「論議時政，指陳闕失，皆一時之表表者」，亦一佳傳也。乃於《高登傳》則又載公爲秦檜父建祠，且爲之記。夫公與檜素不相能者也。本傳固言「檜素惡公，遣大理寺官往推劾，居兩旬，辭不服，死獄中」。檜雖奸惡，亦人情耳，豈有爲其父建祠作記之人而惡之至此、必寘之死地者哉？《宋史》蕪雜，兩傳自相矛盾。以是推之，則本傳所稱「論宰相李綱之罪」者，亦容有不可盡信者矣。烏乎！士君子身後得列名史策，豈非甚幸？乃史家但事鈔撮，漫無別白，使後人但於《高登傳》中見公姓名，則且以公爲檜黨矣，惡知其固與岳忠武同死於檜者哉？賴有賢子孫於七八百年後補作《年譜》，考論其事，使史家之誣大白於世。此余所以甚爲公幸，而又爲青史痛哭者也。公在當時頗有建白，其乞命康王爲元帥，請誅趙良嗣，請救中山，言郭京不可用，責張邦昌退位反正，皆有關宋中興大計。惜所謂乞遷都者其疏不傳，未知奉春之策果安在也。公之次子號苕溪漁隱，所著《漁隱叢話》一書至今藝林傳誦，自是以來世有聞人，蓋公之遺澤遠矣。主政昆弟惓懷先澤，撮拾遺文，年經月緯，體例秩然。又有曰廷楨字荻洲者，力任校刊之役，皆可嘉焉。余是以知胡氏之澤未艾也。

汪子饒遺詩序

昔李長吉年止二十七而卒，詩之傳者不多。世以爲惜，遂有白玉樓之説，蓋亦愛其才者之死而之生之雅意也。然讀其詩詞，艷而意幽，昔人比之鬼才，宜其年之不永矣。乃今讀汪子饒孝廉詩，縱横排奡，有鶴立昆侖、鯨跳渤澥之致。雖因早失怙恃，中經喪亂，言爲心聲，不能無朝欷暮唶之辭。然才氣旁薄，詞源浩蕩，正如昌黎公所謂「字向紙上皆軒昂」者，非鬼才，蓋仙才也。而其壽之永於長吉者止五歲，何歟？孝廉爲江蘇武進人，年二十三歲應童子試，冠其曹。又五年而舉於鄉，又五年而卒。所存之詩自甲戌至癸未，纔十年耳。古今體詩凡一百二三十篇，其中如《悲歌》《醉歌》諸作，神似太白。余謂其仙才，洵不虚矣。至《盛孝子》《陸貞女》詩，以史家合傳體爲詩，而音節自然，妙與古會，尤爲必傳之作。使天假之年，所造未可量也。乃豐之以才，而嗇之以壽，是不可爲造物者解矣。然長吉錦囊中物，半爲忌者投之厠溷；而孝廉之詩，則其友惲季文明經爲刻而傳之，此其所遭之幸於古人者。後之人讀其遺詩，必知余仙才之評爲不謬，而其爲人亦必與長爪生揖讓於白玉樓中無疑矣。

張小雲《臨平志補遺》序

余年甫四齡，即從德清舊廬遷居臨平之史家埭。所居有樓三楹，其下臨街。每歲元夕張鐙，輒於樓上觀之。余擬繪生平所游歷者爲四十圖，其弟一圖曰「史埭春燈」，即謂此也。咸豐辛酉，賊至臨平，縱火三日。余時避兵上虞之楂浦，聞而傷之，賦詩云：「童時所釣游，不與桑梓异。阡陌與市廛，歷歷在夢寐。如何一轉瞬，惟剩山光翠？他年更訪舊，何處黄公肆？」蓋淒然有新亭之涕焉。已而王師飈馳電埽，群盜以次削平。余於戊辰歲再至臨平，大亂之後，新蹊故術都不可辨。余躑躅其間，慨然曰：「河山不异，舉目有風景之殊矣。」臨平故有勝國沈東江先生所撰《臨平志》，亂後猶有藏弆是書者。錢唐丁氏刻入《武林叢書》。而張小雲明經又補其所未備，爲《臨平志補遺》二卷。因余舊寓臨平，問序於余。其書於明以前臨平事實亦略備矣。從臾丁氏并刻其書，以附沈《志》之後。惟東江乃勝國人，故所紀載止於明末，小雲《補遺》亦循其例。然臨平雖小小一鎮市，而國朝二百年來史翰林之故里、孫文靖之舊居，徵文考獻，頗有可采。倘有爲續志者，自當一一載之，即余所謂「史埭春燈」者，或亦可爲臨平一故實乎？是余所望於東湖諸君子者矣。

鄒鏡堂《集句詩》序

昔有謁王荆公者，自稱集句詩人。公進而坐之末坐，問曰：「『江州司馬青衫濕』，此句以何爲對？」應聲曰：「『梨園子弟白髮新。』」公大稱善。余謂此聯屬對殊佳，其人所集句必工。惜其詩不傳，并其姓名亦無考也。鏡堂鄒子游於吾門，喜集句。余有詩輒和之，所和詩皆集句也。余頗賞之。嘗題一聯於俞樓西爽亭，云：「白首卧松雲，先生有才過屈宋；茅亭宿花影，故鄉無此好湖山。」雖非詩，亦見其工矣。今年冬訪我於右台仙館，以所撰集句詩二百篇見示，并乞序言。余謂鏡堂集句詩之多如此，信乎今日之集句詩人矣！余生平未嘗有此體，然憶壬子歲與先兄壬甫寓京師，長夏無事，取《全唐詩》中七言句之佳者，觀其虚字幾字，實字幾字，分别録之，以類相從。久之得對句幾及萬聯，惜皆失去。不然取以爲集句詩，不亦妙乎？因以此法告鏡堂，或亦集句詩人之一助也。

春在堂雜文四編六

勒少仲同年《太素齋詞》序

詞雖小道，而律甚細。昔周草窗作《西湖十景》詞，楊守齋謂辭美而律未協，相與訂正月餘而後定。然則作詞易，協律難也。余同年生勒少仲河帥，起家比部，敭歷中外，踌至封疆，政事、文學兼而有之。生平於詩文不苟作，獨憙爲詞。方其少壯時，風流自賞，歌衫舞袖間，長令短調，促節曼聲。每一篇成，輒爲同人所嘆賞。又强於記識，宋元名家之詞背諷如流者不下千餘首，而於萬氏紅友《詞律》一書，致力尤深。故其所作婉媚深窈，使人讀之意移。而揆之於律，無一不合。昔人謂史梅溪詞有瑰奇警邁、清新閑婉之長，而無訑蕩污淫之失。少仲之詞庶幾近之矣。中年以後，并詞亦不輕作。當同治庚午、辛未間，竹樵方伯恩錫方開詞壇於吴下，杜筱舫觀察文瀾從而和之，爰有重刻《詞律》之舉，并取吾邑徐誠庵大令本立所輯《詞律拾遺》

附益之。一時唱妍酬麗，逸興遄飛。雖以余章句陋儒，亦頻有緣情之作。而少仲以斫輪老手密爾自娱，不出一字，殆有少年綺語之悔乎？然其將去姑蘇也，命人録所作《太素齋詞》若干首以贈余。蓋享帚自珍之意，又未嘗不在此也。少仲既歸道山，遂有刻其詞以行世者，而刻之不精，讀者憾焉。陳仲泉同年謀重刻之，余乃出少仲所録贈者校讎一過，并補入原刻所未有者數篇。詞雖不多，然其辭美而律又諧，雖紫霞翁見之不能更易一字，是固詞家之正軌也。余既喜少仲之詞之克傳於世，而又嘆仲泉之拳拳於故友也，因書數語，以識歲月。余衰病頽唐，自竹樵、筱舫諸君長逝，倚聲一道久輟不作。今讀此編，不勝人琴之感矣。

顧子山《眉緑樓詞》序

唐宋諸大家之詩，如杜如蘇，其始皆依類編纂。及施武子注蘇詩，極詆永嘉王氏分門别類之失，自是編詩集者率以編年爲正，不復有分類者矣。余謂詩則誠然，若編詞則又以分類爲宜。蓋詩而分類，勢必割裂篇章，有一人一時之酬贈而分列數卷者。詞則异是。詞之體大率婉媚深窈，雖或言及出處大節，以至君臣朋友遇合之間，亦必以微言托意，借美人香草寄其纏綿悱惻之思，非如詩家之有時放筆爲直幹也。故雖依年編録，後之讀者亦未足考定其生平，不如以類編之，若者流連風景，若者抒寫性靈，若者爲感慨之辭，若者爲歡愉之語，使讀者與之流連往復，轉足以想見其爲人。故余謂詩不宜分類，而詞宜分類。乃世之編詞者或仿詩集編年之例，或不編年而以小令長調爲别，不分類而分體，反不如其編年矣。

艮庵主人，余嘗題其小像，以爲今之草窗竹屋也。今年夏以所著《眉緑樓詞》見示，分爲八集：曰《靈巘樵唱》，則咏懷之作也；曰《今雨吟》，則酬贈之作也；曰《小横吹牘譜》，則紀游也；曰《鶯花醉吟》，則言情也；曰《蜨版新聲》，則咏百花也；曰《蟭巢碎語》，則咏物也；曰《百衲琴言》，則皆集古人之句以爲詞；曰《跨鶴吹笙譜》，則皆賦其怡園中之景物也。富矣哉艮庵之詞乎！其持律之細、琢句之工，同時作者蓋無以尚；而其編次之體例，亦未有善於此者也。余曩時曾得其《跨鶴吹笙譜》，喜其清辭麗句，無一非長吉錦囊、梅舜俞算袋中物。輒録出數十聯，有以楹帖屬書者，即書此付之。今得窺全豹，情辭兼稱，又非徒妃青儷白之美而已。此集一出，傳唱旗亭，草窗、竹屋真不得專美於前。异時有爲之箋注者，仍當以此爲定本，勿執施武子之説而逡易之也。

《錢中議公取義圖》序

《取義圖》者，圖錢中議公死難時情事也。古人於忠臣烈士皆爲之圖，宋宣和所藏猶有《士女正節圖》。茲圖仿此也。中議公諱堅，字竹卿，世居吴縣木瀆鎮。後遷居郡城，以精於簿書會計爲郡縣上客。中年多病，家居不復出。咸豐十年，粤賊陷蘇州。時道路相傳，言大兵且至，城即日可復。公與妻唐淑人匿積薪下。越三日，淑人憤然曰：「吾不能忍矣。」言未畢，投井死。公顧二子曰：「走！走！吾與汝俱。」乃俱出。行至白蜆橋，公紿二子曰：「嘻！賊至矣。」二子回顧，公躍入水，蓋與淑人同日死云。事平，有司以狀聞，旌如例。其同縣人馮敬亭先生爲之傳，而其子福年又請善畫者爲此圖，公之死爲不泯矣。或曰：「孟子有言：『可以死，可以無死，死傷勇。』公既率二子以行，其子免，公胡不可免？乃必死焉，得無傷於勇乎？」嗚呼，是惡知古人輕死而重義之意哉！當戎馬倉卒之間，婦女多自引決，而男子往往草間偷活。其意謂吾非婦女，不懼辱也。不知男子之身與婦女同，不幸爲賊所得，罵詈之，鞭箠之，係縲之，黥涅之，父母清白之體狼藉至此，不亦辱乎？公所以甘心蹈清流而不悔也。自古以來，有號稱賢士大夫而臨變洟泗不決，晚節頹唐至一錢不值者，視公之死何如也？福年爲余門下士，出此圖求序。余爲發此義，亦必使頑廉而懦立與？

錢乙生《字祔》序

漢制：「學僮十七以上始試，諷籀書九千字，乃得爲吏。」當日所諷者，蓋即《倉頡》《凡將》之類，今其書皆不傳。間有一二句之傳者，《倉頡》四言，如《爾雅》注所引「考妣延年」是也；《凡將》七言，如《文選》注所引「黃潤纖美宜製襌」是也。至《急就篇》，則至今猶存其書，前多三言，後多七言。然愚以爲此等書雖便於學童諷誦，而誦之者能識其字，不能曉其義，不過與周興嗣《千字文》等耳。元舒天民《六藝綱目》一書皆四言韵語，然六書者六藝之一耳。舒氏《綱目》非專論六書，則固有所不詳也。吴縣錢乙生自幼孳精許氏之書，今年夏五月過我春在堂，以所著《字祔》兩卷見示。余問命名之義，曰：「此不過初學之一筏而已。」余讀其書，則以四言韵語括許書說解。童而習之，不特識其字，并可曉其義。乃語之曰：「君此書，其小學之蒙求乎？學僮能以此代鄉塾村書，則六書大旨可以粗曉。是亦小學中之津梁矣，『祔』云乎哉？汪柳門學士曾刊舒氏《綱目》，以便初學。君於柳門固姻亞也。柳門盍刊其書，附舒氏《綱目》以傳乎？」

王曉蓮方伯《哀生閣集》序

烏呼！仕、學之分也久矣。古之學者，學其所以仕也；其仕也，行其所學也。至於後世，學則自爲學，高者言性命，卑者言名物，又其卑者則爲風雲月露之詞以悦人耳目，彼固不知所以仕也。仕則自爲仕，高者僥幸一切以立功名，卑者奉行簿書期會以求無過，又卑者則偷禄位以自肥其身，彼又烏知所謂學哉？故曰仕學之分也久矣。乃今於曉蓮王君而一之。君童時，其父挈之游陸清獻公祠，爲備言清獻之爲人，君即慨然有私淑之意。及壯，從方子春先生游，乃得爲學門徑。一以朱子爲宗，作《學術辨》二篇，粹然儒者之言也。已而以名孝廉筮仕爲縣令，適值粤寇之變，東南淪陷，君崎嶇戎馬間，積功起家，累遷至方伯。其退食之暇，菲衣惡食，静坐一室，仍與老儒無异。至其處事之精審、持論之名通，如論兵、論漕、論河渠，皆非紙上空談。而上何觀察書，論撫賊之非計，未來之事瞭然在目。使君當日竟荷專閫之寄，安知不又一王文成邪？如君者，真以仕行其所學者矣。故曰仕、學之分至君而一之也。昔孔門分德行、言語、政事、文學爲四科。然顔子冠德行之首而「問爲邦」，仲弓居其末而夫子曰「可使南面」，是亦豈不足於政事者歟？至後世，儒林與文苑分矣，道學與儒林又分矣。同是爲學之事，判若秦越，尚望其合仕與學而一之哉？學術之盛衰、人材之升降皆於此乎？在余讀君之遺書，所以爲之三嘆也。君與先兄福寧君同舉於鄉，世俗所謂兄弟同年也。君之官吴也，余亦適寓吴下，時相過從。及君至鄂，吴楚睽違，稍稍疏闊。聞君引疾歸，方幸再見，而君已古人矣。所著有《哀生閣集》若干卷，其子逢卿太守求序於余。余謂如君者始可以言學，始可以言仕。余仕既不成，學又無得。序君之集，殊自愧矣。

湯伯述《槃薖紀事初稿》序

始，余入翰林，以門生門下門生見湯文端〔一〕公於京師。及與公子太常公同寓吴下，以伯叔尊行事之。太常公卒，公孫伯述太守官於吴，則兄弟行也。以累世雅故，時相往來。伯述嘗以小文見示，多艱深之辭。余性坦易，學業又粗粗，每爲詩文，喜放筆爲直幹。讀伯述文，舌撟而不能下，如韓昌黎於陳商文，三四讀不能通曉，則亦遂置之矣。今年夏，又以所刻《槃薖紀事初稿》四卷示余。讀其一二篇，則詫曰：「此伯述之文邪？」其議論有根柢，其叙事簡而核，高者

〔一〕端，原訛作「恭」，據俞樾《湯文端公手書九經跋》改。

可望《史》《漢》，下者亦非宋以後人語，間亦有古言、古義，然以氣體固雄厚，故誦之不覺其刺於目、螯於口也。其《説楛》一篇尤奇，有如《墨子·經説》者，有如《淮南子·説山》《説林》者，嗟乎！伯述之文如此，然則余向者知伯述淺矣。夫昌黎於陳商之文讀之不能通，遂有齊門鼓瑟之喻。《唐·藝文志》有《陳商集》十七卷，今無傳者，不知其文何如。若樊宗師之文，文之至怪者也。今其遺文猶在，雖百讀不能通。而昌黎顧以爲「文從字順各識職」，何邪？蓋文固論其存乎中者也。苟其中無所有，而惟以艱深文其淺陋，則唐之陳商、宋之劉幾徒見笑於韓、歐而已矣。苟其中有所有，則雖如樊宗師之文，不知者以爲怪；有識者讀之，固文從而字順也。烏呼！此伯述之文也。文端爲我朝賢相，太常公亦道咸間名臣，而伯述又有以繼之，昌黎公所謂「稱其家兒」者邪？余衰且病，舊學都廢，師友淵源一無所得。讀伯述此編，憬然興故家喬木之思也。

徐小豁孝廉《小不其山房集》序

小豁徐君，吾郡之高才生也。余於同治五六年間主吴下紫陽講席，得君文，奇賞之。嘗書其卷端曰：「作者能文之士，略嫌深入而未能顯出耳。」君得此語，若有所會，嗣後文日益進，旋舉於鄉。此老友吴退樓所説「君固館於退樓家也」。是時，吴中大亂初平，人文未盛，課於院者不及四百人，然頗有俊才。今吴清卿副憲歘歷中外，朝廷倚爲重臣，當日亦肄業書院者也。而余於諸君子中獨喜君與胡君春波之文。君猶名列賢書，而春波竟以諸生終，身後友人爲刻其遺文，余已爲序而行之矣。君尤篤志於學，以文而論，視春波若微不逮者；以學而論，則固過之。乃身後所刻《小不其山房集》，亦止賦百數十篇而已。其中有曰「安定集」者，有曰「正誼集」者，則仍書院課藝也。君之精詣，疑不止於此。然即此而觀，亦可見其學有根柢，不苟以妃青儷白爲工。使君而登玉堂、入詞苑，視當世嚴、徐、東、馬諸公，亦豈有愧哉？君之子篆香茂才求序於余。余衰且病，因循未作，庋之書架，殆將三年。今年夏偶檢得之，因書數語，以免諸責。憶余主講紫陽至今二十年，同學諸子如馮聽濤太史、朱采孫孝廉，皆當時以遠到期之者，而今皆古人矣。然則余安得不衰且病也？

善讓廷《自芳齋吟草》序

功令各省滿洲駐防，即隸所在學校。余應道光丁酉鄉試，厠名副榜，有滿洲同年二人焉。俄而改試翻譯，甲辰歲余舉於鄉，無滿洲同年矣。已而又復其舊。光緒十一年，浙江鄉試始有旗籍生，前此諸科未有也。余送孫兒陛雲至省垣應試，寓居湖樓，適有以讓廷先生《自芳齋吟草》見示者。先生名善能，杭州駐防，於道光十一年應辛卯科浙江鄉試，中式舉人。自道光十一年至光緒十一年，五十五年矣。使先生而在，再越五年，當重赴鹿鳴之宴，而先生已於三年前歸道山矣。先生雖登賢書，而落落寡合，會試不第，謁選得光禄寺署丞，在京師供職二十餘年，以老病乞歸。晚歲主講滿洲營梅青書院，年逾七十而終。身後蕭然，一無所有。其弟梓庵防禦檢其遺篋，得詩三卷，蓋先生所手録者，凡古、今體詩若干首。其論詩有云「芙蓉出水際，黄鳥鳴山中」，故其詩境如之，有夷猶自得之趣。然其生平，北出居庸，南浮閩海。見聞既博，而又濡染於乾嘉諸老輩之家法，故清而不薄，淺而不率，非近世之以塗飾爲工麗、以流蕩爲自然者所能望也。詩雖不多，亦足傳其人矣。詩中多憶西湖之詩，蓋既生長於斯，雖長白世家而實杭之人也。余副丁酉鄉榜，距先生領鄉薦止六年。而先生已未歲猶應春官之試，有詩存集中，則余固嘗與先生同試風檐矣。生前未能一面，今乃讀其遺詩，爲之作序，翰墨因緣，或亦非偶然乎？

胡稚威先生《餘映録》序

唐人之文莫奇於樊宗師，而韓退之銘其墓，則曰「文從字順各識職」。今三尺童子始學爲文，粗識虚字律令，鄉塾之師輒許之曰「文從字順」。噫！何言之易哉？非樊宗師之文不足謂之「文從字順」，然苟文不從字不順，而曰「吾能爲樊宗師之文」，則又所謂「以艱深文淺陋」者，爲有識者之所不取。昌黎之文自謂奇奇怪怪，而讀陳商之文，三四讀不能通，則以「操瑟王門」譏之。然則昌黎之文奇奇怪怪之中固有文從字順者在也。歐陽公主試得劉幾文，有云「天地軋，萬物茁」，輒痛詆之，世遂傳以爲笑。其後劉幾易名爲劉煇，變易其文體，遂爲歐公所賞，首拔之，不知劉幾之文即劉煇之文也。其爲文初不異，所異者其貌耳。嗟乎！論文如歐陽公，尚不能相識於牝牡驪黄之外，然則陶靖節所謂「奇文共欣賞」者，難得其人矣。

國家以四書文取士，懸清真雅正以爲鵠。士之從事於此者，貌爲清真實則淺薄，貌爲雅正實則凡庸。而時文遂爲世詬病，非得奇奇怪怪之文，不能振而起之。胡稚威先生所爲時文曰《餘映録》者，殆時文中之樊宗師乎？其取材於周秦諸子，而其用筆則得之漢魏及唐代韓、柳諸大家，宋以後雖如三蘇者亦所不取。故有洋洋千餘言者，如大海之中風濤萬變，珠宫貝闕隱見其間，令人望之而生怖；亦有寥寥短篇才三四百字者，又如柳子厚所記柳州諸山水，一邱一壑，曲折幽秀，愈進而愈不能窮。嗚呼！是真天下之奇文矣。然其文則奇，而其理則仍不詭於正。雖使一孔之儒抱高頭講章、執尺寸以繩之，吾未見其不合也。然則先生之文，未始不文從而字順也。其文舊曾刊行，而原版散佚，世罕傳本。先生之曾孫曰鑒生者，爲重刻之。余懼世人之徒賞其奇而不知其文從字順也，故因其乞序而書此貽之，庶讀先生文者不致如歐陽公之得之劉煇、而失之劉幾也。

任釣臺先生《尚書約注》序

國朝任釣臺先生以理學名儒貫通經學，所著《周易洗心》《宫室考》《肆獻祼饋食禮》《禮記章句》《孝經章句》《四書約旨》《女教經傳通纂》諸書，皆著録於《四庫》。其他《白虎通正訛》《竹書證傳》《竹書紀年考逸》《夏小正注》《孟子時事考》《任氏家禮酌》《任氏史册備考》《同姓名考》《記事珠》等書，皆行於世。而獨《尚書約注》四卷世鮮傳本，雖其門人文莊公德保爲作家傳，備載先生諸書，而此書亦不及焉。今年正月，其族孫筱沅中丞以鈔本付剞劂，而屬余爲之序，始得讀之，乃知此實先生家塾讀本也。其書先列目録，每篇之下注明伏生本、梅賾本，則其於古文之僞瞭然矣。蓋先生兼通漢宋之學，非墨守宋儒成説者也。其注雜取諸家之説，融會成文，頗便誦讀。《禹貢》讀「冀州」二字絶句，則從古本；《武成》篇不用注疏本，不用蔡傳本，而用歸有光考定本，可見其擇善而從，無偏主矣。其解《盤庚篇》，自「曰我王來」至「底綏四方」，謂此皆民言，則先生之自爲一説。不入之注，而列之上方，蓋其慎也。余束髮讀《尚書》，即用蔡傳本。而《禹貢》一篇，先祖南莊府君有手鈔本，其注初不知出自何人，以其便於誦讀。故余課孫兒陛雲即用此本，今乃知即先生《約注》也。其間小有异同，又不知誰爲增減矣。經文旁有圈點，蓋兼論其文；上方所載諸家説，亦文評也。或謂聖經不當以文章論。然世傳蘇老泉《孟子評本》已先之矣。《尚書》聱牙難讀，得先生此本，則讀者喜其文法之妙，而忘其句讀之艱，或亦教初學之一法乎？即此可見其爲家塾讀本也。蓋先生此書不列於所著諸書之内，故當日不以奏御，而《四庫》亦不著録。然實爲家塾讀本，則筱沅中丞之刻此書以行世，其嘉惠後學爲無窮矣。

馬培之徵君《北行記》序

光緒六年，詔以慈禧皇太后久疾弗愈，徵天下知醫者咸詣闕下，而江蘇巡撫吴公以馬君文植培之應詔書。君既至，即召見，奏對稱旨，有「脉理精細」之諭。以是年七月二十六日始，至次年二月三十日，每日與同徵諸醫入内請脉，恩禮優渥，飲饌豐腆，賜福字，賜袍褂，賜金錢，賜銀，賜果實，賜鹿脯，在廷之臣莫能望其榮寵。時君年逾六十，一日晨起趨朝，得暈眩之疾，乃乞回籍。慈安皇太后以外來之醫惟馬文植爲良，賞假十日，不準回籍。君感恩遇，力疾從事，至次年春，慈禧皇太后疾有間矣。而君暈眩特甚，卧不能興，復以回籍請。皇太后問廷臣，咸曰是誠有病，於是優詔許焉。君歸逾數月，而皇太后聖躬大安，乃命南書房翰林書扁額一方以賜，其文曰「務存精要」。詔下，江蘇巡撫行布政司委官賫送其家。君下拜登受，懸之堂楣。天章燦然，照耀里閈。按《魏書·宣武帝紀》永平三年詔曰：「經方浩博，流傳處廣，應病投藥，卒難窮究。更令有司集諸醫工，尋篇推簡，務存精要，取三十餘卷，以班九服。」蓋此四字本此也。雖儒臣撰擬，而與前所奉「脉理精細」之諭正相符合矣。君比年來寓居吴下，與余寓廬相距甚近。今年春訪我春在堂，以所著《北行記》見示，則自被徵入都至奉詔回籍，數月之事皆載焉。余讀之而嘆曰：「异日國史《方伎傳》中君必高據一席矣。」史遷爲《太倉公傳》，所載「臣意云云」者，不過其應詔答問之語，太倉公固未得見文帝也。君乃出入禁門，親承天語，仰瞻闕廷之壯麗，與王公貴臣俯仰揖讓於其間。遭逢之盛，遠軼古人。讀斯記也，視《太倉公傳》所載臣意之言，不更可觀乎？余舊史氏也，故不辭而爲之序，願後之作史者用臣意之例備載此篇，亦國史《方伎傳》中一佳傳也。

徐翥屏《半野山房酬草》序

翥屏中翰孝廉年十六補博士弟子員。是歲即舉於鄉，以兩奉諱不赴會試者三科，至今猶滯公車。然其才名遍八閩矣。丙戌之春，余送孫兒陛雲入都應禮部試，報罷，仍挈之南旋。與君同坐海晏輪船，承以所著《半野山房酬草》見示。時舟已將至吴淞，未及遍讀。讀其《學古入官論》一篇，氣韵古茂，詞采焕發，使他篇皆稱是，洵當代之淵雲矣。余孫陛雲去歲年十有八，四月入縣庠，九月領鄉薦，與君略相似。然其才學與君相距天壤。率書數語，既以副君之雅意，亦以勖吾孫也。

鍾氏寫定《魯論語》序

今童子束髮授經，即曰讀《魯論》。然《魯論》則久失其真矣。嘉善鍾子勤先生據《經典釋文》及漢石經殘碑，又博考之兩漢之書及唐以前舊説，寫定《魯論語》二十篇，而後夏侯、蕭、韋之舊乃可得而見。其門下大生沈穀人庶常出以示余。余謂君宜一一疏其所出，以行於世，庶不負先生編輯之盛心乎？余衰病廢學，無能爲役，惟於顔路請車一事而嘆其勝於今本焉。今本「顔路請子之車以爲之椁」，夫門人既厚葬之，豈其無椁？即云無椁，何必請子之車？下文夫子云云，是顔淵無椁，而鯉也適亦無椁，事已奇矣；顔無椁而顔氏請車，鯉無椁而夫子彼時亦若注意於車，事又奇矣。孔、顔所不足者皆椁乎？椁必以車爲之乎？今讀先生所定《魯論》，但云「顔淵死，顔路請子之車」，乃知顔路非請車也，以請車爲辭，蓋求賻也。亦猶「天王使家父來求車」，非必求車也。《左氏傳》所載「請帶」「請冠」皆其類矣。夫子則舉伯魚之往事以告之，言鯉也之死，其貧至於「有棺無椁」，而「吾不徒行以爲之椁」。然則顔子之喪，萬不至於有棺無椁，吾豈必爲之徒行哉？此章之義，以今本沾益數字而遂失之。《釋文》於此章先出「顔路」二字，又出「之車」二字，又出「無椁」二字。使如今本，則「之車」二字下當出「之椁」二字。今不出「之椁」而出「無椁」，然則陸氏所據本猶未有「以爲之椁」四字矣。先生定此章，其即本《釋文》乎？抑别有所據乎？余譾陋，不足知之，故甚望穀人之疏證其書也。惟高子弑齊君一事，余别有説，詳見《群經平議》，今不録。

《餘姚邵氏族譜》序

餘姚邵氏重修其族譜告成，問序於余。按邵氏出周之召公奭。昔人之美召公也，曰「甘棠猶思之」，况其子孫乎？周之衰也，七國并峙，燕居其一，召公之後也。秦漢之間，陳、項兵起，立六國後，齊、楚、韓、魏、趙皆有子孫，而燕所立者韓廣也。燕王喜之，後無聞，論世者以爲疑。然漢初婁敬請徙齊、楚、燕、趙、韓、魏之後，以實關中。則知燕固有後，且在漢猶爲彊族也。漢時召平有三，未知皆出召公否。其後有召信臣，見《循吏傳》。綿歷漢、唐，加邑爲邵。至有宋而康節先生出焉。涿州良鄉洪業寺乃康節曾祖所建，有遼統和十年碑，南宋時猶在。康節之父，學者稱伊川丈人，受《易》學於隱者老浮屠，著《周易解》五卷，明代藏書家猶有之，康節《易》學實出於此。程明道爲康節墓志云：「系出召公，世爲燕人。大王父諱令進，以軍職逮事藝祖，始家衡漳。祖諱德新，父諱古，皆隱德不仕。」今按斯譜，康節祖諱必顯，與墓志异。金石家與譜牒家小有异同，往往然矣。康節之孫諱溥者，從宋高宗南渡，始家於浙，又七傳而遷於餘姚。此譜以遷餘姚者爲始祖，其以前者昭穆難稽，姑從蓋闕，自始遷祖以下備載無遺。考訂支派，補葺文獻，是吾族者必詳，非吾族者必屏，有條不紊，體例秩然。溯有明一代來，領鄉薦者五十三人，登進士榜者二十二人。至本朝而科弟蟬聯，指不勝屈，蔚然爲浙東望族。蓋召康公之遺澤長矣。

道光、咸豐間，吾師文靖公自翰苑出持漕節，入贊樞綸，爲一代名臣。余道光庚戌成進士，公適爲是科知貢舉官，故得執弟子禮以見。其長公子長廷尉以詞臣碕陟正卿，次公筱村觀察以名孝廉起家郎署，備兵滬瀆，中外競爽，不愧名臣之後。其譜舊遵康節遺訓，六十年一修，國朝雍正、乾隆間曾再修之。文靖公勞於王事，欲修未果。廷尉昆仲繼先志而成之。余比年主講上海求志書院，與觀察有賓主之誼，承以譜見示，因得僭序其端。嘗讀方正學先生《范氏族譜序》，云：「爲常人之子孫非難，爲名人之子孫則難。」今邵氏以先賢之後，世有達人。爲之後者乃能紹承世德，振起家聲。即斯譜觀之，而其後人之多賢已可見矣。《易》云：「鳴鶴在陰，其子和之。」《太玄經》云：「蛟潛於淵，陵卵化之。」吾是以知邵氏之興未有艾也。

《皇清經解檢目》序

本朝經學集漢唐諸儒之大成，而阮文達公所定《皇清經解》一書，又括本朝經學諸書之大全，是固夫人而知之矣。然其書千數百卷，浩如烟海。而其中所載如《日知録》等五十餘種，皆就原書采輯，初不分别部居。雖皓首窮經者不能檢其所在，往往知有此而不知有彼，得其一而遺其十。今年春，余在吴下，有陶君治元者，以所編目録示余。余欣然曰：「有此則《皇清經解》若網在綱矣。」因爲署檢而歸之，所謂《敬修堂編目》是也。及余送孫兒陛雲入都應禮部試，則其書已縣之國門，家置一編矣。先是，余門下士蔡儸客茂才亦嘗從事於此，而編纂未竟，遂爲陶氏所先。余私計，有陶氏之書，可無蔡氏之書矣。乃余從京師南還，九月重九戾止湖樓，而儸客以所著檢目示余。余則又欣然曰：「是勝於陶氏之書。」何也？陶氏之書分經編次者也，一義而群經互見者必遍檢群經而後得之，於事固非所便，且充其量亦不過爲《皇清經解》之目録而已矣。若儸客之書，不分經而分類，以經證經，一展卷而咸在，可使學者觸類貫通，於治經之事事半而功倍。且此書也在今日則《皇清經解》之目録而已。儸客好學不倦，使更加數十年之功，凡學海堂所未收之書，或前乎此者，或後乎此者，但使門户不歧，源流不别，則廣收而精擇之，各依其類，附益於後。如再有餘力，則鳩集鈔胥就原書寫録，合成一大書，豈非經學中巨觀乎？夫《藝文類聚》《事文類聚》諸書，不過備詞章之用，然已爲學者所重。若此舉果成，則是《經義類聚》矣。阮文達欲爲《經郛》，有志而未逮，安知不於儸客觀厥成乎？而豈獨爲《皇清經解目録》已哉？且即以目録論，文簡而例備，於檢尋爲便，亦較勝於陶氏之書。此書一出，余尤願學者之家置一編也。

朱經庵《宋元通鑒目録》序

昔孔子作《春秋》，丘明作《傳》，皆即後世史家編年之體。然則史家自宜以編年爲正體，涑水《通鑒》其尤善者也。而讀者則又患其散漫而難稽，於是紫陽氏繼《通鑒》作《綱目》，合孔子之經、丘明之《傳》爲一書，讀者便之。然而《綱目》必嚴書法，以紫陽爲之則可，非紫陽爲之則僭。是故編年之史仍以《通鑒》爲正。而有《通鑒》必當有目録。涑水之《通鑒》固善，涑水之目録尤善。明薛應旗法温公作《宋元通鑒》，其書紀載之失實者、年月朔閏之錯誤者往往有之，而爲《通鑒》不爲《目録》，則數百年之事端緒難尋，無以挈其綱領，尤其大失也。海寧朱經庵先生於是有《宋元通鑒目録》之作，蓋取薛氏之書與宋、遼、金、元諸史參互考訂而成此書，某代某帝某年某事如指諸掌。又謹遵高宗純皇帝欽定《三史國語解》，凡遼、金、元諸臣姓名之昔訛今正者，按其所見之年表列於前，以便觀覽。又附閏表、朔表於後，以考其年月。而凡薛書之誤亦皆訂正無遺，非特薛氏之功臣，抑亦薛氏之諍友矣。先生爲道光丁酉科拔貢生，而余於是年叨副賢書，亦在同歲之列，又同出樂陵史氏之門。先生書成，樂陵師爲序其端。今年秋，余在右台仙館，其鄉人蔣澤山孝廉，余門下士也，又以此書乞序於余。余雖與先生同年，而未得一見。史學荒蕪，於先生又無能爲役。然念先生既歸道山，而此書迄未刊布，且雖寫有定本，而余粗一展閲，便覺讎校之未精，則其中安知無傳鈔之偶誤者乎？理而董之，是固後學之責也。竊書數語，以告其鄉人焉。

程步庭明府《安陽輿頌》序

余從前因至福寧郡齋省視先太夫人起居，道出瑞安者再，樂其山水之勝，登眺忘疲。其時孫琴西同年尚開藩江左，而渠田前輩則優游家衖，曾兩見之。余詩云：「瑞安學士最依依，夜雨留賓静掩扉。草草杯盤成一醉，黄花魚小墨魚肥。」爾時光景，思之猶宛在目前。余每謂其地僻在山中，其人亦必各有樸茂之意，而頗聞長民者畏之，稱爲難治。何歟？琴西則曰：「吾瑞安豈難治哉？長民者未知所以治耳。」程步庭大令，余曾於彭雪琴尚書坐中見之，雪琴有「佳乎吏也」之嘆。已而聞其宰瑞安矣。今又聞其奉檄去瑞安矣。以君之才，其宰瑞安曾不能三歲，汲汲而罷歸，意瑞安果難治歟？抑君所以治瑞安者有未得歟？及讀君去瑞安日，瑞安士民所爲詩若文，而琴西同年、渠田前輩又各以詩文先之，稱君之善政，不啻若自其口出。然後知瑞安之非不易治，而君治瑞安亦非有所未盡也。其所以不能三載而去者，殆别有故，而非君之故，亦非瑞安之故矣。君异日或仍莅瑞安，或移宰大邑，願仍以治瑞安者治之。吾知輿人之頌洋洋盈耳，長如去瑞安時也。

陳潛淵《帝王實紀》序

古事茫昧，未易推尋，其年更無論矣。且如孔子删《書》斷自唐虞，而堯元年，皇甫謐以爲甲辰，《竹書》以爲丙子，路史以爲戊寅，章俊卿《山堂考索》以爲癸未。果孰是乎？孔子《春秋》絶筆獲麟，而獲麟之歲，《續漢志》有二説：一以爲至漢興二百七十五年，漢興元年歲在乙未，則獲麟歲在庚申也；一以爲至漢興二百六十二歲，則獲麟歲在癸丑也。果孰是乎？而依《左傳正義》哀元年歲在大梁推之，則十四年獲麟之歲，歲在實沈，歲星在實沈，則歲又應在巳矣。自周以來，武王伐殷，歲在鶉火，《周語》載之。夫歲星在鶉火，則是年歲在未。《左傳正義》隱公元年歲在豕韋，夫歲星在豕韋，則是年歲在寅。而自後世推之皆不合，此古曆之所以難定也。陳君潛淵著《帝王實紀》，一以《竹書》爲主，其庶幾得所折衷歟？然今本《竹書》未可盡信，朱右曾氏作《汲冢存真》，謂今本《竹書》之可疑者十有二事。且《史記集解》引《紀年》云「夏用歲四百七十一年」，今本附注云「起壬子終壬戌」，則四百三十一年矣。今本是乎？古本是乎？未可據爲實紀也。雖然，太史公之作《三代世表》也，其序云：「余讀諜記，黃帝以來皆有年數，古文咸不同乖異。」然則古之年數史公已不能得其詳，况今日乎？以《竹書》爲主，猶勝於前乎此之劉歆《三統曆》，後乎此之邵康節《皇極經世書》也。余欽其用力之勤，而不知曆法無以彌補萬一，雜書所見以質之，或有以啓發其高明乎？

吴子巖《青萍館詩》序

余自道光甲辰歲始作新安之游，乙巳歲遂館於休寧汪氏。自乙至己凡五年，而辛亥歲又一年。此數年中，歲必一往返，亦或再往返。而自錢唐江入徽河，水道窮於屯溪。其往也由屯溪而遵陸，其來也由屯溪而登舟。故余於屯溪尤熟，每見其山水奥曠，市廛繁薈，知其中必有人也。自辛亥以後，余不復再客新安，則亦不復再過屯溪矣。今年余居吴下，有吴君子巖來見。問之，屯溪人也。以所書爲贈，又以詩一編相質。余見其書法古茂，詩筆清新，深异之。問其家，禺筴之商也；問其官，以觀察使注吏部籍矣。而讀其與余書，則云：「與其鬌參短簿，軒冕浮沈，曷若野鶴閑鷗，烟霞自適？」噫！斯豈風塵中人歟？問其年，曰三十八歲。溯余辛亥歲過屯溪時，止三歲耳。庸知山村水驛間烟火千家，而其襁褓中有詩人哉？然則余安得不老也？回首新安山色，悢悢曷已？

周子雲《三蓮堂詩》序

余自幼與雲笈親家翁交最深，往來亦最密。子雲其少子，初見時猶在襁褓也。及同治中，余始主講詁經精舍，慕陶同年奉檄來監院事，子雲以從子從之讀書。余每至丙夜猶聞其伏案咿唔，然所習者舉子業耳。丙子秋，子雲舉於鄉。至今而四上春官不第，年亦逾三十。一襲青衫，浮沈十載，居然名場老宿矣。偶以其所作詩一卷見示，其第一篇即讀《兩當軒集》而作者。知其瓣香有在，而詩亦頗似之，蓋皆青蓮嫡派也。夫詩家李杜并尊，而論者謂杜聖而李則仙，似乎少有軒輊。然余謂學杜不成必至生硬枯澀，作三家村夫子面目；學李不成則其雲譎波詭之詞、鳳泊鸞飄之思，猶不失爲風騷門徑中人，學詩者勿尊杜而卑李也。余非不知此理，而老年才盡，翰墨頽唐，往往放筆爲直幹，流於率易。而不知樵歌牧唱不足言詩矣，烏足點定子雲之詩哉？子雲詩中多有與余孫陛雲唱和之作。嗟乎！川閲水以成川，世閲人而成世。吾孫已能以下里之詞酬唱陽春，然則余安得不衰且老，而視與雲笈唱和時如隔世事也？

《照印十三經小字本》序

往年何子貞先生曾言於曾文正公：設局揚州，刊刻大字十三經，經文、注文固皆大字，即正義亦皆大字。先生自任校讎之役，甫成《毛詩》一經，不勝其煩，語余曰：「吾老矣，精力不逮。《毛詩》成後當告知南豐，以後諸經屬之吾子矣。」南豐謂文正也。余笑曰：「此非所能，亦非所願也。」先生問故，余曰：「大字固便觀覽。然舟車攜挈非便，即家居亦嫌插架之多，環堵之室將不能容。且紙墨之費必巨，寒士何能購取？余願刻十三經小字本，既便取攜，亦易藏庋。寒士之家皆得人置一編，經學昌明，儻由是乎？所謂君子務其大者、小人務其小者，請分任之可也。」相與一笑而罷。其後文正薨，先生亦歸道山，大字十三經竟不成。而余欲刻小字十三經，亦有志未逮。今年冬，山陰何桂笙滬上書來，言其友於點石齋用西法照印十三經注疏，密行細字，一紙可敵原書之四，而幅之廣狹半之。余聞之甚喜，問所據何本，曰江西阮刻也。余聞之益喜。或曰：「刻十三經何不遵武英殿本，而用阮本爲？」余曰：「是無他，取其有《校勘記》耳。」阮文達之爲《校勘記》，羅列諸家异同，使人讀一本如遍讀各本。又恐讀者不知此文之有异同也，故凡有异文者於字旁加墨圍焉，有增減者於兩字之間加墨圍焉。其爲讀書計固甚周矣。廣東曾重刻阮本十三經，而於諸墨圍皆不刻，大失文達之意。今照印本雖小，而墨圍俱在，與原本無殊。且其字迹明顯，雖老年人可讀。此本既出，必盛行於人間。家有其書，而經學亦將蒸蒸日上，裨益聖朝文教，良非淺鮮。余衰且老，猶幸及見之，惜不及與子貞先生同讀之也。

《兩罍軒尺牘》序

老友吴平齋先生，仕學兼優之君子也。余嘗志其墓，詳言之矣。其手定之稿刻以行世者，惟《彝器圖釋》十二卷、《古官私印考》二十卷、《焦山志》十六卷及《虢季子白盤考》《漢建安弩機考》《温虞恭公碑考》《華山碑考》各一卷。其酷嗜金石，精於考證，亦足見學問之一斑矣。然其心術之正大，品行之高潔，識見之深遠，議論之宏通，則猶未之見也。今年冬，哲嗣廣庵觀察刻其《尺牘》十二卷，索序於余，然後向所未見者今得而見。當庚申、辛西，東南淪陷之秋，先生勷贊軍書，支持危局。而引退之後與人書，自言以「三勿」名齋，所謂「𡤕然不滓」者歟？至於議減賦額，議開淒港，皆江浙間百世之利，而無不自先生發之。嗚呼！使先生得竟其用，則經世之大略以學問行之，非卓然咸豐、同治間一名臣哉？先生有與余書，今刻弟七卷中，其略云：「執事抱負宏遠，使得竟其所藴，則本經術以飾吏治，設施必有大過人者，豈特以文章表見而已？」斯言也，余章句陋儒不足當之，而以爲先生自道語，則誠哉是言矣。至其評論金石書畫，無不允當。得此書，竟可以當《清河書畫舫》《嘯堂集古録》，鄭庵《尚書序》中已極推重之，余可勿贅也。漢陳遵善書，與人尺牘，主皆藏去以爲榮。先生言語妙天下，而書法之精又足以副之。人得其片紙隻字，什襲珍藏，視同球璧，即余所藏者亦數十幅。其草草裁答不自存稿者，皆不入此刻中。數百年後，諸墨迹散布人間，或壽之貞石。好古之士取此刻讎校异同，審别真贋，當共嘆先生之仕學并優，而余言爲不謬矣。

春在堂雜文四編七

宋澄之《〈湖樓筆談〉説文經字疏證》序

錢竹汀先生《説文答問》歷舉《説文》中某字即九經中某字，得三百二十三字。而陳恭甫先生作《説文經字考》以彌補其缺，又得三百有四字，可謂備矣。余於兩先生後掇拾其所未盡，則所得僅九十九字，刻入《湖樓筆談》中。醜女效顰，貧兒炫富，良可笑也。錢氏之書有甘泉薛君子韵爲之疏證，成書六卷。初刻於閩，再刻於揚，而前年鄞人郭君傳璞又重刻之，并以陳氏及余所補者附刻於後。夫陳、錢兩家適相當也，末綴余書，所謂貂不足而犬續者歟？然陳氏之書至今無疏證者，而余書則吴下有江建霞標曾爲作疏證，其書未行而宋澄之文蔚又踵爲之，兩君皆余門下士也。余因覆按此九十九字中，「郯」即「葵丘」之「葵」，已見錢氏《答問》矣。他如「譎，權詐也」，「憰」亦「權詐也」，則「晉文公譎」不必作「憰」；「展，轉也」，則「展轉反側」不必作

「輾」。余前所舉亦有不必然者。澄之謂「憂戚」字本作「戚」，許君欲别於「干戚」字，故加心作「慽」；「洞洞屬屬」字本作「屬」，許君欲别於「連屬」字，故加女作「孎」。善哉！學問之事豈尚苟同乎？余嘗深喜番禺張維屏《經字异同》一書，其書四十八卷，古書援引异同羅列無遺。嘗願爲之疏證，而精力不逮，澄之儻有意乎？

華文珊《津門徵獻詩》序

咸豐之初，余寓天津，時同年生地山侍郎崇厚以通商大臣駐節於津。津人方議修《天津府志》，侍郎即延余主其事。然其時寇難未已，戎事猶亟。雖議修志，費無所出，亦無任采訪之役者。但就官書鈔撮成書數卷，未足爲定本。余旋南歸，遂輟不作。越數年，始聞津志告成，余固未之見也。光緒丙戌，余在吴下，有以華文珊司馬鼎元《津門徵獻詩》求序者，凡七言絶句百二十篇，分爲八卷，每篇各咏一人，其人之志傳行狀以及見於諸家文集遺聞軼事備載於詩之後，故名曰「徵獻」。繫於津門者，司馬津人也，其所咏皆津人也。嗚呼！搜輯之功可謂勤矣。昔孔子慨杞宋「文獻」之無徵，鄭康成以「文章、賢才」解之。馬貴與則以「史傳之實録」爲文，「儒先之緒言」爲獻。余謂文與獻二而一者也，獻之存，亦存於文也。然至後世而文益繁，一人之事記載各异，非薈萃而觀之，往往知其一而不知又有其一。司馬此詩以詩爲綱，以文爲目，蓋以詩統文，而以文存獻。此表章前賢之盛意，亦網羅放失之苦心。使余修志時得此，豈不奉爲漁獵之山淵哉？今津志雖成，然志者史體，其例謹嚴，不能備載，則司馬此詩固津門士大夫所宜家置一編者也。

俞勁叔《大雷山房詩鈔》序

同治乙丑春，余在吴下紫陽書院，戴子高以俞君勁叔來見，曰「詩人」也，願留而受業於門。余謝不敢當。然以子高爲之介紹，亦遂不復固辭，自此遂與勁叔識。視其人，雲情而鶴態，有古骨無俗肉也；聽其言，泠然善也；叩其所學，則㚒朽蟫斷中，人所不措意者，歷歷然鱗羅而布列也。然猶以未得盡讀其詩爲憾。光緒丙戌冬，君以所著《大雷山房詩鈔》十二卷見示。其清微淡遠，得之王孟者居多；而哀艷之音，又有似乎玉溪生者。至如《到家述感》諸篇居然老杜，《秋日閑居》諸詩又進而游五柳先生之門矣。然則君誠詩人也。余衰且病，詩學益退。而君顧以余有一日之長，欲得一言以自信，姑書此貽之。惜子高已作古人，不得與共論之也。

戴鼇峰《史學津逮》序

自《史》《漢》以來，代必有史，二十四史積之充棟。讀之難，識之更不易矣。於是宋楊氏有《兩漢博聞》之作，國朝沈氏、朱氏有《南北史識小録》之作，皆欲掇其菁英，爲披沙揀金之計。然《識小録》但就南北史中字句之工麗、事實之新奇者，依原書卷次摘録成書，苦無眉目。《兩漢博聞》則每條各有標題，而欲檢一事，非徧尋其目不得，亦未便於觀覽。且是二書止兩漢、南北朝，而唐宋以後史更多、事更繁，則未及焉。於是近人南沙姚氏有《讀史探驪録》之作，取二十四史中字句之工麗、事迹之新奇者，各以數字爲標題，末一字隸某韵即入某韵，依今韵編次，秩然不紊，其體例善矣。然以三千餘年之史，而其所采止一千五百餘事，搜羅未備，遺佚猶多，讀者憾焉。嘉善戴鼇峰先生耄而好學，尤精於史。所著有《東甌金石志》，余嘗刺取數條入《茶香室叢鈔》。今年以所著《史學津逮》見示，則仿姚氏《探驪》之例而附益之，幾再倍於姚氏之書，謀以活字排印，而問序於余。夫以韵隸事，實始於宋人袁轂之《韵類題選》。至明代有張氏之《韵山》，見《陶庵夢憶》，更極美富，而其書均不傳。蓋失之簡陋者固不足厭讀者之意，而失之繁冗者亦無以傳世而行遠。先生此書專爲史學而作，博而能精，繁而有要，家置一編，不獨爲詞章家漁獵所必需，抑亦讀史之一助也。宋孫甫善論史，時人謂「終日讀史，不如一日聽孫論」，余亦謂「終日讀史，不如一日讀先生此書也」。

戴鼇峰《瑣語録》序

《説文》：「瑣，玉聲也。」無瑣碎之義。然《爾雅·釋訓》云「瑣瑣，小也」，則其義古矣。晋太康中，汲郡人發魏安釐王冢得古書，有《瑣語》十一篇。後世著述家以「瑣」名其書仿此，其最著者孫光憲之《北夢瑣言》也。明代有羅欽德之《閑中瑣録》、王涣之《墨池瑣録》、姚宏謨之《錦囊瑣綴》，皆著録於《明史·藝文志》。雖其書或傳或不傳，而其編纂之勤固不可没也。戴鼇峰先生耄而好學，所著有《東甌金石志》已行於世，有《史學津逮》，余已爲弁言其端。先生又出《瑣語録》一編，隨筆紀録，不分别部居，而前後叙次亦具有條理。余讀之，有理語、有悟語、有紀載語、有考證語、有游戲語，蓋出其緒餘以著此書，有存乎此書之外者也，「瑣語」云乎哉？荀子曰：「何世而無嵬？何時而無瑣？」「瑣」言小也，「嵬」言高大也。其瑣也，其所以爲嵬與？

《朱采蓀孝廉遺文》序

同治初，余主講吴下紫陽書院者二年。其時兵亂初平，人文未盛，每月與課者不及三百人，而高材生則往往有之，如朱君采蓀即其一也。吴下書院章程與吾浙异，凡他省之人皆得與課，故采蓀以湖郡人而得與焉。二年中，采蓀每試必居高等，未幾果舉孝廉以去。余方謂其所就未可限量，乃屢試春官未成一第，竟賫志以殁，是可悲也。采蓀之文，不務牛鬼蛇神以爲奇，不借臭朽蟫斷以爲古。而其光黝然以幽，其味淵然以長，無一骫骳之辭，無一齟齬之字。此與春明風氣宜無不合，而顧不得志於禮闈，何歟？同時吴下有胡君春波者，每課名次與采蓀等，春波竟以諸生終，而采蓀猶得舉於鄉，是又其幸也。春波遺文余既序以行世，采蓀之友與其門下士亦謀刻其遺文，而乞余以一言張之。回思曩時高才生大半鬼籙，而余亦將老矣。讀采蓀文，所爲長太息也！

何義門《文選評本》序

何義門先生精於校書，每訪求宋元舊槧及故家善本，手自讎正。世宗憲皇帝在潛邸時，曾以《困學紀聞》命爲箋疏，其所校兩《漢書》、《三國志》尤精。乾隆五年，侍郎方靈臯奏上其書，付國子監。及先生殁，而海内争購其所校諸經史，於是何氏之書畢出，而真僞亦頗獶雜。乾隆壬辰，長洲葉氏刻《文選》李善注，附刻義門先生評語。詳論文法，略有考證，簡首有先生自題數語，署康熙辛巳秋日。其書久行於世矣。今年春，汪君小村又以此本見示，則即汲古閣本。而先生以朱筆書其上方，大都皆論文法者也。行間則加圈點，間或校正文字。書雜行楷，婉秀可喜，自始至終筆意一律。每册鈐先生名印，而無年月。其末有蔡季白跋語，云此本爲其鄉人碧琉璃齋阮氏所藏，由阮而歸於陳，由陳而歸於蔡。授受源流，亦自明白。或疑其專論文法，無所考證，似不及葉刻本。然如潘安仁《爲賈謐贈陸機詩》「神農更黄」「黄」當作「王」，謝希逸《宣貴妃誄》「容與經緯」「緯」當作「闈」，此皆改正，而葉本未之改，則其勝於葉刻者亦多矣。自明代盛行艾千子時文評本，國初諸老皆沿此習，而義門尤以選刻時文名於世。全謝山謂義門《困學紀聞箋》「批尾家當未盡洗滌」。然則此本專論文法，正是先生所長。讀《文選》者得先生此本而熟復之，於行文之法所得非淺。是宜刊布，以廣流傳。若夫考訂之學，則自唐代李濟翁、邱光庭以來，講選學者代有其人。而葉刻録先生考訂諸條，亦人所習見，轉不如此本專論文法之有裨於後學也。

方澍人《嘯雲樓詩》序

道光中葉，余客新安，與孫君蓮叔交。長於余一歲，余兄之。因得拜其母，識其諸子瑶、環、瑜、珥，皆「稱其家兒」。而有裙屐少年，秀眉白面，如少陵所謂「皎如玉樹臨風前」者。問之，曰方氏甥也。咸豐建元以後，余不復至新安，與蓮叔亦遂疏闊。已而聞其死粵寇之難，有詩哭之。及光緒初，余在吴下，有方澍人茂才投刺求見。見之，則即蓮叔所謂方氏甥者。以詩四章見贈，雖語多溢美，而清詞麗句，誦之灑然。其時，同年勒少仲河帥開藩吴會，爲余言：「此君曾入我幕，佳士也。」嗟乎！蓮叔不可見矣，而得見其甥，則爲之喜；然念余初見澍人時猶未冠也，而今則游歷關山，崎嶇戎馬，當代名公卿已有聞其名而折節與交者，居然名場老宿矣。余安得不頽然老也？則又爲之悲。去年冬，得其書并所著《嘯雲樓詩》四卷。流覽之餘，輒書數語，以寓且悲且喜之意。其詩有云：「無射本秋氣，《離騷》是怨聲。」蓋其所遭然也。又有集句詩云：「豈有文章驚海内？不應憔悴老明時。」然則其异日之必有際遇，亦可卜矣。

秦散之詩序

太湖東西兩山之勝，甲於吴會。余有同年之孫暴方子式昭官其地，屢招余作西山游，未果也。然流覽其圖經，宅阻蟠幽，實乾坤之靈囿，意其中必有如王右軍所稱「林澤遒上之士」，而余未之見，今乃得之於秦君散之。其人須眉秀爽，風骨高寒。雖爲貧而仕，宦游吾浙，浮沈簿尉間，而瑶林瓊樹，望而知爲風塵外物。今年春始見余於湖樓，年已六十矣。以詩四卷見質，蓋散之於丹青篆刻無所不精，而尤長於詩。其爲詩，無妃青儷白之俗態，亦無瑚肝琢腎之苦調，而夷猶淡宕，有清氣旋繞於其筆端。讀之恍如莫釐、縹緲，七十二峰濃青淺碧，從行墨間撲人眉宇。其五言如「波摇孤塔動，雲抱一峰沈」「病葉黏霜墮，孤螢背月飛」，七言如「蒼凉兵火黄花少，惆悵西風白髮多」「霜近人家將刈稻，日斜村巷忽聞鷄」等句，皆可入長吉囊中。而其《丁丑雜感》八首，憂時感事，又庶幾浣花翁之一鱗半甲矣。至「詩境漸高貧更甚，官階雖小傲如初」，則儼然自爲寫照。余雖未及游西山，而得讀山中之人之詩，詩如其人，人如其境，亦不啻游西山。率書數語，副散之拳拳之意，并以報方子也。

宋雪帆侍郎詩序

宋雪帆侍郎於余爲同館前輩，在京師時曾以後進禮見，然未與相習也。及同治初，公奉命至天津驗收南漕，時江浙淪陷，余避地居天津，遂與時相往還，相得甚歡。余方著《群經平議》未卒業。公取一、二卷觀之，嘆曰：「此不朽盛事也！宜早刻之。若刻成行世，雖萬户侯不足道矣。」余遜謝不敢當。然其年即取《三代重屋世室明堂考》刻於津門，由公發之也。嗣後所著各書次第告成，亦次第付梓，流布人間，旁及海外，頗不虚公期望之意。然公已不及見矣。戊辰以來，余主講浙中詁經精舍，兼管書局。而公之介弟叔元觀察實奉檄提調局事，亦與余相得甚歡。觀察之子澄之廣文又執贄於余門下，工詩文，通小學，兼精楷法，昌黎所謂「稱其家兒」者也。今年春，余來湖上，觀察以所刻公之遺詩曰《水流雲在館詩鈔》者見示。詩凡六卷，分爲八集。其前五集皆未通籍前作，後三集則通籍後詩也。公詩抒寫性靈，自諧聲律。都門與陶鳧薌、張詩舲、潘星齋、李小湖諸先生倡和，惜不自收拾，兵燹後零落無存。觀察於京外諸親故中網羅放失，僅得詩五百餘篇。然讀其詩，知其爲人，固道、咸間名臣矣。末有《追憶先塋》八首，知公家世清貧，自祖以下其境皆奇窘，而積累之厚，則有人所不能者，宜乎受其遐福，蔚爲高門也。公之詩，讀者皆知其美，不待余言。而余追惟在津門時相與周旋之雅，微名所自，至今不忘。故因觀察之屬而僭爲之序，既以慰觀察鴒原之感，兼舉公詩所云「令名須永念」者，爲澄之勖之也。

《全唐文拾遺》序

詩莫盛於唐，文亦莫盛於唐。蓋唐以前之文傳者不多，而唐以後之文又多失之浮靡，故唐文獨盛也。自宋以來，選唐詩者多，選唐文者少，傳於世者惟宋姚鉉《唐文粹》一百卷而已。明《藝文志》有鄒守愚《全唐詩選》，是「全唐詩」之名明代已有之，而「全唐文」無聞焉。我國家重熙累洽，誕敷文教。康熙四十六年，奉敕編《全唐詩》九百卷，頒示海内。至嘉慶十九年，仁宗睿皇帝又敬沿《全唐詩》例，編《全唐文》一千卷。當是時，天子右文稽古，出内府所儲唐文一百六十册，又於《四庫全書》及《永樂大典》《古文苑》《文苑英華》《唐文粹》諸書内搜羅采輯，重加釐定，得文萬有八千四百八十八篇。恭讀御製序文曰：「原書内誤收之文及有關風化之作，悉删除不載，示士林之準則，正小民之趨向。屏斥邪言，昌明正學。」然則讀唐文者，自有此書，嘆觀止矣。苟竊竊焉從其後而綴拾之、補苴之，此莊子所謂「日月出矣，爝火不息」者也。顧念乾隆時搜訪天下遺書，有進書至百種以上者，其姓名得附載《提要》之末。如吾浙范懋柱等家，以收藏夥夠，頒賞《圖書集成》《佩文韵府》各有差。蓋細流土壤雖不足以益高深，而泰山河海則固兼收而并蓄也。咸豐、同治以來，東南大都會并經兵燹，藏書益稀，而吾湖陸君存齋觀察皕宋樓藏書遂爲海内甲。君嗜唐文，蟫斷皃朽中偶得數字即録存之，積久成《全唐文補遺》七十二卷。烏呼！於大備之後，復能成此巨編，其涉書獵史之富，觚編豪絡之勤，亦云至矣。體例仍恪遵原書，疑誤者勿録，浮薄者勿録，於仁廟「屏斥邪言、昌明正學」之旨竊有合焉。使其生嘉慶間，敬繕此書，進呈乙覽，安知不與天一閣范氏等同被褒奬哉？昔吾邑徐蘋村宗伯有《全唐詩録》一百卷，今存齋觀察又有《全唐文補編》之作。兩書皆出於吾湖，後先輝映，此藝林之盛事，亦桑梓之光榮。而我國家文治之隆，亦即此而見矣。

蔣八霞《錦里百花詩》序

往時讀《宋景文集》，有《贊》五十三首，自「真珠菜」至「餘甘子」，皆蜀中方物。余愛其語簡而明，誦之如見其物，郭璞《山海經贊》之體例也。今蔣君八霞示我《錦里百花詩》二卷，則皆蜀中花卉，而韵之以詩，視景文之《贊》，風致較勝。其詩不拘一體，每花亦不止一詩，又與尋常咏百花者不同。其中如「鴛鴦花」「羞寒花」皆見景文《贊》中。「羞寒花」初名「羞花」,「寒」字即景文所增也。益部方物,略見於斯,當與景文之《贊》并傳矣。雖然,君詩豈獨爲花傳神哉?《鬼目引》《西番菊》諸篇皆有感而作,《木棉歌》一篇留心民事。想君宰嶍峨,必有惠政及民。惜不久即以憂去官,未竟其所施耳。《桂花詩》亦當有所指。少陵云:「清詩近道要,識子用心苦。」余讀君詩,固有存乎玉白花紅之外者矣,豈徒「天葩吐奇芬,絢簡敷春藻」而已哉?末附治語數章,陶令之賦閑情,固不以玷其白璧矣。

重刻《小學考》序

國朝秀水朱氏撰《經義考·爾雅》二卷,外凡形聲訓故之書皆未著録。於是南康謝氏繼之有《小學考》之作。其首二卷謹録我朝奉敕撰著之書,此外分爲四類:曰訓詁、曰文字、曰聲韵、曰音義。每一書之下,詳載其原序及各史著録諸家評論之語,一如朱氏體例而加詳焉。故雖止小學一門,而爲書至五十卷,可謂博矣。夫士不通經不足致用,而非先通小學無以通經。宋元以來,士大夫高談性命,聲音訓詁未及講求。王荆公固作《字説》者,而「霸」字從「西」從「雨」,茫然不知;王伯厚博極群書,而「孝」「孥」二字誤合爲一。然則小學之衰久矣。加之里塾之師「烏」「焉」莫辨，好奇之士鄉壁虛造，如陶弘景《真誥》多用道家俗字，若「鼎」作「鼎」、「惡」作「悪」之類。衛元嵩《元包經》多用古文奇字，若「丗丗」「宀宀」之類，徒足以疑誤後學而已。國朝經術昌明，承學之士始知由聲音文字以求義理，於是家有洨長之書，人習《説文》之學。而此書實自來言小學者之鈐鍵，欲治小學不可不讀此書。吾浙自阮文達創建詁經精舍，奉許、鄭二先師栗主於講堂，使學者知欲治鄭學必先治許學。自是以來，吾浙彬彬多通經之彥矣。前年善化瞿子玖學士奉命來視浙學，一以經義訓迪多士。既令書局刊刻鄭氏佚書，及將受代，又刻此書。兩書之成，皆屬余爲之序。余忝主詁經講席二十餘年，又從事於書局，故雖譾陋，義不得而辭。惟念此書實補朱氏《經義考》所未備，余從前以「《經義考》一書學者不可不讀」言於當事者，刻之局中。乃朱書刻而未成，此書先告蕆事。雖剞劂之工容有遲速，然欲通經學，先從小學始，許、鄭兩先師其詔我矣。余願學者因此益治小學，貫通群經大義，以仰贊聖世同文之治，庶不負謝氏撰著之苦心與學使刊刻之雅意乎？

丁葆書《讀書識餘》序

往時讀《墨子》書，怪其《尚賢》《尚同》《兼愛》《非攻》《節用》之類皆分上、中、下三篇，辭句小有不同，實無大异。古人著書何爲若此之不憚煩哉？既而思之，此乃古《墨子》之書各本之不同也。蓋墨子之後墨分爲三：有相里氏之墨，有相夫氏之墨，有鄧陵氏之墨。其時《墨子》之書必有三本，相里有相里之本，相夫有相夫之本，鄧陵有鄧陵之本。後人鈔合而一之，故一篇而三也。推之《管子·法法篇》之「一曰」、《大匡篇》之「或曰」，《韓非子·内儲説上篇》引魯哀公問孔子事又載「一曰：晏嬰聘魯，哀公問曰」，《外儲説左篇》引孟獻伯相魯事又載「一曰：孟獻伯拜上卿，叔向往賀」，如此之類，皆古書各本不同之證。即以經論，《易》之有施、孟、梁丘也，《書》之有歐陽、大小夏侯也，《詩》之有齊、魯、韓、毛也，皆各本之不同也。《漢書·藝文志》大書「《尚書古文經》四十六卷」，又曰「《經》二十九卷」，分别古今文之不同，即後世目録之學所權輿矣。

國朝稽古右文，超逾前代，而海内士大夫家亦競以藏書爲富，精求善本，考證异同，極一時之盛。咸豐、同治間迭經兵火，典籍散亡，而一二抱殘守缺之士仍能保守遺書，不致失隊。吾湖丁葆書先生自幼嗜書，自謂有書癖，與同志勞氏巽卿、季言兩君交最篤，以宋元舊本互相質證，合所見所藏者薈萃成編。未竟其業，兩勞君相繼没，君以十數年心力踵而成之。以勞氏先有《讀書雜識》一書行世，此亦勞氏所欲爲而未竟者，因題曰《讀書識餘》，慰亡友之餘意，成藝林之巨觀，使學者知某書有某本某本之不同，而源流得失約略可見矣。余窶人也，素無藏書。同治四年，自天津南還，無一卷之儲。今則插架亦將三萬卷矣，而皆麻沙俗刻，無一善本。宋元舊本，目未之睹。對此編也，能不望洋向若而嘆乎？

汪君秀民《洗碑圖》序

宋王伯厚先生云：「歐陽子書唐六臣於唐亡之後，貶其惡也；朱子書晉處士於晉亡之後，表其節也。一字之懲勸深矣。」然則尚友，古人固不可不論其世哉！《明史·文苑傳》戴良之後附載王逢、丁鶴年二人，蓋此三人者皆元之遺民也。傳稱「鶴年自以家世仕元，不忘故國，順帝北遁後，飲泣賦詩，情詞淒惻」，此其志豈一日忘元哉？其卒在永樂中，故《明史》附之《文苑傳》，猶管幼安卒於魏而入《魏志》，陶淵明卒於宋而入《宋書》也。至於論定其人，則宜爲元人，不宜爲明人，不得以《明史》有傳而遂明人之矣。《四庫全書》於元人別集内收《丁鶴年集》一卷，蓋以其身歿於明代，故附之於《明史》。而以其心不忘元朝，故録之爲元詩。然則丁鶴年之爲元爲明，固有定論矣。

道光五年，歲在乙酉，黄岡汪君士俊字秀民者，訪友於武昌，小飲於寒溪寺，於其寺後見有墓碑埋没於崩榛荒葛中，字漫漶不可識。爬羅剔抉，乃始辨别，曰「明孝子丁鶴年之墓」。异而識之，歸而考求其人，讀其本傳，嘆曰：「斯碑所題得毋有可議乎？」史稱丁鶴年母死，「鹽酪不入口者五年」，又「嚙血沁骨」以求其生母之遺骸，是固孝子矣。然其人實心乎元者也，不可謂之明人也。其孝固可嘉，其忠不可没也，不可止謂之孝子也。乃寓書於其友王君于門、張君小如，易其碑文曰：「元忠臣孝子丁鶴年之墓」。是歲，汪君應鄉試，入闈之夕，夢一人服浮屠氏之衣冠，拊其背大呼曰：「忠孝！」悸而覺，覺而題目出，則「邇之事父，遠之事君」三句也。文思沛然，榜發中式，乃語人曰：「吾所夢其即丁鶴年乎？吾題其墓曰『忠臣孝子』，而夢中即示吾『忠孝』二字，適合闈題『事父』『事君』之義。然則吾之獲售，公之靈實相之矣。」一時喧傳其事，言科名報應者以爲美談，而修《府縣志》者亦備載之。此一事傳，而丁鶴年之墓亦遂以大顯於世。忠臣孝子之迹固不可磨滅，而汪君表章之功亦甚巨矣。汪君夢中所見衣冠與本傳所謂「晚學浮屠法」者合。考《士禮居集》載丁鶴年詩分四集，其三曰《方外集》，而元刊本又題曰《方外雲鍠編次》，皆其遁迹方外之證也。汪君繪《洗碑圖》以紀其事，亂後圖失，當日名流題咏皆不復存。而原唱五言律詩一章，其子寶齋司馬猶能背諷。因補繪一圖，以存先德，亦其孝思也。余因思丁鶴年有女兄曰月娥，《明史·列女傳》中第一人也。鶴年經史皆其口授。避亂居太平，城陷投水死，諸婦女從死者九人，鄉人聚而瘞之，曰「十女墓」。今此一抔土尚在太平城外乎？安得有心人如汪君者爲之訪求其遺迹而繪洗碑弟二圖也？

徐彝舟先生所著書序

徐彝舟先生，道光乙巳翰林，乃余兩科前之前輩也。殿廷考試，自康熙以來相沿以書法爲重，至道光一朝，而小楷精美無出其右，且於偏旁點畫一一講求，學士大夫把三寸兔豪筆，不復知有他事。獨余以不習楷書而得入翰林，嘗詫於人曰：「道光朝翰林不工小楷者，我固獨專一席矣。」今讀先生年譜，乃知先生當日有「椶筆公」之號，似乎書法更在余下者。自乙巳至庚戌三科耳，而有不工小楷之翰林二人，亦可爲治樸學者勸。然余章句陋儒，窮老著書，内無裨於身心性命，外無補於天下國家，謬竊虚名，深自愧恧。若先生則入直承明，出典大郡。其居鄉也，與温壯勇公同守危城，躬履行陣；及守福寧，又能削平寇亂，楮定岩疆，蓋學術、事功兼而有之。使天假之年，得竟其用，安知其不爲昭代之王文成哉？

其生平所學，説經本之漢儒，爲詩、古文、詞本之《史》《漢》《騷》《選》，盡去宋元以來空疏不學之弊，而亦不爲近人穿鑿附會之言，祁文端公謂可與亭林、潛邱分席，聞者韙之。所著書已刊行者，《未灰齋文集》八卷、《外集》一卷，《讀書雜釋》十四卷，《小腆紀年》二十卷。而所未刊者，尚有《周易舊注》《禮記彙解》《月令异同疏解》《四書廣義》等書凡如干卷，可謂精而多矣。先生小楷或在余下，先生之學豈余所敢望哉？光緒壬申歲，先兄壬甫守福寧。余往省之，住郡齋二十日，故老猶能言先生守郡時事。因思先生先余兩科入詞林，先家兄十年守福寧。雖在京師時祇循芸館舊章一見，未得從之游，而叩其所學。然讀其書，固已向往其人矣。其長子某甫以知縣官閩中，其次子孫麟觀察奉使扶桑。然則先生未竟之志必將大展，而先生未刻之書亦必將次弟刊布。余雖衰病，當猶及見之也。

《費晋卿文集》序

余自乙丑之秋識毗陵費晋卿先生於吴下，須眉皓然，望而知爲君子人。吴中士大夫下逮兒童走卒，無不望車塵而迎拜，徒以先生精醫耳。不知先生能文能詩，固粹然儒者也。今年夏，先生之子某甫以其遺書見示，凡已刻者四種：曰《醫淳賸義》，口《醫方論》，則皆醫家言也；曰《留雲山館偶存》，則其所作詩詞也；曰《留雲山館四書文》，則其所作舉子業也。余不知醫家言，不敢贅一辭。讀其詩詞，原本性情，而風骨魄力足以副之；讀其四書文，則簡而該、奇而正，有成、弘、正、嘉之遺則，非時下作者所能望。嗚呼！先生豈徒以醫傳哉？又有未刻者一卷，則皆古文也。所作諸傳，敘次秩然，各肖其爲人。小品如《游黄山記》，夷猶淡宕，得歐陽之神，余尤喜誦之。某甫將以付梓，而惜其存文之不多。余謂文果可傳，不在多也。《漢書·藝文志》所載《伯象先生》一篇、《公孫尼》一篇，多云乎哉？讀先生書，知先生之以醫傳，而不僅以醫傳，然而先生深遠矣。

《皇朝經世文續集》序

自賀耦耕先生用前明陳卧子之例輯《皇朝經世文編》，數十年來風行海内。凡講求經濟者無不奉此書爲渠䕶，幾於家有其書。自後江右饒新泉氏又有《經世文編續集》之輯，自道光至咸豐、同治間，名臣奏疏、私家著述，凡有涉於世道者亦略具矣。然饒氏之書一循賀氏之舊，而近來風會日闢，事變益繁。如洋務爲今日一大事，非原書「海防」所能盡也；奉天、吉林、新疆、臺灣各設行省，因地制宜，非原書「吏治」所能盡也；開礦自昔有禁，而今則以爲生財之大道，非原書「錢弊」所能盡也；軍國之用、取給抽釐，非原書「榷酤」所能盡也；有輪船以行江海，近又有輪車以行陸，非原書「漕運」所能盡也；中西算學日新月盛，朝廷闢館以造就人材，且寬其格以取之，非原書「文學」所能盡也。此葛君子源所以又輯續編乎？其書凡一百十二卷，爲文千數百篇，其志可爲盛矣，其力可謂勤矣。愚嘗謂孟子之書言法先王，荀子之書言法後王，二者不可偏廢。法先王者法其意，法後王者法其法。孟子曰「先王有不忍人之心，斯有不忍人之政」，此法其意也。荀子曰「欲觀聖王之迹，則以其燦然者矣，後王是也」，此法其法也。馬貴與著《文獻通考》，其自序即引荀子語以發端。然則士生今日，不能博觀當世之務，而徒執往古之成説，洵如《吕氏春秋》所譏「病變而藥不變」矣。語云：「不習爲吏，視已成事。」又云：「前事之不忘，後事之師。」《皇朝經世》之文，賀氏、饒氏相繼編纂，而今又有葛氏之書并行於世。凡經國體野之規，治軍理財之道，柔遠能邇之策，化民成俗之方，引而申之，觸類而長之，不可勝用。於學術、治術所裨匪淺，而我國家閎規茂矩亦略具於斯，荀子所謂「燦然」者，不於此可見乎？

彭岱霖《玉屏山館詩》序

古者重世臣。《春秋》書「仍叔之子」「家父之子」，皆世臣也。孟子言「故國必有世臣」，是以晉有王、謝，唐有崔、盧，故家舊族見重於世，由來舊矣。彭氏、潘氏皆吴中鼎族，潘文恭與彭文敬相繼爲宰輔。余寓吴門久，文恭諸子皆相習也，而彭文敬諸公子中余惟識訥生觀察及芍庭中丞而已。聞其季子岱霖太守有「荀氏第八龍」之目，且筮仕吾浙。浙東西翕然稱賢使君，而余顧未得修相見之禮。今年春，余居西湖寓樓，賀君仲愚以《玉屏山館詩草》見示，則即岱霖太守之作也。詩凡四卷，其前二卷多叙京華舊游，令人有江湖魏闕之思；其後二卷則皆仕浙後所爲，讀之知其曾兩管榷事，一在東甌，一在括蒼。《東甌留别》詩有「清風明月送歸橈」之句，其身處脂膏不以自潤，可以想見。而《闌干》一曲尤見其所至之處，惠澤及人。异日五馬頒春，頌聲大起，必與訥生觀察同留吾浙甘棠之愛；又進而擁旌麾、建節鉞，其與芍庭中丞後先濟美乎？其《俞樓》一首蓋爲余作，有云：「先生在吴會，可許坐春風？」余不敢當其言。然余在吴會，式文敬之舊廬而仰瞻其喬木，未嘗不肅然起敬。今讀《玉屏山館詩》，知文敬之遺澤孔長，益嘆世臣之足重矣！

鄭叔問《瘦碧詞》序

元明以來詞學衰息，至本朝有萬氏之《詞律》出，而後人知詞之不可無律。然萬氏止取諸名家之詞，排比以求其律，而律之原固未之知也。戈順卿氏踵其後，似視萬氏所得有進矣。乃戈氏深於律，而不能工於詞，讀其詞者惜焉。夫律之不知，固不足言詞；而詞之不工，又焉用律爲？鐵嶺鄭叔問孝廉精於詞律，深明管弦聲數之异同，以上考古燕樂之舊譜、姜白石自製曲其字旁所記之拍，皆能以意通之。余戲謂君真得不傳之秘於遺文者也。乃其所爲詞又何其清麗婉轉而情文相生歟？如《遶佛閣》《壽樓春》諸調皆不易作，而誦之抑揚頓挫，渢渢移人，豈非深於律而又工於詞者乎？孝廉爲吾故人蘭坡中丞之子，少應京兆試，舉孝廉，而淡於名利。喜吴中湖山風月之勝，僑居於此，與二三知己雲和雪唱，陶寫性靈。余每入其室，左琴右書，一鶴翔舞其間，超然有人外之致，宜其詞之工矣。

彭麗崧《易經解注傳義辨正》序

余嘗從事於群經矣，竊謂三禮之學必以鄭氏爲宗，《春秋》之學必以公羊爲主，是二者皆未可以後儒之説參之也。至於《易》則漢學、宋學各有所得，亦各有所失。漢儒説《易》，自田何以來源淵有自，所得固多。然如卦氣爻辰之説，求之於經，安有是哉？宋人惟創立先天、後天圖，臆造伏羲八卦方位，誣古亂經，未敢苟同。至其説經，則深得孔子《繫辭》之旨。夫孔子《繫辭》，言義理者十之八九，言象數者纔十之一二而已。然則以義理説《易》，孔氏家法也。安見荀、虞之是而程、朱之非哉？吾老友彭麗崧先生耄而好學，於諸經皆有撰著，而尤深於《易》，刻其所著《易經解注傳義辨正》四十八卷寄示余於吴下。所謂「解」者李鼎祚《集解》也，「注」者王弼《注》也，「傳」程《傳》也，「義」朱《本義》也。合是四書以治《易》，使學者先讀《集解》，以窺漢儒之門徑；再讀王氏之《注》，爲程朱道其先路；然後求之程《傳》、朱《本義》，以求孔子贊《易》之精意，觀其合與不合而加辨正焉。自來治《易》之書，莫要於此矣。

其博采諸家之説至二百餘家之多，而以己意論定。如因荀氏二五升降之説，謂其以邪説阿世；因虞氏之正之説，許其爲漢末義士。不特發明經義，而論世知人之學亦見於此矣。惟所采二百餘家，以余之膚淺而亦與焉，未免失之泛濫。其於「井初爻」取余「水禽」之説，謂「禽」字之解此爲諦當。乃余近著《茶香室經説》，則又變其説矣。蓋古之聖人多居北方，觀象、繫辭皆是北方之事。南方隨處有水，北方則往往平原千里，惟有井水而已。有井之處必刳木爲槽，以桔槔取水灌注其中，以飲牛馬，而禽亦飲焉。余驅車燕趙，每見飲馬之處無數飛鳥翔集其間，御者舉鞭一揮，乃始散去。王注所云「井不渫治，禽所不嚮」，正得其實，不必易也。蓋余説經之書，《平議》最先出，而亦最疏。先生所抨擊者已聞教矣，其承謬許者亦尚多未愜。附報先生，亦見學問之無窮也。

朱述之《金陵國朝詩徵》序

自輶軒采風之職廢，而郡國之歌咏不上於朝廷。於是士大夫私輯其一方之詩以存風雅、以徵文獻。《宋史·藝文志》總集類有孔延之《會稽掇英集》二十卷、薛傳正《錢唐詩前後集》三十卷、曾旼《潤州類集》十卷、鮑喬《豫章類集》十卷，皆其濫觴也。獨怪金陵爲東南大都會，六朝之時王氣鍾焉，至有明又爲留都，其江山之勝、人物之英甲於海内，而不聞有裒聚其詩都爲一集者。考明焦竑《國史經籍志》有姚汝循《金陵風雅》四十卷，及求之《明史》無有焉，蓋其書久佚矣。朱述之先生於是有《金陵詩徵》之作，遠自六朝，近至昭代，上自名公巨卿之製，下逮勞人思婦之詞，旁及緇衣黄冠之作，網羅放失，含咀英華；有人以詩傳者，有詩以人存者，其里居必載，其科目必書。蓋不特采珠寶窟、取石瑶林，而其尚友之心、論世知人之識亦居可見矣。都凡巨册二十有六，厚皆寸許。嗚呼！觚編豪絡，其勤至此哉！中經離亂，其子桂模奉以周旋，勿敢失隊。而卷帙繁重，刻以行世，力有未逮。合肥張楚寶士珩、江寧翁鐵梅長森，皆與先生有雅故之誼，又念此書爲金陵一郡七邑菁華所萃，不可聽其淹没。乃謀由近及遠，先刻《國朝金陵詩徵》四十有八卷。刻既成，問序於余。余謂姚汝循《金陵風雅》止四十卷，而此書於我朝一代之詩，卷帙已過之，其美富可知也。姑刻此以爲先馬。其在《潛虚》，《隆》之二曰「勿增勿虧，守之以祗」，《考》之二曰「勿壞其基，以俟能爲」。愿謹守而俟之。吾雖衰老，猶當及見全書之畢出也。

《鄭氏佚書》序

兩漢經師之學，至鄭君而集大成。每發一義，無不貫穿群經，不知者以爲鄭君所臆造，而不知其按之群經，如以肉貫弗也。典午之代崇尚清談，鄭學幾廢。幸唐人正義《禮》用鄭注，《詩》亦主鄭箋，高密之緒賴以不隊。元明以來空談心性，鄭學又微。本朝經術昌明，大儒輩出，士抱不其之經，户習司農之説。然其遺文佚義散失已久，搜輯爲難。鄞縣袁陶軒先生乃用王伯厚輯《鄭氏周易注》之例，網羅放失，得《鄭氏佚書》二十三種，其手自寫定者四種：曰《易注》，曰《尚書注》，曰《尚書中候注》，曰《詩譜》。其曾孫烺已刻而行之矣。其未寫定者尚有一十九種：曰《尚書大傳注》，曰《尚書五行傳注》，曰《尚書略説注》，曰《三禮目録》，曰《喪服變除》，曰《魯禮禘祫義》，曰《答臨碩難禮》，曰《箴膏肓》，曰《釋廢疾》，曰《發墨守》，曰《春秋傳服氏注》，曰《孝經注》，曰《論語注》，曰《孔子弟子目録》，曰《駁五經异義》，曰《六藝論》，曰《鄭志》，曰《鄭記》，曰《鄭君紀年》。其書皆密行細字，戢𡖖攢羅。理而董之，良非易易。

先生既没，其族曾孫堯年竭數年之力，一一爲之寫定。然卷帙頗繁，刻以行世，力有未逮。會瞿子玖先生視學吾浙，以經術教多士。聞有是書，命書局爲之刊刻，而袁氏又將其已刻四種之版歸諸局中，以成全書。烏呼！先生旁搜遠紹之功，其後人繼志述事之美，與子玖先生表章先哲、嘉惠後學之盛心，豈獨爲鄭氏功臣哉？有裨於經學大矣。按《後漢書》鄭君本傳尚有《天文七政論》及《乾象曆注》，《唐書・藝文志》又有《論語釋義》。其書既佚，又未見前人徵引，無可掇拾。然則《鄭氏遺書》已略備於斯。鄭君當日集兩漢經師之大成，而先生此編又可爲集鄭學之大成矣。惟《唐志》有《鄭集》二卷，今無傳本，乾隆間盧氏見曾刻附《周易鄭注》後。然所載《相風賦》實傅鶉觚之作，以名同誤收也。嘉慶間，嚴氏可均輯《全後漢文》有鄭君文八篇，而《六藝論》亦入其中，是其所著之書不當八集也。如合盧、嚴兩家之説，釐定《鄭集》，刻附其後，雖不能復二卷之舊，或亦可得一卷，治鄭學者當更無遺憾矣。子玖先生以爲何如也？

春在堂雜文四編八

王夢薇《説文佚字輯説》序

許君之子冲上書進《説文解字》，言「六藝群書之詁皆訓其意，世間人事莫不畢載」，是許書固豪髮無遺憾矣。又云「以文字未定，未奏上」，夫曰「未定」則間有遺漏，亦或理之所有。而世人於凡所從得聲之字及説解中字爲正篆所無者，皆以爲佚文而欲補入之，此不善讀許書者也。夫許書所偶佚及後人傳寫所奪，不過十之二三耳。如「帝」篆説解云：「二，古文上字。」則不必補「二」字矣。「甹〔一〕」篆下引《商書》「顛木之有甹枿」，曰：「古文言由枿。」則不必補「由」字、「枿」字矣。然則許君何不列入正文也？曰：古人重師説。苟師説所無，不敢輕爲之説。如鄭

〔一〕甹，原訛作「粤」，據《説文解字》改，下同。

康成注《尚書》止注伏、孔俱有之二十九篇，而增多之篇不爲之注，以無師説故也。許君自序稱：「李斯作《倉頡篇》，趙高作《爰歷篇》，胡母敬作《博學篇》，皆取史籒、大篆，或頗省改，所謂小篆者也。」又曰：「今叙篆文，合以古籒，博采通人，信而有證，稽撰其説。」然則許君此書必原本三倉及張敞、杜業、爰禮、秦近諸人所説者，此即其師説也。師説之所無，則許君無從稽撰其説矣。此古文之所以不備載也。而他字之從古文得聲者，不得因本書所無而泯滅之，是以仍著其爲從某聲也。後人若欲於許君之後别爲一書，則取此等字而羅列無遺，無所不可；若欲爲許君補之，則許君所不受也。至於見説解者，則或取當日通行之字，使學者易曉；若一一補列，轉爲許書之玷矣。王子夢薇深知此意，作《説文佚字輯説》二卷，於所從得聲之字及説解中字不見於正篆者，考定其爲即正篆中之某字，以明其非佚。此其所見高出近時輯《説文》佚字者之上。夢薇精於小學，又通群經詁訓，所説諸字十得八九。然余謂所從得聲之字必當求其本字，此固治許書之要義也。若説解中字并有，不必一一求其本字者，必求其本字，恐轉有失之附會者矣。夢薇深思之，以爲然不也？

王夢薇《尚書職官考略》序

班孟堅作《漢書》有《百官公卿表》，後世史家因之，一代官制犂然可考，厥體甚善。而三代以上，則惟有《周官》一書。然余嘗疑《周官》乃周衰有志之士所作，非周公之書，其官制與周時初不甚合。故欲考古時官制，宜博求之於諸經。績溪胡氏《儀禮釋官》之書所爲作也。然《儀禮》一經所詳者皆侯國之制，而不足以考王朝之官；且亦周制，而不足以考唐虞、夏商之官。欲考唐虞以來之官，舍《尚書》何以哉？吾黨有王子夢薇者，好學深思，能見其大，著《尚書職官考略》一卷，始《堯典》迄《吕刑》，凡五十五事，附以表一卷，唐虞三代官制亦略備矣。余衰病浸尋，學問荒落，讀其書無所獻替。惟「師錫帝曰」一事偶書所見，質之夢薇，或即可附著其下也。

重刻《净慈寺志》序

净慈寺創始於吴越，號慧日永明院，宋紹興間始改今名。當吴越忠懿王時，延智覺壽禪師主是院，今塔院存焉。禪師嘗集賢首、慈恩、天台三宗之徒，更相質難，撰《宗鏡録》一百卷。寺中有宗鏡堂，其遺迹也。恭讀世宗憲皇帝《御選語録序》，推智覺禪師爲曹溪後第一人。然則净慈寺亦爲西湖第一叢林矣。前明天啓間，寺僧大壑撰《净慈寺志》十卷。國朝乾隆初，僧篆玉又作《續志》，僅數十葉，未足成書。洪惟我朝列聖相承，皆精通内典。斯寺也，翠華屢幸，天章疊降。若無紀述，何以垂示將來？此嘉慶中寺僧際祥所以又有《净慈寺志》之作也。其書搜羅宏富，體例精嚴，洵爲志書善本。前之二志，大輅椎輪，方斯褊矣。咸豐之季毁於兵火，不獨志版無存，寺亦鞠爲茂草。余戊辰年過之，草屋數椽，僅蔽風雨。寺僧大圓謀修復之，迄無所就。

已而雪舟和尚自聖因寺移主净慈。雪舟深於禪，尤深於畫禪。其主聖因也，與余寓樓相近，屢從之游；及其移净慈也，又與余右台山館近，亦屢從之游。見其因山爲屋，高高下下，具有畫意，嘆曰：「雪舟所爲果异於凡手乎？」而雪舟終以未能全復舊觀爲憾，謀於丁君松生，取《净慈寺志》重刻以行於世，使讀者考其興建之由來，觀其賢聖之輩出與夫山水之勝、翰墨之美，慨然慕之。而篇首又恭録歷奉詔書及御製詩文，使人知三教一貫，天語昭然，而莊嚴法相與褒録先賢非有二義，庶有慨發宏願、規復前型者乎？松生刻《武林叢書》，如《理安寺志》《廣福廟志》皆已著録，而又刻此志。雪舟之用意固善，而松生之力亦甚宏矣。此寺之興，必由此始。余雖衰老，當猶及見之也。

《五雲展禊圖》序

唐文宗開成元年，將以三月三日賜宴曲江。而以兩公主下嫁，有司供帳事煩，改以十三日爲上巳。然則展禊之例由來久矣。光緒十有三年，浙中年豐人和，閭閻安堵，於是許星臺方伯與僚友七人作雲栖之游，爲展禊之會。觴咏既洽，圖畫斯傳，須眉蒼古，衣冠脱略，有雲情鶴態之高，無佩玉鈎金之累，望之飄然如神仙中人也。余因其地爲雲栖，而思蓮池當日曾與張伯起、王伯穀、趙几夫、董思白、陳眉公、嚴天池等七人爲《青林高會圖》。今相距二百餘年，而諸公會於其地，人數適符，豈其後身歟？然公等遭遇盛時，近享湖山之樂，遠垂竹帛之名，過伯起諸人遠甚。後之視今，勝於今之視昔矣。星臺方伯以圖索題，余去年曾爲唐藝農觀察作詩四首，即書附其後。詩用觀察原韵，觀察亦圖中人之一也。

鮑穆堂中丞《補竹齋集》序

國家以翰苑儲天下之材，二百數十年間文武將帥多出於此，可謂盛矣。自同治以來，運會日新，時論亦稍异。議者每謂漢廷文學侍從之臣若司馬相如、虞丘壽王、枚皋、王褒之屬，不過雍容揄揚，潤色洪業，不足以副漢武帝詔求茂才異等之意。烏乎！何所見之淺也？今讀鮑穆堂先生《補竹軒集》，然後知我朝以翰苑儲材，祖宗用意深遠，而士大夫之出是途者固大有人也。先生爲道光二十七年翰林，及散館，以一等三名授編修。當是時，人知先生爲蓬山之秀、芸閣之英耳。然先生雖厠詞曹，已留意天下大事。咸豐之初，粤賊陷金陵，天下震動。先生屢抗疏言時事，大旨在振乾綱以儆積玩，固人心以弭亂本。又統籌全局，某處宜專責，某人以一將權而作士氣。其時先生猶官編修也，已而奉命視黔學。黔有苗民之亂，焚杅燒掇，千里爲墟。當事者力持撫議，郡縣請救兵不時發。先生軺車所至，士民環訴。或據以入告，或爲寓書疆吏。讀集中與某制府某中丞書，不啻垂涕泣而道之。方莅試遵義時，有叛民王安國爲亂，郡城幾陷矣。先生主持其事，撤去一不職之縣令，易以健吏。大憝授首，一城以全。

夫以詞臣出司文柄，不過優游於碧幢紅旆之間，烏知其他？而先生不以蹈險辭，不以侵官謝。蓋雖事權未屬，而所規摹者遠矣。用是受文宗之知，由翰林躋卿貳，内值禁廷，外膺疆寄。其撫晋也，晋爲京師肘腋之區，而民力竭蹶，吏治因循。先生頒布前後約以要束諸牧令，又檄行所司力行保甲，創設積穀，講求水利，旌表節烈，禁罌粟以裕民食，禁邪教以正民心。雖當兵燹之後又繼以旱灾，而閭閻安堵，桴鼓無聲，視明季以晋饑釀亂者何如哉！此先生之大有造於三晋也。及以疾引退，寓居吴中，主鍾山、龍門諸講席，蕭然琴劍，若不知其曾任封疆，賢者固不可測歟？集中諸章奏議論切直，而詞氣寛博，如讀宣公奏議。其他雜文亦能抒發其所得，詩則出入廬陵、眉山間，不襞積以爲古，不馳騁以爲豪，此《補竹》一集之大概也。其長君伯熙太守以余與先生有同歲生之誼，求序於余。余謂先生一生功業具在史官，詩文行世，不脛而走，不待鄙言爲之修禩也。然先生以名翰林出爲疆吏，果能不負朝廷委任，則我國家以翰苑儲材，信乎其得人矣。故舉此以爲天下告，且願後之讀書中秘者以先生爲師，交相砥勵，自奮功名，無使人疑翰苑之不足儲材，而别求所謂茂才异等也。

張乳伯《説文審音》序

自孫炎始爲反切，而反切播滿經傳。今試問人以反切之法，則夫人能言之曰「上一字雙聲，下一字叠韵也」。余謂叠韵易知，雙聲難辨。試問以何爲雙聲？任舉一字而問以與此字爲雙聲者其若干字，則皆莫能對矣。《廣韵》所載雙聲法，以「章、掌」「良、兩」「廳、頲」「精、井」等字當之，不且混雙聲於叠韵乎？可知雙聲之法自來知此者鮮也。然雙聲固不易知，即叠韵亦有難言者。一韵之中多者數百字，至少者亦數十字，此一韵中任舉一字以爲叠韵乎？抑有可用有不可用者乎？則又莫能對矣。又况三代以上初無韵書，今所謂古韵若干部者皆後人依《詩》《騷》所用之韵强分之。然同一「侯」字，《羔裘篇》與「濡」「渝」爲韵，《載馳篇》又與「漕」爲韵。同一「仇」字，《兔罝篇》與「逵」爲韵，《無衣篇》又與「袍」爲韵。執是以求古韵，則魚、虞、模三部，支、脂、之三部皆可與蕭、宵、肴、豪部合而爲一，而《廣韵》之二百六韵不可通者寡矣。將何以爲叠韵乎？

張子乳伯於是有《説文審音》之作，先定雙聲之例：凡平、上、去三聲之字與本字之入聲爲雙聲。如「得」字爲「當」字之入聲，故「得」「當」雙聲也；「灼」字爲「章」字之入聲，故「灼」「章」雙聲也。此一例也。凡平、上、去三聲不同而其入聲同者亦爲雙聲。如「更」字、「廣」字入聲同爲「革」字，故「更」「廣」雙聲也；「隆」字、「閭」字入聲同爲「勒」字，故「隆」「閭」雙聲也。此又一例也。有此二例，而雙聲之律嚴矣。任舉一字以此求之，或得雙聲三十餘字，或得四十字，而雙聲之用廣矣。次定叠韵之例：凡一韵之字必分喉、舌、脣、齒、鼻五聲。如「東」字當以「通」字爲叠韵，皆舌聲也，而《廣韵》以喉聲之「紅」切之，則不合矣；如「真」字當以「春」字爲叠韵，皆齒聲也，而《廣韵》以舌聲之「鄰」切之，則不合矣。此叠韵之例之有定而不可移者也。至於古人用韵，有用其本音者，有用其雙聲者，如「基」字，《南山有臺篇》與「臺」「萊」爲韵，其本音也；《緜衣篇》與「紑」「俅」等字爲韵，其雙聲也。「敖」字，《車攻篇》與「苗」「囂」「旄」爲韵，其本音也；《桑扈》篇與「觩」「柔」「求」爲韵，其雙聲也。用其本音者吾從之，用其雙聲者吾不從。則古人用韵，似有出入，而實無出入。豈獨用韵？雖字之所從，得聲者亦然。許氏《説文》但言某聲而實有從其本音者，有從其雙聲者。自來以字之同聲者即爲同部，此可謂識字，未可謂知音也。於是分平、上、去爲八部，入聲自分三部，是爲古音十一部，而古韵亦定矣。蓋君於此事用力獨深，故能得不傳之秘，而成此必傳之書。昔王伯申先生見焦理堂《易通釋》，嘆爲「鑿破混沌」，余於此書亦云。惟其書添注塗乙，旁行斜上，未有定本，支脂部以下尚未得見。余衰且老，每有趙孟視蔭之意，歲不我與，深盼君之早成此書，而余及見之也。故爲之序，以速其成。

歐陽鑒非《金鷄談薈》序

往歲法蘭西狡焉，思逞發難於我藩屬，啓釁於我邊陲。閩中馬尾之役，師徒撓敗，朝廷爲之宵旰，海宇爲之震驚。於是天子廟謨廣運，命將出師，竭天下之力以捍禦海疆。卒賴浙東一戰，毁其師船，斃其首領，乃始瞇瞿奔觸，俯首而就和議。烏呼！浙東一戰厥功亦偉矣哉！方是時，歐陽鑒非軍門以提督駐寧波，建牙之始，即周歷諸海岸，以爲鎮海之蛟口，浙東一大門户也，金鷄、招寶兩山雄峙，通商以來帆檣如織。舊設炮臺露處山嶺，三面受敵，無以自固。乃於金鷄山幽絶之處築臺兩座，一曰「天然」，一曰「自然」。塗以青雘，與山同色，使海外來者見山而不知有臺。及軍事之亟，軍門自駐金鷄山。歲在乙酉正月之望，發巨炮，中其戰艦之烟囱，又沈其游舸，斃敵無算。法人始知中國之不可輕犯，而津門和約成焉。天下談士皆知誦軍門之功，然知其功名之震爍，而不知其智勇之深沈，且不知其處事之至艱，用心之至苦也。

余讀其所輯《金鷄談薈》一編，凡當日軍中與僚友往來公私文牘，無不畢載。千緒萬端，如指其掌；批郤導窾，動合機宜。智勇之有餘，固可見矣。乃觀其與某太史書，則知當日兵單餉絀，南岸要區止有達字四營及本標練軍兩營分布隘口，不得已擇地築壘，虚立旌旗以張聲勢。名爲提督，而實一統領之不若。所領月餉又奉臺符改爲三十五日一放，通年計之，虚其兩月。徒以精誠聯合僚友，以忠義激發士卒，動心忍性，卒以有成。烏呼！是其處事艱而用心苦矣。自非有夏抱火、冬握冰之定力，目上天、耳下淵之深識，其能以功名始終，上無負朝廷委任，而下之大有造於我浙東哉？軍門今歲以病乞歸，功成身退，行且角巾野服，逍遥山林。名將風流，穆然遠矣。然天子方親理萬機，盧牟六合，异時聽鼓鼙而思將帥，如軍門者必將再總師干，爲國家禦侮之臣，分茅土而畫雲臺，指顧間事，未必許以東山絲竹老也。

李憲之《仿潛齋分體詩鈔》序

詩集以分類分體爲古，編年其最後也。昭明選古人之詩，如公宴祖餞之類，分類者也；如樂府、雜詩之類，分體者也。後世諸大家之詩如杜、如蘇，其始無不依類編纂，一遵古法。雖由後人所輯，然如《白氏長慶集》固公所手定，存東林寺、南禪寺諸經藏者。而樂府詩、古體詩、律詩、格詩，皆以體分，可見古集之體例矣。自施武子注蘇詩，極詆永嘉王氏分門别類之非，於是後之編詩者始以編年爲正。余謂二者不可偏廢。何者？古之詩隸於史官，《詩序》云「國史明乎得失之迹，吟咏情性，以諷其上」是也。故詩與史相表裏。詩之分體也，如二十四史之紀、傳、表、志各自成書者也；詩之編年也，如《通鑒綱目》之年經月緯，取法麟經者也。使不編年，則無以考見其出處進退之大節、悲愉欣戚之至情，爲後世論世知人者告；使不分體，則不知其某詩出某家，某詩近某派，而無以明其得力之所由。然則分體、編年烏可偏廢哉？李憲之方伯，詩人也。其陳臬三吴，與余時相過從，亦時相唱和。未幾開藩江右而去，旋聞其仗節鉞撫豫章，浸浸大用矣。俄而内召，浮沈京國，一歲有餘，乃出其舊刻之《仿潛齋詩集》，補其未刻者三卷，寄以示余。且謀再刻分體一集，與此編年者并行。而屬余斟酌芟剃，去非存是。余既謝不敏矣。然而分體之刻則固不可少也，因豫爲之序，以縱臾其成。至其詩之出入韓、蘇間，而上追老杜，讀者皆知之，不待鄙言爲之肸飾也。

傅懋元《日本圖經》序

《尚書》「嵎夷」，《史記》作「郁夷」；而《小雅》「周道倭遲」，《漢・地理志》作「周道郁夷」，於是有謂「嵎」通作「郁」，「郁」通作「倭」，《尚書》「宅嵎夷」即自漢以來所謂「倭國」者。此説荒遠，固不足據。然考《後漢書》世祖中元二年，「東夷倭奴國王遣使奉獻」，此倭通中國之始。至唐太宗貞觀五年，日本遣使者入朝，即古倭奴也。後漢迄今二千餘年，史不絕書。然則海外之國高句麗外，無先於日本矣。我國家德洋恩普，海隅率俾，東西兩洋冠蓋相望。余隱居放言，守包咸不言世事之義，置洋務於不言。然日本乃吾同文之國，余所著各書流行其地者頗廣。日本國人有來游中土者，或造廬見訪，或寓書問訊，甚或願受業於門下，余固未嘗拒絕之也。往年曾應彼國人之請，選東瀛詩凡四十四卷，盛行於其國中。又有請爲彼國修史者，則謝之曰：「史各有職，余中朝舊史官，不能越竟而謀也。」然《海外東經》《大荒東經》已見於《山海經》，則日本之壤地品物未始不爲大禹、伯益所甄録矣。後世疆域益闢，見聞益廣。如宋趙汝適之《諸蕃志》、元汪大淵之《島夷志略》皆於海外諸國紀載成書。然則爲彼國修史固不可，而於《輿地廣記》《方輿勝覽》之外，旁及遐陬，亦博覽者所有取也。

光緒十三年，天子俞大臣之請，遣學有經法、通知時事者二十餘人，游歷海外各國。先聚而試之，而吾邑傅君懋元雲龍冠其曹。乃以兵部郎中奏派游歷日本、美利加、秘魯、巴西等國，滿二載而歸。所游歷各國皆著有圖經。而《日本圖經》三十卷先以活字排印成書，歸至上海，寄以示余。其書自天文地理、世系風俗、兵制官制、藝文金石無不備載。綱舉目張，如寘諸掌，非兼史家之三長者不足以與此。宋宣和時路允迪使高麗，徐兢從行，歸而上《高麗圖經》四十卷。以今方古，君何讓焉？聞游歷諸君歸自海外，各有撰述，而君尤多而且精。然則當日之裒然爲舉首，洵無愧矣。此可爲吾中國得人幸，非徒吾邑之光也。君以此書上之朝廷，异日天子「命羲仲，宅嵎夷平，秩東作」，於此書其有取乎？

顧少逸《日本新政考》序

余寓吴下，與顧蓉舫孝廉交，因得識其兄少逸比部。前年余至京師，辱比部過訪寓齋。已而聞其奉命游歷外洋。余性疏懶，未克援昌黎送殷員外使回鶻之例，爲詩以道其行也。今年秋，蓉舫以一編見示，則比部所著《日本新政考》也。凡爲部者九，爲條目者七十有三，其於日本明治以來所行之新政綱舉目張，具於斯矣。余隱居放言，謹守包咸不言世務之義，於一切洋務、陸軍、海軍皆非所知，亦非所欲言。惟往者曾應彼國人之請選東瀛詩，得四十四卷。讀其詩不可不論其世，因從彼國人假得《和漢年契》一册，所載世系頗詳。而一事則余有疑焉。其云：「推古女主爲舒明帝之女，用明帝同母妹，十八歲爲敏達帝皇后。」夫舒明者，敏達帝之孫也。乃以舒明之女爲敏達之后，不以曾孫女配其曾祖乎？世系之舛，孰甚於此！今讀此編，則欽明之子爲帝者二：曰敏達，曰用明。用明之子爲崇峻，而推古者崇峻之弟，則用明之子欽明之孫，而敏達兄弟之子也。舒明者，敏達之孫。其於推古則其姑也，豈其女乎？得此以證明《和漢年契》之誤。乃知其國人自爲紀載，有反不如我國人暫游其地之得實者。比部之書之善，即此可見。彼國固多精於史學者，當亦以吾言爲然也。

鄭宜人《都梁香閣詩詞》序

花農太史曾刻其母鄭宜人《蓮因室集》，余既序其端矣。今年夏，花農又以《都梁香閣詩録》《詞録》各一卷寄示，則亦其母鄭宜人之作，而其先德若洲先生所手録者也。當録此時爲咸豐乙丑歲，俄經兵亂，避寇時於揚州失之。及官軍克復揚州，有鮑君問梅者於舊書攤中購得此册，以歸於若洲先生。先生既殁，花農寓居拼茶場，有李君仲瑄介周君子謙而請觀焉。未及歸，而花農旋浙應童子試，李君又他往，深懼遺失爲終身之疚，乃至今歲，周君忽從袁浦以此册寄京師歸花農。嗚呼！兵興以來，江浙間三閣遺書存者無幾，而故家世族所珍藏者玉躞金題，半歸灰燼，更無論矣。獨此一册失之者再，而仍復得之，紙質無損，墨迹如新，謂非有神物護持者乎？方咸豐初，揚州之初陷也，宜人奉其姑倉卒出城，服物皆不復顧，惟其先世畫像及高廟賜文穆公詩墨迹則奉之以行，不敢失墜，固由宜人之所見者大，亦足徵其孝思之深也。然則此册之失而復得，亦造物者有以酬之邪？花農方刻《誦芬咏烈編》，亟宜録入，而原本墨迹亦宜壽之貞珉，以垂永久。昔高廟賜題錢文端公母夫人畫，有「卿父題詩卿母畫」之句，藝林以爲美談。今此詩詞兩卷，鄭宜人所作而若洲先生所書，閨門之盛，後先媲美。异日倘得塵乙夜之覽，則母詩父寫或亦見之天章，如錢氏故事同爲美談乎？

蔡耀客《經窺餘燼》序

昔楊子雲好深湛之思，蓋必深湛而後有以盡思之用。不深不湛，猶無思也。近世學者多鹵莽滅裂，能用思者罕，能用深湛之思者尤罕。蔡子臞客殆其人乎？余獲交於臞客近十年矣。見其每治經義，於舊説所未安者、或舊説已得之而後人未能申明其意者，苦思力索，務求其是。然入之既深，出之亦不能甚顯。讀臞客書者非反復研求，則亦不能盡得，蓋所謂樸學者固如是也。往年寓居西湖第一樓，不戒於火，舊稿積尺許盡付之一炬。乃於暇日追録其所能記憶者凡二百篇，題曰《經窺餘燼》。經窺者，謙詞也；餘燼者，紀實也。雖然孔門如子貢，於夫子之道尚曰「窺見」之而已。吾儕讀其遺經而欲求其大義，豈非所謂「以管窺天」者哉？然同一窺也，而所窺有淺有深。《淮南子》曰：「登高使人欲望，臨深使人欲窺。」蓋惟深也，故必用其窺，而窺者每不能盡其深。臞客所窺，固有得其深者矣。憶其初見也，余手書「好學深思，心知其意」八字以贈，今果允蹈斯言。自此以往，益用其深湛之思，則其所窺必有更深於是者。此一編也，殆由若火之始，然而非徒餘燼也夫？

日本人岡松君盈《常山紀談》序

昔李文叔之讀《戰國策》也，曰：「爲是説者非難，而載是説者爲難。」王厚齋因謂：「董晋之答回紇語，李懷光、譚忠之説劉總，詞氣雄健，有先秦風，韓、杜二公之筆力，足以發之也。」今觀韓退之《董晋行狀》，杜牧之《燕將録》，誠雄健可喜。夫譚忠固壯士，至董晋，駑下材耳。而至今讀之，凛然有生氣，非以文人之筆哉？雖然，余謂此二文者皆紀其言，非紀其事也。爲文之道，於言爲近而於事爲遠，故紀言較易而紀事尤難。以昌黎之文雄視百代，而所作《順宗實録》頗未饜後世之意，其他可知矣。瓮谷子岡松君盈，爲東瀛耆宿，奉其師文簡先生之教，凡教學者必先授以紀實之法。其國舊有《常山氏紀談》一書，蓋東瀛私史也。瓮谷子譯以漢文，以授學者，而介竹添井井求序於余。讀其書，叙述詳明，語意簡要，於其國之興衰治亂隨筆詮次，自有條理。大之如織田、豐臣、東照三公之戡殘戢暴，功在一時，澤及百世者，固備載無遺；即其地瑣屑之事，如元就《秋風》一歌、光秀《孤松》一詩，經其筆點染即有生色。瓮谷子之長於紀實，可見一斑矣。讀其自序曰：「自余入都，有諸生請受業者，必先授以紀實法。因取《常山紀談》譯之，以便後進之士取則焉。」然則瓮谷子此書爲後進而作也。昔吕東萊之著《左氏博議》，其序曰：「予屏處東陽里中，從余游者談及課試之文，思有以佐其筆端。乃取左氏書理亂得失之迹，疏其説於下，以授諸生。」是瓮谷子之譯此書，與東萊之爲《博議》，其意正同。然東萊之書虛論義理，而瓮谷此書實載事迹，則有華實之分，即有難易之别。雖述而不作，而用力尤勤。東瀛學者誠家置一編，以爲模楷，吾知必有遷、固之才，駕韓、杜而上之者出於瓮谷之門矣。

井上陳子德《西行日記》序

井上子德自東瀛來游中土，謁余於湖樓，願留而受業於門，余辭焉。則固以請，余乃語之曰：「余以山林之人當桑榆之景，苟竊宋元之緒論，虛談心性，是欺世也，余弗爲也；苟襲戰國策士之餘習，高語富强，是干世也，余又弗爲也。故嘗與門下諸子約，惟經史疑義相與商榷，或吟風弄月，抒寫性靈，如是而已。子能從我約乎？」子德唯唯。已而出一編見示，曰：「此吾紀游之作，模山範水，固先生所許也。」余讀之，則自我京師首塗，西至三晋，南還吴越，以達於八閩。凡山川之向背，都邑之沿革，風俗之得失，物産之盈虚，皆具載焉。古人以「山川能説」「登高能賦」爲大夫九能之二。余謂「登高能賦」易，「山川能説」難。賦者，敷陳其事。相如賦上林而引盧橘夏熟，揚雄賦甘泉而陳玉樹青葱。侈言無驗，古人不免，後之作者更無論矣。若夫「山川能説」，則非原原本本殫見洽聞不能贊一辭。子德以异域之人處逆旅之中，豈能如惠施之載書五車以自隨哉？又豈能所至之處一一披覽其圖經、咨訪其故老也？何其言之詳乎？子德之才必有大過人者。吾懼曩者之所約不足以限子德也。余老矣，隸門下之籍者無慮數百人，今得子德，殊有「吾道東矣」之嘆。因書數語而歸之，願觀其异日之所造也。子德名政，子德其字也，源姓井上，其氏陳，又其別氏，日本東京人云。

岸吟香《痧症要論》序

宋以前醫書無言痧者，「痧」字亦不見於字書。本朝康熙間修《字典》，猶無「痧」字也。惟《說文》有「疛」字云：「腹中急也。」《廣韵》音古巧切，與「絞」同音，則即今之「絞腸痧」矣。是其病古固有之也。今夏秋間，此病極多。治之不當，頃刻可以殺人，甚可畏也。吾老友東瀛岸君吟香精於醫，而尤究心於痧，著《痧症要論》一卷，求序於余。余不知醫，然竊以爲痧者沙也。人身氣血流通，猶水之由地中行。偶然閉塞，經絡不通，上下隔閡，遂成此疾，猶水之爲沙阻而不行也。其名即謂之沙，因其爲疾病之名，故又從疒，製此「痧」字矣。吟香所論陽痧、陰痧最爲入微，其治法亦中肯綮。此書一出，世間之死於痧者庶幾其寡歟？吟香又推其受病之源，謂由多食生冷、恣情酒色、外感暑濕，穢惡之氣藴積臟腑使然。則與余論痧字之義不謀而合。養生之君子尚其慎之於先哉！

岸吟香《疳黴諸症要論》序

春秋時，醫和論晋侯之疾曰「是謂『近女室，疾如蠱』」，又曰「女，陽物而晦時，淫則生内熱惑蠱之疾」。危乎哉！女之不可近如是夫！然所謂「如蠱」者，究不知何疾。古書簡質，語焉不詳。而以爲由於内熱，且以女爲陽物，其論入微。夫女，陰也，乃以爲陽物，此即「坎」中男爲月，而「離」中女爲日之義。陽中有真陰，陰中有真陽。善用之，則爲容成之術。取「坎」填「離」，可以長生，可以成仙；不善用之，則其熱毒乘虚而入，直透命門，以灌衝脉，外而皮毛、内而骨髓，凡衝脉所到之處無所不到。而疳黴諸瘍生矣，浸淫不已，以至乎死。而醫者又治之不當，率用輕粉諸藥以冀收功於一旦，腐腸爛骨，害不旋踵，可嘆也。滬上多游冶子弟，故患此者頗多。吾友東瀛岸吟香寓滬久，深憫之，著《疳黴諸症詳論》一卷，辨論詳明，施治精審，其有功於人間大矣。惟「黴」字本作「梅」，景岳謂形似楊梅，故名。然宋竇漢卿《瘡瘍全書》已作「黴瘡」，則其名亦古矣。是固不必深論也。

張少渠六十壽序

壽文非古也。昔《歸震川先生集》有壽序三卷，論者病其多焉。余生平所作壽文刻入《春在堂雜文》者，已如震川之數，不宜復有所作。故自歲辛巳以來，雖名公巨卿之壽，不復以文獻。而今者乃又以文爲張子少渠壽。少渠者其婦爲余外姊之女，在余婦則女兄之女，而其昏也又余爲平章。余寓蘇州，少渠亦宦游於蘇，故尤相習也。往歲年五十時，余以小文壽之，其年適幸免於福星輪船之厄，故即舉此一事爲言，以明天道報施善人之不爽。而少渠之何以得爲善人，則未言也。日月不居，徂年如流，自丁迄丙，又逾十稔，而少渠六十矣。余何以壽君哉？姑申前序所未盡之説。蓋少渠所以得爲善人者有故，一則其家法也。自其曾祖奉直公性爽直，好施與，至其先德資政公稟承家法，以忠厚長者稱於鄉。故庚申、辛酉之亂，鄉之人保其家廟不毀於賊，蓋遺澤存焉。此其積累之厚也。一則其天性也。少渠前奉檄攝鎮江府知事，蓋微官耳。即拳拳以救生船爲首務，力言於縣、於府、於大府，蹟其舊規，繩其實效。今大中丞衛公時陳臬於蘇，深嘆美焉。又嘗充庚午科江南鄉試供給官，即上科場事宜若干條，而設立病寮一事尤大有造於多士。余言於吾浙，仿而行之。夫上大夫幸而得躋高位，猶或以秦越之肥瘠視其民。而少渠以一命之官壓百僚之底，所至之處必欲於物有濟，非其天性好善，何能若是？此其生質之美也。今年春，少渠尚爲余言：「江浙間官塘亂後曾修葺之，今又頙圮，宜再繕完。長者能爲一言乎？」又言：「禾中育嬰堂自嚴、殷兩君董而治之，著有成績。今殷君逝而嚴君他徙，良法又廢。擬歸請於郡守，剔蠹整紛，以復其舊。」蓋少渠之於善始終不倦如此，异日以此宰百里，佐大郡，吾知其善政之不可勝紀矣。然則往年之脱於福星之厄，豈幸免哉？此余前序所未言而今補述之者也。方少渠縣弧之日，余適送孫兒陛雲入都應試，未及與衆賓之列。長夏無事，走筆爲此文，即以爲壽。或曰：「子不作壽文久矣，今爲此，得毋自亂其例乎？」余曰：「否，否。此吾補前之所未言也，仍謂之不作可也。」自此以往，少渠由七八十以至期頤，請即以余此文張之坐隅，爲稱觴之侑。余雖老，或尚無恙，猶當稍稍補益之也。

邵步梅太守七十壽序

余自爲童子時，即已知有步梅邵君，望之頎然丈夫矣，蓋君之長於余者八歲也。既而年益長，亦益相習，遂若年齒不甚相懸者。至於今歲，君行年七十，而余亦六十有二矣。余早衰多病，而君則神明不衰，飲噉如故。士大夫之得與君交者，聚謀所以壽君，而屬余以一言文之。

余固雅知君者，誼不得而辭。雖然，余何言哉？憶余始識君時，在道光癸巳以後。君已補博士弟子員，至辛丑歲以高材生餼於庠。工爲文辭，與先兄福寧君爲文社之友。每一篇出，余從旁竊讀之，九奏中之新聲，八珍中之异味也。己亥之秋，君試於鄉，文章爾雅，已在舉元薦凱之列。以一字之疵，復遭擯棄。君夷然曰：「是有命乎？」乃始旁及廢著之術。久之於世故益嫻習，遂稍出其材力，小試鄉里間。先是杭州貢院之東有河曰文運河，泔㕓淤滯，爲日久矣。君曰：「既名文運，其可廢乎？」乃謀之胡書農學士，請於大府而浚之。未幾，馮文介以弟三人及第，而吴君福年、吴君鳳藻、洪君昌燕、鍾君駿聲相踵而起。杭人皆多君之功，君益自憙。仁和縣儒學乃君先世遠平公所建造也，其事在康熙乙丑之歲，至同治乙丑歷三甲子矣。兵燹之後，皓壁頽垣，化爲榛莽。修復舊觀，君與有力焉。同人咸嘆异之。君又見杭州府學大成殿外積土成邱，以爲非宜。言於杭州太守今陝甘總督文卿譚公，集徒衆，具畚挶，舁而空之。外栽松柏，内植樫柳，攢青蓄翠，彌望翳然。用錢四十萬有奇，而君所出者居大半。是歲，杭人之官京師者輶軒相望也，咸曰君此舉之功也。其後君之孫三人同歲游泮水，造物之報之亦已優矣。

君之居鄉，遇善舉靡不力。道光己酉歲，杭城灾於水。大吏勸分，振廪同食。君出錢百萬爲倡，且爲糜粥以食餓者。無何兵事起，金陵陷，杭人皆聳，富者咸出走，貧民聚而哄於市。君爲糜粥如曩時，又勸人共爲之設廠二十，嘩訁口始息。時以軍興，勸富民輸錢，助資糧扉屨。以君總其事，先後得錢無慮數十萬緡。咸豐初，創行海運，而海運之費甚巨，南北道梗，無敢賫者。浙撫黄壽臣中丞知君才，悉以畀之。君爲運赴天津，如期而至，無所失。至於今天津海運章程大半皆君所定也。庚申之春，杭城戒嚴，君已以直隸州牧官江蘇矣。蘇撫徐莊愍公趣君歸助守城。賊至城陷，旋復。王壯愍公以銀米畀君，使平糶於市，且具虆梩掩胔骼。事已，君以杭地不可居，移家至温州。而温有金錢會之亂，温之士大夫知君與閩撫善，爰介君而請兵焉。閩兵至，温亂平。閩撫徐清惠公疏請留君於閩，海防、鹺政一以委之。又奉朝命還温州治團練，往來甌閩間，所至皆倚之爲重。俄以奉諱歸，五五既畢，乃復傳車駿駕，垂赤帷裳，而至於蘇。時蘇撫爲丁雨生中丞，雅重君，使權知震澤縣事。其地濱太湖，莽罠之野，昧莫之垌，素爲萑蒲淵藪。君治事兩年，非特無負秏帶鈴之大盜，雖胠篋發匱者亦鮮有聞。閭閻安堵，棚車鼓笛，相與嬉游。夏税秋税，應時而徵。大家牛車，小家擔負，繦屬不絶。邑無逋租，訟庭之上敲撲不聞，春草生焉。邑之人不呼君以官，咸曰「邵善人」云。君負長才，未獲大用。然試行於百里，其效已如此矣。

君雖處脂膏，不以自潤。在杭在蘇，皆賃屋而居。惟先世祠宇毁於兵火，則出巨貲繕完葺之，曰：「將營宮室，宗廟爲先，禮也。」吴下舊有張忠敏公祠，在山塘之上。永康應敏齋方伯陳臬蘇臺，爲公鄉人，睠懷舊德，爰議重建。以君爲植，鳩工庀材，經之營之。丹楹碧砌，月榭風亭，花木扶梳，泉石映帶。三吴士女，雕軒寶馬，白舫青簾，遨游其地者無日無之，蓋亦闤闠城外一勝地矣。君器幹恢宏，綜理微密。凡朋輩中有事，必以屬君。而君亦勇於自任，千緒萬端，略不厭倦。生平矜孤頤老，排難解紛，成人之美，不可更僕數。余於《右台仙館筆記》中載杭城某老儒女，亦其一事也。陽施陰德，食報於天。生丈夫子四人：長君誠伯太守，雖不幸早世；次庸仲明府，方爲福建福鼎縣令，政聲卓然；三子爲祥叔茂才，善承家學，兼有幹才；四子尚幼，蓋君六十六歲所生也，其精力之完固可想見矣。女子子二人，孫七人，孫女十一人，曾孫二人。一堂之上瑶環瑜珥，斑斕其衣。

君與妻王夫人同歲也，而又同月生，黄髮兒齒，望若神仙。降婁之月，《歸妹》六五爻所值之日，爲縣弧設帨之辰。余自惟童稚之年即與君相識，至今四十餘載。先兄福寧君與君有异姓昆弟之誼，余亦素以兄事之。以分義而言，固不在諸君子之後。而又舊官柱下，粗習紀載之文。故雖質人不媚，而不能已於言也。惟君近歲以來有左丘失明之疾，人或惜之。余則曰：「此正天之所以壽君也。」孔子不云乎「仁者壽」，又曰「仁者静」。壽由於仁，亦由於静。君之仁足以得壽矣。然其爲人方圓皆宜，意行如天，乃知者動而非仁者静也。今以目疾閉户獨居，疏簟清簾間焚香静坐，含精養神，莫善於此矣。异日者知白守黑，清光大來，必仍爛爛若岩下電，安知不如庾肩吾之七十以外能辨細書、沈麟士之年過八十於鐙下寫書至二三千卷乎？謂余不信，請懸余文於壁間，行且與君共讀之也。

徐母章太淑人七十壽序

光緒十有三年春正月，皇帝始親理萬機，涣汗其大號，用敷錫厥庶民，凡年自七十以上者恩詔及焉。而越中徐培之農部適於是年夏爲其母章太淑人稱七十之觴。先是太淑人以順直水灾輸白金千助温拯之資。天子嘉焉，賜「樂善好施」四字，旌其門閭。當鞠䐎上壽之時，正綽楔告成之後，戚黨聚觀，以爲美談。而余於前一月度錢塘、登會稽，句留五日。式通德之里，望懷清之臺，接芬錯芳，與聞盛事。謹獻小文，爲稱觴侑。

側聞太淑人之始設帨也，實於禾中黌舍，蓋其先德廣文君秉鐸於是焉。甫六歲，廣文君授以《女誡》，鷄鳴櫛縰，儀如成人。年未及笄，佐母治家，籯筥桶檍，罔不井井。其歸中議公也，君姑在堂，事之得其歡心。家故居鄉，有水苗數頃，桑柘駢闐，棗圃瓜畦，罫布前後。每遇風和氣暀，草木荑生，輒侍杖履，逍遥於門。雅娘蠶母，從容笑語，山情野趣。老人顧而樂之，謂中議公曰：「有婦若此，汝無内顧憂矣。」又以廣文君老而家居寂寥寡歡，月必歸省，煮粳蒸魚，進其所嗜，所謂既嫁而孝不衰於親者乎？中議公體故虚孱，頻歲客游，木生風熟，積成疢痗。太淑人馳書請歸，歸而殗殜床蓐，歷久不瘳，歷三月之久。太淑人扶持抑搔，申旦不寐，行禱五祀，請以身代，而病固不可爲矣。羅綳綉被中嬌女扶扶，門左桑弧時猶虚設。中議公顧其嫂馬夫人曰：「嫂异日再舉子，必以後我。」越二年而農部生，又越三年立以爲後，遵遺命也。太淑人既稱未亡，履霜踐冰，閨門之内藐然高厲。惟以姑年高，抱其兩女，笑言啞啞，以慰衰暮之心。其視農部，愛如己出，餌餈焉，禮褯焉，必躬治之。及入塾讀書，旦而受業，夕必自鈎稽焉，且爲陳古今孝友事以相忞慔，恒至丙夜乃休。農部金楨玉幹，有聞於時，太淑人之教也。性喜居鄉，而以農部爲學無師友之助，使從其本生父資政公居城中。已而有粤寇之亂，展轉遷徙，傾側擾攘，而奉其姑甘旨無缺。寇亂既定，復歸其鄉，資政公卜新宅於郡城，乃同居焉。與馬夫人分東、西院而處，白首怡怡，雖娣姒猶姊妹也。其後子姓既繁，或謂宜析。大淑人曰：「世衰道喪，父子异部，兄弟别爨，非盛德事也。吾築里閭老矣，忍一日睽乎？」同居如初。

當屠維作噩之歲，越中水潦大至，田卒污萊。以姑命出粟振之，時太淑人甫年三十有五而已，慨然有風人雨人之志矣。中年以後，有以義舉告者罔勿應。聞晋豫間大無，發所藏金以振，不足則銖金寸錦之儲悉出以助。又命農部以古者勸分之義，偏告鄉里，得錢數萬緡。吉人爲善，所及遠矣。癸未七月，大風爲灾，瀕海居民用蕩析離居。太淑人憫之，出儲粟數百石，食人之饑；製棉衣數百襲，衣人之寒。屨縷之氓謳吟盛德，厥聲載路。越中故有清節堂以惠嫠孀，獨嵊縣闕焉。太淑人命農部鳩集巨資，於嵊縣創建清節堂，籌其經費，定其規制，使其邑人董率之。而後嵊山剡溪間雪竹霜松得全其天矣。蓋好行其德，老而不衰如此。至今歲，又以千金助畿輔之振，此「樂善好施」之坊所以建也。太淑人感天語之褒揚，念民生之墊隘。吾知其施之益廣，而受福之未有艾矣。然其宅心也仁，其持身也義。性不佞佛，聞時有出千金營佛寺者，心非之。又嘗有旱魃之虐，鄉里訛傳，一夕數驚。太淑人援引古事，曉譬百端，人心始定。仁者必有勇，巾幗之中亦有然乎？太淑人生於仲夏之月，爍金煬玉之辰，非鱠玉薺金之日。乃以閏月之吉，豫進眉黎臺鮐之祝，禮也。太淑人恭儉好禮，饌肥鮮以奉之，勿甘也；鏗金絲以娱之，勿聽也。然則瑰瑋連犿之辭，亦豈其所樂聞哉？惟念聖天子方敬奉皇太后，琱輿彩仗，鳴玉慈庭。而士大夫家亦有眉壽之母焜耀於黄玉緑純之册，此邦家之光，非閭里之榮。余舊史氏也，烏可以不紀？太淑人年愈高德愈劭，异時由八九十以至期頤。疆吏上聞，璽書下逮。樂善好施之外，當更有大書特書不一書者，余請執筆以待。

徐母沈太夫人七十壽序

國家義征仁育，咫尺八紘，輶車朱軒交於海外。而扶木陽州，日之所曠，有古建國焉，與我异軫而同文。天子曰：「於戲！是非學有經法、通知時事者不可使往。」而徐君實承命以行。先是君用漢臣徐樂故事，上書言世事。朝論韙之，乃由二千石晋階觀察使，錫用二品冠服，假鉦鼓，給角符，張旝出境，以臨湯谷之阿，蓋异數也。瀕行，皇太后召見，授以意指，并垂詢家世。知君有老母，問年齒如干。君因奏：「臣兄承禧，官福建福安縣知縣，母就養在閩。臣離膝下久，願乞一月假，省視起居。」天語俞焉。及行次滬瀆，而三韓小有警。有詔趣行，毋宿留，乃輟閩行而使星遂東矣。君既至，雍容敦雅而綜事精良，遽書警奏，衎衎辯舉。彼都人士咸曰：「古之膚使也。」而君望虎門之崱屴，緬榕樹之槮槎，不能無白雲親舍之思。至今歲而太夫人行年七十有五矣，降婁之月，豐鐘始鳴之日，乃其設帨之辰也。於是幕府諸君聚而謀曰：「古人稱觴上壽非有常期，後世必以十年爲期，則太疏闊矣。今七十有五，是介乎七八十之間，其在《太玄·視》之次五曰『鸞鳳紛如，厥德暉如』，斯之謂矣。宜進一言爲太夫人壽。」而授簡於余。余因憶唐人許棠有《送金吾侍御奉使日東》詩，其起句云：「還鄉兼作使，到日倍榮親。」此與君初意正合。其末句云：「膝下知難住，金章已繫身。」雖當日情事不可知，然以奉使鑿行，不獲奉盤盂、侍几杖，則又君今日事也。《詩》不云乎：「王事靡盬，不遑將母。」古之使臣四牡騑騑，倭遲周道，曷嘗一日不思其親哉？又曰：「是用作歌，將母來諗。」然則諸君子謀以文爲太夫人壽，或亦作歌諗母之意也。而余安可以無言？

竊聞太夫人之歸贈光禄公彝舟先生也，年甫十有九。事尊章以孝，處築里以和，御臧甬以寬而有制。贈公常游學於外，家事悉以委之。上而營節羹甿粥之薦，下而具韭芼梅蘇之饌。簋筲桶檍焉，針管綫纊焉，襞積褰縐具有條理。贈公無内顧憂，枕經籍書，鑽堅研微，朝益暮習，於學大進。遂入詞垣，躋臺諫，一麾出守，逾飛鸞之渡，登龍首之山。太夫人從之，主持内政，一遵禮法。其在京邸，躬操井臼，有桓少君風；其莅大郡，以義相導，有東廂參語之益。教督諸子，肅若嚴君，小逾繩檢，譴訶隨之，曰：「吾不爲姑息之愛，冀汝曹早自成立也。」諸子咸稟其教，金友玉昆，輝映於時。其長君官閩中，歷宰劇邑，攝司馬，遷刺史，七閩以幹翮稱。太夫人版輿就養，每至必如雋不疑母，問平反幾何人；又如陶士行母，雖一坩鮓必封還之。遂使境内稱慈父，鄰州號神君。積優成陟，五馬雙旌在指顧間矣。太夫人以爲家本寒素，而雲搏水擊，鬱爲鼎門，感先澤之留貽，念國恩之優渥，宜益忞懊以報生成。方君之既乞假而又不果歸也，人或惜之曰：「使得遂晝錦之願，則如韓魏公之築堂而名曰榮歸，不亦美乎？」太夫人曰：「不然。獨不聞霍去病『何以家爲』之語歟？」乃爲書以誡君曰：「爾盡心於爾職，毋以我爲念。」又謂其幼子：「爾齒非稚矣，且既以縣令注銓部籍，亦宜閱歷以練其才。」乃命隨君東渡焉。惟時三子皆森然自立，太夫人安神闈房，康强逢吉。子女各三，孫則備荀氏八龍之數，瑶環瑜珥，蘭茁其芽，偶一謦欬，男唯女俞，争相承應，亦可謂極天倫之樂矣。

而太夫人又潛心内典，修植善根。一室之中，掃地焚香，持木患子誦佛名號。或匝一月不知肉味，伊蒲素饌，佐以茶荈，如是而已。夫壽由於仁，即由於静。太夫人精文善法，悉已通曉，三業清净，如清水珠。所謂「法身常住，湛然不動」者，將於此乎在。然則其壽豈可量歟？方今聖天子以孝治天下，珊輿彩仗，鳴玉慈庭，錫類之仁，溥及宇内。凡大臣壽母，每拜靈壽上尊之賜。太夫人由八九十而至期頤，其被馮親、荀母之褒而膺金尊、玉杖之慶者，當更有進。今者鞠賸一尊，雲璈三奏，其猶賓之初筵乎？余前舉許棠之詩，惜所謂金吾侍御者未知何人。然其詩有云：「向化雖多國，如公有幾人？」意其爲人亦必無忝厥職者也。願君宣布德意，奉揚威棱，以副聖天子臨軒遣使之意，而即以無負慈母平時之教，太夫人當亦爲之欣然進一觴也。《宋史·天文志》云：「天節八星，主使臣持節宣威四方。明大則使者忠。」余登高東望，當見老人一星與天節八星同炳然於常羊之維矣。

王星垣祖母程孺人八十壽序

往歲瞿子玖學士視學吾浙，招致兩浙高才生二十人肄業詁經精舍，而王生舟瑶字星垣者與焉。時余忝主詁經講席，星垣乃以士相見之禮來見於余，余始知有星垣矣。及閲每月課卷，星垣輒居高等。歲在己丑，星垣登賢書。其明年，計偕北上，行次滬瀆，寓書於余，言其祖母程孺人年八十矣，其父介軒君將以一樽爲壽，而欲得余一言以侑之，命星垣以請。星垣之言曰：「吾祖母生有淑德，年及笄歸我先王父贈徵仕郎笑山公。笑山公少時喜任俠，重意氣，友朋有過輒面斥之，不少假借。遇不平之事，面赤，髮盡竪，氣𩱦然不能下，雖遇有勢力者弗爲屈。而吾先曾王父耕雲公則治有宋諸儒之書，侗侗如畏，進止不失尺寸，視先王父之所爲弗善也。居恒獨處，每結轖不自得。太孺人心知之，遇事曲爲解説，必使釋然而後已。先曾王父語曾王母曰：『吾得此婦，吾始無憂矣』。」嗟乎！此兩公者皆賢者也。然父儒子俠，儼若冰炭，而孺人以一婦人周旋其間，使兩不齟齬，可不謂賢歟？

星垣又曰：「吾祖母静穆，寡言笑，於人無所臧否，故戚黨無閑言。一家數十口，自子婦以至曾孫、曾孫婦，下逮臧獲，未嘗一言譴訶之，有不當意，默然獨坐而已，尋亦自解，無宿怒焉。家素貧窶，先大父既没，至不能具饔飧。怡然曰：『以吾家累世清德，當不至餓死，何戚戚爲？』自瑶也餼於庠，又舉於鄉，家乃稍裕。然處之亦仍如前，未見有欣幸之色也。」其沈静安貧又如此。星垣又曰：「吾自少即喜讀《春在堂書》，然其時止治詞章，所讀者詩文而已。近則稍知治經，乃盡發兩《平議》、兩《雜纂》及《弟一樓叢書》而讀之，又幸得肄業精舍，獲在門下士之列。先生亦鑒吾十餘年嚮往之心，不我拒乎？」余年來衰朽多病，酬應文字率謝不作，至壽言則輟筆久矣。然以星垣惓惓之情，又未忍固拒也。乃撰次其言，俾呈其尊甫介軒君誦於其祖母之前，或當欣然而釂一觴乎？

陳海樓先生八十有四壽序

光緒十有五年，天子始親理萬機，詔開慶科，加惠横舍之士。越明年，太歲在上章攝提格，天下士之歌《鹿鳴》而來者咸試於春官。而桂平陳海樓先生霜髯華髮，翩然來思，授簡抽豪，文辭爾雅，見者驚嘆，以爲神仙中人。於是容臺之長循例以聞。天子曰：「俞哉！其賜以進士出身。」先是著雍困敦之歲，先生與茂才异等同試於鄉，實拜恩命，得與郡國孝廉之舉。至是而慈恩題名，聞喜預宴，與裴頭黄尾同在春風得意之中。蓋桂林一枝，杏花一色，皆璽書所賜焉，誠异數也。朝廷以皤皤之良，華首之老，經術優長，宜爲士林所矜式，制詔授先生爲國子監學正。環林圜海中，祁祁生徒見其須眉皓白，衣冠甚偉，皆聳然异之。是年，天子二旬萬壽，嘉與海内眉黎耋鮐諸壽俊同游於福塗，而先生行年八十有四矣。服其命服，衣綉南歸，適其次子紫元大令方駐旵騎於餘不之溪，彈琴咏風，不勞而治。先生喜大令治理之有成，又以其地山水之可愛，扶鳩杖，駕安車，從容莅止。仲秋之月二旬有一日，是日戊午，按之憲書，福生金匱、吉曜所臨，乃先生懸弧之日也。大令於是陳酒殽以甘之，鏗金絲以樂之，一時珠履之賓朋、布衣之父老，無不踵門而拜曰：「盛哉斯會乎！」

於是邑人俞樾進而言曰：自李唐以來，惟以進士爲重，劉司户、羅江東有終身不得者矣。先生以耄年而獲斯榮遇，亦知其所自來乎？先生幼而穎悟，年十有八即補博士弟子員。歲科兩試，必列前茅。而入鄉闈者十有四，其得與房薦者六。中歲始餼於庠，六十四歲始由歲貢以校官注選籍，而興廉舉孝，迄未得與。光緒丙戌年，已八十，重游泮宫，嗣是雲摇風舉，直上青雲。何先之屯而後之亨乎？乃其積者厚而流者光也。其家本素封，至先生而已中落，惟藉修脯以養親。然仰承親意，見善必爲。宗族交游有匱乏者周之，廢絶者續之；鄉里義舉贊而成之，至老不衰。而當軍興之際，諸搢紳所設各局招與同事，先生則辭弗就。及賊平，皆謀得奬敘，又問所欲，先生又辭弗受。自幼即務儉約，所館雖在百里之遠，徒步往返，不假輿馬。生平書籍之外，不畜玩物。咸同間，寇氛密邇，奉其老親，挈其細弱，奔走流離，殆及十年，而縹囊緗帙必以自隨。人問其故，曰：「此猶農夫之穀種耳。」有時猝與賊遇，賊指目之曰：「此鄉里善人也。」戒勿犯。雖鄭康成之黄巾羅拜，何以加兹乎？紫元大令出爲先生弟後，而教養仍自任之。癸酉歲，大令舉於鄉，至丙子以揀選知縣，恭遇覃恩，先生得貤封奉直大夫，蓋已膺綸綍之榮矣。先生長孫又納粟得少尹，方七十稱觴時，一門鼎盛，三黨榮之。至是又十年，有孫二人，曾孫二人，玄孫一人，五代一堂，爲熙朝人瑞。先生名附巍科，身膺清秩，康强逢吉，眉壽無疆，非其積德之報歟？由是而九十而百歲，恭遇國家萬壽大典，先生入都祝嘏，必有加命之恩。乾隆間，廣東謝鴻臚啓祚九十九歲會試，賜進士，授司業。又三年，以祝釐晋秩鴻臚卿，拜命南歸，鶴髮童顔，錦衣玉帶，道旁觀者望若天人。先生殆將與之同乎？廣東、廣西固同鄉也，百餘年内後先相望。是邦家之光，非徒閭里之榮矣。余小於先生者十有四歲，或猶及見之，當更執筆而紀其盛也。

書《黄牛廟碑》後

諸葛武侯爲三代下第一人，世以伊、吕比之。至其翰墨，世不多見，但傳其能畫而已。顧君廉軍從湖北歸，示余黄牛廟碑。無書撰人姓名，亦無年月。然其發端云「僕躬耕南陽之畮」，則爲武侯所書明矣。碑云：「趨蜀道，履黄牛。石壁間有神像，宛如采畫，前豎一旌，旌右駐一黄犢。古傳黄龍助禹開江，信不誣也。」乃知此碑即爲黄牛灘而立。按《水經·江水篇》：「江水又東，徑黄牛山，下有灘，名曰黄牛灘。高崖間有石，色如人負刀牽牛，人黑牛黄，成就分明。此岩既高，加以江湍迂回，雖途經信宿，猶望見此物。故行者謡曰：『朝發黄牛，暮宿黄牛。三朝三暮，黄牛如故。』」然則黄牛之廟在此無疑。宋陸游《入蜀記》但言黄牛廟有張文忠贊，不言有此，何也？余問何從得之。曰：「是碑在湖北歸州黄陵磯黄陵廟。甲戌之歲，羅笏臣鎮軍修廟得之於破壁。」則余又有所疑者，黄牛、黄陵固非一廟。黄牛之廟祀佐禹治水之神，黄陵之廟則祀舜妃。《水經注·湘水篇》曰：「湘水又北，徑黄陵亭西，右合黄陵水口。其水上承大湖，湖水西徑二妃廟，世謂之黄陵廟。」然則黄牛廟以黄牛山得名，黄陵廟以黄陵水得名。《水經》分載於《江水》《湘水》二篇，明非一地。何爲黄牛之碑得於黄陵之廟乎？然筆法奇逸，雅可愛玩。果出武侯，亦宇宙間一奇迹矣。余陋不能辨别，姑書此，質之信而好古者。

潘伯寅尚書《齊墳拓本》跋

伯寅尚書示我《齊墳拓本》，其文有曰：「命作墳。」其字張孝達中丞定爲「韶」字，可謂卓見。又得吴清卿奉常疏證之，更無疑義矣。其引盂鼎「」字爲此字之最古而文最備者。余以其説推之，竊謂此實古「劭」字也。中從，蓋尊彝重器；上從，下從，四手奉持之，有勉力之義。《説文》云：「劭，勉也。」是其義也。又曰：「讀若舜樂韶。」凡《説文》「讀若」之字，古即通用，説本錢氏《潛研堂集》。然則古書「韶」字或假「磬」，或假「招」，或假「昭」，而以此器假「劭」爲之，尤爲密合矣。余深喜清卿此論，而微嫌其以此爲古「紹」字，其義稍涉迂曲，故申論之。惜清卿方駐西陲，未及與之其論也。

《周雲笈太守遺墨》跋

余與君同娶於仁和姚氏，蓋皆吾舅氏平泉先生之女也。故余與君幼相習，亦最相得。自居鄉里及游京師，未嘗不與俱也。君以知縣之江西，賦詩四章留別，余再和之。及君死安義之難，余爲五言詩七十韻哭之；又爲君作家傳，其聲音笑貌宛然在目，而君墓木已拱，余亦老矣。內子姚夫人先我而卒，而其女兄之歸於君者，余外姊也，今猶康强無恙。去年來吴中，過我春在堂，白髮青裙，縱談疇昔，蓋距君之卒三十年矣。君所爲詩文甚多，又有書一卷《説周易》，今皆亡佚。尤工於書，得吾舅氏平泉先生之傳，亦無一字之存。今年夏，其季子子雲孝廉示我此卷，乃君遺墨之僅存者也。其中紈扇面一，雖字不盈百，而篆、隸、真、行皆備；又殿試卷數幅，君居京師所書也。嗚呼！以君之成仁取義，不愧古之烈士。書雖不工，猶可傳焉，矧其書之工又如此乎？觀君之書，想君之爲人，雖無半面之識者猶敬且慕焉，矧余與君幼相習又最相得者乎？因題其端曰「周雲笈太守遺墨」，而又書此於其後。曰「太守」者，君贈官也。君有三子：仲早卒；長曰元鼎，襲雲騎尉；季曰元瑞，同治丙子舉人，即子雲也，嗜學工文，能繼君之志。君事實詳余所撰家傳，因屬女婿許子原寫一通附此卷中，俾觀者有以考其爲人。子原方習書白摺，即用此書之，與君所書殿卷相映生色矣。

湯伯繁茂才《頤瑣室題榜》跋

班孟堅《典引》云：「微胡瑣而不頤。」王懷祖先生破「微」爲「徽」，厥義乃顯。徽者善也，言善雖小而必養也。善不積不足以成名，小人以小善爲無益而弗爲，由不知瑣之宜頤耳。苟知瑣之宜頤，則得一善拳拳服膺而弗失之矣。湯子伯繁以「頤瑣」名其室，屬余書榜，余因爲説此義。楊子《太玄》擬《頤》卦作《養》贊，其初一曰「美厥靈根」，其次三曰「育厥根荄」。根也荄也，而即有以養之，頤瑣也夫！

春在堂雜文五編一

李公堤記

吴，故澤國也。淺者沮洳，深者洄洑，其大者，灝瀁潢瀁，瀰望無涯。雖饒荷芰芰蓮之利，亦極叠淄盤渦之險。出葑門，不十里，有金鷄湖焉，元和縣所轄也。東西廣六里，南北袤十里。東達斜塘，西至黄石橋，南連獨墅，北通婁江。有花柳村者，介其中央，遂分一湖而二之，於是有南湖、北湖之名矣。巨艑小艓，往來如織，而南湖尤爲通津。每當北籟怒號，回飈驟發，經由其地者，波而上，摇而下，檣摧楫傾，帆欹柁側，長年三老視爲畏塗。南北兩岸，并有田疇，頽飈嚙堤，怒流溢入，則緑原青隴化爲污渠。邑人聚謀，宜築堤湖中，以殺其勢。有倡無應，厥功不成。邑侯李公超瓊下車之始，諮訪疾苦，以興勑利氓爲己任。於是邑之士大夫吴君大根、吴君嘉椿、沈君寶恒、潘君祖謙、沈君國琛、尤君先甲、張君履謙等，僉以築堤爲請。會是歲霪雨爲灾，朝廷發内帑以振之，又開振捐之例，集貲以助之。振畢而貲有餘，乃言於臺司，發所餘銀一萬兩以成斯舉。張君履謙先出錢二百萬，沈君國琛亦出錢一百萬，備鳩工庀材之用，且役貧民無食者俾食其力，故工不浮；運城市碎瓦殘甓以實堤身，故財不費。潘君祖謙、張君履謙總其成，沈君國琛與胡君秉璠、張君毓慶董其役，故農事不傷而民胥勸。越一載，堤成。西堤自黄石橋東口至花柳村，長三百六十一丈；東堤自花柳村至斜塘西口，長三百一十九丈，共用錢一千八百萬有奇。護以茭蘆，守以漁滬，蔭以桃李。登堤而望，則南湖北湖，柔文碎浪，湔湔其波，楫馬船車，如行几席。夾岸數十里，原隰龍鱗，有濡腴澤槁之功，無鑽厓潰山之患。咸喟然而嘆曰："「美哉斯舉乎！」昔滑州有陳公堤，臨安及惠州均有蘇公堤，爰用其例，名之曰「李公堤」。余旅居兹土，樂觀厥成。念漢時李翕西狹及郙閣，咸刻石勒名，傳示後世。作而不記，後世胡述？因著本末，用毖方來。

西湖痘神祠記

古無「痘」字，然明吴洪有《痘疹會編》，載《明史・藝文志》，張介賓有《痘疹詮》，爲《景岳全書》第七種，《四庫》著録焉。然則「痘」雖俗字，而不可廢矣。康熙間，詔修《字典》，乃據《字彙》

增入之。古字滋乳寖多，類如此也。痘之所由起，或謂始於東漢建武時，此固不可考。而《北史·崔瞻傳》云：「瞻經熱病，面多瘢痕。」是即痘也。其時未有「痘」名，謂之「熱病」而已。蓋自南北朝以來，已爲嬰兒之通病。後人以其形似豆，謂之「豌豆瘡」，此「豆」之名所由得，而「痘」之字所從出也。雍正間，《欽定圖書集成》「痘疹」一門，多至四十二卷。元朱氏《原痘》之賦，明萬氏《原痘》之論，皆備載無遺。翟良《痘科釋意》云：「痘之一證，其名不一。或曰『天瘡』，以其爲天行疫癘；或曰『聖瘡』，以其變化莫測。」

夫以天之所行而又變化莫測，則有神以主之，明矣。吾浙吴山舊有痘神祠，其神爲男像，不知爲何人，亦莫知其所自始。亂後祠毁，至光緒辛亥，方伯合肥龔公新建於西湖六一泉之左、廣化寺之側，始改女像。非創也，蓋有因也。

先是咸豐、同治間，廬郡陷於賊，公家合肥之北鄉，練鄉兵以衛桑梓，築堡以自固。壬戌十二月，賊來益亟，鄉人入堡避賊者以萬計。公於風雪中，躬率鄰里子弟日夜守禦。明年春，賊未退，而疫癘大作，又繼以痘。童稚猶或幸免，成人而痘，十無一生。無何，公亦病，病而痘象見，僉以爲危。公迷悶萬狀，時呼焚香，痘所忌也，不得已，從之。公張目，見一中年婦人，衣巾皆青，自門而入，啓幃而視，隔衣以手撫公，自頂至踵，既畢而去。公覺胸膈稍舒，疑爲某氏嫂也。問侍者，侍者以爲譫語，姑應曰「然」。明日，婦又至，撫視如前。婦去，而公一身之痘畢見，其色紅潤，醫來皆賀，貫漿結靨，旬日而瘥。然問所謂「某氏嫂」者，始終未一至房中也。公始悟所見爲痘神矣，繪其像而事之。其後歷官所至，每思立廟以祀焉，懼涉怪异，未果。及至杭，與丁君松生言之。丁君，固博雅士也，語公曰：「痘神爲女像，信而有徵。」乃出衢州府《西安縣志》示公，曰：「貞烈仁孝司痘夫人廟，在茭池塘，建自前明，有黄淳耀所著《三夫人事迹考》，云：『三夫人者，後周太祖時指揮馬全忠、李德裕、林世英之女也。時有張憲文聚黨爲亂，犯潁州城，全忠等守潁，三夫人從焉。賊勢盛，不能守，三公謂三女曰：「我等惟一死耳，奈若何？」三女應曰：「亦惟一死。」同日自剄。宋神宗時，皇子出痘甚危，神宗禱於神，恍惚如見三夫人之神於慶雲宫。夜夢人語曰：「所見三夫人，乃司痘之神也。」於是命有司祀之而錫封焉。』此痘神爲女像之明證也。潁、廬二郡，相距非遠。夫人以痘爲職，公有令德厚福，宜來呵護，况又公之鄉人乎？公所見，必三夫人之一矣。」公聞而大悦，建痘神祠，改女像，從丁君之説也。

舊史氏俞樾美之曰：是舉有三善焉：報德，一也；表微，二也；爲浙人造福，三也。每歲之春，江浙間至杭州禮佛者，無慮萬億數。過是祠，必焚香致敬而去。從此髫年丱日，各遂其生，無以痘殤者，於聖朝保赤之仁，或亦有裨歟。是宜有記，以告來世。因述本末，刊貞石焉。

彭楊二公祠記

昔在咸豐之初，大盜萌芽於粵西，窟穴於金陵，蔓延於常羊之維。於是，曾文正公奉命討賊，大治水師，自武漢轉戰而下，卒藉其力，繳大風而誅窫窳。而當時左右文正公以創立水師者，則彭剛直、楊勇慤兩公也，軍中有「彭楊」之號。其後兩公勛業日盛，楊公累官至陝甘總督，陳情歸養；彭公則歷拜安徽巡撫、漕運總督、兵部侍郎、兵部尚書，皆辭不就，而朝廷倚以爲重，雖不責以官守，仍命每歲巡閱長江。及公自廣東督師歸，已攖痼疾，而力疾巡江，又歷三載。所至不陳輿衛，輕舟小艓，往來烟水之中。每至北固山，覽其形勝，慨然曰：「昔人稱此爲『第一江山』，洵不誣也。兵火之後，名迹邱墟，何時復其舊觀乎？」時黄幼農觀察權常鎮通海道，駐京口，公語及之，觀察已陰有修復之志，而力未逮。

光緒十六年，彭公薨。無何，楊公亦薨。聖朝追念前勞，詔於立功所在建立專祠。長江五千里，皆兩公百戰之所，議卜地而建祠焉。觀察是時已拜真除之命，乃述彭公之語，昌言於衆。維時統領新兵平字全軍記名提督易公至忠、瓜洲鎮總兵吴公家榜，暨鎮江府知府福公福通，咸與聞之，僉曰：「欲祀彭公，無以易北固山矣。雖然，奉公之祀，宜體公之志。」乃先葺行宮，次及關帝廟、觀音閣、三賢祠，又次及多景、凌雲、石帆樓諸勝迹。公前此所慨然興嘆者，悉復其舊。然後，於石帆樓之側建立彭公祠，而於其左別築楊公祠，是爲彭、楊兩公祠。

祠成，求記於余。余於楊公，素景其威名，而未克修相見之禮。至於彭公，則交逾骨肉二十餘年，既以道義相結納，又重之以昏姻。至今聲音笑貌猶依然在目，孰知公已廟食千秋乎？既承諸公之命，不敢以不文辭。竊謂諸公此舉有三善焉：未建公祠，先葺行宮，尊君焉，禮也，此一善也。祀典所在，以及山中諸名迹，一律修復，守土者之職也，此二善也。既成公志，乃建公祠，而又并建楊公祠，使兩公生則同受櫛沐之勞，殁則同膺俎豆之報，以稱朝廷眷念藎臣之意，而副士民報功崇德之心，此三善也。是役，凡用白金一萬兩有奇，經始於庚寅孟秋，六閲月而畢工。謹述都較，刻之貞石，并援漢碑之例，其出資助建者，自王方伯之春以下；其監視工作者，自易鎮軍文光以下，咸列碑陰，垂示百世，而系以銘。銘曰：

京口三山，北固爲主。金、焦客之，鼎足而處。北固岩岩，兹惟中峰。翠華南來，建立行宮。石帆諸樓，各擅其勝。第一江山，斯名允稱。自經兵燹，化爲邱墟。白髮尚書，爲之唏嘘。盛曾幾何時，舊觀皆復。祠彭及楊，籩豆有肅。登臨其地，緬想英風。艱難百戰，成此豐功。

名赫赫，崇祠翼翼。長與玆山，永永無極。

長洲俞氏義莊記

士大夫家之有義莊，世知始於范文正公，而不知同其時有鉛山劉輝。輝買田數百畝，以養族人之不能自生者，縣大夫爲名其里曰「義榮社」。王闢之《澠水燕談》曾紀其事，且云：「范文正、吴文肅皆既登兩府，而後能成義田；輝於初仕，家無餘資，能力爲之，士君子以爲難。」然輝在嘉祐中，連冠國庠，崇政殿試又爲第一，得大理評事，簽書建康軍判官。是其官雖不甚顯要，亦仕籍中人也，而當時士大夫已嘆其難。然則，若今長洲俞氏者，其視鉛山劉氏尤難矣。俞君名文霔，字景初，世居長洲之北鄉。吴中風俗以豪侈相尚，鄉之富厚者，率皆靡衣鮮食，交結城中勢要，以誇耀閭左。君獨不然。酒食徵逐之事，皆謝不爲，有以非禮干求者，唾斥尤力。而凡橋梁道路之傾圮者，疾病死喪之顛連無告者，不聞則已，聞之必引爲己任。而其一生所致力者，尤在義莊一事。先是其祖諱天瑞，其父諱世禄，皆議立義莊，有志未逮。及君而踵成之，置田五百有五畝，歲入其租，以贍族人，婚喪有助焉，鰥寡孤獨有養焉。余雖未得其詳，而大略如此，是能得《葛藟》庇本之義者矣。余居吴下久，吴士大夫慕范文正高義，建立義莊，如潘氏、顧氏，後先相望，然其人皆累世仕宦之家，成此猶易耳。俞君隱居不仕，而規制之宏，條理之密，亦與之埒。此吾所謂「視鉛山劉氏尤難」者也。余嘗考吾俞氏，爲鄭公子俞彌之後，蓋出於鄭七穆，而綿歷數千年，姓不甚顯，近時列仕籍者亦頗寥落。聞俞君此舉，嘆美不置，竊謂有劉氏「義榮」之風。在俞君固以爲義，非以爲榮。然以義而榮，其爲榮也滋大，亦足爲吾俞氏之光矣。故記其事，以示其子孫，且以風當世，使人人皆如俞君之用心，以求合於古所謂「睦姻任恤」者，其於聖世化民成俗之道，或亦有裨歟。

連氏義莊記

光緒十有二年十二月丙子，浙江巡撫以紹興府上虞縣連氏義莊事上聞，詔下禮部議。明年閏四月甲寅，禮部議請以「樂善好施」四字旌其門。越三日，丙辰，報可。於是由禮部行浙江巡撫下所由，建綽楔如律令，而連氏義莊於是大著，不獨浙東西户知之，四海之内，莫不知浙東有連氏義莊矣。連氏居上虞之西鄉，其地曰「松夏」，聚族於斯，垂三百年。嘉慶中，有官四川忠州直隸州者，厥諱彭年，能舉其職，以昌其子孫。樂川先生諱仲愚者，其孫也。先生器識淵深，材幹開祏，所居面曹娥江而負海，江海兩塘，皆恃先生以爲固。先生奔走從事，自壯至老不倦。晚歲立管塘會，建捍海樓，捐田三百畝爲之費。已而，慨然曰：「親親仁民，事有本末。吾族巨矣，貧富儳互，瓶罄罍耻，可無念乎？」謀買田千畝以贍其族，而力未逮，僅得其半，此連氏義莊之大輅權輿也。先生歿，而諸子皆善繼善述，奉承先志，不敢失隊。卒成其事者曰芳、曰蘅，乃先生第二、第六子也。於是，義莊之制大備，不惟是舉族賴之，雖鄰近异姓者，鰥寡孤獨有養，喪葬婚嫁有助，饑者有食，寒者有衣，病有醫藥，死有棺櫝，置義冢以免暴露，置水龍以備焚燎。都凡義田一千一百餘畝，其管塘會之三百畝如故，而又有楚香居祀田一百十一畝，則先生在日所置，以祭其伯父省之公者也。又有曹娥江趙村義渡田二十五畝，則芳等推先生之意而爲之者也。其爲田也，共一千五百餘畝，爰乃建立義莊。其中有堂，命曰「敬睦」，爲族人會聚之所，倉廥井匽，罔不備具，敬祖睦族，賙急矜無，其意念深矣，其規制宏矣。義莊之設，人知始於吴中范氏，而不知同時鉛山劉氏有「義榮社」，亦即義莊也。今連氏此舉，始於其族，推及於其鄉，可謂「義」矣；達於有司，上於大府，聞於朝廷，可謂「榮」矣，其即劉氏「義榮」之義乎？君子知連氏之澤孔長也。

新市鎮仙潭書院記

德清縣東北四十五里，有新市鎮焉。晉永嘉中，自縣東南之陸市來徙於此，故有「新市」之名。宋元以來，人文輩出，如陳聲伯之風節，唐灝儒之理學，皆足爲桑梓增重。後起之秀，亦蔚然可觀。凡吾邑應試之士，新市一鎮，率居其半焉。咸豐之季，東南各行省通都大邑，皆陷於賊，而新市獨完。嗣是休養生息，日益饒衍。商賈駢坒，士女頒斌，背宻就隆，罔不肸飾。而自永嘉以來，千數百年，竟無一人興設學館、建立講堂，俾秀艾之士得以諷誦其中，斯非其大闕歟？鎮人鍾桂溪廣文，余同入學之老友也，富而好義，每有義舉，悉以自任。念縣城雖有清溪書院，而鎮距城遠，握素懷鉛，就試非便。乃於鎮之東南隅購得黄氏廢地，創建仙潭文社。爲門塾三間，爲講堂三間，爲齋舍三間，廊廡回環，庖湢悉具，凡用制錢一千二百餘千。即議籌備經費，爲山長束脩、生童膏火之費，有志未逮而卒。其哲嗣聽泉司馬選青，痌先志之未償，惜斯舉之中輟，捐錢二千緡以成之。有俞石林州丞錫麒者，與鍾氏有連，且與聽泉同志，捐錢一千緡以助之，又别募集錢一千緡。資費粗足，課事肇興，易其名曰「仙潭書院」。趙君斯濚，聞而慕之，以其故父理問君恩銘遺命，助錢二千緡。而聽泉又秉其故母沈宜人遺命，以釵鐶、衣服易錢五百千，買程氏屋一區，歲收其租，助入書院。於是，仙潭書院規制大備。余感廣文君之有志竟成，而又嘉聽泉之能成先志，爲言於撫軍崧鎮青中丞。每歲自中丞以下均按月行課，與省中三書院等。此外府外縣所無，惟吾郡菱湖鎮之龍湖書院則然。余援以爲請，中丞從焉，士林頗以爲榮。於是聽泉言於余曰：「是不可以無記。」乃述本末，記於石，俾後人知鍾氏父子經始之勞，與俞、趙兩君贊助之力。肄業是院者，争自磨勵，以副聖朝教育人材之至意，則豈獨一鎮之幸？抑亦吾邑之光矣。

盛氏留園義莊記

盛旭人方伯於本籍建設「拙園義莊」，同治七年，江蘇巡撫以聞，詔旌如律，而吴縣馮景庭先生爲之記，海内固皆知有武進盛氏義莊矣。越六年，方伯於蘇州閶門外買得劉氏寒碧山莊而修治之，易其名曰「留園」，余所爲作《留園記》者也。於是乎，方伯又建立義莊，而即以「留園」名。余問：「與拙園義莊同乎？异乎？」曰：「异。」問其所以异，曰：「拙園義莊，吾承先祖資政公、先本生祖中議公暨吾父海甯公之遺志而成者也。故溥及於一族之人，而以周恤窮乏爲主，若其家不貧，或貧而猶能自食其力者，不得與焉，至留園義莊則异是。蓋『拙園』者，吾父海甯公晚年之號，而『留園』則吾爲之而吾名之者也，故留園義莊以吾爲始。有田若干畝，有屋若干區，以及園中亭榭池沼，咸隸義莊。𡊮校一歲所入而十分之，以其一歸拙園義莊，凡出自吾祖者，嫁娶喪葬皆有助。以其一歸家善堂，是堂之設，即在留園之旁，親戚故舊，有無緩急，取給於此。其餘八分，則凡吾之子、若孫、若曾孫、玄孫，以至仍孫、雲孫，而推之於無窮，不論貧富，皆與焉。故自吾今日觀之，似涉於私，在子子孫孫世守之，則仍大公而無私也。」余聞而嘆曰：「大哉斯舉乎！美哉斯舉乎！」錢公輔《范氏義莊記》，但言聚族九十口，日食人一升，無貧富之差。文正起家孤寒，此九十口者必皆貧乏。若後人踵而行之，似非周急不繼富之義。盛氏拙園義莊專以周恤爲事，此法范莊而變通之者也。然留園義莊之設，則自吾今日而視後世子孫，豈能逆計其爲貧爲富而差等之乎？仍循范氏舊章，於事爲宜，於理爲合，而自有此舉，則子孫世守，無敢失墜，君子之澤爲無窮矣。昔李德裕爲《平泉記》，曰：「鬻平泉者，非吾子孫也。以平泉一樹一石與人者，非佳子弟〔一〕也。」贊皇雖有此記，而不能禁子孫之不鬻。若能如方伯之所爲，則雖平泉至今存可也，余於此舉所以大而美之也。余既爲《留園記》，則於義莊亦

〔一〕《四部叢刊》景明本無「子弟」二字。

不可以不記，因述方伯之言而爲之記。

上海應公祠記

光緒十六年九月丙子，前江蘇按察使永康應公卒於杭州。公之來杭以振務也，朝廷以爲合於古者「以死勤事」之義，優詔賜恤，贈内閣學士銜。於是，兩浙之民咸嘆公振贍之舉未竟厥施，若失慈父母，而三吴之民則尤謳思勿衰。蓋公之政績，全在江南，而其爲大局所關者，尤在上海。咸豐同治間，大盜起於粤西，蔓延東南，而卒藉上海一隅，爲旋乾轉坤之樞紐。其時，師武臣力，赫然稱中興元功者後先相望；而完殘奮怯，以迎王師，則公之功爲多。吴中耆老大夫、搢紳先生之徒，環而言於直隸總督大學士李公，請於上海建公專祠，以李公與公同事於滬者也。李公言於朝，疏入，報可。逾年祠成，咸曰：「是宜有記。」樾，舊史氏也，又與公爲同歲生，誼不得而辭。乃爲記曰：

公諱寶時，字敏齋，浙江永康人。道光二十四年恩科舉人。咸豐二年，考取國子監學正、學録。已而，就職直隸州州同，分發江蘇。公少時即落落有大志，喜談兵，講求戰守之略。既至蘇，時軍事已起，隨同在籍侍郎龐公創辦鄉團，率團勇收復松江府城，擢直隸州知州，賜花翎。其時江浙皆陷於賊，惟上海僅存。士民避地者麇集，無慮數百萬，而西洋大賈，挾重貲、陳异物，繁富夥够，仍如平時。公曰：「此彈丸之地，人民歸焉，財賦出焉，可無備乎？」乃創立「會防局」，仿唐人用吐蕃回紇故事，合中外以禦寇。洋將有華爾者，尤善戰。公使以西洋步伐練我士卒，鴆然成軍，命之曰「常勝」，所向有功。青浦諸縣，皆一鼓而復，捷聞，遷知府，終以兵寡，不克大舉。時曾文正之兵已至安慶，於是乎有迎師之議，而江路爲寇所遏，不能達。公習於洋人，以利害説之，以重賂啗之，遂以輪船上駛，摩寇壘而過，直達安慶。今大學士李公，帥師乘之而下，船中增竈，使得蓐食，馬匹器械，與人俱載。非公先與定議，則皆洋船所不可也，其用意周矣。大兵既集，江浙肅清，事定論功，詔以道員用。同治三四年間，再權蘇松太道，五年，即真蘇松太道，駐上海，尤以洋事爲重。

公撫馭遠人，一以誠信，外釁不作，乃修内治。亂離之後，先設「教養局」，收養童匄，使各習一藝，擇其秀者，課以詩書。又於城西北隅設「普育堂」，老羸癃病、孤孑孤露，皆計口而衣食之。既生既育，爰興禮教，建復文廟，考定祭器、鐘鼓、琴瑟、干戚、羽旄，悉循典章，罔不肸飾。春秋丁祭，有秩其儀，環泮池而觀者，咸埶然嘆息，以爲數十年來未之見也。上海舊有書院，皆課舉業而已。公立「龍門書院」，延宿儒主講席，不課時文，課以實學實行，人材輩出，士林稱焉。又以上海濱海，濁流乘潮而進，易於湮塞，集貲二十萬，自洋涇迄黄渡，一律疏浚，輕舠小艓，躬親相度，工有實濟，費無虚糜。凡此，皆公之大有造於滬者也。

八年，奏署蘇藩，俄升授江蘇按察使，其後又署蘇藩者五，周知民隱，講求善政。治白茆河、徒陽運河，興水利也；修建所屬橋梁，便行旅也；立常平倉，勸輸銀穀，積至百有餘萬，備灾荒也；刻張楊園、陳龍川、陸清獻諸集，與陳文恭、周文忠尺牘，以行於時，正學術也。此則三吴戴德，非止滬瀆一方矣。至公以雄材偉略，爲時所重。揚州耶蘇堂毁，英人發難端，則命公往；日本定和約於天津，則命公往；安徽天長縣知縣以細故自盡，事涉學使，則又命公往。此由朝廷知公，謂盤根錯節，舍公莫屬，并非蘇藩、蘇臬任内之事矣。

以太夫人年高，終鮮兄弟，乞養而歸，未盡其藴，海内惜之。若其孝於親，睦於族，篤於故舊，有祭田以祀先，有義莊以贍族，有賓興之田以惠一邑之士，此則家有乘、國有傳，記滬祠者可無及也？惟念咸豐同治間，天下岌岌，而卒底於泰山之安，此由天之篤祐我聖清，而公之生於其時，官於其地，殆亦非偶然邪？因舉其大端著於篇，且繫以銘曰：

盗起於粤，流毒三吴。天祐聖清，留此一隅。一隅維何？實維滬瀆。滬瀆彈丸，亦瀕危殲。危而能安，惟公楨柱。以靖内憂，以平外侮。巴渝助漢，回紇佐唐。矧乃聖代，澤被窮荒。孚以信義，泯其猜疑。中外合力，同濟危時。皖山蒼蒼，王師雲集。江路悠悠，賊壘岌岌。假彼海鶴，載我天戈。誰爲爲之，公功實[一]多。天戈所麾，東南大定。烽燧無驚，和甘有慶。追思公功，爰建公祠。父老謳歌，公其聽之。在滬言滬，刻此貞石。傳示千秋，我言孔碩。

蔡氏廣德義莊記

昔晏子相齊，父之黨無不乘軒者，母之黨無不足於衣食者，妻之黨無凍餒者，後人咸嘆其高義，而錢公輔記范氏義莊即引以爲說。然竊怪晏子乃齊之世家，倉粟府金，溥及三族，而不能垂爲經制，傳之久遠，使其子若孫世世遵行之，豈古人思慮之有所未及歟？自世禄廢，而大宗收族之義亦廢。於是一族之内，貧富懸殊，士大夫之好義者，往往創設義莊以贍其族，自宋范氏以來，代有其人。我國家久道化成，教之以孝友、睦姻、任恤，而搢紳之家亦多以敬宗、收族爲事。自同治光緒以來，江浙諸大家創設義莊，見於吾文所記載者甚衆，而浦城蔡氏又以

[一] 實，原訛作「賓」，據文意改。

「廣德義莊」求記於余。蔡固閩之大族也，蔡君位三，又吾浙之賢令尹也。厥考邦彦公與其母丁宜人皆好施與，鄉里稱善人。蔡君年十六七，而公與宜人相繼逝。宜人之殁也，呼蔡君而訓之曰：「汝祖遺産，足以無飢寒矣。汝父所增益者，歲得田租𥬇較可三百餘石，若逐年儲畜，不十數年可數千石。使族中老幼孤寡之窮苦者得取給於此，而男女婚嫁皆有助，子孫讀書成科第者亦皆有助。以養以教，以昌吾宗，此汝父之遺意也，汝其識之。」蔡君跪而應曰：「不敢忘。」無何，有粤寇之亂，倉房屋宇悉毁於賊，家計日益落。不得已，以縣丞官於浙江。幹濟之才，積優成陟，不數年，詔以知縣補用。上游倚重，累管釐局，衎衎辯舉，部分如流，市估津税，無不饒衍。君身處脂膏，不以自潤，然量入爲出，亦稍稍有餘。乃先後增置田租二百六十三石，又置屋一區，名曰「廣德義莊」，創設規例十條，處置周詳，無不盡善。俟田租滿一千石，再議推廣，以成美備。嗚呼！邦彦公之遺意，丁宜人之遺言，君克紹而成之，仁孝之思，可以垂示後人矣。三代下士大夫不世禄，而義莊一立，則雖無世禄而有世田。世禄可廢，世田不可廢。范氏義莊，至今存焉。後人之所爲，有轉勝於古人者，此類是也。蔡氏之莊，以「廣德」名，异日孝子慈孫善於繼述，愈推而愈廣，吾知蔡氏之遺澤爲無窮矣。

儲崇伯蛾室記

《説文》「蚰」部有「蟚」字，乃「蝨」之重文。蠶蟚，字也。「虫」部有「蛾」字，從虫我聲，則《記》所謂「蛾子時術之」者也。「蛾」亦作「蟻」，猶《列子》「夸娥氏」，一本作「夸蟻氏」矣。「蛾」，亦謂之「蟚」，《説文》曰：「螘，蚍蜉也。」而鄭康成注《禮記》亦曰：「蛾，蚍蜉也。」與許義同，而於《雅》訓則似有未合。《釋蟲》曰：「蚍蜉，大螘。小者螘。」則蚍蜉乃螘之大者。《記》文止言蛾，則是螘而非蚍蜉也。鄭君既以爲微蟲，何不竟以螘釋之，而必以蚍蜉釋之乎？儲子崇伯名所居曰「蛾室」，取《記》文〔一〕之意，以時術〔二〕自勵也。《莊子》不云乎：「北海有魚，其名曰鯤。鯤之大，不知幾千里也。化而爲鳥，其名曰鵬。鵬之翼若垂天之雲。」士君子讀書爲學，當務其大者、遠者，何不進而爲鯤，又進而爲鵬？而乃爲此微乎微者乎！雖然，致廣大而盡精微，一理也。欲致廣大，先盡精微。不然，吾未見其不窮大而失居也。崇伯坐蛾室而讀書，於古人之制

〔一〕文，原訛作「人」，據文意改。
〔二〕時術，原作「時述」，《禮記·學記》作「時術」，已見前引，據改。

度，先考究於一名一物之類；於古人之文字，先研求於一字一句之間；貫而通之，雖盧牟六合不難矣。吾安知其异日不進而爲鯤，又進而爲鵬乎？然而爲鯤爲鵬，必先爲蛾，故吾以此爲「蛾室」記。

宋孫花翁墓記

西湖寶石山之陽有古墓焉，錮之以鐵，傳聞异辭。錢唐丁君松生，博雅士也，告余曰：「此宋人孫花翁墓也」，以朱青湖《抱山堂集·沁園春》詞爲證。余按：花翁，名惟信，字季蕃，花翁其自號也。開封人，祖、父皆武官。花翁少席門蔭，不樂棄去，居杭最久，工詩詞，重氣義，以淳祐三年卒。葬之者，杜公立齋、趙公節齋，劉克莊志其墓，稱「在水仙王廟側」。考水仙王廟，舊在孤山，故東坡欲以和靖配食。紹興間，移建寶石山。寶慶中，安撫袁韶又移建蘇公堤。淳祐中，安撫趙與簒仍就舊地重葺。趙即節齋也。花翁之葬，節齋主之，則在寶石無疑。劉克莊銘末云「偕侑新廟」，正指趙公新葺者而言耳。朱青湖詞云：「薦菊泉枯，水仙廟圮，那問詞人舊北邙？今何幸，尚高封馬鬣，后土祠旁。」是其墓之側，古爲水仙王廟，今爲后土祠，而余所見，則其旁乃郡王廟也。郡王廟本在吴山，祀唐桑憲保。憲保行九，人稱「桑九郡王」，而此廟中題曰「三九郡王」，傳訛可笑。意其廟本在吴山，後人移建於此，即以古水仙王廟址爲之乎？青湖疑是土地廟，故有「后土祠旁」之句。而其詞所云「石几横陳八尺長」，則至今尚在，惟錮之以鐵，爲不可曉。余謂葬亦多術矣，塈周土周，古制不一，銅椁石椁，厥制更詭。今紹興人以石周其棺，即古石椁也。然則以鐵周其棺，安知非吴闔閭銅椁之遺意乎？其外必更封之以土，朱青湖時，土尚未圮，鐵固不見，故但云「高封馬鬣」而已。今馬鬣無存，而石几無恙，是一確證。朱詞又有「把斷碑扶起」之句，是其時尚留斷碑，而今失之矣。因書數語寄松生，儻刻之墓前，以存古迹而掃俗説，亦一快事也。

唐刑部尚書中書侍郎同平章事劉公祠記

光緒十有八年某月某日，廣東學政徐琪上言：「臣以歲試至連州。連爲唐臣劉瞻故里，而祠墓荒廢，父老嗟傷，臣輒捐廉俸，檄行所司，稍稍修葺，以副朝廷褒揚忠義、風厲後世之至意。」疏入，報聞。於是鳩工庀材，卜日經始，土事、木事同時告蕆。祠宇巋然，宰樹翳然。連之士大夫瞻拜流連，咸嘆曰：「聖朝加惠於异代之臣如此，古人於千餘年後，猶令人感慕如此。」又嘆曰：「學使者之於我邦，不惟以文學造士，而所至訪求名迹、表章先賢，俾後之人有所感發而興起如此，此一事也，可以傳矣。」

學使既以文文其墓道之碑，而其祠亦不可以無記。不遠千里，徵文於余。余讀碑文凡千餘言，詳且核矣，余又何言？惟念唐至咸通時，朝政不綱，藩鎮跋扈不臣，已成積習。龐勛於徐州擁兵作亂，南寇舒廬，北侵沂海，滁和之間，殘破相望。南詔又傾國入寇，陷雙流，犯成都，其時事蓋岌岌矣。而朝廷方以宴游爲事，每一行幸，内外扈從者十餘萬人，所費不可勝紀。同昌公主之下降韋保衡也，傾宫中珍玩以爲資送。賜第廣化里，窗户皆飾以雜寶，井闌藥臼，亦以金銀爲之。未幾，公主薨，而醫官韓宗劭等二十餘人皆以無罪誅夷。又收捕其親族三百餘人，狴牢充塞，道路嗟嘆。公於是感憤上言，殆非徒爲此三百餘人請命也，其平時之憤懣固已深矣。朝奏夕貶，萬里投荒。然天下之人無不以爲冤。韋保衡、路巖等欲擠公於死地，而竟不可得。乾符改元，韋、路竄死，公仍回朝，再入中書。雖有爲劉鄴鴆死之疑，而公固以功名始終，視韋、路輩何如哉？今去公之世遠矣，而其賢聲猶在人口，以此知天道之可信，而人心之終不死也。

學使所至，如韓昌黎之祠、張曲江之祠、周濂溪之祠、范正獻之祠，無不捐資修葺，蓋謹遵世宗憲皇帝訓詞，以學政一官，固風化人倫所繫也，可謂知其職矣。學使字花農，浙江仁和人，從余游最久。余，德清俞樾也。既爲之記，乃係以銘。銘曰：

有唐之季嘻可危，河北藩鎮狼貙羆。中原盜賊如牛毳，君臣燕雀同娛嬉。韋路二相梟與鴟，公仕其朝徒委蛇。温高楊魏相追隨，時事至此將安施？一朝發憤爲群醫，知其累歲心鬱伊。諫官喑啞公吁嚱，投荒萬里甘如飴。蹶而復起仍台司，坐看韋路同誅夷。結喉三寸傳京師，始知天道原無私。彼玉泉子空詆諆，至今清節人人知。故里有墓復有祠，曹程先後爲修治。誰歟繼者今徐琪，於祠有記墓有碑。碑文孔碩琪所爲，祠則俞樾實記之，百世而下視此辭。

附考劉公事實

《舊書》「咸通十年，以本官同平章事」「十一年八月，同昌公主薨」云云，據《本紀》，瞻相在十年正月，則在相位亦一年有餘之久也。《新書》云：「咸通十一年，以中書侍郎同中書門下平章事，同昌公主薨」云云，則誤以同昌公主事牽連書之，未分晰耳。《新書·本紀》「劉瞻同中書門下平章事」亦在十年，但係之六月，與《舊書》微异。檢《宰相表》，則六月癸卯也。

《舊書》云：「帝閲疏大怒，即日罷瞻相位，檢校刑部尚書、同平章事、江陵尹，充荆南節度等使。再貶康州刺史，量移虢州刺史。」《本紀》同，但「量移虢州刺史」則無考。《新書》云：「斥廉州刺史」，「巖等未慊，按圖視驩州道萬里，即貶驩州司户參軍事」，「僖宗立，徙康、虢二州刺史，以刑部尚書召」云云。據《新書》所載，則《舊書》爲不備矣。温公作《通鑒》，亦云「貶瞻康州刺史」，與《舊書》同；又云「再貶驩州司户」，與《新書》同；至乾符元年，「以虢州刺史劉瞻爲刑部尚書」，其由驩州司户遷虢州刺史，則無明文。今按：康州也，廉州也，驩州也，在唐同屬嶺南道，唐時貶謫皆在其地，所謂南遷也。疑瞻初貶實是康州刺史，《舊書》得之。巖等未慊，又貶驩州司户，《舊書》失載，《新書》得之。其後復官刺史，則是恩宥，必不仍在南荒，當爲虢州刺史。《新書》言康、虢者，誤也，此又《舊書》得之者。温公合新、舊《書》，擇善而從，有康州，有驩州，有虢州，而無廉州，自必斟酌盡善。「康」「廉」形似而誤，《新書》博采而轉失之耳。其「量移虢州」爲何年，即温公亦不知矣。

《舊書》云「入朝爲太子賓客分司」，是瞻於乾符初還朝，無再入相事，《舊書·本紀》亦無其事。至《新書》則「以刑部尚書召，復以中書侍郎平章事，居位三月卒」，是再入相也，《新書·本紀》同。《宰相表》：乾符元年五月，「刑部尚書劉瞻爲中書侍郎、同中書門下平章事。八月辛未，薨」，與《本紀》同。記載分明，必有可據，温公《通鑒》亦取之，此固宜從《新書》。

《新書》云「命李庾作詔極詆，將遂殺之」，「幽州節度使張公素上疏申解，巖等不敢害」，《舊書》不載此事。温公《通鑒考异》曰：「《實録》《新傳》皆云巖志欲殺之，賴幽州節度使張公素表論瞻冤，乃止。按：是時張允伸鎮幽州，云『公素』恐誤也。」是温公不信此事。南唐尉遲偓撰《中朝故事》，亦載此事，至今論者猶以爲失實，即本之温公也。然考張允伸於咸通十三年正月卒，平州刺史張公素來奔喪，即以爲留後，是年六月，即爲節度使。然則咸通十三年六月以後，幽州節度使即爲張公素矣。是時，韋保衡尚在朝用事。王鐸，其及第時主文也；蕭遘，同年進士也；皆以微嫌擯斥之。劉瞻以同昌事得罪，則保衡之憾之也，必視路巖更甚，安知不追念舊憾而欲殺瞻乎？張公素上疏申解，事或有之，《新書》并不載明何年之事，必以咸通十二年以前節度使爲斷，恐非通論。但《新書》云「巖等不敢害」，則亦失之，巖時已罷爲西川節度，不在朝矣。

《通鑒》云：「瞻南遷，劉鄴附於韋、路，共短之。及瞻還爲相，鄴内懼。秋八月丁巳朔，鄴延瞻，置酒於鹽鐵院。瞻歸而遇疾，辛未，薨。時人以爲鄴鴆之也。」此事新、舊《書》皆不載，不知温公所據何書？竊謂飲鴆而卒，至久亦不出三日内外。自丁巳至辛未，十五日矣，何毒發之遲如此？殆當時惜其不久即死，故有是言，非事實也。

奉化試館記

浙江布政司所領郡十有一，甯波東濱海，距省會較遠，而人文特盛。每子午卯酉之年，舉行鄉試，甯波之來應試者，甲於他郡。及揭曉，則中式者數十人，或幾及全榜三分之一，故言「兩浙文風，必首甯波」。然以其遠也，自郡至省，渡曹娥、錢唐兩江而後至，至則無所栖息，旁皇道左，求一廛之受而不可得。於是好義之士，各就省城建立試館。最甯波所屬五縣曰鄞、曰慈溪、曰鎮海、曰象山，皆有之矣，而奉化一縣獨無試館。光緒十四、五年，邑中先達，咸倡是謀，經營久之，迄無成事。有孫君鏘字玉仙者，邑之高才生也。力以此事自任，謀於鄉人士君子，鳩集巨貲，於仁和縣平安三圖買地八畝有奇，而築試館焉。其前有門，門左右有房，又進爲聽事，其旁爲南嚮之屋。左右各二區，一區分爲六楹，楹三則爲一局，局一而居者六人，井竈庖湢以及倚卓之類，罔不備具。自經始至於落成，歷三載之久。其費出於各鄉，其事則成於孫君一人。此三載中，至省垣者前後十餘次，其勤勞可謂至矣。館成，而孫君即舉於鄉。越明年，成進士，僉曰：「此勤勞之報也。」夫孫君此舉，非以求報，且報施，雖天道所宜有，而非吾儒所宜言。余不以爲孫君之報，而以爲試館之兆。試館既立，來試者必益衆，而中式者亦必益多。

吾知繼孫君而起者，源源而來，歲盛一歲，方興而未艾矣。余於鎮海、象山兩試館，皆嘗爲之記，孫君因亦以爲請，乃記其本末，刻石館中，以告來者。嘉孫君之有志竟成，而又望居是館者爭自磨礪，以副聖世之科名，而爲吾浙光也。

劉氏兩童記

光緒十四年，江西民劉姓者，孿生二子，一倒生，一順生，兩首兩身，手足各二，而臍有皮骨相連屬，不能分，今年六歲矣。其祖母挈之至蘇，寓居獅林寺。有欲觀者，輸錢五十文，於是往觀者如市。其臍下骨長可一尺，粗可徑寸，下有一孔，蓋臍眼也，兩童共之。骨柔軟，左之右之皆可，故兩童可對立，亦可側立，但不能并立耳。卧則肩相壓也，行則四足前却甚捷，大小溲則一童蹲、一童伏而俟。予之酒，一童飲，兩童醉；予之果餌，食無算。面目白潤，語言清朗，兩童相似也。而其性各异，一和順，一暴戾。飲食爭先後，物玩爭美惡，或至相搏擊捽抑，撲地復起，而骨不傷。汪耕餘觀察呼至寓中觀之，爲余言如此。

論曰：《爾雅》稱「北方有比肩民，迭食而迭望」，蓋四方异氣所鍾，自古有之。然郭注云「各有一目、一鼻孔、一臂、一脚」，則是半體之人耳。若夫二體相連者，前史所載亦往往而有。

漢平帝元始元年，長安女子生兒，兩頭异頸，四臂共胸。靈帝光和二年，雒陽女子生兒，兩頭异肩共胸。晋愍帝建興四年，新蔡縣吏任僑妻産二女，腹與心相合，胸以上、臍以下各分。南齊武帝永明五年，吴興東遷民吴休之家雙生二兒，胸以下、臍以上合，并見《五行志》。然大率胸下臍上相合，則是孿生而未判者耳。惟唐儀鳳中，鶉觚縣衛士胡萬年妻吴氏，生一男一女，其胸相連，析之則皆死。又産，復然，俱男也，遂以獻於朝。夫使兩胸合而爲一，則不可得而析，既可得而析，疑非合而爲一，殆必有物以連屬之，或與劉氏兩童相類乎？史文簡略，不得而詳，而自來皆列之咎徵。夫五行灾异之説，通儒之所不信。樹連理則以爲瑞，人合體則以爲痾，豈理也哉？徵之近代，明嘉靖中，麻城民宋氏婦，生兒兩頭四臂兩足。嘉靖在明代尚爲盛時，亦有此异。然則《爾雅》以爲四方异氣，洵不虚矣。

重修陳忠肅公墓記

陳忠肅公墓，在智果寺旁，明成化間《杭州府志》、萬曆間《錢唐縣志》皆同。其時距元初未遠，必其邱隴未平，宰樹猶茂，昭然在人耳目間也。《兩浙防護録》云「祠在毛家埠」，言祠在是，不言墓在是，其説猶可并存。乃夏之盛《留餘堂集·吊陳忠肅公》詩「宰木尚留賢裔守」，注云：「公墓在茅家埠，陳仲博之族人至今主其祀，是公裔也。」則竟以爲墓在茅埠，何歟？然公代岳忠武爲太學土神，歷見傳記，而夏詩云「早代昌黎主泮池」，則誤忠武爲昌黎矣。意其誤祠爲墓，亦復類此。年代既久，傳聞易訛，不如明代府縣志之足據也。今智果寺旁之墓，亦就傾頹，馬鬣一抔，久無知者。光緒十九年春，丁君松生訪余於湖上寓樓，歸由後湖，見智果寺新建數椽，乃往游焉。於瓦礫中獲一斷碑，審視之，宋陳忠〔一〕肅公墓碣也。使非公墓，安有此碣？益信其不在茅埠矣。然碣已離墓，問諸寺僧，不知墓之所在。敻求數四，而後得之，猶未敢遽信也。以公今爲仁和學土神，卜之於神，神示以籤，繹其詩意，知墓不誤。乃加封樹，以垂永久。今而後過智果寺者，咸知有陳忠肅之墓矣。公生前有岳忠武見夢之异，《莆田縣志》并謂岳忠武是公前身，此固無據之言。然考智果寺，舊在孤山，宋紹興間分爲二。一徙栖霞嶺，今爲岳王祠；一徙葛嶺，則公之墓即在其旁。何公與岳王皆與智果寺有緣歟？亦可异矣。松生風雅好事，熟於武林掌故，客歲曾修孫花翁墓，屬余爲記。今修陳忠肅墓，亦以墓記見屬，殆所謂游九京而流連隨會者乎？公諱文龍，字君賁，福州興化人。《宋史》有傳，其事實，人多知之，故不具。

〔一〕忠，原作「文」，據文意改。

春在堂雜文五編二

恤贈四品卿銜兵部員外郎祝君家傳

君諱德純，字定伯，祝氏。其先浙江衢州人，明初有官福建浦城縣漁梁鎮守備者，因家焉，遂爲浦城人。曾祖乾封，祖昌時，父鳳鳴，本生父鳳喈。家故素封，先世皆勇於爲善，輕財而好施。鳳鳴字秋齋，鳳喈字桐君，守其家法，益恢大之。桐公由浙江鹽運使副使改江蘇知府。方粵寇之犯江南，帥師駐萬福橋，力遏賊鋒，裏下河十餘縣賴以保全焉。君幼慧，好讀《左氏傳》，愛舞劍，善騎射，异於常兒。年二十入都，考取實録館謄録，議叙主事。以本籍邵武軍功，遷兵部車駕司員外郎，賜戴花翎。閩中諸大吏素知君才，適君以養親回籍，遂以團練事屬焉。君捐銀萬兩、穀二千餘石，用吴子練鋭之法自爲一軍。咸豐六年，禦賊於二度關，三戰三捷，禽馘數十人。七年，賊犯浦城南鄉，擊却之。八年二月戊午，賊楊輔清、石大開擁衆數十萬，由弋陽鉛山至崇安縣，逾岑陽關，襲浦城西鄉。邑令告急於省，道梗不即達，援師不至。君聞警，自南鄉馳赴，與賊接戰。賊來愈衆，乃入城固守，使使者如浙乞援。時君本生父桐公自江北大營引疾歸，寓於杭，言於大吏，命觀察某公以師救浦。浹辰不至，君以大義勉勵其衆，自嚙血作書上桐公，曰：「兒家世受國恩，雖糜骨無恨。然如朝廷土地及數十萬生靈何？務求浙中大吏深鑒賀蘭，不分畛域，嚴催援師速進，幸甚！」是時，賊已薄城，而營外援迄無至者。戊辰，君在北門，而賊由南門入。君率衆巷戰，身被數創，力竭死之，年三十有七。君繼母劉在家聞變，闔門自焚，死者三十餘人。其子慶年，從桐公於浙，幸而免焉。同治七年，山西道監察御史范熙溥以其事聞，天子以其深明大義殊堪憫惻，命部臣議恤。於是賞加四品卿銜，賜祭葬，予雲騎尉世職，皆如例，并命於本籍自行建祠，而官於春秋致祭焉。初，秋齋公殁，無子，桐公以君子之。秋齋公家居，而桐公宦游江浙，君往來省視，皆得其歡心。娶楊氏，生子一，慶年也，襲職雲騎尉，中書科中書，刑部員外郎，改浙江知府。女一，歸侯官楊誠。孫葆元、葆森、葆初、葆璋、葆亨、葆琛，孫女六。

贊曰：英英祝君，仁人志士。列名朝籍，稱善鄉里。運丁陽九，大盜蜂起。爰舉義旗，以衛桑梓。城大如斗，寇來若蟻。援無蚍蜉，荐有蛇豕。力窮城陷，身亡家毁。一門碧血，千秋青史。

朱氏兩孝子傳

海昌朱氏，舊族也。其先世有以三世九節婦聞於朝、旌其門者，至是，而又以兄弟兩孝子聞。余，故史官也，謹述其事，著於篇。

朱寶籛，字仲聲，杭州府學附生，海甯人也。其先世自建陽來，徙家所居曰「小桃源」，是爲小桃源朱氏。仲聲幼善病，年十一，始就外傅。不數年，群經皆卒業。受知學使者江夏胡侍郎，入郡庠，歲試輒居高等。顧以父年高，佐之治家，不得專力於學。光緒八年，弟寶篁舉於鄉，仲聲喜曰：「是可慰我父母矣。」父承祜，字子受，老而病，仲聲謹事之，恒經歲不入內室。十一年夏，子受君疾甚，仲聲侍湯藥，不交睫者匝月，而疾不瘳。仲聲潛入爨室，以刀刲臂肉，羹以進，飲之果愈。逾年，子受君感异夢，自謂不祥。仲聲禱於家祠，願減已算益父壽。是秋，子受君無恙，而仲聲竟以微疾卒矣。仲聲性友愛，一服食之細，必以美者推與其兄若弟。待人以誠，雖臧獲不加以聲色。讀書外無他嗜，蒔花木、畜禽魚以自娱。卒之日，其婦翁來視之，猶起與爲禮也。俄趺坐而逝，年三十有五。娶馬氏，生女子子一，無子。越三年，而有其弟寶篁事。

寶篁，字叔英，即光緒八年舉於鄉者也。其始生前一夕，母陳夢長庚星入於懷。生而奇慧，七歲能屬文，年十六，以第一名入州學。不數年，餼焉。既領鄉試，試禮部者再，考充咸安宮教習。以兄仲聲卒耑歸，偕其季弟事父母益謹。十五年，子受君病篤，叔英刺指血爲文，籲神請代。既又刲臂肉，和藥以進，如其兄，而父竟不起。叔英大慟曰：「猶是人子，而有效，有不效，豈吾之誠未至乎？」自此日夜悲號，不久以毁卒，距父之歿未兩月也，年三十有三。叔英性坦易，與人交，無貴賤愚智如一。工詩文，有《聽春雨樓遺稿》如干卷。娶吴氏，生子元熼，殤，女子子三。叔英既卒，州人士以其兄弟兩孝子事實呈請旌表如律。

論曰：人肉療虚羸，其説始於陳藏器，自是遂有割肉以愈父母之疾者。智窮力竭，而出於此，是亦可悲矣。而儒者乃執「白刃可蹈，中庸不可能」之説，以訾議之，豈成人之美之君子哉？朱氏一門，前有九節，今有雙孝，不獨其家乘之光，洵足以風世而勵俗矣。聞學使潘公以四字榜其楹，曰「至性過人」。信乎，至性之過人也！

徐孝女傳

孝女諱雲芝，字瘦緑，浙江仁和人，徐氏，故吏部尚書文敬公之昆孫，東閣大學士文穆公之來孫也。徐爲武林鉅族，當道光時中落，父若洲君以薄宦居揚州。道光二十四年，孝女生於江都典史署。四歲識字數百，五歲能讀唐人詩。咸豐三年，粵賊犯揚州。時若洲君方有事於袁浦。母鄭太宜人請其姒先奉姑出避，而自與子女留待若洲君。及事急，挈二子琪也、璠也及孝女倉卒出城，璠及孝女皆陷亂兵中。璠死，而孝女匿民間以免。鄭太宜人獨與琪至如皋，則其姒奉其姑已至，而姒有子亦失。已而，若洲君歸，榜於衢曰：「得吾兄子者，子錢十萬。」果得之。若洲君喜曰：「是可以慰吾嫂矣。吾女存亡聽之耳。」翼日，竟有人送孝女來歸，咸謂有天道云。若洲君署揚州府經歷，兼理清軍同知，孝女隨母居如皋。鄭太宜人喜吟咏，孝女輒效爲之。嘗咏新月云：「百年閱盡興亡事，只有簾前月一鈎。」太宜人曰：「是有秋氣，非閨中幼女子所宜也。」咸豐八年，賊再犯揚州。訛傳若洲君歿於陣，鄭太宜人故有咯血疾，及是大發。孝女以父存亡不可知，而母病甚，諸醫束手，私計惟割股或有濟耳。刲左臂肉，和藥以進，不效。又刲右臂肉以進，疾竟愈。太宜人既愈，親至揚州，偵知若洲君未死，迎之歸如皋。而若洲君實與賊戰，爲槍彈中目，傷甚重，病卧十月始起。湯藥皆太宜人主之，而孝女佐之。其後，江南大營潰，杭州再陷於賊。太宜人憂時感事，又悼傷諸親故之在賊中者，病益劇，而若洲君仍需次揚州。孝女念母病弟幼父未歸，當奈何？中夜獨起，仰天而泣，思前者割股有效，盍再之？於咸豐十一年五月乙未，又割左臂肉，和藥以進如前。其夕，夢神人語之曰：「爾母病不可爲，以爾至孝，姑爲延十二日。」是月之望，其弟琪亦割左臂和藥進，秘不使姊知。孝女察知之，泣曰：「弟亦爾乎？無益也。吾先之矣。」乃以夢告，於是琪始知姊割股者三次矣。庚戌，鄭太宜人卒，距夢之夕果十二日。孝女慟甚，欲以身徇，若洲君歸，苦慰喻之，乃已。既免喪，歸於袁，未一載遽卒，無子。光緒十二年，同鄉官翰林院編修褚伯約成博，以其事呈都察院，由都察院片送禮部。故事，凡有割臂療疾之事，禮部分別準駁具題。至是部臣謂其事雖愚，其情可憫，請飭地方官，於節孝祠題名設位，聽建專坊。疏入，報可。於是乎，孝女之孝始得不泯。琪於光緒六年成進士，入詞林。其幼也，孝女實教以書史，若女師然。光緒十六年，恭逢皇上二旬萬壽，覃恩例得貤封伯叔、父母及胞兄，而胞姊不與。其得與者，皆出特恩。琪以情言於掌院，移咨吏部，據情入告，準其貤封，異數也，距孝女之卒二十六年矣。孝女工詩，又能畫，然不多作，故存者蓋寡。琪感念不已，具事實請爲傳。余曾爲若洲君及鄭太宜人傳，因又爲此傳附其後。孝女夫袁君，名啓瀛，例得附書焉。

論曰：人肉治盈羸之説，始於陳藏器，古無有焉。自有此説，而割肉以療其親疾者，代有其人。余謂此事惟一誠而已矣。事之有效、有不效，乃誠之有至、有不至也。孟子曰：「至誠而不動者，未之有也。」誠之至，可以動天地，泣鬼神，其應手奏效，鬼神相之矣。豈果人肉之可以治虚羸哉？孝女刲臂者三，雖前效而後不效，然其不效也，猶能感動上天，延其母十二日之壽。烏呼！非至誠而能若是乎？

陳母錢夫人傳

夫人錢氏，嘉興人，故浙右巨族。祖泰吉，海内所稱「甘泉先生」者也。父應溥，以吏部直樞廷，今官禮部侍郎，器識閎達，爲時名臣。夫人生有至性，十有三齡，母許夫人卒。既就木，痛不欲生，以首觸床，仆地而絶，一家匡懼。有某夫人曰：「無動。」急以新藍布裹之，抑按搔摩，良久乃蘇。及笄，歸海甯陳君明濬。陳亦巨族，其先高氏，宋衛武烈王之後，王十六世孫榮始從母姓爲陳，世稱渤海陳氏，以别於潁川。自勝國以至本朝，官大學士者三人，官尚書侍郎者數人，冠蓋之族，無出其右。陳君以名家子有聞於時，侍郎方佐曾文正公治軍於皖，陳君亦從之，因成昏焉。是時，浙亂未定，而陳君父母皆在，夫人乃與陳君謀亟歸省。歸而尊章幸無恙，夫人晨夕奉侍，克盡厥職。性樂淡泊，不慕榮利。每勸陳君勿爲仕進計，人子得常依膝下，焉用膴仕爲？陳君亦與有同志。一門之内，泄泄如也。然兵燹以後，室廬雖未毁，什物蕩然，貲産亦大耗，而廛舍之在市、歲食其租者，又於同治中兩毁於火。夫人出釵鐶易錢，鳩工庀材，繕完葺之，一如其舊。凡所經營，悉自任之，不以貽陳君憂。其後家累益重，恒懼不給，兒女襦袴，手自裁紉，甚而爨烹之事，亦躬親焉。陳君每歲必病痢，夫人侍疾，歷久不懈。生子女甚多，其長子彌月生瘍，潰無完膚。其三子生甫五月，痘出幾危。其餘子女亦多疾疢，鞠育之劬，有倍蓰他人者。陳君課諸子讀甚嚴，夫人亦助之，教以識字。既就外傅，修脯必豐，而自奉彌益儉。然好周人之急，不自程其力。有葭莩之戚，迫於催科，窘甚，脱簪珥與之。後，其人有官禄甚厚，夫人知之，亦不問也。姑蒯太夫人喜茹素，誦佛氏書。夫人侍側，終日無倦容。偶感疾，與陳君謹視湯藥，累夕不交睫。最夫人一生，仰事俯育，楮柱門户，經歷憂患，勞心勞力，垂三十年，以致百疴叢生，病欬且喘。當陳君痢疾劇時，夫人輒籲天，願以身代。至是而夫人果不起矣。病中慮婦職久曠，言於陳君，請置簉室自代，陳君未之從也。而夫人病日臻，四體麻木，汗出如漿。會其長女卒於京師，秘不以聞。一童婢漏言之，夫人大慟，越數日遂卒，時光緒十六年十月丙辰也，年四十有六。臨終無他言，惟自憾不能終事其姑及其夫而已。陳君以國學生候選同知，加三品銜，賜花翎，故夫人始封淑人，後以加級，晋封夫人。丈夫子六：其壽，五品銜候補巡檢；其昌，縣學生；其旭，光緒十四年舉人；其魁，縣學生；其元，候選同知；其康，尚幼。女子子四人，長女適潘肇翰，即先夫人卒者也；餘皆在室。

舊史氏俞樾曰：昔《小雅》詩人，追惟西周之盛，曰：「彼君子女，謂之尹吉。」而解者以爲尹氏、姞氏之女，周室之舊姓。然則一代之興，必有舊姓，其士女之出於其族者，皆嫺雅有禮法，與寒門下品有殊。晋之王謝、唐之崔盧，皆是也。我朝河洲之化，上媲二南，遺風流俗，至今未替。浙中如嘉興之錢、海甯之陳，皆號右族，台衮相襲，詩人所謂「尹吉」者也。夫人以錢氏女爲陳氏婦，耳濡目染，動合禮法，宜其賢矣。然出膏粱之族，而能不以軒冕爲榮，居然有桓少君之風。烏呼！此其所見不亦遠哉？余與錢氏、陳氏，皆有世講之誼。夫人既歿，其諸子乞爲之傳，附其家乘。恭讀高廟賜題錢文端母《夜紡授經圖》詩曰：「嘉禾欲續賢媛傳，不愧當年畫荻人。」若夫人者，固亦嘉禾賢媛傳中之一人矣。故叙其大略，俾後之載筆者有可考焉。

外姊周母姚恭人傳

余生而無姊妹行，惟外家姊妹幼相習也。舅氏姚平泉先生，娶黄孺人，生一子而殤，其後所舉皆女。成立者四，季爲吾婦。其長姊，即恭人也，長於吾十有三歲。余幼時恒居外家，先太夫人於鐙下事針黹，姊輒劍吾而坐於旁。姊後歸仁和周氏，姊婿安義君，與余相得，猶昆弟也。以知縣死寇難，贈知府銜，姊於是例封恭人。周故家於杭，其舅藕航先生始遷臨平，距吾外家不一里。姊之始歸也，及事舅姑與其祖姑，以孝謹稱。舅歿姑老，代治家事。家故饒衍，至是日落。姊躬自節嗇，而堂上甘脆之奉無所缺，親故有無緩急之告無所吝。安義君於道光二十年舉於鄉，三試春官不第，益勖於學，不問家事。姊亦不以告也。咸豐二年，恩科會試，以無資將不赴。姊罄奩中物，質錢辦裝，遂行。而試又不售，以大挑一等得知縣，籤分江西。至江西三年，權安義縣事而及於難，事具余所爲《安義君傳》。當是時，粵寇蔓延，東南雲擾。至庚申、辛酉，而浙東皆陷。臨平當孔道，賊踪疊至，姊挈兒女避居鄉間，又遷紹興之南沙，又遷甯波之邱村，數年中流離辛苦，饔飧不繼。而姊處之如平常，每訓諸子曰：「吾家累世忠厚，汝父又殺身成仁。苟有天道，當不至爲他鄉餓莩。即不幸顛踣溝壑，亦命也。徒憂奚益？」當窮困時，不苟取一介。偶於道旁得紙裹，有洋錢十三，將待其人而歸之。鄰媪曰：「寇急矣！安能待？」姊曰：「寇急矣，此必其避寇資也。安可不待？」俄一人狂奔至，則失銀者也。詢其數，符，遂畀之去。及亂定而歸，舊居盡毀，賃居亭子村者有年。乃拮据營造，構屋於臨平里仁橋之南。姊以大亂之後，室家復完，先人遺業，十存二三，衣食粗可自給。其第三子又登賢書，雖衣櫛蕭然，而意甚安之。其天性闊達，於飲食宜忌、衣被煖寒之節，皆不甚措意。有以養生之説勸者，笑不應，岐黄家言，尤所弗信，而秉賦甚厚，精神不衰。光緒十年，來游吴下，過我春在堂，縱談平昔，娓娓不休。又三年，年八十矣。余親至臨平爲姊壽。姊則大喜，置酒飲余密室中。其明年，又往視之，青裙白髮，仍似舊時，尚能步至余舟。余從者皆嘆曰：「此必百歲外人也。」然自此不再見矣。姊舊有肝疾，時劇時瘥，亦不爲患。十七年三月，其長女自禾中歸，子婦聚談，偶及身後事，且戒曰：「勿使瑞兒知。」時三子元瑞在山左也。起居言笑，猶如常度。己卯夜，與家人輩談甚久，指麾臧獲，處分瑣屑，如無病者。及次日，日加丑，悠然長逝，視之如熟寐耳，年八十有四。嗟乎！吾婦同母姊妹四人，次、三皆適人而卒，吾婦之亡，亦十有三載矣。獨吾姊康强無恙，可望期頤，今亦下世。追惟髫齓之舊，能不盡然傷心邪？姊生三子：元鼎，承襲雲騎尉；元奎，福建候補縣丞，先卒；元瑞，光緒二年舉人，大挑二等，候選教諭。女四人：長適秀水張豫立；次適德清沈寅恭；三許嫁余子紹萊，未嫁而卒；四適錢唐許台身。孫四人：成相，早卒；成章，縣學生；成俊、成偉皆幼。孫女七人。是年十二月壬辰，附葬安義君丁山之塋，元鼎等以余曾爲安義君傳，因亦以傳請。乃書大略，附《安義君傳》後焉。

沈烈婦傳

沈烈婦馬氏，仁和之喬司鎮人。馬故巨族，饒於貲，婦生而靡衣鮮食。及歸沈，沈，德清人，名寅禾。光緒五年，應鄉試登副榜，然孤窶爲童子師，緼袍粳糧常不給。婦安之，井臼爨烹，操作不倦。初依母族以居，後從夫遷居仁和之臨平。一歲，鄰比失火，延燒所居樓，梯梲已斷。婦急以絮被重襲裹寅禾，從樓窗提擲庭中，而自亦以被自翼，奮身躍下，竟不死，負夫而出，以免於難，戚黨咸稱之曰：「健婦！健婦！」已而，又遷居德清之下沙村。光緒十七年，夫病垂危，以有兩柩未葬爲憾。夫卒，婦力營喪葬，且自營一穴於其右，又親至鄉間，遷所謂兩柩者而葬焉。既畢，乃散所餘貲於諸貧者，其衣飾無用之物咸焚棄之。某日夜將，就縊，爲人所覺而止。乃吞金二錢許，又和生鴉片膏飲之，遂卒。其姒婦周於其枕畔得斷簪一，又得鴉片膏盒，尚存少許。以其死狀驗之，知其死以此也。又嘗語周曰：「吾尚有金二兩五錢，足了吾事矣。」檢遺篋，得金飾一事，并斷簪權之，共二兩二錢有奇，其不足之數，即其所吞也。乃即以此爲治棺衾，葬之其自營之穴。年三十六，無子。

論曰：婦生膏粱之族，歸簞瓢捽茹之士，春蓬炊藜，安之如素，可謂有少君、孟光之風矣。觀其從容就義，處置井然，非素有定力而能若是乎？余既爲《馬烈婦詩》存集中，又爲此傳，庶烈婦之烈，久而不泯也。

德輝竇君家傳

君諱鳳翔，字德輝，姓竇氏。其先世自山西沁水竇莊，遷河南河内縣陳范村，遂爲河内人。順治中，有以游擊官廣東、戰死羅定州、贈副將謚英烈者，君之高祖也。嘉慶中，纂《國史・忠義列傳》，下各直省，廉問死事諸臣後裔。於是英烈公之曾孫諱遇純者，得以名聞，予恩騎尉，世襲罔替。騎尉君感念國恩，以海内承平，無以自效，時舉英烈公舊事，以勵其子。君則其長子也。自幼趫捷，鎮軍趙公聞其名，召補標下材官。有左營游擊周君，自負拳勇，喜與人角。嘗於立談間飛一足蹵君，君不爲動，格以手，周遂仆，一軍皆驚。自道光中葉以來，天下猶號無事。君則曰：「此積薪厝火之日也，亂將作矣。」每讀英烈公傳，輒流涕曰：「忍使吾祖勛業墮於地乎？」道光三十年，粵西軍事起，徵調及兩河，河北鎮總兵董公光甲奉檄剿賊，而緑營兵素以老羸[一]充數，無習戰者。聞當遠征，則妻子聚泣，不欲去。君慨然曰：「國家養兵如此，將焉用之？我則既言矣，請往。」董公壯之，以君充前鋒。至粵，隸提督向公部下。戰象州，捷；戰

[一] 羸，原訛作「羸」，據文意改。

紫荆山，又捷。時賊鋭甚，我軍稍却。君怒馬馳入賊中，奪其纛而舞，賊衆披靡，我軍乘之，於是豬子峽、雙髻山皆迎刃而下。大學士賽尚阿公督師見之，嘆曰：「真壯士！是宜爲請花翎。」然君伉直不阿，幕府用事者咸尼之，至收復永安州始叙功，賜藍翎。大軍追賊陽朔，會大雨，士不焞食，君白董公：「宜言於統帥，務持重。」而副都統烏蘭泰公誓滅賊，率親軍與向公同入大洞山。山路嶇峿，反爲賊所扼，董公及長瑞、長壽、鄒鶴齡〔一〕四總兵皆死於陣。君已與都司王君突圍出，聞董公死，曰：「主將亡矣，吾敢生乎？」復馳入賊軍而死，年二十有九。有守備霍少梁、把總王朝玉安魁，親見君死狀，謂君已手斫數十人而刀折，不然，或尚可搴旗衝壘，殪其名賊也。事聞於朝，恤如例，予雲騎尉，世襲罔替。子三人：鎮山，以諸生從戎，累保同知銜，補用知州江蘇候補知縣，亦具文武幹才，有君餘風；鎮海，今更名紫瀾，候選縣丞；鎮河，今更名一清，陽武汛千總。孫六人：鈞、鎔、銓、銑、錡、鍇。

舊史氏俞樾曰：余聞鎮山言君性好客，喜施與，有以緩急告者，傾囊助之無吝色。自負經世大略，每議論天下事，悉中肯綮。當少年讀英烈公傳時，其志固已遠矣，卒能爲國捐軀，與英

〔一〕鄒鶴齡，據《清史稿》等文獻，似爲「邵鶴齡」。

烈公後光輝映，不負其父騎尉君之教。嗚呼！志義之臣乎？將帥之臣乎？死封疆之臣乎？

嚴公王夫人合傳

嚴公廷珏，字行之，號比玉，浙江桐鄉人。祖大烈，見《縣志·孝友傳》；父寶傳，見《義行傳》。其家居青鎮，與湖屬之烏鎮接壤，湖州府同知即駐其地。公自幼穎异，婺源王公鳳生，官湖州府同知，因與公父善，見公奇之，以女女焉。十四歲而孤，母蔡教之嚴。年十七，入縣學，旋補廪額，五應鄉試不中式。道光十一年入貲，以同知分發雲南，歷署嶍峨、保山、易門、阿迷、大關、臨安、澂江諸府廳州縣，補雲南府同知，升麗江府知府，調順甯府知府。再以卓异聞，又叙獲盗功，及兩届督解滇銅功，由吏、户兩部引見，蒙召對一次，應轉監司，未及注選，咸豐二年十二月卒於順甯，年五十二。生平不納苞苴，不通竿牘，興利除弊，所至有聲。其任大關同知也，二年之中，結舊獄二千六百餘案。初下車，歲大無，用漢汲黯故事，發倉粟六千斛振之，如市值捐錢，納糧道庫。曾文正公贈詩有云「大夫出疆得專擅，汲黯發粟史所褒」，即謂此也。又以道殣相望，爲置棺櫝，所斂男女六百有餘。且施藥以藥病者，存活無算。及以臨安郡丞權知阿迷州，州地素爲盗藪，其民好勇喜鬥，出必佩刀。公嚴禁之。編保甲，勤緝捕，終公之任，盗風與門風并絶。州東與開化鄰，有閑田焉，幸較三四千頃，舊以無水，不能種藝。公籌捐白金八千，疏浚溝渠，化疆塈爲膏腴，民賴其利。其在易門，置普濟堂，以養孤窮，增桂香書院膏火，以惠寒畯。境有緑汁江，江岸遼闊，渡者争舟，每致顛隕。公設棠陰待渡所，渡者便之。其所豁銅廠三，辦銅逾額一百餘萬，例得議叙。而他廠額不足，請撥所餘補之，遂不符請叙之例，公不計也。林文忠公督滇黔，甚重之，命在署中助讞庶獄。暇或以詩歌相倡和，出所藏書畫相評騭。公外和内介，座客常滿而一介不苟。官順甯時，有土司謀承襲，饋金珠，值巨萬，公不受，卒以應襲者襲。有某制府，風示意旨，能以千金壽，當量移善地，笑而謝之。坐是，歷任多瘠區。公家世富厚，自其祖若父，皆豪俠好施，而公又踵行之。道光三年大水，竭家財助振，施藥、施棺、施寒衣，歲以爲常。橋梁道路有傾圮，必修葺。舊有田千畝，市屋百區，納其租恒減於額。親故以緩急告，雖貸千金不吝，積券盈篋，後盡燔之。由是家日落，身後無餘資。事母至孝，母病，刲股和藥以進。母殁，圖其像，朝夕焚香跪拜，没身不衰。所撰述多散佚，行於世者《小琅玕館詩》十卷，文一卷。既殁三十年，鄉人士君子以其家居及居官事迹聞於有司，言於朝，入祀鄉賢祠。入祠之日，傾城往送，咸嘆爲盛事云。妻王夫人别有傳。子錫康，江蘇候補知府；辰，道光二十三年舉人，咸豐九年進士，改翰林院庶吉士，同治元年，散館改主事；謹，雲南石阡〔一〕府知府，死寇難，贈太僕寺卿銜，予雲騎尉世職。女三人：長適廣東連平州知州江甯李景福；次適今安徽巡撫歸安沈秉成；三以孝女旌，事見《王夫人傳》。

王夫人，名瑶芬，字雲藍。其家本安徽婺源人，後遷江甯。祖友亮，乾隆四十六年進士，官至通政司副使。父鳳生，以丞倅起家，官至兩淮鹽運使。夫人十八歲來歸，時嚴公新入縣學，彩旗鼓吹，導入黌宫，姑蔡淑人與俱至，縣城觀之，至今人猶艷稱焉。嚴氏素富厚，夫人乘間爲姑言保家之道。出奩中所有《敬信録》一書，勸行育嬰、恤嫠及施藥、施棺、施寒衣諸善舉，嚴氏遂以義行稱，而家則日落。嚴公宦游滇南，夫人從之，多所匡助。道光十七年，公督銅運過蜀。蜀灘險惡，有善士李君募人鑿石，剗險爲夷，求助於公，需五百金。又有以翡翠條脱求售者，問其值，亦五百金。公謂夫人曰：「槖中所賫，適符其數，將以購此乎？抑以助彼乎？」夫人曰：「是不待再計，决也。條脱，一玩物耳。若助彼善舉，則行者享無窮之利矣。」公欣然從之。公病，夫人爲文籲天，請以身代。刺十指出血，書而焚之，竟不效。時三子皆不在側。夫人獨任大事，艱窘萬狀，且嘗以公事假用官錢二千餘緡。或曰：「是可入交代。」夫人曰：「吾夫不負

〔一〕石阡，地名，原訛作「石仟」，今改。下文不誤。

民，可負國乎？」凡親故賵贈，悉以償官，不足則斥賣衣物以濟之，可謂皭然不滓者矣。咸豐五年，率三子以公之喪歸。至黔，阻於兵，乃命長子錫康奉公柩歸葬，次子辰入都會試，而留三子謹，奉夫人居黔。謹以軍功由縣丞擢知縣，同治元年，署郎岱同知。賊大股來攻，炮聲隆隆，几席震動。夫人夷然，謂謹曰：「效死勿去。賊至，以全家殉耳。」城竟以全。三年，謹由思州移知石阡府，所屬荆竹園有賊巢窟，募丁防守，時或竊發。次年五月丁未，賊忽乘間闌入，謹巷戰，戕於賊。夫人聞變，命僕抱其孫及孫女三人，逾垣匿民舍，而自率謹之婦及兩女投荷花池，水淺不死。賊去，僕媪復集，拼而出之。其仲子辰已以庶吉士請假歸，聞難奔赴，而夫人已由大江東下，遇於漢，奉之歸里。居數年，患暴痢甚劇，其幼女刲肱肉和藥以進，果愈，而女旋卒。夫人雖痛之，然曰：「男忠女孝，足爲老人光榮矣。」其仲女歸沈仲復中丞爲繼室。夫人謂諸子曰：「汝父讀書，未得成進士。今一子入翰林，一女嫁翰林，庶足慰先人地下乎？」辰由庶吉士改刑部，以夫人年高，遂不出。禀承母教，力行善舉。嘗振飢民七萬有餘，誓於神，無所私，創建書院於青溪，又立保嬰之會，男嬰女孩，全活無算。而革樣盤一事，尤爲夫人所喜。樣盤者，縣官收漕時驗米者也。相沿既久，樣米不反於民，樣盤日大於舊。辰言於官，革除之。其後，晉豫大無。長子錫康，奉合肥相國之命，設振局於滬，得銀十二萬兩。夫人曰：「此功德不下汝弟之革樣盤矣。」光緒六年，畿輔告災，夫人曰：「吾家世受國恩，敢不竭力？」盡括所有，以千金助振。有詔以「樂善好施」四字建坊，以旌其門。錫康既官江蘇，而辰亦時寓吴下，仲夏又適爲蘇松太兵備道，故夫人居吴之日爲多。九年八月庚辰，卒於蘇寓，年八十有四。將卒前三日，猶以所蓄洋錢五百，助山東之振。蓋好善之篤，至死不衰也。工詩，能書畫，有「三絶」之譽。著《寫韵樓詩集》，與嚴公《小琅玕山館詩集》合刻，頗行於時。

舊史氏俞樾曰：余不獲見嚴公，而獲與公之長子伯雅、次子芝僧游，故得聞公與夫人行事甚詳。芝僧乞爲之傳，因次第其事，附其家乘焉。公以行義衆著，入祀鄉賢。而妻父王公，以遺愛在人，入祀嘉興名宦祠。兩事相距僅四年，於是有《冰玉恩榮録》之刻，海内以爲美談。乃其子又以殉難，祀忠義祠；其女又以孝女，祀節孝祠，一門之内，同膺巨典，俎豆千秋。求之當代，實爲僅見。烏呼！此邦家之光，非徒門庭之慶矣。

貞女黄孺人傳

乾隆時，浙江餘姚有貞女焉，守節於夫氏三十一年而卒。卒後七十年而後，言於有司，聞於朝，旌於其門。又四十三年，而舊史氏俞樾乃始次第其事，以爲之傳。傳曰：貞女姓王氏，自幼時許嫁黄氏。黄爲姚江巨族，有三忠六儒之盛。黎洲先生在國初以遺獻徵。有號慈園者，其族父也。慈園君生三子，景暠、景晨、景旦。暠、旦皆無子，景晨生三子，嶽、岱、崿，以岱爲旦後，崿爲暠後。乾隆五年，嶽等讀書於别峰庵，有同縣王公充之見崿而奇之，許以女女焉，即貞女也。十三年，婚有日矣，女父卒，遂不果。十五年，崿所後之母卒，崿侍湯藥數十日，亦病，病且篤。其母言於王，請貞女來視之。貞女至，則崿病已不可爲矣。歸告兄嫂，願爲黄氏婦，生死不相負。兄嫂從之。是月十一日來歸，越二日，崿卒，即以岱之子兆清爲之後。貞女奉姑之喪，合葬於先舅之塋，而附夫柩於其側。於室中懸崿像事之，雖見至親，不逾卧室之閾。年五十有三而卒。先是，景暠妻趙、景旦妻洪，夫亡守節，皆歷三十一年，至是而貞女符焉，咸以爲异云。

俞樾曰：余檢黄氏家譜，嶽，字懷方，乾隆九年舉人，十九年進士，湖南慈利縣知縣。岱，字鎮方，嘉慶元年恩貢生，三年賜舉人，四年賜翰林院檢討。崿，原名巍，字省方，卒於乾隆十五年，年二十三。聘王氏，未婚守節，卒於乾隆四十六年，年五十三。然則其來歸黄氏時，年二十有二矣。懷方君嘗手書貞女事實，以乞其師一言。所謂師者，未知何人，乾嘉間諸名人文集中亦未有見焉。乃百餘年之後，黄氏有名望齡者，以懷方君所手書事實，求爲貞女立傳。余不知望齡距貞女幾世，近支與？疏屬與？然一紙之書，百年不滅，貞女之靈實式憑之，余何敢辭也？因書其詳如此。望齡又言其父志堯，字懋昭，曾刲股肉療其父病。咸豐十一年，死於寇難，求所以表彰之。姑附書於此，冀不泯其人焉。

薛御史妻郭恭人傳

婦人之職，惟酒食是議，執麻枲、治織紝組紃而已，無外事也。然史策所載賢明婦女，有識鑒，知廢興，能贊助其夫若子以成其名者，往往有之。後世史官無識，所纂《列女傳》率皆以節烈著者，而婦女珍禕懿鑠之美，遂不著於世。甚非古者天子脩男教，后脩女順，内外并重之道也。嗚呼！此吾所以傳郭恭人也。郭爲全椒望族，恭人之曾大父，行有兄弟五人，同登甲乙科者，海内榮之。考諱士榮，歲貢生，候選訓導，家富田産，而好學，工爲文詞，有聲於時。恭人自幼寡言笑，喜誦《毛詩》《楚詞》、班氏《女誡》、劉氏《列女傳》，皆通其大義。訓導君奇之，難其配。年二十有八，始歸於同縣薛君淮生侍御。侍御君初娶於王，繼娶於吳，三娶恭人，然猶及事其姑。姑卒，哀毁逾恒情，鄰里稱賢婦。侍御君久困場屋，恭人曰：「窮達，命也。」每以脩身俟時之義從容諷勸，而家室勞辱之事一身任之，冬不鑪，夏不箑，奴春婢織，皆有程度。侍御君曰：「得婦如是，家事吾不問矣。」專治所業，學日益進。咸豐二年，舉江南鄉試第一，明年，與弟時雨同成進士，而侍御君以朝考高等改庶吉士，散館授編修。當是時，粵賊踞金陵，犯齊豫，南北夷庚，閼絶不通。而全椒在江北，官軍之壘於江岸者相望，咸謂可恃。恭人曰：「吾邑無險可扼，能久守乎？」亟治裝，乃提挈老稚，間關數千里而至京師，甫至，而聞全椒陷。恭人之初發也，不知者且竊議之，及是皆嘆服。侍御君官翰林，貧甚。恭人治家勤恁仍如曩時，不憚勞苦，而埽除一室，爲侍御君退食之所。海内名人來從之游者，恭人瀹茗温酒，進小食點心必豐且潔。侍御君既入臺，章疏數十上，每屬草稿，恭人輒戒家人，毋以瑣事關白。而所言何事不一問，曰：「封事宜密，非婦女所宜與聞也。」十年秋，島夷入犯，京師戒嚴，而奸臣用事於内者方熾。侍御君欲劾之，猶未决。恭人曰：「君能爲王章邪？妾不爲王章婦也。」侍御君乃具疏，赴淀園陳進，至則大駕出狩灤陽，已發矣，痛哭而還。其時事出倉卒，百官或赴行在，或潛匿，或遁。侍御君以曾奉幫辦五城團防之命，治事如平常，恭人亦料量家事如故。嗚呼！侍御君固當代奇男子，不爲難也。恭人以一弱女子亦然，難矣。同治改元，大憝斯去，發其罪者，御史董公元醇，而實萌芽於侍御君之一疏云。是歲，奉命典江西試，殁於闈中。恭人聞變，欲自裁，若有神人，告之以宜爲門户計者，絶而復蘇。越四年，侍御君之喪至自江西，恭人奉以歸葬。葺茅茨，闢蕪萊，薄田數頃，粗給飦粥，治家課子，皆極嚴整。戒諸孤曰：「欲自立者，先勿濫交。」一門之内，秩如也。光緒七年，江南大無，出勤苦所蓄積者，以振乏絶。朝廷嘉之，官其子葆榑光禄寺署正。葆榑旋舉於鄉，恭人從之居京師，年已老矣，而足不逾閾，目不識聽事屏風，門生求見者，輒辭謝。終日手《資治通鑒》一册不輟，語其子曰：「此古今治亂之龜鑒也。至國家常興於憂危，而敗於逸豫。下而士大夫家，亦然。凡人惰則百弊叢生，勤則百弊皆絶。至服御華美，尤非所宜。人之所以見重者，豈以衣乎？以衣見重，祇見輕也。」平居正衣危坐，未嘗一日言病，病亦不藥。年至七十，諸門生謀爲壽，堅却之。光緒十八年閏六月甲戌，卒於京寓内寢，年七十有四。臨殁，惟戒其子以侍御君墓碑未刻，宜亟爲之，無他言。子一人，葆榑也。女子子五人，殤其三，存五、六兩女。袁昶、熊方燠，其婿也。前室有二女，撫之如己出，其婿曰許鎔、曰楊永言。是年九月，葆榑奉其喪南歸，而袁昶爲作行述，請余爲傳。余與昶有舊，又重違葆榑之請，乃次弟其事，附其家乘。异時修國史者，儻有采焉，俾世知婦女之賢明有識鑒者，亦可列於士君子之林。史家所以必有《列女傳》者，其本意固在此也。傳例有論，余用《伯夷傳》例，論在傳中，因爲之贊，以寄嘆誦。贊曰：

英英薛君，爲國譔臣。是攝是贊，實惟恭人。不避危險，不憂窶貧。勤以治家，嚴以律身。以相其夫，令名不泯。以教其子，先業不淪。宜登信史，宜勒貞珉。粗陳大要，垂示千春。

春在堂雜文五編三

雲溪江君傳

君諱乘鮫，字榮丹，自號雲溪。江氏，其先閩人也。元時有宣義郎夢梁公始遷於台之曹隩，後其族日繁，分居盤馬箬篁諸村，舊隸黄岩，今屬太平，遂爲台州太平縣人。曾祖必馨，祖光聰，父顯燦。自祖以上皆務農，君之父始業儒，以貧故改而賈，遷居於城。生三子：伯曰騰鮫，以外委戰死。叔曰潛鮫，以千總戰死。有司顔其門曰「烈追二顔」。騰鮫妻王，殉其夫而死，有司又顔其門曰「瑶池古雪」。君則其仲也。九歲而孤，力不能讀書，乃繼父而賈。年二十娶於孫，生子曰青。其弟爲贅婿於齊，生二子，曰若梁、曰華。若梁與青同歲也，君撫育之，衣履如一，見者不知其爲從昆弟也。咸豐十一年，粵寇犯太平，君挈家及鄰里入黎坑山，築壘以守，一鄉賴以得全。亂定旋里，仍營什一之利，而厚修脯、延名師，使青與若梁等皆受業焉。或曰：「君家固將門，何事佔畢爲？」則泫然曰：「吾兄死於此，吾弟死於此，忍令諸子再事此乎？」於是，以科第望青等甚切。已而，青等先後入邑庠，若梁及華皆舉於鄉，乃嘆曰：「吾今慰矣。吾不負吾弟於地下矣。」自君之父在時，喜於爲善。每歲清明及冬至兩節，率一僕履行墟墓間，見有殘骸露骨，拾而瘞薶之。君承其志，鄉里善舉，皆以自任，而自奉極嗇，粗衣惡食，偃如也。性嚴重，不妄言笑。治家有法度，雖一粟一絲，不以自私。自旦至莫，不自暇逸。先婢僕而起，後婢僕而息，五十餘年猶一日也。光緒十五年，忽遘風疾，至十七年五月辛巳，卒於家，年六十有七。以弟潛斂官，貤封武略騎尉。

贊曰：王道之始，必始於鄉。里有君子，一鄉善良。如君高行，足式梓桑。持躬勤儉，遇物慈祥。有遺秉穗，無私橐囊。古稱長者，非君莫當。承先仁粟，詒後書香。必有興者，子孫其昌。

王研香傳

往年，余在西湖俞樓，有自詁經精舍來告者，曰：「一狂生日來精舍，索觀所藏書，與之不即歸，不與則怒且詢，將奈若何？」余不測爲何許人，漫應之曰：「喜觀書，亦佳士，姑聽之。」已而，其人來見，則甯海王正春字研香者也。恂恂儒雅，不類狂生。叩其所學，於經義頗得門徑。其論「大戊爲太甲子，非太甲孫」，引孔子「帝乙六世王」之言爲證，若爲太甲孫，則成湯至帝乙不止六世。其論陳亢、陳子禽爲二人，引《漢書·古今人表》爲證，又據《史記·弟子列傳》「原亢籍」在「不見書傳」四十二人中，非陳亢，非陳子禽，若亢與子禽，不得云「不見」。其論「蕃衍盈升」，謂「升」爲「叹」字之誤。其論「皋比」，謂「皋」字乃「虓」之异文。其論「祠兵」，引《周禮·肆師》「祭兵」證成何劭公義。其論「毋燒灰」，謂當從《吕覽》作「炭」，記文、注文均誤。此類凡數十條，余深賞之。少時致力詞章之學，遍讀漢魏六朝文，至唐而止，獨不喜蕭《選》，亦其持論之不隨流俗者也。與同縣章梫字一山者善。一山喜交游，恒戒之曰：「無益，徒費日耳。」一日同過市，一山偶衺視，輒以所持扇擊之。其行誼如此。嗚呼！是誠佳士，誰謂狂生哉！始與一山同肄業崇文書院，後爲潘嶧琴學使調入詁經精舍。光緒二十年八月戊午，應鄉試未畢，感疾暴卒，年三十四。有二子，皆殤，竟無子。

暴方子傳

暴方子名式昭，河南滑縣人。祖名大儒，字超亭，官江西知縣。方子以巡檢指省江蘇，補平望司巡檢。刻苦自厲，非其分所應得，一錢不取。雖其母不能具甘旨，妻子無論也。時譚叙初中丞以蘇藩護理巡撫，禁博、禁妓、禁食鴉片烟。方子平日不以此爲利，文到奉行，諸弊竟絶。譚公嘉之，舉薦賢守令數人，方子與焉。詔軍機處存記，會以母憂去官。免喪，復至江蘇，補吴縣甪頭司巡檢。清操愈厲，曰：「吾母在尚爾，今豈爲妻孥計温飽哉？」甪頭司駐太湖西山。方子布衣芒屩，徜徉山水間。遇先賢祠墓，每刻石表識之。又訪求山中遺老詩文集，刻以行世。公事之暇，好讀史，《史記》、兩《漢》、《三國志》、《晋書》皆卒業。然性傲岸，喜凌上，坐是失上官意，竟劾去之。官罷後，饔飧不繼，山中人争以米饋，未匝月，得米百餘石，柴薪脡菜稱是。山中有秦散之者，爲作《林屋山民饋米圖》。及歸滑，貧益甚。光緒二十年，倭事起，湘撫吴清卿中丞自請督師。方子喜曰：「偉哉此舉！吾願從之。」謁中丞於津門。中丞，吴人也。見之大喜，拜疏言：「臣前丁憂家居，即聞甪頭巡檢暴式昭堅持節操，以不善事上官被劾，深以爲惜。請開復其官，交臣差遣。」得旨：「準留營差遣，俟有微勞，即行開復。」方子乃從中丞出山海關。奉檄至塞外買馬，往返千里，不私一錢。中丞嘆曰：「此人若爲牧令，政績必有可觀矣。」其明年，感疾，卒於關外，年僅三十餘，時論深惜之。

論曰：顧亭林先生言：「亂之初起，巡檢治之而有餘；亂之既成，總督治之而不足。」巡檢所係，顧不重哉？而世之居是官者，率不自重，有如方子之鐵中錚錚者，又以不善事上官而罷。嗚呼！可爲長太息也！

潘孺人傳

孺人姓潘氏，其先永嘉人。曾祖錫耀，以舉人官知縣。自其祖爲贅婿於黄岩，遂家焉。父慶麟，母林氏。年二十，歸王君舟瑶，字玫伯。王氏自宋以來，世居黄岩，潛德不耀。方議婚時，或言於潘氏曰：「王郎雖才，貧士也。」孺人聞之，微語曰：「貧而不士，不可；貧而士，何害？」議遂决。已而，有述其語告玫伯者，曰：「真若婦矣。」孺人性頗剛烈，及歸於王，事祖姑及君舅、君姑，婉孌若嬌女。時玫伯幼弟纔二歲，幼妹始生，孺人每代姑保抱攜持。逾年，舉一女，即分己乳乳幼妹。姑治家勤恁而稍卞急，事必躬爲之，事未竟，雖當食不食。家人或拂其意，亦不加訶譴，恒發憤太息，或至啜泣。孺人深悉姑性，遇事輒先之，亦必竟其事而後息。見姑怒，曲爲譬喻，往往轉怒爲笑。玫伯以衣食奔走四方，偶歲暮將遠行，孺人以己夏衣質錢爲製裘。及夏，不能贖，即衣敝紵，不以爲憾。然明大義，不苟取。有以事干玫伯者，曰：「事成，則酬金千。」玫伯峻却之，退以告孺人。孺人曰：「得分外財者不祥，某某可鑒。君能甘貧，妾顧同之，敢奪君操乎？」連舉子女數人，劬勞益甚。姑憫之，曰：「浣濯煩攤之事，可倩人代也。」對曰：「諸娣皆然，何敢獨异。」然竟以勞得疾。光緒二十年夏，有身已數月矣。忽得崩中之疾，飲以參，少止。會玫伯之仲弟病痢，孺人曰：「小郎病亟，吾可勿藥也。」至七月丙申，疾又大作。玫伯方侍其祖母及母夕食，孺人戒侍者勿以聞，曰：「方食聞變，懼其噎也。」及家人奔集，已不可爲矣。年三十有四，子一人，敬禮；女子子二人。

余既爲作傳，乃嘆曰：「死生之際，未有不失其常度者也。孺人當疾革時，猶以堂上及其夫爲念，而不自顧其身。嗚呼！可不謂賢乎！」余孫婦彭氏，亦以去歲卒。將卒，姑往問之，猶曰：「無恙。」問：「胡不睡？」曰：「日間睡足耳。」時距其卒不及一刻矣。蓋不欲以疾病貽尊章憂，此念至死不變也。吾孫婦之賢，未知視潘孺人何如？然此一端也，其亦近之矣。《莊子》云：「死生亦大矣。」死生之際而不改其常，則其平時所守可知也。彼號爲丈夫者，乃或臨死而易其守，何哉？

朱氏三烈婦傳

三烈婦者，朱伯華觀察之原配徐、繼配李及其妾張也。伯華諱福榮，浙江山陰人。其父諱守和，仕於江蘇，遂家於蘇州。伯華曾受業於余。庚申之亂，余倉卒挈之出蘇州城，而其婦徐尚留城中，有傭婦馬氏從之。城破賊至，徐投井死。馬氏陷賊中，間關得出，言婦死狀甚悉。遂聞於朝，旌如律。徐氏之烈不至泯滅者，由馬氏實親見之也。同治四年，浙江大定，補行鄉試。伯華舉於鄉，旋入貲爲刑部主事。後改外，以道員候缺於直隸。大學士總督李公頗信任之，俾司出納，兼管海軍衙門支放之事。一歲中經其手者，無慮數百萬金，而絲豪無所私，公甚重焉。以積勞成疾，又奔其父喪於蘇州，航海往返，疾益篤。光緒十八年十月乙卯，卒於天津，未竟其用，論者惜之。伯華之疾且病也，繼配李夫人，刲臂肉大如掌，作羹以進。其妾張氏禱於天，請以身代。伯華卒之明日，張氏仰藥死。李夫人泣曰：「吾夙願固如是也，爾乃先之乎？然吾當送夫柩還南，未可死。」已而臂傷大發，不能成行，至十九年春，始克奉靈輀歸蘇。又以形家言是歲山向不利，未能治葬。李撫棺大慟，痛不欲生。家人輩環伺之，不得死，其夫弟叔梧觀察强與俱還天津。時值溽暑，臂傷益潰爛。力拒醫藥，屏絶飲食，至八月庚戌，竟成其初志死焉。李公聞之，嘆曰：「以伯華之賢，而其妻李、其妾張均能從容就義，以身相徇。至行奇烈，萃於一門，非尋常可比也。」專疏上聞，請敕部旌表，以慰幽冥，以維風化。天子俞焉。於是亦旌如律。

舊史氏俞樾曰：伯華從余游最早，事余猶父也。有爲有守，宜可以大用，而竟止於此，僅攝清河道事者一年耳，不幸短命，余深悼焉。其繼妻李，性賢淑，善視其妾。妾張氏，亦明大義，事嫡如姑，皆余所親見也。卒成大節，先後死義。相國李公專疏以聞，李與張均不死矣。獨念庚申歲，余與伯華俱出危城，不知其婦徐氏猶在，以爲從其翁先走矣。後始聞之，深以不及援手爲恨。及聞其以烈旌，余心稍安。故因傳李、張兩烈婦而并及之。一門三烈，尤名教之光也。伯華竟無子，妾費氏生一女。伯華卒，費守義不嫁，撫育其女。烏呼！李與張爲公孫杵臼，費其爲程嬰乎？是亦宜附傳者也。

王夢薇傳

王君廷鼎，字夢薇，江蘇震澤人。所居曰平望鎮，於吴江、震澤兩縣無專屬，而自祖父以來，皆籍震澤。其父諱源通，字蟾生，余所爲作《蟾生君傳》者也。蟾生君夢人以紫薇花贈而君生焉，夢薇所以字也。性嗜學。蟾生君臨終問曰：「汝讀書固善。若貧不能自存，將奈何？」曰：「還是讀書。」蟾生君頷之，遂卒。當是時，江浙已大亂。蟾生君殁未數月，而蘇、杭皆陷。平望爲賊往來孔道，蟾生君柩及其母張孺人柩猶未葬。君出奇計，假賊旗識，冒險至平望，載兩柩以出。其後有傳君曾陷賊中者，由此而訛也。君既葬父與祖母，奉母避賊，流轉於江浙間諸小村聚中。貧甚，無坐卧具，假人小瓨、支版爲几，其窮如此。見君所爲詩文，可覆按也，諸所妄傳，不足辨矣。亂定，乃於吴市賃一椽，爲童子師，藉修脯養母，妻錢氏以針黹佐之，猶不足，乃學畫、學醫，鬻其技於人。又應書院課，博膏火資。如是者數年。四試省闈皆不售，乃積累歲盈羨，捐從九品，分發浙江。既至，應撫軍官課，取第一，即派充保甲委員。嗣後，遇官課皆在高等，歷充海運委員，叙勞升縣丞，又以解口外餉，詔俟補缺後以知縣用。時譚文卿制軍方撫浙，聞君名，派充巡捕。語余曰：「吾衙官屈宋矣。」光緒七年，補授麗水縣縣丞，仍充巡捕，積功加四品銜。及譚公遷陝督去，忌君者衆，俄中蜚語罷官。君仍服儒衣冠，應書院課，賣書畫自給，如未仕時。築室於杭之花市，小有花木泉石之勝，以娱其母。而所學則日以進，精研古訓及古文聲韵之學。每發一義，老師宿儒無不嘆服，名重江浙間。然亦坐此，心血耗竭，肝失其養，結轖不舒，浸成鼓漲之疾。光緒十五年，母勞太恭人卒。及服闋，病日臻，至十八年八月甲申，啓手足於花市寓廬，年止四十有□〔二〕。惜哉！君所著書甚富，已刻者《紫薇花館經

〔二〕　今人考證其生於道光二十年，則去世時已五十有三。

說》四卷、《紫薇花館小學編》二卷、《説文佚字輯説》四卷、《尚書職官考略》《退學述存》《月令動植小箋》《讀左瑣録》《字義鏡新》《彪蒙語録》《杖扇新録》《花信平章》各一卷、《紫薇花館詩》四卷、《紫薇花館文》三卷、《春光百一詞》《鶯脰湖棹歌》《西湖百咏》《西磧雪鴻》《北征日記》《南浦行雲録》各一卷、《裕德堂一家言》三卷，均行於世。未刻者《杭防營志》四卷、《花市閑吟》《緑鶴新音詞》《西湖風味》各一卷，又《論語考》未定卷數，均藏其家。

論曰：方譚公之去浙也，余勸君辭巡捕，赴麗水任。君因循未果，而事變之來，已不可止矣。然安知非造物者奪君之官，而予君以著述之名乎？君善彈琴，每春秋佳日，輒携琴至西湖，與二三同志相約爲琴社，夷猶淡宕。疑足以頤養其天真，而竟不登中壽，淹忽以歿。殆其中猶有不能自勝者乎？抑造物之壽君者在彼不在此乎？

福建鹽法道署按察使翁公家傳

公諱學本，字小軒，一字蘭畦，翁氏。其先世居浙江餘姚。國初有諱運標者，與兄運槐，先後尋父於湖南，世稱「翁氏兩孝子」。運標後官道州知州，祀名宦祠。此則公之高伯祖也。曾祖會堂，因留湖南，遂爲善化人。祖元鈞，爲甘肅通渭、靈臺等縣典史。父忠清。三世均以公貴，贈資政大夫。曾祖妣朱氏，祖妣謝氏、李氏、唐氏，妣鄧氏，并贈夫人。公生於廣東合浦縣署，其伯父諱忠瀚者，適宰是縣也。生十日母卒，四歲父卒，祖母李太夫人撫育之。嘗從李太夫人至山東，舟行墮於水，若有物負之出，人皆异焉。俄李太夫人亦卒，煢煢孑立，然不廢讀。公經世之學，蓋基於此矣。

咸豐二年七月，粵賊犯湖南。永州鎮總兵常公常禄知公才，以潮勇千二百屬之。勇目醵金五百以獻，曰：「常例也。」峻却之。故潮勇多横恣，而公所部肅然。復永興縣城，破賊於攸縣丹陵橋，從援長沙，道隘不可騎，徒行七十里，飢食生芋，渴飲泥漿，夜與士卒卧畛陌中。一日，單騎偵賊，爲賊所追，前有塹不能越。賊或以戈揷其馬，馬驚躍，遂逾塹。公嘆曰：「天也！」會所部潮勇調隸别將，而月餉未發者尚多。環而請領，勢洶洶。公曰：「吾不負若也。但一日隸吾麾下，即一日遵吾號令。」静候毋噪。苟嘩鬨，有軍法在。」立以糧臺他項儲款，發如數。或以擅發尼公，勿顧也。常公甚韙之，以公參其營務。時所獲賊諜積二百餘人，公知其中有冤者，親鞫之，尸其半，釋其半。已而，常公援武昌，命公催湖南餉。及至，而武昌陷，常公戰死，公望城泣拜而去。四年，謁曾文正公於江西，文正命公稽察水師。夜見巨舸張鐙宴飲，聲樂甚盛。詰之，曰：「吾與曾公姻婭也。」公曰：「吾知有軍令，不知其他。」於是文正益賢公。

鄱陽湖之敗，公掉小艇，迹文正所在而從之。文正執公手，曰：「能爲吾徵兵二百里外乎？」請檄，文正以小紙書數行付之，持以行。兩日而兵至，文正嘉焉。命往佐李公元度於南康。公既至，遂師事之。崎嶇戎馬間，所學益進。時軍事孔亟，公以轉餉及以他事渡鄱陽湖者三十餘次，文正疏聞，有「不避艱險」之語。未幾，移駐貴溪。七年八月，賊大至，而城中食盡。公冒雨走廣信，乞糧於廣饒九道沈文肅公。夾岸皆賊也，公佯睨賊而笑，賊不測，不敢詰。衣盡濕，文肅解衣衣之，與以米五百石、鹽千斤、銀三千兩，載之歸。城中得米，民心大定，遂有鷹潭之捷。李公上其功，稱其廉明得士心，突圍乞餉，不避矢石，尤人之所難云。是年秋，選就福建浦城縣縣丞。李公以爲是軍中不可少之人，請於文正而留之。旋以貴溪、弋陽守城功，奏保知縣加同知銜，賜鶡羽翎。至九年，江西肅清，乃始赴浦城任。自是而公之政績皆在閩矣。

十年三月，粵賊石達開由鉛山犯浦城，公語縣令曰：「二度關，吾邑要隘也，是宜守。」邑令即以所募臨江勇數百，使往守關。既至，寇亦至，衆大恐。公於關上張疑幟，分兵繞出賊背擊之，關上亦發大炮轟擊。賊敗走，浦城以全。自此一戰，而軍務少息。未幾，江南平，戎事蕆，公之治閩，乃專以吏治見。公始以浦城縣丞遷泰甯縣令。泰甯號難治，北鄉之民尤雕悍，不納糧。前令坐是免者三人矣。公曰：「治民有道，撫字宜先，催科宜後也。」訪求民隱，知邑多訟。

有曰「保家」者，實構成之。兩造雖欲罷訟，爲所持不得罷，必破家乃已。公嚴治保家，向之受其累者皆大悅。又興復書院，修建名迹，進其諸生。從容問民生利病，吏治得失。於是，剔除錢糧積弊，與諸父老約，糧畢輸則有獎，上者扁榜，次者花帛。遠近觀感，輸納恐後。乃親至北鄉，召其長老，語之曰：「國課不可逋也。我一官去留不足惜，然我去，汝能終抗乎？」民聞公言，皆大感悟，逋賦一清。按察使桂公超萬嘆曰：「是真能以『撫』字爲催科矣。」

同治元年，調署崇安。適遇水灾，公請奏免錢糧。三四請，允免十之四。明年，歲大熟，民曰：「好官不可負也。」春稅所輸，數逾巨萬，蓋以「撫」字爲催科，猶泰甯也。巡撫徐清惠公上其事於朝，詔下吏部議叙。公之受知遇，自此始矣。公治崇安三載，星村茶市，客民聚哄，馳至即解。曹墩貧民糾衆强糶，傳諭立散。民惑於風水之説，不葬其親，則嚴禁之，買義山以葬無主之棺。民錮婢至老不嫁，則苦口勸諭之，年逾二十不嫁，罪其主。有母訟子者，請置之死，不許。荷校以徇於市，俟其子悔，以還其母，爲母子如初。三年三月，調署閩縣。八月，又調署侯官縣。公以省會之地，獄訟繁多，立書役功過格，以地遠近，定日遲速，到即訊，訊即結。如原告兩月不到，注銷勿問。遇華洋交涉之案，據理斷之。左文襄公嘆曰：「安得天下皆如此强項令哉！」洋商欲租民地者，非有印綬，禁勿租。奸民誘人子女，鬻之外洋，公捕其爲首者陳阿佺等五人，論如律。洋人欲築屋於城中烏石山之顛，公持不可，立石示禁。其後持禁者不力，改從其請，竟激民變。朝廷遣使者按問，得公所立石，嘆曰：「是有先見。」時公已官鹽法道，仍以屬公，卒移之城外。當漳郡之陷於賊也，省中人心恇擾。有汪洋洋者，乘亂行劫，公立斬之。或曰：「縣令耳，奈何專殺人？」文襄嘉其膽識，勿問也。時奉文加徵糧餉，以充軍用。公親歷四鄉，告以不得已之故，民皆從命，無違言。大湖所轄，有嶺兜等五鄉焉，是皆頑梗，有田無賦。所司請以兵剿之，公力爭不可，單騎往，曉以禍福。不三日，而賦盡納，其糾衆抗官者自繫待罪。文襄喜曰：「吾固知此事非君不辦也。」公勤於民事，日坐堂皇。在崇安結舊獄六百餘，在閩縣結新舊獄二千餘，在侯官結新舊獄一千五百餘。嘗以書上布政司，陳十事：曰「海防」，曰「鄉團」，曰「額兵」，曰「田賦」，曰「廣積倉」，曰「勸課種」，曰「免煩碎之釐」，曰「除賤濫之捐」，曰「錢法」，曰「交代」。建議宏大，非徒可行於閩省而已。又陳閩俗之弊，曰：「淹柩不葬，不孝；溺女不舉，不慈；不孝不慈，皆由於不學。」方議有所施設，而左文襄奉命西征，徐清惠薨於位，遂不果。論者惜之。

四年，調補詔安縣，仍留署侯官，以辦理通商事。詔以同知直隸州用，以閩省肅清，賜換孔雀翎。五年，奉檄赴閩縣尚幹鄉治土寇。先是，總兵某君以重兵臨之，獲十人。公訊之，有兩人者非寇也。總兵曰：「制軍命我駢誅之矣。」公曰：「事苦不知耳。知而不言，於心安乎？請活此二人，我任其咎。」於是鄉人悦服，轉相告語，父兄縛送及自首者五十餘人，土寇悉平。

六年，遷永春直隸州知州。甫下車，頒《采風十問》於民間。州有盜魁曰謝險，嘯聚於何山，時入城剽掠，市人至不敢呼其名。公縣重賞購之，期必獲。謝險布流言，云將不利於公。公不爲止。先獲其黨張智等二十餘人，置之法。謝險走建、邵間，公度其必由水道經省城，授計於紳士陳某，集茶市健兒伺之，果獲。數十年巨憝，一朝而除，詔加知府銜。鄉民聚族山居，尚氣好訟，訟不解則鬥，鬥或數世不休。而洋湖黄、鄭兩巨族，尤其雄伯都魁也。公捕治其渠，自此境無鬥者。命案多匿不報，富則私和，貧則擇殷實之家而波及之。公嚴誣告之罪，此風衰息。著《戒訟説》一篇，聽訟時爲之解説，有聞而涕泣罷訟者。巡撫李公鶴年下其書於各州縣，總督英文勤公書其後曰：「是不愧民父母矣。」訟詞必使載作者姓名，一語歧异，即究作者，而遇庠序之士，不遽繩以法，往往悔悟成善士焉。大田縣民拒捕，縣令請兵。公曰：「毋擾農功。」馳一檄往，而犯者皆自投。山田種蔗，利倍於穀。公曰：「毋荒本務。」巡行田野，見禾稻青葱，輒奬以銀牌。民皆拔蔗而種穀。虎爲患，牒於神，終公任無一虎。夏不雨，禾且槁，步禱於神，雨立霈。有永陽壩者，袤延五十里，廢久矣。復其壩，灌田五千頃。州城圮，更築之。白鴿嶺道隘，行者不便，拓而大之。環翠、谷音兩亭，朱子遺迹也，修而復之。新文廟，備樂舞，春秋丁祭，悉如禮儀。創建「鵬山書院」，設立義學，四區士皆嚮學，永春之有科名自此始。有周夢齡者，神童也。幼失父，母教之，公顔其書室曰「榮萱」。柯恐者，願士也。其父訟其母與兄於官。公責其母不順其夫，柯恐痛哭叩頭，不能成聲。公責其兄不孝其父，則請以身代。公曰：「孝弟之士也。」以鼓吹送歸，自督撫學使以下咸有贈，民始知以行誼自勵矣。民間婚禮，陋不中禮。雖娶妻，與納妾無异。故婦女不知自重，夫死即嫁，守義者鮮。公製彩服禮輿，以重初婚之禮。著《女兒經》《貞節歌》，婦豎傳誦，風俗爲之一變。立「同仁堂」以養老疾，立「育嬰堂」，撰《育嬰要言》以保孤幼。州故瘠貧，商販罕至。減鳌捐，免零税，以利市廛。土産瓷紙，舊歸鹽船回空，載運小民肩挑販鬻者，罪之。公惻然曰：「貧民自食其力，何罪之有？」力請於上，自德化、洋湖得運至仙游、興化諸縣，從公議也。永之鹽務，自同治初定新章，計口銷鹽，每人月食一斤有半。一州二縣，舊課謹千二百兩，驟增至萬二千兩，民不堪命。公力請改章，不許。及公歿後九年，德化縣民陳拱果以此倡亂，官軍討之，而民皆陰附拱，久之不能定。於是，下明詔，革除派買之弊。總督檢舊牘，則公稟故在也，卒如公言乃定。嗚呼！公之治永也，其尤一生精力之所注乎！今尚書孫公毓汶方視閩學，至州，聞公之治行，爲賦《滂惠歌》一篇，皆紀實也。永之民至今不忘，爲建祠宇，歲時祭祀，蓋亦漢時欒社、于祠之比矣。

十一年，署福防同知。福防同知駐南臺，其地華夷雜處，奸宄叢集。公至，禁小船私載禁物以通寇，禁夜市，禁夜戲。又議禁賽會，而奸民許阿石挾嫌糾衆，噪於福防署。公懷印見巡撫王文勤公。文勤揖之曰：「循吏苦心，謂余不知乎？」置許阿石於法。地多火灾，公度地鑿井，造石斛以儲水。錢肆多以空票牟利，公命備載姓名、族戚、鄉鄰於册，空票遂絶。十二年，調署龍岩州。州有争墳地者，訟且十年矣。公問：「地吉乎？」曰：「吉。」公曰：「訟則終凶，吉於何有？」兩姓感悟，罷訟。文廟無佾舞生，招之無應者。公以名族子弟爲之，簪花披錦，導以簫鼓，衆以爲榮，佾舞乃備。秋試，餞諸生於明倫堂，以詩送之。三年中鄉舉五人，解首與焉，成進士入詞林者一人。僉曰：「龍岩僻壤，非公教誨，不及此。」拳勇之士，號召其徒，少年子弟喜從之游，以武犯禁，悉驅逐之。奸人蓄蠱，毒害行旅，捕治無赦，又刊布治蠱之方。不數月，民稱「翁青天」云。十三年，又回永春任。公再治永，於民益親。被控者不傳而自至，因訟鬻管者，歲暮縱之，及開印皆復來。建通仙橋，甃叢桂嶺，於鵜鴣嶺下建石橋一、木橋四，行人便焉。光緒元年補行十三年大計，以卓异聞。二年，署福州府知府，自此官位益崇，而爲治仍如牧令時。三年五月，大水，城不没者三版。公坐木筏巡視，墮水，衣履盡濕，而不自休息。歷十晝夜，寢食皆廢，齒齦作痛，兩足盡腫，公病自此成矣。

公仕閩久，左文襄、徐忠惠、王文勤累疏稱公賢。朝廷知之稔，議破格擢用。會建甯府缺員，即以公補授，未之官，授福建鹽法道。閩鹺自改票法，民窮商竭。公埽除積弊，每届奏銷，於正課外皆有盈餘。時已累加至二品銜，而左文襄又以協餉功，請加按察使銜。七年，大計群吏，又以卓异聞。八年，奏署福建按察使，爲《清訟簡明章程》四則，通行各屬，群謂公必大有造於閩，而公病竟不起。光緒八年五月甲寅，卒於官，年五十有四。

妻高夫人有賢行。公在浦城二度闗之戰，或傳兵敗矣。夫人手劈印匣，握印、挈二女坐井闌竟日，捷聞乃止。隨任侯官，公適以事出，有客兵自城外突入署中索餉。夫人遣老僕慰勞，質衣飾得錢餉之。既畢，乃問曰：「今日之事，不知於軍律何如？」皆叩首謝無狀。公卒，同僚賻贈數千金，夫人曰：「非公志也。」悉却之。後公一年卒。

子四人：傳煦、傳照，餘二子殤。女四人，次女殤。殤者皆葬永春大鵬山，民敬護之，樵采不至焉。孫二人：家琦、家鋭。余識公次子，故得聞公事甚詳。念公已廟食永春，他日必有請以公政迹宣付史館者，故詳述其事，冀補國史之闕焉。

論曰：公少年投筆從戎，意氣甚盛。使長從曾文正諸公游，安知不擁旌麾、受節鉞，赫然稱中興名臣乎？乃以縣佐赴閩，從此遂以循吏顯，造物者成就斯人，果在此不在彼乎？觀烏石山禁洋人築屋，及請改永春計口銷鹽二事，在當時皆不盡以爲然，而歿後卒如其議。《詩》不云乎「維彼哲人〔一〕，瞻言百里」，公之謂矣。使天假之年，得至督撫，於天下事必大有裨益。惜乎！未竟其用也。公二子皆賢，尚能繼其志哉。

鄭烈婦傳

鄭烈婦周氏，浙江嵊縣人，縣學生芑豐女。年十八，歸同邑貢生鄭君錫蘭次子樹雲。鄭君固寒士，教授生徒，藉修脯自給。樹雲耕且讀，婦佐以紡績。其事夫後母尤盡禮，姑亦奇愛之。光緒十五年，樹雲卒，婦慟甚，欲從之死。姑多方譬解，婦敬諾。自是，飲食言語如平常，舅姑或悲思其子，婦轉援他事亂之，家人疑其哀稍衰矣。居無何，親串中有憐其年少且無子者，招之往，慰以詞，從容諷使改嫁，婦愀然不語，亟辭歸。歸則使人治衣履諸物甚備，又出平時紡績所餘資，分貽鄰里貧乏者。及朞届樹雲小祥，婦晨起語其姑曰：「世傳婦人後夫死，夫必待於

〔一〕維彼哲人，《詩經·大雅·桑柔》作「維此聖人」。

地下，復得相見。其説信乎？」姑不測其意，默不答。是日，將營小祥之祭，而婦沐浴居寢室，不治具。姑不欲强，乃自治之。既而入呼婦，則婦端卧於床，服御一新，皆前此使人爲之者也。駭而問之，猶起而對曰：「兒已仰藥，將死，不能終事舅姑矣。」未幾遂絶。時光緒十六年二月八日亥時也，距樹雲死一年，其月日時皆同，年二十七。

舊史氏俞樾曰：昔人論死之難易，有慷慨從容之别。如烈婦者，不死於夫初喪之時，而死於夫小祥之日。時閲一年，竟成初志。附身之物，先自具備。嗚呼！可不謂從容就義者乎！然其婦姑相得，家雖貧，尚非不給於衣食。使旁人勸嫁之言不入於耳，則婦或以節著，而不以烈著，亦未可知也。庸庸之見，愛之適以害之乎？然造物者則正以此成烈婦之名矣。

贈資政大夫星源陳君家傳

君諱開基，字志勛，别字星源，陳氏。其先世居江西臨川縣之瑶湖鄉，自君始遷於黔，遂爲貴州貴陽府人。曾祖諱某，耄而好學，教授生徒，多掇科第以去。年逾九十，以布衣終。積善成德，遂昌其家。祖諱亮采，考諱運階，并以君第三子貴，贈資政大夫，祖妣戴，妣鄒，并贈夫人。

君幼慧，爲塾師所材。秉性直諒，不苟言笑。以貧故，不能竟所學。改而服賈，操贏制餘，候時轉物，雖老於榷會者謝弗如。居久之，家稍稍裕，乃益務爲善。嘗販布於楚，已先以千金付主者，而主者與布未及半。他客恃强，索布甚亟，主者窘，乞君還前布。君度不還，主且毀家，慨然許之。一時皆頌高義。咸豐同治間，鴉片烟盛行，名曰「洋烟」，售此者利十倍。或勸君爲之，君曰：「吾不以害人者自利也。」鄰人某甲失物，疑乙所竊。乙不服，將共磔鷄誓於神。君往，謂之曰：「甲誠失物，乙誠未竊物，皆不虛也。何瀆神爲？物直若干，我請償之。」乃輸錢如數，甲乙俱感服。有傭於君者盜君物，已偵得實矣。家人請逐之。君曰：「被此名以出，其誰納之？一家餓莩矣。」置不問。畢是歲，始以好言遣之去。其生平行誼類如此。一歲，自楚歸，泊舟蘆林港。偶失足墮於水，若有翼之使出者。神佑善人，信不虛矣。君有弟，年幼好游，多妄費。或以間於君，君曰：「吾寡兄弟，忍以細故挈萴乎？」愛之彌篤。弟亦悔悟，卒以端謹稱。族某宦游於外，家有七喪未葬。君出金數百畢葬之。或曰：「君家貧時，君夫人曾持盥器易粟於某，而弗與也。君胡預焉？」君曰：「不然。彼不吾貨，彼之不義也。吾不彼助，則吾之不義矣。且先世積德以詒我，我視宗族若途人，何以見祖宗於地下？吾盡吾心，義不義不計也。」告者慚而退。

君雖以賈起家，而喜讀書，見經明行修之士，必禮貌之，使其諸子效法之，豐摯幣，聘名儒以教其子。嘗訓諸子曰：「吾家世忠厚，曾大父敦品勵學，未顯於世。積善無不報，其將在爾曹乎？」書「天理良心」四字示之，曰：「爲人之道，盡此矣。」又舉古今可法之事，朝夕勸勉。妻李夫人亦善教子，事師尤謹。恒躬治酒脯，有珍果嘉蔬，必先以進。師感其誠，啓發不倦。諸子咸森然成立，克成父志。

君卒於同治九年四月甲寅，年六十有八。初娶雙氏，生二子：譜，候補從九品；蘭，太學生。繼娶李氏，生四子：燦，同治八年舉人，光緒三年進士，吏部文選司主事，改官雲南，補順甯府知府，調雲南府知府，升迤南道；田，亦於同治八年以第一名舉於鄉，光緒五年進士，改庶吉士，授編修；矩，以實録館謄録從使日本，叙功，以知縣分發四川，加五品銜；馨，同治十二年舉人，亦於光緒三年成進士，官户部廣東司主事。女子子二人，舉人車士英、周希韓，其婿也。孫九人，女孫二十二人。君殁之後，鄉人士君子猶感念不置。或曰：「非公之教我，我何以有今日也？」或曰：「某之婚若喪，非公之助我，我不能舉也。」或曰：「某往年有訟事，非公爲之解免，至今猶糾繚未已也。」蓋君之遺澤在人，故人思慕之如此。余因諸子之請，粗述辜較，俾附家乘焉。

論曰：余嘗讀《後漢書·樊宏傳》，宏父重，字君雲，以貨殖起家。貲至巨萬，賑贍宗族，恩加鄉閭，縣中稱美，推爲三老。史臣舉其折券、止訟二事，稱爲君子之富。今觀陳君之爲人，其即當代之樊君雲乎？《易》曰：「積善之家，必有餘慶。」《詩》曰：「神之聽之，介爾景福。」陳氏雲搏水擊，鬱爲鼎門，亦可徵食報之不爽矣。且唐宋以來，尤重科名。而陳氏昆弟同榜者，舉人、進士各二。此近代所稀有，士林所艷稱也。彼樊氏雖重侯累將，無以加焉，非君盛德，安能致此？异時列名國史，焜耀千秋，樊君雲不得專美於前矣。

孫婦彭氏傳

孫婦彭氏，名見貞，字素華。余取逸詩「素以爲絢」之義，顏其所居曰「絢華室」，於是後又稱絢華云，湖南彭剛直公長孫女也。父永釗，母常氏。其歸吾孫陛雲也，年十有五。初，剛直公自浙出巡長江，道蘇州，過我春在堂，余携陛雲見公。公見而大悦，解所佩漢玉賜焉。時同年勒少仲河帥方爲甯藩，公即授意，欲訂二姓之好。余曰：「彭公勛貴而余寒素，懼非耦也。」時少仲曰：「不然。彭公勛高天下，君名滿海内，適相當矣。」余重違其意，即請少仲爲蹇修。時陛雲十歲，孫婦十二歲耳。光緒五年，余婦姚夫人卒。余撫存悼亡，羸病時作。請於公，求早娶。公初辭，卒許焉。既入門，婉孌如嬌女，一家皆憐愛之。已而，吾長子紹萊卒，無子。陛雲乃吾次子祖仁所生，即以爲紹萊後。孫婦周旋兩姑間，曲得其歡心。一姑喜夜坐，侍之不倦。一姑喜蚤起，而又甚畏寒，所以禦晨寒者無不具也。十餘年中，無失言，無過舉。重親稱其孝，三黨稱其賢，舉家稱其勤儉，而處事鎮定，臨幾決斷，頗有其祖剛直之風。余每歲至杭州西湖，句留輒數十日。孫婦留守姑蘇寓廬，遇臧獲輩寬嚴得中。年雖幼，措置裕如也。一歲有鬱攸之警，相距僅一小港，勢危甚。家中惟余次子祖仁在。祖仁有心疾，閟瞀無所知。孫婦曰：「事急矣，他非所計也。」命具肩輿於庭，親扶其君舅坐聽事。又命人伺於祖先神龕，曰：「毋動。如火至，撤取木主以出。」部署粗定，天忽反風，幸得無事。既免於火，而是日適治具宴一姻親，仍從容酬酢如平常。於是，諸親串無不贊嘆其才，曰：「是不愧彭公女孫矣。」孫婦既歸吾家，每歲從其祖歸省其母。剛直公治軍嚴，帳下健兒鞭撻無虛日。孫婦見有可原者，必婉言丐免之。長江水師中，誦女公孫之賢，如一口也。剛直公薨，余亟命孫婦歸，歸而其母常夫人又卒。孫婦素爲剛直公所奇愛，又事母至孝，半歲之内，遘此兩變。外爲江湖風濕所侵，内又有焦肝灼肺之痛，其體素羸善病，至是而病深入骨矣。遷延五載，醫藥雜投，或議扶陽，或議滋陰，迄無成效，以至不起。吾家祚薄，不能久留此賢媛，可爲流涕也。其自奉甚儉，服飾華美者屏不御，而人以緩急告，必爲籌畫，至忘寢食。臨卒前一日，有寒士踵門，投刺求見。孫婦微聞之，時氣息垂絶，語不成聲，猶語陛雲曰：「是某人耶。宜小賙之。」嗚呼！居心如此而不壽，何歟？剛直公嘗教以楷法。初來歸時，余刻亡女綉孫遺詩初成，命其書「慧福樓幸草」五字，秀媚之中，饒有風骨。其治家也，必以家用簿籍呈余。余見其所寫小楷書，曰：「汝書甚佳，曷爲吾書扇？」孫婦聞而甚喜。然余憫其久病，不欲以瑣事勞之，故弗使也。喜彈琴，一學即工。如《歸去來辭》，琴中長調也，習之三四日，琅琅應手矣。所生女子子二：曰璡、曰珉。後以病，遂不育。屢請於姑，求爲陛雲納妾。姑曰：「汝年少，姑少待。」然去歲返自湖南，竟以奩中貲買一妾而還，陛雲雅不欲也。余曰：「不可負汝婦之意。」遂納之。未數月而婦卒矣。卒之日，僕媪皆爲失聲，其平日所感然也。生於同治七年十二月二十九日戊申，卒於光緒二十年五月十七日癸巳，年二十有九。將死，姑往問之，猶曰：「甚好。」問何不睡，曰：「日間睡足耳。」時距其死不一刻矣。蓋不欲以疾病爲尊章憂，此念至死不變也。余痛其賢而不壽，爲撰次其略，他日附之家乘，冀不泯其人爾。

春在堂雜文五編四

德清城隍廟碑

城隍之祀古矣，或謂始於八蜡之坊與水庸。然孔穎達謂坊以畜水、障水，庸以受水、泄水，則是田間溝塍，非城隍也。城隍之祀，其始於春秋宋、鄭之祭四墉乎？其神乃地祇而非人鬼。然古者以句龍配社，王肅之徒并謂社即所以祀句龍，則城隍之神，亦可以人爲之。吴越時，曾奏請以唐右衛將軍總管龐玉爲城隍神，封崇福侯，殆亦神道設教之微意乎？吾邑城隍神舊碑所載無姓名，相傳爲勞公，諱鉞，字廷器，江西德化人，則明成化間守湖郡者也。故老傳述，或非無因，而儒者難言之。然縣城築於宋末，明初止存土郛，嘉靖間又重築之。周七百七十三丈，高二丈有奇。因港汊而爲池，倚岡隴以爲塹。苕溪之水直貫城中，夾溪而居者烟火萬家，山川雄秀，人物殷昌，則宜有神以主之。此固朝廷秩祀之所必及，而士民報賽之所不容已者也。考之志乘，城隍廟在儒學之左。宋紹興中建，國朝康熙、雍正、嘉慶間累次修葺，有園林之勝。神歆其祀，民受其賜。粤寇之亂，焚毁無遺，惟頭門巋然獨存。克復之後，庫吏許懷清請於邑侯，醵於所屬各區、莊，創建二堂。又由邑士大夫廣爲勸募，歷二十餘稔，始得復其舊觀。一邑門廡崇閎，堂宇深邃，廊榭繚曲，花木幽深。若節春秋，官是土者，率循典章，陳設牲醴。一邑之氓，頒斌而集，厥角於庭，瞻其榱棟，謁其帷帟，莫不肅然而致敬焉。是足以奉神之靈，而錫吾民之福矣。竊惟聖朝秩祀之禮與賢有司成民而致力於神之義。斯舉也，亦修廢舉墜之大者也。作而不紀，後世奚述？因紀其事，而係以銘。銘曰：

吾邑之建，始自有唐。垂二千年，人物阜昌。是宜有神，主此一方。昔遘兵亂，今樂時康。祛除灾疢，調順雨暘。疇非神賜，而敢忽忘？乃庀厥材，材美工良。復其舊觀，築此新堂。有門有庭，有室有房。神之格思，錫福降祥。永永年代，惠我無疆。

贈右副都御史劉公神道碑

昔在咸豐之初，大盗起於粤西，竄於金陵，蔓於天下，而卒藉上海一隅彈丸之地，爲旋乾轉坤之樞紐。其時將帥之臣赫然稱中興元功，生膺五等之封，而殁受百世之祀者，非一人矣。然而上海一隅之獨完，以留待大軍之集者，誰之力歟？則太康劉公之功大矣。

公諱郇膏，字松巖。先世由山西洪洞遷河南太康，遂爲太康人。曾祖某，祖某，父某，皆以義行重於鄉。公於兄弟行居三，生而沈毅有大志。年二十一，入郡學。道光二十年，舉於鄉，二十七年，成進士，以知縣分發江蘇。

始至，即誓於神，不苟取一介。咸豐元年，權知婁縣，開浚白龍潭、官紹塘諸處，爲旱潦之備。又以邑無儲蓄，按畝捐粟，分存各鄉。官民互稽，歲以爲例。及賊陷金陵，揚州、鎮江相繼失守，東南震驚。時趙静山中丞守松江，與公鎮之以静，民賴以安。無何，而上海亂，川沙、南匯、嘉定、寶山、青浦諸廳縣并陷。公時已受代回省，巡撫忠烈吉公督師剿賊，檄公隨營。公率漕勇三百人，與賊戰，輒勝。嘉定父老知公才，請於臺司，專以嘉定屬公。三年正月，收復嘉定，遂權知縣事。甫三日，上海大營潰。潰兵至城下，民一夕數驚。公親出拊循，資而遣之。選丁壯，嚴守望，稽保甲，藉游民，於是民心大定。後獲賊諜，知賊於某日謀襲縣城，以有備而寢也。兵亂之後，十室九空。公爲民請命，春請停徵，秋請減緩。雖經兵燹，境無流亡。叙功加同知銜，賜花翎，補授青浦縣。疏通汊港，修築圩塘，有便於民者無不備舉。蓋公之所至類然，而其大有造於東南，爲中興大局所關，則尤在上海。

公於八年冬調補上海縣。既下車，大減折糧之值，俾小户皆得自納，毋令豪右把持。又嚴定命案，檢驗所需篷廠舟輿之費，倡捐經費，歲取其息，由善堂給發，毋令吏胥需索。滬人便之，交口頌好官。然此猶賢有司常行之事，非其大者也。

自與泰西互市以來，上海華夷雜處，數𩏑釁。九年夏，民間夜行，或行曠野者，輒被夷人拘赢而去，日失數人或數十人。愬於蘇松太道，而觀察某君不敢問，且擬執以謝夷人。民益洶洶，聚衆萬餘，環道署。公聞趨至，下令曰：「無妄動。我且爲爾搜夷館。」入白觀察，與俱往。入門門闔，又入又闔，觀察色沮，公笑曰：「我既至此，肯遽出乎？何闔爲？」夷人曰：「搜而不獲，奈何？」曰：「聽若所爲。」搜之，果無獲。夷人大嘩，公叱曰：「未搜爾船，誰敢言無？」乃登其舟，搜第一層，曰「無」。搜第二層，曰「無」。夷又大嘩，公叱曰：「未搜艙底，誰敢言無？」命搜第三層，版甫啓而人見，纍纍然，皆盛以巨囊。出之，有已斃者，有悶絶而仆者，皆曳登岸。夾岸觀者，歡呼如雷。夷人震慴，俯首謝無狀。立使人乘其船，鼓輪行千里，追回他船所匿者千餘人。於是，夷人畏公，遇公鹵部，輒屏立道右，而上海之民，亦莫不歸心於公。公之得有爲於滬，由此始也。

其後，江浙皆陷於賊，上海孤懸賊中，朝不保夕。公練民兵，於四鄉設二十局，撫之以恩，激之以義，無不願爲公死。賊李秀成既陷松江，遂犯上海，肉薄環攻，槍炮如雨。公衣冠佩刀，坐城堞間，意氣益振，目睫不交者旬有餘日，賊不得逞而去。時諸大吏咸集上海，或以危地難久守，謀他徙。公曰：「滬城雄據海口，爲餉源所自出。雲帆轉海，各路皆通，异日王師規復，必從此始。奈何舍此去乎？」大吏慚沮。烏呼！使無公此議，一動足則上海不可守，而南北隔絶，兵道、餉道皆斷，雖有肅毅伯之師，何從而至？此固天意，而亦不可謂非公之功矣。然公自此不得於大吏。十一年冬，賊復陷浦東諸廳縣，大吏命公往援。公曰：「賊勢盛，宜守不宜戰。」弗聽。公率練勇千、鄉團五百以行，鏖戰數晝夜，部下死傷殆盡。賊呼於陣曰：「擒劉某者賞金千。」公奮身投於水，或拯之起，退屯野鷄墩，收散卒，謀復戰。而城中望見烽火燭天，又不知公所在，民大聳，號於大吏之門，曰：「還我劉公。」大吏亦懼，使人招公還，且約曰：「自今以往，聽子而行。」公於是練兵籌餉，詰奸禁暴，爲自固之計。賊雖據浦東，而滬上晏如也。

是時，境内無論遠近、主客，皆呼公爲「劉青天」。「劉青天」之名，達於天聽，有「劉令大得民心」之諭，見於咸豐十一年詔書。加道銜，以知府用，升海防同知，旋以同知署按察使，未幾即真，又署布政使。郡佐間曹，驟至藩臬，异數也。今大學士肅毅伯、合肥李公，帥師至滬，命公總理營務，恒率鄉團助剿。或李公親行，則公留守。及大兵駐昆山，軍糈皆取給上海。公開浚吴淞江千五百丈，以通運道，而金陵雨花臺大營亦資上海。協濟兩營，月餉無慮二十萬，公籌運無缺，士氣益奮。進克蘇州，是爲東南肅清之始。公曩者力争上海不可棄，至是驗矣。蘇城既復，公撫循遺孑，招集流亡，通商惠工，勸耕課織，興修學舍，疏通城河。善後之事，次第皆舉。會有減賦之詔，公以數百年吴民積累坐此，既奉德音，敢不竭力。參考成書，鈎稽賦則，立均輸遞減之表，旁行斜上，細入秋豪，并歷年州縣浮收、紳士包攬之弊，無不杜絶。及公奉命護理巡撫，爲兵燹後第一次征收漕糧。公酌定《漕餘秏折章程》，官民咸便，至今賴焉。公以初至江蘇，有「一介不苟」之誓，僚屬投贈，一切禁絶。自奉儉約，食無兼味，衣敝不易，務在黜華崇樸，爲三吴士庶養瘡痍而復元氣。此固人之所難，然在公，則轉爲易矣。會母程太夫人老病思歸，累疏陳情，温旨慰留，未遂所請。已而，太夫人卒，公號呼躃踊，悲動行路，奉喪歸里。水涸行遲，三月之久，始達太康。積勞之身，哀痛之餘，觸發宿疾，遂不可爲矣。同治五年十二月乙巳，卒於里第，年四十有九。是時，李公以湖廣總督駐軍周家口，聞公之喪，追念在上海時與公撑拄艱難，情事如昨，爲之愴然流涕。乃上言公厚重剛方，實心任事，爲僚屬中不可多得之人，請照軍營立功後病故例賜恤。從之，追贈公右都御史銜，蔭一子，以知州用。其後，上海士民請於上海建立專祠，而蘇州士大夫又請祀公於名宦祠。公之一身，固安危所繫，而朝廷之報之者，亦至優矣。

公娶姜氏，早卒；繼娶楊氏，生子二：果，光緒十二年進士，禮部精膳司主事；棨，增貢生，候選州判。女四人，歸於裴、於吴、於周、於申。孫二人：某、某。公既殁之十二年，其子果具事實乞銘其神道之碑。余謂公之政績不可勝書也，惟表明其爲東南大局所關，以告天下萬世，因係以銘，銘曰：

盗起粤西，蔓延天下。東南奥區，得全者寡。天祐聖清，留此一隅。實惟滬瀆，輨轄三吴。滬瀆彈丸，城大如斗。不有偉人，其何能守？篤生劉公，是謂偉人。夷獠慕義，婦豎歸仁。謂餉宜籌，謂兵宜練。謂奸宜鋤，謂民宜奠。遂使滬瀆，屹若金湯。賊環於外，安堵如常。神鉦一聲，飛來天上。惟合肥公，實兼將相。自滬而蘇，以次蕩平。三吴既定，兩浙皆清。兵何自來？來也自滬。滬何能全？惟公砥柱。萬口一聲，曰「劉青天」。功在一時，名垂千年。我謂公功，允關大局。立石刻銘，爲萬世告。

廣東巡撫劉公神道碑

光緒十有八年三月戊辰，廣東巡撫劉公薨於位。遺疏聞，天子震悼，賜祭賜葬，一如巡撫例。已而，直隸總督大學士李公又以公歷官事實上陳，於是有詔，宣付史館立傳，并附祀淮軍昭忠祠。蓋公以雄材偉略，遭際聖朝，生膺節鉞之寄，殁膺俎豆之報，固已極儒者之榮遇，樹人臣之盛軌矣。某年月日，其孤世瑋等奉公之喪，葬於某原。余既爲文，志其幽宫，而故事，三品以上大員之葬，必於神道樹碑，碑必有文。世瑋等又以爲請。余曰：「志文、碑文同出一手，於古罕見。盍他求乎？」世瑋等固以請，余不獲辭。因思墓志藏於幽者也，墓碑表於衆者也，是宜舉其大者以昭示來兹。乃譜其世系，及其子姓，叙其出處，及其學術行誼，而書其有裨大局者數端，爲天下後世告。

其世系曰：公諱瑞芬，字芝田，安徽貴池人。曾祖鴐夫，祖兆，考孝檍，邑志均有傳。曾祖妣徐，祖妣羅，妣姚，繼妣柯，并以公貴。自曾祖以下，贈光禄大夫。自曾祖妣以下，贈一品夫人。

其子姓曰：公娶姚氏，繼娶傅氏，皆封一品夫人。子世琪，兩淮吕四場大使，前卒。世瑋，光緒十四年舉人，候補知府。世琛，貢生，候選主事。世瑛，縣學生，候選員外郎。世珩，縣學生，候選中書科中書。世瑗，尚幼。女子子四，長者適南陵徐氏。孫詒讓、詒謙、詒訓。孫女九。

其出處曰：公十九歲入縣學，歲科試列高等，以次且食餼。丁父憂，遂不果。咸豐元年、二年，應鄉試，擬中，以中額足，又不果。曾文正公督師駐東流，公上謁，獻時務策。大奇之，充采訪忠義局員。會今相國肅毅伯李公以淮軍援江南，公隨軍東下。江南平，叙功。公先曾入貲爲中書科中書，至是，由知縣、同知、知府，累遷至道員，分發江蘇，賜花翎，叠加鹽運使銜、按察使銜、布政使銜，督辦松滬釐捐總局。光緒二年，署兩淮鹽運使。三年，署蘇松太兵備道。四年，即真。八年，遷江西按察使。九年，遷江西布政使。十年，護理江西巡撫。十一年，授三品京堂，加二品頂戴，充出使英、俄諸國大臣。十二年，補太常寺卿，轉大理寺卿。十三年，改充出使英、法、義、比四國大臣。十五年，授廣東巡撫。十八年，薨於位，年六十有六。

其學術行誼曰：公少日博覽群書，究心經世之學。既不得志於有司，立「青山詩社」，與同志者唱和，著有《養雲山莊詩文集》如干卷。天性純篤。有二弟，自課之讀。既貴，置「仁安義莊」，以贍族人。凡有義舉，輒爲之倡。修邑志，纂族譜，建考棚，自文廟至先賢遺迹，及道路橋梁毁於兵者，咸修治如舊。往年，直隸、河南、山西、江蘇、安徽、浙江各行省饑，捐廉俸振之。并於外國倡立華洋振捐，集洋錢至三十萬有奇，尤其盛德之所感也。居官不受饋遺，遇屬吏嚴而恕，待朋友故舊及寒畯之士必從其厚，故卒之日，遐邇悲慟，有失聲者。然而，此於公皆小節也。今請舉其大者數端。

自咸豐之季，大盜起粵西，窟穴於金陵，蔓延於東南，天下岌岌矣。肅毅伯李公自滬上進兵，收復蘇州，是爲東南廓清之始。而水陸全軍軍械、火藥，則公一人實管理其事。資糧屝屨，無缺於供。被練組甲，必工且緻。其槍炮之購自外洋者，良苦真贋，剖豪析芒，不爲所紿。俾李公得以麾城擲邑，克成大勛。然則東南之砥定，非公之功歟？此其一也。淮軍之餉，仰給東南。公主松滬釐局十年，長耳飛目，綜核精密，千緒萬端，罔有遺漏。奸商假外國之名，希冀逋賦，用類推迹，輒得其情。而尋常販夫販婦，市估津税，操贏制餘，務崇寬大。商不告疲，課不告匱，淮軍之餉，源源相濟。李公移師北征，轉戰齊魯燕趙之郊，有馬騰士飽之樂，無矢窮弦絶之患，霆砰電射，所向無前，畿輔晏然，中原安堵。然則西北之肅清，非公之功歟？此又其一也。我朝自開海禁、與泰西互市以來，鱗介冠裳，日以逼處，詭詐百出，稍不致審，輒墮其術中。英人赫德爲我總税司，言於總理王大臣，請增中國土産鴉片之釐税。總署命至上海，與公議之。公曰：「是陽爲我計，陰爲彼計也。土烟之税增，則土烟之價昂。人食洋烟，無食土烟，是使我爲彼驅也。」執不可。洋人又以吴淞海口迂回，請於吴淞口起所賫之貨。公曰：「是欲漏我税也。我設江海新關，收洋税也。貨不至關，税於何有？焉用關爲？」執不可。洋人於所租界内設立自來水、自來火，由來久矣。至是，又欲推行於城内。公曰：「是溷我也。此端一開，則昇時開馬路、設巡捕，誰能禁之？」執不可。公之用心若鏡，以見占隱，以往察來，逆折其情，若暗夜而燭燎。治洋務者盡能如公，洋務不足治矣。又其一也。語有之「先發制人，後發則爲人制」，凡事類然，洋務尤甚。上海通商之初，定議浦江以北爲洋商船步，浦江以南爲華商船步。而洋人無饜，又欲侵占我浦南，屢言於總理王大臣。公知之，即創設水利局於東門外，使堪幹之吏常駐局中，專司船步，無有佩邪離絶，以違定章。洋人乃噤不敢言。及奉使於俄，俄人艷我黑龍江漠河金礦之利，言於總理王大臣，願爲我開采。公曰：「是非可以空言拒也。」亟告總署及北洋大臣，請先自我開采，從之。我既舉行，俄不復請。譬猶奕棋，所争者一路之先，此亦治洋務者所宜知也。又其一也。天下之亂起於盗賊，而盗賊起於飢民，前明已事可鑒也。光緒二年，淮北大無，飢民就食南來，麇聚於維揚。公方權鹽運使，駐揚州，乃於城外築圩數十，分飢民，使按籍而居之。生者有糜粥之資，死者有棺槥葬埋之費。每三八日親臨其所，宣講《聖諭廣訓》，以牖其良，以馴其悍。又駐一軍，晝夜巡察，以防其爲亂，而亦以禁人之掠賣其子女。自冬徂春，資之使歸，境内帖然無事。此在公當日，但以實心行實政耳。然無公，則吴中必大驛騷，雖吾浙不能安枕矣。非其大有造於江浙者乎？其權蘇松太道也，適俄人以我索還伊犂，故日以兵船至海口，滬上大聳。公密白大府，設一營於小南門外，名爲汰老弱，實則募精壯。一月之内，鴆然成軍，人心大定。其使英也，英人欲以鋭師由印度入藏，於是口外又大聳。公力争於英外部，追還印度之師，人心又大定。公之才識類如此，此又其一也。公陳臬江西，清釐積獄百數十案，去其爲民害者武舉人若而人，市井無賴若而人。及居藩伯之任，整紛剔蠹，除苛解嬈，時日雖暫，頌聲翕然。使其久任封疆，則所樹立必有大過人者。天不假年，未竟其用，然而歇歷中外，幹用文武，在國史名臣傳中無愧色矣。

余往者辱與公交，重違諸子之請，既次第其事，以志其墓，又撮舉大略，刊石墓門。銘曰：

咸同之間，有震且業。持危定傾，群材峨業。維楚維皖，實鍾厥英。惟曾與李，國家干城。公與李公，同起皖北。李公東來，掃除蛾賊。資糧扉屨，惟公是供。馬騰士飽，皆公之功。國家用兵，不加田賦。什百取一，歛市紘布。公於滬上，榷税十年。有裨於國，無病於廛。帝知其才，命爲監司。華夷雜猱，非公莫治。陳臬開藩，將開幕府。民頌旬宣，帝資禦侮。樓船旌節，周歷重洋。邦交克洽，國體無傷。公善治内，尤善治外。務争其機，勿受其獪。海禁一弛，事變百端。安得如公，宏濟艱難？昔公治餉，與兵終始。及公建節，中外攸恃。有文有武，有經有權。我作斯銘，用表其阡。

記名提督鼓勇巴圖魯張君墓碑

道光之季，大盜起於粵西，歷咸豐、同治兩朝而後定。維時，天下精兵皆出於募選，而卒賴以成大功者，惟二軍焉，曰湘、曰淮。自曾文正公以湖湘之士收復武漢，肅清上游，於是始有「湘軍」之名。自今傅相肅毅伯李公，以廬鳳勁旅駐上海，克姑蘇，於是始有「淮軍」之名。大亂既定，湘軍皆散歸田里，而淮軍又掃除群捻，底定中原，天下倚淮軍以爲安者，垂三十年。淮軍之初立也，發其議者張靖達公，而贊成之者爲張君又堂。張君既殁，而行狀出，余讀而嘆曰：「是事所係大矣。」雖微其孤之請，亦宜表而出之，以告後世。況其孤又以請乎？

謹按狀：君諱紹棠，又堂其字也，安徽合肥人。曾祖應鳳，祖竑，父純，咸豐初舉孝廉方正。曾祖妣吕，祖妣李，妣吴。三代以君官贈封，皆一品。君自幼沈毅，多遠略。父誠齋公誨之曰：「世變方起，宜求濟變之方，毋徒治章句。」君乃時與邑中諸賢豪游，訪求人材，縱覽形勢。娶於同縣李氏，今傅相李公即其婚兄弟也。

粵寇起，妻父侍御公與傅相皆奉命歸治鄉團，招君與其事，一時才俊雲集。張靖達公、張勇烈公、吴武壯公、周剛敏公、周壯武公及閩撫劉公銘傳、粵撫潘公鼎新，皆與君歡聚如昆弟。

時曾文正公督師於皖，傅相在其幕中。張靖達公嘗從容與君言曰：「吾嘗游淮南北，陰察廬、鳳、壽、潁之民，皆負意氣，有肝膽，每與之語，氣勁言高，忠義勃發，雖燕趙之士不是過也。誠選其尤者，使成一軍，俾其豪及大姓將之，必能爲國家戮力行間。東平吴，北平捻，不難矣。君意云何？」君大喜，曰：「君議與吾合，趣具稿，吾爲君上之。」即日，因傅相以達於文正，文正韙之。此淮軍所由起也。淮軍既建，遂與湘軍相犄角。淮軍諸將，龍驤麟振，如雲而起，或開府，或專閫，布滿天下，而原其所自始，實由靖達與君。嗚呼！偉矣！

君佐侍御公父子治鄉兵幾十年，沿淮上下，出入賊中，與賊支柱，使不得逞。以克復無爲、東關、巢縣功，賜花翎。旋奉文正檄，護贛南軍，又以克復休甯、黟縣、徽州，進秩者三。同治元年，乘輪舟出大江，摩賊壘而達於滬。會傅相之師攻楓涇、石壘及西塘鎮，皆下之。又會他將復蘇州省城及無錫、金匱，禽賊魁黄子澄。詔賜「鼓勇巴圖魯」名號，進秩者二。又會他將復宜興、荆溪、溧陽、嘉興、常州五郡縣，解江陰、常熟之圍，截擊揚舍、金壇之逸賊，迭克湖州、長興、廣德、漳州、漳浦諸城，及晟舍、四安諸鎮。每有攻戰，因地出奇，所嚮輒勝。朝廷計功，進秩五，擢而至提督，記名簡放。大亂初平，餘孽未靖，乃以君統水陸軍防。有司議修蘇城，辜較其費，必三十萬。君督軍士繕完葺之，所費不及三十之一。舉總兵劉啓發於偏裨之中，使詰盜鋤奸，綏靖閭閻，蘇人賴之。旋移防金陵。時各路撤兵，士失其伍，占居民屋十室而九。君悉令還籍，歸屋於民。鹺政久弛，竈丁煽亂，餘西各場，同時糜爛，厥勢甚張。君以九百人往，翦猾禽渠，檠散其衆，且爲區處，俾無後憂。大府上其事，以剿治迅速，温旨奬焉。文正公防秋淮、徐，以金陵爲東南大都會，奏留君與李公宗羲鎮撫之。内靖外攘，庶事咸理。閲五月，而文正回，君乃出防臨淮，慮捻踪飄忽，教士以車戰之法，賊騎屢爲所遏，望而畏之。當時，諸大帥咸以器識相推重，傅相與共患難，依倚如左右手。

東捻之未平也，傅相擬奏請君總領前行諸軍，已屬稿矣，君請歸問老母。太夫人故有三子，君其次也。長君紹堪，以鄉兵擊賊，死於賊。太夫人嘗痛念之，不欲君再出。乃白傅相，寢其議。太夫人就養金陵，衰老多疾。君陳乞終養，築室冶城山右，家居奉母者一十九年。天性誠篤。當其兄戰死時，募壯士願從者，夜行數十里，深入賊中，求得其尸，殯歛如禮。而歸事母尤孝，飲食必嘗其旨否，衣被必視其寒燠。有疾病則日夕祈禱，以首搏地無算，額顱儥起，侍者皆爲感泣。其御下嚴，其臨財廉潔，部曲有饋不受，一降將以千金進，亟麾去之。卒伍或取民間一豚，斬以徇。而所識拔者，多爲名將，如天津鎮羅君榮光、正定鎮徐君邦道、左江鎮董君履高、皖南鎮史君宏祖，皆君麾下材官也。君晚年口不言兵，幅巾策蹇，徜徉山水間。喜刊刻方書，以救民疾疢。又纂修家乘，以敬宗睦族。望之晬然，不知爲臨淮宿將也。方今内憂外患尚未盡敉，傅相以身任天下之重，而淮軍中舊時知名之將，强半物故。如君者，方望其恢張遠略，宏濟時艱，而君已古人矣。

君殁於光緒二十年七月己亥，年六十有六。妻李早卒，繼室以后氏，天長布政司理問夔之公女也，李與后俱封一品夫人，副以歐陽氏。子八人：席珍，廪貢生，以候補道在軍營，積勞病故，贈内閣學士銜；士瑜，廪貢生；士珩，光緒十四年恩科舉人，并以道員分省補用。三子者，皆李出也。后夫人生三子，士璠，光緒十五年舉人，郎中銜；士珣；士璜。歐陽氏生二子，士璣、士球。女六人。孫八人：宗瀛，光緒十九年恩科舉人，餘皆幼。孫女十有一人。諸子既葬君於合肥棗林岡之原，乞文以文其墓道之碑。余追念淮軍之盛，而深惜君之亡。乃爲銘曰：

江淮弩士，唐已著稱。君興於淮，淮軍以興。人材輩出，虎奮龍騰。掃除蝥賊，安集黎蒸。方今海宇，猶未廓澄。安得君輩，再效鶚鷹？岩岩墓碣，千載崚嶒。我作銘辭，用表威棱。

開原縣訓導華君墓表

光緒五年十有一月，奉天府府丞兼學政王家璧上言：「伏見告病開缺開原縣訓導華長卿，究心經史，兼有著述。在任二十六年，每逢宣講聖諭及春秋丁祭，必誠必敬。循例月課外，時進諸生，以經史相切磨，以文行相敦勉。勤學善教，足爲司鐸者法。請賞給京銜致仕，以風勵學校之官。」疏入，有詔賞加國子監學正銜，於是海内咸知華君爲博聞敦行之君子人矣。越二年，君捐館舍。又越十年，其次子宦江蘇，以所撰行述示余而乞文焉。

余按行述，華氏本江蘇無錫人，明中葉遷山陰，國朝康熙中遷天津，遂爲天津人，至君八世矣。曾祖廷柱，候選布政司理問。祖蘭，乾隆四十五年舉人，安徽安慶府江防同知。父堂，太學生。君字枚宗，號梅莊，又號鎦庵。生六歲，母沈孺人卒。孺人爲沈文和公女兄。君幼時常居外家，文和公授之唐詩，咸能背諷。未弱冠，以詩賦知名。嘗一日晨起，成八韵詩三首，同學咸慴服焉。道光四年，入縣學。歸安鄭夢白中丞祖琛，時以兵備道駐津門，課諸生以詩、古文，君常列高等。十一年，舉於鄉。俄丁父憂里居。與寶坻高君寄泉、任邱邊君袖石訂交，學益進，山陽丁儉卿先生稱爲「畿南三子」。沈文和公官江安糧儲道，君往從之。自辛丑以後居金陵者十載，所交如全椒馬鶴船、山陰楊蓮卿、日照許印林、江甯端木子疇、曲阜孔綉山、懷甯方小東，皆海内名士。二十四年，大挑二等，以教職銓選。三十年，被省符，署房山縣教諭，君先已如金陵，未及赴。咸豐元年，溯大江，游楚北，又由皖而汴。三年，自京師出居庸關，至於大原。所至，縱覽其山川，交其賢豪、長者，而發之詩歌，以自見其志。同時士大夫，聞風傾慕，争與之交，如李蘭孫、瞿端卿、王子梅諸公，皆一見如故。騷壇雅坫，每以君一至爲重。是年冬，選授奉天開原縣訓導。開原地處邊隅，民習耕作，嚮學者寡。君進諸生，課之詩文，武生則課以弓矢，優者咸有獎。其來見者，勵以立品，勉以勤學。一邑之士，皆就請業，文風丕變，科名日盛。時倭文端公，以盛京將軍兼奉天府尹，與府尹張公炳堂創修《通志》，以君爲總纂。在局三年，成書三十六卷，局費告匱，未究其事，然所纂書詳簡有法，時論稱焉。君又徵求遺書，討論故事。以明成化時有三萬衛都指揮劉旺，并其子答斯，於古城堡禦寇死難，雖名見志乘，而享祀闕焉，言於臺司，列入祀典。又以公都子名彧，見《孟子外書》，請於學廡，木主補書其名。遇旱則用董子祈雨之法，遇疫則修《周官》招弭之法，遇寇警則講商子摶力之法，遇灾歲則行《左氏》勸分振廩之法。加學額以勸士也，開河運以便民也，修祠廟以妥神也。大吏以君才可任民社，議登薦牘，輒辭不就。每屆歲科兩試，以公事至府，與同官諸君文酒娱樂，一觴一咏，談諧閑作，不知爲冷官薄宦也。光緒五年，以右耳重聽乞休，諸生言於縣令而留之，予休沐三月。既滿，又以請，乃從之。去官之日，諸生書「久道化成」四字，顔其所居之堂。自同官僚友，以及邑中士大夫，皆設供張，祖道於郭門外。雖市井之駔，什伍之士，徒步走送，相望於道。以一儒官，而傾動一時如是，豈易得哉？是以府丞王公，據以入告，從人望而采公論也。

君自幼至老，每日所讀之書、所見之友、所游之地、所作之詩文，無不記録於册，雖久不忘。及門有以史傳瑣事相質者，應之如響。所著有《古本周易集注》十二卷、《尚書補闕》一卷、《毛詩識小録》四卷、《春秋三傳异同考》四卷、《説文形聲表》六卷、《説雅》六卷、《正字原》六卷、《韵籟》四卷、《兩晋十六國年表》二卷、《輿地韵編》五卷、《唐晋陽秋》六卷、《史駢箋注》八卷、《查初白張船山年譜》二卷、《盛京通志稿》三十六卷、《東觀堂文鈔》八卷、《梅莊詩鈔》三十二卷、《朧香館詞鈔》二卷，都凡一百四十四卷，可謂富矣。

六年十一月己卯夜感疾，左臂不仁，時瘥時劇，至七年二月辛丑，啓手足於正寢，年七十有七。娶同縣曹氏，嘉慶九年舉人諱泳公之女，先君卒。子三人：光甯，縣學生，早卒；鼎元，增貢生，前刑部司務，見官江蘇候補同知，即來乞文者也；觀澄，户部司務，出爲其昆弟後。孫四，孫女二，曾孫三。余既諾其請，而銘幽之文固無及矣。乃次第其事，表於其阡而系以銘。銘曰：

惟優於學，斯優於仕。仕學皆優，古之君子。道義之華，何必金紫？著述之富，何必筐篚？讀古人書，友天下士。優哉游哉，以没其齒。天之報之，子孫杞梓。刻石墓門，百世斯視。

昭文縣知縣徐君墓表

光緒十有八年八月壬午，昭文縣知縣徐君卒於官。明年，其諸孤奉君之喪，歸葬於湖南，將立石以表其墓，而乞余文以文其石。余按：餘姚黄氏《金石要例》云，墓表之作，所以「表其人之大略可以傳世者」。君生平行事，犖犖可傳，謹述其略，俾後之過而式者有所考焉。

君諱樹釗，字季衡，湖南長沙人。明初有曰志洪公者，自江右徙此，至君十七世矣。曾祖光楚，祖國揩，父夔，皆以君伯兄官贈封光禄大夫。曾祖、祖妣兩羅氏，妣張氏，皆一品夫人。

君八九歲時，即篤志於學，親故中有年相若而衆稱其善讀者，避勿面，曰：「吾讀不如彼，愧見之也。」屢應童子試，不售，兩應順天試，又不售，慨然曰：「今天下方多故，士患無才，不患不見用，何藉科第爲？」由縣丞加捐知縣，分發江蘇。其時江甯、蘇州省會皆陷於賊，總督大學士曾文正公開幕府於安慶，命主雜械局，又管領慶字全軍糧臺。方軍事之亟也，械局、糧臺皆所倚重，非道府大員不以屬。君年未三十，初到省即膺是任，文正公之知君深矣。積功，歸候補班，加同知銜。金陵既復，詔俟補缺後以同知直隸州用，賜戴花翎。又以山東捻寇肅清，叙轉運功，俟補同知直隸州後以知府用，先易冠服。同治四年，權知泰興縣。五年，補授六合縣。

越五年，始受事。逾一年，即奉諱歸，服闋仍回原省，歷辨釐捐、鏢捐，皆稱其職。光緒十四年，補授昭文縣。其年九月之官，明年受代，明年又之官，又明年以官壽終。此君一生仕歷之大略也。

君孝友出天性，自幼爲重親所憐愛。其令六合也，張太夫人來就養，每戒之曰：「笞杖，刑之輕者也。然一日之辱，終身耻之；一身之痛，一家同之。慎勿輕加之人。」君歷宰劇縣，不妄笞一人，母教也。尤慎於鞫獄，雖劫殺重囚，必反復詰問至十餘次。獄成而上，輒與幕友討論其字句，曰：「一字之微，死生繫焉。可不慎乎！」所至以教養爲亟。始宰六合，即修葺文廟，又創設通江集義渡。及宰昭文，民以病告，則藥之；病死無以斂，則棺之。橋梁圮，則修之。白茆口者，一境之尾閭也。海潮逆入，日久而淤，則浚而通之。故一時有「召杜」之譽。然遇事勇往，不避艱險。泰興民争沙地，聚而哄。公單騎往，家人惶駭，挽留不聽。至則辨其是非，曉以利害，鬥者投械而罷。六合多客民，無籍可稽，率爲盗藪。君仿保甲法，每客民百，立牌長一。衆有所統，奸不能容。其初至昭文也，大水成灾。君既言於大府，停徵漕米，又親歷各鄉，班賦錢粟。而群不逞之徒，藉灾爲亂，聚衆喧呶。君曰：「嗸嗸待哺者，吾赤子也。嗚鑼持械者，盗賊也。」麾衆縛之，餘皆解散。其境有荒田，楚湘魯衛之游民數千人，辟其草萊而耕治焉。

俄與士民有隙，揭竿斬木，勢將爲變。臺符發兵，兵既集矣，君與統領張君謀：「且無動，我先往。」乃如泰興故事，仍以單騎往。苦口戒勸，給以舟楫而遣之歸，遂以無事。仁者必有勇，信矣！其再至昭文也，又遇蟲蝗之灾，鄉愚號爲神蟲，戒勿捕。官使人往捕，則婦豎環集而阻之，曰：「勿犯神怒。」君履行四郊，見有蝗蝻，立命捕捉。烈日中自坐田塍間，視其净盡，乃去而之他。凡數十日，蝗不成灾，而君竟以此得疾。始暴下，繼成利，遂以不起，年五十有九。以在黔捐局捐加三品銜，故誥授中議大夫。

兩娶皆王氏。子恭立，浙江試用通判，出爲其兄後。儉立，太學生。讓立，尚幼。女子子二人，長者適善化翁氏。孫二，同達、同孺。

某年月日，葬於某原。余與君伯兄侍郎君爲同年生，又嘗至昭文，與君有傾蓋之誼。既諾其孤之請，不敢以辭，乃叙其大略，表于其阡。銘曰：

卓矣徐君，學優而仕。始也投筆，戎機咸理。繼也鳴琴，循聲乃起。瓦梁之墟，琴川之涘。甘棠猶存，謳吟未已。丹旐南歸，迢迢湘水。佳城既開，崇碑斯峙。爰刻此文，以示百世。傳其循良，光我青史。

雲南景東直隸廳同知張君墓表

有自四川宜賓走水陸七千里至杭州之西湖，見我於湖樓者，張鎏彦訓和也。奉贄幣，具事實，求爲文，以表其父景東君之墓。曰：「吾父之志也。」余嘆曰：「古之君子，欲論撰其先人之德善功列勛勞，以傳示後世，則必就當代魁士名人，如曾子固所謂『畜道德能文章』者，然後可以屬之。余豈其人哉？雖然，其意也誠，其請也固，余何敢以辭？」問其葬，葬已久矣。問誰志其墓，則有王君麟祥之文在，余可無述焉。惟念百世之後，過墓而式者，欲尚論其爲人，則請書其大略，以表於其阡。

君姓張氏，諱啓辰，字星階。其先世爲湖南石門人，籍宜賓，始明末。曾祖日晸，祖慶秀，父士鎔。君以咸豐二年進士，用知縣，發雲南。先後權知江川、河陽、彌勒、師宗、富民五縣，晋甯、宣威兩州。實授順甯縣知縣，遷景東直隸廳同知，叙功以知府用。歸老於蜀，爲敷文、翠屏兩書院院長。皆見於王君之文。

雲南一行省，去中原絶遠。咸豐、同治間，巨寇起於粤西，海内雲擾，而滇亂尤甚，幾同化外。君謂民困不蘇，滇亂未艾。其令河陽也，河陽爲澂江首縣，署中絲粟皆取之外縣，誅求無藝，供給愈煩，君損之又損。舊有名目四十餘條，悉蠲除之。其惠民之政一也。及辛彌勒，賦役煩重，民不堪命。君務爲休息，夏秋兩税，除苛解嬈，衎衎辦舉。其惠民之政又一也。滇亂初定，大兵凱撤，師老而驕。過宣威境者，需索萬狀。君痛抑之，白主兵者，尸二人於市。於是兵皆斂戢，市廛不擾。其惠民之政又一也。嗟乎！大亂之起，皆起於民不聊生，故除暴之道，首在安民。君之所見大矣！然君武略亦自有過人者。其守彌勒城凡六十餘日，晝夜登陴，不解衣而息。偶出遇賊，賊有識君者，曰：「此前江川令『張青天』也。」戒勿犯。及賊退，而歲又大旱，疫癘交作。君出奉錢温振貧窮，躬問疾苦，手治湯藥。仁者必勇，君其兼之乎？江川令某務爲深刻，以召大亂，某令戕焉。臺司檄他令往，民閉門不納，號於城上曰：「有如前令張君者乎？敢不聽命。」蓋君令江川時，聽小大之獄必以情。公事之暇，周歷民間，與父老相勞苦，若家人婦子然。故民情思慕，望君復來。大府重違民意，君乃復莅江川。江川民羅拜輿下，曰：「果我張君也。」君撫輯其衆，誅其首亂者二人，遂以無事。宣威之鄉有曰「孫家邦」者，盜藪也。村民千餘家，推豪猾者爲之雄長，招集亡命，攘奪民財，商賈不通，行旅裹足，垂三十年。君禽殘翦猾，殲厥渠魁，檗散其黨，於是宣威之道復通。非君之力，則滇、黔、蜀、粵，夷庚永塞。此其所繫顧不重歟？君又以昆陽者，滇之咽喉也。有楊正鵬者，賊中之梟也。雖已就撫，猶擁兵自守，官兵不得入城一步。君上書岑撫軍，謂此賊不除，則滇池以西非復我有。乃與總兵張保和謀，以計禽正鵬，斬之，昆陽以平。凡此，皆君之仁而兼勇者也。張保和初居卒伍，以事將見法，君奇其人，力請而免之。後立大功，官至專閫。楊正鵬既誅，其所居金銀珠玉，充牣無算，張悉以歸君，曰：「聊以報德。」君笑曰：「子不知我不愛錢邪？」手取敝衣一襲，曰：「以此領君雅意也。」張太息而去，此又君之廉而介也。君仕滇十九年，所至訪求利弊，扶植善良，勸課農桑，興起學校。近四十年來，滇南稱循吏必首張君。

卒於光緒十四年九月庚午，年六十有九。娶徐氏，子三人：鋆彥，縣學生；鏊彥，光緒元年舉人，皆先卒；鑾彥，縣學生，即見我於湖樓者也。孫三人：洵淦、洵蔭、洵侃。余惟滇中之亂孔亟且殆，卒就敉平，復爲樂土，固由師武臣力使然，而賢有司勞來安集之功，亦不可没也。如君者，非其卓然尤著者乎？余叙次其事，蓋深嘆君之有造於滇者大也。銘曰：

蒙段故壤，隔絶中原。咸同之際，盜賊蔓延。爲蛇爲豕，爲狐爲獂。偉哉張君，其才桀桀。惠過鄭僑，勇邁成覸。撫兹雕劬，靖彼咻嚾。民曰慈父，賊曰好官。佳城既建，貞石斯刊。千載而下，視此銘言。

三等男爵長江水師提督黄武靖公神道碑

光緒二十八年八月甲寅，長江水師提督黄公薨於金陵行館。遺疏聞，天子震悼，有「忠勇性成、勛勞卓著」之諭，視提督例賜恤，予謚「武靖」。當是時，倭人渝盟，入寇東南，江海戒嚴，上下方倚公爲長城。而公遽逝，自朝廷大臣以逮兒童走卒，惜公之歿，异口同辭曰：「噫！黄公薨矣。」

公諱翼升，字昌歧，湖南長沙人。曾祖某，祖某，父某，并以公貴，封贈皆一品。公狀貌奇偉，年十三，於長沙遇一道人，謂之曰：「若當以軍功顯。三十年後必拜一品官，封五等爵。幸勉之。」公聞陰自負，入長沙協標，充隊長。道光末，新甯李沅發倡亂，大軍討平之，公與焉，湘撫拔爲材官。以公事至廣東，總督葉公名琛奇其才，堅留之。及粤寇起，從向忠武討賊，所至有功。咸豐三年，曾文正公統水師東下，妙選將才，而駱文忠公以公名薦，遂由廣西召之來，使充左營幫辦。時造戰艦，有龍降於其舟，長五六寸，其色青。曾文正亦臨觀之。嗣是，每戰必見，每見則戰必克。是年，收復湘潭縣及岳州府城。詔以千總用，賜鶡羽翎。自岳州轉戰至金口，十餘戰皆捷，遷守備，易孔雀翎。又以功遷都司，率水師右營剿賊，乘大霧襲賊於都昌，毁其舟數百，禽賊五十餘，又毁鷄公湖賊船數百。七年，升授直隸提標左營游擊。未幾，有梅家洲之捷。水師之攻梅洲也，爲營者六，而公所率右營獨當其衝，洲礮林立，鋭不可犯。餘五營皆攻其對岸。公語部下曰：「五營皆藍幟，吾則白幟。有敢以白幟混入藍幟者，斬無赦。」一艘犯令，公手斫之，中桅，桅折。皆崩角乞免，公曰：「有再犯者，視此桅。」鼓而進之，礮子皆逾舟而過，船進益近，而礮益高不能及。然餘五營皆却走，賊争逐之。公待其還，縱擊之，殺無算。賊又來劫營，五營皆失舟。公逆料其必來，滅炬待之，又殺賊無算，盡奪還所失舟，遂攻破梅家洲僞城，軍聲大振。會合李公續賓陸路之兵，克復九江府，詔加總兵銜，補授直隸河間協副將。九年，楚軍圍太湖城，僞英王陳玉成以賊十萬來援。副都統多公多隆阿等督師迎敵，曾文正命公往視之。多公議各軍分半進攻，留半以守。公曰：「若然，則進攻之兵恃其敗之有可歸也，戰必不力矣。請令各軍整隊，次第進攻，而留半爲之接濟，是則軍無反顧之心，又無軍械、火藥不繼之患，戰必勝矣。」如其言，克太湖城。十年七月，戰塘田、戰張溪，皆捷，補授淮揚鎮總兵，且命先赴淮陽，督帶戰船。蓋朝廷倚重公，自此始矣。

十一年正月，大破賊於黄溢鎮，有爲賊所虜之涇勇江百勝自拔來歸，公命爲内應，又大破賊於方村。旋會陸師克安慶省城及池州府城，進攻銅陵縣，決縣城東北堤埂，率水師由決口入，克之。又進攻無爲州，先毁其泥汊口、神塘河各石壘，遂并運漕、東關兩處同時收復。賞「剛勇巴圖魯」名號，加提督銜。同治元年，曾忠襄公攻巢縣，公分兵會克銅城牐及雍家鎮，遂進薄城下。初，公之帥水師東下也，命具鉏畚。或曰：「非所需也。」公曰：「非若所知。」及追賊巢湖，乘勝深入，賊衆復聚於巢湖口，遏我歸路。公周巡堤岸，得其窄處，鉏畚并舉，不日而穿船達外江。反出賊背，前後夾擊，賊遂大敗。城賊宵遁，進克含山，又克和州，奪取西梁山、東梁山兩要隘，又破賊於清水河，毁烈山賊壘，而進逼大勝關。是役也，公功爲多，詔以提督遇缺簡放。是歲，公之太夫人卒於裕溪口營次。公治喪甫畢，而今相國肅毅伯李公率師至滬，請與公俱。公念東南事重，遂墨經與李公俱東，有詔命公總統淞滬水陸各軍。自是以往，公之戰迹在江南矣。

公既至滬，首破周莊鎮之賊，遂克復青浦縣城，敗其援賊。俄而，諸路賊大至，公率礮船由洋涇濱過曹家渡，毁賊浮橋，揮衆登岸，會合陸師毁其營。賊遁至北岸，復率水師由吴淞江進擊，夜半又毁北岸賊營。於是，滬防鞏固，始得由滬而籌進取焉。戰於蘆墟，大捷。戰於尤家莊，又大捷，賊爲氣奪。公以既克嘉定，賊必來援，命營官張光泰等扼要口以拒之。居無何，賊果大至。張光泰等被圍四江口，公督帥將士，與賊死戰，殺賊數千，四江口之圍乃解。追至三江口，毁石壘四、土壘八，仍嚴扼青浦、泖淀各湖，以遏賊踪。時我軍攻江陰未克，而常昭被圍日久。公督師船抵福山，收復福山石城，遂解江陰之圍。又大破蘇、常來援江陰之賊十餘萬，僞廣王、僞薰王皆死陣中，遂克江陰。叙功，賜黄馬褂。嗣是，自春徂夏，月必數戰於太倉、於昆山、於楊庫、於南北漍、於麥市、於張涇、於羊尖湖、於謝家礄、於嚴家礄、於陳市。每戰謀勇兼施，水陸環擊，或襲破其營，或堵截其路，生禽僞王僞將，及義、安、福、燕、豫諸有名號之賊數百，其餘賊蘇刃而死者數萬，賊勢大蹙。

會其時，臨淮有警，朝命公往援。李公曰：「蘇、常之復，機在此矣，不可坐失。」疏請緩公之行，而蘇賊知不可守，争來乞降。惟僞慕王不可，爲其下所殺。慕黨逸出，公截擊於閶門，殺五六百人，解散數千人。於是遂克蘇州，時光緒二年八月也。李公以捷聞，且言蘇城面面皆水，水師之力居多，公艱難百戰，功冠諸將。詔賞雲騎尉世職。及攻滸關賊營，平之。攻無錫、金匱、宜興、荆溪，下之。而常州之賊糾合丹陽、句容諸賊，犯江陰、常熟、無錫，圍常熟尤急。公自揚州折回，留一營守江陰，親督三營，由白茅口繞至常熟，與部將王東華夾擊，賊潰圍解，進攻常州。賊率死黨立石砦，以槍礮拒我兵。公馳入，生禽其僞王二人，賊衆驚怖，跪而乞降，遂復常州城。蘇、常既定，時公已升授江南提督，統外江水師，會合陸師，掃平沿江賊壘，攻奪中關、攔江磯石壘，由旱西、水西兩門斬關直入，遂克復江甯省城。江南平，朝廷叙功行賞，而公得一等輕車都尉世職，并拜獎武銀牌之賜。

時新設長江水師，天子以長江扼湘鄂三江之衝，責重事繁，非宿將元勛莫勝其任。曾文正公力言公樸實果敢，愛士耐勞，長江之任，非公不可。天子俞焉，特授公爲長江水師提督。蓋長江提督之設，自公始也。公既拜命，以宏規初建，力求美善。添設四版船，巡緝支河，其分防汛地各有定所。營規嚴肅，士卒用命，數千里内，枹鼓不驚。非公之威望，奚克至此乎？同治六年，捻寇由河南入山東，從鄆城梁山濮沈口，於戴廟水涸處偷渡黄河。上命公赴清江、徐州會防。自馬家塘至射陽湖，皆以水師駐守。賊酋賴汶洸，以千騎突出，公合陸師剿之，逼入高郵、寶應間，前截後追，禽其酋。疏聞，詔賞珍物甚衆。七年，又率水師自臨清上駛，直抵德州。賊酋張總愚自投徒駭河以死，其兄及弟及各賊目均斬於陣前，於是捻寇悉平。詔再加公一雲騎尉世職。公凡得雲騎尉世職二，一等輕車都尉世職一，以例上請，錫三等男爵，而先是道人之言驗矣。

十一年，以傷發，請開缺調理，優詔許焉。自是歸鄉里，養威重者垂二十年。光緒十一年，詔繪像紫光閣。十五年，今上親政，詔從優議叙。至十八年，又補授長江提督，入覲京師，賜紫禁城騎馬。二十年，恭逢皇太后萬壽慶典，賞加尚書銜。公以戎臣，渥承恩禮，始終勿替，每念遭際之隆，運會之艱，撫膺感泣，中夜旁徨。是年二月，溯江上巡，至於岳州，感受風寒，舉發傷疾。甫擬醫療，而倭事起。力疾東行，以鎮江爲防所，親駐金山。時秋暑甚熾，兩江總督劉公屢以函請回省就醫，不可。八月九日，病益不支，始還金陵，則距其薨止一日矣。劉公問疾，公述下游防務甚悉，且曰：「餘生何足惜。但能噉粥半甌，即當馳赴防所。」而不圖是日大星遽隕也。

公久歷戎行，大小數百戰，未嘗小挫。咸豐十一年，曾忠襄公圍皖，公駐張家灘，而建德防軍潰。其時統建防者，公故人也，徒步往省之。賊偵知所在，以千騎遏歸路。公佯走誘賊，至隘巷，當市門而立。一騎至，拔刀斫之；又一騎至，又斫之。兩騎皆負傷而遁，誤以爲有伏，不敢進。而江上礮聲如雷，則公已回舟矣。同治元年，以水師駐福山，數遇大風。師船數覆，公所乘舟亦覆。攀援出水，堅坐船背。頃之，風定潮平，始得登岸，復整成軍。公自此益自信死生有命，每戰必身先士卒，其將佐有爲賊所圍者，親往救出之。如貴州古州鎮劉士奇、四川阜和協副將况文榜，記名提督鄭國魁、張光泰，皆公所救也。其平捻也，將自張秋至德州，而運河高於黄河，舟不能進。公露禱三日，有神蜿蜒於水面，俄頃之間，風濤大起，方舟并進。吴橋、東光、南皮諸縣同日決口，環賊數百里，皆成巨浸，遂與陸師合擊，克成大功。公忠義之性，感動神明，其初起時即有龍降其舟，至此益信矣。

公薨年七十有七。娶陳氏，繼娶余氏，并封一品夫人。子宗炎，候選道；宗枏、宗錫，皆前卒。長女適同邑舉人、江蘇候補知縣李雋；次女許嫁永州王氏，早卒；三女許嫁寶慶陳錫玖；四尚幼。孫恩綬。天子篤念藎臣，命宗炎服闋後以道員即選，恩綬及歲引見。蓋慰答前勛，即以獎勵後世，意至遠也。

公前歲至蘇，訪余於吴下寓廬。余時在杭，未得見。及公將葬，公子請銘其神道之碑，誼不敢辭。銘曰：

咸同之間，楚材大出。天佑聖清，掃除蝥賊。堂堂文正，治師長江。舳艣千里，高建牙幢。甝甝黄公，磊落奇氣。束髮從戎，無戰不利。毁其堅壘，拉朽摧枯。禽其名賊，如豕就屠。論功行賞，天子曰都。俾之節鉞，爵以穀蒲。烟閣圖形，禁城策騎。戰績崇隆，主恩優异。大江上下，屹若長城。旌麾再莅，桴鼓不驚。臣力雖衰，臣心猶壯。氣懾郁夷，目營平壤。靈風肅肅，宰樹芊芊。千載而下，式此祈連。

春在堂雜文五編五

江蘇候補知府沈君墓志銘

君諱瑋寶，字書森，沈氏。南宋初，自河南沈邱遷浙江慈溪，明季又遷嘉興，遂爲秀水人。高祖祖蔭，生子范孫、袁孫，袁孫無子，以范孫子師曾爲後。師曾又無子，以范孫長子述曾之子洛爲後。洛字雪門，君本生父也。述曾長子濂，字蓮溪，道光三年進士，江蘇淮徐兵備道。官京師時，妻陸夫人卒，未有子，以君後之。其後蓮溪君繼娶李夫人，自有子，而君爲所後如故。君年十八，入縣學。越兩載，餼焉。蓮溪君外授郡守，陟監司，君從之官。而雪門君以欒清教諭謝病家居，得咯血疾，君往來省視。咸豐元年，雪門君卒。君自蓮溪君所耑歸，則病已篤矣，終身以爲恨。繼而蓮溪君亦解組歸，闔門數十口無以具饔飧。君七應鄉試不中，慨然曰：「『瓶之罄兮，惟罍之耻。』敢忘毛生奉檄之義乎？」乃由議叙訓導入貲，以通判分發江蘇。蓮溪君勖以詩曰：「矢願冬大裘，植節秋竹竿。」君終身誦之。

始佐首府讞獄，又與海運之役。軍事起，辦團練，又辦江陰黄田口釐務。諸事皆治，上游重之，叙海運功升同知。七年，蓮溪君卒。大吏馳檄徵調，命辦南渡鹽釐。時私販充斥，君招撫其魁一人，餘黨悉散。所撫者，後竟積功至專閫云。俄蘇杭皆陷，君奉母間關走兵火間，由海道至上海。時省中大僚咸集於此，薛中丞聞君至，甚喜，仍命管釐局。所治曰「得勝港」，與賊境密邇。君嚴於詰奸，寬於征商，曰「無爲驅也」。同治二年，今大學士李公以蘇撫督師，命君於營務處審案，凡有俘獲，君詳詰之，全活甚多。蘇州既復，官兵與降賊交錯於衢，孑遺之民，時見凌虢。君遇事務持其平，民咸賴之。事定，奉旨補缺後以知府用，更冠服，賞花翎。三年，署蘇州海防同知。四年五月，調署總捕同知。七月，兼署蘇州府知府，充學使提調官。士有懷挾文字入場者，學使命械以徇。君輒言而免之。及受代，仍留署總捕同知。乃迎本生母蔣太夫人至蘇，與李太夫人同居，一門之内怡如也。有旨免補本班，以知府即補。七年，署太倉直隸州知州。君謂風化始於鄉里，人材始於童蒙，書院義塾，力爲整理。又創立「婁江文社」，捐奉錢，付質庫，歲入其息，爲師弟子修脯之資。在任一年，士民頌之，以挑浚劉河工加道銜。時撫軍丁公鋭意興修水利，奏浚白茆河，知君諳練河務，即以相屬。河長六千六百丈有奇，舊章，於得沾水利諸州縣中，按田出夫，民苦其勞，避不就役。君於常、昭兩縣募夫分挑，以軍法部署，兩閱月而畢功。丁公親至達觀，稱善慰勞，無他説也。君先是又奉海運津局之檄，時已二月，海運將發，乃啓壩通流，以蕆河事。越日，丁公飛檄，命緩啓壩，則無及矣。至院上謁，丁公大怒。君侃侃辨，不少屈。然竟奏奪君官，旋以補挑如法，奏復君官。上游喜怒不可測，或謂别有私意存焉。然君於此役，實有功無罪。後虞山楊太常泗孫爲《浉河記》，極稱其爲百年之利，則公論固自在矣。九年，總辦蘇松浚河局。君相度形勢，莫要於吴江長橋洪，而七十二港次之，鮎魚口、寶帶橋次之，澱山、龐山等湖又次之。次第浚治，一律通暢。其太湖東偏，茭草叢生，魚斷林立，有礙水道。悉請禁止，大府咸采行焉。君宦吴垂二十年，於水利尤悉，造福於吴亦最巨。歷保以道員補用，賜二品冠服。然君所藴，實未盡展布也。

性忼爽，胸無城府，而遇事介然不可奪。有某縣令以私事激民變怒甚，以獄上，應竿首者數人。大吏命君往按之。君廉得其實，曲實在官，民聚而哄亦有罪，然無死法。令饋百金，請從重比，不可，遞益之至五百金，使人委之君寓而去。君持金親至縣署，返之主計者。主計者不受，君曰："「然則吾持此金投按察司矣，無悔也。」"卒返其金，而此獄得不窮治。仁者必有勇，信矣。平居豪飲喜客。急人之急，不程其力，有告佽者，盡所有予之，己雖匱乏不顧也。

妻唐夫人，與有同志，嘗刲臂肉療其君舅之疾。當避寇亂時，謀航海，而人多資不足。或請棄諸臧獲，夫人曰：「若輩從我，艱苦倍嘗，其忍棄諸？」卒與俱免。宗族姻婭以緩急告，必應。喜施捨藥餌，手自調製，乞者相踵，應之不厭。君之高義，亦夫人有以成之乎？

君卒於光緒五年二月己丑，年六十有一。唐夫人諱如，海甯州學生作言公女，後公十二年，卒於光緒十六年三月辛卯，年七十有二。子八人：蕃，附貢生，福建候補同知；宣，增貢生，候補訓導；翰，附貢生，江蘇候補縣丞；桓，增貢生，中書銜候選訓導，充出使美日秘大臣隨員，君本生有弟瑩寶，無子，以桓子之；式、城，皆前卒；衛，光緒十四年舉人，十五年貢士，并夫人出；儀，側室吴出。孫十一人：保儒、怡儒、恂儒、鈞儒、炳儒、愷儒、彬儒、敬儒、惇儒、孝儒，其曰穆儒者，桓所出也。女子子三人，海甯蔣振墀、徐家修、震澤徐汝善，皆其壻。

君先葬於某原，十七年二月某甲子，蕃等奉唐夫人之喪合葬焉，禮也。以狀乞銘。銘曰：

槃槃大才，未竟其用。落落奇氣，殊异於衆。仕宧廿年，家無餘俸。齋厨蕭條，賓朋喧哄。高談逾雄，豪飲彌縱。講求吏治，窾却必中。上追龔黄，庶幾伯仲。高墉未登，雍門先慟。景彼英風，悲兹良棟。天之報之，子孫麟鳳。幽宅既營，貞石斯礱。刻我銘詞，世世嘆誦。

蔣澤山墓志銘

往時峽山蔣氏，藏書爲浙右甲。蔣生沐先生精於讎校，所刻《别下齋叢書》，學者珍之。余於咸豐癸丑歲曾至其家，圖書滿室，喬木蔚然，嘆爲方雅之族。越二十餘年，而蔣君澤山以詁經精舍高才生登賢書，名動公卿間，則生沐先生子也。余忝主詁經講席，君不我鄙棄，願隸門下，因得窺其所學。經史子集，靡弗研究。詩宗阮亭，文主桐城，駢儷文兼《卷葹》《儀鄭》之長，詞則酷似竹垞、樊榭。又嘆如君者，洵不愧蔣氏之子矣。君幼慧，生沐先生奇愛之，所蓄書恣其觀覽。未成童，博綜群籍。俄遭兵火，室廬盡毁，舊藏書籍皆散佚，生沐先生亦旋下世。君丁大故，又值亂離，而力學不倦。年二十，應童試。時太守爲全椒薛公，善相士，見所擬元道州《春陵行》，擊節曰：「此《長慶集》中詩也。」是年入學。又十年，始舉於鄉。當是時，浙中設局刊刻書籍，廣延知名士任校勘，君亦與焉。晨鐙夜燭，賞奇晰疑，極友朋文酒之樂，有《聽園雅集圖》盛傳於時。顧久困公車，年逾四十，循資以知縣注選籍。先是，曾參左文襄記室，叙功加五品銜，賜花翎。嗣又叙本省海運功，以知縣分省試用，簡發廣東。制府南皮張公久耳君名，檄司廣雅局，凡有文字之役，靡不與焉。光緒十五年，充鄉試同考官。每日閲卷，至丙夜未休，或勸少息，謝曰：「吾久困場屋，疇昔所隱痛，何敢忘諸？」及揭曉，得朱秉筠等七人，皆能文士也。君至粵後，與余書問不絶。及知君入闈，決其必得士，而頗怪君於試事畢後，絶無一書。有自粵來者，問之，曰：「病矣。」今年夏，其弟廷黻來，問之，曰：「死矣。」余大詫嘆，問病且死之狀。則君故有痞疾，一庸妄子以藥下之，下白盥甚多，遂委頓。有識者曰：「痞已散，不久且病腫。」已而果然。言於大府，乞歸。歸家甫一日而卒。嗟乎！君之病可以不死而竟死，余《廢醫》之論所以作也！余方以有君爲蔣氏幸，今則又爲蔣氏惜。然君所箸《莪廬詩録》二卷、《文録》二卷、《駢文録》一卷、《詞録》一卷、《札記》八卷，皆可傳於世，則余終爲蔣氏幸也。君諱學溥，字長孺，一字澤山，莪廬其自號也，浙江海甯人。南宋初有諱興者，從高宗南渡，是居蔣村。君高祖雲鳳始居峽石，曾祖仁基，祖星槐，父光煦，即生沐先生也。母馬，生母沈，生沐先生卒，馬以身徇之。君生於道光二十六年十月戊午，卒於光緒十六年閏二月丁卯，年四十有五。娶黄氏，子方泰、方復、方同。其第三子方咸，後君五十日殤。女子子二，其長者歸海鹽沈受康。孫斯翔、斯臧。孫女二。某年月日，葬某原。銘曰：

以君之才之美，而止於此，吾惜蔣氏。然君之名，死而不死。文字之華，何必金紫？箸述之壽，何必年齒？吾銘其墓，又嘆蔣氏之有子。

曾惠敏公墓志銘

昔在咸豐、同治間，盜賊磐牙，有震且業。天乃篤生惇龐耆艾，表裏文武之臣，以剗祓荒茶，經緯區宇。而吾師曾文正公，實爲中興元功冠。文正公薨，惠敏公嗣，又繼之以雄才偉略，爲國家宣布德意，奮揚威棱。談笑樽俎之間，折衝萬里之外。將天之鍾美於曾氏乎？乃天之篤祐我聖清也。

光緒十有六年閏二月癸巳，惠敏公薨於位。越二日乙未，詔以公才猷練達，任事勤能，賞太子少保銜，照侍郎例賜恤。三月癸巳，又從大學士直隸總督李公鴻章請，以其事實宣付史館，加恩予謚。明年某月某甲子，其孤奉公之喪，歸葬於長沙曹家坳之原，而乞文以銘其幽宫。余惟公以元功侯籍，弱冠登朝，智深勇沈，中外翕服，固不待余言以爲重。然公仗節出疆，慷慨辨論，有中外大局所關，不可不垂示後世者，則又安敢以不文辭？

公諱紀澤，字劼剛，文正公長子。世牒炳然，可無述也。自幼究心經史，喜讀《莊子》《離騷》，所爲詩、古文辭，卓然成家。兼通小學，旁涉篆刻、丹青、音律、騎射，靡不通曉。從文正公在軍中十餘年，戰守機宜、山川形勢，咸得其要領。同治以來，與泰西互市，中外之事益繁。公遂精習西國語言文字，講論天算之學，訪求制器之法，海外諸大洲地形、國俗，鱗羅布列如指諸掌。先以正二品蔭生，用户部員外郎。及文正公與歐陽夫人相繼薨逝，公連遭大故，哀毁幾不勝喪。然堊廬之中，仍潛心有用之學。服闋入都，襲一等毅勇侯。朝廷知公才，命以四五品京堂候補。同治四年，充出使英國、法國欽差大臣，賜花翎以寵其行。是年，補授太常寺少卿，明年，遷大理寺少卿。公在海外，遇事侃侃，英人、法人多爲折服，朝廷益知公可大用。明年，遂有出使俄國之命。

先是，中原多事，俄人竊據伊犂，至是議索還之。而侍郎崇厚實以全權大臣往，乃爲俄人恫喝，諸事多從其請，又以全權大臣，例得專行，竟與定約而歸。上震怒，奪其官，治罪。改命公往，毁約更議。當是時，俄人要挾萬端，且自我毁約，使彼有辭，沿海震動，以爲兵事將起。公受命於艱危之際，力任其難，與其國外部書格爾斯及駐華公使布策諸人，筆舌辨難，往復十數萬言，卒毁已成之約，更立新議。其大端有七：

一曰交還伊犂。原約以伊犂西、南兩境分歸俄國，而南境之帖克斯川，實爲南北要區，尤重於西。若南境屬俄，則俄有歸地之名，我無得地之實。力言於俄，俾南境悉歸於我。二曰定喀什噶爾之界。原約所載地名，按圖懸擬，未足爲憑。俄必欲如原約者，乃争蘇約克山口也。

公與辨論再三，始定議兩國各派大員勘定，不以原約爲準。三曰定塔爾巴哈台之界。前將軍明誼、奎昌等已分有定界，及崇厚至，俄以分清哈薩克爲言，於是爲俄所占者又三百餘里。公力争於俄，乃於明誼、崇厚所定兩界間酌中勘定，更立新界。四曰嘉峪關通商。原約許俄商由西安、漢中行走直達漢口，而向來通商，從無指定何處，許西商減税行走之例。公與定議，嘉峪關通商，如天津例，而「西安、漢中兩路」及「漢口」字均删去，不入載書。五曰松花江水道。松花江直抵吉林愛琿城。從前誤指混同江爲松花江，致俄船駛入無禁。崇厚許至伯都納，俄猶未饜也。公與力争，竟廢此條，不特於新約奪其利，并爲舊約辨其誣矣。六曰烏魯木齊領事。公初意盡廢各城領事官，俄謂各領事廢，則烏魯木齊必須增設一員。公又與争，乃改爲吐魯番增設一員，而烏魯木齊不增，餘領事并罷。七曰天山南北路税務。新疆兵燹之後，凋敝殊甚，轉運維艱，是以原約有「均不納税」之説。公改爲「暫不納税」，俟商務興仍開徵，以充國課。

凡所定界務三端、商務四端，皆毁舊約，更立新章，而又有償款一端，改兵費之名爲代守伊犂之費，減盧布五百萬圓爲盧布四百萬圓。自光緒六年至七年，凡十閲月而議始定。前使者，以頭等全權大臣，僅得伊犂之半，而諸要隘盡棄以畀俄。公以二等使臣，又無全權之名，乃能取已成之約而更之，烏宗島山、帖克斯川諸要隘仍爲我有，伊犂、拱辰諸城足以自守，而又得與喀什噶爾之阿克蘇諸城形勢聯絡，其有功於新疆甚大。旋補授宗人府府丞，遷都察院左副都御史。

至九年，而法越事起，公任滿將代，詔留公任。公與法人辨甚切，法人憚之。又陳「備禦日南之策」六條，悉中肯綮。十年，補授兵部右侍郎。是年，奉命與美國議定洋藥稅釐并徵條約，增歲入銀二百餘萬兩。十一年，始有詔以江西布政使劉瑞芬代公。公在外蓋九年矣。歷使俄、英、法三大國，適值多故，優勞備至，鬚鬢皆白。至十二年冬，受代還朝，未至，即命幫辦海軍事務；既至，又命在總理各國事務衙門行走。醇賢親王知公諳達洋務，每事必諮焉。調户部左侍郎，命管同文館之事，又嘗攝刑部、吏部侍郎。

公自以受恩厚，鞠躬盡瘁，不敢自暇逸。而在俄時，積受陰寒，得中消之疾。至十六年春，方與諸王大臣會議朝鮮事，咸欲取决於公。而公旋病，病且不起矣，年五十有二。醇賢親王親臨哭奠，謂年甫及艾，何遽至此？有其才而不竟其用，惜哉！旬日之間，電傳中外，無不同聲太息，爲朝廷惜此柱石之臣。烏呼！如公者，真我國家之藎臣，而我師文正公之肖子矣。

公娶賀氏，雲貴總督賀公長齡女；繼娶劉氏，陝西巡撫劉公蓉女。初無子，以弟子廣銓嗣，後生子廣鑾。公卒，廣銓賞員外郎，廣鑾俟及歲引見。女子子二：長適合肥李經馥，次適歸安吴永。所箸奏疏及詩古文若干卷，又箸《地輿輯要》，未成。其早年所撰，則有《佩文韵求古編》《説文重文本部考》《群經臆説》諸書，均藏其家。公合中學西學而成一家之學，宜其所樹立者大也。銘曰：

天生文正，光輔聖清。掃除群盜，東南砥平。内亂既平，外患未已。天成公志，畀以賢子。賢子維何？曰惠敏公。中學西學，一以貫通。始以小侯，跻登卿列。帝知其才，授以使節。俄恃其强，據我新疆。誰與定議？自毁堤防。公踵其後，十易八九。折衝樽俎，奪肉虎口。不辱君命，不激不隨。公此一舉，傾動四夷。方今隱憂，實惟平壤。俄所覬覦，我之屏障。安得如公，高議雲臺。雄圖未展，隆棟先摧。我作銘詞，刻其墓石。赫赫令名，千載無斁。

記名道劉君墓志銘

君諱傳楨，字文楠，一字守齋，劉氏。其先直隸某縣人，明季有諱溶者，以兵備副使駐徐州，卒於官。其子象光，於國初遷金陵，則君之六世祖也，自是爲江蘇上元人。曾祖昆南，祖天秀，父瑞庭，皆以積善稱於鄉里。曾祖妣柳，祖妣翁，妣李，三世并以君貴。自曾祖以下，贈榮禄大夫，曾祖妣以下，贈一品夫人。

君昆弟六人，最居長。十三歲，應童子試，學使者將録取之，以年幼，姑以佾生注籍。人皆惜之，君曰：「吾誠幼，何急也。」其明年，粤寇東下，江甯陷。其父於前一日密爲訓誡之詞，紉君衣褚中，托他事遣詣其師李君家，而自與李夫人率其第六子及諸女子子投壽星橋水以死。君聞而歸，大慟。倉卒無以斂，而橋旁故有庵，庵有棺十餘具，皆君父平日所製以施人者也。至是取用之，適如其數。君率諸弟間關出城，至吳中，依其叔父以居。每痛其父母死難之烈，又念其父所遺告誡之語，益自發憤，攻苦於學。而江甯淪陷，歲科試皆輟不舉，乃始出而從軍。初從袁端敏於皖北，轉戰江淮數千里間。晝據鞍馬，夜草軍書，嚴寒酷暑，未嘗告疲。時李世忠方奉詔幫辦軍務，端敏疑焉，使君輩數人參其軍，以伺察之。世忠見君，大疑且忌，不遣歸。君一日密以書報端敏，匹馬亡去，轉歷曾忠襄、富將軍諸軍中。其後喬勤恪公知其才也，復調赴皖，屢克名城，數禽巨寇。叙功以知府留安徽補用，權知廣德州，完殘奮怯，民賴以蘇。英果敏公以巡撫駐壽州，招君入幕府，倚之如左右手。捻寇北犯，果敏以皖軍追剿，君從焉。寇飄忽如旋風，與之角逐，日數百里，所過村落皆爲邱虚。終夜露宿，終日或不能一飯。君素强壯，其有痰嗽之疾，實始於此。捻平，果敏疏言君入運籌策，出冒鋒鏑，勤勞最多。於是有詔，以道員記名簡放。果敏又密陳君才，詔下軍機處存記。君感念恩榮，又以軍事粗定，乃告歸，改葬父母及叔父與諸姑姊妹之同死難者，陳請恩恤，悉如典禮。君自出危城八載，衰絰不去身，亦未嘗論婚，曰：「吾父母死難，未得旌於朝，亦未得葬於兆域，敢以三年滿乎？」至是，始釋服。妻石夫人來歸，君年三十矣。其至性之篤如此。

皖地故瘠，亂後益凋瘵。君佐果敏招流亡，劑財用，詰盜賊，輯軍旅。民安其居，士樂其業，農歸其畝，兵守其伍。嘗於蕪湖立棚廠、具糜鬻以飼餓者，來者日數千人，歡愉之聲溢於道路。果敏督粵，亦以君從。果敏俄罷歸，君内爲知己惜，外爲天下惜，退居邗上，杜門讀書。討論經籍，博覽史策，而尤熟於古今方域形勢。後馮展雲中丞應詔舉人材，稱君於中外形勢瞭如指掌，非虚語也。居五年，復官於皖，署安廬滁和道及鳳潁六泗道，均能舉其職。桐城有地曰「小缸窑」，其民以築堤交哄，君履勘寢其事。皖北有關山石路，歲久頹傾，商旅稽滯。君捐俸修築，行李便之。光緒七年，大水，大吏使人運米振飢。飢民數萬，麇集江干。米船連檣至，見人多，寄碇中流，不敢泊步。君適以勘灾經其地，立命檥舟設艤，以米遍賦飢民。民皆羅拜，無敢嘩者。法蘭西以越南事構釁於我，江督曾公、皖撫裕公命君籌辦皖防。親歷東西梁山、板子磯、攔江磯諸處，扼要置守，創設電綫，以速軍報，皖省電綫之設自君始也。君以一身而兼管七局，目覽軍書，手批案牘，耳聽諮稟，口授裁答，昕夕無間，兩鬢爲斑。君不堪其勞，而人則忌其才大，嫉其權重，造作蜚語，達於朝聽。遣使者按驗，無實。會裕公以憂去，忌者得逞，竟坐左遷。君不以措意，浩然東歸。曾忠襄公馳書慰之，君復書曰：「少遭先人慘烈，起家軍旅，横被國恩，洊至監司，叨竊逾分，幸無贓私，辜負聖明。今雖降官，而詔書尚言有肆應之才。以此歸里，亦云榮矣。」

時楊勇慤公援閩，欲與君俱，駐蕪湖三日以待之，臺撫劉省三中丞亦以書招君，君皆謝不往。愛吴中山水，卜宅於姑蘇，自買墓地於光福山中，以「味閑」自號，有終焉之志。曾忠襄公以報銷一事，千緒萬端，整紛剔蠹，非君不可，强以屬君。君念士爲知己者用，不敢固辭。數年以來，鈎稽出納，乘除贏縮，米鹽靡密，無有不當。十三年，直隸及安徽皆荒於水。君以直隸爲畿輔重地，安徽乃舊治也，竭家財助振，且曰：「此吾承先人之遺意，非以求名。」直隸總督大學士李公以聞，有詔還君原官，然君固不復出矣。君少遭家難，壯歷戎行，辛苦艱難，極人世未有之困。中年以後，精力稍衰，時發宿疾，然與客劇談，興會飈舉，猶如故也。十七年十月乙卯，在江甯寓館食蟹，喘疾大作。丁巳，發電報召其長子自蘇至甯。子至，猶無恙。越日戊午，遂卒，年五十有四。

君勇於義，月以錢米存問三黨中之貧者，所交多當世賢豪，而於孤寒積學之士尤愛而敬之。爲人謀必盡力，論事悉中肯綮。然志趣宏遠，不欲以文章名。故身後無存稿焉。妻石夫人，吴縣人。乾隆五十五年進士第一人名「韞玉」、海内稱「琢堂先生」者，其曾祖也。名家之女，賢明有禮法。丈夫子七：家怡，候補知州；家諶，府學生；家熙、家禧、家愉、家燾、家龢，皆幼。女子子五。孫二：孝寬、孝廣。十八年十月己未，家怡等奉君之喪，葬於光福□□山之原，即君所自定者也。以狀乞銘，銘曰：

造物生才，固爲世用。生而不用，終老菰葑。幸而得用，忌之者衆。劉君之才，爲麟爲鳳。遭際盛明，閲歷倥偬。宜建高牙，爲時隆棟。寵命天頒，讒言市哄。鸞翮雖騫，驥足未縱。爲當代惜，非爲君慟。刻石幽宫，千載嘆誦。

廣東巡撫劉公墓志銘

公諱瑞芬，字芝田，安徽貴池人，劉氏。曾祖駕夫，祖兆，考孝櫶，并以義行稱鄉里，邑志有傳。曾祖妣徐，祖妣羅，妣姚，繼妣柯，三代皆以公貴，誥贈一品。

公自幼穎悟，弗通經史，工爲文辭。年十九，入縣學。歲科試，輒居高等。咸豐元、二年，應鄉試，并擬中。中額足汰焉，同輩惜之。而是時大盜起粤西，竄於金陵，蔓於東南。公落落有大志，亦不以科第爲意。創「青山詩社」，與同志唱和。感懷時事，發爲詩歌，其志固已遠矣。曾文正公駐軍東流，旁求豪俊。公獻時務策，深爲嘆賞，延置幕府。今相國合肥李公之以淮軍赴滬也，文正公以公才可用，命隨軍東下。時水陸百數十營所需軍械、火藥，皆取辦於公，指景而備，罔有不給。槍炮購自外洋，往往爲所紿，值高而器窳。公脉摘如神，無能欺者。李公得以肅清吴會，公之力也，積功由知縣叠遷至以道員分發江蘇。迨李公移軍剿捻，而軍中所需，仍由公於上海宿辦。捻平，賜花翎，叠加按察使銜、布政使銜，管軍械轉運局如故。又兼船捐捕盗局，海盗歛迹，商船相慶。會李公由湖廣改督直隸，兼北洋大臣。以南北洋輔車相倚，淮軍之餉，取給東南。南中歲入，莫大於釐，釐之所入，松、滬爲甲，命公駐上海，主松、滬釐局。公自是治釐務者十年。上海爲萬商之淵，賈貿墆鬻，舛錯縱横。公綀核庶事，顜若畫一，無苛征，無逋課，商賈不疲，釐課饒足。光緒二年，奏署兩淮鹽運使。時淮北大饑，飢民十餘萬，蒙袂而南。蘇撫有令曰「毋渡江」，於是皆聚於揚。公於城外築圩十餘所，編列字號，按籍而授之居，計日而予之錢，病則醫藥，死則葬埋，懼其恃衆驛騷也。一月之中，爲宣講《聖諭廣訓》者六，懼奸宄之徒從而掠賣其子若女也，衛之以兵，晝夜巡數之。自冬徂春，資之而歸，所全活者無慮六萬餘人。邗上農安於畝，商安於廛，不知飢民之雲集也。三年春，署蘇松太兵備道。公駐滬久，熟於夷情，從容裁决，悉中肯綮。會俄羅斯以我索還伊犂故，時以兵船至海口，滬上大聳。公密請大府於小南門外增設新營，名爲汰老弱，實則募精壯。一月成軍，滬人安枕。次年春，特旨命入見，异數也。皇太后垂詢中外情形，公言夷人以傳教引誘我愚民，其患小；以通商竭我中國之利，其患大，并陳設海軍、及造海船諸事。中國創設海軍，公發之也。俄補授蘇松太兵備道。

公精於吏職，衎衎辯舉，而大局所係有四事焉。華洋互市之初，定議浦江以北爲洋商船步，浦江以南爲華商船步，而夷情無饜，又欲侵占南岸。公設水利局於東門外，選方幹之員常駐局中，專治船步，夷人覬覦之情乃絶。此一事也。故事夷船進口必納税於關，江海新關由此設也。而夷人欲於吴淞口起所賫之貨，則關虚設矣。公力争之，事遂寢。又一事也。其時有總税司英人赫德，獻議於總理各國王大臣，謂中國所産鴉片烟甚多，宜增釐税。公曰：「是陽爲我，實陰爲彼也。釐税增，則中國之烟貴，而外國之烟乃大售矣。」執不可，其計遂不果行。又一事也。夷人於租界中創設自來水、自來火，非一日矣。至是，并欲推及城内。公曰：「城外固華洋雜處之地也，城内有華人，無洋人，人情樸茂，毋擾我民。」卒不許。又一事也。公之通達事理，主持大局，類如此。

八年，遷江西按察使，入都陛見。知少司寇薛公精於律學，親詣咨訪。既至江西，清淹滯之獄，立保受之法。有恃衣冠以撓我法禁者，罪無赦。有植徒黨以擾我里閈者，罪無赦。行之一年，境内大治。九年，遷布政使。於州縣交代，剖豪析芒，無敢乾隱，而又不爲苛察激繞之政，人皆畏而感之。法人渝盟，江表戒嚴，公治餉、治兵仍如上海時。明年，奉命護理江西巡撫，論者謂公受知深，不久且即真矣。而朝廷以海外諸國英吉利、俄羅斯、法蘭西最大，前出使大臣襲一等侯曾公久勞於外，宜受代，非公不足以繼之。乃以公爲欽差大臣，出使英、俄等國。十一年秋入都，皇太后召見兩次，授三品京堂，加二品頂戴。十二年，補授太常寺卿。十三年，改授出使英、法、義、比四國大臣。公駐西洋凡四年，遇事務，崇國體而亦不替邦交。惟於中國有不便，則力與之争。俄人艷我漠河金礦之利，必欲得之。公曰：「此大利所在，非空言能拒也。」亟達總署及北洋大臣，請先自我舉辦，從之，於是俄人不再言。緬甸者，我之屬國也。英人據爲部屬，欲罷其朝貢。公執故事，與英外部往復辨論，於是仍以貢獻歸於我。十四年冬，補授廣東巡撫。十五年春，回抵上海，鬚鬢皓然矣。以病乞休沐，至是年秋，入都覆命。冬十一月，至廣東巡撫任，精練勤幹，與在上海及江右無异，吏民咸服。十七年，爲鄉試監臨官，以糜粥賦諸生，必躬嘗之。爲武鄉試主考官，終日坐堂皇，較射無倦，稱得士。然以積勞觸發在外洋所得肝疾。十八年三月戊辰，薨於位，年六十有六。遺疏聞，天子震悼，賜祭賜葬，悉如律令。已而，直隸總督大學士李公，又以公始終事迹上聞，於是有詔，宣付史館立傳，并附祀淮軍忠義祠。

公生平孝於親，友於二弟，篤於朋友故舊，而勇於爲義。建宗祠，修族譜，創立仁安義莊。自本縣文廟，以至忠烈、節孝諸祠，及府城水口、廟宇、橋梁、道路，與凡名賢遺迹毁於兵者，咸修復之。金陵貴池會館故有黄文貞公祠、翁夫人墓，皆葺治如舊。爲本縣修志書，於京師置池州試館，鄉人至今稱誦勿衰。直隸、河南、山西、江蘇、安徽、浙江各行省水旱之灾，振助甚巨。又於外國倡立華洋振捐，集洋錢至三十餘萬之多。非公盛德，奚克致此？所至不通苞苴，亦不矜崖岸，門無留賓，案無留牘。奏咨函牘，半由手定。公餘燕坐，惟以圖籍自娱。寒畯之士，遇之尤厚。故易簀之日，士民悲慟，有失聲者，其德之感人深矣。

娶姚氏，繼娶傅氏，皆封一品夫人。子世琪，兩淮吕四場大使，前卒；世瑋，光緒十四年舉人，候補知府；世琛，貢生，候選主事；世瑛，縣學生，候選員外郎；世珩，縣學生，候選中書科中書；世瑗，尚幼。女子子四人，其長者歸南皮縣廩生徐乃昌。孫三人：詒讓、詒謙、詒訓。孫女九人。

某年月日，世瑋等奉公之喪，葬於某原，以狀乞銘。銘曰：

天祐聖清，篤生群彦。以靖妖氛，以清海甸。公本諸生，青燈黄卷。慨念時艱，投筆焚硯。惟曾文正，選士百鍊。許公國士，置公上選。惟肅毅伯，身歷百戰。誰任儲胥？誰供營繕？惟公司之，盡美盡善。岩岩武庫，青霜紫電。隆衝渠幨，金錫竹箭。以定東南，如湯沃霰。功業日崇，雲烝龍變。天子曰咨，東南汝奠。滬瀆一隅，估舶所便。汝往鎮之，海疆清宴。天子曰咨，庶事宜練。汝臬汝藩，汝歷方面。江南西路，萬户雷忭。天子曰咨，重洋廣衍。持節和戎，非汝莫遣。英俄法義，周歷幾遍。乃頒節鉞，乃乘郵傳。乃開幕府，乃置僚掾。五羊之城，風采衆見。宜升鼎足，長承天眷。如何不禄，始賀終唁。我作銘詞，銘公之羨。千載而下，知公之竁。佳城峨峨，宰樹蒨蒨。毋長荆榛，毋滋貗蜓。

陳筱浦墓志銘

往者吾師曾文正公以使相督兩江，其幕府羅天下之英才。龍蟠鳳逸之士，猋飛而景附，霅煜其間。余於同治六年五月，謁公金陵。公止之宿，因得盡識其幕中諸君子。筱浦陳君，其一也。與今侍郎錢君子密、副都御史薛君叔芸，并推重客。余與往返，心折其人。文正公薨，君仍留兩江幕府。沈文肅、左文襄、曾忠襄，及今制府新甯劉公咸相倚重。而君於事益習，所建樹益宏，蓋雖未嘗一日居官，而利澤及人者固已遠矣。君殁，而其孤以志墓之文來請。余與君有一日之雅，不敢以辭。

謹按狀，君諱坦，字諒衷，筱浦其號也，陳氏，浙江海甯人。曾祖紱，曾祖妣徐氏、楊氏、曹氏。祖惟德，祖妣倪。考烺，妣張。自祖以下，并贈通奉大夫，妣皆夫人。君生七齡，即爲其伯父春海公所奇，曰：「吾家千里駒也。」年二十一，入州學，冠其曹。事父至孝。父病，不解衣而息者百日，病爲小間。閱兩載始卒，君毁甚。母張夫人曰：「汝終鮮兄弟，毁而滅性，吾將安賴？」於是强飲强食，治喪葬悉如禮。而生計日益瓠落，乃嘆曰：「瓶之罄兮，維罍之耻。吾父已不逮養，豈可更以顑頷貽吾母憂乎？」將謀遠游，而以不得事母，意未决。張夫人曰：「汝婦賢婦也。躬親井臼，以勤慁事我，我甚樂之。勿以我爲念。」乃往從其伯父春海君於淮上。春海君，固諸侯老賓客也，悉以所學授之，且誨之曰：「古稱『幕府之選，下臺閣一等』，吾儕爲人剖判商榷，是攝是贊，即古之幕職也。居心必公，謀事必忠。睚眦蠆芥，非公也。瞞瞞諂夫，非忠也。汝其戒之。」君一生以公、忠自勵，本諸此。君出則佐春海君治公牘，研核是非，雖老於事者，謝弗及。入則事張夫人，中裙厠牏，躬自洗滌。張夫人卒，喪之如喪父。俄春海君亦卒，然君學已成，名譽日盛。喬勤恪公爲兩淮鹽運使，以禮延聘，此君治鹺務之始也。

同治二年，曾文正駐師安慶。時鹽政益廢，公私皆困。大軍需餉甚巨，皆取給於鹽，鹽不治，軍不贍。公曰：「是非陳君至不可。」延之入幕，待以國士。君感文正知遇，知無不言。盱分殊事，悉得其要領。額減於前，餉增於舊，士飽馬騰，軍聲大振。遂以翦除大憝，耆定東南，君與有功焉。夫自粵賊竊據金陵二十餘年，窮天下之力而後克之。其時，方召重臣、衛霍宿將，天下想望若神人。然而軍糈半出於鹽鹺，鹺政一定於君手。按績論功，豈遜於麾城摲邑者乎？君恂恂儒雅，口不言功。治事之暇，手一卷不釋。補寫其先人所鈔陳榕門先生《五種遺規》，以訓其後人。并刊刻春海君所輯《歷代節義録》，以行於世。余往時見之，粹然儒者也。君然識力堅定，遇事不惑。沈文肅之督兩江也，有人言淮北竈田撥歸海州，歲可增賦無算。君曰：「如是，則竈丁失業矣。」而又有言其地多盜，改隸地方，盜風可熄。文肅惑焉。君曰：「是宜問之場員。」已而，場員會議，僉曰「不便」，且以康熙間舊牘進焉，事乃得已。及左文襄時，或有以增引請者，君曰：「商力疲矣，不失舊額爲幸，何引之增？」議亦遂寢。此二事，一爲竈計，一爲商計，而皆以爲國計，未有商竈疲而國裕者，是君所見之大也。君所著有《淮鹺駁案類編》，至今治鹺務者宗之。曾忠襄籌巨款，以振蘇、皖、浙三省之饑。所有函牘皆君屬草，備陳三省被灾之重，與灾民待救之急，情詞切摯，聞者感動，翕響揮霍，不期而集，全活者以億萬計。君義心清尚，穆行好施，家庭之間，悃悃款款。從弟少虎、又吉兩君早世，撫其遺孤，以逮於成。爲兩弟婦請立綽楔，以表其節。春海君之卒也，負人金若干，有操傅别來請償者。君曰：「家事從長，宜問我，吾弟在衰絰中，勿擾之也。」其弟曰：「吾父所負，吾則償之，豈以累吾從兄？」相争不决，索責者嘆息而去。金陵既克，自秣陵關至於句容，白骨滿塗，君出資募人盡掩之。光緒十六年，君六十歲縣弧之日，盡取篋中所有親友借券燔之，曰：「此吾所以爲壽也。」是歲，又輸金助浙振，疆臣以聞，有詔奬焉。君雖在軍幕，不廢舉業，猶四應鄉試，屢經房薦，喟然曰：「是有命也。」厚聘幣、延名師，以課其諸子。其諸子皆嶄然有見於時，君顧而樂之。

素無疾疢，六十歲生日前一月，偶患右手不仁。嗣是，時劇時瘥。光緒十八年十月庚申，卒於家，年六十有二。始於金陵克復，保五品銜，候選訓導，入資爲部主事。湖州復，加四品銜，賜花翎。又以其子銓郎中銜，封通議大夫，晋通奉大夫。妻邱氏封夫人，即姑張夫人所謂賢婦也。子四人：鑒，光緒十一年拔貢生，用教職保知縣，前卒；鎔，兩淮鹽運司知事；銓、鏞，并光緒十七年舉人。女子子一，其婿爲同邑汪元誠。孫七，孫女六。某年月日，葬某原。嗚呼！以君之才，使見用於時，安知不與同時幕府錢、薛諸君并以功名顯哉？然顯晦不同，可傳者一，是宜爲銘。銘曰：

幕府之中，大有英雄。穆羽相和，利澤無窮。君才之優，君學之充。誰其知之？曾左巨公。何以知之？曰公曰忠。忠則不妄，公則明聰。即君遺意，銘君幽宫。千載而下，式此高風。

湖北漢黄德道惲君墓志銘

君諱彦琦，字莘農，姓惲氏。南宋時有諱繼恩者，始遷陽湖，遂爲江蘇陽湖人。至君之考中丞公，以順天大興籍成進士，故又籍大興。高祖諱鍾僖，曾祖諱耕方，祖諱熤，父諱光宸，即中丞公也。高祖以下，皆以中丞公官封榮禄大夫、振威將軍。高祖妣劉氏、强氏，曾祖妣項，祖妣李，皆封一品夫人。中丞公以道光十八年翰林官至江西巡撫兼提督，國史有傳。妣盛夫人生三子，君其長也，自幼穎悟。中丞公知岳州時，訪延名師，以課君讀，皆許爲大器。

咸豐元年，中丞公官江西按察使，例蔭一子，君應任子，試以外用，君志在科第，未就也。二年，鄉試，取謄録，仍還侍中丞公於江西。會粤賊自南康薄省城，中丞公登陴固守，君亦從焉。礮彈雨集，凝然不動，左右皆异之。五年，中式舉人。九年，成進士，授主事，分禮部。時中丞公已巡撫江西，其右耳旁故有癬肉如瘤，初不介意，及是忽浮腫。君聞之，亟請假歸，延粵醫治之，始有小效，竟以不起。君率兩弟治喪事，以道梗，未得歸葬，乃於撫州城外卜地攢焉。同治元年，服闋，入都供職。六年，以《玉牒全書》成，叙功，遇缺即補。逾年，補主客司主事。十年，升儀制司員外郎，仍掌主客司印。明年，恭逢穆宗毅皇帝大婚，典章繁縟，故事又無可據。君綜事精良，千緒萬端，指景取備，歷一年之久。晨而入，旰而歸，晝不足，繼以燭，所手定條目二百數十事，無不曲當。本部論功，請以道員簡放，格於吏議，改注選籍，仍加三品銜，賞戴孔雀翎，如本部原議。俄升主客司郎中，調掌儀制司印。光緒元年，又以襄理穆宗大行典禮，詔俟補道員後，加二品銜。君在禮部久，歷掌三司，兩襄盛典，積優成陟，大計群吏，以道府記名。三年，選授湖北督糧道。

鄂自胡文忠改征折色，事雖較簡，然諸務猶波湊。君躬自鈎稽，按月而定四柱，按季而定二撥，民咸稱便，吏不能欺，舊欠新征畢輸罔缺。大府以卓异聞於朝，兩署湖北按察使。治獄得情，平反甚衆，歷年積案十結其九。至於立社倉、編保甲、興蠶桑，至今循焉。七年，調漢黄德道兼江漢關監督。中外通商以來，關務尤重。漢中華夷畣集，以非理要求者，無歲無之。君謹守條約，不爲摇奪。有外國教士，求委員護送至湖南長德府行教。君曰：「非約也，不可。」

有行教於安陸縣者，多行不義。會值縣試，偶激士怒，遂聚衆毁其堂。其領事官請嚴治之，君曰：「堂毁宜償，餘事君無與焉。」其人怒甚，大詢，君聲色自若，卒持前議，彼不得逞而去。其始，諸領事皆甚不憙。而君接之以誠，喻之以理，久乃大服，終君任，無齟齬。八年三月，有亂民會聚謀叛，未及期而泄，捕殺四十餘人。漢口鎮有熊正標者，其魁也，讋首轅門。而又有數十人者，訊之，皆無據，欲活之。或曰：「奈何縱賊？」君曰：「得其情，且爲哀矜。況未得其情乎？」卒免之。先是，民間訛言賊於某日在漢口鎮起事。漢口無城池，賊踪去來、聚散莫可詰。君意變起必在暮夜，其地故有救火水龍四十餘具，龍一具夫必四十人，糾集之可一千餘人。每夜使之巡察市廛，聲勢甚壯，民賴以安。而七月中，訛言又起。君曰：「虚實均不可知。所得爲者，惟清釐户口、巡察街市而已。此外，張皇徒擾吾民，無益也。」如是者久之，遂以無事。九月，盛太夫人卒。明年，奉其喪歸常州。中丞公之柩先已自撫州遷歸，至是合葬焉。

君性淡榮利，窀穸既畢，遂不復出。城北長生巷楊氏園，即君七世從祖南田老人所客之東園也。君購而得之，易其名曰「静園」。杜門謝客，惟以書籍自娱。陽湖惲氏自明萬曆間遜庵先生以來，代有名儒。君承其遺緒，嘗校刊明遺老尹芮巖先生《瓠瓜録》，以示指歸。著《損齋雜纂》四卷，采輯精粹，學者稱之。居官時，留意經世之學，嘗曰：「《文獻通考》諸書止舉大綱，若不細究其名物，備考其因革，則無以觀得失之原，極古今之變。持論雖高，而不合者多矣。」古文學曾南豐。詩則右丞，而參以劍南。書法學柳誠懸，後又宗董思白，得其墨迹數册，朝夕臨摹，數十年無間。亦稍治生計。凡所置産，手自紀録，纖微不遺，亦見其精力之過人也。然素有腸紅疾，半生鞅掌，不皇休息。歸田十載，優游家衖，宿疾稍蠲。乃以夏間感受微疾，旋劇旋瘥。十九年十月癸丑，卒於里第，年六十有六。嗚呼哀哉！

配吕夫人，福建巡撫諱荃孫公女。子毓嘉，乃弟之子也。君仲弟諱彦瑛，大理寺司務。叔弟諱彦瑄，同治六年舉人，内閣中書。俱先君卒。君教其孤，撫其女，皆克成立。中書君長子毓鼎，官翰林。三子毓德、四子毓巽，并捷京兆。而司務君長子即君嗣也。光緒十一年，舉於鄉。十八年，以二甲一名進士改庶吉士。君可謂有子矣。孫三人，寶元、寶曾、寶榮。孫女一。毓嘉於光緒二十年十月己未，葬君於陽湖新塘鄉潘家橋，蓋即中丞公之塋焉。附葬昭穴，禮也。以狀乞銘。余舊出中丞公門下，則於君誼猶昆弟，其奚以辭？銘曰：

孔氏諸子，自言其志。禮樂兵農，各有條理。由求諸賢，固難兼美。君之在朝，所治者禮。大昏大喪，皆君所庀。出而治漕，窮端究委。民不告乏，吏不敢侮。亂萌初生，若粟有秕。君坐鎮之，而亂自弭。异族鴟張，外盜内宄。一語齟齬，長蛇封豕。談笑處之，其氣自靡。以靖干戈，以安井里。禮樂兵農，君其兼矣。懿歟吾師，有此賢子。新塘之原，高冢㠑㠑。於例宜銘，責在後死。吾言非諛，百世斯視。

浙江嘉興縣知縣王君墓志銘

君諱壽枏，字範九，別字介眉，太原王氏也。其先世由山西遷河南，又遷江蘇，遂爲江蘇太倉州人。曾祖昌期，祖仲瑛，兼祧祖仲珪，父駿德，并有聲庠序間。

君弱冠入州學，旋以增廣生員中式光緒元年恩科舉人，三年，成進士，以知縣籤分浙江。七年，權知孝豐縣，即以清慎自矢。嘗曰：「吾五世祖寬齋公歷宰浙東遂安、永嘉、建德諸縣，所至皆有政績，後以平反一獄忤上官意而免。吾承其後，敢不勉繩其武乎？」縣多積獄，君至不二月而積獄皆空。遇有小罪當笞，輒免之，曰：「一犯官刑，終身之耻也。」其境内土著與客民雜處，積不相能，君每與和解之。偶以事至省城，土客乘間起釁，群聚而哄者千餘人。君聞馳歸，父老跪於道左者相望，搢紳求見者滿於門。皆曰：「事迫矣，亟請兵。」君曰：「民既鬥，又剿之，是重傷吾民也。」乘輿張蓋如平時，率吏役以往。有死於路者五六人，皆客民也。君依常法，驗其傷，反覆勸諭，使勿復鬥。訪得首惡者數人，縛以歸。越日，有三百餘人自安慶來，曰：「將爲死者復讎。」及聞官已爲區處矣，皆悦服而去。而土民亦遂以安堵。君曰：「客民悍戾，由無以教之也。」乃立客長，創月課，期年之後，頑俗丕變。及將受代，土客皆請留之。既不得請，執香以送者數十里不絶。九年，權知臨安。臨安多盗，君首務治盗，禽獲甚衆。有一盗自鄰縣越獄而至，幕中諸友咸縱臾君曰：「獲鄰盗，君且遷官矣。」君曰：「吾豈以人命邀功哉？」命送還其縣。上游知君才，調署歸安。

歸安爲湖郡首縣，事益繁，而君爲政仍如孝豐、臨安時。有巨室縛一人至，曰：「盗也。是立吾屋上，屋瓦硠磕有聲，餘黨必衆。請嚴治。」君詳鞫之，乃一良家子。年不滿二十，因負人博進，冀竊物以償之。入自旁門，見人至，緣樹而登屋。君笑曰：「是爲賊且不勝，豈盗哉？」召其父至，責以不教，麾使俱去。既而巨室亦自知誤，謝君曰：「非君，則此人冤矣。」治歸安僅八閲月，而父老皆曰：「數十年來第一好官也。」

十三年，補授太平縣。其俗富而好訟，無是非曲直，賂重者勝。又有曰：「罰款者，量事巨細，定罰重輕。若者一千貫，若者二千貫，甚者五千。」君悉屏勿納。邑士非公事不與見，以其暇講求利弊。太平與黄岩壤相接，兩邑之間有金清港者，衆流所匯也。宋時，朱文公令黄岩，建閘凡六，歲久湮塞，水不得泄。偶因霪雨，田疇皆没，米價翔貴。奸民以平糶爲辭，聚徒數百，嘩訌市廛。君曰：「非法，無以禁莠民。非米，無以安良民。」禽其倡亂者，梏而徇於市。禁貴償，使有恒賈。發常平之粟，立粥廠，以飲飢民。閭閻綏靖，貧富皆安。君又曰：「此治其流也。欲治其源，必修六閘。」乃捐奉錢倡修之。又設分水閘於鹹田湖以殺水勢，嗣是雖潦歲不爲灾。然邑又多山，岡巒糾紛，爲盜淵藪。往往白晝劫人於市，民間稍有藏鏹，輒持械破扉，席卷而去。君名捕其渠魁，前後得數十輩，皆殺無赦。故在任四年，盜風衰息。後以任滿調任嘉興，邑之人惜君之去，以詩文送之，又以丹青張之，視去孝豐時，尤惓惓焉。

嘉興民多淹柩不葬，久厝於野，寖至暴露。君見而傷之，甫下車即下掩埋之令，有主者使自葬，無主者官爲葬。行之數月，適有獄囚自省發還，中道而逸。君坐解任，邑人惜善政之未竟也，咸曰：「君之咎，官吏所常有。君之善政，百年所無。奈何以是奪我賢令乎？」君坦然不以爲意。寓禾中歲餘，嘗散步范湖之濱，又以扁舟泛鴛鴦湖，嘯咏終日，見者不知爲舊長官也。時撫浙者爲鎮青中丞，雅知君爲循吏，循例結案，疏請復任。詔下，部議從之，君乃得竟其前志。近郭十餘里内，無一未葬之棺矣。又以士貴通經，謀於書院中增設小課，專課經史實學，期於次年正月之望進諸生而甄録之，不圖其驟卒於官也。君年逾五十，精神不衰。是年春，初偶感風疾，藥之不瘥。浹辰而劇，半月而殂，時光緒二十年正月戊戌也，年五十有五。

原配唐，繼配黄，又繼配薛。子鳳璘，光緒十九年恩科舉人；鳳喬，太學生；鳳苞、鳳球、鳳柯、鳳禾，皆幼學。又三子鳳占、鳳龢、鳳騫，皆早卒。君兄弟中多無子者，故以鳳璘爲兄後，以鳳球爲弟後，以鳳苞爲從弟後。女子子四人：長女許嫁吴縣馮氏，次女許嫁同邑聞氏。孫三人：鍾禧、鍾俊皆殤，存者鍾傑。孫女三人。

君性渾樸，喜怒不形於色。自爲諸生，以至通籍，中更離亂，家之由盛而破，破而復完，完而復盛，未嘗一日改其常度也。其處世外和而内介，雖遭横逆不忤，而干以非義，則必拒之。自奉甚嗇，親身之衣屢經補綻，猶不之易。惟喜藏書，遇舊籍重價不吝。嘗欲修家譜，置義莊，中年無禄，竟不逮也。簿書之暇，惟以文史自娱，文望甚著。浙江鄉試，充同考官五次，所得皆知名士。余孫陛雲即出君門下，而君之子鳳璘玢如，又辱從余游，故知君最詳。

光緒二十一年正月丁丑，諸子葬君於某原，以狀乞銘。銘曰：

古重循吏，貴由儒術。武健嚴酷，在所必黜。君長於才，而優於德。爲民除莠，去其蟊賊。爲國養民，足其衣食。弦歌之聲，百里洋溢。掩骼薶胔，九泉感泣。君齡不修，君德孔碩。伐石勒銘，後世是式。

楊母王夫人墓志銘

自古兄弟齊名，若《蜀志》所載之馬氏五常，《北史》所載之李氏四括，并流聲譜牒，馳譽邦家。此固由川岳鍾靈，人材輩起。而石氏一門孝謹，銅川六世有述。川廣自源，亦家教然哉。然余謂人之成名，成於其父，亦成於其母，何者？人之少也，於母恒暱，而於父恒疏。其性情嗜好，父知之不若母知之也。或有一言之失，一事之過，父不知而母無不知。爲之母者，必多方掩飾，不使得聞於其父，此學業所以隳，而愆尤所以積歟善乎！楊母王夫人之言曰：「子之不肖，由母蔽其過也。」嗚呼！使爲母者皆存此見，則天下無不令之子矣。

楊氏丈夫子五人，存者四人，皆當代魁士名人也。其四、五兩君，與余孫陛雲并有同歲生之誼，故余得聞王夫人之賢。光緒十九年十二月甲子，王夫人卒。明年，將葬，諸子乞銘其幽宮。余曰：「賢母也，例宜銘。」

謹按狀，夫人爲慈溪王菉竹先生長女，生於江蘇江陰縣尉署。九歲喪母，哀毁如成人。稍長，喜讀《女誡》諸書。年十八，歸同縣楊理庵太史。時舅姑皆無恙，事之惟謹。病則晨夕侍，或累月不解衣襦。舅先殁，姑又二十年而殁。佐太史治喪葬，一以禮。太史恒游學於外，已而又官京師，先後兩主湘試。夫人則家居，以仰事俯育自任。日治米鹽，夜事縫紉，寢室中無一婢媪。啓閉灑掃躬親之，晏眠蚤起，數十年如一日。其處先後娣姒以和，其御厮役扈養以恕，其處三黨之親以及夫兄弟之子若女，以謙和，以慈惠，無怒言，無愠色。太史或以事譴責諸僕御，必婉言解免之。而其於諸子也，愛之甚，督責之亦甚。曰：「吾非望汝曹富貴也，願汝曹讀書明理而已。」塾師或以夏楚威其子，則喜曰：「吾子庶有成乎？」家雖貧，於師之摯幣必豐，飲膳必精。自宗族親故，下逮鄰里鄉黨，有以緩急告，必賙之，待以舉火者若干家。聞一義舉，見一善事，輒命諸子助成之，曰：「毋吝。」惟不信佛氏之説，以檀波羅蜜請，勿應。比邱尼來，謝勿見。至采色之悦目，聲音之娱耳，尤所不樂。曰：「吾生平所喜者，惟婦女機杼聲、兒童誦讀聲耳。」讀書通經史大義，每稱述前言往行，以忞慔其子與婦。太史喜網羅群籍，或得异書，索價高，力不給，夫人每解簪珥庚之。女適餘姚朱氏，亦嫻文墨，工吟咏。夫人以姚江故家，必多藏書，恒借觀焉。子家駣，附貢生，早卒；家騋，同治十二年舉人，候選知縣；家騵，光緒八年優貢生，江蘇溧陽縣知縣；家騊，光緒十一年拔貢生，十五年順天鄉試舉人，刑部主事；家驥，光緒十一年舉人，十六年進士，翰林院編修。諸子皆有聞於時，當世所比之「五常」「四括」者也。嗚呼！非太史之賢，善教其子，不能至是。非夫人之賢，佐太史以教其子，亦不能至是。

女一人，即適朱氏者也。其舅朱詹事逌然，亦名翰林也。婿名續基，以優貢生官知縣。夫人故清臞，又積數十年劬勞，遂成恒疾，肝熾脾虚，時瘥時劇，竟以不起，壽六十有七，以家騵官加級得二品封。時太史養望邱園，康强逢吉。諸子皆森然成立。又有孫六人，曰乘玠、乘瑗、乘璐、乘瑄、乘琦、乘琯。孫女九人。疾革時，家騋及乘玠等皆侍側，歸朱氏女亦歸甯，親奉湯藥，夫人顧之可以無憾矣。聞將終，异香滿室，殆亦生有自來者歟？余以其合銘例也，又重違諸子之請，乃撰次其事，而系以銘。銘曰：

楊氏諸子，麟超龍翥。或登玉堂，或官郎署。或宰赤縣，并有駿譽。是惟太史，樹德有素。亦惟夫人，克爲之助。凡子不令，半由母故。是噢是咻，是煦是嫗。恃愛肆姐，浸成大誤。夫人曰嗟，余不汝護。汝勤汝學，汝謹汝度。端汝交游，慎汝舉措。賢哉斯人，美哉斯語。我作銘詞，薶石其墓。千載而下，賢聲猶慕。

定海廳學訓導莫君墓志銘

余於道光十七年始應鄉試，厠名副榜，同列副榜者十有八人，及殁而余表其墓者一人焉，戴君商山也。乃今又志椿亭莫君之墓，莫君亦是科副榜貢生也。戴君以才節著，而君以學行稱。嗚呼！何是科副榜之多君子歟？

君諱炳垣，字藜乙，椿亭其自號，莫其氏也，浙江山陰人。曾祖某，祖某，父某。君幼而孤，自痛不逮事父，其事母益謹，遇諸昆弟益篤，宗族鄉黨無違言。弱冠入郡學，工爲文辭，又精於小學，文名重一時。維時莫氏門第鼎盛，君從父寶齋公晋、豫堂公焜，并以名翰林官卿貳。群從中多以甲科起家，宰赤縣，歷膴仕。而君累應鄉試，竟不售，及副賢書，已五十一歲矣。道光中葉以後，海釁始開，浙東告警。浙撫劉公韵珂知君之才，延入幕府，遽書警奏，皆出君手。軍符畚午，筆翰如流，會文切理，莫能損益。劉公甚器之，謂「他日能吏才」也。而君恂恂儒者，澹於榮利，不樂仕進，以直隸州州判改就教職，從所好也。旋選授定海廳學訓導。定海爲唐之翁山縣，古稱「甬東」。其地乃海中一島，英人犯浙，實始據之。和議既成，軍務初蕆，而善後之事，萬緒千端，譬猶拾瀋。君奉檄襄理，衎衎辯舉，修葺學庭，編次户籍，米鹽靡密，百廢俱舉。兵燹之後，克復舊觀，君之力也。其教諸生，必勉以崇實黜華，砥行礪學。嘗兼主甯郡兩書院講席，論文一以清真雅正爲宗，士習文風爲之振起。平居儉於自奉，晨起，啜糜鬻一盂，每食，陳饋不過四簋。嘗曰：「飲食得飽便足。一飽之外，更縱口腹之欲，甚無謂也。」而性好施與，有以緩急告者，竭力應之，不少吝。又好爲人排難解紛，動以至誠，雖衆猥繳繞，一言立解。晚年喜讀《明史》，曰：「鑒於遠，不如鑒於近。有明一代，亦是非得失之林。前事之不忘，後事之師也。」昕夕披覽，丹黄不輟。所著有《息游軒遺稿》，亂後失之。其訓迪子弟，首重孝弟謹信，而尤以有恒爲主。諸弟皆賴以成立，諸子禀受其訓，皆有軌範，一門之内彬彬如也。道光二十九年六月，卒於定海官舍，年六十有三。

妻陳氏，康熙間薦舉博學鴻儒無坡公孫女，永年公女，孝廉方正十峰公妹。有賢行，克相其夫。子三人：揚光，承家學，善舉業，十試順天而薦者八，由謄録議叙州吏目；燦光，光禄寺〔一〕署正，游於蜀，蜀中當事者争延致爲上客；啓光，有神童之譽，不幸早世。孫三人：焕，讀書求志，不慕名利，其德附貢生；熷，江西候補巡檢。曾孫五人，皆幼。

揚光等將於某年某月某甲子，葬君於某原，而乞文以志其墓。余念與君同列副榜，至今五十九年矣。此十八人中，不知存者幾人？然如戴君之才節，及君之學行，皆同譜之光也。余既表戴君之墓矣，則銘君之墓，又奚敢辭？銘曰：

以君之才，而不大用。其學其行，爲時所重。講堂之上，夏弦春誦。弟子横經，鄉閭罷訟。

〔一〕光禄寺，原承上文脱「光」字，今補。

名位不崇，感孚者衆。天之佑之，子孫龍鳳。佳城既營，宰樹斯種。刻此銘詞，千載嘆誦。

節婦王孺人墓碣銘

節婦王孺人，歸安之菱湖鎮人。父諱學海，邑諸生也。孺人幼受父教，通經史，明大義。年二十五，歸同邑鼎梅何君。事舅姑以孝，處娣姒以和，勤於治事，儉以持家，三黨稱賢婦焉。越三年，鼎梅君卒。時其舅錦江公年逾七十，而所遺孤子生止八月。家又中落，無擔石儲。孺人上奉衰翁，下撫稚子，以針黹佐饔飧。早作宴息，不怨不倦。錦江公逝，盡出篋中衣帔釵鐶，質錢治喪，殯葬如禮。其子馥泉君，幼穎悟，讀書异常兒。因家貧不能竟其學，棄而學賈。然少年誠謹，處事不苟，人皆倚重之，家以稍裕，人咸嘆節婦之有子也。咸豐八年，孺人卒，時守節已三十年。其族姻列其守節年月，達於臺司，以聞於朝，旌如律令。馥泉君乃奉其父母，合葬弁山隝。春秋祭掃，經由山路，歷七八里之遠。訪知其間有半路亭，鄉人往來，於此少息，亂後圮焉。乃出貲重建之，曰：「吾爲鄉人計，非止爲吾春秋兩次往來計也。」邑令蕭公聞而善之，書亭額以識之，馥泉君益勇於爲善。城中仁濟局、育嬰堂，皆醵貲建立，恤孤頤老，嗇用廣施，孜孜不懈。固天性使然，亦秉母教也。不幸早卒，其子烺熙亦能世其家。光緒二十年，見我於吴中，請追爲志墓之文。乃次第其事，而係以銘。銘曰：

是以節旌，亦以賢著。雖曰庸行，百世猶慕。既有令子，又有賢孫。天祚節婦，福其後昆。

耕雲王君墓表

君諱克俊，字景生，以字行，別字耕雲，浙江黄岩人，瑯邪王氏也。宋時有諱昌元者，仕於台，遂家臨海。生四子，瓏、琥、玨、璵。琥與玨，皆天聖二年宋郊榜進士。玨，官屯田郎中，遷於黄岩之西橋，是爲西橋王氏。凡二十有九傳，而至於君。曾祖宗祐，祖萬選，父修椿。自曾祖以來皆不仕，而鄉里稱長者。君之父尤有至性，少而孤，奉母事二兄甚謹。一兄以疫卒，家人俱爲傳染，臧獲死者數人，咸曰：「是宜避。」君之父執不可，亦竟無他，人以爲孝悌所感也。嘗欲修宗祠，輯家譜，譜成，而祠未建，臨殁猶以爲恨。君繼其志，經營七載，卒底於成。家貲不給，斥賣己小宗之田以給之。有餘，即以爲大宗祭田。曰：「以吾子孫視高、曾，則高、曾重。推吾高、曾之心視始祖，則始祖尤重也。」君有兄二，皆早世。時昆弟久分甑而炊，君割己田贍寡嫂，使不以貧而易節，後兩嫂皆以節旌，君之力也。又以先世以來，恒以掩骼埋胔爲事。然無經久之費，不能常，亦不能遍。乃匄同志，醵巨貲，買田如干畝，歲入其租，以爲之費。暇日履行郊野，見棺櫘暴露者，手自標識，歸而使人具虆梩從事。四肢六道，必檢視無失，一骨未全，一竅未合，再四覆求，必得之而後安。一夕，夢老婦人跪門外，謝曰：「微公，吾一脛不具矣。」歲暮，必爲糜鬻以飼餓者，爲棉衣以衣寒者。其衣或綻裂必補綴之，垢必煩擱之，曰：「吾生平不厭敝衣，然惡垢而忌裂，度人情亦猶是也。」其待人之誠如此。黄岩與太平壤相接也。太平故有六閘，歲久湮廢。君曰：「六閘不修，兩縣皆病。」與沈夢寶諸君創議重修，於是數十里農田皆受其利。守令上其功，予縣丞職銜。然君志趣高遠，不慕榮達，隱居邑之五峙山，自號五峙山人。其地有鄉先哲吴給諫執御、柯參政夏卿讀書遺迹，山水清曠，隔絶人境。君每歲必數月居此，焚香展卷，悠然自得。遇先儒格言，手自鈔録。又喜爲詩，多清微淡遠之音，如其爲人也。咸豐六年二月辛卯，以病卒於家，年七十有四。娶朱氏，有婦德，後君八年卒，年亦七十有四。子三人：華廣、贊廣、鏞。孫三人：士春、士均、士揚。曾孫七人：舟瑶、正閑、正心、正廉、正潔，其二人殤。元孫一人：敬禮。君子孫皆樸茂有家法，而舟瑶尤才，光緒十四年舉優貢生，十五年應恩科鄉試，中式舉人。嘗至杭州，肄業於詁經精舍。余忝有一日之長，因語余曰：「舟瑶之生，距吾曾祖之殁二年矣，故其言行不得而詳焉。然憶總角時，抱書入塾。鄉之父老見之，輒曰：『此王君之曾孫，它日必能讀書昌大其家也。』及舟瑶試於有司，累竊微名，父老必曰：『是王君之所遺也。』然則吾曾祖之爲人可知矣。溯吾曾祖，葬於西鄉之焦坑，歲月已久，墓木拱矣。當日既無文以志其墓，懼無以表示後世，敢乞先生一言，將伐石而刻之墓門。」余曰：「諾。」乃據舟瑶所爲行述而銘之。其辭曰：

德修於躬，不顯於世。雖曰不顯，於物有濟。原田每每，蒙君之利。枯骨纍纍，受君之賜。君之遺澤，久而不替。謂余不信，視其後裔。

春在堂雜文五編六

趙子玉《文鈔》序

趙子玉有《四部舉例》一書，余嘗許爲體大思精、不朽之盛業也。一别數年，今年冬來見余於西湖寓樓，以所作文二十五篇見示。自云歷年所作，叢殘薈萃，録成稿本，此特其十之二三耳。然爲文雖止二十有五，而裝成兩巨册，厚若瓴甓，蓋文皆洋洋數千言，無如韓昌黎所謂寂寥短篇者也。余受而觀之，則無以易乎「體大思精」一語，其中如《上恪靖侯書》《上張香濤制軍書》《請興鐵路以變通河漕疏》，皆崇論閎議，有關當世大計，此其體之大也。如《恭謁南宗聖廟》及《備鮫七答所議》措置之法，皆細入秋豪，此其思之精也。夫以推倒一世之智勇，開拓萬古之心胸者，而仍能研窮義理之精微，辨析古今之同异，其人其才，不高出陳同甫一流之上乎？近世以來，論文者率以桐城爲文家正軌。夫桐城一派，誠謹嚴有法，然必執是以繩天下之文，則非通論也。孔子有言：「辭達而已矣。」所謂「達」者，必舉日月所以行，江河所以流，天地所以明，鬼神所以幽，而悉顯之於文，然後可謂之「達」。「達而已矣」，乃難之之詞，非易之之詞也。陸士衡《文賦》云「要辭達而理舉，故無取乎冗長」，然云「觀古今於須臾，撫四海於一瞬」，又云「籠天地於形内，挫萬物於豪〔一〕端」，則所謂「無取冗長」者，固已「傾群言」而「漱六藝」矣。世之自托於桐城一派者，貌爲高古，實則空疏；貌爲清真，實則枯澀。見此等文，必以其辭繁不殺謂不合古文家法，不知文取乎達，而不以繁簡論。謝艾雖繁而不可删，王濟雖略而不可益。讀子玉之文，但當賞其體大而思精，勿笑其下筆不能自休也。

嚴緇生達叟《時文》序

緇生同年刻其所爲古文數十篇，而名之曰「時文」。或請其説，則舉明僧袾宏語以對。客疑而問於余曰：「釋子語可爲典要乎？」余曰：「不然。」文無古今也。《周書・柳虯傳》云：「時人論文體，有今古之异。虯以爲時有今古，非文有今古。」此爲通人之論。時文者，今時所

〔一〕豪，據《文選》胡刻本作「筆」。

作之文，非獨謂制舉業也。明洪武初，詔設科取士，初場五經義二道，四書義一道。本朝沿其制。順治初，定鄉試第一場四書義三篇，經義四篇。是制舉業本謂之「經義」「四書義」，故有「時義」之名。孫月峰序唐荆川之稿曰「國家以時義取士，二百五十年」是也。是故，時義者，制舉業之專名也。時文者，凡時人所作之文皆可以名之，不專謂制舉業也。緇生名其所作古文曰「時文」，何不可之有？艾南英有曰：「制舉業之道，與古文常相表裏。」然則時文、古文，亦俗士强爲分別耳。歸震川以古文爲時文，用心益勤，而去時調愈遠，以至屢困春官。則歸震川之「時文」，即謂之古文可也。陳龍川論文曰：「意與理勝，則文字自然超衆。故大手之文，不爲詭异之體而自然宏富，不爲險怪之辭而自然典麗。奇寓於純粹之中，巧藏於和易之内。」則陳龍川之「古文」，即謂之時文可也。余性坦易，不喜作艱深語。詩法香山，文法眉山，取其近乎時也。韓昌黎之告劉正夫也：「或曰〔二〕問：『爲文宜何師？』曰：『宜師古聖賢人。』」又曰：「師其意，不師其辭。」又曰：「文無難易，惟其是爾。」緇生之文，師古人之意，而不師古人之辭，正合乎韓子所謂「是」者。《爾雅・釋詁》曰：「時，是也。」然則謂之時文亦宜。

〔二〕 曰，《昌黎先生文集》宋蜀本無。

王爵棠方伯《國朝柔遠記》序

昔道光時，有臣曰魏源，著一書曰《聖武記》。自開國之初用兵次第，以及康熙中戡定三藩，乾隆時蕩平回部，備載無遺。述皇朝武功之盛，以傳示後世，其意至深遠也。今光緒朝，又有臣曰王之春，著一書曰《國朝柔遠記》，自順治以迄於同治，於中外交涉機宜，以及通商始末，凡所以控御八荒、懷柔萬國者，皆在焉。視魏源之書，用意尤爲深遠。然源之書已風行於時，而之春之書知者猶罕。竊嘗受而讀之，喟然而嘆曰：天之所以宏覆無外，而我國家所以長駕遠馭，陶六合爲一家者，其將在此乎？晉皇甫謐《帝王世紀》云：「自神農以上有大九州，柱州、迎州、神州之等，黄帝以來，德不及遠，惟於神州之内分爲九州。」〔一〕是説也，儒者或未之信。及佛氏之書出，而四大部洲之説興，更爲儒者所不道。乃自泰西諸國通乎中夏，則海外五大洲曰「歐羅巴」，曰「利末亞」，曰「阿細亞」，曰「南北亞墨利加」，曰「墨瓦蠟泥加」，固皆舟車之所至，

〔一〕 帝王世紀條，按學者多引自「周禮疏」。如王應麟、顧炎武諸人。據《周禮·職方氏》賈疏云：「自神農已上有大九州，桂州、迎州、神州之等，至黄帝以來，德不及遠，惟於神州之内分爲九州。」

人力之所通矣。以是推之，佛氏四大部洲可信，而神農以上大九州亦可信。夫神農以上，如天皇、地皇之類，固荒遠難稽。而伏羲都陳，神農亦都陳，後又都魯，則載籍有徵，學者亦皆信之。然則神農以上，君臨大九州者，皆吾中國聖人，而四裔無與焉。天下大勢，合久必分，分久必合。今遠人來驩，視道如咫，此蓋分而復合之徵。意者吾中國有大聖人，將合大九州而君之，以復神農以上之舊乎？世徒見其人心計之奇巧，器械之精良，挾其長技凌犯我邊陲，則惴惴焉，懼中國之不可以爲國，而不知治天下有本有末。其心思之奇巧，器械之精良，則天實啓之，使得以自通於中國者也，皆其末也。若夫其本，則固在我中國矣。當孟子時，有善戰者，有連諸侯者，有辟草萊任土地者，人人以爲得富强之策。亦猶今西國之人，心計奇巧而器械精良，雖孟子無以尚之也。孟子則一言以折之曰「盍亦反其本矣」。所謂「反其本」，無他焉，省刑罰、薄税歛，使仕者皆欲仕於其朝，耕者皆欲耕於其野，商賈皆欲出於其塗，鄰國之民皆仰之如父母。如此者，在孟子時不過朝秦楚、莅中國，而在今日，則雖統大九州而爲之君，不難矣。草茅微賤，不足窺測朝廷德意。然竊見聖天子精求吏治，勤恤民隱。一遇水旱遍災，疆吏未及上聞，而璽書已先下問，可謂得其本矣。异時，德洋恩溥，使東西洋皆在怙冒之中，以復神農以前東西九十萬里、南北八十五萬里之盛軌。此一編也，非其嚆矢乎？愚故曰：「視魏源之書，其用意更深遠矣。」

曾季碩女史《虔共室遺集》序

風雅既熄，騷賦斯興，古意雖存，音節全別。卯金之世，肇啓五言，李陵《河梁》之篇，傅毅《孤竹》之咏，婉轉述志，怊悵叙情，其風人之嫡派乎？其後縹緗才子，鞶藻文人，各馳逸轡，咸競雄鳴。才力有餘，歌行乃作，於《騷》爲代興，於《詩》爲別子矣。六朝綺靡，風力殊衰，而胎息自在。降及有唐，大啓厥宇。綜而論之，畛域斯判。初盛諸家，結漢魏之音響。中晚以降，開宋元之塗轍。自是以往，古意微矣。有明復古諸賢，衣冠優孟，讀之生厭，乃或走鍾譚之仄徑，叩寂寞以求音，入於幽谷，無望康莊。聖清右文，超唐軼漢，朝有載歌之雅，家習正始之音。二《南》風化，洋溢海内，婦人女子，咸識體要。若華陽曾季碩女士所著《虔共室集》，則尤异焉。直而不野，麗而有則，不求纖密之巧，自有宏肅之美。昔人稱「嵇志清峻，阮旨遥深」，其兼之乎？余嘗見其手寫草稿，字體娟好，仍含樸茂之意，兼工篆隸，雅擅丹青。女子中多材多藝如斯人者，見亦罕矣。與厥良人子芾孝廉寓居吴下，余子婦輩皆與相習。非獨才美，德亦優焉。如何不淑？一旦奄化。子芾感念前情，刊刻遺集。質亡才在，算促名長，爲題其端，冀有述於後世。

《毗陵惲氏族譜》序

光緒閼逢涒灘之歲，毗陵惲氏重修族譜告成而問序於余。余惟惲氏得姓自西漢，至今數千年。自宋中葉，別其族爲南分、北分，至今又千餘年。支分派別，誠不可以無譜。其譜創始於前明成化間，閱三十年輒一修。國朝咸豐間，其族人子騂先生獨任其事，體例詳明，時稱善本。而至今又逾三十年。於是，其族之賢士大夫踵前例，考支派，補緝文獻，以成斯譜，誠敬宗收族之盛心也。然而原序則既備矣，余又何言？雖然，余於原有譜序中，獨服膺吾鄉姚文僖公之作。蓋諸序不過盛推其譜之美，而文僖獨能訂正其相沿之舊説，與《大雲山房文集·得姓述》一篇互相發明，誠惲氏子孫所不可不讀者也。余於文僖無能爲役，請因文僖「孝弟禮義可爲世法」一言而更徵其實。蓋惲氏自前明以來，衣冠盛事，有爲當代右族所不能及者，其在前明有支祖曰東麓公者，官至湖南按察使副使。未幾，其子即官其地，而後之子孫官湖南者，亦必有所表見。先是，其封公性好施與，值湖南大無，載穀數十萬石往振之。道光間，吾師薇叔先生以名翰林出守岳州，後至開府。其弟之子莘耘太守，曾宰零陵，課民種桑，教以蠶織，民尤賴之。咸豐間，次山中丞建節於是，至今俎豆不祧。夫先世爲善，至數百年之後，子孫猶食其報。此其不可及者一也。世擅著述，古人以爲美談。惲氏在國初有遜庵先生、香山先生、南田先生，并以文章氣節後先輝映。南田詩、書、畫，世稱「三絶」，得其寸縑，寶猶尺璧。至簡堂先生，以古文名，一世所著《大雲山房文集》，與南田《甌香館詩集》并行，卓然爲本朝一大家。古稱安平崔氏、汝南應氏，其家相繼以文稱，然不過二三世而已。惲氏之不可及者二也。東麓公始官部郎，劾劉瑾，直聲震天下。後官湖南副使，有政聲。至本朝，而簡堂先生與遜堂先生并稱循吏。遜堂先生之子即次山中丞也，起家翰林，由吏部郎出守，官至湖南巡撫，與東麓公宦迹相似，而與吾師薇叔先生，一爲南分，一爲北分。先後數年間，并建節鉞，海内榮之。薇叔先生之弟畹香觀察，曾官安徽靈璧縣，有惠政。其子杏耘觀察，爲吾浙糧儲道，菘耘觀察權湖北武昌鹽法道，均克舉其職。至薇叔先生之子莘農，見官湖北漢黄德道，曾權臬使，不久犀軒熊節，繼吾師而起矣。往歲，吾浙士民謳思遜堂先生之德，請入祀名宦祠。而湖南以次山中丞遺澤在民，亦有是請。中丞之子小山觀察，曾權直隸遵化州牧。既殁，而民不能忘，亦請崇祀名宦。旋以新例，非越三十年不得請，乃已。然甘棠之愛，久而愈永，三十年後，必有是舉。是則祖孫父子三世祀名宦也。其不可及者三也。咸豐、同治間，科弟尤盛。伯方觀察，余與俱成進士者也。戊午歲，杏耘與竹坡大令同舉京兆。其明年，莘農成進士。甲子、丁卯，菘耘與少薇内翰林繼登賢書。至庚午，而君碩户部繼之。其明年，次遠庶子以二甲第一人入翰林。至壬午，少薇之子薇孫亦舉京兆。而今歲，季文又以選拔貢成均。惲氏之興未有艾也。然則文信所謂「孝弟禮義可爲世法」者，兹非其明效歟？余甲辰鄉試，出薇叔先生門下。先生官江西巡撫時，余適家居。先生手書勸勉，屬望甚厚。今老大無成，一莊荒矣。因其族中長老之請，爲族譜作序。劉熙不云乎：「序，抒也；抒泄其實，宣見之也。」文信之序，既詳於稽古矣，余乃備舉明代以至我朝惲氏之盛事，而歸本於文信孝弟禮義之説，是即「抒泄其實」也。惲氏子孫，其益勉其實，則我朝南分、北分之惲，視古昔譜牒家所稱「南北之鄭」「東西之裴」，不且遠出其上哉？

《合肥龔氏族譜》序

龔氏之始，相傳出於晉大夫龔堅，遐哉弗可考矣。逮乎漢世，則渤海太守龔遂之政績，楚人龔君賓、龔君倩之亮節清風，并著美當時，流聲後代。夫非龔氏之良乎？乃吾讀《合肥龔氏譜》，竊嘆其所見之卓也。自來譜牒家必依附名流以自重，言李悉出隴西，言劉悉出彭城，悠悠世祚，訖無考按，昔人嘆之矣。龔氏爲合肥望族，初未有譜。此譜爲龔仰蘧方伯所刊，而實本於其六世祖息軒公，及其叔曾祖叔損公，其族兄延玢暨延玢之孫本坦，又增補之，粗有成書，旋經兵燹，未付剞劂。方伯又命其族侄孫彦緒、族侄曾孫毓棠，采訪續輯，以底於成，凡歷百數十年而後告備焉。溯龔氏自臨川遷合肥，蓋在明初。而先世始家廬者，自息軒公已不能詳。是故譜以一山公爲始祖，紀實也。方伯徵求文獻，網羅放失，於江蘇毗陵宗譜，得一山公之上、自南唐參知政事贈太傅諱琪者以下二十世世係，乃謹刊其名諱，爲表一卷，列於卷首。而譜則仍以一山公爲始祖，循舊也。夫譜之作，所以推叙昭穆，使百世不相亂也。使必依附名流，則如楚兩龔及龔渤海，豈不足爲龔氏重？而乃斷從一山公始，雖太傅公以下之實有可據，亦止表列於前，而譜不及焉。何其體例之嚴也！一山公爲始祖，其三世以後又分二支。小樵公爲南分支，龍潭公爲北分支，而南分支又有别居沙井塘之分支。四世後又有諱洛者，居花家岡，爲花家岡支。凡支分而派别者，咸采輯焉。何其體例之備也！吾知之矣。其嚴焉者，以譜之不可以冒濫也，義之精也。其備焉者，以譜之不可以遺漏也，仁之至也。《易》曰：「立人之道曰仁與義。」觀於兹譜，庶幾其有合歟！故吾嘆其所見之卓也。龔氏在明代，屢有聞人，入本朝，而端毅公以文章雄海内。嗣是，掇巍科、登顯仕、祀名宦鄉賢者，後先相望。方伯族伯獻丹公以知縣告歸，里居教授，學者宗之，稱淮南龔先生。又其堂兄照琪、族侄善思同宦江南，有「循吏二龔」之譽。以今方古，今之二龔，其即漢之龔渤海；而淮南龔先生，其即漢之楚兩龔乎？方伯太父廷鸞公任恤睦婣，鄉里矜式，尊甫祚之公博學多聞，善詩古文詞，皆有志修宗祠、輯族譜，未逮而歿。方伯既重建宗祠，又纂定族譜，壽之於木，所謂善繼善述者乎？往年方伯備兵滬上，聲望翕然，未幾而陳臬吾浙，旋攝藩條。异日封疆節鉞，敭歷中外，遠承太傅，近紹端毅，龔氏之興，其未有艾乎？請即以斯譜爲之券也。

孫仲容《古籀拾遺》序

詩云：「昔我有先正，其言明且清。」然則古人之言，未有不「明且清」者也。乃今讀三代之遺書，類多詰曲聱牙而不可通，何歟？及讀高郵王氏《經義述聞》《讀書雜志》，乃知古人之言所以詰曲聱牙者，由於不明句讀，不審字義，不通古文假借之故。若以王氏讀書之法讀古人書，則無不明且清矣。鐘鼎文字，其不可通尤有甚者。王氏《讀書雜志》附《漢隸拾遺》二卷，於漢碑之差互難通者，思過半矣。惜其未以此法讀鐘鼎文字。蓋王氏於古音、古義所得者多，而於古字或未能盡識也。今讀瑞安孫君仲容所撰《古籀拾遺》，殆爲王氏補其所未逮乎。仲容好學不倦，而精力又足以副之。凡前人所未釋之文，及誤仞之字，皆以深湛之思，一索再索而得之。

如「匽喜」之即爲「燕喜」，「安甯」之即爲「荒甯」，「成唐」之即爲「成湯」，「幽尹」之即爲「幽君」，皆犁然有當於人心。又據《齊侯鎛鐘》之「既専乃心」，證「心腹腎腸」之誤文。據《周麋生敦》之「以召其辟」，證「昭事厥辟」「會紹乃辟」之誤解，尤有功於經義。他若據《楚公鐘》知《楚世家》熊「咢」當爲「逆」，據《遺〔一〕小子敦》，疑《左傳》注甘「讒」當爲「譶」。千載之下，考定形聲，獨出己見，非有卓見者而能若是乎？又謂甲胄之「甲」，古或从衣。履絇之「絇」，古或从夊。據古籀之遺文，補《説文》之或體。引申觸類，如此者當不少矣。仲容於余爲年家子，聞其治《周禮》甚精博，惜未之見，讀此亦可見其得於古者深也。余老懶廢學，無能爲役，而仲容介蔡君矐客乞序於余，余因憶《容齋四筆》載《蘇魏公集》「測定政宗」爲「側足致泉」之誤，竊嘆以近時之書，而烏焉之誤已至於此，況三代遺文乎？安得如仲容者，好學深思，舉凡「測定政宗」之類而一掃之也。

《誦芬咏烈編》序

武林徐氏以翰林起家，台衮相襲，碩德清望，累世不衰。恭讀乾隆間高宗純皇帝賜文敬公

〔一〕遺，清光緒十四年自刻本《古籀拾遺》作「遣」。

碑文有云：「亦令爾子孫誦芬咏烈，知所法焉。」然則徐氏之亦世載德不忝前人，高宗神聖，其先知之乎？越百餘年，而文敬之六世孫花農太史琪，成進士，入詞林，叠膺中外衡文之任，駿烈清芬，庶幾其克紹矣。今年夏，花農以所輯《誦芬咏烈編》見示，則其咏世德之駿烈，而誦先人之清芬，上可爲邦家之光，下可爲閭里之榮者，真名山之大業，而不朽之盛事也。是書都凡一百有五卷，卷首恭録聖諭恩命等，東南望族，莫與比倫。次之以國史列傳及志書人物傳，與凡家乘之所紀載、諸家之所傳述，備列無遺。又次之以文敬以下諸公之詩若文，皆花農搜輯而得者。上稽史牒，傍詢故老，徵文考獻，爲力尤勤。至於留傳之軼事、寶藏之畫像，以及題名世系，無不謹録於後，而諸名家贊頌歌咏之文亦附焉。文繁而事核，體人而義精，以是爲徐氏一家言，美矣！備矣！書成，名之曰「誦芬咏烈」，遵高廟之遺訓也。余嘗感孟子之言故國不在喬木，而在世臣，是以《小雅》詩人睠懷尹吉，家父仍叔名在《春秋》。降而後世，晋之王謝，唐之崔盧，并繫時重輕，同國休戚。我國家重熙累洽，主聖臣賢。鼎鉉之家，類能世濟其美，敬繹高廟之訓，其所望於世臣之後者，豈不至深且遠哉？自古文章必原本於忠孝，花農此編，論撰其先祖之美，而明著之後世，孝子之思也。對揚高宗純皇帝之丕顯休命，忠臣之誼也。《易》曰：「食舊德，從上吉也。」吾爲徐氏望。《詩》曰：「凡周之士，不顯亦世。」又不僅爲徐氏一家幸矣。

彭剛直公奏議序

彭剛直公，以豐功偉略，亮節清風，由諸生起家，而登八坐、負海内重望者，垂三十年。雖窮海絶徼，無不震慴其威名，雖邱里細氓，亦知倚之以爲重。咸豐、同治以來，諸勛臣中始終屢服人心，無賢不肖交口稱之，而無毫髮遺憾者，公一人而已。公雖以戰功顯，而翰墨固其所長。驟歷中外，幕無僚友，上而朝廷章奏，下而與友朋書札，皆手自屬稿，不假手於人。光緒十六年，公薨於里第。余命孫陛雲往吊，得其奏疏如干篇以歸。公一生戰績，及其出處大概，具見於斯，是不可不傳之後世。余乃粗爲排比，釐作八卷。其中有數篇已見《曾文正集》中，蓋當時公與文正會奏者，或疑此殆由文正主稿，宜從芟剃。余謂不然。國家定制，凡朝臣會議之摺，摺尾必聲明，云此摺係某衙門主稿。若疆臣會奏，初不聲明，篇中臣某臣某，各陳己見，在當時既未嘗以某人主稿明告君父，則後人何能臆斷爲某人之筆乎？若必削而不列，則兩集皆不宜載，而此文竟無可入之集矣。文字不存，事迹湮没，後人何從徵信乎？又有謝恩諸摺，照例用四六文者，或謂亦可不存。余又謂不然。體雖駢儷，而感激之意出於至誠，忠憤之氣溢於詞翰，豈他人捉刀者所能道乎？余見近時諸名公奏疏、尋常例報之摺，備列無遺。公皖撫江督，力辭不就，故此等例摺無一焉，然則又何删乎？至於每摺所奉諭旨，他集或有載入者，綸綍之重，附録於後，竊謂非宜。唐宋人奏議，亦無此例，故未敢同也。公晚得風疾，語言不清。每發一摺，稿成於腹，而口授於人。或猝不能曉，則發憤以手擊案，又含糊而授之，稍涉繁冗，職此之由。悉仍舊文，不敢增損。每讀其文，至「臣以寒士始，願以寒士終」，未嘗不肅然起敬。又云「士大夫出處進退，關繫風俗之盛衰。天下之亂，不徒在盜賊，而在士大夫進無禮，退無義。」大哉言乎！自古名臣奏議未有見及此者也。嗚呼！此其所以爲剛直公之文歟？

彭剛直公詩集序

光緒十六年，彭剛直公薨於里第。余命孫陛雲往吊，得其奏稿以歸，余既序而刻之矣。又有詩稿若干卷，余惟班孟堅有言「著作者，前烈之餘事」，韓昌黎因之而云「餘事作詩人」。然則著作已爲緒餘，詩則尤其餘也。公功在天下，名在國史，固已擅不朽之盛事矣，又何籍此餘事爲乎？然公起家庠序，幼嫻詞翰，其後雖崎嶇戎馬，而吟咏之興不衰。每爲詩，摇筆立成，往往樽酒未寒，而詩已脱稿。余嘗與同游雲栖，公左手持杯，右手把筆，即席成詩六章。余詩所云「籃輿有約到雲栖，白髮彭郎興不低。左手持杯右持筆，六章詩在席間題」，紀其事也。而一時意興之盛，可以想見矣。公少年詩頗效法西昆，讀其《從軍集》中諸作，對屬工麗，體格沈雄，於金戈鐵馬中而能辦此，古所稱「上馬殺賊，下馬草露布」者，不足奇矣。其晚年之詩，間有流於率易者。且公詩多成於談笑之頃，故七律一體獨多，歌行不多作。然如《泊甘棠湖看五老峰》一首，硬語盤空，可與昌黎争席。如《貞女行》一篇，叙次詳贍，音節古雅，則又與古詩《孔雀東南》之篇相伯仲矣。非自幼致力於詩者深，其能若是乎？余删存其詩，定爲八卷，釐作六集，曰《吟香館愁草》，曰《從軍草》，曰《巡江草》，曰《北征草》，曰《續從軍草》，曰《退省盦閑草》，諸名皆公所自定也。詩既分集，不能編年，然公之一生約略可見。綜而論之，公幼歲屯邅，中年勞苦，晚歲雖功高望重，而憂時感事之忱不能自已。後世讀其詩，論其世，想見其人。是公雖不必以詩傳，而詩亦足以傳公，安得以其爲餘事而忽之？

鄭小坡《醫故》序

鄭子以所著《醫故》上下篇見示，屬爲之序。余笑曰：「吾故著《廢醫論》者，又何言？」受而讀之，嘆曰：「得君此書，吾《廢醫論》可不作矣。」夫自太僕既散，衆感交攻，真元内漓，戾氣外轃，粤有疢疾，是夭天年。古之神聖，精與天通，乃假草木之華滋，以劑氣血之盈虧。漢陸賈言神農嘗百草之實，察酸苦之味，教人皆食五穀。然則嘗草之初，原非采藥，但求良品，以養衆生。果得嘉穀，爰種爰植，是稱神農。既得所宜，兼求所忌，是以《漢志》載有神農食禁〔一〕之書。有宜有忌，而醫事興矣。《本草》一經附托神農，良非讆也。嗣是厥後，《素問》《靈樞》，傳一十八篇之《内經》，雷公、岐伯，發八十一難之奧義。仲景、叔和，聖儒輩出，咸有論著，各自成家，史家著録，富埒儒書矣！鄭子考其源流，别其真贋。六師九師，斥王勃序之誕語；外實内實，證《華佗》傳之訛文。昔魏宣武以經方浩博，詔諸醫尋篇推術，務存精要。此書庶幾近之乎？懸壺之士，得此一編，奉爲繩墨，察於四然，審於二反，處方用意，務合古人，而醫道自此尊矣，醫道亦自此難矣！醫道尊則不可廢，醫道難則不知而作者少，亦不待廢。余故曰：「得君此書，吾《廢醫論》可不作也。」

楊性農同年《重宴鹿鳴詩》序

古者以鄉飲酒之禮賓興賢能，而工歌有《鹿鳴》《四牡》《皇皇者華》三篇，於是後世相沿，以

〔一〕 神農食禁，《漢書·藝文志》有《神農黄帝食禁》。

爲故事。昌黎《送楊少尹序》云：「楊侯始冠，舉於其鄉，歌《鹿鳴》而來。」則唐之世已然矣。工歌三篇，而止云《鹿鳴》者，舉其首篇耳。宋制因之有鹿鳴之宴，《東坡集》有《鹿鳴宴詩》是其證也。聖清文治之隆，超逾前代。列聖嘉惠士林，加恩耆宿，凡士有重遇鄉舉之年者，準其重赴鹿鳴之宴。稽之《會典》，乾隆朝有若順天府霸州康熙甲午科舉人孟琇、雲南石屏州雍正己酉科舉人賽璵。自嘉慶以後，史不絶書，如阮元、湯金釗之碩德重望，翁方綱、王念孫之博學名儒，皆以耆年膺此异數，士林傳述，以爲美談。今上御極之十有七年，歲在辛卯，爲功令鄉試之年。湖南武陵楊君性農彝珍，余庚戌進士同年也。其舉於鄉，爲道光十二年壬辰恩科。明年，太歲又在壬辰，而非鄉試之年，遵例於今年辛卯重赴鹿鳴之宴，疆吏以聞，天子俞焉。皤皤黄髮與莘莘士子同列賓筵，道途聚觀，僚掾環顧，皆以爲神仙中人。君賦五絶句紀之，且云：「不佞及求闕翁與曲園登鄉舉，名次皆三十六。想三人出處隱顯，易地皆然，故鄉舉名次同歟。」求闕翁謂曾文正公也。余聞其言，愯然不敢當。余章句陋儒，何足并論？若君與文正公，雖出處隱顯不同，然君有一事焉。方粤賊之起也，其魁曰楊秀清，爲湖南耒陽縣楊大鵬之子，有詔發掘其墓。有司廉問，楊大鵬無子，而其姊夫梁人泰生子，名宗清，小名禾乃。其後大鵬即撫爲子。君念禾乃二字合爲「秀」字，而又爲楊大鵬養子，然則楊秀清即楊宗清、小名禾乃者也。乃致書諸當事者，據以入告，盡發楊大鵬、梁人泰兩家冢墓。其地在天子岡，堪輿家每謂此山有王氣云。數月之後，秀清即爲其黨所殺，此事與唐黄巢、明李自成相似。然則文正公以師武臣力，殲除臣憝，謂君有以陰相之，亦無不可。天故使鄉舉名次相同歟？君家舊有移芝之瑞，及前年，又產數芝於愛鼎堂前，此文字之祥，亦福壽之徵。重宴恩榮，可操券矣。昌黎《送楊少尹序》乃君家故事，然少尹年壽不可考，云「始冠，舉於鄉」，則其歌《鹿鳴》也，年必甚少，未知能再遇歌《鹿鳴》之歲否？此又昌黎所謂「古今人同不同，未可知」者也。余援昌黎之例，爲文以贈君，并和君五絶句，而即以此文爲之先。

王夢薇《本務述聞》序

王子夢薇，以其先德蟾生先生所撰《紡織譜》并其同里老輩翁海琛先生所撰《杵臼經》及《史西邨先生集》所載《飼蠶説》合爲一卷，名曰《本務述聞》，乞序於余。余讀而嘆曰：嗟乎！生民衣食之原，惟在農桑。農桑者，天下之大本也。天下之大本，不可以末奪之，而務天下之本務者，亦不可以末參之。其事有一定之程，其器有一定之制。耒耜尺寸，載於《考工》。丈夫二犂，童子一犂，上女衣五，下女衣三，詳於《管子》。古人於農桑二事，實事求是，至纖至悉。

而凡便宜苟且一切之謀，皆屏勿用。是以子貢以桔槔教漢陰丈人，丈人不從，曰：「有機械者必有機事，有機事者必有機心。」烏呼！其所見遠矣。自泰西之説行於中國，而凡農事、織事，皆欲以機器行之，大朴散而大僞興，吾惡知所底止也？讀夢薇此編，猶見先民樸茂之美意，爲之三太息矣。

《菱湖鎮志》序

鎮之名，蓋古鎮將之遺。宋初，廢鎮將而存巡檢寨，鎮之名因而不改。吾湖爲浙西一大郡，其附近如雙林、如菱湖、如荻港，皆以鎮名。而菱湖之爲鎮尤巨。其地古名秀溪，又名淩波塘。唐寶曆中，刺史崔元亮所開，今名菱湖，殆即淩波之异名乎？自宋以來，人文蔚起，秀艾之士，前後相望。今設有龍湖書院，延山長以課士，省垣大吏，自巡撫、藩臬以下，按月行課，與省中三書院等，其規模之大，雖外府縣書院不及焉。菱湖爲湖屬大鎮，即此可見矣。湖故水鄉，菱湖一鎮，菱芡之饒，魚稻之利，甲於湖郡，而尤以蠶絲爲大宗。國家歲入釐税，無慮數百萬，度支經費咸取給焉，而大半出於絲捐。絲捐以湖郡爲最，湖郡又以菱湖爲最。然則，菱湖所係，豈不重歟？菱湖舊無志，明萬曆之末，鎮人龐太元始創爲之，而卒未成書。國朝諸老輩如孫氏霖、卞氏乃繩、姚氏彦渠，先後采輯，皆未克觀成。孫翰卿茂才，菱湖知名士，英年好學，家富藏書。乃積十餘年之力，綱羅故實，采取群書，先設十大册，顔曰《菱湖輯》。闕漏者補，繁蕪者删，日積月累，成《菱湖志》四十四卷。體例嚴謹，叙述詳明，洵可備文獻之徵而供輶軒之采矣。余忝主龍湖講席十餘年，與其地有文字因緣，而茂才之師魯幼峰太史，又余門下士也。喜其有志竟成，足以傳世而行遠。异時，國家重修《一統志》，知菱湖一鎮，關係東南甚大，其必於此書有取矣。

樊芾林詩序

余長子紹萊娶於咸甯樊氏，樊玉農太守，余親家翁也。往歲，余視學中州，玉農方守河南，一見如舊，承以女女余子。其殁也，余爲作家傳，并爲其第三子蓴樓觀察作傳，深惜其以有用之才，際用才之日，而不獲竟其用。然余實未識蓴樓也。玉農太守諸子中，余識其長子讓村、次子芾林、第六子稚農，而於芾林尤熟。芾林官兵部，余壬戌、甲子兩至京師，皆與相見。後聞其一麾出守，官至曹州知府。而罷曹州，當捻亂之後。瘡痍未復，伏莽猶衆，芾林練勇丁，稽保甲，以清餘孽。振興學校，勸課農桑，以復元氣。守曹數載，頗有政績，至今曹人猶稱誦不衰。

乃以不善事上官，不得久於其位，是亦有才而不盡其用者也。天生雄俊之才於樊氏，父子兄弟相繼，而皆不使得終其用，抑獨何哉？吾不僅爲樊氏惜矣。芾林既殁，其子明熙以其遺詩求序於余。詩凡三卷，曰《百衲稿》，曰《山居稿》，曰《行程稿》，皆芾林手定也。其詩古體有奇橫之氣，近體則對屬工穩，語意清新，頗與劍南相近。詩雖不多，可以傳矣。樊氏父子兄弟中，玉農太守及稚農郎中皆嘗舉於鄉，芾林則副貢生也。而獨能以詩傳，吾爲之惜，又爲之幸矣。

《寄鴻堂集》序

古文一道，自宋以後日益衰息，至明而尤甚。其卑者，喜爲枚乘歗骳之辭，以媚於世俗。其高者，則聱牙佶曲，自謂復古，而優孟衣冠，實不足以言古。蓋古文之衰，甚矣。至本朝，文治昌明。桐城方氏、姚氏諸先生出，始有以起明代之衰，而追及於古之作者。故論文者必歸桐城，亦猶言詩者必歸新城也。李孝曾先生爲姚姬傳先生門下高弟，同時如陳碩士、梅伯言諸君皆推重之。其所爲文，原本經史，抒寫性真，粹然儒者之言。而結體謹嚴，選詞雅潔，無叫囂之氣，無滌濫之音，是真姬傳先生之嫡派，而嘉慶、道光間東南古文家一大宗也。其集名《寄鴻堂集》。先生在日未刊以行世，先生既殁，其仲子喬枚始校而録之木，未及流播，遽遭兵燹，版與書俱毁，幸其孫輩有鈔存之本，得不泯滅，然至今未付剞劂也。先生曾孫曰承先字少介者，以郡倅官吾浙，有幹才，爲上游倚重。彭剛直公與有世講之誼，時稱其賢。余因剛直得與之交，承其不棄，以《寄鴻堂集》屬爲之序。余謂先生之文，自足傳世行遠，豈以鄙言爲重，況卷首已有宗滌樓先生之序矣。余生也晚，與先生門下之賢如徐心庵、龔定庵諸老輩，皆不及一見。淵源所在，固無聞焉，又何足以序先生之文哉？然少介之以此求序也，必且謀重刻之。余念先生一生宦迹發軔浙江，歷宰麗水、平湖、瑞安、建德、平陽、上虞諸縣，至今循聲猶在人口。而文集之傳，亦刻成於吾浙，殆非偶然。余雖不足序先生之文，而少介謀刻先生之文，則固不可以無序，然則余又何辭焉？少介既知刻先生之文，必知法先生之治。异日，雙旌五馬臨莅兩浙間，愷悌之聲，神明之譽，行且繼先生而起，即於此刻徵之矣。

《心壺雅集詩》序

余先君子曾應山右康蘭皋中丞之招，客游覃懷者三年。今先君集中有《覃懷游草》兩卷，皆其時所作也。其所居曰緱山村，余往者奉使中州，道經其地，有王僧孺「引騶清道、悲不自勝」之意，賦五言詩一章，有云「經臨無限意，太息爲停驂」，蓋不勝風木之感焉。惟時，校閲試卷，日不暇給。於先人游屐所經，如月山寺、圪塔坡諸處，皆未及一游，至今以爲憾。辛卯之冬，余養痾吴寓，有竇甸膏大令以《心壺雅集菁華録》兩卷見示。大令爲河内人，余視學時曾來應試，但未知其時能識荆山之璞否？録中又有卧雪居士康君名奉琛者，山西興縣人，則即藺臯中丞之後也。先君客覃懷時，居士年必尚幼，未知其父若兄有及先君之門者否？往復流連，老懷爲之振觸。《録》中之詩，或清詞旖旎，或古調蒼凉，不名一格，各擅其勝。而尤推戎馬書生之詩，沈雄跌宕，命意不凡，則即甸膏大令也。大令具文武才，居家時以諸生從戎，歷著戰績。曾率兩健兒馳入賊巢，解散其黨，縛其渠魁，材略有過人者。今官吴下，又精於吏治，爲上游倚重。詩如其人，洵不虛矣。其《登月山寺閣》詩，有「樹裏黄河一綫懸」之句，奇警之至。憶先君《月山寺》詩有云「窗中納嶽色，烏下臨河壖」，讀大令此詩，令人如親游其地也。

《倚紅樓詩草》序

辛卯初冬，學使者潘嶧琴學士輯《兩浙輶軒續録》，剞劂告成，先寄示余於吴下。展而讀之，於閨秀詩中見有潘雲仙女史之詩，其集名《倚紅樓草》，其所選五言詩四章，筆致秀逸，而命意不凡。有《檢書》一絶句云：「夜半雪壓廬，翦燭伴君讀。願讀有用書，他年期報國。」此豈尋常閨閣中語歟？令人想見林下高風。而以未得讀其全集爲憾。乃未逾月，而女史之子葆謙，介其友人以《倚紅樓詩》求序，始知「雲仙」其號也。女史實名淑正，仁和潘君鶴齡之女，而上虞連君芳之室。《輶軒録》不載其爲連君室，而又誤以爲上虞人，不知上虞者，其夫氏所在，非母氏所在也。女史有句云「蒓鱸風味好，時憶六橋中」，則其爲仁和人，詩固有明證矣。女史幼承父訓，長適名門，雖不永其年，而有令子，能傳其母之詩。其詩傳，其人亦傳，夭壽可不論也。余因書此於簡端，備述女史名字、里居，以告讀女史詩者，且以訂《輶軒録》之誤。异時寓書嶧琴學士，或附及之，當猶可改正也。

蔣杉亭《孟子音義考正》序

《日知録》言：《孟子》字多近今，如「知」多作「智」，「説」多作「悦」，「女」多作「汝」，「辟」多作「避」，「弟」多作「悌」，「疆」多作「强」之類，與《論語》不同。蓋《孟子》一書，唐以前列入諸子中。陸德明作《經典釋文》，《老》《莊》與焉，而《孟子》獨未之及。至宋孫奭始據張鎰、丁公著、陸善經三家之言，成《孟子音義》二卷。自是以後，讀《孟子》者始得以考正文字，辨别訓詁，厥功巨矣。海甯蔣杉亭先生，家富書籍，幼工詞翰，中年以後，返而窮經，尤致力於《孟子音義》一書。博采諸家，廣徵群籍，有可以審定其音、發明其義者，逐條采綴，羅列無遺，成《孟子音義考正》二卷。先生既殁，長沙王益吾大司成采入《皇清經解續編》，於是海内皆知有此書矣。其子子貞，欲别爲單行本以行於世，而乞余一言，以弁其端。余讀其書，如「餒」之當作「餧」，「簿」之當作「薄」，「挈」之當作「忿」，「莩」之當作「受」，皆根據許書，足以匡俗正謬。又如「歡樂」當爲「勸樂」，「超北海」當爲「趨北海」，則於經文亦有訂正之功。而如「將比」之「比」，當讀毗必反；「袗兄」之「袗」，當讀徒展反，則吾輩童而習之，相沿而不覺者也。然則，讀《孟子》者，不可無孫氏《音義》。而治孫氏《音義》者，又安可無先生此書哉？余年衰學退，於此書不能有裨萬一。惟念孫氏《音義》一於趙注爲本，而與趙歧同時注《孟子》尚有高誘。雖其書不傳，而散見《吕覽》《淮南》《國策》之注者，尚十得二三。余曾采取爲《孟子高氏學》，惜先生已歸道山，不及與之討論也。

補刻《春融堂集》序

青浦王蘭泉先生，以名進士由召試起家，官至九列，揚歷中外，典領兵刑。乾隆時，王師征緬甸，征小金川，先生皆與其役。崎嶇戎馬間，戰功甚多。其陳臬江西，以六十餘日決獄百餘。蓋文學、武功、政事，三者兼長，卓然爲一代名臣，非止以箸述傳也。而其箸述，亦自足千古。先生少時，與王鳳喈、吴企晋、錢竹汀、趙升之、曹來殷、黄芳亭諸公齊名，號「吴中七子」。及在京師，與朱笥河互主騷壇，有「南王北朱」之目。海内知與不知，皆稱爲「蘭泉先生」。其所居曰「春融堂」，蓋以刑部侍郎告歸，高廟有「侯春融南歸」之命。述天語，志恩榮也。故其所箸詩文全集，即以「春融堂」名。兵燹之後，版本故在，但殘缺不全，未能摹印。於是，其邑中諸君子謀補而全之。會有間，款言於邑侯錢怡甫大令，鳩剞劂之工而從事焉。怡甫念先生爲其五世祖文端公門下之門生，而又與籜石侍郎同官十數年，時相過從，有累世通家之誼，乃捐廉俸，以助其成。缺者補之，漫漶者亦重刻之。既畢工，求序於余。余之譾陋，何足序先生之書？且先生之書，亦豈以余言爲重哉？惟余博觀宋代諸家之集，楊億《括蒼》《武夷》等集一百九十四卷，而今止存《武夷新集》二十卷。曾肇《曲阜》等集九十二卷，而今止存四卷。李廌《濟南集》二十卷，而今止存八卷。張舜民《畫墁集》一百卷，而今亦止存八卷。其甚者，晏殊《文集》多至二百四十卷，而今止存一卷。即幸而如王禹偁之《小畜集》固尚完善，而其《外集》十三卷，則自第一卷至第六卷皆闕矣。沈括之《長興集》尚可讀，而卷一至卷十二并闕，卷三十一又闕，卷三十三至四十一又闕，則闕至二十二卷之多矣。夫自唐季至五代，即有雕印書籍之事。貫休《禪月集》，方外之書，尚爲刻印流傳。則宋代名公之集，自必皆有刻本，乃任其殘缺，不爲補刊，當時士大夫不得辭其責矣。青浦諸君子，惓惓於鄉衮之遺書，不敢廢墜，此固先生之珠光劍氣，自不可掩。而諸君子抱殘守缺之功，與怡甫大令篤念故家興廢舉墜之雅意，亦有不可没者矣。先生之書雖不以余言爲重，而補刻先生集之盛舉，則不可不箸。余所以不辭而爲之序也。

《鶴廔軒詩存》序

今年春，余在吴下，湯子伯緐以宗湘文觀察書來見。余接其丰采，聆其議論，讀其所譔箸，及其所爲詩，蓋佳士也。因時與往來，而伯緐乃以其母管淑人所爲《鶴廔軒詩》見示。詩爲淑人父管荔生先生所删定，止九十三首。而此卷則伯緐病中所手寫者，止五十六首而已。詩雖不多，然格律老成，氣體高妙，得古作者之意，非如他女史之摹擬上官體、徒以綺錯婉媚爲貴者也。伯緐爲人有樸茂美，意其爲學亦然，殆其母教乎？淑人嘗夢至一處曰「清碧山房」，得絶句二首，醒而録之，一字不遺。余謂此事甚奇。白香山蓬萊之院，歐陽文忠神清之洞，自古有之。

清碧山房，其即淑人之靈芝仙館乎？生有自來，宜其詩亦字字華嚴法界來，而不徒以花紅玉白爲工也。

湯伯繇漢書校録序

余往年作群經、諸子兩《平議》，後又思作《三史平議》。「三史」者，《史記》、前、後《漢書》也。苦無善本可據，又無他本可校，文字异同未能盡悉，因輟弗作。嘗即《漢書》言之。如《高帝紀》「隆準」之「準」，從服虔説應劭音，則當讀如「拙」；從李斐説文穎音，則當讀如「準的」之「準」。《司馬相如傳》「勺藥」之「藥」，從諸家説則當音「略」，從師古説則仍如本字。然此猶同一字也。如《貨殖傳》「干越」，從孟康説則當作「干，南方越名」，從師古説則當作「于，發語聲也」。此并异其字矣。他如《地里志》中山國曲逆縣，張晏曰：「濡水於城北曲而西流。」是二字皆應讀如本字，而後人讀作「去遇」，此不宜改讀而改讀者也。《高惠高后文功臣表》「鯛陽公」，師古音紂，此與《爾雅》「鰹，大鮦」字同而音异。師古所謂「當時所呼，别有意義」者，而後人乃從孟康注衍文「紂紅反」，仍讀如「鰹，大鮦」之「鮦」，此宜改讀而不改讀者也。又有不達古語而誤解者，如「遲明」「無慮」之類，王氏《讀書雜志》具説之。而「物故」二字亦古語也，以爲「歾故」

之誤，失其解矣。又有不識古字而誤改者，如「骨肉之恩〔一〕粲而不殊」，「粲」爲「粲」誤，學者皆知之。而《孝哀帝紀》「迫於側陋」，「迫」乃古「起」字，後人不識，改作「延」字，失其字矣。蓋讀史雖與讀經异，而《史記》、前、後《漢》，則史猶經也。不通小學，必不能治此三史。今年閏月，武進湯子伯繇過我春在堂，出所箸《漢書校録》見示，以殿本及明淩氏評林本，校毛氏汲古閣本，搏采高郵王氏、嘉定錢氏諸家説，繩愆糾繆，深得古義，而余所説「迫」字一則亦采入焉。余深喜其能以治經者治史，因書數語以質之。

孫春叔先生遺文序

孫春叔先生以名翰林官至鴻臚寺少卿，屢主文衡，負公輔之望。乃以御史任内公罪去官，未竟其用，時論惜之。先生歸而優游鄉里，主休甯書院講席垂二十年。其論文必以理法爲主，不苟尚才華，亦不矯言清微淡遠，故一時高材生多奉先生爲圭臬焉。余甲辰鄉試，座主爲陽湖惲薇叔中丞，而中丞會試實出先生之房。余於先生，唐人所謂門生門下之門生也。余未通籍

〔一〕骨肉之恩，王先謙《漢書補注》本作「骨肉之親」。

前，客授新安，偶爲人作行卷。先生見之，詫曰：「誰爲此文者，吾邑中無其人也。」已而，知爲余作，嘆曰：「名下固無虚士。」命其二子事余爲師。余在新安，文名頗盛，雖年未及三十，而年相若者往往以文就正，折節稱弟子，先生揄揚之力也。歲在庚戌，余成進士，去新安。未幾，而粤寇陷休甯。先生抗節不屈，竟戕於賊。余後亦不復再至新安，未克以隻鷄斗酒拜先生之墓，亦不獲於蟫斷臭朽中訪求先生遺書。追念前塵，爲之太息。今年，先生之孫升甫茂才，寄示先生所爲《四書》文二十一篇，讀其自序，知爲乙酉歲所作，先生捷南宫之上一年也。其理淵然以深，其味悠然而長，其氣穆然而静，蓋其時遇合之文大率如此。嗚呼！可以觀文運，亦可以觀世運矣。新安屢經兵火，故家喬木，零落無遺。而先生之文顧未盡泯没，以余之衰老，猶得見之。雖其二子皆已下世，而其孫猶能抱殘守闕，存手澤之什一，是可爲先生幸也。

王子莊《中外和戰議》序

粤自道光中葉，外洋之釁始開。挾其心思之巧，器械之精，以凌駕我中國，而中國又適有粤寇之亂，於是外國之勢，日益强盛。西洋互市，東洋繼之，至於今日，而時變極矣。黄岩王子莊先生於是有《中外和戰議》之作。其書凡十六卷，歷考前史，觀其已事，無論其爲全盛之時，爲積弱之時，爲有亂之時，而所以御之者，無不有得而有失。語曰：「前事之不忘，後事之師。」先生此書，固古今得失之林也。謀國之人孰復是書，鑒其失而求其得。和必有所以和，一於主和者非。戰必有所以戰，一於主戰者亦非。和戰并用，而自有裕乎未戰之先、持乎既和之後者，則以撫海外而制四夷，不難矣。抑余讀先生之書而更有進焉。先生此書，所采輯皆自漢始，然方今之世，與自漢以來，則有异矣。今日之天下，乃一大戰國也。孟子告齊宣王曰：「海内之地，方千里者九，齊集有其一，以一服八，何以异於鄒敵楚哉？盍亦反其本矣。」今吾中國，固一統全盛之時，而東西洋各國，鱗羅布列，地醜德齊，莫能相尚，亦居然如七雄之并峙矣。似宜兼采戰國策士之言，凡連横約縱之謀，近交遠攻之略，皆方今之切務也。然此乃論其末耳。若論其本，則《孟子》「反本」一言，尤自强之上策矣。敢以質之先生，先生以爲然否也？

釋淡然《周易注》序

《易》之爲書，廣大悉備，其无思无爲、感而遂通，尤深得西來大意。宋楊簡之《慈湖易解》、王宗傳《童溪易傳》，皆高談心性，與禪理通。明蘇濬解「潛龍勿用」爲心之寂然不動，解「大明終始」爲心之靈明不爽，《易》理也，即禪理也。釋澹然，幼讀儒書，有聲庠序間。中年投筆從戎，金戈鐵馬中頗箸勞績，皆唾棄勿顧。歸於空門，禪誦之外，仍鑽寶《易》理，箸《周易注》若干卷。甲午之春，余來杭州西湖，而澹然適駐錫於杭。承不鄙棄，以所注見示。余讀其書，雖以言理爲主，而言理仍由象數而來，其殆於漢學、宋學，一以貫之者乎？國朝周漁《加年堂講易》，亦頗具禪理。然其解「見群龍无首」云「見性而實無所見，故增此以掃六爻名象之迹」，則未免遁於虚無。澹然所見，過此遠矣。余伏讀一過，合十贊嘆，而僭書其端，或不嫌箸糞佛頭乎？

春在堂雜文五編七

劉芝田中丞《養雲山莊文鈔》序

昔鄭亞之序《會昌一品集》也，曰：「周、霍雖有勛伐，而不知儒術；枚、嚴善爲文章[一]，而不至岩廊。」宋時歐陽子亦云：「劉、柳無稱於事業，姚、宋不見於文章。」然則政事、文學兼而有之，自古所難，况在後世乎？乃班孟堅有言：「箸述[二]者，前烈之餘事。」士君子本其學業，發爲事功，既足以勒昆吾而銘景鐘矣，吾未聞優於其事而轉絀於其餘者也。自漢以來，名卿大夫以文集傳世、列名《藝文志》者，何可勝數。然則，此論殆未足信也。劉芝田中丞爲近代名臣，余

[一] 章，《四部叢刊》景稽瑞樓抄本《李義山文集》作「筆」。

[二] 述，《四部叢刊》景宋本《六臣注文選》爲「作」。

矣。既爲文以志表其墓，又爲其文集作序，亦後死者所不容已也。聞公未出山時，與同志立青税。及公備兵海上，余時主求志書院講席，歲必與公數四通問。雖出處殊途，而交誼固不薄不敢失墜。裒集公文以行於世，固由諸子之賢，亦公之家教使然也。余初識公時，公猶權滬公事之暇，一編不釋。其文之工，固由其才之長，亦其天性使然也。公之諸子，皆能保守遺書，亦自有可傳，而况兼而有之乎？其後雖致身通顯，官至開府，而無聲色之好，惟以圖籍自娱。之，無難也。公以諸生起家，弱冠有聲庠序間，歲科試必居高等。使公竟高蹈不出，則其文學請，不許於城内創設自來水、火，即此意也。夫蓋公之文學，即公政事之所從出，宜其兼而有樸山房記》痛詆智巧貪僞之徒日趨於淫奢靡侈之路，所言尤爲深切。公在滬時，堅拒洋人之竄。公之韜略，足見一斑。使咸豐間諸大帥早用此言，何至日久無功，而東南糜爛哉？其《石寇之法，謂宜會師直擣其巢，以拔其根本；扼守長淮，以備其北犯；堵截長江上流，以遏其南無以加也。嗟乎！公固長於政事，而又優於文學如此哉！其《送汪柳坡赴歙州軍序》，備陳制不肆，有歐陽公俯仰揖讓之態。而其記載景物，則柳州諸記不能過也。敷陳事理，則蘇氏諸論集》，都凡四十餘篇，文雖不多，而序、記、志、傳各體皆具，格律謹嚴，詞氣淡宕，曲而不支，直而於其卒也，既爲作墓志，又爲作墓碑，於公之行事知之詳矣。乃今又得讀其所爲《養雲山莊文山詩社，倡和成集，公之詩亦必可傳。异日或再得讀之，益可證文學、政事之合一矣。

左祉文《諸子補校》序

余嘗謂治經之道，其要有三，曰：正句讀、審字義、通古文假借。治諸子亦然，然治子難於治經。經自漢以來，經師遞相傳授，無大錯誤。子則歷代雖亦著録，然視之不甚重，讎校不精，譌闕殊甚。凡諸子書之詰籥爲病者，皆由闕文譌字使然，非元本如此也。治諸子者，必以前後文義、全書體例悉心參校，而又博觀唐以前諸書所援引，訂正异同。然唐以前書亦非可盡據，去非求是，存乎其人。高郵王氏《讀書雜志》，精密之至。然喜據《群書治要》改易舊文，不知此書來自東洋，彼國於校讎之學固不甚精，而以改吾中國相傳之本，往往得失參半。此亦通人之一蔽也。余所著兩《平議》，久行於世，自謂《諸子平議》稍勝於《群經平議》，而海内好學之士不吾鄙棄者，則皆喜讀《群經平議》，而《諸子平議》讀者少矣，何也？治經猶與舉業有益，而治諸子無與舉業也。夫爲之則甚難，而成之又不爲世所重，宜其無爲之者矣。陽湖左祉文運奎，好學深思之士也。有《諸子補校》之作，《管子》《荀子》《墨子》各數十條，蓋未成之書。然與余所稱「治經三要」，則皆有合焉。余甚喜夫吾學之不孤也，爲書數語，以縱臾其成。

凌筱南同年《損窔詩鈔》序

余以道光甲辰歲舉於鄉，至今歲光緒甲午，五十有一年。同舉之友落落晨星，而余亦衰且老矣。凌君筱南，乃甲辰同年中之魁士名人也。自少慷慨有大志，以文字受曾文正公之知。及文正舉義兵辦賊，君陳兵事十二條，皆中肯綮，文正韙之。今相國肅毅伯李公亦同年也，君佐其軍，累以軍功保至道員，曾一權江甯鹽巡道，又奏調赴天津，綜理東洋通商之事，行且大用矣。而君淡於名利，不汲汲仕進。江蘇蘇松太道缺員，時論欲以君補之，君固辭不受也。生平精研六書、九數之學，所著有《古今車制考》《蟭螟巢札記》諸書，於百家九流，靡不通曉。乃身後遺書散佚殆盡，僅存《損窔詩鈔》第五卷，其女婿顧君元爵釐爲二卷而刻之。嗚呼！君著述之存者，止此矣。其詩則孫琴西太僕同年嘆爲「生峭古奧，是真學人之詩」，然如《冬柳》十二首，以芬芳悱惻之思，寫抑塞磊落之情，亦豈僅以生峭古奧見長乎？蓋君流覽各家，皆有以窺其奧窔，非止工一體者也。其下卷中有贈余之詩，當時實未寫示，今始得而讀之，益嘆其愛我之深矣。余與君不惟同舉於鄉，而又同生於道光辛巳。方甲辰之歲，余與君年皆二十有四，使至今尚在，則亦七十有四矣，乃年止五十六而卒。天生此才，既不使得大用於時，而又奪其年，又泯滅其所著之書，是何爲者也？然有此兩卷詩存於後世，其才、其學亦略見一斑矣。

陶心雲《稷山論書詩》序

余生也晚，於近代書家所及見者，惟包安吴、何蝯叟而已。蝯叟以書名一時，然不出魯公門徑，安吴則自命甚高。道光庚戌歲，余與相見於袁浦。語余曰：「書家不傳之秘，惟我得之。」余時懵不知書，未能一問其源流也。及奉使中州，周容齋先生方就養於其子廉訪署中，亦自負能書。每過余齋，輒隨便作一點一畫曰：「若者爲米南宫，若者爲趙子昂，若者爲董香光。」其所論亦止如此而已。此數公者歿，而能書者亦少見。光緒己丑歲，陶君心雲偶以手書楹帖見贈。余展視之，驚曰：「此非近人手筆也。」會彭剛直公薨，其孫見紳等請余爲神道碑。余詳叙公一生事實，文逾五千言，嘆曰：「自來碑文之長，無如趙雄所撰《韓蘄王碑》，而余此碑殆將半之，傳之後世，亦金石林中一巨觀也。誰與書此者？」久之，曰：「非陶君莫屬矣。」因告之其家，豐贄幣而求書焉。逾二年，書成。筆勢宕逸，遒麗而渾成，視平園之書韓碑，奚翅倍蓰過之，爲之嘆絶。君以余能知其書也，以所撰《稷山論書詩》百首寄示，且求序焉。嗟乎！余於書家源流，固未深悉，奚能序君之詩？然讀其詩，則余有感焉。自鄭康成説《禹貢》導山，有陽列、陰列之名，而後世遂分爲南、北二條。北條以河爲主，南條以江爲主。江河形勢，千古不易，而風尚因之而异。微而至於藝事，畫繪有南宗、北宗，詞曲有南曲、北曲。又推而至於异教，佛家有南、北二宗，道家亦有南、北二宗。大率分南北而不分東西，乃江河大勢使然也。凡南北分派者，實皆北勝於南，而人情則往往喜南而厭北。其端實始於唐。《北史·儒林傳》云，南北章句，好尚不同。「江左，《周易》則王輔嗣，《尚書》則孔安國，《左傳》則杜元凱。河洛，《左傳》則服子慎，《周易》《尚書》則鄭康成。《詩》則并主毛公，《禮》則同遵鄭氏。」嗚呼！使後世而長守北學之門户，則中原一派流傳不絶，而兩漢經師家法可以不墜。北學之衰，自唐人「正義」始也。今以書法論，使人人而皆守梁索之榘矱，則由是而上窺漢隸，又上而秦篆、周籀，不猶可得其大概哉。唐太宗喜二王書，而不能深入其骨髓，但喜其俗書逞媚而已。一時風尚，靡然從之。杜子美云：「書貴瘦硬方通神。」東坡云：「此論未公吾不憑。」不知杜老固有爲言之也。杜老作《薛稷慧普寺》詩云：「鬱鬱三大字，鮫龍岌相纏。」此必尚存北派之意。而米南宮謂此三字醜怪難狀，所見出杜老下矣。自唐至宋，相沿一例，北派寖微。及《閣帖》出，而千古書家止一王著，南北兩派同盡。讀君此詩，則知書家北派乃自漢以來之嫡派。北派廢而南派存，徒爲有識者所詬病。北派存，而南派之真者，轉可得而見，則亦未始不可與北派并存。

嗚呼！持此説也，雖以之治經，可矣。余不知書而粗知治經，竊願以經術之南北兩派，便從君一質之也。

錢南園先生遺集序

錢南園先生爲乾隆朝名臣。其少時，從同邑王素懷先生游。王先生之教，首重立品，而立品首在慎獨，先生一生剛正之學原於此矣。先生既殁，而海内重其爲人，并重其翰墨。得先生之書若畫，咸珍若拱璧，而其詩文顧不多見。梧門祭酒刻其遺詩，纔二卷耳。同治間，湖南巡撫劉公，始搜輯遺文軼詩，刻《南園先生集》五卷，以行於世。蓋先生詩文不自裒集，見者繕録而存之。故所存止此。劉景韓方伯，於先生爲同鄉後進，慕先生之爲人，居官行己，皆以爲師。因取湖南刻本重刻於浙江，而屬余序其端焉。語有之「主聖臣直」，然余竊謂古之直臣，皆以不逢聖主而後其直益著。前明中葉，楊、沈兩忠愍，皆以疏劾嚴嵩得禍甚慘，至今讀《椒山》《青霞》兩集，無不䀌然傷之。若先生生於前明，以劾和珅者劾嚴嵩，則其獲禍當不在兩忠愍下。乃遭逢高宗純皇帝如天之明，劾和珅私人山東巡撫國泰，即命偕和珅同往，案驗；劾和珅不至軍機直廬，即拜稽查軍機處之命。以和珅之竊弄威福，而卒無如先生何，視楊、沈兩忠愍何如哉？蓋其忠與楊、沈同，其忠而不慼與楊、沈异。讀先生之遺集，考其居官行己之大略，令人肅然起敬，而固不必與《椒山》《青霞》等集同觀，此則其遭遇然也。然余聞先生之往案山東獄也，先數日，微服出彰儀門，宿於良鄉。有馳而過者，索夫馬，勢甚張，則和珅所使往山東者也。公徐待其還，要於路而搜之，得其私書，即密以上聞。及至山東，按之皆得實，由先得其要領故也。由是觀之，先生之材智，亦有大過人者。不然，如尹楚珍先生之劾奏山西江南虧空，曹劍亭先生之劾和珅家人劉全輿服、房屋逾制，轉以誣奏論罪。非高廟神聖，且與兩忠慼同禍矣。烏呼！以先生之風骨，而又以材智佐之，宜其爲一代名臣哉。詩文雖其餘事，然讀其書，想見其人，惡得以餘事而忽之？此方伯重刻斯集之意也夫。

許仲孫《冥記》序

韓擒虎言：「生爲上柱國，死作閻羅王。」此雖戲言，然傳記所載，宋名臣韓魏公、寇萊公、范文正公，明趙文毅公，本朝王西樵先生，皆嘗爲冥官，則實有其事矣。意冥官亦如人間有遷轉，故歷代不一其人乎？然此皆死而爲之者。唐張鷟《朝野僉載》言，唐太宗夜半見一人，言：「陛下合暫去即來。」帝問：「君何人？」曰：「臣是生人判冥事者。」又高彦休《闕史》載千福寺僧宏道，晝則平居，夕則視事於陰府。是生人而司冥事，自唐以來，即見記載。乃知人固聰明正直，不必死而後爲神也。仁和許仲孫茂才德達，於癸巳之秋被召爲冥官。始爲速報司，又調承審司，旋升任爲第七殿閻羅王。每夜以三更往，四更返，凡四十餘日。所記冥中事四十餘則，大旨在於勸孝、戒淫、重貞節、懲口過，題曰《冥記》。甲午春，余至西湖許君子社，以其書見示，且爲乞序。夫神道設教，聖人之微權；福善禍淫，天地之正理。宋吴淑《江淮异人録》載閬中處士張標能通冥府，或卧三日、五日，既蘇，多説冥中事，或言未來，皆驗。夫如張標者，不過如今人所謂走無常者耳，其言猶信，况仲孫茂才，以名家子生而爲神者乎？余懼世人之不信其説，故歷舉古事以證之，是亦息黥補劓之資也。

張星階《鷗榭詩鈔》序

往者吴牧騶同年，自雲南宦游歸，以所著詩語見示，多在滇唱和之作。余嘆曰：「邊郵僻地，得諸君子提唱風騷，雖薄宦天涯，而山水友朋之樂亦云盛矣。」四川宜賓張君星階，爲牧騶進士同年，而又同宦滇中，當日所共酬唱者也。余初不識其人。今年春，張君之子鋆彦訓和自蜀來浙，乞爲文以表君之墓，序君之詩，余乃知君固循吏而又詩人也。詩凡二册，第一册不編年，皆通籍以前之詩。第二册編年，自癸丑始，皆滇中詩也。其詩出入唐宋諸名家，無叫囂之習，無靡曼之音，格律清整似王摩詰，意味淡遠如韋蘇州，詞旨敷暢似白香山，意思雋永似陸劍南，而憂時感事、吊古傷今，則又駸駸乎入少陵之室矣。與牧騶唱和，一韵或至五六叠，唱妍酬麗，其樂可想。與牧騶論詩，深鄙前明七子，依傍門户、優孟衣冠，君詩之陶冶性靈，自成馨逸，亦可見矣。君爲數十年來滇中循吏之最，余已書其大略，表之其阡。晚年主蜀中敷文、翠屏兩書院講席，學者雲集，横舍不能容，皆僦屋以居。蓋君之爲人，固有存乎詩之外者，不必以詩傳，而詩亦自可傳。君往矣，幸有賢子以傳其詩，而余得僭序其端。惜牧騶墓草已宿，不得與共論之也。

《王氏通譜》序

天下氏族之至不一者，莫如王氏矣。有姬姓之王，有子姓之王，有外國姓之王。而姬姓之王有二，有太子晋之後，有畢公高之後。而畢公高之後又分爲二，有魏王假之後，有信陵君之後。鄭氏《通志》言之詳矣。夫以一姓之别，糾繚難分，欲其鱗羅布列如寘諸掌，不亦難乎？吾浙慈溪之王氏，蓋出於太子晋，姬姓之王也。有簡侯司馬諱庸敬者，王氏之良也。以族姓之殷繁，支派之淆雜，乃創爲《王氏通譜》一書。厥派凡五，曰太原，曰琅邪，曰三槐，曰别派，曰零派。其太原、琅邪皆出太子晉，而三槐則又琅邪之别也。其别派所列，則芊姓、嬀姓、子姓、己姓諸王氏，而畢公高後一派亦列焉，所以别於王子晉之後，不使與正派混。至不知其所自出者，或三四世，或十餘世，或五六人，或數十百人，則皆謂之零派。烏乎！其體例嚴矣，其搜采富矣。司馬君於咸豐辛酉始創是譜，旋經粤賊之亂，流離轉徙，鉛槧無廢，歷十餘寒暑，卒底於成。未付剞劂，遽歸道山。爰有令子曰仁恩、曰仁元、曰仁政，抱守遺書，不敢失墜。思壽之梨棗，以永其傳，而問序於余。昔歐陽公應湘東文學王永賢之求，爲《漁溪王氏譜》序云：「據其所可知，而不失之誣。缺其不可考，而不失之夸。推其祖之所自出，有尊尊之誼。詳其族之所由分，有親親之誼。」今觀司馬君所爲《通譜》，亦何愧斯言乎？諸子又能敬承先志，昭示後人。沈隱侯有言：「文才相繼，未有如王氏之盛者。」〔一〕斯言也，吾即於慈溪王氏徵之矣。

〔一〕 文才相繼，未有如王氏之盛者，據《梁書·王筠傳》《南史·王筠傳》原爲「未有爵位蟬聯，文才相繼，如王氏之盛者也」。

《邱氏家集》序

邱之得姓，或云出於齊之營邱，或云出於陳之宛邱。魯昭公時，邾大夫有邱弱，則春秋固有邱氏矣。世謂出於左邱明者，非也。淮南邱氏，明初自明州而遷。由勝國以至本朝，以文字爲堂構，相承勿替，幾於一門之内人人有集。而國初河患頻仍，流離轉徙，咸、同之間，又遭兵燹，縹囊緗帙，蕩焉無存。爰有嗇庵君者，邱氏之佳子弟也。悼遺書之灰燼，懼先業之荒廢，乃掇拾於㒵朽蟫斷之餘，隨其所得，以次編纂。其已寫定者十集，合成一册，題曰《邱氏家集》。其中如南齋副寺，西軒洗馬，以及邇求君之薦舉鴻博，珠巖君之供奉内廷，固皆表表在人耳目間。此外則知者或罕，如《浩觀》《悟石》《卧雲》《握雲》《東征》諸集，藏書家鮮有著録者。至子高君，則并無詩集存留，名迹更晦。非爲之戢舂成書，則淪玉沈珠，何以得顯於世哉？昌黎云：「固宜長有人，文章紹編劉。」余深爲邱氏幸矣。

《草心閣詩》序

徐肖坡先生所著《草心閣詩存》，一卷。其第一篇《題貢院號舍》，按年譜爲同治三年甲子，先生年三十八歲。其末一篇《自褒城迂道》，按年譜爲光緒六年庚辰，先生年五十四歲。計此十七年中，存詩一百十五篇。然則先生之詩，遺佚者當不少矣。然即其詩讀之，而先生之爲人已可見也。先生早年貧窶，至不能具脩脯，從坊刻時文中觀其評語，而得作文之法。年未弱冠，所擬鄉試題文已爲老輩所欣賞，可謂能自得師者矣。及成進士，入詞林，以未授職之庶吉士，奉敕分寫《文選》，同館咸以爲榮。後雖改官禮曹，而嫻習掌故，克舉其職。時有議行明堂配帝之禮者，舉朝聚議不決，先生一言而翕然從之，議覆之疏即采其説。上自王公，下逮庶僚，仰望風采，聲望大起。直樞廷則以捷才見稱，居諫垣則以正論推重，所請重農桑、興教化，雖若陳言，而實寓有歐公《本論》之意，非目論之士所能識也。一麾出守，由雅州守調成都守，權成綿龍道及建昌道，所至有聲。其攝夔守也，關税溢額幾及數萬，悉歸之公，不以自私，尤人所難焉。生平勇於爲義。在京師時，醵錢贖故人二女，嫁於士族。有故人忤權相罷官，莫敢爲居停者，分宅居之，至二年之久，不以爲嫌。嗚呼！先生之爲人如此，則雖并無此百餘篇之詩，亦自足以不朽。而况此百餘篇者，抒寫性靈，惓懷故舊，其沈著如杜，其敷暢如白，其纏綿悱惻又有似乎西昆諸家。人可傳，詩可傳，先生安得不傳乎？余按年譜，其從王父貫玉先生，實爲先君子丙子同年，然則余於先生固有世講之誼，而其嗣子之升又求序於余。余讀先生之詩，而知其必傳。又因其嗣子之寶守遺書，不墜家學，而知先生遺澤之孔長矣。

《居易居不易居詩》序

宋黄涪翁《山谷集》後，附刻其父庶字亞夫者所作之《伐檀集》，論者謂父子同集，雖爲美談，而父集附子集以行，終失編纂之體。戴復古《石屏集》首載其父東皐子詩數篇，較黄集附刻於後，體例殊勝。余謂戴例雖勝於黄，要亦由東皐子詩寥寥數篇，不能成集，故雖首列而終不得單行。不然，則如宋之《三劉》、明之《文氏五家》。世擅著述，豈不尤美乎？然如宋吕本中與子祖謙同名《東萊集》，洪巖虎與子希文同名《軒渠集》，則又不免混然而無别。吾讀徐耘叔先生《居易居不易居詩集》，而竊爲徐氏嘆美不置也。耘叔先生有令子曰肖坡先生，所著《草心閣詩集》，余既爲之序矣。而肖坡先生嗣子之升，又以耘叔先生集求序，蓋同時剞劂告成者也。先生屢應京兆試不售，乃橐筆而幕游，羸驂單僕，南北往來，游歷頗廣。其暮年依其從父貫玉廉訪於山西，於直隸，卒無所遇，殁於京師。其遇固甚窮矣，然其詩則甚工。有極沈著者，如《乞婦行》《食糠婦》諸篇是也。有極雄古者，如《齊山》一篇、《古意》七篇是也。有極綺麗者，如《無題》四篇、《聞雁》四篇是也。有極跌宕者，如《秋日述懷》四首、及《述懷》三十首是也。蓋其詩各體皆工，合唐宋人而一之。有時而鶴立昆侖，鯨跳渤澥；有時而春風柳絮，明月梨花；有時而崇岩峭壁，萬仞崛起；有時而一碧千頃，澄湖不波。此豈《伐檀》一集、東皋數篇所能望哉？固宜自成一家，與《草心閣》之詩同傳不朽也。先生生平重結納，尚名節，所交多知名士，一時賢士大夫皆從之游，以重贄求詩文者相屬不絕。而先生視金帛如土芥，隨手揮霍輒盡。遇故人之喪，必躬自經理，歸之其鄉。則其詩之外，又自有可傳者，徒以詩人目先生，又不盡先生矣。

姚程三先生遺集序

姚程三先生者，姚友硯先生，諱念曾，其子蘇卿先生，諱清華，蘇卿先生女婿程襟蘭先生，諱秉格也。姚爲金山望族，自明中葉以來，代以詩名。入國朝，而聽巖先生有《寶善堂集》，巽齋先生有《迪惠堂集》，即友硯先生之祖之父也。友硯先生少承家學，及筮仕楚北，簿書之暇，嘯歌無廢，雄深雅健，傳播於時。蘇卿先生則以諸生終，而生平致力於詩尤深，陶寫性靈，琢靡風雅，不愧古之作者。少時，謁其宗人鐵松中丞於豫章。中丞方宴客滕王閣，先生居末坐，賦五言古詩一章，坐客驚嘆。嗚呼！此亦今之王子安矣！襟蘭先生即其女婿也。雖享年不永，而骨秀神清，詩無俗韵，「山抹微雲」，可稱元章快婿矣。余惟世擅著述若宋代之《三劉家集》，明代之長洲《文氏五家詩》，藝林皆以爲美談。聽巖先生曾輯姚姓一家詩文至一百卷之多，則姚氏一門，人人有集，居可見矣。若女婿之集附婦翁之集以行，於古罕徵。《昌黎集》爲李漢所定，而李拾遺詩不附韓集也。今襟蘭先生之哲嗣宣甫司馬，保守遺編，不敢失墜。因刻姚氏《賜墨弦詩》兩集，而以先生《益神智室遺詩》附焉，冰清玉潤，輝映一時，洵相得而益章矣。國朝馮甦《蒿庵集》五卷，爲其外孫洪承澤所刊，而承澤之父無聞焉。余讀三先生詩，既嘆姚氏之代有詩人，而尤嘆程氏之克有賢子。百年之後，世家喬木，吾知姚、程兩家同爲金山之望矣。

顧咏植《西崖經説》序

經學至本朝而極盛矣。蓋《易經》先、後天之异説，《尚書》古文之僞本，皆經前人論定，而不復爲其所蔀。至於治經之門徑，以及聲音訓詁之學，古書假借之法，皆已縣之日月，昭若發矇。生其後者，竭心思之所至，以求微言大義之所在，事半功倍，有由然矣。武進顧咏植明經，自幼嗜學，又習聞其鄉先生之説，説經頗有家法。以所著《西崖經説》求序。余讀之，如以「湯放桀」爲「封桀」，引《孟子》「封之也」。或曰放焉」爲證，其義甚正。又如以「三壽」爲「三老」，以

「京師」爲公劉始居之地名，以「何以舟之」謂「舟」即「周」字，并與愚説合。其論膏上肓下，及許悼公瘧，别有見解，蓋其於醫學亦所兼通者也。惟以「生民」爲姜嫄之名，以「古」爲太王之名，似未免過求新异。然此其少作也，已卓卓可傳。异時所學益精，所見益正，發前人所未發，而爲後人所不能易，必更有進乎是者，吾即於此編徵之也。

竇氏三世家傳合編序

《南》《北史》中，往往合人祖孫、父子、兄弟諸傳而同列一卷，如《南》之王氏、謝氏，《北》之崔氏、盧氏，皆於一卷之中，鱗羅坒次，使人見世濟之美，而嘆故家喬木之盛，亦作史者之良法也。然史例嚴謹，立傳不宜太多，於是史傳之外又有家傳，若裴松之《三國志注》所引《鄭康成家傳》《王朗家傳》，皆是也。而《荀彧傳》注所引《荀氏家傳》，則彧之子曰惲、曰俁、曰詵，惲之孫曰顗、曰愷，皆具載之，以一家之傳，傳一家之人，更不厭其詳矣。河内竇氏，自英烈公以來，家承忠孝，世擅文武。英烈公於國史入《忠義傳》，其元孫諱鳳翔字德輝者，死難粤西，异時史館續纂《忠義傳》，亦必與焉。然有史傳，不可無家傳。其族人克勤所撰《英烈公家傳》，足以輔國史以行。而樾又撰《德輝竇君傳》，以待史館之采輯。惟德輝君之父曰玉春君者，以鄉里善人終於家，柱下載筆，例所不紀。則義甯陳君寶箴所撰家傳尤不可少矣。夫玉春君雖無所表襮，然國家推恩於死事者子孫，而英烈公之後惟玉春君，實爲其曾孫。有司以應詔書，而朝廷錫之世職，竇氏世職，自玉春君始也。玉春公又能以祖德勉勵其子孫，上承英烈公，以下啓德輝君，則玉春君亦竇氏之良也，而可缺其記載乎？甸膏大令鎮山，乃玉春君長孫也。合三傳爲一卷，刊刻以行於世，因爲書其卷端。余從前視學河南，甸膏曾來應試，試卷爲墨所污，有同縣范君，適共鋪席，遂以所作文贈之，余取入府學。然則余雖不能得甸膏，而甸膏之文，余固能識之也。聞甸膏自是即棄舉子業，而從軍旅之役，已屢著戰功矣。越十年，仍應小試，補博士弟子員，亦奇士也。今以知縣需次江蘇，譚序初中丞時爲蘇藩，一見器之。黄子壽方伯，衛静瀾、剛子良兩中丞，皆重其才。吾知异時國史《循吏傳》中，必又赫然有其人在矣。

劉光珊《留雲借月盦詞》序

往年，余在杭州，吴晋壬太守時時爲余稱道劉君光珊之才，深以未得一見爲憾。嗣又由陳叔明鹺尹傳示君七律八章，蓋即和余原韵者。余讀而美之，固知君爲毗陵之詩人矣。今年夏，盛旭人方伯以君所著《留雲借月盦詞》四卷見示，乃知君之致力於詞，更有過於詩者。其花紅玉白之辭，月冷霜寒之思，亦與詩同。而循聲按拍，持律甚嚴，則非於此事三折肱者不能辨也。昔万俟詞隱《三臺》詞，自來皆作雙調讀，萬紅友獨改爲三疊，識者韙之。君於《側犯》一詞，亦改雙調爲三疊，此則紅友所未見及者，千里有知，亦當許君爲顧誤之周郎矣。雖然，歐陽公有言「詩以窮而後工」，余謂詞亦有然。君嘗出涌金門，登望雲樓，慷慨悲歌，以杜老窮愁、賈生痛哭自比，其亦有不得於中者乎？其《自題秋窗填詞圖》有云：「一寸詞腸，七分是血，三分是淚。」讀者勿徒賞其字句之工，音律之細也。

張小雲《杭州八旗駐防營志略》序

昔成周之初封建諸侯，分魯公以殷民六族，分康叔以殷民七族，分唐叔以懷姓九宗，皆使之帥其宗氏，輯其分族，以鎮撫其民，亦先王公天下之盛心也。我朝龍興遼左，定鼎中原，天下底定，乃以從龍勁旅分駐各行省。此亦古者條徐蕭索之遺制，視漢初徙高訾富人充奉陵邑，以爲强幹弱枝之計，其用意之公私不侔矣。我浙爲東南濱海一大都會。自順治二年，初設杭州梅勒章京，是爲杭州駐防之始。十七年，設杭州總管一員。康熙二年，改爲杭州將軍。十三年，裁漢軍都統，設滿洲副都統二員。雍正七年，移杭州右翼副都統一員駐乍浦。此今制所由定也。自設立滿營，休養生息二百餘年，生齒日繁。其中名臣名將，以及文章經學之士，後先相望。而其地居杭之西偏，出城跬步即西湖也。山川秀麗，士女頒斌，寺觀祠宇皆前代名迹，即坊巷市廛，亦多宋以前之舊。訪古之士，瞻望流連，喬木世家，望之起敬。而自來未有志乘之書，惟道光之季，有巴爾達氏蘊之廷玉者，著《城西古迹考》八卷。凡滿營中忠孝節義，文學武功，無不備載。而列朝之遺踪古迹，寺觀橋梁，亦一一書之，洵足補志書之未備，爲談滿營掌故者所不可少之書。然自是以來，幾及百年矣。中間又經兵亂，忠義之士奮不顧身，雖匹夫匹婦亦皆效死勿去，爲國捐軀。事定之後，朝廷褒崇忠義，賜恤有加，而記載缺如，姓名淹没，甚非朝廷勸奬忠臣之義也。張小雲孝廉，博學能文，精於考古。以一人之力，旁搜遠索，徵文考獻，成《杭州八旗駐防營志略》若干卷。上溯定浙之初，歷載建牙之盛，備記守營之烈，旁及河渠坊巷之名，視曩時巴爾達氏之書，不啻百倍過之矣。書成示余，余嘆爲必傳之作，勸其梓而行之，异時國家續修《八旗通志》，吾知於是書必有取矣。

李古漁《説文解字本義訓類》序

許書五百四十部，九千三百五十三文，據形系聯，始一終亥，蓋以形爲主者也。至明人田藝蘅著《大明同文集》，變改《説文》部分，而以其諧聲之字爲部，則不以形而以聲，此即近時姚氏《聲系》、朱氏《通訓定聲》之書所從出。夫字有形有聲而後其義出焉，乃二千年來未有以義爲主而成一書者。元儒戴侗所撰《六書故》，凡分九部：一曰數，二曰天文，三曰地理，四曰人，五曰動物，六曰植物，七曰工，八曰雜，九曰疑，近乎以義爲主矣。然其文皆從鐘鼎，往往不合許書。元人吾邱衍極詆其失，謂是六書之一厄，則其書亦不足重也。上元李君古漁精於小學，於許氏之書致力尤深，著《説文解字本義訓類》一書，始於詞誼，次以天地、人物諸類，於每字之本義、引申義粲若列眉。其本義之古奧難通者，采集諸家之説以發明之。而所録篆文則概以孫刻本爲主，而各家增删移改者皆不敢從。意義賅備，而體例謹嚴，視戴氏之書嚮壁虚造而托之鐘鼎者，迥不侔矣。夫許氏雖以形爲主，然如「示」部曰「凡示之屬皆從示」，則即示類也。「玉」部曰「凡玉之屬皆從玉」，則即玉類也。是許氏分五百四十部，即爲五百四十類，義即存其中矣。惟義類既繁，猝不易檢，許君云「庶有達者，董而理之〔一〕」，李君此書，其即爲許君董而理之者乎？余未讀其書而得讀其序，率書數語以贊其成。

〔一〕董而理之，同治十二年陳昌治刻本《説文解字》作「理而董之」。

《習苦齋畫記類編》序

戴文節爲道光間名臣，風流文采，傾動海內。其究也，見危授命，大節凜然，洵一代完人也。公之生平，不僅以畫傳，而海內重公之人，益以重公之畫。自公之殁，而寸縑尺素，珍逾球鐘。便面一握，購之兼金；小幅一幨，其值百鎰。近代以來，以書畫得名，未有盛於公者矣。菱舫都轉自幼即工六法，山水、人物、花卉、蟲魚，隨意揮灑，皆有天趣。弱冠以後又喜畫蘭竹，而泛覽百家，未有趨嚮，自苦無師。及得公真迹數種，日夕臨摹，而畫學大進。又得公所著《習苦齋畫絜》，讀之而畫學益大進。然《畫絜》一書止刻四卷，尚有《習苦齋畫記》十卷未刻也。都轉從公子進卿借觀之，嘆曰：「此非徒畫法也。入世語、出世語無不具此，而其論畫尤入微妙。吾私淑久矣，今得此書，何异入公之室，觀公濡染，而聽公謦欬乎？」因依其年月次第排比之，軸冊、條幅、便面、紈素，以類相從，而付之剞劂氏，題曰《習苦齋畫記類編》。嗟乎！古人一技之長，無不從學問中來。都轉以公爲師，所謂「技進乎道」者歟！余不解畫，安知畫理？刻成見示，聊識數言，使世人知公與都轉皆非徒以畫傳者也。

徐見心先生《史咏》序

《昭明文選》第二十一卷「詩乙」有「咏史」一類，是詩家咏史之權輿。然如左太冲、張景陽、鮑明遠諸作，皆借史寓意耳。曹子建《三良詩》、謝宣遠《張子房詩》，則又專咏一人一事者也。惟唐胡曾有《咏史詩》二卷，每人每事爲一詩。然自共工氏之不周山，至隋之汴水，皆以地名爲詩題，頗涉纖巧。如《巨橋詩》之「遂作商郊一聚灰」，武王當日未嘗聚巨橋之粟而焚之也，則亦未免苟且趁韵而已。故其詩雖至今猶存，而亦不甚傳播人口也。若蘭溪徐見心先生《史咏》，則知人論世，尚友千載。其體例甚嚴，其議論甚正，高出唐胡氏之上奚啻倍蓰。蓋以詩人之詞而寓《春秋》之義，不可徒以詩論，亦不可徒作史論觀也。先生本宋之遺臣，國亡不仕，與金仁山先生爲老友，許白雲、黄文獻皆其後輩也。兩先生爲作序，推許甚至，所惜者原詩一千五百三十首，今則僅存二百八十二首。烏呼！此古籍之幸存者，不甚可寶乎？阮文達《經進書録》曾列其書，异日國家重開四庫館，吾知必將收入集部無疑矣。

《留香閣詩問》序

女子中能詩文者多，通經學者鮮。本朝人文蔚起，閨闈之内不乏頌椒咏絮之才，而韋母《周官》、曹大家《論語》無聞焉。惟栖霞郝户部夫人周照圓[一]，著有《詩小聞》一書。其解「時維鷹揚」，「揚」即《爾雅》「鸉，白鷢[二]」之鸉，亦鷹類也。郝氏采入所著《爾雅疏》中。余惜未得讀其全書也。于香草明經之配緑硯女史，名祖綬，姓張氏，工詞翰，曉經義。香草治經，往往得内助焉。嘗欲爲《經統》一書，未就。身殁之後，惟《留香閣詩問》二卷，完善可讀。乃其課女讀《毛詩》時，意有所疑，緑硯問而香草答也，則是香草之書，而非緑硯之書。然能疑能問，亦足見其所學。其問齊子之稱，香草援吴孟子之例以答之。緑硯謂女子稱子，如「之子于歸」之類，齊人稱齊女自應稱「齊子」。此其所見，似轉出香草之上。余謂齊人稱文姜爲齊子，猶其稱魯莊公爲我甥，一則正名也，一則别嫌也。使緑硯生前得聞吾説，或亦有取乎？烏乎！緑硯往矣，

[一] 周照圓，當作「王照圓」，史有記載。
[二] 鷢，據《爾雅・釋鳥》當作「鷹」。

而此二卷書自可與周照圓之《詩小聞》俱傳。香草多情，哀逝之懷亦可以稍塞矣。

三六橋《可園詩鈔》序[一]

壬辰暮春，六橋都尉携其師《瓠樓詩》數章，訪余於右台山館。余讀之，有云「凍鳥啼林腔尚澀，雛貍竊果術先工」，又云「石盡玲瓏何礙瘦，樹求疏古不嫌枯」。余詫曰：「何其詩之似老夫也？」已而，六橋又以其所作《可園詩鈔》求序。余讀其《春日偶成》云：「移枕簟來花好處，倚闌干趁月明時。」《咏落葉》云：「鶴爪粘來乾有韵，馬蹄踏去滑無香。」又詫曰：「何其詩之似瓠樓也？」夫自曲園而瓠樓，自瓠樓而六橋，沆瀣一氣，洵不虚矣。然余自十五六歲始學爲詩，至今歲七十有二，而所爲詩終不外香山、劍南一派，自愧詩境之不高。諸君子興高采烈，更唱迭和，家有千里，人懷盈尺，盍摹「三峽星河」之句而爲杜乎？不然，則襲「山石犖确」之調而爲韓乎？又不然，則高唱「城上高樓」而爲柳，微吟「燕寢清香」而爲韋乎？不此之爲，而乃從曲園以期入香山、劍南之門徑。噫！柳下惠、少連，其志亦不免少降矣。雖然，詩固所以寫性情也。

[一] 序，原脱，據《目録》及體例補。

雕斲性情而爲詩，其猶戕賊杞柳以爲杯棬乎？是故，顔之鏤金錯采不如謝，謝之初日芙蓉不如陶。老子云：「道法自然。」諸君子之詩進乎道矣，豈必以曲園爲師哉？世傳白香山詩必老嫗能解而後存之，故多流於率易。此不知詩者也。白香山使老嫗解詩，正其經營慘淡之苦心也。文章家貴深入顯出，惟詩亦然。使老嫗讀之而不解，必其深入而未能顯出也。故方其求入之深也，徑路絶而風雲通，雖鬼神不能喻。及其求出之顯也，則生公説法，頑石點頭矣。六橋年少而才美，得吾説而深思之，與其師瓠樓互相切磋，以求其深而又深，又求其顯而又顯，有一唱三嘆之音，而無千辟萬灌之迹。合杜、韓、韋、柳而鑪冶之，以自成一家，則雖香山、劍南可以駕而上之，而曲園又何足以望之？

王夢薇《花市閑吟》序

夢薇所著書甚多，已刻者三十八卷，未刻者尚有如干卷。而《花市閑吟》一卷，則其近年來所作詩也。夢薇築屋於杭州官巷，其地乃古花市也，故以「花市」名，而曰「閑吟」，則聞者疑焉。其大弟子六橋都尉曰：「异哉，吾師之名此集乎！以境遇論則逆甚，以筆墨論則繁甚，以積年累月之病體論則又憊甚，是天下至不閑者，莫吾師若也，何閑之有？」乃以此意問於老夫。余曰：「以人視爾師，不閑也。以天視爾師，則固曰：『吾已閑之矣。』以爾師之才，宜大爲世用，乃小用之，而仍不竟其用。此天之閑之也。天之閑之者，天之成之也。天固奪其官而與之名也，爾師知之矣。天既閑之，雖不閑閑也，天也，爾師其善以承天乎？」夢薇既殁，其門弟子謀刻此集，因率書此以復六橋，即爲之序。

傅子式《西泠六家印存》序

余嘗謂後人事事不如古人，而刻印一事，轉似後人爲勝。楊子雲稱「雕蟲篆刻，壯夫不爲」，古人如鍾繇、李邕之屬，自刻碑者有之，自刻印者無有。蓋古尚銅印，吾人不能以鑪錘從事，一也。其字率用繆篆，取綢繆之義，苟以求合乎印之方廣、大小、屈曲，填密而已，工匠之巧，非士夫之事，二也。自宋以後，晁王顔姜，譜録日出，而此事乃益尊，奏刀者始皆士大夫矣。傅子子式篤嗜金石，尤好古印，以所裒聚《西泠六家印存》求序於余。六家者，龍泓館丁氏，小蓬萊閣黄氏，吉羅盦蔣氏，冬華盦奚氏，求是齋、種榆仙館兩陳氏也。此六君子皆抱倜儻不群之才，具淵博無涯涘之學，數萬卷書蘊積於胸中而流露於腕下。故其所爲諸印不拘拘於法，而秦篆、漢隸、六朝版碣，皆鎔而一之。烏呼！此豈僅古之所謂「繆篆」也哉？世之耳食者見有佳印，輒曰「逼真漢印」。余謂本朝諸家之印，直有超漢印而上之者，觀此編益信。摹印諸家得此編而神明之，變化之，印人之學，可以前無古人矣。

崔懷瑾《四禘通釋》序

夫「禘」之説之不明久矣。鄭君生東漢之季，已不能盡知，而援引經緯，具有依據，所得爲多。王肅之徒，好與鄭異。有宋以來，又多牽於俗説。國朝諸儒，於此事各有辨論，然亦得失參半，禮家聚訟，而禘尤甚，歸安崔懷瑾於是有《四禘通釋》之作。所謂「四禘」者，曰祭昊天上帝於圜丘之禘，曰祭感生帝於南郊之禘，曰三年喪畢之禘，曰五年殷祭之禘。條分件繫，義例詳明，而辨駁快利，有毛西河之筆舌，而無其疵累，是亦一可傳之作矣。余於禮學，膚淺不足以裨補萬一，雖承下問，無所獻替，姑以平時所見附質焉。竊謂禘之祭也，實以祭感生帝爲主，故其字從帝。《周禮》雖以昊天上帝與五帝并言，然析言之，則昊天止稱天，五帝止稱帝。其字從帝，知其義起於祭五帝也。《白虎通》曰：「禘之言諦也。」蓋帝有五，必審其孰爲我之所自出，故有審諦之義。若天則一而已，何諦審之有？於是五年殷祭亦謂之諦，審定昭穆，有諦義焉。《詩序》曰：「《雝》，禘大祖也。」此殷祭之諦也。又曰：「《長發》，大禘也。」此祭感生帝之禘也。

其後，因五帝之禘而推之圜丘，亦謂之禘，《祭法篇》鄭注曰「此禘謂祭昊天於圜丘」是也。又因殷祭之禘而推之，則三年喪畢之祭亦謂之禘，《周官・鬯人》職注所謂「始禘」是也。原其始，則止有二禘。又原其始，則止有一禘，禘五帝而已。若時祭之禘，則鄭君疑是夏殷之制，可勿論也。鄙見如此，似與懷瑾之説有异，而實與懷瑾之説有發明、無牴牾，故書以質懷瑾，即以爲序。

《龍興祥符戒壇寺志》序

龍興、祥符、戒壇，古一寺也。創始於蕭梁之初，名發心寺，後改名衆善寺，又改名中興寺。至唐神龍三年，改中興爲龍興，而龍興之名立矣。吴越時，於此立戒壇院，乃有戒壇之名。宋祥符初，改名大中祥符寺，乃有祥符之名。名有三，而寺則一也。建炎之初，寺毁於兵。於是興廢不常，或改爲軍器所，或改爲貢院，或改爲縣治，或改爲酒庫。其後隨時修復，則或曰龍興，或曰祥符，或曰戒壇。考寺之初基，廣袤九里有奇，則寺址本宏，雖分三名，同歸一寺。其中名迹有法華塔、天中塔、觀音三昧井、錢王九十九眼井之類。又相傳有十寶，見宋王鞏《隨手雜録》。錢王時，外國所獻頗眩加，其一也，可厭十里火殃。杭數被火，而龍興不及焉，由有此寶也。寺僧自僧佑以下，代有聞人，而贊甯尤著。不獨闡發宗旨，抑且涉獵儒書，如《駁春秋繁露》《論語懸解》諸書，皆非尋常釋子語。夫累代興修之迹，勝流會萃之區，豈可聽其泯没已乎？張小雲孝廉，吾黨中高材生也。博采群書，訪求故老，成《龍興祥符戒壇寺志》十二卷。其初屬稿，曾與余言之，余許爲作序。乃書甫成，而小雲遽卒。丁君松生取付剞劂，仍以小雲遺意乞序於余。余喜此書之行，而惜小雲之不及見，又深感丁君之不負死友也。溯此寺開山實爲梁僧佑律師，師固俞氏子，乃吾宗也。而贊甯爲德清人，又吾同縣也。自惟淺薄，似有因緣，爲序而歸之，亦如元俞德鄰之序《龍興唱和詩》，以挂名其端爲幸矣。

黄朝槐《荀子詩説箋》序

花農太史視學廣東，所取多通知經學之士，於新甯得黄氏兩生焉，昆弟也，其兄曰朝槐，弟曰朝桂，皆有子勝斐然之志。槐所著書凡三種，曰《荀子詩説箋》，曰《何劭公論語義牘義》，曰《何劭公孝經義》，蓋皆因鄙人之説引申觸類，而增益其所未及焉。嗟乎！余學術粗粗，偶有采獲，初無深湛之思，不圖此沾沾者遂足爲海内英俊之士前馬也。花農將受代，請余序其《荀子詩説箋》，殆將刻以問世乎？荀子説《詩》，固《毛傳》之先河。惟其學出於孟仲子，康成云是子思之弟子，則與「學於孟也」之孟仲子，必非一人，似未可據此遂通孟、荀爲一家。雖然，孟、荀之學，似异而實同，性善亦孟子蚤年之説耳。觀《盡心下》篇「口之於味」一章，前五者不謂之性，謂之命；後五者不謂之命，謂之性；則即荀子「聖人化性」之説矣。荀子斷斷與孟子辨，殆未見及此。余因此箋中有「欲爲孟、荀作調人」者，故以斯言助之，似不必合前後兩孟仲子爲一人，然後見其异條同林也。花農以爲何如？作者又以爲何如？至其弟所著《詩書古訓補遺》，爲阮文達拾遺補缺，亦見精博。廣人名地名對，雖季緒瑣瑣，然亦可徵搜輯之勤。余是以信南粵之多材，而嘆花農之能得士也。

徐花農《粵軺集》序

學政一官，昔人所稱儒雅莊嚴者也。然余謂天下之官，莫難於學政，尤莫難於廣東學政。廣東道里遼闊，學政終歲奔馳，其得在署度歲者，止初下車一年耳。餘則草行跋而水行涉，無片刻之暇，而考試人數又什百於他省。廣州一郡，以經學古學應試者至一萬三千餘人，他可知矣。其考試門類尤爲夥够，有兵家言，有醫家言，有術數家言，甚至琴學、畫學、棋學、詞曲之學，無所不有。有一門類，必出題數道。學政遇考試經古，即出題一事，非窮日夜之力不能給。

乃其人材既盛，弊竇亦多。市井大駔以衡文校藝之場，爲格五六博之局。利之所在，弊即因之。唐人之進蠟彈，宋人之賣紙毬，猶其瑣瑣者也。非有飛耳長目，鮮不墮其術中。花農負絶人材智，而所學尤淵博無涯。有請題者，隨所請而與之。蟲鳥兩「天鷄」，周漢兩「司空」，從容酬答，未嘗稍窘。至於防弊，脉摘無遺，他人百計嘗試，卒不可得。數千人中一問其姓名，他日相見，張甲、王乙、李丙、趙丁，無能混者。簿書過目，輒得其隱奥，目覽手答，心算口占，懸牌於門，傳誦於市。在任三載，弊絶風清。報滿之日，有製爲冰壺玉尺以贈者，若書名於蓋，懸額於堂，更遐邇相踵也。嗟乎！花農之於官，可謂勤矣！甲午嘉平既望，受代而還。乙未元旦，航海至滬。越七日，至吴中訪我於曲園，出示所刻《粤軺集》四卷。凡古今體詩若干篇，自京師首塗，及在粤按試九府兩廳，所作皆在。余讀之悚然异焉。夫花農之詩，余讀之多矣，即花農諸集如《日邊酬唱》《墨池賡和》之類，余序之亦多矣。然則何异乎爾？异乎走鞭飛蓋之時，墨瘁紙勞之地，而唱妍酬麗，玉應金春，仍如《日邊酬唱》《墨池賡和》時也。花農之才，豈可以斗石計哉？花農乞一言爲序，余謂詩之工不待余言，惟粤軺而有是集，非花農不能辦此，余所以深爲花農异也。自是以往，征軺四出，必更有一官一集之編，斯集猶其濫觴也。

徐花農《嶺南實事記》序

廣東文風甲天下，廣東弊竇亦甲天下。廣東學政之不易爲，百倍他省，余序花農《粵軺集》已詳言之矣。然讀《粵軺集》止見其才思之洋溢，肆應之從容，而其三年以來之殫精竭神，不遺餘力，未足以見之也。及讀《嶺南實事記》十餘册，其關防嚴密，即昔人所謂「關節不到，閻羅包老」也。其衡鑒公平，則昔人所謂「我心如秤，不能爲人作低昂」也。其發奸摘伏，明察如神，則昔人辨水輕酒重，外濕裏燥，無此奇中也。其處置妥洽，情理兼盡，則昔人使甲入乙舍，乙入甲舍，無其明快也。嗚呼！以花農之才識優長，精神充裕，豈獨廣東學政克稱其職哉？雖爲封疆大吏，亦綽然有餘矣！乃吾又讀其《示陽江鍾國鈞》云：「爾有此痕迹在疑似之間，倘爾置身通顯之後，有人筆而書之，豈非終身之憾？士君子當爲千古之完人，不當圖一時之榮利。」此等訓誡，豈尋常有司條教所有哉？又有《示肇慶考生》者云：「孟子有言：『令聞廣譽施於身，不願人之文綉。』爾果文字可觀，豈在儀飾之美？公西華肥馬輕裘，固不見屏於聖門。原思踵决肘見，何嘗不推爲賢者？爾等深明此義，則爲學之道益進矣。」其隨時告教，類如此。而外間誣花農者，猶謂其專取衣飾，翩其反矣。花農防弊雖嚴，而愛士甚切。故有廩生舞弊，情尚可原，或因將届歲除而還其衣衿，或因恭值慶科而予以開復。又有考生行李被盜，所由緝獲無期，一佾生因資斧告匱，試畢不能還鄉，皆瑣瑣瀆陳。此在他人，麾斥使去而已，花農則給予銀錢，俾不至流離异地。仁政仁術，兼而有之者也。下車之始，裁汰教官堂敬。行部所至，振恤所屬水灾，補植大庾嶺梅樹，以培元氣，而振起人文；禁合浦之人剖蚌采珠而食其肉，以養祥和，而爲此邦造福。雖其事至細而推論甚精，讀者不可徒以公牘視之也。花農之奉使入粤也，面承天語，諄諄以防弊爲主。花農果能敬承聖意，弊絶風清。此日還朝覆命，必邀特簡，异時功業爛然，繼文敬、文穆兩公而起。吾老矣，不及見也，然而於此録徵之矣。

華亦曹《蘭湄幻墨》序

往年，上虞謝韵仙女史以詩爲贄，師事吾親家彭剛直公於西湖退省庵，出其鄉先生華君亦曹所著《蘭湄幻墨》示公，公讀而奇之。至吴下與余言，欲用西洋石印之法，印數百本以行於世。會以巡江，匆匆别余而去，旋有粤東之行，及歸而公已病，此事遂不果，而余實亦未見此書也。歲在甲午，公孫佩芝、補琴兩昆仲來吴下，以此書求序，云將付之石印，以副先祖之遺意。余始得見此書，鈎心鬥角，翦月裁雲，其神妙真不可思議。文字之奇，一至於此，宜剛直之讀而心折也。夫回文之詩、離合之體，古人游戲往往有之。蘇伯玉妻《盤中詩》從中央周四角，今其詩雖存，而其體製則不可見。魏晋人作鏡銘、扇銘，每有以八字回環，讀之得一十六句者，雖見巧思，亦寂寥短章而已。蘇蕙《璿璣圖》艷傳千古，圖凡八百四十字，宋元間有起宗道人，以意推求，得詩三千七百五十二首，明康萬民又尋繹是圖，得四千二百六首，合之共七千九百五十八首。《四庫全書》著録焉，此古今絶作也。乃今觀此書中有《璇璣續錦》一篇，即仿《璿璣》而作，字數既同，詩數亦必與同，頓使是圖古今有兩。嗚呼奇矣！此外，旁行斜上，層見叠出，無美不搜，無巧不備。其創始在康熙三十一年甲午，至今光緒二十年甲午，凡一百八十一年。中間曾遇回禄之災，幸而不毁，鬼呵神護，以至於今。幸爲剛直所賞，又幸而公之諸孫敬成祖志，遂得大顯於時。蓋文人苦心，天固不忍泯没之也。先生有《錦上花》一圖，凡七言詩三十六句，即自題「幻墨」者。余既爲製序，又仿先生此圖，作詩一章，東家效顰，先生詩中已及之矣。九原有知，能無一笑？惜剛直公已騎箕天上，竟不得與之共讀。余詩所謂「寸心展轉涕漣洏」，良非虚語也。

《陳忠肅公墓録》序

丁君松生既修築宋陳忠肅公墓，而孫君康侯又輯《陳忠肅公墓録》一卷，自《宋史》本傳及郡縣志乘、諸家詩文紀載采掇無遺，亦云備矣。中有一條云：「德祐元年八月，陳文龍、黄鏞相繼上章乞歸養母，不允。是時，主幼國危，朝臣畏避，以母老爲辭，忠孝之誼，兩無所據。」此數語於公似有微辭，初意欲爲删去，繼而思之，於公之大節無損也。本傳云：「未幾議降，文龍乃上章乞歸養。」是乞歸養在議降之後。考《瀛國公紀》：「德祐二年，陸秀夫等至大元軍，求稱侄納幣，不從；稱侄孫，不從。太皇太后命用臣禮。」是其時，降議已决矣。下乃書「同簽書樞密院事黄鏞、參知政事陳文龍遁」，公乞歸養，即其事也。夫使君臣上下齊心死守，敵至則痛哭於九廟之下，背城一戰，同死社稷，是則見危授命，正在斯時，備員政府，萬無去理。今既納款稱臣，爲大臣者不去何待？豈有君則牽羊，臣則巷戰者乎？即使不去，不過相從北去而已，不如乞身而歸，猶可望桑榆之收也。公出國門，又上疏求還，不如〔二〕公意如何？然實則留固忠臣，去亦義士，此舉不足爲公病，則此數語亦不必删也。當時王應麟亦以遁書，而不失爲宋之遺老，况公之終於抗節而死者乎？因讀《墓録》，縱論及之，願爲公一雪此言也。《宋史》書黄、陳二公之遁，在德祐二年正月，此云「元年八月」，是亦考之未審者。元年八月，未决降議，何爲遽

〔二〕不如，疑涉上「不如」句而誤，疑作「不知」。

去乎?半年遲早,於公之大節所關不細,是不可以不辨也。

《同仁祠記》序

昔孔子歷論微子、箕子、比干,謂之「三仁」。此三人者,其志不同,其行不同,而孔子皆以「仁」稱之。至孟子,乃暢發其旨,於伯夷、伊尹、柳下惠曰:「三子者不同道,其趨一也。一者何也?曰:仁也。君子亦仁而已矣,何必同?」以是言之,仁者,人心也。人人自盡其心,即人人自盡其仁。其不同也,正其所以同也。嗚呼!此仁之所以爲大歟!前明宸濠之亂,亂之未作也,江西按察使胡公世甯首發其奸。亂之既作也,巡撫江西都御史孫公燧死之,王公守成平之。三公皆浙人也。嘉靖十七年,巡按浙江監察御史周公汝員,以千佛閣舊基建祠,以祀三公,額曰「同仁」,蓋三公之事不同,而其爲仁則同。以「同仁」名其祠,固孔孟之微意也。國朝康熙間,有奸僧復謀改祠爲寺,當事諸公皆執不可,同仁之祠得以不廢,蓋亦公論然也。阮文達公撫吾浙時,曾列入《兩浙防護録》。及咸豐間,粵寇據杭,祠毁於兵。亂定之後,鞠爲茂草。於是,杭之士大夫鳩工庀材,葺而新之,門廡堂皇,悉如其舊。仁和孫君仁甫乃搜輯建祠始末,并備載三公行事,以至藝文公牘合爲一編,題曰《同仁祠記》。昔明季吴介子著一書曰《仁書》,

載歷代死事之臣，始於湛身，終以慟哭。然比干死而仁，微、箕生而亦仁，仁豈必以死見哉？是故，孫公仁也，胡、王二公亦仁也。同仁之名，三公之定論也。嗟夫！三公往矣。方今時事日艱，有如胡公之洞燭於幾先者乎？有如孫公之慷慨而就義者乎？有如王公之不動聲色削平大難者乎？海内志士仁人讀是記也，必有觀感而興起者矣。

《半潭秋水草堂詩草》序

粟香女史乃吾邑詩人也。其先德沈宏年先生，嘉慶二十三年舉人，官建德教諭。女史幼承父訓，性耽吟咏，定省之餘，針黹之外，惟詩一編而已。年二十，歸黄氏。其夫子雪舲茂才，亦名下士也。於是，以琴書爲授受，以詩酒爲倡隨，一時有管趙之譽。唱妍酬麗，玉綴珠聯，讀《夏日聯句》諸篇，可謂福與慧兼者矣。合題詩草曰《半潭秋水草堂》，而分内、外二編，茂才所作曰《外集》，女史所作曰《内集》。居無何，茂才赴召玉樓，女史執《柏舟》之節，年僅三十有三。中間又更兵亂，《外集》幸存，而《内集》竟付劫灰。今所存者，乃其記憶於鐙殘漏盡之後，收拾於炱朽蟫斷之中者也。詩多近體，陶冶性靈，流連風月，類少陵所謂「新詩近玉琴」者。余向未之知，亦可謂「國有顔子而不知」矣。女史晚境頗嗇，其長子、三子皆入邑庠，不幸早卒，僅存一子一孫。白髮青燈，米鹽凌雜，詩有云：「天邊福壽如山海，欲付塵寰木石人。」讀之爲長大息也。

謝韻仙女史詩稿序

謝韻仙女史，乃彭剛直公女弟子也。家在上虞，距杭州三百里而近。剛直之在西湖，女史往往渡江而來，相依累月。然余至湖上，則每不相值，故未之見也。剛直恒稱道其賢，且時誦其詩，余深以未得一見爲恨。及剛直薨，遂不復相聞。今年夏，余孫婦彭氏卒，剛直之女孫也。余憫其賢而不壽，爲詩哭之，又爲小傳以表彰之。分貽知好，因亦以一册致女史。旋寄來輓詩四章，又以手書見寄，贈我新詩，且示舊稿。余讀之，約略可分爲三卷。其上卷皆爲剛直公作，中卷則與餘人倡和者，下卷則咏物居多，清辭麗句中饒有風骨，非尋常閨閣中人語。剛直所賞識，信不虛矣。余衰且老，江淹才盡，來書推許太過，愧不敢當。因思毛西河爲女史鄉人，其集後附《徐都講詩》，女弟子也。余非西河，豈容妄覬。然剛直詩集行世久矣，後人有重刻《彭剛直集》者，或附刻女史詩，則女史者，其即彭剛直之「徐都講」乎？

春在堂雜文五編八

崧鎮青中丞六十壽序

光緒十有七年，大中丞鎮青崧公莅我浙三載矣。吏畏其威，士悦其教，民歸其德，情慤德滿，常若冬日之陽，夏日之陰，兩浙東西咸喁喁然，心歌而腹咏也。是歲，公行年五十有九，其明年則六十曰耆矣。於是，浙之僚友咸聚而謀曰：「古者奉觴上壽，非有常期，而今人必以成數十年爲準。是懸弧之慶，宜在來歲。然古者諸侯五年一朝，而今則三年報最。公至來歲，宜援例以請。浙爲東南大都會，撫是邦者必朝廷所倚重，往往有超棘之徵。况如公者，風政修明，達於朝聽，其必如馬燧之總六連，陶侃之督八州，重官累使，尊顯烜赫，豈吾浙之所能私哉？麥邱之祝，盍及今歲而謀之？」皆曰：「然。」則又曰：「公無聲伎之好、觀游之樂，將何以壽公哉？盍援四子講德之例，擇能文之士爲文以獻乎？」又皆曰：「然。」於是，就德清民俞樾而謀焉。樾寓吴久，公撫吴時已修士相見禮。及公移節之江，而樾忝主詁經講席，歲拜禮幣之賜，安敢以弇陋爲辭？

雖然，樾舊史氏也，柱下之職，但知據事而書，支離曼衍之辭，非所習也。諸公朝夕從公游，其所見聞必有視樾加詳者，請爲舉其實。則有以公家世告者，曰：「公姓瓜爾佳氏，滿洲右族也。父光禄公，以户部郎中爲山海關監督。貲課所贏，悉歸之官，税外方圓，不以自潤。會有權臣琅蕩凌轢，索重賂無得，摭他事中傷之，遂下於理。日久事白，復起主兩淮鹽筴，以官壽終。公在英年即遭家難，益自惕厲。咸豐八年，應京兆試，登文詞雅麗科。先是已官兵部。當庚申、辛酉間，海氛大熾，烽火達於甘泉。公夙夜在公，無异平素。文文忠公時權大司馬，深器重焉，俄升主事，轉員外郎。三年大計，積優成陟，而公自此遠矣。」樾曰：「美哉！始基之乎，孟子所謂『天之將降大任』者也。」

則又有以公宦迹告者，曰：「公始以郎中授廣東高州府知府。未一歲，以奉諱歸。嶺表爲海内膏腴地，而公蕭然無銖金寸錦之儲。五五既畢，出知山東沂州府。大府以析愿禁悍，首在折獄，省會故有讞局，探意立情，猶多繳繞，以公董治之。僚屬戲曰：『吾儕聽訟，乃有聽聽訟者乎？』公辭聽、色聽，脉摘如神，群僚讋服。既至沂，沂故多盜。春夏之交，蘩赤芑白，彌望無際，若在莽罠之野，寇盜伏焉。公率輕騎周歷四郊，禽奸戔猾，萑蒲一空。所至斑白垂髫，迎拜馬首，壺飧餅飯，雜然前陳，公笑而謝之。一時循良之聲遍於海岱，廉訪使者長公入覲，毅廟問山左郡守孰優，以公名對，御筆書名，黏屏扆間。光緒之初，禧聖垂簾聽政，見所書名，乃有大用之意。山東督糧道闕員，即以公補焉，异數也。其時山右大饑，而各省助振者率以金，民得金無從易粟。公獨以小米數百萬石往，全活無算。已而，遷廣西按察使。廣西自大亂之後，元氣未復。有李揚材者，跳梁於越南之邊境，聚衆鈔掠，頻有晏開之警。公言於大府，使提督馮公子材率勁旅出關，殲厥渠魁，粲散其衆。於是，麗江秀嶺間得安枕矣。天子知公才可俾大任，旋由直隸布政使授漕運總督。時有規復河運之議，公面奏：『河運固不可廢，然所漕之數不能驟增，且轉漕必先治運河。而東省所急者，黄河也，宜先其所急。』上嘉納之。是歲，僅增江蘇河運十萬石，從公議也。光緒十二年，授江蘇巡撫。時曾忠襄公督兩江，每事必商之於公。黄河之决於鄭州也，朝臣咸請堵决口，濬下游，而慮洪澤湖之不能容。公與忠襄公謀浚張福口，引河及楊莊以下舊黄河，以消上游之水。復浚新洋射陽河道，以爲宣泄之尾閭。淮揚晏然，不知有河决之事。斯非大有造於東南者乎？」

樾曰：「公起家郡守，跻陟封疆，所至有聲，是固不可勝紀。雖然，吾儕浙人，願聞浙事。」

則又有以公治浙之事告者，曰：「公之撫浙也，時有詔使議南糧折價之事。公曰：『浙江田賦之重不下江蘇，民不可困，官亦不可累。』議自今以往，不分漕、南，概徵本色。南糧則由州縣變價，以解折色，如有不敷，即於經征秏米内彌補其數，其經征秏米則折價如市價。奏上，從之，永著爲令，官吏咸便。是歲大霪雨，杭、嘉、湖三郡遭澇爲蕪，緑原青隴，若在巨浸，不見涯涘。公飛章入告，截留南漕，頒發帑金，活我民於魚鱉黿鼉之渚。公上承德意，下察民隱，勸分振廩，不遺餘力。又募鄰省助振，得白金二百餘萬兩。簡閲其民，計口授食。復以工代振，築堰浚流，爲异時旱澇之備。事有實際，費無虚糜。民沾温拯之恩，境鮮流亢之患。此又公大有造於我浙者也。」

樾悕然動容曰：「昔富鄭公在青州，全活數萬人，自謂勝二十四考中書令。公今此舉亦近之矣。」告者曰：「未已也。公之所措意者，其尤在士林乎？功令子午卯酉之歲，聚一省之士而試之。浙號大省，與試者萬餘，貢院之前，幾無側足之所。公購民屋數十間，建立棚廠，俾得休息，且蔽風雨。按籍唱名，某府某縣，各有定時，籠燈以使之見，鳴炮以使之聞。莘莘士子，雅步而前，魚貫而進，無凌獵，無顛躋。公兩監浙試，稔知浙弊，關防嚴密，内外肅然，歷年積弊爲之一洗。且以有司供應不能悉周，慮水泉之不潔也，參用機器，以運清流；慮飲食之不旨也，製造餅餌，務令甘美。四方秀艾，挾册負素，諷誦相摩，咸謂數十年來未有此整齊而嚴肅者也。」樾於是拜而言曰：「公之加惠於我浙士，可謂至矣。余亦儒流，有不爲之歌且舞哉？」

要而言之，公之家世，則晋王謝、唐崔盧也。公自二千石至監司，甘棠之愛，傳誦不衰，則漢之龔遂、黄霸也。其撫蘇撫浙，名位益崇，建樹益大，則《晋書·劉弘陶侃傳》所謂「威騰閫外」「禮縟區中」，蔑以加矣。徐幹《中論》之言壽也，有王澤之壽，有聲聞之壽，有行仁之壽。公以一身兼此三壽，曼福駢齡，豈有量歟？乃掇拾其語，撰次成文，藉諸公以獻，或亦足發河清之一笑乎？乃樾更有説焉。夫祝公之高升而極鼎足者，公論也。而潁州願借寇恂，東郡願復得耿純，則又浙人之私意也。公風舉雲摇，鵲然而起，介弟錫侯中丞同時開府，可謂有非常之人，必有非常之遇。稽之故事，雍正時，李敏達公曾爲浙江總督。天子或即以此例待公，受雙圻之任，而仍不離六橋三竺之間，則年年歲歲，皆得躋堂而稱壽。其豐功駿烈，更不可勝紀矣。樾不才，願執筆以待。

任筱沅中丞七十壽序

嘗讀《周禮》，大司徒所屬有鄉老焉，二鄉則公一人，有鄉大夫焉，每鄉卿一人。説者謂此即王朝之公與卿。竊謂不然。王朝之公卿，豈得爲教官之屬？此公與卿，必其曾居公卿之位而退老於鄉者，爵與齒、德三者俱尊，於是優以名號曰「老」、曰「大夫」，使之表率其鄉，以補大司徒之所不及。蓋古昔盛時，有在朝之公卿，與王者論道經邦；而又有在鄉之公卿，爲王者布德施惠。雖有朝野之分，而并任公卿之重者也。

我國家以列聖積累之厚，咸豐、同治來，雖經兵亂，而人材益盛。居封疆者率皆文通武達，爲時名臣，而筱沅中丞尤其選也。公以道光二十九年選拔貢生，應朝考，用教職。其初秉鐸，奉賢以勸，集軍餉二十餘萬。積優成陟，遷授知縣，宰湖北之當陽。旋調江夏，興書院，建社倉。有益於民者，靡不畢舉；爲民害者，芟剃無餘，邑以大治，號稱無訟。朝廷知其才也，簡授順德守，設局清訟，積獄爲空，勸課蠶桑，興修水利。今有順德紬，自公始也。又有任公井，以公名也。公事之暇，不廢弦歌，著有《居官十則》《讀史百韵》，并傳於時。電掃庭訟，響答詩筒，指景取辦，方圓可施。臺司上其治功，朝論嘉其政績，調守保定。未數月，而河南開歸陳許道之命下矣。是時，馮蠵切和，黄流順軌，而水衡之錢，歲糜億萬，半委泥沙，半飽胥吏。公辭隆就窳，有「王晋平恐富求歸」之意，累牘陳請。大府挽留，爲裁減應領之數，乃勉留二年，增置黄河渡船，建造兩岸旅舍，所謂身處脂膏，不以自潤，皭然泥而不滓者乎！俄而，陳臬西江，且權藩伯之任。其時偶因軍餉不給，撫標一軍皆甲而噪，撫軍親臨不能止也。望見公旌麾，則皆投戈羅拜，自謝無狀，蓋威信之所孚深矣。其官浙藩也，慮倉積之空虛，則有豐糴儉糶之令；憫棺槥之暴露，則有掩骼埋胔之政；懲市井之雕捍，則有析願禁悍之法；至今遵行，未有改也。是時，天子勤求治理，乂安區夏。公每入覲召對，有所敷陳，悉稱上意，爰由直隸藩司擢授山東巡撫。齊魯舊邦，是爲中原腹地，有所謂「東大道」者，冠蓋之所經由，行李之所輻湊，古稱「夷庚」，今曰「要衝」。而山岬崎嶇，寇盜充斥，鈴騾韉馬，視爲畏塗。公命所司鏟山浚瀆，禽奸逐猾，大道如砥，伏莽皆空，行者便之。援順德任公井例，稱爲「任公道」云。自泰西諸邦互市中國，要求萬端，詭譎百出，謀於濟南城中購地築室，有成議矣。公折以要約，曉以利害，力持不可，竟罷不行。赤石不奪，斯之謂矣。天子以浙爲公開藩舊壤，爰命移節是邦。浙東、西之人，咸翹首北望，冀召父杜母之復來，士歌於庠，農舞於野。而公俄以左遷去，竟不果來。

公所坐乃簿書之事、期日之間，至爲微細。且在公實一無瞻徇，所具公狀，日月分明，由司申院，舊牘俱存，可復按也。或勸公自明。笑謝之，曰：「吾苟得直，其咎必專有所歸，郤獻子不云乎『吾以分謗也』。」角巾野服，浩然東歸，論者以爲得大臣之體。然天生雄偉俊乂之才，以爲當世之用，乃用之，而仍不使得竟其用，豈天既生是才，而漫不經意，付之不可知之數乎？非然也。吾固言之，有在朝之公卿，有在鄉之公卿。使士大夫之見用於世者，皆如召公之三十六年宰輔、郭令之二十四考中書，則古所謂鄉老、鄉大夫者，不且虚無人乎？方今聖人在御，衆正盈廷，則留一二遺老於平泉緑野間，使桑梓後生有所矜式，而凡建牙樹節於其地者，亦得以訪求民俗，討論典章，爲仗鉞宣風之一助。此即古鄉老、鄉大夫之職也，非亦聖世所不可少哉？

公今年七十矣，精神矍鑠，意興不衰。素工吟咏，尤善翰墨。端居多暇，臨池濡染，妙參鍾索。得其尺素，珍若圖球。家門之内，一時鼎盛，諸子鵲然而起。或專方郡，或陟監司，最幼者亦森然見頭角，有晏元獻神童之譽。諸孫瑶環瑜珥，蘭茁其芽，游泮水者有二人矣。公優游家衖，與一二故舊銜杯酒，叙殷勤，致足樂也。雖使公總六連而督八州，亦何以易此哉？天子方緬懷耆壽，優禮老臣。异日臨雍講學，或用漢世之故事，修養老之上儀，尊事三老，兄事五更，而以公當其選，皤皤黄髮，揖讓其間，較周制鄉老、鄉大夫，當更有進矣。此又區區之忱，豫爲公善頌善禱者也。

童母卜太恭人七十壽序

皇帝御極之二十年，歲陽閼逢，歲陰敦牂，恭逢慈禧端佑康頤昭豫莊誠壽恭欽獻皇太后六旬萬壽之慶。於是延嘉生，蒼烏見，滋液滲漉，均禧九垓。凡百有位，咸蒙褒賁，受甄賞，奉綠純黄玉之誥，爲其親榮。而童母卜太恭人適於是歲圉如之月，介七十古稀之壽。哲嗣米孫大令方權知華亭縣事，將饌肥鮮以甘之，鏗金絲以樂之。而太恭人曰：「毋。吾家故寒素，簞瓢捽茹，吾所習也。汝新奉簡書，寄民社，一筐之糗，一束之脯，猶如曩日，豈宜饌玉炊金，烹龍炰鳳乎？爾師曲園翁有言：『酒食之苾芬，不如君子之文；金石之鏗鏘，不如君子之章。』汝其圖之。」於是米孫乃遍告同人，求贈壽言，以侑壽觥。一時潘楊之戚誼，孔李之世交，進女師德象之篇，寓眉黎臺駘之祝者，瑰瑋連猏，不可以麗計，而屬余以一言序其端。

余聞太恭人之在室也，稟厥考禮臣公之教，媞媞其行，罷罷其度。善事繼母，得其歡心。年二十有四，歸贈公嘯泉先生。先生以名諸生客授於杭，家在新市鎮，相距且百里。太恭人上事君姑，下撫兩小郎，有無黽敏，辭隆從窊。每遇饑歲，刀机生蘚，竈額無烟，時出奩中衣物，於長生庫質錢，以佐晨夕饔飧之用。君姑寢疾，中裙褕厠，手自洗滌。及其殂謝，於喪於祭，曲盡誠敬。贈公居家日少，家事皆太恭人主之。營蘋蘩之薦，具韭菁之饌，米鹽凌雜，不廢女工，針管綫纊，午夜不輟。敝衣糲食，處之怡然。視先後築里，猶女昆弟也。其於子侄，猶子姓也。一門之内，人無閑言。粵賊之亂，省垣戒嚴。贈公上時務十策，不見用，居恒鬱鬱，賫志而終。

時太恭人有子女三人，又叔娣所遺子女亦三人，皆太恭人撫之。推燥居濕，咽苦吐甘，恩斯勤斯，備極勞勩。內而瓶罍之罄，時時見告；外而風鶴之警，咄咄相逼。流離轉徙，罔有定居。而於贈公所著書，及所手鈔之經史文集數十册，置兩大簏中，行必以俱。諭其子曰：「他物不足惜，此汝父一生心力所注也。汝能守此，汝父不亡矣。」嗟乎！兵燹以來，舊家藏書皆付灰燼，縹囊緗帙，掃地無餘。而太恭人保守楹書，不敢失墜，所見不亦遠乎？大亂既定，課其子砥學勵行，勿替先業。米孫大令亦能謹承其教，有聲庠序間。癸酉歲，以拔萃貢成均。時興化劉融齋先生主講上海龍門書院，當代巨儒也。米孫從之游者數年，所學益進，慨然有經世之志。乃以州佐筮仕江蘇。始至，從事書局，仍懷鉛握槧。就臺司月課，每課必居高等。於是名動上游，咸曰：「通達治體，賈生流也。」江蘇諸大政，如海運、釐捐、洋務、籌振、積穀，皆使襄理，身兼數器，部分如流。前方伯貴築黃公甚重之，以賑務煩劇，命之綜司文案，及今方伯順德鄧公亦仍其舊。太恭人戒之曰：「此民命所係也。能佐上官整紛剔蠹，俾實惠及民，則爾職克盡，而吾家子孫亦世世食德矣。」大矣哉，仁人之言乎！

太恭人雖年及古稀，而精神完固，視聽不衰，與其弟如梧先生白首怡怡，極友于之樂。有孫一人，孫女三人，瑶環瑜珥，蘭茁其芽。一女適良奧之族，外孫三人，亦婠妠可喜。太恭人安神閨房之上，皤皤黄髪，含飴弄孫，天倫之樂備矣。自兹以往，由八十、九十而至期頤，每逢開秩稱觴之歲，皆值國有大慶之年。天子方以孝治天下，瑚輿彩仗，鳴玉慈庭，推娥臺姒幄之恩，以嘉惠海内，必有靈壽上尊之賜，米孫其益樹令名，以承隆遇。此余所以爲太恭人祝，而并以爲米孫望者也。

黄君斯馨七十壽序

當咸豐、同治之間，大盜起於粤西，窟穴於金陵，蔓延乎天下，而禽獮草剃，卒歸於盡。不十餘稔，而乾亨坤慶，四表無塵。此由天子神武，聖謨宏遠，將帥之臣，一心同力，以共成此巍巍之功。而亦由海内沐浴於聖澤者，既久且深，士大夫咸知以敵愾同仇爲志，有智慮者效其謀，有材武者效其力，故舉事易而成功速也。如黄君斯馨先生，即其人矣。

君幼而穎异，七齡能爲五言詩。其母嘗撫之而嘆曰：「諸子中好讀書者，無過此兒矣。」家素富衍，至是稍落，君年始幼學，即能佐其父操贏制餘，候時轉物，雖老於榷會者，謝弗如。遂棄佔畢之業，就時於杭。杭爲東南大都會，商賈駢坒，闤闠流溢。君通財鬻貨，數年之間，增贏十倍，家業復振。

俄而粵寇狎至，杭城戒嚴。一哄之市，相驚以寇至，曰「寇至」則隴種東籠而走。君慨然曰：「時事至此，食毛踐土者，孰不當投袂而起？曹劌何人哉！豈曰不食其禄，弗與其事乎？」庚申正月，奉將軍瑞忠壯、巡撫羅忠節兩公之檄，統率士團，稽察邦諜，守鳳山、候潮兩門。張弓荷箙，不避風雨。無何，賊由清波門入。君復從忠壯公堅守滿洲營，凡七晝夜。會江南援師亦至，寇遂宵遁，城竟獲全。忠壯公會同巡撫王公，敘其功以聞，有詔，以縣丞選用，加五品銜，賜鶡羽翎以飾其冠。君有弟同在行間，亦得以教職注選籍。忠壯公謂君曰：「浙江十一郡，可稱奇士者，君昆弟二人耳。」君起於賈區，威名稜然，爲軍鋒之冠，自將軍巡撫以下，爭相推重。君行城中，見積骸如山，枕籍衢巷，乃出己資收瘞，於萬松嶺南北爲冢二百三十有六，勒石紀之。又慮殉難男女，名姓湮滅，繕具清册，呈之大府，以達於容臺。其處事精詳類如此，非徒投石超距、引彊命中、與騎士材官角勝而已。其明年，賊由諸暨渡臨浦，攻蕭山。君聞警遄歸，而已不及。山城失守，老母終堂。君仰天泣血，誓不與賊同立日月之下。率義兵往攻之，賊望塵欲遁。而城外奸民助賊者蜂起，橋梁盡斷，進退皆疐，全軍陷焉，君亦墜於水。若有抍之出水，從間道走回者，亦終莫解用何術得出，遵何塗得歸也。天祚忠孝，信矣！其後，蔣果敏公駐軍義橋，聞君名招致之。君以往者從戎，致不能免母於難，終身憾之，謝不往也。使君再出而從軍，行裝就隊，游弩往來，將見一日破十二壘，一月克十二城，始雖垂翅回溪，終且奮翼黽池，安見不耀華名於玉牒，勒洪伐於金册哉？

然君雖伏處不出，而聞譽著於士林，德行被於鄉井。振廪同食之義舉，掩骼埋胔之善政，有所見聞，無不盡力。其邑之西有江塘焉，實爲山、會、蕭三邑之門户，砰訇淙射，易於爲患。自君修築，因地制流，碧沙青岸，石盤嶽峙，有灝溔潢漾之觀，無沉沄涌濤之變。至今數百里内溝塍刻鏤，桑麻鋪菜，君之力也。君雖服賈，而慕南陽孔氏之雍容，挑鐙夜讀，或至申旦。二十四史之事實，能歷數之；宋元諸儒之語録，能默誦之。念其先人困於童試，勉其諸弟毋廢家學。蓋自君以貨殖復起其家，而修脯之資，膏油之費，皆極豐腆。一門之内，誦讀相聞。其諸弟中，有成進士、入詞林者，至乙酉歲，而其子亦舉於鄉。科名之相繼，實由君成之也。德配徐宜人，明於大義。自其曾祖以來，五代同居，闔門數十口，無一誶語，宜人之賢可知矣。

今年十月，爲君七十生辰。其子硯龕孝廉，與余孫陛雲爲同年生，乃乞一言以爲壽。余酬應之文久已輟筆，重違其請，又以君起布衣，爲國家宣力，是可嘉也，敬爲操觚紀之。是歲，恭逢皇太后六旬萬壽慶科鄉試，明歲之春，硯龕必當乘孝廉之船，赴春官之試，君或有興與之北上。余恭閲乾隆間所行慶典，凡七十以上耆壽男婦，皆得叩謁道左。君與徐宜人伏輦道之側，而望屬車之塵，精神矍鑠，舉止安閑。皇太后顧之，或錫以上尊之酒，而列之千叟之筵，是則承平之盛事，而非徒里黨之光榮矣。

連母陳太淑人八十有七壽序

曹娥江之東陬有岩邑焉，曰上虞，蟠幽宅阻，民俗敦龐。上虞縣之西鄉有右族焉，曰連氏，富而好禮，敦善不怠，往者强圉大淵獻之歲，天子詔以「樂善好施」四字旌其門者也。蓋連氏有樂川先生者，創爲義莊，以贍其族，而其子穆軒、擷薌兩君踵成之。疆吏上聞，璽書下逮，烏頭綽楔，焜燿姚墟舜井之間。僉曰：「美哉斯舉乎！」夫樂善者未有不好施，而好施難言之矣。一家之政，男職其外，女職其内。坤爲吝嗇，見於《易》象，而審守、委積、蓋藏，又婦職也，見於《禮經》。故有丈夫慷慨，好行其德，而阻於帷門之議者矣。連氏父子，相繼積善成德，其殆有相之者乎？

越四年，歲在重光單閼，穆軒、擷薌兩君以其母氏陳太淑人行年八十有七，謂古者稱觴上壽，非有常期，不必以十年爲率，而况五年再閏，并而計之，已逮九十。乃饌甘脃以養之，乃鏗金絲以娛之，而欲得一言以爲侑，爰就樾而謀焉。樾問其詳，則即樂川先生之德配也。憬然曰：「成先生之高義者，其在太淑人乎！」太淑人之始來歸也，重親在堂，咸躋耄壽，衿纓適寢，媞媞其儀，奥寒苛養，調護惟謹。其君舅自幼從父官蜀，蜀醞吴羮，食性殊异，而太淑人脂葱膏薤，各得其宜。每有所進，輒爲加膳。《女憲》有之曰：「婦如影響，焉得不賞！」其太淑人之謂乎？然此猶閨闈之小節也。其犖犖大者，則在善相其夫，善教其子。連川先生以金幹玉楨保衛桑梓，一生心力，畢注於前江後海兩塘。垂數十年，黑風白雨，寒暑無間，尤勇於爲善。横舍而圮，曰「繕完之」；輿梁而頽，曰「興作之」。凡有所爲，不程其力，性又喜客，坐上恒滿。太淑人綜理微密，擘畫周詳，數十人之饌，咄嗟而供，數千金之工，談笑而助。連川先生以好義稱鄉里，閫以内與有力焉。此太淑人之善相其夫也。所生丈夫子六，皆少而眗眗，壯而莊莊。太淑人撫之以慈，督之以嚴，以樂川先生經始義田，未竟厥志，忞慔諸子，使觀厥成。嗣君亦皆善繼善述，不忝前修。義莊之建，達於朝聽，載於里乘，成父志也，亦禀母命也。此太淑人之善教其子也。兹二者，非其珍禕懿鑠之尤著者乎？愚謂連氏之樂善好施有相之者，於此信矣！若其貴而勤，富而儉，衣必煩擱，食無珍异，雖鼎娥竈妾奔走滿前，而籯笥桶楤焉，緘管綫纊焉，猶手治之。尊章厠牏，兒孫褿褯，躬自浣濯，不以爲煩。此人之所難而猶其易者也。《太玄》不云乎：「我心孔碩，乃後有鑠。」太淑人之令德，宜其食報於天。康强逢吉，雖登大耋，神明不衰。一門之内，玉昆金友，鳳子麟雛。太淑人安神閨房之内，高坐北堂之上，男唯而女俞，左獘而右酒，樂可知也。樾雖切人不媚，敢不以一言侑春酒而介壽觥乎？乃樾更有説焉。

太淑人今歲八十有七，則其九十有秩之年，實在閼逢敦牂之歲。是歲也，恭逢皇太后六旬萬壽。天子以孝治天下，推恩錫類，於鯢齒鮐背之人，必有上尊牛酒之賜，太淑人得躬被之。自此以往，由九十而百歲，而花甲重周，古稀再届，皆在國有大慶之年。集嘏翔禨，增榮益譽，所以申錫無疆者，豈有涯哉？行且以熙朝人瑞，載之柱史，以爲泰元神筴之符，非特閭里之光而已。樾舊史氏，竊願更得而紀其盛也。

唐藝農廉訪七十壽序

光緒十有八年二月某日，詔書以浙江金衢嚴道唐公升補貴州按察使。是時，海宇清平，天子勤求上理，士大夫争自磨礪，以就功名。搢紳之族，每每有荀龍賈虎并奮天衢者，如合肥李氏之兄弟兩總督，長白瓜爾佳氏之兄弟兩巡撫。時論以爲漢世之大、小馮君，梁世之大、小南郡，方斯蔑如也。乃今又得之於湖南唐氏。蓋公之介弟斐泉廉訪陳臬三秦有年矣，公於今歲又拜黔臬之命。維時，公之仲子韡如孝廉，以五馬官八閩，署延平府知府，護理臺灣道，臺灣道故兼按察使，則唐氏父子、兄弟、叔侄同時三臬使也。海内贊嘆，以爲美談。吾浙之人雖惜公之去，而亦罔不以爲公榮。猶憶去歲之秋，公之長君莘之大令過余吴下春在堂，而語余曰：「吾父今年六十有九矣，願得一言以爲壽。」余笑曰：「姑徐之，待明年尊公正七十，以廉車莅浙水，再進麥邱之祝，未爲晚也。」至今，而吾言固驗。乃不圖不於吾浙，而在富山貴水間也。惜别之意方殷，祝嘏之情彌切。時在西湖俞樓，索文者幾無虚日，輒謝不作，而爲公敬進一言。

公自幼負异資，弱冠餼於庠，有聲場屋間。十試棘闈，不售。乃致力經世之學，尤留心本朝掌故，好與賢士大夫游。又勇於爲義，如修葺學舍，建立神祠，經理義渡，振濟難民。一經身任，不遺餘力。於是名譽大起，湘中諸大吏咸耳其名，遇事磐根錯節者，輒曰：「非公莫屬也。」歲在丁卯，游於京師。都下諸故交咸聳臾之曰：「方今海内多故，天子側席求賢。駕五龍以騰唐衢，服九駁以馳文塗，此豪傑馳騖之時，非山林偃蹇之日也。天生此材，而不爲世用，譬猶杞梓楩楠，不登匠石之門，而置之荒山大澤，不亦惜乎？」公素澹於名利，嘗以「澹吾」自號。而群公以大義相勖，公亦思有以自見於世，乃以道員分發吾浙。浙撫知其才也，時適有繞城石塘之役，即以相屬。櫛沐風雨，昕夕罔倦。鱗塘百丈，圪若金湯。甫莅浙而頌聲作矣。嗣是厥後，治鹽税則鹽税裕，唐劉晏之「馬上以鞭算」無其精敏也。治軍需則軍需給，晋陶侃之「竹頭木屑」無其微密也。治保甲則保甲嚴，漢尹翁歸之「每縣各有記籍」無其明察也。治賑務則賑務均，漢陸續之「都亭具饘粥」無其普遍也。治營務則營務肅，唐王忠嗣之「弓矢志姓名」無其嚴正也。治鹽綱則鹽綱整，宋趙開之「排比次第爲鼠尾帳」無其清晰也。浙爲并海之地，浙東諸郡，如温、如台，皆江潯海裔，重山複川，岩險周固，爲盜賊淵藪。民俗雕悍，喜於私鬥。其黠者，則挾鄧析之術，繳繞苛察，把持上官。公權臬事，析愿禁悍，探意立情，不枉不漏，弊俗爲之一清。嘗語屬吏曰：「早結一案，則事不煩。少羈一人，則民不累。」故雖明察秋毫，而意在仁恕。每當報囚，有情窮於法者，爲之咨嗟累日，所全活甚衆。歷攝金衢嚴道、温處道、督糧道，居一日之職，必盡一日之心，曰：「吾期於國於民有濟耳，居官久暫不計也，後人之能繼與否不計也。」己丑之歲，補受金衢嚴道。下車之後，因地制宜，端士習，整民風，化土客以清盜源，禁奇衺以弭外侮。三衢之民，翕然從風。而上官以公前署臬使有善政，遇按察使缺員，仍檄公署理。庚寅、辛卯，兩攝柏臺，并前而四矣。今歲春，甫受代，將還衢，而黔臬之命下。從此，弱翁治行聞於朝廷，開藩開府，其可計日而待乎？

余與公交垂二十年，每至湖樓，彼此往返，必數四相見。臨當遠別，能勿依依？聞公春初小病，而今已矍鑠如常，松柏之姿，經霜雪而益茂。余則長於公者兩歲，蒲柳早衰，新得腰脚之病，殆將步彭剛直之後塵。异日，公以金符玉節還鎮浙中，未識尚能偕竹馬兒童迎拜馬首否？

謹因眉梨之祝，附古人臨别贈言之義，誦陳思舊句曰：「尚其愛玉體，善保黄髮期〔一〕。」至於豐功偉業，日進無疆，行且與令弟斐泉廉訪同領封疆，如合肥李氏、長白瓜爾佳氏故事，則自有高文典册，大書特書，焜耀楹楣，非鄙人沾沾小言所能增榮益譽也。

方黼臣五十壽序

余往歲與修《鎮海縣志》，因得周知其邑中賢豪長者，接芬錯芳，不可更僕數。而尤以方氏爲巨擘，其令德嘉言，見於余所著《春在堂雜文》者數人矣。乃今而又得一積善成德之君子，則黼臣觀察其人也。

觀察君生而早慧，讀書倍常兒，有張霸「饒爲」之意。家資累巨萬，爲一縣最。自其先德潤齋贈公以操贏制餘，就時於滬。君年十有五，亦至滬上，將軍奉杖，兼習廢舉之業。贈公病，君侍湯藥惟謹。及謝賓客，絞紟衾冒，一如禮制，設披，屬引，奉之而歸。齒未弱冠，儀如成人。大事既畢，以先業在滬，仍侍其季父以往。俄季父又卒，而方氏之列肆於滬者相望也。滬爲萬

〔一〕原詩《贈白馬王彪》爲「王其愛玉體，俱享黄髮期」，見《四部叢刊》景明活字本《曹子建集》。

商之淵，瑰貨方至，鬻良雜苦，巧歷所不能算。而君三奇六耦，圖回掌上，候時轉物，雖老於榷會者不能及。於是長商大賈，靡不服君之才矣。君以贈公棄養早，念劬勞之義，隆聖善之敬，冬温夏清，曲盡厥職。飄風發發，北堂俄空。則有朱太淑人者，贈公之側室也。以房老之尊，主領家政，籯笥桶檖，罔不修飾，孩男嬰女禮褫之類，手自縫紉，煩潤不辭勞辱。君敬其賢能，事之如母。歲時歸省，必致珍异與凡所需，歷數十年常如一日。及其疾革，君自滬馳歸，生而醫藥，歿而棺衾，悉從其厚。此固朱太淑人之賢有以致之，而君之孝思不匱，亦可見矣。性好施與，於族黨尤厚。貧者計口而食之，歲終裨益其所不足，婚嫁喪葬别有助。而餘人之以有無告者，亦罕有不應。其先世多倡義舉，曰「廣仁堂」，瘞暴露也；曰「錫類局」，施棺槥也；曰「福幼局」，種牛痘也；曰「崇正書院」，助文教也。君悉積而大之。餘如修志乘，建橋梁，修古冢，疏通虞家堰江北岸河道，振助山東、直隸飢民，凡有益於人者，不聞則已，聞則以爲己任。而尤足多者，無如四明公所一事。

四明公所設於上海老北門外，所以停寄旅櫬也。咸豐中毁於兵燹，贈公倡率醵資，建設如舊。而其地適與法租界鄰，法人覬焉。君曰：「是宜爲備。」謀仿古者行廧落欘之制，編竹爲杝，使有畔岸。謀定未行，而法人已於其地敷布沙石，將營馬埒。甯郡之人之在滬者，咸奮臂與之爲難，法人大嘩，趍趕豱㹼，變且不測。諸董理其事者咸走且匿，悉以委君。君笑曰：「是固吾事，何避焉？」投刺謁蘇松太道沈公，口講手畫，叙述甚詳。又治牒上大府，歷三年之久，達於總理王大臣，而後有各守其界之議，事乃得寢。使非君力持，則蓬顆敝冢，夷爲道塗，肉髊骨骼，蕩爲灰塵，尚忍言哉？「仁者必有勇」，信矣！君懲其事，定議：凡停寄至三年者，悉由内河運歸甯郡，於江北岸建屋以妥之。又於慈溪小隱山買地爲塋，其竟無子孫來領者，則葬之。而滬上旅櫬，亦不至於纍纍相積矣。此又其所見之遠也。蓋一事焉，而仁且勇又知矣。幸較生平，輸餉助振以千萬計。大吏上其功，由國子監生歷保鹽運使運同，賜孔雀翎以飾其冠。而君粗袍糲食，如布衣寒士。有以酒肉徵逐召者，輒謝不赴。樗蒱六博之場，終身未嘗闌入。落落然不自知爲陶、白、程、羅也。

家居有暇，惟喜讀書，百家之説，無不流覽。《月波洞》之相術，楊救貧、賴布衣之《葬書》，皆能得其肯綮。而《靈樞》《金匱》諸書，研究尤深。有求瘵者，藥之輒愈。宅西北隅築精舍焉，藏書萬卷。以胡墨莊先生《毛詩後箋》舊刻漫漶，覓善本重刻之，以行於時。又延名師，以課其子。長子積鈺，以增廣生員光緒五年鄉試登副榜。其叔、仲、季三子，亦能以詩禮世其家。然則如君者，非鎮海方氏之魁士名人邪？

余老矣，每聞佳士，心焉許之。今歲八月七日，乃君五十生辰。余惟八月爲壯，而七日值《萃》六二爻，其爻辭曰「引吉」，知君之老而益壯，引而彌長也。請以此言，表區區心許之誠，而即以爲君壽。

竇母張太恭人七十壽序

壽文非古也。余舊史氏，粗習記載之文。凡友朋之壽，及友朋之壽其親者，率以文壽之，刻入《春在堂全書》者，盈三卷焉。昔《歸太僕》集有壽文三卷，世以爲多，然則余不宜復作矣。故近歲以來，雖名公巨卿之壽，具摯幣乞一言，亦謝不作。而今者，則又以小文爲竇母張太恭人壽，蓋從其子甸膏明府之請也。甸膏述方望溪之言，曰：「壽文自明人始，其知體要者，尚能擇其人之可而不妄爲。而壽其親者，亦必擇其人之可而後往求。」然則甸膏之意，殆以余爲可求而求之乎？余不足以當之。而余視甸膏所具太恭人事略，則其人固望溪所謂「可」者矣。孔子不云乎：「可與言而不與言，失人。」然則余何敢辭焉？

太恭人爲朝議大夫竇公之配。竇氏自英烈公之後，家承忠義，世兼文武。當咸豐初元，大盜起於廣西，朝議，公自請從王師討賊，戰功爲諸將多。二年春，戰大洞山，殁於陣。事聞，賜恤如例。太恭人以姑老子幼，不敢以身從。恓屑獨居，俯仰事畜，則益加謹。俄而，寇警日亟，黄河南岸，賊壘相望。太恭人曰：「事迫矣。先舅未葬，奈何？」急營窀穸，茵荼笥籥，咸具無缺。甫卒窆，而賊由温潛渡，將薄懷慶。太恭人命兩子奉姑避太行山下，依母氏以居，而自與幼子、幼女居圍城中。凡兩越月，噴沫救燔，僅得不死。及寇退解嚴，復迎其姑歸，相持而哭，而太恭人醮顃非復人狀，相見幾不識矣。其時生計益蹙，有亡黽勉，取給十指，針管綫纊，昕夕不離，右手將指至不能屈伸。而姑性又嚴毅，太恭人善事之，得其歡心，數十年如一日。姑壽至耋耋，不知無子也。三子既長，教以詩書，勉以無忝所生之義。其長子即旬膏也，以諸生從軍，嘗率兩健兒馳入賊巢，縛其魁以歸，而不自爲功。今以知縣需次江蘇，大吏知其才，以事委之，輒辦。其叔、季兩子亦克自樹立。諸孫瑶環瑜珥，男唯女俞，森然侍側。太恭人喜先德之不替，冀令名之克振，謂旬膏：「既居官，則廉隅爲重，苟以南中一珍物寄家，非吾願也。」賢哉母乎！有陶母封鲊之風矣。往歲，河南大無，命旬膏佐郡縣振贍，全活無算。其他善舉，惟力自視，不可更僕數。嗟乎！行誼之美，士大夫且難之，况閫門之内乎？方望溪所謂「擇其人之可」者，於太恭人得之矣。緘恨含顰，霜操彌厲，所可一也。亂離瘼矣，祭葬以禮，所可二也。勞而不怨，以奉威姑，所可三也。先人遺德，以勉其子，所可四也。至以持躬之儉，治家之勤，温拯之仁，廉介之義，凡所可者，悉數之而未能終也。

憶十年以前，太恭人六十曰耆。其時，已以節孝拜旌閭之命，而又以子貴晋四品之封。一時慕其高義，莫不望懷清之臺，而效麥邱之祝。鎮軍崔公、觀察陳公皆援秦署書之例，從漢户册之義，大書四字，以顔其門。銀書玉篆，焜燿楣間。今太恭人七十曰耆矣，實沈之月，《節》上六值日之日，乃其設帨之辰也。以六月逢閏，故是日已入八月節。炎歊既退，清朗有加。甸膏甫奉檄權知上海縣。盤陳露香之桃，俎列吴淞之魚，鞠䐑豨䐙，奉觴上壽，而乞余一言以侑之。甸膏殆不知余之不可乎？然余之可不可，姑勿深論，而太恭人之可以爲壽，則固當代女宗不可多得者也。然則余之爲太恭人壽，豈獨此一言而已哉？他日八十、九十，以至期頤，當更以壽言進。

任母陳太夫人七十壽序

光緒二十年閼逢敦牂之歲，恭逢慈禧端佑康頤昭豫莊誠壽恭欽獻崇熙皇太后六旬萬壽，於是蒼烏見而延嘉生，織女明而鈎鈐耀。天子乃發德音、降明詔，凡滿漢大臣命婦，年六十以上者，咸加恩賜。而任母陳太夫人，適於是歲稱七十眉壽之觴。於是，兩浙之士獲交於哲嗣逢辛觀察者，相與語曰：「方今聖上以孝治天下，惠浸萌生，仁沾葭葦，推娥臺姒幄之恩，引年曠典，及於笄珈。太夫人躬遇其盛，非獨德門之慶，抑亦盛世之祥也。不有叙述，曷以介純嘏而祝眉黎？」以樾粗習紀載，抽豪授簡，强使爲辭。樾禮辭不獲，乃就太夫人珍禕懿鑠之行，揚扢而陳之。

太夫人出宜興望族。道咸間，有以申韓之學爲諸侯上客、海内稱陳若木先生者，其先德也。先生有妹，歸任氏，生四子，皆才。而長君問渠贈公，尤推白眉，遂以宅相爲館甥，而太夫人歸焉。年甫十有八，奉事君姑，撫視夫之幼弟，自成童以至授室，怡然無間言。其時，以粤賊之亂，詔各直省皆治鄉團，用古搏力之法，保衛桑梓。而鄉人士君子咸推贈公才，俾主鼓旗、决籌策。有進説者曰：「治亂用重，古之制也。除虣安良，非殺不可。」太夫人聞之，從容語贈公曰：「苟誅一人而活千萬人，誅之可也。今亂在外，不在内，治團以衛民也，可殘民乎？」贈公韙之，閭里宴然。已而，粤寇大至，間關避地至於滬瀆，諸親故相依者皆儽儽隨行，食不足，脱環瑱助糗糒。贈公旋至安慶，獻策於曾文正公。公使仍還上海，再議團練。俄遘疢疾，遽捐館舍。太夫人於流離顛沛之中，罹此鞠凶，甘以身徇。哲弟棣香先生傳母命相譬慰，貯苦停辛，形存志隕，糟糠在咽，涕泪在襟，亦人生之極艱矣。然入奉高堂，則言笑如故，甘旨有加，初不以錦茵苫席之感微傷姑意也。長公逢辛觀察，與次公向生刺史皆幼，令就諸父受章句，習文史。夕自塾歸，飼以虀粥，綿歷三年，常如一日。

及亂定返里，剔蠹理棼，舊業粗復。語其姑陳太夫人曰：「家幸小康，勿使兒輩知之。人不歷艱苦，奚由成立？苟偷溫飽而墮學業，無以見先人泉下也？」此其所見爲尤卓矣。贈公有從兄，老病無子，而有老母，身後無可繼者，請於陳太夫人。以次公後之，迎其母歸，事之如姑。時陳太夫人春秋益高，而太夫人亦將六十矣，然出入扶持，晨夕不懈。子婦輩或請代之，則曰：「吾代子職，可假手他人乎？」夫弟仲氏、叔氏，咸喪厥儷，女嬰男孩，跜踦滿前。太夫人雍樹之，餔啜之，襁褓焉，襘褅焉，篋管綫纊焉，婠妠諸兒，不自知無母也。陳太夫人卒，仲氏殉孝。太夫人曰：「是不可無後。」以長孫爲之後。其明於大義類如此。時長公已舉於鄉，次公亦挾其吏才小試於幕府。或曰：「皆可仕矣。」太夫人曰：「早仕不如久學之愈也。」俄而，次公赴玉樓之召，其子又揚烏不禄。雖命長公擇賢子後之，然太夫人恒爲之不怡。

時長公以綜理通商事駐上海，乃就養焉。恭遇天子親政覃恩，例得拜綠純黃玉之誥。太夫人曰：「此顯揚之盛事也。若亦知顯揚所自來乎？」長公喻其旨，先請推恩外家以及諸父。太夫人喜曰：「今而後，吾受之安矣。」曾忠襄公薦舉人材，首及長公。有詔徵用，長公不敢自專，以出處請進止。太夫人曰：「汝學亦久矣。朝命宜赴，父志亦宜成，勉旃行乎。」長公入都，拜命赴浙。六橋花柳，風日暄和。太夫人曰：「昔賢於此流連觴咏，播爲美談。今内憂外患，猶未盡敉。朝廷勤求上理，大府亦盡瘁不遑，此陶公運甓之時，非山公倒著接離之日也。」長公謹承慈命，昕夕從公。每治一官書，接一賓客，太夫人必詳詢之。可則色喜，爲之加餐。諸孫隨侍，延師課讀，不使出户，曰：「子弟紈絝之習，皆由耳目濡染而成。吾不令其出門一步，則外物不入，凡從而附和之者，不杜而自絶矣。」歲時膢臘，親故貧窶者，咸有饋贈。有老僕病危，命長公臨問，殯之從厚。有舊婢嫁而物故，春秋使人祭掃其墓。帷蓋之恩，亦云渥矣。而自奉極儉，曰：「吾中更離亂，今骨肉相聚，衣食無缺，於願足矣，敢求多乎？」各行省水旱偏灾，每有温拯之舉，長公必與其事，太夫人輒勉以實心，責以實政。大府上其勞績，歸美慈闈，温綸褒獎焉。

長公兩權杭嘉湖道，政聲卓著，陳臬開藩，以至節鉞，在指顧間耳。又管書局事，樾與同事局中，且與有累世交際之誼。得備聞太夫人嘉言懿行，故不辭而進此言。太夫人安神閨門之内，優游北堂之上，長公率諸孫上壽，而其婿朱、潘兩君又各率其子孫進春酒以祝期頤。异時，由八十、九十以至百齡，每逢稱慶，皆恭值皇太后萬壽之年。天子加惠大臣之母，必有更盛於是者，樾更將執筆而紀其後矣。

董母吴太宜人八十壽序

嘗聞徐偉長《中論》之言曰：「夫壽有三：有王澤之壽，有聲聞之壽，有行仁之壽。」今觀董母吴太宜人，其備此三壽者乎？然孔子曰：「仁者壽。」楊子雲亦云：「物壽以性，人壽以仁。」則三者之壽，固以行仁爲本。太宜人之壽，太宜人之仁也。其珍禕懿鑠之行，美不勝書，竊舉其大者，揚扢而陳之。

太宜人幼有至性，事繼母以孝聞。年二十，歸贈公簣山先生。時其家貧甚，來歸未久而姑殁。太宜人奉事君舅，及其夫弟暨女公、女叔，恩禮兼盡。家事無巨細，躬自綜理。舅喜曰：「有婦如是，吾家興矣。」簣山先生幼穎异，年十四而《十三經》皆卒業。善爲文，受業於杜蓮衢侍郎，學益進。應府縣試，每列高等，而院試輒不售，嘆曰：「是有命也。」去而課農桑，兼服賈。太宜人以勤儉佐之，家稍裕。咸豐之季，寇警日逼。先生挈家避兵於滬，而從母葛太宜人不欲行。太宜人乃與夫弟九齡君，奉之居家中。家有穀千石，太宜人曰：「寇至，非吾有也。盍賤糶以濟貧者？」九齡君從之。俄而，土寇蜂起，太宜人曰：「穀不可守，雖易錢亦豈可守乎？盍以此錢治鄉兵，衛桑梓？」九齡君又從之，鄉里恃以安堵。及粤寇大至，度不可守，乃與九齡君奉其叔姑，間關赴滬。聞族之陷賊者二十有三人，急使九齡君挾資往贖之，得歸者十有七。此太宜人之始事也，其所見已遠矣。

先生既至滬，朱九香閣學見而奇之，曰：「君才可大用。今需才孔亟，曷出而仕乎？」先生與太宜人謀之。太宜人曰：「將爲貧乎？饘粥粗給矣。將濟世乎？吾族黨中待濟者猶多。使吾業有成，而三黨皆有賴焉。是亦爲政，焉用仕爲？」先生深韙其言，乃止。時先生以族黨相依者衆，懼生計之不給，將更擴之。太宜人曰：「宜擇可久可大之業。」先生曰：「然則無如絲與茶矣。今中外通商，此二者，商賈之大綱也。」因大治絲茶，顔其廛曰「久大用」，太宜人言也。亂定旋里，而茶業大盛。列肆凡三，於甯波府城一，於本邑平水鎮一，王化鎮一，皆産茶地也。肆中所用，無慮三百餘人。太宜人曰：「吾村附近多貧者，盍設一肆於本村，使貧民得食其力乎？」乃於本村置茶棧焉。其初自滬歸也，舊居已毁，更築新居。族人多以梓匠爲業，然技甚拙無用者，太宜人悉招而用之，亦此意也。時宗族零落，多倚先生以活。太宜人復勸於近支中尤貧者數十家，每歲終，人給米二斗。其後，又勸於族中之鰥寡孤獨及癃病者，月給米二斗。及先生歿，太宜人又推廣其意，每至歲終，凡疏遠之族人，及异姓寓居本村者，苟貧無以存，視近支減半，各給米一斗，至今循焉。太宜人以先生年齒高，從容謂之曰：「吾始來時，家無擔石儲。今有天幸，家計豐裕，足以自贍，餘力并足以庇宗族。人貴知足，曷謀休息？」先生從其言。自此，優游鄉里者十有餘年。

然艱於子息。太宜人爲置箆室陳氏，又納沈氏，皆無所出。乃以弟九齡君之子金鑒，字竟吾者爲子，太宜人愛之如己出。先生之卒，竟吾年二十矣。好學能文，嘗一應鄉試，薦而不售。太宜人誨之，曰：「汝質弱，毋幸求名。閉户讀書，爲樂多矣。然讀書樂，爲善尤樂。汝敬承先志，勿懈於善，即足慰我老懷，毋營營於一第也。」又曰：「汝父嘗言，吾族在前明時甚盛。自文簡公以下，頗有箸述留遺，惜年久散佚。汝喜藏書，能搜輯其一二乎？」竟吾敬諾。於是，購得文簡公《中峰集》及日鑄公《大易私録》《大學中庸講意》《老子翼》《莊子翼》與《評注李長吉歌詩》，皆刻入《琳瑯秘室叢書》。太宜人喜曰：「此汝父求之而未得者也。」

又以曾祖妣諸氏守節三十年，第六女叔矢志不嫁，奉父終身，又有妹適徐氏者，五月而寡。苦節奇孝，不可磨滅。命竟吾言於采訪局，旌表如例，并推及同族暨遠近各村，凡節婦、烈婦、孝女，搜訪靡遺。直隸、山東、山西、陝西、河南各處，水旱之災，咸輸巨金振助。而在本地，則尤以水利爲重。上虞南鄉，自林墺以至箭橋，爲田萬畝，董氏之田多在其中，全恃池湖一壩，捍禦剡溪之水。光緒十三年，水漲壩圮，田疇淹焉。太宜人命竟吾邀集搢紳耆老，醵資修之，不足則以己資益之。堤長五百丈，池湖壩下，自中村至灡泥灣，又有堤一千餘丈，自箭橋上溯宋家浦，又有堤一千三百餘丈。皆次第修固，水患衰息，遠近蒙利。事聞於朝，詔以「樂善好施」四字旌其門。太宜人春秋展墓，見村東山路崎嶇，樵采非便，命竟吾修築。紆者使直，仄者使寬，阻於石者鑿之，阻於水者梁之。都凡自茅山嶺達王家匯及大湖墺，自花磡嶺達花磡村，自苦竹嶺達官漾村，自珠湖嶺達珠湖村，自油車嶺達湯浦市，凡四千丈有奇。山路既成，又命修本村至各村之路。迤南五百丈，迤東四百餘丈，迤北九百餘丈，東北八百七十丈，東南七百八十丈。至於建設義渡，創置水龍，寒則施衣，疾則施藥，猶其瑣節矣。

綜計太宜人一生，仁心仁術，至老不衰。余故曰：「太宜人之壽，太宜人之仁也。」所謂行仁之壽，不信而有徵乎？今歲恭逢皇太后六旬萬壽，禨翔嘏集，均禧於九垓。而太宜人適於是歲仲冬之望，稱八秩之觴，是又《中論》所稱「王澤之壽」也。惟七十歲時，親串上壽，皆謝不受。但命本年田租視歉歲更減十之一，至今歲循是行之。然則，以曼衍之祠，效期頤之祝，非太宜人所喜也。聲聞之壽，或可不計乎？雖然，太宜人年登耄耋，神明不衰，上受朝廷之褒揚，下集鄉曲之聞譽。而竟吾以駕部郎家居，富而好禮，博覽群書，時譽翕然。膝下四孫，皆英英見頭角。是亦極人倫之盛，而膺福壽之全矣。不有記載，异時修《女憲》書者，其何述焉？余因獻小文以識大略，或籍此以爲太宜人聲聞之壽，庶可以備三壽而侑一觴乎！

冠雲峰贊

盛旭人方伯，買劉氏寒碧山莊而葺治之，名曰「留園」。園之旁有奇石焉，所謂「冠雲峰」焉。方伯以善賈得之。張子青相國時撫三吴，手書「奇石壽太古」五字以贈。歲在辛卯，購得其前之隙地而築屋焉。嗟乎！此一石也，劉氏曩時不能有，而方伯始有之。方伯雖有之，又歷二十餘年之久，而後此石始入於園中。自兹以往，長爲園中物矣。太古之壽，其驗於此乎？因爲之贊，以賀其遭。其辭曰：

留園之側，有奇石焉。是曰冠雲，是銘是鐫。胚胎何地，位置何年？如翔如舞，如跂如跧。秀逾靈壁，巧奪平泉。留園主人，與石有緣。何立吾側，不來吾前？乃規餘地，乃建周垣。乃營精舍，乃布芳筵。護石以何？修竹娟娟。伴石以何？清流涓涓。主人樂之，石亦欣然。問石何樂，石不能言。有客過此，請代石宣。昔年棄置，蔓草荒烟。今兹徙倚，林下水邊。勝地之勝，賢主之賢。始睽終合，良非偶然。而今而後，亘古無遷。願主人壽，壽逾松佺。子孫百世，世德綿延。太湖一勺，靈岩一卷。冠雲之峰，永鎮林泉。

俞樾全集

汪少華 王華寶 — 主編

春在堂雜文

叁

（清）俞樾 — 著

胡文波 白朝暉 張曉青

謝超凡 劉珈珈 王倩倩 — 整理

鳳凰出版社

春在堂雜文六編一

錢唐學記

錢唐，古縣也。縣之有學，肇始於宋紹興，遷建於明洪武，代有修葺，碑記具存，可無贅也。咸豐季年，粵賊陷杭，學毁於兵。收復之後，與府學、仁和縣學同時重建。而大難初夷，物力未裕，粗還舊觀，苟美苟完，及今垂三十年，旁風上雨，日就撓廎。光緒十四年，紳士前侍郎朱公等請於中丞崧公，修葺府學、仁和學，工大費巨，錢唐學未遑兼顧。及十七年五月，霪雨兼旬，大成殿東廡及明倫堂皆圮，而文昌閣、土穀祠、鄉賢、名宦諸祠，亦頹毁過半。於是教諭葉君、訓導袁君言於錢唐令伍君，請於護撫劉公、署藩司黄公、都轉惠公，發錢五百萬爲繕完之費，而以前侍郎朱公及楊君文瑩、王君同、丁君丙董理其事，其監視工作者鄒君在寅、張君景雲、宋君元煦、陸君家驤也。鄒君熟於杭之故事，乃謀於朱公曰：「學宫之東，舊有褒忠祠，今其鄰地新設太平營，侵占祠地，又於祠基建立廬舍，闔扇坒連，轉與學宫若不相屬，其學中廊屋亦爲書斗竊賃於人，於學宫之西私闢一巷以隔絶之，東西兩路，儼成通衢，此侵地之宜復者也。舊制明倫堂及崇聖祠、忠孝祠、土穀祠位置皆未得宜，所立『宫墻第一流』石坊在西面河沿，蓋舊制即以此爲泮池也。今泮池已改鑿於櫺星門外，則石坊虚立，轉泄文明之氣，此規制之宜正者也。今請自宫墻起由泮池而櫺星門、戟門、大成殿東西廡及名宦祠、鄉賢祠，皆仍其舊而葺治之，丹雘〔一〕之。至明倫堂則移對學之正門，加造中門三楹，翼以廊房，排樹碑石，設立欄楯，以肅觀瞻。其東建土地、文信國祠，又其東建崇聖祠，皆有門有垣。其前偏東建奎星閣，又前偏西建文昌閣，閣之前有門，門之左則就廢基重建褒忠祠，以祀明臣方正學等十四賢，又左則建忠孝祠。而『宫墻第一流』石坊則移建東路，改書『錢唐縣儒學』五字。至民間侵占之地，宜請官示禁，勿使溷雜，以褎文明。」於是縉紳聚謀，僉以爲然。告於有司，一從其議。侵地既復，規制聿新，頳壁丹柱，重垣修廊，鏤檻雕櫳，攢甍鬥栱，共用洋錢一萬四千七百有奇。原發經費不敷，先籌款應付，而以浙西商捐歲修餘資償之，自壬辰九月至癸巳七月而底於成。

〔一〕 雘，疑作「臒」。

夫建學明倫，三代之成規也；崇儒右文，聖朝之美化也。錢唐爲吾浙大縣，學校所係至重。自今以往，學庭顯敞，俎豆莘莘，於以崇化、勵賢、進德、修業，邑之人文，其日盛乎！余主講詁經精舍二十有八年，與邑人士有朝夕切劘之誼，幸斯舉之有成，喜宏規之大起。當道諸公敬教勸學之盛心，與在籍諸君子實事求是之雅意，洵足以闡揚儒業，振起斯文，而爲聖天子化民成俗之一助。作而不記，後世奚述？因識本末，以告方來。

小靈鷲山館記

孫翰香司馬故有別墅，在吴江鷺脰湖之濱，乃王載陽徵君舊宅也。園中奇石最多，而以三石爲甲：一曰翰墨林，一曰秋蕉拱露，一曰鷺君。庚申之變，園毁於兵而三石獨無恙。亂定之後，司馬載石而移置秀水之新塍鎮，玲瓏春色不減當時，虎落欒櫨位置妥帖。見者詫曰：「此非鷺脰湖之故物乎？何乃鳥集烏飛，兔興梟逝，灕然而至於斯也？」司馬笑曰：「靈鷲一峰，飛來湖上，子不聞乎？」因即名其居曰小靈鷲山館。山館之左有榭臨流，是曰留雲水榭。由水榭折而行，得山洞焉，是曰遯窟。又由遯窟折而行，拾級登山，有亭巋然，是曰嘯秋亭。亭之西植梅成林，是曰香雪岩。由東北度石梁而下，曲廊翼之，是曰倚月吟廊。廊之下寒碧一潭，清可見底，是曰在山泉。出山洞而南，有石秀拔如靈芝然，築室其旁，是曰壽芝室。室之上有傑閣焉，所以藏金石書畫者焉，是曰藏暉閣。嗟乎！斯館之勝，在浙西亦僅見矣。唐人楊巨源詩云：「舊地已開新玉圃，春山仍展緑雲圖。」請用柳柳州之例，書此語於石以賀其遭，而并爲主人賀。抑又聞宋時靈壁張氏園中之石有曰小蓬萊者，東坡居士、荆溪居士及紫溪翁先後留題，遂成名迹。司馬風雅好事，富於收藏，海内名士無不願與之游，過新塍者必訪小靈鷲。异時小靈鷲之名，或且出小蓬萊之上矣。此則吾所尤賀者也。

壽氏勸學堂義塾記

《小戴禮・學記》曰：「古之教者家有塾。」然則家之有塾由來久矣。近世士大夫亦有設立家塾者，而其所以爲教，則惟是應舉之學、八比之文、八韵之詩而已。昌黎云：「文章豈不貴，經訓乃菑畬。」今之人殆未聞『不菑畬凶』之義乎？暨陽壽氏，大族也，始以多田富甲一鄉，田田相挈千畝者百，號壽十萬。自前明嘉靖以後，科第蟬聯，入直玉堂，出乘輶軒，後先相望。其裔有梅契茂才者，詁經精舍之高材生也，與其諸長老謀，謂吾族近年來稍稍不振，欲振起之，舍學無繇。乃創建壽氏勸學堂義塾，廣置書籍，延訪明師，課子弟以經史詞章，即時文雜著，罔有不備，而其尤重，則在治經。美哉斯舉乎！可謂知本矣。雖然，治經必先識其門徑，請粗言之。治《易》勿信先天後天之説，治《書》勿信僞古文之説，治《詩》勿從後儒之新義而廢《小序》之古義，治《禮》勿厭鄭而喜王，治《春秋》勿廢公、穀而從左氏，如此之類，梅契從吾游久，聞之熟矣，請歸以語其子若弟，俾先定其規模而後從事，學成之後，神而明之，或不必拘守此説。然其始，必以此爲教，譬猶正朝夕者必視北辰也。誠如是，吾見數十年之後，浙東之言經學者，必以暨陽壽氏爲淵藪矣。

杭州重建北新關水口金龍四大王廟記

神姓謝，諱緒，錢唐安溪下墟里人，宋理宗謝太后族侄也。憫宋之亡，自投於水。厥後明太祖與元兵戰於吕梁洪，敵據上流，空中有神挽河逆行，遂大破元兵，蓋即神所爲也。其旗幟隱約有金龍字。是夜，見夢於明祖，乃封神爲金龍四大王。蓋神有三兄：曰紀，曰綱，曰統，神居第四，故以「四」稱。神之殁也，附葬其祖塋金龍山之麓，故稱金龍。國朝施潤章《矩齋雜記》曰：「神少時，曾讀書金龍山。」意者即祖墓所在，築室而讀書歟？生也盧乎是，殁也墓乎是，宜乎以金龍自表其旗，而明祖即因是以封之也。自明代以至本朝，屢著靈异，叠加封號，其敕命頒於朝廷，其秩祀領於祠部，其事迹詳於志乘，其廟貌遍於江海。盛矣哉！金龍四大王之神乎。下墟里故有神廟，而杭之人以其僻遠，瞻禮非便，康熙中建行殿於北新關水口。其地闤闠駢坒，舳艫輻湊，居民行旅，羅拜其庭，若節春秋，敬承祀事。楹桷有赫，俎豆維虔，神歆其祀，民蒙其福。庚申、辛酉間，毁於兵燹，赬廊碧殿，蕩爲瓦礫，祠傾像毁，過者畫然。永康應敏齋方伯時寓武林，謀於城中縉紳先生及里父老，即舊址而重建焉。衆議允諧，群力咸集。地故米市，按斛集貲，積微成巨，鳩工庀材，不日而成，材美工巧，有加於昔。落成之後，靈瑞咸臻，郵籤津鼓，遊被休嘉，船車楫馬，靡不利賴。麗牲之碑，例宜有銘，五六年來，缺焉未備。余蘇杭往來，無歲不經由祠下，敬念朝廷祀典之重與里人崇德報功之意，爰述都較，永毖來兹。銘曰：

忠義之氣，彌綸天地。神之爲神，惟忠惟義。冥以水死，黑帝是臣。矧兹毅魄，宜爲明神。明祖龍興，神力來助。挽河逆流，偉哉一怒。方今戰守，江海兼籌。樓船雲集，礮火星流。憑藉威棱，掃除澒洞。前導馮夷，後隨胥種。新廟翼翼，永鎮河㬉。靈承勿替，於萬斯年。

杭州普濟堂記

杭之有普濟堂，蓋自阮文達公撫浙時始，踵而成之者蔣撫軍攸銛、高撫軍杞、李觀察坦及里人高宗元與丁詠也。庚申、辛酉之亂，堂毁於兵。大亂既定，百廢粗舉，而普濟堂於是乎復建，則又創始於蔣果敏公，而高都轉卿培、李司馬國賢與紳士丁君丙實左右之，先後六十年間，四姓適相符合，杭之人咸以爲奇。

先是堂中可容千人，嘗鎸蘇文忠「高堂會食羅千夫」之句於怡安堂壁，及其復建也，則當事者鑒於從前圍城中絶糧之厄，割堂之南隅地數畝，别建義倉，而堂基遂狹於前，乃於堂之右購孫氏屋地以裨益之，而堂中規模亦日以美備。曰栖流所，以待羈旅之窮民；曰醫局，以待病者；曰接嬰，以全活嬰倪；曰正蒙義塾，以教育孤寒子弟。而清節堂，而恤灾所，則仍舊貫而更擴之。凡此條例，皆丁君暨其兄申與徐君恩綬、林君一枝、高君光煦斟酌損益以臻厥成。丁君綜理省會善舉靡不井井，而於普濟堂尤盡心焉。籌墊巨款至數萬，金堂之中就養者五百餘人，堂之外待以舉火者千有餘户。僉曰：不再開拓將不足以容。乃買東銓第沈氏故址如干畝，爲將來增建屋宇之地。自此堂基益廣，堂規益宏，不特千夫會食可復當時之盛，或且倍蓰其舊，不難矣。上以副聖天子子惠困窮之意，下以盡吾儒吉凶與民同患之義，豈不懿歟？堂在仁和、義同二圖及前衛右所，凡爲地四十餘畝。夫善作貴乎善成，而能創期於能守，不有記載，後無徵焉。余主詁經講席，垂三十年，粗習杭事，故因孫君樹禮之請，記其崖較而勒之石。

喻志韶編修寒機課讀圖記

光緒二十一年，余孫陛雲不赴禮部之試，已而《題名小録》出，余略一流覽，無甚熟識者，亦漫置之而已。及鼎甲姓名傳至吴中，浙人之在蘇者咸喧傳曰：「吾浙得榜眼矣，則黄岩喻君長霖其人也。」陛雲曰：「此君字志韶，乃乙酉歲與我同舉於鄉者也。」其明年，余來西湖，君已請假旋里。循詞館舊章，具白柬，介其舅氏王子莊孝廉投書於余，余讀之，乃嘆曰：「君之掇巍科，享大名，宜矣哉！」蓋君之父西塘先生，固義士也，而母王太宜人，又節母也。同治中粤寇犯台州及黄岩，西塘先生集鄉團禦賊，力竭死之。君年甫七歲，亦陷賊中。王太宜人籲告親故，稱貸銀錢，百計營求，始得贖之以歸。大亂之後，資用蕩然，生計之艱蓋可知矣。太宜人念家世單寒，先夫始自奮於學，賫志而殁，藐是遺孤，庶成父志，故雖辛苦墊隘，課讀益嚴。蓋太宜人乃文學梅庵先生之女，梅庵先生余嘗銘其墓，稱爲敦行不怠，古之君子。太宜人幼承其教，女而有士行者，故能躬課其子，然卒以貧故，長子三子皆先後輟學，而君則讀書如故。太宜人從其姑夜織，君輒就機前執卷咿唔，其三子日則從其兄耕，夜則仍從其母讀，機聲書聲，丙夜未休。今君貴矣，而其三子亦名在庠序，太宜人之意其可大慰乎！

君憫母氏之劬勞，又念幼時孤苦之狀，繪《寒機課讀圖》以紀之，距課讀之時已二十餘年矣。君之言曰：「杭之餘杭、嚴之桐廬、金之義烏、紹之嵊縣、台之黄岩皆有喻氏，而皆不甚著，三百年來無讀書成名者，吾台喻氏尤微，後世溯家學之淵源，當自吾母始。」余聞之而有慨焉。宋吴曾《能改齋漫録》引《芸閣姓苑》云：喻氏出鄭公子渝彌，然《左傳》實作俞彌，不作渝彌。《隋書・經籍志》云：《西河記》二卷，記張重華事，晉侍御史喻歸撰。而《晉書・張重華傳》則云「御史俞歸」，喻歸、俞歸必是一人，則喻氏俞氏實爲一姓，詳見余所著《春在堂隨筆》。吾俞氏自元時已居德清東門外之南埭，先世皆以耕兼讀，五百餘年來未有顯者。余幼時因先君子頻年客授於外，母姚太夫人自課之讀，回憶膝下授經，猶如前日，而蹉跎白首，學業無成，每一念及，爲之汗下。君則高掌遠蹠，自致青雲。异時《寒機課讀圖》必與嘉興錢氏《夜紡授經圖》同傳千古，一在浙西，一在浙東，豈非兩浙之光而喻氏之慶乎！吾孫陛雲，固君之同年，其母姚氏，余亦素稱其賢孝，因君此圖而牽連及之，亦所以勖吾孫也。

合江李氏墓廬雙桂記

古來純孝之士，思慕其親，廬居其墓，至性感孚，往往及於草木，史家所載有墓木連理者，有芝生其墓者。《晋史·孝行傳贊》云：「德之所届，有感必徵。孝哉王許，永慕蒸蒸。揮泗凋柏，對梘巢鷹。」洵不虚矣。合江李霽嵐先生，君子人也。咸豐五年，母陳淑人卒。越二年，贈公繼之，既營葬於龍德山之原，先生築室於塲，塊然獨處，綿歷五年，手種雙桂，今森然參天，秋日花開，香聞數里，哲嗣紫璈明府屬其友繪《墓廬雙桂圖》紀之。宋時錢文僖留守西都，起雙桂樓，歐陽永叔、尹師魯皆爲之記。况至性至情，垂芳遺藻，非特君子之澤，抑亦蓼儀之思，宜有記載以播風徽。昔蘭溪高子章先塋有兩桂樹，杜端父賦詩云「對此儼然前輩是」，此可爲先生咏。若世俗所傳，宋平章馬廷鸞手植桂樹，百年猶在，平章降神題句有云：「五百年丹桂，時來應放狀元花。」此則雖可爲李氏卜，轉不足爲先生重矣。

朱修庭觀察賓園記

修庭觀察於吴下寓廬之後，購得隙地而闢爲園，經之營之，以底於成，乞余文以記之。時余宣暑杜門，未及往覽其勝也，承以圖見示，東西之廣六丈而弱，南北之修七丈而强。有池粼粼然，摇青而涵緑也。有石峨峨然，帖蘚而黏苔也。南向有樓，顔曰尺五樓，可以登高明、遠眺望也。東向有屋如舟，顔曰定風波舫，可以獨浪烟霞、高卧風月也。池之東有亭，與定風波舫相對，則命之曰船照亭。池之西又有小樓，文窗窈窕，鑾隔玲瓏，稍參以西法，則命之曰寶墨榭，以藏董思翁所書《歸去來辭》石刻也。此外小橋略彴，修廊回環，蓋園雖不甚寬，而園所應有者無不備具，亦可見其意匠之巧矣。余問此園何名，則曰賓園。余請其説，君曰：「人生如寄耳，凡功名富貴皆儻來之物，下此宫室車馬尤外之外者矣。《平泉草木》，殷殷垂戒，無乃所見之不廣。斯園也成，人皆以吾爲斯園之主，不知吾亦賓也。春秋佳日，良朋萃止，一觴一咏，聽客所爲。於其東别闢小門以達於外，入門看竹可以不問主人，故名之曰賓也。」余乃嘆曰：「達哉斯語乎！孔子無我，佛氏亦無我。君能泯人我之見，已貫通儒釋之旨矣。」嘗讀陳椒峰先生玉璂《學文堂集》，有《客園記》，其略云：「陳子因所居西遍隙地，種竹、累石、鑿池，環繞左右，名曰客園。園雖創於陳子，凡陳子之客，皆可往來坐卧於其間，陳子不得而私焉，故曰客也。」君之賓園與陳子之客園，抑何其不謀而適合歟！達人大觀，寓意於物而不留意於物，所見略同矣。余自號賓萌，以賓萌游賓園，無喧賓奪主之嫌。伏暑既徂，凉風告至，余將與君坐定風波舫、登尺五樓，而爲斯園賓中之賓矣。

昭慶寺重建戒壇記

自優波離尊者口傳律藏，而戒律以興，其在中土，則漢靈帝時有天竺五桑門支法顗等，始於長安譯《四分戒》，遞傳至元魏法聰律師，始開四分之宗。又傳至唐貞觀中終南山澄照律師，而南山之宗立焉，釋其義者多至六十家。其後惟宋時昭慶真悟律師允堪，作《會正記》，超出六十家釋義之上，是故天下言戒律者歸昭慶。昭慶之有戒壇，建於宋太平興國三年，經始者爲永智律師，而真悟繼之，昭慶律宗於是大振。壇之興廢不常，然旋廢旋興，不久而復，蓋衆信所歸，成之自易也。咸豐之季，杭州再陷，寺爲焦土，收復之後，有羽高律師者，誅茅爲屋，聊蔽風雨，江蘇信士張月葮捐貲重建法乳堂五楹，餘未逮也。光緒四年，今住持律師發朗，慨發宏願，冀還舊觀，監院僧蓮舟助之經營，於是善信景從，檀施雲集。凡六和堂、緑野堂、蓮喻室、祖師殿、伽藍殿、齋堂、客堂、庫樓、寮房次第告成，而戒壇猶有待也。爰有錢唐丁君松生，與吴興龐君萊臣、張君定甫過而嘆曰：「昭慶以戒律聞天下，而傳戒無壇，非獨佛門之不光，抑亦杭郡之羞也。」乃出巨貲重建戒壇，又以餘力建法壽堂，贖還放生池，而寺之舊觀盡復。都凡用洋錢八萬有奇，而戒壇所費居四之一。戒壇既建，仍依故事，春冬傳戒，僧俗畢集，信受奉行，而昭慶律宗於是乎又復振。昔顔魯公有《撫州戒壇記》，陸長源有《會善寺戒壇記》，作而無述，後將奚稱？余每歲春秋兩至湖上，與聞盛事，樂觀厥成，乃爲之記，并係以銘。銘曰：

寺以律名，律以戒成。戒必爲壇，有基無傾。况兹勝地，然鐙以生。豈其靈迹，可付榛荆。鳩工庀材，是經是營。昔傳地涌，今又峥嶸。春冬兩戒，萬衆歸誠。更千百年，佛法昌明。上鞏皇圖，下佑黎萌。

剡源先正祠記

韓文公稱古鄉先生殁而祭於社，此語不知出何書，昌黎之文當必有本。《文王世子篇》：「凡釋奠必有合，有國故則否。」所謂國故者，國之先聖先賢，釋奠於學則祭之。今學校祀鄉賢當起於此，而非祭於社也。《史記·封禪書》言「亳有三社主之祠」，此三社主不知何人，豈鄉先生之殁而祭於社者歟？以是推之，則上文言雍有九臣、十三臣，《索隱》謂不見名數所出，或亦其類歟！夫過大梁者，伫想於夷門，游九京者，流連於隨會。庚桑子居畏壘之山，尚有尸而祝之者，况其人已往歟！然則裒集其人，合爲一祠而俎豆之，固亦禮之所應有矣。

吾浙甯波所屬有奉化者，縣境遼闊，分爲八鄉，剡源者，八鄉之一也。剡源溪自四明山來，經由其地，凡有九曲。鄉之人有趙君霈濤者，一鄉之望也，以邑志久未修輯，力所不逮，乃自纂修《剡源鄉志》。告成之後，慨然曰：「吾鄉雖地瘠民貧，而代有高人逸士。縣學鄉賢祠闕略未及，生其鄉者，不爲表彰，則年載既遠，安知不付之湮没乎？」乃糾合同志，集貲建祠於丹山赤水洞天之麓，名曰「剡源先正祠」。其地在剡源之中，介五六曲之間，所祀自宋免解進士樊公紱以下，至皇朝孝子張公立沚，凡三十七人。辜較所費洋泉六百有奇，又捐田四十五畝爲祭祀之用，若節春秋，潔治牲醴，與鄉中父老子弟瞻拜祠下，亦一盛舉也。宋寶慶間，袁韶知臨安府，建許山以下三十九人之祠，事與此類，然彼猶官爲之，而趙君乃以鄉人力成其事，可謂有志竟成者矣。趙君有令子曰文衡，字平之，肄業於詁經精舍，言於余，請爲記。烏呼！方今風俗亦少漓矣，苟能推此意而遍行之，使鄉之人皆有所矜式，薰其德而善良，人人親其親、長其長，不讀非聖之書，不爲高世之論，庶可以樹吾道之閑而奪异學之幟乎！古人祭鄉先生於社，其意蓋在此。孔子曰：「觀於鄉而知王道之易易也。」吾於斯祠徵之矣。

杭州白衣寺移建觀音殿記

杭州天竺講寺供奉觀世音聖像，歷代崇奉，靈迹昭然，每至春日，士女進香者以千萬億計，雖東海普陀落伽山，固觀世音菩薩道場，而其僧衆亦必朝禮天竺，雖遠弗憚。來者既衆，城外海潮、昭慶諸叢林，錫影瓶光，在處皆滿，而城中獨無經行宴坐之地，咸以爲憾。道光初有佛頂山僧曰：果禪者，於城中王馬巷訪得好木庵故址，乃好木禪師栖隱之所，事載《府志》，因即於其地，誅茅爲廬而創始焉。經營兩載，始克有成，建立殿宇，奉事觀音，爰名之曰白衣寺。然財力既未能充足，而地址又有所限，遂使殿門不得南嚮，出入稍迂。果禪以爲未慊，示寂之際猶耿耿不去諸懷。光緒二十年，住持僧本應以老退院，俾其徒印悟由城東藥師庵移主此寺，乃力以振興自任。諸搢紳先生鑒其意誠，亦樂成之，用能恢拓寺基，補建僧寮，爲殿爲堂凡七十三楹，寺前餘地，購而有之，殿門遂得南向，以便出入。又築壁其前，爲之屏蔽，以壯觀瞻。工竣之後，大衆來觀，碧殿赬廊，規模美備，咸合十而嘆曰：「果禪未了之心願，成於此矣。」此豈獨普陀僧衆來朝天竺者有挂錫之所哉！心香無礙，即以此作天竺觀可也。余因爲記，以志其成。

高宗賜錢文端公詩卷記

乾隆十有七年，錢文端公引疾歸里，高廟賜詩以寵其歸，今詩卷猶在。光緒二十三年，其裔孫怡甫觀察出以示余，伏念乾隆一朝，極千古未有之盛，公遭際盛時，明良遇合，亦極千古未有之隆。自公殁以來一百二十三年，而此卷有神物護持，至今世守勿失。因思杭州徐文穆公於乾隆九年告歸，高廟賜五言律詩一章，同朝自鄂文端、張文和以下恭和者十有四人，嵇文敏奉敕書爲長卷，其卷亦至今尚在。余於其裔孫花農太史所得敬觀焉。今又獲睹此卷，歐陽永叔記仁宗御書飛白，言御書所在將有榮光起而燭天，今浙東數百里間，錢與徐兩家藏此瑰寶，雲章爛然，輝映日月，必將如歐陽所云矣。花農在翰林頗有聲，而怡甫起家劇縣，旂陟監司，其勛業尤未可限量，又以見世家喬木之與國運共靈長也。

附詩二首

二老東南錢與沈，純皇親許兩詩人。高宗詩云「二老江浙之大老」，又云「沈期錢起兩詩人」，謂公與沈文慤。至今百有餘年後，御墨淋漓色尚新。

看取榮光上燭天，賡歌盛事憶當年。邇英歲拜天家賜，知是雲章第幾篇。高宗賜公詩甚多，非止此一篇也。

歐陽公記仁宗飛白自稱余，東坡記仁宗飛白則稱臣，論者或以蘇爲得體。余以此卷藏於私家，非觀於内府也，若用蘇例，則首行應書故刑部左侍郎錢某，似亦非所以應其子孫之求，故仍用歐例。

孤山忠節祠記

杭州保安坊故有忠節祠，見阮文達所刊《兩浙防護録》，祀宋太學生巨翁徐公者也。公諱應鑣，江山人。德祐二年瀛國公入燕，三學生百餘人皆從。公誓不北行，登太學雲梯樓自焚，其僕破壁掖之出。翌日，挈子女投井死。益王立於福州，贈朝奉郎秘閣修撰，學者私謚正節先生。今其墓在方家峪，其祠則不知何時由城中移建孤山。然國朝周三燮《抱玉堂集》載：徐問蘧十世從祖，諱江山，字伯仁，别字六橋，明正德辛巳進士，官至尚寶卿，問蘧承其祀，附其主於孤山歲寒岩忠節公祠，并訪得其繼室施宜人墓志，移置祠中，則祠在孤山由來舊矣。不稱正節而稱忠節者，或正節其私謚，而忠節乃後來之褒封歟？咸豐之季，祠毁於兵，同治、光緒間，有徐氏之裔來自湖州，謀復建之，就錢唐丁君松生而詢顛末，詳告之而去，亦不知果建否。越二十餘年，丁君游孤山，則已儼然有祠，而祠又頹圮，日光穿漏，四壁僅存。問其鄰林公祠之守者，則云祠裔或歲來一祭，或比歲不來祭，祠無守者，群丐踞其中，故圮壞至此耳。入而視之，則正節先生暨公子曰琦、曰崧及女元孃之位皆在，此外又有題宋贈諫議大夫諱應鐮、宋贈進士諱琨者，或其兄若弟及兄弟之子歟？又有宋贈忠懿夫人方氏，則不知何人矣。入明代則有兵部尚書謚貞襄，諱琦者，又有二十四世授禮部儒士曰近湖公者，二十五世錢唐庠生曰暗生公者，至本朝有工部右侍郎、總督漕運謚清獻，諱旭齡者，又有二十七、八世某某諸位，而江蘇巡撫謚莊愍，諱有壬，其最後一位也。然則公雖衢人，而其子孫實分處杭、湖兩郡，故杭、湖徐氏皆與焉。丁君周覽其間，嘆曰：及今不修，此祠又廢矣。夫水原木本之思，徐氏一家之私也，若夫高山仰止，景行行止。過大梁者，佇想夷門，游九原者，流連隨會，則固人人共有此心者也。因與其友鄒君典三、張君寅伯謀葺而新之，又以六橋先生之位祠中缺焉，爲補立之。既畢工，求記於余，以垂永久。余惟此祠也，以正節先生爲首，而以莊愍公殿之，五百年來大節凜然，後先輝映，洵可與四賢、六君子祠同爲孤山生色矣。丁君此舉，不獨表章先哲，矜式後來，抑亦懦立頑廉，有功名教者也。余所寓樓即在孤山之陽，距祠最近，异日腰脚稍健，扶杖登山，躬拜祠下，溯遺芳而仰餘烈，益嘆丁君所見者遠矣。

李藝淵觀察慕萊堂記

慕萊堂者，李藝淵觀察守臨江時所築，以識其思親之誠意者也。臨江故有老萊子遺迹，按老萊子，楚人，《史記》附見《老子列傳》，而《正義》引《列仙傳》稱其却楚聘，去，之江南，則渝水淦山間爲其避世所至，故老相傳，自當不妄。觀察守是郡時，二親皆在，而戀枌榆之樂，謝軒冕之榮，安車迎養，屢請不至。觀察有白雲親舍之思，慕萊之堂所以築也。未幾，而太夫人棄養，不久，而封翁亦捐館舍。晋孫綽《表哀詩序》云：「親存則歡泰，親亡則哀悴。老萊婆娑於膝下，曾閔泣血於終年。」今也萊子之婆娑未逮，而曾閔之泣血隨之。慕萊之堂一變而爲樊仲平之永慕堂，宜觀察之仰戀而俯嘆矣。然余竊有爲觀察慰者，明永樂時，崇仁有李思明者，宰閩之福安縣，效老萊子娱親故事，扁所居堂曰戲彩，爲其母祝七十壽，一時士大夫咸爲歌詩以美之。而同時王克義爲之序，并推論其後曰：「老萊子隱逸未仕，思明則彩衣而圭組矣。當敷萊子之德，移孝爲忠，以報朝廷之知遇，而顯親揚名，以家之肥爲國之肥，不啻戲彩云爾也。」斯言也，余甚韙之，敬爲觀察誦之。夫思明一邑宰耳，觀察則由五馬而八騶，從此陳臬開藩，敭歷中外，其功業必有卓然可傳者，非如思明之名迹，寂寥無聞也。然則我朝邵陽李氏之慕萊堂，必大過前明崇仁李氏之戲彩堂矣。

德清重建儒學記

吾邑之有學，創建於宋大中祥符三年，本在縣治之南。明正統六年，始移於今所。嗣後屢圮屢修，具詳邑乘，可無述焉。咸豐之季，吾邑再陷於賊。同治三年，官軍收復縣城，城郭荊榛，市廛煨燼，而學宫亦全毁矣。邑士大夫馮君壽鏡、丁君毓琨、胡君汝聯、蔡君兆騏、丁君覺源、沈郡駿飛合謀修復，鳩工庀材，撖捐從事。邑侯旌德劉公蘭敏言於方伯，發洋錢二千以濟工用。乃重建大成殿并東西兩廡，於殿東北隅建崇聖祠，又於東建名宦祠，於西建鄉賢祠，大門、二門及櫺星門次第落成，而經費已竭，明倫堂及兩博士齋均未之建。至光緒二十二年，武昌黄公大華來宰吾邑，慨然曰：「學以明倫也，堂之不建，倫何以明？」乃捐廉俸銀洋錢三百以爲之倡，邑紳前署奉天東邊道徐君本衡捐錢如其數。邑之人士聞是舉也，咸大用勸，集貲至三千四百千有奇。又得徐君士駿、施君涵、高君振垣、沈君汝楷、戴君湘、徐君肇基、許君德修、沈君光裕董理其事，閲實其功，都凡明倫堂五間、正副兩博士齋各十間，經始於光緒二十三年八月，至二十四年歲在戊戌，而一律告成。是歲也，吾孫陛雲適以第三人及第，於是邑之人咸喜曰：「吾邑進士，入國朝來一甲一名者二人，一甲二名者亦二人，而一甲三名未有其人，今學宫之工畢而三鼎甲全，庸非其驗歟？」余曰：不然，科名雖出於學校，而學校固不獨以科名重。吾郡屬縣凡七，而自烏程、歸安，外吾邑爲盛，不特科名然也，即論學術亦然。蓋天目之水龍飛鳳舞以走臨安，必先經由吾邑，鍾其靈秀，聚爲英華，故歷代以來人材輩出，國朝二百餘年尤稱極盛。先達諸公其登岩廊、位卿貳者，皆卓然爲時名臣，次之亦能以政事、文學自見。一二老師宿儒，又能原本經史，發爲文章，垂爲著述，以紹續儒先，嘉惠來者。吾邑大家舊推四姓：曰徐、曰胡、曰談、曰蔡。而沈而許亦右族也，稽其譜牒，咸有傳人。余生也晚，未獲親炙，然自童稚以來耳目所及，如三江、三戚、三戴并以兄弟競爽，推重一時，亦吾邑之美談也。方今朝廷力求振興，尤以人材爲重，士生其時，宜如何争自磨勵以副上求哉！夫取士之道雖或不同，而原本經史以爲之根柢，則固萬變而不離其宗者也。吾儕幸學宫之落成，入其門拜其堂下，肅然而觀，穆然而思，思鄉先達之流風餘韵，父以勉其子，兄以勉其弟，則學術盛而科名亦盛。上以副朝廷敬教勸學之心，下以副賢有司化民成俗之意，與邑士大夫辛勤集事之苦心，必有在矣。余衰且老，猶惓惓然爲吾桑梓之邦望也。

嘉興陳氏祭田記

自咸豐、同治以來，大亂既平，士大夫敬宗收族，以義莊求記於余者七八家，而祭田未有聞焉，今乃得之於嘉興陳氏。夫義莊必兼祭田，而祭田不必兼義莊，似義莊爲勝矣。然推建置義莊之意在庇佑其後人，而設立祭田之心，在承祀其先祖。士無田則不祭，是故祭田尤重也。嘉興陳氏自宋南渡時遷居平湖縣之務航橋，明宏治間又遷感化鄉之香莊橋，至今猶以陳氏村名其地，萬曆間遷於郡城，國初順治間又遷嘉興縣永豐鄉，未幾又遷還郡城。所居曰洲東灣，築室曰式穀居，傳子及孫，代有聞人。乾嘉以來，科名極盛，户口亦繁，而家事亦日益饒衍，於是廣置祭田以供粢盛牲醴之用，累世皆如是，積而計之，其爲田多矣。咸豐之季，浙西大亂，舉族倉皇出走，轉徙流離，死亡相繼。亂定復還，而人丁寥落，門户衰微，祭田亦蕪穢不可問。三十年來，稍稍整理，荒者治之，缺者補之，而後克復其先世之舊，按畝而稽之，無絀焉。咸喜曰：祭田復矣。雖然，祭田固傳之百世者也，歷世久遠，子姓繁多，其賢者擴充之，其愿者持守之，若降而下之，則有不可究詰者矣。祭器不鬻，而况祭田，是宜有記，以傳播遠近，垂示來兹，使衆皆知某阡某陌爲某氏之祭田，則覬覦之徒絶矣。族之人皆曰然。其族長老曰澤曾字穎樓者寓書於余，而求記焉，余嘗讀《楚茨》之詩矣，其首章曰：「我黍與與，我稷翼翼。我倉既盈，我庾維億。以爲酒食，以享以祀。以妥以侑，以介景福。」此即古有祭田之證。其卒章曰：「子子孫孫，勿替引之。」嗚呼！何古人思慮之深長哉！蓋詩人之意固望其引之也，而詩人之意又慮其替之也。於引之之時而豫爲勿替之計，此必有道矣。余以祭田尤重於義莊，嘉陳氏子孫能於干戈烽燧之餘，復其倉盈庾億之故，而又能規畫久遠，使子子孫孫有其引之，莫或替之，是皆可記也。陳氏之復祭田，舉族聚謀，而有寶灤字廉夫者其力爲多，余於廉夫之先德有同歲生之誼，故不辭而爲之記。至其祭田若干畝，則陳氏已編次成書，并先代墓域，皆繪圖以附於後，詳且盡矣，余不贅焉。

新陽王氏義莊記

自來言義莊者，莫不盛稱范文正公，而余所稱道弗置者，則尤在鉛山劉氏之義榮社。按宋王闢之《澠水燕談》云：鉛山劉輝，嘉祐中連冠國庠，得大理評事，簽書建康軍判官，哀族人之不能爲生者，買田數百畝以養之，縣大夫易其里曰「義榮社」。夫范文正之爲義莊，在既登兩府之後，名位既顯，物力自充。若劉輝雖冠國庠，僅居末秩而買田贍族，爲人所難。其規模或稍遜於范氏，而其義甚高，其榮亦不可没，義榮之名，洵足千古矣。乃今又得之於新陽王氏。王氏本江蘇太倉州人，其先世遷於新陽，遂籍新陽。王君景翰，字若翬，光緒元年恩科舉人，七應禮部試，名動公卿間，然竟不售，遂絶意進取。歸而治生，量入爲出，力行節儉，家故不豐，至是稍裕，乃慨然曰：「吾忽獨豐乎哉！」蓋君累世皆勇於爲義，君父上舍君諱承露，嘗有建立義莊之意。君承其訓，力以自任，節衣縮食，蘄成厥志，撙捐數年，始買田一千餘畝，立爲義莊，又買地一區，建屋十六椽，置爲莊屋，都凡用白金四千一百十兩而有奇。每年所入，除以錢漕納官外，悉以供祭祀之用及族人喪葬婚嫁之需，其貧不能自存者，計月而予之米，其讀書而應試者，大小試皆有助。君手定莊規十則，條理秩然。其事甫定，遽捐館舍，有令子曰慶祉，具其本末上於臺司，咨部立案以垂永久，而徵文於余以爲之記。余惟我國家重仁襲義，久道化成，士大夫之建置義莊者所在多有，而見於吾文者亦六七家矣，獨於王氏此舉，尤所敬仰，何也？蓋視劉氏義榮社而更有加焉。夫劉氏，初登仕籍，家無餘資，克成義舉，固已難矣。然劉輝崇政殿試第一，以大理評事爲建康判官，雖名位不逮范文正，要是歷歷仕途者也。君一舉於鄉，僅就校官之職，銖積寸累，有志竟成，免一族貧乏之憂，成先人未竟之志。劉氏之田止以百計，君之田則以千計，垂示後昆，風勵當世，豈不偉歟！余文鄙陋，懼不足以張此高義，重違其請，謹記𦓠較，并係以銘。銘曰：

義莊之名，群推范氏。吾於劉氏，尤所深企。懿歟王君，殆其繼起。拮据經營，有進無止。積少至多，累微成巨。良田千畝，歲收萬秭。以贍族人，以承先旨。百世而下，繼承無已。推尋所自，實自君始。宜曰義榮，以表其里。

吴縣陳氏義莊記

光緒二十二年冬，江蘇巡撫趙公上言：吴縣員外郎銜候選主事陳宗浩，以其曾祖三品封職陳充然篤於族誼，議建義莊而力未逮，祖三品封職陳坦、本生祖六品封職陳垠、父三品封職陳傳鉞竭力經營，未竟其事。宗培敬承先志，創建義莊，先後購得長洲、元和兩縣則田一千九十三畝有奇，歲收租米除完國課及春秋祭祀外，凡族中鰥寡孤獨及廢疾者皆有養，凡族中婚嫁喪葬皆有助。又於吴縣境内購得房屋一區，作爲莊房，於元和縣境内購得市屋一區，永遠歸義莊執管，造具册結，由學牒縣，由縣申府，由府申司，由司轉詳前來，謹恭疏具題。詔下部議，議給「樂善好施」字建坊旌之，天子俞焉。於是陳氏義莊之名大著，而其規制之善、經畫之周，亦有非他義莊所及者。蓋陳君創建之後，其族叔父國光、族兄弟清綬、清熙、秉哲及從子世標、恩梓、恩澤等又襄助之，續置祭田若干畝，市屋若干區。陳君用銀三萬八千六百兩有奇，合之國光等所助者，幸較可四萬兩，經費充裕，思慮精詳。余讀其所輯規條三十有六，存者有教養之資，殁者有祭葬之助。立主奉、主管各一人，互相董理，每歲所入，用七留三，以備不虞。族有争訟，不得越義莊而徑訴官司。歲入所餘，封藏鐵櫃，不得借貸取利。凡此之類，皆可以示子孫，垂久遠。近來士大夫所建義莊多矣，見於吾文者亦非一家矣，未見有規條之善如此者也。陳氏自明嘉靖間有諱通字北溪者，始自豫遷吴，是爲始祖。國朝乾隆間有諱亮字旭如者，建宗祠於虎邱山塘，而族於是始大。然數百年來，惟以忠厚孝弟相傳勿替，而未有大顯於世者。義莊立，而凡子弟貧不能從師者，每年予學費錢六千，每月朔望均令至莊察課，優者有獎。其後又於義莊之中設立家塾，先開兩齋：曰經塾，曰蒙塾。吾見自此以往，文藝勃興，人材輩出，陳氏之昌未有艾矣。定海黄君元同已爲之記，而陳君又求記於余。余惟黄君之言推論及太宰九兩繫民〔一〕，所見甚大，不徒爲陳氏慶，余則就事言之，蓋深爲陳氏慶也。

徐學使捐加詁經精舍經費記

光緒二十年九月，廣東學政徐以銀二千兩咨交浙江巡撫廖發典商生息，以加廣詁經精舍院長束脩、考生膏火。時余主詁經講席，議以考生膏火爲重，自來支放束脩膏火必以庫平，而來平小於庫平，以庫平折實得銀一千八百二十四兩，按月八釐生息，每年得息銀一百七十五兩一錢有

〔一〕 民，原訛作「氏」，據《周禮·天官》改。

四鼇，乃加望課，内課五名，每名每月一兩二錢，外課十名，每名每月六錢，歲行十課，共銀一百二十兩，餘銀加院長束脩，截零歸整，得五十五兩，遇閏息增則加内課一名，無閏不加。精舍之人僉曰：「美哉，斯舉也！不可不記。」爰刻石銜壁，以垂永久。徐君名琪，仁和人，舊肄業於是者也。

雲岫寺藏經閣記

武康縣之東南有雲岫山焉，周九里，高八十丈。其下有雲岫寺，創始於元至正，重修於明萬曆，國朝乾隆中又修葺之。及咸豐之亂，寺毁於兵，大難既平，乃謀修復。則有廣嚴禪師者，紹興人也，年二十，祝髮於羅山栖賢寺，同治庚午之歲來主雲岫，苦行清修，遐邇敬仰。於是善信景從，檀施雲集，自大殿、天王殿以及齋舍、禪堂，無不焕然一新。又以亂後經典散佚，禪誦無資，恭詣京師請藏經全部以歸，建藏經閣以庋之，而求記於余。余惟國朝雍正間開藏經館，刊刻《藏經》，至乾隆二年而後告成，自天字至機字共七百二十四號，可謂集佛海之大成矣。其時孝豐百福寺僧真蓮曾預校閲之役，歷百六十年而武康有藏經閣之建。廣嚴禪師道行之高不在真蓮下，《龍藏》所在，佛天保護一切天人、阿修羅，過是閣者，咸合掌恭敬，以諸華香而散其處。從此年穀順成，人民康樂，於以銷劫運而迓和甘，則兹閣也豈徒龍象之光而已哉！武康與吾邑接壤，余雖衰老，或明春腰脚稍健，扁舟一葉來泛前溪，當可訪禪師於聽經樓，稍領《般若》《華嚴》《寶積》《涅槃》諸大部之西來微義也。

李公祠記

光緒十六年，秋亭李公以積勞病殁於漠河礦局，天子憫焉，贈内閣學士銜，詔於原籍及長春廳及漠河金廠咸建專祠。已而原籍無錫縣專祠告成，求記於余。余謂公之功不在一隅，公之祠亦不止一處，兹祠雖建於原籍，然記公之祠、書公之事固宜舉其大者。最公一生行事，其隨同淮軍克復常州、無錫、金匱、宜興、荆溪諸城，及籌備甘捐，轉運軍械饁餉以濟西征之師，則功在軍旅。其創義振以振淮、徐、海、沭之饑，遠而及於山東、直隸，集貲數十萬金，全活數十萬衆，則德在生民。其權吉林府也，攤丁於地，以杜胥吏之擾，禁市用空券，以懲民之誑豫。其權長春廳也，禽斬大盜苗青山以靖閭閻，請永免廓爾羅斯公地加租以蘇民困，創設養正書院以興文教，此又其政在邊陲者也。然此猶非其大者，其大者則在與俄交涉諸事。自通商以來，若英、若法、若美、若德并交於中國，然皆隔絶大海，惟俄與我壤地相接，識者謂今之天下猶古戰國也。戰國之大患在秦，今日之大患在俄。自咸豐間，中原多故，未遑措意東方，俄遂乘間蠶食我邊地，中朝雖特命大臣履定疆圉，而迄未能如約畫界。公前後從將軍銘安督辦吉林防務、大臣吴大澂出關疆理其事。按《中俄條約》，自瑚布圖河至圖門江口嶺以西皆屬中國，距江口二十里設立界牌，地圖以紅綫爲界。而前之定界者，誤以嶺西罕奇毛口嵗諸處畫置綫外，俄復於中國界綫内黑頂子之地私設卡倫，距江口幾及百里。公責令退還侵地，重立界牌。琿春東有蘇城溝者，地陷於俄，民瀕於死，公招之還，授之田，華民數千户得生聚如故。又有八道河華民王純依，爲俄人焚其棚，殺其人。公與俄官廓米薩爾力争，卒論俄人如律。俄欲於東三省要地設領事官，公執不可乃止。俄頗憚公爲人，呼之曰「李知府」，不敢名。及將治礦於漠河，適有精奇河勘界之議。朝議即以屬公，公與俄定期會議，而當事者又依違不果。公曰：「吾可得罪於上官，不可失信於俄人。」投袂而往，使得伸公之意，則疆界一定，俄患其少衰乎？嗚呼！此公所以義憤填膺而不能自已者歟！

其治漠河之礦也，或以地苦寒勸勿往。公曰：「凡治礦皆爲利，我治礦非爲利也。漠河與俄止一江之隔，俄三十里置一堡，堡設兵數百，眈眈於漠河久矣。我此行也，聚財聚人，借開礦爲治邊之計耳。」披榛伐木，裹糧就道，由墨爾根入山，皆自古人迹不到之境。鑿行四十餘日，始抵漠河。營造屋宇，招倈流民，訓練勇丁，創立廛次。而産金之硐在萬山中，深林密箐，夏不解凍，秋即雨雪，縋深椎險，艱苦萬狀。公經理有方，以次開拓。自光緒十四年開工，十五年出金萬九千兩有奇，十六年正月至八月出金萬八千兩有奇，成效甫著，而公病矣。病中猶以往來必假俄道、乘俄船，異日懼爲所梗，欲自漠河開直道，南至齊齊哈爾城；復造舟，由松花江溯流而上，達漠河，分水陸兩道，以便轉輸。建議未行，賫志以殁。疆臣悼嘆，廷論惋惜，蓋非止區區爲開礦計矣。

公諱金墉，秋亭其字也。江蘇無錫人。由同知歷官至吉林侯補道，加二品銜。余因無錫原籍專祠落成而爲之記，敬舉其大者，宣示後人，非徒爲一鄉矜式而已。將以推明聖天子眷懷勞藎、風勵臣庶之義，使後之拜公祠者聞公之風，行公之志，以固邊竟之籓籬，而戢外人之覬覦，此則朝廷敕建斯祠之深意也夫。至公一生事迹，上有國史，下有墓志，不具書。

丁氏松夢寮記

丁君松生，以松自號，意其有取於松乎！《莊子》云：「受命于地〔一〕，惟松柏獨也正，冬夏青

〔一〕 地，原訛作「天」，據《莊子・德充符》改。

青。」宜君之有深契矣。然余訪君，每坐於竹書堂，未見有松也。君從容語余曰：「吾所居本徐氏屋，先高祖外家也。因其後人將斥賣其屋材，吾先君不忍其毁，購爲别業。嗣後日益擴大，自正屋延慶堂、正修堂外，餘屋各以意爲之名。曰『梅溪書屋』，以越中故迹而名之，非以梅花名也；曰『樹萱堂』，以奉母而名之，非以萱草名也。惟『松夢寮』則以黄山松而得名。蓋嘗得黄山小松，愛其奇古，因以名吾寮。子盍游吾寮、觀吾松乎？」余欣然諾之。然余居湖上，入城時少，未暇也。

戊戌之秋，君以書來屬爲松夢寮記，時君已久病矣。余重違其意，乃爲記焉。按《夢書》：「松爲人君，夢松者，見君也。」稽之故事：丁固夢松，十八年而至三公，尤爲君家佳話。君居鄉里，名動公卿。當左文襄撫浙，舉君才可大用，使君應召而起，則《夢書》所占信矣，又安知不爲丁固之續乎？乃君高蹈邱園，肥遁不出，然則此夢也，乃温庭筠詩所謂「松軒塵外客，高枕自蕭疏」者，豈有膠膠擾擾者亂其神明哉？仙人葛長庚云：「太微宫中奎星之精化而爲松。松之魂，松之魄，戲白龍，翔青鳳。」君之松夢當作如是觀矣。抑又聞唐鍾輻建山齋手植一松，夢朱衣吏曰：「松圍若干，子當及第。」是又丁固後一佳夢。君老矣，然君之子及兄子皆已舉於鄉，他年及第之兆，自必有驗。君病中聞之，或亦輾然而一笑乎！

張紹歐知足知不足堂記

嘗聞蜩與鷽鳩之笑大鵬矣，曰：「我決起而飛，槍榆枋，時則不至，而控於地而已矣，奚以之九萬里而南爲？」君子曰：「善哉知足！」又聞河伯之語北海若矣：「秋水時至，百川灌河，河伯欣然自喜，以天下之美謂盡在己。至於北海，東面而視，不見水端，始望洋向若而嘆曰：『吾非至子之門，吾長見笑於大方之家。』」君子曰：「善哉知不足！」知足之説出於《老子》，所謂「知足不辱」是也；知不足之説出於《學記》，所謂「學然後知不足」是也。君子以知足之心處境，以知不足之心勸學，吾儒之説不當如是歟！乃吾則又有説焉。天下安所謂足，足即不足矣；天下安所謂不足，不足即足矣。世界至足也，散之即微塵也；微塵至不足也，合之即世界也。《金剛經》一篇，大旨在乎無實無虛。知其無實，何足之有？知其無虛，何不足之有？須菩提問如來：「發阿耨多羅三藐三菩提心，云何應住？云何降伏其心？」知足，斯能住；知不足，斯能降伏。能住，則一切法皆是佛法；能降伏，則一切法皆非佛法。是故如來説具足色身，即非具足色身，是名具足色身。又説諸相具足，即非具足，是名諸相俱足。會得此旨，足即不足，不足即足，一以貫之矣。佛理如是，儒理亦如是。子曰：「衣敝緼〔一〕袍，與衣狐貉者立而不耻者，其由也與？『不忮不求，何用不臧？』」此知足之説也，佛所謂「應如是住」也。「子路終身誦之。子曰：『是道也，何足以臧？』」此知不足之説也，佛所謂「應如是降伏」也。

張子紹歐以「知足知不足」名其堂，自蜀中數千里遺書求爲之記。書此報之張子，必笑曰：「曲園耄而荒矣！」

德清柳侯專祠記

謹按古之祀典，有功德於民則祀之，是以欒公有社、于相有祠，由來舊矣。吾邑自唐天寶元年改湖州爲吴興郡，改臨溪縣爲德清縣，於是始有德清縣之名。而其時柳公察躬實始來爲德清令，乃柳宗元之祖。柳集中《先侍御史神道表》所稱德清君，即其人也。柳公事迹雖無可考，然既殁而邑人祠之。及宋而戴侯之神興，即以柳祠故址祠之，於是祀戴兼祀柳。而後又附以葉侯，是爲吾邑三總管。考戴侯之神，其事在宋元祐時。自唐天寶至宋元祐，遠矣，而祠址

〔一〕 緼，原訛作「藴」，據《論語・子罕》改。

猶在，非有功德於民而能若是乎？至今三總管之祠，四境皆有，然皆以戴爲主，與初祠柳侯之意固大异矣。且以柳侯配葉侯，有紅社、緑社之稱，褻神殊甚。伏思吾邑神廟，以餘不亭侯孔公爲最古，其次即柳侯也。今孔廟長新而柳祠竟廢，徒隅坐於戴、葉兩神之次，春社迎賽，事同儺戲，非所以報明德、重祀典也。余訪得西門城上有柳侯祠，戴、葉兩神皆不與焉，擬請稍爲修葺，以此爲柳侯專祠，列入祠典。春秋，官爲致祭，庶足以表彰古迹、景仰前徽，使士發思古之幽情，民存不忘之遺愛，還風氣之樸茂，召雨露之和甘，於世道人心所裨非淺也。

錢唐西湖唐氏祠堂記

唐氏出於帝堯，厥姓爲祁。《唐書·宰相世系表》及鄭樵《通志》皆無异詞。然史伯之對鄭桓公也，曰：「當成周者，南有隨、唐。」韋昭注云：「隨、唐，姬姓。」則固有姬姓之唐矣，是故唐氏有二。堯之後，祁姓也；燮父之後，姬姓也。稽之前史，代有聞人。在春秋，則有若唐佼、唐苟；在戰國，則有若唐雎、唐勒；在兩漢，則有若唐滂、唐彬；至唐，而唐休璟相中宗朝。於是史家表其世系譜牒，炳然與寒門白屋迥殊矣。

吾浙錢唐之有唐氏，自宋南渡始，厥後遂爲望族。紹興間有仲仁、仲義、仲友、仲展、仲温并登進士第，世稱唐氏五仲，以爲美談。舊有祠宇在鹽官縣，年代既遠，遺址湮焉。同治中唐氏有賢者月樵君，與諸昆弟謀將建祠於西湖，而卒不果。月樵君有賢子耆年字洛英者，乃卒成之。買地於金沙港十有四畝，經始於光緒二十六年，逾年工畢。爲堂五楹，奉質肅公介爲祖，昭穆相次，秩然不紊。庭中植桐樹焉，翦桐錫封，得姓所自，封植嘉樹，以識本原，蓋固以爲姬姓之唐也。其左又闢小園，曰「金溪别業」，有梅數十株。築小軒，顔曰「香雪」。後有小池，遍栽菡萏，回廊曲榭，通以平橋，亦西湖一勝地矣。

既成，求記於余。余讀明人何喬新《椒邱文集》，有《唐氏世德堂記》，言：「廣昌金井里有衣冠之族唐氏，自祖父以謹厚稱，至彦恭以世德名堂，而其子本源求爲之記。」今洛英太守承先志建家祠，豈特如彦恭父子已哉？余之文雖不及何文肅，而錢唐金沙港唐氏之祠，視廣昌金井里唐氏之堂，固遠過之矣。文肅之言曰「勉樹厥德」，余亦何以易乎斯言！洛英勉之，吾知唐氏之德與菶菶之梧桐俱盛矣。

春在堂雜文六編二

王研香傳[一]

往年，余在西湖俞樓，有自詁經精舍來告者，曰：「一狂生日來精舍，索觀所藏書，與之不即歸，不與則怒且詢，將奈若何？」余不測爲何許人，漫應之曰：「喜觀書，亦佳士，姑聽之。」已而，其人來見，則甯海王正春字研香者也。恂恂儒雅，不類狂生。叩其所學，於經義頗得門徑。其論「大戊爲太甲子，非太甲孫」，引孔子「帝乙六世王」之言爲證，若爲太甲孫，則成湯至帝乙不止六世。其論陳亢、陳子禽爲二人，引《漢書・古今人表》爲證，又據《史記・弟子列傳》，原亢籍，在「不見書傳」四十二人之中，非陳亢，非陳子禽，若亢與子禽不得云「不見」。其論「蕃衍

[一] 此文已見《雜文五編》三。

盈升」，謂「升」爲「収」字之誤。其論「皋比」，謂「皋」字乃「虖」之异文。其論「祠兵」，引《周禮·肆師》「祭兵」證成何劭公義。其論「毋燒灰」，謂當從《吕覽》作「炭」，記文、注文均誤。此類凡數十條，余深賞之。少時致力詞章之學，遍讀漢魏六朝文，至唐而止，獨不喜蕭《選》，亦其持論之不隨流俗者也。與同縣章棖字一山者善。一山喜交游，恒戒之曰：「無益，徒費日耳。」一日同過市，一山偶衺視，輒以所持扇擊之。其行誼如此。嗚呼！是誠佳士，誰謂狂生哉！始與一山同肄業崇文書院，後爲潘嶧琴學使調入詁經精舍。光緒二十年八月戊午，應鄉試未畢，感疾卒，年三十四。有二子，皆殤，竟無子。

暴方子傳

暴方子名式昭，河南滑縣人。祖名大儒，字超亭，官江西知縣。方子以巡檢指省江蘇，補平望司巡檢。刻苦自厲，非其分所應得，一錢不取。雖其母不能具甘旨，妻子無論也。時譚叙初中丞以蘇藩護理巡撫，禁博、禁妓、禁食鴉片烟。方子平日不以此爲利，文到奉行，諸弊竟絶。譚公嘉之，舉薦賢守令數人，方子與焉。詔軍機處存記，會以母憂去官。免喪，復至江蘇，補吴縣角頭司巡檢。清操愈厲，曰：「吾母在尚爾，今豈爲妻孥計温飽哉？」角頭司駐太湖西山。方子布衣芒屩，徜徉山水間。遇先賢祠墓，每刻石表識之。又訪求山中遺老詩文集，刻以行世。公事之暇，好讀史，《史記》《兩漢》《三國志》《晋書》皆卒業。然性傲岸，喜凌上，坐是失上官意，竟劾去之。官罷後，饔飧不繼，山中人争以米饋，未匝月，得米百餘石，柴薪朘菜稱是。山中有秦散之者，爲作《林屋山民饋米圖》。及歸滑，貧益甚。光緒二十年，倭事起，湘撫吴清卿中丞自請督師。方子喜曰：「偉哉此舉！吾願從之。」謁中丞於津門。中丞，吴人也。見之大喜，拜疏言：「臣前丁憂家居，即聞甪頭巡檢暴式昭堅持節操，以不善事上官被劾，深以爲惜。請開復其官，交臣差遣。」得旨：準留營差遣，俟有微勞，即行開復。方子乃從中丞出山海關。奉檄至塞外買馬，往返千里，不私一錢。中丞嘆曰：「此人若爲牧令，政績必有可觀矣。」其明年，感疾，卒於關外，年僅三十餘，聞者深惜之。

論曰：顧亭林先生言：「亂之初起，巡檢治之而有餘；亂之既成，總督治之而不足。」巡檢所係，顧不重哉！而世之居是官者，率不自重。有如方子之鐵中錚錚者，又以不善事上官而罷。嗚呼！可爲長太息也！

朱氏雙節傳

朱氏雙節者，姑、婦也。姑莊氏，故禾中望族。其曾祖竹溪公舉孝廉方正，祀鄉賢。莊在室時，曾刲股以療母病。及笄，歸南河候補同知朱君諱成藻，故甘肅按察使諱其鎮者次子，贈朝議大夫諱錞者嗣子也。同知君需次於外，莊留家，事其孀姑，姑卒，同知君以憂歸，歸而亦病。莊又刲股療之，竟不治，時莊年甫三十有六。其子文楨弱冠入邑庠，娶孫氏。孫亦武林巨族，其父娶於朱，即按察公女也。孫氏歸於朱，三載而夫病，習聞姑之兩刲股也，效爲之，亦不治，時孫年二十四，蓋又少於莊矣。先是朝議君卒，其妻繆氏守節逾二十餘年，今莊與孫又繼之，一門三節婦，而姑、婦兩人又三刲股。嗚呼！庸行也，亦奇行矣。孫氏同産仁甫君懼其淹没不彰也，屬張君子祥爲繪《松栢雙節圖》。贊曰：松茂栢悦，人有同情。及其不幸，乃以節名。此姑此婦，并世陶嬰。南湖之水，鑒此雙清。天錫之壽，以報其貞。松邪栢邪，雖瘁彌榮。

順盦孫君傳

君諱家治，字順盦，孫氏，浙江餘杭人。父贈中議公諱堯錕，以良賈起家，有盛德。世以比東漢樊氏，稱君子之富。生四子，而君居長，自少嗜學，博涉群書，有桑魏公示人鐵硯之意。贈公曰：「汝志良佳，然吾老矣，徒事呫嗶，誰歟分吾勞乎？」君瞿然奉教，乃佐贈公。候時轉物，操贏制餘，雖老於榷會者謝弗如。而偶有暇日，仍手一編不釋，蓋其志固在也。同鄉先達如沈子恒、汪文端諸公咸勉以進取。君自問材力，取科第猶摘髭耳，然重違父意，不赴也。他日，文端爲援例授參軍，君耻不以科第進，不就，謂諸弟曰：「吾不能博青紫爲宗族光，諸弟幸自勉。」於是厚脩脯，聘名師，以課其弟與其子，而族戚子弟之願學而無力者，別設一塾以課之，孫氏家塾之盛，爲餘杭冠。

其交於人，不爲婞婜之行。遇事侃侃辨論，不憚往復。人驟聆之，幾不能受；徐而繹之，又皆嘆服，故雖家居而名動郡縣間。所由或踵門禮請，每謝不見，報以一刺而已。敬宗收族，務從其厚；矜孤頤老，不遺餘力。往歲不登，饑饉洊至，君請於贈公，設肆平糶，歲運蘇常之米，以平市價。及庚申之亂，官軍駐餘杭者以萬計，不憂乏食者，恃此也。

事贈公至孝，雖遭亂播遷，而冬夏温靖〔一〕，晨夕膳羞，與平常無異。及贈公棄養於石門塗次，絞衿衾冒、附身附棺者罔不如禮。烽火中扶櫬東歸，星夜營葬，屢瀕於險，竟獲安全。窀穸事畢，哭拜於墓門曰：「爲人子宜築廬於此，守吾親體魄。然事急矣，懼及於難，不得已，請行。」及至嘉興，諸親故避寇相從者，或仍與俱，或貲送他所，悉從其所便。鄉人流寓者以緩急告，無不應，亦不問其姓名也。

同治三年，命其二子入都應京兆試，不售。汪文端欲爲援例官京師，以書告君。君不答，亟召二子回。文端笑曰：「仍執前説邪，此老崛强猶昔矣。」

明年，粤寇平，君回浙，僑居省垣，久之，忽仰天嘆曰：「災象見矣，來歲必大無。」乃醵金購米，積逾萬石。明年，歲果饑，米翔貴。君視糶爲糶，日散數百石，民賴以生，饑而不害，然君之家自此落矣。家祠毁於兵，謀復之而力不逮。撖掮經營，規模粗立，而君竟不獲落其成也。

君自幼於書無所不讀，精數學，曉地理。晚年頗宗玄門之學，於生死之際若有前知。將卒之前，其季子方客台州，先期召之曰：「明歲元夕必至。」果於是日啓手足於正寢，异矣。年七

〔一〕靖，疑當作「清」。

十有二。娶何氏，先君二十三年而卒，君不再娶，亦不置妾媵。生丈夫子四：樹仁，歲貢生，授職訓導；樹義，歲貢生，歷署嵊教諭、孝豐訓導，光緒十七年舉人；樹禮，光緒十一年舉人，揀選知縣；樹智，廩貢生，由訓導保升知州，候缺於湖北，加四品銜。女子子一，錢唐王以寀其婿也。孫十人，祖燧、祖燕、祖燿并有聲庠序間，祖燦、祖煥、祖烈、祖炲、祖煇、祖濼、祖煒咸習儒業。女孫十一，曾孫增元。

論曰：禹航孫氏，方雅舊族。君先德飛泉先生與同里汪文端、錢唐俞文節爲道義交，勇於爲善，爲鄉里所推服，見於今直隸總督夔石王公所爲傳，甚詳。而君又能纘承先志，益振起之，孫氏之興其未有艾乎！君第三子樹禮，字和叔，曾充詁經精舍監院。余主詁經講席，因得與周旋，而又余孫陛雲同歲生也。和叔備舉君之嘉言懿行以告於余，撮其略著於篇。君子孫森立，弦誦相聞，异時科名鵲起，當不使宋時何僅兩孫專美於前矣。

黄烈女傳

同治三年九月十七日，湖南湘鄉縣有小聚落曰關王廟者，其客舍中一夕而死者三人，一女子縊而死，二男子一中毒死，一絶吭死。事聞於官，喧傳於衢路。客舍主人曰：「昨有兩男子與一女子宿此，夜半猶聞其飲酒歌呼甚歡，何遽死也？」視女子，年甚少，衣服縫紉無寸隙。官不能測，命瘞埋而已。則有自相距數十里之潭市來者曰：「噫！此女子黄淑華也。二男子一申姓，一扶姓也。」衆問其故，出一紙示人曰：「此吾得之潭市客舍壁間者也。詩十篇，皆七言絶句，序一篇，四百數十言。」衆争取讀，且讀且嘆曰：「智哉女子！」「勇哉女子！」「貞烈哉女子！」

女子黄淑華，字婉梨，江南上元人。父秉良縣學生也，早卒。兄乃玨亦諸生，次乃璋外出未歸，次乃瑾亦習舉業。咸豐三年，賊陷金陵，時淑華方六歲，弟乃璧僅三歲。舉家陷賊中，以農圃自給，而乃玨、乃瑾猶以經書課其弟與妹。淑華讀書，通大義，有節概。母欲與議婚，力阻之，曰：「此何時也，尚謀婚嫁乎？」同治三年，官軍克金陵，時曾文正公猶駐皖。軍中諸將帥以賊踞金陵久，命將士搜捕餘孽務盡。突有入黄氏之居者，則未知爲官軍歟，僞爲官軍者歟，乃玨、乃瑾出，殺之。内有申姓者，寳慶人。入見淑華美，曳之出。乃璧牽其姊衣，則殺乃璧；母跪而求，則殺母；乃玨妻出，亦殺之；乃瑾妻不知所往。於是淑華哭詈求死，申笑曰：「不爾殺也。」幽之於其所居，又挈之以登舟。屢犯之，以死拒，衣服縫紉，蓋自此始也。淑華自念：「我必死，然舉家爲所殺，必報讎，毋徒死。」既至湘鄉，舍舟而陸，又有扶姓者與之俱。淑華曰：「吾一女子殺二壯夫，事大不易，然吾死則決矣。」故豫爲此詩，并叙本末甚備。書一紙一帛，帛繫於身，紙黏於壁，潭市客舍所傳者，此紙也。越一日即有此事，雖莫知其死狀，度必以計醉二賊而酖之。客舍主人但聞其歌呼聲，不料其所以斃賊也。一賊中毒必稍輕，未即死，故又刃而殺之。貞、烈、智、勇，信乎備矣。

平江李次青先生載其事於《天岳山館文鈔》，修《湘鄉縣志》者遂據以采入，又有徐君午閣爲製《梨花雪傳奇》，其事亦庶幾不泯。而豫撫劉景韓中丞又自汴梁遺余書，欲余爲作傳附集中，因撰次其事而論之。

論曰：古來所傳如王氏婦《清風嶺》之詩、徐君寶妻《滿庭芳》之詞，皆傳誦人口。元初有巴陵女子韓希孟爲元兵所得，誓不辱身，書詩衣帛以見志，赴江流而死。郝經《陵川集》有詩哀之。諸女見危授命，從容赴義，固可嘉尚，然不過以一死自完而已。若黄淑華者，以一孱女遇二壯夫，竟能從容談笑而斃之杯酒之間，此豈尋常兒女子所能爲哉？讀其詩，洵可使頑廉而懦立矣。當其時，又有金眉壽者，淑華所素識也，亦與同拘舟中。一日，賊逼之急，從船窗躍入水死，賊鑒於此，亦遂不敢苦逼。事詳詩注中，宜附書之。以存其人。然據詩尚有張氏者，惜不知何許人也。景韓中丞與黄氏非有雅故，千里遺書，拳拳相屬，將以表揚其烈乎？抑以風勵當世伈伈晛晛不能戰、不能死諸闒茸男子乎？中丞書中又言，賊欲授僞職於其兩兄，皆不受。然則乃珪、乃瑾亦兩烈士矣。

樓烈婦傳

烈婦樓宜人，姓李氏，錢唐人。自幼明慧，女紅外兼習書算。父獻墀公奇愛之，難其婿，年二十七始歸樓君。樓君諱起鳳，字金魁，母壽太宜人在堂，宜人善事之，賢孝之稱達於三黨。生丈夫子二、女子子三。俄而不戒於火，家益貧。樓君鬱結成疾，遂卒。宜人欲殉之，顧子女幼稚不可無母，强飲强食，鞠育其孤。咸豐十年，粵賊自皖南犯浙杭，城驟陷。宜人曰事急懼辱，服鹽滷求死。不死，乃率子女自投於水瓮中。時賊踪固未及，衆拯之出，而幼子斃矣。賊退，仍與一子三女居，而寇警則日益甚，宜人死志亦愈决。明年，杭城再陷，長子壽康爲賊所掠以去，宜人與三女俱仰藥死。後壽康自賊中跳出，走滬上。及江浙大定，壽康以從九品積功，累贈其父奉政大夫、母宜人，於是浙中士大夫爲詩文以表章其烈者，咸嘖嘖稱樓宜人。巡撫陳公以聞，旌如例。

舊史氏俞樾曰：庚辛之亂，杭婦女死難者衆矣，而宜人爲尤烈。杭城再陷，宜人亦再死之，所謂赤石不奪者，非歟？壽康自賊中出，年甫十有四，忼慷有大志，從事浙撫幕府，積功得官。生三子，長者尤穎异。殆天之所以報其烈乎！

心齋丁公家傳

丁公諱守存，字心齋，晚號竹石老人。先世於明初自江南海州衛遷山東日照，遂世爲日照縣人。明季至今，科第相望，兖沂間言時文者首推丁氏。公嘗集先世場屋中受知遇之文，合而刻之，名曰《海曲丁氏世業》，盛行於時。曾祖龍曜，乾隆十八年舉人；祖葵忭，沂州府學增生；父壽，以目疾不應試，并以公官累贈至一品。

公幼慧，與群兒戲，或鑿冰鎸字，或就石上搏土作字，如古碑文，見者奇之。一夕夢中，苦煩悶，幾不可耐，爬搔胸次，若有物置枕旁。質明視之，黑如漆，膩如膏，自是益慧。然以貧故，幾廢學，有中表戚安君資給之，得不廢。從族兄文紳讀，益自刻厲。道光十年，入縣學。十一年，中式舉人。十五年，成進士，以主事分户部，俄丁父憂。二十年，服闋入都。是歲，英吉利以師船犯廣東，入江浙。其船不帆而行，其礮火無虚發。公嘆曰：「千古未有之變將起於此矣。」乃講求制器之法。其時西學未行，所謂力學、重學、光學、化學，皆未有聞者，而公覃思暗與之合。卓文端公以聞，兩被詔書，繕進圖説。二十二年，偕理藩院郎中文公文康、户部郎中徐公有壬赴天津，監造地雷、火機等器，自出新意，試之皆驗。二十三年，考取漢軍機章京。二十九年，補山西司主事，傳補軍機章京，充廣西鄉試副考官。

咸豐元年，巨寇起廣西，詔以大學士賽公爲欽差大臣，督師討賊，公從焉。提督向忠武公，驍將也，與都統巴清德不相能。賽公入，巴譖以軍久無功，奏奪向公官，兵事遂大壞。公力争之，至於痛哭，乃復以向公統北路之師，於是忌向公者兼忌公。公不之顧，惟日夜思出奇計破賊。有胡以暘者，賊將胡以晄弟也，都統烏公烏蘭泰得之，使爲書招其兄降。以晄以書獻其酋，酋亦使人以書來。公製一篋，僞若緘書其中者，俾奉之歸。賊發之，篋啓而碎首死。或曰即馮雲山。賊初起，僞王五，雲山其一，衣道人衣，稱軍師。後不復見，蓋斃於公手矣。

二年，奉檄檻送所獲賊寇洪大全至京師。大全，衡州人。公偵其黨將要於衡而劫之，乃聲言陸行，而潛以小船出永州，趨長沙，八日而達。大全出視曰：「此長沙也。噫！我死矣。」公還户部，補江西司員外郎。俄而粤賊陷江甯，分道北犯，山東大擾，土寇蜂起，巡撫孫公瑞珍奏調公辦沂州團防。以意造石雷、石礮三百餘具，他人效爲之，不能及。四年，大破土寇陳玉標等。叙功，以道員用，旋以母憂歸。服闋，召見，逾四刻，次日命發交直隸總督差委。復召見，逾六刻，命繕進所撰書。

既至天津，津議撫戰未決，公上書曰：「戰之局在粵，撫之局在滬，津則但可議守而已。於津言戰是背城之戰也，於津言撫是城下之盟也。」論者以爲名言。

十年秋，京師戒嚴。山東團練大臣杜公翻奏派公以三千人北援。嚴解輟行，仍留辦山東團練，屢與賊遇戰，皆勝。時賊踪遍地，距日照尤逼近，公前在直隸辦大、順、廣三府團練，上戰守十六策，以堅壁清野爲主。至是乃創築堡之議，擇扼要之地曰濤雒，而築大堡焉。賊大舉來犯，綿亘百數十里，蹂躪無完土，惟濤雒以堡獨全。公伺賊懈將解去，率五百人噪而乘之，發石礮四，聲震山谷，五百人皆大呼，與數萬人無异。賊膽落大奔，自是相戒無犯。丁家堡附近之民歸之如市，數年之後烟火數千家。士習弦誦，農務耕織。堡以外沃野四十里，奎山環之若屏幛然。海舶往來，咸泊其下，饒魚鹽唇蛤之利，儼然一小都會矣。

同治元年，被命北上廣平郡，紳士請奏留辦防，於是又築堡二百餘處。尚書羅公惇衍奏公曉暢戎機，有詔引見，仍命赴直隸，積功加三品銜。直隸全境肅清，公還京供職，俄選授湖北督糧道。

四年，署湖北按察使。有巨案牽涉巡撫以下四十餘人，無敢鞫者，公一訊而服。提督成大吉所部勇嘩潰，捻寇乘之陷黄陂，省中大聳。公出銀二萬兩慰撫之，事立解。當陽縣某令誣執平民以叛上，公察其冤，立釋之，所活甚衆。七年，以捐助陜甘餉且叙定亂功，賜戴孔雀翎，加布政司銜。九年，充湖北鄉試外監試官。故事，貢院所用水，率以長夫挑運，水不潔清，而傳遞之弊即由此起。公創運水之法，破大竹爲筒，引江水注闈中，水清而弊絶。今他省瀕江湖者率踵行之，人稱善政，由公始也。

十年，俸滿引見，公年已六十矣，以久勞於外慨然興歸與之思。十二年，乃引疾乞休，築小樓藏書籍，坐卧其中。出所著《曠視山房時文稿》教授後進，經其指授，咸有法度可觀。大學士合肥李公以書勸再出，辭以老病。河南大吏慕其名，聘主大梁書院。光緒元、二兩年，鄉試肄業生中式者共六十七人，兩年會試共十人，爲從來所未有。後歸主灤源書院，以千金助修學宫；奎峰書院廢，修復之，亦千金。公季父殁，有妾姜氏以貧他適，遺腹生男，公訪求四十年始得之，名其子曰守宗。廩給姜氏，終其身。其輕於財而篤於天性如此。

光緒七年十月己巳，以疾卒於家，年七十有二。初聘秦氏，未娶卒，繼配許氏，皆封一品夫人。子鳳年，同治二年進士，候選知府、河南桐柏縣知縣，先卒；麒年，殤；麟年，光緒十八年進士，户部郎中，側室封出。女子子二人，歸於費、於王。其歸費者，有賢子曰念慈，哀次公事實乞余爲傳，因得知其詳。

公生平於學，無所不究，自天文曆律下至風角、壬遁之術，靡不通曉，尤精於造器，爲西人所嘆服。所著書曰《丙丁秘籥》，以奏進留覽，遂不傳於外，傳者止《造化究原》二卷、《新式火器説》一卷、《從軍日記》《使粤日記》各一卷。而時文之刻，凡六七集幾近千首，每一文出，諸弟子争持去，刻之以供傳誦，故存者獨多，非公意也。

論曰：自明以來，以八股時文取士，至今幾五百年矣。及西學入中國，人見其新奇可喜，翕然從之，議取士者幾欲舍時文而改從西學，然日照丁氏世以時文名天下。公亦善爲時文，少時爲文，刻香爲度，爐一寸成一篇，坊塾盛行南北七名家，公其冠也。乃能出新意，造奇器，爲西人所嘆服。然則言西學者必不能兼工時文，而工時文者未始不可以兼工西學也。夫時文誠敝，然聖賢精義，亦或藉此以存一綫。若廢去之而别謀所以取士，用詩賦乎，空言而已矣；用策論乎，陳言而已矣；若竟改用西學，則人所童而習之者，惟是機械之巧，窮思極慮，求爲殺人之利器。人人有矢，人惟恐不傷人之意，而義利之界、理欲之途，竟無有言及者矣，於世道人心不亦大有害乎？公之一生負文武幹用，戰功吏治，卓有可傳，不待余言爲之表襮。余所以區區言及公之時文者，固知公之不藉時文以傳，實欲時文之藉公以存也。

吴學相傳

鄞之爲邑，其南瀕江。江潮逆入則鹹水敗稼，惟內水足乃可以禦之，故鄞人勤雨視他邑尤切。光緒二十二年，自六月至七月不雨，其近江之處鹹潮大至，田禾被傷。有鄞塘鄉姜山里人吴學相者，農夫也，齊宿祈禱，冀得甘雨。數日不應，乃奮然曰：「若再不雨，田疇皆斥鹵矣！且連歲不登，户無積粟，今又如此，民何以堪！吾聞天井山有龍潭焉，人投其中，雨則立至。吾本鄉愚，無補於世，捨吾一身而四境沾足，不亦善夫！」七月甲午朔越六日己亥，晨起，飯食訖，浴於家，笠而出，及午不歸。妻戴氏豫聞其言，猶疑未必然也，至是乃大驚，遍問於所來往，皆曰無。則至天井山，觀於龍潭，赫然存焉，其面如生。方聚謀所以斂，風雨驟作，家人祝曰：「能稍息以待其斂乎？」應聲而止。棺甫闔，雨又作，歷二時許始霽。是日也，百里以內無不得雨，鹹潮不入，田禾復蘇，歲乃有秋。於是邑文學諸生與父老數輩言於有司，附祀於城隍廟三義祠。

論曰：往年浙中大雨，數旬不止。吾邑蔡家橋有章菊泉者，年八十餘，日夜跪而求晴，不效，乃縊而死。余有詩哀之，且以吾邑戴侯神及新市鎮大官廟爲例，決其必爲神。戴侯名繼元，宋延祐中以拯溺而水死，成神，封保濟顯佑侯。大官不知姓名，其人開米肆，歲大饑，賤糶以予貧民。米盡，抱升斗赴水死，亦成神。蓋匹夫一念之堅，固足千古也。今又得吴學相事。章菊泉以死求晴，吴學相以死求雨，其愚均不可及哉。余又聞杭州留下有海松和尚，亦以一死禱雨，至今其鄉人廟祀之。嗚呼！世之居禹稷之任者尚鑒於兹。

卜烈女傳

卜烈女，湖州歸安善連鎮人。父咏蘭，早卒。夫鄭阿來，阿來父阿士亦早卒。姑顧氏有侄顧阿五，性凶暴，依其姑以居。光緒二十二年二月二十三日，女歸省母，時阿來外出。三十日晡，阿五來逆女，女不肯，五强之，女母趙氏親送之歸，致之其姑。越日，鄭氏之鄰來告曰：「爾女昨夜死矣。」趨往視之，面被血，有泡痕，頂有傷成穴，右耳根及乳均有傷，遍體青紫痕無算。顧氏及阿五則皆逃，時鄰里聚觀，皆欲食其肉，使里甲方阿大踪迹之，得顧氏。越三日，得顧五。問顧氏，顧曰：「五爲之，吾不與焉。」問五，五曰：「我欲與奸，不從，故殺之耳。」於是群起毆阿五。或曰：「顧與五有私，素與五昵而視烈女如讎，必共致之死也。」於是又欲毆顧氏，哄然者終日。而烈女弟志成性懦弱，方欲赴訴於縣，鄭氏之人力持之，又賄以洋錢二十六圓，竟不果往。趙無能爲，哭泣而已。越五日始斂，面如生。

余門下士童米孫大令以所書卜貞女事見示，即此事也。卜與童故有連，女死即有以書告米孫者，米孫書其事，且援歸震川書張貞女事之例，張貞女適汪而不以汪婦稱，故曰卜貞女。余謂絶之於鄭可也，然貞之而不烈之，何也？因據童語，稍次第之，題曰《卜烈女》。惜張貞女之獄罪人咸得，而卜事未達於有司，里人之來告者又言之不詳，姑與阿五，究不知誰尸是謀。然其死狀明白，千人共見。余與米孫之文雖皆不及歸氏，然女之烈則固與張同不朽矣。

按察使丁公祖母暨生母兩太夫人合傳

丁潛生廉訪，早喪父母，惟生母劉氏存。弱冠出後大宗，而所後父母亦皆殁，惟祖母方氏存。煢煢孤苦得以成立者，兩太夫人之教也。紡織之暇，必課以塾中所讀書，且舉古人忠孝事迹相勖勉。廉訪幼好武，有膂力，以豪俠自負。訓之曰：「士貴自立，毋徒效匹夫之勇。」

咸豐三年，粤賊犯江西，圍省城。時家在城中，兩太夫人從容謂廉訪曰：「此正汝立功之日，毋以我爲念。」因會合同城士大夫，率練勇守城，城竟獲全。曾文正公嘉其膽識，命赴平江營帶隊。兩太夫人戒之曰：「治兵宜嚴，毋擾民。待兵又宜優，毋扣餉。將領有喜慶事，營中必醵錢賀，實則皆扣取餉銀，此最惡習，宜痛絶勿蹈也。」廉訪奉其教，故士皆用命，所向有功。

左肘偶爲礮子所中，劉太夫人曰：「汝此後臨陣，得毋稍餒乎？」乃於其左臂上刺「忠心報國，致身事君」八字，語之曰：「汝素慕岳忠武爲人，忠武背有『盡忠報國』四字，汝念此必能自奮矣。」又於其帽檐綉「精忠」二金字，曰：「忠武能不負此二字，汝其勉之。」方太夫人見而嘉焉，亦於所戴貂尾盔後親綉四言六句曰：「背刺四字，岳氏勵子，我願我孫，勉效忠武，能報國家，即孝祖母。」嗚呼！自古名臣得力於母訓者多矣，嚴正如兩母者，殆未之有也。廉訪轉戰數千里，厥功甚多。平生以清節自勵，居官無一歲之儲，居鄉無一畝之入，是能不愧母訓者，兩太夫人當亦無憾於九泉乎。

丁酉三月，廉訪過我右台仙館，袒臂示我，墨痕如新，深入膚理。余悚然起敬，因撮大略，爲兩大夫人傳。至於閨門瑣節，亦必有休嘉懿鑠之行，然可不贅也。

樾既爲兩太夫人傳，乃申論其後曰：按《宋史》，岳忠武裂裳以背示何鑄，有「盡忠報國」四大字，不言何人所刺。後世相傳以爲其母姚夫人爲之，雖於史無徵，以事理論，容或然也。《宋史·呼延贊傳》云：贊遍文其體爲「赤心殺賊」字，此事在岳前。明沈德符《野護編》云：元末，杭州巡檢胡仲彬文其背曰「赤心護國，誓殺黄巾」；嘉靖末，遼東總兵官楊照涅「盡忠報國」四字於背，此事在岳後。今劉太夫人親於子臂涅此八字，懔然有烈丈夫風，安可湮没勿著乎？廉訪遭際聖明，克成素志，視忠武賫志以殁者，過之遠甚，然實亦未盡其用。方今中外多事，論者徒見外洋火器之利，遂欲棄中國長技而學之，實則破火器宜用藤牌。康熙間具有故事而人無知者，廉訪知之，又能用之，所練親兵二千五百人，皆善用藤牌，又佐以飛叉，所向無前。苟精練此軍，得二十餘萬，以破外夷之火器，有餘裕矣。破火器之用藤牌，亦猶武穆之用麻札刀破拐子馬也。廉訪年逾七十，精力未衰，猶可爲朝廷奏不世之功。不然，則請廉訪以此法傳示子孫，世世守之，必有大破外洋火器之一日，而兩太夫人之遺澤爲更遠矣。

林編修妻惲淑人傳

故湖南巡撫惲次山中丞有賢女歸林氏封淑人者，古所稱女而有士行者也。中丞初娶於梁，生三子。繼娶於戴，戴夫人賢明有材幹，生三子二女，皆才。長女即淑人也，名倩孫，字小宜，六歲讀書通大義。中丞以吏部郎出守常德，會粤賊石達開由寶慶來犯，勢甚鋭，城中大聳，皆籠東出走。中丞入語夫人曰：「民無固志，奈何？」淑人從容進曰：「鎮之以静，示之以有備，且使知太守一家皆安居如平常，則民心自定矣。」中丞喜曰：「是兒不凡，惜其不丈夫也。」

乃使淑人偕其兩弟率婢媪嬉戲於儀門之外，戴夫人則張樂設飲，累日始罷。民聞之，外徙者稍稍來歸，久之，四鄙之民有遷居城中者，城竟以全。時淑人年甫八歲也。中丞累遷至湘藩，旋擢巡撫。其時東南糜爛，沿江數千里無完郛。募兵籌餉，以湘中爲輨轄，遽書警奏，日不暇給，秉燭治事，丙夜不休。中丞積勞浸致咯血，肝氣又大發，發則不能眠、不能食，淑人偕其叔兄手治具以進，極精腆，每爲舉箸云。同治四年，中丞罷官東歸，塗中病尤劇。舟行八十日，淑人未嘗一夕解衣而息也。既抵里門，僑寓吳下，所居小有花木泉石之勝。淑人能詩詞、通音律，每春秋佳日，率其弟妹爲二親壽，或賦詩，或歌曲，吹洞簫以和之，中丞欣然忘其疾之在體矣。中丞既歿，戴夫人慟甚，家事皆淑人任之。上則護持慈母，次爲弟妹料量衣履飲食，下則撫馭臧獲輩，悉有條理，門内秩然。

年二十三，歸蕭山翰林院編修林君國柱。林君以少年科第，又富於才華，意氣兀岸，語言侏張，常使人難堪，淑人婉勸之。雖爲少戢，竟不能悛，坐是不得以功名終，淑人嘗引爲己咎。光緒五年，林君視學貴州，御士頗嚴，小有違失，輕則笞，重則褫，所至皆然。惟兩試貴陽不笞一人，不褫一衿，遇暑則供茶荈，遇寒則具爐火。貴陽爲省會首郡，使者家屬在焉，故黔士皆曰：「此學使夫人之德也。」報滿還朝，俄以人言罷歸，亦寓吳中。其時惲氏自中丞歿而家益時，淑人以兩家相距近，時衰，伯仲叔三君又相繼逝，幼女亦殤，戴夫人雖曠達，然亦鬱鬱不自得。淑人以兩家相距近，時時歸問起居，疴癢抑搔，晨夕在側，偶有不怡，一言立解，十餘年來不知其爲已嫁女也。二十年，恭逢皇太后六旬萬壽，林君入京隨班祝嘏，得恩旨賞還原銜。明年五月南旋，而林君已得病，至蘇甫三日遽捐館舍。當是時，變出倉卒，事故坌起，議論朋與〔一〕，淑人適亦大病，强起治喪，支持危局，幸而帖然無事，然淑人之病則從此不起矣。

先是淑人曾舉一子，不育，爲林君納妾三人，皆無子。及林君歿，乃以從弟某之子爲子，曰承翰，則猶童稚也。淑人病甚將危，乃曰：「我在猶紛紜如此，况我死後乎！非得年長者爲嗣不可。」乃又以林君從弟福頤之子爲子，曰承蔭。析家業爲二，各得其一，俾無争。承蔭爲蕭山縣學生，有材識，治家秩然，此一舉也，淑人之有造於林氏者大，而所見亦甚遠矣。病中，以田百五十畝爲舅姑與夫之祭田，以五十畝捐助家祠，又出奩中私畜白金千兩助湖南北之振，詔以「樂善好施」四字旌其閭。

淑人一生，事父母、事姑皆極孝，相夫以道義，而能匡其失，友於兄弟，遇親族皆有恩禮，或

〔一〕 與，疑當作「興」。

以緩急告，雖典質簪珥與之，弗惜也，故三黨之中咸稱賢婦。臨終語其弟季文云：「吾爲林氏婦二十二年，家雖不豐，亦足温飽，然所歷之境艱苦异常，弟所知也。姊夫才高傲物，猶冀匡正，終履亨衢，不幸先吾而逝。又思教成兩嗣子紹續書香。今又委頓如此，不久入地，上不能終事慈母，又不能與吾弟長相聚，賫恨千古，夫復何言！」又曰：「吾自省，生平未嘗出一非禮之言，未嘗行一非禮之事，皇天后土，實鑒余心。當代立言君子無過曲園老人，吾父執也，弟能請於老人爲吾立一小傳乎？」嗚呼！其言如是，亦可悲矣。卒於光緒二十二年二月辛卯，年四十有五，以林君官加級封淑人。

曲園老人曰：方淑人之歸於林也，余往送其嫁，親觀其成禮。林君年少入玉堂，風貌翩翩，淑人亦蕙質蘭心，足以相儷。一時咸嘆爲嘉耦，不圖未逾二紀而瑶樹雙摧也。恭人弟季文所爲行狀甚詳，余據以爲傳，以副其拳拳之遺意。味其垂死之言，信乎，女而有士行者矣。

尤麓孫傳

尤君麓孫，詁經精舍高才生也。乙未秋，余在吴下，麓孫自杭州寓余書，告歸台州應試。已而又自台州寓余書，言渡海阻風，試無及焉。其明年春，余至杭州，問台人麓孫來否，曰不來。問何不來，曰病矣。及秋，又問之，或曰死矣。余大咤嘆，遍問其鄉人，知其果死，且知其婦亦從夫以死，亟欲得其詳而竟無知者。今年春，乃得其友章一山梫所爲行略。嗟乎！以麓孫之好學而不永其年，其所欲撰述者亦皆未卒業，無以自見於世，豈不大可哀邪？因就一山所爲行略，粗粗詮次以存其人。

麓孫者，其別字也，名瑩，字堯順。尤氏台州臨海縣人，曾祖敬嚴，祖孔書，父盛潮。其所居曰桃渚，爲縣之東鄉，距鄉城絶遠。鄉之人罕有讀書成名者，麓孫獨自奮於學，不以貧而輟。光緒七年，應科試入縣學，十三年，補增廣生，其明年，始至省城，肄業於詁經精舍。余初不之識，然其名則屢在高等，於是始异之。

麓孫性純篤，讀書外無他好。時王益吾祭酒輯《皇清經解續編》甫行於世，麓孫以其書繁重，檢閲非易，爲作目録，以便學者。推而及於余所著《春在堂全書》，以余書卷逾四百，讀者頗有望洋之嘆，因亦爲作目録，分經史子集四門，條分件繫，用力尤劬。又據余詩文集爲余作年譜。余笑曰：「子爲此等書，爲人家醬瓿計耳。益吾祭酒尚有《東華續録》一書，子能更爲作目録，則與温公《通鑒目録》同爲讀史者所不可少矣。」麓孫亦有意爲之，然未果也。尤致力許氏之學，作《説文重文考》，就偏旁形聲以證重文之真僞。嘗與一山同寓杭州褚氏，一山輯《慶氏禮遺説》，而麓孫則治許書。冬夜圍爐，各以日間所得互相辨論，或至丙夜未休，今亦未知其書成否。

麓孫家甚貧，父嘗語之曰：「吾老矣，汝終朝呫畢，何以爲養耶？」麓孫請以六年爲期，既及期，又語之，請再展三年，孰知其不能待也。

麓孫初娶黄氏，生一子曰錫邦，生二女，曰艷香、曰幽香。未幾，以産難卒，錫邦與幽香相繼殤。逾年，續娶林氏。林與黄皆賢而性微异，黄不耐力作，惟事針黹，林則勤於紡績，嘗曰：「吾夫荏弱，不任農圃，吾故以紡織代之，庶可勉成其學乎。」

麓孫始病瘍，瘍愈則爲内病，林知不可爲，私蓄毒物爲殉夫計。及麓孫卒，哭之，泪盡血出。含斂畢，潜出毒物服之，自夜達旦毒發死，臨終惟以前室所遺女艷香請舅姑善視之，無他言。

麓孫卒於光緒二十二年三月癸亥，年三十有九。林氏之卒後其夫四日，年二十有九，無子。聞其季父生二子，曰庸理、曰庸勛。庸理已有子，以倫序而言，則庸理之子宜爲麓孫後矣。然其遺稿竟不可得，惟爲余作年譜尚存余所。嗚呼！是亦不足以存麓孫也。

王瑞如孝廉傳

故嘉興縣知縣介眉王君之卒也，余爲志其墓。越數年，而其長子瑞如卒，次子鳳喬又狀其兄之事實，求傳於余。瑞如固吾門下士，年少美才，余方冀其繼介眉君而起，孰意其未中壽而殁歟？

按狀，瑞如其别字也，諱鳳璘，字彬儒，江蘇太倉人。其家世詳於介眉君墓志，可無紀矣。自幼好學，終日居小樓，誦讀不輟。應州試，冠其曹，遂入州學。志趣高遠，雖從介眉君居官舍，几案惟書籍，無一玩好物，入其齋，不知爲貴游子弟也。事父孝，事繼母如母，與朋友交尤篤。嘉定童蘇香、松江王建卿，皆以名下士入介眉君之幕，先後病卒。瑞如於其病也親視其湯藥，於其卒也周恤其妻孥，然不可干以私。介眉君宰太平時，有一友以公事請托，則力拒之，曰：「吾輩文字交，可及此乎？」介眉君自太平調嘉興，瑞如以禾中爲人文所萃，集同志爲文會，曰鼎社。有周祉英者，尤所契也，又與同舉於鄉榜，後周君遽卒，瑞如甚悼之，裒集其遺文，擬爲刊刻，旋遭介眉君之喪，未果也。

瑞如領鄉薦，年二十有五。先是，介眉君坐逸囚，解嘉興縣任。然此囚自省中發還，中道而逸，非縣令咎也。介眉君不以介意，日挈瑞如游禾中諸勝。及奉檄回任，而瑞如鄉闈捷報與同日至，邑人美之。乃至明年春，瑞如方諏日北上應禮部試，而介眉君中風暴卒，瑞如刲臂肉和藥以進，竟不效。身後虧負甚巨，既悲且憂，而嘔血之疾自此起矣。服闋，入都會試。時東事方亟，舉朝爭和戰，各省舉人咸上書陳利害，瑞如與焉。入闈後借闈題抒憤懣，遂觸時忌，薦而不售。南歸後嘔血之疾時作，乃薄游吴中，館於吴縣署。爲養疴計。與二三同志討論經史，以弟鳳喬將應鄉試，招之同寓，課以舉業，并教以經世之學。嘗謂諸弟曰：「修家譜、置義莊，皆先人遺志，吾兄弟六人其各努力。」又以其鄉西南隅多瘠區，民貧苦，生女輒不舉，因與同里諸長者謀集貲建育嬰堂，堂甫成而瑞如已病不起矣。光緒二十四年三月辛亥，卒於家，年三十。以所後父死寇難故，襲雲騎尉世職，中式光緒十九年恩科舉人。娶某氏，子一，殤，以鳳喬子鍾偉爲之後。女四人，長者許嫁嘉興錢氏，餘俱幼。

論曰：吾孫陛雲鄉試出介眉君之門，而瑞如又從余游，世有通家之誼，故甚習也。瑞如館吴縣署時，來余春在草堂，從容談笑，孰知其已爲古人哉！撰次其事，附介眉君俱傳，亦使人知廉吏之有子也。

蔡烈婦王氏傳

蔡烈婦王氏，處州松陽人，幼許嫁同縣蔡維章。維章家貧，習鍛銀之業，積勞得咯血疾。疾甚，其父請昏，王難之。烈婦恐父母意中變，乃泣而言曰：「兒終爲蔡氏婦矣，願往侍湯藥。」遂歸於蔡，年甫十有七。事祖姑及君舅克盡婦職。維章卧床褥已半載，婦鬻奩具爲求醫。病有間，仍就銀肆，婦泣止之，不可。然勞則病輒發，發則必加劇。婦知不可爲也，念家無儋石儲，夫死必有奪我志者。幸有夫弟在，可以事重親，我又無子，不死何爲？於是死志遂決。光緒十八年正月丙寅，維章卒。即欲死之，爲衆所尼，其舅亦防之密，婦知無間可死，强作笑語不言死者。數月，防稍懈，婦請於舅歸省父母。始至，顔色甚慘，母曲慰之，婦亦旋解。越日歸，母及弟親送之。將達王氏，母以他故携弟别去，婦亦不留也。歸見祖姑及舅如平常，有鄰婦者素相善也，至是乃往過之，語良久而反。反則以沸水和砒石及鴉片烟同咽之，衰絰而卧。其祖姑以婦久不出，入視之，死矣。

先是，婦有幼弟來視姊時，維章猶力疾在銀肆攻作，婦以錢付弟曰：「吾舅嗜鴉片烟，今罄矣，汝可詣汝姊夫，以此錢易烟以歸。」弟與維章均信爲實，然不知婦儲以自殺也。砒石莫察所自來，舅曰：「嘻！吾知之矣。曩者吾兒病中多虱，婦必與吾兒謀，使吾兒購此以殺虱也。」此二物者皆出於維章，婦固嘗曰：「夫死，吾不獨生，得死夫手爲幸。」今竟如其志矣。時光緒十八年四月甲辰，距維章死百日。是年二月小盡，實九十九日。光緒二十年，邑士大夫言於有司，聞於朝，以烈婦旌，如律令。

舊史氏曰：王烈婦事，余聞之於傅曉淵明經，而曉淵又聞之其門下士曾君。曾君言錢唐采訪節孝局詳報底簿，「維章」作「爲章」二字，松陽語不甚别，未知孰是也。又言其舅姑均歿，則轉展傳述之誤，余因據以爲此傳。惜婦年若干，曾君未之言。然云十七歸王，侍夫病五年，則年二十有二。若以其夫卒在正月，是年不入五年之數，則二十有三矣。

丁君松生家傳

丁君諱丙，字嘉魚，别字松生，晚年自稱松存，浙江錢唐人。其先世居山陰福岩村，有諱瑞南者。當順治初，土寇蜂起，瑞南妻周挈二子行，遇寇，揮二子去，自投水死，世稱丁烈婦，事見曾文正公所撰墓表。嗣後遂遷居杭州，蓋距君七世矣。曾祖軾、祖國典，皆以君父官封中議大夫。父諱英，字洛耆，候選同知，加道銜。道光二十九年，浙西大水，爲粥以食餓者，巡撫吳文節公書「任恤可風」四字表其門。生二子，長諱申，字竹舟，次即君也。

初入塾即爲塾師奇賞，曰：「此子後必有成。」年二十三入杭州府學，其時粵賊已據金陵，江浙大聳，洛耆公避居新城，俄而病，母姚恭人同日病，皆痁也。君封臂肉羹以進，姚恭人愈而洛耆公竟不起。逾二年，姚恭人又病，再封臂則無效矣。君連丁大故，哀感行路，嘉興張子祥爲繪「風木盦圖」。

十年春，粵寇犯杭，君與兄竹舟君糾合城中金箔之工，得千餘人，助戰守城，陷猶與巷戰。杭城舊有上下之分，上城焚掠甚酷，而下城稍安帖，箔工之力也。君避亂轉徙松江、青浦、南匯、上海諸處。時蘇之難民雲集於松江，君集同志，出貲財，施糜粥及藥餌。亂民中有童子七八百人，皆分別安頓，使無失所。松之陷也，竹舟君先以眷屬行，君以施粥事後之，與賊遇。賊三發火槍皆不中，騁而追之，馬忽蹶，君得以免，蓋有神祐焉。

明年，仍回杭州，創崇義祠，纂《崇義録》，以表章死事之烈。又以賊之攻城，每取攢厝之柩爲築壘填濠之用。與舅氏陸君設三學局，凡學中貧士死而未葬者，購地爲之葬。然其時蘇省淪陷，杭勢益孤，寇日深而食且盡。君獻議刮醬坊之麪以濟民食，卒以食盡不能守。君渡江至蕭山，時渡者如蟻，舟子索錢有不滿其欲者，投之江，皆大號，君代給之，乃畢渡。出城時與竹舟君相失，至陶堰見其題壁字，始知其在留下，乃往從之。

即於留下設肆鬻米，訪求親串之自城出者。留下市中賣物，率以字紙包裹，取視皆《四庫》書也，驚曰：「文瀾閣書得無零落在此乎？」乃隨地檢拾，得數十大册，君之搜輯文瀾遺書，實始此矣。於其間偕竹舟君至福岩村拜掃祖墓，因自紹興至定海，而上海，而如皋，倉皇奔走，猶托書賈周姓者間道至杭州，購求書籍。其裝釘成本者十之一，餘則束以巨絙，每束高二尺許，共得八百束，皆載之至滬，又自滬至普陀禮觀世音，聚千僧誦佛號，以明處士崔青蚓所畫「應真十五尊」施惠濟寺，冀銷劫運，存者亡者皆得安樂。

同治三年，杭城復，君自滬歸杭。浙撫左文襄公素知君賢，即召入見，語之曰：「君輿論甚美，必有材智，地方應爲之事具爲我籌之。」自是而君所設施皆在杭矣。

最君一生之事，大端有二：曰存文獻，曰籌教養。君既於灰燼中掇拾得文瀾遺書，乃奉歸庋之尊經閣，請陸君㮚珊繪「書庫抱殘圖」紀之。其時文瀾閣毁於兵，未復也。光緒六年，巡撫譚公建復文瀾閣，爰有鈔補閣書之議。君悉出其家藏書，集人迻寫，又於天一閣、抱經樓、振綺堂、壽松堂諸藏書家按籍徵求，歷七年之久，得三千三百九十六種，求而未得者僅九十餘種。譚公疏陳其事，言丁申、丁丙兄弟於兵戈擾攘之際，尚能搜求遺書，購覓底本，俾後進得窺内府遺編，其識迥越尋常，所費亦難以數計，可謂篤行敦本之士。於是天語褒揚，士林嘆誦，兩丁君之名赫然聞於天下。君又以尊經閣亦不可無書，乃於家藏中重出之本得如干種，又乞諸朋舊購之市肆得如干種，藏庋閣中焉。

君先世本富藏書，君祖掌六公，有八千卷樓，至君又益以二樓，曰後八千卷，曰小八千卷，然辜較君所藏，固不止三「八千」也。君以天語有「嘉惠士林」之獎，因總名藏書之所曰嘉惠堂。乃擇士林所罕見者，刻以傳播，取其有涉杭郡掌故者都爲一編，曰《武林掌故叢編》，凡一百餘種。君又以武林爲南宋故都，城中坊巷之名，由來久遠，居其地者口不能言，因創爲《杭州坊巷志》數十卷，編纂粗定，曰：「吾精力日衰，恐不足了此。」屬其友孫峻字康侯者踵成之，至今年春寫定可刻。君易簀前又語康侯曰：「吾生前必不見其成矣，子姑徐之。取吾嘉惠堂書宋元以後詩文諸集，再一翻閲，以三年爲期，當益精美。」嗚呼！君一生用心不苟，即此可見矣。

城内外古迹，如蘇祠、白祠、錢武肅祠、岳忠武祠、于忠肅祠、林處士祠、宋校尉施全祠、楊侯再興祠、徐巨翁忠節祠、王項二公揚清祠、宋行人朱弁墓、胡公則龍井祠墓、陳忠肅墓、張楊園先生墓、郭孝童墓、孫花翁墓，或言於官，或出己貲，一律修葺。又如修交蘆庵，而以高邁庵、奚鐵生、戴文節諸先生名迹置其中，建玉照堂，并爲補種梅花，得元大德年編鐘而建元音亭，得宋咸平年貝葉經文，歸之雲林寺，得錢忠懿王金塗塔，歸之靈隱、昭慶諸寺，一時韵事，杭人尤艷之。自君之亡，而故書雅訓無所咨訪，名山勝地日就淪落，所謂存文獻者，此也。

杭爲東南大都會，人文甲天下，大亂之後，學校荒蕪，君與同人創設丁祭局，集諸生，供灑掃，治祭器，考訂禮器樂器，創修府、仁、錢三學志。又建道統石室，以宋理宗御製《道統贊》碑石排列室中，缺文王一贊，集他石字補之，無則以偏旁配合而成字。乃至光緒十八年，於尊經閣後圃土中掘得一石，則《文王贊》也。浙中盛傳，皆嘆爲文治光昌之兆。

君自左文襄以善後事見屬，即設立振撫局、難民局、掩埋局、施材局、醫藥局、牛痘局、錢江義渡局、救生局，凡各局無慮數十處，皆以君總之。杭故有普濟堂，始於阮文達公，成之者蔣撫軍攸銛、高撫軍杞、李觀察坦與里人高宗元、丁燾。至是復建，官則蔣果敏公、高都轉卿培、李司馬國賢，而紳士則君也。先後六十年，四姓符合，人皆异焉。同善堂者，光緒間左文襄所創。其時普濟堂未復，故創設此堂。嗣是普濟、同善兩堂并建，皆君主之而善舉益備，推廣其意，隨宜施設。以杭多火灾而置恤灾所，以杭多游惰之民而置遷善所，以庚申之亂死難者衆而築義烈遺阡，以亂後民間子弟無力延師而設正蒙義塾，以吏胥於命案多需索而置報驗所，以民間緩急無所資而置借錢局，以民間節婦不能概至清節堂而倡爲《穗遺集》以補所不及，以育嬰堂所顧乳媪有限而分設接嬰所以濟其窮。又於城之四隅設粥廠，使貧民冬日無枵腹之虞，設丐廠，使行乞之窮民無溝壑之患。何其用意之周歟！浙西所重，尤有水利。城中開新横河，築新壩；城外浚北湖、南湖，修仁和至海甯上河堤壩，修奉口陟門，君皆與焉。西湖常年設浚湖局，余每宿湖樓，平旦必聞其鳴鑼集衆也。義倉之事，主之尤久，世俗以私意窺測，疑倉穀不無虧耗。及庚戌之春，米價翔貴，發粟平糶，糶至三萬餘石，而倉穀未及其半，浮言爲之頓息。所在橋梁如慶春、寶善、龍光、拱宸，所在祠宇如天后宫、水星閣，經君之手，無不完固。杭自收復以來，士風振起，民力寬紓，皆君力也。袁君爽秋紀其大者，凡二十八事，所謂籌教養者，此也。

君淡於榮利，在同治間，左文襄特薦於朝，有「巨細咸宜」之目，得旨以知縣發往江蘇，後又叙功加同知銜，江蘇諸大吏皆敦勸出山，而君不顧也。然以受恩深不敢膜視時艱，遇直隸、山東、山西、河南各行省偏灾，浙省設局籌振，君必力任之。戊戌歲元旦日食，君以天子且有减膳之詔，况在民庶，乃屏葷血不御，諸子以有妨頤養力勸，不從。

居恒與寒素無异，惟以圖籍自娱。所著有《讀禮私記》《禮經集解》《松夢寮詩初集》，皆毁於兵火，餘若《九思居經説》《説文部目詳考》《説文篆韵譜集注》《二十四史刻本同异考》《樂善録》《于忠肅公祠墓録》《善本書室藏書志》《武林金石志》《皋亭山志》《宜堂小記》《松夢寮集》

《北郭詩帳西溪詩集》，皆藏於家。其已刊行者，《西泠四家印存》一卷、《師讓盦漢銅印存》一卷、《北隅贅録》《續録》各二卷、《續河東棹歌》一卷、《三塘漁唱》三卷、《庚辛泣杭録》十六卷，又《菊邊吟》一卷，則去年病中作也。吴退盦先生爲武林老輩，有《國朝杭郡詩輯》，其孫仲雲制府又有《續輯》，君廣其未備而爲《三輯》，推之前代而爲《歷朝杭郡詩輯》。又因吴志上先生《武林文獻》殘本重加增補，爲内外二編：杭人之文爲内編，文之爲杭地、杭人作者爲外編，皆行於時。

君天性篤厚，與兄竹舟君白首無間，其卒也，淒然不勝人琴之感。先是洛耆公擬建宗祠未果，君與竹舟君成之。舊譜毁，重輯之。杭紹先隴頽圮者，修之。亂後親族中未葬之棺以數十計，悉爲葬之。宗祠之右設家塾，課子弟，群從昆弟皆視如同産。前巡撫譚公稱君爲敦本篤行之士，洵不虚矣。

六十五歲時得痰眩之疾，時劇時差，逾二年，又患脾泄。光緒二十五年三月丙辰，卒於家，年六十有八。凡三娶，曰沈、曰淩、曰陸。側室二，曰孫、曰王。子三人，長立中，光緒十七年舉人，次立方、次立亢，殤。女四人，延適仁和陸氏，恒適仁和顧氏，苓適錢唐陳氏，祺未嫁，許仁和陸氏。孫一人，天佑。孫女一。

余既爲君立家傳，乃論其後曰：杭城克復以來三十餘年，湖山歌舞粗復其舊，固由諸大吏振興於上，賢有司經畫於下。而拮据撠挶，心口交瘁，黽没從事，使公私交受其益者，則君一人也。君有官不赴，伏處鄉里，而惠澤被乎四方，聲名動乎朝野，求之古人未可多得。微論劉勝寒蟬不堪比擬，即王烈、陽城輩，徒以德化其鄉者，亦不能尸居龍見若斯也。君臨終有詩云：「分應獨善心兼善，家守清貧書不貧。」夫子自道，得其實矣。

竇母張太恭人傳

竇氏有賢母張太恭人者，德輝君之配，而甸膏大令之母也。余嘗爲德輝君作家傳，及太恭人卒，甸膏又以請，乃采取其事實著於篇。

太恭人幼而孤，育於舅氏，年十七歸德輝君。繼姑張太安人性嚴厲，能得其歡。其舅玉春君賢而才之，臨終授以田宅契券，曰：「吾兒豪邁，不屑治家人生産，汝好爲之。」其後德輝君從河北鎮總兵董公討粵西賊，戰死大洞山，事詳余所撰家傳。太恭人聞變，慟欲絶，以繼姑老、三子幼不敢殉。而是時家中落，仰事俯畜，取辦針黹，十指疲勩，右拇至不能屈伸。

咸豐二年，粵賊大至，由汜水渡河薄懷慶，日數驚，衆皆走。太恭人泣曰：「先舅窀穸未安，忍委之去乎？」乃渴葬其舅於先塋，而命其長次兩子奉張太安人走太行山投其外戚，自與幼子及一女居危城中。俄賊圍合，太恭人指庭前井曰：「若城破，吾母子了此矣。」已而城破復完者三，閱兩月賊退圍解。張太安人歸見太恭人，憔悴無人狀，持之泣曰：「苦汝矣！」自是姑婦喁喁若母女然，嚴厲之性爲之一變。

長子鎮山，即甸膏也，每自塾歸，必命背諷日間所誦書，書不熟令再誦，已則坐織其旁，書聲機聲丙夜不輟。甸膏入縣學，太恭人喜曰：「一衿不足道，所喜者書香不絕耳。范文正爲秀才，以天下自任。汝雖不敢望范文正，然不可不存此志。」甸膏讀書，不沾沾章句之學，母訓也。及以知縣官江蘇，戒之曰：「一命之士亦足建立功業，况百里宰乎？人貴自立，奚必以科第進。」甸膏先後兩攝上海崇明縣，太恭人猶家居，以書戒甸膏勿以南中一珍物寄家，以故甸膏歷宰劇縣且管釐局，而志節彌厲，所至以廉能稱。兩江總督劉公保舉人才，甸膏與焉。光緒二十七年，甸膏權知武進縣。太恭人先是已就養南來，每問今日所治何事、所折何獄，聞處置平允則爲之喜，又嘗訓甸膏曰：「吾鄉有某某二公，汝知之乎？某公廉吏，今其後熾昌；某公貪墨，今無孑遺矣，皆吾所親見。汝宜何從？」嗚呼！太夫人所見如此，洵賢母矣！是年秋，大水爲灾，武進沙田之圩決者百數。太恭人命倡捐以振之，甸膏奉檄浚三河，猶勖以水利所關，毋避勞苦。河工未畢，太恭人俄感疾。光緒二十八年正月甲戌，卒於官舍，年八十。其六十歲時已以節孝旌於朝，旋以長子官封二品。子三人，長鎮山，江蘇候補知縣，加同知銜，奏保補缺，後以知州用；次曰鎮海，候選縣丞；又次曰鎮河，陽武汛把總。女一人，適任氏。孫六人，鈞、鎔、銓、銑、錡、鍇。

論曰：河内竇氏自英烈公以來，家承忠孝，世兼文武。余既爲德輝君傳而又傳太恭人焉，是亦吾文字之光矣。太恭人賢孝儉勤始終如一，守節歷五十餘年，卒膺多福。聞其生平，嗇於己而厚於人，雖當匱乏，寸絲粒粟不以累人，而人有所求則應之，惟恐不給。其卒也，内外親黨無不稱賢。甸膏稟承母訓以爲官箴。《中庸》言治民必先獲上，而推獲上之道必由於順親，理固有一貫者歟？余於甸膏徵之矣。

仙槎曹君傳

君諱某，字仙槎，曹氏，浙江錢塘人。幼穎异，年甫五歲，其大父聖期君臨終撫其頂，謂君父永銘君曰：「此兒必成器，善視之。」年十二，詩文斐然可觀，僉謂應童子試必得當。而是年粵賊陷杭州，不得試，全家轉徙至温州。有盜夜攻其家，君謂永銘君曰：「事急矣！盍以所有藏花盆中，或可免。」從之，盜搜索竟不及。所藏者皆金葉也，直白金二千。其後由甌而閩，而台灣，而復歸於杭，咸賴有此金。時君甫十三歲，其知慮過人已如此。

既歸杭，永銘君以君爲才，而君之伯兄玉繩君又終歲居婦家，乃命君管家事。一家食指數百，事極煩冗。七年之内自娶婦沈，又嫁其女兄弟于張、于葉、于徐，從其後母李太宜人之意，資遣甚豐。永銘君年六十，李宜人年五十，皆張樂設宴，招集親朋，所費不貲。而又佽助族姻，矜恤孤寡，有所求罔弗應，計所入不過千餘緡，出則倍蓰。不得已，以田宅質於人。君念此非美事，不可以累父兄，且使异日稍贍足則以己貲贖而歸之，并不必使父兄知，故所署契券皆君名，此君用意之深厚也。

無何，家益貧，度坐守將不支，乃言於永銘君，使其兄玉繩君治家而自至上海大營貿易之事。其爲業三，曰絲，曰綢，曰人葠，躬自規畫，皆獲厚利。辜較所贏，補家中不足，有餘矣。俄受洋商之累，絲數千捆折閱殆盡，乃又大窘。其時人所存款在絲棧者尚二萬金，或爲君謀，宜匿之，君不可，悉招其主來，算結而後歸。

君在滬時，曾納貲以鹽場大使分發福建，乃於光緒三年赴閩。甫至，即條陳船政事宜十有二，又請招商開澎湖煤礦，當事者韙之，然不能用也。旋奉差至臺灣。臺灣縣白君申請留臺，以勞績保加知州銜。俄永銘君卒，君聞訃歸，一慟幾絶，自是絶意仕宦矣。

李太宜人以玉繩君雖管家事而居婦家如故，有所取求輒不稱其意，議仍以家事屬君，君執不從，乃分一歲所入而二之，以其半歸之玉繩君而已，與母若弟衣食所需，均取之所餘之半，議者皆以爲過厚，而君竟行其意。

李太宜人卒，玉繩君惑於浮言，欲求益於所得之外，且曰：「歲入之款本於田產，田產之數存乎契券，兩弟有之乎？如無契券，絲粟不得擅取。」蓋知前此之已質於人，其未質者皆在己手也。君泫然曰：「吾兄素長厚，今若此，必有構之者。請兄仍食其半，我與季弟應得之半暫存某君處，爲他日殯葬大事之用。」謂弟步洲君曰：「設無先人遺產，吾與若能不自謀生乎？人貴自立，無斷斷於此。」步洲君亦從之。

居數年，度所積已數百金，乃亟爲先人營葬事，而所擇之期爲寅日寅時，與君生於申年申月俗所謂六衝也，咸曰是宜易，君不聽，卒亦無他。然是時家釁猶未已，乃謂子樹培曰：「汝以館穀自贍，我將遠出，家中所有聽伯與叔分之，汝勿取分文也。」君襆被出門，歷五年之久，無定所。及樹培舉於鄉，君在甬上聞之，始一歸，爲摒擋北上事。事竟，又欲行，樹培諫而止，玉繩君亦自悔，仍如前議以半歸君與步洲，而兄弟友愛如初。五十歲時，樹培將爲稱觴，不許，固請，始許之，然至戚之外不見一客。時君喪耦垂三十年，樹培請蓄姬侍，供扶持抑搔之役，竟不之從，獨處終其身。

中歲後有喘疾，亦不甚劇。光緒二十七年六月，疾發旋止，爲步洲君之女平章姻事，婚有日矣。十二月初三日乙未晨起，痰忽上涌，然神識不衰，料量姻事如故。越日丙申夜子時，忽語樹培曰：「逾一時我將去矣。」言已，端坐閉目，不復有言。丁酉日加子遂卒，年五十有四。

君以家境屯邅，少時廢學，然經史大義無不通曉，故父子、兄弟、夫婦、朋友間處之曲當。平時舉動不苟，寢室中器物皆有定所。性耿直，又和易近人，通音律，雖偃蹇困厄而歌嘯自得，蓋其所養然也。

妻沈宜人早卒，子一人，樹培也，光緒二十年舉人，二十七年報捐江蘇直隸州州同。君謂之曰：「此舉人就職之本班，尚非僭越，异時能成進士固佳，否則藉此博升斗，亦爲貧而仕之義也。」樹培儒雅有幹才，大府皆器重之。余往時主講詁經精舍，樹培奉檄來監院事，故與相識。狀君事實，請爲家傳，因采其大略著於篇。

論曰：君懷奇負异，而終身鬱鬱不得志。其少時學已有成，因遭亂流徙，不得以科目進。去而操懋遷有無之業，又敗於垂成，一蹶而不復振。及以一官至閩，所建白頗爲當途所重，終以落落難合不克有所設施，豈非命歟？然君晚年逌然自適，不以榮落動其中。而其子又才而能文，他日捷南宫，登玉堂，成君未竟之志，君亦可以無憾九泉矣！

惲中翰妻蔡淑人傳

惲季文中翰，初娶於張甫，一年而卒，恒鬱鬱。其母戴太夫人冀得淑女以儷之，聞淑人賢乃委禽焉。淑人姓蔡氏，浙江石門人。父樵坡先生，有隱德，母楊夫人，其生淑人也，异香滿室。三歲喪父，八歲喪母，育於兄嫂。兄仲然觀察，奇其妹，難其配，曰：「非嚴徐東馬而兼陶白程羅者，無輕問名也。」季文時猶諸生，廉吏之後，家故不豐。戴太夫人使人平章也，懼不當，而仲然則曰：「惲季文真吾妹婿也。」一言而定，蓋天緣云。

既來歸，事太夫人甚謹。寢門甫闢，已珊珊而至，立床下問起居。凡可以博太夫人之歡者，必委曲以致之。有薄怒，得一言則立解。娣姒聚談，或逞機警，恣諧謔，頷之而已。季文時年少氣盛，遇事或不能平，必多方譬解，至再至三，季文學識亦因之有進。每夜讀，必刺綉以待之，至丙夜則自起瀹茗。季文喜吟詩，偶得佳句，淑人曼聲吟之，愛不忍釋，强之作，笑謝不能。

體素孱弱而安貧耐苦，每月支公中錢二緡，是曰月費，不敷甚巨。淑人自幼善女紅，有針神之目。至是，以所作針黹，俾老嫗持而鬻諸市，以補月費之不足。謂季文曰：「君但讀書，無問室中事也。」其自奉甚儉，而或以緩急告，無不應。偶聞有斃於路者，拔金簪質錢爲之棺。有夫婦二人哭於墻隅，使問之，則浙之嚴州人，從其父商於邗，折閲而歸，歸而父死，有老母在家。淑人曰：「使此二人者流落吴市，則其母亦死矣。」百計營求，資遣之歸，季文謂之曰：「卿一舉，活三人矣。」

戴太夫人有妹歸姚君彦士，姚君時官鄂臬，戴太夫人送幼女嫁姚君之子，於是季文及淑人亦繼往焉。姚夫人甚愛淑人，使勷家事，署中上下百數十人咸稱淑人賢。嗚呼！淑人之才於此可見。使天假之年，异日佐季文治内政，雖古賢婦保以加兹！

未幾，淑人舉一子。先是，有獻議者曰：「家僅中人産，生子宜自乳。」然先後築里皆不能盡用此議，而淑人則謹如約，竟以自乳其子，積勞成瘵疾，逾年而卒，季文至今哀之。一夕夢見淑人徘徊泉石間，曰：「妾住瓊峅，距此遠，今游西泠歸，遲君於横塘，幸相遇耳。」所謂瓊峅者，固不知何處，即横塘風景，亦所不識，殆非姑蘇城外之横塘也。乃繪《横塘追夢圖》，屬余題詩，并請爲之傳，因紀其都較焉。

淑人生於咸豐二年六月乙酉，卒於光緒六年七月己巳，年二十有九，以季文官内閣中書加級封淑人。生丈夫子一，曰福麟，縣學生，以郡丞官浙江，僉曰才。淑人可謂有子矣，即曩時所自乳者也。

論曰：余讀惲簡堂先生《大雲山房文集》，有《亡妻陳孺人權厝志》，盛稱孺人之儉而勤。今觀淑人所爲，其亦近之矣。陳孺人雖不永年，年猶三十有九，淑人則更短十年焉，宜季文之久而不能忘也。雖然，陳孺人生子女皆不育，而淑人有子，子且才。修短，數也，苟有賢子，亦可無憾矣。余竊以此爲淑人喜，并爲季文慰也。

孝婦王宜人傳

自宋儒有「餓死事小，失節事大」之説，而婦女遂多以節見。國家敦崇風化，以節婦旌者，歲無慮百十人。然旌節必兼及孝，孝固尤重哉。婦女既移所天，則亦宜移其父母之孝以孝於舅姑。《内則》云，婦事舅姑如事父母。而求之恒情，則往往難之，今乃得之於王宜人。

宜人錢唐人，父武錫，嘉慶某年舉人，歷官台、處兩屬教諭，後以知縣候闕於江蘇。宜人生時，其祖方官順天府府尹，故宜人生於京師。兒時，其祖母殁，哀慟如成人。年十七，歸鄞縣張君旬玉。張君父槑叔先生，以文潁館校録授青田縣學訓導，然多病。一歲病甚，幾不起，宜人謀於夫，同刲股肉和藥以進，病良已。祖姑蔡孺人，嘗以節孝旌者，含辛茹苦，得咯血疾。宜人陰察其所欲，質釵鐶以奉之，孺人爲少愉焉。及卒，哭之如哭其祖母。俄而其繼姑陳孺人卒，哭之如在家時哭其生母。槑叔先生有五女，宜人來歸時，三女已及笄，二女尚幼。宜人撫視之，若同産然。及當嫁，則出奩中嫁時衣飾，分以貽之。已而槑叔先生應鄉試中副榜，調授新城縣學教諭。病久益衰，以宜人夫婦分主内外事。事畢治，旋爲夫弟授室，篥里之間，亦若同産然。娣婦舉一子，曰慶堂。童時匍匐入於水，惟宜人獨見之，倉卒不及號呼，自投水中負之以出。嗚呼！惟孝故弟孝且弟仁也，仁斯勇矣！及槑叔先生卒於官，宜人與張君治其喪，其哀慟若在家時之喪其祖若父然，則《禮》所謂事舅姑如父母者，宜人允蹈之矣。同治元年，族黨鄰里狀其事實，達於臺司，以孝婦旌，如律令，亦公論也。

其長子家相早卒，遺一子曰傳芬。次子錫蕃，廪貢生，議叙中書，加郎中銜，生一子曰傳心。聞錫蕃亦至孝，宜人病，一夕三起，其婦葉侍湯藥惟謹，皆宜人之素以身教也，然亦天之所以報其孝矣。余因次弟其事，附其家乘以存其人，用太史公《伯夷傳》例，論即具於傳中，故不贅論也。

春在堂雜文六編三

少蘭翁君傳

君諱傳煦，姓翁氏，湖南善化人，福建鹽法道、署按察使蘭畦公之長子也，其世系詳余所撰《蘭畦公家傳》。君兄弟二人分父之字以爲字，故君字少蘭，而其弟傳照則字少畦。後君在閩寓，闢一齋，少蘭名之曰魯，君大喜，曰：「甚善！甚善！」遂自號魯齋云。

君之生也，蘭畦公方爲福建莆城縣丞。生八日而粤賊石達開自鉛山來犯，公率兵拒之於二渡關。母高夫人在署中，或傳兵敗矣，乃以君付乳媪，命速從其夫去，而自握印，挈二女坐井闌，曰賊至則同死井中矣。已而公戰大捷，賊退，乃始營求得君於四十里外襁褓中，經歷大險竟無恙。稍長，課之讀，讀不能多，然能暗記，終身不忘。六歲懸腕書大字，十一歲作小楷書，十二歲作草書，皆深得古法。蘭畦公甚奇君，嘗問：「汝知我作官樂乎？」曰：「百姓樂便樂矣。」公笑而頷之。十五歲代父作書札，曲盡事理。光緒六年，母高夫人病危，君每日步禱於烏石山之神。神廟在山巔，風雨寒暑無間。午夜則露跪中庭，望北斗叩頭，求延母命。如是者一年，母病竟愈，人以爲孝感。其明年，兄弟同回楚應試，聞鄉里間貧户多溺女者。君惻然與少畦謀，以是年所入田租，益以行囊所賫，得錢如干，凡生女貧不能舉者資助之。居一年，活女嬰六十有餘。卞頌臣中丞聞而嘉焉，書「爲善最樂」四字贈之，非君意也。中丞因是創設救嬰局於長沙城中，君亦蠲金以成其事。計其金值穀千石。中丞將聞於朝，請以「樂善好施」四字旌其閭，君辭甚力。中丞曰：「吾且成其高。」遂已。其後中丞督閩浙，君適仕閩，未嘗以一牘相干也。八年，蘭畦公卒於位。九年春，高夫人又病，乃使少畦奉父喪航海歸，而君奉母陸行。至浙之衢州，母旋卒，少畦又奔赴與俱歸，治葬如禮。

既免喪，與少畦家居。家中藏書甚富，夏必曝之於庭，立烈日中不知熱。雪夜屋漏，數起守護，不知寒。人問何自苦，乃爾曰：「吾父以授弟讀者也。」少畦請編緝家乘，君則大喜，曰：「吾弟此舉可謂有志矣！」居久之，少畦以貧故勸君仕，不聽，勸之益切。君初以蘭畦公助晋振，移奬得場大使，乃遵海防例以遇缺先注選籍。光緒十六年，選授福建潯美場大使。場官故與胥吏朋比若左右手，吏亦不知官尊，視若雁行。然君初任事，有吏魁用敵體禮來見。閽者白某人拜會，君怒曰：「吏也，敢爾邪？」命翼日堂見，群吏皆聳。而君治事寬嚴相濟，定各哨功過賞罰章程，無不悦服。商船渡海例給驗符，雖至丙夜，必起爲鈐印，不使留待明晨，曰「無誤其順風也」。鹽船持照配鹽，或船至照未至，許其自陳如數配運，曰「無使徒糜旅費也」。鄉間載薪來售者，出口必令繳半課，君曰「無鹽何課也？如不裝鹽，免其繳課」，民皆感之。初永春之民以新章計口銷鹽，課增民病。有陳拱者，以此倡亂，煽惑甚衆。負販之夫麇聚於一村落中，曰林井，抗不納課。君單騎馳往，以禮延見其父老，出條教二，嘉其守法者，而戒其違者，人心帖然。又訪知蕭下鄉販私者，以某某爲魁名，捕得之，械而巡於市，一時改業者甚衆。君在官不受分外一錢，除夕檢囊中止存錢千，笑曰：「以此度歲，清且閑矣。」有方豹侯者，舊受蘭畦公恩，知君貧，以百金饋，不受。因以書告少畦曰：「擨揭萬難之時，力却此金，老兄亦可謂懸厓勒馬矣。」少畦以君爲場官，無可展布，徒博人稱廉吏，亦無謂也。乃賣田，爲君捐輸，開原缺，以同知侯補。去潯美日，民皆執香送輿，前後相望，而曩時用敵體禮來見之吏亦叩首車下，走送八十里而後去。

君入都引見還及滬，少畦亦自湘至滬相見，論吏治，得六十四則，是曰《書生初見》。其年冬，少畦亦以知縣仕江蘇。君初不以少畦出山爲然，蓋曩時父書留與弟讀之意也。然少畦之才實已可仕，亦不固止之，與少畦書封題「二弟爲國爲民」六字，其兄弟相規切，异恒情遠矣。

既至閩，奉檄充鑪市鳌局委員。其地距省遠，鳌亦極微。君訪求積弊，裁汰陋規，徵收逾額，而私用奇窘。又水土甚惡，從者病有死者，君嘆曰：「昌黎之詩不云乎：『致汝無辜由我罪。』」并前官僮僕死於是者而蘊葬之，籌經費以祭之。嗚呼！可謂仁矣。

既報滿，受代還省。逾半年，得閩安分局之差，而忽聞少畦在鎮江大病，航海來視，止之不可。及至，已愈，而君忽大嘔血，十數盂皆滿。先是，君家居時曾患瘧，自首達踵浮腫若瓠，菡屎皆絶，醫者謝不爲。少畦禱於神，請以身代，已而果愈。少畦謂神允其請，預爲死計，而亦不死。然兄弟兩人自此皆善病矣。君嘔血凡十餘日，始稍止，少畦諷君改官近省，君以幸官先人遺愛之邦，不忍棄，仍至閩。閩督邊公寶泉及鹽道余公聯沅皆甚重之，命管泉永官運總局，兼理安溪、永春。永春乃蘭畦公舊治也，君喜曰：「吾得拜永春民建之翁公祠矣。」然又歐血，血止，又患瘧。少畦每日必禱於神，申以身代之請。君時劇時瘥，力疾至泉州，書數語寄少畦曰：「沿途辛苦果如所料，瘧又作矣，此絶筆也。」光緒二十二年十二月庚寅，卒於泉州，年三十有七。

君凡事退讓若不勝任，而任事之勇，壯夫不能奪。其言吶吶然，而他人百思不能易其言。

性好施與，見貧者必賙之。或曰：「彼僞耳。」君曰：「皆疑其僞，則窮人餓死矣。」在家時，有湘陰令忤上官，調辰溪，虧帑銀甚巨，君僅與一面，聞其語所親曰：「廉名，吾不忍敗，有死而已。」乃質田得二千金，又貸於人得二千金，代償之。方書田券時，有奔告者曰：「辰溪之檄又撤矣。」少畦目視君，君若不聞者，書券如故。在閩時，有同官素不相識，卒而無以斂，君質衣，得洋錢十，易錢萬，使人與之，餘錢數百買水仙花二盆，繼而悔曰：「何不即以餘錢畀之乎？」

妻徐宜人有賢德，生子三，長家琦，次殤，其三即生於君卒之前三日。少畦曰：「猶有天理，此子必昌。」名之曰家理。女子子四，存者一，曰佩珍。

論曰：君爲人惟守蘭畦公遺訓，以「忠厚樸實」四字自勵。嘗曰：「官是身外物，名是終身事。若有官而無名，是求榮而反辱。」嗚呼！以君之志而又濟之以才，使天假之年，功業當不在蘭畦公下，乃未及四十而卒，是可悲矣！君與少畦兄弟之篤，爲當代所罕見。余爲君傳，兼以塞少畦之悲。且願少畦善自愛，勿令蘭畦公之後竟無繼者也。

傅君江峰傳

君諱岱，字應谷，其家譜名廣佐，應試易今名，傅氏，浙江諸暨人。所居在邑東南曰梅嶺，有溪山之勝，因又自號曰江峰。昆弟五人，君居次。父以子衆，議异爨，屢諫不從，分居之後仍與諸弟從其父居。後其五弟殁，弟婦樓守義不嫁，有欲奪其志者，君力護持之，許以己子爲之嗣，事乃解。今樓已五十餘，且抱孫焉，於是咸稱君孝友云。

咸豐四年，以詩賦受知於學使萬藕舲先生。入縣學，十應省試不售，而文名藉藉，里黨間争延課其子弟，歷主許氏、黄氏、斯氏、虞氏、徐氏、趙氏、周氏、陳氏，皆浙東巨族也。其教人爲文論、書理、文法，細入豪芒，而君文章敏捷，嘗一日成文十篇，同人驚爲宿構。

有二子，曰振海、曰振湘。晚年每挈之自隨而親教之，課程極嚴。然又謂之曰：「讀書以變化氣質爲貴，有以讀爲讀者，有以不讀爲讀者。春秋佳日，山水勝處，禽魚草木皆文章也，釣游風咏皆學問也，拘拘書囚奚爲乎？」梅嶺之下有地曰雙溪，君每往釣於是，語二子曰：「不在得魚，臨流小坐，最足養人性靈耳。」振海嘗搜輯邑中先輩遺詩，將刻以行之，君曰：「兒志非不高，然年少望輕，且以古聖賢爲己之學自勵，勿亟亟於此。」二子謹遵其教，皆有成立。及君殁，乃繪《梅嶺課子圖》，遍徵名人題咏，志永慕也。

當粤寇之亂，避居鄉間，歲饑乏食，儒流皆束手待斃，君幼貧，習知穡事，乃躬耕十畝以自給，雖老農謝不如。及寇平，曰：「聖主中興，吾儕可投耒矣。」仍歸梅嶺舊居。途遇餓夫數輩，予以錢，分以糧，資之使還，塗人感嘆。光緒七年某月日，以疾卒於家，年五十八。娶同邑杜氏，讀書通大義，助君教子。其子嘗言：「吾父之教嚴而寬，吾母之教寬而嚴。」可知其善教矣。子二人，振海、振湘也。

往年，潘繹琴學使續刻《兩浙輶軒録》，振海奉君《梅嶺遺稿》一卷以進，學使爲采録數篇。君詩文不自收拾，存者無多，然有此亦足傳君矣。光緒二十三年，振海以選拔生貢成均，余嘆曰：「梅嶺之風遠乎哉！」振海肄業詁經精舍，師事余，請爲君傳，因據其所撰行述，掇著於篇。

論曰：宋永嘉李之彦著《東谷所見》一卷，自稱游歷五十年，教公卿大夫之子孫屢矣，教白屋之類亦多，是其人乃老塾師也。今君以文藝教授生徒，歷主諸巨室，《梅嶺遺稿》固宜與《東谷所見》并傳矣。然李之彦不聞有令子，而君二子皆賢，振海已名動公卿間，是又非李之彦所及也。國朝有錢氏《夜紡授經圖》，世稱母教，今《梅嶺課子圖》，父教也。二子尚無負此圖哉。

蔡節婦傳

蔡節婦戴氏，德清人。父戴田，邑諸生也。母沈節婦。生而嚴重，自始齔至成人，不一窺外户。年十四歸於蔡。其夫蔡篤慶亦十四歲，早喪父母，育於祖母，故自幼失教，無恒業，終日惰游，距躟市廛，夕或不歸。至十八歲，一朝走失，偵探無踪，或曰死矣，或曰猶在某所，然其人則竟絶。祖母老而多病，家又貧也，婦撚搰奉之。既殁，乃歸依母氏，藉女工自活。

咸豐十年，邑陷於賊，婦走匿鄉間，幸不死。亂定而返，以祖姑及舅姑皆野厝未葬，積針黹所得，具虆梩而掩之。終身布衣蔬食，葷血不入口。時兵火之後，暴骨如莽，游魂無依，魑魅求食，婦爲持誦佛家經呪，輒有驗。自失所天，守節垂四十年而終。傳者不言卒於何年，亦莫知其年如干也。

論曰：自古至今稱節婦者夥矣，然皆夫死守節者也。蔡節婦于歸四載，孀居終身，而實未得其夫死耗。唐李德武妻裴氏以夫徙嶺南，宋周渭妻莫氏以夫避地北去，皆煢苦獨居，時稱節婦。然彼二人者，其夫皆復歸與完聚，婦煢苦殆有過之，而夫竟不歸。嗚呼！是尤可哀矣。

西圃潘君家傳

君諱遵祁，字覺夫，别字順之，自號西圃潘氏。其先自歙遷吴，世爲吴著姓。君爲榕皋先生之孫，理齋先生之子，世系[一]炳然，可無述焉。

道光六年，君與弟補之君同入吴縣學。逾二歲，以高等補廪額。又逾歲，爲道光九年，榕臯先生年九十，重赴恩榮宴，賜四品卿銜，海内嘆羨，稱盛事焉。俄理齋先生卒。越明年，榕臯先生又卒。君承祖命、父命與補之君謀捐田千畝，請於從父文恭公，建立松鱗義莊，自始祖唐歙州刺史逢時公以下咸秩祀之，族之人昏喪皆有助。生子予之鑣，子能讀予之師，不能讀予之業，讀而成名，獎助尤厚。潘氏科名甲吴下，由君振興之也。宏綱瑣目皆其手定，至道光十七年始臻厥成。是歲也，學使者錢唐龔文恭公以君充拔貢生。明年，入都，居從父文恭公圓明園賜第，與星齋、紱庭、季玉群從昆弟互相劘劇。及朝考，群公皆擊節欣賞，而以詩末聯見擯。詩題爲《荷珠》，君嘗閲《日下舊聞考》，知禁苑有御題「麴院風荷」額，故於末聯用之，而閲卷者或未之知也。君初不以悔，讀《南華》爲意，南歸，道泰安，登岱觀日出，請舅氏汪鐵樵先生爲繪《岱頂看雲圖》。未幾，以拔貢生就職訓導，由訓導捐内閣中書。二十三年，入都供職，應京兆試，中式。二十五年，成進士，改庶吉士。二十七年，授編修。才望既崇，門第又盛，僉謂跬步

[一] 系，原訛作「繫」，徑改。

公卿矣。而君淡於仕進，即有歸隱之志。時補之君亦官中書，所寓曰涵青閣，朱野雲山人鶴年舊居也。僻在城南，隔絶塵𡎺，樂其清曠，居此銷夏。八月，即乞假歸，自鎸小印曰「四十歸田」，自此不復出矣。

姑蘇繁華爲海内最，而山水之勝則在郡城西南數十里外。君厭城市之喧呶，喜山林之幽寂，夫人汪氏亦有同志，乃於鄧尉築香雪草堂。又得宋楊逃禪老人《四海花卷》，即於草堂西遍築四梅閣。春秋佳日，逍遥湖山，青鞋布襪，望若神仙。錢唐戴文節公爲作三圖，曰《山居圖》，曰《四梅閣圖》，曰《湖山偕隱圖》。玉堂天上之思久已不置懷抱矣。

二十九年，吴中大水，君倡捐以拯災黎，親至各鄉稽夫家籍户口。見貧民無力養牛，牛羸且死，乃糾合同志者於盤門外青陽地設廠質牛，一牛千錢，與之質劑而代之芻牧。水退，仍以千錢來贖，不取其息，極貧者或量減之。凡養牛六百餘頭，於是牛皆獲全，而來歲農事得無廢。又設粥廠以食餓者。一日釜中粥盡竭，或曰：「鬼啜之矣。」君爲文祭之，皆笑爲迂，然自後粥竟不竭，蓋誠之所感也。君於是役不遺餘力，後君恒有怔忡疾，實始此矣。

咸豐三年，粤賊陷金陵，吴中戒嚴，當事者籌防籌餉，無一舉不謀於君，君亦樂爲之盡，而舊疾又頻發。補之君深念之，亦乞假南歸。君甚喜，於屋西闢地數弓，築屋數楹，種蔬莳竹，署曰西圃，西圃之號於此始也。集同人作銷寒會，得詩百五十篇。吴下自汪蕘圃倡興問梅詩社，後風騷久絶，惟君繼之。八年，補之君卒，君輟吟咏者半載。

十年，蘇城陷，避居滬上，主蘂珠書院講席。同治二年，克復蘇城，君返，趨視先塋，則理齋先生之墓圮者半矣。君故有生壙在彈山之原，敬奉而遷焉。又迫於形家言，越四十日交立春節，不可遷矣。而大亂之後，物力雕劫，撧搰經營，幸而集事，嘆曰：「此舉不合古禮，吾不得已也。」事詳君所爲《遷先塋記》。

當是時，江蘇諸大吏咸以善後之事諮訪於君，君曰：「修建文廟，其尤要也。」殿宇既建，而春秋釋菜禮樂闕如。爰集郡縣生於明倫堂，教之禮容，教之樂舞，如是五年，始復舊觀。君又曰：「豐備倉亦要務也。」初，林文忠公之撫蘇也，設豐備倉於撫署，出入皆官主之。至是乃請於郭中丞柏蔭，用朱子官紳共主之議，變通舊法，度地於元邑正三下圖，建倉儲穀，其餘錢則貸之質庫而納其息。

光緒二年，江北大旱，飢民渡江就食，詔發蘇州豐備倉穀及息銀各十之三以備振。凡發穀一萬三千石，錢一萬四千緡，全活無算。大吏於收復蘇城時，録君前勞，請加獎叙，有旨賞翰林院侍讀銜。及義倉之建，君在咸豐時曾捐田千八百畝，亦議追録之，君悉以移獎族姻，惟輯《義倉全案》八卷，以存掌故而諗來者。他如籌備賓興經費，增加書院膏火，整理善堂章程，無不殫心力以爲之。而主講紫陽書院二十餘年，造就尤廣。選刻課藝至十有七編，諸生中得鼎甲者三人，其入玉堂、登賢書者，蓋不可勝數也。烏呼！君之功在梓桑何其偉歟！

君念七世祖以上墓皆在歙，命從子鍾瑞歲往致祭。又念六世以下未葬者積百二十棺，皆爲卜地營葬。始建義莊，即修家譜，十七寒暑克有成書，毁於兵火。重加搜輯，又閲四年，譜牒告備，可謂敬恭祖舊者矣。

汪夫人於同治四年下世，偕隱不終，然香雪草堂至今無恙，戴文節三圖亦完好如新。君賦《還山詩》有曰：「天留茅屋老餘生。」溯自締造之初，在咸豐甲寅之歲，享山居之福，垂四十年，天之福君者至厚矣。

君工詩善畫，見一材一藝，稱道勿衰，晚年作《吴中七老會》。七老者，彭君慰高，顧君文彬，吴君艾生，蔣君德馨，吴君嘉椿，餘二老則君與從弟季玉也。

君始多病，後讀《素問》《靈樞》有得，乃益彊固。七十八歲重游泮宫，有詩紀之。光緒十八年六月丁未，卒於第，年八十有五。著有《西圃文集》五卷、《詩詞集》十五卷、《題畫詩》二卷。此外，詩賦及《衛生要録》《節飲集説》各如干卷。

配汪夫人，即湖山偕隱者也，君有詩云：「老妻亦解幽居樂，催促移橈共入山。」可知其賢矣。側室鄭宜人，子觀保，以優貢生中式舉人，官至河南補用道，加按察使銜，賜花翎二品頂戴，後君二年卒。上達，殤。康保，以舉人官浙江知縣，賜花翎，補缺後以知府用，先君卒。惠吉，殤。敦先，優廩生。睦先，附學生，并議叙中書科中書。女四人，孫十五人，曾孫九人，曾孫女四人，玄孫玄孫女各一人，子孫曾玄凡四十人，亦云盛矣。詳載家乘，不備書。

論曰：君之生也，榕皋先生讀《左傳》，適至「祁奚請老」，故以命名。然祁大夫老而致仕，君四十歸田，古今人何必同乎。余與潘氏有世講之誼，蓋伯叔行也。而又爲丁酉同年，君折行輩而與交。嘗以香雪草堂屬爲之記，故知君最詳。兩中書君請爲家傳，書此以應之。君於諸子，已仕者必以嚴刻爲戒，未仕者先教以立品，嘗述理齋先生遺訓曰：「處世以謙和爲主，居家以勤儉爲主。」此名言也。學問淹雅，品行純粹，宜其獲福於天之厚矣。

翰林院侍讀學士絜齋吴君傳

君諱寶恕，字子實，一字翰文，晚年又自號絜齋，姓吴氏，江蘇元和人。祖廷琛，嘉慶七年進士，殿試第一，歷官雲南按察使，内用四品京堂。父思樹，道光五年舉人，廣東樂昌縣知縣。

君幼而力學，年十七入縣庠，十九補餼額。五試南闈，屢薦不售。粵賊之亂，奉樂昌公轉徙而至海門，仍不廢學。同治元年，應順天鄉試，中式。明年南歸，以海門卑濕，奉樂昌公遷於滬，而樂昌公已病，未幾卒。時蘇鄉比年大熟，乃倡餉捐之議，其章程皆君手定。及居堊廬，蘇士大夫强之出，始終其事，得餉百餘萬，軍需及善後事皆辦，而諸業户亦稍有所得。亂後藉以生聚，君之力也。四年，清水潭決，民蕩析離居，渡江而南，就食於蘇者二萬餘人，主其事者，君與今湖南巡撫清卿吴君也。君居鄉時，其行誼已如此。蘇城之復也，蘇撫今相國李公叙君籌餉功奏，賜鶡羽翎，旋納貲爲員外郎，分户部山西司。七年，應會試中式，以二甲第二名進士改庶吉士，君以樂昌公及母徐太夫人皆不及見，痛哭累日。十年，散館授編修。十二年，充陝甘正考官。光緒元年大考翰詹，名列第一，超擢翰林院侍讀學士，充廣東正考官，旋拜學政之命。

廣東富庶，爲東南行省冠，豪右之族每望子弟列名庠序，以爲光榮，俗尚相沿。雖仕宦世家亦挾其勢力，百計營求，而浮浪奸人又借闈中姓氏爲博塞之具，得失既重，情僞益滋，甲名乙應，張卷李作，縛蟹扛鷄，名目詭异。君點閱名册，審察年貌，試卷逾萬，躬自衡校。有某教官冒名入場，按治如律。童生覆試與正場不符，除名改補。雖遇貴游，不少徇顧。於是士林悦服，而不逞者嘖有煩言矣。二年，命仍留學政之任，君守法愈嚴，而憾者亦愈甚。適某臺諫之弟以覆試被黜，某即摭拾不根之事，列款參劾，時君已將報滿矣，有旨下廣東督撫察核。廣督劉公坤一素重君，將力白其誣，俄調兩江而去，後人重違言者意，姑坐君按試嘉應州時，不應往拜其父私祠，下部議，降三級。初，樂昌公之仕廣東也，曾攝嘉應州，有惠政，既殁而民私祠之。及君至，士民皆喜，請君謁祠。君辭之不可，屏騶從往拜焉。嗟乎！以是坐君，則他無可坐可知矣。

君既歸，益務爲善。親族以緩急告，必應。他省有水旱之灾，必助之振。胥門外有林文忠所建牛王廟，收養老病耕牛，亂後堂廢，牛老則屠，君與顧子山觀察，謀醵金重建之，蓋樂善不倦仍如前居鄉時也。光緒十六年四月甲子，以疾卒於里第，年五十有九。娶謝氏，封夫人。子曾瀛，光緒八年舉人，先卒；曾濤，浙江候補知縣；曾沂，廩貢生；曾湛，出爲弟後，尚幼。女子子三，所適曰王祖錫、曰葉基琳、曰王祖詢。孫二，傳震、傳恒。

論曰：君以文字受知，由編修超遷學士，自以君恩深厚，不避勞怨，力圖報稱，孰知竟以此一蹶不振也，悲夫！然余聞君同鄉潘文恭公以請終養降調，當時以爲雖左遷，實榮遇也。君之降調，坐拜父祠，傳之青史，亦一美談矣。歸卧鄉山，身名俱泰，子若孫亦皆克紹其家，君又何憾乎！

賀君妻樊夫人傳

賀君妻樊夫人，爲故河南太守玉農樊君之女。樊君有女子子三，其次女爲余長子紹萊婦，其三女即夫人也。幼穎悟，讀書通大義，事父母以孝聞，處兄姊間皆極友愛，其處室時，三黨已稱賢女矣。年二十三，歸賀君。賀君名良樾，字仲愚，雲甫尚書次子也。夫人來歸，尚書猶官京師。夫人事君舅、君姑，曲盡婦職，與姒婦同居無閑言。

越數年，玉農君卒於孟縣，夫人恐傷舅姑心，入室則泣血無聲，出則承歡笑，問寒燠，仍如平日。久而尚書覺之，謂其姑但夫人曰：「吾婦誠孝矣，茹痛於中而不見於顔色，爲吾兩人故也。」然夫人隱痛彌甚，時適懷妊，血氣大虧，墮焉。其年，但夫人又病。時兄公官江西，姒婦從之，惟夫人侍側，每至達旦，不歸私室，雖隆冬嚴寒徹骨，勿顧也。又私禱於神，求減己算以益姑，然但夫人竟不起，夫人哭之慟，暈絶者再。嗣後仍事尚書於京師，尚書以内政委之，家事悉治。

光緒六年，尚書解組南歸，就養江西，而仲愚亦以知府筮仕於浙。時余寓蘇州，歲必再至杭，大兒婦輒從之，與夫人叙兄弟之歡，甚樂也。夫人達於事理，仲愚或以疑難事諮之，罔勿決。十七年，尚書卒於其長君長蘆鹽運使署。赴告至浙，仲愚方鶵斯徒跣，而夫人目直視，若無聞者，俄而色變仆地，久之始得扶之起。又久之，始哭出聲。蓋夫人性至孝，又事尚書日久，故其哀痛一至此也。夫人故有喘疾，自此遂委頓床第間，時劇時瘥，竟以不起。

仲愚既免喪，仍官浙。二十一年，榷鹽於江西廣信府，夫人不能從，然每有使者至，必强出見之，曰：「歸告主人，我無恙，勿以内顧憂廢公家事也。」二十二年十二月己卯日加申，卒於杭寓之正寢，年五十有四。以仲愚加有鹽運使銜，故得加二級，封夫人。

無子，女子子一，曰榮寶，歸歐陽氏，恒至余湖樓山館省其從母，余亦見之，賢女子也。具事實，請余爲其母作家傳。余謂漢郭輔之女爲其父立碑，今夫人之女能爲母作行述，亦金石例中罕見者也。尚書公與余爲同年生，而余家又與樊氏有連，棗栗腒脩，饋問無虚日。夫人之賢固余所稔知也，又重以賢女之請，其忍違諸！爲之傳，繫以贊，其詞曰：

有齋季女，來嬪高門。禮儀媞媞，言笑温温。敬事尊章，靡間晨昏。相夫以恪，御下以温。靈踪雖遠，淑範長存。永示凱式，留貽後昆。

江君嚴恭人合傳

江君諱文鳳，字補崧，别字聽濤，江蘇長洲縣人。乾隆中有諱雲者以孝子旌，則君之六世祖也。自高祖以下，皆有聲庠序間。君生九歲而能文，入縣學後，陶文毅公、林文忠公皆深賞之。所與游者如吴公鍾駿、董公國華、吴公嘉淦、潘公曾沂、陳公奂，皆同郡知名士也。屢應鄉試不售，自三十六歲後即絶意科名，潛心實學。一以程朱爲宗，然晚歲亦頗喜禪學，與潘公曾沂討論會一歸三之旨，喜而不寐。

生平恒爲人排難解紛，成人之善。親串中有兄弟争産成訟者，君微言諷之，即爲罷訟，捐其所争歸於義莊。鄰有積欠租穀、謀鬻孀婦以償者，君以門人所饋束脩悉付之，事遂解。然是年幾無以卒歲，或誚之曰：「子其從井救人乎？」君不顧也。里中有育嬰、恤嫠、放生、惜字諸善舉，君爲之倡，則人皆樂從，由人信其無私也。道光季年，吴中大水，君建議開河道數處，使水有所歸。又勸民補種雜糧，人皆賴之。

粤寇起，金陵陷，君曰：「大亂避鄉，古語也。」以甪里爲唐賢陸魯望故居，樂其風土，移家居之。無何，有蜀僧來，與談内典甚洽，僧期六年後再見。咸豐十年，蘇城亦陷，賊踪四出，君招集鄉兵與戰。六月朔，賊大至，遂死於難。有人匿草中見一僧負其遺骸，至里東海藏寺，遂得成斂，竟不知僧爲誰，而距蜀僧之約，適符六年之數，然蜀僧亦竟不知何名也。年六十有六，生丈夫子四，湜、浚、浩、澄，皆能詩文，仕亦有聲。妻嚴自有傳。

嚴恭人者，江君聽濤之妻也。諱德涵，字湘琴，江蘇元和縣用直里人。年十三已能佐其母治家政。及歸江氏，江故有中人産，至是益落。會將遣嫁兩小姑，恭人悉出己奩中物畀之，不少吝，且不使舅姑知，人尤以爲難。江君好施與，恭人輒贊成之。四十餘年中，佐江君主中饋，仰事俯育，心力俱瘁。

粵賊陷金陵，江君欲遷居角里，謀於恭人，恭人笑曰：「我能往，寇亦能往，未有城亂而鄉不亂者也。然爲子孫耕讀計，則居鄉自勝於居城。」於是遷居之議遂決。是時，向提督之軍駐金陵城外，江南倚以爲重，吴中人士多投其軍中者。有馬、陳二子以書招恭人長子湜，湜欲往，恭人曰：「汝以書生談兵，庸有濟乎？」湜乃止。已而爲貧故，以末秩仕於浙，恭人誡之曰：「勿附權勢，勿戀名位，勿避患而趨利。文人巧宦，自古耻之，願汝勿蹈此習。」湜仕浙有聲，恭人之教也。厥後向軍潰，蘇城陷，馬、陳二子均死難，益嘆恭人所見遠矣。

蘇城既陷，恭人曰：「吾前言之矣，城與鄉同一亂，吾不免矣。」率其女佩茱同赴水死。時五月壬子也，先江君殉難十一日，年六十四。

恭人之事舅姑如事父母，其事夫順而敬，其教二子寬而能嚴，其處衆以和，其御下也明而恕。能詞章，不輕爲之，無知其工詩者。嘗讀湜詩，嘆曰：「詩已成家矣，然無温柔敦厚之音，此子其不合於世乎？」又精於醫，蓋其父固名醫也，然亦不輕爲人處方。有親串就之診脉，退而語人曰：「秋後死矣。」果如其言。季子澄爲余言之，蓋恭人之德、之才均不可及也。澄官知縣，加級請封，故江君與恭人俱得四品封。

論曰：當江浙之陷於賊也，死寇難者不啻億萬計，有以忠義旌者，亦有淹没不著者。然如江君篤行君子，恭人女而有士行，雖非死難，亦足爲賢矣。矧江君慷慨就死，恭人從容赴義，尤卓卓可傳乎。余因湜之請，爲紀大略，附其家乘江孝子之後，繼以忠烈，是足爲江氏之光矣。

少畦翁君傳

故福建鹽法道署按察使蘭畦翁公有賢子二：曰傳煦，字少蘭；曰傳照，字少畦。前年冬，少蘭卒，少畦請於余爲之傳。今年春，少畦又卒，莫爲之請矣。其妻徐孺人，賢婦也，命其夫兄之子家琦登吾門而請焉。余既傳少蘭，安得不傳少畦？雖然，傳少畦難。蓋少蘭之卒也，少畦所具事實甚詳，故余得據而爲傳。今少畦之卒，余何從得其詳歟？然余識少畦有年，又辱居吾門下，雖不知其詳，固知其略。

少畦自幼有大志，少蘭期望其弟者甚切，凡蘭畦公所遺書籍，必謹藏之，曰：「留以待吾弟讀也。」然蘭畦公故廉吏，歿無遺貲，弟兄以貧故，先後出仕。少蘭先以鹺尹官福建，而少畦亦以知縣來江蘇，入都引見，名重公卿間。翁叔平尚書甚器之，曰：「吾以族子目子，失子矣。」徐壽蘅侍郎與有連，亦深嘆其才。及至江蘇，即以侍郎書求見於余，并出所著《書生初見》一書相質，所言皆通達事理，雖老於吏事者不能及。余爲序而行之，决其异日必爲吴中一循吏。

未幾，充洋務局委員。是局設於巡撫署，時撫蘇者爲樂峰中丞奎俊，朝暮相見，乃大賞之。會倭事起，天下騷然，君發憤輯古兵家言二百三十則，自爲説一萬四千言，曰《醫時六言》。一曰將，二曰兵，三曰備，四曰戰，五曰奇，六曰守。或借古以喻今，或援今以證古，一時如李鑒堂、譚敬甫兩中丞及安曉峰侍御，皆以爲切實有用之書。

少畦憂時感事，一發之於詩，如《悲威海》《悲旅順》《悲澎湖》《聞天津戒嚴》《聞京師戒嚴》《聞再議和》《聞和議成》諸作，皆激昂慷慨，誦之使人於邑。樂峰中丞曰：「少畦以一縣令而憂國憂民如此，誠哉愚不可及矣。」愈重之，命管鎮江上游釐局。時總理釐税者爲朱竹石觀察，而繼樂峰中丞撫蘇者，趙展如侍郎也。觀察明敏，雖秋豪不能欺，趙公御屬吏亦極嚴切，然於少畦所上公事皆無閑言，依期辜校，有贏無絀。

所居在儀徵縣之泗源溝。少畦樂其風景，賦《上游三十咏》，爲種柳百十株以固江岸。勸儀徵令朱君於文文山祠旁設文山書院，以實學課士。嘗發地得石，有「孤墓」二字，立石以記之。又以餘晷修葺家乘，荒江老屋中，甚自得也。

少畦在家時，曾以兄病禱神請代，少蘭愈而少畦亦無恙，然自此兄弟皆善病。上游地卑濕，居久之，得疾甚劇。少蘭在閩，來視之，未幾亦病，旋閩遂卒，語詳《少蘭傳》。少畦得信，與余書請爲傳，語意雜亂，字亦劣不成行，余嘆曰：「少畦危矣。」其秋，辭余回湖南，卜葬其兄，年盡不歸，余以爲猶在楚也。今年正月，問之其寓，乃知其歸也匝月矣，途中即得心疾，狂易失度。嗚呼！斯人也而有斯疾歟？光緒二十四年正月壬辰，卒於蘇寓，年三十四。

少畦雖嘗主榷會，身後無百金之儲，廉吏之子又爲廉吏，宜其窮矣。生有一子曰家銳，一女曰鎔，遺腹又生子一，曰家鍠。少蘭之卒也亦然，何弟兄相似之甚也！所著書惟《書生初見》《醫時六言》，皆行於時。此外遺稿甚多，大半皆與人書札。又有書數篇曰《三生篇》，曰《無心篇》，曰《閑居篇》，曰《泣血篇》，曰《思過篇》，曰《奇遇篇》，曰《知己篇》，曰《益友篇》，曰《共命篇》，曰《同心篇》。惟《共命篇》爲兄少蘭作，《同心篇》爲妻徐孺人作，皆已寫定，餘皆不可讀。余惜少畦之才而不壽，又哀徐孺人之請，因爲之傳，冀有見於没世。若其家世，則已詳余所撰《蘭畦公傳》，傳少蘭已不書，傳少畦更不必書。

論曰：孝弟爲仁之本，而晚近以來，孝子十不得一，弟弟百不得一。如少畦者，其孝而兼弟者歟？事父事兄，人無閑言。余甚喜其天性之篤，而其才氣又自過人，若稍假以年，必有以表見於世。方今時事多艱，人才難得，少蘭昆仲皆才而早世，嗚呼！豈獨翁氏之不幸歟！

胡君妻徐孺人傳

徐孺人名學衛，字漪娟，小名瑛，浙江會稽人。父樂善，江蘇候補知州。孺人三歲而孤，然在襁褓中，其父恒抱之而行於室。及長，猶識之，并其父之容猶能彷彿焉。自幼明禮義，有才識，性耿介，志高亢，與恒情异。嘗侍其母疾，不解衣而息者月餘。鷄初鳴，露禱於庭，請以身代，七日而母竟愈。兄弟間或有違言，孺人勸譬之，立解。故在室時已有賢名。

胡君筱樓母臧孺人聞其賢，固請而委禽焉。時孺人年已十有六，母張安人豫爲治奩篚、備裝遣。無何，而其次姊甫許嫁，即來娶，母以未辦辭。孺人請於母，盡舉所備者與之。及孺人嫁，簪珥裙襦，倉卒不具，孺人無愠色。年二十八歸於胡，時胡氏寓蘇，胡君至越爲贅婿，匝月，將以孺人歸。張安人苦留之，孺人亦依戀其母，然竟從胡君歸，曰：「既嫁從夫，吾不敢私也。」既歸，舅姑甚重之，稱曰賢婦。侍姑疾如侍母疾，與胡君極相得，有過則微諫之，有恚怒則婉解之。胡君外出而歸，所作事無巨細必以告，無稍隱。

胡君恃生徒修脯以贍其家，孺人以針黹佐之，自黎明至午夜手不停針，無怨言，惟望胡君成名甚切，鄉試之歲必勸之往，脱釵鈿供資斧。報罷而歸，相對淒然，然亦不以咎其夫，慰之曰：「是有命也。」家雖貧，不輕干人。其舅氏頗富於貲，不往也，舅氏則頻使人招之曰：「使吾家婦女稍薰其德耳。」

長兄潤芝宦游粵西，次兄奉其母往，孺人阻之曰：「吾兄薄宦，不足言禄養，母往奚爲？」次兄不可，母往而孺人遂與母永隔矣，至死猶以爲憾。其父之柩久而不葬，潤芝寄貲托胡君治窀穸之事。孺人方有身，與胡君偕任其事，經營於風霜草莽中，浹旬始畢。

胡君旋以客授吴門，與孺人俱來，節縮衣食，不賃用僕婢，井臼親之，爲胡君手製衣履，寒夜刀尺，十指皆皸。自奉極嗇，而祭祀必豐潔，先世忌，從不愆忘。爲其母斷葷血三載，以報劬勞，每逢父憂母難之日，終朝素食。此外不佞佛，不信鬼神機祥之説，卓然有士大夫之見。

在紹時，族中某甲盜祭田質錢，爲某乙所持，胡君適在江西，田則與乙共者也。甲語乙曰：「與徐孺人俱來，吾償若錢。」孺人偵知甲窮窘無生路矣，乃曰：「同是族人，彼急我方當濟之，豈宜乘其急而擠之？」堅謝不往。

在蘇時，有舊僕踵門求食，且乞寄一宿，明晨以洋錢數枚、錢數百呈孺人曰：「小人懷此，懼爲身累，暫存主母處，不日來取也。」孺人固却之不得，乃使封識而去。此僕竟不來，歷數歲封識如故。孺人偶一觸之，瞿然曰：「此中得毋有不義之物乎！污吾手矣！」亟滌之。前一事仁也，後一事義也，仁且義，賢乎哉！

方十歲時，於兄所持便面見七言詩兩章，兄曰：「汝一見能記乎？」曰：「能。」即背諷無遺。喜讀《左傳》《國語》及杜詩，偶製短章，斐然可誦。棋與畫雖不工，皆能之。偶聞琴聲，能辨其雅俗，蓋賢而才者也。

終以貧故，操勞過甚，遂成痼疾。又不肯服藥，浸至不起。光緒二十三年十一月戊申，卒於蘇寓，年四十。子三人，瀚、衡、翔。女一人，雯。

論曰：余識筱樓久，其人君子也。及筱樓移家來吴，與余寓連墻，始知筱樓賢，孺人亦賢。筱樓言孺人無戲言，無苟笑，不諂富貴，不驕貧賤，能料事於數年之後，能知人於一面之初，權勢不能屈，讒佞不能惑。余兒婦輩皆與孺人交，問之，其言果信。嗚呼！雖古賢媛何以加兹！

徐烈婦傳

徐烈婦名秀華，仁和人，高氏。其父岡，以知縣官福建。烈婦幼慧，讀書通大義，能爲詩。稍長，佐其母治家，家事治。父母奇愛之，難其婿。會稽諸生徐煌，字煥卿，長於會計，挾其術游於閩，佐州縣治財賦，一時稱其才。岡乃以烈婦婦之，甚相得。

婦以姑在家不獲奉侍，與其夫謀，使人至越迎之。母戀家不往，命其幼子往，遂同居福州。居無何，煌中暑得危疾，醫謝不治，婦刲臂肉羹以進，竟無效。煌卒，婦哭之，似不甚哀。治斂具，竟謂夫弟曰：「若持兄喪歸，好慰老母，無使過悲，嫂不能偕返矣。」夫弟訝其言，猶疑其將歸母氏也。次日遲明，婦戒僕媪治饌朝奠。媪甫入厨，聞有仆於地者，趨視之，則婦也。扶之起，婦曰：「我誓從夫去，勿救我。」俄而遂卒，蓋仰藥已久矣。時爲光緒二十二年六月辛未，距其夫死止四時許耳，年二十八。夫弟奉其兄嫂之喪，歸葬會稽之樊山，其父岡方官永春州，不及見也。

婦性伉爽，當倭亂時，嘗有書上其父言：「時事至此，兒雖女子，中宵嘆詫，悲憤填胸。」味其言有烈丈夫風，宜其克成大節矣。歸於徐三載，無子，然煌有兄一弟五，不患其無後也。

贊曰：三年牉合，一旦偕亡。夫骨未冷，婦體已僵。遺言婉委，素志激昂。人倫之變，名教之光。雖非庸行，義烈孔彰。流芳彤史，垂示姬姜。

霽嵐李君傳

君諱光祐，字賴先，一字霽嵐，李氏。其先湖北麻城人，自明初遷蜀，遂爲四川合江人。曾祖文芳、祖棁咸有隱德，并詳家傳。父仕仲，幼孤廢學，然好讀書，嘗謂諸子曰：「吾無他嗜好，惟喜聽讀書聲耳。」君承父志，勖勉於學，以家鮮藏書，購求甚富。讀江西所刻《十三經》，以多訛字，手自讎校，他書亦然。又手録《五經》正文，擇漢唐以來諸家之説有契於心者，寫列上方，字小於粟，而點畫分明，無一筆苟簡。其爲文以江右諸大家爲宗，原本經史，不務爲穠縟。書院月課每居高等，而試於有司輒不利。

一歲，將赴縣試，有暮夜來見者，言：「縣令甚知君，如一往見，必裒然首列矣。」君怫然曰：「是何言與？客視我爲何如人？且此言可聞於吾父乎？」客休矣。」君屢試竟無所得，父謂之曰：「吾欲汝曹讀書，豈爲科第哉！」君嗣是遂絶意進取。

事父甚謹，行庭户間，不敢有步屧聲。以父性急，有所命不敢宿。母陳淑人嘗得危疾，君徹夜跪庭中，請以身代，翼日竟不藥而愈。淑人曰：「吾昏瞀中無所知，惟聞三兒爲吾請命耳。」

咸豐五年，陳淑人卒，殯於龍德山。於殯所結草廬，寢處其中。明年，既大葬，徙廬於墓旁，地距家里許，每日必歸問父起居，侍盥洗，朝饔夕飧，亦必侍父。將寢，又還侍。一日夜往返數四，不以爲勞。逾年父卒，奉父之喪，與母合葬，廬如故，然自是恒數月不反其家。廬居首尾六年，麻衣草屨終朝，跧伏思父母生前飲食寢興之節。屆時環走墓域，口喃喃問寒燠、問甘旨，皆如生時。繼以哀號，聲聞里許，聞者莫不悽惻。其朝暮哭則有定時，附近居人至聽以爲作息之候，咸嘆曰：「孝子！孝子！」雖竊賊亦相戒，無犯孝子家。

咸豐九年，滇寇李永和走川中，圍叙州，踞牛腹渡，距合江甚近，居民大聳。君與從弟光澈創辦團練，而其女婿徐紫麟亦預其事，於高洞九層崖諸隘口皆設防焉。賊至輒却之，鄉里賴以安堵。

十一年，賊大至，驟撲白沙鎮。君適與長子超元以事在鎮，聞警，挈超元與衆由叢竹中走北塞山，衆皆惶駭顛仆，君曰：「無怯也，賊方掠於市，能遽及此乎？」已而徐紫麟率其衆至，君使分路援婦孺之蹀躞不能登者。衆既畢登，君曰：「此山險峻，寇不知我虛實，今夜必不來，明日則不可保矣。我團衆止數百人，能與戰乎？宜急走。」乃率衆渡江而南。遲明賊果至，衆皆曰：「賴李君以免也。」

君歸，亟令家人治任，而自奉先世木主，又檢祖若父手澤及族譜稿本，并命其子超瓊盡取所讀書籍，載之以行，曰：「雖奔走流離，豈可廢學哉？」舉家遷於南鄉，有許君地山家居菜壩，安貧樂道，君子人也，留君父子寓於其家。茅屋竹籬，環以蔬圃，煮芋瀹茗，討論經史，間爲詩歌，若忘其從干戈烽燧中來也。

賊退，復歸，而家益以落。娣姒輩皆謂食指多，宜析爨，非君意也。然君自顧子女衆，懼爲昆弟累，乃亦議析。析既定，出先人服飾器用陳於庭，君俟昆弟輩取畢，乃收其窳敝者，笥而藏之，至所遺逋負，則悉以自任，語諸子曰：「此不可累諸父，亦不可負人，吾父子徐圖之可也。」又曰：「産雖分，骨肉不可分，緩急有無，仍宜視如未分時。」其後允蹈斯言。

然自析爨後，生計益蹙，一家十餘口茹蔬啜粥以爲常，炊烹樵汲皆自爲之。諸子讀書餘功賃於鄰家，爲之耘田舂米，得值以佐油鹽之費。同治三年大無，米翔貴，屑麥作餅餌以充飢，無則摘果蓏煮食之，或忍餓竟日。君把卷讀，其聲琅琅，曰：「書味勝於芻豢也。」三子超瓊雖入縣學而爲童子師，脩脯微薄。或勸君宜命四子超瑜學爲賈，君曰：「學賈未必遂足救貧，徒使吾家少一讀書種子耳。」命之讀如故。

所居左右有茂林修竹，顔所居曰二分水竹之居。其東一大石，寬廣數十畝，流水環之，君每日必率諸子眺覽其間，曰：「此所謂活潑潑地也。」因歷舉古賢之言以爲勸勉，如諸葛武侯「淡泊明志」二語、裴行儉「士先器識」一語、范文正公「先天下之憂」二語，皆津津然不離於口者也，自少至老，日必有記，署其册，曰課心。

尤喜讀朱子《小學》一書，《聖諭廣訓》十六條，皆背諷如流，每於里社爲人莊誦之。其時閭巷之間或有崇尚釋道二教者，鐘磬鐃鈸之聲相接，又或設立箕壇，假托神語勸人爲善。君於荒誕之説皆力闢之，而其不背於理者，鄉曲風俗相沿既久，亦不之禁，曰：「异時亦足以輔我正教也。」其後邪説横議肆行於中國，遠近波靡，而君平日宣講之處莫之從，即凡以神道設教之處亦莫之從。語曰：「先入者爲主。」君所見遠矣。

自奉儉約，一羊裘三十年。且耐勞苦，訓其子曰：「勞其筋骨，餓其體膚，皆天所以成就斯人也。」超瓊已能文應試，猶使肩石炭行十數里外，不之惜。歲朝及寒食，率子弟上先人冢，徒步數十里，雨雪不爲阻。尤好施與。里中某甲某乙皆以貧鬻其婦，君爲之謀，保其家室。交游中有薄於骨肉者，戒子弟遠之，曰：「此人有戾氣，與之游無益，且有害也。」

年六十以疾卒於家。易簀之日，有青鳥數百飛集屋東南大樹，聲如風雨，聞者异之。所著有《古今集鑒》一卷，詩文詞賦若干卷，均藏於家。又創爲族譜，未成，子超瓊卒成之。初，娶胡氏，繼娶黄氏。子四人，超元，廪貢生，薦舉孝廉方正，候選教諭；朝寅，出爲其弟後；超瓊，由優貢生中式舉人，江蘇元和縣知縣在任，候補直隸州知州；超瑜，廪貢生，東鄉縣教諭。女子五，孫十有一，曾孫六。

先是合江縣修志，超瓊求其師童檢討爲小傳，采入縣志，而傳文不詳，超瓊以爲未足，自爲行狀萬餘言，屬樾爲家傳，將刻入族譜。樾謂縣志之傳宜略，族譜之傳宜詳，體例然也，爰據行狀次其事著於篇。

論曰：昌黎言「鄉先生殁而可祭於社」，其李君之謂乎？一言一行必求合於聖賢，古稱篤行，君子何以加兹？方今天下亦多故矣，誠使士大夫皆如君之爲人，以型於其家，以化於其鄉，人人皆務爲孝弟忠信，親其親而長其長，雖有外患，何由而至？語不云乎：「正人重襲，邪氣無由入。」嗚呼！吾於李君有餘慕矣。

顧烈婦傳

孟子有言：「可以死，可以無死，死傷勇。」然則可以無死而死者，聖賢所不許乎？雖然，蜎飛蠕動之微，無不自惜其生，苟可以無死，夫何至於死？至於死則必其思之思之，至於再，至於三，求一綫之可以生而不得，然後毅然引決而不復顧。在他人視之，以爲可以無死，而烏知死者之心愈痛，而其事愈可悲也。嗚呼！此吾所以傳顧烈婦也。

烈婦名慶慈，姓童氏，德清人。其父寶善，字米生，以縣令仕江蘇，余門下士也。婦生而慧，五六歲時，米生授之《毛詩》及《禮記·内則篇》，已能成誦。祖母卜太恭人奇愛之，恒與俱卧起。稍長，明敏有識略，處分家事皆有條理。米生嘗卧病，科量湯藥，不解衣而寢息者二十餘日，雖婢媪皆稱其孝也。

光緒二十年，米生權知華亭縣，時烈婦年二十一矣，難其婿。或言：「華亭顧小孟孝廉英年能文，新喪耦，未有子女。其家又舊家也，藏書甚富，即生計亦頗饒衍，可妻也。」米生徵之信，卜之吉。時將受代，卜太恭人夢縣齋菊花盛開，顧烈婦曰：「吾且去，汝留玩此。」覺而語米生曰：「此殆吉徵也。」於是議遂定。是年冬，歸於顧。顧氏舅姑皆歿，惟有叔舅璜，字仲庸，亦無子，故烈婦事仲庸夫婦如事舅姑。仲庸與米生書，盛稱新婦能治家，而小孟亦甚與相得。二十四年夏，生一子，曰奎聚，兩家皆相慶。

九月初，小孟感微疾，俄而遂篤，十五日乙丑遽卒。米生聞婿病，馳往，則無及矣。烈婦見父，哭極哀，米生曰：「吾在，汝無憂。」婦曰：「夫喪在堂，小姑一人又將嫁，吾不能從父回蘇州，又不能煢煢獨居此，奈何？」久之，曰：「惟與西宅同居乃可，父宜速往商之。」西宅者即謂仲庸家也。時仲庸病亦垂危，仲庸之妻執不可。米生歸而言之，婦曰：「吾知其不我許也，後事尚可問乎？」泣而入。無何，内室喧，傳婦飲生鴉片膏矣。米生趨入視，婦卧榻上，曰：「兒將死，非仰藥也，願父母善視我兒。」又顧乳媪曰：「願視我子若己子。」觀其手指有烟痕，急以藥灌救，拒不受。抉齒强納之，藥稍下咽，欲嘔，又忍不使出，展轉兩時許，竟卒，年二十有五，距小孟之死才四日耳。

米生問其侍婢，婢曰：「主母但言欲與西宅同居，不言死也，然不食則已三日矣。」嗚呼！顧氏非不足自存者也，乃因不得與西宅同居，遂棄其數月之孤，一瞑不視，此何爲者歟？無何，仲庸亦旋卒，兄弟子更無他人，東西兩宅，惟有奎聚在而卒不顧也。嗚呼！家庭之事非外人所能知，烈婦殆別有見乎？一死而以孤托父，其不撫孤，正其善於撫孤也。余所謂思之思之，求一綫之可以生而不得，疑適中其隱，惜不得起烈婦而問之耳。

米生將請於臺司，達於禮部，以烈婦旌，婦於是乎爲不死。黄花晚節，風欺霜敗，而其香愈烈，吉夢驗矣，米生奚悲焉？善視奎聚，以無負烈婦之意，斯已矣。

朱時帆司馬妻湯淑人傳

淑人諱笄，字幼亭，别字荔仙，江蘇如皋人，湯氏。其父敬亭君官部曹，淑人生於京師，六歲失母。敬亭君由郎中出守，歷知浙江衢州府、廣西梧州府，淑人皆從。雖居官舍，惟習針黹，或與幼弟篬挑鐙共讀而已。俄廣西大亂，烽火相望，敬亭君命淑人挈其弟妹，從鋒鏑中走間道，航海歸。歸而里中旱蝗爲灾，斗米千錢，淑人每日市肉一臠，啖其弟，曰：「汝食此，好讀書。」己與妹則蔬食而已。

年十九，歸同縣朱君敏文。時舅姑皆在堂，舅年高厭家事，淑人佐姑馮夫人治家。其家四世一堂，無异爨，食指千，家以中落，淑人有無黽敏，雖處約，裕如也。

舅卒，始析居，而處境益嗇，兒女又衆，幾不能給。淑人曰：「但得吾姑甘旨無缺，他何慮焉？」朱君兄弟四人，伯早逝，仲多疾，叔又宦游山左，淑人語朱君曰：「姑所倚惟君耳，長此鬱鬱，何以娱姑？幸姑年未老，君盍出而仕乎？」朱君謀以郎中入京候銓，淑人曰：「遠離膝下，非計也。」質簪珥爲朱君納貲，改官至浙，以浙近，便迎養也。

淑人通書史，善彈琴，工詩畫，至浙後自繪《西泠泛月圖》，氣韵生動，識者以爲神品。喜讀書，尤喜讀《難經》《素問》之書，心通其意，嘗自製丸散數百種以治人，輒愈。朱君僚友中媿屬有疾，往治之，每每有神效。朱君亦能醫，然不如也。故臨卒語朱君：「此後如遇危篤之疾，宜謝弗治。妾死，無人商度，恐誤人也。」

自奉儉而好施與，嘗以衣食節省所贏買田數十畝，助其鄉育嬰堂之費。鄉有跨河大橋，歲久而圮，請於姑，捐巨貲倡修之，至今鄉人稱焉。每遇家祭，治具豐潔，湯氏先塋，亦以時祭掃。親黨中有貧不能治祭者，輒代營之。先世舊僕或寡獨無依，留之家中，雖久無厭。尤重五穀，粒米不棄。愛惜文字，恒使人荷臾而巡於市，檢拾字紙，歸而焚之。其他善舉類如此，然不以市德，性亦不慕榮利。次子出應試，屢報罷，抑鬱致疾，淑人曰：「讀書豈爲科名哉？科名未至，學問自在，何悶焉？」

長子好爲詩而體羸，不令應試。未幾竟卒，淑人慟焉。是年姑又以老病終，淑人哀毀成疾，幾危，雖幸無恙，然病喙矣。光緒二十二年冬，卧病，浸劇。次子刲臂肉和藥以進，似小效，竟不起。臨歿遺言，後事從儉，以所省振饑饉。後朱君以百金助川鄂之振，踐其言也。又出自輓詩十首，有云：「生爲西子湖濱客，歿作靈岩洞裏仙。」其亦生有自來者乎？諸子言去年十二月十九淑人生日已豫作此詩，蓋自知不起矣。

淑人卒於光緒二十三年三月癸巳，年五十，以朱君官累封淑人。生丈夫子五，長子儼，早卒；三子侃、五子儋俱殤；存者兆蓉、兆英。女子子三。孫二，光甲、光乙。

淑人既卒，朱君悼之甚，自爲事略，命兆蓉至吴下請余爲傳。余悲其意，重違其請，撰次其事而傳之，用范史例，係以贊辭。

贊曰：蘭性馨逸，玉質温良。善相夫子，敬事尊章。治家雝肅，御下慈祥。惠及豣豝，澤普津梁。博通書史，雅善宫商。既工丹青，又精岐黄。懿歟淑人，彤管之光。爰述女憲，垂示姬姜。

鮑君竺生傳 附妾王氏

君諱晟，字竺生，鮑氏，江蘇吴縣人也。生四歲就傅讀書，潁悟异常兒，有神童之目。年二十八，縣學科試高等，補增廣生，旋以優行注籍達禮部。

其家素豐，粵賊之陷蘇州也，君避居用直，猶挾數千金自隨。見同避難者衣食不給，將轉於溝壑，輒分金贍之，所活無算，而君所賫亦盡矣。

性至孝，祖母高太淑人病，君刲股肉羹以進，竟有瘳，越三載乃卒，人以爲孝感焉。君自用直轉徙至上海，念祖母及父逸園君均未葬，冒危險入蘇州，葬之以禮，人尤以爲難。賊平還蘇。蘇城初復，閭閻未靖，君奉有司之命稽察保甲，大學士李公時撫江蘇，録其勞，言於朝，以訓導候選，加五品銜，然君淡於榮利。

同治六年，應鄉試已中式，額滿遺焉，君曰：「是有命矣。先哲范文正公有言：『讀書學道，要爲宰輔，不然，則當讀黄帝書，深究醫家要旨，是亦足以活人。』吾生文正之鄉，曷行文正之志乎？」乃遍讀醫家言，自《素問》《靈樞》以下，無不博觀而精取之，尤能强記。沈旭初觀察嘗戲舉僻方試之，曰：「湯劑中有天魂湯、地魄湯，命名何詭也？」君曰：「是出黄坤載之書，取陽升陰降之義。天魂升肝脾，助生長，地魄降肺胃，助收藏也。」觀察嘆曰：「君可謂博極醫書矣。」君既以醫名，求治者踵於門，君懼精神不足應之，稍倦即謝客，蓋其慎也。

光緒二十六年七月癸卯，卒於家，年六十一。初娶王，繼娶葛。子三：王出者慰高爲弟松生君後，葛出者廷楨、廷榛。女子子二。妾王氏以烈死，别有傳。

論曰：余從前主講紫陽書院時君，爲肄業生，余深賞其才，意其取科第如拾芥，不意其竟以醫傳也。君行醫，歲入不下數千金，然性好施與，輒以周人之急、濟人之無。其歿也，無百金之儲，可謂賢矣。今年夏，君以所著《讀易堂丸散録要》見示，蓋君斟酌古方、佐以新意，成各種丸散，有求者予之，并告以制方之意，録成是書。余爲序而行之，其方多驗。苟此書得行於世，亦足活人。君雖死不死矣。

鮑烈婦王氏，直隸通州人。其父賈也，設肆以鬻衣。後折閱耗其資，無以自存，歲大無，烈婦甫九齡，懼其父母以飢寒死，願自鬻爲婢，遂婢於胡氏。胡游宦江蘇，其主母挈與俱。及笄，歸鮑君爲側室。時胡已前卒，而主母與二子居蘇，煢然無胏附之親。烈婦時往省視，主母愛之，視猶女也。

烈婦時年二十一，竺生則五十三矣。妻早卒，有女子子在室者一，子婦二，烈婦與同處，無閑言。事竺生尤謹，一衣一飯必審其寒燠而後進。竺生以醫名吴中，求治者踵於門。烈婦慮過勞，勸稍稍謝客，竺生亦自以早衰多病，慮不永年，常語烈婦曰：「如我死，奈若何？」烈婦曰：「主存亦存，主亡主亡，何遠慮爲？」每聽竺生言古今忠義事，欣然忘卧，蓋其意久定矣。

及竺生卒，烈婦襄治後事，附身附棺者，手自檝揭，不遺纖介，人初不見其擊心辟踊如不欲生也。然目不交睫，口不内水漿，已五晝夜矣。或勸之食，曰：「吾未餓也。」既斂，衆始少休，烈婦亦闔户入室，厥明不出。入視，則卧床上，面作青色，齒堅不可楔，六脉皆亂。咸大驚，疑其得暴疾，延醫治之，啨曰：「殆矣！是服生鴉片烟矣！爲時已久。」灌救無效，日加戌竟卒。口出白沫數升，齒舌指甲皆黝黑，信如醫言。年二十九，其日乙巳，距竺生之殁甫二日。竺生門下諸弟子咸集於其家，皆嘆曰：「烈婦！烈婦！」糾合其親族，諸長老具事實上所由，將達於臺司而請旌焉，禮也。

余與竺生有一日之長，又同居馬醫巷，聞竺生之死，深悼之，又聞烈婦事，爲之太息，乃撮大略爲作小傳，并用范史例而係以贊。

贊曰：夫存與存，夫亡與亡。偉哉巾幗，是亦睢陽。三星五噣，其光孔長。傳此凱式，用示姬姜。

謝韵仙女史傳

彭剛直之寓西湖也，有女弟子曰韵仙。女史賢而才者也，名又花，韵仙其字。姓謝氏，浙江上虞人。祖磻，字樂漁，父五備，字蓉裳。樂漁君與兄味農君并以詩名，樂漁有《一角山房詩草》，味農有《吟香館詩草》，女史承祖父之教。又其舅氏楊君盥甫亦詩人也，愛其才慧，授以作詩之法，故自幼即能詩。及笄，歸同縣麋君。麋君名祖梁，字松甫，家素豐。其父梅山君仗義好施與，凡鄉里有義舉，恒獨任之，族姻以緩急告，無不應，以故家中落。梅山君卒，妾遺腹生子曰祖懋，於是松甫君奉母命，析家財而二之，昆弟各得其一，而歲入益微矣。然祭祀賓客，必循其舊，有豐無殺，力或不給，女史罄嫁時裝遺以助之。自奉甚儉，不輕製一裘一葛，三十年來所曳婁者，猶奩中衣也。

舉丈夫子一，曰寶鋆，女子子一，曰小寶，皆不幸短折。女史心傷之，結轖成疾，久之疽生於乳。醫者曰：「此《倉公傳》所謂疽發乳上、入缺盆者也，於法難治。」松甫君慮無子，而弟又幼，未有可後者。有從弟祖詮字蓉甫，與松甫甚相得也，語之曰：「兄無患無子，吾有子即以爲兄後。」及松甫君卒，又三年而蓉甫始得子，女史請如約，遂子之。子生甫三月又多病，女史撫字如己出。彭剛直名其子曰紀元，字之曰殿春。女史自知久病不永年，紀元弱冠即爲娶婦，纁雁之禮，料量如常。新婦入門，尚强起慰問，然病喙矣。光緒二十六年正月乙巳，卒，年□十□，子一，紀元也。恂恂儒雅，稱其家兒，撰具其母事實，請余爲傳。余習聞剛直稱女史之賢，剛直每至西湖，女史必渡江來見，而余適不相值，未之面也。剛直卒，女史欲以事剛直者事余，余謝不敢當，而其意頎然不可却。丁酉歲來見我於西湖，以所著《絜香吟館詩》見示，余釐爲三卷，序而歸之，猶謂一江之隔，相見非難，不意其遽卒也。因爲小傳，附其家乘，以存其人。

贊曰：剛直之門，有女都講。玉和珠投，雲諏波訪。詩情既綺，内行孔修。上承門祚，下衍箕裘。昔歲山居，與君相見。去歲書來，告吾病間。春風乍轉，朝露俄衰。爲修彤史，永勒槐眉。

宣化府知府鄭君家傳

君諱賢坊，字輿仙，一字小渟，又曰舵齡，姓鄭氏。先世居浙江定海縣龍山，明季遷縣西門外。國朝別設定海縣，改故定海爲鎮海，遂爲今鎮海縣人。曾祖觀洙、祖椿并籍諸生，父熙亦縣學生，輸助儲胥，數至巨萬。詔以知府候選，縣志入「孝義傳」。君其冢子也，年十二應試縣府，皆在前列，會軍興停試，至道光二十三年始入郡學，則年二十有一矣。旋餼於庠，二十九年，考取優貢生，咸豐元年恩科中式舉人，以助修海塘，授内閣中書。其時軍務方亟，道梗不通，計偕之士裹足不得進，君奉父家居，益自奮於學。

俄甯波陷，君避鄉間，其妻兄陳中書政鑰素負幹材，鳩集義旅，招撫降人，會合官軍，密約西洋渠帥，議復郡城，君預謀焉。郡城復，當事者請君襄助善後事。會有建議：凡陷賊時受僞職者，令出金助軍餉，一切弗問。君執不可，曰：「賊魚肉吾民，皆此曹爲之，宜嚴治無赦。」遂與相左，自引去。

同治七年，入都會試，成進士，朝考一等，引見，改庶吉士。散館，授檢討。國朝二百餘年來，鎮海人以翰林留館，實自君始，時論榮焉。君鄉試出王文節、沈文定之門。及會試，又出朱文端、文文忠之門。諸公皆中朝碩望，諳練掌故，砥勵風節，君日與之游，所學益進。光緒元年大考，列二等，充國史館協修。及《穆宗毅皇帝實録》成，君先充協修，繼充纂修，後充總校，兩邀獎叙，兼拜花翎文綺之賜。六年，充功臣館纂修。八年，京察一等，詔以道府用。是年，授江南道監察御史。時台州民金滿倡亂，甯郡戒嚴，君疏請剿除，金滿懼，遂降。十二月，授宣化府知府，明年四月之官。郡産皮革，舊納官署者以千百計，君至，即檄裁之。僚屬進見，約以三事：一聽斷，二徵解，三緝捕，郡中大治。

十年二月春祭畢，驟患骽疾。公年逾六十，精力已衰，自是遂艱於步履，然治事如故也。宣化山川雄厚，風氣剛勁，而苦多盜。北境昆連牧場爲察哈爾故地，時有騎賊闌入邊界，君督州縣力行保甲，自相守衛，寇踪遂絶。時布政司使任公命管内籌備倉穀，限期嚴切。俄任公擢遷山東巡撫去，奉行者稍懈，君曰：「此良法也，豈以任公去留爲作輟歟？」敦勸富户按畝捐輸，倉儲充焉。民爲之歌曰：「公足不良，公惠孔長。使我有穀，使我有倉。」

君以詞臣出領邊郡，又在耆年，宜可從容坐嘯。而君任事甚鋭，如多倫之查木税、西甯之治邪教，一奉臺檄，投袂而行，祈寒酷暑，皆所勿恤，此君之勤也。蔚州有買空之獄，所司已定讞矣，市井狙儈謀反之，奉萬金爲壽，君峻拒不内，卒論如律，此君之正也。

歇歷中外，垂二十年，至光緒十二年夏，君年六十有四矣，引疾乞休，遂由海道而歸。歸則杜門不出，日坐胡床，以兩人舁之。出入堂奥，招桑梓舊交，觴豆言歡，意興如昔。而痿疾迄不瘳，謁數十醫皆無效。延西醫治之，亦無效。十三年七月庚申，卒於里第，年六十有五。

生平篤於天性，事親至孝。母吴恭人卒，父不再娶，君與弟賢域每夕侍父寢，非得父命不入己室。一生淡泊，無聲伎之好。閨門嚴肅，無妾媵之奉。性好施與，人以緩急告，無不應。邑中兵燹之後，如修理文廟及書院及校士館及文武公廨，有大工作，咸出巨資以爲之倡。官京師時，以《鎮海縣志》亟宜重修，移書邑中諸薦紳，勸成其事。余預修《鎮海志》，故得聞焉。

初娶於王，繼娶於陳，贈封皆恭人。子鴻壽，附貢生，福建候補同知；綬祺，同治十二年舉人，兵部郎中，改官江西德安縣知縣，卒於官；鍾祥，光緒元年舉人，今官金壇縣知縣。女子子二，胡元欽、方駿萃其婿也。孫五，志逵、志選、志遹、志通、志道。孫女九，曾孫二。

論曰：國家以翰院儲才，其積優成涉者往往外擢知府。以余所見，出承明而典郡，依流平進，卯剖符而酉曲蓋，蹄歷封疆者，蓋指不勝屈矣。君以末疾中年引退，歸未二年，遽歸道山，時論惜之。然君守宣化數年，卓有政績，可傳於後。其子又賢，鶴鳴在陰，其子和之，吾知其遺澤之孔長矣。

巢縣楊氏母子合傳

功令：凡民間孝子節婦由地方官申報，臺司以達於朝而旌其門，所以厚人心、勵風俗也。若節孝萃於一家，乃國家久道化成之效，尤不可以多覯。嗚呼！此吾所以傳巢縣楊氏母子也。

母陳氏，年十九歸於楊，事舅姑以孝，治家事以勤以儉。夫朝聘君病，事之謹，夜不解衣而寢，晝則奉舅姑甘旨，仍如平時。朝聘君卒，欲以身徇者屢矣，以遺孤甫一齡，忍不死。罄所有治喪，以紡績度日，歷四十年，雖飢寒，不稱貸於人。及其子能言，即教之識字讀書，并示以立身行己之道。其子名某，字善夫，少穎异，鄉先輩皆偉之。家貧，不克竟所學。惟謹事其母，有可以悦母者，百計致之。母有不悦，悚惶求解，必解而後已。母殁，春秋祭祀，或良辰美景，每念及母，未嘗不涕泗沾襟也。其臨財廉，其交友信，其待人仁且恕，以品行重一時，母教也。妻某氏，體君之意，亦以孝聞。道光二十八年，善夫以母陳氏守節年例與功令合，請旌表，如律令。

善夫年八十一，以明經終。子慶長，字吉堂，踵吾門求見，述顛末，請爲傳。余曰：「母節婦也，子孝子也。」故合而傳之，用《伯夷傳》例，論具傳中，故不再論。

女婿王康侯及長女雲裳合傳

王康侯，吾長女婿也，名豫卿，江蘇寶應人，故福建巡撫文勤公次子。余曾爲文勤公作神道碑，具詳世系，兹可無述焉。余與文勤同成進士，同官翰林，甚相得。文勤即有意爲其次子求昏吾長女，以兩家眷屬皆不在，未有成議。越五年，余已罷官南歸，文勤自京師屬陸星農、朱晴洲兩同年爲媒，始納采焉。同治五年，文勤官浙江按察使，命康侯至蘇州就婚於余寓。

康侯爲文勤愛子，年十七入縣庠，年十九補廩額，意謂科第可立致，然以文勤貴，故以官生應試。官生有定額，視民卷似易而實難，屢試不得意。庚午科已中式矣，因文逾八百字又見擯，鬱鬱成心疾。至光緒元年乙亥恩科赴試，金陵第一場畢，而母劉夫人卒於家，聞赴即歸。

及家見柩，仆地而絶，救之蘇則跳踉大叫，若有狂疾者然。俄文勤亦薨，疾彌甚，後雖小差，迄不能瘳。親串中有劉夫人者，其尊屬也，伺其病間勸之曰：「寶應地僻無良醫，曷至蘇從汝外舅居，庶醫療較便乎？」王氏故蘇州人，其先世自蘇遷寶應白田鋪，遂家焉。文勤在日，屢言及之，康侯與吾女均與聞焉，因有還蘇之議。

光緒四年遂還於蘇，買宅幽蘭巷，與余寓馬醫科巷相距不半里。時康侯病小愈，恂恂儒雅，猶如故也。文勤之薨也，天子憫其久勞於外，賜長子儒卿舉人，次子豫卿員外郎，三子壽卿主事，孫念曾及歲引見。康侯雖承門蔭，拜郎官，志欲以科第進，遇鄉試仍赴之，卒不售。然束脩自愛，無世俗之好。疾作則閉户獨居，愈則仍能爲詩文，而字體亦工整。與人交尤誠懇，蓋雖以病廢，不失爲王氏佳子弟也。

一歲疽發於背，甚危，幸無恙，然精力益衰矣。光緒十五年九月癸亥，以疾卒於蘇寓，年四十有五。其明年十二月丁酉，葬蘇州城外象寶山之原。是日余七十生辰也，親往送葬，有詩云：「欲爲先世存遺迹，不礙他鄉卜墓田。」文勤可作，當亦深韙斯言也。

康侯卒而子女皆幼，於是家事艱難，皆吾女任之矣。吾女於道光二十四年七月生，故名錦孫，字之曰雲裳。是歲余舉於鄉，吾母姚太夫人喜曰：「此女有福。」甚愛之。女自幼即勤於針粥，亦識字讀書。不甚喜爲詩詞，而好染翰，能爲大字，余「右台仙館」門榜，女所書也。

其歸康侯也，年二十有三矣。舅文勤公與姑劉夫人亦甚愛之，曰：「此婦有福，當興吾家。」文勤雖位至封疆，清介自守，閩撫故有由海關津貼之費，不支取錢。既殁，而閩中同官皆曰：「是仍宜歸之。」計在任四年所應得者逾萬，三子分而有之。康侯夫婦携所分至蘇，纔數千金耳。吾女撙撋治家，二十餘年中治喪葬事一，治婚嫁事三，迄未告匱，其勤儉可見矣。然雖貧而好施與，歲終必以錢米施貧者。今年吴中大疫，又買藥施病者，皆其口腹所節省也。

生子女甚多，存者二子三女。其長子念曾，即奉旨及歲引見者也，既及歲以縣學生引見，用主事分刑部。光緒二十七年，隨欽差侍郎那公使日本，因先已捐同知，指省河南，故由同知保知府，仍留原省。又由留京辦事大臣叙功保加鹽運司銜，而漕督陳公又保薦經濟特科，可云有子矣。次子念植亦縣學生，浙江試用縣丞，爲文勤長子儒卿字廉泉者後。初，文勤三子，惟康侯有二子，廉泉欲以念曾爲後，而《禮》云適子不得後大宗，秦氏《五禮通考》歷引史傳證成其義。又王氏有白田先生者，通儒也，集中有《立後辨》，援引其家故事：同寰公四子，純甫無子，以和甫次子宗武爲嗣，不以其長子祖武爲嗣；又繩武生二子，天擎無子，而弟楚材止一子，於是不立嗣，以待楚材次子之生。禮家既有定論，王氏又自有故事，於是吾女執不可，廉泉亦遂從之，以念植爲之後，禮也。念曾娶許氏，亦吾外孫，其母余次女也。長女與次女極相得，故聘其第二女爲長子婦，而亦以其第三女歸許氏次子焉。

女自産第三女，有積血在左腹，去年忽移至右，亦不甚措意。後乃時時作痛，且飽懣不能夕食，蓋女自侍其夫疾，憂悸恒終夕不寐，及操家政又過勞，心力交困。其受病固非一日矣，然起居動作猶如故。四月間，念曾入京引見，送之於庭，勉以清勤，毋墮家聲，勿以我爲念。六月三日，姚夫人生辰，設家祭，女來拜，跪如常。

至六月晦，而疾陡甚，浸至不起，醫來亦莫名其爲何病。女自與吾言：「腹有癥瘕，前此血盛足以養之，今血衰失養，故爲患。」或信然歟？其時念曾已赴汴梁，念植游學於高麗，其第二女歸沈氏者先卒，第三女歸許氏者亦從其婿在高麗，而念植婦劉在寶應，惟長女及念曾婦許率其孫兆祥視含斂而已。

女臨終神識不亂，命侍者沐浴，翦爪甲，具斂時衣裙，且曰：「喪事從儉，毋妄費。吾某處有銀九百，省嗇用之，猶可待念曾服闋赴官也。吾某處有洋錢一千，留爲長女嫁資，毋動。」顧其孫曰：「吾在時溺愛，誤汝讀書，喪事畢，汝努力，毋自誤也。」又曰：「吾舅姑於月初已命人來迎，輿者在門矣，吾欲待念曾等歸，故遲至今日，今則不能待矣。」言已遂逝。時光緒二十八年七月十四日壬申日加辰，年五十有九。

余於初七日往視之，女執余手，若與訣，謂余曰：「昔康侯亡，擬請大人爲作小傳，因循未言，今不言無以見逝者。」余嘆曰：「汝女子亦有文士名心乎？汝勿憂，如汝不諱，當爲汝夫妻合作一佳傳。」今言猶在耳，而女竟逝矣。余爲六絕句哭之，又爲此傳，以副其臨殁之意。嗚呼！余年八十有二，未死，而子女殞其三。憶内子姚夫人年六十而終，其時二子二女皆在，然則高壽真非福乎！

方康侯之卒也，握吾女手堅不釋，女斷袂以授之曰：「子女在，吾未可從君去，十二年後當與君相見耳。」乃納袂於棺。至是女卒，果符十二年之約，是亦可异也。

馮節婦傳

馮節婦姓殷氏，無錫人，年十九歸馮同啓爲妻。咸豐季年，蘇、常大亂，馮氏居鄉間，烽火相望，一夕數驚。同啓憂憤成疾死，節婦年止三十有六。四子一女：長子寶山，年十三歲；次子得山，八歲；三子森山，六歲；四子鑫山，一歲；女十歲。以故里不能自存，乃於同治元年挈子女至上海，傭於人，餬其口。猶不給，乃以鑫山嗣於他族，以女許李氏爲童養婦，煢煢孤寡，僅以自活。及亂定，乃豫蓄葉氏女爲寳山婦，而復歸於故里。大亂之後，家業蕩然，老屋數椽，稍避風雨。婦晝夜操持，撫其三子，至於存立。寳山婦早卒，生一子一女，亦殤。得山娶孟氏，生三子。森山娶唐氏，續娶程氏，生三子一女。婦畢生辛苦，至此三子六孫。孫又娶婦，可望得曾孫，而婦老矣。光緒二十七年八月二十七日以壽終，年七十六。

嗚呼！婦以蓬門桑户之女，深明大義，夫亡之後，經歷亂離，備嘗險阻，苦守四十年，諸孤有成，門户不墜，可謂賢矣。余因得山之請，紀其大略如此。表章節義，固舊史氏之職也，既以慰其孝思，亦以爲薄俗諷焉。

春在堂雜文六編四

廣東高廉道陸君墓志銘

存齋陸君，既捐館舍，其明年葬有日矣，其孤樹藩等具狀請銘。余惟子夏之言，仕優則學，學優則仕，近世士大夫以仕廢學者多矣，仕學兼優，其惟君乎！是宜褖之，以告後世。

按狀，君諱心源，字剛父，存齋其自號也，浙江歸安人。陸氏出吴郡，唐宣公之後，宋季始遷湖州。曾祖景熙，祖映奎，父銘新，曾祖妣羅，祖妣韋、妣吴，皆以君貴，累贈一品。本生曾祖景熊貤贈中議大夫，祖昌陛貤贈資政大夫，本生曾祖妣丁、祖妣兩淩氏贈如其夫。

君生前一日，父榮禄公夢宋左丞葉夢得來。五歲入塾，嗜讀异常兒，祖資政公嘗曰：「此兒大器也。」年十三通九經，贈公欲觀其志趣，陽命學賈，君力請卒業，贈公喜曰：「吾父遺言信矣。」年二十入縣學，逾年，補廩膳生額，與同郡姚君宗誠、戴君望、施君補華、俞君剛、王君宗義、凌君霞有七子之目。精於許、鄭之學，尤喜讀亭林顧氏書，以「儀顧」顔其堂。

咸豐九年，恩科中式舉人。明年，會試報罷，南歸。過清江，遇捻寇，幾危，出奇計得脱。時江南大營潰，蘇、常陷，群盜如毛，君慨然有澄清之志。遵例以知府分發廣東。既至，適有王遇攀私刻關防之事，株連數十人，君與斷斯獄，開釋甚衆。

同治二年，直隸總督劉公蔭渠因直隸毗連山東、河南寇盜充斥，奏調赴直督辦三省接壤剿賊事宜，凡軍需善後諸務，悉以屬君。軍事既竣，又奏留君整飭吏治。君感劉公知遇，整紛剔蠹，諸弊肅清。劉公疏稱君才識精明，志行清直，可大用。詔擢道員。明年，廣東督撫毛公寄雲、郭公筠仙會奏請仍歸廣東。

四年，補南韶連兵備道。君將之官，行次英德，聞長甯土寇爲亂，翁源縣知縣張興烈戕焉。粤風雕悍，戕官事迭見，率以父老籲求縛送一二人，張甲、李丙任其所指，漫不深究。君曰：「是可忍也，孰不可忍。」檄游擊湛恩榮率兵剿之，衆以爲危，君執不奪，罪人斯得，風氣一變，十餘年中遂無戕官者。

霆軍叛卒自楚入粤，其勢洶洶。君檄調恩榮回援樂昌，益以壯士千、樓船二十，水陸并進，連戰皆捷，賊乃遁去。其時粤寇餘黨尚踞閩粤間，由龍南犯始興，又由連平犯翁源。君檄副將朱國雄守始興，檄參將任玉田扼鷄仔嶺，賊不得逞。君部下僅三千人，然南韶卒無恙。干戈粗定，訪求疾苦。知商賈之經由韶關者，舊例一物漏税，全船入官，吏緣爲奸，裒克自肥。君令漏者補納，餘物不問。商民感悦，願出其塗。

六年，調高廉道。高州山水清遠，士信民敦，君甚樂之。既下車，即舉吴川令姜君之賢，白之大府，風示屬僚。在韶時曾修復相江書院，祀濂溪周子，至是又修復石城之道南書院、茂名之敬仁書院，皆優給田租，以期永久。郡中有高文書院，亦增益膏火，俾諸生得專心學術。又以梅菉坡租銀助會試膏秣之資，其他如建鄒忠介祠、修范龍學墓以表章先賢，置師堂渡、築上宫灣路以便行旅，衎衎辦舉，吏畏民懷。

俄奉旨開缺，送部引見。先是蔣果敏之由浙入粵也，所部甚衆，道出韶江。君籌發勇餉銀一萬兩，而其從者意未饜，譏之果敏。君之去官，大率坐此矣。

贈公時就養於粵，語君曰：「汝遵旨入京，吾先歸耳。」及歸，感疾遽卒。君聞訃奔赴，喪葬如禮。素不信形家言，葬贈公於逸村，躬自負土，首趾向一決於己。其後有相地者過之，以爲深合葬法云。君以仕路險巇，服闋後有誓墓之意。

十一年，朝廷以李公子和督閩浙。李公素知君才，奏調赴閩。既拜疏，即命萬年清輪船來滬趨君行，不得已，赴焉。至則命君管理軍政洋務及稅釐、通商諸局，又總辦海防事宜，旋奏署鹽法道。君長於撥繁，案無稽牒，千端萬緒，部分如流。

日本以生番事構釁於我，君執公法以争，曰：「各國屬地，他國不得過問。」倭將爲之氣奪。又有俄國公使以名刺召君往見，君曰：「中國督撫不能傳見各國領事，各國公使豈能傳見中國司道？」亦以名刺報焉，俄使怏怏去。

會又有讒君於當路者，命仍遵前旨，送部引見，而君歸志決矣。以吴太夫人年高，乞歸養。然忌者猶未已，屢興大獄，冀以陷君，已而竟以鹽務加耗奏，落君職。時君歸里二載矣，鹽務之加耗也，自前鹽道具詳，前督臣準行，皆未入奏。君援案再加，自有故事。行之已久，官商相安。因李公入覲，署督某公遂言公擅改章程，冤矣。未幾，以勸捐晋賑數至巨萬，賞還原銜。君自是奉太夫人居家。於城東蓮花莊北購朱氏廢圃，疏泉叠石，雜蒔花木，名曰潛園。

君自少即喜購書，遇有秘籍，不吝重價，或典衣以易之，故自爲諸生時，所得已不下萬卷矣。大江南北兵燹之後，故家藏書往往出以求售，君既好之而又有力，於是悉歸於君。藏書之富，甲於海内。所得宋刊本二百餘種，元刊本四百餘種，較天一閣范氏所儲，十倍過之。乃就潛園建守先閣，取明以後刊鈔諸帙及近人著述之善者，藏皮閣中，好古之士願來讀書者聽。

會國子監徵求書籍，君進舊刻舊鈔書一百五十種，共二千四百餘卷。學使瞿子玖學士以聞，詔曰：「陸心源自解官後，刊校古籍，潛心著述，兹復慨捐群籍，洵屬稽古尚義，伊子廪生陸樹藩、附生陸樹屏，均著賞給國子監學正銜。士林傳述，以爲榮遇。」

君所著書甚夥，有《儀顧堂文集》二十卷、《儀顧堂題跋》十六卷、《續跋》十六卷、《皕宋樓藏書志》一百二十卷、《續志》四卷、《金石粹編續編》二百卷、《穰梨館過眼録》四十卷、《續録》十六卷、《唐文拾遺》八十卷、《唐文續拾》十六卷、《宋詩紀事補遺》一百卷、《宋詩紀事小傳補正》四卷、《千甓亭磚録》六卷、《續録》四卷、《古磚圖釋》二十卷、《群書校補》一百卷、《吴興詩存》四十卷、《吴興金石記》十六卷、《歸安縣志》四十八卷、《宋史翼》四十卷、《元祐黨人傳》十卷、《校正錢澥薌疑年録》四卷、《三續疑年録》十卷、《金石學録補》四卷，都凡九百四十餘卷，名曰《潛園總集》。而往年自粵東歸，創議纂修《湖州府志》，徵文考獻，君力爲多，以非出一手，故不列也。

君之仕也，器能政理，爲管、蕭亞匹。其爲學也，研精墳典，超逾楊、班、張、蔡之疇。烏呼盛矣！

君居林下先後三十餘年，創立教忠義莊，又獨力興建昇山橋，皆奉温綸褒獎。其他如修復書院，籌備賓興、善堂、義學、育嬰、積穀，凡有益於梓桑者，引爲己任，不遺餘力。近則江浙，遠則直隸、山東、山西，有水旱之災，咸出巨貲以助温振。至於夏施茶藥、冬施衣米，猶其瑣瑣者已。

自吴太夫人殁，惟以著書課子爲事。或薄游蘇、滬，與諸老輩文酒宴游，自稱潛園老人，憺然有以自樂。乃以捐助山東棉衣一萬襲，東撫張勤果公遣材官二人策騎來迎，請游泰山，遂往。留十餘日，遍探名勝而還。勤果公遂以君學識閎深、才堪經世入告，得旨開復原官，交吏部引見。同時浙撫崧公亦叙君本省籌賑之功，奏加二品頂戴。已而直督大學士李公又言君學識閎通，氣局遠大，屢試艱巨，見義勇爲，軍務、洋務并所練習，詔以道員記名簡放。君以輔臣推轂，聖意優隆，不敢以山林遁世之士自居，遂於十八年二月入都。四月壬子，引見。乙卯，召見於勤政殿，垂問廣東歷官及國子監進書本末，玉音嘉奬，有「爾著作甚多，學問甚好」之諭。綜君一生，惟學與仕二事。仕則群公交薦，學則天語褒揚，仕學兼優，其弗信矣乎？

旋奉旨交李鴻章差遣，仍交軍機處，記名簡放。君至天津，適感痢疾，李公命至滬稽察招商局事，遂航海南歸。俄左目生翳，君氣體素宜温補，醫家治目率用寒凉之品，痰阻氣鬱，胸膈不舒，遂以成疾。綿歷年餘，時劇時瘥，浸至不起。君彭殤一視，神明不衰，惟勉諸子以努力讀書，勿負國恩，且以著述未盡刊刻爲念。二十年十一月辛巳，卒於正寢，年六十有一。

娶莫氏，同邑太學生又村公女，封一品夫人。側室六人，鄧氏、陶氏、劉氏、李氏、邵氏、金氏，鄧、陶均以子貴，封宜人。子四人，樹藩，光緒十五年舉人，侍讀銜内閣中書；樹屏，光緒十七年舉人，内閣中書，并賜藍翎；樹聲、樹彰皆幼。女子子三人，長適兩淮候補運判同縣丁乃嘉；次適兩淮候補運判仁和徐望之；又次適同縣學生趙毓鋆。孫五人，熙績、熙咸、熙明、熙登、熙康。孫女四。某年月日葬君某原。銘曰：

惟學惟仕，爲兩大端。兼而優者，人之所難。惟君之才，美而且完。入則服古，出則勤官。博能返約，猛能濟寬。經術許、鄭，勛名范、韓。昔葉左丞，博學多識。入《文苑傳》，允稱奇特。及居外任，克盡厥職。發粟振民，團兵殺賊。未竟其才，論者太息。君之生平，足與相匹。謂是後身，或得其實。我作斯銘，銘君幽室。

沈君楚齋墓志銘

浙濱海，以海防爲重，而海防尤以海甯爲重。其地形高，潮勢又猛，塘工安危，下游數郡民命繫焉。粵寇之亂，塘久不修，海潮挾沙直齧城阯。其時左文襄方撫浙，檄委大員督同在事文武擇要搶堵，克告無事。而其中尤出力者，則有沈君。

君諱裕增，字楚齋，海甯州人。曾祖天球、祖紹川、父長仁均太學生，故儒家也。君亦幼讀儒書而性伉直，有豪氣。二十三歲以家貧隸海防營爲兵，時粵寇已擾及浙。孫軍門金彪見而异之，曰：「是將材也。」使將百人，自成一隊，助守禦，輒有功。會孫公有西征之役，欲與君俱，君以母老辭。孫公去，前功皆不及叙，人皆以爲惜，君曰：「吾少無宦情，守鄉里，奉老母，於願足矣。」及寇平，當事者亟治海塘。而兵燹之後丁籍寥落，思得舊人諳練塘工者，僉曰：「沈君才。」君不得已，復歸原伍，是即左文襄撫浙之時也。君既重隸海防營，靡役不與。他人所畏葸辭避者，君毅然獨任之，風雨寒暑，晝夜無間。累以功保至以守備儘先補用，加四品銜，賜孔雀翎。

光緒十二年，督撫會檄，使署本營守備，异數也。君感念知遇，益自奮勵。每念時事艱難、工巨款絀，勤公事如勤私事，節公費如省私財，自中丞以至道府交口譽之，有清廉最著之稱。十四年，受代去任，時君已補實千總矣。大府擬即以君升補是缺，君曰：「知足知止，古訓也。」固辭乃止，仍咨部以守備在營候補。每遇要工，必以屬君。君治塘工三十年，勤慎如一日，嘗曰：「吾無他長，惟在不欺。少一分虛糜，即多一分實用。」故此三十年中，塘工堅固，海不爲灾，不特海甯一境田廬無恙，即嘉、湖等郡亦保全無算，所謂功在一隅而事關全局者歟？

君雖居武職而嗜學綦篤，喜讀《兩漢書》。豪於飲，左一編，右一卮，有昔人「《漢書》下酒」之風。書法學顔平原，喜金石字畫，庋藏甚多。闢小園雜蒔花木，秋菊尤多佳種。重陽前後，與客觴咏其中，見者幾不知君爲荷戟張弓之士也。

自幼至性過人，待弟妹尤極友愛。與人交必誠必信，義所不可，不爲苟同。已許之，無宿諾。於部下士卒嚴而有恩。延師教其子及其猶子，恭而有禮。人有以緩急告，無不力。鄉里善舉無不與。光緒十六年，江浙荒於水，捐巨貲振之。二十年，東洋事起，被省符練鄉兵。君建議就海防營改爲團防，不籌費而事辦，人皆嘆服。

光緒二十二年七月丁未卒於家，年五十九。以四品銜誥授昭武都尉，祖、父皆贈如君官，妻陳氏封恭人。子冠英，杭州府學生。孫祖祐。二十四年正月丙申，葬君於賽西河之原，冠英碣墓請銘。銘曰：

惟君挺生，於海之濆。惟海之謚，惟君之勛。澤被浙右，功在榆枌。君長於武，亦優於文。軍傳高績，士慕清芬。百世而後，式君之墳。

貴州布政使唐君墓志銘

君諱樹森，字穀九，湖南湘鄉人，姓唐氏。曾祖志本、祖方燮、父翥，皆以君貴累贈至一品。君少孤，母陳夫人授之書。弱冠入縣學，旋補餼廩額。文名甚著，而十試省闈不售，君澹於仕進，亦不以措意，因自號曰澹吾。以時方多故，留意經世之學，又勇以爲義，如修葺學宫、整理義渡、振濟窮黎，皆力任之。至於建宗祠、修族譜，更不待論矣，一時宗族交游翕然推服。咸、同間駱文忠、左文襄諸公方治軍擊賊，危疑之事必諮於君。

同治六年，君以事至京師。都下諸巨公皆奇君才，聳臾之曰：「君可仕矣。」其明年，遂以道員候闕於浙江。時適有繞城石塘之役，浙撫馬端敏公即以屬君。塘成，端敏善之。及端敏督兩江而君以内艱去浙，端敏遂留君金陵，使管淮鹽局。君崇寬大、蠲煩苛，務在恤商力以培元氣，商民感之。

服闋，還浙。時楊石泉制府撫浙，素知君才，省中諸大政若保甲、若軍需、若營務、若振務，悉使與其事。浙西各屬皆有客民，土客不相得，則聚而哄。君履行其地，或粲散之，或翦剃之，浙西賴以無事。台之屬有曰桐樹山者，奸宄之淵藪也。君名捕其魁，尸諸市，浙東亦安。大吏上其功，賜戴孔雀翎。

君仕浙久，權溫處道者一，權鹽運使者一，權糧儲道者一，權按察使者四。其巡溫處也，以海防爲方今要務，於溫州、台州、定海、鎮海各炮臺，皆親往相度，圮者修之，未得地勢者移之，孤峙海外者增建之。又以其地盜賊充斥，尤嚴治盜，翦猾禽奸，不留萌蘖。其總鹺政也，以餘岱曬鹽，天地美利，稽核版數，以杜其私。又嚴巡緝之令，設立官局銷售私鹽，化私爲官，私販以絶。其督糧運也，凡大户之包攬、小户之詭寄、不肖生監之把持、書差胥吏之勒索，釐剔務盡。其權臬事也，每治一獄，必得其情，前後結宿獄數百起，有累十餘年不决者，片言以折之，無不懾伏。

光緒五年，補授金衢嚴道。下車之始，即以士習民風爲首務，禁奇衺之敝俗，化土客之私見。東陽之民有私結盟會潛謀不軌者，一郡大聳。君示以鎮静，陰爲部署，亂民知君有備，亦遂不作。時議清丈山田，大衢山有金姓者，恃其彊梁，抗不遵丈，迫脅愚户，距傷官兵。君怒，嚴緝之，凶頑伏法，良善用勸。

十八年春，詔授君貴州按察使。時君權浙臬，甫受代而命下。浙之人喜君之遷，惜君之去。士大夫咸餞君於西湖道旁，觀者皆嘆息曰：「髯公去矣。」蓋公多髯，嘗自號髯叟，故人亦以此稱君也。

黔本荒服，猺獞犵狫之所居，而川、楚、粵三省之民每携妻子來黔租種苗田，於是苗民與客民争，而苗與苗亦自争。君既至，悉心體訪，客民侵占苗田治如律，苗人誣控平民亦治如律。苗民條糧向由土司轉解，以土司多浮收，改歸官徵。而苗頑又不以時納，仍責土司墊繳，其事糾繚益難治，君稔知之。及攝藩司，力革土司科派之弊，又重治苗民抗糧之罪，苗民畏之、德之，無敢抗者。苗有鬼師，苗民之不率，皆其煽誘，又俗尚跳歌，淫蕩無耻，君皆痛絶之。貴陽城東有龍岡書院，明王文成公講學地也。君延名師主講席，又廣設義學，令守令召苗童入塾，有能背誦《五經》者優獎之，自是苗民皆知向學矣。普安土寇聚衆爲亂，君不動聲色，禽其大豪曰劉燕飛，脅從皆散，四境帖然。

二十年，逢慈聖六旬萬壽，奉旨來京祝嘏。維時君長子贊衮以臺南府知府奏派入都，布置蹕路景物。先是，君之拜黔臬也，贊衮方攝臺灣道兼按察使，而君弟斐叔亦陳臬於秦中，一門三臬使，海内榮之。至是父子同遇盛典，相繼入都，人尤以爲榮遇。君與同列十六人獻壽於北海瀛秀園，預廷臣之宴，賞賚優渥。

既還黔，次年即拜黔藩之命，詔免入覲。君先曾再攝黔藩，熟其利弊，裁糜費，核浮銷，課額賦之盈虛，察僚屬之賢否，積米穀以待凶荒，治津梁以利行旅，繕城郭以備不虞，下至恤嫠育嬰諸善政，無不畢舉。黔民之戴君與浙無異。然君年逾七十，視在浙時，精力固有間矣。

自京師航海南回，由滬而湘、而黔，水陸數千里而體日以孱。是年冬，飲食驟減，痰嗽大作，遂於光緒二十一年十二月壬午卒於官，年七十有三。

君外和内介，平易近人，而意所不可終不可奪。自妻胡夫人卒，旁無姬侍，一室蕭然。服用儉樸而性好施與，賙人之急，拯人之危，養無所怙恃之孤，葬不能舉之喪，不可以數計，久亦忘其姓名。暇則以詩歌自娱，敏於詞翰，公牘私函手自裁答。

彭剛直公養痾西湖，時相過從，觴咏流連，余亦常預斯會。往年君七十生日，余曾以文壽之。君自京師還至滬，猶手書寄余蘇州。吾浙之人方冀君重來開府，而不意其已作古人也。

娶胡夫人，生丈夫子四，濟楫、濟梓，皆殤；贊彝，江蘇候補知縣，補用直隸州；贊衮，同治十二年舉人，福建補用道，前臺南府知府，署臺灣道，兼按察使。女子子二，長適浙江孝豐縣知縣茶陵譚恩黻，次殤。孫五，植元、植澧、植逵、植運、植蓬。孫女十。

君之喪自黔還湘，沿途士庶扶老携幼跪送者不絶，有奉鏡一面、水一盂爲奠者，足見君之有惠政於黔也。

光緒二十二年九月丙午，贊彝等葬君於孔漊塘之莊山，以余素習於君，具狀乞銘。銘曰：

君仕浙久，浙人所思。曰我髯公，愛之敬之。去而仕黔，位躋藩臬。君之仕黔，亦猶治浙。至今兩地，皆不能忘。吏守繩墨，民頌循良。我以部民，銘君之墓。千載而下，式此宰樹。

貴州布政使唐君妻胡夫人墓志銘

余既銘唐君之墓，而君夫人先君十七年卒，亦先君而葬，準古金石例，宜別爲銘。余既銘君矣，於夫人奚辭？

按狀，夫人姓胡氏，湘潭人。祖洪翼，清泉縣訓導。父九鼎，候選按照磨。夫人年二十來歸於君，事舅姑如事父母。凡米鹽瑣屑、井臼勤勞，悉自任之。處娣姒無閑言，下逮僕媪，無不稱其賢、感其惠。

及君官浙，屢攝監司，夫人皆從之官。雖居貴顯而勤儉如寒素時，衣服多浣濯補綴，偶製新衣，藏弆篋笥，非燕客不易服。兒女衣履，手自縫紉，夜漏數下猶拈針不休。寸絲粒米不敢棄擲，曰：「衣食宜惜，福更宜惜也。」歲時家祭，治具豐潔，所焚紙錢皆自製之，不鬻諸市。

與君牉合四十三年，相見如賓客。君權浙臬時，患瘧甚劇，夫人籲天請減己算以益壽，歷七晝夜目不交睫，病已，而後即安。君日無暇晷，惟夜必置酒小飲，夫人出宿醅、煨芋栗以佐之。君詰旦又須早起，故飲已即眠。夫人夙有不寐之疾，或招兒輩共酌餘瀝，然切切小語，杯箸無聲，懼驚君也，其慎如此。

訓子極嚴，偶宴起輒訶曰：「炊熟矣！尚未入塾歟？」篋無私蓄，而戚黨之貧乏者必佽助之，不稍吝。饋問往來，束脩壺酒，無不周至。兒女婚嫁，於世俗浮費多所節省，然一襦、一襖、一簪、一珥皆躬自料理，半生心血耗於此矣。

光緒八年十一月癸卯，卒於杭州寓館，年六十二。明年十一月癸未，葬於河西六都莊山之陽。余謂夫人合銘例矣，故撰次其事而銘之。其子女若干人見君墓志，不具書。銘曰：

既和既順，亦儉亦勤。仰贊令德，俯詒清芬。後世修身，齊家之君。子尚其式，夫人之墳。

恤贈太僕寺少卿盛君墓志銘

嗚呼！吾於中日之事有深喟焉。夫中國之於四裔，自漢唐以來皆以議和爲主，前此當軸者力主和議，未失也。及和議決裂，嚴旨開戰，斯時也，又宜有鷹揚之將、熊羆之士出死力，扼敵衝，搏兕攫犀，與之一戰，以小挫其鋒，則彼亦知中國之未可以輕視。戢其凶頑，來就我範，而惜乎當日之未見其人也。雖然，如盛君者亦即其人矣。

君諱星懷，字次垣，別字薇孫，江蘇武進人。祖隆，嘉慶十五年順天舉人，以知縣官浙江。父康，道光二十四年進士，官湖北鹽法道、武昌道，署布政使、按察使，後改官浙江，署浙江按察使，以長子宣懷官封光禄大夫。母許氏，年十八以禮接於光禄公，封淑人，晋封夫人，攝内政者二十餘年，善於治家，盛氏日益饒衍，夫人與有力焉。

君之生也，母夢大星墮懷中，故名以識之。幼穎悟异常兒，年十五入縣學，屢應省試不售，遂不屑爲舉子業。凡文詞書畫及其他藝術，一見即能爲之，然旋作旋輟，不甚措意。家有園林聲色之樂，亦落落無所好，惟喜談天下事，慨然有經世之志。

光緒十九年，其兄太常君方官津海關道，君往省之，留居署中襄辨海防事，君故習洋文通時務。久之，頗著勞績，由郎中叙功，以知府候選，累保以道員用，加三品銜，賜孔雀翎。人皆才之，以爲异時勛業不在兄下也。

二十一年，倭事起，朝命左、衛、葉三總兵戍朝鮮，君慨然語兄曰：「吾家世受國恩，今時勢孔亟，豈宜伈伈俔俔伏處牖下乎？吾將投筆起矣。」太常君止之曰：「如老父何？」君曰：「吾父雖年逾八十而精力猶如壯時，且有兄在，吾意决矣。」是歲五月，從衛軍出關，駐平壤。見軍無紀律且無鬥志，知不可用，謂衛曰：「承平以來又且三十年，淮軍精鋭强半盡矣。所募補者皆無賴游民，以此禦敵，萬無勝理，請别練精兵。」不聽，固請不已，乃以一軍屬之。君以古法訓練，又屢上戰守策，而諸軍不相統屬，事權不一，互觀望，莫能決。至八月之望，諸軍方置酒高會，而倭猝至，烽火燭天盡赤。軍中大驚，皆嘩潰，惟左公戰死，衛、葉兩鎮跳走。或勸君從衛、葉俱去，君叱曰：「此何時也？吾死日矣！」仗劍怒馬出南門，遂與敵遇，槍礮彈子雨集馬前，君奮不顧，大呼殺賊。愈進愈深，有僕遥見君中槍傷腹，猶兀坐馬鞍，又一槍，遂墜馬而隕。俄千騎奔騰如雷轟、如潮涌，遂糜爛不可復辨識矣，年二十有三。

嗚呼！我軍在平壤，與敵相持月餘，誠得如君輩者數人，率敢死之士千，扶義而前，箕張而進，多鼓鈞聲以乘敵壘，安知我之不能一勝哉？勝而後和，則操縱在我矣。此吾因君之死所爲三太息也。

北洋大臣大學士李公以聞，詔視道員例賜恤，贈太僕寺少卿銜，予雲騎尉世職，附祀總兵左寶貴專祠。君雖以義憤捐軀，亦可含笑地下矣。時光禄公以耆年碩德爲海内靈光，太常君綜事精良，膺國家重寄，而君又以忠烈垂名史策，廟食千秋，亦盛矣哉。

君娶衡陽魏氏，無子。十九年之春，君曾還南省光禄公起居。時光禄公寓滬，君妾王氏亦從，在滬侍君寢，匝月而有身。及大期，生丈夫子，則君已死難矣。光禄公名之曰復頤，蓋其時猶望君生還也。今復頤已嶄然見頭角，其祖母、其母與生母同撫之，俟及歲之後請襲世職。异時建功樹業，成君之志，未可知也。某年某月某甲子，具衣冠招魂，葬君於光福里某山之原。以狀乞銘。銘曰：

才識遒，意氣壯。戰高麗，死平壤。父兄悲，母凄愴。幸有子，宗可亢。具衣冠，營碧葬。我爲銘，銘其壙。表忠烈，寄慨慷。式千秋，勵諸將。過墓門，拜英爽。松與楸，永無恙。

趙母潘太夫人墓志銘

有趙氏貞女琪，自狀其母之事實，介其所親來言於余，曰：「吾母自失所天，撫前室子三人至於成立，而三人者又皆不幸先卒，母煢煢孤苦，惟琪以針黹供甘旨。今母歿矣，念吾母備歷艱苦而志行卓然，非得立言君子爲之表彰，懼遂湮没不著。求之當代，則曲園先生其人也，不孝琪敢九頓首以請。」余瞿然曰：「昔漢郭輔之女爲父立碑，金石家以爲美談。今又見之貞女矣，余何敢辭！」

按狀，其母潘太夫人，處士苑英公女。其先世有諱灤而以孝旌者，則其六世祖也。幼讀書，嫻習禮儀。苑英公卒，妻病子幼，家事皆決於夫人。時貞女父常熟趙君喪其元配，聞夫人賢，委禽焉。夫人來歸，前室子三人，曰璐、曰瑛、曰林，皆以失母羸瘠，而林尤甚。夫人噢咻之，鞠拊之，於是三子始復知有母。趙君有姊歸於楊，嘗戲謂諸子曰：「吾愛汝曹，曷從我歸乎？」三子皆牽夫人裾而啼，姊嘆曰：「恩勤如此，吾弟無憂矣。」

趙君宦游直隸，夫人從之往。生一子命曰環，而夫人產後病，遂無乳。或勸顧乳媪，夫人曰：「吾夫子清貧，忍瘠吾家以肥吾兒乎？」時趙君適奉使外出，及歸，而環已殤，甚悼之。夫人曰：「林兒甫四齡，吾病中聞其啼，惄焉如擣，願君移愛環者愛林也。」已而生一女，曰瑢。瑢生逾月而病，時三子皆病，夫人禱於神，願以己女代諸兒。及愈，人問故，夫人曰：「病亟矣，吾力不能兼顧，憖失有母之女而留無母之兒也，不然，吾豈忘《尸鳩》均平之義哉？」及戊申之秋，生弟二女，即琪也。又三年而林入縣學，年甫十有四，夫人喜曰：「汝母遺言，雖舉家食粥，勿使諸兒廢讀，今可以慰汝母矣。」

咸豐三年，粵賊渡黃河，破臨洺關，陷任縣。趙君適奉檄倅貳平鄉，距任縣止三十里，而平鄉令托君先以事至郡。邑無主，民大聳。趙君謂夫人曰：「余職雖卑，不敢委而去，與城俱亡矣。汝志節吾所知，必不辱我，然三子可不死，大女已許嫁，亦可不死，宜免之。二女尚幼，嬔之可也。」夫人毅然曰：「諾。」趙君遂至縣署，集士民議守備。夫人即脱臂釧易銀，分而三之，縫紉三子衣絮中，戒曰：「如城破，亟從老僕出，匿民間，存趙氏之孤。」又命以巨瓨盛水置廡下，如事急即溺琪。部署既定，而趙君出奇計疑賊，賊少却。夜决滏水，賊曉見數十里内滉漾若巨浸，大駭引退。平鄉以全，趙君力也，夫人亦與有焉。

趙君後官望都，賊又大至。趙君力疾登陴，七晝夜不少休，因得咯血疾。及調元城，疾益劇。夫人侍疾謹，湯藥必手治。時大雪，檐冰長尺許，夫人兩手皆皴，血漬衣袖。未幾，趙君殁，貧甚，然僚友有饋遺者謝不受，曰：「毋累我夫子清德。」

林以咸豐八年舉人，應同治七年會試，中式貢士，病未殿試，歸而主講平原，議迎夫人就養，夫人曰：「汝父柩在斯，吾亦在斯，汝挈汝婦去可耳。」

九年，捻寇大至，圍郡城，元城故附郭，夫人居危城中，惟璐在側，夫人曰：「汝父以忠貞自勵，汝雖無守土責，然候缺於是，亦官也，宜登城以守。吾與琪至汝父停柩之所，城陷則從汝父九原矣。」乃挈琪從一婢俱往。會左文襄之兵至，圍始解。

十年，林補殿試，以主事分吏部。時求直言，林陳時政八事。夫人聞之，喜，手書慰勉之。其年八月，瑛奉趙君喪歸常熟，而夫人始就養京師。十三年，夫人行年六十，林集諸同年爲夫人壽，然長子璐已先卒，夫人因是慨然有鄉關之思，乃挈瑛及琪旋里。臨行語林曰：「自我入門，汝最稚。三十年來，汝最得我意，吾豈忍舍汝歸乎？然汝弱多病，吾先歸，葺屋待汝，汝亦勿久戀仕途也。」

夫人歸，撙捐經營，成屋三椽。而庚辰之歲，瑛卒於家，林卒於京師。不及半年，兩喪相繼，於是三子皆盡矣。三子中林最知名，以進士官吏部，而璐官景州吏目，瑛以縣丞需次浙江，保以知縣用，亦皆有聞於時。人方謂趙氏之興正未有艾，孰知其降年之皆不永也！

夫人家居益窘，歲飢無食，不能并存，乃始析居，而夫人獨與琪也處。琪生九歲，許嫁陽湖吴氏子錕，未嫁而錕卒。錕之父，直隸内邱縣知縣，不久亦卒於官，兩家遂不相聞。至是其姑歸，知琪守貞於室，乃議迎歸，夫人曰：「禮也，吾不忍以私愛留汝。」琪雖歸於吴，跪請於姑仍歸事母，每歲居吴氏者兩月，如是十餘年。姑病革，以舟來迎，琪適病疽，夫人曰：「是惡能不往。」掖之起盥，血滿床簀間。及歸，姑執其手曰：「吾忍死待汝。」遂卒。琪居喪如禮。既葬而歸，遂長與母居。琪工書畫，鬻於人。又教授女弟子，薄有脩脯，夫人晚歲賴以存活。

光緒二十四年三月甲午日加巳，以老病卒，年八十有四。臨終召集孫曾，勉以讀書爲善，毋失爲廉謹士。嗚呼！是誠賢母矣！

以三子林軍功加四品銜，故加級得封夫人。孫二人，長宗鼎，瑛也子，爲璐也後，充國史館謄録，候選通判；次宗穀，從子允祐子，爲林也後，縣學附生。女子子二，長適武進吴氏，次即琪也。孫女一。曾孫仲惠，曾孫女三。

余既諾琪之請，乃撰次其事而銘之。銘曰：

齒八旬，封二品。壽且貴，窮亦甚。志行超，身世窘。有賢女，爲之請。勒我銘，庶不泯。

丁君妻陸恭人墓志銘

恭人姓陸氏，其先世自海甯遷於杭。父竹溪君封奉直大夫，母洪宜人。恭人於姊妹行居三，自幼婉娩，讀《孝經》及《小戴記·内則篇》，咸通大義。織紝組紃，不學而工。年十歲，竹溪君卒，執喪如成人。及長，益沈静寡言笑。年二十二，歸錢塘丁君松生爲繼配。

丁君初聘於沈，繼娶於淩，沈、淩兩宜人皆有父母在堂，恭人曰：「兩宜人猶吾姊也，其父母猶吾父母也。」謹事之，於是兩家尊長亦親愛如所生焉。

咸豐五年，舅姑俱病痁。已而舅歿，姑病益劇。恭人調護甚至，乃稍閒。越兩年復作，益以脇痛。恭人抑按搔摩，不解衣而息者五閲月。及歿，哀慟逾常情。會有女叔將歸於李氏，已請期矣。姑臨終有遺命，毋易期，而其姒婦有痁疾，不能興，奩篚裝遣皆恭人獨治之，無不詳緻，三黨稱焉。

又二年，粤寇至，杭城陷。事起倉卒，丁氏所居遠，賊猶未至。恭人伯兄奉其母來，謀偕遁。塗遇賊，傷於刃，恭人裂帛裹其兄傷，扶持出艮山門，轉徙松江、青浦、南匯小村聚間，又由上海而至甯波。時杭城雖失，旋復，丁君方在城中，設粥廠以食難民，設防局以助兵守，然寇警猶屢告，恭人不遽言歸，奉其母居越陶堰。

及杭城再陷，又自陶堰至甯波，而定海，而上海。風濤兵火中，抱持先世畫像，自遷杭始祖瑞南公以下凡七世，謹守勿失，并護侍其母起居，及慰問諸昆弟輩，仍與平常不稍异。已而丁君亦自賊中出，迂回至上海，則恭人已先至如臯矣。時局屢變，情事隨之，其艱難辛苦可知也。

同治二年，復還上海。三年，官軍收復杭城，恭人諸昆弟奉母先還越中。無何，母病，恭人歸省，渡曹娥江，遇暴風，舟幾覆。恭人曰：「此江之神乃孝女也，神爲父死，吾爲母死，何憾？」言已，風息獲濟。既歸，而母病竟不起，慟曰：「亂離中跬步不相失，今幸將復睹升平，乃不獲終事母乎？」

其伯姊適朱氏，殉難於包村，仲姊適殳氏，避亂歿於蕭山，而其昆弟中子和、葦笙、擷香三君皆先下世，恭人撫其子若女，存問其家，歷久不渝。婦人雖外父母家，然落葉糞本，亦人之至情也。恭人天性之篤，於此見矣。

丁君居杭，負重望，杭事無巨細咸歸焉，家事一委之恭人。亂後親族中多失所者，周恤備至。遇臧獲輩無疾言遽色，而人自畏之。素不事佛，然喜淡泊，恒斷葷血。性又耐勞，縫紉浣濯，輒躬親之。几席間無瓶花盆魚之玩，而一草一卉有可療治人病，則栽植澆灌，歲以爲常。子立中幼多病，自乳之，不假手傭媪。及就傅，則督之甚嚴，日之所學，夕必温之。

嘗曰：「吾生值亂離，七死三生，以至於今，幸而家室復完，婚嫁粗畢，吾願足矣。」未幾，風痰襲入經絡，四體浮腫，藥之不效。光緒九年冬，疾加甚，强起治歲事。明年正月，猶力疾拜先人影堂。既生霸，病遂篤。丁君即於二月乙卯爲立中授室，新婦見於病榻，猶慰勉如禮。已而語立中曰：「吾及見新婦，死亦何憾！身後之事，從儉可也。」立中泣不能仰視，則正色曰：「命本於天，志立於己。修身立學，毋墜先緒，何泣爲？」越三日戊午遂卒，年五十二。子一人，立中也，光緒十七年舉人。女子子二，曰延、曰恒，并嫻翰墨、工丹青，陸家驤、顧浩其婿也。光緒丙申年某月某日，將葬於餘杭閑林鎮之金築山。立中以狀乞銘。銘曰：

懿歟恭人，㬓順衷莊。克相其夫，厥家用昌。中更離亂，遷徙靡常。寶守遺像，扶持高堂。備歷艱若，終獲安康。女歸良奥，子舉於鄉。中壽非夭，令名孔長。千載而下，宰樹青蒼。

徐君雲泉墓碑銘

君諱慶湛，後更曰立慶，字德餘，自號曰雲泉，徐氏。宋時有贈兵部侍郎諱起彪者，其遠祖也。四傳至給諫公，諱處儀，建炎中扈蹕南渡，居山陰項里。給諫公之子諱德明，又自項里遷栖凫。栖凫亦屬山陰，然山陰與會稽壤相接也，故徐氏或籍會稽。君會稽人，曾祖起鳳，字羽翽。祖震，字東木。父應芳，字天駟。自高曾以來，累世單傳，至天駟公生丈夫子六，僉曰：「天殆將昌徐氏矣。」

君於兄弟行居五，八九歲入村塾讀書，性頗慧，然家貧甚。天駟公奔走衣食，頻遘死喪之戚，族人又淩侮之，益大困，乃喟然曰：「先儒有言，儒者治生爲急，吾諸子可坐困於蟫朽皀斷中乎？」命改而學賈，於是君亦棄儒而賈矣。

俄天駟公卒，君既免喪，益習於賈。重裝遠出於粤、於豫，候時轉物，其赢百倍。嘗買吴興之絲，運而儥之於粤，所讎過當，即馳白諸昆，請更市縑帛之屬以往。仲季兩昆難之，持未决，君請益堅，曰：「贏絀吾自任之。」已而果贏數千金，君曰：「吾庸可有私財乎？」別而儲之。其後創設義塾，以教一族之子弟，即用是金也。

及將析産，父老相與議曰：「君家故窘乏，今高貲巨萬，皆仲季兩君及君之力，恒分之外宜有所酬，請公出三萬緡分畀三君。」君辭不受，盡以歸仲氏、季氏。禮曰：「分毋求多。」君之謂矣。君雖與諸昆异産别居，而月要歲會，仍總於仲兄。君則鞿馬鈐騾，經營於外，所至購求甘脆之物，以奉其母。母年六十及七十，君雖在數千里外，必於生日之前馳歸爲壽，母子兄弟共相慰勞，愉愉如也。

粤賊之犯浙也，季兄已前卒，仲兄亦老病，而母年八十有四矣，一門三四十人繄君是恃。君念賊勢益張，浙東西無善地，惟滬上一隅，輪艦四達，緩急可濟，乃豫寄輜重於滬，而移居會稽橙塘，以觀其變。及紹興不守，君奉母挈媷屬走甯波，航海而至於滬，風濤兵火之間，轉徙流離。人或疑其太遠且險，然其後家鄉親故之陷賊中者，無一得全，而走投包村、依附義團以自固者，死且億萬計，然後知君所見之大也。

同治建元，大亂底定，復歸甯波，而母王太夫人卒。奉喪歸里，窀穸之事尚有待也，君則仍寓橙塘。會逢大水，振以米，繼以錢，飢民賴以存活甚衆。君以亂後無家，買宅於郡城之水澂巷，將徙入居之而仲兄卒，君慟曰：「白頭兄弟奄忽俱盡，此生無復天倫之樂矣。」入新居半月而病，逾月而歿，時同治七年五月辛丑也，年五十有八。

君性質直，篤於倫誼。以先世未置祭田，創置膏腴三百畝，由本支推之旁支，又推而至於外家。王氏或絶無後，或其子孫遠出不歸，咸取之此，供粢盛牢醴之用。七世祖妣金、高祖妣許、曾祖妣方、從祖母任及其弟婦章，皆以節行著，君爲請於臺司，達於禮部，旌表如律。弟無子，以己次子後之，分宅而居之。有姑適張氏，君少時曾保抱携持焉，終其身母事之。與人交必以信，與人共貿易無豪髮私。不畏强禦，能面折人過，而御下甚寬。在粤時，有一僕屢竊君金，借他故遺〔一〕之，不以告人也。

娶馬夫人，有賢行。始來歸，姑王太夫人治家嚴，婉娩聽從，曲當其意。有女，公適陳氏，早卒，遺一女，迎之歸，撫育之至於嫁，以仰副先姑之意。光緒二年，海溢於山陰、會稽之北境，蕩析民居。命其子出巨貲募飢民，增築長堤一萬餘丈。事聞於朝，詔以「樂善好施」四字旌其門。又與娣婦章建清節堂於嵊縣，君之賢，亦夫人有以成之也。

〔一〕遺，據文意作「遣」近是。

生丈夫子二，樹蘭，光緒十一年舉人，鹽運使銜道員用候選知府；友蘭，附貢生，户部郎中，即君命之後其弟者也。女子子二，其婿曰陳英、曰吴壽震。孫四人，元釗，光緒十四年副榜貢生，太平縣教諭；爾穀，廩貢生，候選知縣；嗣龍，國學生，江西候補同知；維烈，尚幼。孫女三。曾孫二，世保、世佐。曾孫女十有一。君自以少年因貧廢學，望諸子讀書甚切。嘗至郡城僦居僧廬，延聘師儒，課其子與其從子，今子若孫皆以文學有名於時，君意其可慰矣。

以子官累贈至一品。君之殁也，王太夫人尚未葬，遺命必先葬王太夫人，故至光緒九年，始克葬君於董塢後山，成君志也。十四年四月丙申，馬夫人卒，即祔於君之兆，禮也。墓宜有碑，碑宜有銘。銘曰：

士與賈分，自管子始。古則不然，商賈亦士。端木之賢，貨殖奚耻。君以長才，而隱於市。南北就時，其業倍蓰。祭田乃興，家塾乃起。無間弟昆，有益鄉里。又得賢媛，助成其美。一門之内，森然杞梓。爾熾爾昌，旦夕可俟。我作銘詞，百世斯視。

孫玉堂墓志銘

君諱寶書，字玉堂，一字步青，孫氏。其先世出自陳敬仲，至漢有天水太守㚟。自㚟以來，世繫〔一〕始可紀。蓋傳二十七世，至世柱字公棟者，始家常熟，後分常熟置昭文縣，乃世爲昭文人。乾隆時有以詩名海内諱原湘字子瀟者，君之曾祖也。祖文杓字小真，父念屺字朗夫，皆隱居求志，稱善鄉里。朗夫公初娶於吴，繼娶於楊。君，楊出也。時朗夫公年已五十矣，以得子晚，奇愛之，不忍苛責以學，而君益自刻勵，寒暑無間，舞勺之年，已通群經大義，所作詩文皆有法度。

會遭粤賊之亂，縣城陷焉。侍朗夫公避寇於南通州之鄉，父子皆以授徒餬口，饔飧幾不給，而不妄受人一錢一粟。來學者亦皆窶人子，朗夫公曰：「今日多一讀書之子弟，他日即少一失業之游民，天下之亂其少弭乎？若較量修脯，則貧民子弟廢學者必多。多一廢學之子弟，即多一失業之游民矣。」乃與其鄉之父老約，有來學者，修脯之多寡有無均不問。鄉人感其意，争就學。君承朗夫公之訓，終其身以授徒爲事。蓋以韋布之士無補於時，惟出其所學，啓牖後進，其秀傑者可以有成，其愚頑者亦化爲善良，不致流於不肖。鄉閭安靖，争訟衰息，於世不爲無補。嗚呼！其所見遠矣。

〔一〕 世繫，當作「世系」。

亂定，仍奉朗夫公而歸寓邑之東鄉，其地曰老吳墅，從外家楊氏居也。楊氏多服賈者，君因是亦稍習廢著之術，然不廢學，學益進。

同治七年，入蘇州府學。光緒元年，補廩膳生。四年，科試，君挈長子同康應試，亦入縣學，時朗夫公已先歿。朗夫公之歿也，君方赴試蘇州，不及親視含殮，大以爲恨。自誓家居奉母，終身不遠游。兩浙鹽運副使高君笏堂慕君名，欲延課其子，弗赴也，惟閉門課子，教授生徒。

所爲文以清真雅正爲宗，尤推服陳星齋、方望溪兩家制義。十應鄉試，屢薦不中。乙亥科房考，張公振潢力薦，主試亦甚賞之，卒以微疵見擯。君曰：「得失命也，學則在我者也。」乃羅列經史，旁及唐宋大家詩文集及本朝名臣奏議，排日自課，勞倍童稚。

得曾文正公奏疏書札，讀之嘆曰：「細微之處精密無間，宜其勛業之巍巍矣。吾輩不能爲其大者，且爲其小者。」暇則與家人婦子取《文正家訓》反復講貫，期於童稚皆知，曰：「汝曹人人從事於此，則其大者或亦可望乎！」後其子同康成進士，殿試甲第、朝考名次皆與文正同，君以書勖之曰：「汝其效法湘鄉，務爲遠大，以成吾志。」

君治家嚴，子弟有過，督責不稍恕。嘗曰：「子夏云：『小節出入可也。』子夏一生謹慎，此乃其晚年見道之言，讀者勿以文害辭。」從學諸弟子皆奉君教，文行交修。

歲科兩試後，以文來質者踵於門，君曰：「某也售，某也否。」無不驗。榜發，則門下之士得與者多，或十餘人，少亦四五人，以是爲常。

子瀟公舊宅毁於兵，君積歷年生徒束脩之饋，經營庀度，建屋十楹。既成，則又曰：「子瀟公以下昆弟尚衆，吾於此宅，僅得有其六分之一耳。」乃集同曾祖昆弟，償以五分之直，然後遷入居之。

又欲重刊子瀟公《天真閣詩文集》，門下士强詹簿至善請於君，願任其事，逾年告成。君謂同康曰：「吾力未逮，故吾徒成之。汝异日能以資償强君，而歸版於孫氏，此吾志也。」

光緒十五年，君年五十矣，同康等將置酒上壽，君曰：「恒言不稱老。吾母在，吾夫婦敢言壽乎？」勿許。至二十年，年五十五矣，同康已成進士，入詞林。而是年江南舉行正科鄉試，楊太宜人曰：「吾今歲頗健，汝年未六十，且兩孫皆當赴試，而幼孫同虞年稚無知，吾心爲之忉忉，汝宜挈兩孫同赴金陵，則吾安矣。」君初不欲往，以母命遂行。行至江甯未十日，而家中以電報告太宜人得暴病，君大慟曰：「吾不及見吾父之歿，豈又將不及見吾母乎？」徒步出三山門，行烈日中十餘里，甫登舟而心痛，神思昏亂，語言淩雜，惟聞若呼「吾母何往，吾將同歸」，其夜遂卒於舟中，乃光緒二十年七月戊戌也。楊太宜人亦於是日日加申卒於正寢，正君金陵登舟之時，距君歿僅兩時許耳。

君幼有至性，爲童子時喪其七齡幼弟，哭之甚哀。以朗夫公早歿，事母益虔，千里之外驟聞母病，如聞迅霆，心膽裂矣，宜其不起也。君以子同康官加四級，贈奉直大夫。娶吴氏，封宜人。子三人，同康，光緒十九年舉人，二十年進士，改翰林院庶吉士；同潞，常熟縣學生；同虞，昭文縣學生。女一人，適同邑吴福孫。性至孝，君歿欲殉之，而甫有娠，待至次年二月，舉一男，曰：「今可以從吾父矣。」絶食死。孫二人皆殤。某年月日，同康等葬君於某原，以狀乞銘。銘曰：

惟文與行，孔門所崇。以此爲教，教思無窮。士有恒業，民無澆風。閭閻息訟，盗賊銷鋒。是爲本務，獲效甚豐。世人逐末，异端是攻。剿擥非知，奇衺不衷。安得君等，隱寄折衝。墨哉純儒，而又孝子。母子同命，捷於嚙指。表君至性，振裕之靡。擴君教術，救時之侂。礲石勒銘，百世斯視。景彼高風，識我微旨。

安徽巡撫沈公墓志銘

公諱秉成，字仲復，浙江歸安人，沈氏。所居曰竹墩湖，郡巨族也。曾祖裳錦、祖治，本生曾祖襄錦、祖澍，并有隱德，時稱長者。父功枚，以知縣官福建，歷知同安等縣，後改陝西，歷知岐山等縣，所至皆治。曾祖母費、祖母韓、本生曾祖母嚴、祖母張、母嚴及馬，三世以公貴，贈封，皆一品。

公五齡失恃，有從母嚴氏鞠育之，教誨之，授以四子書及《易經》《詩經》，過目不忘。後從其外王父嚴石間先生讀，雖隆寒酷暑，執卷不釋，不數年，諸經皆卒業。爲文章操筆立就，見賓客嚴重有度，識者皆曰：「公輔器也。」

道光十八年入縣學，二十九年應順天試，中式舉人。咸豐二年，會試取謄録，充宣宗成皇帝實録館漢謄録。六年，成進士，改庶吉士，充實録館協修。全書成，叙功加五品銜。散館，授編修。大考翰詹，列二等第五，詔遇坊缺題奏兼賜袍料。十年，充會試同考官。十一年，充山西鄉試副考官。同治元年，遷侍講。二年，轉侍讀，歷充國史館協修、功臣館纂修、日講起居注官、咸安宫總裁、武英殿總纂、文淵閣校理。及穆宗毅皇帝實録館開，又派纂修。三年，京察一等，以道府記名簡放，旋以《實録》書成過半，詔專以道員用，尋授雲南迤東道。甫出京，以父憂歸。八年，授江蘇常鎮通海道。十年，調蘇松太道，累以籌餉功，加按察使銜，晋布政使銜，賞戴孔雀翎。十三年，擢河南按察使，尋調四川按察使。

初，公之丁父憂也，親赴山西奔喪，眷屬仍居京師。公繼配姚夫人及二子皆以喉疾卒，公自晋歸，不及見矣。哀毁之中又遘此變，遂得肝脾之疾。其後以海關任重，旰夕不遑，益之以咯血，故雖叠拜按察使之命，均謝不赴。僑寓吴中，購得婁門某氏廢園而修葺之，有泉石之勝。時繼配嚴夫人已來歸，工丹青，嫻詞賦，公遂名其園曰耦園，相與嘯咏其中，有終焉之志。而是時大亂初平，天子切求治安，需材甚急，公之才望爲海内推重，凡言人材者必首及公。光緒八年，特召來京，仍以病辭。十年，即家拜順天府府尹，公瞿然曰：「天恩厚矣。」乃力疾入都。時廟堂之上以折衝禦侮之才爲尤急。公之任蘇松太道也，其地中外雜處，華人陷於法者求洋酋請托，官不能詰。公於其來請也無所拒，及視事仍斷如法，酋亦無如何也。一日，四明人與法人争地械鬥，變起中夜，公率文武官弁躬履其地，槩散其衆，遂以無事。及臺灣生番事起，日本領事曰柳源氏者日來見公，呶呶争辨。示以公法，折服而去。於是天子知公之能也，一至即命兼充總理各國事務大臣。其時英公使適與某疆吏不協，曰：「吾國領事屢往而不一見，何也？」公曉之曰：「疆吏事煩耳。」「請限以幾日。」公曰：「限之一言非所施於敵體。」「然則改限爲約，何如？」曰：「見則吾請任之，約亦非可言也。」公密以告某疆吏，一見其領事，而事遂解。議者謂公此事得富鄭公争「獻」「納」二字之意，可謂知體要矣。由是知遇益隆。十二年，除内閣學士兼禮部侍郎銜。

十三年，署刑部左侍郎，旋命巡撫廣西。廣西地瘠民貧，歲需惟賴鄰封協濟，恒苦不足。公取道江西、湖北、湖南，面見三省督撫，推誠商榷，無不感動，歲解如額。公承凋敝之餘，持以寬大，不及半載，百貨流通，所入釐税羸至十二萬兩。先是公在常鎮時，以野多曠土，設課桑局，赴湖州購買桑秧，兼募湖人，教以藝桑、育蠶之法，其後常鎮間蠶桑之利幾與吴興埒。至廣西，以南甯、泗城、潯、梧等府皆宜蠶桑，亦奏請舉行焉。又在鎮江，以庚申之亂，白骨如莽，設局掩埋，俾無暴露。而廣西省城有開元寺者，停積棺槥至萬餘具，公嘆曰：「彼兵燹後宜爾也，桂林幸未陷於賊，何纍纍者亦若是！」有主則限以日期，無力則佽助之，責以必葬；無主者官爲之葬，於是積槥爲空。蓋公所至勤求民瘼，類如此。歸順州舊隸鎮安府，新升直隸州。又有百色直隸廳者，故土官也，雖改土歸流，而其地極邊，其民喬野。公曰：「此二處草昧未開，科名不振，异端乘虚而入，必爲所奪，亦邊境憂也。」言於朝，每届鄉試，此一州、一廳别立坐號，即於廣西原定中額之内，撥一名與之。如子科歸州，即卯科歸廳，以廣邊士登進之階，而杜外人簧鼓之漸。「惟彼哲人，瞻言百里」，公之謂矣。

十五年，調安徽巡撫。以蕪湖居上江衝要，華洋輻湊，良莠雜居，奏設道員，專辦保甲。大通鎮與和悦州對峙，百貨薈萃，亦盗藪也。設立分局，以佐蕪湖所不及。咨行毗連各行省，凡連界州縣，互用連銜空白差票，有所名捕，不分畛域。以故歷年未獲之渠魁，皆得捕獲駢誅，以遏亂萌。又以皖省水陸防軍訓練未精，咨調北洋諳習法國兵法之副將一員，來皖訓練，日一視之，由是皖軍悉成勁旅。凡攔江磯、東西梁山諸處舊有礮臺者，自往相度，廢者修、缺者補。或江流衝突，今昔不同，則改易其處，仿用洋法，或明或暗，因地制宜，以固上游門户。省城西門外有漕河一道，潛山、太湖等縣由此運漕出江，其外内各有一洲，以爲漕河屏幛。洲以内又有鹽河一道，爲米鹽屯聚之所。咸豐間，江以南突起新洲，束水而北，兩洲淪陷，兩河并與江通，每逢盛漲，直嚙城根，省垣岌岌。公察形勢、尋案牘，於西門外漳霞港别開新河，接至江口，導潛山各縣之水匯合入江，以禦江潮。於河口上下各築高厚長堤，以固河身，又於内築偃月堤，遏石門湖來源，以免沙泥淤墊。於是民田得蓄泄之宜，商船有停泊之便。至今，其地成小聚落焉。城之東偏，故有奎星樓，翼然雄峙，可望大江。樓前有隙地，後又於其地建文昌宫，樓爲所蔽，自是兩科鄉試，城中無中式者，無不歸咎於斯。公增高其樓，使仍可眺遠，而是科省城登賢書者七人，士林大悦。公又奏設經古書院，以課經史實學，皖士彬然多通經之士，由此始也。

十七年，詔署兩江總督。拜命之日，嚴夫人卒，公雖畫然傷心，然不敢以私廢公。而江督事煩任重，公承曾文正、沈文肅、左文襄諸名公之後，慨然曰：「前型未泯，敢不勉乎！」營規鹽政，力求整頓，修築城垣，添置器械，日與僚屬講求，不遺餘力。會俄國世子來游中華，過江甯，泊下關，公曰：「彼國儲貳之尊，异日邦交所繫，吾爲疆吏，禮不可闕。」乃登其舟，握手言歡，移時而别。先是民間以事非習見，人情惶惑，至是始皆釋然。及受代回皖，道出蕪湖，適其地法國教堂於前一日被焚，而群情汹汹，尚思逞志於英、美諸教堂。公飛調附近營勇，彈壓解散。及抵安慶，訛言四起，和州、六安、宣城、建德之人均思與教堂爲難。公嚴檄所由，先事防範，告誡周詳，人心帖然，釁乃不作。公歟歷中外，久任封圻，朝廷嘉念賢勞，特錫一品冠服。

二十一年，派充安徽閲兵大臣，時眷注固未衰也。未幾，有開缺來京之旨，公曰：「臣子奉職，中外一也。」即部署北行，繞道至滬。將附輪船達津沽。而宿疾又作，不得已，至吴下就醫。七月丙辰，卒於耦園，年七十有三。是時海警未靖，遼事方亟，使公還朝，或仍入總理衙門，必有所建白，而惜乎一病之不起也！

公在翰林即留意當世之事。同治中，陝西亂回圍攻鳳翔，公以講官上疏，言：「鳳翔不守，則糧道不通，省城坐困。且與甘肅之回聯絡爲一，其勢蔓延，將不可制。宜命大將以重兵剿之。」詔命都隆阿往，於是朝議藉藉，言公知兵。

公又時以桑梓爲念。粵賊陷湖，殉難者衆，公訪得族人殉難者百有餘人，以其名聞，旌如例。又言：「湖郡漕額輕重不勻，烏程、歸安、德清爲最重，長興、武康次之，安吉、孝豐又次之。吉、武、孝三縣俱屬山鄉，固不可比擬。若長興，則與程、安、德俱鄰太湖，田畝肥瘠相等，而編徵銀米輕重懸殊，此何理也？請飭浙撫體察情形，將程、安、德三縣應徵銀米視長興，上則起科，而長、武、吉、孝四縣則視江蘇，漕額本輕常、鎮二府之例。」部議從之。至今湖民蒙利焉。又以竹墩宗祠歲久將圮，城中舊有遠祖恭靖公專祠全毀於兵，捐金修建，一如其舊。於恭靖公祠旁築屋數椽，爲沈氏子孫入城應試休息之所。譜牒舊板漫漶過半，爲刊補之。又傳知遠邇，訪求世系，續前譜所未收。族姻中孤寡無以存及貧不能嫁娶者，咸有助焉。伯兄不禄，撫兄子鳳韶如己出。及晚年，而叔季兩弟又卒，天倫之戚不能去懷。公之不至期頤，亦由此也。

性喜金石字畫，所收藏皆精絶。其居耦園也，南皮相國亦適寓吴，一時如潘文勤公及李眉生廉訪、顧子山、吴平齋兩觀察，皆時相過從。偶得一古器、一舊刻書藉，摩娑玩弄，以爲笑樂。始在京師，得汧陽石，剖之有魚形，製爲兩硯，名之曰鰈。及與嚴夫人以詩酒倡隨，乃以鰈硯名廬，名流題咏，咸稱佳話。

公先娶張氏，繼娶姚氏，又繼娶嚴氏，三夫人皆先卒。姚夫人生二子，皆殤。嚴夫人生三子，延馨亦殤，存者瑞琳、瑞麟，瑞琳於光緒十九年舉於鄉。公之内召也，瑞琳會試報罷，將歸，公曰：「吾亦將北上矣。」遂命以郎中分部學習，掣籤得刑部貴州司。女子子一人，姚夫人出也，適直隸東安縣知縣馮壽松。孫女二人，尚幼。嚴夫人之殁也，葬於仁和縣南山諸家濱之原，公自營生壙〔一〕於其左。某年月日，瑞琳等奉公之喪啓而窆焉，禮也。公生平學問、政治卓犖可傳，不可無述，乃因瑞琳等之請，次第其事，而繫以銘。銘曰：

公起詞苑，而至封疆。理幹開達，綜事精良。桂林鬱鬱，皖山蒼蒼。公之所至，利澤孔長。搜補卒乘，興起膠庠。繕完堤堰，勸課農桑。内撫黎蒸，外服戎羌。方今异族，日益鴟張。安得公等，高議明堂。我游其園，泉石清凉。我登其隴，松柏青蒼。山川無改，子孫其昌。

〔一〕 壙，原訛作「塘」，據文意改。

福建巡撫張公墓志銘

咸豐初，大盜起於粤西，中原鼎沸，若捻、若回皆乘隙而起。時承平久，無戰守備。賊踪所至，從風而靡，名都大邑相繼淪陷。爰有一二奇侅非常之人，負文武幹用者，屹然�柱危城，爲天子保全疆土。如沈文肅之守廣信府、張勤果之守固始縣，皆名動朝廷，璽書褒奬，一歲數遷，授以封圻重任，垂名青史，圖畫凌烟，後世瞻仰，望若神人。烏呼！如我友山張公者亦何愧歟？

公諱兆棟，字伯隆，友山其自號也，山東濰縣人。曾祖鉉、本生曾祖鑒、祖文輯、父翕皆潛德不顯，以公貴，贈光禄大夫。曾祖妣譚、本生曾祖妣劉及韓、祖妣劉及孫、妣宋，贈封一品夫人。

公幼而沈摯，其世父扶青明經諱翀者通經術、有識鑒，謂：「昌吾家者，此子也。」盡以所學授之。年十七入邑庠。道光二十三年，以優行貢，即於是歲舉於鄉。二十五年恩科，成進士，官刑部主事，洊升郎中。每遇疑獄，用類推迹，平反甚衆。九年〔一〕，以知府分發陝西。

〔一〕 九年，疑指「咸豐」九年，有脱誤。

同治元年，鳳翔府闕員，大吏知公才，俾往攝之。而是時陳、賴諸捻寇方由荆紫關入陜，粤賊僞啓王梁富成又由山陽、雒南而走平利，全省糜爛。渭南縣回民因之作亂，戕官據城，厥勢汹汹。同州、華州諸回皆叛應之，鳳翔接壤，亦將蠢動。或勸公曰：「此危地也，以病謝若何？」公曰：「數由天定，事在人爲。臨難苟免，豈人臣之義乎？」趣之官，陽爲撫循，陰修戰備。甫及三月，回寇大至，城外回民爲所句結，變且不測。公嬰城固守，募數千人爲游兵，擇其精健者倚城而爲壘，先後五十餘戰，斬馘甚衆。賊爲蚰蜒濠，深、廣各三丈，爲久圍之計。公無日不登陴巡視其堞，夜不解衣，晝不飽食，蟣虱滿襟裾，羹野蔬而飯粗糲。諸奴皆散，一老僕從之。一妾以憂畏得疾死。署中無人，出則鍵焉。

一日，賊發地雷，毁城西南隅，蟻傅而上。公親冒矢石，擊却之。賊偵知公所在，礮彈雨集，麗譙皆毁，公危坐其中，不爲之動。如是者十有六月，而將軍多公多隆阿援師乃至，城圍以解。詔以鳳翔被圍日久，卒保無虞，有「深堪嘉尚」之褒，有「量予鼓勵」之命。公先是已實授鳳翔知府，至是超拜四川按察使，旋調廣東，俄升布政使。蓋毅皇帝知公之才而欲大用之，自此始矣。

盤根錯節，乃見利器。公死守一城，綿歷匝歲，非奇偉非常之人而能若是乎！固宜與文肅、勤果諸公同爲咸、同間封疆名臣也。鳳翔之民初脱水火，方倚公如父母，而不可留矣。

公既至廣東，左文襄以湘軍駐嘉應州，餉饘不繼，公竭力籌應，軍糈無缺。文襄上其功，賜三代一品封。嗣是由粤而皖、而蘇，民懷吏畏，所至有聲。護理蘇撫，奉命治海防。曾文正督兩江，甚倚重之。丁中丞日昌亦言公治海防，布置周密，於是朝廷益知公可大用。

九年，遷漕運總督。時議者皆以海運爲便，運河久廢不修。公曰：「海或有警，漕將不至。」力請浚治運河，以濟海運之窮。今朝議皆知河運不可廢用，公議也。

十一年，調廣東巡撫。粤俗喜博，而闈姓標爲害尤烈。闈姓標者，凡文武童試及鄉、會試未出榜之前，博徒以姓爲標，任人射之，中多者勝。民貪其利，趨之若市，往往傾其家，而場屋之弊亦緣是而生。公下車，嚴禁之。終公之任，闈姓標竟絶。後復弛其禁，且歲納其捐輸，然議者終以公之所持爲正論也。

俄丁内艱。公少孤，事母極孝。莅粤之四年，母宋太夫人年八十有五，御書「懿棨頤齡」四字賜之，并拜如意、文綺之賚。及其卒也，年八十有六矣。海内人士無不嘆誦，而公哀毁彌甚，扶柩北還，悲感行路。既免喪，誓守墓廬，不復再出。詔書敦迫，辭不獲命。光緒八年，署福建巡撫。逾年，即真。公渡海巡視臺、澎海口，以兵力猶單，議增益之。部署粗定，而法蘭西之釁起矣。福建將軍、督、撫同城而治，時又有欽使會辦軍務，議者以爲戰既有人，則守亦重任。於是將軍、總督會奏，以巡撫專任守事。其時敵艦已闌入馬江，公使觀察劉君率師駐鼓山、廉訪裴君發夫役塞林浦之港，以固省垣門户。又以城中錢米兩絀，貸款開倉，以安民心。蓋公爲守計，固已周矣。馬江之敗，非公罪也，猶以同任封疆，深自引咎。及奉部議，一例罷官，人或爲公冤之，而公不一辨也。公前在鳳翔圍城中，容貌益腴，人問其故，公曰：「濟則國家與蒼生之福，不濟則死耳。吾心無顧戀，是以腴也。」嗟乎！死生之際無動於中，況官之去就歟？宜其陽陽如平常也。代公者久而未至，命公仍視事如初。公疏辭，不允。蓋上雖以吏議罷公官，而眷注固未替也。逾年受代，病不能就途，仍留於閩。溯公自出守秦中二十餘年來，積勞深矣，宜其病也。光緒十三年十二月己亥，卒於閩寓，年六十有七。

娶陳氏，繼娶康氏，皆封夫人。生子五，仔，縣學生，以恩蔭官刑部主事；俊，江蘇候補同知；僖，光緒九年進士，福建興化府知府；侃，優貢生，内閣中書；倓，縣學生，浙江候補同知。女子子二，歸於楊、於王。孫六人，毓琦，縣學生；毓珽、毓瑚、毓瑴、毓琛、毓玫。曾孫煦、杰、烈。

公服官中外三十餘年，清正勤慎，咸稱其職。當撫粤時，適山左薦饑，公由海道運粟數千石振之，其鄉人至今感焉，而鳳翔之民戴公尤深。蓋公一生，上而結主知，下而孚物望，皆原於此云。

公與先兄壬甫有同歲之誼。其在蘇也，余又時相過從。罷官後，猶書問不絶。今其諸子以銘幽之文爲請，余何辭焉。銘曰：

回仡餘種，布滿甘凉。驫駥颺喬，蔓延岐陽。咸同之際，群盗披猖。逆回乘隙，煽亂一方。公於其時，出守鳳翔。長圍既合，烽燧相望。公坐危城，夷然如常。十六晦朔，艱苦備嘗。寇來不上，屹若金湯。天子曰咨，爾才孔長。爰自藩臬，蹐歷封疆。馬江一役，於公何傷！公職在守，不歷戎行。榕城安堵，未復於隍。吏議雖嚴，公論自彰。秦中父老，思公不忘。三吴百粤，頌聲洋洋。方今區宇，未盡平康。安得公等，寄以鷹揚。

湖北候補道項君墓志銘

君諱晋蕃，字書巢，項氏。其先由歙遷杭，遂爲錢唐人。家故饒衍，以鹺爲業。當雍正時有諱某字守約者，佐李敏達公整飭浙鹺，事載《兩浙鹽法志》，則君之五世祖也。曾祖豐，乾隆二十七年舉人。祖本誠，增貢生，候選通判。父爾康，候選布理問。理問君少孤，生母楊太夫人撫之至於成人。及君生十日，而母顧太夫人卒，亦育於楊太夫人，生三子，而君則冢嗣也。

弱冠爲縣學生，應歲科試，率居高等，省試屢薦不售。其時粵賊破杭州，浙東西皆亂，君家亦遂中落。君曰：「此何時歟？非伏案而呷唔時矣。」乃棄舉子業，以運判分發兩淮。上官知君之素業鹺也，曰：「是必習鹺務。」命權泰壩監掣同知。有某者，奸商也，謀啓滕、鮑兩壩以利私銷，而便偷漏，飾辭以請於官，官則許之，啓有日矣。然兩壩啓則下河泛溢，被其害者無慮千百户，君力言於刺史李君春棠，謂啓壩無益，徒害民田事，乃已。

光緒七年，所屬草堰、新興、伍佑、廟灣四場風潮爲灾，竈民蕩析，皆謀他徙。君相度地勢，搯土使高，築圩衛之，命曰「避潮墩」。給予竹木，使營篷廠，以蔽風雨，寒者予之衣，饑者予之粟。履行各場，撫視存問，所活無數。逾歲復往，老幼迎於塗，塗爲塞。嗣是每遇風潮，輒就避潮墩，皆曰：「吾項公之賜也。」

八年，攝海州分司。左文襄公方奏加新引，君酌盈劑虚，俾新舊諸商無儳互不齊之弊。既而曾忠襄督兩江，又議裁新引、歸正額。時君已補通州分司，仍移君海州使，釐正鹽務。君曰：「鹽務在去其弊，弊絶，即不加引亦足；弊在，雖加引無益。」故事，票商赴場運鹽，某商某場由分司掣籤而定。淮北之鹽以版浦、中正兩場爲上，臨興場次之。商家願得上色鹽，而場商每以次色强其綑運，雖經掣定，陽奉陰違，齗齗争論，遷延時日，而商累矣。乃納錢於場，是謂貼色。場商得錢，不特易其色，甚或益其數，是謂加斤。君立限册以稽考之，如頭限應某商運某場之鹽，逾限者罰如是，則場商不得留難，而貼色之弊絶。又嚴御秤手，無許輕重高下，而加斤之弊絶。其三場運鹽之要道有新關焉，君時駕輕舠赴關抽驗，又請上臺派武職大員率師船巡緝，於是私販絶迹，鹽務大治。君手輯《淮北票鹽續略》，具載之，至今商民蒙利焉。

十五年，大計，群吏以卓异聞。十六年，仍回通州任。其時餘東場有教民與竈户争地，燔其屋，竈户憤，構訟不休。事涉外國，無以折之，行且啓釁。君察教民所操券僞也，指斥其誣。美教士萬人傑俯首不能措一辭，懾伏而去。十八年，以所屬運鹽河淤淺，議浚之。而河身甚狹，泉孔甚多，朝戽夕漲，費倍功半。君躬自督率，風雪中巡視河干，晝夜無輟。公款不給，籌款代發，積至五六千緡。逾歲工竣，一律疏暢，來橈去楫，歌頌勿衰。二十年，俸滿將赴部引見，以繼母劉太夫人病，未果。會東事起，命君與錢觀察德培團練通州、海門、泰興、如皋四州縣民兵，以禦外而安内。君經畫裕如，籌餉餉足，練兵兵足。時君已叙功叠加至三品銜，賜戴孔雀翎，以道員在任候選，又請以道員指發湖北候補，駸駸大用矣。二十一年二月，繼母劉太夫人卒。君十五歲而孤，事繼母以孝聞，至是哀毁如所生，而君亦自此病矣。二十二年，大吏叙君籌餉團防之功，奏加君二品頂戴。

君以一諸生踳涉監司，而終以不由科目爲歉，望其子成名甚切。光緒八年，次子兆驤以優貢應朝考，詔以知縣用，君大喜。去歲，補興化縣缺，君益喜，曰：「吾固居揚州，猶吾鄉也。」而蘇撫重其才，命攝吴縣事。君一來視之，未幾即去。光緒二十三年正月辛亥，以病卒於揚州，年六十有六。

君家雖業禺筴，而儉樸如寒素，惟遇善舉則勇爲之。歲施衣、藥、棺槥以爲常，親族賴以舉火者十有餘家。尤喜刻勸善之書，蓋其父理問君遺教也。曾遵祖父遺命，兩次助振，詔以「樂善好施」旌其門。交友待人，一以至誠，友於昆弟，老而彌篤。其季弟研農君與弟婦章遇賊不屈，死，君尤悼之，命兆驤後之。

娶許氏，封夫人。生三子，長兆麟，官南河同知；次即兆驤也；又次兆鴻，殤。女子子六人，蕭山丁兑孚、同縣戴兆衡、仁和王壽桐、山陽何福謙、蕭山陳熊，皆其婿也。幼女殤。孫八人，毓濬、毓鈞、毓荃、毓藻、毓恩、毓溎、毓煐、毓興。光緒二十一年，濬與溎應歲試，同入學，論者美之。某年月日葬君某原，兆驤具狀請銘。銘曰：

其見事也明，其任事也勇。談笑從容而撥除煩冗，歷官三十年，爲上游之所重。其居家也恂恂，又親仁而愛衆。宜子孫之多賢，咸爲龍而爲鳳。我作銘詞，是贊是頌。千載而下，式此邱隴。

江蘇補用道汪君墓志銘

君諱福安，字敦仁，別字耕餘，汪氏。其先世由徽州休甯遷安慶懷甯，遂爲懷甯人。曾祖廷治、祖朝運皆國學生。父若洋，字觀瀾，以道員注選籍。生三子，君最幼。資禀過人，喜讀書，於先代理亂、先儒學行無不窮究，旁及方術家言，如歧黄、如堪輿，下至星命、相術，咸通曉其說，爲文章操筆立就。會其時郡縣皆以軍興停試，君意亦有所不屑，學雖成，迄未一試於有司也。然君名固已大起，識者皆以遠到期之。蘇撫薛公駐上海治軍務，聞君名，延入幕。觀瀾君命之曰：「天下多故，正志士效力之時，汝可仕矣。」因入貲爲縣丞，從薛公克復松江，論功擢知縣。

同治二年，攝嘉定縣事。時縣城甫收復，市井邱墟，人民寥落。君下車即招集流亡，開闢荒土，葺治城垣，建立文廟，橋梁、津渡次第修理，設義倉以儲民食，興義學以勸民學。其地故有當湖書院，捐奉錢、助經費以振興文教。又製紡紗之車數千具，頒之民，間以勸課婦功。大亂之後，百廢俱舉，凡閲六載，政通人和，咸嘆曰：「我公今之陸清獻也。」議於陸清獻公祠後爲建生祠，力辭乃止。俄補授常熟縣，未之官，調署吴縣。嘉定士民攀留不得，扶老携幼，傾城相送，繪《卧轍圖》以獻，志不忘也。

吴縣自兵燹之後，衙署皆毁，賃居民屋，君至始復建廨舍焉。首縣事繁，日不暇給，故有佐讞者數員，凡獄訟俾分聽之。君性明敏，事無巨細躬自判决，不假他手。辨甲知乙，廷無稽牒。嘗并攝長洲、元和縣，一人而兼三邑之事，裕如也。時觀瀾君與劉太夫人皆就養於署。同治十二年，距其成昏之歲甲子一周矣，乃重行合巹之禮，白髮朱顔，扶杖俠拜，寮友聚賀，望若神仙。

是歲赴常熟本任，治常熟如治嘉善，修先賢言子祠及游文書院。又以地瀕海，海塘尤重，集巨貲增築之。未幾，觀瀾君與劉夫人相繼逝，君奉喪歸葬。自擇吉壤日走山谷間，嚴寒酷暑不稍倦。既葬，乃修家譜、立義莊、創建清節堂，所費以萬計，曰：「皆吾親遺意也，吾遵而行之，不敢惜也。」

君兄柳村君早卒，撫其遺孤以至於成。族姻中有貧乏者，量其材而予之事，必使各得其所。夏施藥餌，冬施棉衣，數十年如一日。蓋君勇於爲善，其天性也。

時君已積功累保至知府，并以道員用，賜孔雀翎。服既闋，遂於光緒元年以道員入都引見，仍還江蘇。巡撫固始吴公一見才之，數月之間，歷管洋務局、保甲局、忠義局，衎衎辦舉。時主統捐局者爲童際庭觀察，與君交最深。童得暴疾，將不起，君往視之，已不能言，握君手，涕漣洏。及童卒，虧負巨萬，君接主是局，悉爲彌補，并助銀二千兩歸其喪。

六年，奉檄治牙釐。君議免米捐及民間日食蔬菜果蓏之捐，以蘇民困，吴民大悦。故事，銀色平，餘皆歸局用。君悉納之於公，故商力不疲而財用足。前此居是局者，率十數年不易，君曰：「膏腴之地久居不去，是滋人疑也。若使人人得更迭而爲之，群疑自釋矣。」白大府力求代，初不許。牘三上，詣其請。

明年，法人内犯，江蘇戒嚴。中丞衛公謂之曰：「君年力未衰，豈無意報國乎？」命君總理水陸全軍及海防營務，并統率撫標前後營，兼管軍需。君治軍嚴整，無缺伍，無虚餉，兵心咸服，軍政大治。會丹陽之民以漕事聚哄，毁官廨，衛公使君案治，命以師徒往。君曰：「民愚無知，理諭之即散，何以兵爲？」輕車小艓，迅至京江。會同常鎮道陳君頒布教令，懇切開導。又親歷四鄉，屬其耆老，諭以朝廷恩德，勉爲良民。執其爲魁者數人，治以法，餘悉粲去。三閲月，事大定。歸報衛公，公嘆曰：「君真仁人，所全多矣！」

其子鈞選授河南鄢陵縣，乞假至蘇，省視起居。君戒之曰：「豫中自河決鄭州，下民昏墊，汝速往，以籌振爲急，毋以我爲念。」鈞遂之官。宰較本境飢民三萬有餘，鄰境來就食者四萬有餘，請於臺司而振之。逾年，司庫竭，自捐數千金以濟其乏。君聞之喜，曰：「是能爲吾二老人造福矣。」

君以積勞，素有痰飲之疾，時劇時差。東倭入寇，君籌運邊餉，心力交瘁，疾益甚。二十一年八月丙子遂卒，年七十。臨終戒諸子曰：「吾生平惟以『勤儉真誠』四字自勉，願汝曹共勉之。」

初，娶吴夫人，生子三，振以道員分發補用；景善以縣丞候選，早卒；景巧殤。吴夫人先君三十八年卒，繼娶黄夫人，生子二，長即鈞也，今官浙江候補道；次鴻年，廣東候補同知。女子子五，存者四，皆適名族。孫九，存者三，星棟，光禄寺署正；星楣，中書科中書；星根，國子監典簿。孫女七。某年月日，諸子葬君吴縣張家橋，并爲黄夫人營生壙於其右。吴夫人葬黄龍山麓，歲月已久，懼不敢遷，故不祔焉，禮也。余寓吴久，交君有年，諸子具狀乞銘，義不可以辭。銘曰：

惟勤也，故官事修。惟儉也，故清望留。惟真與誠也，故上契於大府而下無負於交游。張橋之原，蔚然松楸。佳城孔吉，我銘其幽。揭此四字，敬告千秋。

廣西巡撫張公墓志銘

公諱聯桂，字丹叔，一字弢叔，姓張氏，江蘇江都人。曾祖某、祖某、父某并有隱德，贈如公官。公生有虎牙二，稍長，器識异常兒。咸豐二年，粵賊犯揚州，父柏亭公與衆共守城。城陷賊至，柏亭公猶不忍舍衆去。公時年甫十有五，掖其父自破垣出，賊尾之，負而奔，顛踣者屢矣。柏亭公素得衆心，見其出，争擁衛之，走數十里以免。衆又依柏亭公以自固，皆嘆曰：「此子之力也。」六年，入縣學。時南中亂，停鄉試，乃以附貢生入都應順天試。道出某縣，投宿逆旅，而捻寇猝至。衆以寇壘在北，皆南奔。公曰：「賊將趨南，南奔必無幸矣。」驅車摩寇壘北行，竟無恙，而南奔者遇賊，殺略且盡，人於是服公之智。

公爲文高古，不合俗尚。五應順天試，不售。伯父子陶公以縣令仕直隸，知公才，招之往。其地差徭煩重，官民交困，公計户口，均道里，簡閲車馬，料量品物，皆豫儲以待，官不誤差，民不知役。子陶公曰：「爾才可仕矣。」乃入貲爲太常博士，與仲兄曉蓮侍御同官京師。貧甚，然親故或有饋遺，輒推以與兄。雖饔飧不繼，不顧也。

同治某年，京察一等，擢廣西慶遠府同知，歷署靈川縣、賀縣知縣、全州知州，皆劇邑也，靈川多逋賦，吏緣爲奸，積虛累謬，莫可究詰。公日坐堂皇，理獄訟，而陰用鉤距之術，隱口漏丁，咸有存記。呼吏視之，吏驚爲神，不費敲撲，逋賦畢輸。賀之爲縣，土客雜糅，苗猺半之，睚眦小忿，率成大釁。公振興文學，化其雕悍，平其争訟，俾無忿戾。賀民化之，風氣爲變。全州界湘粤間民喜訟。有豪者欺公年少，恣爲誣罔，公覺其异，陰察之。豪方與其徒聚謀，收者猝至，詰得實，治如律。大猾斂迹，訟者益稀。

巡撫劉武慎公長佑深器之，密疏論薦，擢慶遠府知府，以柏亭公卒，未任。服闋，授廣東高州府知府。高俗信巫多盜，公嚴治之，假神道惑衆者罪無赦，販米出洋以濟盜者罪無赦，巫風、盜風爲之衰息。調知惠、潮二府。其俗皆好鬥，公督率屬吏大小之獄，無或枉撓，以清其源。先事譬解，申以嚴法，久之，鬥風亦稍戢。公所爲郡縣六，易一地即易一治，而皆於其地有大益，類如此。

光緒八年，遷惠潮嘉道，調署糧道。十年，法越事起，回本任，籌海防，陳十二策，彭剛直公玉麟、張靖達公樹聲及今湖廣總督張公之洞頗采用其言。公備禦有方，寇亦不至。惠潮連道事多涉洋務，皆畏爲難治，公曰：「是何難？吾知有理而已。」洋人直則置華人於法，百口謗之不爲動；華人直則與洋官争，往返三四必得直而後已。始亦斷斷辯論，久而英美法各領事官無不悦服，中外大和，帖然無事。先後叙勞，賜戴孔雀翎，加二品頂戴，予二品封典。

十二年，調任湖北荆宜施道。以荆多水患，議築朝天閘，開姚家垸河。不果行，荆人惜之。逾年，遷廣西按察使。廣西，固公舊治也，故舊吏民皆喜色相告。十五年，遷布政使。

十八年，擢巡撫。首嚴捕盗之令，頒立賞格，名捕渠魁。又仿廣東學海堂例，闢齋舍，購書籍，選高才生肄業其中，課以實學。嶺右財貨不足而米有餘，廣州諸郡歲來告糴，官因榷其釐以濟軍餉。時廣東有富商縱臾言官，請罷米釐，公曰：「米釐罷則軍餉無所出，且商利厚則糴者多而利分，於東商無益，而西農將匱。」持不可。人初不信，其後卒如公言。勞文毅公之撫粤也，設官典以質物，曰同善堂，入其贏餘以爲公費。歷久弊生，公釐而革之。廣招商典，官不失挹注之利，而民得稱貸之便。

越南既歸法國，我邊境有舊時勇丁時往剽掠，邊將喜之，厚結以自助。公曰：「此曹不可恃，越無可掠，還及我矣。睦鄰即所以保境，不宜予人以口實。」益嚴斥堠，擯勿與通。然與法人定界，則又侃侃争辨，不稍屈。有金龍洞者，要隘也，先時繪圖畫界，已棄之矣。公曰：「金龍洞爲龍州屏蔽，今棄而不有，乃以易區區甌脱無用之地，此非計也。」與提督蘇公元春謀，力爭於法，毀前議，改舊圖，而金龍洞要隘復歸於我。越民有自拔來歸者安集之，吾民有淪於越者設法招徠之。

咸、同以來，戰必募勇，一營如干人，有定額焉。戰事既定，將嬉卒惰，器械窳敝，而額亦不足。營官進謁，公問額，率以八成對，公笑曰：「汝欺吾歟？得五成即良將矣。汝有室家，有僕馬，薪水不足，豈得不取諸此？吾不責虛額，但求有一人即得一人之用耳。」日抽其伍，更番校之，不如律輒斥去。將弁畏服，武備改觀。後剿除土寇數十起，卒賴其力。倭事起沿海，諸省爭來徵調焉。和議既定，公疏陳利害，力爭不得，因是憤懣，觸發肝疾，求解任。上鑒其誠，許之。將受代，上十策，如鑄銀圓、行銀票、加洋税、節縻費，皆切中事理。又覆議中外臣工條奏，前後兩疏頗見施行。

家居逾年，疾稍閑。俄又患脾泄，自知不起。具遺疏，惓惓以育才、練兵、制幣、興商爲言。光緒二十三年四月丁亥，卒於里第，年六十。

公生平任事勇而無忿厲之色，守己嚴而無矯激之行。兩江總督劉公坤一疏稱其「篤實廉明」，時論以爲知言。性喜杜詩，日誦之。書學董文敏，日臨仿之，雖舟車不輟焉。

娶李氏，封一品夫人。子心泰，前山西平陽府通判。孫彭宜、彭典。女子子七，孫女二。

某年月日葬公某原，心泰具狀乞銘。銘曰：

起家郡縣，䇿歷封疆。剔弊興利，鋤莠安良。振揚文教，修飭戎行。禽戔寇盜，禁絶巫尫。勿開敵釁，勿弛邊防。惟粵東西，遍樹甘棠。天不假年，海内悲傷。忠憤猶鬱，嘉言孔彰。大名青史，故里白楊。千載而下，式此碑堂。

春在堂雜文六編五

蓉生俞君墓志銘

君諱汝榮，字耀宗，别字蓉生，俞氏。其先爲山東益都縣人，後有諱珣者爲剡令，遂家於剡，世爲越著姓。入國朝，有諱巽林者，始遷嘉興，居梅會里。傳至君父，四世矣。父諱球，先娶於周，後娶於王，君則王出也，於兄弟行居四。生甫周歲，乳媪抱聽鄰兒，讀即能效其聲。五歲，讀書日盡數十行，群兒鳩車竹馬之戲，從未闌入其隊也。九歲，居父喪，哀毁如成人。家故豐，至是稍落。母王太孺人謂之曰：「吾家故賈也，毋徒事呫畢。」於是始棄儒而賈。及長，精於榷會，候時轉物，操贏制餘，雖老於就時者謝弗及。又耐勞勩，與童僕同苦樂，人樂爲用，家益以饒。

性好施與，至是始得行其志，鄉里之間翕然稱善人。當是時，禾中諸名士如馮君柳東、張君叔未，皆以經術文章負東南壇坫重望，咸折節與君交，不以君爲《貨殖傳》中人而薄視之也。嘗設一米肆，歷五歲而貧户賒賃者已百餘家，辜計其錢則三百餘萬，慨然曰：「貧不能償，索亦何益？」舉其簿籍而焚之。雖然，吾何以爲繼乎？」閉其肆，不復啓。嗟乎！君之爲賈也，其諸异乎人之爲賈者矣。

咸豐十年，粵賊自蘇犯浙，陷嘉興。君佐縣丞瞿公綬章練民兵，守梅會里。賊至，屢擊退之，里中賴以少安。七月甲寅，賊大至，衆潰，瞿公死之，君被創仆地，有團丁識君者扶之起，挾以遁。君叱曰：「吾何遁乎？」其人曰：「不然，梅里陷矣。君有老母，宜歸視存亡。」君瞿然驚，趨歸其家，則王太孺人已積薪自焚，一婢秋菊從之死。君大慟，將投於水，其人又曰：「不可，徒死無益。今宜先歛其遺骸，事定，爲表揚其義烈，斯人子事也。」君大悟，乃不死。同治初，東南平。君復治故業，益自節儉，撙搊數年，粗復其舊，乃以太孺人死難事實聞於有司，以達於朝。同治八年，旌表如律，詳載《嘉興府志》及《梅里志》，太孺人之烈始不泯矣。君經亂離，家業稍替，然好善樂施，急人之急如故也。當七十歲生日，三族之親皆謀以一觴爲壽，君力止之，惟購棉衣數百襲以衣里中之寒者，曰：「此即吾所以爲壽矣。」

光緒十年十二月甲申，卒於家，年七十一。娶曹氏，生子二，幼者殤，長子曰東麟，居母喪以毁卒。生子五，殤其四，存幼子曰國光，輸粟振鄭州水灾，以州同注選籍，加級，請封父母，故君得四品封。某年日月，國光葬君青石環橋之南，以狀乞銘。銘曰：

其幼也，有志於詩書；其壯也，克奮於戎行。其入也，以孝友修於家；其出也，以善士稱於鄉。雖隱於市，令聞孔彰。修德徯福，子孫其昌。嗚呼！是亦吾宗之良。

資州直隸州知州高君墓志銘

嗚呼！當今之世争言自强矣，然而自强之道不外孟子反本之説，省刑罰，薄税斂，修孝弟忠信以教其民，使人人皆知親其親、長其長，則可使制梃以撻堅甲利兵矣。是故得才知之士百不如得循良之吏一。乃幸得一循吏而又不使得竟其用，此吾所以嘆息而銘高資州也。故資州牧高君諱培穀，字怡樓，貴州貴築人。曾祖某，祖某，父某。君弱冠入縣學，時黔以苗亂，停鄉試，乃一意肆力於經世之學。會其父官蜀，君從之官，間爲代治官書，精審如老吏，父喜曰：「此子可仕矣。」爲納貲，以知縣分發四川。

同治八年，除梓潼令。縣爲川北孔道，舊設夫馬局，令署所需亦取給焉，歲逾萬金，君嚴汰之。無何，以憂去官。免喪，除西充令。地苦瘠，民飯薯，罕食穀。婦女多以小忿輕生，婦族則糾數十人至婿家，叫囂隳突，意在一飽而已。君禁革其俗，又勸課農桑，振興文學，邑以大治。郡守李君知其才，遇有疑獄輒使鞫之，君治獄無旬日淹者。李君以告黔撫丁文誠公，稱循吏第一。

光緒三年，奏以君權知綿竹縣，盜藪也。有盜聚鄰縣茂什間，謀以十月朔襲綿竹。君偵知其事，親往捕之，得孫、馮二盜，遂以無事。又有安縣盜曰董麻二，大掠於其縣境，勢甚張。大府命君往援，至則賊僞遁。君察其僞，整隊伍待之於筲箕灘。逾二日，賊果回撲安縣，大敗之，安縣以全。犒賞官兵民團，悉出己資，或曰：「是可支官帑，不則斂之里甲。」君笑謝不從也。董麻二跳至郫縣，爲所獲，檻送省城。鞫之，株連羅江謝茂賢、綿竹葉善人等數十家。省符下兩縣，羅江令捕送謝茂賢等數十人以應，君則曰：「是皆吾良民也，盜口安足信邪？」親詣大府，力白之，事遂解，而羅江謝茂賢等亦與俱免，兩邑民皆呼青天。綿竹洊饑，君初至即倡捐積穀。穀積萬餘石，乃設三十九局，計户口散錢米，全活甚衆。又倡修城南石橋，以便行旅。故其去任也，民皆走送逾竟，使善畫者繪圖紀之，名曰《攀轅圖》。大府羅君在綿竹政績，以卓异聞，報可。

荆州所屬大邑縣，與崇蒲接壤，俗武悍，雖婦孺亦佩刀。有盜魁曰李金毛狗，横行於竟。

縣令甫下車，而一夕間以盜刦報者三十餘家。大府謂非君往不可，乃由綿竹調大邑。君行保甲法，嚴連坐律，境内稍戢。而鄰邑盜日熾，君易裝潛出，廣布耳目於邛州古水碾，獲金毛狗，於是群盜皆散，邛、大間，兩年無一盜案。

大府叙功入告，詔俟補缺，後以繁缺知府用，俄又由大邑調巴縣。巴縣詞訟之繁甲於一省，前令率請委員助鞫，一訟或數易其員，奸民蠹吏因以爲利，獄愈不治。君則事無巨細必躬聽之，日坐堂皇，不足則繼以燭，至丙夜不息。數月之後，訟牒稀少。君前在綿竹、大邑皆以能治盜稱，至是又咸稱其能治獄焉。

五年，奏補資州直隸州知州。最君一生，惟官資州最久，治迹亦資州最著。其風政修明流愛於人者，蓋不可勝紀，今舉其大者著於篇。

州城舊有書院三，曰珠江、曰鳳鳴、曰栖雲，所課皆止八股時文。君設立藝風書院以課經學，旁及詞章，優給膏火，廣儲書籍。風會大開，學徒雲集，鄰近如威遠、榮縣、遂甯、安岳，遠而至於中江、南部、西充咸來就學，藝風之名大振。已而駱君成驤廷對第一，與郭君燦同入翰林。兩君皆君書院所取士。自入國朝，蜀無狀元，資州無翰林，皆自此始也。君又籌備棚費以恤新進寒士，撥還舊有賓興費，以助鄉會應試膏秣之資。凡此皆君之大有造於士者也。

地丁正賦之外，有曰津貼、曰捐輸者，同時并征，民力大困。君量其貧富，定爲三等。上等先納，次等後之，下等寬至秋後，民皆稱便。舊有社穀分儲四鄉，日久滋弊，十社九空。君用前在綿竹故事，履行各鄉，勸民儲積，得穀三萬餘石，得錢五萬餘緡，歲饑不害。此君之大有造於民也。

州有保正，又有團首，保主聯保，團主團練，此團彼保，散漫無稽。君裁團歸保，以一事權。三時編查，冬日守望，於是緩急有備。民俗喜博，博局相望。又嗜食鴉片烟，烟館亦相望。君責成保甲，嚴禁游惰，苟有犯者，貴游不貸。又有恃其武健横噬一鄉，非列名縉紳，即厠身庠序。君訪其尤横者五人，白大府，治如律，於是舊俗爲之丕變。在官胥吏遇案索費，曰參費，曰規禮，君悉罷之。凡書吏辦公應有規費，酌定如干，不得逾數。通飭所屬，一體遵行。又檢閲舊案，多以買田宅成訟，官利得税，役利得票，一詞既投，累年莫結。君縣爲厲禁，尋常田宅公平買價，不得妄告，此風遂絶。凡此者皆君之以義制民也。

舊有溺女之習，生女，貧不能舉則溺之。雖有育嬰堂，經費不足，所育僅三四十。君爲推廣，益至三百，自是之後，溺女者稀。君憫窮民之無以生也，爲恢拓養濟院；憫病者之不得醫而嬰兒之死於痘也，爲創立醫局及牛痘局；憫城中火灾之多也，爲購置洋水龍；憫獄囚瘐死者之衆也，爲之高大其屋，夏予涼漿，冬予寒衣。凡此者皆君之以仁養民也。

百廢俱興，循聲大起，川東西户知之，無不曰高資州、高資州云。

十二年，調署瀘州，而資有周自誠者，以巨憝爲君所懲者也。時蜀督初至，周至省中，入以妄語，君以例撤回，聽候察治。及察之，皆誣也，君以例回任。周自誠乃走京師，夤緣御史鍾德祥，摭拾在資數事糾參之。朝命鄂撫譚公往按，按之，亦誣也，君乃得白。而是歲君又嚴治博徒蘇敬廷，詞連附生李傳心、李傳統，二李亦走京師，與周自誠合謀。於是鍾御史又疏劾君，朝又命二大臣往按，按之，仍誣也，姑坐君以治蘇敬廷案七月不結，請下部議。然蘇案實非御史原劾所有，且事始五月，至七月即提省，纔三月耳，竟以是奪君職。嗚呼！君初宰西充，即能佐郡守治獄，及宰巴縣，獄亦大治，今乃以易結不結，坐溺職去官邪？天下事蓋有不可以理論者矣。蜀士大夫下逮兒童走卒，無不同聲太息。未幾而鍾御史竟以贓敗，不可謂非天也。

君既罷官，以弟培蘭爲湖北應城令，乃往依之。光緒二十二年十一月辛亥，卒於應城，年六十。

君在籍時，曾以軍功賜花翎。及在瀘州，以助順直振加三品銜，遇覃恩加級，請二品封。妻李氏封夫人，江西臨川人，有賢行。先嘗刲臂療其父病，繼又刲臂療其君舅病。待群從昆弟以至娣姒和而能敬，人無閑言，先君二十六年卒。

子川壽，早殤； 銘彤，國學生； 銘金，光緒二十年舉人； 銘鑾，邑增廣生。 皆昆弟之子爲君後者也，而銘彤亦前卒。 君晚年又生子，曰銘鼐，側室王氏出。 孫昌鳳。 孫女三。

銘金等奉君與李夫人合葬於某山之原，而其弟應城君篤於天顯，哀其兄之被誣不白，賫恨以終也，命銘金等來乞銘。 銘曰：

方今之世，尤重循吏。 吏職克修，宇内咸治。 省刑薄税，型仁講義。 民之衛上，身之使臂。 可使制梃，撻彼堅利。 雖有外患，何隙之覬。 漢重循良，蓋有深意。 銘高資州，風示有位。

雲南巡撫譚公墓碑

光緒二十年十一月丙申，雲南巡撫兼署雲貴總督譚公薨於位。 天子以公宣力邊疆、克勤厥職，命視巡撫例賜恤。 至二十二年，又以公莅滇八年，勛績卓著，宣付史館，以彰勞勩。 越四年，而公第三子啓瑞自京師寓余書，請爲文以文其墓道之碑。

按狀，公諱鈞培，字賓寅，别字序初。 其先由廣東茂名縣遷貴州黎平，又遷鎮遠，遂爲鎮遠人。 曾祖會文，祖述康。 父人傑，道光十二年舉人，殁，祀鄉賢祠。 曾祖妣呂、祖妣夏與李、妣梁，三代皆以君貴累贈至一品。君未冠入縣學，咸豐九年，應順天恩科鄉試，中式舉人。同治元年，成進士，改庶吉士。散館，授編修。兩充順天鄉試同考官。八年，補江西道監察御史，奉命督理五城街道。有欲於琉璃廠創設外國教堂者，斥不許。京師鑄銀成色甚劣，公示禁之。鑪房聚謀，致重賂焉，公禁益堅，自是銀色皆足。居臺諫五年，多所建白，俸滿，截取以知府用。

十二年冬，簡授常州府知府，明年之任。甫下車而宜興適以毁教堂將成大獄。教堂主者責望良奢，公核起釁之由，剖明曲直，乃始俯首無辭，薄償其所失而去。當是時，道路喧傳，省中亦爲震動。院司方將委員察問，而公已以蕆事告矣。常州文廟自毁於兵，十年未建，履畝勸捐以修復之。宜興一巨刹住優婆夷，聲甚穢，毁之，而改建明堵文忠公祠。馬迹山中野豕害稼，迴山澤而燔之，豕逸出，則萬弩齊發，殄滅無遺。

光緒三年，調補蘇州府。治蘇如治常，以蘇城私鑄充斥，設鑪大堂，銷毁私錢而償其直。有自以私錢請毁者，毁之而還其銅。不數月，圜法復舊。

四年，以卓异聞。會徐州道缺員，奏請公往攝之。初至，值河南大無，飢民南走，皆入徐境，四野騷然。公葺廢壘以栖之，籌錢粟以活之。徐故多盜，公精鍊卒徒，殲除巨憝，蘖散其徒。輕騎減從，巡行鄉曲，存問疾苦，勸課農桑。其時有禁種罌粟之詔，公先宣布上意，届期税駕田間以董率之，芟剃殆盡，民無怨咨。是年七月，遷安徽鳳潁六泗道。五年正月，又遷山東按察使，調湖南按察使。五月，詔授江蘇布政使。數月之中四拜恩命，而公以大府奏留，猶在徐州道任也。其年秋，入覲京師，兩宫慰勞，有「辦事認真」之獎。及莅蘇，尋奉命護理江蘇巡撫，首陳《端風俗正人心》一疏，又奏《定海運章程》十二條，裁汰員董，革除規費，永著爲令。

同治初，恩減蘇屬漕糧，而嘉定、寶山兩縣每畝止徵米二升有奇，科則本輕，不在減例。其實徵米之外，更有折漕銀兩，銀米合計，名輕實重。公疏請將折漕銀兩仍歸本色核入見徵米内，辜較凡在五升以上，仍照常、鎮二屬恩減之例，酌減十分之一。又金匱一縣被兵尤酷，田野荒蕪，連年展辦，抵徵折色。部文疊催復舊，公疏言：「常、鎮漕糧雖曾普減一成，而該縣新科米折尚有在五升以上者，若改徵本色，較見辦抵徵幾加一倍。請於十分之中再減一分四釐，以蘇民困。」從之。

六年七月，詔署漕運總督。時上游山水大發，洪澤湖溢，江北運河七百餘里壩掃潰塌，無慮數十處。公悉命填築完固，漕署羨款一無所取，悉以修葺淮安城池。清淮防勇，世稱重鎮，歷歲既久，規制稍渝。公調閲各營，老弱者沙汰之，畸零者補足之。馬步各爲四營，以所裁步隊之餘填補馬隊之缺。其水師向有内河、淮海之分。淮海船少，不敷分布；内河船多，大半窳朽。亦以次調閲，以内河之餘增補淮海之缺。又咨南洋大臣，撥用洋槍分派各營，教以洋法。彭剛直公疏，稱其莅事未及三月，壁壘一新，剛毅嚴明，可畀重任。公初不以兵事見長，而爲剛直所重如此。

七年五月，再護江蘇巡撫。故事，海濱沙田十年一丈，而書差需索，豪猾把持，甚爲民累。公不設局，分派廉能之吏，逐段勘丈，事竣而民不擾。蘇州自收復以來設有牙釐、水利兩局，主其事者歷年久遠，群情所忌，物議易生。公定新章，局員三年一易，至今循之。俄兼管蘇州織造。先是，内務府奏明，於司庫額撥外加撥銀兩若干，歲以爲例。公以庫款支絀，請免加撥，以示體恤，而於額所應支者亦嚴密鈎稽，節省無算。又充巴西國換約大臣。巴使雅重公，以禮相接，無閑言。

九年，再護漕運總督。十一年，又護江蘇巡撫。是年江南鄉試，輪應蘇撫監臨，兩省士子數逾二萬，要束頗難。公於舊章外酌定新章十二，場規整肅，弊藪一清。十月，詔授湖北巡撫。

公服官江蘇十二年矣，自郡守躋藩司，三攝巡撫，再權漕督。江蘇爲財賦之區，京餉及各省協餉以至防海、防邊之費，皆取給焉。公權其緩，急而不分畛域，從容應付，措置裕如。屬吏貪墨者罷之，廉明有實政者疏薦之。尤以端本善俗爲首務，躬行節儉以身先之。凡歌船、酒舫、妓寮、博局諸有傷風化者，皆懸爲厲禁，有犯必懲。始而民間以爲不便，遵行既久，乃异口而同聲曰：「我公，今之湯文正也。」

十二年正月，以籌西餉功賜一品冠服。二月，入都陛見。皇太后垂詢洋務，以「辦理持平，勿事遷就」對。又奏「議者請停落地捐歸洋商包稅，恐利權遂屬他人，非善策也」，懿旨韙之。四月抵鄂。鄂爲七省通衢，宵小淵藪。有彭海雲者，東台山會首也，公下車即名捕而誅之。鄂省漕糧舊分大小户，大户糧多而納少，小户糧少而輸多。公立石示禁，一律輸納。州縣所置胥吏多者數千，公量缺繁簡定額多寡，裁汰過半。牙帖章程，舊本輸銀，胡文忠公易銀爲錢，嗣奉部章復徵銀，而帖捐日見其少，公仍請捐錢以順商情。各釐卡徵税，非青錢不收，民以爲苦。公頒錢式，但收官版，不分青紅，商民便之。旋奉命調廣東巡撫，公陳明原籍，詔勿避。十一月，去鄂而之粤。甫至湖口，又奉命調雲南巡撫，自是公之治迹皆在滇矣。

滇去中原絶遠，地本瘠苦，財賦奇絀，而控御戎蠻、保障黔蜀，又用武地也。公以滇之財賦，鹽課爲大宗。有黑井提舉者在任八年，欠解正課至十餘萬，首劾之，以警其餘。定比較章程，以贏縮爲懲勸，清理引岸，培護滷脉，定井員考成比照各省，鹽務官一律議叙議處，以别勤惰。滇西與緬鄰，南與粤接，緬私交私時或侵越。公申明通商條約，私販入關罪無赦。又以滇鹽雜課十一萬有奇向供廉役井費之用。咸豐六年，部議核減四成，乃用減而徵則如故。公奏謂：「滇中兵燹二十餘載，户口未復，正課雖能無虧，雜款萬難徵足。若必勉强取盈，則官取之於商，商加之於價，不特鹽價昂貴，小民淡食堪虞，且恐爲叢敺爵，緬私交私日益充斥。夫額徵本因額支而定，今支僅六成，則不宜仍徵十成。」議三上，部不能奪。

當公初次奏銷，各井皆絀，自後每歲增加，幾復全額。鄭州之灾，於鹽務集銀三萬兩振焉，條糧自亂後僅徵六成有奇，議定以若干年爲限。已兩次限滿，公奏請再予展限，以惠滇民。

附近省城安甯等八州縣額糧三萬餘石，石折徵銀一兩，以備通省采買兵米之用。又於其内劃徵本色三千餘石，供省標六營兵食。由花户自運府倉，不願運者由官代買，胥吏藉此折錢浮收，大爲民病。公奏定，一律改徵折色，每石一兩外隨收運脚一錢五分，得銀三千餘兩，兵米每斗折銀二錢，於是兵不乏食，民不苦累。

至於疆事，尤極震撼，公一書生而應敵如神。初至滇即剿定猓黑夷，改土歸流。武定州漢夷雜處，有魯占高求爲土司不得，據城叛。公發兵往剿，誅魯占高，毀其巢。十五年，越南難民數千就食内地，而土寇即溷雜其中，民大駭。公誅其土寇，而慰遣其難民，使退竢安插，指定猛喇一帶曠地，給與耕牛籽種。有魏名高者，黑旗餘黨也，所部多亡命，詭稱赴營點驗，襲攻猛喇。公飭總兵楊發貴、馬柱會剿，破其衆。魏名高走法國，公執通商條約檄取之，法人縛名高以獻，亂乃定。滇之東川、昭通兩府，壤接川西，以金沙江爲界。披沙一隅，孤懸江外，爲兩省甌脱。滇蠻禄汶仁據有之，糾合蠻衆，其勢頗張。公飭東川府昭通鎮，就近攻剿。又咨川督，嚴飭邊吏堵禦。及滇軍攻克蠻巢而禄汶仁果跳走入川，川人協擒，卒致之法。

至十七年，武定州亂民戕元謀縣知縣於途，襲破富民縣。公派兵收復富民，即令迅赴武定，賊果謀襲武定，有備不克，攻破禄勸縣。武定之兵聞警即往，賊遁而城復。省防、綏靖兩營隨後往。以收復告，公笑曰：「武定軍已來告矣，爾曹是時尚在羅家莊，安得會同收復禄勸乎？」蓋冒功爲滇營積習，公深惡之，故隨事誡飭如此也。

開化歸仁里，故越南北圻地，隸滇久矣。及中法定界，仍以其地歸法。而法兵未至，奸民乘間竊發，據黄樹皮爲巢，分犯大牛、安梘諸處，公命嚴守都竜。時我與法國畫紅綫爲界，此紅綫界内第一要地也。賊黄樹皮碉樓爲官軍所毁，攻都竜又不克，失巢四走，沿黑河三百餘里同時震動。公飭力扼黄樹皮、都竜兩隘，抽勁旅爲游擊之師，賊不能支，黑河界内賊踪乃絶。明年，法兵至，防事竣，撤前敵各營進紅綫界，而仍以都竜爲匯總之地，責成開化鎮以時巡閲。是役叛人皆死黨慣戰，又值與法人交替，稍失機宜，事涉中外，邊患不勝言矣。

滇之軍政有四，曰省標，曰粤勇，曰猓勇，曰土勇，共一百二十餘營，營百餘人或二百餘人，數目奇零，員弁繁冗。而防軍月餉十餘萬，部撥鄰協，不以時至。公裁撤防營三成以償積欠之餉，并三營爲一營，月省武員薪水銀十九萬、兵勇餉糈銀二十八萬。而選壯汰弱，軍制以新，分布要害，無不得力，所向有功，凡以此也。

永北廳屬多客民，奏設客籍學額以廣登進。又設經正書院，課滇士以經史古學。及充鄉試監臨，其精勤與在江南無异。而以士子三場供給不沾實惠，請折給銀兩聽其自備，則用意視在蘇更周矣。又以滇無積穀，仿江蘇成法，按糧一升捐錢二文，就地買穀，存積備荒，由是倉儲充實。滇故産銅而鼓鑄久停，制錢缺乏。公酌定新章，開鑪鑄錢，錢質堅好，市肆流通。滇中無歲不用兵，部曲中得保武職者驕悍難制。有某弁奪民妻，公詢得實，立正軍法。於是人人股弁，曰：「毋犯諱，公令也。」文員亦習於疲玩，設月課以考其優劣。其瘠苦之缺，每案招解，酌予津貼。凡遇水旱偏灾，蠲免之，疏歲或數上，或謂不宜屢瀆，公曰：「朝廷仁厚，直省以灾告，無不立沛恩膏，吾儕乃匿不上聞乎？」蒙自等屬多疫，疫死者又不即葬，停柩山野，其氣外泄，疫乃滋甚，公嚴禁絶之。省城西山有龍神祠，旁塑女像，頗著靈异，祟人輒死。公率標兵毁其祠，碎其像，投之滇池，竟無他异。

二十年冬，總督王公文韶内召，公兼攝督事。時東事方棘，積勞之後，忠憤鬱結，遂以成疾。先是城外西山無故崩摧，蓋公薨之兆也。年六十有六。

妻李氏，繼配劉，又繼配戴。子啓宇，候選道員，遺疏入，詔以道員即選；啓緒，光緒五年恩科舉人，道銜湖北候補知府；啓瑞，光緒十一年舉人，十八年進士，翰林院編修。女子二，長適同邑候選訓導李灝，次適荔波縣舉人楊元麟。孫家楝，二品蔭生。孫女五。

以光緒二十一年十一月辛酉葬鎮遠城東蟠龍砦，樹石勒銘。銘曰：

公始仕吴，繼乃莅滇。吴俗靡靡，公繩其愆。迄今父老，猶誦公賢。至於滇池，西南極邊。懸絶萬里，亂離廿年。財力支絀，盗賊蔓延。是宜生養，以拯顛連。是宜撻伐，以靖戈鋋。惟公治滇，智勇俱全。廩有餘粟，庫有餘錢。野無壁壘，境無烽烟。方今之世，群議喧闐。議强議富，厥效茫然。安得公等，復起九泉。蟠龍之原，宰樹芊芊。千載而下，拜公之阡。

誥封中議大夫武君墓志銘

君諱日中，字正南，别字德政，武氏。其先世爲山西平陽府洪洞縣人，自元時遷汾州府平遥縣，遂爲平遥人。曾祖治國、祖明典皆有潛德，父開勝，奎文閣典籍，君其長子也。自幼穎悟，讀書通大義，不屑屑章句之學。棄儒而商，游歷秦隴、鄂豫、齊魯間，備嘗險阻而材識益進。

有某氏者設一巨肆，分設於各直省者十餘所，皆曰莊。莊中之友百餘輩，而典籍君實總其成。至是典籍君老而病，君歸，乃以君繼之。剖豪晰芒，動中契要，同事嘆服。俄而法越事起，東南騷動，某氏謀撤各莊，君曰：「甚善！予存此心久矣。」函致諸友，咸撤而歸，一無逋累，君之力也。

先是，典籍君以母雷太孺人年高，而己又不能日侍左右，有從子婦閻孀居守節，侍太孺人得其歡，乃語君曰：「此爾從兄嫂，猶嫂也，奉祖母數十年無稍懈。吾如有餘貲，當以四之一予之。」及典籍君卒，君分家貲而四之，己與二弟各得其一，以其一予其子。君仲弟前卒，遺三子、一女、一孫，皆幼，君卵翼之，所有逋負悉代之償。叔弟卒，亦爲之經理其家。有從弟二人，皆早世，子女亦俱幼，君教養之，以至於成立，悉反其貲，無私焉。

典籍君與配馬孺人初葬邑東門外，後以水患謀改葬。或曰：「是吉壤，不可動。」君曰：「陷吾親遺魄於水，而爲子孫謀富貴，可乎？」竟遷之高地。

每見先世所遺書籍、器皿，愴然不怡者累日。以宗族繁衍，懼久而莫考，命其子同文等創修族譜，手定義例，皆有條理。

平居手不釋卷，每閲邸報有關世道人心者輒手録之，蓋雖不出而用世，而其志固已遠矣。語其四子曰：「吾少時以治生爲急，不克遂顯揚之志，至今憾焉。今與爾兄弟約，家事悉歸爾兄，諸子讀書。苟能日啜半碗粥，毋廢讀。」

光緒七年，子同文、丕文同入縣學。十三年，并以高等補餼額。是年秋，丕文舉於鄉。十九年，子緒文亦入縣學。二十年恩科會試，丕文成進士，以知縣分發四川，而同文亦於是歲舉於鄉，孫鼎銘又入郡學。一年之内，父子、叔侄、兄弟自小試以至鄉、會皆捷，洵士林佳話也。丕文由京師赴川，便道歸省，戚友咸集争爲君賀，君亦喜見於色。丕文將行，戒之曰：「州縣官造福易，造孽亦易，宜好爲之。有汝兄弟在，汝勿以吾爲念。」

君廣顙豐頤，素康强無疾。每日要前即起，飲啖步履，少壯者弗如。二十三年二月偶感微疾，遂卒。卒之前十日出游於廛，與親故談笑甚懽。晚歸，又與家人輩聚談如常。及卧，甚畏冷。次日延醫治之，醫曰：「小有感冒，無他也。」一夕同文侍疾，忽見閽者引道服者三人來言：「由青陽洞至此，三日將迎吾師歸。」同文惝怳間向三人求禱，三人云：「師來時與榮光師有約，不能爽也。」長子宏文聞之，亦出，而三人已不見，閽者亦失所在，前後院門皆閉。呼問閽者，則正酣睡不知也。次日，君即招集家人，諭以身後事，并使發電報告丕文於川。又次日，晨起危坐，呼刀鑷工修鬚髮，取水盥漱。招館師高君桂生入内室，語之曰：「君精堪輿學，幸爲我卜窀穸之地。」至晚，顔色益紅潤，命以朝服加身。又次日癸卯，天遲明，遂怡然而逝。君嘗言：「人生須來清去白，生有自來，死有所歸。」其允蹈斯言者歟！

君重然諾，喜施與，族姻以緩急告，無不應。有素不相識者貿然來告，君察其言實，予錢數十千，亦不問其姓名。居鄉黨，貧富無異視，雖敝衣草履而來，必延之坐，必送之門。而其人偶有過，則面數之，不少假借。鄉人咸愛而敬之。

卒年六十有八，以長子官加六級，封中議大夫。妻閻氏封淑人。生丈夫子四，長宏文，光禄寺署正，即君命之主家政者，後君四十七日而卒，毁也；同文，舉人；丕文，進士，四川即用知縣；緒文，平遥縣學附生。女子子一，光緒十九年恩科舉人郭騰鮫，其壻也。孫鼎銘，汾州府學附生。孫女一。

同文等遵君遺命，請高君卜吉壤於邑西門外北青陽之原，將於二十五年七月壬子營宅兆焉，而乞余一言以銘之。余雖與君不相識，而丕文則余門下士徐花農太史典試所得士也，數千里貽書拳拳相屬，義不可以辭，爰論撰而爲之銘。銘曰：

君生何來？青陽之洞。黄冠相迎，驂鸞駕鳳。君葬何所？青陽之原。宰樹鬱鬱，佳氣軒軒。烏呼！青陽之洞不可到，青陽之原曠且奧。惟君幽宫宅此隩，願君令德遠有曜。

贈太僕寺卿銜福建基隆廳撫民同知汪君墓志銘

光緒十有六年某月日，淡水舉人陳登元等以原任淡水縣知縣汪君居官廉正，遺愛在民，狀其事實上於臺司，於是福建巡撫壯肅劉公據以入告，有詔贈君太僕寺卿銜，异數也。蓋君累以勞績加鹽運使銜，以知府補用，故得視知府例賜恤。朝廷褒崇循吏，風勵來兹，意深遠矣。其孤培棟既奉君之喪，葬於涇縣南鄉五貴墩之陽，又懼年月久長事迹淹没，乃具行狀并録臺人稟牘，寄示舊史氏俞樾，而乞銘焉。

按狀，君諱興禕，字冕齋，安徽旌德縣人，汪氏，唐越國公之裔。世居縣之西鄉曰孫村，支屬蕃衍，計户盈萬，世有聞人。公少而孤，自力於學，弱冠能文，應童試，入縣學，然素有大志，以時方多故，不屑爲舉子業。聞左文襄公在閩中方羅致賢豪，慨然曰：「此公一代名臣也，盍往從之。」無何，文襄奉詔西征，君即偕往，時年甫二十餘耳。自秦入隴，出玉門關，轉戰萬里，崎嶇戎馬，備嘗險阻，而論功亦最多，遂由諸生保舉知縣，加同知銜，分發福建候補，蓋君一生宦迹，自此皆在七閩矣。

君至閩未久，即奉檄權知長樂縣，年甫二十有五。塗人聚觀，僉曰：「美哉少年令尹也。」君講求吏治，輿論翕服。俄補授松溪縣。其俗習於呰窳，不事耕織。君創設書院，教其秀艾，勸課農桑，使民知本務，樂事勸功，弊俗丕變。大吏知其才，調署侯官，首縣也，繁劇，號難治，而君處之裕如。又調霞浦，亦以廉能稱。已而又調晉江。閩省民風雕悍，泉州一府尤甚，晉江爲附郭首縣，民好勇鬥狠，米鹽細故輒聚而哄，應輸錢漕抗不納官。徵之急，亦聚而哄。先後宰是縣者往往受其累，甚者且得咎。君先示以威，申之以大義，結之以忠信，終君之任，四境帖然，無敢哄而賦畢輸。方伯張公嘆曰：「閩中州縣如汪令者可多得哉？」久之，仍回松溪本任，治之如前。及自松溪調補晉江，松人泣曰：「奈何奪我公？」送者塞途。

時則法國構釁於我，沿海州縣皆戒嚴，晉江固瀕海，防務尤急。君內撫其民，外禦其侮，嘗通夕不寐。官軍集泉州者不下萬餘人，與民不相得，民聚與爲難，其數倍官軍。統兵者出而諭解之，民不聽，益囂。君聞之，馳赴其所。民望見輿蓋，皆曰：「清官來！清官來！吾屬是非立判矣，毋多事。」遂散去。統兵者恧焉，以蜚語聞於省中，君不知也。俄而調署澎湖通判，始知爲所傷矣。君至省謁巡撫劉公，語良久，劉公驚曰：「良吏也，亦能吏也，奈何投之閑散乎？」

未數月，調署淡水縣，淡水則臺灣府之首縣也。臺灣時新設行省，大吏言於朝，清丈全臺田畝，自首縣始。君巡行郊野，進父老子弟，教以孝弟力田之義，民皆樂從。户籍、田結無匿無漏，先諸邑而畢，全臺皆以爲法。淡水之壤與諸番錯，番性嗜殺，時出爲害。君奉檄撫番，親入其界，善爲化導，番黎悦服，民賴以安。君敏於吏事，條教簡牒，手自屬稿。遇有争訟，判决如流，多年積讞爲之一空。浮浪子弟爲摴蒱博塞之戲，則痛治之，勿使復犯。要束胥徒尤極周密，持牌下鄉，偶有誅求，必〔一〕臺之法。商船納税隨納即放，嚴禁吏役留滯，曰：「毋失其風潮之便也。」城鄉皆設義塾，塾皆有課，課皆有獎，獎無所出，捐奉錢予之，士皆感奮，文風大振。君又以移易風俗爲己任，謂民俗寡廉鮮耻皆長吏之責也。頒布教令，至再至三。淡水舊俗有所謂苗媳者，君曰：「是誨淫之尤甚者也。」力禁絶之。至今愚夫愚婦皆知自愛，君之教也。君所至卓犖有聲，閩中大吏如李公鶴年、何公璟、勒公方琦、邵公友濂、沈公保靖、張公夢元、沈公應奎，皆重君之才，嘉君之守，羅其治績，登之薦牘。而其事不盡宣布，惟臺民稟牘至今具在，皆可覆按，故叙淡水事加詳焉。

君旋擢基隆廳同知，之官未兩月而卒。淡水民聞之，曰：「嘻！是在吾邑積勞使然也。」君

〔一〕臺，疑「置」之誤。

生於道光二十七年十月己未，卒於光緒十五年十月丙申，年四十有三。天不假年，未竟其用，論者惜之。

君篤於天性，每以禄不逮親爲恨。撫孤侄二人，皆至於成立，族黨以緩急告，無不應。如宗祠、支祠，如義倉、義學，皆力贊其成。身殁之後家無餘財，惟遠近慕義之聲如出一口而已。性喜吟咏，亦頗善飲，政事之暇與朋儕飲酒賦詩爲樂。書法尤工，得者寶之。

夫人潘氏，原任南河總督諱錫恩謚文慎公之第五女。生丈夫子一，培棟也，五品銜，候選鹽場大使。女子子一，尚幼。

余既諾培棟之請，綜觀其事略，合乎銘例，不敢以辭。銘曰：

君昔從戎，功在甘凉。曾屬櫜鞬，以事文襄。君後爲吏，迹在閩嶠。所至有聲，洊登上考。飛鳧淡水，淡水思之。條其政教，上於臺司。天子曰俞，是惟循吏。錫之卿銜，以風有位。紅毛樓下，赤嵌城旁。雖棄珠厓，猶戀桐鄉。神游海外，歸葬兹土。我作銘詞，用示千古。

章君子三墓志銘

自古有潛德不耀之祖、父，必有大顯於世之子若孫。有隱居教授之楊寶，而後有楊氏之四世太尉，有蘇杲、蘇序之輕財好施與，而後有三蘇之以文章雄百世。吾屢徵之古矣，今又驗之甯海章氏。章氏子梫，余門下士也，狀其父事實，乞銘於余。

按狀，其父章君諱思培，又諱槐，字本值，別字子三。自幼爲父所憐愛，家故有田，然不多，乃爲君別購濱海地千餘畝，築以爲田，屢築屢圮。君跽而請曰：「是兒薄福，不能任也。」請罷之，而貨他田償所費，遂大困。與其妻每日食粥，而爲親則必具飯。

及梫稍長，誨之曰：「吾自幼習舉業，遭兵亂遂廢，負吾父期望。汝不能讀書成名，是重吾罪也。」出少時所習四書文，盈尺許，皆自鈔寫，無一筆苟，曰：「此先正文也，讀此足矣。」梫學成，就書院試，得膏火資，頗優。君顧不樂，曰：「吾望汝讀書，徒餔餟乎？」

已而梫學益進，名益盛。朝廷每三歲簡詞臣督學校，聞梫名，争延致助校閱。梫西至巴蜀，北登太行，南游長沙，所至有聲。君猶寓書嚴誡之：「毋心粗氣浮，誤人進取。誤人即自誤也，非特誤爾身，且誤爾子孫。」又曰：「吾於經但通其五，吾於史但能讀朱子《綱目》，烏足言學？然吾舉念必求合於古書，此即吾之學也。」又曰：「處貧最難，吾雖以貧，死不敢言一貧字以冀人之憐。」

其生平舉止皆有常度，終年不一入城市。鄉里有小争鬩，君一言無不解。光緒二十五年十二月丁亥，無疾卒於家，年六十四。

娶林氏，有賢行。其初來歸也，有小姑將嫁，所裝遣者皆具而盜劫之盡，舅姑無以爲計，乃盡以己嫁時所賫者與之。熟於史事，聞人談《三國演義》中事必以史正之。善占驗，鄰比來問者踵於門。又善相人，楨五六歲時即曰：「此兒當食於千里外。」及今果驗。先君十二年卒。

子一人，楨也，光緒二十三年選拔貢生。女三人，歸於王、於陳、於梅。孫二人，以續、以緜。緜尤慧，讀書三月，能説千餘字。余故以漢楊氏、宋蘇氏爲比，君之隱德必昌其後，其在楨與其子乎？某年月日葬丹山之原。銘曰：

其位不顯道則尊，其人已逝澤則存。天其將昌章氏乎，吾俟之其子若孫。

沈母童太孺人墓志銘

有年家子沈光訓奉其母及妻死難事實踵吾門而請曰：「吾母死四十年矣，深懼久而湮没。即吾婦慷慨從姑而死，亦有不容泯滅者。敢乞公一言，光泉壤而示子孫乎？」余受而讀之，喟然曰：「此吾簪園同年妻童孺人及其子婦卞也。其死甚烈而旌表不及於門，銘志不施於墓，非所以表彰逝者、風勵來兹也。余舊史氏，其奚以辭？」

謹按，童孺人，歸安縣善連村人。父某，字逸亭，母吴，并以子官膺四品，封孺人。在室時勤女工，善會計，父母奇愛之。及笄，歸簪園君。簪園居縣之菱湖鎮，雅負文望，以教授生徒自給，族中子若弟多從之學，著弟子籍者數十人。孺人躬操井臼，手治烹爨，計一歲所入而出之，故常有餘。族黨中束脩壺酒之饋，無不豐腆。簪園又篤於昆弟，撫昆弟之子女猶子女也，而孺人亦愛之如己出，衣服飲食必均。其舅恒顧而樂之，曰：「興吾家者其在七房乎？」以簪園在兄弟行居七也。道光二十四年應鄉試，中式副榜，以後屢試不售，恒鬱鬱，孺人每慰解之。

無何，粤寇起，擾及浙中。咸豐十一年，由澉山而至菱湖。菱湖故水鄉，知賊且至，皆艤舟以待。簪園與長子光謙至菱防局偵探未回，而賊驟至，孺人偕其子若婦皆登舟。舟多港隘，不能施篙楫，光訓立船唇爲賊所得，數日始跳而歸，則知孺人與妻卞皆投水死矣。敻求數日，得其尸於東栅外，距死所五里，而姑婦二人手猶相挽不釋。嗚呼！可哀也夫！可敬也夫！

卞頗讀書，善筆札。殁後於胸前得一小囊，囊中有上其母孫太宜人遺書，言幼年孤苦，母女相依爲命，不幸逢此大難，誓不偷生。惟已嫁從夫，不獲與母生死同在一處，抱恨何極。又有七絶四首，雖爲水所漬而字迹猶未漫漶，讀者悲之。然則志孺人者不可不兼志其婦也。

孺人有二子，光謙，縣學生，先卒；光訓，以道庫大使試用於江西。女子二，長適陸，次適姚。孫二，紹濂、紹洙，皆光訓繼妻孫氏出。卞無子，然其遺書言婿他日續娶，得子即其子，則卞固無憾也。卞亦菱湖人，故光禄寺少卿雅堂先生之從孫女。其父某，字襄哉，以同知注選籍。余重卞之烈且孝，又能文辭，故志孺人之墓而附書之。銘曰：

寇氛所及，萬指争舟。姑婦二人，同死中流。死猶執手，誓共沈浮。面不變色，遺墨猶留。是姑是婦，俱足千秋。正氣炎炎，悲風颼颼。欲後有式，敬銘其幽。

福建布政使吴君墓志銘

君諱承璐，字廣盦，吴氏。其家居太湖之濱曰錢漊，實隸烏程，而自先世以來皆籍歸安，故君爲浙江歸安人。曾祖世傑，祖鰲咸富而好義，爲鄉黨矜式。父雲，字愉庭，江蘇補用道，歷署鎮江、蘇州府知府，有聞於時。三代以君貴贈封，皆一品。君自幼沈静好學，寡言笑。年十八充縣學生，未幾補餼廩之額。咸豐九年，舉於鄉。同治四年，成進士，覆試、朝考皆一等，殿試二甲，亦在前列，同鄉諸先達謂君必得館選矣。君具呈吏部，請歸原班，蓋君固江蘇試用直隸州知州也。及引見，遂以原班歸原省，而君乃仍以直隸州牧需次江蘇。諸先達皆咎君，君曰：「吾父年高，倦吏事，吾苟求得禄以養耳，遑計其他。」

六年，江南舉行丁卯科并補行辛酉科鄉試，君奉檄充簾官，遵故事考試。曾文正時督兩江，見其文大賞之，受知於文正，自此始。以後請補太倉，部議難之，疆臣三請乃得，文正力也。是科入闈分校，所取多知名士。其房首徐君兆豐，今已以名翰林爲福建興泉永道矣。

八年，權知長洲縣。十年，補太倉直隸州知州。君以爲民生本計惟在農桑，而農田興廢，全視水利。境中枝幹各河因潮汐挾沙往來，大半淤塞。乃揆度緩急，浚治大小河五十餘道，以灌溉民田。又創立課桑公所，於浙西購買桑秧，課民栽種。募湖人之老於蠶事者，周歷四鄉，教之育蠶，由是蠶事大興，四竟蒙利焉。君又以牧民者宜兼籌教養言於太府，以陸桴亭先生從祀大成殿兩廡，用以表正學術、風勵士林。州故有安道、婁東兩書院，君手定其甲乙，進諸生而與之討論，去非存是，若師弟子然。歲捐錢九千八百餘緡，存其母於質肆，而取其子以佽寒士鄉會試舟車之費，婁之人士至今感之。於各鄉設社學，令塾師於常課外講説淺近故事一二則，勸誘童蒙。數年來民風爲之一變。君牧太倉一十有二年，其善舉不勝書，宰較其大者如此。

光緒八年，開缺，以道員候補，大府使管松滬釐捐，旋改省城牙釐，兼管善後局。君以釐捐爲朝廷不得已之舉，故其爲政務持大體。其用人專取寬厚長者，不以苛刻病民，而於其中利病得失，無不周知。整紛剔蠹，動中肯綮，任事六七年，商民不擾，而市估津税無不充裕。

十九年九月，補授蘇松常鎮太糧儲道，是歲運米六十五萬八千石有奇。其明年朝鮮事起，海道幾梗而運數亦鋭減，廑輸二十萬石，而沙船遇風失米無算。君宦吴數十年，無所贏，有所累，坐此也。

二十一年，遷江蘇按察使。蘇省八府三州，刑獄總匯乎是，而江北民風剽悍，尤多訟。君每讞一獄，必反復研究，與承審之員往返詰難，先後平反冤獄數十起。念大江上下奸宄充斥，嚴檄所屬，力行保甲以清盗源。

蓋君起家牧令，跻陟外臺，皆不出江蘇，蘇事尤所諳習也。然君素弱，又積勞，其受病固非一日矣。二十四年六月，遷福建布政使，而君已病，竟不克赴。於是年七月庚申卒於江蘇臬使之署，年六十有四。

君性孝友，撫養叔子及姑子，恩義兼盡。家無中人貲，且逋負甚巨，而施與不倦，親族待以舉火者無慮數十家。其居官也，和易近人，而所守介然不可敓。沈文肅、曾忠襄諸名臣皆深倚之，交章論薦，行且大用，未竟而卒，中外惜焉。

妻龐氏，繼娶趙氏，皆封夫人，側室俞氏。子四人，家棠，廩貢生，候選員外郎，後君三十九日以毁卒；家楣，附貢生；家棟，附貢生，江蘇試用府經歷；家樞，尚幼。一女，許嫁彭氏，未行，卒。孫五人，惟燾、惟杰、惟勛、惟燕、惟熊。孫女一。

光緒二十六年十一月庚寅，葬君吴縣湯字圩之原，家楣等以狀乞銘。余嘗爲味琴吴公傳，即君祖也。又嘗銘愉庭君之墓，而今又銘君。昌黎云：「人欲久不死，而觀居此世者何也？」是可慨矣。銘曰：

以君之學，而不登於玉堂；以君之才，而不至於封疆。人咸爲君惜，而三吴之民被澤孔長。官斯土，葬斯土，其猶朱邑之桐鄉邪！

莪軒區君墓志銘

君諱錫朋，字劭忠，别字莪軒，區氏。先世居廣東，唐時有諱册者見於韓昌黎之文，則其遠祖也。君之曾祖始遷廣西，遂爲梧州府蒼梧縣人。祖諱博，縣學增生，能詩，有《紫藤花館吟草》。父諱連瑜，縣學廪生，生子二，君其長也。

幼而慧，爲父所奇愛，曰：「是兒必興吾宗。」以兵亂故，壯歲始入縣學，旋餼焉。光緒元年舉於鄉，年三十四矣。入都會試，道出肇慶。時封川民有甘某者爲盗所誣，論死繫獄。會舊縣令去官，君與新令有故，知其誣，力言而出之，甘不知也。後知因君而免，至梧饋兼金爲謝，君曰：「吾無其事，若誤矣。」却之去。

君居鄉，惟課授生徒，不與外事。梧守秦公焕延主經古書院，君以院中諸生廪給微薄，言於秦公而增之，乃勉諸生以實學，翕然信從，文學一振。歷來郡守皆重之，遇事必諮，然君自守甚介，不可干以私。

十二年，歲大饑，市賈居奇，米價翔貴，郡民凶懼。君言於郡守何公，買米平糶，民情始定。時部議創辦牙帖之捐，奸商挾以欺罔愚民，民受其累。君白郡守，嚴禁之。或納賄請勿言，峻拒不受，奸商計窮，愚民蒙惠。

君與人交無疾言厲色，而義所當爲，則毅然自任，百計尼之不可得，類如是也。天性孝友。有姑適馮氏貧且寡，迎之至家，養之三十年，以成其節。其殁也，請於朝而旌其門。浙人涂君者，君之父執也，貧無子，客死於粤。君治其喪，祭掃其墓，終君之身不輟。君無他嗜好，惟喜讀書。諸子家塾夜讀既罷，君一鐙一卷，猶未休也。

其長子領鄉薦歸，親朋皆賀，君愀然曰：「程子有云：『少年登科，大不幸也。』願吾子更期遠大，勿以一第爲榮。」諸子聞之，皆悚然若失。

光緒十九年三月乙未，以疾卒於家，年五十有二。妻梁氏。子四，家偉，光緒十五年舉人，二十四年進士，禮部儀制司主事；家彬，縣學生；家達，府學生；家培，尚幼。君殁逾月，家偉等奉君之喪，於五月甲寅葬於火山之陽，銘幽之文猶有待焉。至今年而家偉與吾孫陛雲同成進士，乃使陛雲言於余，請爲銘。銘曰：

韓送區生，高其文義。不厭賤貧，遺外聲利。區生去君，不知幾世。觀君之行，無愧其裔。君之先德，遺言猶記。必昌吾宗，如操左契。子子孫孫，引之勿替。謂余不信，銘此墓隧。

詹事府詹事桐生丁君墓碑

君諱立幹，字桐生，一字質夫，丁氏。其先世居河南祥符，宋時有諱煜者以太府寺少卿知鎮江府事，因家焉，遂世爲鎮江丹徒人。曾祖蔭浩，祖兆熊，本生祖兆勛，父紹德。曾祖及本生祖均以君從父紹周官贈資政大夫，祖及父以君官贈封亦如之。曾祖妣王，祖妣余，本生祖妣兩顧氏，妣兩鄒氏，均夫人。君父資政公以教諭遷知縣，官浙江，歷署富陽、秀水、海鹽、嘉善諸縣，君皆從焉。同治三年，應順天鄉試，中式舉人。七年，成進士。十年，補殿試，改庶吉士。十三年，散館，授編修，歷充國史館、武英殿協修。光緒五年，順天鄉試充同考官。

八年，簡放雲南學政。滇於各行省最遠，又累經兵燹，故文風稍遜，而積弊生焉。外來瞽矇之徒，遇學政莅試則麇集其間，膏其唇吻，熒惑人聽。或闌入試場，呼甲而乙應。至於聯坐鋪席，傳送文字，尤其恒技。君耳治目治，脉摘無餘。其奸宄之尤者，名捕數人，發提調治如律。又書賈牟利，文籍鋪中所鬻皆《永嘉八面鋒》之類，士子挾以就試，剿説雷同，不復講求實義。君嚴禁之，火其書，選明代至國朝諸大家所作四書文，鏤版摹印，試畢發落之日，人予一册，使爲楷式。新進童生舊有覆試之例，然既如額取進，即文字小有不符，亦皆容忍不復黜落。君疏請先提若干名覆試，然後再取進如額。其提覆被斥者頗有怨咨，君不爲動，其後士皆悦服。君防弊嚴而遇士寬。澂江考棚制度苟且，考生累土爲坐具，君易以木，試者便之。省城學使署旁故有義學，久廢不舉，君修復之，有加於舊。十一年，歲在乙酉，爲考選拔貢之年。君決擇謹嚴，麗江、蒙化、羅次、馬龍、元謀、廣通、大姚各學不得其人，則缺。上届缺新平學一名，則補取之。榜發翕然，士無閑言。

滇民瘠苦，困於差徭。中丞岑公議裁夫馬費，惟總督巡邊、學使按臨，事不容已，别籌公費給之。然費實不足，仍責之州縣。君出廉俸裨益之，使官民均無累，尤人所難云。

俄擢授國子監司業。是歲學政任滿，既受代，請假回籍省親，言於資政公，將謀歸養。資政公曰：「吾年未耄，汝受恩深。」執不可。十二年秋，入都覆命。明年，遷司經局洗馬，充日講起居注官，累遷翰林院侍講、侍讀，詹事府右春坊右庶子、左庶子，翰林院侍講學士、侍讀學士。十八年武會試，充副總裁。十九年正月，與慈甯宫筵宴，賜福字及珍物八件。其年二月，遷詹事府詹事。

君以詞臣踌陟宫端，然以久違資政公色笑，晨夕思慕，又以在滇積勞，恒有心悸之疾，恐爲資政公憂，秘不使聞。端尹一官雖號清簡，而君奉職謹，每入直必爲同列先，嚴寒酷暑，無一日以病在告。二十年大考翰詹，循故事點名給卷。及帶領引見，連日黎明入直，感寒遘疾。其子傳福曰：「曷請休沐。」君言：「如是必見邸鈔，將使吾父知之矣。」四月二十八日，上書房考試，試差，力疾而往，又諫不聽。五月二日辛巳，卒於官，年五十有八。

君氣宇和平，自奉儉約，服官二十年，沈默自守，内行尤篤。處伯叔昆弟間，恩禮周浹，以母鄒夫人早卒、官京師又不克迎養資政公以爲大憾，竟鬱鬱以終，時論惜焉。

娶同里陳氏，封夫人。恭儉勤慎，尤善治家。及君卒，即矢志殉夫，家人無知者。其年七月，君之喪南歸，既至鎮江。是月十二日丙戌，乘間仰藥，卒，一時皆大驚嘆。聞於有司，旌如律。子四人，長傳庚；次即傳福也，縣學生；又次傳靖，光緒二十三年副榜貢生，爲君從兄立中後，均陳夫人出；又次傳宗，妾孫氏出。女子子四，已嫁者二，翰林院編修崇仁華煇、刑部主事江夏張季煜，其婿也。孫三，家駒、家驥、家駿。孫女二。

傳庚等既葬君於丹徒城西之東獲村，以墓宜有碑，碑宜有銘，具狀來請。余與君從父紹周字濂甫者爲同年生，濂甫嘗視學吾浙，至今祀名宦祠。君視滇學，允與匹休，是宜有銘。銘曰：

君以詞臣，敭歷清華。廿年芸館，萬里輶車。如何不淑，鬱此晨緺。舉朝悲嘆，滇士咨嗟。君年未耆，其澤孔遐。惟忠惟孝，必昌其家。昭示來祀，德音不瑕。

蒓齋陳君墓志銘

自古盛德之士經明行修、不自表襮於世者，往往大顯於其子。東坡謂李郃博學隱德之報在其子固，今吾於蒓齋陳君徵之矣。

陳君諱烈新，蒓齋其字也，浙江諸暨縣人。陳故巨族，元末有名玭者始建日新樓以藏書，其子翕又建樓曰寶書，翕之六世孫曰性學、曰心學，七世孫曰于朝、曰于京，代有增益。于朝之子洪綬，哀其先世所藏，建七章庵以庋之，七章庵陳氏藏書遂爲越中冠。及君之生，稍稍散佚矣，然七章庵故物猶有存者。

君孳孳於學，寢饋其中。弱冠入縣學，歲科試居高等，補增廣之額。咸豐元年，由增貢生入貲，以教諭注選籍。同治二年，奉省符署嘉興縣學訓導。其俗貧窶之家，多停喪不葬，久則火之，名曰火葬。君白太守，嚴禁之，弊俗遂革。學有朱、許兩生者，君一見而才之，命之來學，言於縣令，與以膏火之資。後兩生皆貴，咸稱君爲知人。又請於學使者修復曝書亭，取竹垞先生裔孫一人爲諸生。其時粤寇初平，故家零落，倦圃曝書亭所藏書籍流散人間。君以先世本藏書家，篤好尤甚，暇日游書肆，偶得一二，輒以重價購之，若獲异寶。

六年，署長興縣訓導。君曰：「湖州爲安定先生舊治，敢不勉乎！」分齋課士，悉依安定遺規。十年，選授鎮海縣學教諭，課諸生，亦如之。有貧民以操舟爲業，貧不能娶，所聘之妻守貞，誓不他適。君曰：「是可風也。」予以貲，使之娶。十二年，子遹聲舉於鄉，君曰：「吾可歸而老矣。」即引疾歸。

所居曰楓橋鎮。故有見大亭，乃明給諫纘亭駱公講學處也，時已毁於火。君慕駱之爲人，醵資興築，以公所著《萬一樓集》藏其中，使邑之後進讀其遺書，有以興起。君歷任所餘奉錢悉以購書，元明槧本往往存焉，於宅西建授經堂，藏所得書。其後遹聲成進士，官翰林，每至琉璃廠書肆，遇有精槧舊鈔，必購以奉君。君手爲讎校，詳告以版本之良楛、諸家之源流，孜孜焉以爲頤老之一樂。於是陳氏藏書又富，雖不能復七章庵之舊，然已逾二萬卷矣。楓橋鎮爲婺、越通衢，倡修五顯橋，以便行旅。又以兵燹時白骨遍野，聚而瘞之鳳山之陽。光緒二十四年，遹聲權知松江府，君一往視之，見其治尚核實，嘆曰：「汝欲爲鄭子產及諸葛孔明乎？如無其位何？雖然，汝志則尚矣。」居數月而歸。光緒二十五年十月壬寅，以疾卒於家，年八十有三，以子貴封通奉大夫。

娶樓氏，有賢行，能成君之賢。長子舜發，死寇難；次即遹聲也，光緒十二年進士，翰林院編修，署松江府知府，升用道員；三子沆、四子遹成皆太學生。女子子四，歸於葛氏、駱氏、陶氏、趙氏。孫七，殤其二，存者遹聲之子訥、詵、誾，皆縣學生，遹成之子寶鈿、寶善。

某年某月某甲子，遹聲等葬君於某山之原，書來乞銘其墓。余與遹聲交，知其賢且才，今乃知其來之有自也，故不辭而爲之銘。銘曰：

於鑠陳君，積德在躬。名利雖淡，圖史甚豐。築堂授經，楝爲之充。曹倉杜庫，津逮無窮。衍茲遺澤，景彼高風。方之古人，其陳仲弓。必有興者，由卿而公。謂余不信，銘此幽宮。

禄庭杭君墓志銘

往年吴中有九老會，主之者潘順之先生，會即在潘氏之西圃。圃中娑羅樹花盛開，諸老飲酒簪花，談笑竟日，一時贊嘆，望若神仙。余齒未七十，未預斯會，然聞而艷之，問：「九老中年齒孰高？」則曰：「禄庭杭君。」余固已心識其人。今年春杭君卒，余嘆曰：「吴中老輩又弱一个矣。」已而其孤具年譜，請銘其墓。

按譜，君諱安福，禄庭其字，杭其氏也，江蘇長洲人。譜牒散失，曾祖以上無考。祖思尚、父瑞林并以君貴贈朝議大夫，祖妣施、妣朱并贈恭人。公幼讀書通大義，喜讀先儒語録，講正心誠意之學。其師黄君海帆甚器之，而父南山君以家貧不令卒業，師深惜焉。吴中以紗緞名天下，執是業者頗衆，君亦從事於此，竟以起其家。

南山君與朱恭人皆享高壽，方八十歲時白髮齊眉，諸孫繞膝，親黨美之。然南山君晚年多病，矢溺皆在床第，君親自浣濯，晝夜奉侍，終無倦色。未幾，與朱恭人同時殂逝，時君年已四十有九矣，雞斯徒跣若孺子然。乃卜吉壤，將營大葬，至庚申之歲始克築塋於虎阜。而是歲大營潰，常州陷，粤寇大至，蘇垣失守。君倉卒移家泗塘，夫人陳氏及長子元揆卒，兄子輩物故者亦甚衆。衣衾棺櫬，手自經理，嘆曰：「亂離如此，生復何味？然吾父母窀穸未安，未可死也。」乃間關出入賊中，卒成葬事，知其事者皆以爲難。事畢，遷居上海，寇氛稍遠，復理舊業。時兄蓉亭君已前卒，與弟松亭君撙搊共事，二人同心，稍稍振起。

同治三年，蘇城克復，復歸於蘇。至十有二年，君年六十有六，謂松亭君曰：「自先兄見背，歷三十年，兩侄云亡亦十四年，幸長房有孫今已長成，而吾與弟亦且老矣，宜析薄産而三之，仍使三房鼎立，慰我先人。然人稠屋溢，聚居於此實非所宜，汝曹安居，吾將他徙。」乃卜宅於古市巷而移居焉。

光緒七年，建家祠，置義莊，都凡義田五百畝以贍宗族。事聞於朝，以「樂善好施」四字建坊，旌其門。已而玄孫生，大吏又以聞。五世同堂，熙朝盛事，旌表如律。且以君及事祖父母，所見凡七世，又頒賜「七葉衍祥」之額，雲章爛然，照耀通衢。吴人聚觀，交口嘆誦，視曩時九老之會，奚啻什倍過之矣。二十年，恭逢皇太后六旬萬壽，頒賜粟帛，君得與焉。時君年已八十有七，隨班祝嘏，拜跪如儀。二十六年，以助餉輸金千，又助秦晋振，亦如之，詔賜二品封典。先是，君以子元勛官封朝議大夫，又以曾孫錫綸官貤封通奉大夫，至是遂晋封資政大夫，其遭遇盛矣哉。

君天性敦厚，其伯兄卒，二子皆幼，教之養之，一如己子。當避亂泗塘時，親族從之如市，親者與同爨，疏者計口而授之米，所活甚衆。德厚信矼，老而彌篤，故能白手起家，自致通顯，亦其素行有以致之矣。

光緒二十七年正月己巳，以疾卒於家，年九十有四。娶卞氏，繼娶陳氏，并先君卒，贈夫人。子元揆、元祥、元勛。揆妻沈以節孝旌，祥爲松亭君後。女一，歸於邱。孫祖良、祖庚、祖瑩、祖炯。曾孫錫綸、錫綬、錫熙。玄孫仁毅、仁頤。

是年冬，葬君横塘嚴家灣，即君所自營生壙也。兩夫人祔焉，禮也。銘曰：

自高祖至曾玄，羅五世於一門。自富壽至考終，備五福於一身。吾求之於海内，蓋未有其等倫。故於其葬也，刻此貞珉，使百世之下，慕君之福者師君之人。

彭副郎墓志銘

嗚呼！剛直之亡也，有孫四人，皆天材亮拔，器宇不凡。余謂老其才以爲世用，必有繼剛直而起者，乃至今而一个弱矣。世家喬木與國盛衰，此吾所以太息而銘補勤君之墓也。

補勤君者，剛直第三孫也。父諱永釗，以蔭生内用主事，早卒。母常恭人賢明有識鑒，且精相人術，常嘆曰：「吾長女及三兒皆不得過三十歲。」長女乃吾孫陛雲元配婦，三兒即君也。

君諱見綬，字如莽，別字補勤，近年又自號鈍廬。然君實幼慧，五歲讀書日逾千字。年十有五，剛直携之至西湖退省庵，沿途遍謁諸巨公，長者皆嘆爲圭璋之器。無何，剛直薨，常恭人亦繼逝。家事兩昆主之，或有事遠出，則委之君。君年未弱冠，措置秩然。服闋，以助順直振議叙國子監典籍。光緒十九年，應童子試，入郡學。先是，剛直遺疏聞，兄見紳由員外郎蒙恩擢郎中，而君與弟見綷均奉及歲引見之命。至是年秋，君從伯兄入都，遂由吏部引見，天子眷念舊勛，特賞主事。其時倭患方亟，君慨然有請纓之志。和議成，遂不果，乞假歸。顔所居曰運甓，其志猶甚鋭也。

二十四年，送季弟見綷入都引見。初，意欲留京供職。及見异説蜂起，朝論紛更，嘆曰：「吾位卑，無尺寸柄，豈足挽此狂瀾？徒尸禄位，毋乃負天恩而棄先德乎？」挈弟南回，遂不復出。旋以助淮徐海振加員外郎銜，賞戴孔雀翎，而君已淡然無仕進之志矣。

性好潔，掃除一室，書畫碑帖羅列其間。觀書習字不問外事，摹趙承旨書酷肖，尤工篆隸，能刻印，得古法。頻年往來江浙，所經大都會珍奇滿市，勿顧也，惟見舊碑帖、佳印譜，不惜以重金購之。所作詩詞有秀句，然多散失，存者殊鮮。能畫蘭，亦不輕爲人作也。

二十六年秋，偶患咯血之疾，或勸静攝，勿服藥，君曰：「不服藥安望速愈？吾將爲廢人矣。」然卒爲藥所誤。病中起居仍如常，有問疾者必正襟而見之，神識猶湛然也。至二十七年六月，病甚。是月癸卯，啓手足於正寢，年二十有七。回憶吾孫婦之卒年二十有九，是二人者果皆不至三十，常恭人洵有先見矣。

君性孝友，處昆弟間無違言，與人交無少機械。遇人緩急，佽助無吝色，宜非不永年者。即吾孫婦之賢，亦三黨所共稱，而皆不壽，何也？修短之數，其果不可知邪？

君娶程氏，子二，溥殤，濼幼。女子子亦二。

某年月日，葬某原，其昆弟具狀乞銘。銘曰：

玉也碎，蘭也摧。鸞鵠鎩其翮，梗柟夭其材。吾爲剛直悼此孫，吾爲當世惜此才。何天道之茫茫？蓋不獨爲斯人哀。

兵部尚書徐公墓志銘

光緒二十有六年十二月，故兵部尚書徐公、故吏部侍郎許公、故太常寺卿袁公，同日被恩命復原官，於是薄海内外咸知三公之死果非上意也，又知三公皆爲國而死，非其罪也，一時翕然，有「三忠」之目。靈輿南返，士大夫無識不識皆往助執紼，祭奠相望，哀輓盈塗。時未一稘，事已大白，固由天子明聖，而三公之精誠亦自有不可磨滅者矣。余與三公皆相識而尤於徐公有連，故徐公之葬也，其孤具狀請銘其墓。

按狀，公諱用儀，字吉甫，别字筱雲，浙江海鹽人。其先世有諱應奎者，冬日父病，思食瓜，泣禱而得瓜，故世稱孝瓜徐氏。曾祖錫命，國學生；祖養惠，歲貢生；父槐廷，道光十五年舉人，廣東潮州府同知，三代以公官并贈光禄大夫。公自幼外順而内剛，遇事有不可，必委曲自申其所見，人始或不信，後皆服焉。年十七，入縣學。道光二十六年，應鄉試，登副榜，遂入都，納貲爲主事，分刑部。咸豐九年順天鄉試，中式舉人。未幾，考充軍機章京兼總理各國事務衙門行走，補雲南司主事。再遷至湖廣司郎中，保送御史，廷試第一，恭惠親王器之，曰：「梁棟才也。」公於同治初入軍機。其時軍書旁午，而公綜事精良，從容裁决，擬詔旨，動中契要，樞廷諸公咸引重焉。遷四五品京堂，補鴻臚寺少卿，浸大用矣。俄以憂歸，服滿還朝，累遷至工部右侍郎，充總理各國事務大臣，又由吏部左侍郎充軍機大臣。公居官廉儉，處事勤慎，爲朝廷所信任。太后見公風度端凝，書「蹈規履矩」四大字賜之。其間屢以疾請開缺，未允也。

及日本構釁，舉朝争和戰，公以東人之勢方熾，未可輕戰，與朝論齟齬。後從衆議，竟以僨事，公嘆曰：「此後事愈難爲矣。」面求退出樞廷譯署。公自充總理大臣十有三載，遇事彌縫匡救，心力交瘁，至是自幸息肩。而德索膠州，俄索旅順、大連灣，英索威海衛、九龍島，法索廣州灣，外侮狎至，公雖不與其事，心竊憤之。

光緒二十四年，皇太后訓政，仍以公爲總理各國大臣。公以譯署之事難於樞府，乃引太常寺卿袁公入署共事，而侍郎許公奉使海外歸，亦與焉，公喜曰：「吾得朋矣。」未幾，由左都御史授兵部尚書，於西苑門内賞騎馬、賞乘船、賞用拖床，异數也。又以萬壽慶典賜蟒衣一襲，天眷優隆，有加於昔，而拳匪事起矣。

拳匪起於山東，巡撫毓賢實袒護之。公力請剿治，乃以袁公世凱代毓賢撫山東。時廷議固主剿也，毓賢入朝力言拳民激於義憤，與西人爲難，兵力既不足恃，正宜借用民力。王公大臣多爲所眩惑，拳匪遂益煽熾。侵尋闌入京城，以扶清滅洋爲名號，召徒類横行市廛，謀殺西國使臣、毁西國使館。公會同列入告，請嚴行禁遏，又擬按公法請各國使臣出京。於是德使臣克林德親赴總署會商，中途爲官兵所戕，公嘆曰：「禍始此矣。」言於管理總署之慶親王。棺斂從厚，而忌公者遂日夜媒蘖其間矣。時各國兵輪麇集津沽，屢召廷臣與决大計。公與許、袁二公及尚書立山、内閣學士聯元二公，皆極言民團不可深恃，外釁不可輕啓。凡召見四次，所言益切。太后猶命公至使館議之，美國使臣猶允爲調停，乃當國者力主用兵，謂不殺議和諸臣則士氣不振，而許、袁二公遂朝衣東市矣。公自知不免，然意氣如常，不稍貶損。

七月十六日，步軍衙門率拳匪擁公至莊王府，公不置辨，但曰：「天降奇禍，死固分也。」越日戊辰，遂與立山、聯元二公同及於難。是日陰霾蔽天，日色無光，嗚呼慘矣！公死後三日，兩宫出狩，各國兵入城，見德使棺斂豐厚，乃稍稍禁戢其兵勿多殺戮，猶公之隱賜也。

公平時巽順，與物無忤，而事關君國安危至以死争之，乃嘆其幼時外順内剛，固天性然矣。公有丈夫子二，士鍾、士恒。某年某月某甲子，士鍾等葬公於某原。余特書其大節，刻石而納諸壙。銘曰：

以公之忠而不能勝群小之私，以公之信而不能破群情之疑，國事乃瀕於顛危，而臣力遂窮於扶持。苟一言之有禆，雖九死其無辭。公之苦心人所悲，公之精誠天所知。果天鑒之昭垂，不逾年而雪之。千載而下觀此刻詞，請勿以公爲龍比也，而仍以公爲臯夔。

蒔茗陳君墓志銘

君諱光照，字蒔茗，錢唐陳氏。曾祖有尚、祖圻、父以晋，皆封通奉大夫。世居蕭山，雄於貲，勇於義，鄉里有善舉必爲之先。所居曰澇湖，蕭山之人無不藉藉稱澇湖陳氏也。自其曾祖始籍錢唐，然仍居蕭山，卜宅城中西河沿，至君四世矣。君父字秋畬，初娶於周，無子。繼室以金氏，生一子，曰光涵。其簉康氏生子，即君也。君幼慧，秋畬君課之嚴。稍長，習舉子業，所爲文皆有法度，受知於學使者儀徵陳公。入錢唐學，乃益自力於學。家多藏書，發而讀之，不足。距所居數十武有王氏者，書尤多，其庋書之所曰十萬卷樓，君又假而讀之，書或殘缺，率爲補綴之。

時祖母徐太夫人猶在堂，出則鍵一室讀書，入則侍祖母及嫡母、生母，愉如也。無何，徐太夫人卒，秋畬君、金夫人繼之，而兄嫂亦同時殂謝。君疊遭大故，焦肝灼肺，遂得歐血疾。君母康夫人曰：「汝曷游於杭，藉湖山之勝，瘵汝幽憂之疾乎？」君乃時來杭州。

錢唐丁君松生，故與秋畬君善，越中多久欑之柩，丁君曾與秋畬君共瘞埋之，甚相得也。見君而才之，女以女，遂就昏於丁氏。與丁氏諸子相切礲，又得讀其嘉惠堂藏書，學益進，咸謂澇湖陳氏之興必在君矣。

丁酉鄉試，薦而不售，結轖不舒，宿疴大作，就醫於吴淞。由蘇而歸於杭，道中猶縱覽其形勢，訪求其掌故，意趣浩然，然病竟不起矣。以君之才，承先世之澤，又能以好善世其家。嘗輿蕭山水利以溉農田，葺西興塘路數百丈以利行旅，其他善舉甚夥，天胡不永其年邪？

君以資援例得授部郎，加四品銜。卒於光緒二十四年十一月癸亥，年二十四。初娶汪氏，繼即丁也。生子榮，殤，君歿後八月而遺腹孿生二子，曰念祖、曰述祖。未幾述祖又殤，滂湖陳氏世德所鍾必在念祖矣。

某年月日，葬君山陰之樗里村，其妻兄丁和甫立中以狀乞銘。銘曰：

德則修，齡則嗇。才則通，遇則塞。伊樗里之新阡，維滂湖之舊德。必有興者，請視此刻。

吳縣主簿葉君墓志銘

有東瀛客村山君曰正隆節南者，踵吾門而問曰：「君知有松石葉君乎？」曰：「不知也。」乃嘆息而言曰：「其人死矣，是嘗再游於吾國。其初至也，膺吾國之聘爲大學漢文教授者三年。其再至也，賣書畫以自給。吾國名人魁士皆喜與之游，如中田君敬義、二口君美九、石原君昌雄、加藤君榎本，皆從之學詩者也。哀其隱於下位，賫志以歿，乞君一言以志其墓。欲知其詳，則有其友魯君賓清所爲事略在。」余受而讀之，嘆曰：「余與同爲浙西人而不知焉，余滋愧矣。余不能知而异邦人轉能知之，爲乞銘於余，則君之賢且才，又何可没哉！」

君諱煒，松石其字也，嘉興人，姓葉氏。自曾祖以下皆官守備，兄樫凌亦金山衛守備。君六歲喪父，十二歲喪母，依兄以居。雖家世習武而獨能自力於學，且好爲詩。嘗一入淮軍，非其志也，其膺日本之聘即在此時。

及游倦而歸，年亦垂垂老矣，乃援例以從九品需次江南，襄治江甯布政司文案，凡十年。署秣陵司巡檢，尋以主簿之蘇州，蘇人無知君者，君亦不自炫。偶出所手校書籍貸米，杜雲秋觀察見而賞之。時濮子泉廉訪方守蘇州，一日晋謁，偶言及詩，君於詩學源流言之甚悉，廉訪動容曰：「詩人也。」已而方伯陸公亦知君賢，檄署昭文縣主簿，旋補授吴縣主簿，君年逾六十始得一官。

光緒二十八年四月受事，二十九年二月丙申以疾卒，年六十有五。貧，無以爲斂。時二口君適以領事官駐蘇，乃與吴縣知縣林君丙修謀，各出巨貲以斂之，又爲卜地於胥門外横塘而葬焉。嗚呼！可謂生死之交矣。村山君之以墓銘請，蓋亦二口君之意也。

娶吴氏，先卒，附葬如禮。繼室以趙，子二，均幼。女二，山陰王鈺其長女婿也。所著有《井窗雜著》及詩鈔、詩話若干卷，均藏於家。銘曰：

騏驥有足，羁於戢䎃。鸞鵠有翼，幽於樊籠。乃其生也壓於百僚之底，其殁也聞於大海之東。蓋其數有限而其名無窮，吾以是銘其幽宫。

前湖南巡撫吴君墓志銘

君諱大澂，字清卿，號恒軒，吴氏。明成化間有諱敏學者，自歙縣來官蘇州府教授，遂家焉，其後乃世爲吴縣人。曾祖傳烈、祖經堃、父立綱，皆以君官贈光禄大夫，妣皆一品夫人。君幼慧，年十三能文，十七入縣學即慨然有經世之志。嘗入都應順天試，條陳時政，呈請都察院代奏，其志固已遠矣。同治三年，舉於鄉。七年，成進士，改庶吉士，散館授編修。時海内猶無事，翰苑諸人皆以文采風流相尚。

君在鄉時遇水旱偏灾，輒與里中諸父老籌備振恤〔一〕。既官京師，辛未、壬申之間直隸水旱頻仍，君募資助振，又請假往勘灾區。永定河决，以先所集倡辦慈幼堂經費移撥二千金馳往頒賦，同官咸以爲難。同治十二年，簡放陝甘學政。時朝廷方議修理園明園〔二〕，君疏請停止。先

〔一〕 恤，原訛作「洫」，據文意改。
〔二〕 園明園，今作「圓明園」。

時穆宗毅皇帝大婚，典禮繁縟，君亦疏請裁減。以一詞臣言人所不敢言，風采震動朝右。光緒三年，山西大無，詔下翰林院，傳知君前往襄助振務，往返年餘，全活無算。

已而左文襄、曾忠襄交章薦君之才，先有旨發往甘肅，又有旨發往山西。未幾，補授河南河北道。豫省荐饑，貧民無食，輒賤售其田。及年豐，往贖不得，以此成訟者纍纍，州縣不勝其擾，置不理。君親鞫之當堂，繳價領回原田者無慮數十起。豫省又苦於徭役，所屬武涉縣尤甚。縣吏按畝科派，一畝錢三百，供車馬之費。君裁定其費畝五十文，設局由紳士經理，歲入有餘而民不困。在任止一年，民間歌頌焉。

光緒六年，詔賞給三品卿銜，赴吉林，隨同將軍銘安訓練營兵，召募屯墾。君既至，請於省城設立機器製造局，於三姓、琿春各處興築炮臺。有韓效忠者，金匪也。金匪者盜開金礦，徒黨繁多，而韓爲之魁。有司名捕之，不能得。君單騎入山，至其巢穴。韓見君不帶一兵，出謁道左。君諭以朝廷德意，有「撫而用之」之語，宜及時投效，毋自誤。是夕遂止宿其家，韓乃從君歸。君奏請，賞給五品頂戴。韓就撫後頗得其力，金匪以清。

法越事起，請抽馬步兵三營及新練礮隊、水雷勇赴津聽候調遣。報可，旋命會辦北洋事宜，駐樂亭、昌黎以固京東門户。時君已由太僕寺卿遷太常寺卿。

光緒十年，升都察院左都御史。是年冬，朝鮮内亂，日本因而構釁，命君往平之。明年，又命赴吉林，會同琿春都統依克唐阿與俄使勘界，乃與俄使巴拉諾伏往返商榷，爰立「土」字界碑於沙草峰南十八里，離海口二十四五里。又以「土」字碑與「怕」字碑相距太遠，於蒙古往來之道補立「啦」字碑，於阿濟密往來之道補立「薩」字碑，又移三岔口小孤山「倭」字碑於瑚布圖河口。由「倭」字碑北至「那」字碑，由「那」字碑北至東大川，凖南北直綫畫定小溝以清疆界，而俄舊所占黑頂子地乃復歸於我。君又欲以圖們江出口之地作中俄公共海口，事雖未行，而中國船出入圖們江者不必復向俄官領照矣。是役也，君頗自喜，立銅柱於中俄交界之地，自以大篆勒銘其上曰：「疆域有表國有維，此柱可立不可移。」壯哉！亦青史一美談矣。事畢還朝，拜廣東巡撫。適蒲萄牙人侵占香山民地，朝議方欲與蒲人立約通商，君以畫界未清力持不可，親往履勘，有原定之界，有侵占之界，有將占未占之界，請飭總理大臣，與葡使逐條研論，暫緩議約，從之。

十四年，惠州大水，親往振撫。蓋君自諸生至翰林，皆從事於此，至是而振務益周密矣。會河決鄭州，命君署理河東河道總督。至則躬駐工次，鈎稽稭科，巡閲壩埽，懸構重賞，日夜督催，兵役感奮，人人用命，甫四閲月，大功告成。支用省約，餘原估銀八十餘萬。朝廷嘉焉，實授河督，賜頭品頂戴。

十六年，母韓太夫人卒於家，回籍守制。服闋，授湖南巡撫。君設課吏館以課屬員，設求賢館以招致高才生，設蠶桑局以興民利，設保節堂、百善堂以惠養窮黎，百廢俱興，楚人大悦。

二十年，日人内犯，君疏請統率湘軍北上，優詔俞焉。蓋君雖文臣而曉暢戎機，嫻習武事，每值操練擊槍打靶，率以身先之，三軍環觀，咸共詫嘆。至是憤外侮之侵凌，感中國之積弱，撫膺太息，毅然請纓，誠古人臣急病讓夷之義也。既至，命駐山海關幫辦軍務。明年春，督師出關，將圖收復海城，而日人從間道犯牛莊，牛莊兵敗，君退入關，自請嚴譴，有詔革職回任。君還湖南，方將竟前所設施，旋奉開缺來京之命。未幾，又奉即行回籍之命，君自是不復出矣。

君少時曾從陳碩父先生學篆書，中年以後又參以古籀文，書法益進。兼長丹青，喜收藏古金石。得宋微子鼎，有爲周客之文，客字作㝁，因自號㝁齋，海内稱㝁齋先生，得其字畫珍若珙璧。蓋君雖以勛業著，而翰墨之長固不爲所掩也。當事諸公慕君之學，聘爲上海龍門書院山長。然君自歸里即得風疾，久而不瘳，光緒二十八年正月戊子，卒於里第，年六十有八。

最君一生，孝於親，友於兄弟，忠於君國。遵先贈君遺意創立義莊，與兄澹人君、弟運齋君白首無閑言，敭歷中外，皆有表見。所保薦如李君文田、裴君蔭森、陳君彝、陶君模、吴君承璐、陸君襄鉞，皆爲時名臣，以人事君，君無愧矣。

所著有《窓齋詩文集》若干卷、《古籀補》六卷、《古玉圖考》一卷、《權衡度量考》一卷、《恒軒古金録》二卷，其餘考定鐘鼎文及手書大篆《論語》《孝經》，皆爲學者所珍云。

妻陸氏，封夫人，先君卒。子本孝，亦早卒，嗣澹人君之孫以爲孫，曰翼燕。女六人，長者未嫁，殤；嘉定廖世蔭、同郡潘睦先、南皮張仁頲、項城袁克定、吴江費樹蔚皆其婿也。

君卒之明年十月乙卯，翼燕奉君之喪葬吴縣支硎山之原，以狀乞銘。余從前主講蘇州紫陽書院，君來肄業，至今垂四十年。余雖老猶在，而君古人矣。感念今昔，不辭而爲之銘。銘曰：

君起詞苑，功在邊陲。練兵吉林，闢其污萊。單騎入穴，戎首來歸。畫界於俄，銅柱巍巍。撫粤撫楚，并著德威。隅夷入寇，抗表督師。功雖未竟，海内壯之。歸卧一室，羅列鼎彝。人得片楮，珍若冰斯。内行尤篤，兄弟怡怡。仁民愛物，措之咸宜。卓哉斯人，當代所希。支硎之原，宰樹參差。千載而下，誦此刻辭。

春在堂雜文六編六

浙江補用道陸君墓志銘

君諱同壽，字敏貽，號介眉，姓陸氏，吴巨族也。在前明有諱雄者，始卜居吴江之東門，爲吴江人。國朝分吴江地置震澤縣，遂爲震澤人。乾隆時，有以博學鴻詞徵者諱桂馨，君之五世祖也。高祖昌言，縣學生。曾祖泰增，乾隆四十二年舉人，安徽廣德州學正。祖鋆，縣學生。三代并以君父官贈榮禄大夫。高祖妣張氏、金氏，曾祖妣陳，祖妣張，皆一品夫人。父諱迺普，國學生，以軍功起家，歷署河南懷慶府知府、陝州直隸州知州，兩署安徽安廬滁和道，以道員記名簡放，加布政使銜，賞戴花翎，附祀英果敏公祠，誥授榮禄大夫。母張氏封一品夫人。

君生而嚴重，不苟言笑。年十三能爲文，里中文課輒冠其曹。尤工爲五七言詩，在京師時頗爲諸名士所推服。時粤寇已起，海内多故。君自惟少時應府試，曾取第二，咸豐十一年，應京兆試，亦曾取謄録，使吾命應以科第進，詎不能游於庠、舉於鄉乎？中原俶擾之秋，正丈夫激發之日，勉盡忠孝而已，何藉科第爲？」遂投效河南軍營，以异常出力奏保，以知州發浙江補用。尋又赴安徽大營，從攻張寨、瓦店，克之，有詔賜戴花翎。巡撫喬勤恪公語之曰：「昔史遷言留侯，狀貌不稱其志氣。今子一文弱書生而曉暢戎機，諸宿將皆不能及，然則以貌取人不又將失子乎？」

軍務平，始赴浙。浙中大吏咸知其才，有事必以屬君，如解餉、如發審、如保甲、如蠲捐。君任其事，事無不舉，於時盜賊潛踪，商民稱便焉。其在讞局也，手決獄大小數百事，不刑一人案情悉得，尤人所難云。

秦隴軍興，以君素知兵，提督金公調赴前敵。秦中磽瘠之區，徑路崎嶇，冰雪凝冱，君不敢自逸，匹馬往來黄沙白草之間，雖勞苦成疾而意氣彌奮。從大軍蕩平金積堡老巢，追剿烏拉特旗逸寇，君功居多。又兼理糈臺，千緒萬端豪釐無爽，脂膏之中不以自潤。古稱廉能，君兼之矣。事平叙功，先保知府，仍留原省。洊保道員，賜二品頂戴。

光緒七年春，浙江金衢嚴道缺員，君以次應補是缺，而母張夫人卒，遂以憂歸。其時榮禄公先已謝病里居，以震澤舊廬毁於兵火，僑寓郡城，君隨侍焉。君閲歷仕途垂二十年，中興諸名臣如左文襄、李文忠、喬勤恪、英果敏諸公，皆以君年富才優、處事明決交章論薦，使君得盡其才，則節鉞封疆指顧間耳。而君以榮禄公年高，壹意以色養爲事。凡修祖墓，建義莊，立宗祠，刊族譜，榮禄公所欲爲者咸贊成之。又於宅之東偏闢一小圃，疊石蒔花，奉榮禄公游息其中，是名半園。君晚年號半園灌叟，以此也。

榮禄公卒，君年已五十一，哀毁若孺子然。於所常居之書室，每逢朔望，焚香展謁，摩娑遺物，泣下沾襟。皖省以榮禄公政績上聞，詔附祀英果敏公祠。君手奉栗主，躬送入祠，其容蹙蹙，感動行路。蓋天性純孝有如此，而仕進之意則自此絶矣。

君投筆從戎，其勞勩有非人所能堪者，事後絶口不言。後陳舫仙方伯爲蘇臬使，與君共事軍中者也。每至君家輒追話金積堡舊事，其危險萬狀，家人乃始稍稍聞之，然所不聞者多矣。

居鄉不謁達官，不預公事，惟以文史自娱。每招致名流集爲文社，以勸課其諸子。編刻八世祖諱文衡歿祀鄉賢祠者所著《嗇庵隨筆》及《先德録》《傳家集》諸書以授其子，曰：「守此足矣。」

君以積勞之身，又素有欬疾，年逾六十繼以喘疾，時劇時瘥，浸至不起。疾篤，語諸子曰：「吾生平無疾言厲色，從不以意氣凌人，雖臧獲輩不輕呵斥，自奉不敢奢，待人不敢嗇，此吾以汝祖爲法也，願汝曹亦法吾而已。」光緒二十七年二月甲辰，啓手足於正寢，年六十有四。

君天性和易，好善不倦。值國事多艱，前後輸助無慮數萬。易簀之前猶念秦隴奇荒，曰：「此吾從軍故地，今又行在也，敢秦越視乎？」命其子集巨貲振之，由浙彙解。浙撫疏聞，詔以「樂善好施」旌其門。至其平時，周恤鄉里，贍養親族，待以舉火者數十家，病施藥，暑施茶，歲以爲常，猶其小節矣。

妻元聘費，元配沈，均贈一品夫人。再娶丁，封一品夫人。側室三，方氏以子官封恭人。子四，懷鼎、鼎奎、鼎華、廷鼎，存者二。鼎奎，丁夫人出，增貢生，浙江候補知府，特旨以道員用，賞戴花翎；鼎華，方恭人出，附貢生，安徽候補直隸州，捐加三品銜，分省試用道。女五，殤者一，常熟曾愷章、元和潘誦鎮、長洲彭疇士其婿也，順天大興陳鹿儕則其第三女許嫁之婿，未及嫁而女卒者也。孫增培。孫女三。

某年月某甲子，鼎奎、鼎華敬營窀穸於某原，礲石乞銘。銘曰：

君承門蔭，起家戎馬。轉戰皖豫，依然儒雅。秦隴之間，道路孔艱。匹馬而去，凱歌而還。峨峨廉車，莅臨浙水。折獄理財，政聲大起。俄拋仕版，歸奉高堂。半園風月，終身徜徉。耆壽甫臻，春輝頓逝。君子之澤，長流百世。我銘其墓，我言有徵。佳城葱鬱，子孫其興。

江蘇候補道馮君墓志銘

君諱邦棟，字杰卿，馮氏，湖南衡陽人。祖杏圃、父升漳以名諸生久困場屋，賫志以終。君少有大志，喜讀經世書，不屑爲舉子業，又鑒於其父，遂不應有司試。

咸豐四年，曾文正公義師起，君禀命於母黄太夫人，投筆從戎，以從九品赴江西幫辦營務，統帶炮船，克吉安縣，保升縣丞。旋奉調入曾忠襄公幕中，克景德鎮、克浮梁縣皆有功，詔以通判遇缺即選，賜戴藍翎。又叙收復黟縣諸城功，加五品銜。及安慶省城復，詔以同知直隸州留安徽補用。文正奏設大勝關釐局，以君主其事。官軍解雨花臺圍，君與有力焉，升知府。金陵平，大功成，詔以道員交軍機處記名，遇缺簡放。時有旨祭明陵，君以道員陪祭焉。自從曾文正東征十年以來，崎嶇戎馬，不遑將母，至是始乞假歸拜黄太夫人於堂下，戚黨榮之。

會曾文襄公撫鄂，奏請以君辦營務及一切善後事。捻寇南犯，是防是剿，雲夢、應城、天門諸縣次第收復。文襄疏言君屢著戰功，謀勇兼裕，請給予二品封典，從之。

俄左文襄公經略陝甘，亦以君久經戰事調營差遣。君至未及一年，黄太夫人卒於家。君方總理營務，請歸守制。文襄以邊事孔亟，諷以古人金革毋避之義，乃勉以墨経從事。時花門一種已就撫於河洲，餘衆猶持兩端。君單騎渡河，賊皆下馬羅拜，惟僞總兵馬本源、僞知府馬桂源仍擁衆不降。君恩威并用，數月之内往返數次，卒帖服之。回事大定，請建設州縣，創立學校，增置參游，以經久遠。文襄韙之，乃言於朝，謂君辦理妥協，請加按察使銜，并準其回籍葬親，以符定制。君先曾平反噶爾廳及青海巨案，回民皆稱活佛，故啓行之日，僧番土回皆爇香跪送，數千里不絶，私設長生之位奉之於家。

君葬親事竣，家居不出。光緒九年，詔下湘撫，問君行止，彭剛直公力勸入都。適左忠襄復出督兩江，乃奏調南洋差委，并請留江蘇補用。君至江甯，凡要事悉以委之。以一身任數事，在君固應之有餘，而忌者側目矣。

文襄薨，繼之者興化劉公，給咨送部引見，朝廷眷念前勞，諭樞臣仍遇缺簡放。君方擬具摺謝恩而雋級之命下矣，一時瞶眙，莫測所由，不知興化公彈章已先日至也。聞者咸爲不平，君夷然曰：「吾以布衣遭時竊位，得至監司，分已極矣，復何求乎！」即日南歸，遂不復出。

君事親孝，處宗族以敦睦，待親友以謙厚，訓子侄以嚴正。鄉里鬩争，一言立解。水旱偏灾，無不力振。施衣施粥，歲以爲常。若蓮湖書院、若花藥寺、若楊泗廟，凡有工作，莫不佽之使成，蓋好義樂善其天性也。

積勞軍旅，元氣大虧，光緒二十八年五月十日己巳，卒於家，年七十有七。妻蔣夫人，先卒。子灼孝，縣學生，同知銜，廣東候補知縣，歷署儋州、連平州、化州知州，臨高縣、始興縣知縣，先君一月卒；燇孝，縣學生，同知銜，分省補用知縣；雍臣，縣學生，五品銜，湖北補用府經歷，亦於七年前先君卒。孫四，長者筠，五品銜，廣東補用鹽經歷；次友垚、友坻、友堅。

光緒二十九年二月丙申，卜葬金鳳山之陽。幽宅既窆，貞石斯刊。君家在衡州府江東岸，彭剛直公其比鄰也，故其孤介彭氏寓書乞銘。余惜君之才未竟其用，又念與剛直有袍襗之義，故不以衰病辭。比其事，綴以銘。銘曰：

崎嶇戎馬，轉戰南北。斬將搴旗，元戎動色。飛書敘功，優詔進秩。蠢茲回民，亦感其德。不呼以官，尊之曰佛。以君之才，宜拜節鉞。衆嫉蛾眉，誰憐駿骨。歸來故鄉，蕭然巾幘。未竟其才，千秋太息。鬱鬱佳城，我銘其穴。勒鼎銘鐘，請俟异日。

故泰興縣知縣張君墓志銘

君諱興詩，字子持，一字恕齋，張氏，本横渠先生之後。世居關中，宋寶祐間有諱曰明者以討賊死吴越間，遂家餘杭。其子和又自餘杭遷歸安，遂爲浙江歸安人。曾祖諱春苞，以子師誠官福建巡撫封榮禄大夫。祖諱彫，候選鹽大使。父諱應恒，直隸候補知縣，平泉州州判，并以君官累贈通奉大夫。曾祖妣沈氏、王氏皆封一品夫人，祖妣趙、妣吴皆累贈夫人。君四歲而孤，昆弟五人自奮於學。道光二十四年，入邑庠。咸豐元年，與其兄懃齋君同舉於鄉。公車入京，居其從兄惕齋君所。惕齋由詞林官臺諫，所與游皆魁士名人。而沈文節公爲君座師，又延君館其家，一時巨公如文文端、彭文敬、羅椒生、趙蓉舫尚書、殷譜經侍郎，皆折行輩交於君，以經世之學相礱礪。

咸豐三年，考取景山官學教習。期滿，選授泰興縣知縣，同治元年七月之官。是時粤寇方踞金陵，東南糜爛。泰興地濱大江，其南岸武進、丹陽諸縣寇踪出没靡常，鹽梟劇盗所在充斥。君設廠以撫難民，練團以遏賊北竄，緝獲梟盗首領，悉置之法，境内乂安。俄而有齋匪之獄，株連甚衆，君察其人皆愚夫婦，惑於禍福，無逆謀，言於漕帥吴公，誅其渠三人，餘悉縱去。又親至鄉閭，勸誡絫散，民皆感泣。

明年，以病乞歸，旋丁吴太夫人憂。服闋，到省歷主釐局。東捻肅清，李文忠公叙君籌餉功奏保，以直隸州在任候補。十二年，坐補泰興縣。民聞君至，歡迎於塗。乃舉曩所未及設施者次第行之，繕城垣，樹敵樓，浚濠河，葺公廨，治囹圄。以農爲生民之本，增建先農祠。凡名宧、鄉賢、忠義、孝弟各祠咸修復如功令。創設泰義倉，創設接嬰、保嬰、清節諸局，創設義冢，推廣養濟院屋宇。置洲田六百畝，歲入其租，充諸善舉經費。境内河道、橋梁一律修治，加築西江堤岸，於江口置救生船。不及一稘，百廢咸舉。又以泰邑文風之未盛也，爲浚泮池，廓書院、號舍，豐生徒膏火，而邑士巍科相望矣。以泰民之不知蠶事也，歲購湖桑數萬株，教民樹桑，教民育蠶，而邑人始有繭絲之利矣。以泰民之多逋賦也，爲詳免二洲圮毁田糧，又代償夙逋數至巨萬，而民始樂其生矣。以泰民愚而未知教也，遍保甲，立鄉約，刊《孝經》《小學》各書頒行鄉塾，而民始蒸蒸向善矣。

光緒二年，有奸人翦紙焚符，煽誘愚民，民受其愚，從者狉獉。事聞於朝，命窮治之。所在郡縣承受風旨，疑似之間舉家駢首，君惻然曰：「吾不忍也。」分别懲治，全活無算。民間詞訟，到即判决，日坐堂皇，丙夜方退，案無留牘，獄無稽囚。每屏騶從，私行所部，夜止破廟，民不知爲官也。閭閻利病，咸記録之。發摘奸宄，百不失一，咸驚爲神。光緒四五年，連歲大旱，禱雨得雨，旱不爲灾。在任六年，蝗集者四，捕治收買，田禾不傷。沈文肅録其功，請加二級。

六年八月，奉調署江浦縣，而巡撫某公挾私意，不慊於君，奏褫君職。君兩宰泰興，有惠政。歷充光緒元年恩科及五年正科江南鄉試同考官，稱得士。大府如曾文正、曾忠襄、沈文肅、李文忠皆極賞之，沈文定公嘗謂今仁和相國王公曰：「張某猶是書生本色，不可多得也。」乃以無罪去官，聞者咸爲不平，君夷然曰：「吾勞於官亦久矣，今得休息，是促我居官之年而益我處世之年也，其爲賜不亦多乎？」去任之日，祖帳自牙前至於郊外，民皆焚香，夾道羅拜。既行百餘里，猶有白鬚者三人具酒果拜舟次，自稱鄰縣人，莫知爲誰何也。君兄慤齋及希齋君皆官縣令，與君并稱張氏三循吏，是亦可以無憾矣。

君初寓金陵，至是遷寓姑蘇，所居在城西，頗偏僻，杜門課子，謝絶人事。儲書萬卷，手自校讎，遇先賢事實可爲軌範者甄録之，下逮閭巷細事、閨襜潛德，積成十餘帙。嘗以張清恪公《正誼堂全書》授其子，曰：「誠正之學盡此矣。」十六年，湖州大水，曰：「吾鄉里也。」捐助棉衣千襲，浙撫以聞，詔復原銜。又因助山西振，賞二品封。君持身甚儉，食喜蔬食，出喜徒步，凡先世遺産，悉謝不受，曰：「吾有餘俸，差足自給，留此葺祠宇、供粢盛可也。」族有孤寡，必收養之，子弟才俊，必奬成之，任恤施舍，不遺餘力。

年逾七十，精力不衰，每步至余寓，杯茗清談，未嘗一見其肩輿而來也。庚子年秋，微疾旋愈。十二月二十日日加午，尚據案作小楷書。又出門散步，歸而燈下讀書。丑初就枕，忽中風痰，自丑逮卯，不可救爊。光緒二十六年十二月戊午，卒於蘇寓，年七十有四。

元配吴，繼配倪，皆先君卒。子四人，宗儒，附貢生，候選通政司知事；宗勛、宗煇、宗粱幼，未仕。女七人，已嫁者六，其婿曰朱之模、曰邵霖、曰惲炳孫、曰王夢魁、曰沈錦榮、曰周紹乾。

君卒三年，歸葬歸安縣菱湖鎮東横路之原，吴、倪兩夫人及側室孫皆祔焉，禮也。宗儒等以狀乞銘。銘曰：

漢重循良，世以大治。君之政績，召、杜之比。宜膺上考，詎限百里。驥足未舒，一蹶不起。位禄則減，名壽則增。乃來吴下，卜居城隈。蔬食徒步，白髮青燈。爲善最樂，子孫其興。年越古稀，無疾而逝。靈輀既歸，幽隧斯啓。我作銘詞，敬告來世。天祚善人，觀其後嗣。

雲溪和尚塔銘

雲溪和尚與余同於十二月二日生，往年五十生日，余壽之以文，謂余與和尚或空王坐上曾有香火因緣也。歲月如流，尺波電謝，余行年八十有二，障深根鈍，尚浮沈於迷塗俗劫之中，而和尚已偶凡成聖，往生彌陀净域矣。眷懷大德，感念浮生，昔從何來？今從何往？讚嘆之次，不能無言。

按，和尚姓湯氏，錢唐人。父母皆長齋事佛，禀受胎教，宿種善根，自免乳以後腥血不一入口。幼遭閔凶，父母殂謝，又值兵亂，道塗流離。世故糾紛，道心激發，謁悉本中禪師於靈峰，遵依佛典，染剃如儀。旋投蕭山祇園，遠萃禪師受其記莂，又得雲林智海禪師授以衣法，於是登天目、泛補陀，與諸高僧内外印證，遂得無上妙諦。

杭州西湖，海内所稱佛地也，雲林、昭慶兩寺尤湖上大叢林也。和尚受法於智公，雲林固其初地。而昭慶羽高律師重和尚道行，延至寺中，屬以大事，故兩寺講席和尚兼焉。願力宏深，聲氣廣遠，善信景從，檀那雲集，兩寺亂後頗有頹廢，修而復之，咸與鼎新，碧瓦、赬廊有加於舊。乃爲悉本師建塔靈峰，爲羽高師建塔昭慶，又爲父母卜靈峰吉壤而營窀穸，佛法、世法兼盡之矣。

晚年喜静，辭雲林而專主昭慶。梵筵所啓，喧静皆禪。曰開詡、曰開慧，其法嗣也；曰心如，其再傳也。所剃染者二十餘人，如曉恒、曉裕、曉龕、曉參，尤其龍象也。法器有傳，俗塵皆幻。爰於光緒二十八年某月某日示疾而終，世壽五十有五，僧壽□十有□。其徒某某等於某年某月某日敬奉色身，營建窣堵。勝幡既建，貞石斯刊。銘曰：

佛日西流，法雲東被。不有大師，誰傳妙諦？猗歟和尚，微妙圓通。兼主兩寺，大啓宗風。

俄厭世塵，長辭禪榻。昔祝其齡，今銘其塔。靈山會上，儻有因緣。送公净土，感我暮年。

費編修女潤華壙銘

峴懷太史既殤其愛子文，越八年，而其所奇女又隕焉。女名潤華，字瑶芬，武進人，費氏，太史第二女也。其生也歲在己卯，而其曾祖母、祖母及其母皆以卯年生，女與同物，故一家珍愛之。眉目如畫，性尤明慧。八九歲時見其姊瑞華刺綉，效爲之，輒工。母以其弱也，女紅中饋之事一不使爲，惟從其父讀書。然太史官京師，時女佐母管内政，米鹽芻豆悉有條理。後太史因父幼亭君病，歸省之。幼亭君尋愈，或勸太史還朝供職，女每以微言諷止焉。

太史喜金石之學，得一金一石，女必手拓其文。其母能畫，女縮其稿而綉之，與畫無别。又能出新意，以彩綫結成花果禽魚之狀，以娱其重親。又喜觀稗史野記，語人曰：「一部《二十四史》，大半顔夭跖壽，讀之如食蝤蛑，使人發風動氣，不如且食蛤蜊耳。」

居恒與姊同卧起，及姊嫁則大感嘆曰：「人不幸作女子，一嫁之後，與死何殊？」自是遂有出世之志。俄夢人語之曰：「汝明年七月當死。」及是年春，果日益羸削，至七月朔而病。病亟，母問所欲，言曰：「萬念皆空矣。」又曰：「有媪來迎我，當於二十六日去。」果如其言，乃光緒二十三年七月癸丑也，年十有九。太史求其平日所摹拓、所綉繪諸手迹，則已預戒其姊焚之矣。

往歲文之卒也，太史自銘其壙。及女之卒，太史傳之而不銘，以傳乞余銘。銘曰：

瑶臺月，嵰山雪。雪易銷，月易缺。此一抔，瘞瑶碧。千萬齡，永不滅。

候選道葉君墓志銘

自世爵世禄之制廢，士或有起於徒步之中，操三寸之管，就一日之試，幸而得之，不數年間坐致公卿，世所謂朝白屋而暮青雲者，吾屢見其人矣。若以赤貧無藉之人，擲捐數載，遂成素封，其始也不名一錢，其繼也高貲巨萬，則吾未之見也，今乃見之葉君。

君諱成忠，字澄衷，其先由慈溪遷鎮海，遂爲鎮海人。曾祖紹基、祖啓芳、父志禹皆務農，家貧甚。君生六歲而孤，有兄一、弟一、女兄弟二。母洪太夫人躬執耰鋤，種祭田八畝，日則耕，夜則織，僅乃得活。君年九歲始挾村書就村塾，而無以具脩脯，不果讀。比鄰有開設油坊者，君往傭焉，時年十一歲矣。歲終計值，惟錢一緡、薪一束，負而歸。積三年忽爲其主婦所窘辱，謝不往，仍從母兄耕。則有倪翁者見而憐之，謂太夫人曰：「盍以此子付我，挈之如上海乎？」太夫人曰：「諾，然苦無資。」指田中青苗質於人，得錢二千，始克至滬。

既至，倪翁薦入某雜貨肆。其時上海已爲互市之地，黄浦江中輪船帆船相屬不絶。君遲明駕小舟，賫肆中雜貨衒鬻於舳頭櫓尾間，晚歸則執糞除爨烹之役，雖勞苦不恤。居久之，覺肆主非可以有爲者，曰：「是何足溷？我舍之去。」自賃一舟，稍稍置什物，貿易如故。歷數年遂與西人習，且通其語言，而操贏制餘，亦頗有所蓄，乃於同治元年自闢一肆於裏虹口。是年冬，又移其肆於外虹口。君自奉儉而與人厚，已諾必誠，人皆樂就之，故所業日益廣大。南販北賈，貨別隧分，初止一肆，以次開庛。凡西人通商所在，無不有君之分肆，而君固已擁貲億萬矣。近年又於上海漢口創設繅絲、火柴公司，其心計之精、規度之大，雖西商謝不及也。

君奉洪太夫人居滬者六年，後歸里而病，君刲股羹以進。及卒，痛哭曰：「吾得有今日，皆吾母厚德所致也。」兄若弟皆先卒，後之以己子女。兄弟殁，爲置墓田。其族素無譜牒、無宗祠，君皆創爲之，且置田四百餘畝，供祭祀牲醴粢盛。又以三萬金建義莊，贍族之貧者，皆曰：「吾母之志也。」里中善舉，無弗與，在滬亦然。念設肆既多，肆中友多有物故者，出二萬金建懷德堂，歲時存問其家。晉豫饑，以巨貲振。厥後如齊兖、如燕冀、如淮徐，近而新昌、嵊縣水旱偏灾，無不振，振必巨。大吏以聞，賜「樂善好施」額。光緒十四年，助奉天振尤巨，詔曰：「葉成忠勇於爲善。」傳旨獎焉。君徒手至滬，名動九重，以道員注選籍，三代皆請一品封，視世俗之士所謂「朝白屋而暮青雲」者難易何如也？

晚年乃有澄衷蒙學堂之設，蓋感少時以貧廢讀而爲此舉也。病中手書致堂中董理其事者，使延聘名師，教授中國經書，俾寓滬孤寒子弟皆得來學。出十萬金爲經費，君歿而其長子貽鑒復以十萬金益之。今澄衷蒙學堂規模大備，君可無憾九泉矣。

君卒於光緒二十五年十月丁丑，年六十。元配湯、繼配夏并封夫人。其長子貽鑒也，次貽釗、貽銘、貽銓、貽錡，又側室蘇生子貽鏞、貽鈺。諸子長者列仕籍，幼者習儒業，克紹其家。鑒爲兄也後，銘爲弟也後。女七人，并適名族。

於其葬也，請銘於余。余高其義，爲之銘。銘曰：

貨殖有傳，列於《史記》。販脂雍伯，賣漿張氏。得與端木，并垂青史。此中有人，烏容蔑視。君起寒微，困於鄉里。一朝來游，其家大起。陶白程羅，蓋未足擬。樹樂善坊，班觀察使。大啓學堂，教爾童稚。微時一念，成於暮齒。我欽其人，莫測其涘。何以銘之，豪傑之士。

浙江巡撫廖公墓志銘

光緒二十七年三月乙酉，前浙江巡撫廖公薨於里第，時公去浙二年矣。公之在浙也，時和而歲稔，四境晏然。及公去而衢州之變作，中外交哄，幾釀釁端，於是浙人愈思公不衰，僉曰：「公在當不至此。」已而公葬有日矣，其孤具狀乞銘其墓。余以部民粗知公治迹而又辱與有連，義不得而辭。

按狀，公諱壽豐，字穀似，又字暗齋，晚年自號止齋，江蘇嘉定人也。其先世居福建永定縣青溪村，高祖諱王臣始遷江蘇，爲嘉定縣學生。本生高祖諱鴻章，翰林院檢討。曾祖諱彔，國學生。祖諱文錦，翰林院編修，河南衛輝府知府。父諱惟勛，翰林院編修，貴州貴陽府知府。自高祖以下皆以公及公仲弟禮部尚書壽恒官累贈至光禄大夫，妣皆一品夫人。

公自幼不苟言笑，喜讀濂、洛、關、閩諸子之書，尤熟於史事，凡名臣言行及古今政治興廢、疆域沿革，罔弗甄録。又通《句股算經》，於《曆象考成》《開元占經》《梅氏叢書》并窮其奥。

咸豐八年，應順天鄉試，中式，入貲爲内閣中書。每儤直，輒早往，票簽已，隨録其要，積成巨册。時從倭文端公游，又與吴竹如、何子永諸君晨夕研貫，學益進。同治十年，成進士，改庶吉士，充國史館協修。以《平定粵捻方略》告成，加五品銜，散館授編修。光緒元年，大考二等，賜綢緞。公以《國史儒林》《文苑》《循吏》三傳自道光以來僅十餘人，而《孝友傳》則二百餘年未之有，具疏稿上總裁，請於朝而續修焉。又請仿歷代史例增《隱逸傳》，識者韙之。

六年，充會試同考官。是時，俄乘我亂，竊據伊黎，命廷臣會議。公具疏，由掌院封上四事：一請堅持改約之議，一請固天津及東三省之防，一請留意邊材，一請汰無益之兵、節無益之費。又請召提督鮑超之師扼守津西，聯絡聲勢，使和戰兩有所恃，朝議頗采用焉。公時已以京察一等記名，以道府用。又以《穆宗毅皇帝本紀》告成，奉旨專以道員用。

七年十月，授浙江糧道。越二年，法越事起，南北洋戒嚴。公慮海運有梗，至滬上謀借洋輪，議兩旬始定，南漕得以無誤。然公終以海道通塞無常，議令折漕之省歲就畿輔，購米穀，運通倉，冀以鼓舞北民，使知水田之利，愈推愈廣，而南漕可以純歸折色。議雖未行，實至計也。先後督運凡六次，手訂章程，考核功過，弊竇一清。又以浙西水利全在苕溪一水，苕出餘杭分南北兩湖，歲久積淤，水溢爲患，乃以道庫節省銀一萬兩，并捐廉俸銀五千兩，相度形勢，次第開浚，先北後南。有曰小草蕩者，沙積丈餘，袤廣七十餘畝，悉剗除之。他如鼓牛墩、斜浦灘諸處，一例疏通，浙西蒙利。

十三年九月，遷貴州按察使。未之任，調浙江。公在浙久，諳其土俗，通行保甲，以空盜藪，嚴懲滑吏莠民，以清訟源。臨安有游僧造訛言、謀不軌，捕治之，㲋其黨，遂以無事。

十六年正月，遷福建布政使。陳明祖籍，改授河南。時河南頻有水患，黄河上游分溜北趨，孟縣小金堤告警，公請改建石壩以爲永久之計。鄭工之决也，黄水入賈魯河。决口既合，而泛濫在鄭州中牟、祥符縣境者不能復歸故道，爰導自鄭州馬志莊，達祥符之楊岡，又浚省城宋門外之口濟河，使水有所歸而不爲害。錢敏肅撫豫時，通省積穀至九十餘萬石，歷遇祲歲，散放逾半。公購補九萬餘石，又飭所屬量力籌補，冀復其舊。水患除而倉廥實，此公之大有造於中州也。

十九年，授浙江巡撫。浙固舊治，浙人聞之咸喜。而是時適有日本之釁，公慮其踵前明故智倣擾。浙中兵力單薄，募勇又易聚難散，乃寓團練於保甲，酌給軍火以爲防軍之助，編沿海五郡漁團以遏内地奸民潛通外寇之萌，畫甯、台、温爲南北中三路，歸并各營，分置此三路，以水師兵輪援應之，以小輪四艘巡哨之。親歷海口指授機宜，築土堤於乍浦，造礮臺於鎮海營，立堅壘於澉浦、尖山適中之地。布置既定，敵不敢犯。不輕議召募而兩浙敉安，公之力也。

及和議成，上力圖補救之疏，曰端政本、曰節財用、曰修武備、曰整吏治。所謂節財用者意在罷織造，所謂整吏治者意在停捐納，尤爲獨見其大矣。日本據和約開商埠於杭，公寸土隻字斷斷辨論，筆舌交敝，於原議外續定章程六條，以保國家利權而全商民生計。

其時士大夫方争言西學，公以時局所趨，西學自不可廢，乃亦開繅紗之廠，設蠶學之館，頒示培茶新法，試行内河小輪。奏設求是書院，兼課中西之學，并設工藝廠及武備學堂。而其大旨，謂西學固講武訓農、通商惠工之要務，而近人規摹其形似，剽竊其緒餘，借以行其罔上梯榮之故習，不特西學無成，而我中國聖人之教且變而愈亡其本，應屏一切模糊影響之談而課其實事。肄習之暇，仍瀏覽經史語録及國朝掌故，一以孔孟程朱爲宗。蓋公之所學本從宋儒入，故雖變而通之，而仍不詭乎正也。

時議欲以官設製造局改歸商辦，公則謂槍炮利器不可漫無限制。又於變通武科之奏，請仍嚴私蓄火器之禁。維彼老成，瞻言百里，非時流所及見矣。又以南洋各島流寓華人無慮四五百萬，疏請飭出使大臣督領事，廣建學堂，拔其尤者爲商籍生員，咨回應試。此尤其運量之遠也。嘉湖諸郡土客尋仇，公任按察使時已妥爲安插，立客董以要束其衆，至是復籌發章程六條以弭土客之變。太湖之濱，梟散之徒所麇聚也，咨會江蘇協力禽翦，以安良懦之民。又設銀元局以濟民用，購補省倉積穀以資民食。有事則修戰守之備，無事則講教養之方。公之爲浙計周矣，宜浙民之至今不忘哉。公又善於知人，所舉文武之材如惲公祖翼、于公蔭霖凡二十餘人，皆偉器也。

勞於疆事，積久成疴，累疏乞骸，優詔弗許。恭逢皇太后六旬萬壽，頒賜御筆壽字、大壽字、福壽字及如意蟒袍諸件，眷注優隆。而公屢以疾請，至二十四年冬始得請而歸。將受代，猶酌改營制，奏建武備新軍，報國之忱不以去位而弛也。歸甫一年，庚子變作，公驟聞神京淪陷，乘輿播遷，朝夕涕泣，寢食俱廢，宿疴遂篤，浸至不起。其弟尚書公時以老病乞歸，公易簀之日，顧尚書公曰：「吾無他苦，惟念國事，心搖搖耳。」年六十有六，老成殂謝，海内惜之，非獨吾浙人之惓惓於公矣。

公篤於天性，與尚書公始終無异財。有從嫂嫠也，迎之，歸養之，終其身。余與有連，故得聞焉。

夫人王氏，先公十有一年卒。子世蔭，蓋尚書公子而嗣於公者，正二品蔭生，工部候補主事，分發試用道。女一，適兵部郎中嘉興錢熊祥。孫家駒，二品蔭生。孫女三。

是年十二月乙卯，世蔭奉公葬於本縣羽字圩之原，王夫人祔焉。余既諾世蔭之請，乃撰次其事而系以銘。銘曰：

公起詞館，蒋歷封疆。材兼文武，器備圓方。時而有事，鴥然鷹揚。摶合民力，厲飭戎行。不動聲色，不糜餱糧。兩浙千里，固於金湯。及其無事，視民如傷。謂吾民饑，積粟滿倉。謂吾民愚，設教有堂。務農講武，惠工通商。亦從時尚，無佹經常。歧趨非正，詭遇非良。士從其教，民樂且康。公身雖退，公澤孔長。我式其墓，我銘其藏。公不可作，民不能忘。非浙之私，公論斯彰。

誥封通議大夫丁君與妻汪淑人墓志銘

古凡夫婦合葬，書夫不書婦，金石例然也。然例以義起，則文亦隨事變。如鮑宣之與少君、袁隗之與馬倫，其夫既有盛名，其妻亦有高行，則史家亦并書之以爲美談。此吾所以志丁君與汪淑人也。

丁君諱有珩，字瑲如，元和縣人。父諱士瀛，生二子，長子有孚，早卒，君其次也。七歲而孤，有從叔祖授之書，能自力於學。未幾，吴中亂，君奉母挈諸姊妹出走鄉間，由瀏涇而至上海，遷流無定，不克卒所業，拾橡掘芘，聊以自活。蘇城既復，歸理故業。應童試，入邑庠，然君自經兵亂，淡於仕進，納貲爲光禄寺署正，亦未嘗入都供職也。光緒六年，直隸大無，君輸白金千兩助振，詔以「樂善好施」四字旌其門。

其爲人也，持身合榘度，治家有程式，識亮而慮密，氣剛而辭順，一鄉之人皆翕然曰：「君子人也。」

光緒十一年四月庚寅，以疾卒於家，年三十有九。葬吴縣二都五圖之南岡圩。

妻汪淑人，同縣人，父諱文棟，有以進士官安徽知府名麟昌者，其弟也。幼敏慧且好善，既歸丁君，佐理家事皆有條理。侍夫疾甚謹，卧不安枕，食不甘味。夫没，年僅四十一，所生子相繼而亡，嗣從昆弟子爲子。雖甚憐愛，不少寬假，課以詩書，曉以大義。姑卒，喪葬以禮。嫁其三女，昏其二子，處置秩然，置田若干畝，爲修治墳塋及春秋祭掃之資。俄聞山左荒，捐助寒衣一千襲，有詔旌焉，可謂能成其夫志者矣。

其爲人也，待人極慈惠，處事有決斷，一生不喜華飾。雖至暮年，猶守閨戒，不出中門，不入寺觀，一鄉之人亦翕然稱之。

光緒二十八年七月癸酉，以肝氣舊疾卒，年五十有八。合葬南岡圩之墓，禮也。

子三人，懷均爲伯兄後，懷仁、懷駿皆早卒。所嗣子曰懷棨，廩貢生，援例爲縣丞，娶汪氏。女五人，長者以孝旌，先卒；次殤；三適元和蔣棠；四適吴縣潘利穀；五適□□程椿。孫二人，祖冕、祖英。孫女一，殤。

余因懷棨之請合銘其墓。銘曰：

夫既名賢，婦亦名媛。揆之史家，是宜合傳。梁孟陶翟，穆如清風。百世而下，式此幽宫。

楊母張太恭人墓表

光緒二十五年，吾友古醞楊君年七十矣，詩人也，在吾浙又良吏也，奉大府檄權知龍游縣，余自吴下馳書賀其行且祝其壽。君復書曰：「吾自五十歲後，不以生日受友朋饋贈，以先母故時葆光正及五十歲也，念吾母一生行事有古女士風，若得君一言表襮之，使修《女憲傳》者有可考焉，勝於壽我多矣。」余曰：「敬諾。」未幾，君以所撰太恭人行述來。

太恭人姓張氏，華亭人。父諱堂，字厚齋，教子女嚴。以太恭人生有异稟且喜讀書，故課之如男子。年十三始出塾，則《四子書》及《五經》皆卒業矣，誦《文選》亦將及半。而其先世有號也倩先生者，精於音學，著有《切法辨疑》諸書，太恭人習聞其説，故於五音、九弄皆有神悟。

既長，歸婁縣筠湄楊君。時舅及繼姑皆在，繼姑性嚴急，太恭人善事之，無忤也。家故不豐，乃屏簪珥，執箕帚、爨烹、煩擱皆躬親之。及舅姑殁，家益落，因設塾於家，里中未冠笄之子女咸來受經，束脩壺酒之饋藉以佐其夫。所生子既就外傅，夕歸必問所業，督使温燖之，其嚴過於師。

咸豐十年，粵寇大至，筠湄君被傷隕焉，太恭人自投於水，救而免。時古醞已需次浙江，聞變遄歸，奉太恭人走通州，流離轉徙於溧陽、於丹陽，賣文以養母。同治十一年，入京師謀應京兆試，格於例，不果。會直隸修通志，招天下通儒共纂輯之，古醞與焉。居二年，以遠離太恭人，力請歸省。又感毛生捧檄之意，仍還浙候闕。兩預海運之役，過里門問起居，太恭人固無恙也。

光緒三年，太恭人病瘧，古醞歸，瘧已愈，奉迎至浙。行次蘇州，又病，古醞赴丹陽問醫。未返，病益甚，其長孫女嫁於蘇者奉之歸。其時葆光竟無家，卒於千山張氏即太恭人母家也，時光緒三年十二月辛丑，年六十有九。古醞自丹陽返已越兩日矣，終身憾焉。

太恭人能爲詩，書法亦甚工。古醞嘗請寫一小册，終亦不作，曰：「非婦事也。」所存手迹惟韓昌黎《佛骨表》一篇，蓋太恭人不喜浮屠家言，故寫此示意。不拜佛誦經，不布施，不祈禱，曰：「非儒者家風也。」自奉極儉約，罕御肥甘，寸絲尺布未嘗輕棄。遇耕奴織婢，與之談，娓娓不倦。卒之日，村童鄰嫗咸來哭拜，可知其平日之賢，信有古女士風矣[一]。

生丈夫子二，長曰葆光，即古醖也，浙江候補知縣，加四品銜，故太恭人得四品封；次曰奇光，從九職銜。孫四人，昌麟、昌文、昌運、昌滬。孫女六。曾孫一。

光緒四年，祔葬於婁縣集賢鄉杌子涇祖墓，距今二十二年矣。余雖諾古醖之請，銘幽之文無及焉。然念後之過墓而式者既欽筠湄君之名德，必欲聞太恭人之懿行，故次第其大略，表於其阡而係以銘。銘曰：

懿與恭人，女中之英。選理既熟，音學亦精。傳經韋母，執節陶嬰。七旬將届，有子知名。宜徯後福，常被光榮。如何不淑，俄返瑶京。集賢之鄉，夫子之塋。遺魄是祔，式此佳城。

瓞生沈君墓表

沈君瓞生既謝賓客，越三年，其孤廷鏞等就舊史氏俞樾而求表其墓，乃舉其大者書於墓道之碑。

[一] 矣，底本重，今删其一。

君姓沈氏，諱中堅，其生也瓜生於廷，故字瓞生。先世自浙江歸安縣竹墩，遷江蘇吴江縣雪巷。高祖錫命以節儉起家，雄於貲。曾祖宗元、祖楙悳喜刻書籍，世所盛行之歙縣張氏《昭代叢書》、涇縣朱氏《國朝古文彙鈔》諸巨編，皆所刻也。父宸鳳，本生父人杰。三代以君官贈通奉大夫，妣皆夫人。

君性豪邁，生十八歲即逢粤賊之亂，佐祖若父治鄉兵擊賊。不喜章句帖括之學，無意仕進，雖以郎中注選籍，不赴也。亂後田園蕪廢，擑搊規復之。幼爲大父所奇愛，以大父好賓客、輕財重氣誼，一意踵其所爲。海内名流有來過者，款留信宿，游宴談諧，曲當其意。所居臨水門前有巨漾，放白鳧千百游泳其中，友人邱子久爲繪《白鳧烟水圖》。晚年喜種松，築室曰聽松山館。聞君之風者以爲陸魯望、張志和一流人，而不知君固奇士也。

一生以濟物爲志，設藥局於家，推廣其法，行之於省城及附近之同里鎮。有病者予之醫，貧無力者兼予之藥，其他諸善舉，皆循其祖慶善堂之舊章而力行之。憫行路之苦，建無錫至嘉興塘路凉亭四十餘所。患行舟之險，築平望楊家蕩堤三十餘里。

光緒初，河南饑，江南義振起，君割膏腴三十頃易貲往振。既至天津，知山西灾尤甚，先撥巨款助晋捐，又獨任安平縣冬振之事。嚴寒風雪中遍歷山谷，不避艱苦。既蕆事，使相合肥李公言於朝，有詔加三品銜，以「樂善好施」四字旌其門。或言宜謁謝李公，君曰：「吾振畢即歸耳，豈以此爲終南捷徑乎！」竟不往。

居鄉喜勸人爲善。歲時社會，男婦麇至，爲演説《聖諭廣訓》及諸勸善之書信，從者頗衆。修家譜、設義莊、置祭田以敬宗收族，精刻家塾本四書以教子弟。讀書喜陽明良知之説，又精於鑒别書畫，習技擊，善騎財，可謂奇士矣。

自奉極嗇，或彌月不肉食，一裘且二十年。然不善治生，人有所負輒置不問，值其急又周給之。自鬻田助振，家日以落。妻彭淑人，賢婦也，治家事有條理，又能以寬和勤儉爲一家先，内政咸理。至是又先君而卒，君益不自得，恒棄家而舟居，不遠千里，流連山水。光緒二十一年冬，家中不戒於火，書畫皆毁，所存者惟君舟中所賫矣。君常言：「家有大災，宜遷避之。」豈有所見歟？

明年十二月丙子，以疾終於正寢，年五十有五。妻彭氏，妾王氏、黄氏、張氏，子廷鏞、廷鐘、廷銑、廷錫、廷鏘、廷鎬、廷銘、廷鐄、廷鑒、廷鎰。銑、銘皆前卒，錫後君一年卒。孫潤身、澤民、流芳，殤者一，涣文。銘曰：

其學儒，其性俠。佛之心，仙之骨。千載下，欲知其人，視此石。

程碩甫墓表

余自道光乙巳歲以後館於休甯汪氏者五年，時以文字來質正者甚衆，程生碩甫其一也。年少而才美，且有志於學，以其時余喜爲駢麗之文，亦效爲之，余甚嘉焉。及余去新安，碩甫不久下世，今五十餘年。有程氏子祚昌者來謁余於吴下寓廬，則碩甫之子也。樸茂而好學，有其父風，請於余曰：「吾父生值亂離，藴其所學不得顯於世，又不及中壽而卒，然其至性有不可泯没者，欲乞先生一言以表於其阡，可乎？」余曰：「諾。」

因按所撰行略，碩甫其字也，亦曰芍圃，諱令儀，程氏。世居歙縣西鄉之葆村，祖春生，中書科中書，父樹本，太常寺博士，皆不之官，以行誼稱於鄉。碩甫自幼不苟言笑，喜讀書，工爲詩文，年十五即出應童子試。歙爲徽郡大縣，應試者常八九百人，試頗不易，碩甫試府縣，屢列高第，而不得志於院試。一歲，縣試取第二，比將院試，又以寇警停，碩甫嘆曰：「區區一博士弟子員，亦有命存邪？」自是棄舉子業，究心經世之學。旋以謄録議叙鹽大使，因仲、叔兩弟皆早卒，季弟又幼，父老不可遠離，乃居家事父、課子弟讀，或諷使入都謁選，不赴也。時粵寇踞金陵，張文毅公督理皖南軍務，諭各鄉鎮皆以團練自衛，碩甫亦與其事，頗爲文毅所倚任。

咸豐十年，徽郡陷於賊，賊氛四出，雖深崖邃谷無不到。時母汪孺人卧病，乃留其婦汪氏侍疾，奉父乘間夜出，途遇賊，泣而請，始得免。由黟、祁走鄱陽，僑居十月，賊退復還，未至家聞母與婦皆病殁。初，碩甫之奉父出也，非其本意，乃父命也，猶冀得有善地即歸迎其母，而道路梗塞，事與願違，乃大慟曰：「吾不可爲人矣。」念母未有葬地，裹糧走山中覓吉壤，雨淋日炙，風饕雪虐，雖幸得地，然病始此矣。又以父病，晨夕侍湯藥，不解衣而寢者數旬，父病愈而碩甫竟不起，卒於同治二年十一月壬申，年三十有六。嗚呼！積哀之後加以勞苦，其能久乎？雖謂之以毁卒，可也。

碩甫喜爲人排難解紛，豪强之徒或以力欺凌鄉里，一言折之，無不服。又精於醫，兵後多疫，以藥藥之，無不愈。所著詩曰《知稼軒集》，皆毁於兵火。有五言絶句一首示祚昌者，祚昌猶能誦之。

娶於汪氏，即余館休甯時居停主人汪君樵鄰女也。姑殁，獨力治喪，心力交瘁，未幾卒，年亦三十六。生子三，長壽昌，次即祚昌也，幼子代昌先卒。女四人，其次女年十三哭母而死，是不愧其父矣。余既諾祚昌之請，因爲之銘。銘曰：

亂離之際不可論，母雖不幸父則存。吾持此意慰九原，吾徵其祚流後昆。吾書茲石，表墓門。

誥封一品夫人徐母王太夫人墓表

武林徐氏，巨族也。自元季有諱湘字克敬者始自蘭溪縣樟林鎮遷於杭，其墓在馬鞍山。六傳而至思槐公，實爲文敬公曾祖，其墓在三台山。是二處皆徐氏發祥之地，堪輿家以爲美談。乃其尤著者，則爲留下鎮之小和山。小和山之塋自王太夫人始，萬山環抱，雙泉夾流，松聲雲氣，迥非恒境，蓋自思槐公至其孫翼鄰公，皆葬三台山。翼鄰公之配王太夫人歿，距翼鄰公之葬二十七年。兆域久安，不敢輕動，乃卜葬於小和山，而其子文敬公亦祔焉。文敬公之墓，穹碑巋立，而王太夫人之墓缺焉，無以昭示來兹，其八世孫琪乃具事實，求余文以表其墓。

謹按，王太夫人之歸翼鄰公，年甫十有七。翼鄰公爲明諸生，明亡不仕，教授生徒以給甘旨。太夫人持家以儉，而奉姑饌必豐，姑費太夫人得以安神閨房、頤性養壽，歷三十七年而及見孫文敬公之貴。文敬公之生也，費太夫人夢一鶴行於庭，喜曰：「此子必興吾家。」及文敬弟粵翰公生，費太夫人曰：「此子亦貴。」已而又生涵三公，費太夫人曰：「此子秀矣，如秉質稍弱何？」其後文敬公官至吏部尚書，爲時名臣；粤翰公以知縣官廣東四川，亦稱循吏；而涵三公則十六歲而殤。太夫人嘆曰：「吾姑之所見遠矣。」

翼鄰公之歿也，太夫人以姑在堂，茹痛承歡，惟以養姑教子爲事。康熙十一年，文敬公登賢書。其明年，成進士，入翰林。徐氏自克敬公遷杭，以家世仕元，不樂仕進，四傳至龍山公諱顯者始以進士官禮部員外郎。議大禮，與張桂牴牾，出知江西臨江府，戒子孫毋阿世干進，故終有明一代，武林徐氏迄未大顯。及文敬崛興，費太夫人及太夫人皆大喜，曰：「可以慰先人於地下矣。」

費太夫人旋卒，文敬公服闋入都，散館授檢討，俄遷贊善，典試江南。有以蜚語聞京師者，太夫人憂之，文敬繼配殳夫人曰：「吾夫子以公慎自矢，必無他。」榜發，所取皆寒士素有文望者，時論釋然。太夫人撫殳夫人背，曰：「爾可謂静而慧矣。」

文敬公嘗被召至乾清門講《易》《論語》，稱旨，太夫人戒之曰：「勿謂爾學既優，當更求經世之學也。」未幾，以工部右侍郎督理錢局，太夫人勉以清介，事有不可，毋徇衆署名。异日冒濫事發，株連甚衆，文敬公獨無所染。三十三年，充會試副考官，太夫人勖以「當如典試江南時，勿負初心」，於是焚香誓天，所得亦多知名士。

文敬弟粤翰公有吏才，太夫人命納貲爲縣令。康熙八年，選授廣東長樂縣，太夫人曰：「此雖小邑，然深篁叢箐，盗賊淵藪，汝爲政宜寛猛相濟。」粤翰公謹受命。既下車，以計禽翦其渠魁，盗風衰息。設義塾，興文教，邑中大治。後調四川中江縣，治亦如之。蓋二公皆稟太夫人之教也。

太夫人卒於康熙三十四年五月十四日，年七十有三。子潮，文敬〔一〕公也；相，粤翰公也；浙，涵三公也。其長孫本歷，官至東閣大學士，是爲文穆公；次孫林，臺灣海防同知；又次杞，以翰林起家，官至西安巡撫，升宗人府府丞；又次亨〔二〕時，江西吉安府知府；又次柄，淮安府海防河務同知。曾孫二十四人，以烜其長也，由翰林官至内閣學士兼禮部侍郎銜，餘皆以科第仕宦世其家。女一人、孫女八人、曾孫女十二人，并歸良奥之族，東閣大學士錢唐梁文莊公、禮部尚書高郵王文肅公，皆其曾孫婿也。

太夫人性好施與。方明季之亂，避兵者由浙東西渡，無慮千萬人，舟人昂其值，或不克濟，

〔一〕敬，原訛作「毅」，據上下文改。
〔二〕亨，原訛作「立」，據《雜文六編補遺》四《翼鄰徐公配王太夫人墓表》改。

太夫人佐翼鄰公創設義渡，全活無算，至今錢江義渡猶其遺意。宜其子孫繁衍，蔚爲鼎門，而小和山鍾毓之盛，遂與馬鞍、三台之先兆鼎足而三，嗚呼盛矣！琪以名翰林，今官内閣學士，署兵部右侍郎，文敬、文穆兩公後，繼起又有人矣。

余以琪之請，舉太夫人懿行之大者表於其阡，至其餘，詳琪所著《誦芬咏烈編》，不具書。

上海吴公祠碑

故署江蘇布政使、原任蘇松太道吴公，既捐館舍，越一歲，而吴中士大夫環而言於大學士、直隸總督李公，以公在滬時籌備軍餉、聯合洋兵，保此一隅，挽回大局，厥功甚巨，民不能忘，請言於朝，籲求優恤，并於上海建立專祠。李公以聞，天子俞焉。於是卜地揆日，鳩工庀材，是斷是度，經之營之，而祠以成。疏房邃宇足以依神，前堂後室足以成禮，蓋至今二十餘年矣，祠宜有記而顧闕焉。光緒二十三年，其文孫壽昌至滬行秋祭之禮，凡宗桷之竄楛者易之、丹漆之黕昧者新之，土事木事，有加於舊，乃始請於余，而以文文其麗牲之碑。

公諱煦，字曉帆，浙江錢唐人也。幼有异禀，讀書十行俱下，試於有司，不得志，乃挾其學，歷游金、衢、嚴、紹、嘉、湖，佐郡縣，治財賦，知名於時，咸曰：「可以仕矣。」乃援例納貲，以知縣分發江蘇，累權荆溪、宜興、震澤、吴江諸縣，題補嘉定縣，所至皆治。

咸豐三年，亂民劉麗川據上海以叛，西人陰助之，屢攻不下。按察使吉公率師討賊，命公治文案兼供支應。公建議於洋涇橋築墻，斷西人接濟，遂於五年元旦收復縣城。叙功以知府用，賜孔雀翎。六年，護理蘇松太道。九年即真，自是而公之政績皆在滬矣。

公之在滬也，振興學校，整治洋税，勸導釐捐，歲益銀六百萬以佐軍糈。又隨時購備槍炮火藥解赴金陵，以供大營之用。凡此皆公之功也，而其大者則有二事。金陵大營之潰也，列城望風瓦解，僅存上海一隅，賊迭次圍撲，勢且岌岌矣。公用美利堅廢將曰華爾者以爲統領，説西人以利害，括其捕役數百人盡以爲兵，命之曰常勝軍。是時賊犯上海，號稱十萬，而城中兵止千人，賊謂唾手可得。西人用測量法察知賊渠魁所在，發開花炮擊之，六發皆中，賊乃遁回青浦，而上海獲全。此一事也。公既兼署布政使，上海倚公爲重，獨爲完善。江浙避寇者咸趨之，商賈輻臻，釐税益饒，得以招募勇丁，數至五萬，視昔不侔矣。公曰：「此皆市井無賴，不足恃。」常勝軍雖可用，爲數不能多，亦未足恃。而其時曾文正之師已克安慶，軍勢大盛，於是前湖北鹽法道顧公文彬、刑部郎中潘公曾瑋有迎師之議，公大喜，力贊成之。惟賃洋船、具軍餉所需二十餘萬，僉謂無所出，公一力籌畫。以成其行。公乃聯絡西人，設會防局固守上海，以待楚軍之來。楚軍至而東南大局定。此又一事也。嗚呼！非前一事則不能保上海，非後一事則上海雖獲全，必不能由是而規復蘇州，蘇州不復而金陵賊焰亦未易熸也，豈非事在一隅而功關全局者歟？

公旋以督軍赴鎮江，後隊不遵調度，以至僨事，牽連及公，然所得處分不久開復，仍以道員留蘇補用，蓋朝廷知公深，眷注固未衰也。而公積勞成疾，固請回籍就醫，自是不復出矣。

公孝於親，睦於族，篤於鄉里，設義塾以課後進，設善堂以惠窮民。性喜藏書，又喜刊刻書籍，此則家傳墓碑當具載之，在滬言滬，非所及也。因書其大略而係以銘。銘曰：

咸豐之初，群盜蝟起，遍地瘡痍。不二十載，龕靖神縣，春臺熙熙。乾旋坤轉，實維滬上，爲之樞機。滬上一隅，渺若黑子，何以克支？爰有數公，左提右挈，以濟危時。如劉如應，皆公後起，而公先之。功成不居，長揖歸去，丹鉛忘疲。公歿在杭，公功在滬，百世之思。彊臣上言，朝廷下詔，爰建專祠。拜公祠宇，求公行事，視此刻辭。

王君笑山墓碑

余既以文表黃岩王氏耕雲君之墓，而耕雲君有令子曰：「笑山君亦以高誼聞於鄉。」余因嘆黄岩之多隱君子。而王氏世澤之孔長也，其孫舟瑶又以墓碑請，乃撰次其事而銘之。

君諱華，字曉鐘，笑山其别字。曾祖萬選，祖修椿，父景生，即耕雲君也。耕雲君嘗集同志醵巨貲，爲貧不能葬者助藁梩之費，至君益擴大之，數十年不倦。耕雲君又嘗承其父介溪君遺命建立宗祠，遭亂毁焉，君創議重新，或尼之不顧，卒底於成。吾所以嘆王氏世德之長也。

君少時慕古任俠者所爲，遇不平事面熱髮豎，氣鬻然不能平，雖貴有力者不爲屈。聞有尚意氣、重然諾者輒曰：「是好男子。」必求與之交，或結爲异姓兄弟。朋輩有小過失，面斥其非，不少假借，人多敬而憚之。及六十歲後，則又抑然自下，與人言温温然。鄉里或以是非求决，謝遣之，不與聞，蓋年愈高而學愈進矣。

至其好施與，不治家人生産，雖暮年不稍改。家本不豐，坐是益落。長孫舟瑶既就外傳[一]，或諷君使學賈，君泫然曰：「吾父十試秋闈，一衿終老，吾又自幼失學，今惟望吾孫繼吾父之志，而補吾生平之憾，雖貧也其忍廢諸？」舟瑶年十五出應童試，君喜曰：「吾儻及見吾孫之成名乎？」然次年君即卒，竟不及見也。後舟瑶於光緒十四年以優行貢成均，其明年舉於

[一] 傅，原訛作「傳」，據文意改。

鄉，以文行知名於時，庶不負君所望矣。

妻程氏，子二人，士春、士均。孫七人，存者五，長即舟瑶也，其次爲鏘瑶、振瑶、佩瑶、鳴瑶。女孫五。曾孫三，敬禮、敬賔、敬誼。曾孫女四。

君卒於光緒二年八月丙申，年六十二，葬於黄岩縣南永甯山之麓。窀穸已安，銘志無及，輒刊貞石，表之墓門。銘曰：

黄岩王氏，世有令德，以昌其家。上承其祖，下啓其孫，令聞孔嘉。永甯之麓，佳城鬱鬱，松邪柏邪。我銘其碣，垂示百世，惟德之華。

布政使銜候補道魏君神道碑

昔道光、咸豐間，楚南人材極盛，吾師曾文正出而號召，一時才智之士如雲而起。余雖跧伏田間，亦頗識其一二，而尤契者則爲彭剛直。與剛直同起諸公，任封疆、寄專閫，指不勝屈，而剛直素所心折、頻爲余稱道者則爲魏君。

君諱棟，字召亭，衡陽人也。曾祖徽禄，縣學生；祖瓊，歲貢生；父瀛，嘉慶十二年舉人，并以君貴贈榮禄大夫。曾祖母王、祖母周、母周及生母侯并贈夫人。

道光十五年，君父攝鳳山縣令。歲大旱，饑民數十萬，無以振之。鳳山君先發常平倉穀萬石，然後申臺司，坐擅發且獲咎，罄家以償，始免。由是家益落，君乃援例納貲以縣丞赴閩。二十一年，賊陳冲竄閩中，君從官軍轉戰，擒其渠。功最多，制府劉公奏保，以知縣歸部選用。俄湖北請揀發，君與焉。鄂省前臨大江，爲出粵入淮之要道。

咸豐三年，賊勢益盛，制府張公欲使人之九江偵賊，而其塗必由賊中，相顧愕眙，莫敢應命。君毅然請往，單騎摩賊壘而行，星夜奔馳，不旬日而返，盡得賊情，鄂中得以有備無患。旋奉檄署興國州州判，制府以軍務需人，不宜置君閑地，命帶印赴田家鎮大營，督率人夫築圩鑿池，兼管支應局。時軍糧皆儲積於蘄，君以蘄難守，獻移糧之議，大吏韙之，即命君往移。及賊犯蘄而糧已移，無所獲，皆嘆君有先見云。是年九月，與賊戰蘆溪口，燔燒賊艘，奪獲旗炮無算。十月，賊猝犯田家鎮，官軍失利，君墜馬傷足，幾爲賊所得。匿蘆葦中七日，賊去，乃蹔而行村聚間，一老嫗日食以豆鬻。月餘，創始平，然左足自此不良能行矣。

四年，曾文正調赴大營治糧餉及軍械。五年，從攻義甯州，克之。又攻湖口，戰皆捷。七年，官軍進取蘄黄，而賊堅壁與我持，攻之不克。君請舍堅攻瑕，潛師夜擣，從之，一鼓而破其城。曾文正進軍豫章，資糧扉屨皆仰給於君。九年，母周太夫人卒，君乞歸，文正以儲糈重任慰而留之，不可。窀穸既畢，固請終五五之制，文正敦促再三，始出治内江水師之餉。

同治二年，彭剛直率師攻九洑洲。時江面港汊多爲賊藪，賊擬於險要之處絶我餉道，君偵知之，每解軍儲，迂道以行，賊不能測，不得行其計，而九洑洲破矣。九洑洲與金陵犄角，前督師和公、向公皆以攻洲不克，故無成功。非彭剛直不能破此洲，而非君之餉饋不絶，則亦不能成剛直之功。剛直自是深重君，與君交若昆弟然，雖家事亦與之謀焉。

君前以功累保至知府，賜孔雀翎，至是詔以道員用。金陵平，賞加按察使銜。文正又使君兼船廠事，所製造皆精良利用，文正嘉焉，又請加布政使銜。君以縣佐起家，踳登二品，崎嶇戎馬，無一日休息。軍事告竣，以生母年高陳情終養。及生母卒，君亦年近七旬矣。

君輕財重義，捐田租七百餘石，置同仁義學二，以教族中子弟貧不能讀者。彭剛直倡建衡清試院，君亦捐巨貲贊成之。生平不輕與人交，而一與相結，終身以之，然諾必踐，緩急必赴。有故人張剛勇公殁於王事，夫人欲奉其喪歸葬而制於悍妾。君力爲歸之，贈以白金三千兩而親送之歸。至新堤，颶風碎舟，忽回風吹送抵岸，論者謂有神佑焉。所任用之友，皆信而不疑。有漁其貲以自利者，君曰：「是其命也。」或請稍鉤稽之，君曰：「吾交友惟一誠字，何知其他？」故君之友每有富過於君者，君亦不問也。

光緒十四年正月辛酉，卒於家，年七十有四。子二人，長者縉，縣學生，候選道，先卒；次敏修，議叙郎中。孫二人，長者嘉齡，江蘇候補道；次業筠。曾孫五人，詩邱、詩郕、詩鄘、詩郜、詩邶。

君葬於演陂礄金星嶺之原。故事，階在三品以上，墓道宜有碑，碑宜有銘。敏修以爲請，而剛直諸孫又代之請，余不得而辭焉，乃撰次其事，繫於銘。銘曰：

君之從軍，有力孔武。斬將搴旗，桓桓貔虎。君之治餉，無缺於供。馬騰士飽，克奏膚功。君之事親，七十猶慕。君之交友，白首如故。我聞剛直，贊嘆其賢。昔仰其風，今表其阡。金嶺之原，岩岩華表。千載而下，式君墓道。

錢敏肅公神道碑

昔在咸豐時，粵寇俶擾東南，據金陵爲窟穴，江浙諸行省相繼淪没，財賦之地陷爲賊區，中原大勢岌岌振動，惟上海一隅完然獨存，而五方雜居、百貨駢集，爲賊所涎，勢亦不可以久。時曾文正公已克安慶，駐軍上游，議者皆謂：欲挽大局，先保上海，欲保上海，必乞皖軍。然沿江賊壘如林，何塗而達？公時以紳士襄辦團練，慨然請行，乃乘輪舟摩賊壘而過，謁見曾文正，力陳江南危迫，不可不救。又言上海爲中外互市地，一年榷税足餉數萬人，棄之於賊，是資盜糧。又口講手畫指示形勢，由滬進兵，蘇常可復，協攻金陵，規復浙右，次第舉行，若示諸掌。意氣奮發，涕泪交頤，曾文正爲之感動，命按察使李公移師援滬，即大學士李文忠公也。公馳回上海，言於諸當事，籌銀十八萬兩，雇洋船五艘以迎文忠之師。文忠既至，軍威大振，蘇州、常州及浙江嘉興、湖州以次克復，而金陵大功亦遂以告成。天下奠安，中外交慶，皆以公此舉爲旋乾轉坤之樞紐。公自是從事行間，深受主知，洊膺疆寄。及薨於位，恩諭褒恤，以其事實宣付史館，又叙其安慶乞援之功，命於原籍建立專祠，賜謚敏肅。烏乎！此一事也，事在偏隅而功歸全局，亦我朝二百餘年來非常之人非常之事矣。

準功令，大員之墓必有神道，神道必有碑，碑必有文。其孤潮者等不余鄙棄，徵文於余。余惟碑與傳异，傳則纖悉必具焉，碑則宜舉其犖犖大者，表示後人。故先舉公乞援之事褋諸其端，而其餘亦可得而詳焉。

公諱鼎銘，字調甫，姓錢氏，江蘇太倉州人。父諱寶琛，官至湖北巡撫，國史有傳。公於道光二十六年中式舉人，咸豐三年大挑二等，以教職用，選授贛榆縣學訓導，捐升主事，簽分户部。

公少有大略，隨其父中丞公辦本籍團練，屢著功績。方其乞援安慶也，蘇省先遣人入楚募兵，兵在途矣，曾文正曰：「此皆吾各營所沙汰者，不可用。」命公散遣之，公即追及之於漢口，簡其精壯者九百人，餘皆麾使歸去，無一敢嘩者，於是曾營中皆奇其才。李文忠奏調公隨營差委，公隨大軍克嘉定、金山、奉賢、川沙、南匯、江陰諸城，遂復蘇州。又克浙江之嘉善、平湖、乍浦、海鹽諸城，積功由直隸州知州保至道員。又克常州，克嘉興，疊加按察使銜、布政使銜。

粵寇平，李文忠移師剿捻。捻踪飄忽靡常，官軍追逐日或數百里。公奉檄轉運，每覘賊所嚮先期儲備，糧餉無缺，軍械咸具。文忠得以蕩平諸捻，公功爲多。會有詔命各督撫察訪盡心民事、功績可紀者，文忠以公應詔書，漕運總督張文達公亦言公識量淵懿、議論宏通，司道中不可多得。李文忠又録其轉運之勞，謂性情忠懇、經理密實，請擢用之，必於地方有益。乃命以道員發直隸。

同治八年，授大順廣道，俄升按察使。逾年，升布政使。適永定河決，公請截留南漕辦振。手定章程十條，官無虚費，民不知灾。

十年，補授河南巡撫，於是公之政績皆在豫矣。以豫之人文日盛也，請鄉試增同考官二州縣不能起運新漕也，請仍折銀解部。以豫省歲入二百餘萬，歲出四百餘萬，不敷者過半也，請將歷年積欠漕折分別解留。以豫省三鎮兵額一萬三千餘名，分塘坐泛，有事徵調未能應時而集也，請每鎮抽練步兵一營，營五百人，馬兵一營，營二百五十人，擇要屯駐，逐日訓練，以成勁旅。又以豫省之户鮮蓋藏也，飭所屬牧令勸民按地出穀，就鄉分倉，董以紳耆，不經胥吏，於是通省積穀遂至九十三萬石有奇，而水旱有備矣。又以豫省水利歲久失修也，賈魯河發源滎陽、密縣之間，本不甚旺，又爲游沙所淤，其最甚者曰十八里橋，公疏浚之，於兩岸改用極坦之坡，使不至旋挑旋圮。并浚勺金河、丈八溝等處，於是南至周家口，北至朱仙鎮，西北至鄭州之京水寨，一律流通矣。

光緒元年，上疏言：「河南居天下之中，大河環其西北，實爲京師藩籬。自張曜、宋慶兩軍奉命西征。遂無大兵屯守，今關外兵力已足，請調回宋慶駐紮潼關，庶西可以顧秦隴，北可以蔽晉燕。」疏入，從之，尤其所見者遠也。

最公一生，始則崎嶇戎馬，繼則經畫封疆，處境極艱，用心尤瘁，思慮内傷，風熱外襲，鬱而成瘍，浸至不起。光緒元年五月丁巳，公卒，年五十有二。遺疏聞，天子震悼，叠降詔書，一曰

「辨事實心，克稱厥職」，再曰「於吏治、民生，均能盡心籌辦」，又曰「由上海前赴安慶請援，籌餉濟師，功績尤著」，蓋知公者深而褎公者至矣。

公娶某氏，生子二，溯耆，三品銜，前直隸深州、直隸州知州，候補知府；溯〔一〕時，鹽運使銜浙江嚴州府知府，在任候補道。孫某某。

溯耆等於光緒某年某月某甲子葬公於某原，遵故事，刊貞石，撮其要，繫以銘。銘曰：

英英錢公，帝褎忠藎。於河發端，乞援安慶。賊壘峨峨，摩之而進。抵掌高談，元戎動聽。上海一隅，大局存焉。援師既至，坤轉乾旋。肅清東南，若反掌然。移師北征，公任轉運。屝屨資糧，靡有不應。捻寇乃平，戎事乃定。干戈既戢，政績斯彰。畿南告灾，振以南糧。十條既立，萬户咸康。惟彼中州，藩蔽京國。往撫是邦，克盡厥職。曰民宜綏，曰寇宜戢。曰川宜浚，曰軍宜飭。宏圖未竟，遺表俄聞。建祠予謚，帝嘉乃勛。賜祭賜葬，華表凌雲。千秋萬載，下馬斯墳。

〔一〕溯，原訛作「朔」，其兄爲「溯耆」，又俞樾《錢敏肅公專祠聯》作「溯」，據改。

贈通奉大夫蔡君墓碑

君諱煌，字景和，别字樵坡，蔡氏。其先世於宋南渡時由河南遷浙西，遂爲今石門縣人。所居在縣之東鄉，至今猶以蔡家壩名其地焉。曾祖瑞庭、本生曾祖雲豪、祖令昭、父品三并以君子國熊官贈通奉大夫，曾祖妣朱、本生曾祖妣方、祖妣何、妣陳并贈夫人。自祖以來皆籍庠序。君父字春泉，生二子，長即君也。年十三應童子試，縣府録取甚高，俄而疾作，不克赴院試，乃嘆曰：「一衿得失，亦有命邪？」時春泉君方客授於杭，母陳夫人語之曰：「兒毋鬱鬱，盍從爾父游於杭乎？」君内顧家寒，脩脯不足自給，又陰有服賈意，乃從母命至杭，旋於杭闢一肆焉。徵貴徵賤，動合事宜，久之其業日盛。而家猶在蔡壩，地遠且僻，爰遷居城中，卜爽塏而居焉。

君性孝友，弟備五君弱而善病，未三十而卒，君哭之慟，語人曰：「吾雖服賈，未忘儒業，今吾弟殁，吾不敢一日離吾親。」從此名心盡洗矣。因援例以同知注選籍，無復進取之意。俄陳太夫人卒，春泉君繼之，君每撫遺物，涕泗滂沱，孺慕之忱，久而不替。

爲人尚風義、重然諾，常以魯仲連、孔文舉自命，故四方士大夫皆樂與之交。貴州楊方伯裕深，時以縣令仕浙，將受代而所虧公款甚巨，省符嚴催，行登白簡，君出己貲償之，事乃解。後楊公官至浙藩，悉歸君貲，時論兩稱焉。

鄰里鄉黨以緩急告，無不應。民間漕米多折以錢，米一石錢五六千，道光季年加至十有餘千，窮黎大困。君憐而請於縣令，改折色爲本色，各户感泣，君無德色。

咸豐六年，邑荒以旱。君有田數頃，每歲收租以納糧，是歲普免田租而自買米以完官課，邑之富而好義者咸踵行之，由是積嫌於有司，尤不便於藉漕爲利之市儈。未幾，邑宰欲强借君銀如干數，君素伉直，以宰無理見凌，鬱結不樂，遂大歐血。咸豐七年閏五月壬午，卒於家，年五十有四。

君之初生也，猶在蔡壩故居，其西有景家廟焉。廟僧曰樵雲，苦行僧也，春泉君及陳夫人時以錢米施之。後樵雲將入天台山，語春泉君曰：「受公厚恩，必有以報。」越數年，有鄉人遇之山中，問春泉公無恙否，喟然曰：「善人之後必有興者，老僧行將化去矣。」陳夫人中年無子，禱於觀世音而有身。將產，夢一僧入，遂生君，春泉君曰：「豈樵雲後身邪？」故景和之字、樵坡之號，皆所以志也。自昔所傳如瑯玡僧後身爲張方平、五臺僧後身爲馮京，記載炳然，當非誣罔，如君者，蓋從華嚴法界中來者乎？

娶沈氏，舉一子而卒。繼娶竇氏，以産難亡。又繼娶陳氏，有賢行，生一子，國熊也。治家儉且勤，事巨細必親之，積勞成疾，道光三十年卒。又繼娶楊氏，君與四夫人以子國熊官封贈皆二品。子二人，長之楨，縣學生，候選訓導，咸豐十一年死寇難，賜雲騎尉世職，以國熊之子熙光兼祧焉；國熊，曾任蘇常鎮三府通判，以海運功叠保至道員，仍歸江蘇候補，賜孔雀翎，加按察使銜。女子子六，殤者二，同邑沈顧坤、張汝欽、海甯許誦康、陽湖惲炳孫，其壻也。孫四，伯仲皆殤，季亦前卒，今存者熙光也，縣學生。曾孫女一。

咸豐十一年，國熊奉君與沈、竇、陳三夫人合葬石門東鄉之北訂墩。同治十一年，又以楊夫人祔焉。君膺二品封，墓道宜有碑，碑宜有銘。銘曰：

前生五戒今坡公，生有自來非凡庸。粹然道氣盈其躬，其位不顯名則崇。其年不永澤則豐，宜有賢子昌其宗。墓門青石新磨礲，我作銘詞垂無窮。

原任兵部右侍郎孫文節公繼配趙夫人墓志銘

吾師孫文節公繼室曰趙夫人，於光緒二十八年二月癸巳卒於里第，年七十有七。櫬既出文節之門，得與聞夫人之賢且才，而竊不能無慨於其遇也。昔晉司徒魏舒年八十二，一子一孫皆先逝，煢然獨處，天子至下詔以慰安之。又宋平章喬行簡晚年乞歸田里，其表文云：「少、壯、老百年，已逾八帙，祖、子、孫三世，僅存一身。」聞者咸爲太息。嗚呼！夫人近之矣。

夫人爲故刑部侍郎趙公諱盛奎之女，及笄，歸孫文節公爲繼室。孫氏爲江蘇通州右族，文節父鼎庵公於道光十四年與文節同舉於鄉。其明年，文節成進士、入詞林，而鼎庵公不以子貴隳厥志，道光二十四年亦成進士，海内傳爲美談。及咸豐二年，文節元配陳夫人所生子登瀛字濟亭亦膺館選。十八年中祖孫父子三成進士，亦衣冠之盛事矣。

無何，濟亭散館，改官吏部，而文節亦旋奉視學安徽之命。是時賊踞金陵，皖學駐太平府，固賊衝也。文節嘗與槭書云：「衽席之上時聞炮聲，而此心夷然不動。」蓋公之死志久定矣。及文節致命金陵，夫人時猶在京師，慟欲絶，然以鼎庵公在堂而已所生子女皆幼，不敢死。間關南下，事鼎庵公甚謹，雖甚悲痛，於公之前怡怡也。夫人所生子澄瀛字小蘭尚在襁褓，恒夜啼，非抱之行，啼不止，夫人懼驚鼎庵公，每抱之膝行於床。俄鼎庵公卒，濟亭亦旋卒，小蘭有足疾不良能行，事無大小夫人任之。同治三年，王師克復金陵，夫人親挈小蘭至金陵，訪求文節遺骸。崩榛荒葛間夐求幾遍，卒不可得。會文公以賊初復，懼復煽，力勸之返，乃始招魂而歸葬焉。

歸未久，小蘭又卒。先是，文節有兄銘悳字芝檢無子，文節以濟亭爲之子，是以小蘭雖次子而爲文節後，承襲騎都尉世職，小蘭無子，僉曰：「是宜嗣。」乃於族中求支派最近、行輩相當者一人曰紹祖字繩武爲小蘭後，襲世職如例。未幾，又卒。自文節之薨，夫人先喪其子，又喪其嗣孫，惟所生二女，長者歸山東杜氏杜文正之孫也，婿早卒，女時在山東，或在京師，不常來；次適陳氏，通州人，得朝暮見，婿亦早卒，而女又得心疾。幸有外孫啓謙字琴南美秀有文，常在側者，惟此而已。夫人議欲立一曾孫，亦未果也。嗚呼！如夫人者，封至一品、壽近八旬，而煢獨如是，其視魏、喬二公相去幾何哉？樾所以竊爲夫人慨也。夫人卒，乃又擇二人者爲曾孫，一曰鴻熙，爲小蘭之孫；一曰鴻楨，爲濟亭之孫，而皆爲繩武之子，兼祧焉，禮也。孫氏之興，其在此二人乎？

夫人自幼讀書，通大義，處事明決，有丈夫之概。里郚生無以養、死無以葬者籲於夫人，無不應。族某家貧，妻死子幼，夫人恤其子於家，至於成立。戚某貧不聊生，歲除將自縊，夫人招之至，醵金助之，得不死，且稍裕焉。文節有乳媪顧氏，養之終其身。媪有孫甚愚，亦善視之。每文節忌辰，必躬詣厨下治饌，曰：「此文節所嗜也。」雖衰老，猶扶掖而往。當文節之薨，夫人年止二十九，守節垂五十年，以命婦故旌表不及焉，功令然也。晚年寄情於酒以自排解，又好釋典，手一卷不釋，然臨終遺命勿用僧道，固與世俗佞佛者殊矣。

即於是年十有二月乙卯祔葬文節公之塋。考金石家例，婦人祔葬夫墓得自爲銘，况夫人之賢且才固合銘例乎！樾門下士也，其奚辭？銘曰：

懿夫人之令德兮，又高朗而多才。始摩笄而一慟兮，誓相從於泉臺。念君舅之垂暮兮，又藐孤之始孩。抱苦節而不死兮，慨祚薄而門衰。造物延之以歲月兮，已八帙之久開。何子孫之零落兮，玉既隕而蘭又摧。緬文節之遺澤兮，卜後裔之恢台。有門下之下士兮，望蟆陵而徘徊。爰埋石於幽宫兮，勒斯銘以驗將來。

春在堂雜文六編七

《詁經精舍四集》序

昔阮文達公之撫浙也，憫俗學之苟且，慨古訓之失傳，爰於西湖孤山之麓創建詁經精舍，俾兩浙之士挾册負素，諷誦其中，沿流以溯原，因文以見道。而又懼流傳既久，失其初意，或且以世俗之學羼并枱驅，特奉許、鄭兩先師栗主於精舍之堂，用示凱式。使學者知爲學之要，在乎研求經義，而不在乎明心見性之空談、月露風雲之浮藻。斯精舍之舊章、文達之雅意也。

文達去浙，興廢不常。庚申辛酉之亂，鞠爲邱虚，大亂既定，復又建立齋舍，召集生徒，而余忝主講席者十有二年矣。學術粗粗，記聞鮮少，曾不足窺許、鄭之藩籬。然十餘年來與諸生所昕夕講求者，則猶之乎文達之志也。

先是，每歲之終，録課藝之佳者而刻之，其後生徒日衆，經費絀焉，庚午以後遂不復刻。梅小巖中丞慮其久而散佚，出巨資付監院爲剞劂費。余乃合辛未至戊寅八年中之課藝而簡擇之，得經解如干篇、詩賦雜作如干篇，與監院兩校官及門下諸大生校而付之梓。自文達刻《詁經精舍文集》後，繼之者有《二集》《三集》之刻，故茲編謂之《四集》。説經之文多宗古義，即詩賦亦古體居多，非欲求异時流，蓋不敢失許、鄭兩先師之家法，而盩文達建立精舍之本心也。

刻成，因書數語於目録之前，用示精舍之士，且以自勉焉。

《詁經課藝五集》序

余忝主詁經講席十有六年矣。往者精舍課藝歲一刻之，後以肄業者日衆，經費絀焉，乃閲數歲而一刻。自己卯以來及今四年，官師課藝，戢戢如束笋，不付剞劂將遂散佚。於是監院官乃請於大中丞雋丞陳公，發資刻之，而余選擇其佳者，經解詩賦得如干篇。

刻既成，序其端曰：吾浙素稱人文淵藪，而書院之設亦視他省爲多，其以場屋應舉文詩課士者，則有敷文、崇文、紫陽三書院在。至詁經精舍，則專課經義，即旁及詞章，亦多收古體，不涉時趨。余頻年執此以定月旦之評，選刻課藝亦存此意，非敢愛古而薄今，蓋精舍體例然也。

或曰：「詩賦古今异體，是固然矣，經解豈有异歟？」余曰：「有場屋中之經解，有著述家之經解。句梳字櫛，旁徵博引，羅列前人成説以眩閲者之目，而在己實未始有獨得之見，此場屋中之經解也。著述家則不然，每遇一題，必有獨得之見，其引前人成説或數百言、或千餘言，要皆以證成吾説，合吾説者我從之，不合吾説者吾辯之、駁之，而非徒襲前人之説以爲説也。吾意既明，吾説亦盡，其餘一字一句，注疏具在，吾無异同之見，則固不必及之也。古人云：『探驪得珠，餘皆鱗爪。』詞章且然，經解何獨不然乎？此著述家之經解也。精舍中多高才生，頗有能發揮經義、自抒心得者，從此相與研求，經術文章，蒸蒸日上，爲异日儒林、文苑中人，不亦懿歟？」

余衰且病，數年中又頻有天倫之戚，意興衰頹，學問荒落，恐不獲久與諸君子相從於壇坫矣，此余所以讀斯集而不能不爲之憮然也。

《詁經精舍六集》序

癸未之秋，刻《詁經精舍五集》成，余既序其端矣，至今歲，而王同伯、許子原兩監院又循故事以請大中丞仲良劉公，從之，於是復有《詁經精舍六集》之刻，而余又職其選事。夫詁經精舍所課者，古學也。余所選經解詩賦，皆求合乎古而不求合乎今，余於《五集序》已具言之，可不贅矣。

惟自同治間重建詁經精舍，至今二十餘年，而余主講最久，其與諸生朝夕所講求，尚不背阮文達公創建精舍之初意。然念文達當日大開壇坫，宏獎風流，四方秀艾挾册負素、諷誦乎其中者，彬彬乎極一時之盛，未嘗不惜我生之晚而不得與之揖讓於其間也。

乃今歲，瞿子玖學使甫下車即訪余於湖樓，拳拳以精舍人材爲問。又博訪周諮，得高才生如干人，送精舍肄業，而别籌經費以供膏火之資。子玖學使其繼文達而興者乎？諸生之從事於此者，宜如何擘求經訓、講明古義，以期無負其美意哉！

余衰且病，學問之事日以荒落，曩作《五集序》已有不得長與諸君子相從之嘆，乃星霜再易，而頽唐病叟猶擁皋比，老眼麻茶又有此選。昌黎云：「方今向泰平，元凱承華勛。吾徒幸無事，庶以窮朝曛。」此又余與諸君所宜共勉者也。

《詁經精舍七集》序

自光緒乙酉刻《詁經精舍第六集》，至於今十載矣。精舍課藝因循未刻，歲月寖久，散失遂多，及今不刻，將有淪玉沈珠之嘆。會中丞廖公新下車，勤求庶政，詁經監院孫和叔、吴璡軒乃以刻課藝請，而仍以選政見屬焉。惟此十年以來，監院更易已非一人，課卷叢殘僅存大半，余即其中選得經解詩賦各如干篇，付兩監院校而刊之。剞劂既竟，監院請序。

余戊辰之歲忝主斯席，迄今二十八年，區區之愚與精舍諸生所忞慔者，務在不囿時趨、力追古始，已於《五集序》中詳言之矣，兹又何言哉？然念自阮文達公刻《詁經文集》後，至今刻至七集，文達原版久已無存，而同治以來續刻各集之版亦毁於丙戌年湖樓之火，余方擬俟軍務粗定，言於當路諸公，將從前諸集精選其十之五六彙刻一編，以存其崖略，然則此集雖居第七而亦或藉此爲先路之導也。時事艱難，余年又衰老，未識能副此願否。

時廣東學使徐花農太史報滿將歸，以白金二千咨送中丞，裨益精舍膏火。太史舊嘗肄業於是者也。近來精舍人材輩出，异日踵花農而起必大有人，吾知精舍之規模日擴矣。刻此集成，又深爲諸君望也。

《詁經精舍八集》序

吾浙書院課藝，三年一刻，前刻《詁經第七集》，以癸巳年爲止。自甲至丙又歷三年，監院乃請於大中丞廖公，有《詁經八集》之刻，而余仍職其選事。選既定，監院請序。

嗟乎！此三年中時局一變，風會大開，人人争言西學矣。而余與精舍諸生猶硜硜焉抱遺經而究終始，此叔孫通所謂「鄙儒不知時變」者也。雖然，當今之世，雖使孟子復生無他説焉，爲當世計，不過曰：「盍亦反其本矣。」爲吾黨計，不過曰：「守先王之道以待後之學者。」戰國時，有孟子，又有荀子，孟子法先王而荀子法後王，無荀子不能開三代以後之風氣，無孟子而先王之道幾乎熄矣。今將爲荀氏之徒歟？西學具在，請就而學焉。將爲孟氏之徒歟？則此區區者雖不足以言道，要是三代上之禮樂文章，七十子後漢唐學者之緒言，而本朝二百數十年來諸老先生所孜孜講求者也。精舍奉許、鄭先師栗主，家法所在，其敢皷諸？風雨鷄鳴，願與諸君子共勉也。

孫仲容《墨子閒詁》序

孟子以楊墨并言，辭而闢之，然楊非墨匹也。楊子之書不傳，略見於列子之書，不過自適其適而已。墨子則達於天人之理，熟於事物之情，又深察春秋、戰國百餘年間時勢之變，欲補弊扶偏，以復之於古。鄭重其意，反復其言，以冀世主之一聽。雖若有稍詭於正者，而實千古之有心人也。尸佼謂孔子貴公，墨子貴兼，其實則一。韓非以儒墨并爲世之顯學，至漢世猶以孔墨并稱。尼山而外，莫尚於此老乎！墨子死而墨分爲三，有相里氏之墨，有相夫氏之墨，有鄧陵氏之墨。今觀《尚賢》《尚同》《兼愛》《非攻》《節用》《節葬》《天志》《明鬼》《非樂》《非命》，皆分上、中、下三篇，字句小异，而大旨無殊。意者此乃相里、相夫、鄧陵三家相傳之本不同，後人合以成書，故一篇而有三乎？墨氏弟子網羅放失，參考异同，具有條理，較之儒分爲八，至今遂無可考者，轉似過之。乃自唐以來，韓昌黎外無一人能知墨子者，傳誦既少，注釋亦稀。樂臺舊本，久絶流傳，闕文錯簡，無可校正，古言古字更不可曉，而墨學塵薶終古矣。

國朝鎮洋畢氏始爲之注，嗣是以來諸儒益加讎校。涂徑既闢，奥窔粗窺，墨子之書稍稍可讀。於是瑞安孫詒讓仲容乃集諸説之大成，著《墨子閒詁》。凡諸家之説，是者從之，非者正之，闕略者補之。至《經説》及《備城門》以下諸篇，尤不易讀。整紛剔蠹，脉摘無遺；旁行之文，盡還舊觀；訛奪之處，咸秩無紊。蓋自有《墨子》以來，未有此書也。以余亦嘗從事於此，問序於余，余何足序此書哉？竊嘗推而論之，墨子惟兼愛是以尚同，惟尚同是以非攻，惟非攻是以講求備禦之法。近世西學中光學、重學，或言皆出於《墨子》，然則其備梯、備突、備穴諸法，或即泰西機器之權輿乎？嗟乎！今天下一大戰國也，以孟子「反本」一言爲主，而以墨子之書輔之，儻足以安内而攘外乎？勿謂仲容之爲此書，窮年兀兀，徒敝精神於無用也。

孫仲容《札迻》序

昔人有謂盧紹弓學士者曰：「他人讀書，受書之益。子讀書，則書受子之益。」盧爲憮然，蓋其言固有諷焉。余喜讀古書，每讀一書，必有校正，所著《諸子平議》凡十五種，而其散見於曲園、俞樓兩《雜纂》者，又不下四十種。前輩何子貞先生謂余曰：「甚乎哉，子之好治閑事也。」余亦無以解也。今年夏，瑞安孫詒讓仲容以所著《札迻》十一卷見示，讎校古書共七十有七種，其好治閑事蓋有甚於余矣。

至其精孰訓詁，通達叚借，援據古籍以補正訛奪，根柢經義以詮釋古言，每下一説，輒使前後文皆怡然理順。阮文達序王伯申先生《經義述聞》云：「使古聖賢見之，必解頤曰：『吾言固如是，數千年誤解，今得明矣。』」仲容所爲《札迻》，大率同此，然則書之受益於仲容者亦自不淺矣。

余嘗謂校讎之法出於孔氏，子貢讀晋史，知「三家」爲「己亥」之誤，即其一事也。昭十二年《公羊傳》：「伯于陽者何？公子陽生也。」子曰：「我乃知之矣。」何劭公謂知「公」誤爲「伯」，

「子」誤爲「于」，「陽」在，「生」刊滅闕。是則讀書必逐字校對，亦孔氏之家法也。漢儒本以説經，蓋自杜子春始。杜子春治《周禮》，每曰「字當爲某」，即校字之權輿也。自是以後，是正文字遂爲治經之要。至後人又以治經者治群書，而筆針墨灸之功遍及四部矣。

夫欲使我受書之益，必先使書受我之益，不然，「割申勸」爲「周由觀」，「而肆赦」爲「内長文」，且不能得其句讀，又烏能得其旨趣乎？余老矣，未必更能從事於此，仲容學過於余而年不及余，好學深思，以日思誤書爲一適，吾知經疾史恙之待治於仲容者，正無窮也。

《後知不足齋叢書》序

乾隆間，歙縣鮑君廷博纂輯《知不足齋叢書》，經始於乾隆丙申，至道光癸未而後成。其書凡三十集，士林争購，以爲巨觀，洵自左禹圭以來一不朽盛業也。今其書版尚在廣東，頗有殘缺，坊肆修補復完以行於世。然載籍極博，史公已云然矣，况至於今，人握蛇珠、家抱荆玉、掇芳儒素，豈有涯歟？

常熟鮑君叔衡雖家虞山，而其先故歙産，知不足齋主人實其宗英也，於是有《後知不足齋叢書》之刻。其書始刻於光緒甲申，書凡四函，共二十三種。至辛卯之春，續刻四函，又得書三十一種。今年四月，余與相見於西湖，辱以全書見贈。余讀之，自經學、史學、小學以及官儀、禮器、防海、籌邊無所不具，可謂采珠寶窟、閲石瑶林者矣。

顧氏千里有言：「自有彙刻一途，然後各書之勢常居於聚。儲藏之家，但費收一書之勞即有累若干書之獲。」此彙刻之書所以日盛一日乎？然如王文禄之爲《邱陵學山》以敵左禹圭之《百川學海》，則有之矣。又如吴有蘭之爲《藝海珠塵》以配張海鵬之《墨海金壺》，則亦有之矣。其前後紹述以成一家之言者，未之聞也。

叔衡此書出，而前後兩《知不足齋》龍奴鳳諾，照耀藝林。昌黎云：「固宜長有人，文章紹編劙。」此之謂歟！前《知不足齋》積四十餘年始有成書，今叔衡自甲申至辛卯春秋八閲得書四函，然則自兹以往，豪編鯱絡日益增多，必與前書相埒矣。余聞道光間，渤海高氏有《續知不足齋叢書》，其書止二集一十七種，蓋苟合苟完，有志未逮。叔衡此書，吾知其必駕而上之也。

《谷水口碑録》序

古之君子，未有不仕學皆優者也，後之君子，學其所學而不足以仕其所學，非學也。仕則别有以爲仕而不由於學，亦不復言學，是其爲仕可知矣。

米孫大令，吾黨之高才生也，讀書通曉大義，熟於古今時勢之變，爲古文辭簡明有法度。往年肄業於上海龍門書院，爲院長劉融齋先生所器，同院諸生推都講焉。余與其先德嘯泉先生同歲入縣學，與有世講之誼，而米孫又辱從余游。未幾，以拔貢生就直隸州判，筮仕江蘇，每月應官課，輒居高等。上游皆知其才，試以吏治，如海運、釐捐、洋務、籌賑、積穀，無不侃侃辯舉。前方伯貴築黄公、今方伯順德鄧公，命之綜理文案，身兼數器，部分如流，咸嘆曰：「佳乎吏也！」會松江華亭縣缺官，命往權之。甫受事，即禮接士大夫，訪求利弊，凡農田、水利、學校、禮教、鄉約、義塾、團防、保甲諸政，次第舉行。修建二陸及顧黄門祠，俾民有所觀感。又擇其士之秀者，每月會課於署中，切劘以有本有用之學。雖甫滿一載即受代以去，未克竟其所施，然峰泖之間頌聲滿矣，《谷水口碑録》一卷乃華亭士大夫所爲詩文以贈其行者也。嗟乎！如米孫者，非仕學兼優之君子歟！

方今内憂外患猶未盡，敉有志之士争言富强，或且謂宜變中國之法，改從西國之法，余謂無益也。朝廷擇賢督撫，督撫擇賢守令，安内攘外有餘矣。米孫本所學以仕，即以仕行其所學，華亭一年，牛刀小試而已，他日所至，未可限量，吾即於是編徵之也。

魯卓叟觀察《重游泮水紀盛録》序

重游泮水之説，何自昉乎？博考國初人詩文集，皆無其事，是未有此説也。高宗純皇帝於重熙累洽之朝，極壽考作人之盛，加惠耆儒，凡中式舉人歷六十年再遇是科，準其重赴鹿鳴筵宴。稽之會典，蓋自乾隆三十九年始。此歷代未有之曠典也，於是海内士大夫遭逢盛事，推廣皇仁。入學六十年後有重游泮水之説，其事實始於隨園先生。按《隨園集》有《重赴泮宫詩》，其序曰：「余以丁未年入泮，今又丁未矣，仿重宴鹿鳴故事作歌。」使當時早有重游泮水之説，則自有故事可循，何必仿重宴鹿鳴故事乎？其詩云：「特設隨園酒一卮，强顔首唱泮宫詩。」則其由隨園倡始可知矣。丁未爲乾隆五十二年，重宴鹿鳴之例已遵行十有餘年，故隨園仿之而爲此舉也。嘉興錢文端公於康熙四十年辛巳入學，先乎隨園者二十七年。至乾隆二十六年辛巳，文端年七十六歲，距入學六十年，其時猶未有重宴鹿鳴之典故，亦未有重游泮水之説。考文端年譜，是年入都祝皇太后七旬萬壽，與九老會，恩禮優隆，賡和稠叠。使有重游泮水之説，則高廟必有恩賚，且必有詩以寵之，至今爲美談矣。以文端尚無其事，故知此事實倡於隨園也。

余按前明閻牛叟先生有《入泮圖》，方巾、襴衫，樹二金花於首，前導彩旃，後張黄蓋。先生乃閻百詩徵君之父，以初入泮之博士弟子員而彩旗黄蓋，喧赫如此，足徵學校之重，况乎入泮逾六十年？一襲青衿，倍晏子狐裘之歲，桑榆雖暮，芹藻猶新，豈非人世所稀逢、士林所艷羨乎？蕭山魯卓叟觀察，裒集國初以來齯齒鮐背之士入學以後逾六十年者，得若干人，合爲一編，題曰《重游泮水紀盛録》，此亦前人未有之創作也。夫重赴鹿鳴爲本朝曠典，重游泮水事亦相符。國家久道化成，安知將來不垂爲令甲、載入容臺乎？觀察此編即爲之兆也。

余於道光丙申入泮，今又丙申矣，自惟殘年待盡，一事無成，雅不欲以衰朽姓名煩瀆官師，而吾邑大令張漢章司馬，年家子也，必欲以聞於學使，力辭不獲，深以爲愧。聞觀察今年八十有一，越二年亦屆重游泮水之期，可以補入此編矣。昔阮文達重游泮水，以《會典》不載禮節爲疑，命門人議之，乃以兩校官前導，自下馬碑步至櫺星門外，升階上第九級行禮。附書及之，豫爲觀察重游泮水告也。

王喬雲女史《冬青館集》序

皇太后既歸大政，其時朝野清平，宫府静謐，娥臺姒幄之中端居無事，惟以翰墨自怡。密詔近習之臣居東織西織之任者，訪求天下才女，以名聞，備徵召。而杭州織造乃以二女史進，其一則王喬雲夫人也。

夫人浙江錢塘人，乃詩人棣香司馬之愛女，而富崇軒觀察之德配也。觀察守福甯，居官廉潔，歿無遺貲。夫人歸杭，藉筆墨供饔飧，紙閣蘆簾，澹如也。及應詔書入直長春宫，賜名玉芳，所進詩畫無不稱旨。讀《扈駕静宜園》《扈駕同豫軒》及《石丈亭》《盤雲殿應制》諸作，雍容華貴中有亭亭物表、皎皎霞外之概，雖館閣諸臣無以過之。會將爲其子納婦，乞假還杭，皇太后優詔許焉，恩禮周洽，賜予便蕃，極一時之榮遇。

余門下六橋都尉，與夫人有世講之誼，乃以其所著《冬青館集》示余。集中古、今體詩皆備，附以賦數篇、詞數闋。余讀其詩，深嘆其咏物之工、寫景之妙，而其咏古之作尤意義正大、寄托高深，非尋常銘椒頌菊者所能辦，蓋亦漢之班昭、唐之宋若莘矣。

明初，萬載縣民婦易淵碧舉女秀才，入尚功局。又有黄阿妹者，大學士梁儲母之祖姑也，洪武初入宫，賜名惟德，宣德中乞骸南歸，皇太后爲詩賜之。今夫人榮遇更在易淵碧、黄阿妹之上，此《冬青館集》异時必爲《國史·藝文志》所收，宜及時刊布以行於世，庶爲笄珈生色，而亦以見吾浙之多才也。

《全唐文續拾》序

存齋陸君輯《全唐文拾遺》七十二卷，余爲製序，其書久行於世矣。君篤好唐文，至老不衰，凡所瞥見，靡不纂録。於是又續得三百數十篇，釐爲十六卷，題曰《唐文續拾》，鏤版與前書并行。剞劂未竟，君捐館舍。至今年秋，手民以蕆事告，而君不及見矣。其長君誠伯孝廉以印本寄示，并述遺命，仍請爲序。余讀其書，上自朝廷誥敕以及碑銘序記之文，下逮方外之贊頌、外國之表狀，無所不備，雖年代久遠，文字剥落，而洋洋數百言完善無缺者亦多有之。嗚呼！搜羅之富、采輯之勤，可謂至矣！

自嘉慶間頒行《全唐文》之後，烏程嚴鐵橋輯《全上古三代秦漢三國六朝文》七百四十七卷，使與《全唐文》相接。而君又於《全唐文》一千卷外成《拾遺》及《續拾》共八十八卷，然則自上古至唐，幾於無一字一句之或遺矣，豈非藝林盛事哉！鐵橋烏程人，而君歸安人，是名山之大業，實吾郡之美談。鐵橋身後遺書散佚，賴其從弟秋樵稍稍編校，而君有令子克承先志，寶守遺書不敢失墜，是又鐵橋所不及者也。余老矣，不克於前序之外更贅一言，姑述其世濟之美以慰君遺意，并爲誠伯昆仲望也。

《玉蘭堂文氏題跋》序

明代吴中文氏世擅著述，衡山之祖洪、長子彭、次子嘉，彭之子肇祉，自高祖至玄孫五代，其詩合爲一集，曰《文氏五家詩》，視宋劉氏之合祖孫三代爲一集題《三劉家乘》者更過之矣。余猶惜衡山之父林、衡山之兄奎皆無遺集傳後，亦美中之不足也。

今年夏，隨庵包子以其大父子莊先生所輯《玉蘭堂文氏題跋》見示，衡山二卷，壽承、休承各一卷，而附以文震孟以下七人，則更過於《文氏五家詩》矣。其品題書畫，語意雋永，見解超絶，非祖孫、父子、兄弟耳目濡染不能至此。余非賞鑒家，無從贊一詞，惟略爲次第其前後而歸之。

隨庵寶守其祖之遺書，擬刻以行世，是亦能以文字世其家者，异日吴興包氏安知不與前明吴中文氏比隆乎？文伯仁乃衡山從子也。衡山卒於嘉靖三十八年己未，年九十，而伯靖於嘉靖丙辰三十五年已稱攝山老農，則其齒必與衡山相等，不當置之衡山二子之後。文文肅即元發之子，乃衡山曾孫也，不應列於元發之前，宜改列於後。文震亨即文肅之弟，宜更列於後。

于香草所校書序

香草于君，余畏友也，好學深思，讀書每有心得，尤長於《禮》。乙未夏，寄我所校書四卷，皆説《小戴禮》者也。多剖晰入微，如謂《禮》稱「夫婦之别」非必謂夫妻，《禮》稱「三年之喪」非必謂父母；《檀弓》「遠兄弟」是謂昏姻，《冠義》「見於兄弟」是謂主人之兄弟。又謂《投壺》賓主各一壺，故有壺間之言；夏殷之世前後皆有韠，故有前後方、前後挫角之制，證據分明，皆有可取。又謂《禮器》篇亡，後人分《禮運》下半篇補之，則鄭君解「禮器是故大備」本連《禮運》篇爲説，疑鄭君已見及此矣；《曾子問》篇稱魯昭公、孝公，非孔子語，是記人之語，則《管子》稱齊桓公，《鬻子》書稱魯周公，皆此類矣。又謂《王制》之「上大夫卿」，此卿字是古禮家注語，即所以解上大夫，謂此上大夫其實卿也。此類諸條皆可補拙著《古書疑義舉例》所未備。

余讀《尚書》，嘗謂「日宣三德，浚明有家；日嚴六德，亮采有邦」，與「慎徽五典，五典克從；納于百揆，百揆時叙」同爲四字句之儷語，「夙夜」二字在「日宣三德」句下，乃「日」字之注語也；「祗敬」二字在「日嚴」二字下，乃「嚴」字之注語也。雖有此説，以臆説無徵不敢筆之於書，今得尊説，聊復出之，勿笑其點竄二典也。

翁少畦《醫時六言》序

《醫時六言》者，翁子少畦感甲午乙未間韓倭之事發憤而作者也。嘗讀吕不韋之書，有曰：「治國譬若良醫，病萬變，藥亦萬變。病變而藥不變，向之壽民，今爲殤子。」當今之世，殆亦世運一大變局也，然則言醫，者其不可以不變乎？余獨以爲不然。泥古法而言醫，固不可。舍古法而言醫，亦不可。善爲醫者在神明乎古法而已。

少畦此書，皆本國朝姚憂庵尚書所手鈔之《帷幄全書》，其書凡十四種，而一經少畦刺取，則非猶是十四家之書，亦非猶是姚氏之書，而成其少畦之書。何也？有神而明之者在也。每一條之下，略綴數語，使古人之言皆爲我言，古人之法皆爲我法，而施之於今，皆良藥矣。

李鑒堂中丞深喜其書，覆書謂如秦越人飲上池水，見垣一方。誠哉是言！少畦求序於余，余不知兵，亦不知醫，何以序爲？因思黄黎洲先生《明夷待訪録》卷首刻顧亭林書，少畦何不即用此例，刻鑒堂中丞書於卷首，即以爲序可也。余言瑣瑣，固不足爲此書作元晏先生矣。

汪稚泉詩序

余自十五始學爲詩，至今歲行年七十有五，則雕琢肝腎六十年矣。詩格不高，終其身不能出香山、劍南兩家門徑之中，深用自愧。而海内諸君子癖嗜余詩者則頗有之，豈以詩主性情，言情之作入人尤易，固不必以「遲遲春日擬《歸藏》，湛湛江水摹《大誥》」乎？

鎮洋汪君稚泉，詩人也，嘗自言：「平生無嗜好，所嗜惟詩。而近人之能詩者亦落落無當意，所嗜惟曲園之詩，每讀至夜深，雖倦極而不忍寐。惜不得一見其人以詩相質也。」臨殁前數日，以詩稿授其二子曾懷、曾蔭曰：「如我死，必以此質之曲園，且爲我乞序。得曲園一言，吾九原瞑目矣。」今年秋，其女孫婿王玢如孝廉見我於春在堂，以君遺詩見示，并以君遺言來告。

余讀其詩，沛然從肺腑流出，不見斧鑿之痕，誠亦香山一派。然如《到家》五首頗近陶詩，《申江春感》《袁江雜感》諸篇又參杜律，《傳味琴招飲》《雪中集普應寺》等作妙得韓豪，《屖字十叠韵》，巧奪蘇家。《行市而别緒》四首又居然温、李矣。是君之詩，各體咸工，諸家畢備，豈余所能望哉？

君應省試，副賢書，嘗以國子博士參錢敏肅公軍幕，事平叙功，堅謝不受，乃奏加五品銜，賜翠羽以飾其冠。晚年主學海講席，錢藾園中丞修葺南園，與諸老輩觴咏其中，君亦與焉。朝鮮使者入都，索君《滄江樂府》以去。生平嚴於去取，勇於施舍，粹然有古君子之風，蓋有餘於詩之外者，宜其詩之工也。

余感其知己，重違其意，輒書數言而歸之於玢如，深惟伯牙絶弦、郢人輟斤之義，能無爲之泫然流涕乎！

朱午橋《漢碑徵經》序

昔阮文達著《詩書古訓》，以《論語》《孝經》《孟子》《禮記》《大戴記》《春秋三傳》《國語》《爾雅》十經中引《詩》《書》者爲主，而凡子史所引則附録焉。以晋爲斷，蓋因晋以前説尚未爲二氏所汩亂也。其意甚善，惜其止在發明義理，而文字异同未遑論説。及高郵王氏説經，則每以《藝文類聚》《北堂書鈔》《群書治要》所引，考訂經文，多所改正。然類書所引不甚可據，《北堂書鈔》世無善本，《群書治要》來自東洋，此豈足以爲典要乎？夫漢世去古未遠，當時碑版文字皆出文人學士之手，則其援引經文實與見於子史者無异，而視類書所引必當過之，阮、王兩家皆未之及，何歟？

寶應朱君午橋著《漢碑徵經》一書，其刻於粵東廣雅書局者止《周易》一卷，所引漢碑凡一百餘條，推尋古義，校訂异文，洵爲治經者别開塗徑矣。余從前亦嘗流覽漢碑，於諸經間有發明。竊謂《開母廟石闕碑》有「鮐格」字，即《商頌・烈祖》篇之「來假」，鮐、來，格、假，古字通也。《尉氏令鄭季宣碑》有「放鶊」字，即《虞書・堯典》篇之「方鳩」，放、方，鶊、鳩，古字通也。又據《泰山都尉孔宙碑》「東嶽黔首猾夏」之文，謂「東嶽黔首」亦是華夏之人，知《虞書》「猾夏」不作「華夏」解也；《博陵太守孔彪碑》有云：「龍德而隱，不至於穀。」以不至穀爲隱德，知此「穀」字當從鄭訓「禄」，不當從孔訓「善」，孔注不足信，亦一證也。异日君書盡出，余得受而讀之，采獲之富必當不止於此。余日望之矣。

王幹臣《格致古微》序

自泰西諸國交乎中夏，而西學興焉，趨時者喜其創獲，泥古者惡其奇衺，而不知西學亦吾道之所有也。何以徵之？曰：「吾人束髮讀書，不先受《小戴記・中庸》《大學》兩篇乎？《大學》曰：『致知在格物。』《中庸》曰：『惟天下之至誠，爲能盡其性；能盡其性，則能盡人之性；能盡人之性，則能盡物之性；能盡物之性，則可以贊天地之化育。』是《大學》原致知之始事，必以格物爲基。而《中庸》推盡性之全功，必以盡物性爲極；盡其性矣未足也，必繼之以盡人性；盡人性矣未足也，必繼之以盡物性；至盡物性而後可以贊化育，而後可以與天地參。嗚呼！西人之學其出於此乎？西人所言化學、光學、重學、力學，蓋由格物而至於盡物之性者也。惟古之聖人皆以人道爲重，故曰：『聖人，人倫之至也。』自堯舜三代以來，吾人皆奉聖人之教以爲教，專致力於人道，而於物或不屑措意焉，是以禮樂文章高出乎萬國之上，而技巧則稍遜矣。彼西人之學，務在窮盡物理，而人道往往缺而不修，君臣、父子、夫婦、昆弟之間每多遺憾，而奇技淫巧則日出而不窮。蓋中國所重者本也，而西人所逐者末也。逐末則遺本，而重本則末亦未始不在其中。苟取吾儒書而熟復之，則所謂光學、化學、重學、力學固已無所不該矣。宋元儒者所見皆不及此。恭讀我聖祖仁皇帝《御製三角形論》曰：『論者謂今法、古法不同，殊不知原自中國，流傳西土。』大哉言乎！足以會中外之通而破古今之蔀矣。自是以來，學者始知西法即出於中法，震而矜之者俗士也，鄙而夷之者陋儒也。」

吳下王君幹臣，以名進士入詞林，改官吏部，始讀中秘書，即思發古書之義蘊，窮西學之根株，創爲一書，曰《格致古微》，不我鄙棄，就而質焉，余力贊成之。至今歲仲春，見我於春在堂，則其書成矣。自九經、二十四史以及諸子之書、百家之集，凡有涉於西學者博采而詳論之，使人知西法之新奇可喜者無一不在吾儒包孕之中。方今經術昌明，四部之書犂然俱在，士苟通經學古，心知其意，神而明之，則雖駕而上之不難。此可爲震矜西法者告，亦可爲鄙夷西法者進也。

余章句陋儒，於西人新法一無所解，承君問序於余，姑引《大學》《中庸》之言以應之。《中庸》不云乎：「致廣大而盡精微。」如君所論廣矣，大矣，精矣，微矣。又云：「温故而知新。」天下之人但喜西法之新，而不知皆本吾儒之故，温故知新，願以告天下好學深思之士。

《西湖照膽臺志》序

光緒辛卯，重修西湖照膽臺關廟成，而鄒君典三爲之志。志成，問序於余。余謂關廟之名照膽臺不知始於何人，亦不知所取何義，殆謂神之威靈有以照人肝膽歟？姑從俗名之，可以勿論。惟廟藏帝印，乾隆間上塵御覽，賜題三十四字，恭鎸其上。今此印雖移藏文瀾閣，而推原其始，實廟中物。高廟賜題有云：「俾永藏焉。」則藏於閣亦即藏於廟也，豈他廟所能望哉！信爲西湖一名迹矣。

余戊辰歲初來湖上，值蔣果敏公重建之後，廟貌焕然。未及十載，又將撓傾。余偶啜茗水閣，住持導至大殿，則柱與礎離，以扇入之，納者逾寸。余因言於方伯今陝督楊公而葺治之，乃至今而又修焉。三十年中，余三見其新，然則土木之工雖極堅固，必不能久，非有記述，奚以垂示將來？鄒君之爲此志洵善矣哉！杭州神廟如伍、如岳舊皆有志，吾知鄒君此志必與俱傳矣。

《杭州坊巷志》序

昔人稱宋敏求《長安志》，凡城郭、官府、宫室、寺院纖悉畢具，其坊市曲折及唐盛時士大夫第宅所在，一一能舉其處，粲然如指諸掌，精博宏贍，非他地志所能及。然程大昌《雍録》猶譏其時有踳舛，長門宫誤列長信宫内，曲臺既入未央，又入三雍，且有空存其名、不著事迹者，蓋網羅散佚、訪求故實，若是之難也。

自來帝王都會，莫古於長安，而洛陽、而汴梁、而金陵、而臨安，亦皆建都之所。余從前奉使中州，及年來寄寓吴下，於成周舊址、汴宋故墟及六朝遺迹皆有意尋求，而苦於無可諮訪。及主西湖講席垂三十年，歲必再至杭州。每念杭自唐以來即稱最勝之區，南宋偏安於此，尤極湖山歌舞之盛。城中坊市半猶其舊，而闤城溢郭，廛合雲連，新術故蹊，輒不可辨。

聞老輩朱朗齋先生曾輯《杭州坊巷志》未成，胡君次瑶又踵爲之，迄無成書，其稿亦不得而見。丁君松生博學多聞，家中藏書爲吾浙冠，尤留心杭郡掌故，所著《武林叢書》余已爲之序矣。久知其有《杭州坊巷志》之作，每見必慫慂其速成，而載籍極博，編劖爲難，丁君謙挹，未敢遽出其書。又以屬之孫康侯茂才，使卒其業。

今年，余來湖上，康侯抱書來見，則裒然成編矣。其書以太平坊建首，蓋以南巡行宫在焉，尊尊之義也。次之自西壁坊以下，鱗羅布列，若綱在綱。博考群書，參稽志乘，無一事不登，無一文一詩不録。城郭、官府、宫室、寺院、坊市曲折及士大夫第宅無不備載，視宋敏求《長安志》無多讓矣。而如宋志曲臺、長門之蹤舛則無有焉，雖空存其名者間亦有之，然文獻無徵，付之蓋闕，正其著書之慎也。宋志本於唐韋述《西京志》，是猶前有所因者。若此書則朱、胡舊稿已付劫灰，非丁君之博洽不能創於前，非康侯之精心鋭力不能成於後。

余衰且老，得及見其成，幸矣，尚冀其由城内而推之城外，以廣《西湖志》之未備，則余之湖樓山館或亦幸而羼入其中，藉以不朽，是尤余所深望者也。

徐花農學使《芹池叠喜詩》序

功令，凡中式舉人歷六十年重届是科，準其重赴鹿鳴筵宴。而生員，入學六十年後再遇是年，功令不及焉，俗例則有重游泮水之説。甲子一周，藻芹無恙，亦士林中佳話乎！

花農太史視學廣東，得重游泮水之士，歲科兩試，共二十一人，爲詩以張之，得七律一十九首、七絶四首，合而刻之，曰《芹池叠喜詩》。余今歲亦届重游泮水之年，賦七言古詩一章，又取當時院試文詩題重作之，刻《重游泮水試草》分貽朋好。意謂此事即此了之矣，雅不欲以衰朽姓名煩瀆官師。而邑大夫張漢章司馬必欲以聞於學使，錫以四字額，非吾意也。然聞紹興有重游泮水者曰俞兆福，湖州有重游泮水者曰俞光曾，與余而三，未知他郡尚有否。此三人者皆俞姓也，是亦一奇。因花農此刻而書以報之，花農又將矜其奇而侈其盛也。

錢瑑初《近許齋印譜》序

錢子瑑初以所著《近許齋印譜》見示，曰：「近許者以篆體宗《説文》也，雷甘杞翁跋語詳矣。」然曰「近許」則亦近之而已。余觀其譜，「藉讀」「藉觀」不作「借」，洵如甘杞翁説，而「鬻及借人爲不孝」則仍作「借」字。他如「壽」字、「書」字亦有不盡如《説文》者。

昔張有著《復古篇》極爲精審，其爲林攄母撰碑，書「魏」字作「巍」，終不肯去「山」字，可謂篤信許書。及爲楊時《踵息庵記》，以小篆無「庵」字，竟作隸體書之，似乎太泥，况刻印本非作書乎。

古有六書，三曰篆書，即小篆；五曰繆篆，所以摹印，然則摹印之篆自與篆書不同，此錢子所以宗許而不泥許也。不然，以錢子之深於許學，豈惟近之云乎哉？

陳耐庵所著書序

陳君耐庵，越中知名士也，往年曾肄業於詁經精舍，余深賞之，嘆爲經明行修之士。乃十餘年不相見，至今歲而其子以其所著書求序，則君已古人矣。

余讀其書，皆孽求經義者也。所著《愚慮録》五卷，説經甚精，如辨「三老五更」之非三人、非五人，辨《論語》「過位」「升堂」之非治朝之位、非燕朝之堂。又如説冕服十二章辨鄭《注》「周制九章」之誤，説《吕刑》「其罰倍差」，辨孔《傳》「五百鍰」之非，皆詳明有據。其《食古録》一卷亦多可采，中有《論火鼉》一條，因郭注「火鼠」而及火浣布。余昔年曾得火浣布少許，試之良確，惜未得與君共證之也。其《待質録》中《論四岳》《論〈大雅·抑〉篇》，皆疑而未决，余皆有説，又惜未得與君共質之也。至於《居求録》《誨爾録》，頗似宋人語録，然語皆質直有味。

讀《愚慮》諸録，見其經之明，讀《居求》諸録，見其行之修。余曩以經明行修相許，洵不虛也。三十年來，詁經精舍人才頗盛，黄君元同、馮君夢香皆擁皋比、稱耆宿，君雖早世，然頡頏其間，固無愧色矣。

《鰈硯廬聯吟集》序

自古伉儷之賢首推梁孟，然伯鸞《五噫》之歌、適吴之作、懷友之詩具載范《書》，而舉案之餘，寂無嗣響，意者孟氏女固優於德而絀於才乎？乃本傳稱共入霸陵山，咏詩書、彈琴以自娱，則安知其妻不亦有唱和之辭？傳世既遠，記載缺如，甚可惜也。秦嘉、徐淑世稱嘉耦，然所傳者止是贈别之詩。至於「長吟永嘆，泪下沾衣」「恨無羽翼，高飛相追」，令人誦寶釵之篇以爲太息，然則唱妍酬麗、福慧雙脩，固無如趙松雪與管仲姬矣。乃今觀於沈中丞之與嚴夫人，其殆近追趙管而遠軼梁孟、秦徐者乎！

夫人在室時，詩筆高出流輩，其哲兄緇生太史每有「吾家不櫛進士」之稱，今所傳《紉蘭室詩》，其時作也，詩凡三卷。及歸中丞，詩學益進。先是中丞在京師，得汧陽石，剖之有魚形，製爲兩硯，名曰鰈硯，至是因以「鰈硯」名其廬，而夫人之詩亦遂以名焉。詩凡二卷，南皮相國既有序以冠其端，而緇生太史又歷言夫人之詩學得於天，詩境得於地，詩緣成於人，而總歸之於有詩福。其言備矣，余又何言？惟全集之後又附刻《鰈硯廬聯吟集》一卷，皆中丞與夫人倡和之作。余嘆曰：「此一卷詩，乃列代《藝文志》中所罕見者也。」余聞中丞之學甚深，嘗作《夏小正注》，補近時孔氏、洪氏所未備。其爲詩，高者追攀老杜，下之亦方駕右丞。然一出承明，即膺方面，其後敭歷中外，洊至封圻。自念時事方艱，受恩至重，力圖報稱，不復留意於文章，故所作詩隨手散去，不自存稿。今遺篋中竟無篇什之存，即《夏小正注》亦無寫定本矣，獨此卷所載猶存詩若干首。

明代孫文恪公繼室楊夫人詩稿附《文恪集》以傳，《四庫全書》著録焉。今中丞之詩乃附見於夫人集中，夫人之詩傳而中丞之詩亦傳，雖非全豹，亦見一斑。「天下有道，我佩子黻」，此余所謂近追趙管而遠軼梁孟、秦徐者也。异時采入《四庫》，使人知中丞於勛業外尚有詩存，則此編之所繫重矣。余既志中丞之墓而於此集又爲之序，蓋存夫人之詩，即以存中丞之詩也。

邵楚白《擊壤摘聯》序

康節先生之詩，質而不俚，真而不率，在宋詩中自成一家，實亦從白香山門徑中來，世以寒山子詩擬之，非其倫也。

余所見《擊壤集》凡三本，一本二十卷，編年者也，《四庫全書》著録焉，一本八卷，分體者也，是二本皆善。又一本十卷，乃前明兩吴氏所注。注皆淺陋，康節詩本不腐，自有此注則真腐矣。其詩分五類，亦殊可怪，此不足存也。

邵楚白大令以康節先生之裔筮仕吾浙，長於吏才，通知醫學，大府引重，同僚推服，樂易和厚，有康節風。最喜讀《擊壤集》，摘録集中佳句，爲人書楹聯。五言、七言共得二百聯，又五言、七言、八言集句二百二十五聯，集句補遺一百聯，手自寫定，分爲六卷，出以示余。余不工書而常以筆墨爲人役，一歲所書輒數百聯，每遇佳箋，苦無佳句。今得此編，臨池揮灑，不愁擱筆矣。

《擊壤集》世間罕見，往年余門下士宋伯言大令欲假活字板排印而未果。楚白誠能以二十卷本重付剞劂，以行於世，余尤願先睹以爲快也。

周存伯《范湖草堂遺稿》序

同治初，余自津門還寓姑蘇，時則猶及見存伯周君。君權知新陽縣，不得於大吏，劾去官。時潘文恭公季子季玉觀察方家居，争之曰：「奈何劾吾好官？」又語余及馮敬亭先生曰：「兩君皆主書院皋比，居賓師之位，公論所在，不當一言邪？」余與敬亭雖皆謝不能，亦未嘗不爲君太息也。而君則漠然若無其事者，仍居吴下，以翰墨自娱，所爲詩古文詞皆有法度，尤工丹青，人得其片紙寸縑寶如拱璧。蓋君自幼以奇童聞，及長，游歷名山大川，又以書生佐戎幕，所見所聞皆足以發其胸中之奇，故隨筆所至，無不入妙，有存乎筆墨之外者也。

所著《兵源》十六卷、《日食表》六卷、《讀書雜識》八卷、詩六卷、詞八卷、古文駢文共四卷，庚辛之難皆毁於兵火，令子祖揆字同倩搜輯於倦編刓筆之中，得文一卷、詩一卷、詞三卷、題畫詩一卷，乃合而刻之，爲《范湖草堂遺稿》，而首卷武功將軍詩七首，銘一首，則君先德諱萬清字春園者所爲也。昔《黄山谷集》後附其父《伐檀集》，戴復古《石屏集》則於卷首載其父東皋子詩，論者以戴集爲得體。今同倩編君詩而以武功詩冠其首，用石屏例也，即此一事可見其編次之善。

君詩文雖散佚，幸有此數卷之存，又有賢子以紹其家學，則君固可以無憾矣。余從前與潘、馮兩公沾沾爲君嘆惜者，蓋猶未免乎一時得失之見，未足以知君也。

厲駭谷《白華山人詩集》序

定海孤懸海外，金鷄、招寶兩山對峙若門户。入其中，則群山重叠，一水縈洄，又兼曠如、奥如之勝，民居次坒，風氣樸茂。余於其中得一經生焉，曰黄君薇香，所論夏后氏世室之制，與余有暗合者。同年吴和甫學使以語余，余深以未見其人爲憾。乃今又得一詩人焉，曰厲君駭谷，余亦未識其人，而得見其詩，曰《白華山人詩集》，都凡一十六卷，意義深厚，氣體高華，蓋集唐宋諸詩人之長而鑪冶之，以自成其詩。何子貞前輩稱之爲李謫仙，宜興吴仲倫又稱之爲元遺山。乃余讀其詩，如《西溪紀游》篇，則謝康樂游山之作也；如《知音篇》，則阮嗣宗咏懷之遺也；如《還家》諸篇，則意思蕭閑，絶似陶公；如《歲暮東甌雜咏》，則音律悲凉，又若杜老。此外則又有若白香山者，有若杜牧之者，有若東坡、若山谷者，君之詩豈可以一家概之歟？蓋君少負异才，以目疾，故不一應有司之試，其所蘊蓄，悉發之於詩。觀其集末附《詩説》一百五則，知其於此事三折肱矣。

余故謂黄君之經學與君之詩學，乃翁州近代兩傳人也。黄君之子元同孝廉以經學世其家，曾肄業於詁經精舍，余得識之。君之子慕園，三吴循吏也，余寓吴下，杜門謝客，未及一見。君之孫三人，又皆鵲然而起，視黄氏之世守一經者殆有過之，詩人之遺澤遠矣。

其諸孫以遺集乞序於余。余昔年以避兵至定海，不旬日而去，未及游覽其山川。君《詩説》云：「凡作詩，須山水靈秀之氣淪浹肌骨，始能窮盡真趣。」然則定海所有西霍東霍、大茆小茆諸勝，具在君詩矣，讀君之詩，即謂之補理舊游，可也。

張韵舫《眠琴館詞》序

昔人論詩，謂顔之「鏤全錯彩」不如謝，謝之「初日芙蓉」不如陶。余謂詩固有然，詞則尤甚。爲詞者以流離渾脱之辭，運纏綿悱惻之意，宜空靈不宜版實。吴夢窗「七寶樓臺，眩人耳目」，豈如姜白石之「野雲孤飛，去留無迹」乎？余每讀白石《疏影》《暗香》《楊州漫》《一萼紅》等詞，未嘗不曼聲歌之，飄飄然有九天珠玉之想。

光緒丁酉春，余在吴下，陰雨連綿，杜門不出，適張韵舫太守以所著《眠琴館詞》自閩中寄示。余讀一過，圓美流轉如彈丸珠零，錦燦中有流風回雪、落花依草之致，麗而不至於褻，新而不至於纖，洵白石、玉田之繼響矣。其中如《越王臺秋感》及《臺島感事》詞，慷慨高歌，唾壺欲碎。而如《蝶戀花》四闋，自謂盱衡時事，萬感填膺，乃讀之則惟是春愁釀病，長日困人，無一劍拔弩張語也。昔劉後村跋劉叔安《感秋詞》云：「借花卉以發騷人墨客之豪，托閨怨以寓憂時感事之意。」烏呼！此詞之所以爲詞歟？

君先德中丞公以郎官出守，守岐之績，海内盛稱之，後以閩撫終。君名父子亦筮仕七閩，起家五馬，他日勛名自當繼中丞公而起，豈僅以「香徑春風」「紅樓夜月」諸雋語傳播旗亭哉？然以詞論，亦不下君家三影矣。

江建霞《靈鶼閣叢書》序

叢書古有之乎？吾徵之《漢・藝文志》矣。小説家有《百家》百三十九篇，夫合百家爲一書，至百三十九篇之多，則其家自爲篇可知矣，是即叢書也，其體例實近於雜家。《漢志》所謂「雜家」者，乃一人之書旨趣不純，故謂之「雜」，非合衆書爲一書也。然我朝《四庫全書・子部・雜家類》中《説郛》《説海》諸書皆入焉，是可知叢書即爲雜家，而《漢志》小説家之《百家》，即今《説郛》《説海》之類矣。

班氏稱「雜家者流出於議官」，「見王治之無不貫」。師古曰：「王者之治，於百家之道無不貫綜。」然則爲叢書者，宜乎如入五都之肆，南金北毳，無物不備；又如入大官之庖，山之珍、海之鮮、陸之毛，無不羅列於鼎俎間，始不愧叢書之名。若馬總《意林》所集百有七家，皆是子書；陸澄《地理書》所集百六十家，止於地理一類，皆未極叢書之大觀矣。

江建霞太史以名翰林視學湖南，其時西學大興，异論〔一〕蜂起，太史寓余書，言：「自來湘中，惟确守『經學詞章』四字以爲根柢，不敢忘家法。」烏呼！其所見正矣。校士之餘輯刻叢書，先成三集，郵寄吴下，乞序於余。余觀其第一集，如臧氏之《韓詩遺説》、王氏之《大傳補注》，則經學也；其第三集，如譚氏之《漢鐃歌解》、陳氏之《碧城仙館詩》，則詞章也，知君之教楚士，真能確守家法矣。至其第二集，如《諸家藏器目録》以及《士禮居題跋》，亦於經史有資考證；而如《中西度量權衡表》《新嘉坡風俗記》，則又近乎今之新學，得無與家法小有出入乎？曰：「非然也，此叢書之所以爲叢也。使爲叢書而沾沾於一家之言、一隅之見，譬猶入五都之肆而惟是布帛菽粟之儲，入大官之庖而惟是鷄豚魚鱉之味，豈足動觀者之目而饜讀者之心哉？」

方今聖謨桄被，萬國同文，師古所謂「王者之治，於百家之道無不貫綜」者，今之視昔，蓋有加矣。此等書庸非議官所宜備者乎？异時天子重開四庫館，博搜載籍，以備天禄、石渠之藏，而君所輯叢書，自三集以上，日新月盛，無美不臻，吾知其必采入雜家，著録《四庫》無疑矣。

〔一〕諭，疑作「論」。

陸詩城所著書序

光緒丁酉之春，先上巳二日，余自西湖寓樓遷於右台山館，則有自滬瀆走數百里，執贄具柬而來見者，陸子名獻字詩城者也。余駭不敢當，力却其摯，一辭再辭，至於固辭，終不獲命，不得已而受其柬，陸子乃以所著書進。

其第一册曰《太極綜正》，余矍然曰：「此余所不能知也。自來言太極者多矣，夫使《易傳》之文，止曰『太極生兩儀，兩儀生四象，四象生八卦。』則太極之説，一任諸儒之各爲創論，而無不可通。今曰：『易有太極。』則是太極乃《易》中所有之義，先有《易》後有太極也。諸儒不求之《易》中，而求之《易》外，是道家之太極，非儒家之太極也，余所不知也，故於太極未嘗有言也。」然即陸子之説觀之，剖晰微茫，實有鑿破混沌之妙。附《西銘補正》一篇，不爲乾父坤母之空談，而有欲立立人、欲達達人之實際，陸子於學信有所得矣。

其第四册曰《爲人後正義》。嗟乎！爲人後之義失之久矣。古者不獨親其親，不獨子其子。堯以天下予舜，舜即爲堯之後也；舜以天下予禹，禹即爲舜之後也。舜爲堯服三年喪，禹爲舜服三年喪，此爲人後之服也，《儀禮・斬衰章》曰「爲人後者」，是也。舜禹爲堯舜服三年喪，而舜自父瞽瞍，不父堯也，禹自父鯀，不父舜也，父母之名不可得而易也。《儀禮》不杖期章曰「爲人後者，爲其父母」，是也。推此義則上而爲祖後、爲曾高祖後，下而爲兄弟後、爲兄弟之子後，無所不可。自後世各私其親、各子其子，於是爲後者必同宗，與堯舜异；且爲之後者必爲之子，於是爲後者必昭穆相當，與周公制禮時又异，而人倫之變、家國之亂從此多矣。陸子則執《喪服傳》「若子」二字，力闢《公羊》「爲人後者爲之子」之説，是其説之與吾合也。

其他論宗法、論廟制，皆能推闡精微，曲盡事理，發諸家之蔀而成一家之言。蓋陸子會通漢宋諸儒之學，而又熟於諸史之事實，故言皆有物而不爲空談，且推之於世而可行，而不苟爲高論，其才其學不可及矣。

余老矣，自去冬兩病後精力益以不支，略覽一過，書數語而歸之，未足副其拳拳之來意也。

劉古香女史詩序

余比年以來讀閨閣之詩多矣，即爲閨閣之詩作序亦多矣，約略計之，有若曾氏季碩之《虔共室集》、潘氏雲仙之《倚紅樓集》、沈氏粟香之《半灣秋水草堂集》、謝氏韵仙之《蘭風館集》、王氏喬雲之《冬青館集》、嚴氏少藍之《紉蘭室集》及《鰈硯廬集》，類皆氣高致遠，體潤詞清，未嘗不嘆閨閣之多才也，乃今又得讀劉古香女史小蓬萊仙館之詩。

古香生有雋才，四歲時父抱置膝上，適寒梅初開，口占曰：「梅爲花第一。」古香即應聲曰：「人是玉無雙。」不特屬對工穩，而其瑶情玉想，品格非凡，固不問而知爲神仙中人矣。及笄，歸錢君梅坡，亦風雅士也。一時唱妍酬麗，有管趙之風。所爲詩詞，於花紅玉白之中，有風逸烟高之致。「池塘生春草，明月照積雪」，自然妍美，殆所謂綜采繁縟、杼柚清英者乎？惜不自收拾，録而存之者僅如干篇，詞則倍之，又附以南北曲一卷，不遠千里展轉相托，求序於余，乃書數語而歸之。聞古香尚有傳奇數種，絶妙好詞可與洪蔣伯仲，余於是益嘆閨閣之多才也。

《五周先生集》序

夫弟兄競爽，自古難之。郊祁、軾轍，世所艷稱。至於花蕚之集合爲一編，同傳千古，則尤其難者也。稽之前代，有兄弟三人爲一集者，如宋孔文仲、孔武仲、孔平仲《清江三孔集》是也；有兄弟四人爲一集者，如宋柴望及其從弟隨亨、元亨、元彪《四隱集》是也；有兄弟五人爲一集者，如宋竇常、竇年、竇群、竇庠、竇鞏《聯珠集》是也。乃今又得之於祥符周氏。

周本吾浙山陰人，寄籍祥符，遂爲汴中著姓。其兄弟八人，知名者五。余庚戌成進士，與眗叔都轉爲同年生，則其於兄弟行居七者也。余留京師日淺，故雖與眗叔同年，且同官翰林，又知其能詩，然未得與之酬唱也。同治之元，余至京師，與眗叔相見，始稍論及詩，旋即别去。其後與眗叔同寓姑蘇，時相過從，然眗叔又不久下世矣。其弟季貺太守宦游閩中，余有表侄戴子高茂才主其家，極相得，與余書屢言季貺負才名、有奇氣，所爲詩詞高出儕輩，又喜收藏金石，書籍字畫手自理董，精審絶倫。子高落落少許可，而心折季貺如此，余又知季貺之才也。比年以來，季貺亦與余同寓姑蘇，竟未一謀面，韋李、艮坤渺若楚越，吾兩人之衰老亦可見矣。

今年春，有冒鶴亭孝廉見余於春在堂，乃季貺之外孫也。以《五周先生集》見示，則自其長兄柯亭太守至季貺之詩皆在，詩皆不多，蓋掇拾於蟫斷蠹朽之中，非其全者。涑人刺史止有文而無詩，惟眗叔存詩一卷、詞二卷，於昆弟中爲稍多矣。嗟乎！五先生皆曠代逸才，而所存止此，亦可悲也。然詩文皆自能成家，不染近代浮靡之習，則此一集也亦如精金美玉，其光氣固不可埋没，竇氏《聯珠》不得專美於前矣。五先生中惟季貺如魯靈光巋然獨存。余雖衰老，幸相距不過數里，尚願介鶴亭而與之游也。

春在堂雜文六編八

吴伯華觀察《也是園詩鈔》序

自道光之季，大盜起，軍務興，百戰而名將出，於是乎有湘軍，又有淮軍，凡出於此二軍者，類皆龍驤麟振，大顯於世，節旄相望，紱冕如雲，而吾於伯華吴君則有异焉。君亦淮軍中一宿將也，與合肥相國同鄉里，甚相得。相國之起也，君亦投筆而起，助官軍剿賊含山，屢戰皆捷。在壽州招撫亂民談家寶，在潁川收復沈邱集，皆以一人一騎馳入賊壘，忼慨而去，談笑而還。及相國以淮軍下江南，君亦參預其事，率舟師出吴淞，剿福山，剿白茅，解常熟之圍，受嘉善之降，破泗安之壘，復嘉興之城。方相國之蹙僞王譚紹洸於蘇州也，賊自浙以十餘萬來援之。君率所部雲南營三千人扼之於吴江，相持月餘，幾陷者屢矣。卒會程忠烈之師内外夾擊，大破賊於垂虹橋，乘勝收復平望鎮，而賊援始絶。微君之力，則蘇城不可下，而東南之肅清亦未知何日矣。其攻溧陽也，以八百人乘風雨夜襲南渡賊營，斬僞直王，殲其衆，尤爲奇捷。露布上聞，温綸褒獎，謂各路官軍均能如此剿除，則賊數日減，何至殘寇復張？然則如君者，豈非淮軍中之合肥韋武哉！

君顧落落不爲苟合，方皖中大吏議招撫苗霈霖，力持不可，賦詩云：「鹿馬是非終有定，沙蟲劫數恐無邊。」後果如其言。及在江南，又有詩云：「狂言我欲芻蕘獻，危地何能用客兵？」蓋爲常勝軍而發此，則非有深識遠慮見及數十年後者不能爲此言也。

同時并起之人皆領巨封劇鎮，即隸君雲字營者，同産弟毓蘭至津海關道，族子育仁亦官正定鎮總兵。而君以道員候闕，卒未真除。年甫及艾，長揖而歸，築也是園。家居奉母，草堂竹屋，桐帽棕鞋。客或過之，止談詩文，不談軍事。與曩時詩所謂「偵賊一舟浮大海，受降單騎入岩城」若兩世事。嗚呼！其人异，宜其詩异矣。

詩凡五卷，曰《燼餘吟》，曰《載途吟》，曰《磨盾吟》，曰《歸田吟》，曰《循陔吟》，時而鐵馬金戈，時而幽居種菜，詩境變而詩格固不變也。集中有句云：「發揮自根柢，流露乃性情。」殆自道其詩乎？

君長子兆楣，字葆之，以知縣官江蘇，次子次符，光緒乙酉拔貢，余孫同年也。君殁七年而葆之刻其詩，求序於余。方今時事多艱，湘淮宿將落落如晨星，君子聞鼓鼙而思將帥，讀君之詩，慨然有不忘巨鹿之思矣。

任硯雲詩序

道光癸卯歲，吾兄壬甫舉於鄉，至於今五十五年矣。是科吾邑南北榜獲售者三人，今皆下世矣。即吾浙九十四人中亦未知尚有幾人，零落琴星，可爲太息。乃近者嘉興任君方珩來爲吾邑訓導，出其先祖硯雲先生《雙桂軒詩》求序於余，則固吾兄癸卯同年也。嗚呼！五十五年前與吾兄掎裳連襼之友，余雖不及見其人，而猶得讀其詩，豈非幸歟？

先生鄉舉後，即於次年捷南宫，以知縣官直隸，先宰高陽，後調成安，所至以廉惠稱。未久卒於官，感動婦豎，有輟耒捐佩之慕。如先生者，亦吾浙癸卯榜中魁士名人也。未達時，教授生徒，從者甚衆。舉業外兼工古文、駢體文及古今體詩。兵燹之後，散佚無存，僅存此詩一卷，亦從蟫斷笈朽中收輯而得者也。先生登賢書年已五十有三，故通籍以後存詩不多，讀其《敝裘》詩云：「冰霜不改舊時心。」足以知其爲人矣。惟癸卯秋，有《游西湖登孤山》詩，是時余與壬甫兄亦倘佯湖光山色間，惜未得與先生一把袂也。

石印《春在堂全書》自序

余自河南罷歸，即專事著述，不知而作，已四百餘卷矣。世間老師宿儒白首著書，身後徒飽鼠蠹者何可勝數，而余每著一書，書成之後即付剞劂，刻成之後即行於人間，傍及海外，殆亦所謂適有天幸者乎！然卷帙煩重，舟車携挈亦頗不易。繆小珊太史言蜀士欲購余書，必求之販買南貨之客，而一客所賫不過四五部，聞之稍後往，則無矣。雲南去中原絶遠，得之尤艱，馬星五觀察携一部去，借鈔者踵於門。余因以一部寄譚叙初中丞，請置之書院中，而途次爲雨水所濡，不可啓視。中丞書來屬再寄一部，然無便人，因循未果也。

汴梁與江浙相距非遠，然輪船不通，故得之亦不易。年家子暴方子言，其鄉知有余書者十而八九，得見余書者百不一二，門下諸君子以余書行遠之難，創爲石印全書之議，有姜子仁茂才者用西人石印法設肆於杭，乃就而謀焉。子仁亦好事者，從臾以成其事，并出貲以助之，不數月而書成，自此流播四方，輕而易致，海内人士得見吾書者益衆矣。其有發明吾義者，固余所望焉。苟有評駁吾誤者，亦余所樂也。因書數語以識緣起。

黄愚初《算學》序

六書、九數，周司徒教民之遺法也。本朝經學昌明，書、數二學超逾前代。乾嘉以來士大夫皆喜言六書，咸、同以來又厭六書而喜言九數，亦風會使然哉。自泰西之學行於中國，而言算學者有中法，又有西法。《易》曰：「殊塗而同歸。」今之學者或宗中法，或尚西法，此不知其歸之同也。又或謂西法皆出於中法，此不知其塗之殊也。

黄君愚初擘精算學，於中西之法皆能會而通之。病昔之著書者言其數不言其理，承學之士讀之茫然；又或推論精微而無裨實用，則亦非古者以九數教民之本意也。糾合同志，創爲《算學報》，月出一編，流布海内。每設一題，必繪圖以明之，使讀者曉然於其理如是，又皆切於實用，不爲曼衍之談、附和於河圖洛書之説，學者由此而熟之，引綴量用，庶不至望洋而嘆乎！

今年秋，見我於春在堂，乞爲之序。余不知算，何足序君之書。然與君談，則於天地陰陽之原，與夫醫卜、星命諸術家説，無不通曉，蓋亦當代一振奇人也，因書數語歸之。聞尚有《格致搜奇》一書，惜未知何時卒業，老夫尚及一讀否也。

乙垣禮部《鑄廬詩賸》序

國初，以八旗勁旅分駐各行省形勝之地，是曰駐防。年代綿遠，遂如土著，於此行省之人即有同鄉之誼。余從前官京師，凡杭州駐防皆鄉人也。而其時有乙垣禮部以詩鳴公卿間，余同年孫琴西太僕方官編修，亦與往來唱和，而余竟未得見，何其失之交臂也。今年秋，余來西湖，先生之外孫六橋都尉以先生所著《鑄廬詩賸》見示，則先生已早歸道山矣。

先生爲嘉慶戊寅恩榜舉人，官至禮部員外郎，而不携眷屬，賃居蕭寺中，以吟咏自娱。所作詩甚多，易簀之日命納之棺中，故傳者甚少，此卷僅詩六十餘首、詞六首，蓋道光戊戌年入京後所作，至光緒丁酉，六十年矣。余讀其詩，格高意遠，味淡神清，有蕭然自得之致，似不在九衢車馬中者。而其中往往有追憶西湖之作，信乎先生之爲杭人矣。

六橋年少美才，傳香山詩學者，其在談氏玉童乎？余因六橋得讀先生之詩，深嘆其詩集之散佚，而又惜當日在京師時未得介琴西以交於先生也。

王同伯比部《唐栖志》序

古無所謂鎮也，鎮之名實起於古之鎮將。宋談鑰《吴興志》曰：「鎮戍置將，起於後魏，唐制每五百人爲上鎮，三百人爲中，不及三百人爲下。」自藩鎮勢强，鎮將之權日重，縣官雖掌民事，束手委聽。國朝收藩鎮權，諸鎮省罷略盡，所存者特曰監鎮，離縣稍遠者則有巡檢寨。以是言之，今以巡檢司所駐之處爲鎮，本於宋之監鎮，而宋之監鎮，實元魏鎮將之遺。談《志》此條，至詳悉矣。

唐栖乃浙西一大鎮也，其地分屬仁和、德清兩邑，則於余實爲桑梓之鄉。而余又與鎮之姚氏有連，每歲蘇杭往返必由唐栖，至則維舟長橋河下，往往越宿乃去。見其民居鱗次，市廛闤溢，嘆曰：「此在唐時得不謂之上鎮乎？」嘗游於水南廟，又嘗泛舟丁山湖，觀梅於超山，飯於報福寺。老梅數株猶宋時舊植，而壁間有石刻觀世音像，相傳吴道子所畫也。登樓遠覽，欲訪求其故實，而從游者皆莫能言，慨然有遺老無存之嘆。已而得讀武林丁氏所刻何春渚《唐栖志略》，語焉不詳，意未饜也。

門下士王同伯比部意趣高邁，博學而好古。歲戊子，主講栖溪書院，因縱覽國初張半庵之

《棲里景物略》、曹菽園之《棲水文乘》及何氏之《志略》。病張、曹之太繁而何氏之太簡，因諮訪通人，稽考群籍，紀事纂言，正訛補缺，成《唐棲志》若干卷。既成，問序於余。余嘆曰：「吾主講西湖詁經精舍二十餘年，波訪雲諏，一無所得。吾子主講棲溪十三歲耳，而徵文考獻，裒然成書，弁言其端，得無滋余之愧乎？」然比部之意拳拳，固不可以却，因書此以報之。其時仁和令君爲高君積勛字卓如，講求利弊，好尚風雅，實主持其事。里人有夏君同聲字容伯，助之采輯，與有力焉。是書也成，洵足備棲溪之掌故而爲仁和、德清兩縣志乘之所取材矣。余嗣後再過其地，携此志於舟中讀之，其流連而不能置者，豈獨宋梅唐畫已乎？

陸存齋《儀顧堂集》序

有明一代學術衰息，不如唐宋遠甚。及其季也，亭林先生崛起，本經術而發爲經世之學，遂卓然爲一大儒。近世學者徒見其《杜解補正》諸書爲阮文達采列《皇清經解》之首，遂奉亭林爲我朝治漢學之先河，而不知此未足以盡亭林也。

吾郡存齋陸君，所學以朱子爲宗，而又深病世之稗販語録、掇拾大全者，號爲宗朱而適以叛朱，因於國初諸大儒中，獨於亭林先生有深契焉。其言曰：「學者也，上究今古興衰之故，中通宇宙利病之情，下嚴身心義利之界，在本朝則亭林、稼書是也。」又曰：「亭林之學，一本朱子而痛斥陽明，其才足以撥亂而反正，其行足以廉頑而立懦。至其教人，以『博我以文』『行己有恥』二句爲準，尤足以持時局而正人心。」君所言如是，其所宗尚可知，故以「儀顧」名其堂，而即以名其集。今讀其集，議論純正，根柢淵深，信有如潘次耕《叙亭林先生書》所謂「綜貫百家，上下千載，詳考得失，斷之於心，學博而識精，理到而辭達」者。至於一名一物，考訂精詳，亡簡逸句，搜輯無漏，則又亭林先生所以開漢學先河者也，宜先生以「儀顧」名堂而即以名集矣。

君之歿也，余爲志其墓，言君既優於學又優於仕，仕學兼優，斯爲古之君子，一時頗以爲知言。越數歲，而君之子誠伯昆仲又以《儀顧堂集》求序。余惟君往年曾蒙天語褒嘉，有「著作甚多，學問甚好」之諭，然則异時重開四庫館，此集必在甄録之列，豈待余言爲重？惟表君學術所從出，使讀是集者相與講求經世之學，勿使外人駕其异説，反笑我經術之迂疏，此則吾道之光，亦世道之幸也。君此外所著書，尚有九百二十餘卷，備載墓志，兹不論云。

董伯騤《擬補經部提要》序

自劉編《七略》、荀叙《中經》，累朝著録，日益繁富。乃鄭漁仲轉以《崇文總目》爲繁而無用，後之紀録者或徒記書名，不存崖略，如明臣楊士奇等之《文淵閣書目》，陋矣。國朝《四庫全書提要》，大都出紀文達之手，最爲精核，讀其目不啻讀其書，洵千秋之巨製也。

往年，詞臣請重開四庫館，詔待《會典》之成。今《會典》已將告成，則四庫館行當復啓，而君適有此作，殆非偶然。所録雖止經學一門，未及其餘，然本朝著作如林，實以經學爲極盛。自乾隆以後，諸老先生發明古義，所得益多，异日重開四庫館，非得博學如君、卓識如君者，於此一類必望洋而嘆，不能得其要領。

余於君，雖不敢徇世俗之見但以科第相期，然實願君從科第起家，登承明著作之庭，以膺此巨任，庶幾斯文不墜而吾道有光。余老矣，計其時墓草已宿，所著之書或有一二種，蒙君存録，竊不禁諄諄焉如邵康節之於歐陽叔弼也。

《九峰精舍文集》序

余往年至福甯奉迎太夫人，道出黄岩，適孫君歡伯宰是邑，爲具車徒，留余兩日，因得至九峰書院謁院長王子莊先生。書院爲歡伯所創建，而子莊先生首主斯席，老經師也。余周覽其林壑之勝，又得觀書院規條，喟然曰：「地與人兩勝矣。」嗣後余不再至黄岩，而子莊先生門下士有至杭州者，余必敬問先生起居。

前年，先生至杭修府志，主錢唐丁氏。余又與先生見，曾以所著《中外和戰議》見示，余僭爲之序。今年秋，先生又自黄岩寄《九峰精舍文集》示余，乃精舍諸生課藝，辛卯五卷，壬辰一卷，皆説經之作，而首卷則先生擬作十五篇以示諸生程式者也。嗟乎！方今學術亦少歧矣。士大夫喜談新法，譯喇第諾之書，奉歐羅巴之教，而七十子之緒言、兩漢經師之家法，付之於㒸朽蟫斷之中，不復顧問。先生乃與門下大生硜硜焉抱遺經而究終始，《詩》不云乎：「風雨如晦，鷄鳴不已。」先生之謂矣。

余自主講西湖詁經精舍三十一年，所手編《詁經文集》共五集，而余所擬作有《詁經精舍自課文》二卷、《經課續編》八卷，亦云多矣。今老且病，已一再致書中丞，謝去病而求息，亦固其所。然念斯道絶續，正在斯時，若竟聽其銷歇，數十年後安得有濟南伏生其人乎？守先待後，孟氏遺規。余病喙矣，敬爲先生望也。

江孔德孝廉《穀梁條例》序

《春秋》自鄒氏無師，夾氏無書，於是傳《春秋》者惟左、公、穀，而漢博士有左氏不傳《春秋》

之説，然則傳《春秋》者惟公、穀二家矣。本朝經學昌明，超逾前代，而治《春秋》者喜言公羊，謂孔子立素王之制，托王於魯，變文從質，新周、故宋陳義甚高，立説甚辨。余初亦喜之，孰知數十年來學術之大變即伏於此，然則經術不可不慎也。何劭公序云：「其中多非常异義可怪之論。」夫經者常也，非常异義則非常也。漢宣帝時，丞相韋賢、長信少府夏侯勝、侍中史高等皆言：「《公羊》齊學，《穀梁》魯學，宜興《穀梁》。」而鄭君論三傳亦曰：「《穀梁》善於經。」蓋其體例甚精而義理甚正，無非常异義可怪之論，故《公羊》有弊而《穀梁》無弊。然其辭句簡古，語意深奥，又自漢以來一奪於《公羊》，再奪於《左氏》，入國朝又奪於《公羊》，而《穀梁》幾成絶學。百餘年來，溧水王氏、鎮江柳氏、海州許氏稍知治《穀梁》，而嘉善鍾氏之書最後出，而所得爲最多。鍾氏子勤，余舊友也，書成以稿本寄示，亦采鄙説一二事，余深愧無以副其下問之意。

今年，孫兒陛雲自京師還，又奉其師楊蓉圃先生之命，以其同鄉石城江孝廉慎中所著《穀梁傳條例》見示，余讀之。其書十卷，爲條例者凡三十，每例各引傳文若干條，而自爲説即附其下。其説始隱桓終獲麟，余十六歲時作《春秋絶筆獲麟説》即同此意，深喜其不謀而合。又説尊周親魯，故宋獨得大義，《公羊》之非常异義一掃而空之。若本此條例，刺取范注、楊疏及國朝諸家之説，去非存是，彙爲巨編，安知不駕鍾氏而上之哉？

余衰且老，學術荒落，往年於鍾氏書尚不能有所匡助，於此書又何裨焉？惟念方今學術之弊皆誤治《公羊》者積而成之，欲救其弊，非治《穀梁》不可，故深望江君之俛焉致力於是書而卒成之也。

附商二事：

「莊十一年宋大水，外灾不書，此何以書？王者之後也。」與故宋之義不合，尊著謂是《公羊》家言羼入此傳者。然以不合己説即謂是後人附益，此最説經者之强辭，愚素不以爲然。然則此説何以通之？曰：「《公羊》家以故宋對新周言，則故宋之義極重；《穀梁》家以故宋繼親魯言，故較親爲殺，則故宋之義稍輕矣。」莊二年〔一〕《傳》曰：「孔，氏；父，字，謚也。或曰其不稱名，蓋爲祖諱也。孔子故宋也。」故宋一義歸之「或説」，正與隱二年兩「或曰」、八年「或説曰」同。尊著歸之傳疑者也。孔子故宋，雖非傳疑，要亦不過或之一説。是以莊十一年《傳》：「宋大水，外灾不書，此何以書？王者之後也。」襄九年《傳》：「宋灾，外灾不志，此其志，何也？故宋也。」一火一水，天然對偶，聖經即借以互文見義。

〔一〕 莊二年，當爲「桓二年」，疑誤。

王者之後是一義，故宋又一義，使足其文。於莊十一年《傳》加「或曰故宋也」，於襄九年《傳》加「或曰王者之後也」，則其義了然矣。穀梁子之文簡奥而不易通，正在此等處。若以言書不書，與《穀梁》言志不志有异，謂是《公羊》文法，此亦不足據。《穀梁》亦自有言書者，隱九年、桓元年并云「無事焉，何以書」？書與志，一而已矣。

惲氏敬以衛靈公卒年四十七，蒯聵爲其子，而其前尚有姊，輒，又蒯聵之子，則其即位十歲左右耳，以此明輒之拒父，非其罪，所論甚入細。然愚謂此等議論不必引也。《春秋》於衛蒯聵父子只是就事論事，輒可以即位爲君，以有王父命也；輒不可以帥師圍戚，以子不可圍父也。就事論事，大義分明，以此治衛事可，以此治天下萬世亦可。《春秋》之書，固所以治天下萬世，非治一人一事也，使因衛輒年幼而免其拒父之罪，則《春秋》之衛輒年幼，天下萬世之爲衛輒者未必皆年幼，而《春秋》之義有所不可通矣。然則《論語》何以有「不爲衛君」之説？曰：「《春秋》之義如朝廷之立法，法止於是，則如是，足矣。若君子立身處事，則固有朝廷法之所不禁，而吾人義之所不容爲者矣。《論語》此章，自來未得其解，問「爲衛君」，兼問蒯聵與輒也。不爲衛君，明不爲蒯聵，亦不爲輒也，故子貢以伯夷、叔齊爲問。伯夷仁則蒯聵不仁矣，何也？伯夷知有父命，蒯聵不知有父命也。叔齊仁則輒不仁矣，何也？叔齊知有天倫，輒不知有天倫也。必也以伯夷處蒯聵，以叔齊處輒，則皆古之賢人矣。此正尊説所謂「充類至義之盡」。《春秋》就事論事，固不必推極至此也。

徐花農《粤東葺勝記》序

國家設立學政之官督天下之學校，非獨使之以文藝校士而已。恭讀雍正元年詔書，知學政一官爲人倫風化所繫，自先聖、先賢以逮山林隱逸、名迹藏書，皆宜加意表章，以激揚風俗、磨礪人心。歷考前史，如明戴〔一〕珊於天順末督南畿學政，成化中選陝西副使，仍督學政，所至修古聖賢祠墓，增設祀典；又金賁亨於嘉靖中歷福建、江西副使，皆督學校，所至崇獎實行、表章先賢，并稱述士林，流傳史策。夫明之提學不過按察使之副，猶知以此爲職，況學政之官至我朝而愈重，大者卿貳，小者亦文學侍從之臣，銜命而出，敢不謹遵世廟聖諭，以端人倫而興風化乎？

花農太史於光緒十七年奉命視學廣東，其衡鑒之公、關防之密，余聞之而心折久矣。乃又自都門寄示《粤東葺勝記》一書，所葺諸名勝三十有二，皆繪圖而繫以説，凡奏疏、公牘、碑記、

〔一〕戴，原訛作「載」，據上下文改。

詩文，次第編纂而成是書，如花農者，洵能謹遵世廟聖諭而以人倫風化爲先者矣。且如辨張越公之墓在陽江縣，趙古則之墓在瓊山縣，皆確有依據，可以垂信於古。而庾嶺補梅則主於振起人文，温泉建亭則意在維持風化，皆非徒爲游觀計。至連州燕喜亭之築，并以其地山川奇突，士以風骨相尚，爲創建書院，使一變而至於道，尤見用心之深遠矣。

花農還朝後未久即入直南齋，恩遇愈隆，异時或仍出衡文，或受特達之知，洊歷封圻之任，吾知所至之處，表章名迹，心更有夥於是者，此特其嚆矢也。然則如明臣金、戴二公，固不足爲花農道矣。

丁潛生廉訪詩序

往年歲在丙申，潛生丁君奉天子命陳臬於吾浙，余聞之而喜曰：「浙臬得人矣。」先是彭剛直公曾爲余言：「君忠孝本於天性，而又具文武才，有節操，多技能，工詩畫，精拳勇，同時將佐中未有如君者也。」

及丁酉之春，余來杭州，與君相見，一見如舊相識。君枉車騎過余右台仙館，促膝草堂，語移晷。以其祖母方太夫人、生母劉太夫人事實見示，乞爲之傳，并揎臂示我劉太夫人所刺八字曰「忠心報國，致身事君」，涅文爛然，明白可讀。又自言前在營中，嘗自練一軍，凡二千五百人，皆能舞藤牌，藤牌所至，如旋風，如轉丸，捷而且猛，無能當者。余因嘆曰：「國初曾以滚牌破外國火器，見《平定羅刹方略》，滚牌即藤牌也。方今外國恃其火器之利憑陵我中國，得如君者數人，庶足制勝於疆場乎。」君曾寫剛直公像，甚肖，且許爲余寫之。其寫照神妙獨得，一揖之後，即能摹寫其容。剛直公言君多技能，洵不虚矣，然未始得見其詩。

今歲初冬，余來湖上，君至俞樓見訪。袖中出詩一卷，曰《盾墨餘香》，君詩不自收拾，此數十篇乃諸公子於敝簏中得之者。余讀之，如《當馬》《典劍》諸篇，皆盤鬱有奇氣，肖其爲人；《咏肥瘦兩馬》寓意深遠，爲之三嘆息；而《羨漁絶句》二十二首，又宛然皮、陸風流；至《擬寒山詩》十五首則居然寒、拾矣。君爲余言，昔者曾文正駐軍南康，君奉急檄往返三百餘里，短衣草屩行匡廬山中。昏暮失道，迷不得歸，聞前途窸窣有聲，厲聲曰：「人歟？妖歟？吾有劍在。」則應曰：「吾僧也。」即之則一僧曳柴而行，欣然問途，曰：「前有茅庵，曷往小憩。」至則煮糜鬻爲食，出詩一卷示之，其詩頗類寒山。食畢，導之出山，俄頃之間大營旗幟在望，詑曰：「已至乎？何速也！」僧曰：「君既識塗，吾不復導。」一轉瞬而僧不見矣。异哉此僧！其即寒山子乎？君與有緣，宜其詩之肖寒山矣。

君近來精究内典，讀其《寄園一記》，頗得西來大意，然則剛直公言君「工詩畫，精拳勇」，猶不足以盡君也，然而君已老矣。

黄母范太夫人《焚餘草》序

余長子婦咸甯樊氏女，樊氏與武昌黄氏有連。丙申之春，武昌黄君菊友來宰吾邑，兒婦曰：「是吾家姻亞，知其家世且知其人，蓋得之母教者也。」及戊戌初冬，余自吴下寓廬，至德清省視先塋，遂入城修相見禮，承以其母范太夫人《焚餘草》見示。焚餘云者，蓋夫人自失所天，即取所著詩文盡焚之，此一卷特其餘也。余受而讀之，嘆曰：「吾兒婦之言不虚矣。」

夫人爲四川梓潼縣知縣范公諱陳鯉之第四女，幼慧，授以經史輒成誦。及笄，歸黄君。黄君諱孚敬，字仲方，名諸生也，不幸早卒。夫人時年二十九，以親老子幼忍不死。家貧，恃針黹以養其姑。姑病，奉事惟謹；姑卒，喪葬以禮。子稍長，親教之，每至丙夜讀猶未輟。菊友亦克自磨淬，以經學及詩古文應學使試，列第一，是歲遂入邑庠，夫人猶及見之也。庚辰之夏，忽謂菊友曰：「吾未老而神衰，殆不復永年。吾詩雖已焚稿，而能記憶者猶若干篇，今口授汝，汝録而存之，他日見詩如見我矣。」此焚餘之草所以存也。

其詩自丙午至乙卯凡十年，得詩五十餘篇，蓋什百之一耳。清詞麗句，不事雕琢，讀其與仲方君唱和詩，工力悉敵，亦庶幾今之管趙矣。已而菊友又於敝匧中得《翔鶴樓賦》一篇、《擬黄叔度碑》文一篇。碑文工雅，賦則洋洋九百餘言，尤爲傑構，雖求之館閣諸公猶或難之，而乃得之巾幗哉。然則菊友之學，信乎得於母氏者多矣。使夫人尚在，魚軒與琴鶴同莅清溪，吾邑雖僻小，山水之勝亦足流連，惜乎夫人之不及待也。

《樂善録》序

我朝列聖相承，重仁襲義，凡所以子惠元元者，無所不用其極。自世宗憲皇帝創設普濟堂於京師，而又下其法於各直省，於是吾浙於省會亦建有普濟堂。嘉慶十八年，頒賜「樂善好施」四字恭縣聽事，士大夫仰瞻宸翰，無不歡忻歌舞，推廣皇仁，於是其制益以美備。曰普濟堂者，固諸堂之冠也。其踵事而增者，曰同善堂、曰清節堂、曰育嬰堂、曰宗文義塾、曰永濟倉、曰錢江救生局、曰保甲局、曰浚湖局、曰栖流所、曰遷善公所、曰粥廠、曰丐廠，以至病者予之藥，死者施之棺，有恤災所以恤火災，有放生池以全物命，世間善舉無一不備，名目繁多，不可以悉數。百年以來，中經兵亂，而杭人敬遵仁廟樂善好施之意，有舉無廢，不敢失墜。始隸於官，今則主於賢士大夫，實事求是，盡善盡美，古所謂「一夫不獲，時予之辜」者，庶幾近之矣。光緒十六年，巡撫崧公又録同善堂紳士籌振之功，籲請賜額，詔予「樂善不倦」四字恭懸於堂，與仁廟賜額後先輝映，盛乎哉！

夫作而不記，後無述焉。余讀先哲諸君碑記之文，其宏綱細目固已畢備，而近時袁京卿昶善舉二十八事，碑記尤羅列無遺，然散見諸家文集，而無一編以會萃之，則其建置本末終莫得而詳焉。丁君松生負一鄉重望，經理兹事，歷數十年，可謂盡心焉耳矣。今年，余來西湖，示我《樂善録》十卷，首列恩綸，次詳建置以及古迹之宜考、公牘之宜存，規約若干條、捐輸若干數，無不謹書而備録之，附其末者曰《雜綴》，曰《藝文》。此一録也，居然郡邑志之體例矣。余曾作《重建普濟堂記》，今采入《藝文》中，故此録告成，丁君亦問序於余。余幼時讀吴穀人先生《募建普濟堂疏》，愛其文辭之工，每喜誦之。然先生此文作於締造之初，而余乃得綴一言於大備之後，何其幸歟？方今朝廷勤求上治，每降詔書，無不以民間疾苦爲念，然則樂善好施之舉，自當愈推愈廣，吾知載入此録必更有夥於是者。傳記類中別成一類，此録其嚆矢矣。

程少周觀察《日本變法次第類考》序

余讀《周官》太宰之職曰：「乃施典於邦國」，「乃施則於都鄙」，「乃施法於官府。」又讀小司徒之職曰：「乃均土地以稽其人民」，「乃經土地而井牧其田野」，「乃分地域[一]而辨其守，施其職。」諸條，皆以乃字發端，竊謂乃者繼事之詞，明其欲爲彼必先爲此，治一事然後又治一事，凡事皆有先後而不可紊也。《大學》首章羅陳條目，曰先，曰而后，反復申明。《管子》雖霸者之書，其言曰：「有身不治，奚待于人？有人不治，奚待于家？有家不治，奚待于鄉？有鄉不治，奚待于國？有國不治，奚待于天下？」亦隱然與《大學》相合，是知古之治國平天下者，必知所先後而後可以從事。《學記》曰：「不陵節而施之謂遜。」又曰：「雜施而不遜，則壞亂而不脩。」豈惟爲學？爲治亦然。自泰西諸邦交乎中國，而中國之學者乃争言西法。及見日本自明治以來講求新政，日致富强，儼然爲東方一大國，於是言新法者又不求之西而求之東。嗚呼！是誠然矣。抑思日本之變法，非一朝夕事乎。自維新以至今日，歷三十餘年，有始終不易者矣，有稍稍變易者矣，亦有全廢不用者矣。計其頒行新政，無慮九千餘條，各有年月，歷歷可考，是其先後之間必自有道矣。若不審其何者宜先、何者宜後而但曰變法，吾懼其倒行而逆施，不特爲西人笑，且爲東人笑也。

[一]　域，原訛作「城」，據《周禮》小司徒改。又，「施其職」下《周禮》有「而平其政」，俞氏引文不全。

程少周觀察長於吏治，又諳習中外之故。其介弟游歷東瀛，數易寒暑，於日本變法始末覶縷言之，如示之掌，乃參互考訂，成《日本變法次第類考》一書。其全書余未之見，而得見其凡例及書之第一卷，每條皆注明年月，使人得考見其施行之次第，求治者循是而求焉，如問塗者由郊而牧、而野、而林，以達於坰；如導水者由遂而溝、而洫、而澮，以達於川，庶幾事半而功倍乎！抑余觀其首卷第一條曰：「憲法大旨，在歸重君權。」嗟乎！自西學入中國，人人皆曰均權，曰自由，推其弊之所極，不至於無父無君不止。此書乃首重君權，是不特知先後，且知本末矣。今國家鋭意自强，創設政務處，冀與天下更始，而海内才智之士亦争獻其説，以自奮於功名。雖然，治絲而棼之，無當也。振裘者挈其領，舉網者提其綱，其在此書乎？僭書其端，敬爲當世言新法者告也。

《徐淡仙百蘭稿》序

古人書木字作𣎳，其上之歧出者，枝葉也；其下之歧出者，乃其根也。至作草字，則止作艸，但有其上之枝葉而無下之根矣。以木大而草小，故字體有詳略，且以爲草木之别。然草木一也，木有根，草豈可無根乎？况蘭爲香草，草之尤貴者乎！今人畫蘭，但畫其葉，綴數花於上，便謂神似，正似春初早韭翦以入饌者。然唐詩人薛能咏蘭云：「蘭芽負土肥。」然則古人畫蘭恐不如是。

富陽徐淡仙，名諸生也，尤工畫蘭，謂蘭之花葉都從根發，有根則聚，無根則散，非梅竹之類一枝數節，亦自可觀也。因費數十年之力，於根株之盤曲、蒂跗之高下，洗剔泥土，細玩其肥瘦老嫩，得其自然之理，寫蘭百幅，盡態極妍。其首六幅則用余墨戲之法，以字爲畫，畫則蘭也，字則「徐淡仙百蘭稿」六字，可謂「神妙欲到秋豪顛」，視余所作，何啻青藍！

至蘭、蕙之分，則黄山谷「一幹一花爲蘭，一幹數花爲蕙」兩語已爲定論，種類紛繁，小有出入，不必屑屑分别。總之，今之蘭非古之蘭，猶今之桂非古之桂也。君有《蘭蕙考》，一問及之，故附此以報。時余在右台山館，即將還蘇州，匆匆點筆，不足副來意也。

《寶積寺傳戒録》序

自優波離尊者口傳律藏而戒律興焉，自是厥後，海内大叢林皆以傳戒爲一大事。顔魯公有《撫州戒壇記》，陸長源有《會善寺戒壇記》，誠重之也。

蘇州長洲縣之有寶積寺，創始於蕭梁，亦一古刹矣。衡峰和尚於道光間議修復之，堂構粗定，大亂洊至，化爲邱墟。至同治間，三吴底定，又次第修理，復其舊觀。衡峰一身兩興此寺，其願力宏大，不可思議。光緒三年，歲在丁丑，開壇傳戒，善信景從，一時稱盛，其《同戒録序》，老友吴平齋筆也。次年，至京師拜請《龍藏》歸寺，議於明年再有傳戒之舉，而衡峰旋入涅槃，事遂不果。繼之者爲從原，爲道成，咸有此志而未逮也。

今密德和尚主持講席，慨然曰：「前人未意〔一〕之志，何敢不力？」乃於光緒二十九年春又開壇傳戒，而乞余一言以張之，則距衡公傳戒已二十六年，不特衡公久證菩提，即老友平齋墓草宿矣。余以八十餘歲老翁獲睹斯盛，何敢無言？或述《元史》廉希憲語，「受孔子戒，不受佛戒」，乃余嘗聞尤西堂老人之説矣。孔子有三戒，天氏亦有三戒，戒痴即戒色也，戒嗔即戒鬥也，戒貪即戒得也，然則教异而戒同矣。

方今海内猶紛紜多事，倘得一二高僧修明戒律，於以靖人心而回劫運，或亦不爲無補歟？至於佛家戒律有三分宗、有南山宗，余門外漢，固不能言也，惟受戒者自領之而已。

〔一〕意，據文意當作「竟」。

孫田卿《菱湖詩存》序

湖州府城東南四十二里有地曰菱湖，屬歸安縣，唐崔元亮所開凌波塘即其地也。志書稱其地産菱，故得是名。蓋吾湖本水鄉也，白蘋、紅蓼皆以名其汀洲，菱湖之名亦猶是矣。其地風物清華，人民繁衍，亦吾湖一巨鎮也。

有龍湖書院，余主其講席二十餘年，舉業之外，間課以詩賦，其在高等者孫氏子弟爲多。孫爲菱湖右族，往年有孫翰卿茂才志熊以所輯《菱湖鎮志》見示，余爲序而行之。今年又有孫田卿茂才志瀛以所輯《菱湖詩存》見示，蓋其昆弟行也。

詩凡八卷，起自宋代，以至本朝，凡百數十家，搜羅甚富，而體例謹嚴，用《昭明文選》不録何遜之例，同時之人其見存者概置不録。所録之詩，意在以詩存人，甄別從寬，然亦皆清雅可誦，而孫氏之詩幾居其大半。讀此編也，足見吾湖山水清遠，人文薈萃，一鎮之地其盛如此，而孫氏多才，世有著述，亦可見矣。

黄小宋太守《壯游圖》序

顧亭林言：「古畫皆有事實。」自白描山水興而古意淹矣。然古圖畫之流傳者如《老子出關》《漢祖過沛》《二疏祖道》《葛洪移居》，不過偶舉其人一事而圖之耳。宋皇祐初，敕待詔高克明等圖畫三朝盛事，凡一百事，爲十卷，鏤版印染，頒賜大臣，此等印本未知尚有流傳否，如果得之，真希世珍矣。然事閱三朝，而爲圖止百，盛事之入丹青者，洵不可多得哉。道光間，麟見亭河帥爲《鴻雪因緣圖》，盛行於時。余與公子樸山、地山兩君皆同年也，故曾得其初印本，極精。然畫手非出一人，亦不能無所出入。乃今觀南海黄君小宋《壯游圖》，圖凡一百有二十，皆君所自繪，非獨可與《鴻雪》并傳，行且駕而上之矣。

君自少有奇氣，以羽林孤兒起家，今官陝州直隸州知州。嘗自溯其生平，馳驅萬里，足迹半天下，多可喜可愕之境。或干戈兵火，或裙屐風流，或冠蓋行春，或舟車走險，或家庭雍穆，或堂陛森嚴，每一事爲一圖，可以觀忠孝之性焉，可以觀智勇之略焉，可以觀吏治之精詳焉，可以觀友誼之切摯焉。蓋君長於畫，故所繪諸圖皆歷歷在目，非他人爲之徒得其仿佛而已。昔人譏畫《明妃出塞》而有帷帽之飾，畫《梁武南郊》而有騎馬之人，皆不合當時體式，君自爲圖必盛事，見於丹青，余儻得追陪游宴，或亦虱於其間，是又所深爲君望者也。惟吾浙山水頗極東南之勝，而君《壯游》則未及焉，异時陳臬開藩，來游兩浙，鋪張無此弊矣。

應是：無此弊矣。惟吾浙山水頗極東南之勝，而君《壯游》則未及焉，异時陳臬開藩，來游兩浙，鋪張盛事，見於丹青，余儻得追陪游宴，或亦虱於其間，是又所深爲君望者也。

黄小宋太守《四百三十六峰草堂詩》序

小宋黄君有《壯游圖》，每圖爲一事，凡百有二十事。余既爲之序矣，乃又以《四百三十六峰草堂詩》見示。余讀之，有曰《宛社吟》者，則其少作也；有曰《燕游集》者，則以縣令引見，由汴赴都時作也；有曰《歸粤集》者，則其回籍修墓時作也；有曰《黎陽集》者，則其令浚縣時所作也；有曰《彛山集》者，則其令祥符時所作也；有曰《召南集》者，則其權陝州刺史時所作也；有曰《潁川集》者，則其權禹州牧時所作也；有曰《召南續集》者，則其真除陝州刺史後所作，乃近作也。蓋君所至之處必有圖，亦必有詩，觀君之圖如讀君之詩，讀君之詩如觀君之圖。昔人稱王摩詰「畫中有詩，詩中有畫」，猶虚語耳，若君之圖則真畫中詩，君之詩則真詩中畫矣。君所爲詩如香山、如劍南，不以餖飣爲古，不以馳騁爲豪，而格律謹嚴、神味雋永。余雖不與君相見，而讀其詩如見其人。凡同人倡和之作，用《謝朓集》附王融詩、《杜集》附嚴武詩、《李集》附崔宗之詩例盡行編録，唱妍酬麗，極一時之盛。

余兄壬甫與令兄寅卿先生同登道光癸卯賢書，則余與君有昆弟同年之誼。既序君之圖，固宜更序君之詩，惜余衰老，回憶中州游迹恍如隔世，不得與君同探伊闕、龍門之勝，附一二小詩於大集中也。

《雙溪唱和集》序

東苕、西苕二水一出天目山之陽，一出天目山之陰，至湖州城中而二水合流，同入於太湖，故湖之爲郡，固澤國也。烟波浩渺，群山環之，漁村蟹舍點綴於晨烟夕照中，如前溪、如竹溪皆山水最勝處也。景物清幽，風氣樸茂。士大夫之宦成而歸者，芒鞋竹杖，倘佯其間，觴咏閑作，笙磬同音。康熙中遂有《雙溪唱和詩》之作，吾邑徐蕢村宗伯序而行之。百餘年來，久已流播藝林矣。歷年既久，原版毁焉。

有沈子祖疇字壽田者，明敏好學，年十五，畢九經，於舉業外尤喜爲詩。其家藏有《雙溪唱和集》，自兒時即吟諷不倦。每惜原版不存，謀重刻之，乃年未二十即赴玉樓之召。尊甫小屏先生憫其志之不遂，爲付手民，償其夙願。刻成，問序於余。余惟此集初刻有吾邑蕢村宗伯一序以冠其端，越一百七十五年，而余又得挂名於其末，豈非幸歟？若其詩之各體咸備，一以唐人爲宗，無摹擬之迹，無纖艷之辭，則宗伯已言之，余可勿論矣。

《溪上王氏族譜》序

天下惟王姓最盛，支派亦最繁，有姬姓之王，有子姓之王。而姬姓之王又分爲二，有王子晋之後，有畢公高之後。太原、琅邪兩派皆出於王子喬。有曰三槐王氏者，又琅邪之分派也。往年有爲《王氏通譜》者，叙述甚詳，余爲叙而行之矣。今年春，又有王君潤之以其家譜求序，自言系出太原，祖居新安，遷於吴中，所居曰溪上，此譜乃爲溪上一支而作，蓋太原之分派耳。然自其伯古愚公始創此譜，及其先德鑒庭公欲踵成之而未就，君繼承先志，乃始葺有成書，蓋歷數十年之久矣，纂述之難如是。昌黎云：「固宜長有人，文章紹編劃。」豈易言哉？古愚公自序，深嘆世人之以非族爲族，轉棄其族而不族，故其爲譜體例嚴謹，采輯詳明。非吾族者，勿攀附以爲榮，是吾族者，雖疏遠而必録。鱗羅布列，若綱在綱，可謂譜之善者矣。君又言，其高祖光裕公生一子早世，子婦陳孺人力勸其君舅納妾孫孺人，是生曾高祖怙亭公。其後兩孺人以煢煢孤寡支持外侮、撫育遺孤，克綿此一綫之緒。及至鑒庭公，宏才博識，有聞於時，尤熟於鹺務，曾文正公督兩江，深倚任之，淮鹽章程皆其手定，至今循焉。用能昌大其門户而啓佑其後人，溪上王氏遂隱爲吴中望族。爲子孫者，念堂構締造之艱難而光大顯榮之有自，撫斯譜也，可以油然而思、奮然而起矣。君亦博學能文，富而好禮，吾知王氏之興正未有艾，太原別派之有溪上，亦如琅邪別派之有三槐乎？沈隱侯言：「文才相繼，未有如王氏之盛者。」吾竊爲溪上王氏期之矣。

鄭元直《古今人物論》序

論者，文章之一體也。《昭明文選序》云：「論則析理精微。」陸士衡《文賦》云：「論精微而朗暢。」劉彦和《文心雕龍》云：「論也者，彌綸群言而研精一理者也。」

在戰國時，荀子有《禮論》《樂論》，呂不韋有《開春論》至《士容論》六篇，始立論名。漢初，賈誼作《過秦論》，實爲作論者之祖，然皆衍説事理而未嘗衡量人物。謝萬石嘗叙漁父、屈原、季主、賈誼、楚老、龔勝、孫登、嵇康四隱四顯而論之，則爲品題人物之濫觴，自唐宋以後作者益多矣。語不云乎：「前事之不忘，後事之師也。」

士君子伏處牖下，無所設施即無所表見，其材與不材，人莫能知也。惟取古人之事而論之，觀其所論，於古者不謬，則知其所施於今者亦必不妄矣。唐制，省試有論，今所傳韓昌黎

《顔子不貳過論》是也，自宋至今皆因之。論雖文章之一體，而可以驗人之材識，以之取士，洵較詩賦爲優哉。

明代蒲田鄭元直先生曾輯《古今人物論》三十六卷，世無傳本，余門下士韓子庚得而喜之，與其師葉君又加搜輯，補其未備，得十二卷，合而刻之，以行於世，而問序於余。余讀其論，皆有合乎昭明所謂「晰理精微」、陸士衡所謂「精微朗暢」者，學者苟得其書而熟復之，必能自抒所見，以尚論古人。即其論古之言以覘其人之才識，异時乘朝車論國事，崇論宏議超越凡庸，皆自此出也。若徒執《東萊博議》之例，謂有裨於舉業，未免淺視此書矣。

李如真《篆體偏旁正訛歌》序

執今人之字與古人讀，猶操今人之音與古人言，今音非古人所能解，今字亦非古人所能識。蓋小篆破而八分生，八分散而隸書出，其創造非一人，其變遷非一世矣。許君作《説文解字》，叙篆文，合以籀古，籀古之得存十一者，賴有許氏之書。若在今世，則又宜叙隸書，合以小篆，使篆體不至泯滅，而古人製字之精意猶有什一之存，此其功不在許氏下。如真老人李君之爲《篆體偏旁正訛歌》，其即此意乎！學者得此歌而熟復之，曉然於奉、奏、春、秦、泰五字之各异其頭，長、辰、喪、畏、展五字之各异其足，不至如王伯厚之混孝、𡥈爲一字，其有功於小學豈小哉？古小學書皆韵語，《倉頡》至《彦均》皆四言，《凡將》七言，《急就》前多三言，後多七言。此歌皆以七言爲句，句讀諧和，便於誦習，宜付梨棗，以廣流傳，庶使承學之士得家置一編也。

#《晋史异詞》序

自唐貞觀中詔房喬等修《晋書》，而前此晋史十八家如王隱、何法盛諸書皆廢，至今列入正史者，惟貞觀所修之一百三十卷矣。然其書蕪雜且多疏舛，爲讀史者所不滿，國朝諸老輩如錢氏大昕、王氏鳴盛、盧氏文弨、洪氏頤煊皆有糾正，而近時又有常熟丁君國鈞字秉衡者著《晋書校文》五卷，全書罅隙亦略盡矣。

先兄壬甫太守喜鈔書，尤喜校書，往年曾手寫荀悦、袁宏《兩漢紀》，屬余校之。余爲據《兩漢書》校正數十事而歸之，「杜陵陳遂」一條駁《日知録》誤從荀紀之非，尤爲兄所喜。惜此書雖存而余所校者已軼，余亦漫不記憶矣。

兄晚年官福甯太守，地僻而事簡，暇則仍以校書爲事，所著有《晋書异詞》四卷。當時衙齋書籍無多，不能博采徐氏《初學記》、白《六帖》、李《文選注》所引王隱諸家之書考證得失，但就紀傳表志中鈎稽排比，以成此書，故題曰「异詞」，言惟於本書中别其文字之异而已。然异同之處以意審定，决其是非，無不精審。余案頭適有丁氏校文，取而按之，同者無多，蓋各就所見而校之耳，亦可見此書之罅隙甚多，不可勝校，而愈不可以不校矣。

從孫侃乃吾兄長孫也，頗知寶守其先人之手澤，故書數語於卷端，仍歸之。侃异時有餘力，刻以行世，亦讀《晋史》者之一助也。

丁松生《菊邊吟》序

余年十四，侍先大夫讀書於南蘭陵，主人汪樵鄰明經風雅好客，每至秋日，陳菊花數百盆，與客飲酒賦詩，有《蘭陵菊社詩》，頗行於時。其詩初惟訪菊、種菊諸題，後乃推及於菊之名類、菊之故事，又因菊而推之於松、於竹、於蘭、於芙蓉，其後又用香山勸飲之體，曰「何處難忘菊」，曰「不如來賞菊」，而意境益無涯涘矣。余時年幼，亦間有所作，然皆不存於集。今詩集第一卷第一篇曰《蘭陵菊社歌》，猶記曩時事也。

歲月如流，忽忽六十餘年，社中之人無一在者，即其時印存之詩本，亦無片紙之留遺，而余亦老矣。乃又得讀丁君松生之《菊邊吟》，其詩一百篇，每篇五言四韵，始於種菊、分菊，終於收菊、存菊，其中或以色别，或以種别，或以時、或以地，或以人事而别，不喧雜主賓，不攻襲旁側，而菊之中無不訪，菊之外無所溢，詩格亦清老，無一凡俗語，使蘭陵菊社諸君見此，宜何如欣賞哉！丁君爲杭郡老名士，比年以來常示維摩之疾，其子和甫孝廉擲杯珓禱於神，得句云：「天朗氣清行樂處，携壺閑向菊邊吟。」君爲此吟署曰「菊邊」，用神語也。其首篇《種菊》曰：「莫言鞠能窮，乾坤含芬芳。」末篇《存菊》曰：「伴他後雕松，三徑常存存。」君之福壽正未可量，神固知之而豫以告也。惟余衰且老，讀君此吟使我回憶兒時之味，不禁感慨繫之矣。

陳少鹿《百蝶圖》序

昔謝逸賦《胡蝶詩》至三百首，遂以謝胡蝶得名，可謂多矣。然作詩者以空言摹寫，或托物以言情，或叩虚而責有，雖多至三百，敷衍猶易也。若不以詩而以畫，則必實徵其象而非如空言摹寫之易矣。世傳《滕王蝶圖》有江夏斑、大海眼、小海眼、村裏來、采花子諸名目，足徵其品類之繁。然王建《宫詞》但言「内中數日無宣喚，摹得滕王《蛺蝶圖》」，未聞其數之盈百也。

陳君少鹿爲鹿笙觀察第四子，以所繪《百蝶圖》刻石行世，而屬余以一言張之。余觀其圖，或反或正，或飛或止，曲盡其理而無一重復者，較謝莊《蝶詩》更爲不易矣。抑又思之，「蝶」古作「蜨」，以六書論之，與「捷」同音，然則百蜨者，百捷也。君以臨淄侯之才捷兼謝元暉之文捷，年少美才，筮仕吾浙，名噪一時，异時五馬八騶，繼鹿笙君而起。秦韜玉詩云：「百捷常輕在掌中。」吾知君掌中百捷，即於圖中百蜨兆之矣。

《寄影軒詩鈔》序

國家肇興東土，從龍入關，諸大族文通武達，類多蕭、曹、衛、霍之流，然巫閭之雄秀、渤海之壯闊，靈氣所鍾，人文斯啓。嘉慶中鐵冶亭先生選八旗之詩，自崇德至乾隆，得數百家。仁廟嘉之，賜名曰《熙朝雅頌集》。滿州多詩人，由來舊矣。余生也晚，又居京師日淺，長白能詩者殊不多見，惟往年竹樵方伯恩錫開藩吴會，大以詩鳴。余與倡和，詩筒往返，幾無虚日。每謂竹樵曰：「异時編《雅頌續集》，必以君爲一大家矣。」乃今又得讀寄影軒主人伯時君之詩。

君諱志潤，字伯時，原任陜甘總督，太子太傅莊毅公冢孫也。貴介子弟宜乎以裘馬相尚，以肥酒大肉相徵逐，與五陵年少往來於金、張、許、史之門，而君獨屏棄聲色，惟與山水爲緣。自幼癖好吟咏，弱冠就姻川中，自京師首塗，而豫、而秦、而蜀，讀其途次所爲如《函谷關》《朝天關》諸詩，不讓柳子厚「城上高樓接大荒」之作，其意境固已遠矣。後以禮曹官奉天，覽陪都之形勝，觀邊郵之風物，詩境益進。又官京曹者數年，與諸名流更唱迭和，風流自賞，不自知其名在朝籍也。其後一出爲綏定守，再出爲慶遠守。蜀故舊游地，而廣西山水亦甲於天下。君宦境不甚達，而以模山範水之筆寫芳芬悱惻之思，縋幽鑿險而無聱牙之句，倡妍酬麗而無冶蕩之辭，感懷身世而無拔劍斫地、抑塞磊落之狂態，摹寫景物而無霜白月赤、龍褒才子之俚語，行間字裏皆有清氣盤旋其中。池塘生春草，明月照積雪，不假雕琢，自然妍妙，洵可謂綜采繁縟，杼柚清英者矣。古云：「詩如其人，人如其詩。」余雖不及與君交，然讀其詩，知其人，殆如李元禮之「謖謖若松下風」者乎？抑如謝仁祖之「企脚北窗，令人作天際真人想」者乎？君少時夢游廣平之聰明山，見一老僧，謂君是呂公堂弟子，然則君固生有自來者，宜其如秋月晴雲之一塵不染矣。

君歿數年，而令弟秋宸太守來守吳興。余，部民也，又辱有世講之誼，得修士相見禮。太守將刻君詩而問序於余。君詩甚多，所刻者《寄影軒詩》六卷、詞一卷，止十之六七耳。別裁嚴謹，故存者皆卓然可傳，因不辭而序之，爲讀《寄影軒集》者告，并爲續輯《熙朝雅頌集》者告也。

《崧城俞氏譜》序

俞氏世傳出於黄帝之臣俞跗，遐哉，難言之矣。以余考之，俞氏實爲姬姓，出於鄭穆公之子俞彌，俞彌之後爲俞氏，其别爲喻氏。俞、喻一姓，《晋書·張重華傳》之「俞歸」，《隋書·經籍志》作「喻歸」，是其證也。余作《俞樓雜纂》有《説俞》一卷，詳言之矣。魏晋以前，俞氏非無聞人，而世系莫考。天下之俞皆出於山東，所謂江南無二俞也。唐時有諱莊者居山東之青州青社里，實爲吾俞氏之鼻祖。傳十八世而至吾德清之始遷祖希賢公，家世務農，既無宗祠，又無譜牒，希賢公以下莫得而詳焉。去年有新昌俞氏以譜見示，希賢公以上乃粗可叙述。今年又有崧城俞氏以譜求序，余考其世系，自始祖諱莊者以下皆與新昌同，而譜所載至十三世諱俑者而止，其下以派别不復載，自俑以下至希賢公尚有五世不見於譜，然與吾德清俞氏同祖，則固可信也。嗟乎！以一父母之子而支分派别，遂至曠若塗人，然則家可以無譜乎？譜可以不修乎？

崧城者，晋袁山崧所築壘也，今屬紹興府上虞縣。其有俞氏，則自第十五世之諱夔字良甫者始。蓋自第六世諱稠者官睦州刺史，避黄巢亂居剡，是爲吾俞氏南遷之始。第十三世諱仕者，始徙上虞之百官。至諱夔者，又由百官而徙崧城，崧城俞氏遂爲望族。以世系準之，其諱仕者與吾派之諱俑者行輩相當，其諱夔者則尚長於吾希賢公二輩矣。當時枝派未遠，希賢公與其十八世之諱松年、諱椿年諸公猶兄弟行，安知不書問往來、冠娶相告乎？吾得以塗人視之乎？

崧城俞氏之譜創始於前明，至國朝順治間續修於天赤、嗣祺二公，康熙間又續於叔祥、友金二公。自道光二十年赤文公增修之後，六十年來莫之編輯，於是有東生、郁齋、諤廷諸君聚而謀曰：「是不可緩。」遍告族人，設局采訪，期以必成，而乞余一言爲之先焉〔一〕。嗟乎！余方自愧家世寒微，譜牒缺如，有藉談數典忘祖之懼，惡足序此譜哉？惟念吾高祖明遠公生康熙初，有丈夫子六，其第六子吾曾祖也，明遠公極愛之，曰：「此兒之後必興吾宗。」乃遲至二百年之後，始稍稍有聞於世，感祖德之深遠，惜吾之德薄不足以承之。今崧城俞氏積厚流光，遠出衰宗之上，此譜也成，人人緬懷遺澤，景仰先型，争自磨勵以自顯榮，崧城俞氏之興未有艾矣，吾以此譜卜之也。

〔一〕焉，原訛作「馬」，據文意改。

江叔海徵君《北游草》序

光緒二十七年四月壬子，朝廷以爲政首在得人，仿博學宏詞科例，開經濟特科，命中外大臣各舉所知，於是海内人士得與薦舉者三百餘人，而叔海江君與焉。今年四月，來見我於春在堂，告將入都恭應特科之試。余嘆曰：「是科得人矣。」君既人都，徘徊久之，意有所不慊，竟不待試翩然南歸，復見我於春在堂。余笑曰：「徵士公車豈亦如剡溪訪戴，興盡而反乎？」未幾君以詩一卷見示，題曰《北游草》，則皆此行所作也。其卷首有《發蘇州》詩云：「此去不關廷試事，重尋舊夢十三年。」然則是行也，君固意不在此矣。在都下與都人士往復唱酬，多憂時感事之作。及五月出都，又賦詩云：「三宿意空厚，《五噫》歌且休。」算來廷試日應早到蘇州，然則君於出處之際審之又審，非徒乘興而來、興盡而反也。

讀雜詩二十首，統籌大局，衡量古今，真詔書所謂「學問淹通，洞達中外時務」者，乃高尚其志，拂衣而歸，吾不爲君惜，深爲朝廷惜矣。考康熙、乾隆兩舉宏博，其不與試者，康熙時若應撝齋、若黄梨洲、若李二曲、若魏叔子、志趣皆别有在，不可以爲例。乾隆時徵而不到者止二十五人，而方恪敏公在焉，巍然一代名臣，官至總督，歿祀賢良，視當時取列一二等之一十五人，殆遠過之。其餘若顧玉停之精於音律，朝廷開設樂部，特旨宣召；若馬半槎之以小玲瓏館藏書富甲東南，四方名士過邗上者必從之游，亦不失爲一時之彦。以君之才，達則爲方恪敏，窮則爲抱桐、爲南齋，即以此一卷詩徵之矣。若胡天游爲周白民賦《明妃曲》，吾可不必也。

春在堂雜文六編九

一笠山人詩序

太史公言：「富貴而名磨滅不可勝數，惟倜儻非常之人稱焉。」然倜儻非常之人世不恒有，苟有其人，則必有奇才、有奇遇、有奇迹、有奇藝，然後可稱倜儻非常之人，吾今於一笠山人見之矣。

山人，皖人也，姓趙氏，名光祖，字紫瑜。其官定陽時，於陽春市上得一笠，形製奇古，喜之，遂以自號。後失官，流浪江湖間，遂以「一笠山人」名天下。山人生有夙慧，學拳勇於劉慕韓，學術數於龔少蓮。少蓮名應禮，世稱震陽子，注《道德經》八十一卷。從征黔中，功成仙去。山人盡得其傳，凡京房、翼奉之《易》、《風后孤虛》之書、五將三門之式、羅計炁孛之氣，無不洞曉，是其才奇也。山人父官蜀中，故居蜀最久。旋由滇而仕於蜀，又由蜀而移於粵。其官粵也，宰定陽，有惠政。無何失職家居，又罹家難，至陷於獄。獄成遣戍，行有日矣，俄奉恩旨無庸發遣，是其遇奇也。山人既失官，乃挾其術游人間。所至以一笠山人署其門，趨之者如市。山人焚香占卦，與尋常揲蓍摇錢者迥异，蓋參用壬遁、星禽之術也。日賣數卦爲率，有嚴君平之風。兒童、走卒皆知其爲一笠山人，不知其曾爲宰官也，是其迹奇也。山人所作詩文高尺許，以其餘智爲酒令，亦有别趣。又精於音韵之學，創爲四十字母，起「壯日蹉跎過」，訖「慨我鬢霜生」，五言詩四句。按明人蘭廷秀創字母「東風破早梅」四句，桑紹良創字母「國開王向德」四句，皆於三十六字母外自我作古。今得山人此母，又一切字之新例矣。蘇蕙《璇璣圖》前人以意推求，得詩七千九百五十八首，《四庫全書》著録以爲絶作。今山人又推得五萬七千四百二首，不特起宗道人及康萬民所不及知，即蘇氏復生，亦必嘆爲非始意所及，是其藝奇也。嗚呼！多奇如是，信所謂倜儻非常者矣。

余與山人初不相識，承其惠顧草堂，以詩求序，并屬爲删定付梓，余烏能删山人之詩哉？往年李憲之方伯曾以詩屬余删定，余報書云：「模範山水，吟弄風月，衆人所同。抒寫性情，流連今昔，一人所獨，非他人所能代謀也。」今亦以此復山人，而僭序其端以副其意。山人須眉甚偉，足迹遍天下，所未至者獨盛京及浙江、福建、廣西。聞明年又將有羊城之游，余誦歐陽公語以送之曰：「足以知其老而志在也。」

楊枌園《東城記餘》序

自來游武林者輒曰西湖、西湖。然城外以西湖爲勝，而城内則以東城爲勝。閈坊、曲巷、僧廬、道觀多南宋以來舊迹，名人韵士游屐所經、寓廬所寄往往在焉。經臨其地，令人悠然有懷古之思。厲樊榭先生所著《東城雜記》二卷，《四庫全書》著録，叙述典雅，考核詳明，雖偏隅小識，言武林掌故者不能廢也。然先生自序謙言見聞陿隘，推廣成書尚將有待，况自先生至今百有餘年，遺聞軼事可采録者又豈少哉？

枌園楊君自少刻苦自厲，博通群籍，曾以優行貢成均。光緒初又以孝廉方正徵，亦武林一耆宿也。所著書甚多，而《東城記餘》二卷則繼樊榭而作者。原書凡八十五條，而《記餘》得九十五條，視原書羸其十，記地、記事并記其人，一如原書體例。丁修甫孝廉以鈔本寄示，擬刻入《武林叢書》而乞余爲之序。余讀其中「大普興寺」一條，稱其奉乃也里可温之教，有十字者，乃其祖師麻兒也里牙之靈迹，上下四方以是爲準，與《景教流行中國碑》所云「判十字以定四方」者，其説相合，惟所叙源流不同。而稱其地薛迷思賢，在中原西北十萬餘里，則與今歐羅巴道路遠近正復相合，豈利瑪竇之徒果出於此歟？若景教碑言興於大秦，大秦國古謂之梨靬，本朝《職方會覽》名如德亞，去歐羅巴絶遠，轉與利瑪竇踪迹不甚合矣。异説支離，不可究詰，然寺建於元至元十八年，亦杭郡一大古迹，鑒古者所宜知焉。而樊榭之書竟未之及，此亦見楊君拾遺補缺之功矣。

余未得與君相見，而君之子曰泳生，則詁經精舍高材生也。余忝主講席三十一年，幸有一日之知。兹因修甫之請，序君此書，并勸早刻之，與樊榭書并行於世，异日國家重開四庫館，亦必有取於是書矣。

湯蟄仙庶常《四通考輯要》序

同治以來，各行省皆設局刊刻書籍，而吾浙局所刻大部書爲多。自《九通》告成，遂爲書局一巨觀，流布海内，嘉惠藝林，誠盛舉也。然《通典》二百卷、《通志》二百卷、《通考》三百四十八卷已極夥够，况益以本朝所續及皇朝《三通》而爲《九通》乎？况又附以明人王圻所續者而爲《十二通》乎？寒士力不能購，即有之，亦莫能卒讀，有望洋向若而嘆斯已矣。昌黎不云乎：「紀事者必提其要，纂言者必鈎其玄。」然則博學詳説以反於説約，必有道矣。湯蟄仙庶常讀而深思之，曰：「馬氏《通考》踵杜、鄭而成書，杜、鄭之書《通考》得而包之。推之《十二通》無不皆然，是故讀一通可包《三通》，讀《四通》可包《十二通》，吾但取之《四通考》，事半而功倍矣。」前人亦頗有見及此者，然《四通考》體大物博，制取精藴，芟剃繁辭，頗非易易。

蟄仙由翰林改官知縣，未數月輒棄官而歸。窮年矻矻致力此書，成《四通考輯要》，統編凡如干卷，求序於余。余雖未見其書，然觀其自序，則其書之精審可知也。齊孫搴語邢邵云：「我有精騎三千，足敵君羸卒數萬。」秦少游取其語，采經傳子史事鈔撮成書，曰《精騎集》。後吕東萊亦有此作，朱子不以爲然。然載籍極博，自昔病之，以《十二通》之浩無津厓，得此書爲之精騎，宏通之士必從此出矣。余衰且老，不能讀《十二通》，或猶能讀君此書，故書此語以慫臾其成，庶幾老眼猶及見之也。

蔣岳莊遺書序

《周官》六藝，殿以書、數。六書、九數，古所重也。我朝正學昌明，人材蔚起，書、數兩學超逾前代。乾嘉以來，士大夫喜言六書，幾乎家皀亭而人洨長矣。近今數十年則又争言九數，自宋以來所謂「立天元一」及「大衍求一」之術，明代視爲絶學，近人如焦理堂之於「立天元一」、張古餘之於「大衍求一」，皆能歷歷言之，如示諸掌，數學可云盛矣。然愚謂書、數兩學亦微有异。六書有一定之形聲，九數無一定之數，故六書必守古義，苟嚮壁虚造，馬頭人爲長，人持十爲斗，必爲識者所譏；若數學，則宜依據古法，推闡新意。善乎陳氏際新之言曰：「凡解有因法而得者，有不因法而得者。因法而得者，法如是，解如是也；不因法而得者，法如是止，解不如是止也。」然則數學無窮，在好學深思者自得之耳。

武進蔣君岳莊自幼即好爲深沈之思，及得數學之書，則大喜曰：「人以爲艱深，予以爲平易；人以爲幽眇，予以爲明快。予必學之。」父兄以其體弱，咸勸勿習，不聽，竟以此夭其年，所業亦未竟。然其所著《曲綫新説》，因新化黄玉屏《容員七術》而悟雙曲綫能分兩不等員外相切之角與相交之内外角，橢圓能分兩不等員内相切之角與相交之月牙角，各以圖説明之，亦可謂推陳出新者矣。乃近人有議改孔顨軒《少廣正負術》築堤積法者，則又力攻其誤，撰《堤積術辨》一卷，是亦非苟爲异者。嗚呼！其業雖未竟，其學固有成矣。

夫壽夭，天也，我朝精數學者，黄宗羲年八十九、閻百詩年六十九、張古漁年八十一、錢竹汀年七十七，孰謂疇人子弟皆不永年哉？其弟竹莊哀其早逝，以其遺書乞序於余。余粗習六書，不通九數，何足序君之書？姑書數言，塞竹莊之悲而已。

孫丱盦《試帖詩》序

武林孫氏，巨族也。乾隆間詔求遺書，而孫氏所進特多，遂拜内府書籍之賜，至今猶以文學世其家。余識一人焉，爲康侯茂才。乃今年夏康侯又以其弟丱盦所著《慈園試帖詩》見示，余讀而嘆曰：「是一詩人也。」嘗謂能爲試帖詩者未必能爲詩，而能爲詩者不爲試帖則已，苟爲試帖則無有不工。請以文譬之：以時文爲古文，其古文必不佳；以古文爲時文，其時文必佳矣。近時杭人之工爲試帖者，莫如吴縠人先生，蓋先生固詩人也。今丱盦之試帖神氣飛動、意味深長，爲試帖而有不試帖者存，故吾知其爲詩人也。悠悠時論，方欲廢時文，且廢試帖，而孫氏昆仲猶孜孜乎此。烏呼！孫氏之澤遠矣。

鮑竹生《丸散録要》序

竹生鮑君，吴下高才生也。余從前主講紫陽書院，深賞其文，謂必當破壁飛去。孰知荏苒數十年竟以一衿老，不以文名，而大以醫名也。蓋君既不得志於有司，則以其深沈之思、精鋭之力一用之於醫。醫書自《素問》《靈樞》以下，遠而張仲景、孫思邈，近而喻嘉言、徐靈胎諸家之書，無不博觀而精取之，集其長而去其徧〔二〕。出而治人疾，動中肯綮，故有疾者争就之，户外屨滿。吴中雖婦人豎子，無不知有鮑竹生也。

余與君同居馬醫科巷，衡相望也。日者過我春在堂，爲余言：「年來參酌古法，運以己意，製成丸散數十種，凡求藥者予以藥并告以製方之意。然人人而語之，雖舌敝而不能給，擬刻爲一編以行於世。」余因取而觀之，簡而明，約而精，每一條不過數十字，而病原、醫理皆括於其中，不獨見君之精於醫，并足見君之精於文。余因笑謂君曰：「君真吴下高才生也。」

《如皋冒氏叢書》序

冒氏不詳所出，或云殷王子期封於滎陽郡，有冒鄉，因氏焉。然考之史傳無所見，殷時亦未有滎陽郡也。韓慕廬先生爲潛孝先生墓志，但云始祖致中爲元兩淮鹽運司丞，是運丞即爲冒氏始祖。愚按《元史・小雲石海涯傳》，父名貫只哥，海涯遂以貫爲氏，世所稱貫酸齋也。又

〔二〕 徧，疑作「偏」。

元《載良集》有《高士鶴年傳》，言其曾祖阿老丁、祖苦思丁、父職馬禄丁。而《元・藝文志》有丁鶴年《海巢集》，是即以丁爲鶴年之姓矣。疑元人自有此得姓之一法，冒氏蓋亦此類。慕廬先生所言當得其實。

自冒氏興，遂爲如皋望族，代有聞人。世徒知巢民先生爲明季四公子之一，以文章氣節負海内重名。而不知其一門鼎盛，簪笏傳家，著述壽世，數百年來後先輝映，雖王、謝、崔、盧固無以逾之矣。顧惟巢民先生所著述詩文，世間尚有傳本，此外多湮没於蠹朽之中，零珠碎玉不可收拾。嗟乎！記人有言：「先祖有善而不知，是不明也；知而弗傳，是不仁也。」爲子孫者其可蹈此不明不仁之咎乎？鶴亭孝廉乃冒氏後來之秀也，其曾王父伯蘭先生知廣東乳源縣，戕於賊。厥子筱珊先生復宰乳源，竟得賊而置之法，一時士大夫歌咏其事，以爲美談。是又冒氏一盛事也。

鶴亭躬承其後，不敢遏佚前人之光，乃裒集冒氏遺書凡若干種，將彙刻以行於世，而乞余一言序之。聞巢民先生生於明萬曆三十九年三月十一日，而鶴亭亦以三月十一日生，似非偶然。此書也成，吾知冒氏之族日以昌，冒氏之名亦日以著，非酸齋貫氏、海巢丁氏所得而望矣。

徐君葆《三花樹軒吟草》序

徐氏爲吾邑著姓，自蘋村宗伯提唱風雅以後代有詩人，若《根味齋集》，若《綠杉野屋集》，若《天藻樓集》，若《苔雲草堂集》，皆卓然成家，不愧古之作者。余生也晚，於諸老輩不獲親炙，而猶及見葆三先生，亦徐氏一詩人也。

先生諱鑒春，字雲麓，葆三其別字。生平最喜爲詩，清微淡遠，望而知爲王、孟門徑中人。及其晚年，詩格又一變。於北宋喜東坡，於南宋喜楊誠齋。才思健拔，又非王、孟兩家所能盡矣。每歲於臘鼓初鳴，即將一切俗事摒擋務盡，曰：「吾將留臘尾年頭數日爲銷寒餞歲之計，勿使催租人敗吾清興也。」其風趣如此，覺晋賢餘韵去人未遠矣。當粤賊之難，挈家辟地，數百里内不遑啓處。然寇至則一舸浮家，寇去則閉門覓句，葦簾土銼間未嘗一日廢吟也。所著曰《花樹軒吟草》，卷帙甚富，未及壽之梨棗。其嗣君藻生以名孝廉秉鐸松陽，亦頹然老矣，懼遺詩之不能大顯於世，屬余以一言張之。憶從前與君酬唱諸君如王誠齋、如陳香巖，墓木已拱，余亦老病，入此歲來年登八十。讀君遺稿，追念舊游，不勝黄壚之感矣。

《丁杜兩集合刻》序

汪君實齋過我春在堂，以書一帙見示，曰：「此忠臣孝子之作，皆吾鄉人也。合而刻之，可乎？」余發而視之，一爲《丁鶴年集》，一爲《杜茶村集》，君蓋以丁爲孝而杜爲忠也。余案丁鶴年，附見《明史·戴良傳》，母死，鹽酪不入口者五年，又囓血沁骨以求其生母之遺骸，誠孝子矣。然以家世仕元，有舊都舊國之思，讀集中《自咏》十律，其志可見，安得謂非元之忠臣哉？杜茶村以前明副貢入國朝，隱屈不出，揆之周頑殷義之，例謂之曰忠，亦無不可。然《變雅堂集》第一篇即題《白雲圖文》，以母無遺像終身痛恨，亦何嘗非孝子哉！蓋忠孝皆人之大節，而本於人之至性，正不必歧而二之也。

兩先生原本忠孝，發爲詩文，自有不可磨滅者，宜實齋欲合而刻之歟！君曰：「是固然矣，而吾拳拳於此兩集，則固承先志也。」先是，實齋之先德秀民先生嘗於武昌寒溪寺後得一墓碑，題曰「明孝子丁鶴年之墓」，喟然曰：「鶴年誠孝子，然其忠不可没也。雖卒於明代，然實元之遺民也。」乃言於有司，改題其墓曰「元忠臣孝子丁鶴年之墓」。嗚呼！先生之見與余所論若不謀而合矣。先生欲訪求鶴年詩集而刻之，而竟不可得，晚年謂實齋曰：「汝必成吾志。」此汪氏刻丁集之權輿也。秀民先生之兄彝仲先生則又深敬杜茶村之爲人，而酷嗜其詩與文，以《變雅堂集》世鮮傳本，乃重刻之，而後人所輯《茶村詩鈔》亦附其後，此汪氏刻杜集之權輿也。

歲月既久，又經兵燹，不特丁集未刻，即杜集之已刻者版亦煨燼，於是寶齋又謀重刻之，且合而一之，曰《丁鶴年杜茶村兩先生集合刻》。夫表揚前哲，仁也，紹述先志，孝也，寶齋此舉誠善矣。《丁鶴年集》一卷，《四庫》著録，是本分四集，曰《海巢》，曰《哀思》，曰《方外》，曰《續集》，與閣本異。而附載其兄、其表兄詩若干首，與閣本同，未知爲一爲二。末又曰《詩續》《詩補》及《集外詩名目》，則未知閣本有無，惜未得一校也。《杜茶村集》，《四庫》不録，此刻《變雅堂集》六卷，皆有圈點。其首有《茶村自題》數語，殆本其原刻然也。《茶村詩鈔》六卷，則陳道川、彭楝亭兩君刻於乾隆年者。末又附有《補遺》及《諸家評記》及《附録》，亦可云備矣。

然丁鶴年之墓得秀民先生表章之，既已大顯於世，而茶村之墓在江甯梅花村者，猶湮泯於崩榛荒葛之中。今年，王鹿苹太守權知江甯，复求得之，立碑以表其阡，捐錢以供其祭。寶齋與鹿苹，鄉人也，亦世好也，聞之而喜曰：「是可慰吾伯父於泉下矣。」於是亟欲刻此兩集而問序於余。余因叙其崖略如此，使人讀之知兩先生皆忠臣孝子，其清風高節足以興起百世者有如此，而汪氏以兩世之力、積數十年之久刻成此兩集，合而行世，其堂構菑穫之美又如此。嗚呼！是藝林一盛事矣。

《虎跑定慧寺志》序

嘗考虎跑之泉，所在有之。代州五臺山太平興國寺一僧誦經，患無水，有虎跑地出水，因名虎跑泉，宋朱弁《曲洧舊聞》載其事。吾浙甯波天童寺亦有之，此外如滁州城南及瑞州新昌縣北，皆有此名，而廣州東莞縣又有虎跑井，蓋緇流聖迹往往相同。而杭州定慧寺之虎跑泉獨著，豈非以東坡先生之詩乎？我朝康熙、乾隆間，翠華南幸，屢次經臨，錫賚便蕃，天章照耀，不獨山水有光，并坡詩亦爲之生色，而定慧寺遂爲湖上一名刹。

康熙中葉，有本然禪師著《定慧寺志》曾刊版，以州亂後版毁，印本亦希。丁君松生歷年搜訪，僅得其半。近者品照上人住持斯寺，懼名迹之就淹，惜遺聞之莫紹，搜遺補缺，成《定慧寺志》八卷，上述宸恩，下逮寺産，其中如建置、山水、藝文、金石，志書所應有者無一不備。本然舊《志》四卷，今乃倍之，其用力勤矣，其用心遠矣。本然之《志》有毛西河爲之序，品照上人乃介孫康侯茂才問序於余。重違其意，書此應之。此《志》固不讓本然，此序恐不逮西河矣。

孫愓庵詩序

余兄壬甫太守娶於臨平孫氏，即相國文靖公之從曾孫，故余家與孫氏有連。文靖公之孫爲古雲襲伯，古雲之嗣子長齡字壽伯，曾官順天府治中，後改官兩淮，余自幼與相習也。今年夏，有王君菉君來見，乃吾孫陛雲同年之兄。其續娶婦孫氏，云去文靖公五世，而其世系則未能詳也。以其兄愓庵詩求序。

愓庵名存祐，廩貢生，入貲以鹽場大使候選，屢應鄉試，抱才不遇，而卒年止三十有九。其所娶婦許氏則吾孫婦之從侄孫女也，名蘭貞，號九畹，所作詩一卷亦附焉。九畹致書於吾孫婦云：「先夫病卒時泣而言曰：『吾家自文靖公有《百一山房集》，嗣是以來相承不替。吾自幼即喜爲詩，與吾姊、吾妻時相唱和，倘得俞曲園一序以表襮之，庶幾不泯於世。』今吾夫亡而遺言猶在，敢求吾祖姑於問膳之下爲代乞一言乎？」

余因讀愓庵詩，古體詩似從魏晋入手，近體詩中有極雄渾者，即纖悉小題亦有寓意，不涉佻巧。九畹之詩神韵俱清，無塵坌語溷其筆端。此兩伉儷者皆不愧今之詩人矣。又附其姊孫存英及侍姬丁鳳儀詩，詩雖不多，清詞逸韵，亦復可誦。而又言其翁、其太翁之詩亦附焉，則不知用《黄山谷集》之例附其父《伐檀集》於後乎？抑用戴復古之例載其父《東臯子詩》於前乎？余固未之見也。余從孫婦之請，書數語以弁之，仍交菉君歸之孫氏，存其詩，并存其人。

黄菊友《歷代帝王年表》序

年表之興尚矣。三代表系，旁行斜上，即年表之權輿，太史公因之而作《十表》，嗣後史家亦多循用。然代自爲史，亦代自爲表，與《史記》上及三代者不同，體固宜然也。惟三代以下事變益繁，或南北區分，或正閏迭起，視《太史公書》爲《十二諸侯》、爲《六國》者更不易稽考，則尤不可以無表。

余幼時見楊州阮氏刻有《歷代年表》一書，兵燹之後未知尚有存焉者否。余史學粗疏，乙部之書亦多未備，案頭所有惟長沙黄氏本騏《歷代紀元表》一卷，粗具年歲而已。秀水葉氏維庚《紀元通考》内有《分霸時紀元年表》一卷，曰《三國年表》，曰《十六國迄南北朝年表》，曰《十國迄遼金元年表》，蓋所表者皆分霸時之國，而正統之朝固不表也。乃今讀黄菊友大令所著《歷代帝王年表》，則自唐堯以來三千餘年，鱗羅布列，燦然在目，正統霸統、南朝北朝，若綱在綱、若示諸掌。讀史得此，洵提要鈎玄之捷法、知人論世之南針矣。余流覽一通，如宋武帝有大甯之號，周太祖有天和、建德之號，網羅放失，爲他家所未及。僭竊之國，其有世系可考者備載於《紀元》之下，而其所據之地爲今某郡某縣亦詳識之，於此見君史學之甚深也。惟於夏后杼十六年附載《竹書紀年》，以是年爲虞舜元載，此所未詳，恐是讎校之偶疏。又如燕慕容詳建始元年，據《本紀》乃晋安帝之隆安元年；慕容垂建興元年，據《本紀》及《載記》，乃孝武帝之太元十一年，而此兩號今皆系之太元元年，亦似小誤。蓋十六國棼如亂絲而燕尤甚，不足爲全書之累也。君宰吾邑有年，邑之人無不稱爲循良之吏，乃史學之深又如此，知君不獨以吏治見長矣。末附《紀元目録歌》，合計正統、偏安、割據、僭竊諸年號六百零五，以首一字爲綱，得一百四十五字，編成五言詩一首，聲調諧和，詞意明鬯，如「得麟同鳳至，鳴燕致鴻翔」竟是絶妙好詞，《凡將》《急就》諸家無此雋永。

余晚年得見此書，爲之嘆絶，率書數語而歸之，適見余史學之粗疏矣。

《海甯鄉賢録》序

嘗讀《禮記·文王世子》之篇曰：「凡釋奠者必有合焉，有國故則否。」鄭康成釋之曰：「國無先聖、先師，則當與鄰國合，若唐虞有夔龍、伯夷，周有周公，魯有孔子，則各自奠之，不合也。」然則今之所謂鄉賢，即古之所謂國故，其得祀於學，古禮固有然矣。國朝典制詳明，尤重祀典。鄉賢之祀，至詳至慎，屢降詔書，必實係品行端方、學問純粹者方準題奏。光緒五年，又經禮部奏準，各省鄉賢須俟其人已歿至三十年後，蓋例彌嚴、典彌重矣。

杭州府海甯州，古鹽官縣，元升爲州，本朝因之。其地有文堂、硤石對峙之雄，黄灣、石墩連綿之勝，濱海奥區，人文蔚起，自漢以來代有聞人。嘉慶、道光間有許珊林先生者，州人也。其居家以孝友稱，其居官以廉能著，其一生精研典籍，癖嗜金石，尤以文學擅名於時。嘗官平度州，由山東巡撫請入名宦祠，而浙江巡撫又以入祀鄉賢祠爲請，同時俞允，海内榮之。

其弟六子湝祥字子頌者，乃編纂海甯鄉賢，自南齊顧歡至先生四十八人，考其爵里事實，都爲一編，名曰《海甯鄉賢録》，問序於余。余與先生長子少珊都轉爲丁酉同年，及見其爲人，而子頌又與余孫陛雲爲乙酉同年，且嘗從余游，余不得而辭，爰受而讀之，嘆曰：「《詩》不云乎：『孝子不匱，永錫爾類。』子頌以先德崇祀鄉賢，臚舉本邑先賢，詳加稽考，以成此書，豈非錫類之孝乎？」其中如顧公歡、褚公無量、許公遠、顔公真卿諸人，固昭昭在人耳目，此外名迹稍晦者。非有此書，則雖俎豆不祧，亦若存而若亡矣。其書根據史傳，博采志乘，傍及傳記，網羅放失，巨細不遺，用力之劬，尤不可及，吾知子頌於趨庭之日得力於先生家學者甚深也。

顧余嘗讀《大清一統志》，見《杭州人物傳》所載，若顧黯，若顧越，若王禀，若葉文榮，若蘇平，若蘇正，若唐明德，若祝淵，若蔣心赤，若劉璿璣，若肅文璽，皆海甯人之著名前代者，《一統志》爲乾隆間欽定之書，既列其名且詳其事，自可依據，而海甯鄉賢祠中佚焉，豈歷年既久有所遺漏歟？子誦從政之暇，如能補輯一編，使後人得據以增入，則以徵文考獻之中有興滅繼絶之意，吾見許氏之澤從此益永矣。

《竹居先德録》序

余嘗讀《漢蕩陰令張遷表》，叙其先世出自有周，爲周宣王時張仲，至漢而有張良，文景間有張釋之，孝武時有張騫，其文凡數百言。蓋古人欲稱述其人之有德善勛勞，必詳叙其先世，以明淵源之有自，固漢以來金石家舊例也。余嘗爲又堂張公作神道碑文，止載其三代名諱與其妣之姓氏，而其先世之令德不及詳，嘗以爲憾。乃今得讀其季子楚寳觀察所輯《竹居先德録》，於是喟然嘆曰：「張氏之所積厚矣。」《莊子》不云乎：「水之積也不厚，則其負大舟也無力；風之積也不厚，則其負大翼也無力。」以張氏所積之厚，宜其篤生又堂先生爲一代偉人也。

按此録所載，又堂先生父諱純，字誠齋，咸豐初元以孝廉方正徵，未及召試而卒。先生在時，粤寇未起，即命其次子廢儒書習韜略，曰：「天下將亂，非此無以報國。」嗚呼！所見遠矣。次子即又堂先生也。先生母吴夫人動〔一〕於婦職，入厨下執役，久立足痺，至不能行。冬日，指皸瘃流血，口不言疲。奉堂上必以精鑿，己則碾麧屑菽以爲食。衣袽敝敗，補綴幾滿。而惟好施與，遇灾必振。光緒十年，順直水灾，輸白金千，詔以「樂善好施」旌其門。夫以誠齋先生爲之父，以吴太夫人爲之母，則有又堂先生以爲其子，又何异焉！又附載先生妻李夫人家傳、墓表諸篇。蓋李夫人即合肥李文忠之妹，賢婦也，此又先生所相與有成者也。楚寶裒集而成斯録，亦可爲善述善繼者矣。

或曰：「既以先德名録，而所録者止其祖若父，無乃略歟？」余謂不然。孔子曰：「聽遠者，聞其疾不聞其舒；望遠者，察其貌不察其形。」蓋遠而無徵，不如近之有據也。余嘗笑明宋景濂爲《張氏譜圖序》，既明其爲晋大夫張老之後，且力斥譜牒家「少昊第五子賜姓爲張」之不足信，而其作《戴亭張氏譜圖記》則又云：「青陽氏第五子揮爲弓正，賜姓張氏。」何其説之矛盾歟？蓋世遠無稽，固不足爲定論也。即如《張遷表》所載，張良則韓人也，張釋之則南陽堵陽人

〔一〕動，疑作「勤」。

也，張騫則漢中人也，宗系不同而牽合爲一，又詎可信歟？子思子曰「上焉者，雖善無徵，無徵不信」。楚寶此録善而有徵，余故樂爲序之，且撮舉大略著於篇，异日刻入《春在堂雜文》第六編，亦所以補又堂先生神道碑之未備也。

《賢母録》序

昔在光緒八年，合肥相國文忠公之母李太夫人卒於兩湖節署，特頒諭旨，有賢母之褒，誠一朝之隆遇、千古之美談也。乃賢母又生賢女，而賢女又克成爲賢母，則尤可傳矣。所謂賢母者，都督又堂張公之德配李夫人也。夫人爲侍御文安公長女，相國文忠公女弟也。方在室時，侍御公官京師，諸子或隨侍，或遠官，獨夫人以長女居家，治家事，撫視其三弟一妹，使父母不知有弱小之累，可謂賢女矣。及歸張氏，君舅有疾不能食，夫人已産長男，挏乳汁温焊以進，蓋視唐夫人升堂乳姑爲尤難焉。其後都督公出從軍旅，夫人主持門户，節縮衣食，延館耆宿教督諸子。嘗曰：「婦人以教子爲第一義。」嗚呼！可不謂賢母乎！都督在軍中，有部將饋千金，不受。其人不自安，饋之夫人，亦不受。請至再，辭益峻。文忠公聞之，嘆曰：「吾妹信有丈夫風概矣。」故吾謂李太夫人以賢母生賢女，而女又爲賢母，非獨尋常閨閫所難，蓋亦中興盛事也。

夫人有令子楚寶觀察，既爲《竹居先德録》，而又裒集夫人家傳、墓表等，綴以自撰行略一篇，題曰《賢母録》，與《先德録》并傳。余既爲《先德録序》，故於此《録》亦不辭而序之，使夫人賢行信於今而傳於後，异時國史《列女傳》中於李太夫人後必并傳李夫人無疑矣。

程一夔孝廉《選雅》序

李善之注《文選》也，所采用之書自經史以下及乎諸子百家，都凡千有餘種，求之馬氏《經籍考》，存者已不過十之二三，至於今日，崇山墜簡矣。又其所載舊注，遠則服子慎、蔡伯喈，近則郭璞、韋昭，皆兩漢緒言、經師舊詁，片言隻字，珍逾球璧。余嘗謂《文選》一書不過總集之權輿、詞章之輨轄，而李注則包羅群籍，羽翼六藝，言經學者取焉，言小學者取焉，非徒詞章家視爲潭奧而已。近代諸公喜求古言古義，如慧琳、玄應《一切經音義》，皆梵氏之書，而寸珍尺寶往往有得，况李氏此注乎？

程君一夔從事選學歷有歲年，刺取李注，用《爾雅》十九篇之例，以類比附，成《選雅》一書，其用力勤矣。讀其自序，一以存古義，一以資譯學。譯學非余所敢知，古義則余所篤好。近者陳碩甫氏本毛傳作《毛雅》，朱豐芑氏本許氏《説文》作《説雅》，然皆限於一家之學，未若此書之皋牢萬有也。

余從前曾擬博采鄭君箋《詩》注《禮》之説，仿《爾雅》體例，輯《鄭雅》十九篇，因循未果。今老耄廢學，不能卒成，讀君此書良自愳矣。

許豫生觀察《遥集集》序

余讀《小雅·楚茨》《信南山》《甫田》諸篇，其序皆曰：「君子思古焉。」此即咏古之權輿。至昭明選詩而咏史遂自爲一體，咏史即咏古也。然六朝以前未有近體，故曹子建之《咏三良》、謝宣遠之《咏張子房》皆五言古體。自唐以後人文益盛，作者代興，於是咏懷古迹、憑吊興亡，浸浸乎近體多而古體少矣。詩之工拙原不係乎體之今古，然使人讀之回腸動氣、曼聲長吟不能自已，則近體實較古體爲優。昔元方回著《瀛奎律髓》，於唐宋人詩選五七言近體若干篇，此選近體不選古體者也。金元好問著《唐詩鼓吹》，所録皆唐人七言律詩，凡九十六家，得五百九十六首，此又於近體中專選七言者也。

許豫生觀察以名進士不入翰林，而外膺方面之寄，宦游吾浙，歷有年所，文通武達，爲時所重。簿領餘暇不廢嘯歌，用遺山之例，選唐以來至於明代諸家咏古七言律，得五百九十一首，釐爲六册，取顔延之「望古遥集」之義，命之曰《遥集集》，問序於余。余讀而喜之，憶童時侍先大夫夏日納凉，先大夫每爲誦前人咏古詩佳句，如咏秦始皇云：「焚書早種阿房火，收鐵遍遺博浪椎。」咏漢武帝云：「求仙下策成巫蠱，開塞荒兵到子孫。」咏朱翁子云：「是非不脱三長史，富貴徒誇一婦人。」咏謝太傅云：「花下殘棋兒破敵，燈前老泪客彈箏。」咏梁孝王云：「禁網初寬到賓客，人材一變起詞章。」咏姚少師云：「空登北郭詩人社，難上西山老佛墳。」咏嚴東樓云：「黄閣階前跨竈子，青詞燈下捉刀人。」咏吴梅村云：「搜才林下程文海，作賦江南庾子山。」諸如此類，凡數十聯，皆七言律詩也。讀觀察此集，回憶青燈舊味，彌覺津津矣。抑又思之，詩可以觀，前事之不忘，後事之師也。然則此一集也，謂之發思古之幽情也可，謂之觀象古人、貽則來葉也亦無不可。感不絶於余心，溯回風而獨寫，是在善讀者。

過玉書《治疔彙要》序

古無疔字，《集韵》始有之，古字止作「丁」也。《素問・生氣通天論》曰：「高粱之變，足生大丁。」王冰注曰：「所以丁生於足者，四支爲諸陽之本也。」斯文也，余嘗讀而疑之：疔之名至多，其所生之處亦不一，如其説，則手亦四支也，何獨生於足乎？竊疑此「足」字爲「是」字之誤，說詳余所著《讀書餘録》。王注云：「是生大丁」猶上文云「乃生痤疿」、下文云「乃生大僂」耳。「膏粱之人内多滯熱，皮厚肉密，内變爲丁。」斯言頗簡而明，蓋諸疔之生皆由於是，故曰：「是生大丁。」明乎此，可以治疔矣。

過君玉書宦游吾浙多年，余夙與有周旋之雅，初未知其能醫也。今年，君來權知吾邑，辱以書問訊，且以所著《治疔彙要》求序。蓋君嘗於右食指生疔，就醫治之，疔雖愈而疔脚不可拔，此指竟廢。已而中指復生疔，懼其指之又廢也，博考故籍，遍求秘方，治之而效。以治他人，亦效，遂以善治疔聞於時。三折肱爲良醫，信夫！其論疔曰：「人受不正之氣，或恣食煎炙，或誤中諸食物毒，則生疔。」蓋即《素問》所云「高粱之變，是生大丁」，而亦王注所謂「内多滯熱」者也。其著此書，於辨症、用藥、外敷、内治無不曲盡其旨，視《永樂大典》中所載《救急仙方》什百過之矣。且不獨治疔，并癰疽亦治焉。蓋君固精於外科者，所著尚有《外科一得録》，因疔之爲患尤險且速，故先出此編以行於世。江西嘗來印數千部以去，而楚中并有翻刻之本，惠之所及遠矣。

君宰吾邑雖不久，然邑人皆稱其賢。君不獨以醫傳，而醫亦足以傳君。《史記》太倉長臣意，但傳其方伎，而不傳其爲令長時有無治迹，君則兼而有之。异日《方伎》《循良》并有專傳，即於此編徵之矣。

陳子宣《佐甯聞見録》序

《周禮》土訓掌道地慝，誦訓掌道方慝。鄭君所説地慝是，説方慝非，愚謂地慝者土地之厲氣，方慝者四方之惡俗也。蓋雖古昔盛時不能使天下風俗有美而無惡，故有殷頫以除天下之慝。其在小行人之職，曰禮俗、政治、刑禁之順逆爲一書，又曰悖逆、暴亂、作慝、猶犯令爲一書，康樂、和親、安平爲一書，可知風俗美惡皆有記載，古人固著爲令甲矣。

吾浙東西爲郡者十一，台州距省絶遠，所屬甯海縣又距府遠。甯海有縣丞，同治初移駐亭頭，其地距縣又遠，僻處海濱，隔絶聲教，民俗之陋有自來矣。光緒二十七年，吾黨陳子子宣奉檄攝甯海丞，至二十九年始受代而歸，紀其耳目所及曰《佐甯見聞録》，寄以示余。其序有曰：「以備鑄鼎神禹之采擇。」余曰：「如其言，則以魑魅罔兩待其民矣，毋乃太過。」及觀其書，惟首五條略載物産工藝，然亦未見有康樂安平之美。自《落壳》以下二十餘條，則聚衆鬥閧、擄人勒贖、庇護凶頑、欺凌孤寡，甚至典賃妻妾，不知愧耻，皆非人理所宜有，與古所謂悖逆、暴亂、作慝、猶犯令者有過之無不及，比之鑄鼎象物殆不爲過，陳子此編，其殆古者道方慝之遺意乎？

陳子雅負吏才，丞哉，丞哉！噤無所施，徒爲之太息而已。瀕海小縣，固不足與於殷熲之禮。然勸課農桑，講明禮教，舉此方之慝掃而除之，以臻於康樂、和親、安平之盛，而不致長爲悖逆、暴亂、作慝、猶犯令之民，是所望於後之官斯土者。

寶文靖公詩集序

道光十七年，歲在丁酉，余初應鄉試，厠名副榜，於是與丁酉中式諸公例得稱同年生。是科人材頗盛，龍驤鳳舉，外任封圻、内登臺閣者指不勝屈，而吉林相國文靖公則尤同年之人傑也。余初不與公識，至庚戌歲，余成進士，始見公京師。未幾而公之名位隆隆日上，馴至秉國鈞而正揆席。余則自中州罷歸，杜門不出，樗櫟不材，自甘廢棄。雖有琴星之誼，已隔雲泥之分，固未敢以尺書投光範門也。乃公則猶念及之，故其題趙忠節遺墨引余言爲證。猶子月汀官江蘇，又寄聲存問，命作詩序。嗟乎！霄漢鳳鸞猶未忘鷄鶴同群之舊乎！然月汀不久遷去，而公亦旋歸道山，序固未及作，詩亦未之見。光緒丙申歲，公子東甫侍郎裒集公詩爲十一卷，又補遺一卷，共得詩一千五十餘篇，刻板京師。又七年而月汀自福州將軍引疾告歸，就醫吴下，與余時相過從，遂出示公詩，追述公意，仍命弁言於其端。余與公既忝附同年，而余孫陛雲與公孫笛樓庶常，又於戊戌年同成進士、同入翰林，兩家世契亦云厚矣，余又何辭焉？

夫公生唐虞之盛世，爲皋夔之良佐，其發爲詩歌，固宜如昌黎所謂「和聲鳴盛」者。然余竊謂詩有詩心，亦有詩骨。詩之清在心清者，不得而濁之也；詩之秀在骨秀者，不得而俗之也。人徒見公之詩皆與恭邸、醇邸相倡和之作，彈豪落紙，錦粲珠零，繩以司空《詩品》，疑若綺麗有餘、疏野不足，而不知其清在心，其秀在骨，鏤金錯采之中，初日芙蓉，天然妍美；絳雲在霄，舒卷自如，正如謝太傅蕭然有凌霞之致，又如李鄴侯披一品衣、抱九仙骨，讀公之詩，見公之人也。公嘗服膺耶律文正之言，以儒治世，以佛治心。五六歲時，其先德口授以《金剛經》，背諷不遺一字。少時往往夢游异境而箕仙降筆，又謂公自衡山修行降生塵世。語雖無稽，而公之生有自來，則固可信。然則公固真靈位業中人，宜其詩之心清骨秀，非郊寒、島瘦之比，亦非唐之上官體、宋之西昆體所可同日而語矣。請舉此爲後世讀公詩者告，并質之東甫侍郎、月汀將軍，未識以爲知言否也。

劉古香女史十種傳奇序

丁酉之春，余在西湖，海州張西渠大令以其同鄉劉古香女史所著詩詞見示，余爲序而歸之。聞女史尚有傳奇廿四種，余請觀焉，則以十種來，問其餘，曰：「在家中。」女史海州人，而所適錢君梅坡沭陽人，距浙絶遠，致之固非易也。是年秋，天大霖雨，洪澤湖溢，女史所居圮於水，於是傳奇稿本皆沈霾於泥淖瓦礫中，不可復得，其存者止此十種矣。余就此十種觀之，雖傳述舊事而時出新意，關目節拍皆極靈動。至其詞則不以塗澤爲工，而以自然爲美，頗得元人三昧，視《李笠翁十種曲》才氣不及而雅潔轉若過之。此外十四種既不可見，則此十種之幸存者可不爲之流播乎？杭州吴君季英風雅好事，新得石印機器，願摹印以廣其傳，婁縣楊古醞大令又願任校讎之役。時古醞方權知龍游，簿書旁午，丹鉛無廢，亦可見其游刃之有餘。惜西渠已作古人，不及見其成矣。女史胸中如有記事珠，能將湮没之十四種重寫清本以成全璧，尤余與吴、楊兩君所欣望也。

日本橋口誠軒詩序

余往年曾應東瀛詩人之請，博選其國人之詩，自林羅山以下凡百數十家，名《東瀛詩選》，得詩五千餘首，釐爲四十卷，而同時之人之詩亦入選焉，蓋用令狐楚《元和詩》例，不用《昭明文選》例也。嗣是以後，凡東國之能詩者來游禹域，往往見我於春在堂。

己亥之秋，有本田種竹者以所著《戊戌游草》見示，余讀之，欣然曰：「得一詩人矣。」未幾又有橋口誠軒以《山青花紅書屋詩》六卷見示，余讀之，又欣然曰：「得一詩人矣。」其詩不紀年而分體，絶句兩卷，律詩兩卷，古詩兩卷。余考古人詩集，如杜、如蘇始皆依類編纂，及施武子注蘇詩，極詆永嘉王氏分門別類之失而改用編年，其實非古也。誠軒編詩合乎古例，而其詩又各體皆工，清而腴，質而雅，近體無骫骳之音，古體無聱牙之語，信乎其爲東國詩人也。誠軒嘗用西法，照其小像與余及吾孫陛雲同立山石間，容貌清臞，被服儒雅，蓋人如其詩，詩如其人者。

余以虛名流播海外，東瀛諸君子不我鄙棄，使他日有以續選爲請者，誠軒之詩必與本田種竹同入選中矣。

鄭夢白先生《小谷口紀事畫引》跋

鄭夢白先生爲吾鄉先達，以牧令起家，官至開府。先君子及先兄皆嘗主於其家，而余又與先生猶子吟梅大令、聽篁侍御爲同年生，論世講之誼，先生固居丈人行矣。余從孫箴璽娶先生之從曾孫女，則又與先生有連。然余惟以甲辰之秋一見先生於武林行館，此後未得繼見，先生之政事文章，固無以測其涯涘也。

乙未孟夏，先生之從孫肖軒少府携示《小谷口紀事畫引》一册，蓋先生於道光乙巳歲歷叙自幼至老事迹，各爲小引，而張君竹筠爲之作圖者也。當時蓋嘗刻於桂林使署，兵燹之後圖不復存，而幸存其引。自湖舫燭緣迄西園寫照凡六十事，中間如治河、治漕、防海、防江以及武陵仙迹、匡廬神鐙，時有險夷，事有巨細，無不備見於此編，讀其引如見其圖矣。夫圖之存不存，固可勿論也。宋皇祐間，曾命待詔高克明等圖畫宋興以來盛事，爲十卷，山川、宫殿、人物細入豪髮，至今亦無尺幅之存矣。先生政迹文章所不朽者固自有在，畫雖不存，亦復何憾！吾願肖軒刻此畫引以行於世，异時著録藝文，亦如《漢志》所載《齊孫子圖》四卷、《魏公子圖》十卷，佚其圖存其書可也，豈必原圖具在，然後可與同時麟見山先生之《鴻雪因緣圖》并壽名山哉！

王漱馡《文章釋》序

昔劉歆奏《七略》，班固删其要入《藝文志》，有儒家者流、道家者流、陰陽家者流、法家者流、名家者流、墨家者流、從横家者流、雜家者流、農家者流、小説家者流。謂之曰流，明其有所原也，故自儒家者流出於司徒之官，至小説家者流出於稗官，皆因流而究其原、推其所自出，詳哉言之矣。後之學者又推其例於文章，於是晋摯虞有《文章流别》之作，史稱其類聚區分，辭理愜當，爲世所重，而書已亡失，後人纂輯未睹其全。近世存者則有梁任昉《文章緣起》一卷，《四庫》著録焉。《提要》譏其「表」與「讓表」分爲二類，「騷」與「反騷」别立兩體，則其書殆出依托，非其舊矣。於是乎王子漱馤又有《文章釋》之作，備列文章一百四十有二體而一一推其所始，蓋亦摯虞、任昉之遺意也。然其書則甚精審，無如《提要》所譏者。

剞劂既成，寄以示余，乞爲之序。余受而讀之，竊嘆其用力之勤與其考古之詳而且當也。君與余素不相識，而數百里詒書相屬，所望於鄙人者綦厚，則凡意有未合者亦不能不爲君陳之，以效古人「盍各」之義。孔子《春秋》絶筆獲麟，自此以下至孔某卒，皆弟子所續，「續」之一體宜托始於是，不得謂源出晋司馬彪《續漢書》也。楊雄以經莫大於《易》，故作《太玄》，傳莫大於《論語》，故作《法言》，史篇莫善於《倉頡》，故作《訓纂》，「箴」莫善於《虞箴》，故作《州箴》。「擬」之一體宜托始於是，不得謂源出漢班固《擬連珠》也。至於「七」「九」兩體，但云陽數，不鑿求其説，視明陳懋仁以爲源出《孟子》《莊子》之七篇者較爲有見，然竊嘗推其所出，以爲源於古之恒言。古人之詞，少則曰一，多則曰九，半則曰五，小半曰三，大半曰七，是以枚乘《七發》至七而止，屈原《九歌》至九而終，不然《七發》何以不六，《九歌》何以不八乎？若欲舉其實，則《管子》有《七臣七主》篇可以釋七，而《大禹謨》《九歌》更可以釋九。率爾及之，以補尊説所未備，或亦喜鄙人之舉一而能反三乎！

日本大賀旭川詩鈔序

日本與我爲同文之國，其聲教相通，蓋自唐以來有然矣。近者其國變易舊章，更用新法，發憤自强，駸駸乎與泰西諸大邦争雄海上，於是我國亦從而效之，士大夫言新法往往不求之西而求之東，蓋亦以同文之國濡染較易也。

余謂法有新舊，道無新舊，無論新舊，道則一也，故萬變者法，不變者道。大賀氏旭川先生其知道者歟？先生之學出入儒釋間，蓋亦其國舊俗然也。日本自保平以降，文藝一道委之緇流，雖講濂洛之學者，亦以僧元惠爲宗。國有大著作，皆僧主之，士大夫游於方外，不以爲异。先生少時住持净圓寺，退院後以儒學教授。明治五年，奉教歷試通國僧侣於東京本願寺，五月而畢，仍以講學自娱。而其時新説盛行，横經訪道者晨星寥落，於是著《三條述義》，冀存墜緒之一綫。既而信從者衆，青衿雲集，溥及三越至武羽三十三國，弟子著録者千數百人，可謂盛矣。嗚呼！先生殆有見於道之不可變，而不欲以變法者兼變道歟？

嘗私論之，形而上者謂之道，形而下者謂之器。以形而上者言之，則惟吾中國聖人之道爲備，自堯舜至孔子而集大成，漢宋儒者講明其義，各有所得。即貴國如惺窩、如蘿山之講宋學，如仁齋、如茂卿之講漢學，亦皆有得於此道者也，不必舍而他求也。以形而下者言之，則惟泰西人爲最精矣。泰西之强，强於此也。苟慕其强，亦學其藝而已。若曰道在是，則非吾所知也。

先生所著《三條述義》，余未得見，不知與吾説同否。惟念先生今年八十有五，余今年八十有三，蓋小於先生者兩歲。海天寥闊，二老存焉，以風馬牛不相及之人而所見略同，既以自慰，亦以自壯，故書此於其詩鈔之首。《詩》不云乎：「風雨如晦，鷄鳴不已。」願吾兩老人共勉之也。

書徐養資宗伯恭進賦稿後

花農太史輯《誦芬咏烈編》，自文敬以下諸公詩若文，上稽史牒，傍詢故老，徵文考獻，搜輯無遺，可云備矣。乃越數年，又得其先世養資宗伯官順天學政時進呈《聖駕東巡恭謁祖陵禮成賦》一篇，蓋乾隆十九年所作者。其文二千餘言，照燭三才，暉麗萬有，昌黎所謂「春容乎大篇」

也。洪惟本朝朱果發祥，白山毓秀，振長策，執大象，奄有諸部，耆定中原，遂開億萬年有道之基。宗伯此賦聲調諧乎金石，詞采炳乎丹青，洵足以窺見本原，潤色洪業。蓋我國家文德武功超逾萬代，而高宗純皇帝敬天法祖，參乾兩離，紀綱八極，經緯六合，實爲千古未有之盛軌。宗伯金相玉潤，大放厥辭，亦唐宋以來未有之傑作。嘗讀明臣魏學禮《大祀山陵賦》，寂寥短章，索然意盡，豈前朝德薄不足以發之乎？抑其人才力之不逮也？方今皇上恭承祖舊，率由典章，昇時遵循故事，奉皇太后鑾輅東巡，敬謁三陵，花農列載筆之班，備扈從之役，再以一篇奏御，宗伯激清風於前，花農陳麗藻於後。昔人云：「文體翩翩，無忝爾祖。」吾於花農望之矣。

彭剛直公墨迹跋

彭剛直公篤於風義，以曾受高螺洲先生國士之知，故於高氏尤篤。先生第四女嫁李氏，李故皖人而寓於杭，嘗往來於公之西湖退省庵，若兄妹然，余兒婦輩皆得見之。其子少介司馬，余亦相識也。

今年春，有嚴子湛鹺尹以公墨迹長卷見示，乃公與其先德蘭史太守書，太守固螺洲先生長女婿也。書不署年，以事實推之，始同治十一年，迄光緒十三年，共十有六年。書凡十六通，末附三紙，字迹潦草，初疑公病中作，讀其語則猶在廣東軍營中，蓋公在粤固已病也。稱太守爲弟，蓋於太守有异姓昆弟之誼。書中亦嘗及李氏事，公於兩家恩義無异，其拳拳於嚴氏固不下於李氏也，而憂時感事之深、心死而後已之素志，無不流露於言外。公固百代偉人，此卷亦千秋名迹，子湛寶之哉。余家藏剛直手書無慮百十通，亦擬排比次第，標飾成册，俾子孫世守之，與嚴氏此卷長留天地間也。

汪氏四節圖説序

四節皆出於新安汪氏，其圖説皆汪君定執字允中者所爲。蓋四節者，三其姑也，一其姊也，姑及姊皆與允中同祖。一姑行四，適方氏，未兩載而夫亡，遺孤殤焉。嗣族人子爲子以存先祀，三代未葬之柩悉爲營葬，是節而兼孝者，四姑也，爲圖曰《祀先》。五姑適許氏，夫臨卒執其手，以父老爲托，謹識之不敢忘。翁疾，刲臂以療之，又籲天請以身代，其節孝與四姑同，爲圖曰《療翁》。六姑適楊氏，夫病且死，六姑語家人曰：「治斂其必二。」衆知其意，備之嚴，乘間自墜樓死，蓋其志趣與四姑、五姑异矣，爲圖曰《殉夫》。姊適程氏，夫亡撫遺孤成立，承襲其先世所得世職，子亦能稟母訓，不墜其家聲，因附圖於三姑之後，曰《課子》。余觀其圖，讀其所爲説，嘆曰：「四節萃於一門，可爲盛矣。」

或謂六姑殉夫而死，當謂之烈，不當謂之節。余謂節、烈一也。原節之名義，起於古之符節，使人持守而勿失者也。節之所在，生死以之，期於不失而已。生守謂之節，死守謂之烈，烈亦節也。不讀文信國《正氣歌》乎：「天地有正氣，雜然付流形。」「時窮節乃見，一一垂丹青。」其下所羅列如嵇侍中、如顏平原，斯其人皆所謂斷脰決腹、一暝而萬世不視者也，而皆歸之時窮節見，何嘗以生死而异視之乎？在國家表揚風化自有節婦烈婦之分，若垂之家乘則有不必盡拘者，節有三而烈則一，以一從三可，以三從一不可。斯圖斯説請大書特書，牽連而書之，曰「四節」。

募刻石屋洞五百羅漢像啓

光緒辛丑，西湖虎跑寺品照上人有募刻石屋洞五百羅漢之舉，盛舉也。先是，丙申之秋，余游石屋洞，於其左得一小洞，石刻「乾坤洞」三字，入之則一僧在焉。問何名，曰開量。問何爲居此，曰愛其幽僻耳。余因周覽其旁，得明人題名者四，最著者霍文敏，而查應兆、李元陽、林雲同亦非碌碌者，乃嘆曰：「此亦西湖一勝地也。」因言於丁君松生，松生即爲建屋三間，俾開量居之。

今年春，余在吴下，松生之猶子修甫孝廉書來，乃知開量上人已入涅槃。修甫商於虎跑寺品照上人，命其徒曰增暉者來主其地。品照功行堅苦，願力宏大，謂乾坤洞不見志乘，不過石屋之附庸耳。石屋洞舊有石屋寺，建於吴越時，宋宣和間改名大仁禪寺，明成化間重修。讀邱文莊《記》，有殿、有閣、有塔、有橋，極莊嚴之盛。故迹雖淹，名勝具在。乾隆間高宗南巡，御題六言詩一首，奎壁天章，照耀岩壑，乃百餘年來崩榛荒葛，游屐罕至，非特象教不光，抑亦名山減色矣。乃議將乾坤洞歸并石屋洞，廣築垣墉以定界埒，爲將來修復大仁寺張本。石屋洞舊刻五百羅漢像，歲久漫漶。會其時有以常州所刻五百羅漢像撫拓至杭者，品照因謀刻之此洞，以仍舊貫，介修甫而商於余。余按五百羅漢，其説有二。佛經説五百羅漢本五百商人，佛爲説法，證阿羅漢，分形顯化，作福人間。是羅漢本止五百也。據《阿闍世王經》，阿闍世問舍利佛，文殊師利等輩幾人，曰：「五百人。」則此説可信。佛經又説，佛以無上法授迦葉，命十六大阿羅漢各率其徒行化四方。而弟五尊者諾矩羅與其徒八百人往南贍部洲，三百人居雁蕩，五百人居天台，是羅漢本八百，而此五百則居天台者也。據《傳燈録》，文殊問無著，南方佛法多少，無著曰：「或三百，或五百。」則此説亦可信。宋梁文靖《三山志》言，大中寺有八百羅漢像，未知今閩中尚有之否。杭州净慈寺五百羅漢則始於宋紹興，時諸像爲一异僧所手塑，塑成而异僧化去，乃聖迹也。嘉慶三年，常州知府胡公使人至净慈，依塑像圖繪、刻石常州。今又以其拓本還刻之杭州，是亦佛家一重公案。杭州既有塑像，不可無刻像。塑像不能保其千年不壞，石墨具在，則聖迹長存矣。品照發此願，或諸佛菩薩有以啓牖其心乎？惟買石匄工，又須築立垣墻，所費甚巨，願君子各發菩提心，量輸王面錢，助成此舉，其功德無量，當更在宋時塑像之上。余六年前偶然蠟屐獲游此洞，不可謂無緣，故不避饒舌之嫌，敬爲集腋之請。方今北方烽火頻仍，而南中安堵無恙，吾儕共履佛地，宜結福緣，想四方善信具有同心也。

虎邱陳氏清節堂章程序

國家旌别淑慝，降德於衆庶兆民，雖閭閻匹婦，亦知名節之重，每歲以節孝旌者無慮數百人，可謂久道化成矣。於是士大夫亦知仰體朝廷德意，加惠窮嫠，清節堂之設所在多有，而吴郡陳氏所創建者，尤可風焉。

陳故吴中名族，嘉慶中有諱道修字禮堂者，性喜施濟，見吴郡善堂林立，而清節堂尚缺而未備。乃度地於閶門外虎阜之陽，出其家財，創建房屋數百椽，收養本城及外府縣及外省之青年節婦孤苦無依者，衣之食之，病者藥之，物故者葬埋之。或有母若姑、子若女者，亦準其携挈入堂，子長則設義塾以教之，女長嫁之。經始於嘉慶十七年，至道光三年歲大無，經費不支，爰將自建别墅、自營生壙出售於人以濟其不足。嗚呼，難矣！既殁而其子諱榮桂字薌林者，克承父志，不替舊規。庚申辛酉之亂，蘇城淪陷，率諸嫠婦避地江北，賃屋泰興，堂規肅然，仍如其舊。偵探四出，有警即遷，不使一日失所。心力交瘁，旋以病卒。其子名德基字子成者，又奉母陶氏之命起而繼之。亂定復歸，堂屋圮毁，田畝荒蕪，撖揭經營，力圖規復。當道巨公、鄉里同志亦共贊助，冀復其初。迄今又三十餘年，而陳氏清節堂一律如前矣。

吴郡搢紳先生嘉其先世高義，言於臺司，達於朝廷。詔下禮部，已故五品封職陳道修、其子已故教職陳榮桂均準建坊，給予「樂善好施」四字。子成乃將歷奉公牘及其祖若父所定堂規彙刻一編，求序於余。受而讀之，則有陸鳳石尚書碑記冠於其首，建置本末，言之詳矣，余又何言？惟念是堂設立以來，幾及百年，節婦貞女之得邀旌表者已一百五十人，而孤子入塾讀書、得游庠序者亦不計其數。方兵亂之時，隨陳君北遷者皆幸而免，其留堂不去者若殷氏、若石氏、若王氏、若程氏、若蔣氏及石氏之女、蔣氏之妹皆慷慨赴義，自投清流，無一玷辱。乃至堂中司事之友，若門君照亭、若韓君仰峰，皆見危授命，不忍委之而去，下逮閽人之賤有趙楳堂者，亦死於其職，同日捐軀。諺云：「桂林無雜木。」其弗信矣乎？夫微顯闡幽，《春秋》之志也；聞善相告，儒者之事也。陳氏三代善繼善述，尚矣，而此諸人亦卓卓可傳，余故牽連而書之，以應子成之求，并爲鳳石原記補所未備焉。

春在堂雜文六編十

童寄梅六十壽序

慈溪之爲縣，枕高原而面曠野，九峰峙其東，兩江流其北，山水秀麗，人物豐昌，其中多龍蟠鳳逸之士。余識其賢士大夫，蓋非一人矣，乃今而又得一篤行君子焉，曰寄梅童君。

童氏自宋時由鄞之建嶴遷慈溪之戌溪，遂爲慈溪人。君父中書君，有聲庠序間，娶陳宜人，生三子，君最少。年十有五，避粤寇之亂，舉家入茅嶺山，恒患乏食。君薾足萬山中，采山薯、釣溪魚以供甘旨。陳宜人病，躬侍湯藥，不解衣而息者數月。及抱臯魚之痛，佐父兄治喪葬，不以貧而廢禮。五五服終，慨然曰：「『瓶之罄矣，惟罍之耻。』敢慕仲舒下帷之名而忘季路負米之義？」於是舍章句之學而習操贏制餘之術，候時轉物，遠至粤東。每念家貧親老，自甘淡泊，粗袍糲食，衣幯蕭然，銖金寸錦悉寄還家，歲月積儲，樂生不窶。昔也壁立，今也素封。

古人云：「富在儉力趣時，不在歲司羽鳩。」其是之謂乎？

君富而好禮，輕財重義，天性之篤，尤倍恒情。先是中書君既占炊臼之夢，乃合續弦之膠，繼室以沈宜人，生一子二女，恒撫而嘆曰：「尺繒升粟，聞之古謡。老夫耄矣，奈若曹何？」然君善視其弟妹，不以异母而有間。養之教之，以娶以嫁，分支裝遣，皆從其厚，曰：「吾不負先人遺意也。」伯仲兄前卒，自絞紟衾冒以至楄柎藉幹之具，皆佽助之，推而至於母族，又推而至於妻族，凡窀穸之事賴君以舉者如干家。遇兄弟之子尤厚，既已别居异爨，又割己産使均分之，俾無孤窶之嘆。高祖以上祭祀之禮久闕不修，君買祭田以供粢盛牲殺之費，追養繼孝，雖遠必虔。又念先世潛德不耀，子孫當有興者，厚摯幣，豐脩脯，延名師課諸子，買書五六萬卷，縹囊緗帙充滿軒楹，供其流覽，以資啓發。歲在辛卯，其兄子佐宸孝廉以第十人舉於鄉，君之力也。

君雖操計然之術而喜讀書，遇文士，折節與交，誦《紫陽綱目》如肉貫弗，摹《魯公争坐位帖》見者謂可亂真，非尋常闤闠中人也。鄉里善舉，知無不爲。夏施醫藥，冬施棉衣，歲以爲常，有增無減。橋梁道路修之平之，寺觀頽廎繕完葺之。凡有以告，無有不諾。好刻醫書，如《達生編》《驗方雜編》摹印萬本行於人間。吉凶同患，君之願也。其在粤東，如愛育堂、仁濟院、潤身善社及鏡湖、東華諸醫院，皆出巨資以助經費，而平安堂之設，則尤功德之大者。自泰西通商，輪船暢行，電軫飈輪瞬息千里，人皆便之。然船中或偶有物故者，則舉而投諸海，夷例然也。君曰：「螻蟻何親，雖莊生之高論，然首丘之義謂何，忍葬之魚腹乎？」乃與同志金君菊存謀建立公所，置備棺槥，分儲自粤至滬之船，以待倉卒之用，美其名曰平安堂。此風既創，各輪船皆踵行之，君又募捐數千金以期行之久遠，此一舉也，所謂澤及枯骨者矣。宋徐度《却掃編》稱漏澤園之設始於元豐間陳向，余嘗載之《茶香室三鈔》，以爲千古善法之所自始，不可没也。今觀平安堂之設，何減於漏澤園乎？

國家以睦姻任恤之意風示天下，士民義舉有在千金以上者輒命以「樂善好施」旌其門。君陰德耳鳴，不自表襮，事不達於所由，名不聞於臺司，淡然不以榮利動其懷。余謂之篤行君子，洵不虚矣。每遇人緩急之事輒陰佽之，不使知其姓名。去歲直隸荒於水，募千金助温振，亦不自以爲功。修德無不報，天殆將昌其家乎？元配鄭、繼配鄧皆莊妹，有禮法，生丈夫子一，已嶄然見頭角。

君貌魁岸而性極慈祥，無疾言，無厲色。雖豪於飲，飲不過量，每遇良友必盡歡而罷。今年四十有九矣，精神興會，與少壯無异，自此由六七十以至期頤未可量也。佐宸孝廉遠乞鄙言以爲君壽，余切人不媚，因臚舉其善行而著於篇。宋時慈溪有童君居易號杜洲先生，流風餘韵於今未泯，君其有以紹之乎？吾知其名其壽必與慈湖并永矣。

方母張恭人六十壽序

柏墅方氏，浙東巨族也。宋時有以右正言建言左遷爲鄞令者，遂家於慈溪鳴鶴山，實爲四明方氏始遷之祖。其第五子遷鎮海之鳳浦，至明萬曆間又由鳳浦遷柏墅，至今歷十二傳，世有清德，而柏墅之方遂爲浙東望。余以舊史氏粗習記載之文，方氏之賢者屢見於吾文矣，而今又以小文爲張恭人壽。

恭人蓋方性齋先生繼配也，始來歸時年甫十有六。君姑周太夫人在堂，事之惟謹。質明而起，盥漱適寢，饘酏酒醴必親調焉，衣衾簟席必親浣焉。有事則身先之，不待頤指而咄嗟立辦，所謂「婦如影響，焉得不賞」斯之謂矣。然此猶小節也，其大者在善相其夫與善教其子。

性齋先生以兩昆弟逝棄儒而賈，就時於滬。滬爲衆商之淵，通闤帶闠，井竿萬集。先生長於榷會，操贏制餘，法孔氏雍容之風，致樊重君子之富。其時適有軍事，朝廷命重臣總師干自滬進規江浙，先生捐助軍糈數逾巨萬，詔以道員用，賜鶡羽以飾其冠，旋易之以孔翠，於是方氏之名益著，其業亦益盛。先生終歲在滬，不皇家食，家中事悉委之恭人。諸昆季皆同居合爨，大小數百指，米鹽靡密，千緒萬端，恭人從容裁決，黑白分明，一歲所入無銖金寸錦之私，是以人無閑言，家無廢事，先生得以無内顧憂。泉源渾渾，屑然千鎰，富埒陶白，貲巨程羅，此則恭人之善相其夫也。

俄先生寢疾滬上，恭人馳往省視，躬治湯藥，不解衣而息者兩閲月，日夜露禱於庭，籲以身代，而疾竟不瘳。恭人痛不欲生，族姻之在滬者咸以旅櫬未歸、遺孤猶稚曲爲譬喻，勉進糜粥。時恭人已舉丈夫子一，又有側室子二，嶄然頭角，皆有可見。先生真泠之言曰：「吾昆弟七人爨無异烟，世稱高義，然人衆事煩，日不暇給，非可爲常。《易》不云乎『涣其群』，亦元吉之道也。」恭人乃屬其族之長老謀之，先生猶子字仰峰者進而言曰：「遵季父遺意，器用財賄宜析爲七。然吾家成此素封，實藉季父之力，今季父往矣而諸弟皆幼，以養以教以至成人，所費不貲，請留其半，餘則六之。」恭人喟然曰：「善哉爲吾三子謀也。雖然，古人有言：『賢而多財，則損其智；愚而多財，則益其禍。』焉用多爲？且先夫遺言在耳，墓草未宿，忍背其言以行私乎？」仰峰乃不敢請。自是家事稍簡，屏居一室，足不逾閾，而勤恁精練仍如平時。督課諸子有加於昔，晚自塾歸必問所業，寒暑無間。應對偶乖，涕泣不食，諸子温燖故業不敢怠荒，伯霜仲雪輩然并起。長子覲年，附貢生，賞同知銜；次子崇年，光緒乙酉科舉人，賜花翎，加五品銜；第三子舜年，恭人出也，以高材生餼於庠；孫五人皆瑶環瑜珥，稱其家兒。昔李景讓母不取藏錢，曰：「天若以先君餘慶憫及未亡人，當令諸孤學問成立。」其後景讓昆弟并有重名，位至方岳，金華子記述以爲美談。今恭人不從仰峰之請，辭隆從窊，推多取少，而諸子咸克自樹立，益振家聲，賢母所見大略相同，此則恭人之善教其子也。

素性儉約，雖高貲萬萬而椸無新衣，荆釵布裙，衣櫛蕭然，非有喜慶之事及以事至親串家，未嘗被服羅綺也。居其姑之喪，哀毁成疾，幾至不起。性齋先生之殁也，年甫三十有六，屏棄膏沐，不事華飾，至乙酉歲次君舉於鄉，始被吉服出受家人賀，蓋自稱未亡以來縞素十餘年矣，尤其至性之過人者也。生平無疾言遽色，與先後築里相得甚歡，下而臧獲侮甬，亦莫不待以恩禮。里中貧不能自存者，計月而賚之錢、餼之粟。或無以爲斂，則棺椁之；或無以爲葬，則藁梩之。三黨之中有以緩急告者至再至三，靡不應也。性齋先生嘗有志爲義莊，構一堂，顔曰「師范」，其在滬也創設四明公所，爲鄉人停紼之地，工未竣而殁，恭人命從子輩踵而成之，蓋承其夫之遺意以下啓其子若孫，所見尤深遠矣。余嘗嘆柏墅方氏之多賢士大夫，今乃知又有賢婦也。昔朱考亭之祖所居曰朱村，村多烏柏樹木，葉經霜紅如渥丹，見羅逸長《青山記》。余未至柏墅，不知風景如何，然方氏多賢，則信而有徵矣。

柔兆涒灘之歲正月四日爲恭人六旬設帨之辰，諸子皆希韝上壽，而乞余一言以侑之。余惟《荀子》有言「樂易常壽」，揚子有言「人壽以仁」，如恭人之賢，眉梨耋鮐未可限量，今以周甲稱觴，猶賓之初筵耳。异日由七十八十而至期頤，諸子皆致身通顯，有位於朝，或如陳叔達之以御前蒲萄遺母，或如崔邠之親導母轝公卿避路，柱史載筆，侈爲盛事。此則邦家之光，非徒柏墅之慶，余更願得而紀其懿也。

楊石泉制府七十壽序

嘗論天下大勢，自鄭康成〔一〕説《禹貢》有陽列陰列之名，而後世遂分爲南北兩條。北條以河爲主，南條以江爲主。西北之地，大河所環抱，故三代建都皆在河北。東南之地，大江所環抱，故荆楚之强莫强於天下，而人材之盛亦莫盛於天下。自殷周以來已然，而當今之世則尤楚材極盛之時也。

〔一〕成，原脱，鄭玄字康成，有四列之説，據文意補。

洪惟聖清彌綸天地，籠絡萬品，二百年來安於磐石。道光之季，極熾而豐，稂莠不薅，孽芽其間。初發難於粵西，遂蔓延乎東南，颮颮紛紛，争爲長雄，生民爲之塗炭，朝廷爲之宵旰。惟天篤祐我聖清，爰聚數千載昆侖旁薄之氣，畢鍾於三湘七澤間。而長沙一郡，左抗荆門，右納夏汭，南控五嶺，北扼洞庭，總上游之輨轄，據三江之襟帶，則尤風雨之所會、陰陽之所和也。於是乎惇龐耆艾表裏文武之材應運而出，龍驤鳳矯，霆砰電射，左提右挈，旋乾轉坤，以奏中興之績。如曾文正、左文襄、羅忠節諸公，天下仰望若神人，然而宫保楊公即其同時并起者也。

同治元年，穆廟以蘇浙糜爛，有詔曾、左兩公選能戰之文負補兩省之實缺，又命於平日所知舉其堪勝大任并嫻軍務者以備簡用，而左公所保則公與焉。疏稱楊某師事羅澤南，又與已故道員王鑫、前任藩司李續賓、見任安徽巡撫李續宜爲友，廉明篤實，曉暢戎機，性情沈静，屢辭保薦。讀此疏而公之性情學問以及師友淵源可概見矣。樾之與公相識也，在同治乙丑之歲，公時方陳臬於吾浙，至今三十一年。辱承不棄，在浙時每枉車騎訪我於湖上，又嘗共泛輕舠，徘徊於平湖秋月、三潭印月間，從容談笑，故雖出處殊途、仕隱异軌，而粗識其生平行事之大概。

蓋公自幼即篤志於學，獵書涉史，雪彩螢光，雖簞瓢捽茹、樵蘇弗繼，而掇芳儒素，厥志不渝。試於有司，補博士弟子員。楚地多材，與童試者一邑或千餘人，青領之生，横舍推重，咸謂荆玉開瑩，幽蘭扇發，自此科第拾芥矣。而公内審才量，外觀時勢，慨然曰：「天下方將有事，大丈夫遇風塵之會必有淩霄之志，安能兀兀窮年，作老博士乎？」一赴秋闈，薦而不售，即吐棄不顧，退而求經世有用之學，歷代之理亂、方輿之形勝、財賦之源流、戎機之利鈍，見始知終，如寘諸掌。

粤寇之起也，曾、左諸公知公爲羅忠節高弟，咸勸出山，相助爲理，公遂投筆而起，與李忠武、李勇毅、王壯武、蔣果敏諸公并參戎幕。王師攻武漢，克崇通、咸甯，皆身在行間，戰功甚著。未幾，左文襄以太常寺卿奉命率師規復浙江，疏請公總理營務，凡攻械守圉之資、舟艣戰馬之用、堅堅瑕瑕、危危窮窮之策，目覽辭牒，手答箋書，心算口占，應時條理。文襄倚之如左右手，故雖已授衢州太守，而文襄以爲金華初復，軍務益繁，一切進止機宜，非深明方略之員不足以資贊畫，請仍留營中，并開所授缺，擢用道員，優詔俞焉。

旋由糧儲道遷按察使，會蔣果敏之兵攻克餘杭，又獨率一軍轉戰而前，連克武康、安吉、孝豐三縣，出境追賊至甯國縣，禽馘無算，棨散亦無算。戰迹爲諸將冠，詔加布政使司銜。浙江平，遂遷布政使。自領郡至開藩，相距曾不數稔，古人有「卯年剖符，酉年曲蓋」者，方之猶爲晚矣。時繼文襄而撫浙者爲馬端敏公、合肥李公，咸倚君爲重。灰燼初收，瘡痍未復，裁減賦額、剔釐漕弊，皆所榷略，允稱石畫。

文襄時督閩浙，創議減兵加餉，閩事自任，浙事屬公。自是以往，浙兵動止應規，進退中律，教誨調一，鴻然改觀。朝廷知公可大用，遂有浙江巡撫之命。水大而鱗舒，風高而翼展，輕車熟路，沛然有餘，桴鼓不鳴，銜轡俱息。樾每歲得與公周旋，在是時也。嘗見謂曰：「與君作半日游，如游塵外。」其高曠之懷，不可見乎？餘杭之獄固疑案也，當時之議頗有异同，至今亦迄無定論。公之去官也，樾送以詩云：「聖主自因民命重，吾儕深惜使君賢。」時屬而和者數十人。迨後文襄追論前事，謂「是非無從置喙，然觀浙人追思之切，亦見其無負於浙人也」，斯言當矣。

文襄以陝甘總督督師出關，奏請公幫辦軍務，仍得專摺奏事。已而文襄入覲，留參樞密，即以公權督陝甘。時陝甘初定，新疆創設行省，官制兵制一無故事可循，三省文書會萃於制府，千緒萬端烟霏霧集，視浙事何啻倍蓰。而公用類推迹，白黑分明，身兼數器，衎衎辯舉。舟大者任重，馬駿者遠馳，公之謂矣。

及文襄出督兩江，公亦移總漕政，仍同官江南。暨法越構釁，擾及閩疆，馬江一役，師徒撓敗，朝廷以閩中大吏皆不知兵，遂授公閩浙總督。而文襄以大帥至福建視師，公與從容布置，宏謀秘算，以三驚而當一至，敵不敢乘，八閩安堵。而浙中又有招寶山之捷。招寶山者，浙之門户也。山在大海中，四望浩渺，與天無際，視海中諸島隱約如鳧鷗，日本、琉球諸番异域歷歷可數。公撫浙時親臨其地，嘆曰：「此天險也，宜建礮臺。」及是果由是臺發礮，擊毁敵船，檣摧檝傾，籠東而去。於是咸服公所見之高，而我浙之人則尤嘆公有造於兩浙者大也。

溯自粤寇敉平以來三十餘年，曾、左諸公皆騎箕尾而爲列星。去歲東夷犯順，奪我藩封，據我邊境，海内震動，天子聽鼓鼙而思將帥之臣，而湘軍宿將存者無幾，惟公雄鎮西陲，朝廷賴以無西顧之憂，海内莫不倚爲長城之固，而公之年亦已七十矣。其再莅秦隴，又歷七年，政平訟理，時和年豐。邊陲風景雖不同内地，而公之所至和氣成春，士女丰昌，市廛闐溢，亦當不异浙中。諸公子皆克承家學，有官監司者，有舉孝廉者。孫曾輩森然玉立，瑶環瑜珥，蘭茁其芽。公顧而樂之，輕裘緩帶，黄髮皤然，神明不衰，視聽如故。軍府多暇，仍以翰墨自娱，有求書柱銘壁帖者欣然命筆，龍跳虎卧，鳳翥鸞翔，精神淵著於此可見。

簪菊佩萸之日，爲崧生嶽降之辰。往年六十四歲，天子錫賚便蕃，親灑宸翰，書「岩疆錫羡」四字以賜，今當古稀之慶，必有上尊牛酒之頒。樾以僻遠，未得躬睹其盛，瞻望龍門，如在天上，而公同鄉諸君子以樾粗識叙述之體，屬爲小文以介大年。昔歐陽公有言：「元氣融結爲山川，山川秀麗稱衡湘，其蒸爲雲霓，其生爲杞梓，人居其間爲俊傑。」謹以此意發端，而舉公一生事實有關中興大局者著於篇。至樾之於公，雖雲泥隔絕，鵬鷃分飛，辱公折節下交，得自托於交游之末者亦附見焉。書之屏幛，張之坐隅，公命侍者誦而聽之，或猶憶及湖舲共泛時乎！

朱茗笙侍郎七十有二壽序

昔在閼逢敦牂之歲，爲少司馬茗笙朱公七十貳膳之年，凡與公游者咸願酌大斗，祈黄耇，而山澤之農適以旱告。公曰：「嘻！旱既太甚，歲且不登，敢以此自鳴其豫乎？」越二年，歲陽在丙，陰在申，而公之年則七十有二矣。氣晼而時和，年豐而人樂，於是又合而謀曰：「已開八帙，未進一觴，禮則有闕，盍於今歲補行之乎？」則又有獻疑者曰：「準諸《禮經》，自十年曰幼，至百歲期頤，每越十載始易一名，今茲稱慶，於禮或有未合焉。」舊史氏俞樾適主西湖詁經講席，听然而笑曰：「諸君不聞鄭康成之説乎？鄭注《周易》曰：年餘七十曰耋。然則七十以後八十以前《禮》又特設耋之一名，豈必以十年爲限也？古人上壽非有常期，况七十二者，天之大數也，是以天有七十二風，歲有七十二候，封禪有七十二家，明堂有七十二牖，孔門有七十二賢,《列仙傳》有七十二人,然則於七十二歲補行七十之慶,奚不可哉?」聞者皆曰:「辯哉吾子之言,盍出一言以爲公壽。」樾辭不獲,乃綜公大略,揚扢而陳之。

公始離阿保即篤嗜詩書,昧旦而興,入塾自課。十八歲補博士弟子員,二十歲餼於庠,二十五歲以優行貢成均,明年充八旗官學教習。咸豐二年,應京兆試,中式,旋以主事籤分工部,明贍精練,見重於時。前大學士全公奉命驗收南漕,派公至通州驗米,卯而出,酉而歸,整紛剔蠹,剖豪晰芒,老於漕務者咸謝不及焉。

國家設立軍機處以總天下之庶政,大臣親承密勿,襄贊機宜。又設章京若干員以爲之屬,視唐宋知制誥尤爲清要。公以端貳之才入膺是選,盈廷贊嘆,以爲得人。故自咸豐二年傳補軍機之後,雖在部中,仍循資敘進,由虞衡司主事遷都水司員外、屯田司郎中,而公之文武幹用,經國體儀,所以上結主知,下孚廷論,爲异日大用之地者,則固不在水部,而在政府。當是時大盗方蔓延於東南,朝廷命將出師以靖潢池之亂,六百里羽書時至於闕下,贏縮轉化,千緒萬端。公身兼數器,黑白分明,遽書警奏,從容裁決,廷無稽牒,神無滯用,指景取辦,應機立成。皇太后念軍機章京晝夜勤勞,各賜白金五十兩,公得與焉,异數也。江南平,軍務蕆,叙功賜孔雀翎。公時已以御史待補,特旨改以五品京堂用,蓋朝廷深知公才而欲大用之矣。

俄授鴻臚寺少卿，累遷至太僕寺卿。其時以粤寇、捻寇次第削平，詔開方略館，宣示廟謨，垂信國史。公與朱修伯廷尉及許恭慎公充提調兼纂修，成《剿平粤匪方略》四百二十卷、《剿平捻匪方略》三百二十卷，其稿本皆公與朱、許二公手定也。全書告備，例應刊布，參稽故事，所費不貲。會總理各國事務衙門有購自外洋之鉛字活版，公與許恭慎公創議備用之，事繁而法簡，功捷而費省。書成嘉獎，升賞有差，旋授大理寺卿。故事凡軍機章京官至右副都御史即應出直，公爲政府所重，故雖屢攝禮部、工部侍郎，仍以本職入直，及遷兵部右侍郎，始出軍機，一時榮之。蓋以侍郎出軍機，公以前未有也。

疊承恩命，兼權刑部、工部左右侍郎，朝廷倚畀之隆有加無已。而公素淡於榮利，每念故鄉湖山之勝，浩然有歸志，然以爲大臣之義，務在以人事君。時事方艱，得人尤急，内而樞臣、卿貳，外而將軍、督撫、司道，或聲名已著而其行允符，或聞望未隆而其才可用。如今禮部侍郎剛公剛毅、内閣學士陳公彝以及廣西巡撫張公聯桂、新疆巡撫陶公謨，中外翕然稱賢者，皆公所舉也。潘文勤公贈别詩云：「獨有丹心常戀闕，臨行猶上薦賢書。」蓋知公之深矣。

年甫及艾，引疾歸田。處鄉黨中，見義必爲。光緒九年，歲不順成，輸巨資以振之，有餘則以浚諸暨白塔湖，創建石閘以時蓄泄，閘内農田永無旱潦。至十五年，浙東大水，公與同人又集資以振，無遺無濫，實惠及民。疆吏以聞，璽書獎焉。十八年，京師亦大水，公念畿輔重地，而勸振尤巨，并施棉衣以助温振。公先在京師，念杭士之來都下者惟仁、錢及海昌各有會館，而其餘六縣之士躡屩擔簦，息肩無所，乃倡議設杭州會館於虎坊橋，堂廡崇宏，庖湢咸備，杭人感焉。及是又以錢塘縣范村以下江潮衝擊、田廬被淹修築江堤，久而未就。稽文考獻，知六和塔所以鎮潮也。塔毁且五十年，恭讀高宗純皇帝《六和塔記》曰：「毁則有驚浪之虞，復則有安瀾之慶。」天語昭然，允宜遵守，乃議修堤兼修塔，鳩工庀材，獨任其事。事聞，御書「功資築捍」匾額以賜，蓋公之望重朝廷而功在桑梓者，固宜與之江并永矣。

公少游吴下，慕獅子林之勝，及返里門，乃於私第叠石爲山，枝峰蔓壑，碧側青斜，入之儼然獅子林也。登樓一望，則岩巒千萬涌見庭間。取其先文公詩意名其樓，曰涌巒。角巾野服，逍遥其中，見者驚爲神仙中人。

昔宋王君玉七十二歲以禮部侍郎樞密直學士致仕，公名位與埒而早享林泉之福者二十餘年，古人所不及矣。以七十二歲補行七十之觴，不亦宜乎？抑又思之，《韓詩外傳》稱太公遇文王年七十二，東方朔之説亦然，則七十二者正太公鷹揚之年。今天子方勤求上理，信任老成，异日者公東山復出再陟台衡，以竟前此未竟之志，而贊成我聖清無疆之休，則所以銘昆吾之治、勒景襄之鐘者當更有進，非此區區邱里之言所能盡矣。

王筤圃六十壽序

自來著述家皆以壽文爲不古，余謂不然。古之君子愛敬其人，則作爲詩歌以寓永錫難老之祝，即壽文之權輿。南宋時有《名臣獻壽集》十二卷，皆當時祝壽之文，則由來久矣。明《歸震川先生集》有壽文四卷，世以爲多，然余讀其文，如程白庵、戴素庵、張曾庵、陸侗庵、周秋汀、邱前山、陸思軒、孫東莊諸君名位皆不甚顯，而行誼甚著，懷文抱質，有古君子風，故雖循世俗之例，不損其文格之高。余生平喜以文章爲羔雁，往年於曾文正及南皮、合肥兩相國皆嘗以文壽之，讀者或頗以爲工，凡衤冓鞠𩌏以壽其親者往往乞余一言以爲侑。而余所作亦日以多，刻入《春在堂雜文》以行於世者幾與歸太僕埒，然多以瑰瑋連犿之辭寓眉黎臺駘之祝，比物荃蓀，連類龍鸞，麗則麗矣，求如歸太僕所作程白庵、戴素庵諸君者，殆未得其人也，今乃得之於王筤圃先生。

先生原籍蕭山，僑居於杭。余主西湖詁經講席垂三十年，故得備聞先生之風。年甫十二，其先封翁得危疾，躬奉湯藥，不解衣而息者累月，雖成人有不及焉。及病篤，群醫束手，先生潛封股肉羹之以進，家人無知者，雖卒不效，然其誠至矣。夫人肉補虚之説出於陳藏器，古方書所不載，及韓昌黎《鄠人對》出，儒者尤以爲口實。然十二齡童子豈知好名？智窮慮竭，幸求一當，則雖請以身代，古人優爲之，况區區一臠肉乎？先生至性過人，蓋超越尋常萬萬矣。

束髮受書，過目成誦，涉獵百家，無所不通。雖以家貧兼習廢著之業，以供旨甘之奉，而執卷咿唔，寒暑不輟。咸豐甲寅之歲，以性理之學受知於學使者萬文清公，拔入邑庠，學中諸老輩皆深器之，以爲芥視青紫矣。俄而粵寇鴟張，擾及浙中，庚申辛酉間杭城再陷於賊，先生處危城中以奇計得出，遂轉徙而至於滬。時永康應敏齋方伯方駐滬籌辦中外會防之策，聞先生至，大喜，延之幕中，倚之如左右手。當是時，賊踞金陵爲巢穴，而自江南以至浙東西遍地賊蹤。曾文正之師猶在皖北，沿江而下頗需時日，滬上士大夫乃得迎師之議，謀用洋人輪船，請文正分兵由江入海以至滬，由滬而進規蘇杭。此實東南一大轉機也，敏齋方伯上其事，然以款無所籌，遲疑未決。先生謂之曰：「此議不行，東南無望矣。君慮無款乎？某款可支也，某款可措也，某款可移借也。」鱗羅布列，如示諸掌，方伯韙之，其議遂決。於是今相國李公以淮師至，從此霆砰電掃，底定蘇常，而金陵賊孤，旋即授首。至今談者皆以迎師一舉爲旋乾轉坤之樞紐。當時曾與此議者，生則珪組，殁而俎豆，凡數輩矣，孰知運籌於帷幄之中，宿辦於掌握之內，使資糧扉屨無缺於供，楨幹芻蕘不匱於用，得成此中興之大業者，實由先生一人哉。江南平，敘功以訓導用，錫鶡羽以飾其冠，旋加五品銜，易之以翠羽。

同治十有三年，選授嘉興縣訓導。光緒元年，又兼攝秀水縣訓導。大府以先生賢且才，欲以卓异聞，先生曰：「俎豆之事則嘗學之，州郡之職徒勞人耳。」固辭而止。或謂先生以入粗入細之材，可方可圓之略，使得展其驥足，豈不大顯於世？而廣文一氈，闌干苜蓿，若將終身，未免可惜，是固不然。蓋又嘗讀歸震川《送青田教諭狄君之序》矣，其言曰：「天下承平日久，士大夫不知兵，一旦邊圉有警，束手無策，徒望之勇猛强力之人。古所謂合射、獻馘於學宫者，何事耶？宜以先王之道、六經孔孟之語訓迪之，必有文武忠孝之士出而爲國家之用。」以是言之，天下治亂係於人材，而人材盛衰由於學校。君之在官也，以敦品勵學課學中弟子員。其監甄陶，鴛湖兩書院，嚴立規條，優加獎勸，使肄業諸生人人自勉於學，造就愈廣，則先生之克舉其職可知也。先生又精於幾何代數之術，讀泰西諸書，沈思鈎索，曲盡其原委而後已，雖自謂通格致之學者莫之能先也。方今士大夫争言西學，學使者歲科兩試必以算學命題，而封疆大吏至請變通書院章程，以爲自强之計。然則學校之官苟能皆如先生，士子從其游，其獲益豈淺鮮哉？造物者獨任先生以儒官，其位置爲不苟矣。若修復明倫堂、魁星閣，雖至今嘖嘖人口，乃職分之所應爲，不足爲先生重也。

歲在庚辰，順、直以徧灾告。應方伯時寓杭州主持振務，招先生相助，爲理鳩貲萬萬，全活無數。己丑之秋，淫霖匝月，江浙皆荒而杭尤甚。大府謂先生雖有官守，而振務至重，非先生不可，檄令往來其間，官振、義振皆其經理，饑而不害，先生之力也。又以餘款浚餘杭之南湖，建唐西之跨塘、松老二橋及堤塘數百丈，凡有利於民者莫不盡心力以成之，浙西之人咸蒙其利。大吏以聞，傳諭嘉獎。横舍問曹，恩綸下逮，异數也。又謂甘雨之潤自葉流根，故里宗祠久未修葺，捐千金爲之倡，輪奐一新，并置祀田以供牲醴之費，敦本睦族之意頎乎至矣。先生又精於醫，切脉處方，悉中肯綮，一歲之中，藥之而愈者不下數百人。揚子不云乎：「物壽以性，人壽以仁。」宜先生之不待將迎而壽矣。

德配吴宜人，長於先生一歲，事姑以孝聞。庚申之難，宜人奉其姑間關跋涉，險阻備嘗，以至江北始克與先生會。事平之後，先生夕饍晨羞，得以盡白華之養者，宜人之力也。去歲爲宜人六十生辰，親串交游，議并爲先生壽，則力辭之，且曰：「諸君愛我，曷移此酌大斗、祈黄耇者助餘杭未竟之塘工乎？」皆曰：「諾。」及今歲，先生正六十矣。其長君容甫已舉孝廉，諸子森然秀立，膝下四孫蘭茁其芽，一堂之上融融泄泄，望若神仙，若再不舉一觴，禮則有闕。余既不辭以文爲壽，請援歸太僕壽周秋汀之言曰：「壽於人爲彭祖，壽於物爲大椿，達者得之，君其人也，今而後呼君爲逍遥公矣。」余既以此言爲先生進，其亦囅然而釂一觥乎！

劉筱舫觀察六十壽序

余讀《周易》，而知古之重商也。日中爲市始於包犧，其時海外大九州皆通於中國，則所謂致天下之民、聚天下之貨者，必不域於中國之小九州而已。萬國通商之法在上古固已有之，故既創佃漁之利，即興商賈之利，非此不能合大九州而一之也。黄帝以來，德不及遠海外，九州隔閡不通，但就一州之中畫而爲九，自爲疆域，乃始重農桑而抑商賈。蓋幅員既小，根本宜堅，亦理勢然也。然以《周禮》考之，質劑掌於官，度量純制掌於官，貨賄璽節掌於官，是猶古者重商之遺意矣。天下大勢，合久必分，分久必合。方今之世，天意殆將復黄帝以前之舊，合海外大九州而爲一乎？自泰西諸邦交乎中夏而商務大興，朝廷既注意於此，搢紳大夫皆孜孜講求，不遺餘力，而士之負异材、藴奇智者亦遂有以自顯於世。以余所聞，則筱舫觀察嚴君，固一時之巨擘矣。

君浙之慈溪人，漢子陵先生之裔也。尊甫笠舫先生有巧思，本宋人《燕几圖》遺意，衍世俗七巧牌新法，成五百七十二字，人争傳寫之。方先生之葬其親也，於壙中得芝草數莖，識者知其後之必大。

君自幼喜讀書，以寇亂未竟其業，去而習賈，候時轉物，雖老於榷會者謝弗如。然有大志，販脂賣漿弗屑也。同治五年，以州同注選籍，以軍功擢知州，賜翠羽以飾其冠。旋以鹽運使同知分發長蘆，奉檄督銷河南官運，整飭沈邱、項城、扶溝、太康等七州縣廢岸，疏銷積引，三十餘萬課額全完，爲歷年所罕有。又以長蘆、淮北引界倾邪相錯，履行其地，形束壤制，無使侵越。商民頌德，上游引重，積優成陟，超擢觀察，由是凡遇盤根錯節人所束手者悉以屬君。順、直饑，則勸集振銀二十餘萬以活窮黎。倭事起，則籌解餉銀一百六十餘萬，又借商款一百二十餘萬，以佐軍需。至於堵塞河決，抽收紗捐，凡所石畫，動中肯綮。

其時滬上一隅爲天下之樞，月竃日際，水浮陸行，雜沓從萃，咸集於斯。商賈駢坒，闤城溢郭，𠈇譶𡡆𤠩，交貿相競，南洋大臣劉公以爲非有行能高妙、身兼數器者不能整紛剔蠹、董而理之。以君開達理幹、综事精良，爰以爲滬局商務總董事。嗟乎！自通商以來，天下咸知商務之重矣。然中國三千年來風氣未開，凡爲商者不過如《易林》所謂「東市齊魯，南市荆楚」而已。若夫察六合之盈虚，通萬國之有無，此豈尋常操赢制餘、通財鬻貨者所能五而六之、九而十之哉？然則天生此才，於當今之世非偶然矣。會太常寺卿盛公奏請開設中國通商銀行，遂亦以君總其成焉。《管子》曰：「分地若一，彊[一]者能取；分財若一，知者能收。」國家此舉可謂得人矣。

君天性過人，篤於一本。姊妹之子視如己子，族人以緩急告無不應者。葺宗祠，置祭田，脩宗譜，建義學，苟有益於族黨知無不爲。又以慈邑水利關係民田，浚縣東河道三十里，築縣北之燕浦，修縣南之大隱洞橋，以備旱澇而利行旅。光緒十六年，浙中大無，捐助尤巨。此外如甯波之清節堂、仁安公所，上海之仁濟、廣益、元濟諸善堂，皆廣爲捐募，以助其成。所謂一葉之影即是濃陰，數滴之泉便爲膏澤。在他人見爲難，在君則轉爲餘事。至於工書法得晋人筆意，善畫蘆雁曲盡其態，更其餘之餘者矣。德配童夫人有婦德，事重親甚謹，生丈夫子一，今官兩淮運判，彊[二]梧作噩之歲，橘余之月，《師》六四爻值日之日，乃君六十攬揆之辰也，諸與君游者皆爲詩文以壽之。余切人不媚，不敢爲支離曼衍之辭，惟期君以大者遠者。异時朝廷復黄帝以前之舊，臣服大九州而仿古三官之制建立商官，使君領之。君由七八十以至期頤，齒德愈高，才識益茂，必

[一] 彊，原訛作「疆」，據《管子・國蓄》改。
[二] 彊，原訛作「疆」。彊梧，天干「丁」的别稱，據文意改。

能爲國家盧牟六合，致海外之民，聚海外之貨，以追神農之盛軌。吾請以斯言爲左券也。

劉吉園總戎七十壽序

光緒紀元之二十有三年，乾亨坤慶，中外禔福，均禧於九垓。天子將爲皇太后補行六旬萬壽之慶，敬稽乾隆間故事，有三「九老」焉，曰文九老，曰武九老，曰在籍九老，皆以鶴髮龎眉之叟賜宴龍樓鳳閣之間，天下仰望若神僊然。今不知遵行是典否，一時佽飛射士、期門羽林咸引領而望，曰：「如果率循成憲舉行盛典，則吉園軍門劉公其必在武九老之列乎！」蓋公於今歲，行年六十有九矣。兩湖舊俗用絳縣老人例，滿一歲始紀一齡，往往於七十一歲稱七十之觴。而吴越間則用大衍數例，遇九而稱慶。是二者皆有説焉。而遐稽本朝引年之典，則有計閏之例，蓋三十年閏十二月即爲一歲，故九十七歲可稱百歲。然則公年六十九，計閏年則七十一矣，用吴越慶九之俗而仍合乎兩湖之舊俗，豈不可以晋一觥乎？兩湖士大夫聞是説也咸欣然曰：「是宜有以爲公壽。」以樾〔一〕素習於公，授簡而徵文。

〔一〕樾，原訛作「越」，此爲俞樾稱，據文意改。

謹按：公於咸豐之初以武童投效軍門，猛鋭善戰，有鶻入鴉群之概。破瀏陽之賊，毁小池口之壘，軍中咸稱健將。其後克復九江府、建德縣及江西省城與沿江諸要隘，公皆親履行間，身先士卒。曾忠襄之圍攻安慶也，悍賊死守，公冒矢石布軟梯，焚其東門，一鼓而下之。劉忠介之被圍於草鞋嶺也，絶樵采者十日，以血書乞援。公由蕪湖馳赴，連戰皆捷，重圍立解，群賊竄東不敢復犯江北。及彭剛直進攻高淳，賊酋乞降，而衆尚數萬，其勢甚張，莫敢往撫。公單騎徑詣其營，賊皆羅拜馬首，論者謂郭汾陽之退回紇不是過也。高淳、溧水、溧陽、東壩各城隘次第收復，諸大帥叙功，稱其有勇有謀，爲諸將冠。朝廷計功行賞，累遷至總兵，交軍機處存記，由藍翎賞换花翎，并賜「遒勇巴圖魯」名號。公以宿將爲國爪牙，光輔中興，垂名史策，自此遠矣。

楊勇慤公由陝入甘，公統吉字馬步軍從之，馳驅秦隴。又越二年，以舉發舊傷，乞假而歸。至楊石泉宫保之撫我浙也，招公來浙統領水陸防軍。訓練精詳，紀律嚴肅，在浙二十餘年，草竊奸宄無不搔除。省城内外城河一律開浚，又以火藥儲積爲數過多，慮或有失，貽禍閭閻，築大垣以圍之。深溝固壘，崇墉屹然，軍無缺用之虞，民無不戢之懼。其有功於杭人甚巨，撫浙諸公薦舉將才，必以公居首。壬辰之秋，制府譚公奏請署定海鎮總兵。公以其地斗絶海外，爲群盜出没之區，整飭師船，周巡洋面，禽戔渠魁張文亨等十數人，盗風爲之衰息。受代之日，士民感戀，送者盈塗。明年，又攝温州鎮總兵，甫下車，即拜真除之命。温郡濱海，浙東重鎮也。公既膺師干之任，又統領駐温親兵。其時適有東洋之警，公謂攘外以治内爲先，欲固海防先除海盜，名捕張道地等竿首海濱，於是兵氣奮揚，人心静謐，東南沿海七千里風鶴頻驚，而温郡帖然，公之力也。

竊惟三楚之域襟帶江湖，形勢最勝，咸豐、同治以來文武幹材皆出於楚。自曾文正奮袂一呼而熊羆之士、如虎如螭之衆投戈躍馬，扶義而興，老謀壯事無所不備，受茅土之封而畫烟閣雲臺之像者指不勝屈，可謂盛矣。然中興以來垂三十年，嚄唶宿將落落晨星，天子聽鼓鼙而思將帥，有每飯不忘巨鹿之思，如公者豈非甘露之良佐、寶應之功臣乎！

公性伉爽，好施與，三黨緩急無不竭力，恒産所入以惠窮黎，與人交始終如一。余每至西湖，公輒命健兒數輩來執扞掫之役，湖樓山館高枕安眠，至今感焉。夫人邱氏，性情賢淑，以公御下嚴，隨事婉解之。今歲行年五十，若合梁孟而論年，則甲子再周矣。哲嗣梁澄太守，仕浙有聲，因遵功令，改官於閩。閩浙接壤，其福甯一郡與温毗連。异時或以五馬臨莅福甯，橋梓連疆，亦佳話也。文孫以任子待年於家，嶄然見頭角。群從子弟皆英英露爽，一門鼎盛，徯福貞貞。

往年恭逢皇太后六旬萬壽，恩賜壽字及帽緯緞匹。今兹補行慶典，雖未必修三「九老」故事，然上尊牛酒之賜必視昔有加可知也。自兹以往，由八九十而至期頤，銘昆吾而勒景鐘，長爲國家柱石之臣，以承聖世福緒祥源之盛。余長於公者八歲，精力早衰，未必能登公之堂祝無量壽，然《鶴南飛》一曲猶願歲歲爲公奏之，細柳營中，蟠桃宴上，想必掀髯而爲我一笑也。

費幼亭觀察七十壽序

往年余與壬甫先兄至湖州，兄詣歸安縣署謁其房師惺予盛公，余坐書肆待之。未幾兄還，余問：「見乎？」曰：「見，并見其婿費君。」余時不知費君何人也。及庚申辛酉之亂，余避地至天津。居久之，而費君來守津郡，余以旅人修相見禮，乃知即往年壬甫兄見於歸安縣署者也，相距十七八年矣。握手道故，歡若平生。

蓋君亦因鄉邦離亂，黌校輟業，轉展遷徙，蹻屩游燕，乃以州倅候闕於畿輔。未幾奉諱南歸，而向忠武公適建大將旗鼓，駐軍白下，龍驤麟振，東南倚若長城。慕君之賢，招至軍中，使管領儲糈。千緒萬端指景取辨，行裝就隊咸取給焉。及忠武薨，君嘆曰：「東南不可爲矣。」拂衣而去。咸豐九年，授直隸懷來令，甫履任，改南皮，又以報最，移攝宛平。穆廟勤求上理，不次用人。天津知府闕員，詔以君補之。以宰官超擢郡守，异數也。余既得交於君，見其爲政清平，治行長者，宣風展義，甄善疾非，津人謳歌，比之召杜。余嘆曰：「吾幼時曾讀耕亭先生之文，即君之先德也，重光累徽，風氣日上。昔人稱『越公兒郎，故有家風』，其君之謂歟？」俄而調知保定府，旋聞其擢清河道，權按察使，而余亦以亂定還南，寓居姑蘇，與君不相聞者久之。越數年而見君於吴中，則以清河道謝病歸矣。余曰：「以君之盛年，又具此偉略，何遽高蹈若斯歟？」

方咸豐辛酉之秋，英人入犯天津，獲其酋送京師。君時自懷來受代，從事津營，與斯役焉。俄而寇氛益熾，烽火達於甘泉，回禄降於聆遂，文廟用故事狩於木蘭。恭親王以介弟留守，與二三大臣駐城外天甯寺，劃安全之策，求尊攘之方，三表五餌，虚與委蛇，和議成矣。時敵人駐安定門外，重陽前一日忽列陣而出，群公駭顧，不知所爲，文文忠忼慷語曰：「吾死此矣。」恭邸乃與衆謀，宜遣一人赴敵營詰問，而左右無可使者，恭邸僚婿樂初將軍長善時方爲郎，趨前曰：「有所識費某可。」即命偕來，曰：「能爲我一行歟？」君曰：「險難不敢辭，願得空白照會便宜行事。」又請一人爲介，以崇國體，皆從之。兩人兩騎馳而去，有津勇一人從，乃裂白布建諸矛端以爲幟，使執之以先。敵人望見白幟，知爲議和來也，許之入。君詰其酋曰：「欲戰宜先示期，背盟襲我，無乃爲天下笑歟？」酋改容，止其軍不進，延君上坐。君先使其介侍衛，君益謙，歸報而坐與酋議定條約，即取空白書之，要其酋署諾。遂從容談笑，痛飲數巨觥，酋嘆曰：「好官好官！惜知縣耳。」君歸，恭邸迎於門曰：「吾幾失子。」當是時，事孔亟矣，惟君有石不奪堅、丹不奪赤之節，有一龍一蛇一日五化之才，視漢時竇憲遣吴氾、梁諷説北單于修呼韓邪故事，保國安人，其難倍蓰過之。卒使敵情翕伏，和議有成，郊遂無壘，市廛安堵，君之功其亦偉矣。

及其分巡清河也，時則有群盗盤互，自爲團結，徒衆萬億，不招而集，其名曰捻。閼逢困敦之歲，𩥇駥𩧉裔，北犯畿疆。君慮萌氓之不安其生也，又慮楨幹芻茭，資糧扉屨，久而不給於供也，昕夕碩畫，不敢告勞，遽書警奏，從容裁決。符教朝發，部勒夕濟。爲戰計則用越王搏力句卒之法，爲守計則用墨子備梯突蛾附之法。猰窳鑿齒之徒咸禽僵而獸斃，其一二之存者亦龍東隴種癸瞿奔觸而去，農夫抃於野，行旅歌於塗。此一役也，非所謂功在一方，事關全局者歟？於是天子嘉之，晋秩二品，賜孔雀翎以飾其冠。論者謂弱翁治行久已聞於朝廷，而又以文武幹用匡濟時艱，超棘之徵在指顧間矣。且夫盤根錯節所以試利器也，舟大者任重，馬駿者馳遠，又物理所宜然也。方今時事多艱，需材孔亟，如君者固宜一日九遷，隆隆日上，如馬燧之總十連，陶侃之督八州，爲國家宣力四方，安内靖外，龕定神縣，宏濟艱虞，乃甫逾强仕，引退歸田，得無自爲者多而爲人者少歟？然而君則自此不出矣。

蘇城西北隅介閶齊兩門之間，爲漢時張長史植桑地，宋章楶於其地築桃花隖，至今猶沿其名。有梅隖、柳堤、小桃源、雙荷池諸勝，雖皆湮没，而范石湖詩所謂「西城如西塞，桃花古來多」，猶約略可以想見，固城中勝地也。君卜築於其地，館宇清華，花木掩映，風臺月榭丹雘一新，書庫粟廩無不肸飾。君與賓客觴咏其中，緑野平泉，黄髮兒齒，人之見者皆以爲神仙中人。

濱江之地沙漲成田，積數萬頃，皆君産也。其時王益吾祭酒視學江蘇，於江陰建設南菁書院，以經史實學勸課多士，君曰：「此誠國家樂育人材之一助也。」盡以沙田助之，又慮理而董之者不得其方，躬自區畫，無逋租，無隱課，倉箱千萬，以供諸生膏火。一時負素挾策而來，無不黎收而拜仁人之賜。今年正月，君過我春在堂，縱談及之，以爲歸田以來第一快意之舉也。

積善之家，必有餘慶；君子有穀，以詒孫子。哲嗣屺懷太史以金馬玉堂之彦負三君八顧之望，海内清流咸奉爲敦槃之長。往者駕軺傳，秉英蕩，典試於吾浙，所取多閎通之士，浙東西才俊半出其門。以君年高請假而歸，撰杖奉几，日在左右。性喜藏書，宋元舊籍插架將滿，丹黄鉛槧校勘精詳，君每顧之，爲啓顔一笑，可謂養志者矣。

今歲斗柄建午之月爲君七十覽揆之辰，吴中得交於君者皆欲以詩文爲壽，飛翰騁藻，富於萬言，而使余以一言爲之先。念自壬甫兄見君於苕上始知有君，日月如流，至今五十年矣，論海内交游殆未必有先於余者。諸君子欲賦《南山有臺》之篇，而使鄙人爲東方啓明之倡，亦義之所不得辭者。余曾爲君書「傳易堂」額，費氏固易祖師也。請爲君讀《易》，《大有》上九曰：「自天祐之，吉無不利。」敢以爲君壽。《中孚》九二曰：「鳴鶴在陰，其子和之。」并以爲屺懷慶也。

余端卿六十壽序

越中山水之勝甲天下，風氣樸茂，人物豐昌，其中多龍蟠鳳逸之士，余識其賢士大夫蓋非一人矣，乃今又得一篤行君子焉，曰端卿余君。余氏世以儒素相傳，至君之大父，以民生本務衣食爲先，布帛之功等於菽粟，啓肆於廛，香荃白叠充牣其間，孫被劉衣咸所取給，與喜爲市，遂昌其家。及君之先德慨然有用世之志，以郡丞需次吴中，懷抱利器未得一試，旋以微疾拂袖而歸，身後以叔子觀察君貴拜一品之封。蓄厚流光，徵於此矣。

君自幼工爲舉子業，每遇郡縣試，深叢孤羆，兀傲自喜，及圓榜出，往往裒然列於高等，或試於書院亦然。及學使者來，進郡縣所取士而試之，君坐鋪席，含豪邈然，非不竭盡其長而試輒不利。歷數載不能青其衿，君啞然笑曰：「豈吾遇小敵勇，遇大敵怯歟？殆造物所位置我者不在是也。人生貴適意耳，遇合命也，富貴時也。南山之南、北山之北，何所不可徜徉，豈必服方領、習矩步，執一卷書當手版，曲跽雅拜於學官僮子間哉？鄭昌圖書舉子案曰：『入試出試，千春萬春。』吾竊耻之，行且焚筆墨矣。」會其叔弟就婚遼左，君慨然曰：「長白之山，鴨緑之江，乃我朝發祥之地，固周之豐鎬、漢之豐沛也，曷往游乎。」治行李，具舟車，載書策，戒僮僕，束囊晨征，脱鞍夜宿，水行則極眠桅拽篸之勞，陸行則備韉馬鈴騾之瘁，而君出門四顧，意氣浩然，壯哉此行乎！既至其地，滄海南回，混同東注，登醫無閭而左右望高句麗之故城、阿保機之舊樓，黄龍之府、鳳皇之城歷歷在几席間。君訪僊人煉丹之臺，探羅陀修真之洞，天山渤海，昆侖磅礴，雄冠九州，喜曰：「吾不虛此游矣。」於是有爲君謀者曰：「唐世幕僚亦爲清職，《漢志》名法列爲專家。君既不得志於有司，曷去而習申韓家言，高可爲督撫戟門上客，次之亦可挾其技游歷郡縣間，不亦勝於荒江老屋中執卷伊吾乎？」君嘆曰：「曾子有言：『上失其道，民散久矣。』自漢以來吏治皆以武健嚴酷爲能，南鷂北鷹相望史策，食艾服葱，謗騰道路。吾性仁恕，不忍爲此，平生讀書不讀律，先世鑿楹而藏者，固無司空城旦書也。」

居久之，以北方風氣燥烈，冬日嚴寒，重裘不煖，自顧體質不與相宜，乃羸驂單僕，改乘轅而南。及至浙中，度錢唐之江，望會稽之山，嘆曰：「故山風景殊勝天涯，屈子遠游徒豪舉耳，吾終老是鄉矣。」自此里居不復外出。時伯兄早世，叔季兩弟皆服官於外，太夫人在堂，春秋已高，晨羞夕膳，冬温夏清，君獨任之。太夫人安神高堂之上，優游細旃廣厦之間，康强逢吉，富壽宜家，年逾大董而後歸真。君奉侍之勤、調護之謹，雖樂正子春復加一飯、復加一衣，蔑以過之矣。

君至性過人，有妹適李氏，早卒，所遺子女君撫而卵翼之，且爲經理其家。李故郡中巨族也，或諷君不宜越俎，君曰：「吾不忍負吾妹遺意也。程子不云乎：『凡人避嫌者内不足也。』吾無愧心，何畏人言？」凡李氏銖金寸錦、斗米尺布皆簿而籍之，雖數年之久可覆視也。身處脂膏不以自潤，鼎鐺有耳咸無間言。向之擬議其旁者皆嘆服焉。君制行既高，人已一律。每當州里醵會，親戚聚談，或有一言及於非義、一舉涉於非禮，必面斥之，議論剴切，丰采嚴厲，人皆望而生畏。《後漢·王烈傳》稱鄉里有盗牛者曰「勿使王彦方知之」，《唐·陽城傳》閭里有争訟者不詣官而詣城〔一〕，有盗樹者，城遇之，退而自匿，君之所爲有二子之風矣。然事過輒忘，不

〔一〕城，原作「誠」，據上下文意改。

稍芥蔕，仍與握手言笑，歡若平生。又尚信義，重然諾，凡親故間以事諉諈，雖極難不避，雖極猥瑣不辭，視人之事如己之事，和易近人，不立崖岸。

喜蓄魚，凡金鞍、錦被、瑪瑙眼、琥珀眼、十二紅、十二白之類，無不按譜搜羅，次第陳列。又喜蒔花，收紅拾紫，散碧分黄，鋤烟滌雨，不辭其瘁。春秋佳日，百花齊開，椶鞋桐帽，游覽其中，見者詫爲神仙中人。

自以束髮讀書未得挂名黌舍，望其昆弟之子讀書成名，晨燈夜燭輒自課之。課程綿密，視程敬叔《讀書章程》殆有過焉。叔弟以道員候缺於奉天，賜二品冠服；季弟向在吉林、黑龍江宣力有年，今已選授四川新繁縣知縣，一門鼎盛，三黨榮之。漢時許晏、許普成名，論者謂其兄許武之教，君亦然矣。以季弟官，貤封君爲中憲大夫，國之恩也，家之慶也，亦鄉里之榮也。君雖無子，然有女子子適同邑孫氏，有外孫一人、外孫女二人，亦足當含飴之樂矣。

今年爲君六十生辰，哲配許恭人六旬晋一，君生於十月而恭人生於八月，方擬并陳弧帨以祝期頤，而叔季兩弟適於春間同時旋里，乃諏四月二十五日酌春酒介眉壽而乞余一言以爲之侑。余惟古之君子，愛敬其人則作爲詩文以寓眉梨之祝。自來名家集中以壽文入集者惟前明《歸太僕集》，有壽文四卷，爲最多，余讀其文如程白庵、戴素庵、周秋汀、孫東莊諸君，名位雖不甚顯而行誼甚著，懷文抱質，彬彬然古之君子也。余生平喜以文字爲羔雁，往年如南豐、南皮、合肥諸相國皆嘗壽之以文，而余之意則尤願得如《歸太僕集》中白庵、東莊諸君而壽之，庶沿世俗之例而不損吾文格之高，今於君得之矣，故不辭鄙陋，願進一言。余每年必至杭州湖樓山館小作句留，距會稽止一江之隔，雖老矣而游興未衰，或於六橋三竺游覽之餘，度西興、登南鎮，距君所居咸歡河不知凡幾里，望通德之門，式孝行之里，或猶可從君於千岩萬壑間乎？

連穆軒七十壽序

上虞之西鄉有地曰松夏，以晋袁山崧故壘得名，亦越中一勝地也。連氏家於此數百年，世有隱德。所謂敦善行而不怠者代有其人，見於余文集者屢矣。乃今又得一君子人焉，則穆軒是也。君之先德樂川先生，器識宏遠，勇於爲善，生平尤致力於江海兩塘。蓋其地面曹娥江而負海，一邑之民依兩塘爲命，而兩塘又恃先生以爲固。余嘗銘先生之墓，言之詳矣。其晚年議建義莊，粗具規模，遽謝賓客，於是穆軒君偕其弟卒成之，余又爲著《連氏義莊記》，比之宋鉛山劉氏之義榮莊。嗟夫！善作者不必善成，自古嘆之，如君者豈非所謂善繼善述者乎？最君一生行事，其善事夥够不勝書，而其大者則仍在塘工與義莊二事。

光緒九、十年間，兩遇風潮，駭浪暴灑，驚波飛薄，相淶相沏，而海塘日益圮毁。君獨任捐修，用錢至三千九百八十餘緍，功乃告成，民用安堵。大府嘉焉，仿古署書之體以「惠周桑梓」四字爲户册以表异之。至江塘，則光緒以來歷年培葺，方幸無事。乃二十五年六月，上游鮫水大發，水高於塘，決大口七處，田廬沉潫，婦竪流離。君出而任其事，於官款外捐己資一萬餘緍以益之，視海塘之工所費尤巨，虞人誦君高義，至今不衰。若義莊，固創始於欒川先生，然爲田僅百數十畝，大輅椎輪以爲喤引而已，君踵成之，乃得田一千五百餘畝。而義莊之制大備，不惟舉族賴之，雖鄰近异姓者鰥寡孤獨有養焉，喪葬婚嫁有助焉。營義冢以免暴露，置水龍以救焚燎。自來義莊未有如連氏之美之備者也。事聞於朝，璽書褒奬，樹綽楔於門，大書「樂善好施」四字，天章爛然，輝映雲日，連氏義莊遂聞天下，盛矣哉！至其他寒施衣，暑施藥；某村大火，則户振之以錢以米；鮫水之後饑黎無食，則設廠二所以饘以鬻；凡佃君田者雖豐歲不取盈。又用古社倉法創借米之舉，春貸秋還，俾貧民無青黄不給之嘆。山陰沈君寶森爲作《小樂府》十章歌君之事，傳唱閭閻，余可無贅焉。

君承累世之祥源福緒，又重之以令德，宜乎受禄於天，克昌厥後。有子三人、孫六人，長君爲安吉校官，餘亦有聲庠序間。君年且七十，精神强固，視聽不衰，期頤之壽殆可操券。余耄矣，不能度江至越爲君進一殤，輒貢此文以博听然一笑。世稱連氏爲齊連稱之後，余疑不然。果出於齊，何唐宋間連氏皆閩人乎？余疑連氏出於大連少連，賢者之後宜有達人。宋有連舜賓字輔之，舉《毛詩》不仕，其家多貲，悉散以賙鄉里而教其二子，曰：「此吾貲也。」二子曰庶、曰庠，後并知名，《宋史》有傳。君之盛德何愧舜賓，君之子若孫，必有如庶如庠者出而昌大其家，在《周易》曰「鶴鳴在陰，其子和之」，在《太玄》曰「鮫潛於淵，陵卵化之」，吾爲君壽，吾更爲連氏望矣。

沈協軒七十壽序

昔神農氏既以耒耜之利利天下，而即定日中爲市之制以通天下之財。古之神聖，蓋甚重商哉。自周以穡事開國，乃始重農而抑商。漢、唐儒者咸遵其説，實非通論也。我朝規模宏遠，經營八荒，而商務乃以大起，於是倜儻非常之人亦多出於其中，今於吾湖得一人焉，則約軒沈君是矣。

君世居烏程之西，南匯望族也。其封君可齋先生，於道光庚子舉於鄉，以名孝廉官部曹，有聞於時。君承其家學而不屑爲章句儒，落落有大志，以母老弟幼棄儒而賈，不十年以貲雄於鄉，鄉人賴以舉火者數十家。

咸豐初，粵寇起，君輸財助餉，議叙主事，又改外爲郡丞。俄而寇警益急，浙西戒嚴，湖城設團練總局，而設分局於城外，總局則趙忠節主之，分局以北防爲尤重，未得其人。忠節識君於髫年，即曰：「是奇材也。」至是言於巡撫王壯愍公俾主北防，君以未嫺軍旅辭，而省符下矣。君親赴各鄉挑選壯丁，得二千五百人，編爲五營，軍威大振，五戰皆捷。君又以籌防必先籌餉，謀於忠節，設局收漕，忠節難之，事亟，始從其言。君履行鄉間，勸以大義，甫及旬日得糧數萬，運儲郡城，郡城賴以楮柱年餘，君之功也。俄而南路之防潰，君專力北防，賊屢攻不克，四鄉避寇者走而歸，君悉收養之。是歲大寒，太湖冰合，賊履冰偷渡。君勢既孤，糧亦垂盡，度不復能守，乃率親故突圍而出。賊尾之急，君僞若將遵陸者，而輕舠小艓徑投滬上，謁今相國肅毅伯李公於軍中。時湖已陷，請兵規復。李公曰：「盈江浙皆賊也，孤軍深入，雖得之不能守之，姑少待乎。」君見事機尚緩而相從者衆，不能坐食以待，乃散遣其曹，奉母走江淮，慨然曰：「投筆封侯，吾志不逮矣，猗頓以鹽鹽起家，亦足比於封君。吾少習賈事，天其以此昌吾家乎？」乃營禺筴之業，逐什一之利，既以自資，亦以濟衆。而所得輒倍他商，蓋君熟悉情僞，耐習艱苦。一日在維揚宴客，風雨大至，水深盈尺，有鹽船以遭風將没來告。君飛輿秉炬往視，坐客尼之不聽，至則僅艙面稍有沾濡，言於官，量予津貼而已，船户固齗言，不圖君之冒險往効也。同人皆服君之識，乃建議設厫收囤，鹽無飄没之虞，船無停待之苦，至今循焉。

湖城收復，奉母而歸。清釐遺産，墾闢荒田，佃其田者咸優恤之，流民之失業者設局養之，病者藥之，又資而歸之。大亂之後，地方安堵，則君之大有造於桑梓也。當是時，吾浙軍務肅清，以整頓鹽綱、規復引地爲善後要策。同鄉張君築齋承辦浙西鹺，招君爲助，君方講習農桑，謝不出，張君固請，乃出而爲之規畫，張氏之業勃然而興。大府知君才，即以君爲嘉所甲商。蓋兩浙鹽務舊分四所，曰杭，曰嘉，曰松，曰紹，甲商則總一所之事者也。時引地疲病，而餘姚、岱山兩處曬鹽日盛，浙撫譚公令各商集貲就其地定價收買，以余古香觀察總其事，而輔之以杭、嘉兩甲商。岱山孤懸海中，風濤不測，君不避險阻，以岱事自任，設商厫，定收數，稽鹽版，議鹽價，向之私鹽悉化爲公。又設幼塾課沙民子弟，化其頑梗。設米市，平價出糶，備版户青黄不給之需。更設水師巡船使扼要口，以緝外江之私販，而杜内河之灌注。大府亦深倚君，遇事必諮之，兩浙鹽務日有起色矣。嗟乎！如君者豈獨《貨殖傳》中人哉？蓋抱經世之才、匡時之略而小用之者也。吾言商務盛而倜儻非常之人出其中，觀於君益信矣。

君喜施與，勇爲善。省城文廟歲需修葺，君酌提瀏河製費如干爲經久之計。同善堂經費不足，前此丁君松生管其事，恒以私財濟之，丁君卒，無繼者，君勸各商按歲捐輸，爲他業倡，維持善舉，賴以不廢。至於水旱偏灾則有振捐，地方不靖則有防餉，無不仰給於君。合肥相國欲以君總理上海招商局事，浙撫劉仲良中丞以鹽務爲重固留不遣，其見重上游如此。至其行義之高，有非嵬瑣之儒所能望者。方其行鹽於楚北也，與某太守俱遭風失鹽，虧公帑無算。君謂某太守曰：「君以官爲家，不可一日失官，我請任其咎。」乃獨任之，歷十許年展轉乞貸始償公款，而某太守竟不復問，君亦竟不言也。維揚某氏女自幼許嫁沈氏子，亂後父母兄弟皆殃，沈氏音耗亦絶，女守貞不嫁，削髮爲比邱尼。君聞而憐之，爲夐求沈氏子，得之於粵東，俾完聚焉。又嘗行於塗，遇一婦携幼女求售，問之，則故家也。有二女，其長女許嫁某氏，則亦君葭莩之親也，乃歸長女於其夫家，而擇婿嫁其幼女。夫以君之才而重之以盛德，宜其受禄於天，擁萬鍾之富，而拜三品之封。有丈夫子五人，有孫三人，家門鼎盛，戚黨艷稱。

歲在辛丑，莫春三月，先上巳一日，爲七十生辰，若姻亞，若交友，咸願爲君進一觴。余幸列鄉人之末，忝有世講之誼，忘其不文，貢此言以爲之侑。自今以往由八九十而至期頤，年益高，德益劭，業亦恢之而益廣，天子用漢卜式故事，璽書衷美，賜爵關内侯，豈不盛歟？《太玄·傒》次六曰：「傒福貞貞。」竊爲君傒之矣。

糜母馮太恭人七十壽序

光緒二十有六年，恭逢皇上三旬萬壽，湛恩汪濊，布告天下，舉行引年之典，自七十歲始。而其年九月七日適值糜母馮太恭人七十生辰，於是其族姻諸君子咸願以一尊爲壽，而屬余以一言爲之先。

謹按：太恭人乃上虞人也，其先德馮立峰先生，鄉里稱長者。太恭人居室時已有姝姝之度，年十七歸同縣糜君。君字琅山，官守備，不樂仕進，角巾野服優游泉石。太恭人與有同志，布衣椎髻躬自操作，愉如也。會有寇警，琅山君用古搏力、句卒之法保衛桑梓，鴐然成軍。資糧屝屨，則太恭人實佐理之。衎衎辦舉，四境晏然。兵亂之後，田蕪不治，歲乃洊饑。琅山君又仿齊黔敖之意，設廠煮糜以飼餓者。又以流民麇集，市米翔貴，建局糶米以平市價，命其局曰平米，蒙袂之民咸果其腹，藉藉稱糜君之德，太恭人皆與有力焉。

光緒十年，琅山君謝賓客，於是家事無巨細咸取決於太恭人。一以勤儉爲主，織紝組紃口不言勞，竹笥布裙無改其舊。有以緩急告，應之如響，夏月施藥以活暍人，冬月施衣以蘇皸瘃，歲以爲常，數十年無變也。往者太歲在著雍閹茂，穡事不登，民食告匱，青錢數百不能易斗粟。

太恭人語諸子曰：「民病矣，爾父有平米局遺法，盍踵而行之？」局既設，米乃平。市儈無可居奇，饑黎得以存活。上虞者，山縣也，境多山，山有蛟，蛟出而水從之，启窟湖渤，吴人所謂發洪也。設局之明年，蛟水大發，田疇污萊，簞瓢捽茹，又以饑告。太恭人曰：「汝父尚有鬻廠之法，宜兼行之。」於是以錢易米，無儓估之憂；就廠啜鬻，無褐父睨之之嘆。是歲也饑而不害，姚墟舜井間又藉藉稱麋氏之德，則皆太恭人所爲也。

孔子曰：「仁者壽。」荀子曰：「美意延年。」楊子曰：「人壽以仁。」如太恭人之樂善不倦，宜有眉黎耊駘之福。行年七十神明不衰，安神閨房之内，逍遥高堂之上。有丈夫子五，余識其一，則蓉甫茂才也。女子子二，孫九，孫女七，曾孫女一，瑶環瑜珥，森立於旁，太恭人顧而樂之，以設帨之辰行稱觴之禮，亦可欣然而進一爵矣。然而太恭人顧翵翵乎不自安也，曰：「今何時乎？今何勢乎？法駕西巡，邅回未返，天步艱難之日，非家庭衎樂之時，老婦何人，其敢言慶？」於是帣韝鞠䐛而前者，皆逡巡而不敢進。余曰：「無傷也。夫河陽一狩，固無損乎周室靈長之運，况今雖海内多故，而吾浙固安堵也。至麋氏，則家門雍睦，子孫鼎盛，福緒祥源，殆未有艾。又重以太恭人之盛德，溪盎不苛而與物爲春，昔人所謂『一國太平，一家太平，一心太平』者皆萃於兹矣，何不可以稱慶乎？」諸君子皆以鄙言爲然，乃撰次其言，書而張之於堂。是日也，先重陽二日，泛茱簪菊，沽酒買餻，一年好景，正在斯時。惜余年耄，未克渡江而來一拜麋亭之下也。

雲溪和尚五十壽序

雲溪和尚以大德高行爲禪林所推重，光緒二十三年强梧作噩之歲行年五十矣，一時善信景從，緇素雲集，若苾芻、若優婆塞無不合掌恭敬，以諸華香散其處爲和尚祝無量壽，而乞余以一言爲之先。余年來倦於筆墨，凡以壽乞言者雖名公巨卿亦謝不爲，而和尚有上坐弟子曰定能上人者固以爲請。余問和尚之生何月何日，曰：「十二月二日也。」余因笑曰：「上人不讀我《小蓬萊謡》之卒章乎：『年年臘月逢初二，一會青童句曲山。』今爲爾師誦之矣。」按陶貞白先生《真誥》：十二月二日，東卿司命與總真王君、太虛真人、東海青童會於句曲山，諸好道者於是日齊戒登山，三君可見。余之生也以十二月二日，故喜言此事。今和尚亦於十二月二日生，然則是日也不獨句曲仙踪令人想見，或者舍衛國祇樹林亦有靈山法會乎？余生與和尚同日，如來坐上未必與和尚無香火因緣矣，又何惜一言贊揚無上妙諦乎！

和尚姓湯氏，錢唐人，父母皆長齋事佛，宿種善根，和尚禀受胎教，自免乳以至成人，腥血不一入口，蓋入道之器生而已具矣。父母早喪，又經兵亂，流離辛苦，道念益堅。謁本中禪師於靈峰，遵依佛典，剃染如儀。又得雲林智海禪師授以衣法，於是登天目，泛補陀，與雲水高僧内外印證，而所學益進矣。吾浙西湖山水爲天下最，而象教亦最盛。本朝康熙、乾隆間六飛南幸，湖山生色，大啓宗風，雲林、昭慶兩寺尤湖上大叢林也。雲林舊名靈隱寺，晋咸和中創建，玉林紫竹之勝至今猶在。康熙二十八年始錫今名，宸翰留題，有鷲嶺龍宫之目。昭慶舊名菩提院，吴越時建。昭慶之名始於宋太平興國間，本朝乾隆十六年有御題「深入定慧」之額。此兩寺代有名僧，世傳靈迹，而和尚則兩寺皆其駐錫之所也。蓋和尚受法於智公，雲林固其初地。而昭慶羽高律師亦以和尚爲佛門龍象，延請至寺，以大事相屬，故和尚遂兼主雲林、昭慶兩講席。道行既高，聲氣又廣，兩寺勃然皆有興起之象。雲林法堂、禪堂皆修建如舊，又建甃雷亭與冷泉相望，游者稱勝。昭慶則赬垣碧瓦，堂構如雲，萬壽戒壇亦巋然復其舊觀。和尚於兩寺均可謂具足檀那矣。今以百年過半，宜修凈業，憚兼顧之勞，辭雲林而專主昭慶，吾知昭慶律宗之蒸蒸日上也。

余雖與和尚同日生，犬馬之齒長於和尚者二十有七歲，主西湖詁經精舍者三十年，視和尚更久，而精力衰頹，學業荒廢，安能如和尚之大振法門乎？往年戒壇成，余爲之記，且係以銘，有「正法昌明」之語，今即以爲和尚壽，更爲吾道望也。

王爵棠中丞六十壽序

皇帝御宇之二十有七年正月戊辰朔，四始令辰，正旦大節，三陽圜煦，萬物棣通，而中丞爵棠王公適於是日爲周甲攬揆之辰，於是凡服官於皖南北者咸謀所以壽公，將饌肥鮮以甘之，鏗金絲以樂之，而公峻拒勿受也。於是有權和州牧童君寶善者，余門下士也，寓書於余曰：「寶善事公未久，而受知最深，受恩亦最渥，公懸弧大慶，曾不得效其區區之忱，此心欿然不能釋之於懷。先生不云乎：『酒醴之苾芬不如君子之文，金石之鏗鏘不如君子之章。』願得先生一言爲公臺萊之頌，而慰寶善芹曝之私，可乎？」余聞而欣然曰：「余之知公有年矣。」憶疇昔庚辰之冬，余始見公於彭剛直坐上，剛直指以語余曰：「此當今一奇才也，子不可以不識。」余固已心識之矣。顧余山林中人，雖與剛直游，不過笑傲湖山、縱談風月，而不及世事，故於公之雄才偉略未能詳也。

至光緒九年，法越構釁，擾及廣東，天子命剛直酌帶舊部赴粵防守，而剛直治水師三十餘年，有水師舊部，無陸師舊部，海上有警則江防亦重，長江將弁不便調赴陸路，故所調遣隨營者，惟公與淮揚鎮章君而已。剛直既至廣東，倚公如左右。年時法人有先取瓊州之説，剛直既議親率所部湘軍至瓊扼守，而粵人以省城重地未可輕離，環而請留，不可以拒。剛直曰：「我不往，必得代我往者。」顧瞻左右，非公不可。即言於朝，使公率所部毅字二營以往。公既至瓊，即周歷察核所屬十縣三州，除安定一縣外無不瀕海，港口紛歧，大兵輪之可下椗者、小兵輪之可登岸者無地無之，萬無處處設防之理，乃就郡城擇要布置，添募紅單船水師二營，分泊港口以備其來，多設水雷以遏小輪舢版登岸之路。是時越南北甯等省皆已淪陷，瓊州孤懸巨浸，相距僅六百餘里，彼族垂涎，謂唾手可得。而公受命於患難之時，成軍於倉卒之際，既無大枝海軍雄視海上，惟恃有截之海口扼其登岸之一法，相持日久，法人竟不敢窺伺瓊州一步。是役也，論者以剛直在廣東，故鄰省皆受其害，而廣東宴然，不知剛直之守廣東亦公有以助之也。和議成，兵事竣，有詔保舉人才，剛直保文員十六人而公與焉。其考語曰：「誠正篤實，辦事認真，爲守兼優。」亦可謂知公之深矣。由是受主知，膺殊遇，由監司而陳臬開藩，洊歷封疆之任，蓋天子之倚畀日以隆，而公之爲朝廷宣力者恢恢乎其益遠矣。

其由晋撫而移節於皖也，爲光緒二十六年上章困敦之歲，夏秋之間，有群不逞之徒惑於邪説，胥動以浮言，創立名目，號召徒黨，人予一紙，若授傳別，曰富有，曰貴爲。立名不經，蓄謀回測。沿江五千里内翕然從之，甲與乙受，總一散百，家奉其符，人習其説，若苗人之傳木契，若黎人之剖竹鐵，趁譚狉獉，不可億計。皖居其中，爲上下游之要區，尤奸宄之淵藪。公禽翦其魁，槩殺其黨，斷截其根株，楷定其波蕩，亂謀既折，逆焰遂衰，江介安然得以無事，所謂事在一隅，功關全局者歟？是歲也，北方以民教相仇，揭竿起事。肇亂於山東，蔓延於畿輔，海外興繻葛之師，乘輿有河陽之狩，六合之内爲之震動。東南諸大吏遵奉詔書，乂安疆土，烽燧不興，閭閻無擾，朝廷亦倚若長城，而公周旋其間，心力交瘁矣。

余既欽公謀國之忠、任事之智且勇，而又嘆剛直真有知人之明。當此六十曰耆之歲，雖微童君之請固將有以壽公，況童君又以請歟？余切人不媚，惟粗舉二十年來窺測所及者代《南山有臺》三章。又年老腕弱，病不能書，乃命孫兒陛雲書以獻焉。憶公曾著《國朝柔遠記》一十八卷，余不辭譾陋而爲之序，其書已風行海内矣。今年歲陽在辛，辛者新也，聖天子懲前毖後，舉朝章、國典、吏治、民生諸大政疇咨各督撫，公承明詔，陳訏謨，必有教養之宏規、富强之實政，便於今不戾於古、利於國無損於民者爲皇上陳之。异時疏草流傳，中外雒誦，視《柔遠》一編當更有進。余雖豎儒不達時變，亦願受而讀之矣。

李湘亭副將六十壽序

昔在咸豐之初，大盜爲封狐雄虺以薦食我黎萌，起於粤西，竄於金陵，以延易乎常羊之維。若苗、若回同時并起，海内爲之繹騷。卒藉師武臣力，丹溟投鋒，青徼釋警，乾亨坤慶。定三革而偃五兵，則湘沅之士厥功尤多。余出曾文正門下，又與彭剛直有婚媾之誼，故湘軍中魁士名人往往不我鄙棄，而與我周旋，若湘亭李君尤推久要者也。

余主西湖詁經講席三十有一年，故雖僑寄姑蘇，而每歲必再至湖上。其時統領杭州省城防軍者爲今温州鎮總兵吉園劉公。杭州大難初夷，百廢未舉，劉公能戢其軍，與闤闠相安，如浚河、築垣諸大役，凡有工作，撖搰從事，罔不帖妥，民皆頌之。及劉公秉節建旄而去，杭人皆唶曰：「劉公去矣。」孰知繼之者即君也，率由其舊，而濟之以勤慎，加之以明敏，於是始之歌咏劉公者又環而頌君。嗟乎！蕭規曹隨史册所美，况李臨淮之舊部、馬伏波之故事，後先濟美，造福閭閻，詎非杭人之幸歟！

余每至杭，湖樓山館，隔越城市，劉公必遣健兒數輩爲余司扞掫之役。君繼統其軍，循其成例，時或輕輿匹馬來一省視，其意勤勤，尤可感也。余與啜茗清談，詢其生平大略，乃知君生而英武，自少慷慨有大志。咸豐八年始隸湘軍，每戰必先，歷克池州、大通、銅陵諸名城，曾忠襄公奇賞之，給與五品翎頂。君益自奮發，攻高淳、攻溧水、攻東壩皆執戈荷戢，蹋壁而先登，由是注名兵部之籍。同治三年，金陵平，大功成，君以累戰積功歷遷至都司。四年，從剿陝甘叛回，大戰於靖遠，掃蕩其餘寇，總督石泉楊公以聞於朝，由都司遷游擊，以孔雀翎易其鶡羽翎。六年，從征張家川華亭縣大股悍賊，投石超距，所向無前，大帥撫髀而嘆，諸將擐甲而觀，咸曰："「真壯士。」奏保參將，加副將銜。五年，又擊賊於洮河東西，毀其壘凡五處，璽書褒獎，賜「捷勇巴圖魯」名號。九年，官軍收復肅州省城，君豫行間，搴旗斬將，無役不從，無戰不捷，詔以副將儘先補用。光緒元年，新疆南北路一律肅清，朝廷西顧無鹿駭狼顧之憂，策勛告成，論功行賞，而君晋加總兵銜矣。君之戰功始於江淮，迄於秦隴，身經數百戰，攻下數十城，雖古人所稱「一日破十二壘」「一月克十二城」無以加也。余觀《史記・樊酈滕灌列傳》，太史公叙諸將戰功如斬若干人、捕若干人、降若干人，叙述簡古，纖悉不遺。使君之功得太史公爲之次第其事，傳之後世，亦豈下於樊、酈之倫哉？

君之來浙也實始於光緒四年，撫浙使者如静瀾衛公、鎮青崧公、穀士廖公皆深賞君才，倚之如左右手，命之統帶親軍，兼領中營。士卒有崔藻之歡，閭里無鷄鳴之盜，而挑浚北湖一役尤浙西水利所關，灌溉田疇，流通舟楫，裨益甚巨。蓋君生平善拊循士卒，與之同甘苦，故有所指揮，其下咸爲之盡力，功無巨細，罔不工緻，大府倚其才，小民蒙其福，雖婦人豎子皆以君與劉公并推一時賢將。所至刁斗森嚴，無一卒一騎嘩於市者，李廣、程不識合而爲一人矣。是時天下雖號無事，而戎伏於莽所在皆有，海外各國又環而伺隙，朝廷整軍搜乘日不暇給，聞鼓鼙而思將帥，有每飯不忘巨鹿之意。於是巡撫廖公歷舉將才以備折衝，君得與焉，詔以副將儘先補用。而君恂恂儒雅，有雅歌投壺之風，無豬突豨勇之態。與人交出肺肝相示，無一事欺罔。營中積習，多以侵蝕自肥其家，君統諸軍不扣一餉，不缺一額。每曰：「吾受督撫知遇，膺朝廷爵賞，天良具在，其忍昧諸。」余接其言論風采，未嘗不嘆其有古名將風也。又喜施與，勇於爲善。於杭州城外創設楚南義園，凡同鄉旅櫬之不歸者，於是乎反虆梩焉。有以緩急告，無不應，同袍同襗之士有所告貸無難色。積善餘慶，和氣致祥，天錫以丈夫子二，皆嶄然見頭角。

今年九月十有八日爲君覽揆之辰，蓋行年六十矣。其同鄉諸君子皆欲以一觴爲壽，并欲以一言爲侑，君以時事孔艱、防務方亟辭讓再三，遷延未果。時序如流，又背秋而涉冬矣，諸君子再申前請，以余之與君習也，乃就余而謀焉。余曰：「及今爲之，未晚也。古人稱觴上壽，非有常期，況紀年之法古今不一，今人歷一歲即爲一歲，古人必滿一歲始爲一歲，絳縣老人歷七十四年而云七十三年者，未滿其歲也。余聞之彭剛直，湖南人紀年頗用古法，然則自今年九月至明年九月，無一日不可進臺萊之頌，况猶在今年乎。」往歲吉園劉公七十懸弧，余曾以文壽之，故於君之生日援劉公之例，應諸君之請，進切人不媚之言，爲六十曰耆之慶。异時年齒益高，勛名益重，爲國家建正正之旗，布堂堂之陣，鸞舉麟，振鳳飛龍騰，奮揚朝廷威命，西蕩河源，東澹海滑，刊迹狼山，銘功瀚海，豈不盛歟？《詩》不云乎：「方叔元老，克壯其猷。」竊願君之老而彌壯也。

竇母張太恭人七十晋九壽序

甸膏大令，余中州舊友也，曾以文字受余一日之知。至今相見吴中，猶執門下士之禮，余因得詢悉其家事。蓋竇氏自英烈公以來，家承忠孝，世兼文武，其父贈朝議公，從王師轉戰粤西，克成大節。太恭人守節撫孤歷三十餘年，往歲六十曰耆已以節孝旌於朝，及年七十，時甸膏適權知上海縣事，奉觴上壽，乞余文侑之，其文已刻入《春在堂雜文五編》矣。至今歲而太恭人行年七十有九，齒益高，德益劭，甸膏治迹循聲亦日益盛。其僚友親戚争願酌大斗、介黄耇，而援七十歲之例，再乞余一言。余前文固云「八十、九十以至期頤當更以壽言進」。斯言也，余無得而辭焉。雖然，太恭人珍禕懿鑠之行已具於前文矣，若襲前日之言以應今日之請，豈所以增榮益譽乎？讀《易》者如無《書》，讀《書》者如無《易》，然則今日之言固宜更端以進，凡前文所已及者茲可略焉，請舉前文所未及者爲後之修《女憲傳》者告。

太恭人之始來歸也，其舅姊妹行有適徐氏者精相人術，一見即嘆曰：「新婦性情堅定，動止必循禮法，他日吾家有事，此人當之矣。」太恭人一生允蹈茲言，能使人乍見而知之，可知其樹立之有素矣。姑張太安人性嚴毅，太恭人委曲隨順，得其歡心，相依既久，而張太安人亦爲之感化，喁喁情話若母女然。子思子曰：「悅乎親有道。」其弗信矣乎！朝議公歿，太恭人以姑老子幼不敢徇，仰事俯蓄，取辦十指。及寇至，渴葬其舅，而後命其子奉姑出走，已則與幼子弱女處危城中，指庭前井曰：「如城破，吾母子三人了此矣。」此尤其節概之落落大者，余前文未及焉，疏矣。

太恭人有三子，其長子曰鎮山，即甸膏也，自幼不凡，太恭人奇愛之，而督責之亦最嚴。讀書塾中，適鄰近有優戲，同學者從臾往觀，太恭人聞之怒，爲不食者終日。甸膏跽而請罪，乃曰：「汝父捐軀報國吾不相從地下者，冀爾成立，光大門閭耳，今荒嬉若此，吾何望？」甸膏叩頭謝誓不再與群兒游，始爲舉箸。每自塾歸，必使背諷日間所讀書，如不能則使補讀，爲講解大義，而已則仍事紡績，機聲、書聲常相間也。及甸膏補博士弟子員，太恭人曰：「一衿何足喜，所喜者先世書香未絶耳。昔范文正公爲秀才時便以天下自任，汝雖不敢望范文正，然亦不可不存此志。」甸膏謹奉教，不沾沾於帖括之業，慷慨有大志，以書生崎嶇戎馬間，屢著戰功，有聞於時。已而以知縣官江蘇，太恭人勖之曰：「人患不自立耳，一命之士亦足以建樹功業，汝其勉之。兩漢《循吏傳》中人豈皆由賢良對策而來哉？」方七十歲時，甸膏雖宰上海而太夫人尚在中州，但嚴戒甸膏勿以南中一珍物寄家，余深美之，以爲有陶母封鮓之風。甸膏屢管榷局，身處脂膏不以自潤，母教也。未幾權知崇明縣，今又知武進縣，而太恭人德車結旌，亦遂翩然南來。河陽之花足以悦目，單父之琴足以娱耳，蓋緘恨含顰者數十寒暑而後有此伸眉之一笑，天之報之者亦云優矣。甸膏每視事，太恭人必問所折何獄、所治何事，聞處置平允則欣然喜。漢時雋不疑每有平反，母爲喜笑。昔聞其語，今見其人。惟於雕悍之徒、彊獷之俗則又勸甸膏嚴治，勿稍寬縱，曰：「吾往者居鄉，深知此曹之爲民害也。」若太恭人者可謂賢明有識，非徒婦人煦煦之仁矣。又謂甸膏曰：「吾懷郡有某某二公，汝知之乎？某公以廉直著稱，今其後人簪纓勿替；某公以貪墨起家，今靡有孑遺。此兩家皆吾所親見，汝宜何從？」嗟乎！嬰母知廢，陵母知興，所見遠矣。史稱崔實善績，母有其助，余於甸膏亦云。

孟秋之月下浣之吉，爲太恭人設帨之辰，太恭人方以時事艱難戒勿稱慶，然八帙將開，一堂聚順，驩子龍孫森列乎側，鸞章鳳誥叠降自天，亦笄珈之至榮、閫門之大慶矣。甸膏於是鏗金絲以娛之，饌甘膬以奉之，固禮之所不可缺也。而余附通家之誼，進女師窈窕德象之篇，頌履戩祓禧禠祜之福，亦情之所不容已也。謹舉前文所未及者揚扢而陳之，請以前文爲《南山有臺》之首章，而以此爲次章。自九十以至期頤，越十年必有一文，則三章、四章又將踵此而作矣。

高觀察妻李夫人六十壽序

往者高與卿觀察之宰龍游也，將受代以去，而龍游人思之不能忘，羅列其實政以告於余，使爲文而刻之石。今《春在堂雜文四編》有《龍游縣高君實政記》一篇爲此作也。《記》中備言其治龍游之善政，若興水利以開農田，若建浮橋以便行李，若禁花會以除民害，若廓書院以養人才，若創嬰堂以活童稚，詳哉言之矣。既而思之，「男正位乎外，女正位乎内」見於《易象》，「男稱男君，女稱女君」著在《禮經》。《管子》不云乎：「爲人夫者，敦懞以固；爲人妻者，勸勉以貞。」昔周南大夫行役勞苦，其妻則以王室艱難勉以大義，《汝墳》之詩所以作也。孔子删

《詩》列於「二南」，劉向作《傳》發明其義，然則觀察之善政，或亦爲之配者有以陰相之乎？婦道無成，内言不出。當時龍游之人固不得而言，而余之文亦不得而記也。乃今年之秋，余以病謝客杜門吴下，而有以李夫人壽言見屬者，謹謝不爲。及讀其事略，憬然曰：「此即與卿觀察之德配也，余向所不得見者今得見之矣，其又奚辭！」

夫人姓李氏，與觀察皆江甯人也。其父始無子，嗣其兄弟之子晴巖君爲子。晴巖愛厥妹，授以經書大義，不數年均能通曉。已而其父晚年得子，老不能教，夫人以向所受於晴巖者轉授其弟，年未弱冠即隸邑庠，夫人之教也。蓋其在室時已非尋常之婉娩矣。年十八，歸於高，其家方避亂於蘇，時既多故，家又貧也。未逾一月，觀察出投戎幕，君姑在堂，修髓旨甘，惟針黹是賴。未幾大營潰，常州陷，觀察與夫人奉其母由蘇州走昆山、太倉、瀏河以達於上海，負擔初弛，櫜筆而出。其時家中什物蕩然俱盡，簞瓢捽茹皆夫人任之。江安糧道許君緣仲知高君之才也，以運河轉漕路遠事繁，簿書期會千緒萬端，命觀察綜理其事，蓋從事河運自此始矣。其後糧道屢易人，若衛公榮光、若杜公文瀾、若薛公書常、若張公富年、若劉公傳祺、若松公椿前後六七人，不常厥任，而文案一事則皆委之於觀察。於是觀察柳往雪來，南船北馬，家居之日歲不數旬，而家中之事則皆委之於夫人。迨至觀察以知縣官吾浙，爲臺司所器重，命管湖州新市釐局，長目飛耳，心算口占，人莫能欺。不但税課培增，合於監税得籌之例，即應得給薪之數，亦視曩時館俸有加，於是家用亦稍優衍，始有便了之奴、阿陽之婢爲之給使令、供奔走。前乎此者，厨下之爨烹、堂前之灑掃、裳衣之煩撋、襌褅之晒晾，皆夫人躬親之也。觀察旋攝蕭山縣事，補龍游縣，調署臨海縣。適台州有土寇倡亂，震於其鄰，警報狎至，内守外剿，不遑寢處。夫人則謂之曰：「家事有我在，毋以爲念。」觀察得以專力於外。風鶴不作，四竟帖然，夫人與有力焉。吾前謂龍游善政，夫人有以陰相之，觀於此益信。明年，奉檄赴龍游本任，興利除弊，勸學務農，有造於龍游者甚巨，已具於《實政記》，兹可無述矣。台、嚴者，浙東之劇郡也。嚴州以教案告，命觀察權知嚴州，及嚴事竣，台州亦以教案告，又命觀察權知台州，蓋觀察以入粗入細之才、可方可圓之略，上游深倚之，錯節盤根，非利器不可也。方守台日，民間謂寇且至，一日數驚。夫人戒署中人慎毋動，果有變則死此耳，何憧憧爲？其深識定力不可及也。觀察撫循其良善，禁散其凶頑，無一日安坐，於是家事仍委之夫人。綜計十許年來，爲長子伯徇刺史娶於鄭，爲次子仲銘司馬娶於張，爲三子叔儀大令娶於陳，又歸其長女於績溪胡氏，歸其次女於錢唐許氏，凡婚嫁之事固人之所恒有，惟觀察公而忘私，不問家事，幾有還家犬吠之風。撝捐經營，皆出壺内，是以難也。今觀察以甯波知府署甯紹台道，大計，以卓异聞，中丞任公明保人材，奉送部引見之諭。自此陳臬開藩，跻登八坐，觀察之勛業日隆，而夫人之相助爲理者亦正不可限量矣。

今歲仲冬之望爲夫人六旬設帨之辰，諸子以余曾爲《龍游實政記》，故又欲得一文爲兕觥之侑。余向者但知觀察之賢，不知夫人之賢，今幸而知之，安得不揚扢而陳之乎？嘗謂世之善頌善禱者必舉郭汾陽之富貴壽考爲辭，孰知汾陽之富貴壽考亦其夫人有以成之乎？考汾陽王妻霍國夫人王氏，以名家女歸於汾陽，祇事舅姑，恪恭朝夕，睦娣姒以仁，接中表以義，閨房肅穆，婦道有聞，故其《封霍國夫人制》曰：「作賓君子，宜爾室家，克著艱難之勛，實由輔助之力。」然則汾陽之得力於内助，當日固見之王言，垂於方册矣，乃千載之下人人知有郭汾陽而不知有霍國夫人，余深爲霍國惜也，故於《實政記》後又爲夫人作壽言，其意非徒酌太斗、祈黄耇而已，亦使异日修《女憲》書者有所考也。

山東候補道洪君七十壽序

余從孫女歸華陽洪氏，故於洪氏相習也。今年夏，從孫婿鷺汀直刺以書來告，曰：「吾從祖年七十矣，鞠有黄華之月其生日也，敢乞一言以爲壽。」余憬然曰：「若從祖非蘭楫先生乎？

余雖未與相識，然以昏姻之故曾有尺素往還。至其天才宏贍，學識淵通，余固所心折也，其居官臨民政績爛然，又余所耳熟也，雖微子請，固將有以壽之，況又諉謚及焉，其烏能無言？」

洪氏自雍正中由皖遷蜀，遂爲望族，世有聞人。君濡染家學，自其少時已嶄然异矣。經史外喜讀韓非子之書，曰：「世儒擯斥是書，非通論也，必從其言方可振頽而起靡。」又喜讀孫武書，曰：「方今天下殆將有事，徒知呫嗶，庸有濟乎！」少時懷抱如此，宜其後之卓犖不凡矣。甫弱冠入邑庠，咸豐十一年辛酉登拔萃科。入都朝考，才名滿都下。時甘肅叛回不靖，欽差大臣楊公能格奉命防禦西垂，營求奇士與之偕往，得君大喜，曰：「吾得人矣。」而是時賊氛遍地，人情危懼，爭尼君行。君素有請纓之志，又感楊公之知，登車攬轡，意氣浩然。既至，則勷贊戎機，動中肯綮要。又陳朝廷恩德以激發忠義，登壇誓衆，聲情慷慨，驕將惰卒環聽其旁，無不感泣。以故人皆用命蹈厲無前，遂以掃蕩寇踪，肅清黔境。叙功以知縣發往山東，并賞戴花翎。自是以往，君之政績東矣。

歷任臨清直隸州欒陵、德平、荷澤、滕縣、陽穀、歷城諸縣，所至清勤自矢，德威交濟，發奸摘伏，民稱神君。牒訴倥偬，片言立决，南山可移，此案不動，一經明斷，咸曰無冤。北俗雕悍，盜賊滋多，君訪得渠魁，不惜巨貲懸賞購緝，萑蒲之藪爲之一空，奸吏蠹役狼狽爲奸，繩之以法，有犯無赦，一時有「吏行冰上，人在鏡中」之頌。六治繁區，頌聲洋溢，積優成陟，疊晋黄堂。時大河北徙，運河淤墊，舟楫不通，君奉檄勘治，履行其紆直，測量其淺深，磬折參伍，因地制宜，不數月而積淤盡去，漕運無滯，君之功也。又嘗充振撫局提調，不務苛察，以實心行實政，飢民億萬賴以保全，用帑亦數百萬，無一虚糜。於是上游咸知君能，奏補東昌府知府。君由知縣起家，嫻習吏治，洞達民情，宣化承流，若駕輕車而就熟路。在任十年，中間調守兖州者一年，政平訟理，四境晏然。山左大吏如丁文誠公、張勤果公咸稱君爲良二千石，叙其事迹，累疏上聞。天子嘉焉，温語褒奬，賞二品冠服，以道員補用，交軍機處存記。方庚子之亂，人心蠹動〔一〕，君作《勸民歌》反復告誡，傳播閭閻，趁譚狉獉之衆爲之大定。又安齊魯，屏蔽江淮，事在一隅，功歸全局矣。今直隸總督袁公方撫山東，夙稔其才，奏派總辦濰縣鐵路礦務。事涉中外，群知其難，而君措置得宜，侃侃舉辨，中外翕然。使君得大展其才，則柔遠能邇，以匡濟時艱、維持大體，豈止於此而已哉？

君宦山左三十餘年，由牧令而至觀察，屢任繁缺，疊膺要差，身處脂膏不以自潤，又好施

〔一〕 蠹動，義不順，疑爲「蠢動」之誤。

與，以緩急告，應之惟恐不足，故至今宦槖蕭然，仍如寒素，君固不以措意也。爲人豁達大度，意趣豪邁，老而不衰。性耽吟咏，兼善丹青，公事之暇，揮灑淋漓，神氣飛動，與少年筆墨無异，大壽之徵即此見之矣。

余既諾鷺汀之請，自惟鄙文不足以壽君，憶辛稼軒有《最高樓》一闋爲洪内翰七十壽，固君家故事也，請爲君曼聲歌之，其上闋曰：「金閨老，眉壽正如川。七十且華筵。樂天詩句香山裏，杜陵酒價曲江邊。問何如，歌窈窕，舞嬋娟。」其下闋曰：「更十歲、太公方出將。又十歲、武公方入相。留盛事，看明年。直須腰下添金印，并教頭上戴貂蟬。向人間，常富貴，地行仙。」

陶君馥堂八十壽序

余本農家也，先世自新昌遷德清東門外，居烏巾山之陽，薄田數畝，世爲恒産。自先祖始以文學起家，然與吾同曾祖者猶無一人舍其耒耜也。每嘆農爲本務，自古懷文抱質之士往往隱於田畝之間。沮溺丈人列名《魯論》，戰國時齊楚間有野老者著書十七篇，應劭謂是年老居田野者，後世安得復有其人乎？乃今得之馥堂陶君，君蓋隱於農而又兼通乎商者也。

君幼穎悟，昆弟四人，君實居三，偕其伯兄入塾讀書，自七歲至十二歲，已粗通章句大義，乃厥考彙征君謂之曰：「讀書固佳，然衣食之資必出於農，汝兄弟并讀，如家計何？」君乃讓其兄讀而自退歸農。道光三十年，其兄以第一人入縣學，歸而謝君曰：「非吾弟力耕，吾不能專於讀，今日忝冠邑庠，皆弟賜也。」君雖耕而仍不忍廢學，每執書卷就伯兄質所疑，久之所學亦有進。

彙征君以君賢且才也，以家事屬之。是時伯兄已有名庠序間，仲兄操計然術，亦能自給，君則課耕耘，罔間寒暑，三人皆有業。惟季弟體弱，雖已冠，無所事，幾失彙征君歡，君委曲解之始已。而家中食指日繁，生計亦日窘，承彙征君命始异爨。君以逋負累千餘緡，不欲爲昆弟累，乃獨任之。即堂上甘旨之奉不以分任，而諸昆弟或有緩急，罔弗兼顧，於是耕田所入時或不給，乃販運竹木，營什一之利，稍稍自贍。君母宋太宜人卒，生前醫藥、殁後衣衾棺椁皆出於君，曰：「吾兄弟皆貧乏，吾力稍優也。」

咸豐十一年，粤賊寇浙，越郡淪陷，君所居毁於兵火。奉彙征君倉卒出走，遇賊於石浦村，彙征君性嚴急，抗聲大駡，寇麇集，知不免，赴水死。君趨救無及矣，抱父尸而哭，感動二人，無不下泪。寇平，返里復治舊業。經營既久，益善居積。撙撋數年，業復大起，重建舊居，俾子姓輩各有安宅。先是，君長兄及嫂相繼卒，君治其後事，償其逋負，撫養其二子，仲兄仲嫂卒亦如之。弟及弟婦卒，無子，嗣以己子，有一女，視如己女。光緒十二年，君年逾六十，始輟竹木之業，謂諸子曰：「吾曾祖始遷湯浦鎮，門户衰薄，吾賴餘蔭，畢生勤儉，始獲小康。弟兄四人，今惟吾在，吾弟無子，已爲立嗣。兩兄雖有後，然未有祭産，宜置田若干畝，俾其後人世守之，爲春秋祭祀之資。其親戚朋友貧不自存者，亦宜體吾意，以時周恤。」諸子皆敬諾。

性嗜酒，然未嘗狂飲。又喜竹，種植數萬竿，暇則與友人竹下圍棋以爲樂。好直言，人有過，面數之，然不蓄怒。與人交無所忤，料事往往有先見。鄰村董君初闢茶棧，君曰：「是必得利。」已而果然。人問其故，曰：「方今朝廷重商務、擴利源，絲茶兩者固吾中國之大利也。」蓋君雖伏處牖下，而洞達時變有如此。其長君曰天祐，乃亦設茶棧，又於上海設繅絲局，至於今獲利數倍，君之教也。君以家祠未建，於前歲構成之，鳩工庀材，身親其役，諸子勸其少休，亦笑而諾之，旋即治事如初，蓋其精力有大過人者也。德配吴宜人長於君三歲，年二十一始來歸。其時舅姑俱在堂，舅健飯，好食肉，姑則喜淡泊，厭葷腥，宜人每進饌悉當其意。君於昆弟間多所分潤，以爲坤性吝嗇，往往秘不使宜人知，而不知宜人已先之矣。

今年五月爲君八十生辰，而宜人則年八十有三，諸子請余以文壽之。顧余本農家子，而君又以農事興，請爲農歌以侑之，以自别於世俗鞶帨之文，君或亦讀之而一笑乎！其歌曰：「若農力穡，歲其康兮。君子有穀，家其昌兮。皤皤二老，樂未央兮。子孫濟濟，列冠裳兮。必有興者，登岩廊兮。百歲期頤，長無疆兮。我歌且謡，侑一觴兮。」

溥玉岑尚書五十壽序

粤在成鳩泰上之朝，必有神化丹青之佐，内持維，外紐綱。而《春秋》貴世臣，《詩》美宗子，於以奠維城之基。膺栴附之寄，則尤以宗英爲重。是故軒轅二十五宗，高陽一十六族，炳然前牒，傳爲盛事，所謂天族多奇，玉林皆實，其在兹歟？今於大宗伯溥公見之矣。

公乃和碩和恭親王之四世孫也。幼居王邸，而被服儒素，枕籍經書，執贄於胡效山先生門下，距其所居殆十餘里，而徒步往來，不假輿馬，其意趣固已遠矣。閉廬精誦，以墳典爲琴筝，以講肄爲鐘鼓，齠年丱日畢覽群書，一時名重公卿間。或以爲蕭子顯宗中佳器，或以爲李暠帝宗千里駒，而寶文靖公尤奇賞之，延主其家，俾課其孫。今笛樓太史即其時袪衣受業者也。《管子》有云：「無翼而飛者，聲也。」以公之學之才固宜龍躍雲津而鳳鳴朝陽矣。洪維我國家本支百世，湌和染教，其居敦宗之院、處親賢之宅者固不乏龍文虎武之材，而每届三年，開文詞雅麗之科，羅海内俊逸之士，雖白屋寒儒、簞瓢捽茹者，皆得抽豪授簡，試於文石之陛，而凡在宗枝不得與焉。嘉慶間，始詔閑散宗室得與寒畯并升，而分屬近支、受有封爵者猶無一人豫南宫之試，登東堂之榜。公以名王之孫，爵爲奉國將軍，應光緒元年恩科鄉試，中式舉人，六年成進士，改庶常，授編修，异數也。

公既由翰林起家，遂以承明著作之選，負大雅宏達之望，下孚衆論，上契主知，雖古所稱「吾家任城」「吾家豐城」無以逾之矣。歇歷清華，翱翔霄漢，遂登綸閣，跻涉貳卿，由理藩院轉户部，累權吏、兵、刑三部侍郎，今又遷禮部尚書，六官之中未歷者一而已。我朝用人不别文武，况公連萼宸輝，分支若木，文通武達，兼而有之，非如潁胄好文，潁基好武，兄文弟武，分爲二人，稱宗室美談也。故以文事論，則充順天鄉試同考官者一，充順天鄉試副考官者二，充殿試讀卷大臣者二，充優貢、拔貢、朝考閲卷大臣者各一，充江蘇、廣東提督學政者各一。其外如教習庶吉士及閲看各省翻譯試卷，諸事不可勝舉。高鵬低鷃，各得其平，黄尾裴頭，無不悦服。此公之優於文事也。以武事論，則歷任鑲白旗漢軍副都統，鑲紅旗、正黄旗滿洲副都統，正紅旗、鑲黄旗護軍統領，正黄旗蒙古都統，鑲黄旗漢軍都統，類能簡士厲兵，搜乘補卒。人徒知公爲東馬嚴徐，而不知固禁中之頗牧、軍中之韓范也。此公之長於武事也。

歲在戊戌，山左大無，公奉命往稽振務。陛辭之日親承天語，振務之外兼審河患之緩急、廉官吏之賢否。公於是屏絶輿從，不由驛傳，冰雪之中匹馬馳驅，州縣官吏有迎送者輒改從他道，津吏候人莫知旌旆所在。道塗僕僕，凡四閲月，吏治勤惰、民情疾苦，無不周知。此一役也，公實大有造於山左矣。

余伏處林下，於公之政事未得其詳，惟公視學江蘇，適余僑居吴下，聞公試士，終日危坐堂皇，無片刻退息，吏役皆扃閉一室，不使外出，場屋積弊一掃而空。披閲試卷恒至丙夜，所取皆知名之士，大江南北翕然稱之。鎮江文宗閣乃乾隆中敕建，與揚之文匯、杭之文瀾稱江浙三閣，亂後毁焉。公按臨京口，見傑構廟頽，遺書散佚，蠹焉傷之，力謀脩復。規模粗定，與總督劉忠誠公連章入告，優詔報可，一時承學之士無不翹首企踵以待其成。及公受代去，事又不果，士林至今惜之。

公生而天性肫誠，事父侍郎公至孝。就寢之後聞疾風甚雨，輒曰：「吾父當趨朝，奈何？」旁皇竟夕，爲之不寐。與兄小峰侍郎、弟倬雲尚書尤極友愛，至今白首怡怡，同居無間。夫人章佳氏有淑德，公少時誦讀，夫人必以針黹佐之，漏三下或未休也。丈夫子四人，長君紹岑學士，今權國子監祭酒，餘三子并官郎署，一門鼎盛，可入《仙源積慶圖》矣。

余孫陛雲，戊戌會試，出紹岑學士之門。往年公嘗小住姑胥，訪我於春在堂，余亦報謁於拙政園寓廬，歡然叙同館之誼。及公航海入都，鰲抃鯨飛，風景自异。而公抵都後寓余書，發而讀之，知公在舟中固鎮定自如也，公之所養爲不可及矣。十月小春之候爲公五十大慶之辰，余無以壽公，憶陸平原《百年歌》云：「五十時，荷旄杖節鎮邦家，言笑雅舞相經過。」敬以此爲公祝，自此以往，眉梨鮐耋爲日正長，福緒祥源與年俱進，然則此一篇也其猶《南山有臺》之首章乎！

春在堂雜文六編補遺一

江蘇候補道錢君家傳

君諱志澄，字伊甫，亦字清士，浙江嘉興人，錢氏。其先世則海鹽何氏也。明初有諱裕者，以家難自幼育於錢氏，於是遂氏錢。其後又自海鹽而遷居嘉興，於是遂籍嘉興。嘉興錢氏自明以來世有聞人。乾隆間，以刑部侍郎予告歸，特晋尚書，贈太傅，謚文端，祀賢良祠者，君之五世祖也。曾祖復，以縣令歷官福建及直隸，終順天府大興縣知縣。祖友泗，天文生。本生祖泰吉，廩膳生，海寧州學訓導，自號甘泉鄉人，博學，工古文詞，知名當世。父炳森，道光二十四年舉人，景山官學教習。三世皆以君叔父諱應溥者官工部尚書，而君又以道員得加級請封，故皆贈一品。曾祖妣陳、沈，本生祖妣胡，妣蒯，皆一品夫人。蒯夫人有賢行，《嘉興縣志》有傳。

君六七歲時即能書，嘗臨寫趙文敏《千字文》酷肖。甘泉公异焉，爲跋其尾。君至晚歲，每臨摹法帖，追念甘泉公遺訓，往往流涕。錢氏禾中望族，科第世家。景山君雖舉於鄉，賫志早歿，僉謂成景山君未竟之志者必君也。即司空君亦謂此子有翰院才，當昌吾家。而是時江浙大亂，家室流離。司空公以養親居家，佐曾文正公幕府，族黨賴以舉火者數十家。君應省試，連不得志，乃嘆曰：「瓶之罄矣，惟罍之耻。吾忍獨爲叔父累乎？」光緒元年，以縣令需次江蘇，先後委辦洋務局及上海糖捐局，局務皆治。而君猶請於司空公郵書訓誡，縣之坐右以自警省，蓋其意量遠矣。七年，補授荆溪縣。縣多山，故多盗。君嚴捕之，盗藪爲空。兵亂之後，又多曠土，兩楚之人争來墾治，主客齟齬，鬥哄叠見。君爲土民定租額，爲客民編門牌；土民悦，客民畏，遂以無事。九年，奉檄代理鎮洋縣，鎮洋每歲徵收有溢於定額之外者，蓋亂後倉卒起征，科則未定也。君悉照《賦役全書》，頒示定額，民無浮輸，吏無濫取，至今循之。十年，補授青浦縣，會所屬唐家浜大火。君聞報，襆被往視，賫帶錢物，按户撫恤，不假手胥吏。及省中大吏委員振撫，而君已先之矣。已而又患大水，青浦地卑，君相度地勢，築圩堤，疏溝洫，因勢利導之。是歲也，灾而不害。

君又因其地與太湖鄰，太湖之盗時時闌入，雖有額設捕役，爲數無多，力實不敵，言於中丞崧公，請兵助捕。不許。面言之，亦不許。君曰：「民患盗不安枕，豈忍坐視？」請自劾去，拂衣竟出。崧公大怒。咸爲君危，君不顧也。明日，崧公使人召君來，語之曰：「昨思君言大有理，已飭具稿矣。」君之伉直，崧公之受言，皆古之人也。已而胡游擊昌寶實來。君語之曰：「但求多獲盗，費則取之我。」於是盗無不得，民乃大安。有董大洪者，盗魁也，自竄於營籍而求庇焉。君力請而出之。營員怒曰：「君以董爲盗歟？三木之下，何求不得？」乃君初不用刑，婉曲開導，董自吐實。或問其故，曰：「錢公示我以誠，我忍負之歟？」又嘗獲積盗陳逢綬等八人，自言曾於上海、華亭、嘉定、昆山等縣行劫。函問各縣，皆曰盗已獲，案已定矣，非陳也。君細核之，則實陳等所爲。乃提各縣所獲之盗來訊之，則皆承，且有女衣一襲爲失主認領矣。而陳逢綬等所盗之物尚有茶菊一大簍，各縣所獲盗皆不知也。詰之，但目視捕役。命捕退而又詰之，哭請驗其足。解其草履，則足指脱矣。蓋捕欲見功，以私刑脅使誣服，教以供辭，故無不脗合。茶菊細物失主漏報，故捕亦不知。至女衣制式習尚相同，不足據也。於是盡縱諸盗使去。一縣翕然，稱曰「神君」。

君捕盗嚴而密，治獄速而勤，命案尤極詳慎。梅寧許氏取刊《洗冤録》，校讀數過，或有心得，寫録上方。每相驗，不避穢惡，手自檢點。宰荆溪時，陳、殷二姓争爲客民棚長，殷自殺其族兄以誣陳。君訊兩造，陳無懼色，殷無戚容。尸體鱗傷，不可逼視。身有佩囊，命殷解取。

殷不敢近。君自起解與之，亦不敢受。君疑焉，詰之曰：「爾兄死處去爾家遠，爾家去城尤遠。乃兄以某時被殺，爾即以某時來報，相距僅一時耳，何速也？且血肉模糊，面目不可辨，何知死者之爲兄？又何知殺兄者之爲陳？誰語爾者？」殷聞愕然。命褫視其衷衣，則濺血猶新；發其腰橐，血刃存焉。殷大哭曰：「欲殺陳故殺兄，今自殺矣。」君治獄類如此。

十二年，大計群吏。司府上計初無君名。中丞崧公特列諸上考，其考語曰：「勤直明爽，果敢有爲。」且語君曰：「上四字可爲君小傳矣。」二十一年，過班爲候補道，入都引見。左都御史休寧吴公廷芬及宜興任中丞道鎔先後疏保，有旨交軍機處記名。二十三年，代理蘇關監督。時蘇州甫闢租界，有洋商欲於附近界外購地者。君出示嚴禁，洋商大嘩。君堅執《蘇埠新約》與争，且引《烟臺條約》，謂租界未定之處尚須審定界址，况明明已有租界乎？若界外雜居，不特領事官照料非易，即地方官亦保護難周矣。外人知理不可奪，遂不復言。君又上書兩院，謂堤防一决，枝節叢生。蘇州開埠自日本創始，尚須明定界限，而援例之國乃欲力争界外之權。稍予通融，非僅爲日人口實，其流弊何所底止？嗚呼！交涉事難，雖老於封疆者猶或遷就其間。而君以一道員斷斷與辯，惜乎君之未及大用而遽卒也！

君旋奉檄督辦蘇屬沙洲事。有江都奚姓、丹徒姚姓争田聚哄，久而未决。君親往履勘，謂其地實屬丹徒，惟姚姓雖報承買而價未繳足，且未升科；奚姓雖升科完課，然價亦未足，且隔縣串買有違功令，兩姓應皆不準承買。今既悔過，姑從寬，以東西分界，東歸姚而西歸奚。六七年未定之案，一言而決。其後又代統鹽捕營，督辦松滬釐捐，上顧公家，下恤民力。每言：與外人交，不外平日推誠，臨時據理。至累年案牘，在乎不執成心，悉心檢閱，自能得其端倪。吾曾祖大興公治縣，人稱「錢一堂」。吾雖不才，竊有慕焉。蓋君之治術悉本家學，敬念祖德，久而彌篤。先世祠墓，悉爲修葺；前人撰述，次弟校刊，惓惓焉，未嘗一日忘也。然宰青浦時，有以文端公詩卷獻者，喜甚。後知其方有訟事也，怒而還之，不以私妨公也。君政聲日起，署臬使竹石朱君久管釐局事，願舉君自代。君謝不受。然君之不久真除且膺大任，則衆論無异詞矣。

乃三十年二月既望，感受風寒，病僅九日，遽捐館舍，年止五十有九，時論惜焉。娶蕭氏，封一品夫人，《縣志》附《蒯夫人傳》後。子振聲，廪貢生，江蘇試用道。孫七人：倬候選州同，儁、价殤，侑、健、侗、儆幼。孫女三，長者適長洲張氏。君卒後六十日，側室孫淑人賦《絶命詩》四章，仰藥而死。其時送殯之賓咸集未散，交口贊嘆，咸曰：「真烈婦。」言於臺司，旌表如例。

論曰：君以名家子位至監司，雖未竟其用，然其治迹實有可稱者。總憲吴公之疏云：「荆溪客民數萬，與土著交哄，一定租額，至今永賴。青溪大小教堂數十處，而佘山最巨。光緒十八年，各處焚毁教堂，松江至青浦數十里内約期起釁。單騎曉諭，立時解散，非素得民心不及此。」中丞任公之疏曰：「荆溪自遭兵燹，民氣凋殘，撫綏彈壓，寬猛兼施，有血性而無僞行，洵爲明體達用之才。」君聞而笑曰：「佘山一事偶然耳。至於『有血性無僞行』，乃深知我者。」然則此六字爲君定評。余爲君作《家傳》，例有論，亦無以易此矣。

陳君芳畦傳

君諱英，又諱華林，字芳畦，浙江山陰人，陳氏。其五世祖榮杰，乾隆初以博學鴻詞徵，所稱無波徵君者也。自徵君以來，科第蟬聯，爲越中冠。所居即明代徐天池先生舊宅。今天池猶存，池上青藤一株，先生所手植也。君祖鴻逵，嘉慶十三年舉人，官廣東大州場大使。父堉庚，鹽課司提舉。君七齡失母，與其兄惺惟父是依。自少好學，工舉子業，數試於有司不售。

咸豐之季，粤寇來犯，避地廣東。雖大川公舊治，然相距稍遠，故舊皆盡。异地僑居，亦頗不易，營謀衣食，遂不得專力於學。亂定復還，而青藤舊宅不可復居，乃遷居魚化橋。俄大川公卒於甬上，君從父提舉公往奉其喪以歸，喪葬大事皆君襄之。嗣後家口益多，家事益繁，而提舉公年亦愈高，家事乃一委於君。光緒初，兄嫂相繼卒。君撫視兄子，養之教之。俟其免喪，先爲其長子元濬娶婦。而所居隘不足容，乃修葺青藤舊屋，遷復其舊。名人故屋，先代世居，兵火之中不得已舍去。今繕完修葺，櫻桃之館，柿葉之居，花木猶存，琴書有托。提舉公於此當亦顧之而一笑也。未幾，提舉公卒。君天性孝友，感父兄之早逝，念時事之孔艱，自此精力亦日衰矣。

君於學雖未卒業，然嗜之至老不倦。嘗謂醫理乃養生之至要，近世儒者不明醫理，多爲庸醫所誤。於是參究《素問》《靈樞》及《本草》之書，闡發其理；又博采人間經驗之方，手録成書，親友間往往賴之。又憫世人惑於風水之説，遷延不葬，上違功令，下犯清議，乃研求堪輿家言，久之盡得其秘。繭足山林，爲親族相度吉地。有貧不能葬者并助以資，皆仁者之用心也。自奉極嗇，而歲時祭祀必豐必潔；鄉里善舉，有聞必行。族黨子弟有流離失所者，善爲區畫，使之成立。嫁女娶婦，惟擇良奥，不論貧富。生平淡於榮利，不樂仕進，雖嘗入貲爲光禄寺署正，不赴也。比年因天下多故，朝廷鋭意求治，變法自强，爰進其子侄輩而語之曰：「時局如斯，從古罕見，非一人一家所能挽回。然汝等總當讀有用之書，勉爲有用之學，稍能有補於時，亦不虚生於世。」嗚呼！所見遠矣。晚年子侄輩皆游於庠，森然成立。乃以家政分付子侄，優游家衖，以樂餘年。會其長婿及第四女相繼殂謝，君愀然不樂，偶染微疾，遽捐館舍。生於道光十八年十月乙未，卒於光緒二十四年十月癸未，年六十有一。初以署正加級，封奉政大夫，後以子慶均官封中議大夫。娶徐氏，封淑人，生女子子五。無子，以兄第三子爲嗣，慶均也，附貢生，候選中書科中書。慶均請於余，爲此傳。傳必有論，余用史公《伯夷傳》例，論即具傳中，不復作矣。故用《范史》例作贊，贊曰：

躬行君子，修之於身。孝乎惟孝，仁者安仁。兄弟怡怡，鄉黨恂恂。淡於榮利，篤於族姻。昌言訓子，曲藝濟人。大數有盡，令名無垠。青藤舊宅，垂陰輪囷。先生之風，千載常新。

劉贈君與妻留太淑人合傳

吾孫有同年生劉書圃炳青，撰次其父劉君及母留淑人事略，因吾孫以請於余，曰：「吾家世寒微，父與母撠挶終身。吾今雖幸竊微禄，而吾父已不及見，吾母雖及見，亦不久下世。數十年艱難辛苦，無一日暇豫之樂，於心盡〔一〕焉，願乞先生一言，以慰先人於地下，可乎？」余取

〔一〕盡，原訛作「盡」，據文意改。

而讀之，嘆曰：「劉君篤行君子也，留淑人亦賢婦也，是宜傳。」

君諱增貴，字榮之，甘肅隴西縣人，於兄弟行居次。稍長，其兄欲异爨，君曰：「吾兄能自立矣，如吾弟何？」乃分産與其兄，而自奉父母，撫幼弟以居。弟長，爲娶婦，而食指益繁。乃學爲賈，闢一坊於市，置磨磑焉，屑麥爲粉以售於人，人以其誠篤，争趨其門。里中貧無食者，君輒賒與之，或竟無償，亦不責也。咸豐三年，邑之陽坡寨有土寇爲亂。鄉之多田者争輦其麥入城，請糶於君，君以貲不足辭；請先糶後給值，君初不可，繼思四方來避寇者日益多，城且閉，糧且盡，既諸君信我，我何妨盡受其麥，以濟一城之急。於是罄其資以糶焉，不足則書券予之。積麥無算，一城賴焉。事平，率較之，君亦微有沾益。以義爲利，君之謂矣。已而父母相繼逝，君獨任喪葬之事。或曰：「君尚有兄。」留淑人曰：「伯能助我固善。不然爲舅姑大事，雖此後衣食不繼，無憾焉。」聞者賢之。

同治五年，回民爲亂。君至鄉間相度爲避地計，淑人留守家中。俄而城陷，淑人屢求死，或仰藥或縊，皆幸不死。君之兩弟死焉。子婦樵氏病於床，寇焚其廬，亦死。淑人避僻處得免。而家中什物蕩焉如洗，惟積麥一垛尚存。賊退，官兵至，據食其麥，又使諸老弱婦豎爲執爨。淑人與焉，執役勤，兵喜之。又以麥固其麥也，每賦食予之倍，淑人私積其所餘。及亂定，族姻來依者咸取給於此。而歲又大無，君與淑人益困，至鬻餅餌以餬口。而子侄輩無一流離失所者，皆其卵翼之德也。

六年，君以疾卒。淑人教督其子如君在時。十二年，炳青入邑庠，淑人嘆曰：「汝父長者，恒爲人欺。自兵亂來暗無天日，在官胥吏擇肥而噬，汝父不免焉。每盼汝得一衿，光門户免魚肉，今始得之，惜汝父不及見耳。」光緒十一年，炳青舉於鄉，明年成進士，用知縣。以親老告近，分發陝西。秦中故瘠苦，薪俸微薄。淑人雖就養，與居家無异，曰：「吾素耐勤苦，衣不必文綺，食不必肥甘，起居不必有婢媪奔走也。」十五年，卒於陝西。炳青既免喪，改官江蘇，補丹陽縣，至是稍優渥矣。念父母一生皆在艱苦困厄之中，每誦歐陽子之言「祭而豐，不如養之薄」，未嘗不中夜撫膺，瘋思而泣血也。余悲其志，從其請，爲之傳，用《范史》之例，繫以贊曰：

懷瑜握瑾，必有光華。履仁蹈義，必有休嘉。令德有報，天道無差。眷兹梁孟，德音不遐。小隱於市，大昌其家。有子成名，軒軒朝霞。諸孫濟濟，蘭茁其芽。音徽雖遠，報施靡涯。

魯太守妻王恭人傳

孝悌者，人之大本也。然天下有孝子有悌弟，而天下有孝婦無悌娣，若是者何也？婦之與夫，其始塗人也，以室家之情聯之，塗人爲一體矣。至於夫之昆弟姊妹仍塗人也，於夫昆弟之妻更塗人也。推夫之所親以親之，豈能合塗人爲一體哉？此悌娣所以難也。吾今者以此傳王恭人。

王恭人者，安徽懷寧魯君之配也。恭人父曰崑圃，吾浙江歸安之菱湖鎮人，官江西德安尉，無子，惟一女，恭人也。同治五年，贅魯君於德安官舍。君名鵬，字幼峰，固寒士也。既贅於王，及王君謝病歸，遂從之歸菱湖。菱湖故有龍湖書院，往肄業焉。余時適主其講席，故得與君交。無何，君舉於鄉。歲在庚辰，成進士，入翰林。恭人亦從之至京師，不習其水土，病焉。君挈之南歸。會其壻朱君正輝官吴中，乃迎之至吴。居吴年餘，與余寓相近。余家兒婦咸與往來，皆曰：「儉且勤，賢婦也。」光緒二十三年，君翰林奉滿，保送知府，分發江西。恭人又從之至江西，道塗勞苦，飲食鋭減。二十六年，君奉檄榷税吉州。九月甲申，恭人竟以疾卒於吉州榷舍，年五十有八。其明年，君權知撫州府事，而恭人不及見矣。

君悼之甚，自撫州乞假歸，謁余於吴寓，乞爲之傳。余曰：「君何以傳恭人乎？」君曰：「其在家也，事父孝。」余曰：「焉有賢而不孝者乎？」君曰：「恭人長於我五歲。然既歸於我，則事我甚謹，偶小有疾，終日侍，無須臾離也。」余曰：「此亦恒情耳。」君曰：「余有伯兄，年老矣，恭人曰：『老者非帛不煖。』手製綿衣寄之，歲以爲常，無一歲之間。有伯姊年亦老矣，而多病，家又甚貧。恭人曰：『是可慮也。一旦不可爲諱，如後事何？』乃爲製襚衣甚周備。伯兄有書，極道其賢，謂可以風世。」余嘆曰：「此悌娣也，可以傳恭人矣。」因稍稍比次，附其家乘。傳必有論，余用《伯夷傳》例，論即在傳中，故不贅焉。恭人生一子，三歲而殤；生四女，其次女適人而死，余爲賦《女蘿篇》。

贈夫人許母李夫人家傳

夫人姓李氏，直隸獻縣人，其祖某以縣令官浙中，父某亦諸生也。廉吏之子，貧不能歸，流寓會垣，幾無以自存，故夫人自幼寄育於所親袁氏。時錢唐許季傳贈公方家居，嫡妻盧夫人與袁氏故有連，恒至其家。夫人每見盧夫人輒暱就之，依依其旁，終日不去。盧夫人亦憐愛之，曰：「是兒與我有緣。」請於袁氏，將以侍贈公。贈公曰：「舊家女也。」執不可。而夫人感盧夫人厚意，誓不他適，乃卒歸於許，年甫十有九。雖爲副室，有加禮焉。而夫人事贈公及盧夫人謹。盧夫人亦妹視之，無閑言。贈公由台州府教授升知縣，補授山東掖縣。山東爲捻寇巢窟，渠魁賴文光、張總愚等攻剽郡縣，來去不常，掖縣屢瀕於危。贈公督率士卒，攖城固守。夫人與盧夫人均懷鴆誓死。雖幸而獲全，而贈公積勞成疾，竟以不起。時南中粵賊未平，夫人乃隨盧夫人奉贈公之柩北行，依夫兄文恪公，僦宅京師。及南中平，盡室而南，又依其夫兄中丞公以居。薄宦清貧，屢經遷徙，囊橐蕭然，撖掮楮柱皆兩夫人力也。俄盧夫人又卒，家計益窘。夫人獨力操持，艱劬萬狀，環瑱之類典質無餘，稱貸於人，積券盈篋。其長女歸於廖氏，未幾，廖婿視學中州，長女出貲爲夫人稍償逋負，然數年來憊亦甚矣。已而夫人次子祺身官山東，以齊魯間爲夫人舊游地，故迎養焉。夫人惓懷陳迹，每舉贈公治行以勖其子。光緒十一年，祺身奉檄權知朝城縣，夫人從之官。二月丙戌感疾，卒於行館，年六十有一。其將卒也，百鵲聚鳴。既卒，室有异香，數日不散，人皆异焉。

夫人性恭謹，遇嫡子觀身、祐身極有恩禮，每拜必答拜。余次女爲祐身婦，與夫人相得，能舉其軼事。夫人以幼違父母，久無音耗，發願誦《白衣觀音呪》，冀得一見。持誦久之，而其父母果來，年雖老，皆無恙。乃僦居於鄰近之地，夫人時往省視。李公亦長者，執禮甚謙，見之者皆知爲方雅舊族也。又有一姊，初不知其所適，命三子敻求之，始知其適吴縣費氏，有女嫁新建程氏。後祐身爲其長子引之娶於程，則即夫人之姊之外孫女也。骨肉睽離，終通姻好，豈非至誠之所感乎？夫人雖處境不豐，而好施予。或以匱乏告，節口腹以佽之，無難色。卒後二十年，歸陳氏次女遵其遺意，捐貲助振，詔建樂善好施坊。又以子台身貴，誥贈夫人。天之報施，洵不爽矣。

夫人生丈夫子三：台身由廕生官雲南元江直隸州知州，特用道四品卿銜，出使韓國大臣，祺身故山東膠州知州，祥身光緒十一年拔貢。生女子子二：長適嘉定故禮部尚書廖公壽恒，次適貴陽見官河南巡撫陳公夔龍。孫九，孫女六。光緒十二年十二月丁卯，葬錢唐九條沙之原。距今廿年，銘幽之文無及焉。余與許氏既爲世姻，重以台身、祥身之請，而其歸陳氏之次女又以書致吾子婦，使代請焉。其詞切摯，誼不可以辭。乃次第其事以爲家傳，附其家乘云。

論曰：魏鍾會自爲其生母張夫人傳，稱爲「太傅定陵成侯命婦」，盛言其修身正行，非禮不動。裴松之采以入注。然則心嘱之光，其亦可焜耀青史乎。乃觀《魏氏春秋》所言，則鍾會之傳其母，疑不無溢美矣。今李夫人之賢，豈止成侯命婦之比哉？余爲此傳，亦質直無溢詞。吾知异時修《列女傳》者，必將有取乎此矣。

陳母孫淑人家傳

淑人姓孫氏，江蘇通州人，吾師文節公仲女也。生二歲而文節公死寇難。母趙夫人以其早孤也，哀憐之。有姊適山東杜氏，道遠不得時歸省，因嘆曰：「此女吾不令遠嫁。」乃適陳氏，陳亦通州人也。淑人生而明慧，讀書通大義，能吟咏。文節公之以衣冠葬也，以生前所墮一齒納棺中。淑人悲痛，賦《齒冢》詩二章。郡人傳誦，詩名大噪。既歸陳氏，陳固通州右族，家資巨萬。陳君諱廣綬，字霈亭，以郎中分部行走，亦方聞士也。淑人與霈亭日取家中所弆藏鐘鼎彝器及漢唐碑帖，辨別款識，審定真贋，以爲娱樂。霈亭喜顔書，而淑人則喜歐書，文窗棐几間，每日各臨摹數十紙以爲常。

霈亭性好施與，家因是落。然爲善如故，淑人助成之亦如故。恒輸巨貲佐軍興及振水旱之灾，州中大工作咸有助。宗姻朋舊，歲有常供，月有常餼。霈亭或出游，則淑人代之管家事，皆有條理。事姑李太淑人甚謹，才而且賢，三族稱焉。一日，不戒於火，火及内寢。淑人奮身投烈焰中，負姑以出。雖幸俱免，然驚悸之餘精爽飛越，自此遂成心疾。未幾，李太淑人與霈亭相繼殂謝。叠連大故，心疾彌劇。光緒二十八年，母趙夫人又卒，淑人以距母家近，常常歸省，衿纓適寢，如在室時。至是，而淑人之疾愈不可爲矣。三十年正月二十日，飲食驟減，問所苦，不言；使醫視之，則脉已閉。越二日辛丑，遂卒，年五十有一。子二人：啓謙，候選知縣；致謙，太學生。女一人，適徐清惠公之孫，曰祖培。孫三人，皆幼。

往年淑人常從趙夫人至蘇州，余以門下士謁夫人於舟次，淑人侍母側，亦見焉，并有和余詩一首。余家兒婦輩皆與相習，每共贊嘆，以爲《范史》所稱「端操有踪，幽閑有容」者，微斯人，其誰與歸？乃以幽憂之疾，中壽而殁。鉛槧縑素，零落無存，僅傳有《未灰閣吟草》一卷而已，是可哀也。余因啓謙之請，輒爲之傳，附其家乘，冀不泯其人爾。

論曰：《元史·趙孝婦傳》以南鄰失火扶姑出避，遂以孝聞，登之國史。明代有江陰縣許錫組妻曹氏，從烈焰中負其姑出，傳至今日，志乘炳然。然則淑人一節之高已足千古，况其賢且才歟？淑人二子，余識其長者，即啓謙字南琴者也，好學能文，有子勝斐然之美。瀧岡之表，吾爲南琴昆弟望矣。

金孔昭傳

君諱炳漢，字孔昭，金氏。其先世爲紹興山陰人，所居曰鮑瀆。有諱國能者，自山陰遷嵊，遂爲嵊縣人，所居曰崇仁。崇仁金氏以國能君爲始遷祖，傳至君四世矣。君之父生丈夫子四，而君於兄弟行居三。生八歲而孤，家貧無以自存，長兄乃別居自謀食，君與仲兄季弟家居，以耕牧奉母。年十四，慨然曰：「此不可常也，盍去而事賈乎？」其始負販而已，久之闢一肆於市，以糴糶逐什一之利。君精於推算，其業日盛，家乃稍稍起。然君雖爲賈，其操行則有士大夫所不及者。少時逮事曾祖母及祖母，曾祖母史長齋奉佛，惡囂喜静；祖母裘則性峻急，督家事嚴，君事之皆得其歡心。

嘗以家無譜牒，子孫幾不知有鮑瀆，始遷祖國能公墓在崇仁，歲時猶得拜掃，而始祖妣謝夫人墓竟失所在，大以爲憾。躬自覓求，跋涉匝月無所得。一日，宿於餘姚之西庵，有婦人自言金氏，推其行輩，則姑姊妹也。詢以鮑瀆事，言之甚悉，大喜。亟歸，與仲兄偕至鮑瀆，謝夫人墓碑碣僅存，其遠祖之墓有爲廬舍侵占、不可辨識者。謹封植之，每歲率子孫上冢，瞻拜如儀，至今不替。

君既以賈起家，以昆弟四人議四分其産。而伯兄執不受，曰：「吾析居久，不能顧諸弟。今諸弟撙搊以成此業，吾忍有之乎？」又欲以伯所不受者歸之仲，仲亦不受。不得已，三分焉。兩兄之克讓與君之不私所有，鄉人交稱之。崇仁有「憑依所」者，搜取廢祠壞屋無祀之栗主，聚而祀之，亦古人使鬼有所歸之義也。兵亂之後，廢爲榛莽。邑有裘君者，謀復興之。君與其事，醵貲鳩工，卒復其舊。又自買桑田若干畝，歲納其租，供春秋祭祀焉。嘗訓其子曰：「鮑瀆乃吾先世舊居，本原所在焉，宗族雖繁，皆吾一派也。爾曹如有成立，若祀田、若宗祠，皆吾所有志而未就者，尚其爲吾成之。」後諸子果克如其教，君可無憾矣。君性淵静，寡言笑，寬厚勤儉，與人無忤，與世無争。年五十五，以疾終其家。子三人，昌運、昌禹、昌言。以昌運官，加級封通奉大夫。

論曰：《漢書》有《貨殖傳》，《後漢書》有《獨行傳》。君托業則商，持躬則士，殆《貨殖傳》中人，而兼入《獨行傳》者乎？《范史·獨行傳》以王彦方終稱其以德服人、以行義重於鄉里。君之爲人，近之矣。

王氏三外孫女傳

吾長女歸寶應王氏，生女子子三，此其第三女也，名多慶，字倚雲，亦字蓮珊。自其祖文勤公薨，吾婿及女自寶應遷蘇，所居曰幽蘭巷，與余寓相近也。故幼時恒居吾家，一歲之中在吾家者半焉。余嘗携之至杭州，居右台山館，與之坐姚夫人墓前石上，見林間松鼠甚多，以「松鼠」二字命之屬對，應聲曰「杜鵑」，其慧可見。余二兒婦甚憐愛之。一歲，二兒婦病，爲手書《金剛經》數部以祈福佑。性和易，又甚明决，其母有事輒與之議，所言皆中理。有祝韵琴者，才女也，嫠居而貧，與王氏素相習。一日來告危欲斷炊，即脱金約指一枚，質錢與之，是亦人所難矣。年二十一歸仁和許元之，元之字善侯，其父子原吾婿也，其母吾次女也。長次兩女極相得，故次女以第二女歸於王，長女以第三女歸於許。而善侯自幼爲其伯父後，伯父子衡時爲出使朝鮮大臣。善侯自海外歸，就婚於王氏。未彌月，將挈之回朝鮮，慮其不肯離母遠行。女曰：「既嫁從夫，又何言？」告於母，即日治裝。而海行頗極艱苦。既下椗，由輪舟下舢版，危梯數丈，小舟一葉，奔騰於驚濤駭浪中，夷然無怖色。居韓垂一載，頗得其嗣舅歡。使署中多用洋油，懼有火患，每夜必周歷諸室，視諸鐙皆滅乃就寢。子衡嘆曰：「得新婦若此，吾安枕矣。」其姑，吾姨女也，早卒，有庶姑與之相處甚得。嘗曰：「處家庭無難事，一忍字足矣。」

會吾長女卒於蘇，赴至韓，子衡以未能即歸，秘不使知。而女已微聞之，出則愉色婉容，入則飲泣。時已有身，其病即由此起矣。是年冬還吳下，哭其母，且送葬焉。而子原已由御史出守松江，乃又與婿偕往省視。子原亦甚愛之，與吾書稱賢婦云。善侯將應鄉試，女勉使習舉業，而以針黹自課。然精神日益疲茶，又肢體浮腫。既免身，男也，三日而殤。醫者曰是在胎時已受病矣。女自産後患脾泄，又發疹，竟至不起。時光緒二十九年五月二十五日，年二十有三。未卒前旬日，其兄少侯將如京師，往視之，涕泣與訣。又凡善侯衣履并考試需用器物，皆一一摒擋，若自知將死者，异矣。性頗好善，臨危時，以暑日多病，出錢買藥以施病者。生平不輕毁一物，不輕費一錢。與諸姊妹及先後宛若皆極切摯，雖婢媪輩不忍呼斥。其爲人宜非短命者，而竟不壽，何歟？余内外孫女十人，今已隕其四，亦可嘆也。輒書大略，冀不泯其人。其所爲詩亦有可誦者，自署曰《君子館詩草》，今在善侯處，當不至散佚也。

吕鏡宇尚書《奉使金鑒》序

洪惟我國家内持維，外紐綱，陶天下而爲一。自同治四年總理各國事務衙門奏派斌椿并同文館學生游歷各國，此爲出使之權輿。越二年，又奏派志剛、孫家穀等出使外洋。大臣銜命出使，蓋自此始矣。至於今日，而輶軒之使交於海外。皇朝特派大臣持節出疆親駐其地者，曰比國、曰義國、曰奥國、曰英國、曰美日秘國、曰俄國、曰日本國、曰德國、曰法國，皆受明詔奉國書，聯絡邦交，布宣德意。於是使職愈隆，使權愈重，而使事亦愈難。或者曰：「方今之世，蓋一大戰國也。當戰國時，七雄并列，日尋干戈，爰有蘇秦、張儀之徒出於其間，恃其口給以動時君之聽，往往轉禍而爲福，轉敗而爲成。當今安得復有其人乎？」余謂不然。蓋嘗讀吕東萊先生《左氏博議》矣，其論《隱五年》宋使告急一事曰：「吾讀《戰國策》，見儀、秦、髡、衍諸人駕其詭辨，反晦明於呼吸，變寒暑於須臾，似可以三寸之舌司百萬生靈之命。及精思而博考之，然後知詭辨初不足恃，戰國策士所以能動時君之聽者，皆出於幸而已。」又論陳五父事曰：「春秋之公卿大夫平時未嘗致力於暗室、屋漏之學，及盟會聘享之際，雖欲勉强而不可得。」嗚呼！盟會聘享之際，而論及暗室、屋漏之學，尚何儀、秦之足道乎？

大司空鏡宇呂公，以東萊之裔學東萊之學者也。同治二十三年，奉命爲出使德國、和國大臣。未幾猝遇德使克林德之變，德人洶洶，幾不可測，中外咸爲公危。而公不辭艱險，孚之以誠，鎮之以静，卒能贊成和議，履險而夷。旋以外務部侍郎召還，晋拜工部尚書，充商約大臣。蓋上契主知，固有在矣。在德國時，曾采輯史傳，著《奉使金鑒》一書。事變繁多，未遑卒業。及以商約駐滬，乃更編纂以底於成。今年五月，恭繕進呈，温旨留覽。公乃謀付剞劂，而問序於余。余本迂疏，近又衰朽，罕接人事，何足序公之書哉？惟讀公自序，深以戰國策士爲非，而引孔子之言「使於四方，不辱君命」，歸本於「行己有耻」，則與《博議》所言有密合者。信乎公以東萊之裔而學東萊之學者也！余跧伏草茅，與近時出使諸大臣相識者鮮。惟曾惠敏公則吾師文正公之子，通家昆弟也。其出使英國、法國，頻有書問往來。及出使俄國，有索還伊犁之舉，海内以爲美談，余亦與聞焉。以前使業已定約之事，毁約力争，更定界務三端、商務四端，保全甚巨。余爲惠敏墓志詳言之。苟載入《金鑒》，亦偉人偉事矣。及觀公自序，則知公在譯署曾爲惠敏所知，然後知公之學本於東萊，公之才則與惠敏伯仲者也。

余嘗恭讀《欽定圖書集成·官常典》，《行人司部》有《行人名臣列傳》四卷，周代二十一人，即此書所謂「古使」也；自漢至明代七十五人，則此書所載備矣。《圖書集成》告成於雍正四年，其時海禁未開，使事猶未甚重。至今日則環地球諸大國無不交於中邦，弧矢之事窮，而壇坫之事起，折衝於尊俎之間，指麾於笑談之頃。使得其人，則弭患無形，彼此受福；不得其人，則一言之失，貽禍無窮。蓋自《周官》設大、小行人以來，使事之重未有甚於此時者也。諺云：「鑒於水者知形容，鑒於古者知吉凶。」又云：「前事之不忘，後事之師也。」公裒集古來出使之事，森然起例，薈萃成書，名曰《金鑒》，可謂以古爲鑒者矣。既已恭進於朝，自宜刊行於世。不特出使者宜人置一編，即承學之士亦宜誦習焉、紬繹焉，以儲奔走禦侮之才，而備四牡皇華之選。异日出而奉使，無失言無失色，小則收仲連排難之功，大則成向戌弭兵之利，天下萬國同享升平，無窮利益皆於此乎出。吾知《奉使金鑒》一書視東萊先生之《文鑒》，而其功十倍過之也。

王仁嗣《倦游草》序

吾郡菱湖鎮舊有龍湖書院，余曾主其講席，詩文并課。而院中諸生率皆致力於文，詩則罕有留意。余主講三十三年，僅得詩一首，則王君紹宗字仁嗣者所爲也。余以唐人孔紹安《榴花》詩「開花不及春」爲題，君感懷遲暮，借題抒寫，語意微婉。余讀之擊節，手録其稿，藏弆巾箱。賓客傳觀，皆曰「老名士」也。又以其結句云「端陽方物貢，蒲艾或同收」，僉謂吾浙詩人如朱竹垞、沈歸愚皆晚達，或此君亦當晚遇。乃荏苒星霜，閲數寒暑，而君亦垂垂老矣。客大司馬長公幕府有年，今歲奉諱歸里，道出吴中，訪我春在堂，手一編見示，曰《倦游集》，乃其《秋水讀書齋詩存》之一卷。蓋君昔嘗北度祁連，詩皆其時所作。余讀其《出嘉峪關》詩曰「西面黄沙東面柳，征人回首意如何」，與昔人「馬後桃花馬前雪」情味無异。其境奇，宜其詩之工矣。遇不遇未可知，而詩亦足以傳。君正不必與三五少年争東塗西抹之工，如往年龍湖角藝時也。吾湖山水清遠，名於天下，君异時一舟兩屐，逍遥其間，玉湖風月，金蓋烟霞，回憶瑪納斯河、博克達山，得無有今昔之感乎？存此一編，以識雪泥踪迹；白蘋紅蓼，間與故鄉父老共讀之。吾知老驥伏櫪，其志猶在千里也。

竇甸膏《藕香館文録》序

余去河南垂五十年矣，舊時文字因緣漫不復記。而竇君甸膏則來見我於春在堂，其自述淵源有可异者。君河内縣人也，余按試懷慶，君亦與焉。試卷偶爲墨瀋所沾濡，乃以文稿擲付其友，曰：「以丐汝。」其友果以此青其衿，君笑曰：「吾命不偶耳，吾文未嘗不遇也。」故其來見也，一若躬被甄録者。余謝不敢當，而君顧拳拳不衰。君家世以武顯，至君乃隸學官弟子籍，然勃勃有奇氣。每與余言，聲如洪鐘，於天下事孰得孰失，如指其掌。余嘆曰：「奇士也！」已而又出其詩示余，抒寫性情，無婞妸之態。余曰：「詩如其人。」今又以所著《藕香館文録》見示，筆意樸茂，議論激昂。余曰：「文又如其詩矣。」其文叙事有史筆，論事能通達時變，皆不愧古之作者。至其官吴，公牘則剴切詳明，不爲過高之論，不爲過激之談，而言必切中，事必可行，置之古名臣奏議中，幾無以辨。讀君之文，知君之才，宜其歷宰大縣，所至有聲也。劉忠誠督兩江，尤器重君，故保薦人材，君亦預其列。今且入京引覲，不次超遷，於此行决之矣。余老且病，憶汴中舊雨如李藴齋侍郎已作古人，王介艇方伯又坐廢，此外惟宋伯言恒坊薄官嶺南，鬱不得志，每有竊鳥之嘆。然則飛且鳴者其在君乎？姑書數語，聊以壯君之行，不足以爲序也。

徐賓華《味静齋詩文》序

嘗謂有明一代自中葉以後詩文兩事并皆衰息，詩則依傍門户，文則剽竊字句，文運詩運殆與國運俱衰。有崛起而爲一代之殿者，其亭林先生乎？先生學有本原，其文皆不苟作，詩則格律清整，意義遥深。當時黄梨洲雖與齊名，所著《明夷待訪録》，先生亦頗推許。然以詩文論，固不逮也。國朝文教昌明，巨儒輩出，論經學、論小學，無不奉先生爲先河。至論詩文，若堯峰、若桐城、若新城、若秀水，皆雄視一代，無愧古之作者，然與先生門徑微有別矣。

今歲初冬，有以山陽徐君賓華《顧詩箋注》見示者，不特章箋句釋，且依據正史，旁引明季稗乘小説以證明事迹，使讀其詩者有以論其世而知其人，洵亭林功臣也。又以君所著《味静齋詩文稿》各四大册見示。余讀其文，質直而有味，清疏而有物；紀載時事，敷陳義理，無不曲盡。又讀其詩，聲情之激越，意思之纏綿，非近時作者所能及，殆皆師法亭林者歟？近作有《擬顧亭林海上》詩，或謂宜自標題目，不必擬顧。斯言誠是，然君詩文之脱胎亭林，則居可見矣。亭林以亡國之遺感懷身世，故《海上》詩有「夷門愁殺老侯嬴」之句。君則優游於闌干苜蓿間，且以清才博學高據講堂一席，名山之福正未有艾。余蓋深許君之詩若文之能爲亭林先生也，余又深幸君之遭遇之能不爲亭林先生也。君門下士如有潘次耕其人，儻許我爲知言乎？

徐公龍山暨元配節孝郭淑人箟室節孝王孺人墓表

余自主講詁經精舍，識徐花農侍郎於諸生中，今論交垂四十年矣。每談及先世嘉懿，輒乞余爲文以張之，余既各有所撰述矣。昨花農書來，言武林徐氏之興，至國朝而始盛。而明時之通籍者則龍山公一人，能正色立朝，爲時所重。今墓木久拱，而表阡之文闕如，且編次事實，乞余一言。余嘗讀《史記·五帝本紀》：「黄帝二十五子，其得姓者十四人。黄帝居軒轅之丘，而娶於西陵之女，是爲嫘祖。嫘祖爲黄帝生二子，其一曰玄囂，是爲青陽，青陽降居江水；其二曰昌意，降居若水。昌意娶蜀山氏女曰昌僕，生高陽。高陽立，是爲帝顓頊〔一〕。」又曰：「帝〔二〕顓頊高陽者，黄帝之孫而昌意之子也。」又《秦本紀》曰：「秦之先，帝顓頊之苗裔孫，曰女修。女修織，玄鳥隕卵，女修吞之，生子大業。《正義》：「《列女傳》云：『陶子生五歲而佐禹。』曹大家注云：『陶

〔一〕 頊，原訛作「項」，據《史記》改。
〔二〕 帝，原訛作「徇」，據《史記》改。

子者，皋陶之子伯益也。』按：此則大業是皋陶。」大業取少典之子，曰女華。生大費，《索隱》曰：「此即秦、趙之祖，嬴姓之先，一名伯翳。《尚書》謂之伯益。」與禹平水土。已成，帝錫玄圭。禹受曰：『非予能成，亦大費爲輔。』帝舜曰：『咨爾費，贊禹功，其賜爾皁游。爾後嗣〔一〕將大出。』乃妻之姚姓之玉女。大費拜受，佐舜調馴鳥獸，鳥獸多馴服，是爲柏翳。舜賜姓嬴氏。大費生子二人：一曰大廉，實鳥俗氏；二曰若木，實費氏。其玄孫曰費昌，子孫或在中國，或在夷狄。」又《秦本紀》贊曰：「秦之先爲嬴姓〔二〕。其後分封，以國爲姓，有徐氏、郯氏。」《左氏傳・文公十八年》：「季文子使太史克對曰：『昔高陽氏有才子八人，蒼舒、隤敳、檮戭、大臨、尨降、庭堅、仲容、叔達，齊聖廣淵，明允篤誠，天下之民謂之八愷。』」按：庭堅，皋陶之字也。《傳・文公五年》〔三〕：「臧文仲聞六與蓼滅，曰：『皋陶、庭堅不祀忽諸。』」杜預云：英、六皆皋陶後。《地理志》：「六安，故國，皋陶，偃姓，爲楚所滅。」又《僖公十七年》：「齊人、徐人伐英氏。」杜預曰：「英、六皆皋陶後，國名。」故《史記・陳杞世家》云：「皋陶之後，或封英、六。」又《定公四年》：「子魚曰：『分魯公以

〔一〕後嗣，原訛作「嗣後」，據《史記》改。
〔二〕嬴姓，原訛作「徐氏」，據《史記》改。
〔三〕五，原訛作「四」，據《左傳》改。

大路、大旗、夏后氏之璜、封父之繁弱。殷民六族：條氏、徐氏、蕭氏、索氏、長勺氏、尾勺氏。』」《唐書・宰相世系表》：「徐氏出自嬴姓。皋陶生伯益，伯益生若木，夏后氏封之於徐，其地下邳僮縣是也。至偃王三十二世爲周所滅，復封其子宗爲徐子。宗十一世孫章禹，爲吴所滅，子孫以國爲氏。章禹十三世孫誅，爲秦莊王相。生仲，仲字〔一〕景伯。生延，字方遠。延生由，字智卿。由生該，字昌意。該生光，字子暉，漢下邳太守。光生大司農静，字君安。静生益州刺史萬秋，字蘭卿。萬秋生左曹給事充，字彦通。充生諫議大夫安仁。二子：豐、霸。豐爲北祖，霸爲南祖。北祖上房徐氏：豐字仲都，司空掾〔二〕。十五傳至孝規、孝嗣。孝嗣字始昌，齊太尉、文忠公。六子：況、戩、碏、會、嘉、緄。高平北祖上房徐氏：誅次子矩，矩字弘深。二十六傳至弘師、弘道，世居曹州離狐，隋末徙滑州衛南。至世勣，預屬籍李氏，武后世復舊。」

陸法言《廣韵》：「徐，顓頊之後。春秋時徐偃王假行仁義，爲楚文王所滅，其後氏焉。出東海、高平、東莞、瑯琊、濮陽五望。」鄭樵《通志》：「徐氏，子爵，嬴姓，皋陶之後也。皋陶生伯

〔一〕字，原訛作「子」，據《新唐書》改。
〔二〕掾，原訛作「椽」，據《新唐書》改。

益，伯益佐禹有功，封其子若木於徐，在今徐城縣北三十里。徐城并入臨淮，今泗州臨淮爲徐城。自若木至偃王三十二世，爲周所滅，復封其子宗爲徐子。宗十一世孫章禹，昭三十年爲吴所滅。子孫以國爲氏。又一族出於嬴氏，十四姓之一也。」

徐氏入浙，以三衢爲最著，見於韓昌黎《衢州徐偃王廟碑》。其居龍游者，在南齊則文楚公徐〔一〕伯珍，史稱東陽太末人，即今龍游縣也。至居蘭溪者，則唐中書侍郎子珍公，諱安貞。始子珍公屢應制舉，一歲三擢甲科。神龍六年第進士，開元六年以武陟尉選入殿判，再遷中書舍人、集賢院學士。上每作文，多令視草，初名楚璧，後賜此名。供奉二十年，累進撿校工部侍郎，遷中書侍郎，封東海縣子。李林甫用事，遂棄官歸，卒贈尚書。見新舊《唐書》。《雲溪友議》《唐會要》所載略同。《太平寰宇記》又載：「縣南六十里九峰山有子珍公讀書岩。」洪遵《東陽志》、《信安志》、《浙江通志》、金華衢州《府志》、龍游蘭溪《邑志》所載皆同。

自子珍公又數傳，至趙宋時有文真公，諱時彦，登重和元年王昂榜進士，授觀察使，見《康熙衢州府志》及《西安縣志》《西安世科録》。文真公子瑞徵公，諱忠，宋贈儒林郎，江西南昌府

〔一〕徐，原訛作「降」，據《南齊書》改。

推官，貤贈朝奉郎、國子監博士。瑞徵公子孔靈公，諱佺，南渡時監湖秀州，有惠政，升授南昌府推官。士民懷之，歌曰：「豫章賢裔徐孔靈，惠我惟留去後聲。」歸設義學，以禮經教其子孫及鄉人子弟，一時業於禮者稱盛。宋制誥稱其「家有禮書，發千古不傳之秘；户多滿履，爲四方來學之宗」。西山真先生作傳，贊曰：「秉心塞淵，曰則深邃；禮經傳家，孝友鳴世。」天台陳簀窗先生爲撰墓志，明冢宰陸莊簡公爲撰《家廟記》。公始自蘭溪遷至樟林鎮，是爲樟林始祖。

公長子利用公諱行成，宋咸淳時以《禮記》領鄉薦，官知丞，宋敕宣教郎。次子于石公諱介，以《戴記》領鄉薦，登宋嘉定辛未趙建夫榜進士，通判太平州，遷太學博士兼光禄寺丞，宋敕承議郎。三子安常公諱淡，以次子時升貴，宋敕贈朝議大夫。利用公子德齡公以《周禮》領宋咸淳時鄉薦，管禮、兵架閣文字，任國子監監正，宋敕宣教郎。于石公子宣和公諱堯章，以《禮記》領鄉薦，任袁州學教授，以副院第一管尚書禮、兵二部架閣文字，宋敕授迪功郎。安常公長子今德公諱時中，未仕。次子志行公諱時升，以《戴記》領鄉薦，登宋紹定己丑黄樸榜進士，宋敕授宣教郎，任無錫縣知縣，調任池州，有治行，升授福建汀州府知府，擢焕章閣，奉祠致仕，宋敕朝議大夫。德齡公次子子材公諱相，潛德不仕，深於《易》學，集諸家之長，著有《易經直説》，以授趙文敏之父與旹昆仲。與旹嘗爲之序云：「佩服師訓，早夜究心，不敢自謂有得，然發蒙開覆，實昉自兹。」宣和公子景星公諱㬅獻，以《周禮》領宋淳熙癸卯鄉貢，登景定壬戌方山京榜進士，以子鑒貴，宋贈資善大夫，簽書樞密院副使〔一〕，賜金紫。志行公長子崇哲公諱銘祖，早卒。次子崇功公諱繩祖，以《戴記》領鄉薦，登宋淳祐庚戌方逢辰榜進士，任湖廣江陵府司户參軍。景星公子定國公諱鑒，以《戴記》領鄉薦，登宋咸淳辛未張鎮孫榜進士，宋敕授資善大夫，簽書樞密院副使，賜金紫。

崇功公長子秉國公諱欽，任濠州定遠尉，宋敕授文林郎。平日與仁山金先生有雅，因款致之，以教其子。朝夕惕厲，明修己治人之道。著《史咏》一千五百三十首，許白雲、張子長、黄晋卿諸先生皆爲之序。《元史類編》《文翰補遺》皆載公事實，國朝阮文達《揅經室未見書目》亦詳紀公《史咏》。崇功公次子孔皐公諱鐵，治《戴記》，元時任樞密院判，元敕授奉議大夫。定國公長子仲弘公諱沈，次子仲隱公諱潛，俱未仕。秉國公長子民敬公諱溥，治《戴記》，元時官大都護府照磨，元敕授登仕郎。秉國公次子道濟公諱津，治《易》，從學金仁山先生，與張、許、黄三

〔一〕使，原訛作「司」，據官名改。

先生皆友善。秉國公三子文静公諱淵，治《戴記》，元時任潞州教授，元敕授修職郎。四子本深公諱浤，治《戴記》，元時任高郵府興化尉，元敕授文林郎。孔阜公長子改之公諱復，治《易經》，篤志好學，博極群書，與于介翁友善，所著有《和于介翁》等詩。孔阜公次子永之公諱一清，以《戴記》領鄉薦，登元至治宋大本榜進士，任江浙儒學副提舉，晋江浙行省左右司郎中，元敕授奉議大夫。公爲元大儒，陶九成《輟耕録》并載公事實。蓋自孔靈公遷樟林以來，科第繁盛，故黄文獻有「三世登黄甲，一門無白丁」之語，蓋紀實也。

永之公配楊氏，生一子，是爲克敬公，諱湘。永之公没而元社已屋。克敬公不樂仕進，因隨宦，居杭州久，愛錢塘山水之勝，遂家焉，是爲遷杭始俎。克敬公子德輿公諱佛護，是爲公曾祖。德輿公生丈夫子四，長孟明公諱誠，是爲公王父，次孟班公諱斌，三孟祥公諱謨，四孟能公諱能。孟明公生丈夫子三，次潛江公諱聰，是爲公考。自克敬公以來，四世皆隱居不仕。公王父孟明公以公貴，明時貤封中憲大夫，晋封通議大夫，祖妣姚氏貤封恭人，晋封淑人。考潛江公以公貴，明封中憲大夫，晋封通議大夫。妣潘氏，明封恭人，晋封淑人。弘治八年，潛江公二十有六，潘淑人始生公於杭之江干。

公諱顒，字子純，號龍山，字畿道，杭之仁和縣人也。公生而岐嶷，潛江公親教之讀。屬文闊肆，下筆灑灑，數千言立就，治麟經，弱冠即爲邑諸生，有聲庠序。正德丙子，年二十有二，舉於鄉，時即負經濟才，高自期許。辛巳，二十有六，遂捷南宫，授南京刑部廣東清吏司主事，即上疏劾内官驕横，直聲震海内。南畿訟獄號繁劇，公既明察，且究心法家言，所書讞訟雖老吏不如也。同舍郎有疑獄，多就問公。公咸爲代白，無不允當。由是刑名之譽藉甚，而耻以自居。折節講學，慨然慕程朱之爲人。公素倜儻，高談驚座。至是一變，頓爲沉默簡重，意氣雍雍如也。建澂心閣，暇日即静養其中。是時蘭溪虞佐唐公龍爲少宰，延訪天下奇士，耳公名，造公，驟問：「責難於君，何以謂之難？」對曰：「君所謂可而有否者，臣替其否以成其可；君所謂否而有可者，臣獻其可以去其否。兹何容易？而泛泛言之，堯舜之道爲難，此老生常談也。」唐公説，以公爲可大用，薦爲北京禮部員外郎，旋擢儀制司郎中，蓋殊調也。時明世宗方嚮意稽古禮文之事，札下春官無虚日，公咸爲草創其儀。屬天下歲貢生候部至二百人，公爲建白，聽其附試京府。歲貢生預鄉試始此。會議興獻帝禮，正直不阿，與張、桂二相牴牾，出爲江西臨江府知府。公下車時，年甫二十有八，庶政修舉，發奸摘伏如神，吏民莫敢欺。郡故多劇盗，公以德招撫者甚衆，桀驁者出奇擒獲之，雖漢之虞詡不是過也。他如去門卒以通壅蔽，刻題名以表官箴，作郡志以記文獻，祀旗纛以修武備，井井畫策，興利除害。暇日尤屬意文教，嘗諷咏以寄志。貴人請托輒拒之曰：「寧負權臣，不負吾民。」有勢家抵禁，必置之法，坐是五載不得遷。

會潛江公年高，值考績赴京，便道歸省，遂乞休。時潛江公已多病，公朝夕侍湯藥，不離左右，人服其孝。先是公歸里甫二月，有直指張公觴公於宋之耤田，酒間言張永嘉欲左右公。公聞之，遽拂衣起，真所謂倔强猶昔者。七年四月，潛江公卒，公一慟幾絶。族黨勸之，始稍進飲。既奉潛江公與妣潘淑人合葬於西湖妙因山，遂廬於墓次。三年服雖闋，而淡於宦情，不復出任，優游林下者。又七年，以明嘉靖十五年丙申三月初二日卯時卒於家，春秋四十有二。

明邵先生經邦爲撰家傳，稱其事親竭力，助弟成名，一家之政實與致君澤民相表裏云。《杭州府志》《仁和縣志》并載公事實。後崇祀江西名宦祠，《臨江府志》亦有傳。元配郭氏，江西贛州府通判東川公女，有賢德，助公治内政，得以成其名，明封恭人，晋封淑人。公殁時，淑人年甫二十有九，茹冰矢志，守節五十三年，卒於萬曆十六年戊子七月十九日卯時，春秋八十有二。簉室王氏亦以賢稱，公殁時二十有一，與郭淑人并勵松筠，守節四十二年，卒於萬曆五年丁丑六月十六日丑時，春秋六十有二。光緒二十七年，公裔孫花農侍郎琪以郭淑人、王孺人苦節事言於民政部錢參議能訓，具呈禮部，奉旨旌表，入祠建坊，淑人、孺人與公俱祔葬妙因山祖塋。

子三，立言郭出，立德王出，立宰郭出。嗣伯父雲山公後。立言字止訓，號汎泉，入杭郡庠，援例入都。公因議禮與張、桂忤，易簀時戒子孫勿附權貴。後立言鄉試屢躓，張、桂招之。行至彭城，風大作，見公朝服立雲中，有怒色，舟遽覆没焉。時嘉靖四十一年壬戌也，去公之卒已二十六年，其英靈不殁有如此者。子婦邵氏亦以節著，立言殁時甫二十九歲，亦矢志如其姑，計守節六十年，殁於明天啓元年四月十二日寅時，春秋七十有七。光緒二十七年，花農侍郎亦以事實言於錢參議能訓，具呈禮部，并賜旌表如例。立德、立宰俱不仕，蓋自此徐氏守公遺訓，終明之世，無筮仕登科第者。至國朝而冢宰文敬公始大顯，文敬公者德輿公次子，孟班公八世孫，而公之五世從孫也。乃爲銘曰：

徐氏之系，出自軒轅。五臣佐虞，實其雲昆。舉直錯枉，貴極一門。亦越累禩，枝葉茂繁。遷浙之衢，表彰於韓。自衢而婺，及宋大觀。科第接踵，望族衣冠。元社既屋，遷之江滸。四傳至公，策勛詞壇。觸邪抗疏，卓然不刊。領郡下車，恤民艱難。雖有權貴，莫以私干。庶政方舉，省親南還。欲從猿鶴，逍遥湖山。微疴遺世，烟蘿夕寒。中閨苦志，柏舟汎瀾。代遠輝騰，昭彰里閈。妙因天半，青峰巉岏。如公勁節，百尺琅玕。湖淥西飲，江濤東蟠。回抱佳城，以開祥源。萬派交滙，如海益寬。慶積流長，請視斯言。

韓國金于霖詩文集序

乙巳之春，有自韓國執訊而與余書者，則金君于霖也。書意殷拳，推許甚厚。余感其意，賦詩二章贈之。是歲九月，君來見我於春在堂，面貌清臞，鬚髯修美，望而知爲有道之士。出其所著詩文見示。余讀其文，有清剛之氣，而曲折疏爽，無不盡之意，無不達之詞，殆合曾南豐、王半山兩家而一之者。詩則格律嚴整，唐音也；句調清新，宋派也。吾於東國詩文亦略窺一二，如君者殆東人之超群絶倫者乎？君自言在本國雖有纂修之職，區區鷄肋，固不足戀，已棄家挈眷而來，將於吴中卜一廛而居焉。余承君雅意，不以疏遠而外之，因亦不敢自外，輒以數言效朋友忠告之義。謂君以异邦之人航海遠來，衣冠不同，語言不通，寄居吴市，踪迹孤危，似乎可慮。與其居蘇，不如居滬。滬上多貴國之人旅居於此，有群居之樂，無孤立之憂。所謂「因不失其親」也，勝此多矣。君頗韙[一]是言。异時遵黄浦而問焉，儻有先生之寓廬乎？前明

[一] 韙，原訛作「題」，據文意改。

時有陳芹者，詩人也。本安南國人，避黎民之亂，客居中土，卜居秦淮邀笛步，一時名士皆從之游。著有《陳子野集》，朱竹垞《静志居詩話》詳載其出處。君以東國儒官爲中華寓客，頗與之同。吾知君之詩文必與《陳子野集》并傳矣。

桐城洪晴川所著書序

晴川洪君，古君子人也。不卑小宦，隱於下位，其行誼足以矜式乎當時，其著述足以傳述乎後世。行年六十有四，亦桐城一耆宿也。不我鄙棄，踵吾門而求見，以所著二書見示，一曰《曾廟從祀彙議》，一曰《孟廟祖位考》。是二書皆有關典禮之大，崇論閎議，無以逾此。君於光緒三十年，禀由兩江總督咨請山東巡撫以《曾廟從祀議》奏，下禮部如所議行。然則此一議也著令於秩宗，頒行於學校，將來國史《禮志》必當采入，君之立言可以不朽。乃又鰓鰓焉求序於余。余讀諸家之序，於君考核之精、取舍之當言之詳矣，其又奚言？無已，始舉所疑者以質焉。

君意曾廟從祀宜增入檀弓，竊謂不然。《鄭目録》云：「名曰檀弓者，以其記人善於禮，故著姓名以顯之。」是鄭君不以檀弓爲曾子弟子。不然，如公明儀、樂正子春，鄭君皆明言爲曾子弟子，何於檀弓不言乎？以檀弓爲曾子門人，此胡致堂之説，豈足爲據？尊意謂檀弓每言禮文之變，有《曾子問》之遺意。夫「檀弓」二字不過假以題篇，孔疏甚明，非全篇皆檀弓作也。如謂通篇皆檀弓作，則所載如「曾子吊於負夏」一節、「曾子襲裘而吊」一節皆以子游之知禮明曾子之不知禮，誰謂出曾子之門者而若是乎？其非曾子弟子益可見矣。故愚謂檀弓一人不當列入也。

孟廟從祀有錢唐一人，蓋以明洪武間詔罷孟子配享，錢唐以死力争，遂得不廢。舊建報德祠以祀之，國朝同治十二年始列入東廡之末。揆之有舉無廢之義，是固無可議矣。然愚謂以錢唐之例推之，則尚有宜增入者一人，唐儒皮日休也。按《北夢瑣言》云：「咸通中，進士皮日休上書兩通。其一請以《孟子》爲學科，略言：聖人之道不過乎經，子不异道者《孟子》也。請廢莊、列之書，以《孟子》爲主。有能通其義者，科選請同明經。」夫《孟子》一書，自漢以後皆儕於諸子。唐初陸德明作《經典釋文》，有《老子》《莊子》而無《孟子》，是視《孟子》且不如老、莊矣。皮日休生於唐末，乃發此議。厥後《孟子》遂列於經，而自明以來用以取士，皆皮氏發之也。其又一議則請以韓愈配享太學，至今亦循用之。其所見卓卓如此，豈僅詩人也哉？《唐書》采錢易《南部新書》小説家言，謂其降黃巢而見殺。此實不然。《北夢瑣言》稱其「官至國子博士，寓蘇州，著《文藪》十卷、《皮子》三卷，人多傳之，後爲錢鏐判官」。宋尹師魯作《大理寺丞皮子良墓志》，稱「曾祖日休避廣明之難，徙籍會稽，依錢氏，官太常博士，贈禮部尚書」。則皮日休始仕唐室，終歸吴越，本末具存，子孫顯達，烏有如《唐書》所云乎？以之從祀孟廟，視孔道輔之徒以求得孟墓而從祀者更爲允矣。

愚因讀尊著而獻此二議，不足爲序，亦不敢爲序，姑副來意而已。君所著尚有《澤宫序次舉要》及《聖門名字纂詁》。余無所獻替，故不贅焉。

春在堂雜文六編補遺二

沈雲翔先生《四書體注評本》序

自朱子《章句集注》出而有「四書」之名，若宋趙順孫之《四書纂疏》，明蔡清之《四書蒙引》，發揮義藴，代有其書。及功令以四書文取士，而坊間所盛行則有若《四書合講》《四書體注》諸書，與宋元以來諸儒撰述初意微有間矣。然先輩無不奉此爲圭臬，故所作四書文皆與聖賢口吻不差毫末。因文見道，亦可貴也。海寧沈雲翔先生，乾嘉間時文名手也，嘗於《四書體注》本反復尋繹，於事理切當處用墨筆或硃筆點之，於意義圓足處用墨筆或硃筆圈之，而其所當發明者，則以墨筆寫注於旁。如《大學》首章注「具衆理」句旁寫「體」字，「應萬物」句旁寫「用」字，老輩人讀書無一句一字放過如此。觀先生之於四書用力之深，宜其時文之工也。

嗟乎！時文之爲世詬病久矣。雖然，時文於何始乎？始於經義也。經義於何始乎？自唐而有之矣。韓文公於貞元十年應博學宏詞科，試題有「不貳過論」，是即經義之權輿。宋王安石廢詩賦用經義，而元初王充[一]耘著《書義矜式》，有破題、接題，有小講、大講、後講，是又八比時文之濫觴。夫自選舉之法廢，不得已而以言取士。取之以詩賦，徒爲風雲月露之詞；取之以策論，不免勦説雷同之弊。然則經義取士自是良法，其始原不過發揮大義而已，其後乃始有此種種格式，而又必使合於當日語氣。此無他焉，求其精也。蓋既出於聖賢之口，則稍有一字之不安，便如齊高厚之歌詩不類，夫人而知之矣。今試取時文而讀之，不必其爲國初以來諸名家傳稿也，即近科庸惡陋劣之墨卷，亦無不説天德、談王道。果如其言，出則人盡名臣，處則士盡純儒矣，惜乎言之而不能行之也！言之而不能行之，而徒以庸惡陋劣之文竊取聖朝科第，宜乎人人之唾棄時文矣。其實取人以言，弊固必至於此，非時文之罪也。夫庸惡陋劣之文，誠不足以供國家之用。然聲光化電之學，异日用之以治國平天下，果有合乎否乎？毋乃所學非所用乎？吾於是讀先生此書而有嘆焉。使作時文者皆能如先生講求書理，無豪髮出入，則時文之道尊，或者猶可不廢乎？昔先祖南莊府君亦有《四書評本》，余刻以行世。同治間《湖州府

[一] 充，原訛作「克」，據《書義矜式》改。

志·藝文志》著録焉。先生此書則其文孫旭初觀察寶藏之，余願其謹守勿失，將來或當大顯於世。詩不云乎：「子子孫孫，勿替引之。」余願與旭初共勉之也。

韓國張浙雲詩文集序

有自古箕子國浮海數千里至於吴下，踵吾門而求見者，則張子起文、字德軒者也。手二册見示，曰《浙雲集》，則其先德浙雲先生所爲也。余受而讀之，有詩有文。詩皆近體，格律謹嚴，字句鍛鍊，唐音也；文則直抒所得，不事修飾，宋派也。雖不多，而皆有可傳。又有《科文經義》一卷，若稍遜焉，蓋應試之作也。宋邱宗卿言場屋之文如校人之魚，與濠上异，其勿信矣乎？先生當其國變之初，慨然傳檄於關西六十八州，欲有所爲，竟無所成而卒。蓋亦有志之士，是其人固不必以詩文傳，而詩文亦足以傳，先生爲不死矣。雖然，先生韓人也，而以浙雲自號，且以名集，何也？蓋其先世固浙人也，五代之亂避地而往，往而遂家焉，至於今幾及千年矣。而先生猶惓惓焉有楚奏越吟之意。其子德軒并欲求吾浙之張氏，冀得其祖宗邱墓之所在及宗族世系之大略。嗚呼！何其思之深也！余亦浙人，獲托於桑梓之誼，輒書數言，以副其舊都舊國之思，不足言序也。

唐峻生墓志銘

仁和縣東北鄉有唐西鎮焉，市廛闤溢，人物豐昌。其中有賢而隱於市者，曰峻生唐君。君諱型，字典修，唐其氏也，峻生其别字。先世皆有隱德。君生而穎秀，入塾讀書，輒倍常兒。稍長，喜縱論詩文，往往屈其長老，皆嘆曰：「唐氏有子矣。」是時粤賊踞杭城，唐西爲往來之衝。寇蹤狎至，鋒鏑之餘，食玉炊桂，無以自存活。君慨然曰：「瓶之罄矣，惟罍之耻。今何時也，吾老親在，尚得執卷而咿唔乎？」於是棄儒而賈，以贍其家。君長於榷算，歲有贏餘。及亂平，家乃大起。然有餘閑，仍手一編不釋，曰：「吾悔不十年讀書，故以此補之也。」妻姚氏亦有賢行，事舅姑孝，事夫敬，持身以儉，待人以寬，處婚喪不奢靡，御奴僕不嚴苛，事無巨細，必躬親之。積勞成疾，先君而卒，遺命戒二子「讀書無自棄」。時二子皆幼，君自撫育，守曾子之義，不再娶，人皆義之。光緒十年某月日以疾卒，年四十有八。君素行爲鄉黨所推，卒之日士夫咸惋悼焉。後以長子貴，贈中憲大夫，事迹載《杭州府志》。妻姚，贈恭人。長子人寅，附貢生，福建候補直隸州知州，今升知府。次子銧，縣學附生，早卒。孫文源，保舉知縣；心源光禄寺典簿。某年月日，人寅等葬君磻陽村之原，具狀乞銘。銘曰：

其業則商，其志則士。其行修於家庭，其名孚於鄉里。其位雖不崇，而名登於志乘；其壽雖不耆，而澤流於孫子。皤陽之原，營兹幽壇。薶石刻文，傳示千載。

劉母李夫人墓志銘

自泰西之學行於中國，而海内争言女學矣。雖然，《詩》不云乎：「彼君子女，謂之尹吉。」蓋大家之女自有軌範，如《范史》所謂「端操有踪，幽閑有容」者，不必自女學來也。惟天啓祐我聖清，篤生楚材，以光輔中興大業，而闉闍中亦有珍禕懿鑠之材焉。吾於劉母李夫人見之矣。夫人父李公，湘鄉人，抱道不仕，而其弟忠武、勇毅兩公皆中興名臣也。夫人年十九，歸同縣兵備劉君。劉君本生父巡撫公諱蓉，事迹具國史。有兄諱蕃，以鄉團擊賊戰死，無子，乃以兵備公爲之子。夫人既來歸，姑孔夫人哭夫失明，夫人事之謹，晝夜扶持，不離跬步。家圃中一蔬茁、一果熟，未進不敢嘗。無何姑目復明，人以爲孝感焉。有兄公以候選道充神機營翼長，治事嚴，有忌之者。兵備君微諷之，則大怒，久不釋。夫人具禮服，諧姒婦羅夫人，與俱謁兄公，扱地拜謝罪，乃得解。久之，友愛過其初。一日，有告舍旁樹爲人盜斫者。夫人使偵之，則其族子也。嘆曰：「豈可以樹木之微而失親親之誼？」置不問。其寬厚有禮類如此。

兵備君慷慨有大志，從左文襄公西征度隴，出玉門關，音問疏闊。夫人獨治家事，綱紀秩然。歲入穀僅三百石，而延師課子摯幣必豐，與親故周旋必從厚。十餘年中有無黽勉，雖至親不苟，有借貸而家用無匱，田日以增。非夫人儉德，何以致此？及兵備君管上海製造局兼權蘇松太道事，俸入優裕。而夫人節儉仍如曩時，但益務施與。湘人流寓於滬者必善爲之所，或厚資之使歸。暑日則豫製綿衣，及祈寒而頒賦之。已則布衣布裳，雖經補綴不易。蓋嗇於躬而厚於人，終身如一日也。訓諸子必依禮法，常曰：「吾不望汝曹綴巍科、躋膴仕，但無失舊家桀矱足矣。」見其子作書，曰：「書美惡吾不知，惟點畫端整，自始至終無苟筆，吾則以爲善耳。」居家時，嘗使其長子持瓦缶至所識家假鹽少許。子偶折生棘貫缶耳，持以行。夫人訶之曰：「棘斷則缶碎矣，盍持以指？勿謂小事可不慎也。」《書》云「細行不矜，終累大德」，夫人之意深遠矣。夫人於諸次室皆待之以誠，接之以禮。視庶子若己子，諸庶子亦親暱夫人，不知非所生也。

光緒二十二年六月丁丑，以疾卒於上海製造局公廨内室正寢，年五十有一。時方大暑，天忽大雨以風，人皆寒凓。既歛，炎歊如初，人皆异焉。附近編户之民於其喪之歸也，扶老携幼而哭送之，曰：「吾儕安得復遇此賢夫人？」其歸葬也，里婦村嫗皆哭於其塋，曰：「吾鄉安得復有此賢母？」亦可知其感人之深矣。生丈夫子五，國郁，殤；次亦殤；國郇，江蘇候補道兼襲雲騎尉；國邠，分部員外郎；國鄂，候選知縣。女子子二，長殤，次適江蘇候補知縣朱匡桓。庶子四，國郅、國邕、國鄞、國邵，於例不書，以夫人無异視，故亦書。孫三，本炎、本旦、本豫，炎也殤。孫女二。光緒二十三年某月日甲子，國郇等奉夫人之喪，葬本縣莧衢山之原。銘曰：

天生楚材，爲杞爲梓。非惟須眉，亦有女士。懿歟夫人，淑慎爾止。以相其夫，以教其子。孝於尊章，友於娣姒。愛均鳲鳩，恩逮葛藟。女學未興，女宗先起。是真凱式，敬告彤史。

胡伯成《守拙齋遺稿》序

余十五歲侍先大夫讀書南蘭陵，即聞有胡友石〔一〕先生者，古所謂倜儻非常人也。自休寧徒步至常州，白手起家。豪飲，能詩畫，且工於奕，善談名理。余舅氏姚平泉先生贈以詩云：「君雖不呫畢，精理盡通曉。惜此經濟才，乃以布衣老。」可以想見其人。余至常州，已不及見，

〔一〕石，原訛作「右」，據下文改。

見其三子焉，皆彬彬儒雅，有聲庠序間。及道光之季，余客新安，館於休寧汪氏。有胡子樗園來從余游，則友石先生之孫也。未半載，青其衿而去。余曰：「此胡氏佳子弟，先生爲有孫矣。」其後余自中州罷歸，樗園來見我於毗陵舟次。後余寓蘇，又頻來詢問起居。蓋以余一日之長，甚拳拳也。

至甲申冬，聞樗園之訃。余寄一聯挽之，自是厥後踪迹稍疏矣。乃今有胡栻字孟雲者，至吴中求見，則又樗園之孫也。手一編見示，題曰《守拙齋遺稿》，蓋其父伯成君所作。伯成君名徵，自幼秀慧。十一歲遇粵寇之亂，自投荷池，一日不死。然自此改其常度，夙慧頓減，後竟偃蹇，不善其終，年僅三十有九。王弇州「文章九命」，「七曰夭折，八曰無終」。豈果有不可逭者乎？此詩文二卷皆孟雲掇拾於鼠齧之餘者。詩雖不多，而清婉有可誦之句，諸論亦皆有所見。其《與弟書》三首，語語真摯，性情學問可見一斑。嗚呼！是又一胡氏佳子弟也。而孟餘能讀父書，且多材多藝，亦一佳子弟。何胡氏之多才乎？友石先生遺澤孔長矣。

馮伯淵《考定文字議疏證》序

元陸友仁《研北雜志》引丹陽葛魯卿之言曰：「晋宋人書法妙絶，未必盡曉字學。」蓋字學之失傳久矣。自許君作《説文解字》，百餘年後至宇文周時，黎景熙之祖名廣者傳習古學，已與許氏有异。唐代盛行《字林》，許學益衰。宋李從周著《字通》一卷，末附糾正俗書八十二字，如「衣裳」必作「衣常」、「添減」必作「沾減」、「規矩」必作「規巨」、「心膂」必作「心吕」、「袒裼」必作「但裼」、「負荷」必作「負何」、「巾帨」必作「巾帥」、「肘腋」必作「肘亦」。斯乃篤守許書者，然當時莫之從也。明季空疏，許學遂絶。

國朝經術昌明，大儒輩出，家有洨長之書，人習郈亭之學。然余謂作正書不必盡依《説文》，唐玄度《九經字樣》所引開成牒文，乃通論也。若作篆文，必以《説文》爲圭臬。宋徐兢以篆書名天下，而不本《説文》，至今無一字之傳。可知作篆不依《説文》，所謂「背繩墨而改錯」也。余自中州罷歸，壹意古學，始學爲篆，研究許書，成《考正文字議》一篇，乃自爲作篆計耳。吴下馮子伯淵見而好之，逐條爲作疏證。根柢既正，援引亦精。蓋伯淵爲景亭先生之孫，淵源固有自也。余從前用錢氏大昕、陳氏壽祺之例，舉《説文》中字人不習見而實爲經典正文者，得百餘字，江君建霞爲作疏證。今馮子又有此作，何吴士之多才乎？余《九九銷夏録》有「文字不必盡依《説文》」一條，與此頗岐。蓋言各有當，後之覽者勿據彼而疑此也。

《蘇州府長元吴三縣諸生譜》序

唐制，國學置生七十二員，郡縣分三等，有六十、五十、四十、三十、二十之差。至明代而又有廪膳生員、增廣生員、附學生員之别，此今制所從出也。我朝自世祖入關，投戈講藝，重道尊儒，四海之内學校如林。列聖相承，皆以崇尚儒術、興起人文爲重。其時文體謹嚴，風同道一，凡經天緯地之才、龍蟠鳳逸之士，無不起家學校，雍雍乎盛世之休風也。江蘇爲江南一大都會，而長洲、元和、吴縣爲附郭首邑，尤人文之淵藪。歷數本朝二百餘年來若名卿相，若賢督撫，若循吏，若儒林，出於長、元、吴三學者蓋不知凡幾。此皆聖朝德化所涵濡，山水菁華所薈萃，而故家舊俗耳濡目染，父詔兄勉所培植而成之者也。惟時代綿遠，人數夥够，而其人又有顯有晦，其家又有興有替，當時三學之士越至於今，竟有不能舉其名氏者，何以昭菁莪之樂育而示桑梓之敬恭乎？

長、元、吴三縣舊有《青衿録》而無刻本，各家鈔録罕有全者。自經兵燹，册籍無存，搜訪非易。於是有錢乙生孝廉慨發大願，訇合同人，博求志乘，諮訪父老，凡碑碣之殘銘、詩文之遺集，遠紹旁搜，不遺餘力，成《國朝蘇州府長元吴三學諸生譜》凡九卷。蓋自順治至光緒一代爲一卷，而歷任學政題名則冠之其首，别爲一卷，嗚呼！備矣。嘗考閻百詩先生之父牛叟先生有《游泮圖》，簪金花乘白馬，前導彩旗，後張黄蓋，是一介之士得游泮林，其重如此。今吴下迎學尚存其遺意。百年之後付之飄風，忍乎不忍？宜乙生之拳拳於此編也。今歲天子下明詔廢科舉，歲科兩考亦皆停止。然則三學之門無繼至者矣。《詩》不云乎：「雖無老成，尚有典型。」撫此一編，尤可寶貴。余七十年前老諸生也，感不盡於余心，溯回風而獨寫，姑書此以報乙生，不足以爲序也。

《杭州錢唐仁和三學志》序

學校古無志也，元袁桷《延祐四明志》分「十二考」，九曰學校。明趙時春《平涼府志》分「十七門」，十曰學校。後之修志者循用此例，於是學校之制即附見於郡縣志中，而未有專書。至國朝乾隆間，國子監祭酒陸宗楷等撰《太學志》進呈。高宗純皇帝病其體例未善，重加釐正，爲《欽定國子監志》六十二卷，成均規制，秩然大備。惜當時未援雍正七年命天下普修通志之例，俾海内學校皆有專書也。杭之爲郡，乃東南一大都會。舊止錢唐一縣，吴越時分錢唐、錢江二縣。宋太平興國四年，改錢江爲仁和，於是錢唐、仁和皆爲杭州首縣。功令郡縣皆建立學宫，於是有杭州府學，又有錢唐、仁和兩縣學。國朝二百數十年來，此三學中人材輩出，極東南之盛。而建置本末及一切典章文物，惟略見郡縣志書，缺焉未備。

丁君松生於咸豐四年應童試，入郡庠，遵例行釋菜之禮，瞻拜先聖，以次遍謁名宦、鄉賢、忠孝諸祠，即慨然有徵文考獻之思。君家藏書又爲浙西冠，博采旁搜，綿歷歲月，謹遵《欽定國子監志》體例，成《杭州錢唐仁和三學志》。手自屬稿，未及寫定，遽歸道山。猶子立誠修甫及令子立中和甫克成厥志，豪編觚録，遂有成書，都凡若干卷。聖諭天章恭録卷首，次則爲廟志，爲學志，爲禮志、樂志，爲官師志，爲選舉志，爲金石志，爲經籍志，爲藝文志，爲祠祀志，而凡掌故之有關學校者爲雜志。余甚欽丁君用力之勤，而又嘉修甫和甫之能成先志也。善作善成，丁氏有焉。此書一出，宜必有踵其後者，异時天下郡縣學校皆有志書，於史部志書中别成一例，上以副朝廷化民成俗之急，下以堅多士守先待後之心，學術正而人材出，文治盛而國運强。嗚呼！此志之爲功大矣。

何梅叟詩序

古大夫有「九能」焉，其四曰「使能造命」，五曰「升高能賦」，七曰「山川能説」。余謂此三者可兼也。世未有使能造命而升高不能賦者，亦未有升高能賦而山川不能説者。《詩》三百篇，多大夫行役之作。《昭明文選》厥體尤多，賦立紀行之目，詩標行旅之名。雖未必皆出於使軺，要皆風雅之遺響，輶軒之外篇矣。

梅叟何君，詩人也。光緒甲申奉使山左，得詩一卷，曰《齊軺集》；庚寅又奉使吉林，得詩一卷，曰《鷄林集》。余皆得而讀之。其詩抒寫性情，臚陳風土，無體不工。而《鷄林》一集尤沈雄博厚，爲識者所推服。其《秋邊感興》十八首直逼少陵，餘手不能辨也。如君者非所謂「升高能賦」「山川能説」者乎？余跧伏林下，於時事罕聞見。君之使齊，余未有聞焉。若吉林之役，君實輔止齋、郋亭兩侍郎以行。郋亭罷歸，寓居吴下，與余時相過從。曩時使事亦嘗約略言之。案牘紛紜，議論龐雜，董而理之，整而剔之，君力爲多，君之長於使命可見矣。吾故曰讀此二集而大夫九能得其三焉。君近者所學益高，長安人海中蕭然物外，與花農輩唱和爲樂，更有出於古大夫能事之外者。惜余老矣，未得相從於壇坫間，他日《靈樵仙館全集》刊成，鯨跳鶴立之奇，玉白花紅之麗，必將百倍乎是。余雖老且病，竊願更受而讀之也。

《譚中丞奏稿》序

序初，譚公以名翰林内歷諫垣，外由府道起家而至開府，敭歷中外，勛高望重，生平事迹宣付史館，卓然爲一代名臣。其殁也，余既以文文其墓道之碑。又越十年，而公弟三子啓瑞官湖南衡永郴桂道，刻公奏議八卷，寄余吴下，請爲之序。余行年八十有四，又自仲春一病，迄今不瘳，筆墨頹唐，懼不稱斯任。且余所爲碑文垂四千言，公之事迹備矣，兹又奚言？惟念公之以蘇藩入覲也，兩宫召對，有「辦事認真」之奬；及遺疏入，又有「克勤厥職」之褒。公之簡在帝心，實在乎此。今讀公奏議，竊有以仰窺皇太后、皇上知人之明，而又嘆公之克副斯言，以不負兩宫之意也。

公一生治迹先在蘇，後在滇。蘇以財賦甲東南，部撥鄰協皆倍他省。而兵亂以來，民力疲焉。公上籌國計，下顧民生，如請減嘉定、寶山二縣額米，請減金壇縣抵徵漕米，皆於減賦奏定之後推廣皇仁。他人處此，無此膽識矣。至於禁淫祠、禁烟館，尤於吴俗有裨。湯文正公之後繼之者其惟公乎？滇則地本瘠苦，財賦奇絀。而控御戎蠻，保障黔蜀，西南要區也。公以一書生崎嶇戎馬之間，如剿辦猓匪、剿辦古黑夷匪諸疏，皆足見公之方略。又如奏定鹽課，比較分數，嚴禁交私、緬私，以興滇利；籌建經正書院，增廣客民進額，以興滇學；通省田畝向來列入暫荒者，仍請暫緩升科，水災、旱災、蟲災、地震、兵擾各屬錢糧，隨時請免，以蘇滇困；嚴禁牛巢惡習，查辦臘撒妖僧，以挽回滇俗，凡此皆公之大有造於滇者也。公所至之處，察吏安民，整紛剔蠹，莅一郡則一郡治，莅一省則一省治，此公之克勤厥職也。地方之利病，吏治之得失，僚屬之賢否，將士之功罪，侃侃言之，無所隱飾，此公之辦事認真也。公出承明而典郡，不及十年即膺節鉞天下，皆嘆其知遇之隆，而不知其上契於聖心者，固有素矣。余讀《中庸》一篇，其前半重在知仁勇，其後半重在一誠字，公之克勤厥職，由知仁而生大勇也；公之辦事認真，誠也，然則公之所學可知矣。

方今皇太后、皇上撫中原之多故，憫時事之艱難，旰食宵衣，勤求上理。倘得如公者數人，布列周行，將見封疆之臣不文飾於章奏，州縣之吏不推諉於簿書，將帥之官殺敵致果而不以冒濫爲功，學校文師敦品勵行而不以奇衺爲炫，安見不蒸蒸日上，胥天下而復見乾嘉之盛乎？公諸子皆賢，必能讀公之書，成公之志。余則衰病有加，行且就木。回憶公撫蘇時常相過從，而吾孫陛雲又與公子有同歲生之誼。遺編展對，謦欬如新，竊不禁慨然有九京隨會之思也。

陸存齋先生《宋史翼》序

往者國子監行文各直省徵求書籍，君以家藏舊本善者五十種進。天子嘉焉，有「校刊古籍，潛心著述」之諭，海内傳播以爲美談。越數載，余以例得重宴鹿鳴。疆吏上聞，奉有「覃心著述」恩旨。先後十許年，吾吳興一郡乃有兩家皆以著述蒙朝廷嘉獎，亦云幸矣。然余呫畢陋儒，章句末學，平生於經子兩部粗有所得，史部則涉獵殊淺，集部則家無藏書。雖欲覃心，其道無繇。君則自爲諸生時藏庋已萬餘卷矣，及官成而歸，藏書之富遂爲兩浙冠。君潛心其中，日以著述爲事。嘗於本朝《欽定全唐文》外，網羅放失，成《全唐文拾遺》八十卷、《續拾》十六卷。余讀之，已望洋向若而嘆矣。

今哲嗣純伯觀察又出君遺書《宋史翼》四十卷見示，則較《全唐文拾遺》用力尤勤，而其功亦愈大。考《宋史》卷帙最繁，而遺漏仍復不少。尤可異者，《張昷之傳》謂其父泌自有傳，而遍檢《宋史》，竟無張泌傳。疑當時或實已具稿，而編纂時失之也。君所補列傳多至十七卷，得百三十餘人。其中多有昭昭在人耳目而《宋史》顧無傳，非君搜補，無乃闕如歟？《宋史·循吏傳》寥寥十二人，而程師孟已見《列傳》，則實止十一人。君所補五卷，凡一百二十八人，何其多也！《方技傳》亦倍於原書，然如徐神翁之類仍不羼入，亦見其采擇之精矣。其有《儒林傳》而無《道學傳》，自有微意。有《隱逸傳》而又有《遺獻傳》，使王炎午、鄭思肖之徒皆炳然史策，表彰風義尤深遠矣。惟楊朴實佐太祖開基，《宋史》無傳，而兹亦闕焉，殆以其紀見《遼史》歟？余謂是書也以微顯闡幽之意爲徵文考獻之資，非徒如《唐文拾遺》掇拾一字一句於於皀朽蟫斷之中而已。余於《唐文拾遺》已爲之序，則於此書其又奚辭？昔厲樊榭徵君著《遼史拾遺》二十四卷，《四庫》著録焉。君此書踵之而作，而精博過之。惜王文敏後無請開四庫館者，不得與厲書同備天禄之藏，是則余所撫書三嘆也。

許子頌大令《狷叟詩録》序

《狷叟詩録》一卷，乃許君子頌罷官後所作也。君宰無錫，勤於政事，嚴於捕務，在任七閲月，獲盜十五人，逮治賭犯十九人又無賴流氓十一人，分别懲處如律。自謂無負厥職，邑人亦無閑言，忽登白簡以去。莫之爲而爲者，天也；莫之致而致者，命也。讀君之詩，怨而不怒，和平温厚，有風人之遺。其《悲秋》八首、《即事》八首，憂時感事，慨乎言之，而筆意冲淡，寄托遥深，有屈子行吟憔悴之意，無王郎拔劍斫地之音，知其所養者深也。詩皆近體無古體，而近體亦多七言。人或疑之，余謂詩之工拙不係乎體之今古。古體誠古矣，然使人讀之回腸動氣，曼聲長吟不能自已，則近體實較古體爲優。金元好問著《唐詩歌吹》，所選皆唐人七言律詩，凡九十六家，得五百九十六首。使後之好事君子有選國朝詩鼓吹者，君詩之入選必多矣。狷叟者，君罷官後自號也。昔吾鄉楊見山太守自常州守罷歸，自號藐叟；君自無錫令罷歸，自號狷叟。此二叟者可與唐時綦叟并傳矣，而皆以罷官後得之。叟乎叟乎，尚無負造物者之玉成此叟乎？

江叔海《東游草》序

江君叔海今春有粵西之行，不得志而歸，復鼓興而游於東瀛，壯哉游乎！是行得絶句一百首，於日本之風土人情及其山川名勝與凡賢士大夫皆見於詩。古云「誦詩聞國政」，誦此一篇，而日本維新諸政十得八九矣。日本自唐以來與我爲同文之國，其文學皆得於我者也。及明治改元，壹意變其舊俗，效法西洋，船堅礮利，幾有過之而無不及，遂爲東方莫强之國。雖然，竊以爲此皆其標也。若其本則在上下一心，君臣同德。故能所向無前，戰必勝而攻必克。世之君子以西學之未易幾及，就東人而謀焉，盍亦反其本乎？

君以不習東人語言，自笑爲啞旅行。「啞旅行」者，東洋小説書名也。余於東國賢士大夫略識一二，而風土人情及山川名勝皆未之詳。非特啞也，抑且盲矣，何以序君之詩？雖然，盲子夏不嘗爲《詩》序乎？《詩》有列國之風，子夏雖盲，能爲之序。使君他日鼓東游之餘興，展輪而西，遍歷英美俄法諸國，得詩千餘篇。余雖盲旅行，仍請濡筆而爲之序也。

日本竹添井井《左傳會箋》序

余獲交於東瀛諸君子，蓋自竹添君始。丁丑之歲，君來見我於春在堂，以詩爲摯。余以君爲詩人也，見而與之言，始知君與安井平仲先生有師友淵源之舊。平仲先生著有《管子纂詁》，余讀而慕之。君言先生於去歲亡矣，先生亡而吾國治古學者絶矣。余乃知君非徒詩人，而又學人也。及讀君《棧雲峽雨日記》，於吾中國山川向背、物産盈虚歷歷言之，如示諸掌。又知君負經世才，非徒沾沾於章句者。既而君仕不得志，引疾歸田，踪迹遂亦疏濶。至去歲癸卯，有嘉納君來見，則君之快婿也。言君自罷官以後覃心著述，致力於《左傳》一書。今年夏由領事白須君以君所著《左傳會箋》寄示，蓋以其國金澤文庫舊鈔卷子本參以石經及宋本而精刻之。其所爲會箋則博采諸家，斷以己意，仿朱子《集注》之體，而用鄭氏箋詩之名。觀其所采輯在其本國者七家，曰中井氏、增島氏、太田氏、古賀氏、龜井氏、安井氏、海保氏，皆吾中國所未見之書。而其采自中國者則自顧氏炎武以下凡二十九家，而余之譾陋亦預焉。嗚呼！其所采博矣。合衆説而折其衷，務去其非以成其是。體大物博，其猶在安井先生《管子纂詁》之上乎？然則君真學人矣。

是年秋，君以書來求序。其書洋洋千餘言，大意謂學孔子之道，不當求之空言，而當求之實事。左氏因《春秋經》而爲傳，二百四十年事實備焉。故將出其所著《論語會箋》，而先出此《左氏會箋》，以左氏乃洙泗之津梁也。味君之言，蓋欲以經術治世，其所見有在訓詁名物之外者，而學人又不足盡君矣。余長於君者二十有一歲。君自言扶杖乃能行，余則雖扶杖亦不能行，每日坐籃輿，使二人舁至外齋小坐而已。衰頽如此，奚足序君之書？然念往者余曾序君《棧雲峽雨日記》矣，今又何辭焉？姑書此，以副君來意。异日《論語會箋》出，或亦當采及鄙言，能再寄我一讀乎？

胡效山觀察《西湖詩録》序

海内士大夫至杭州者未有不游西湖，而游西湖者大率皆有詩。然則西湖詩之多，宜爲天下名勝之冠矣。惟皆散見於諸家之集，未有彙萃而爲一集者。明徐懋升著《湖山詩選》六卷，選古今詩家，得四百六十八人，可謂富矣，然其書今罕傳本，未知藏書家尚有之否。國朝雍正間，李敏達公修《西湖志》，采詩甚多。然志書自有體例，不能備載。而自敏達修志以來垂二百年，湖光山色，風月常新，士大夫游覽其間，興往情來，唱妍酬麗，謝朝華而啓夕秀，爲《西湖志》所未收者，何可勝數？散玉零珠，莫爲收拾，甚可惜也。

胡效山觀察生長日下，游宦秦中，雅慕西湖之勝，比年以來安車就養，往來江浙，嘗再至西湖，晴好雨奇，已得其大概，而猶以未得遍探南北諸山爲憾。每讀前人西湖詩，低徊吟諷，不能自已。遇有佳者，輒手録之。積久益多，遂成《西湖詩録》如干卷。所録皆國朝人詩，而其已見《西湖志》者即不復録，故乾嘉以後諸人所作爲多。又用唐令狐楚《元和御覽詩》例，同時之人亦皆入選，故雖余之作得濫列焉。是又於明徐氏《湖山詩選》之後森然起例者也。君自少以詩鳴京師，貴游子弟多從學詩。今年逾七十，吟興不衰，黄涪翁所謂「翰墨場中老伏波」也。自功令廢詩賦，而雅坫騷壇日就零落，西湖花柳亦稍稍減色。有君此録，猶想見乾嘉盛時湖山歌舞、文酒宴游之樂。余自同治戊辰主講詁經精舍，凡三十一年。歲必再至西湖，而不能小有纂輯。君游履偶至，裒然成書，余深以爲愧；乃承不棄，每一卷成，必先以示余，俾得預參校之役，又深以爲幸。僭書數語，以慶其成。异日復有李敏達出，重修《西湖志》，吾知必以君此録爲金玉淵海矣。

羅陶龕先生《語録》序

陶龕先生乃羅忠節公族昆弟也，與忠節同起諸生，募勇殺賊。及從曾文正公，以師援江西，忠節統中營，先生統右營，同解南昌之圍。後因其弟信東先生死於戰，告歸奉母，遂不復出。使先生終身從事行間，則其功績當不在忠節下。乃忠節赫然爲中興名臣，卒成大節，而先生竟以角巾布衣老。使後人徒讀其《陶龕先生傳》，則幾以先生爲晋之五柳先生或唐之醉吟先生矣。

先生有令子申田觀察以名翰林宦游吴中，出先生遺書《語録》一卷見示，屬爲之序。余受而讀之，嘆曰：「應仲遠不云乎『儒者區也。有通儒，有俗儒』，如先生者，古之所謂通儒也。」先生之言曰：「孔子以容納衆學爲聖。」竊因先生之言而推之，楊墨之説孔子時已有，而孔子不與辨也。至老子則且尊之爲師，晏子爲墨子之學者則且與之爲友。此外若接輿，若荷蕢，若荷篠丈人，若長沮桀溺，無不惓惓有汲引之意。孔子之道大，故無所不容也。孟子則不然，與楊墨辨，與告子辨；陳仲子一世高士，亦必與之辨，此孟子所以爲孟子也。先生有見於此，故容納衆學，以成其學。宋之陸象山，明之王文成，談理學者無不痛斥之，幾比之龍蛇洪水。先生則於陸氏、王氏之學皆有取焉。豈獨如此而已？其《廣喻》一篇引《楞嚴經》、引《般若心經》、引《金剛經》，雖佛氏之書亦取以證古學。使先生至今猶在，讀泰西儒者之書，於其所謂哲學亦必有取無疑焉。嗚呼！先生惟容納衆學，故無所不通；先生惟無所不通，故處則可以爲儒，出則可以爲將。

乃吾讀其《體道》篇，則又有説焉。其第一則曰：「天以大而覆人，地以大而載人，聖以大而化人，賢以大而容人。」慨然曰：「先生之通，先生之大也。」其第二則曰：「莫一於天道，而四時百物以呈；莫一於性體，而千變萬化以出。」又憬然曰：「先生之通，先生之一也。」夫道一而已矣，而事物之變，則雖萬而未已也。以道之一貫事物之萬，此孔子所謂「吾道一以貫之」也。今之學者遍讀夫萬國之書，博考乎四民之業，而於吾儒所童而習之之四子書則曰「姑舍是，姑舍是」。嗚呼！徒求之於萬而轉失吾所謂一，是又不足以讀先生之書矣。

涇縣朱氏張香支譜序

朱姓之始蓋有二説，《蔡中郎集》有《朱公叔鼎銘》云：「微子啓以殷王元子封宋，啓生公子朱，其後氏焉。」則以朱姓爲殷之後。此漢以前之舊説。故《後漢書》「朱暉」然〔一〕注引《東觀記》亦云：「宋微子之後也。」《唐書・宰相世系表》則言「朱氏出自曹姓，顓頊之後。武王封其苗裔於邾，後爲楚所滅，子孫去『邑』爲朱氏」。考《廣韵》一書本於隋之陸法言，而《十虞部》「朱」字下亦云：「邾亡之後，子孫去邑氏朱。」則亦隋以前舊説矣。六朝最重譜諜，必有依據，未可執中郎鼎銘而疑之也。自《唐世系表》專主邾國之説，鄭樵《通志》亦復同之。朱子大儒豈不能自考其所出者，而其作《世譜》，但自茶院君始，爲顓頊後、爲殷商後，不置一詞。蓋流傳既遠，莫得而詳矣。《廣韵》言朱氏有四望：沛國、義陽、吴郡、河南；朱子自言望出吴郡，此必有本。故朱氏之譜但當言吴郡舊望、茶院後裔，此外可無及焉。

然自茶院以下，支派亦極紛繁，未易董理。今年夏，涇縣朱念陶觀察自滬上來書，言〔二〕其族人新修家譜，求爲之序。問其譜，曰張香派也。蓋自茶院君傳至蘆村君而生四子，曰緯者其長子也，實始遷涇，居張香都，而爲張香派之祖。緯之孫曰旺者，遷青陽，爲青陽派；曰榮者遷

〔一〕然，疑衍文。
〔二〕言，原訛作「其」，據文意改。

花林，爲花林派，是又張香之別派矣。然張香一派又各自爲派，若李村，若姚村，若徐村，若謝塘，若杜城，悉數之而不能終。嗟乎！瓜綿椒衍，一至於斯。然則修譜難矣。道光初，朱蘭坡前輩修《張香支譜》，託始於第二十世成叔公，而以前略焉，慎之也。今譜主筆者爲定遠教諭君彝，託始於二十六世鄉賢公，而以前略焉，尤慎之也。與朱子之託始茶院君，其意正同。朱子雖非張香一派，實同出於蘆村。蘆村之次子曰絢者，遷於建陽，爲建陽派。而朱子出焉，躬膺道統，名躋十哲。今婺源朱氏猶有五經博士，與曾、冉諸氏同垂罔替，何其盛歟？《詩》不云乎：「教誨爾子，式穀似之。」此譜雖止託始鄉賢公，然鄉賢公以下已十一世，其子孫衆矣。譜成之後，吾知父詔其子，兄勉其弟，皆油油然有「式相好兮，無相尤兮」之意。且孳孳然有「夙興夜寐，無忝所生」之思。雖中下之材咸克樹立，而俊偉高明之士亦必出乎其中，以道德文章争自磨礪。安知涇縣之朱不與婺源之朱前輝而後光乎？故不必問其爲高陽後、爲殷商後，即此可以深長思矣。此吾序朱氏譜而重爲朱氏望者也。

外弟姚少泉所著書序

余讀《漢書·藝文志》道家、兵家、醫家皆有黄帝之書，何漢時黄帝遺書之多也？既而思之，萬物萬事同出一源。一者何？道而已矣。黄帝既爲道家之祖，則即爲兵家之祖，亦即爲醫家之祖，夫固一以貫之者也。余外弟姚少泉，自號遁天子，喜談道，與余同寓吴下，時相過從，每見必談道。此一卷皆談道之作也。其中所論如天體陰、地體陽，天藏氣、其性寒，地抱火、其性熱，命由天賦、性由地生，皆前人所未發，而言之歷歷，實有所見。余每嘆自漢以來談道之書無慮千百種，而自《參同契》以下無不寓意鉛汞，篤説龍虎，如晋人清談，如楚客廋語，令人誦之茫然不解。君之書明白曉暢，不爲虚誕之詞，不爲艱深之語，幾於白太傅〔一〕詩老嫗能解矣。惜余鈍根人，仍茫乎未得其門徑耳。此外尚有兵家言若干篇、醫家言若干篇。余與君論兵，最喜其「兵貴藏鋒」一語，有合乎孫子所謂「藏乎九地之下，動乎九天之上」者。至其論醫亦多心得，余固執廢醫之論者，姑勿論也。君自幼好奇，不屑爲章句之學。嘗一入袁端敏幕中，亦旋即棄去不顧。今寓吴下，老而且窮，又無子，與妻沈宜人白首相莊，怡然自得。少於余八歲，而耳目聰明，手足便利，其壽殆可至百歲，所謂「得道者」歟？兵也、醫也皆道也，君之談兵也、談醫也皆其談道也。余故書此數語以弁其全書，君得無笑余之强作解事乎？

〔一〕 傅，原訛作「傳」，據文意改。

《聽香吟草》序

蕊仙女史偕其夫自南昌出鄱陽湖，沿江而下，道滬上以達杭州。訪我於俞樓，而余不在；又由杭而蘇，訪我於春在堂。先呈詩四首，及見，又呈詩六首，自稱女弟子，願居曲園門下。余笑曰：「吾非隨園，不敢受也。」顧其詩，皆清新可誦，因受其詩而返其柬。女史乃以所箸《聽香吟草》求序。詩皆近體，然詞意深穩，句調輕圓，如初寫《黄庭》，恰到好處〔一〕。無鼽皾之音，無聱牙之句，詩主温柔，固宜如是；就閨閣中論詩，尤宜如是。若必襲漢魏以爲古、摹韓蘇以爲豪，轉非閨人本色也。

女史父静薌先生宦吾浙，宰永嘉，有政聲。女史生於浙長於浙，父歿始還江右，及笄歸遜梅何君。何君蜀人，亦雅士也，合巹之夕即以詩篇贈荅，唱妍酬麗，笙磬同音。自趙管以後，七百年來無此韵事矣。女史在浙即耳余名，慨然有一見韓荆州之意。乃求見而不可得，欲購余

〔一〕好處，原作「處好」，據文意改。

《春在堂全書》又不可得，積想之深已逾十稔。何君曲成其志，不遠千里，江檥海艭，坦〔一〕率偕來，踵門求見。一見之外無他求焉，古之人，古之人，未可望於近世矣。余喜女史之能詩，又嘉其志，故如其請而爲之序，且以余詩二十卷贈焉。女史年方三十有一，苟能自得師，异日詩學必有更進於是者。余雖耄老，當猶及見之也。

《二蘭吟》序

天下物必有偶，晉國之環則有兩焉，豐城之劍則有二焉。惟人亦然，二鮑、二龔、二陸、二謝見於前史，指不勝屈矣。乃吾讀《二蘭吟》而有异焉，《二蘭吟》者，二女史之詩也。江西有張蕊仙女史，才女也，其名曰佩蘭；廣西有張梅痕女史，亦才女也，其名曰貞蘭。此二女史者，姓則皆張也，名則皆蘭也，嘻，异矣！夫張姓連天，同姓張不异，异乎其同名蘭也；蘭有國香，人服媚之，同名蘭不异，异乎其同姓張也。其姓同、其名同，或亦如橄欖、木威，柯分而條合者乎？一在江西，一在廣西，地之相去千有餘里。乃梅痕適從其大父游宦豫章，得與蕊仙相見，

〔一〕坦，原訛作「坦」，據文意改。

而二蘭於是乎始合。此酬彼唱，异曲同工，爰有《二蘭吟》之刻。

今年春，蕊仙見我於蘇州，出《二蘭吟》求序，并言梅痕亦雅慕余名，嘗言「一見曲園，雖死不恨」。何二女史皆惓惓於余如此？余取而讀之，二女史詩功力悉敵，可爲今之兩美。且蕊仙《聽香吟草》詩皆近體，而此編則頗有歌行。睢涣合而成文，固勝於獨弦之歌乎？唐詩有光威裒《聯句》一首，光、威、裒者，三姊妹名也，失其姓，故以名傳。彼同姓姊妹三人三名，此二姓姊妹二人一名，傳至千秋，尤爲韵事。余得挂名其間，亦自幸焉。

《修月女史遺稿》序

《修月遺稿》一卷，乃汪君允中元配吴孺人所作。而汪君以此稿寄示，且求一言以張之，則又本其繼室張孺人之意也。余讀其詩，首篇云「古來女子工吟咏，也冠《周南》第一篇」，則其懷抱不凡可見矣。詩多與汪君唱和之作，或傷離惜别，或促坐聯吟，殆所謂「樂而不淫，哀而不傷」者乎？是固得性情之正矣。余既美吴孺人之詩，而又嘆張孺人之賢。夫「二女同居」，其卦爲睽。况不同居，睽當益甚。乃張與吴後先相嬗，不爲更弦之琴瑟，而爲同音之笙磬，惓惓焉以其遺稿介其夫子以求序於余，不賢而能如是乎？張孺人名慶雲，歙人，自幼能詩，喜讀余書，有句云「何日西湖同泛棹，擔簦負笈侍俞樓」，其意趣可想。余嘗爲《汪氏四節圖記》，四節者，汪君之姑三人、姊一人也。一門節烈，焜耀千秋。今又讀《修月遺書》，而并得以見慶雲女史之賢而且才，何汪氏閨闈之盛也！余素不以袁隨園廣收女弟子爲然，凡以金釵作贄者皆謝不受，張孺人雅意所不敢當。然人才實難，况在巾幗。苟得其人，又未嘗不臨風而三嘆也。故序《修月遺稿》，而牽連及之，不自知其言之瑣瑣矣。

俞湖隱《封神詮解》序

邱長春《西游記》乃記西域地理者，故錢竹汀補《元史·藝文志》入之「地理類」。世俗所傳《西游記衍義》，非邱作也。乃有悟一子者不知何人，爲作《西游真詮》，而此書居然談道之書矣。《封神傳》荒誕不經，更甚於《西游》，士大夫不屑寓目。然《夷堅志》載程法師能持那吒火毬呪，則那吒風火輪事亦必有本。陶弘景《真誥》載建冢埋圓石文云「五方諸神趙公明等」。余考之《左傳疏》，知即晉侯之所夢〔一〕大厲也。則趙公明亦實有其人，作此書者殆亦博覽古書者歟？

〔一〕所夢，原訛作「夢所」，據文意乙。

仁和有俞君者名景，自號湖隱，仿悟一子評《西游記》之例作《封神傳詮解》。其設想之奇、會意之巧，與悟一子异曲同工，而此書亦居然談道之書矣。夫道無所不在也，莊子不云乎「道在螻蟻，在稊稗，在瓦甓，在屎溺」。夫至屎溺猶可以見道，况此洋洋數十萬言之文字乎？推而言之，《西廂記》「臨去秋波」一語，可以悟禪；「上大人，孔一己」，童子習書仿本也，而白雲禪師以舉示郭功甫；「雲淡風輕近午天」，兒童所讀《千家詩》首篇也，而張界軒謂此詩備陰陽四時之氣。然則吾人苟於道有得，隨所見而皆有合焉，豈必《參同契》《陰符經》而後可以談甲邊庚內之功、見虎存龍想之妙哉？俞君與余同姓，同爲浙人，而余不之知。鄒儷笙先生得此書於蟫斷皃朽之中，而塗乙幾不可辨識。乃以數年之功董而理之，手自繕寫，遂成定本。其哲嗣景叔大令，余門下士也，出以示余。余讀一過，而歸之景叔，俾珍藏焉。方今卮言日出，東西洋新小説風行一時，而頗多離經背道之言，固不如讀先生此書，使人悠然而有會矣。

日本島田君《古文舊書考》跋

右島田先生《古文舊書考》四卷。先生乃篁村先生之子，而其母又宕陰鹽谷先生之孫，名家女也。先生耳目濡染，學有本源，自少癖嗜古書，而又以其師井井先生之薦得窺中秘之書，故所見舊書極夥。每得一書，紀其每葉幾行，每行幾字及其篇幅之廣狹，參考其异同得失，以成此書。舊鈔本爲一類，宋槧本爲一類，其本國刊本爲一類，中國自元明以來及高句驪所刊本爲一類，都凡五十有七種。余略一流覽，既嘆其讎校〔一〕之精，又嘆其所見舊書之富也。如舊鈔本《春秋集解》所標識「經」「傳」字皆在欄上，乃初合經傳之本；《文選·神女賦》「王」字、「玉」字猶未互誤，與《西溪叢語》之説符合之本，皆吾人所未克目睹者也。先生博考之，而加以慎思詳辨之功，宜其爲自來校勘家所不及矣。余見聞淺陋，精力衰頹，烏能贅一詞？惟念往者曾文正公嘗許余爲「真讀書人」，余何人斯？足當斯語？請移此四字爲先生贈。

書《王文成公書札》後

《王文成公書札》共五通，皆與士潔者。士潔不知何人，前數通稱「士潔侍御」，後一通稱「士潔謝明府」。稱謂不同，然其人爲謝姓則無可疑矣。《明史》王文成本傳：「宸濠反，守仁急趨吉安，傳檄勤王。御史謝源、伍希儒自廣東還，守仁留之紀功。」此士潔疑即謝源，名源字士

〔一〕 校，原訛作「枝」，據文意改。

潔，義正相應。書中又與伍廉使并言，蓋即謝源、伍希儒也。此二人，文成固使之紀功者。而功册乃以倡義起兵歸之二人，故文成譏其「自相標揭」，情事正合。其前稱「侍御」後稱「明府」，則不可解。按本傳稱「諸同事有功者廢斥無存」，或謝源即以此貶謫改外乎？書中言：「吾子屈志未伸，表揚宣白所不容已。若致書當道，則恐不能有益於吾子，而適以自點。」於情事亦甚合也。此册今藏瑞安蓉樓葉君家，其令子仲詵大令出以見示。率據所見，書數語而歸之。葉君父子皆精於鑒别，不知以吾言爲然否也？

書日本人《日新學報》後

《大學》一篇發端即云：「在明德，在新民。」是大人之學，固以新民爲主。乃《中庸》又云「温故而知新」，似乎新即在故之中。不善會之，所見皆故也；苟善會之，無故非新也。能於故中求新，斯日日新矣。日本鈴木君以其國人葛岡君所出《日新學報》見示。余觀其首載長岡君之言：「建新國易，修舊國難。」竊以爲建新國者新之而已，修舊國者不能盡舍其舊而謀其新，則宜即故以求新。是故周之徹法因《公劉》之「徹田爲糧」而新之也，周之軍制因《公劉》之「其軍三單」而新之也。此所以周雖舊邦而其命維新也。長岡君與嘉納君爲贊助此報之人，皆與吾有周旋之雅。篇首即摹刻其像，每一展對，如對故人。請以吾言質之兩公，或笑曰：「曲園猶故吾乎？」

徐母費太夫人墓表

光緒己卯，余既葬内子姚夫人於右台山，時往來於法〔一〕相寺前。見去寺半里而遥有馬鬣隆然而高者。詢之土人，云：「此冢宰錢塘徐文敬公先世發祥之祖塋也。」時余主講詁經精舍，公裔孫花農侍郎方爲孝廉，日就余請業。因從而詢之，則知爲文敬公之大母費太夫人之墓。蓋文敬公大父新甫公自明時已葬三台山。費太夫人至國朝康熙時始卒，後人以兆域久安不欲震驚，因卜地於此。其祔葬者則太夫人之第三孫文敬公同懷弟涵三公也。當時花農乞余爲太夫人墓表，日久未就，今忽忽二十餘年矣。花農方直南齋，署兵部右侍郎，公暇則手輯《誦芬詠烈後編》以述先世之懿美。因以太夫人事實寄余，重申前請。余與花農交既深，且兩家松楸之地又相望，則表太夫人之阡者固知非余莫屬也。

〔一〕 法，原訛作「注」，據下文改。

謹按：太夫人姓費氏，浙之錢塘人，杭郡庠生安所公女也。性至孝，有賢德，且工書善畫。同里徐思槐公諱守桂，在明時隱居錢塘江滸。聞太夫人賢，乃爲其子新甫公委禽焉。新甫公諱日隆，以先世龍山公在明正德時通籍忤權貴，出知江西臨江府，自此戒子孫勿輕仕進。故思槐公父子猶守祖訓，皆戢影家衖。新甫公生五歲，爲明萬曆己亥，母屠太夫人卒。其三年辛丑，繼母童太夫人來歸。又十四年乙卯，太夫人年十七，歸於新甫公，蓋萬曆四十三年也。新甫公事繼母曲盡孝養，太夫人體公意，奉侍惟謹。時思槐公設帳授徒，門外踵相接。有業成而貧不能歸者，思槐公輒還其修脯，并助資斧而遣之。或有時不繼，謀之童太夫人。童太夫人必與太夫人商榷，皆悉力籌畫，以贊其〔一〕成。新甫公性仁厚，而慷慨有氣節。值歲暮有鬻女於門者，公問故，曰：「無以償官錢也。」公曰：「是不可。」問所短幾何，曰：「二十千。」即返身至内，謀於太夫人，取錢與之，命携女去，曰：「吾以貸汝，可携以償官逋，勿再售女。」又一日，聞鄰舍某妻虐撻其婢幾死，公與太夫人又憫焉，令僕嫗往説曰：「爾買婢之值幾何？與其撻而死，曷若賣之，尚可得金歟？」其妻曰：「此等人尚誰欲乎？」嫗紿之曰：「吾主翁將置妾，吾若先容，

〔一〕其，原衍作「其其」，據文意删。

可得厚值也。」其人喜可獲利，遂釋之。媪具以告，太夫人急質簪珥，購之歸，爲擇良奥而婿焉。後此婢生子，往來不絶。太夫人往視之，有若己女。新甫公在日，有舊友缺乏，向公稱貸。後其友死，遺孤不能歸。新甫公欲送其櫬還鄉，太夫人亦出資助之，且請公焚其券。其厚德類如此，人多不及知也。

己未冬，童太夫人卒。新甫公泣曰：「吾大父見槐公生五歲而喪母，繼曾祖母潘太夫人撫之，見槐公侍左右者三十年。吾母之慈愛無异潘太夫人，而吾得侍膝下者又少十年。天胡不使吾母亦享大齡，如潘太夫人壽至八十外耶？」於是日夕啜泣，每上食時必跪苫次，親諷《金剛經》數卷。太夫人以思槐公在堂，恐傷厥考心，勸公節哀，以和顔事父。時思槐公已五十有二，不再娶。新甫公與其弟正隆奉盤匜而潔滫瀡，其飲饌多太夫人親製，未嘗假手童僕。時有聞新甫公名，欲辟爲臬掾。公將辭，問於太夫人。太夫人曰：「吾家自龍山公後，久不樂挂仕籍矣。有田數畝，足與夫子偕隱也。」公遂謝所辟。時當崇禎末，天下大亂，新甫公深以爲憂。十三年庚辰閏正月，思槐公卒。新甫公號慟日甚，幾不能起，曰：「曩有父在，是以母喪吾尚偷生。今父已亡矣，國事又岌岌，吾生亦何樂乎？」於是毁瘠益不可支。太夫人雖并在哀痛，恒以窀穸未安慰公。因思槐公元配屠太夫人已先葬婁家山，至是新甫公乃奉思槐公、童太夫人合葬三台公山，蓋其地爲思槐公手定也。新甫公既丁父憂，不茹葷，不飲酒，以悲鬱所致得喘疾，至次年辛巳六月遽卒。太夫人悲痛，不能進飲者數日。子翼鄰公欽安素賢孝，既慟嚴親，又慮慈闈年高，日夕勸慰。太夫人乃命翼鄰公奉公喪，祔葬三台山思槐公之次。

是時正屬明季，翼鄰公雖已游庠而無志進取。及服闋，而明已亡，惟藉授學以供甘旨。我朝順治四年八月二十有二日，翼鄰公長子冢宰文敬公生。是日太夫人方假寐，夢一鶴行於庭，既而飛之闈内，欲視之而醒。比試啼，太夫人喜曰：「此子相殊不凡，或大興吾宗乎？」未幾，文敬公弟粵翰公生，太夫人曰：「此子亦貴。」至涵三公生，太夫人曰：「此子秀矣，如秉質稍弱乎？」後文敬官吏部尚書，爲時名臣；粵翰公以知縣官廣東、四川，亦稱循吏；涵三公則太夫人没後以悲亡，甫十有八歲也。翼鄰公配王太夫人，嘗嘆曰：「吾姑之所見真遠矣。」當康熙六年，太夫人壽登七秩。翼鄰公率三子承歡，荀龍賈虎聚於一堂，人皆羨焉。又二年，翼鄰公卒，太夫人心焉傷之。幸文敬公已成立，而子婦王太夫人茹痛事姑，奉饌必豐，而持家以儉。太夫人因得安神閨房，頤性養壽。十一年壬子，文敬公服闋，舉於鄉，明年成進士，入翰林。太夫人始喜動於色，語粵翰、涵三兩公曰：「爾兄今入詞館，足繼龍山公而起，且可慰爾祖爾父於地下矣。」文敬公以散館入都，太夫人春秋高，未敢迎養。王太夫人亦以姑慈不可遠行，遂率粵翰、涵三兩公俱留杭侍奉，王太夫人日不離左右。而粤翰、涵三兩公朝夕侍謦欬，奉湯藥；間入子舍，竊問侍者取親中裙、厠牏，身自浣濯，復與侍者，不敢令王太夫人知。而王太夫人夜禱於天，願以身代。涵三公聞之，跪而請曰：「吾母支持家政，所繫者大，何可減萱齡乎？無已，不如減孫齡以益祖母之壽也。」王太夫人曰：「爾年幼不知，吾自有吾志。」涵三公曰：「兒亦有兒志也。」遂焚香默禱，請以己算益祖母。及太夫人疾革，文敬公以承重奔喪歸，一慟幾絶，水漿不入公口者七日。涵三公曰：「吾兄經濟正遠，當爲國惜身，以顯揚爲孝。弟已告天，將往事祖母矣。」乃舉平日詩文授文敬、粤翰二公，握王太夫人手，趺坐而化，蓋距太夫人之歿一百有十八日云。文敬、粤翰二公以新甫公葬三台久，乃奉太夫人卜葬於法相寺前，而以涵三公祔焉，從其志也。葬既畢，二公廬於墓次。有芝生廬旁，雙鵲巢於柏上，人以爲孝思所感云。

文敬公服闋，入都供職，除諭德，重題墓碣。相國文穆公致政歸，重修之。光緒乙未，花農侍郎自廣東學政報滿，乞假回籍祭埽，又修之。近年又加葺焉，今宰樹蒼然，見者知爲其遺澤〔一〕方長也。太夫人生於明萬曆二十六年戊戌二月十五日戌時，卒於我朝康熙十五年丙辰二

〔一〕 澤，原訛作「釋」，據文意改。

月二十日丑時，春秋七十有九。孫文敬公、曾孫文穆公貴，新甫公累封光禄大夫、經筵講起居注官、太子太傅、東閣大學士、吏部尚書、翰林院掌院學士，太夫人累封一品夫人。光緒二十七年，花農侍郎又以太夫人節孝言於錢幹臣比部，具事實達禮部，賜旌表入祠建坊。新甫公子一，即翼鄰公欽安，明邑庠生，累封光禄大夫、經筵日講起居注官、太子太傅、東閣大學士、吏部尚書、翰林院掌院學士。長孫文敬公也，次孫粤翰公也，三孫涵三公也。曾孫文穆公，諱本，經筵講官、軍機大臣、南書房行走、太子太傅、東閣大學士，卒贈少傅，賜祭葬，入祀京師浙省賢良祠。次曾孫林，臺灣海防河務同知，以孝子賜旌。又次杞，以翰林起家，官至西安巡撫，内升宗人府府丞。又次亨時，官江西吉安〔一〕府知府。又次柄，官江南淮安府海防河務同知。玄孫二十四人，以烜其長，由翰林官至經筵講官，内閣學士兼禮部侍郎銜署禮部左侍郎；景熹以翰林官福建鹽法道，餘皆以科第仕宦世其家。孫女一人。曾孫女八人，其長以孝女旌。玄孫女十二人，東閣大學士錢塘梁文莊公、禮部尚書高郵王文肅公皆其玄孫婿也。今花農又署兵部右侍郎。余贈以楹聯云「四世備歷六官，九代俱封一品」，蓋紀實也。

〔一〕吉安，原訛作「安安」，據俞樾《翼鄰徐公配王太夫人墓表》改。

太夫人性仁厚，而雅愛施予。當明社既屋，浙東避亂者紛紛西渡。舟人昂其值，或不得登，至争舟而溺者甚衆。翼鄰公請於太夫人，具義渡二，泊於西興，有西徙者皆載之過江，東渡者亦然。如是往復終日，不取一錢。或遇病者，則留而醫藥之，俟病愈聽其去。皆太夫人出資以成其美，當時全活者不下萬人。至今江上猶有義渡，則太夫人母子之遺也。又以附近荒田甚夥，命翼鄰公導民蓄水以種稻。不數年綠畦滿野，水旱無虞。其能見其大類如此。乃爲銘曰：

翳雙高之拱峙兮，接三台之渾淪。問深山於何處兮？有古寺之鐘聞。紆金繩之覺路兮，與鷲竺而并論。惟徐氏之積慶兮，鍾遺澤於雲昆。母賢子孝而孫繩繩兮，荷丹詔之頻温。昔高躅以偕隱兮，今光大夫朱門。果操何術以致此兮？惟慈惠與寬仁。豈持盈而後保泰兮，實厚德之取法乎坤。况冰霜之勵節兮，樹綽楔於雲根。身没而迹愈顯兮，世雖异而名尊。余家松楸之相望兮，若卜里之有鄰。述熊丸之往烈兮，媲祖硯之貽芬。知明德之濟美兮，固世世有達人。欲昭彤管之煒兮，請先視乎斯文。

陸母邱太恭人八十壽序

粤在閼逢執徐之歲，皇上御宇三十年，恭逢皇太后七旬萬壽，鈎鈐明，延嘉生，胥天下圓顱方趾同游於仁壽之宇。而陸母邱太恭人適於是歲稱八帙之觴，蓋亦壽考作人之效，而積善餘慶之徵也。凡在潘楊之戚、孔李之交，咸願奉觴爲太恭人壽，而屬余以一言爲之先。余問其生日，曰六月九日。余因用古卦氣直日法，而以《北齊天保曆》推之，則是日也直《履》卦之六二爻，其辭曰：「履道坦坦，幽人貞吉。」憬肰曰：「此良日也。」太恭人生於是日，其有以應是德乎？説此爻者皆曰「履道尚謙，不喜處盈。居内履中，履道之美」。以太恭人一生行詣揆之，經説信有合矣。

按：太恭人爲横川君第三女，厥考以名進士作牧令於粤西，固名族也。生三齡而失恃，依其姊以長。自垂髫以及於笄，惟姊言其聽，婉娩聽從，所謂「履道尚謙」基於此矣。及其歸陸君葦笙學博也，年二十有四矣。時君姑在堂，以陶嬰之高節，際桑榆之暮年。太恭人偕娣姒輩奉侍惟謹，出入扶持，不離跬步。疾痛疴癢，抑按搔摩；一臠之旨，一果之甘，從其所嗜而敬進之。曹大家所謂「婦如影響，焉得不賞」者歟？先後宛若都盧五人，太恭人班於其間，相得甚歡，有愉婉之容，無誶誶之聲。雖臧獲侮甬，不聞其疾言，不睹其厲色。凡此者皆謙德也。使太恭人而長此居常處順，安神閨房之内，優游細旃廣厦之間，愉愉焉，翯翯焉，歌《女師》《窈窕》《德象》之篇，以見其珍禕懿鑠之美，則所謂「履道坦坦」者，可爲太恭人信矣。

乃太恭人所履則固不然。咸豐之季，大盜起於粤西，曼延於常羊之維，而吾杭實終受其毒。庚申、辛酉間，杭城再陷，市廛煨燼，人物流離，衣冠之族淪於塗炭不可勝計。太恭人當杭之始陷也，偕學博君奉其病姑、挈其子女避居城外。旋由鎮海之定海，由定海之上海，江檥海檝，轉徙靡常。其時輪船猶少，船以帆行，濆淪澎濞之中，沫飛濤起之際，片席高挂，鑿行其間，危險萬狀，六十餘日始達於滬。俄而蘇臺亦陷，乃又由滬而還寧波，由寧波而還紹興，卜居於陶堰，而上海而如皋，艱難辛苦百倍於前。噫！所履若此，烏睹所謂「坦坦」者乎？乃太恭人陽陽如平常，上事衰姑，下撫細弱。雖有播遷，而無隕越。然後知有常而有變者事也，有亨而有屯者時也。善於履道者，雖變猶常也，雖屯猶亨也，不坦坦之中有坦坦者在，斯真所謂「坦坦」矣。杭城再復，軍事粗定，乃復歸於陶堰。而姑病告亟，遂至不起。喪葬大事，學博君主之，而太恭人佐之也。其明年始克還杭，蓋勞於外者六年矣。學博君服闋，選授紹興府訓導。太恭人相從之官，搟擋家事，無不肸飾。學博君無内顧之憂，閑官無事，頗足優游。肰亦以積勞而疾作，未幾謝賓客於學舍。

於是太恭人自紹歸杭。杭之舊廬，人稠而地隘。蓋學博君昆弟初不异爨，至是實不能容，乃有分居之議。議定，太恭人謂諸子曰：「先人舊居，諸伯叔宜居之，爾曹曷他徙乎？」遂買宅馬市街，屋宇雖寬，湫陋實甚。繕完葺之，塗丹雘之。期年之後，焕然一新。卜日移居，咸曰美哉奂乎！是役也，雖諸公子經營於外，而實太恭人籌度於内，信乎「居内而履中」矣。履外卦爲乾，乾爲良馬。然則卜居馬市，固其宜哉！太恭人有丈夫子一，知名於時。孫七人，曾孫四人。瑶環瑜佩，蘭茁其芽。太恭人顧而樂之，壽觴舉，慈顔和，非所謂「眎履考祥」者乎？行年八十，神明不衰，《彖傳》曰：「履，柔履剛也。」以柔德而兼剛德，柔則不折，剛則不磷。太恭人之由八十而九十，而至於期頤，吾於是卜之矣。再越十年，皇太后八旬萬壽，而太恭人即於是歲慶九旬，開百秩，國有大慶湛恩汪濊引年之典，太恭人必躬被之。上尊之酒、文綺之服，燦列於前，傒福貞貞，豈有量乎？吾請一言以蔽之，曰「履而泰」。

日本島田彦楨母大野夫人六十有六壽序

余嘗選東瀛之詩凡五千餘篇，釐爲四十卷。而閨秀詩得三十四人，除《紅蘭》《湘夢》兩集外，皆無專集，故往往讀其詩不知其人。如津田桂爲横山致堂之妻，長女瓊翹亦能詩，夫妻、母女一門風雅。又如迹見花蹊門下弟子甚多，殆亦彼國中一不櫛進士。然求其有禮有法，卓然女宗，如我國所稱曹大家、宣文君、戴良之女、鮑宣之妻者，余固未見其人焉。今乃得之大野夫人矣。夫人爲鹽谷宕陰先生之外孫女。宕陰者，愛宕山之陰，先生廬焉，故以爲號，著《宕陰存稿》十三卷，有《六藝論》三篇。余讀而喜之。夫人受外家之教，性又聰慧，經典大義無不通曉，和歌漢史咸所誦習。及笄，歸篁村島田君，君系出美濃土岐氏，厥祖食邑島田，因氏焉。敏而好學，性嗜書籍，往往從人借鈔。及入昌平學校，得讀官庫書，學益進。自六經、諸子、九流百家，博覽無遺。慶應紀元中巍科，拜助教。寬政中，幕府始設科試之制，與選者數十人，君爲之魁。主講席凡二十年，進從四位升高等官一等。

方其始入昌平學校，宕陰先生適爲昌平校儒官，奇君才，薦於朝，以外孫女大野氏女焉，即夫人也。夫人既歸君，以君劬於學，故家事皆自任之，不以煩君。上以奉蘋蘩，下以治米鹽，事無巨細，咸有條理。今島田之家長保先業不致中替，皆夫人之力也。性又和順，敬於夫子，宜其家人。島田君幼失怙恃，其伯姊實鞠育之。後伯姊老，島田君事之如母，奉養無不至。夫人亦敬事之，至老無違言。即此一事，夫人之才而且賢可以想見，與我中土所謂曹大家、宣文君諸人豈有异乎？余每嘆泰西諸邦其婦女多軼於禮法之外，若東瀛則不然。余嘗見其國人原善所著《先哲叢談》，載有二山義長之妻垂水氏及甲斐國田中村農家女粟氏，志節甚高，可以風世，爲采入《茶香室叢鈔》，豈非同文之國，風化固不相遠乎？觀於夫人，益信矣。

夫人今年六十有六，生三子。其長子鈞一，爲弟一高等學校教官，余未之識也。其弟三子曰翰，來游吾國，遍歷蘇杭，訪求古籍，蓋有島田君之遺風。叙其母夫人事實，乞余一言爲壽。余爲壽文，非古也。前明歸太僕有《壽文》三卷，世病其多。余又倍之，豈宜復作？惟念宕陰先生有賢孫曰鹽谷青山，於夫人乃中表兄弟也。余年七十時，青山曾爲製壽序一篇，盛有所稱許，刻其《青山文鈔》中。然則余雖衰老，何惜一言不爲夫人侑一觴乎？切人不媚，姑書此贈之，并嘆余曩者欲以《紅蘭》《湘夢》盡東國閨才，未免所見之小也。

春在堂雜文六編補遺三

任筱沅中丞七十有九壽序

光緒二十有六年，和議成，時事定。天子慨然思振興庶務，宏濟艱難，而於東南諸行省中尤注意於吾浙。蓋吾浙固東南一大都會也，錢唐之江貫乎其中，界十一郡而東西之。浙西諸郡美秀而多文，浙東諸郡質直而好義，故兩浙之民素稱易治。乃自中外交涉，事變繁多，不逞之徒交構其間，遂有往年衢州之事，下爲封疆之累，上爲宵旰之憂。尊俎折衝，幸獲無事。而地大物博，經理爲難。天子以爲非有具文武幹用、綜事精良如古所稱「器能政理，管蕭匹亞」者，不足以坐鎮兹土，乃命公移東河之節來撫浙江。先是光緒八年，公曾拜浙撫之命，而不果來，浙人失望。至是士歌於庠，民抃於野，僉曰：「我公來矣。」公既至浙，如張方平之莅益州，毋養亂，毋助變；不以有事急，不以無事弛。兩浙晏然，安於磐石。是歲也，公年七十有九矣。

凡有位於浙者咸願有以壽公而走謀於樾，乞一言以爲之先。余惟公年七十時曾爲小文以獻，其文已刻入《春在堂雜文》五編矣。今公勛業益高，而余年益衰，學益退，安用此聱帨爲哉？重違諸公之意，不辭喬野，請更以鄙言進。

公以拔萃起家，秉鐸奉賢，即勸集軍餉二十餘萬，其規爲固已宏遠矣。從此由百里宰而爲郡守，爲監司，荐歷封圻。所至興書院，建社倉，修水利，清訟獄，課農桑，治道路，皆具見前文，今可無述矣。公從甲寅至癸未宦游三十年，自山東巡撫解組而歸，僑寓蘇垣，角巾野服，與兩三老友銜杯酒，叙殷勤。素工吟咏，尤善翰墨，端居多暇，臨池濡染，以應求者，一時想望以爲神仙中人。故七十歲時，余爲壽序，以古鄉三老比之，非虛言也。乃未幾而天子眷念老成，降璽書趨入覲。公凛「君言不宿」之義，束裝北行，敬詣闕下。延英入對，温語垂詢，所以優待之者逾乎常格。於頤和園賜宴，賜聽戲，又賜游頤和園。緑水輕舠，往來容與，仙宸禁苑游覽一周。雖唐臣桃花園之宴，宋臣賞花釣魚之樂，未足以方此也。未幾拜東河總督之命。昔公任開歸陳許道也，以河工靡費過多，辭不肯就。大府知公義不苟取，爲裁減應領之數，乃始受事。至是身任總河，慨然曰：「國家經費豈可視等泥沙？」於是實力鈎稽，多方撙節，工料必豐於前，費用必減於舊。在任六年，歲修之費不請益銖錙，支用有餘，返之藩庫，歲必五萬金。公可謂身處脂膏不以自潤者矣。天子念大河北流，山東一省遂爲巨壑，野無青草之色，民有其魚之嘆。辛苦墊隘，惄焉傷之。乃命大學士李文忠公赴山東，會公同治黄河。公至濟南，與文忠公統籌大局，以爲水有所歸乃不爲患，徒築堤圩無益也，爲今之計，莫如開浚鐵門關故道，使疊溜盤渦從此入海，則數十年内可無河害。疏入，俞焉。𠕇較所費需二百萬，乃議於山東省歲出若干，而各行省又津貼若干，期於兩年成此大役。夫治河無善策，自古嘆之。然掘地注海，固神禹之成法。公爲此計，洵上策也。俄以庚子變興，虛懸其議，未就厥功。顧亭林云：「立言不爲一時。有言在一時，而其效見於數十年之後者。」以我國家萬年有道之長，知公此議必將大效於後矣。

庚子之變實起於山東，其民間有練習拳勇創立名目，號召徒侣，假托鬼神，謂炮火不能傷、刀矛不能害者。一二大臣不達時變，頗信其説，遂成大釁。豫撫某公亦甚信之，召其渠魁使爲教習。民間大嘩，内變且作。公遺書數千言與之力争，又於河標召募勁旅千五百人，分爲三營，駐守省會。其黨知有備，乃皆散去。此尤公之有大造於中州者也。吾浙去歲衢州之釁，亦由北方傳習而來。今幸敉平，可無他患矣。然公深思長慮，以爲中外交涉惟教案爲難。往者撫山東時，有泰西教士欲於濟南城中購地築室者。折以條約，曉以利害，力持不可，竟罷不行。

然今昔异時，施於昔者不可施於今矣。乃謀與外人訂定約章，使地方有司有所依據，而不至爲所挾持。余在蘇，距公遠，不知其説如何，度公必有以俯其背而扼其吭矣。竊謂聽中外之獄而無可守之定章，出入重輕，勢難平允，民教尋釁實起於此。使公之法得行，則庚子之變可以不作矣。公前藩浙時，善政不可勝舉。余前序所云「慮倉積之空虚，則有豐糴儉糶之令；憫棺櫝之暴露，則有掩骼埋胔之政；懲市井之雕悍，則有析願禁悍之法」，蓋姑舉其大略耳。今者秉使節撫茲邦，宏規茂矩，必將倍蓰於斯，於以慰兩浙士民之望，而紓朝廷南顧之憂，豈但如前序所陳乎？猗歟盛哉！洵可以歌於衢而舞於巷矣。古者稱觴上壽，非有常期。矧公今年七十有九，爲此春酒，以介眉壽，禮亦宜之。至明年，則朝廷必有靈壽杖之賜，上尊牛酒之頒，恩禮便蕃，錫賚優渥，想諸公又必有以壽之。竊不自揆，當更爲公賦《南山有臺》之三章也。

沈梅孫方伯七十壽序

嘗讀漢人所作《國三老袁良碑》，稱其纘承洪緒，稟承清鼎，敦《詩》《書》、説禮樂，爲廣陵太守，威震徐方。及歸老於家，有司奉詔徵舉三老，以公父子并列三臺。夫人結髮偕老，舉充是選。意古所謂三老者，必其人家世貴顯、勛業清崇，而又夫婦齊眉、子孫鼎盛，然後可以膺几杖之尊，受祖割之養。漢制如此，古制亦必如此也。方今天子以孝治天下，异日或遵循古制，躬詣太學，舉三老五更之盛典，問有如漢袁良其人者乎？今得之於梅孫方伯矣。光緒三十有一年，歲陽在乙，歲陰在巳，七月既望，其日甲戌，爲方伯七十懸弧之慶，德配周夫人與君同庚，遲君一百二十有八日而生。時仲子期仲方以觀察使候闕江蘇，君與夫人就養吴中，鸝坊鶴市間，德車恤勿，望若神仙。一時式通德之里、登戲彩之堂者，咸願鏗金絲以娱之，饌肥鮮以奉之，而屬余以一言先壽夢之鼎。余追念道咸之際，余與君先德小梅先生同官京師，忽忽五十餘年，又與君周旋吴會，獲睹斯盛。余之衰朽可知矣，其能妃青儷白，與三五少年争東塗西抹之工哉？然則余又何言？惟念君之一生，實有合於古之所謂「三老」者。請以此義爲諸君子揚扢而陳之。

夫古之三老，必取之清門貴族。是以《袁良碑》述其系出舜苗，遠祖幹以軍功封侯。然傳至三世，即失侯矣。君則不然。沈氏本吾郡望族，代有聞人。入國朝來，科第蟬嫣不絶。祖巡梅公乾隆丁酉舉人，庚子進士，官壽州知州，有惠政，余曾載其軼事入《右台仙館筆記》。父小梅先生，道光庚子、辛丑聯捷，成進士，官陝西督糧道。兩代皆以名進士官至方面，士林榮之。此家世之盛也。可得而言者，此其一。袁良由郎中謁者起家，爲廣陵太守。漢之太守得專制一方，固與今黄堂五馬不同，然止守廣陵一郡耳。君則以剿捻功由員外郎改外，分發山西，歷知保德州、絳州及蒲州府、太原府，遷冀寧道，授湖南按察使，即奉特旨護理湖南巡撫，异數也。久之遷甘肅布政使，是歲恭逢萬壽盛典，拜御書「福」字及袍料帽緯之賜，又异數也。綜君一生，由州郡而封圻，敭歷晋楚，遠至甘凉，仕宦之隆，過袁良遠矣。可得而言者，又其一。

袁良始爲廣陵守，後拜梁相。碑文簡略，治績未詳。君則負文武幹略，方其奉小梅先生自陜歸也，道由商洛。捻寇充斥，君募健卒，聯民團，兵不滿千，破賊數萬。陜防解嚴，君之力也。厥後張勤果剿捻，曾忠襄出關，皆借重君力，實始於此。其在山西讞局，平反巨案者三。及治撫院文案，值晋豫奇灾，乞振乞糴，手腕爲疲，集帑巨萬，全活無算。保德州地丁錢糧，舊例分徵，或阡陌連雲而無征，或貧無立錐而倍納。君力請歸丁於地，至今賴焉。平定州困於差徭，君攝是州，設局給價，以紳士主之，民不知差，差亦無誤。太原府鮫水爲灾，汾堤决焉。君以全力督防，而修堤修城，又以精心綜核之。民無昏墊之虞，國無虚糜之款。其爲湘臬也，積案甚多，勒限審結，遇有疑獄，親提鞫問，數月之久，案牘一清。其爲甘藩也，時新設電局，民愚，以旱魃之灾皆電桿所致，群起拆毁。君以片言解之，群情大定。此一事也，固今之君子所視爲槃根錯節者也，而君恢恢乎游刃其有餘，其才調何如哉？可得而言者，又其一。

君自幼嗜學，工詩古文詞，旁通申韓家言，隸篆各體無不精妙，有《分韵籀篆印譜》行於世。其初至山右也，遵新例考試，冠其曹。蓋君雖不以科第進，然三寸青鏤管未始不可與天下士爭一日之長也。內行尤篤，小梅先生居官廉，不事家人生産。君一以自任，撑搘支持，不貽親累。敬事寡嫂，教育遺孤，數十年如一日。有姊適韓氏，遺有弱息，爲擇良奧歸之，資遣，一如己女。歸田之後，修家譜，建宗祠，孳孳焉，至老不衰。每嘆《袁良碑》略言其悅禮敦詩，而門內之行不載一事，君則文行交修矣。可得而言者，又其一。

《袁碑》雖言及夫人，闕德無聞焉。德配周夫人，仁和人，贈太僕寺卿、直隸臨洺關同知應芝君長女也。應芝君歿於王事，夫人仰藥，遇救得生。於亂軍中夐求，得其二弟，挈之南旋，備嘗艱苦，卒獲安全，有神助焉。既歸君，則孝於舅姑，和於戚黨，米鹽瑣屑必躬必親，君得以無內顧憂。且工繪事，蓋其母乃嘉興錢文端公外孫，其淵源固有自矣。繪有《百花百果》長卷，藏於家，豈若袁夫人之一無表見者哉？可得而言者，又其一。

袁良三子，長爲博平令，次爲尚書郎，三爲謁者。今君亦三子，長子爲湖北建始縣，三子爲山東利津縣，雖與博平令官秩相同，然其才皆非可以百里限者，一歲三遷，固未可量。次子期仲觀察亦由縣令起家，洊歷監司，上游引重，不日將陳臬開藩，繼君而起矣。孫六人，曾孫四人，瑶環瑜珥，羅列膝前，子孫麟鳳何其盛也！可得而言者，又其一。

余謂君之一生合於古之三老，故引《袁良碑》衡量异同，歷歷言之如此。老更之禮，曠而不修，非一世矣。謹按本朝康熙癸巳、乾隆乙巳、嘉慶丙辰曾三舉千叟宴，黄髪鮐背，麇集殿廷，拜舞於松牖雲楝間，洵千載一時之盛。君自此以往，由八九十而至期頤，或恭逢朝廷大慶，再舉千叟宴，而君得預其列，豈不更勝於古之三老乎？鄙人或天假之年，猶及見之，則楓窗百歲老人，當詳載其事入《楓窗小牘》中。其可得而言者，固不盡於此也。

陳鹿笙方伯八十壽序

余於同治癸酉歲有事於福寧，取道於温台。君時攝台州守，爲余具舟。待潮未發，留署齋一日，同游東湖，訪東湖樵夫祠。晚飯而後别，君又遣健兒數輩司扞掫之役，送至天台，此余與君相識之始也。後君調守杭州，余主講詁經精舍，歲必再至，相得益歡。湖樓山館間，時勞車騎，每見必縱論詩文，或出圖書同觀。蓋其時東南底定久矣，諸大吏方投戈講藝，開書局，闢講堂，前此干戈擾攘之事久已不挂人口。故君之崎嶇戎馬，轉戰行間，君固不自言，余亦不復問也。未幾君遷湖南岳常澧道以去，踪迹稍疏。惟念君在杭時爲政廉明，有古循吏風，而翰墨風流，又非尋常冠蓋中人所能望。襲黄韋白，合爲一人，未嘗不臨風而想望也。

及光緒壬寅歲，余孫陛雲奉命副紹岑學士典試四川，君時已爲川藩矣。是歲，川中不軌之民沿襲京師庚子餘波，號召凶頑，練習拳勇，驛騷於錦江玉壘間。八月十四日，鹽臨使者方闢門點進三場之士，突有賊數十人闌入南門。先一夕，君已有風聞，亟以函白制府使爲備。而軍門已闔，函竟不達。至是方共銜參而警報猝至，一坐皆驚。君曰：「賊未衆，尚可御，稍緩則内奸響應矣。」趨而出，仍導引如常時。甫出西轅門，遇賊於走馬街。君時所從親兵纔十三人耳，餘則手擎蓋、肩荷旗，皆白徒也。君珊冠花翎，降輿立道旁，大呼殺賊。徒衆威奮，勇氣百倍，斃賊六名，餘黨皆隴種東籠，仍出南門而去。噫嘻乎危哉！是役也，微君之力，則城外之賊踵至，而城中之賊又從而應之，焚官署、劫獄囚，無所不至。而應試士子萬有餘人，睽瞿奔觸，自相蹂躪，試事不成，兩使者亦必無幸。省垣一陷，全省震動，遂成朝廷西顧之憂，而復蹈昔日洪楊之轍，天下事尚可言哉？曩時曾、左諸公窮天下之力、積十數年之久僅乃克之者，君以一人一日弭之矣。及余孫試畢假旋，與余言其詳。余從前僅知其以循良而兼風雅，所以知君者殊淺也。

君自川罷歸，以舊官杭州，樂其風土，僑寓於杭。今年夏六月，爲君八十生辰，有劉君海臣者，君之同鄉同年且又姻亞也，述其一生事實，爲乞壽言。余得而讀之，嘆曰：「君真古之尹吉甫，具文武才者歟？」余始在杭時，固不足以知君；即僅以川中八月十四日一役而言，亦未足以盡君，請得而詳言之。

君爲廣西貴縣人，余嘗銘君先德永明君之墓，其世系具見吾文，可無述焉。君幼能文且工書，弱冠補縣學生，咸豐十一年充拔貢生。而君之爲諸生也，已以戰績見。道光之季有土寇自粵東來犯。君乞師於南寧鎮，三復縣城而三失之。寇憚君威名，懸賞購募甚急。君跳而走省垣，勞文毅公方撫桂林，見而奇之，命參蔣果毅公軍事。力勸果毅固守平樂，以通省垣餉道，省垣以全。自後無役不從，克潯城，禽其魁；克貴縣，君鄉里也。母覃太夫人城陷時殉焉，殺賊以祭。有巨寇王三者，聚徒甚衆，官軍莫敢攖。君馳入其巢，曉以禍福，倮然從君歸。同治元年，從蔣果毅援浙。君建言節節進攻非策也，賊守嚴州而以湯溪爲犄角，宜先擣湯溪。左文襄韙之，命蔣軍進屯義橋。然蔣不能盡從君言，迨後亦悔之，曰君言良是也。

君旋以病乞赴衢州養痾。已而曾忠襄公檄君綜理營務，因謁見曾文正公。文正曰：「年少書生有此才幹。」稱「難得」者再。君雖以拔貢生注名禮部，然已以積功保至知府，賜戴孔雀翎。及金陵平，同治四年入京引見，即簡放杭嘉湖道。同時得選拔者皆驚羨，以爲奇遇。然忌君之才而娼嫉之者亦復不少。君既至浙，克勤厥職，忽有朝旨命巡撫察看。蔣果毅公初甚重君，欲羅致門下不得，遂銜之，竟登白簡降爲郡丞。君夷然不以措意，而一時訟君冤者蜂起。吴仲宣制府保留仍辦海防，楊石泉制君撫浙，保送引見，遂奉旨以知府留浙補用。自是三署台州，一署嘉興，補處州，調杭州，浮沈於郡守者垂三十年。所至有聲，而其權台州也聲望尤重。徐筱雲尚書以人材薦，浙撫鎮青崧公、仲良劉公、穀似廖公薦尤力，都凡交軍機處記名五次，引見五次，召見一次，賞賚無算。蓋不獨名動公卿，在朝廷亦知君可大用，乃由杭守升岳常澧道，始還君舊物，而君年已七十矣。

旋調衡永郴桂道，升山西按察使，調四川按察使。甫至蜀而蜀亂作，直逼省垣。其地曰元山觀，距省二十八里。制府樂峰奎公集司道會議，君曰：「賊雖衆，烏合耳。而我軍亦無統帥，號令不一，安能破賊？」奎公曰：「君能一行乎？」毅然曰：「可！」率健兒四十人馳赴龍潭寺，戒諸將曰：「今夜賊必來劫我營。」已而果然，以有備不得逞。諸將咸服，惟君是聽。一戰克元山寺，再戰克反版灘。由姚家渡進趙家渡，攻蘇家灣老巢。巢甚險固，四面壁立。君以兵由正路仰攻，而分兵循樵徑襲所謂四方碑者。四方碑之賊盡，而巢亦破，禽薙無遺，凡歷三十有一日而以肅清報。此皆吾所叙八月十四日以前戰績也。觀於此而知君料敵如神，制勝有素。十四日之役非僥幸一出以幸勝矣。事聞，賞給「威勇巴圖魯」名號。曾文正謂「年少書生有此材幹」，至是驗矣。

余獲交於君三十餘年，至今始知君具文武材，而嘆曾文正爲知人。然則世之人固不足知君，即知之，亦不足盡君，宜君之浩然歸老西湖矣。岑雲階制軍之去蜀也，深以蜀事爲憂。君以蜀藩護理蜀督，曰：「公勿憂，公以完善之四川交我，我亦以完善之四川交後任耳。」後果如君言。夫爲人臣者膺朝廷封疆之寄，亦求無負地方耳，身之去留得失，何足計也？君有丈夫子六，官觀察者三、太守者一、大令者二。女子子十人，孫八人。其得天亦云優矣。今歲君年八十，而長公子幼鹿觀察年亦六十，南橋北梓合成百有四十，海内以爲佳話。君前以蜀事繪《衣冠巷戰圖》，余題詩云：「祝君富貴又壽考，再畫《衣冠盛事圖》。」請即以余此文當《衣冠盛事圖》觀可也。

浙江巡撫聶公五十壽序

皇帝御極之三十年，吾浙大中丞仲芳聶公行年五十。陸平原《百年歌》曰：「五十時，荷旄仗節鎮邦家。」其公之謂乎？兩浙人士咸黎收而拜曰：「樂只君子，邦家之光。」而公未撫浙先撫皖，未撫皖先撫蘇。且其在蘇也，由蘇松太道跻歷藩垣而馴至開府，故論其政迹在蘇最多，而播之風謡亦惟蘇人最切。於是吴中諸君子咸就余而謀，請以一言爲公壽，且曰：「公昔撫蘇今撫浙，子以浙人寓蘇地，其又奚辭？」余無以距，諾焉。

竊惟聖天子以沖齡踐祚，越至於今三十年矣，聰明英武，中外同欽。而一時爲之輔翼者，除一二耆耈外，率多以壯盛之年樹俊偉之略，高掌遠蹠，節制封圻。如直隸總督袁公、兩廣總督岑公、湖北巡撫端公、河南巡撫陳公，并以華年分持蕩節。當代之抗論人材者，每以公與諸公相提并論，有其位可及、其年不可及之嘆。余與袁、岑二公并有世講之誼，陳公則叨附葭莩，端公則因交於吾孫，時一寄聲存問。然余皆未得躬庇其宇下，目睹其設施也。惟公則自往年管製造局時即與相識，邇來垂三十年，雖於其大者未能窺測，而其昭著耳目、人所共聞共見者，則亦可得而言也。夫今之時勢與昔异矣，自黄帝畫海内爲九州，擯海外大九州不與交通，故自三代以來，皆自治其國。北至幽薊，南至閩粤，東至遼瀋，西至峨岷，謂地之盡、天所覆者止矣。至本朝而東西洋各國交於中夏，胥大地渾圓之體，而皆爲舟車所通。於是强鄰并列，聘使相交，而中外之變繁矣。公之始仕蘇也，實爲蘇松太道。蘇松太道者轄蘇州、松江、太倉三府一州者也。然於三屬公事畫諾而已，實專駐松江所屬之上海縣，而爲東西各邦交涉之樞紐，故世俗相呼，輒曰「上海道」。上海道得人，則天下治；不得人，則天下不治。公之爲上海道也，不詭隨不媕娿，既不以撫劍疾視者壞邦交，亦不以隨聲附和者損國體；持之以平，待之以恕，應之以明敏，處之以謹嚴。凡風車火瀫之民、梯山棧谷之士，無不遵我範圍，就我要束，不動聲色而閭里蒙福矣。亨利親王者德國之親藩也，往時游於禹域者，不過其國之士大夫，然已意氣凌人，莫敖趾高。而子疆口大，况以貴介之尊挾肆姐之意，又無故事可以應之，輕重無可權衡，卑亢皆爲口實。公以蘇藩往迎於滬，奉禮周旋，無不曲當。他省有僭乘黄轎者、脅服蟒袍者，皆不之從。彼亦帖然悦服，相得甚歡。此一役也，公外交才略足見一斑矣。

吾浙之人行賈於滬者惟四明爲衆，爰有四明公所之設，所以存寄旅櫬，意至善也。而其地逼近租界，外人覬覦其地，爲日久矣。公之爲蘇藩也，適又有毁公所、入租界之議。於是群情洶洶，攘臂而起，市皆閉户，貿易勿通，牽掣全局，幾釀大變。公奉命往，既告外人以衆怒難犯，專欲難成，俾守舊章勿侵公地，而四明人猶未喻也。公親往勸導，時則萬目睽睽，萬口呶呶，環公左右，如墻如堵。公大聲曰：「若知我爲聶某乎？」皆曰：「然。」「若知我曾爲上海道乎？」又皆曰：「然。」「我爲上海道如何？」异口而同聲曰：「好官也。」公曰：「既知我爲好官，曷聽我一言？」乃反覆譬諭，曲盡利害。群情涣然冰釋，登時絫散，市廛如故，商旅宴然。此事公嘗親與余言之，故歷歷如繪，至今猶可想見。嗟乎！居官者豈不視乎平日之聲名哉？苟衆望之所孚，又何令之不行、何禁之不止？

公遇事皆持大體，務在恤民。任蘇撫時，有議興辦房捐者，計其修廣以定衆寡，公大以爲不可。嘗坐余春在堂，余問此屋應捐幾何？公笑曰：「余亦不知也，須每間丈量乃定耳。」於是力梗其議，竟不果行。公之善政，余吴下一賓萌，亦躬被之矣。天子以公洞悉民隱，又通達於世務，遇事必諮焉。時方議加洋關之税，免内地之釐，舉朝聚謀，莫之能決。公以蘇藩述職京師，命會議斯事，肌分理晰，動中款綮。雖各國紛紜未能畫一，然烟酒兩端有就緒矣。庚子之春，山左亂民闌入都城，恃其拳勇，與各國爲難，畿輔震驚，海内雲擾。公以蘇撫與東南各督撫定議保護東南，不增一餉，不募一兵，而境内熙熙仍如平日，蓋其鎮静之功深矣。未幾，遷皖撫以去。蘇距皖稍遠，余又杜門不出，皖政之善無得而言。然皖以雕𠡠之區，際多事之秋，而公處之裕如。朝廷所創設各事，他省竭蹷不遑者，公侃侃舉辦，若有餘力，學堂、軍政無不肸飾，信才之加人一等也。今又自皖移節於吾浙。嗟乎！浙之吏治亦少弛矣。公既受命，即爲條教，自皖寄浙，戒其僚屬毋迎送，毋饋問，毋干求，毋迎合，有以書求遂其私者，嚴劾去之。於是兩浙官吏望風震慴，浙之吏治從此有起色乎？

夫人曾氏，吾師文正公之女，貴而能勤，富而能儉。諸公子紹承家學，長次兩公子同游泮水，戚黨艷之。公齒逮知命，太夫人在堂，行且就養來浙，六橋花柳間，躬奉版輿，洵衣冠盛事也。余既諾吳下諸君子之請，因撰此文以獻。從此以往，福緒祥源，隆隆日上，必當步吾師文正公之後塵，受五等之封，膺出將入相之任，豈止如陸平原所謂「荷旄仗節」而已哉？請書吾文張之坐右，以爲之券。

費毓卿總戎五十壽序

國家以文德治内，必更以武功治外。雖重熙累洽之世，不能無戎昭果毅之臣。是以《風》始二《南》，而「赳赳武夫」一再唱嘆；《小雅》之作所以歌咏升平、燕饗賓客，而尚父鷹揚、方叔虓虎，發揚蹈厲，想見其人。蓋文武并重，由來久矣。我國家文治武功超逾前代，至道光之季，海水群飛，遂有鱗介冠裳之嘆。又重以粤寇之亂，東南糜爛，中外震驚。賴師武臣力，次弟削平，中興盛烈，炳然史策。然自海外諸邦交於中夏，雄虺倏忽，飄風蓬蘢，變故之來每不可測；而草澤之雄伏於林莽，飍蕩猋氼，待舋而動者尤不可勝計也。天子乃降璽書，諮疆吏，命禽渠箋滑，無俾遺育以病我黎苗。於是建高牙、開幕府者懼無意副朝廷之意，皆務敻求奇士，延攬英雄，歌《大風》而懷猛士，聽鼓鼙而思將帥。一時縹纓之士、仗劍之夫執櫜鞬謁棘門者，幾於門左千人、門右千人矣。而求如古之所謂名將者，卒未多見。

才難，不其然乎？乃今見之於毓卿費君。君爲江蘇吴縣人，自幼矯健有大略。同治二年，以武童投效，隸水師營，隨同克復蘇州省城，保升外委，此君束髮從戎之始也。嗣是以後，克嘉興，克常州，無役不與。又奉檄援浙、援閩、援皖，克湖州、長興諸城及晟舍、泗安諸鎮，積功升守備，由鶡羽翎易孔雀翎。又以肅清捻寇，功升都司，加游擊銜。復隨李文忠公轉戰陝西，崎嶇萬里，所向無前。諸捻平，戰事蕆，而君亦官至參將矣。光緒二年，浙撫楊石泉中丞檄飭管帶浙西緝私水師，繇是而君之戰功皆在吾浙。浙固東南大都會，自兵亂以來，民力雕攰，元氣未蘇。而民間習俗又舍本務末，以摴蒱聲色相徵逐，兼之外釁一開，則定海、寧波等處必受其患。當法蘭西之内寇也，兵艦如雲，相望於海上，將窺我鎮海門户。君率一旅，扼衙前山爲防守計。法兵夜至，君於暗中揮衆破浪而出，然發槍炮隆隆如雷，小艇既沈，巨艦亦退。浙撫劉仲良中丞以聞，遂拜記名鎮兵之命。於是撫浙諸公皆倚重君，命統紅單水師各營及超武兵輪。君不避風濤，躬巡洋面，每遇海盜，俘馘無遺。已而移駐浙西，統内河水師，兼帶綏靖親兵。而君以内河大患莫大於鹽梟，倚恃徒黨，橫行里巷，藐法律如弁髦，虐齊民如魚肉。君每遇梟散之魁負隅抗拒，縱兵搏擊，必殲之而後已。

雖或小過爲忌者所持，君不顧也。嗟乎！光天化日之中，通都大邑之内，走猰貐而舞鯢鱷，此而可忍孰不可忍？雖以此得譴，豈有悔乎？然君實居心仁恕，處事公平。往年浙東桐廬、分水諸縣民教爲仇，幾成大釁。實則所謂戎首者一老諸生耳，爲衆所脅，勢成騎虎，推原本意，實無异圖。君奉誠果泉中丞檄，輕騎而往，解散其衆，敷告其民，不殺戮一人，不焚掠一村，脅從皆散，酋豪自投。此一役也，所全多矣。夫自中外通商以後，凡互市之地皆傳教之方，朝廷屢下明詔，保護教堂教士，地方官吏往往因此瞻顧，獄訟聽斷不得其平。而凡入教者率非良民，又不免挾其聲勢，恃其奥援，上與官抗，下爲民害。積不能平，鬱而欲發，一夫攘臂，萬衆雲從，天下之大亂將在乎此。每聞君言此事，未嘗不長太息也。

君有過人之技三。自少時從村童學泅水爲戲，其統炮艇也，於長江中亂流而渡，直達彼岸；其統浙洋軍也，躬潛水底，片時許脱衣靴，手挈之而起，一軍皆驚，此一技也。君有從兄若卿統浙撫標新後營，厩馬成群。君時尚幼，日夕馳驟，控縱自如。後從軍隴右，師行往來綿歷十月，寢饋皆於馬上，不以爲苦，此又一技也。里中少年好以手槍獵禽水上，君亦效爲之，發無不中。嘗令部卒手擎徑寸之鐵，立數丈外，君以槍擊之，鏗然皆著鐵上，部卒無纖芥之傷，此又一技也。三者人皆艷稱之。然余以名將期君，則此固不足言也。

余考費氏爲有虞氏大費之後，在北魏時費氏最盛，皆以武功顯。費峻拜龍驤將軍，遷征南將軍。其子費于、孫費萬并拜平南將軍，其裔孫費慶遠又拜龍驤將軍，於元魏一代赫然有聲。君年甫及艾，勛名鼎盛，安知不紹述家風，與龍驤、平南同垂千古乎？請以余此言爲他日之券。

潘君桐生八〔一〕十壽序

往年余親家王文勤公之在翰林也，蘇撫李文忠公奏請來吳，任以捐釐之事。其時蘇城初復，商賈未集，市井荒蕪。而軍府所需月糜無算，資糧扉屨之供、楨幹版築之用，一無所出，全恃釐捐。千緒萬端，委曲盤互。文勤曰：「非有如鍾繇之開達理幹、蕭濟之精練繁劇者，吾誰與共事？」周爰諮訪，思得其人，既而曰：「吾得之矣。」其人謂誰？乃今桐生潘君也。君至，與文勤商定局事。至今吳中釐務爲海内冠，實文勤始之，而君佐成之也。末幾，余自天津南還，寓居吳下。文勤語余曰：「子欲得友乎？有益友在，不可失也。」因舉君以告，此余獲交於君之

〔一〕八，原訛作「七」，據正文改。

始也。潘氏爲三吴大族，其始實自新安來，徙家久之，門楣鼎盛，冠冕蟬聯。而蘇州又自有潘氏，以貲財雄於鄉，故吴諺相傳有「貴潘」「富潘」之目。君則貴潘也，與文恭相國爲近支。余與相國家累世有通家之誼，如君者本爲孔李之交，而其後又附於葭莩之末，接芬錯芳，垂五十年。余馬齒加長，已八十有五，而君亦八十矣。凡得交於君者，皆願以一觴爲壽，而乞余一言爲乘韋之先。余何言哉？莊子不云乎：「水之積也不厚，則其負大舟也無力；風之積也不厚，則其負大翼也無力。」人徒見君之祥源福緒曼衍無涯，抑知其所積之厚乎？

君幼有至性，事母至孝。太夫人素有貞疾，發則瞑眩，其勢孔篤。君晝夜扶持，中裙厠牏，無弗躬親，有樂正子加減一衣一食而脱然病愈之效，其孝於親如此。與令兄筱涯京卿尤極友愛，白首無間。京卿晚年亦多疾疢，君稱藥量水，曲盡其道，其友於兄又如此。君束髮受書，俱有師法，以諸生游庠序間，卓然爲一黌之俊。至今春秋高矣，猶手一編不輟，所謂「自然好學」，非君而誰？君又負經世才，瞻顧中原，慨然有澄清之志。其佐文勤公治鹺也，特其小小者耳。方三吴之淪陷於賊也，賊踞金陵爲巢穴，長江千里爲所阻扼。曾文正之師已至皖江而不能順流而下，蘇民欲出水火而登袵席，其道無繇。上海諸君乃倡迎師之議，雇外國輪船摩賊壘而上，迎李文忠之師直達吴淞。於是次第進兵，由松江而克復蘇州，傍及浙西，一律砥定。賊勢遂孤，金陵大功亦遂以告蕆，蓋旋乾轉坤在此役也。於是官其地者劉公松巖，應公敏齋以及紳士之從事其間者馮公林一，顧公子山及君家季玉方伯，皆以此成大名，膺上賞，生有軒冕之榮，歿有俎豆之報。而不知君亦有功於此役者也，戎機密算無不與聞，借箸而籌，畫灰而議，未嘗不與諸公等。而君不自言，人亦不盡知。蘇東坡之論李郃也曰：「隱德之報在其子孫。」然則君之後昆其必有興者，與文恭相國侔盛比隆乎？當其時，侍郎龐公及李文忠公亦嘗以君之才上聞矣，天詔褒揚，功懋懋賞。使君循序而進，則五馬黄堂固在指顧間，即進而屏藩節鉞，亦孰非操之左券者哉？

而君意甘澹泊，不樂仕進，有官不赴，偃仰邱園。古人所云「功成不受爵，長揖歸田廬」，君殆近之矣。然於鄉間善舉有聞斯行，親故義助惟力自視。或以一事諉諈，或以一人屬托，無不殫力經營，悉心規畫，俾臻於成，以副此諾。吾浙美利無大於鹽，浙鹽之行行於蘇地，爰設公所以總其事。而君預焉，出入會計必周且詳，鼠尾之帳罔或混淆，畸零之錢不以自潤。浙鹽銷數日以增加，浙庫支發不憂匱乏，僉曰非君之才不及此。余則謂此與治鼇等耳，知君者固不以此盡君之才也。近歲以來，年德彌劭，謝絶塵事，頤養性真，獨居一室，圖籍自娱。此外惟雜蒔花木以觀生意，新紅宿翠布滿庭階，尤喜種菊。余孫陛雲嘗過君齋，君方督課童僕分種菊花，即以數盆見贈。蒼顔白髮，指揮於金風玉露間，望之如神仙中人。嘗繪一行看子，踞坐袒腹，意氣浩然。余題其上曰：「願將福壽如山海，裝滿東坡一肚皮。」君亦爲之一笑。未幾來告曰：「已失之矣，有廋之者，不翼而飛矣。」余笑曰：「空空妙手攫此奚爲？殆將以爲放翁團扇而珍藏之乎？抑將以爲賈島詩佛而供奉之乎？」此雖戲言，而君之清德碩望重於一鄉，亦略見一斑矣。

令子壁臣部郎能繼君之志，承君之業。諸孫則瑶環瑜珥，蘭茁其芽，一室咿唔，書聲盈耳。君望之甚切，訓之甚嚴，嘗曰：「吾子孫非得科第不許爲官！」斯言也，何其所見之大乎？夫科第之重自唐以來有然矣，雁塔題名，曲江錫宴，人情艷羡，如登仙然。祖父以望其子孫，父兄以期其子弟，國無异教，家無异學，聚天下聰明才辯之士而一出於是塗，此所以道德同而風俗一也。今則不然，仕途既雜，而士氣亦因之不靖。乳臭之子不識一丁，不辨六甲，入貲納粟，競進而爲官。脚靴手版，曲跽雅拜，自稱下官，胥天下之人幾於官者多，而不官者少。士有幸心而人無固志，是以天下若此紛紛也。使搢紳之家皆以君此論垂爲家訓，其於國家平治之道或亦不爲無補乎？

歲在旃蒙大荒落，春王正月，爲君八十攬揆之辰。余衰病，不能登君之堂，飲君之酒，惟獻此一言以爲君壽。昔漢李充行年八十，以中郎將爲國三老。宋大中祥符四年詔賜八十以上呂繼美等二十九人并爵公士。君以黄散之舊家爲熙朝之人瑞，公卿想望，鄉里交推，聖天子推錫類之恩，舉引年之典，吴中耆壽必爲君首屈一指矣。余前詩所云「願將福壽如山海，裝滿東坡一肚皮」，請更爲君誦之也。

陳筱石中丞五十壽序

光緒建元之三十有二年，天子分命大臣環歷海邦，爰諮爰諏，將大有爲於天下。顧念海内財賦之區東南爲甲，而東南諸行省江蘇爲雄。都凡興學、練兵、理財諸大政，非有開達理幹、綜事精良者撫而鎮之，其曷克有乂？於是制詔命河南巡撫筱石陳公移撫三吴，將以戢睦中外，耆定東南，誠重之也。公既至吴，念朝廷付畀之重與吴中父老傒治之殷，將舉所謂興學、練兵、理財諸大政岦次而舉行之。節省厨傳，屏除騶從，日與諸僚屬孜孜講求，温故而知新，去非而求是。下車未逾月，吴氓額手而相慶，曰：「吾吴其有豸乎？」

其歲五月初吉，爲公五十覽揆之辰。都人士君子咸欲鏘金絲以娱之，饌肥鮮以奉之。公曰：「毋！天子猶宵旰憂勤，吾儕疆吏，其曷敢自娱樂？」於是又聚而謀曰：「酒醴之毖芬，不如君子之文；金石之鏗鏘，不如君子之章。曷效詩人『南山有臺』之義，進一言爲公壽乎？」公又曰：「毋！切人不媚，安事此瓅瓅者爲？」聞者悚然，無敢繼進。余乃盱〔一〕衡而揚言曰：「夫嘈嘳妖冶之辭，瑰瑋連犿之説，固不足陳於大君子之前。然余與公薄有葭莩之戚，於公之出處本末及所以遘辰遌時、遭遇明良者，粗能道其所繇，則請無虚語、無溢詞，推本乎先德，而實舉其治功，略其瑣節，而表其大端，以附於揚觶之義，或亦公所不禁乎？」

公本廣西崇仁縣人，其先贈公夢石先生以名進士令黔中，所至有惠政。既捐賓客，貧不能歸，遂留於黔。公昆弟三人即以黔籍應試，無攻訐者，皆曰：「故陳府君，吾父母也，何主户、客户之可言乎？」公既成進士，觀政於兵部，屢隨同大學士文忠榮公查辦天津及密雲、大淩河要案，充總理各國事務衙門章京，由主事竚升郎中，旋升内閣侍讀學士，簡放順天府府丞，署府尹。俄即真，由府尹補授河南布政使。未之官，署漕運總督，由漕督授豫撫，由豫撫調蘇撫。溯公以光緒十二年成進士，至今垂二十年，已膺封圻重寄。晋謝玄年四十擁旄杖節，人以爲榮。以公方之，豈有忝乎？

〔一〕盱，原訛作「盰」，據文意改。

光緒庚子之歲，有亂民起於山左，蔓延畿輔，驛騷都門，挑釁外洋，釀成大變。兩宫援秋獮之例，啓蹕西巡，命王大臣留守京城。故事，凡任留守之職者皆王公親貴及六部尚書侍郎等官。是時公以順天府府丞署太僕寺卿，而亦預其列。且同列十餘人皆滿員也，以漢員充留後者惟公一人。天子知公之深、倚公之重，海内驚嘆，以爲异數。然而其事則有甚難者，事起倉猝，變故多端，外人爲封狐雄虺，以薦食我黎元。上而鐘簴震驚，下而閭閻塗炭。雖諸大臣中有慶邸爲之領袖，然不過總其大成。其餘各事，細碎則繭絲牛毛也，艱巨則盤根錯節也。公統籌大局，密運神幾，或一飯而投箸再三，或一寢而中夜數起。時吾孫陛雲方以編脩官京師，與公同居順天府廨，實親見之奔走於兵火之中，周旋於華戎之際，其事有人所不及知，亦有知之而爲今所不可言者。總而言之，有石不奪堅、丹不奪赤之誠，故能奮其精神；有冬日抱冰、夏日握火之勇，故能運其膽氣；有一龍一蛇一日五化之智，故能行其機變。此一載中，公之力瘁，公之心殫矣。逮既放河南藩司，而仍留京辦理和議，且使承修蹕路。蓋天子固知畿輔重地非公不可也。其後遂權漕督，大用之基實始於此。

公在河南塗次迎謁鑾輿，特賞内帑銀一千兩。則公之身處脂膏不以自潤，家無長物，巾櫛蕭然，所謂陸景倩真清者，固已在九重睿鑒之中矣。其任漕督也，以河運久廢，漕艘無存，東南之粟大率由海檖而達神倉，乃各衛所官弁猶相沿如故，徒糜禄糈，無關職守，奏請一律裁撤之。厥後朝廷采古申商家言，罷不急之枝官，内而卿寺、外而封圻皆有裁汰，公此舉允與廟謨合矣。其任豫撫也，廣建學堂，振興實業，而又創建尊經學堂以存舊學而崇國故，士林感之。豫省泉法不修，改之使良；商政不興，擴之使廣。又用新法練陸軍十營，旌旗改觀，壁壘生色。今歲恭遇大操，荼火軍容，風雲陣法，知其必有可觀矣。公之自豫至蘇也，適其時西平、遂平間有歃血會盟圖謀不軌者，此在中州自道光季年聯莊會以後亦恒有之事。公既受代，可置不問矣。公則曰：「吾不以此貽後人也。」檄調各軍同時進剿，躬率步隊由火車馳赴，駐節信陽，群寇畏威，籠東解散。此公既去汴而猶大有造於中州者也。

方今天子既以江蘇重任付之於公，於是先其所急，如興學，如練兵，皆方今之急務而朝廷所尤注意者，必有以握其要矣。江浙之間梟散之徒千百爲輩，爲民大患。公履任即嚴飭將弁，以禽渠翦猾爲事。行見比户麋居，野無尨吠，尤吴民之福也。夫憂民之憂者，亦樂民之樂。公年登大衍，風采如少壯時。德配許夫人賢而且才，能詩工畫。當庚子之變，夫人懷利刃襟袖間，如有急即自裁。皇太后亦微聞之，有嘉嘆之語。少於公一歲，今歲四十有九。從宦來蘇，兵備森戟，畫寢凝香，回憶疇曩，風景迴殊矣。則於斯時而進一觴，禮亦宜之，公何辭也？余老矣，不能扶杖登堂，舉兕觴以獻，姑進此一言，以效麥丘之祝。异日刻入《春在堂雜文》七編，海內讀之者皆曰：「此文無虛語，無溢詞。」則公雖無藉於鄙文，而鄙文乃藉公而增重。此余區區之微意，幸公無以鞶帨浮文一例而屏之也。

裘君淵如八十壽序

昔神農氏以耒耜之利利天下，教民稼穡，是稱神農。然而日中爲市，致天下之民，聚天下之貨，交易而退，各得其所，亦始於神農氏。當其時，宮室未興，舟車未具，而日中爲市，已有定制，古之聖人其農商并重者乎？蓋嘗論之，閉關自守之國，宜重農務；交互四達之國，宜重商務。周處西陲，與中原隔絕，故以穡事開基。秦人居其故地，故始課民以耕，繼督民以戰，不及商也。鄭居天下之中，則以商務爲國。春秋時鄭之商人頗有以自見，弦高其一也。在楚，謀出荀罃者亦鄭賈人。而鄭之君相又頗能保護其商，以盟主之大夫，不能奪其一環，可知鄭之重商矣。中國自漢唐以來皆閉關自守，不與外通，故重農桑，抑商賈，士大夫沿習，以爲美談。

及至我朝度宏規而大起，合中外而爲家，長駕遠馭，不分畛域，環地球之國鱗集仰流，咸至於中原。古今風會爲之一變，重農貴粟之外，遂亦兼重商務，固事變使然哉！而磊落非常、奇材能异之士，乃亦往往出於此塗。以吾所見，淵如裘君即其一也。君嵊縣人，其先世簪纓相望，固嵊之右族也。幼讀書，應童試，文詞典雅，斐然可觀，而試輒不售。會其兄仙槎君官仙居教諭，以家事付君。君自此遂不得壹志於學，居家奉母，以孝聞。咸豐辛酉歲，粵寇大至，避難山中。母老且病，君負之行，犯霜露，披荆榛，躑躅於深林密箐之中，峙踞於回厓沓嶂之上；或一日數驚，或一夕數徙。如是年餘，乃幸俱免，而心力瘁矣。自奉無鮮衣美食，里有善舉，必身先之。歲在戊戌，嵊縣大無。縣大夫命各鄉設廠以施糜粥，又設局平糶以資民食。君出千金爲倡，邑人感之，此皆君之高行也。

而君之深識遠見，則更有不可及者。方是時，滬上已爲通商之大口岸，闤闠流溢，商賈駢坒，極天下詭异之觀矣。嵊之爲邑，僻處山中，固無聞無見也。而君素精心計，挾其術，稍稍試行之，薄游吴越，操奇制贏，輒大得利。君讀書既不得志於有司，乃有棄儒而賈之意。會有滬客至嵊采買茶繭，始知此二者爲滬上商務一大宗，乃嘆曰：「茶固吾邑所産，陽崖陰嶺，摘鮮焙芳，何減吴興紫筍？至於桑則童童者遍野皆是也，采以飼蠶，而繭團團矣，而絲皓皓矣。有此大利乃以讓之外人，豈計之得乎？吾老矣，無能爲矣。」爰與邑中人士謀擇年壯有材力者十餘人匄集貲本，歲買茶繭若干往售於滬。數十年來風氣大開，邑中業此者數十家。於是四境富庶，百倍於前，而皆以君爲創業之巨擘。君家亦自此大起，高貲萬萬，有陶白程羅之目，而君生平實未一至滬也。古語云「長袖善舞，多財善賈」，財不多賈不善，而一人之財不敵衆人之財，外國所以有公司之設也。中國亦思效爲之，而事權不一，要約不信，僨成僨敗，事同兒戲。君倡爲於一鄉，而一邑靡然從之，遂獲大利，豈非豪傑之士歟？方今朝廷設立商部，又於商部設顧問官，冀集衆思以成美利。如君之才，苟顧問及之，其爲裨益必非淺鮮矣。君今年已八十，而神明不衰，風采如昔。一家之内文質彬彬，令子能文章，有名譽；從子中舉孝廉者三人，官學校者一人。君顧而樂之，亦可掀髯而一笑矣。异日者君之齒益高，而荼𧀮之業亦益盛。漢時有班壹者以財雄，年百餘歲，竊願爲君期之也。

從孫婿洪鷺汀刺史五十壽序

蜀固才藪也，自南皮尚書往視蜀學，而蜀材益以盛。頗有喜讀余《春在堂全書》者，故蜀士游於吴，往往踵吾門而求見。己亥之夏，鷺汀洪君實來，乃南皮尚書所得士也。光緒十五年應鄉試，副賢書，十七年試於京兆，舉孝廉。幕游山左，爲張勤果公及福少農中丞所知。佐中丞治河，中丞從其策，事半而功倍。揚言於朝，請以知州分發江蘇。故其來見也，已傳車驂駕而垂赤帷裳矣。余進而與之言，綜事精良，理幹開達，非徒以文學見長，器能政理，管蕭匹亞也。余有從孫女未嫁，遂以妻之。時君從事於讞局，而知府事者方以强直爲名，謂駛黠馬必利其銜策。君不詭不隨，侃侃辦舉，一經君斷，咸曰無冤，大府嘉焉。

其明年奉檄權溧陽縣事，溧民喜博，君首禁之。其地毗連皖省，土客麕聚，良莠不齊。又值北方大亂，南中亦因之不靖。鄰邑亂民號召醜類，是曰「紅幫」。鄉愚無知，爲其煽惑，楊港鎮者尤其切近之區也。君輕車減從，親至其地，諭令無恐，各安所業。而所謂「紅幫」者知君有備，竟不敢犯。地方粗敉，民力猶疲，請於上臺，減徵漕米三十餘萬畝。而省中勸捐助餉，君於縣中倡募，數日之間集貲巨萬。蓋民皆愛戴，無不樂施，所以感之者有素也。君緣此亦得優叙補缺，後以直隸州用，其受知於大府益深矣。受代未逾年，檄署丹徒縣事。蓋以君治溧陽有聲，而丹徒爲鎮江首邑，南北要衝，華洋雜處，素號難治，盤根錯節，非利器不能勝也。君至，舉命盜重案數十起，分日清釐，案無留牘，獄無滯囚。尤鋭意於捕務，緝獲奸宄，立置重典。情罪較輕者，創建工藝局，使肄業以自贖。其與外洋交涉者，孚之以信，持之以平，據理以争，不卑不亢，故雖彼族之不法者亦得以律懲之，中外翕服，邑乃大治。偶值亢暘，蝗蝻萌生，親督捕治，周歷阡陌。暑日鬱蒸，面目黧黑，君不自知其疲也。每届冬令，慮有穿窬祛篋之盜，令民間十家出一夫，擊檬執梃，宵自爲巡，居民咸得安枕。先後協助鄰邑禽戔巨盜，於是有送部引見之命。

而曾國漳一事，尤大有造於東南。曾國漳者，鹽梟之渠魁，横行沿江一帶，立會開堂，廣集黨羽，大江南北諸質庫被其劫奪者十而八九。歷年購捕，莫之能獲。至是乃包藏禍心，潛圖不軌。君曰：「是東南亂源也。」立發電報聞於南洋大臣，而以郡城瀕江尤爲可慮，晝夜巡防，不遑寢處。四月間，江督魏公閲兵京口，君又面陳機宜，并乞任徐都司寶山專力進剿，剿之於張王港白茅沙，咸有斬馘。天時酷暑，徐軍多疫。君捐廉俸，饋之藥餌，饋之瓜果，軍氣益振。梟勢大衰，不能自存，授首於楚。使非君先發其謀，東南之亂必肇於此矣。方君之電達南洋也，僚屬盛尼之。君曰：「長江大局所關，何忍坐視？」蓋其所見大矣。魏公奏保君俟補直隸州後以知府用，并加三品銜，誠重其事也。

今年春，移知丹陽縣。陽邑之盜知君將至，望風逃匿。君以書役之積玩也，遇事整飭，以挽其習；知民俗之好争也，嚴究訟師，以清其源。又就舊設之小學堂加廣學額，增聘教員。别設蒙學堂四所，以預儲小學之才，此尤敬教勸學之要務矣。君所至之處，皆以除莠安良爲主。其爲政也，猛而不苛；其用刑也，威而不濫。民間詞訟隨到隨訊，隨訊隨結，無積壓之弊，無株累之虞。故每當受代而去，百姓攀送數十里不絶。其去溧陽也，有鄉人於前一日奔馳而至，呼於署前曰：「吾趾盡腫矣，願及我公未去，爲我一剖其曲直也。」然則君之爲治可知矣。

今歲行年五十，冬十二月其生日也。自吾從孫女卒，君又續娶嚴淑人，今年亦正三十矣。於是弧帨雙陳，賓僚咸集，而屬余以一言爲稱觴之助。余寓居於吴，吴中諸大吏知君爲余從孫婿也，皆交口稱君之賢，而君亦實有以副之。甫届艾年，光顯如此，再五十年而至期頤，年齒愈劭，名位愈高，由五馬而八騶，陳臬開藩固計日可待。即節鉞封疆，與南皮尚書牟盛比隆，亦何嘗不在意計中哉？書以爲壽，即書以爲券。

金禄甫五十壽序

自泰西諸國交於中原，而海内外遂成商戰之天下。朝廷設商部、興商會，以振起商業。而中國大利厥有兩端，曰茶曰絲。絲與茶固互市之大宗也，於是士之長於操贏制餘者，亦遂能以此起其家。非獨起其家，且以仁其族，且以周濟其鄉里。吾於禄甫金君見之矣。君先世皆隱於耕，至君之父孔炤君始變而爲賈。賈業既成，家遂稍稍起。君承先緒，思擴而大之，謀於兩弟曰：「方今與西洋各國通商，絲茶兩業必且大興。吾嵊産茶，又多桑，可育蠶，絲與茶皆吾嵊產也，以嵊人治嵊產，必大得利。吾兄弟三人，吾與叔經營於外，而仲管理於內，儻可以擴吾父之業而昌吾家乎？」議既定，闢一棧，曰「泰昌」，運嵊茶而售之上海，又在上海糾合同志設機器繅絲公司，於是茶利益宏，而絲與繭亦牟利無算。君嘗曰：「凡爲商，宜務其大者，待人宜厚，律己宜嚴，勿争小利而損大體。」斯言也，豈尋常候時轉物者所能見及者哉？然而君則淵淵乎更有進焉，曰：「吾承父業服賈，幸不隕越，且加嬴焉。然吾父所望於我者，不惟是要射時利、采奇嬴而游都市，與昆侖舶營貨而已。易簀之時，實有遺言曰建宗祠，曰置祭田，言猶在耳，其忍忘諸？」

君先世本居會稽，厥地曰鮑瀆；其後由鮑瀆徙於嵊，厥地曰崇仁。君於山陰買田五畝，歸之鮑瀆原籍；又於嵊縣買田五畝，歸之崇仁本支，春秋祭祀取給焉。墓田既定，創建宗祠。買田百畝，以四十畝爲祠產，完租葺屋取於是；以六十畝爲祭產，牲醴粢盛取於是。又買田二百畝，以百畝所入計族中男婦人口而賦予之，以百畝所入養鰥寡孤獨無告之人。而凡昏喪無力者，亦各有所助，是曰「義莊」。義莊之内設小學焉，以洋錢二千爲母，入其子以供學費。凡此皆以仁其族也。擴而廣之，則有養老堂，老者得就養焉，而仁及黎老矣；又有義冢，爲山爲地各若干畝，以掩骼埋胔，而澤及枯骨矣；又有士明學堂，捐助經費，釐定章程，呈於有司，達於大府，以垂永久，而惠及士林矣。

己亥之歲，紹郡大水，而嵊尤甚。君自捐白金千，又勸募得五萬，以振窮黎，凡此皆以周濟其鄉里也。上海有善堂曰「永錫」，紹郡旅櫬之無歸者，於是乎殯焉。資出於紹而獨不及嵊，君奮然曰：「吾敢自外乎？」助洋錢一千四百，而刻石以告後人。君之勇於爲義類如此，固其天性然哉，亦禀其父孔炤君遺命也。孔炤君嘗自崇仁至鮑瀆，有地曰茅廟，厥土塗泥滑不受履，嘆曰：「後世子孫必有畏其難而不至者。」君後親歷其地，平治其塗，以慰先人遺意。是以鄉里稱其仁，亦稱其孝。仁且孝，人道備矣。君雖以助振議叙知縣，分發江蘇，然淡於榮利，不赴也。妻裘氏有同志，凡有善舉輒贊成之。每嘆世俗婦女恒厚於己女而薄於子婦，獨矯其弊，人尤稱焉。

今歲君行年五十，鄉人士皆謀以一尊爲壽，而乞鄙文以爲之先。余觀古名人文集，惟《歸震川集》壽文獨多。其壽東莊孫君曰：「君先人以誠篤致富，至君尤甚，故業益大。」然則君之善承先業，其今之東莊孫君乎？又壽望湖曹翁曰：「予稱翁之善以祝其壽，使其鄉人子弟飲酒笑樂，同稱爲善人。」余於君亦云。然則君其今之望湖曹翁乎？君聞之，當亦欣然爲舉一觥也。

裘母李太宜人八十壽序

古婦女有學乎？曰有。古婦女所學者何也？曰：《禮》言之矣，婦德、婦言、婦容、婦功。皆婦事也，即婦職也，亦即古之婦學也。使婦人而亦學丈夫之學，則亦將志丈夫之志，而行丈夫之行，异日者婦人亦丈夫也。各志其志，各行其行，誰歟任婦事而供婦職乎？古昏禮父醮子之辭曰：「往迎而相。」鄭注訓「相」爲「助」。助其夫，斯謂之婦；善助其夫，斯謂之賢婦。吾持此論久矣。今觀於裘母李太宜人而益信。太宜人，賢婦也。惡乎賢？曰：「善相其夫也。」善相其夫奈何？曰：「夫在則贊成夫之行，夫殁則繼成夫之志。」請得而詳言之。

太宜人乃嵊縣裘君亦彦之繼配也。裘君需次江蘇，宜人從焉。當是時，粤賊自武昌順流而下，陷安慶，據金陵，江蘇戒嚴。上游知君之賢且才也，先命籌廬州餉，繼命管平望軍。君曰：「時事亟矣。吾既受知大吏，義不容臨難苟免，如細弱何？」趣宜人歸。宜人曰：「婦人從夫者也。君在此，吾何歸？」誓死不去。無何，省城陷，平望潰。君裹創潰圍而出，乞假回籍就醫。而君所傷頗重，昏沈床第間。僕從星散，干戈雲擾，迂回取道，綿歷時日。宜人吮創敷藥，調護惟謹。水陸舟車，又從容布置，屢瀕危險，卒履夷庚。既至家，皆嘆曰：「宜人之力也。」嵊令史君聞君歸，則大喜，言於浙撫，請咨留在籍，統白楓嶺之軍。君初不欲出，宜人曰：「桑梓之地，君其無辭。」從之。白楓嶺要地得君坐鎮，四境賴焉。同治元年，江南平，大功蕆。君以平望勞績得優叙，復至江蘇，歷攝鎮江府經歷，吴縣縣丞。時大難之後，民困未蘇。宜人曰：「饑者易爲食，渴者易爲飲。君盍有以飲食之乎？」君從其言，凡所以撫恤其民者靡不至。鎮江士民於其行也，大書「德被南徐」四字，製扁以獻。而吴縣馮敬亭先生素負重望，不輕許可，亦爲歌詩，稱君之美。噫！此豈易得也哉？微君之賢不及此，微宜人之賢以佐君之賢，亦不及此。吾所謂「夫在贊成夫之行」者此也。

及裘君殁，宜人治家事一如君之所爲。君嘗建宋王烈婦祠，地瀕江干，大水圮焉。宜人命其子重建之，曰：「吾夫之遺意也。」壬辰之冬，積雪兼旬。宜人命其子匄集巨貲，設廠以施糜鬻，曰：「吾夫之遺教也。」又如葺景巖公祠與三畏軒，以存祖澤；建聽彝書屋，以教同曾祖之子姓。凡君所欲爲而未逮者，擳搰從事，悉底於成。有三子，長曰佩文，前室子也；幼曰佩蘅，側室子也；自出者居次，曰錫。宜人於三子愛之如一，教之亦如一。故三子皆克成立，以仕學世其家，君可無憾矣。吾所謂「夫殁則繼成夫之志」者此也。嗟乎！宜人之賢如此，不學而能之乎？故觀於宜人，而知婦人之不可不學。然宜人出其所學，亦以助其夫而已。故觀於宜人，又知婦人之學在此不在彼也。今歲宜人行年八十矣，三黨之人咸思以一觴爲壽，而請余以一言先之。余因書此以進，异時修女憲書，其必於宜人有取乎！

李母蔣太夫人八十壽序

自泰西之學盛行於中國，而女學興焉。竊聞西人之言曰：「中國之人有四百兆之衆，男女各居其半。女學不興，而二百兆人歸於無用。」此説也余獨以爲不然。夫有二百兆之男經營於外，不可無二百兆之女贊襄於内。相須以有成，非男有用、女無用也。《春秋》二百四十年，如楚之鄧曼、魯之敬姜，其智識皆尋常男子所不及。漢劉向始創爲《列女傳》，及范蔚宗作《後漢書》，遂立此一門，補遷、固之所未備，以後史家無不循之。歷數史傳，若嬰母知廢、陵母知興，以及緹縈之救其父、李文姬之保其弟、陶母湛氏之教其子、譙國夫人之善事三朝、建安連氏之力全一城，彪炳史策，後先相望，誰謂中國女子無用哉？吾今觀於李母蔣太夫人而益信矣。

太夫人者，贈君瑞徵李公之繼配也。始來歸時，姑高太夫人在堂，前室呰夫人所生子心齋甫在襁褓。太夫人事姑以孝，撫子以慈，戚黨無閑言。越數年，而子時泉生，高太夫人卒，喪葬大事皆太夫人助成之，罔不中禮。其時粵寇已據金陵，臨淮苗、李諸賊從而蠢動，滁、和一帶尤當其衝，李故滁人也。咸豐八年，滁陷，贈公挈家避地揚州。時心齋年甫十三，時泉則五齡耳。左提右挈，不遑啓處。俄賊又犯揚，倉黄奔走，行次天長，與贈公及心齋相失。太夫人及時泉跧伏荆棘，跋涉關河，履敝蹠穿，面目黧黑，歷數晝夜復歸於滁。至則室廬俱毁，什物蕩然。僦屋數椽，倚食十指，亦可謂極人生之至艱矣。又况履望夫之石，登思子之臺，夢卜無靈，音問靡託，未嘗不泪盡而繼以血也。至同治十有一年，心齋始展轉歸里，自言與父并陷賊中，兩不相聞，已則乘間跳出，投效軍營，轉戰山東、河南、安徽，崎嶇數千里，藉以尋父，而竟不得。太夫人大慟曰：「吾子歸，吾夫已矣！」招魂哭奠，易服成禮。

而心齋既習於軍旅，仍出從戎，剿賊沁陽，防堵連城，扼守潼關，堵築河堤，積功保游擊，賜孔雀翎，寖尊顯矣。時泉則自幼好學，太夫人雖在顛沛流離之日，仍勉以讀書，蓄針黹所入，俾出就外傅。不數年間文采斐然，名譽大起。游於滬上，當事者耳其名，招入製造局。朝廷方整軍經武，修戎器以戒不虞，製造一局尤所注意。興創鍊鋼及製新式槍炮子藥，千緒萬端，日不暇給，管庫所儲歲百數十萬。時泉綜理微密，擘畫周詳，凡有所需，指景取辦。歷保知縣并補缺，後以直隸州用。未幾以知縣需次浙江，從事海運，保補直隸州，後以知府用。光緒二十八年，補授處州府遂昌縣。太夫人戒之曰：「吾家世貧賤，爾祖爾父皆忠厚長者，遺德於爾，以有今日。爾莅任後，振刷精神，盡心民事，毋鹵莽造孽，貽先人羞也。」時泉以母訓爲官箴，雖地方瘠苦，而創辦學堂，擴充養濟院，振興庶務，百廢俱興。又清理案牘以銷積訟，調和民教以弭亂萌。下車未久，頌聲作矣。但以道遠不能奉母，自請受代而歸。去任之日，送者塞塗，德政牌匾、萬民衣繖多至五六起。此在通都大邑習爲故常，山陬僻壤實數十年來所未見也。太夫人又謂之曰：「吾家本奇窮，此中况味備嘗之矣。家鄉親友以貧來投，宜體我心，毋使觖望。」故凡以有無告者，無不如願以去。此又太夫人之推己以及人也。

嗟乎！粵寇之亂綿歷十餘年，蹂躪數千里，寡人之妻，孤人之子，巨家大族灰滅無餘者，何可勝數？太夫人乃能收拾於煨燼之中，奮起於覆巢之下，撑持門户，料理米鹽。卒以教成二子，一以武達，一以文通，戢翼之鳥再奮乎天衢，涸轍之鱗重游乎大壑，三黨之人异口而同辭曰：「李氏之興，太夫人一人之力也。」使异時采入國史，安知不與桓少君輩同傳乎？吾故曰：西人謂中國二百兆人無用者，非篤論也。觀於太夫人，而吾言益信矣。今歲孟冬之月，爲太夫人八旬設帨之辰，日吉辰良，奉觴上壽。是月也，恭逢皇太后萬壽慶典，里抃塗歡，衢歌巷舞，而士大夫家又有此黄髪兒齒之壽母，非徒〔一〕德門之慶，抑亦盛世之祥也。夫「往蹇來碩」者，《周易》之微言；「前沈後揚」者，《越書》之精語。心齋時泉兩君既已大顯於時，此後必且隆隆日上，太夫人披一品之衣，登百年之壽，其顯榮光大必有更進於是者。區區此言，竊願以爲他日券，并願爲當代興起女學者示之凱式也。

紹豐張君六十壽序

孟子有言：「窮則獨善其身，達則兼善天下。」此分而言之，未合而言之也。夫兼善、獨善，豈有二哉？伊尹、太公固兼善天下之人。然當其耕於莘、釣於渭，則亦獨善其身而已。未有不善其身而能兼善天下者也。自古龍蟠鳳逸之士不得大用於世，乘下澤車游鄉里間，彈琴咏風，樂先王之道，舍一身獨善，固無他事。然王烈陽城伊何人哉？積一身之善，薰一邑之人，而共進於善，其獨善其即其兼善也。孟子言：「禹思天下有溺者，由己溺之也；稷思天下有饑者，由己饑之也。」居禹稷之位，則以天下之饑溺爲己之饑溺；不居禹稷之位，而要亦各有其位。

〔一〕徒，原訛作「徙」，據文意改。

則其在一鄉也，即以一鄉之饑溺爲己之饑溺；其在一邑也，即以一邑之饑溺爲己之饑溺。禹稷之任重，天之報之者亦重；不得禹稷之位，則天亦各視其所任以爲之報。《易》曰「積善之家必有餘慶」，天之道也。吾今者竊以此義爲紹豐張君壽。

張君者，上虞南鄉之章鎮人。其父明經君，幕游於粵，生丈夫子四，而君其季也。自幼遭粵賊之亂，家室流離，資用乏絶。俄而父兄相繼殂謝，君獨力樁柱其間，素負材略，工懋遷。念比歲以來國家方長駕遠馭，聚天下之民，致天下之貨，而茶繭兩宗實爲中國之大利，欲致富者舍此無繇。君乃兼而務之，又持信義以與外人交，綿歷數十年，積勤累儉，大啓其家，高貲巨萬，居然素封矣。君又獨居，深念吾起寒微，賴天幸日以昌熾。張子不云乎：「民，吾胞也，凡兄弟之顛連無告者，吾坐而視之，能漠然無動乎？」故君之爲人輕財而重義，節用而厚施，視人之事如己之事，視人之急如己之急。光緒九年，邑之南境洪水爲灾，室廬蕩析，田畝污萊，倉廥告空，米穀翔貴。君愀然曰：「廪無粟矣，野有莩矣。吾責不容旁貸也，吾力不能獨振也。」有謝君煦者與之同志，偕之滬瀆，爲將伯之呼，冀集腋之助，請得籌振公所存款凡如干數，喜曰：「事有濟矣。」飢者食之，寒者衣之，疾病者療治之，死亡者棺槥之。是歲也，灾而不害，君之力也。君則曰：「是不可爲常也。吾邑沿江之地，形勢卑下，堤防一決，民且爲魚。非策萬全，奚以善後？」爰創築堤之議，請於邑宰，籌款興工，而君董理其事。堤成之後，水不爲災，僉曰：「偉矣哉！張君之功乎！」

乃己亥之夏，紹興一郡無不被水，而上虞爲尤。就虞而論，南鄉爲最。歲既大無，民乃重困，市井蕭條，盗賊蜂起。君乃預籌巨款，又遍籲諸殷富家出貲助振。先於本鎮設局平糶，施給糜鬻，分賦綿衣。於是老弱免於流亡，工商復其本業，操耒耜者仍得從事於南畝。又懼盗風之未戢也，仿古搏力之法訓練其民，使之守望相助，一鄉有警，四境奔赴。盗無所得，萑苻爲空。先是方伯劉公予四字額曰「急公好義」，至是大中丞余公予四字額曰「澤溥桑梓」。如君之爲人，豈非吾所謂「居一鄉則以一鄉之饑溺爲己之饑溺，居一邑則以一邑之饑溺爲己之饑溺」者乎？其餘修建橋閘、平治道塗，見善必爲，指不勝屈。又如修族譜，建宗祠，此則事在本支，所謂「因雲灑潤，自葉流根」，在君特餘事耳。君之分止於獨善，而君之志存乎兼善。雖不獲大展其志，然規模宏遠矣。

德配方、繼配鄭皆有淑德。君之爲善，鄭與有佽焉。行年六十，精神强固，以中書舍人銜優游家街。生二子，有元方、季方之目。天之報施善人，正未有艾。自此以往，由七八十而至期頤，君之善量愈宏，而福緒祥源亦因之而益盛。《太玄・傒》次六曰「傒福貞貞」，竊爲君傒之矣。

春在堂雜文六編補遺四

宋氏宗祠記

宋以國爲氏，自漢壯武侯昌後，代有聞人，唐之璟、宋之郊若祁其尤著也。元時，錢唐有宋杞字綬之，以書畫聞於時。雖世系無考，然可知杭州之有宋氏由來舊矣。國朝光緒某年，仁和宋氏有以「樂善好施」旌於門者，則端友先生也。先生自幼嗜學，每夜讀書以繩繫肘，倦而欲寐，則使司更者掣其繩以警覺之，其勤如是。及遭粤賊之亂，家業蕩然，始棄儒而賈，與其弟友雲擻踼經營，家復大振。杭紹兩郡之人故以織綢爲業，先生爲之董理，百廢俱興，朝紡夜織之户咸蒙利焉。性又好善，見亂後飢民載道，爲糜粥以飲之。杭州艮山門至慶春橋大街䡇䡄不平，行者趦趄，爲醵錢以平治之。以春夏間之多疫癘也，創立善堂施醫施藥，兼施棺槥。以貧窶之家久而不克葬也，創溥福埸，具虆梩以掩骼埋胔。雖在他省，聞有旱乾水溢，必助之温振，樂善好施之獎所自來也。每念先世未有祠宇，春秋霜露無以奉粢盛，嘗出錢唐門，徘徊於裏外六橋，嘆曰：「山水之勝如此，苟能建祠宇以妥先靈，别構數椽以爲燕息之地，不亦美乎？」有志未逮，遽歸道山。

哲嗣鴻範字錫九，以明經筮仕江蘇，奉承先志，勿敢失墜，乃買地於卧龍橋之側。卧龍橋者，裏湖第三橋也。其地時有祥光浮於水面，蓋神物之所窟宅也。既得斯地，喜曰：「先人之志可以有成矣。」鳩工庀材，築堂三楹，敬奉栗主，咸秩無紊。其旁隙地構層樓以望湖山，啓小軒以納風月，栽蓮滿沼，植梅成林，曠如奥如，風景殊勝。經始於光緒某年，至某年而落成。喟然曰：「此皆吾先子之志也。」爰顔其軒曰「端友别墅」。俾後世子孫咸體端友府君之遺意，而勿徒以爲游觀之地。叙其都較，求記於余。余寓湖上久矣，見城中巨家右族各營别墅於西湖，風亭月榭，花嶼竹齋，極游觀之盛，然不過宴賓朋、娱聲伎而已。若宋氏此舉則有三善焉：嚴祀事，一也；成先志，二也；垂戒後人，三也。昔方正學先生序《金華宋氏世譜》，謂其美有三，余於此亦云。《詩》不云乎：「子子孫孫，勿替引之。」竊爲宋氏子孫頌也。

蘇州新建李真人祠記

李真人諱育萬，字子静，湖南長沙人，於元武宗至大三年七月二十六日生，生三十二歲而得道坐化。至今其真身猶在鄉里崇奉，歲久益虔，水旱疫癘，禱無不應。前明有「護國佑民」之封，至本朝道光五年，以祈雨得雨，敕封廣濟真人。其後屢著靈應，叠加封號，曰宣成，曰靈感。同治十一年，頒賜御書匾額曰「仁德感應」，然後海内咸知真人感應。由於真人之仁德，其仁德之廣，故其感應神也。真人生時以親疾，遂精究醫理，遐舉之後猶能以醫活人，普錫靈方，救人疾苦。其方不知所自始，一老僧云：道光初有人借居真人祠，閉户静坐二十餘日，出此方授人即去，莫知爲何許人，殆即真人化身也。都凡七百五十方，分爲九科，科别爲筒，筒中置籤，或百或數十，病者各就其筒掣得第幾籤即爲第幾方，服之甚驗。長沙彭麗崧申甫，吾老友也，有記文一篇，歷叙其母病、姊病、己病、子婦病及里中某某病，皆服真人方而愈。麗崧篤行君子，非妄語者，其言固可信也。

光緒二十七年，善化向君子振來守吴郡。見夏秋之交每多疾疹，而吴中醫價甚昂，貧者無力延醫，束手待斃，君乃謀於諸搢紳，即玄妙觀蓑衣真人殿西偏〔一〕紫來堂建李真人祠，設像立位悉如長沙龍潭山舊制，九科七百五十方亦制筒如式。於是蘇人信從，求者接踵。數月之後，靈驗甚著。考蓑衣真人，世傳謂是宋押衙何立，其真身猶在。而岳珂《桯史》及葉紹翁《四朝聞見録》但謂之何蓑衣，其蓑衣草可愈人疾。然則此兩真人者同一肉身成聖之人，又皆能治病，於蓑衣真人祠西建李真人祠，可謂得其地矣。君前官廣西桂平梧鹽法道，亦嘗奉祀真人。今廣西桂林府真人祠賜有「澤被邊陲」額，梧州府真人祠賜有「惠德在民」額，而桂林之祠并奏準列入祀典。然則异日蘇州之祠安知不亦錫宸章而膺秩祀乎？竊尋繹廣西兩額皆推本於真人之德澤，與湖南龍潭語意相同，非如宋光宗賜何蓑衣額但曰「通神庵」而已。君因真人祠不可無記，徵文於余。敬闡此意，爲吴中士大夫告，使知君崇建此祠，蓋欲廣真人之德澤，以造福三吴，其意至深且遠也。

〔一〕偏，原訛作「徧」，據文意改。

錢氏竹蔭義莊記

錢中議君竹卿先生，篤行君子也，生平熟於金布令甲，挾其術爲郡縣上客。晚年家居，遇粤寇之亂，妻唐淑人先投井死，君亦出投河死。同治二年正月十一日，詔書旌如律。已而里人又以君孝行上聞，於是光緒三年十二月十八日，又以孝子旌。君一人之身，先旌忠後旌孝，海内榮之。乃至光緒二十八年，其令子福年字耕伯者，又承君遺意，建立義莊。於是年三月二十四日事聞於朝，詔下禮部，如所請。嗚呼！忠且孝，又義焉，豈特當世所難，求之古人亦不可多得矣。蓋君生平自奉極儉，而睦婣任恤則勇爲之，節衣縮食，積幕府薄俸將買田立莊以贍宗族，不幸死難，未竟其志。

耕伯以名孝廉仕浙爲縣令，亦不得志，失職而歸。既不爲世用，出其餘智爲廉賈五之之計。數年之後，物力稍裕，乃買長洲、元和兩縣田一千一十八畝有奇，歲入其租除完公賦外，上以供祭祀粢盛，下以佽族中孤寡貧乏，而君未竟之志於是乎有成。爰於大郎橋巷卜地爲君建祠，奉君栗主，春秋承祀，唐淑人祔焉，禮也。義莊即設於祠内，命曰「竹蔭義莊」，以君字竹卿也。耕伯述其本末，求記於余。余爲義莊記多矣，斯莊也以君之忠且孝，淑人之烈，又繼以耕伯之賢且才，合此衆美萃於一莊，蓋有非他姓之義莊者所可及者。其在《太玄·積》之次四曰「君子積善，至於車耳」。吾知錢氏之澤長矣。

餘杭縣重建文昌閣記

《周官·大宗伯》「以槱燎祀司中、司命」，即後世祀文昌之始。自宋以來，民間已奉事勿替，明景泰間始敕建文昌宫。至本朝嘉慶初，列入祀典，咸豐間又升列中祀。於是自京師至郡縣咸建立文昌祠，功令然也。又或仿古集神招仙之遺制，建閣以奉之，既肅觀瞻，兼壯形勢，斯尤傑構矣。餘杭縣故有文昌閣，在城東南隅，形家者言是爲巽方。《易》云：「帝出乎震，齊乎巽，相見乎離。」出震見離，必由乎巽。巽方建閣，實啓離明。故自前明建立以來，文〔一〕物繁昌，科名鼎盛，其明驗也。歲月綿邈，重以兵燹，間架僅存，撓傾日甚。過其地者躑躅焉，跱躇焉，咸有鼎而新之之意，而力未逮也。

光緒二十四年冬，邑人季卿吴君奉天子命備兵於徽寧池太廣五州郡，乞歸展墓，顧瞻是

〔一〕 文，原訛作「又」，據文意改。

閣，慨然於文治之攸歸、舊觀之宜復，自捐萬金，力任興作。邑人聞之，皆大和會，鳩工庀材，有期日矣。會邑東樟樹塘決口，洪波嚙入，田畝污萊。於是閣工未興，而塘工又起。邑人聚謀，費無所出。先是邑侯舒公有羨餘洋錢一萬，交邑人董君鳳翔等存，備一邑善舉，乃議即以此款築塘。則又有尼之者曰：「舒公留此爲合邑計，不可專供東鄉一隅之用。」斯言一出，群情猶猶與與，莫之能決。吴君聞之，命其子自任所歸，言於衆曰：「請以吾建閣之貲築塘，而以舒公此款築閣，一轉移間不兩得乎？」僉曰：「善。」又有通濟橋者，邑中要道也，時亦傾圮，議并修之。塘工、橋工次第告成，乃始專力於閣。經始於辛丑某月，落成於癸卯某月。頳壁丹柱，照耀溪流。登是閣者仰觀攢甍閂栱之巧，俯覽雕櫳鏤檻之美，喟然嘆曰：「材美工巧，是有加於昔矣！」

終始其事者，孫君和叔及其從子槐庭，而金君邦杞、王君原崑、李君譜六、顧君少楣亦與有力焉。越二年，壬寅科鄉試，邑中登賢書者六人，形家之説信有徵矣。而六人中孫氏居其二，殆神所以獎其勞歟？夫吴君首輸巨貲以創此舉，甚盛事也。乃因閒於塘工，又藉舒公之款挹注以成之。賢令尹之遺惠，都人士之公義，不有紀載，後無述焉。余既詢悉本末，因叙都較，勒之貞石。方今聖天子垂念人文，講求實學。斯閣之成，適當其時，行見學業盛而科名亦盛，不特餘杭一邑之光，吾浙亦爲之生色矣。余竊於此閣徵之也。

陸幹甫思嗜齋記

陸幹甫大令以「思嗜」名其齋，余既爲題榜并略述其所以命名之意矣。乃今又乞余一言以爲之記。余按《小戴記·祭義篇》曰：「齊之日，思其所嗜。」鄭注曰：「所嗜，素所欲飲食也。」并引「屈到嗜芰」以證之。然下文又云：「心志嗜欲不忘乎心。」《正義》謂「孝子致其愛親之心，若親之存」，是則「嗜」之一言所包者廣，豈獨飲食云乎哉？東坡云：「稽康之達也，而好鍛淬；阮孚之放也，而好蠟屐。」蓋人之嗜好不同如此。又云：「象犀珠玉珍怪之物，有悦於人之耳目，而不適於用。悦人耳目而適於用，其惟書乎？」以是言之，嗜好無窮，至書而極。所嗜在書，賢於象犀珠玉多矣。

大令自述其先德癖好藏書，所藏者不下數萬卷，兵燹之後所存者猶有萬餘卷。大令悉藏弆齋中，而朝夕坐卧其間，見書如見其親焉，此齋所以名也。若大令者，真可謂「思其所嗜」者矣。昔鄭樵聚書數千卷，謂其子孫曰：「吾爲汝曹獲良産矣。」大令之先德能以書籍貽子孫，是有鄭漁仲之風。又陸放翁跋其子所藏《圖書〔一〕補》云：「子遹喜畜書，至輟衣食不顧也，吾世其有興者乎？」今大令能守先人遺書，吾知其必有興者矣。

婁君受之生壙記

婁君受之既葬其妻張夫人於宛平縣南岡峋之原，即自營生壙於其左，於今十有三年矣。其弟緯書以書來請，曰：「嘗讀先生《春在堂雜文》第三編，有《方正甫觀察生壙記》。今吾兄幸獲交於先生，能援方觀察之例錫以一言乎？」余惟君曩游吴下，數與往來。其先德安平君之葬，余曾志其墓。今老且病，君异日銘幽之文余無及矣。然則以一言記君生壙，其又奚辭？君名杰，受之其字也，浙江山陰人，婁氏，其世系詳安平君之《志》，可無述矣。君之初生也，安平君夢華山僧擔簦入其室，故自少即嗜内典，好與方外游，於世俗嗜好澹如也。以安平君宦况清貧，因習法家言，以佐菽水資。學成，張靖達公適撫江蘇，即延之入幕。自是往來燕趙吴豫間，三十餘年聘幣無虚日，所主督撫、藩臬、道府、州縣皆相倚如左右手。君所規畫務持大體，不苟

〔一〕 圖書，《渭南文集》卷二九作「國史」。

爲容悦。而利澤所及，人或不盡知，君亦不自言。今舉其大者數事。

光緒三年，君在覃懷，歲大祲。君爲郡守王君上書請振請蠲，牘凡數萬言，上游難之。俄言官以道府匿灾劾奏，朝命重臣按治，得所上牘，嘆曰：「早從王守言，河北民蘇矣。」其在開封也，汝陽民有習教者，怨家以謀叛聞。而有司亦欲見功，僉曰叛也。君謂習教與謀叛迥异，執不可。或愓以危言，不顧也。欽使至，按之如君言，全活數百家。十三年，河决鄭州，條上救灾十二事，并請檄州縣準其動支庫幣。各州縣正苦無振濟費，檄下乃同時舉行，灾而不害。二十四年，有詔命各省皆治團練。君力言湖南及直隸、山東民多獷悍，咸同間因團練而成聯莊會之亂，其前鑒也，况今中外相猜，教堂林立，尤不可以不慎。中丞劉公樹堂頗韙其言，入告不從。未幾而團民果爲亂，人皆服其先見云。嘗以黔撫黎文肅公奏設候審公所，民頗稱便。豫省外郡多未遵行，因取原疏著説，備言其利便。又以婦女犯徒流以下罪例得收贖者，應無庸解府司復勘，以免隸役苛辱，當時撫豫者皆采用焉。

君勇於爲善，比年以來，大河南北及直東晋皖江浙水旱頻仍。君匄合同志，募集巨貲，振鄰省者八次，振豫省者十九次。豫省素無義振，有之自君始也。前後叙助振功，由東河同知加三品銜，一品封典，賜孔雀翎。又以襄辦鄭工擢知府。大僚皆慕君名，謀薦於朝，而朝廷亦嘗傳旨嘉獎。然君卒不爲出，雖名動公卿，而蕭然物外。襟懷冲淡，内行純篤，友愛諸弟，至老不少。少時喜爲詩，中年以後專治文，有《聽虚館文存》六卷。又選漢魏至元明人詩爲《閑適集》二十卷，蓋君素有逸志，讀古人林泉諸詩輒爲神往，《閑適》之集所以見意也。君志趣如此，安平君之夢洵不虚矣。妻張夫人有賢行，嘗刲臂肉療君疾。子啓衍，花翎同知銜河南候補知縣。因記君生壙而具書之。异日者君儻欲如韓昶之自爲墓志乎？則吾言備矣。

德清重建白雲橋記

苕溪之水出天目而萃臨安，必經由於吾邑。邑之東南有白雲橋焉，其要區也。舊名雲塘，亦名步雲，又改爲白雲。不知始建於何時，一修於明萬曆三十六年知府陳公，再修於國朝雍正八年知縣錢公，有李敏達公《記》詳言之矣。自雍正至今又一百七十餘年，歲月綿邈，兼經兵燹，而是橋又圮，由其地者水陸皆阻。邑人聚謀，議重建之。馮君久成、費君梅春倡始勸募，有沈氏妙蓮，巾幗好義，亦贊成焉。工巨費多，尚苦不給，又有施君涵、徐君士駿、徐君肇基、戴君湘、丁君毓瑛、沈君光裕廣爲勼合，以竟厥功。經始於光緒二十七年九月，至二十九年三月告成，都凡石料、工工〔一〕用錢六千四百餘千，椿木、石灰及其餘雜用又一千六百餘千，共用錢八千餘千。修廣高下一如其舊，直欄横檻罔不肹飾，由是高檣巨艑容與乎其下，躡屩擔簦逍遥乎其上，咸嘆曰：「美哉！斯橋也。」舊史氏俞樾樂觀厥成，爰述本末，刻於橋石，用告來者。

含真仙迹圖記

光緒乙巳歲，陳小石中丞喪其愛女，曰昌紋，字綉君，中丞與許夫人慟甚。余既銘其墓矣，已而親黨中往往有傳其仙迹者。金石例嚴，不能闌入。然志文載中丞一夢，仙迹已略見矣。其明年，中丞由豫撫調蘇撫，因至余寓相見。而許夫人則余次女綵裳之小姑也，與余兒婦輩素相習，因詳言女身後事。乃知中丞之夢非止一次，即許夫人亦數數夢之。而凡親戚中婦女，下而至婢媪輩，夢者又不止一人。參而觀之，女真仙矣。許夫人命工就夢中景象各繪爲圖，凡得二十圖。其尤奇者，一人夢女居五色雲中，侍者甚衆，有僧數十向之膜拜。人皆以爲异。余謂見女子身證菩提，果若維摩詰之女，若龐居士之女，梵典多有之。其遠者姑勿論，即如明梓潼

〔一〕工工，疑當爲「工匠」或「工價」。

人周氏女，年十九跏趺而化，成知慧菩薩；又裴氏女年十三坐化，邑人建刹奉之。漁洋山人《隴蜀餘聞》詳載其事。今陳女之年比周不足，比裴有餘，安見其不爲知慧菩薩生善女天而説法乎？又一人夢女在一處，兩旁侍者皆戎服，有女兵兩隊，步伐止齊。女臨視之，容甚威武。余謂女生前每談及時局艱危，輒慨然太息。今忽示人以戎容暨暨，安知不將有所爲乎？宋慶曆中，寇圍歷陽，有神兵見而圍解，乃漢初范增幼女九娘子之神也。歷千有餘年，靈爽不泯如此。事固有不可以常理測者，使阮太冲聞之，當載入《女雲臺外録》矣。又一人夢女携瓷瓶一具，去其蓋，傾出清水。夢者問故，曰：「得此清氣可使世間清净耳。」嗟乎！世溷濁而不清，古騷人所嘆也。攬轡登車，慨然有澄清之志，古烈士之風也。今以一弱女子所言若此，然則挽天河而洗甲兵，奚煩壯〔二〕士哉！

《法宛珠林》稱「佛有萬玉女手執萬瓶，皆盛香水，行住虚空」，女或即其一也。其他諸圖大率類此，余不悉載。惟就諸圖中所見景象，或一白玉小橋，橋内有五色蓮花，樓閣玲瓏，隱見雲際。又或一玻璃大室，中設木刻蓮花寶坐，女坐其上。又或見大船一艘，皆玻璃製成，女坐舟

〔二〕壯，原訛作「肚」，據文意改。

中，四面奇花環繞，且隱隱聞仙樂聲，諸仙女駕小船從其後。凡此之類，杳不測其所在。余憶陶貞白《真誥》言易遷館、含真臺二處皆女子得道者所居。趙熙女名素臺，居此已四百年，不肯他徙，謂天下無復樂於此者。竊意女以童貞入道，必當居此，故輒題其端曰「含貞仙迹」。然而玉佩金璫，左驂飆而右服欻，往來十二碧城間，易遷館乎？含真臺乎？余固不足以知之矣。

故湖南巡撫惲公神道碑

嗚呼！賞功罰罪者，朝廷之大權；是是非非者，天下之公論。世之盛也，功罪與是非合爲一；及其衰也，功罪與是非分爲二。惟我聖清同民心而出治道，朝廷之賞罰無不合乎天下之公論。故是非定而功罪亦因之而定，吾於故湘撫惲公見之矣。公之殁也距今三十三年，墓木拱矣。而神道尚未有碑，碑未有文，惟故協揆叔平翁公爲作墓表一篇。表與碑體固有别矣。其季子炳孫具狀而請於余，求以文文其墓道之碑。余惟公於國史有專傳，叙次甚詳；而翁公所爲墓表亦頗得大略，余又何加焉？然公受知文宗、穆宗兩朝，由御史出守，不五六年洊歷封圻，遭遇之盛一時無偶。而竟爲讒口所鑠，賫志以終，此海内有志之士所爲長太息也。乃日久論定，則其捍禦之功、勤苦之志卒不可得而掩，光復舊階，榮列祀典，豈非是非定而功罪亦大定歟？是宜表出之，以爲封疆之臣勸。

謹按狀，公諱世臨，字李咸，又字次山，江蘇陽湖人。惲氏爲江左望族，其世系具翁公所爲墓表，可無述焉。道光二十三年舉於鄉，二十五年成進士，改庶吉士，散館以吏部主事用。咸豐三年補驗封司主事，會辦京城團防。五年升員外郎，記名以御史用。將補缺，尚書花文定、周文勤以公熟部事，請暫留部，升郎中。八年，京察一等，詔以道府用。是年補山西道監察御史，未幾授常德府知府。自是公之政迹皆在湘矣。粵賊石達開攻寶慶急，常德與寶慶鄰也，公兵餉兼籌，水陸互備，賊不敢犯，城乃獲全。十一年，升岳常澧道。將之官，而大雨浹旬，江水陡長。西門外有大堤曰花苗，此堤一壞，全城皆魚。公危立堤上，水至不動，萬夫皆奮，合力搶築，遂以無事。同治元年，升布政使。時大軍攻雨花臺垂克，而火藥告匱。公請於巡撫毛公，撥火藥三十萬斤往濟之。其後進攻金陵，接濟如初，遂克金陵，公功多矣。曾文正公將以上聞，公馳函止之，曰：「數年來艱苦支持，爲大局計，非爲今日邀功計也。」文正嘉嘆，竟從其志。二年，授湖南巡撫。甫受事，即剿擒蜀賊李幅猷，其後又誘獲通賊之副將曹元興，皆有旨獎焉。

公以軍事粗定，則民事爲重，而湘省素無儲積，勸捐義穀以備凶荒，禁糜穀作酒以重民食。又以民間錢糧多用制錢折算，今銀價日賤而折價如舊，書吏又每藉包徵包解以魚肉貧民，爰通飭各屬將折價報明，核定刊石，永遵一例，官徵官解無使胥吏得緣以爲利。蓋公之撫湘雖爲時不久，而實惠及民如此。久於其任，則必有卓然可見者。而御史賈鐸已以白簡聞矣。公不自辨，惟辨常德鹽捐一案，略稱：「臣甫履常德府任，石達開圍攻寶慶，經本地紳商公請，辦理鹽捐爲募勇經費。當經稟督撫，臣批準有案，所捐之錢收支皆在商手，概不入官。及臣署藩司，紳商等以此項積有盈餘，復稟定收支章程，以杜挪借。此兩次稟請立案之由，督撫司道衙門均有案可稽，非先辦而後稟，以掩飾自私也。」公蓋以此款爲常德水師口糧所仰給，事關大局，不得不言，其餘則付之不論矣。然如違例擅委一事，文明司巡檢勞銘勛已歷保知縣，且已納捐開缺以知縣用，則委其代理臨湘并未違例。又如失察屬員回避一事，例載應回避之員，如不呈明，咎在本員，上司官無處分也。至張崑祁雖係同鄉，絕無委查州縣之札，雖曾委之製造火藥，然在局三年，節省工價錢至一萬餘緡，可謂得人矣，尚得咎其信任同鄉乎？穆廟知公有素，故特派大臣往案其事。而星使暫臨，於地方情事多未諳悉，調查公牘亦或未盡周詳，率爾一奏，聊以覆命，不遑用古使臣周爰諮詢之義。而公遂以降四級調用歸，不惟湘人惜之，海内惜焉。

歸後寓居吴中，食貧自樂。陝甘總督楊公岳斌歷陳公湖南治行，請發往甘肅軍營；大學士官文恭公又言公持躬廉潔，秉性忠誠，力請召用。疏入，皆報可。公以病不果行。然公論在人，具可見矣。同治十年六月庚申朔，以疾終於蘇寓。兩江總督大學士曾文正公上言：「惲世臨任湖南巡撫，創立東征局，供支湘軍，所接濟者甚巨。家世廉吏，以操守自勵，亮節清風，皭然不滓。臣知之最深。念其未竟所用，賫志無窮，因將其平生志節略陳一二。」蓋曾公當日雖未上其功，及其歿也，所以表襮之者亦云至矣。同治十二年四月，湖南巡撫王公文韶疏言：「已故降調巡撫惲世臨功德在民，懇恩開復處分，俯準題請入祀名宦祠。」詔如所請。於是王公又會同總督學政循例具題，事下禮部。部臣核其事實，名實相符，請準其入祀名宦祠。詔曰：「依議。」其明年，浙撫又以故嘉善縣子寬惲公請祀名宦，即公之父也。父子同祀名宦，士論榮之。

夫有功德於民，列入祀典，古禮也。至於本朝，尤重其事，都凡國初以來崇祀名臣者不知凡幾。然如公之以獲咎之員而仍得崇祀者能有幾人哉？聖明在上，固無不雪之冤，而公之忠誠亦自有不可磨滅者在矣。人臣事君，亦視其素所樹立者何如耳，一時之榮辱得失豈足計哉？故曰：「小人計其功，君子道其常。」嗚呼！封疆之臣可以勸矣。公卒年五十五，初娶梁，繼娶戴，覃恩封贈皆一品夫人。子桂孫、頌孫、俟孫、炳孫、秀孫并知名於時。余此文於公之瑣節皆不及焉，惟取其有關懲勸大義者著於碑。銘曰：

公起詞垣，而登臺諫。一麾出守，寄之方面。能文能武，以守以戰。狂寇竄奔，危疆安奠。天子曰咨，惟汝予嘉。汝臬汝藩，汝撫長沙。培民根本，剗盜萌芽。設施未竟，遺澤孔遐。讒口嗷嗷，飛來白簡。公論具存，公不自辨。幅巾歸來，優游吴苑。天日照臨，黑白自見。國有祀典，民有謳思。公之忠誠，有以致之。惟忠無欺，惟誠無私。凡百有位，視此刻辭。

翼鄰徐公配王太夫人墓表〔一〕

武林徐氏，巨族也。自元季有諱湘字克敬者，始自蘭溪縣樟林鎮遷於杭，其墓在馬鞍山。六傳而至思槐公，實爲文敬公曾祖，其墓在三台山。是二處皆徐氏發祥之地，堪輿家以爲美談。乃其尤著則爲留下鎮之小和山。小和山之塋自王太夫人始，萬山環抱，雙泉夾流，松聲雲氣，迥非恒境。蓋自思槐公至其孫翼鄰公皆葬三台山。翼鄰公之配王太夫人歿，距翼鄰公之葬已二十七年。兆域久安，不敢輕動，乃卜葬於小和山，而其子文敬公亦祔焉。文敬公之墓穹碑巋立，而王太夫人之墓缺焉，無以昭示來兹。其八世孫琪乃具事實，求余文以表其墓。

〔一〕本篇内容與《雜文六編》六《誥封一品夫人徐母王太夫人墓表》重復。

謹按：王太夫人之歸翼鄰公，年甫十有七。翼鄰公爲明諸生，明亡不仕，教授生徒，以給甘旨。太夫人持家以儉，而奉姑饌必豐。姑費太夫人得以安神閨房，頤性養壽，歷三十七年而及見孫文敬公之貴。文敬公之生也，費太夫人夢一鶴行於庭，喜曰：「此子必興吾家。」及文敬弟粵翰公生，費太夫人曰：「此子亦貴。」已而又生涵三公，費太夫人曰：「此子秀矣，如秉質稍弱何？」其後文敬公官至吏部尚書，爲時名臣；粵翰公以知縣官廣東、四川，亦稱循吏；而涵三公則十八歲而殤。太夫人嘆曰：「吾姑之所見遠矣。」翼鄰公之殁也，太夫人以姑在堂，茹痛承歡，惟以養姑教子爲事。康熙十一年，文敬公登賢書，其明年成進士，入翰林。徐氏自克敬公遷杭，以家世仕元，不樂仕進。四傳至龍山公諱顒者，始以進士官禮部員外郎。議大禮，與張、桂牴牾，出知江西臨江府，戒子孫毋阿世干進。故終有明一代，武林徐氏迄未大顯。及文敬崛興，費太夫人及太夫人皆大喜曰：「可以慰先人於地下矣！」費太夫人旋卒。

文敬公服闋，入都供職，尋由檢討遷贊善，典試江南。有以蜚語聞京師者，太夫人憂之。文敬繼配殳夫人曰：「吾夫子以公慎自矢，必無他。」榜發，所取皆寒士素有文望者，時論釋然。太夫人撫殳夫人背曰：「爾可謂静而慧矣。」文公嘗被召至乾清門講《易》《論語》，稱旨。太夫人戒之曰：「勿謂爾學既優，當更求經世之學也。」未幾以工部右侍郎督理錢局。太夫人勉以清介，事有不可，毋徇衆署名。异日冒濫事發，株連甚衆，文敬公獨無所染。三十三年，充會試副考官。太夫人勖以當如典試江南時，勿負初心。於是焚香誓天，所得亦多知名士。文敬弟粤翰公有吏才，太夫人命納貲爲縣令，康熙八年選授廣東長樂縣。太夫人曰：「此雖小邑，然深箐叢篁，盜賊淵藪。汝爲政宜寬猛相濟。」粤翰公謹受命。既下車，以計禽翦其渠魁，盜風衰息。設義塾，興文教，邑中大治。後調四川中江縣，治亦如之。蓋二公皆禀太夫人之教也。

太夫人卒於康熙三十四年五月十四日，年七十有三。子潮，文敬公也；相，粤翰公也；浙，涵三公也。其長孫本，歷官至東閣大學士，是爲文穆公；次孫林，臺灣海防同知；又次杞，以翰林起家，官至西安巡撫，内升宗人府府丞；又次亨時，江西吉安府知府；又次柄，淮安府海防河務同知。曾孫二十四人，以烜其長也，由翰林官至内閣學士兼禮部侍郎銜，餘皆以科第仕宦世其家。女一人，孫女八人，曾孫女十二人，并歸良奥之族。東閣大學士錢塘梁文莊公、禮部尚書高郵王文肅公，皆其曾孫婿也。太夫人性好施與，方明季之亂，避兵者由浙東西渡無慮千萬人，舟人昂其值，或不克濟。太夫人佐翼鄰公創設義渡，全活無算。至今錢江義渡猶其遺意，宜其子孫繁衍，蔚爲鼎門。而小和山鍾毓之盛，遂與馬鞍、三台之先兆鼎足而三。嗚呼盛矣！琪以名翰林今官内閣學士，署兵部右侍郎。文敬、文穆兩公後繼起又有人矣。

余以琪之請，舉太夫人懿行之大者表於其阡，至其餘詳府縣志及琪所著《誦芬咏烈編》，不具書。

戴子開觀察《招隱山房詩》序

往年戴澗鄰先生宦吾浙有聲，余兄壬甫癸卯同舉於鄉，余有昆弟同年之誼。而彼時客游四方，未得一見。及余主講西湖詁經精舍，歲至杭州，先生有令子曰啓文字子開，念先世有孔李通家之舊，不我鄙棄，湖樓山館時相過從。余不及見先生，而獲交於先生之子，幸矣。子開文章政事雅有父風，亦官於浙，積勞至觀察使。

今歲仲春，子開書來，言生平無他嗜好，惟癖嗜吟咏，四十年來積詩無算，今删存爲十卷，求序於余。余獲交於子開，因而得讀子開之詩，抑又幸矣。其詩疏淡則韋蘇州，工雅則王摩詰，隱秀則李義山，暢達則白樂天，而歌咏時事，表揚節義，沈鬱蒼凉，又居然杜少陵。即咏物諸作，亦運筆超妙，寓意遥深，非尋常謝蝴蝶、鄭鷓鴣所能望。蓋子開少承家學，早負時譽，屢試塲屋，皆以額溢見遺。然其致力於學，則不以科名得失而有間，溯原經史，推本風騷，宜其詩之遠軼時流也。吾浙山水爲海内所推，游宦其地者白蘇以下代有聞人。子開他日以觀察使周歷浙東西，吾見詩境與宦迹將與澗鄰先生并傳。惜余衰且病，不及共竹馬兒童從其後而游也。

釋妙濬建立俗家魏氏宗祠記

佛言辭親出家謂之「沙門」，然則爲沙門者可無親乎？乃余博觀古金石之文，如北魏《比丘慧暢造像記》稱「爲父母、兄弟、姊妹一切衆生敬造」；北齊《都邑師道興造像記》云：「以此微誠資益父母，七世歸真，現存獲福。」知雖遁迹空門，而天性之恩固不可没也。所惜者徒以造立佛像謂可資益幽冥，沿襲彼教之言，未合吾儒之義。近時新出《唐處士王君碣》稱君「有子四人，其季子慎貞依釋爲沙門」，而墓碣即其所立。夫既沙門矣，而建塋刻石皆出其一人，雖士大夫何以過之？昌黎所謂「墨名而儒行」者，斯人之謂歟？乃今又見之炯庵上人矣。

上人名妙濬，炯庵其號也，浙江黄岩人，姓魏氏。父維堯，母金氏。其始生也，有雁蕩僧過其門，曰：「此子夙具善根，當大興佛門。」六歲母卒，遺命使爲僧，無何父亦卒。稍長，從蔡孝廉讀書。忽聞鄰寺鐘聲，憬然有悟，遂興出世之思。遵母命，就鄰寺從松濤上人爲師，剃染如儀。年十七，詣北嵩岩常寂寺受具足戒。嗣是徧游天台、國清、四明、天童諸名刹，一瓶一鉢，所至有聲。台山諸長老延主萬年寺，開堂説法，善信景從。蘇州隆慶寺雨香長老聞而慕焉，遣書招之。惠然而來，事雨香甚謹。及雨香涅槃，如喪所生，亦見其至性之過人矣。光緒十七年，入都敬領藏經而歸，然隆慶寺中素無恒產，上人願力宏深，道行高妙，僧俗雲附，檀施雨集。二十年來，傳戒者三藏經閣、羅漢堂及禪房寮舍腁飾一新；置田三百畝，以供常住香燈之費。曩雁蕩僧言「當大興佛門」，信有徵矣。

然落葉糞本，物之理也；追遠繼孝，人之情也。上人曰：「吾誠釋氏子，然豈生於空桑乎？」甲辰之歲，回黄岩故里，瞻拜松楸，感懷風木。爰節蔬筍所餘建小宗祠一區，置祀田十餘畝，春秋祭祀取給於此。斯舉也，以方外之人行士大夫之事，非彼以造像爲功德者所能見及也。余從前作《王居士碣歌》，盛稱王氏季子忘世而不忘親，今於上人亦云。彼造像者動言「七世蒙福」，然則魏氏可知矣。余寓吴下，去隆慶寺一里而遥。上人具本末求記於余，因書此遺之。俾刻石祠中，既以美上人之不忘本，又以此卜魏氏之後之必昌也。

故湖南巡撫惲公繼室戴夫人墓志銘

往者惲次山中丞之葬也，余撰次其事實書於神道之碑。但舉其有關懲勸之大者，而不及瑣節，即其夫人之賢亦未之及焉。越二十五年而夫人卒，其孤炳孫等又以志墓之文請。按狀，夫人浙江歸安人，戴氏。生而明慧，讀經史，通大義，喜論史事，詩詞其緒餘也。年二十三，歸中丞公爲繼室。其前室遺有三子，夫人又舉二子，愛之如一，教之亦如一。中丞由翰林改吏部，部事繁。公在部久，事無巨細，應準應駁，皆決於公。每定一稿，輒磋磨終日。或携歸私宅，篝燈籠燭，丙夜未休。夫人有時參贊一言，動中肯綮。公既寢，夫人又自紬次其事，使有條理。次日袖以入署，同官咸服，堂上諸公亦皆推重。是攝是贊，夫人之力孔多矣。中丞出守常德府，時粵賊石達開自寶慶襲常德，中丞募鎮筸兵六百守城。然餉奇絀，兵且潰。夫人曰：「得三日糧，或猶可爲乎？」脱簪珥，空箱篋，盡出所有以濟之。人心稍定，而賊大至。中丞率師扼之於隘，瀕行，夫人送之曰：「事或不濟，君臨陣捐軀，我登陴死難，吾夫婦兩人千古矣。」中丞壯其言，麾兵而出，誓不反顧。士皆感動，勇氣百倍。論者以夫人之助公守常德，與沈文肅夫人林氏之助守廣信，并爲中興美談。中丞每謂夫人曰：「使卿爲男子，雖曾胡彭左諸公亦無多讓。」此雖戲言，實確論也。

中丞尤慎於折獄，每研鞫疑獄。雖至夜漏三四下，夫人必秉燭待之，詳詢顛末，互相辨難。往往有數年未決之獄，夫人一言而定者。中丞因此愈愛敬之，遇事必商，夫人亦知無不言。然自領郡至開府，夫人隨任七年，未嘗置一釵製一裘也。及中丞以人言罷歸，囊槖蕭然，不异寒素。夫人怡然曰：「吾夫子亮節清風，即此可以貽子孫矣。」中丞以積勞得嘔血之疾，夫人故精醫，摩息處方，服之輒效。及是抱病歸里，一皆夫人主之。以祖居毁於兵火，僑寓吴中。中丞於寓廬西偏築一小園，名曰「雲圃」。圃有老櫟樹，慨然曰：「吾即櫟也。」因署曰「櫟存草堂」。又爲夫人築室曰「洗蕉吟館」。夫人晚年自稱「洗蕉老人」，以此也。花晨月夕，每與中丞唱和其中，不復知有今昔升沈之事矣。中丞既謝賓客，夫人治家謹，家事咸治，諸子皆成立。雖伯仲叔三子已前卒，而存者炳孫秀孫皆以宦學知名於時，夫人所出也。

乙未秋，歸林氏長女有疾，夫人躬護治之，感受風濕，大病累月。病愈而腰筋縮朒，不良能行，遂偃卧床笫。炳孫於是移榻母室，晨夕不離者十有二年。夫人雖病卧，然神明如故，孜孜爲善亦如故。其周濟親故及暑施藥、寒施衣猶小者也，大者則在濟人之危、成人之美，自言在京師與中丞成就人功名共四十八人。中丞之撫湖南也，因念洞庭湖之險，增置救生船十六。及罷歸，渡洞庭湖，問之，知已救八百餘人矣。此舉亦夫人成之也。生平於中興將帥惟推重胡文忠、彭剛直兩公，世好中則惟任潛圃中丞及余二人。嘗以潛圃、曲園并稱，命炳孫師事之。今年春，潛圃以微疾卒，夫人悒悒不樂，曰：「老年人真風中燭也。」是歲行年八十，五月十三日其生辰也，於閏四月豫舉壽觴，意興猶如平常。俄而示疾，時劇時差。不受藥餌，參苓之屬亦屏不進。强之，始啜少許，曰：「無益也。」爰於光緒三十二年九月丙申，終於正寢。

嗚呼！中丞公持躬廉謹，秉性忠貞，卓然爲一代名臣；而夫人之才識又足以配之，斯豈古梁孟、陶翟所能望哉？夫人雖巾幗中人，而豪邁有丈夫氣。每親故求見，輒與縱談事理，品題人物，娓娓不倦。余或在坐，亦與聞焉。余嘗謂《魏書・李孝伯傳》稱其妻崔氏爲「高明婦人」，今惟夫人足以當之。即以此意志其墓，繫以銘，銘曰：

女有士行，古稱女士。懿與夫人，洵足當此。秉性高明，宅心粹美。洞燭物情，曲中事理。觀巨於微，圖終於始。有美必成，見義斯徙。以相其夫，以教其子。晚膺末疾，終年床笫。親故周旋，仍爲之起。高論滔滔，清談娓娓。昔登其堂，慕其風軌。今銘其墓，用達斯旨。仗兹彤管，光我青史。

《寶山錢氏數典録》序

昔籍氏以「數典忘祖」蒙「無後」之譏，於是後之君子皆以論撰其先祖之德善、勛勞爲事。陸士衡《文賦》發端即云：「咏世德之駿烈，誦先人之清芬。」然則咏德誦芬，固文章家之先務乎！錢氏在五代時有大功德於東南，自宋以來世爲著姓。寳山錢子禮南衡璋著《錢氏數典録》，撰次其先世事迹，分爲五門而類别之。余甚嘉其表彰前哲之心盛，而網羅放失之力勤也。

籍氏之譏吾知免矣，惟於所著《錢氏源流考》有不能無疑者。考泉氏見於史者二，《周書》有「泉企」，《唐書》有「泉男生」，此兩泉氏异派而皆非中原舊姓，不出於《周官》「泉府」也。《通志》云「以邑爲氏」，錢氏則云「以官爲氏」，是泉、錢异姓。尊説必合而一之，然既云「以官爲氏」，而推其所自出，仍出於彭祖。然則何以异於彭籛之説乎？「彭籛」之「籛」古有二説，《國語》「大彭」韋注云：「陸終第三子曰籛，爲彭姓，封於大彭。」是「籛」其名也。然以籛爲名，而以彭爲姓，則恐失之。彭乃其封也，非其姓也。《論語》「老彭」邢疏引世本云：「姓籛名鏗。」《楚辭・天問篇》「彭鏗斟雉」王逸注引《神仙傳》云：「彭祖姓籛，名鏗。」《廣韵・一先》亦曰：「籛，彭祖姓。」是皆以籛爲其姓也。籛爲姓，鏗爲名，彭爲封，殊勝於籛爲名、彭爲姓之説。惟自漢以來，竟無一籛姓者，竊疑皆省而爲錢矣。籛姓省竹爲錢，而即讀爲錢，猶董姓或省草爲童，而即讀爲童也。率書所見，與尊説儻可并存乎？

嵊縣金氏養老堂記

「天民〔一〕之窮者」有四，而「老」居其三。是以三代盛時國老有養，庶老有養，誠重之也。管子治齊，行九〔二〕惠之政，其一即「老老」，凡國、都皆有掌老，年七十以上三月有饋肉，八十以上月有饋肉，九十以上日有酒食，死則供其棺椁。其養老之制周詳如此，齊之所以興也。我國家子惠元元，湛恩汪濊，發政施仁，無或闕遺。士大夫敬體朝廷德意，建設善堂，所在林立。然入境而問焉，有曰「清節堂」者，則所以矜寡也；有曰「育嬰堂」者，則所以存孤也。獨於養老之堂往往闕而未備。夫人當桑榆暮景，百骸俱敝，五官不靈，而或爲飢寒所驅，疾病所困，出入莫爲扶掖，苛癢無與抑搔。天民之窮，孰甚於此？吾所以嘆嵊縣金氏養老堂之設爲善舉之尤也。

養老堂者，金君禄甫奉其先德孔昭君之遺命而創建者也。孔昭君之將殁也，語君曰：「吾

〔一〕民，原訛作「命」，據《禮記・王制》改。
〔二〕九，原訛作「五」，據《管子・入國》改。

邑有清節堂，有保嬰局，爲孤寡計，固盡善矣，惟無有計及於老者。余有志焉，而未逮也。爾异日其成吾志。」君泣而識之，不敢忘。君長於榷算，既以絲茶二業大興其家，於是建宗祠，置祭田，設立義莊，皆禀承厥考之遺意而爲之，而養老之堂亦於是乎有成矣。其堂在嵊縣城内西街，其地一畝有奇，其屋三十餘楹。堂中養老者一百人，每人每月給錢八百。其初入則給以棉衣棉袴，病則藥之，死亡則棺槥之、葬薶之。招人以補其額，一歲所費約一千緡，堂中雜用及完納糧錢糧又三百緡，皆出之於田。凡買田五百餘畝，歲入其租得一千三百六十餘緡。又賣葬山六畝有奇，又存錢五千緡，歲收其息以供堂中之用。共用洋錢三萬七千有奇，而養老堂規制於是大備。呈報有司，申詳大府，奏咨立案，以垂永久。孟子不云乎「老吾老以及人之老」，君之建此堂，乃其仁也；君承先命以建此堂，又其孝也。仁且孝，此舉洵美矣。因書其事著於篇，使讀吾之文者美君之所爲。一邑創之，各邑效之，久且推之於海内，而凡眉黎耋鮐之老皆得左飦右鬻，以盡其天年。則既有合乎孔子「老者安之」之義，而亦可以仰副朝廷存問高年、頒賜粟帛之盛意。漢王充言「太平之世多長壽」，或即以此基之乎？吾所以嘆金氏養老堂之設爲善舉之尤也。

劉書圃大令六十壽序

往者余嘗爲劉贈君與留太淑人作傳矣，傳之後繫以贊，其辭曰：「令德有報，天道無差。眷兹粱孟，德音不遐。有子成名，軒軒朝霞。」蓋以古盛德之士砥學礪行，不克自顯於世，則必食報於其子。東坡謂李邰「博學隱德之報在其子固」，此吾所以卜贈君之必有令子也。及獲與書圃大令游，乃喟然曰：「吾言信矣。」大令自幼稟承贈君之教，舉止有常，言笑不苟，雖在髫齔，與常兒异。及入塾讀書，學爲舉子業，斐然成章，爲之師者咸器重之。應郡縣試輒在前列，咸謂青紫可立致。會其時回民煽亂，君家居隴西，戎馬滿郊，寇警沓至。時從贈君避匿於深林密箐間，不遑啓處，爲賊所得者數矣。雖幸而獲免，然蝎尾蛇頭，殆非人境。賊退之後，室廬煨燼，什器蕩然。家故貧也，至是益困。君則以贈君及太淑人皆無恙，謂兵火餘生猶得以菽水承歡，爲幸多矣。垢衣生蘚，布衾似鐵，處之晏如。左文襄西征，見滿目荒蕪，給予牛籽，募民開墾。君亦從老農牧牛隴上，或就樹陰少息，仍手一編不輟。日則從事田畝，夜則篝燈自課，達旦不休。贈君以饔飧不繼，命棄而學賈。君雖唯唯，而意固不屑也。及贈君卒，留太淑人不忍奪其意，君乃益肆於學。

同治十二年，補壬戌歲試，君始入縣學，時年二十有七矣，旋以科試高等補餼額。光緒十一年充拔貢生，即於是歲舉於鄉。明年成進士，釋褐用知縣，掣籤得江蘇。以留太淑人年高，請改近省，乃得陝西。陝西瘠苦，太淑人雖迎養至秦，君未補官，不能具甘旨，簞瓢捽茹，仍如居家時也。太淑人殁於陝西，君去官還籍。既免喪，遵例還初掣省分，自是遂改官江蘇。適樂峰中丞奎公再撫三吴，知君之才，奏補丹陽縣。丹陽地高，全恃溝澮灌溉田疇，歲久未修，田用不治。君履行阡陌間，相度故迹，勸民開浚，所出淤泥即以糞田，民始知其利。子來從事，溝澮皆通，旱澇有備，至今稱道弗衰。邑又有惡俗，凡嫠婦年稚，其族黨中人輒逼令改嫁，甚或糾集多人篡之以去。君曰：「是可忍也，孰不可忍？」嚴禁絶之，并刊保節護照遍發城鄉父老，轉給諸嫠，遇有此事執以赴官，即爲逮治如律，行之歲餘，此弊遂革，風俗爲之丕變。

歲在庚子，北方奸民恃其拳勇，號召醜類，幾成大變，南中亦爲蠢動。丹陽故四達之邑，有所謂青幫者，有所謂〔二〕紅幫者，皆踊躍思逞。邑中莠民又從而羽翼之，一邑大聳。君不動聲色，密捕通賊者若而人，賊失奥援，無可栖托，籠東粲散，不復爲患。於是鄰境驛騷，而丹陽安

〔二〕 謂，原缺，據文意改。

堵，君之力也。是歲也，霪雨爲灾，沿江太平洲地勢卑下，异於他處，故被灾尤重。君請於臺司，截留漕米，以濟民食，又自捐廉俸以倡，勸募於良奥之家。躬歷窮鄉，稽考夫家之數，自冬及春，錢米并放，雖在灾年，民無捐瘠。北鄉有曰陳家衖者，灾稍輕，或議以平糶代振，時郡守亦頗以爲然。君博訪輿論，詳察民情，以爲平糶虚糜公款，不如散振，實惠貧民，卒從振議。君之卓有獨見，不阿群議類如此。君尤精於折獄，命盗諸案隨審隨結，從不遷延以資民累；已結之案其重大者彙爲一編，置諸坐右，晨夕披覽，誠重之也。至於中外交涉必持其平，朝廷新政如學堂之類皆實行之，不以虚文粉飾。君於丹陽可謂無負矣。

俄奉省符開缺另補，一時咸莫測其故。嗟夫！仕路險巇由來久矣。北齊李繪有言「不能逐飛追走，以事佞人」，宋李垂有言「焉能看人眉睫，以冀推挽」。君直道而行，嶽嶽然以杜陵男子自命，亦如唐沈傳師不以書賄入權家。拂袖而歸，儻亦坐此乎？國家以民命寄有司，得一賢令尹而不能久於其職，亦可慨也。君輕財重義，急人之急。其初至丹陽也，前任某君至官未一月即以憂去，君助三千金以成其行，同官皆稱其高義。君雖在官數年，無中人之産，以甘肅遠不能歸，仍居吴下。買宅一區，屋雖不豐，而鏤檻雕櫳亦自修潔，雜蒔花木，聊以自娱。又雅喜臨池，摹孫過庭《書譜》，得其筆妙。去年曾書屏聯百數十事，以潤筆所入振崇明、南滙水灾，亦可見其素抱也。君領鄉薦，與余孫陛雲爲同年生。故余雖衰老，亦與有世講之誼。

今歲仲冬爲君六十生日，其繼配陳淑人杭人也，賢明有識鑒，與余兒婦輩皆相善，小於君十有九歲。一堂之上，黄髮齊眉，膝前有丈夫子二，皆不愧名父之子，扶床一孫亦嶄然見頭角。然則君之後福正未有艾矣。君微時牧牛讀書，有公孫弘牧豕之風。考公孫弘年六十始舉賢良，爲博士，然則君入仕途已爲早矣。過此以往，安知不如應璩之六十一而爲侍中乎？安知不如張衡之六十二而爲河間王相乎？即不然，不於其身而於其子若孫，則吾前所爲贈君傳贊者，未始不可爲君誦之。切人不媚，姑書此爲壽，君或爲欣然而一笑也。

《賢母録》序

昔在光緒八年，合肥相國文忠公之母李太夫人卒於兩湖節署，特降諭旨，有「賢母」之褒。誠一朝之隆遇，千古之美談也。乃賢母又生賢女，而賢女又克成爲賢母，則尤可傳矣。所謂賢母者，都督張公之德配李夫人也。夫人爲侍〔一〕御文安公長女，相國文忠公女弟也。方在室時，

〔一〕 侍，原訛作「待」，據文意改。

侍御公官京師，諸子或隨侍或遠宦，獨夫人以長女居家治家事，撫視其三弟一妹，使父母不知有弱小之累，可謂賢女矣。及歸張氏，君舅有疾，不能食，夫人已産長男，挏乳汁温燖以進，蓋視唐夫人升堂乳姑爲尤難焉。其後都督公出從軍旅，夫人主持門户，節縮衣食，延館耆宿教督諸子，嘗曰：「婦人以教子爲第一義。」嗚呼！可不謂賢母乎？都督在軍中，有部將饋千金不受。其人不自安，饋之夫人，亦不受。請至再，辭益峻。文忠公聞之，嘆曰：「吾妹信有丈夫風概矣。」故吾謂李太夫人以賢母生賢女，而女又爲賢母，非獨尋常閨閫所難，蓋亦中興盛事也。夫人有令子楚寶觀察，既爲《竹居先德録》，而又裒集夫人家傳墓表等，綴以自撰《行略》一篇屬題。余因題曰《賢母録》，俾與《先德録》并傳，且爲序之，使夫人賢行信於今而傳於後。异時《國史・列女傳》中，於李太夫人後必并傳李夫人無疑矣。

月樵徐公暨元配朱夫人繼配王夫人墓表

武林徐氏其先居金華之蘭溪，蓋唐中書侍郎徐子珍公諱安貞之後。至趙宋，而文真公諱時彦登重和元年王昂榜進士，授觀察使。公孫孔靈公諱佺，在南宋時監湖秀州烏青鎮，遷南昌府推官，授朝奉郎，晋贈朝議大夫，始自蘭邑遷之距城三十里之樟林鎮，是爲樟林始祖。其後子孫在宋元間迭登科第，故黄文獻公有「三世登黄甲，一門無白丁」之譽。至元末，永之公諱一清，以至治辛酉宋大本榜進士，官江浙儒學副提舉，進階江浙行省左右司郎中，元敕授奉議大夫。公既殁，而元亡。公子克敬公諱湘，以隨宦居杭久，愛錢塘山水之勝，遂卜居錢塘江滸而隱焉，是爲遷杭始祖。四傳至龍山公諱顯，登明正德辛巳進士，授南京刑部主事，擢北京禮部員外郎。以議大禮與張桂牴牾，出知江西臨江府知府。自此戒子孫勿輕仕進，故終明世無再通籍者。至國朝龍興，而冢宰文敬公、相國文穆公、宗丞静谷公、宗伯潤亭公、觀察駿兩公，祖孫父子、叔侄、兄弟俱以翰林起家，敭歷中外，遂爲浙右望族。文敬公兄弟三人，其季涵三公以諸生早卒，其次粤翰公官止縣令。然公子藥圃公林、敬亭公亭時、八馭公柄亦皆外任煩劇，且躋方面。獨藥圃公次子昌也公及孫用平公雖皆有聲膠庠，而俱不永其年，至兩世遺腹始生中丞月樵公，而藥圃公以下三代亦皆封一品。迹其登進，似難於文穆、宗丞諸公，而其卒顯於時，則又復相同也。

余自主講詁經精舍，識文敬六世孫花農侍郎於諸生中，因得備悉家世。凡其先芬嘉懿，余所撰述者尤多。近又以月樵公表墓之文見屬。余惟古來名臣半衷於賢母之教，況月樵公先世處家門貴盛之日，而王母與母夫人并以未亡人撫孤成立，在月樵公之致身通顯爲極難，而天之報施兩太夫人者則有獨厚焉。此又不可以不紀也。按所撰狀，公諱承恩，字天錫，號月樵，浙之錢塘人也。高祖粤翰公諱相，爲冢宰文敬公同懷弟，官廣東長樂縣知縣，調四川中江縣知縣，以循吏著聞，見志乘《名宦傳》。曾祖藥圃公諱林，官福建臺灣府海防河務同知，卓异候升知府，以事親至孝，欽旌孝子。祖昌也公諱爾熾，邑庠生。父用平公諱維康，杭郡廩生，俱早卒。以公貴，三代俱誥封光禄大夫、建威將軍、護理安徽巡撫兼理提督。曾祖妣吴氏，祖妣汪氏，妣藍氏，俱誥封一品太夫人。汪氏、藍氏又以節孝賜旌。公考用平公於乾隆己卯三月十六日卒，公尚在遺腹，母藍太夫人將身殉。大母汪太夫人慰之曰：「吾以遺腹舉一男，爾今有娠，若果雄也，可爲徐氏後。」藍太夫人遂節哀矢志，至閏六月朔而公生，蓋去用平公之殁一百有六日也。

公既生，汪太夫人睹之喜，語藍太夫人曰：「爾善視此子，其骨相不凡，他日或大吾宗也。」是時宗伯潤亭公方丁曹太夫人憂，居里閈，見兩太夫人苦節，尤加禮敬。八叔公方官淮安府海防河務同知，知兩太夫人持家不易，歲時各有資助。而兩太夫人從不製一衣飾，惟以供塾師修脯，餘則悉購書籍以勖公讀。公既承兩太夫人之教，雖在齠齔即异常兒。藍太夫人授以《毛詩》，過目輒成誦。辛巳秋，宗伯公服闋將入都，與兩太夫人别。公方三齡，牽衣孺戀，有若成童。宗伯公睹之嗚咽，且謂兩太夫人曰：「今有此子，必能食熊丸之報也。」及公五齡，而八騶公卒於淮上。兩太夫人慟甚，公曲意慰藉，兩太夫人始爲收涕。比八騶公喪歸，隨從兄在喪次，從容盡禮，見者皆奇之。是年宗伯公署禮部侍郎，以書寄公曰：「吾以漸老，不日將歸告。爾英姿卓犖，當克承先人之志，宜多讀有用之書，以慰高堂也。」公得書感奮，即請於兩太夫人，乞塾師教以韵語，運筆立就，有若宿構者，塾師大驚异。越三年丙戌，宗伯公予告歸。公已八歲矣，能習帖括，作文字數行，宗伯公輒稱善。

又四年庚寅，母藍太夫人病。公時十二齡，衣不解帶，晨夕侍湯藥。至冬益劇，親禱於神，願以身代。汪太夫人聞之曰：「爾事母孝矣，若以身代，爾父將無後，又何以慰我？」乃奪其疏，使勿焚。公見母病日亟，中夜起，刲臂以進，果稍愈。然藍太夫人憂瘁所致，乃瘵疾也，卒不可治，遽以是年十月十四日卒。公躃踊號痛，幾不欲生。宗伯公時年已六十有九，親撫其背曰：「爾祖母年高，當以生者爲重。爾即殉母，恐爾母轉不以爾爲孝也。」公始稍稍節哀，承汪太夫人與宗伯公之命，經理喪葬，罔弗如禮。次年辛卯二月，宗伯公壽登七秩。族人方擬爲介兕，而正月二十八日忽以微疾薨。汪太夫人泣曰：「吾平日所以不憂者，賴有爾伯祖在也。今已矣，爾煢煢復何依耶？」太夫人泣，公亦泣。時宗伯公子稽田公紹堂自安徽涇縣任歸，次子石船公紹基自淮安海防同知歸，見公劬學，孝事大母，皆各出俸資以助。甲午正月公服闋，年已十六矣，以習五經應童子試。府縣俱前列，及學使按臨，而汪太夫人遘疾。公不忍暫離，遂不與試。時汪太夫人已六十有五，左右須人扶持。公尚未授室，凡親之中裠厠牏無不手自浣濯。自五月疾作，至於次年三月，幾一年之久，頃刻未離親側。汪太夫人稍進飲，則色爲之喜；及疾加劇，心雖摧慟，初不敢以憂形使太夫人知。及太夫人彌留，語公曰：「吾撫爾十七年，望爾得一第以慰先人，今不及見矣。」是時稽田、石船諸公皆以服闋之官，獨藥圃公次子念之公、八馭公長子淥雪公、敬亭公長子銘竹公、次子二瞿公皆居杭，於公爲伯叔祖，力勸公節順，如宗伯公之慰丁母憂也，公乃杖而治喪。先是用平公與昌也公卜地未得，至是公欲覓佳城。忽一老僧至，謂横山有吉壤。公隨之往，至其地，見林木暢茂，大江出其下，群山高處直入雲表，驚曰：「此殆天賜以酬兩太夫人苦節也！」遂購之，奉昌也、用平二公與兩太夫人俱葬焉。葬之日，見溪上有虎迹過，若爲公守墓然者，蓋孝思之所感也。

丁酉夏，承重服闋，時年十有九。是冬，元配朱太夫人來歸。時家道中落，公童試既失利，乃以太學生應鄉試，又屢薦不售。遂棄去，習申韓家言，出游三吴及江淮間，爲諸侯座上客，所至争相延行。己酉，公三十有一。是年里人以兩太夫人節孝聞於疆吏，并題請得賜旌表。公焚黄墓次，涕下如雨，行路爲之感動。至嘉慶三年，公年四十，謂家人曰：「古人四十强仕，吾承先人苦志撫育，當思所以顯揚者。」乃援例以通判需次南河。徐氏自八馭公、石船公皆官淮安海防河務同知，治譜可尋。公又屢游其地，於治河情形殊熟。上游交章屢薦，不數年擢道員，旋奉命補授淮揚兵備道。是時公從弟南滙公令銅山，有惠政，即花農侍郎之大父也，以兄弟例回避，乃調任上元，語見《南滙公家傳》。公既下車，宣防擘畫，無不洞中肯綮。而平日轍迹所至，河輒順軌，所司皆以福星目之。

宣廟在潛邸，久知公名。二十五年十二月甲辰，遂奉旨擢公爲甘肅按察使，是年公已六十有二矣。當雍正時，宗丞公曾任甘肅布政使，公以先芬宦績所在，益思有以紹述，且法家言爲素所講求，遇有疑讞手自批判，一時有刑措之風，皋凉之間交口頌之。先是陶文毅爲皖藩，至三年正月晋擢巡撫。而皖中頻年水患，繼文毅而爲屏翰者難得其人。朝廷顧各行省監司中無有居公右者，正月癸酉，乃調公爲安徽布政使。文毅旬宣時，整飭不遺餘力。公承流宣化，蕭規曹隨，文毅倚之如左右手。當公未至皖時，文毅已請展賑宿州等十二州縣衛水旱灾一月口糧，得旨報可。公慮灾區至廣，或有遺漏而澤不及遍，或有侵蝕而款歸中飽，俱非上體皇仁也。於是督飭所屬清查户口，分上中下三等，又集紳耆出資爲助，兼首捐廉俸以爲之創。復虞米石不敷，稟商督撫，乞奏請采買他省以資挹注。於是大學士江督孫公玉庭奉命采買四川、江西米石以備平糴，一時灾黎歡呼盈路。又以無爲等十六州情形最重，牒大吏奏請施賑，既俞允矣，又奉命撥安徽關税及捐監銀十萬兩并本省耗羨銀備無爲等三十三州縣振需。四年，又申請免無爲等十一州上年被灾學田租銀。旋又言宿州、靈壁及屯坐各衛被灾情重，十一月得旨并賞給口糧。又以天長、泗州衛水旱灾祲并見，均剴切申詳，乞督撫入告。五年正月，奉旨賞給天長縣、泗州衛軍民口糧，又請緩徵二屬新舊額賦，亦得旨允行。雖優渥之恩出之自上，然非公以實情詳請上達，恐所被不能如是之廣也。

當文毅藩皖時，欲損益官制未定。公之任數月即議妥，移安徽潁〔一〕州府驛口橋捕盗同知駐艾亭集，爲撫民總捕同知，并增把總一；改前裁之鳳陽府司獄爲巡檢，并增外委一，均駐宿州時村集；增潁州營方家集、亳州營張村鋪、宿州營夾溝驛外委各一，均經部議允行。次年五月，奉命編查棚民保甲。公居甘臯久，於保甲尤所素嫻，規畫井井，一里之中人執何業皆按圖可稽，一時奸宄爲之斂迹。又以志書爲文獻所繫，年久失修，詳請重加編輯，并經大府奏準。

〔一〕潁，原訛作「穎」，據《潁州府志》改。下同。

五年六月，以江督魏公元煜等奏請添撥南河大泛工需，奉旨撥安徽藩庫存户部項下銀三十萬兩解交河庫以備支放。時皖省當被災之後，羅掘頗空。公念河工所以衛民，款不可緩，晝夜籌維，如數批解，要工得以告成，民〔一〕公力也。當四年五月，調陶文毅爲江蘇巡撫，張公師誠爲安徽巡撫，張未至而文毅先入吴。遂命公護理撫篆，兼理提督。公於是請三代一品封，曰：「昔文穆公居此席，今幸克繼先人且累世俱蒙恩封，吾祖母與吾母之苦節或庶幾少慰乎？」色雖喜甚，而言之轉泣下。

六年，上以湖北江陵、當陽二縣水災，念振撫非公莫屬，二月癸亥乃調公爲湖北布政使。公以文穆公於雍正時曾任鄂藩，乃喜曰：「吾生平所到，皆有先世遺澤。父老當猶有諗余者，此不難治也。」及往振水灾，一如治皖之無爲等處。仍牒大吏，不時上聞。故是年六月，遂有賜振之諭，亦公力也。鄂之人感公，既無异於皖。而是時總督嵩公孚兼署湖北巡撫，軍書旁午，知公在外任久，遇事皆雅意咨商。公知無不言，言必爲地方興利除弊。其德澤之深，且有人不及知者。屬回疆及各路數用兵，公報解餉需，克期無悮，皆不勞民力，而從容就理。

〔一〕民，疑當作「皆」。

公以明年正七十，合古人懸車之例，屢申所司乞奏請開缺。大府雅重公，拒不允。而鄂省瀕江，水氣濕蒸，偶感痰疾，遂於是年九月卒於官。公生於乾隆己卯閏六月初一日寅時，卒於道光丁亥九月十五日申時，春秋六十有九。公性至孝，以生不見父爲憾，遇用平公家忌日，必茹素竟日，有時并餐亦廢。又承祖母與母夫人之教，故遇人極謙謹。後雖貴顯，一飯脱粟而已，無兼味也。顧雅愛士林，官淮揚道日，江浙名流如高星儕、郭頻伽諸老輩皆下榻汪氏題襟館。公輒招至署齋，相與吟嘯，一時雅玷騷壇，推公爲牛耳。公喜爲古近體詩，每出一篇，衆皆斂手。然多不存稿，傳於世轉罕焉。娶朱氏，遂安樵侶公女，有賢德。公幕游江南北，或旅資不給，必脱簪珥以助。又以生平不逮事舅姑，遇春秋祀事及生辰忌日，蘋蘩之供務極豐潔。雖後貴盛，而俎豆之陳恒出手製，人頌其賢。以乾隆丁丑六月初二日未時生，嘉慶辛未十二月十二日丑時卒，春秋五十有五。朱夫人無所出，初以族子乃溥爲嗣，繼娶於王，生二子乃純、乃瀛，并候選通判。公以護理安徽巡撫兼理提督，誥封光禄大夫、建威將軍，元配朱氏、繼配王氏俱誥封一品夫人。鄂中喪歸，諸子遵遺命祔葬横山許家埭祖塋之次。乃爲銘曰：

皋陶之後，累世忠貞。舉直錯枉，明允篤誠。公以母教，周知民情。雙節表勁，鞠育有成。初習申韓，讞必持平。不疑決獄，後堂聞聲。慈萱雖萎，語不及聽。公秉懿訓，甘凉遠征。政計口授食，勿罄其餅。民氣大蘇，易歉爲盈。襄樊諸水，滙於洞庭。江陵滔滔，濁浪拍城。天子曰咨，爾秉至誠。勞來安集，扶危定傾。聞命入鄂，舟不少停。時方多事，西陲用兵。轉輸千里，七鬯不驚。公力已殫，勿露於形。方將解組，往尋西泠。鶴巢結隱，烟水怡情。天不慭遺，二竪是嬰。未及杖朝，遽聞騎鯨。漢陽月黑，烟樹冥冥。玉笛罷吹，落梅飄零。素旐歸來，錢江隕星。牛眠所卜，横山青青。追隨先德，如公事生。綽楔輝煌，恩綸交并。叠壤山崇，揚波澤清。積厚流光，世貽令名。請刊此石，爲公定評。千百年後，頑廉儒興。

春在堂雜文六編補遺五

吏部左侍郎許公墓志銘

光緒二十有六年十二月，天子下明詔，雪三大臣冤，復其官。三大臣者，故兵部尚書徐公、故吏部侍郎許公、故太常寺卿袁公也。三公皆蒙難於生前，而得直於身後。於是天下之人皆頌天子明聖，而交口稱三公之賢，曰「忠臣，忠臣」無异辭。徐公之葬也，余既銘其墓矣。今年夏，許公之子鼎鈞又具狀以墓銘請。余舊史氏也，將上以宣布朝廷盛德，而下使爲人臣者知事久論定，屈於一時者必申於萬世，而士大夫之氣將爲之一振。然則斯銘也，誼固不得而辭。

按狀，公諱景澄，字竹筠，浙江嘉興人，許氏。曾祖溶、祖國楨、本生祖廷梧、父丙熺，皆贈如公官。公自幼敏達，年十五入縣學。粤賊之亂，奉祖父母及父母避難鄉間，卒不廢學。亂定復歸，應歲科試，補廩膳額。同治六年舉於鄉，明年成進士，改庶吉士，十年散館授編修。光緒元年充順天鄉試同考官，五年充四川鄉試副考官。公初工爲駢儷之文，及既入翰林，以時事方艱，詞臣清要，非可徒以詞章塞責，乃究心朝章國故及時政利弊，冀有用於當世。長白相國文文忠公器之，以使才薦，遂有出使日本之命，丁父艱未赴。服闋升侍講，十年充出使法德義和奥各國大臣。時國家方創興海軍，前使者於德國訂購鐵甲船二、穹甲快船一，皆未就。公與譯員等歷游船廠，講求船制，又增購穹甲快船一，船之精良勝於舊制者十有五事。又上疏，言大沽口宜設鐵甲炮船，膠州灣宜定爲海軍屯埠，皆海防要策也。俄丁母憂歸。歸而粵督南皮張公，公之座師也，招至粵與商榷時政。後張公奏定蘆漢鐵路章程，皆公所參定也。十六年，又充出使俄德奥和各國大臣。俄兵游獵，每涉我國所屬帕米耳之界。公争之俄外部，始已。又議定界，執舊議以烏什別里山爲界，從此而南屬中國，從此而西南屬俄國。俄人則欲以薩雷闊勒爲界，相持三載，公堅執不撓。俄外部乃爲調停之説，帕界未定以前，兩國各不得進兵，以保和好。雖界議猶懸，而俄害稍戢，公之力也。時公已由太僕寺少卿、通政司副使、光禄寺少卿迭遷至内閣學士，擢補工部右侍郎，駐俄六載矣。會俄國與日本開戰，及事定，而俄德法三國出而預謀使日人歸遼東於我。人皆以爲喜，公曰：「俄人懷自便之謀，德人挾責報之意，自此以往事故滋多矣，吾懼不勝任。」力求代。又言：「俄德兩大國交涉事繁，一使不能兼顧，宜分爲兩使。」二十二年十一月，命公爲德國使臣，蓋不允其求退之請，而從其分使之議也。未受代以前，有鐵路公司之役。俄國悉畢里鐵路欲與海參崴連，謀取道黑龍江、吉林，朝議拒之。因改爲商辦，設立公司，而使中國亦入股銀五百萬。乃又命公總辦黑龍江、吉林鐵路公司。公力阻其路綫南侵，且與訂約，稽查運料之船勿使漏税，而公司例支之公費悉數咨存總署，銖錙勿受。二十三年，至德國甫數月，而俄人租我旅順口，命公以頭等欽差會同駐俄使臣侍郎楊公就俄都定議。

事竣，公請病假回嘉興原籍。溯自光緒十六年使俄，至是年八閲春秋，鬢髮蒼然白矣。時事日非，一身將老，每一念之，凄然泣下。故鄉親故皆勸公可勿出，然公自以受恩身重，以身許國，不爲身謀。適奉樞電促行，慨然就道。此行也，固已置死生於度外矣。既至京師，命在總理衙門行走兼署禮部右侍郎，調吏部左侍郎。時意大利要索我三門灣，政府趦趄未决。公抗言駁之，事乃寢。外國公使駐我京城者率驕不可制，自公入譯署，稍稍斂戢。群公皆倚爲重，然亦有忌且忮者。無何而拳匪之禍起。拳匪者起自山東，蔓延畿〔二〕輔，朝廷始議剿之。而東

〔二〕 畿，原訛作「幾」，據文意改。

撫毓賢言其可用，諸勛貴皆爲煽惑，招之入京，以「扶清滅洋」爲名，殺使臣，攻使館。公力言拳匪不足恃，外釁不可啓，與太常袁公聯名入諫。諸首禍者深嫉之。七月朔，各國聯軍逼近都門，而李秉衡又倡言非殺主和者將何以戰？越二日壬寅，公與袁公遂同及於難，天下冤之。是月十七日，兵部尚書徐公亦就西市。未幾，而聯軍入京，乘輿出狩。嗚呼！言之痛矣。今雖是非大定，沉冤昭雪，然使當日早從公言，何至於此？此海内忠義之士所以太息痛恨於端、剛諸人也。

公所著有《奏議》及《外國師船表》《德國陸軍紀略》，餘皆毁於兵火，其《出使函稿》則有石印本行於世。公初娶沈，繼配高，并封夫人。子嗣仲、維源、維品、維良皆早殤，以從子嗣，即鼎鈞也。朝廷旌公之忠，加恩其孤，特用直隸州知州，今官湖北。余既諾鼎鈞之請，乃撰次其事而繫以銘。銘曰：

維三忠之同盡，實千古所深悲。賴聖明之昭雪，身雖死而名垂。公久勞於域外，周四國而咸知。當事變之猝發，宜於公乎諏咨。衆昏昏而醉矣，公侃侃而争之。既枘鑿之不合，甘九死其如飴。慨劫運之莫挽，幸天鑒之無私。爰光復其名位，更蕩滌其瑕疵。播榮名於史策，垂福祚於鍾虡。既表揚乎既往，亦風勵乎來兹。苟無虧乎堅白，夫何慮乎磷淄？願百爾之君子，其三復此銘詞。

都察院左副都御史薛公墓志銘

公諱福辰，字振美，號撫屏，薛氏。其始祖皞，宋翰林承旨，世居江陰，傳七世而徙無錫賓雁里，遂爲江蘇無錫縣人。曾祖葆光早卒，祖錦堂，常州府學生。父湘，道光二十五年進士，有文名，其會試卷海内傳誦焉，官至廣西潯州府知府。三代皆以公貴贈光禄大夫，曾祖妣許、祖妣顧、妣顧皆贈一品夫人。公昆弟六人，仲弟福同，同治六年舉人；次福成，同治六年副貢生，官至都察院左副都御史；次福保，以奇才徵，官至四川知府；次福祁，由恩貢生官至湖北沔陽州知州；次福庚，光緒元年舉人。一門之内，翬然騫舉，有「荀龍賈虎」之目。而公最居長，童稚時即孝於親、睦於群弟，潯州君奇愛之。既長，遂博覽經史，旁通諸子百家，兼習《素問》《靈樞》之説，蓋公一生學業源於此矣。

咸豐五年，應順天鄉試，中式第二名。故事順天試必以北人爲元，其第二必南人，所謂「南元」也。公以南元應禮部試，文名滿都下，僉謂潯州君之子家學固宜爾也。榜發不與，乃以議叙員外郎掣籤分工部，在營繕司行走。雖循分供職，不自表襮，而風采隱然，群公皆器重之。

是時潯州君方官湖南安福縣，而母顧太夫人猶家居。公時以爲念，爰以八年春乞假歸省。既至，又至楚省其父，而潯州君適由安福移知新寧，以守城禦賊功超遷知府，俄拜潯州之命。未及之官，積勞成疾，謝賓客於新寧。公扶柩歸，而兵戈載道，間關繞越，九年五月始至於無錫，無錫亦孔道也。其明年卜地仁村，將營窀穸，而大營潰，常州陷。顧太夫人率家人輩倉卒避寇，命君與副憲君留治葬事，出入賊中，危險萬狀。葬畢，偵知太夫人在寶應，將往從之，北行至寺頭鎮，猝爲賊所得。公神氣不變，談吐甚豪，詭詞謾語，賊不能測，竟縱之去，得免於難。

既至寶應，又偕副憲君謁曾文正公於皖省，陳規復江左之策，文正偉之。而公自以家督，宜在家奉母、教諸弟，乃留副憲君於營中，而自乞歸。歸則謹視太夫人寢饋，又課諸弟讀書，無復出之意。李文忠之剿捻也，曾聘之入幕。捻平又乞還，蓋公篤於孝弟而澹於榮利，天性然也。及丁文誠公撫山東，以山東吏治積不修，河患尤亟，非公不能佐理，手書敦請，至再至三。公感其知遇，勉爲一行。既至，先治河決，躬駐侯家林，日夜履行河干，相度機宜。未及浹旬決口告合，節省帑金百數十萬。文誠嘉焉，飛章入告，詔授山東濟東泰武臨道，异數也。東省當兵燹之後，又困於水患，公專務休養生息，在任四年，困者以蘇，瘠者以肥，是大有造於海岱間矣。光緒二年，太夫人卒於署。諸大吏知義不可留，相與太息，而父老之攀轅卧轍者以數千百計，則公之爲政可知也。五年服闋，將赴闕，謂諸弟曰：「吾自此以身許國矣。」

明年行至天津，會慈禧皇太后以宵旰憂勤，起居弗怡，詔徵天下通知醫理者。李文忠公、曾忠襄公交章薦公。公入，請脉處方，語皆稱旨，故雖簡放廣東雷瓊遺缺道，又調督糧道，均留內廷未赴也。皇太后嘗面諭諸醫曰：「汝謂予可安養乎？治天下誠不易，任大責重，曷敢稍自暇逸？惟薛福辰讀書人，當能體此意。」公聞之悚然，蓋君之素行固已默契聖心矣。九年春，皇太后大安。諸醫皆退，公亦調授直隸通永道，賞加頭品頂戴，優之也。公治畿南如治山左，會越南用兵，兵差不絶，特設官車局以紓民力，民尤便之。通永道駐通州，距京師近，時蒙徵召，恩賚優渥。十二年，遷順天府府尹。謝恩之日，召對便殿，諭曰：「卿非但能醫病，實醫國之才也。」賜御筆「職業脩明」匾額，又賜御制一聯，云「敬謹身修葵向日，光明心事月當天」。舉朝贊嘆，以爲榮遇。十三年冬，調宗人府府丞。十四年冬，授都察院左副都御史。而公忽得半身不仁之病，疏請開缺，不許。十五年夏，三疏乞退，於是優詔俞焉。遣御醫視疾，并賜葠苓，瀕行賜御書「福」「壽」字及「歲歲平安」四字；皇太后又賜一聯曰「人游霽月光風表，家在廉泉讓水間」，恩禮始終，海内榮之。

是年七月戊寅，卒於里第。遺疏聞，諭照一品例賜恤，又賚帑金治其喪。年五十有八，所著有《青萍閣文集》。又有「風」「勞」「臟」「膈」四種醫經，未及寫定，世以爲惜。元配王、繼配樊、又繼配竇并封一品夫人。子邦彦，出爲從兄後，襲雲騎尉世職；邦襄，廕生，安徽合肥縣知縣；邦龢，由刑部主事官浙江知府；邦藩，三品銜候選知府。女子子三，次女殤，長適何剛德，三適李經湘。孫八人，育麒、育麟、育虎、育龍、育驥、育彪、育楚、育藍。孫女四。光緒十五年某月某甲子，葬於漆塘之原，王、樊兩夫人祔焉，禮也。其孤具狀乞銘，銘曰：

公篤於行，顔閔之倫。公長於政，襲黄其人。又精於醫，爲軒岐之功臣。上以契乎聖，下以孚乎民。宜其位躋槐列，而名動楓宸。惟漆塘之新阡，君於此乎歸真。地開吉壤，天錫恩綸。賜祭賜葬，世戴皇仁。閟佳城其永固，刊貞石以常新。

江蘇候補道錢君墓志銘

光緒三十年二月甲戌，江蘇補用道錢君卒。余於其先德子方先生同歲生也，故習於君，知君最詳，謹循舊史氏之職，爲君作家傳一篇。未幾而其孤振聲又來告曰：日月有時，將葬矣，請志其墓。余謂傳體宜載其詳，志體宜舉其大，乃譜其世系，敘其出處，綜其行誼，考其政績，紀其生卒年月，附及妻妾子女，而繫以銘。

其世系曰：君諱志澄，字伊甫，亦字清士，浙江嘉興人，錢氏。其先海鹽何氏也，明初有諱裕者育於錢，故氏錢。後由海鹽徙嘉興，故籍嘉興。乾隆名臣有謚文端者，其五世祖也。曾祖復，歷官福建直隸知縣，終順天府大興縣。祖友泗，天文生。本生祖泰吉，廩膳生，海寧州學訓導。父炳森，道光二十四年舉人，景山官學教習。三世皆以叔父諱應溥者官工部尚書，而君又以道員例得加級請封，故皆贈一品。曾祖妣陳、沈，本生祖妣胡，妣蒯，皆一品夫人。

其出處曰：君屢應省試，不得意。時方多故，慨然有用世之志，乃納貲以知縣分發江蘇，歷充洋務局、上海糖捐局員，歷宰荆溪、鎮洋、青浦各縣，所至皆治。光緒二十一年，過班爲候補道，仍發江蘇。有旨交軍機處記名，遇缺請旨簡放。旋代理蘇州關監督，代統鹽捕營，督辦蘇屬沙洲事，督辦松滬釐捐。

其行誼曰：君少有至性，父教習君患寒疾，君旦夕叩禱，時方九歲耳。嘗讀書於叔父司空公京師邸第，病痢，日數百次，恐貽蒯夫人憂，戒諸昆弟勿以函告。蒯夫人病歿江西，兵火倉皇，棺衾菲薄，後雖遷葬，而此莫能補，晚歲言及，猶隕涕焉。幼弟鼎甫遺腹而生，故友愛尤篤，臨歿前一年，指巨屋一區贈之。先代祠墓無不修理，前人著述手自校定，《文端公年譜》及十世祖《太常公年譜》皆校刻行世。與人交有終始，有杭君者爲君司會計，後雖别去，歲致修脯如初。有一至戚以貧告貸，君時猶貧，僅一羔裘，解以予之，無難色焉。

其政績曰：荆溪多客民，土客常械鬥。君爲土民定租額，爲客民編户籍，客民畏而土民悦，遂以無事。鎮洋每歲征收輒溢定額，君悉照《賦役全書》頒示科則，至今循之。青浦所屬唐家浜大火，君聞報馳往，按户振恤，不假手胥吏。其地卑下，恒苦水灾，君爲築圩堤，疏溝洫，自是水不爲灾。又地近太湖，太湖之盗時時闌入。君力請上游撥兵助捕，請而未允，以去就争之，自是境内無盗。長於折獄，嘗言：「吾曾祖大興公有『錢一堂』之稱，謂其無留獄也。吾雖不才，竊慕之矣。」嘗獲積盗陳逢綬等八人，盗自言曾行劫於某縣某縣，移問知縣，皆曰：「盗已獲，案已定。」公細核之，實陳等所爲也。乃提各縣所獲之盗來訊之，則皆承。再三詰之，惟目視諸捕。麾諸捕去，乃泣請驗其足，蓋足指皆脱矣。始知諸捕貪賞，刑逼教供，非真盗也。使非君平反，不皆無罪而就死乎？荆溪有客民陳、殷二姓，争爲棚長，殷自殺其族兄以誣陳。君察陳無懼色，殷無戚容，細鞫之，殷詞窮。發其槀，而血刃見，案遂定。江都民奚姓、丹徒姚姓争沙田，聚而哄。君躬自履勘，曰：「其地實屬丹徒，然姚姓雖具稟承買而價未繳足，且未升科完賦；奚雖升科完賦，而價亦未足，且買在姚後，又地非江都，隔縣串買，有違功令。兩姓皆有罪，姑從寬勿究，以東西分界，東歸姚，而西歸奚。」六七年未決之案一言而決，君之精敏類如此。至論與外人交涉，則有二言，曰「平日推誠，臨時據理」。代理關督時，有洋商欲於租界外購地者，君據新約以争，執不可，且上書兩院曰：「蘇州開埠自日本創始，尚須明定界限。而援例之國乃欲旁争界外之權，非特無以對日本，且堤防一决，枝節叢生，流弊何所底止？」書上，總督劉忠誠公深韙其言。任公道鎔曾疏言君有血性，而無僞行。光緒十二年大計，中丞崧公以君勤直明爽，果敢有爲，列君上考，皆可謂深知君者矣。

其生卒年月曰：君生於道光二十六年二月二十一日，卒於光緒三十年二月二十五日，年五十有九。妻蕭氏封一品夫人。簉室孫氏貤封淑人，君殁之三日，賦《絶命詩》四章，仰藥以殉，旌如例。子一人，振聲也，嘉興縣學廩貢生，江蘇試用道。孫七人：倬，太學生，候選州同，儁、價殤，侑、健、侗、僘幼。孫女三人，其長者適長洲張氏。君嘗卜吉壤於海鹽祖塋之鄰地，曰「風聲巷」。至是振聲奉而葬也，遵遺命也。其銘曰：

禾中望族，實惟錢氏。英英錢君，乃杞乃梓。負翰苑才，以貲郎仕。宦游三吴，歷宰百里。一片赤誠，愛民如子。群公交薦，循聲大起。天子曰才，汝觀察使。乃駕廉車，重游吴市。整軍軍整，理財財理。遠人來游，距我尺咫。據理不阿，推誠毋詭。經界一定，狡謀自弭。以君之才，以才之美。如日方升，未見其止。如何不吊？一朝逝水。璺我圭璋，凋我蘭芷。我作銘詞，千載斯視。下奠幽宮，上告良史。

游擊張君墓碑

往者大盜起於粤西，蔓延於東南各行省，而江蘇、浙江實終受其毒。蘇則江南北郡縣皆陷，惟存上海一縣；浙則浙東西郡縣皆陷，惟存衢州一郡。厥後李文忠之師自上海入，左文襄之師自衢州入，而蘇與浙先後克復。天若留此一州一縣爲克復江浙之始基，而遂爲中興一大關鍵，碩果不食，豈偶然哉？上海爲通商口岸，江艭海艘，南北往來，衣冠駢集，守滬之功人人樂道之。當時有功於滬者，生享榮名，而殁膺崇祀，蓋非一人矣。衢州僻處浙東，游其地者鮮，知其事者希；其事同也，其功同也。數十年來，若有顯晦之殊，此吾所以大書張君之碑也。

君諱培基，字厚甫，雲南呈貢縣人，以武生應道光二十四年恩科武鄉試，中式舉人。三十年，兵部掣籤，以衛千總發南漕，又由漕督籤分浙江海寧所，此君仕浙之始。咸豐六年，會試成進士，奉旨以衛守備歸部銓選。請假回籍，繞道浙中，衢嚴鎮饒公留君辦衢防營務，自是君之戰績皆在浙矣。積功以衛守備擢營守備，由守備擢都司，賞藍翎，旋换花翎。累保至參將，疊次署理處州中營游擊、湖州協副將、寧海營參將、撫標中軍參將，代理鎮海營參將。又屢奉檄管帶湖屬泗安鎮駐防，管帶湘軍水師左營，一時勛望翕然，僉謂建牙專閫指顧間矣。乃因保奬游擊時漏叙銜名，奉部文改以游擊留浙補用，而君之官階乃止於游擊。知君者咸以爲惜，君不計也。

最君一生戰績，在衢爲多。衢之爲郡，居浙上流，安徽、江西、福建、廣東皆取道乎此，固浙東一門户也。賊窺浙東久，故攻衢尤力。君之仕浙也，本以留辦衢防營務，故賊三攻衢，君三守之。在城文武如李公定太、饒公定選、吴公艾生、吴公來鴻，皆與有勞績。而始終其事，心力交瘏，君一人也。其時兵力單薄，糧餉支絀，君惟以忠義激勵將士。賊於西門外饅頭山隧地攻城，君仿古瓮聽之法，穴地丈餘，坐瞽者於大坻，使之諦聽，審定所在，掘濠引水，灌注其中，賊謀遂敗。金衢嚴道胡公命公統全勝營水師駐衢西門外，賊自常山擄民船百餘，順流而下。君逆擊之，賊大敗，棄船走。是時援衢諸軍雲集，而城西南隅則惟倚君水師爲重。湘軍至，衢圍解。君又隨同克復嚴州、金華、淳安、蘭溪、湯溪、龍游、常山諸郡縣。其戰於威坪也，以師船六艘擊退悍賊二萬，尤爲軍中所懾服。使當日非君與衢城文武同心固守，則衢城必陷。衢陷則浙東糜爛，湘軍轉戰而下，非旦夕可期，而肅清全浙不知何日矣。事在一隅，功關大局，守衢守滬，伐閲惟均。而守滬猶借重洋兵，守衢則惟資血戰，其功雖等，其事尤難也。軍事粗定，君乃捐廉俸施醫藥，物故者棺之櫝之，嬰倪者餼之乳之，於崎嶇百戰之餘爲休養生息之計，君其材兼文武者歟？

光緒十七年殁於烏鎮水師營次，詔視副將及三四品官出征病故例賜恤，予一子八品蔭生，异數也。嗣由衢郡紳民歷陳其守衢之功，請附祀左文襄專祠，由浙撫入告，從之。百戰之功，千秋俎豆，公論也，亦异數也。公長子某，早卒；次子善友，余門下士也。以君之墓宜有碑，碑宜有銘，具狀而請於余。余惟君之一生莫大於守衢，故舉此以褟示後人。餘從略焉，碑例然也。銘曰：

盜起桂嶺，東南爲墟。旋乾轉坤，孰爲之樞？在蘇惟滬，在浙惟衢。衢城岩岩，浙東門户。三攻三守，臣力師武。厥功孰多？張君厚甫。滇雲滃滃，是生將材。滇士如林，君爲之魁。仗劍從戎，萬里而來。我舉於鄉，與君同歲。我游於杭，與君把臂。大樹俄摧，長城焉寄？俎豆百世，窀穸千年。祁連高家，鬱鬱芊芊。舉其大者，銘勒其阡。

贈光禄大夫候選道朱君墓碑

故三品銜一品封候選道朱君，德立於身，行修於家，利澤及乎鄉里，名譽達於朝廷。殁已三十年，而父老謳思，士林稱道，至今不衰。爰有搢紳先生潘君學祖等百有餘人，臚舉君一生事實，呈學牒縣，達於臺司。安徽巡撫聶公乃會同總督、學政合言於朝，請以故紳朱某入祀鄉賢祠。天子下其事於禮部，部議上如所請，而君俎豆千秋矣。君有賢孫念陶觀察宦游江蘇，言於余曰：「故事三品以上墓必有碑，今吾祖葬久矣，而墓碑未具，禮則有闕，用敢具狀有請。」余受而讀之，嘆曰：「斯人也，古所謂鄉先生，殁而可祀於社者也。」

謹按狀，君諱宗溱，字虞廷，別字雅庵，安徽涇縣人，朱氏。曾祖安池、祖萃、父鏊，皆以商業世其家。君幼失母，父奇愛之，謂非常兒也。年十五即服賈於外，遂精於廢舉之術。曾文正公方整頓淮鹽以裕軍食，君承辦西鄂兩岸鹽引。是時江漢間寇亂未平，傾側擾攘，棘荆遍地。而君舟車四出，履險如夷，其材智過人亦可見矣。江西以軍餉奇絀，議倡辦釐捐，未有端緒，乃以屬君。君之治釐也，無擾於商，而捐則大集。涓滴不以自私，雖薪水之資亦謝不受，人皆稱焉。金陵平，叙功由候選同知升知府，加道銜，賜孔雀翎。然君無意仕進，旋入貲以雙月道候選，加三品銜，曰：「吾以布衣起家，官四品銜三品，是亦足矣，尚何求乎？」

君居家以孝友聞，因幼失母，育於庶母，聞人言亡母事輒涕泣，事父與庶母咸竭力。逢忌日，終日不食。與兩弟友愛無間，人莫知其爲异母昆弟也。君既淡於榮利，又篤於天性，故一生無他務，一以濟人利物爲事。族中故有師范堂、義倉，兵亂毀焉，君捐貲設繼范堂，以周濟貧苦，歲費銀千兩有奇，三十年來不下四萬兩。其後君之諸子臧成等遵其遺命，買南陵縣田一千六百餘畝，創建義莊，成君志也。族中又有義學，乃其五世祖諱武勛者所創，亂後亦廢，君復設之。又出巨貲生息，自應童試以至鄉會試咸有助，一時造就甚衆。邑中文廟毀於兵火，以四千餘金助修。又獨修鄉賢祠，今崇祀鄉賢，亦其報也。同治三年，江南補行鄉試，上江假江寧察院爲公所，君助以經費，每語諸子凡事關庠序必宜贊成。其後邑人議建復考棚，臧成等獨任其事，縻白金至二萬有奇。及奉旨設學堂，又捐三千金爲倡，皆所以成君志也。君自奉甚儉，每歲所入悉以施舍，修葺橋梁，平治道塗，收育嬰倪，撫恤孤寡，寒則施衣，病則施藥，見義必爲，不分畛域。常於江西省城進賢門外買地以瘞旅櫬，命之曰「同義堂」。又於湖北漢陽城外添置救生紅船一艘，行旅感焉。而君猶以力薄不能博施，易簀之日猶語及之。故諸子莫不感奮，光緒十二年遵遺命捐振直隸水灾一千兩，詔爲該故紳建「樂善好施」坊；十八年又捐振直隸七千兩，詔將該故紳善行列入原籍省府縣志。君先以燿成官請從一品封，及考棚成，撫臣以聞，言本其父遺意，詔賜正一品封，至是又崇祀鄉賢。嗚呼！是足以表示乎後世而庇廕其子孫矣。

君生於道光二年某月某甲子，卒於同治十三年十二月某甲子，年五十有三。娶唐氏，贈一品夫人；側室熊封夫人、章封宜人。子八人：瑞元，同治六年副榜貢生，湖北候補同知；蔚成，殤；燿成，浙江候補道；麟成，江蘇候補道；臧成，候選道；陽生、庚年，均早卒；震，江西候補道。孫二十二人，曾孫十一人，玄孫一人。余於諸孫中識其一曰錕，光緒十四年舉人，江蘇候補道，即念陶觀察也。余既諾其請，乃文其碑，乃繫以銘。銘曰：

君之内行，粹然君子。孝乎惟孝，友于兄弟。君之外才，靡任弗勝。出其餘技，用佐中興。君之天性，澹於利禄。我行我素，爲善最樂。橋傾我建，塗圮我修。孰饑我饁，孰病我瘳。乃興義學，義學有塾。乃立義倉，義倉有穀。君願孔巨，君志不隳。力或未逮，有子成之。疆吏上言，凡兹義舉。父命子承，承其先緒。天子曰咨，宜旌其門。樂善好施，垂裕後昆。天子曰咨，晉爾一品。錫之章服，服我休命。君之遠祖，實祀鄉賢。五世之後，而君繼焉。令聞令望，世世無斁。我作銘詞，刻君墓石。

嘉興移建節孝祠碑

國家旌别淑慝，風示天下，匹夫匹婦一節之善咸予褒揚。故凡婦女之青年守志白首完貞者，生則有綽楔之榮，殁則有俎豆之奉，此郡縣節孝祠所由立也。浙江嘉興縣故有節孝祠，在郡城東門外角里街，亂後毀焉。撖掮經營，粗復其奮。然其地舊爲通衢，今爲曠野，彌望荆榛，四無鄰比，守者無可栖止，宵人得以潛藏。門牖窗櫺任意毀折，祠中栗主斧以爲薪，佳節春秋無以奉祀，行路見者咸爲晝傷。於是邑人聚謀，僉曰：「是宜徙於城内。」乃卜吉地，得於分府公廨之東，蓋關廟之故址也。則有尼之者曰：「是地也屬於秀水，今以嘉興貞孝祠移建於秀水之地，無乃不可乎？」然考嘉興爲孫吴古縣，至明代始分置秀水，是嘉興、秀水古本不分，况嘉邑之壇廟祠宇在秀水境内者甚多，何獨於節孝祠而疑之？紳士大夫合詞請於嘉興縣吴公、秀水縣程公，皆以爲然。嚴禁沮撓，奬成其事，然後遷祠之議乃克有成。

勼工庀材，將謀經始。而又有難者，此一舉也非白金三千兩不辦。嘉邑雖號富衍，而生齒日繁，生計日絀，集貲於人，銖累而寸積，殊非易易。爰有故布政司銜記名道訪梅姚公文枏之簉室誥封宜人劉宜人者，巾幗中樂善好義者也，慨然曰：「節孝祠之建，所以慰既逝之窮嫠，而資將來之觀感，此亦邑中一大事，奈何猶猶與與，不速圖其成乎？費無所出，吾請獨任之。」乃捐金三千兩，卜日興工。邑人皆大感奮，踊躍從事。始某年月日，訖某年日月，祠工一律告成，木事土事無不肸飾，雕櫳鏤檻有加於前，孫桷母榱悉中程度。落成之日，式其祠下者咸嘆曰：「劉宜人之力也。」余與聞其事，樂觀其成，用述本末，紀之於碑。古碑必有銘，銘曰：

惟嘉興縣，有節孝祠。祠毁復建，厥地非宜。移建城中，關廟古基。集腋匪易，鳩工無期。有命婦劉，巾幗須眉。白金三千，談笑出之。成此美舉，仗此巨貲。落成之日，萬口嗟咨。宜有記載，傳示來兹。舊史俞樾，作此銘詞。

贈太傅封一等男文華殿大學士瓜爾佳文忠公墓志銘

光緒二十九年三月庚子，文華殿大學士榮公薨於位。是時天子方奉皇太后展謁西陵，還駐保定。遺疏聞，兩宫震悼，贈太傅，封一等男，予謚文忠，賜祭一壇，入祀賢良祠。越日又賜祭一壇，命以生平事迹宣付史館。叠奉詔書，一則曰「盡心竭力，調和中外」，再則曰「獻納周詳，爲中外所不及」。知天語褒揚，舉朝贊嘆。嗚呼！公不死矣。日月有時，將舉大葬。公子席卿介河南巡撫陳君，乞余銘其幽宫。余名微位卑，不稱盛德，辭焉。辭不獲命，乃譜其世系，叙其出處，綜其行誼，紀其生卒及其所生，而後舉其卓卓大者著於篇，繫以銘。

其世系曰：公諱榮禄，字仲華，别字略園，姓瓜爾佳氏，滿州正黄旗人。其先世有諱費英東者，實佐太祖高皇帝締造丕基，順治初封直義信勇公，所謂「四字公」也。元勛懿戚，代有聞人。祖莊毅公諱塔斯哈，以幫辦大臣歿於喀什噶爾之役，詔視都統例賜恤。父勤勇公諱長壽，涼州鎮總兵，咸豐初與兄天津鎮總兵武壯公諱長瑞者同日戰歿於廣西，詔有「忠貞世篤」之褒，均贈提督，恤如例。而其季弟諱長泰者，又以游擊隨科爾沁忠親王轉戰畿輔，歿於陣。公官工部員外郎時，曾被命至軍機處，問祖父死事狀。公具以對，文宗顯皇帝動容久之。公後著有《忠貞世篤録》，紀此事也。

其出處曰：公以門蔭起家，觀政〔一〕工部，擢員外郎，管銀庫事。俄請以道員候選，及顯廟狩木蘭，恭忠親王設立巡防處，檄公總其事。同治元年，醇賢親王又調公充神機營翼長。奉天馬賊逼近東陵，公統健鋭營追賊鐵門關。賊遁，加副都統銜。七年，復設巡防處，公亦與焉。捻平，論功加頭品頂戴，擢左翼總兵，授總管内務府大臣，工部、户部侍郎。光緒四年，授步軍統領、工部尚書。未幾，謝病歸。病起，授都統，簡放西安將軍。二十年，海疆事起，復授步軍統領，會辦軍務。和議定，授總理各國事務大臣。二十二年，以兵部尚書協辦大學士。二十四年四月，授直隸總督。八月，特授軍機大臣。是年始設武衛五軍，以公總中軍兼節制各軍，晋文淵閣大學士。二十六年，轉文華殿大學士以終。

〔一〕 政，原訛作「玫」，據文意改。

其行誼曰：公生有至性，少孤，孝於繼母，友於昆弟。及壯，長身玉立，儀狀偉然。官部曹時，每常期僇直。顯廟於班中遥望之，輒指問樞臣曰：「此榮禄耶？」是時當國者權勢熏炙，欲羅致門下。公不爲屈，其請改道員緣此也。今上登極，叙定策功，以執金吾拜大司空，浸大用矣。而引疾乞身，優游家衖者十餘年，海内高之。公爲西安將軍，以駐防軍生計奇絀，孤寡者名糧之外月給錢千，一軍歡抃。乃使練習洋槍以佐騎射，軍容爲之一振。及任兵部尚書，遂疏請武科改試槍炮，又請設武備學堂以畜將材。其時朝廷方病八股取士不足得實學，公乃建言非設學堂不可。於是京師設立大學堂，又推其法行於各直省，皆由公始也。兩宫之西狩也，各國索戎首甚亟。公力陳安危所繫，請早定大計，以安宗社。罪人既得，外論始平。公與兩全權大臣往復函商，以定和議。人知慶邸與李文忠之榰柱於外，不知由公之斡旋於内也。公在行在即議立政務處，凡因革損益之事取裁於此。至今循之，規模遠矣。少負文武才，書畫劍槊皆極其妙。及歇歷中外，與文文忠、寶文靖、李文正、左文襄、李文忠諸公互相砥礪，不立崖岸，而外省情弊無不周知。與各疆臣推誠告誡，人人樂其寬易，而又畏其嚴明，誠一代名臣也。

其生卒曰：公生於道光二十三年某月某日，薨年六十有一。當疾革時，問以家事，不答，喃喃囈語，皆國大事也。睠懷君國，始終不渝，謚之曰「忠」允矣。元配某氏，繼配宗室氏，故大學士諱靈桂之女，有賢行，庚子歲從公西行，以疾卒於河南彰德府。側室某氏以女貴，奉懿旨封一品夫人。子綸厚，字少華，亦從公西行，時年甫十四。事起倉卒，衆皆惶遽，摒擋衣物。綸厚獨奉持先世遺像及世傳寶刀以行，公聞而嘉之，俄亦以疾卒。乃以昆弟之子良揆爲嗣，即席卿也，公歿後詔以四品京堂候補。女子子二，一適禮親王世子，一爲醇親王福晋。

最公一生，起家郎署，跻登揆席，持危扶顛，功在宗社。恭譯聖諭有云：「獻納周詳，中外不及知。」然則可得而言者固已僅矣。況余之跧伏草莽，於外事罕聞見，又烏乎測之哉？然而其卓卓大者，則亦可得而言，謹列其數事，曰：方穆宗毅皇帝之升遐也，公以内務府大臣與御前軍機王大臣同被顧命。公獨籲請俟今上生有皇子即承嗣，穆宗感動，兩宫爲之揮涕。未幾，而果有吴可讀之疏，疏入嘉許，蓋公言已先之矣。此一大事也。南海有不逞之徒，挾其邪説，煽惑人心，朝野上下聳然動聽。公獨不爲之惑，擯斥奸回，和調宫府，不動聲色，措天下於泰山之安，又一大事也。本朝鑒於前朝，不立儲貳，歷聖相傳，從無异論。往者諸臣創議建嗣，名爲固本，實則行私。公力争之，雖不能得，然所立不久而廢，廢後不復更立，從公言也。又一大事也。山左亂民恃其拳勇，闌入京師，啓釁外邦，焚殺平民，攻圍使館。公屢言於朝，請剿亂黨，勿替邦交。而一時强宗悍將横行恣睢，幾使公無從置喙，公亦數瀕於危。卒賴公言，稍全大局。又一大事也。和約既定，大駕東回，行至汴梁，暫休徒御。而群情與與猶猶，僉謀留蹕。公毅然請行，百端譬解。於是乘輿遂發，復入都門，萬衆瞻仰，歡聲如雷，遂以成萬億年無疆之休。又一大事也。嗚呼！昔郭冲於武侯記其五事，公亦當代之諸葛也。存此數端，以見崖略。若夫次弟其事，始終本末，巨細畢登，則有國史在。其銘曰：

三台上相，一代偉人。雲漢黼黻，雷雨經綸。道臻其盛，運當其屯。沐日浴月，旋乾轉坤。忠愛結主，樂易宜民。三軍慕義，四裔歸仁。愛善如渴，燭奸若神。大憝斯拔，片長必甄。力扶地柱，默運天輪。聲色不動，光被無垠。有始有卒，不淄不磷。帝懷柱石，士感陶鈞。我作銘詞，刻此貞珉。何以銘之？曰社稷臣。

長蘆鹽運使汪君墓志銘

君諱某，字君牧，安徽盱眙人，汪氏。曾祖云任，嘉慶十二年舉人，二十二年進士，陝西按察使。祖根恕，道光十七年舉人，以候補道署蘇州織造。父祖綬，咸豐五年舉人，六年進士，由翰林院庶吉士改知縣，官江蘇，歷宰新陽、金山、青浦、吴縣。君其仲子也，幼讀書，日百行，數過即背諷如流。工詩文，精行楷，繪畫篆刻無不入妙。同治四年，補行咸豐十一年拔萃科，君中其選。逾年以朝考第一授小京官，分吏部。一時耆宿咸推大器，而君意殊未慊，益自攻苦。屢應京兆試，不售。光緒九年，君父大令公以疾去官，僑居吴中。君以官京師去親遠，伯兄某已以大挑知縣分發江蘇，君因亦以知府指分浙江。蘇浙毗連，便存省也。時撫浙者爲仲良劉公，知君才，即委辦廣信督銷局，又調辦嘉興鹽釐局，局事皆治。俄以憂去。服闋，李文忠公奏調直隸，自是而君之治迹皆在畿輔矣。

直隸重海防，特設支應局。李公以君充提調，君整紛剔蠹，剖豪晰釐，人莫能欺，而事無不舉。時總持局務者瀏陽李勤恪公也，嘆曰：「得汪君佐我，我無憂矣。」分雖僚屬，而親若袍襗，蓋局事皆取辦於君焉。二十一年，權知易州直隸州。州故多盜，君不惜重貲，廣設捕役，捕其魁殺之。盜無所容，民用安枕。其明年，過班以道員候補。今仁和相國暨榮文忠公先後督畿輔，皆倚如左右手。壽山制軍裕公疏薦君才，蒙召見二次，命遇缺即補，并交軍機處存記。二十六年，奸民倡亂，千百成群，號曰「義和團」，圻内震動。君力言於裕公，謂宜痛剿之。公未能用，而語聞於外。亂民遂與君爲讎，猝率數十人闌入君寓，聲勢洶洶。君挺身出，嚴詞詰責，膚色不撓，衆皆隴種散去。及事平，項城袁公總督直隸，亦器重君，先後委辦支應籌款善後局務。時兵燹之後，文卷蕩然，諸事草創，棼如亂絲。君在直久，性又强識，故能舉其都較，一時有「今事不知問崔琳」之嘆。各局生息之款無慮三百萬，券據毁失過半，君逐一考核，罔有遺漏。袁公嘉其力任勞怨，公家之利知無不爲，密陳於朝，謂可大用。

二十八年九月，簡授通永兵備道，甫四日升補長蘆鹽運使。君以亂後商力凋敝，非恤商無以裕課，請免宿課，又籌借巨款以資轉濟。有議加竈鹽之價者，君曰：「損下益上，非所以培養元氣也。」力持不可。然其時百廢待舉，無不取給於鹽。君參定新章，掃除積弊，商不困而課日增。一年之後，綜計庫儲，贏於曩昔，然後嘆君以恤商爲裕課之原，洵知本矣。直隸永平、宣化兩屬産鹽極饒，而除灤州外向無官引，聽民私販。君曰：「是非政也。」鋭意釐治，量地制宜，或歸官辦，或由商運，無病於民，有裨於國，君之克舉其職，此一端也。二十九年，兩宫展謁西陵。君隨辦大差，夙夜不懈。詔以應升之缺用，恩賞「福」「壽」字兩方，緞匹兩端，异數也。海内嘆美，僉謂封疆節鉞計日可待。明年夏，忽奉解任之命，僚友莫知其故。君無一言，惟自引咎而已。袁公仍留君，使駐德州，辦北洋機器局。締造之初，規模未定，君訂章程，籌經費，講求製造之法，實事求是，一如平時，不以身退而稍懈。然積勞數十年，至是日益不支，忽得類中之疾，遂上書大府，求交卸局務，并奏請開缺。

既得請，由潞河南歸，竟於光緒三十一年八月丁卯卒於蘇寓，年五十有七。未竟其用，海內惜焉。君性孝友，篤於天倫。父歿時，有弱弟尚幼。君撫育之，以至於成。光緒二十三年，弟登賢書，距君大父鄉舉之歲適甲子一周，士林艷之。又有從子數輩皆卵翼於君，今學成而仕者二人焉。君嘗曰：「此皆吾生平快意事。」及臨歿，猶言之，其孝友可見矣。夫人陳氏，先君一年卒。子二人，駿孫，三品蔭生；士元，光緒二十八年舉人，三十年進士，江蘇補用道。孫二人毓崧、毓良，皆幼。駿孫等卜於光緒三十二年四月辛亥，奉君與夫人合葬於蘇州胥門外米斗山之麓，礲石乞銘。余與君大父爲同歲生，有累世通家之誼，不敢以老病辭，因撰次其事，而繫以銘。銘曰：

奐矣汪君，杞梓圭璋。始仕於浙，處事精祥。五五既闋，改筮畿疆。畿疆峨峨，實惟北洋。幕府大啓，治具畢張。君負長才，可圓可方。三刀小試，盜賊潛藏。群公贊嘆，交馳薦章。書名御扆，奏對明光。乃乘廉車，乃總鹺綱。鳳鸞翔翥，騏驥驤驤。道無顯晦，時有行藏。位不副才，海内悲傷。遠而有耀，久而彌芳。千載之下，令名孔彰。

贈光禄大夫清溪縣知縣陳公墓志銘

公諱炘煜，字夢石，一字葵鄉，江西崇仁人，陳氏。元時有諱泳之者，學於吴草廬、虞道園兩先生，時稱巨儒。其先所居曰東耆，後遷北耆，北耆陳氏遂爲著姓。曾祖恩餘，祖光宙，父萬劼，三代皆以公貴贈如其官。公六歲而孤，少有遠志，克自勵於學。既壯，以縣學生補廩額，應道光十一年鄉試，中式舉人。七試於禮部，不得志。至道光二十四年，年且四十九矣，始以大挑一等得知縣，分發貴州。貴州邊省，吏治疲敝。既至，上游以公老成諳達，頗器重之。歷知龍里、普安、安平、安南、普定、天柱諸縣，補授清溪縣令，署黔西州牧。其爲政，以扶植士類、康濟民生爲主。於書院諸生遇之至厚，優其膏火之資，教以讀書作文之法，黔省人文爲之一振。尤注意蒙學，所至必廣設義塾。每逢朔望，傳集塾中子弟，親爲講習，以《少儀》《弟子職》諸書相勖勉，造就甚多。道光二十九年、咸豐二年兩充鄉試同考官，所識拔皆耆宿。其聽訟用古色聽、氣聽之法，不事鞭朴，悉得其情；爲牧令垂二十年，未嘗妄笞一人也。然察來占隱，雖武健嚴酷之吏長目飛耳者遜謝不如，故吏人皆敬而畏之。

公固敦厚長者，而一時稱廉能者必推君。先後撫黔者如善化賀公長齡、孝感喬公用遷、侯官何公冠英，皆極重其才，引以商榷政治，往往呼爲夢石先生，而不稱其官。益陽胡文忠公方守鎮遠、安順諸郡，每與論立身本末及治盜安民方法，書函往復輒數千言，見公所刊《寡過篇》及《防邊纂要》，嘆曰：「吾安得如斯人者相助爲理乎？」其爲諸巨公見重如此。然公直而不阿，不能逐飛追走，改雅入鄭，故不諧於俗。咸豐中葉，苗教交鬨，黔中大亂，幾無完郛。而當事者輒以多殺邀功，無辜小民橫被翦屠，原野流血。公喟然曰：「如若所爲，豈不立致通顯？然朝廷設官本爲民也，不撫綏之，乃荼〔一〕毒之，吾能與共事乎？」會有腰疾，遂以疾乞歸。而是時南中猶未平，燧火滿天，欲歸不得，故仍寓貴陽。每念金陵未復，粵賊未滅，雖在病中，未嘗不太息泣下也。

同治三年六月乙卯，王師克金陵，巨憝殲，南方定。而公即於是日啓手足於黔寓之正寢，不及聞矣，年六十有五。公宦黔雖久，廉吏也，没無餘資。黔去江西又遠，公子等竟不能歸，即以貴陽籍應試。及以舉人入都，功令必得同鄉官印結方許覆試。而黔省諸京官無有以异籍爲難者，皆曰：「陳君之子也。」親愛之，反過於鄉人。公長子嘗以事至龍里，投宿逆旅。適大兵過境，室廬皆滿。及問，知爲公之子，争挽留之，且爲言公治縣事，稱道不衰。嗚呼！公之殁也，諸子皆幼，故公之治績莫得而詳。然觀其遺愛之在民，則其治績可知矣。娶楊氏，廉静善治家，公七赴公車，無室家累；二十年牧令，無内顧憂，皆其力也。無子。側室姜生子二，王生

〔一〕 荼，原訛作「茶」，據文意改。

子一，皆愛之如所生，可謂賢矣。卒於同治四年十月己亥，年七十。子夔麟，光緒六年進士，改翰林院庶吉士，今官直隸永定河道。夔麒，光緒十一年拔貢生，十七年舉人，今官四川榮昌縣知縣。夔龍，光緒十二年進士，今官河南巡撫。麟與龍，姜出也；麒，王出也。女子子若而人，孫及孫女若而人，不具書。公以夔、龍官贈光禄大夫、振威將軍，楊及姜皆贈一品夫人。某年月諸子葬公於貴陽東門外，厥地曰黄家井，以狀乞銘。銘曰：

天下治平，在得循吏。一吏循良，四封安敉。惟公宰黔，黔人咸喜。大啓弦歌，罕聞鞭箠。吏拜神君，民歌樂只。逝水不留，清風未已。一葬桐鄉，便成梓里。公之治行，宜登國史。天之報施，觀其後起。我爲公銘，未盡公美。安得斯人，與謀上理。寬征宜民，正業造士。内治克修，外憂斯弭。四清永海，以報天子。

襲一等肅毅侯李君墓志銘

相國李文忠公之薨於位也，越五月，而襲一等肅毅侯仲彭君以毁卒。事聞，天子憫焉，璽書褒美，嘉其至行，命以事實付國史館，列入《孝友傳》，而君之孝於是千古矣。烏呼！相國「文忠」之謚，上所特予也；仲彭君「孝子之名」，亦上所親定也。父子忠孝，焜燿史策，此昭代二百年來之盛事，非李氏一家之私榮也。既殁逾年，其孤國杰等奉其喪葬於茅岡，以狀乞銘。

按狀：君諱經述，仲彭其字也，安徽合肥人。其先本許氏，自江西來徙，家傳十世，始從外家之姓而爲李氏。曾祖諱殿華，祖諱文安，曾祖妣裘、祖妣李皆以文忠貴，贈如其官。父即文忠公也。公初娶於周，早卒。繼配趙氏生君，於兄弟行居次，然文忠嫡子也，故卒爲文忠後云。李氏先世業農，君之祖始以進士起家，官刑部郎中。時粤寇已曼衍東南，居鄉創辦團練，以備戰守，文忠之治淮軍由此肇之也。嗣後削平禍亂，光輔中興，勛業之盛，海内户知之，可無述矣。君生有二齒，祖母李夫人喜曰：「其父固亦如此，此子必肖其父。」稍長，目炯炯有光。曾文正公見之，語文忠曰：「公輔器也。」五歲就傅，聰穎异常兒，十二歲能爲擘窠大書〔一〕，於舉子業不甚措意，而爲之輒工。尤工爲詩，有晚唐人筆意。母趙夫人以文忠勤勞王事，無暇課子，故課之甚嚴，有小過訶責不稍貸。君亦自刻勵於學，讀書日盡數卷，强識之功人不能及。又以世受國恩，而時方多故，益勉爲有用之學，於歷代史事興衰治亂之源無不窮究。本朝掌故尤所講求，雖稗官野史有裨實用者，亦參考無遺。每論政治得失，動中肯窾，識者偉焉。

〔一〕 書，原訛作「事」，據文意改。

年二十二，於光緒十一年應江南鄉試，中式舉人。明年以蔭生應廷試，内用刑部員外郎。二十一年，禮部會試，君已取中且在前列。及發彌封，主試者見君名輒易去之。蓋其時中東之釁已起，朝議多與文忠齟齬也，君固不以爲意。然以文忠權重中外，恒以爲憂，平時隨侍津門，深自韜晦，未嘗有所干預。及東事之殷，文忠日在危疑中，言路沸騰，參預帷幄者率遭抨擊，而君超然無累。及文忠使日本，於馬關中刺客，君即擬奔赴，而文忠旋定約而歸，故不果。二十二年，文忠奉命歷聘歐亞諸邦。朝廷念高年遠役，有詔加君三品銜，充參贊官，俾得隨侍左右。君膺兹异數，適符素願，相從數萬里，寒燠食飲，調護惟謹。文忠得以一意折衝尊俎間，君之力也。

二十六年，山左亂民練習拳勇，嘯聚醜類，闌入都城。馴至聯軍入寇，兩聖蒙塵，而文忠又拜全權之命，入京師與各國議和。文忠久勞於外，年垂八十，當智勇俱困之時，爲君國兩全之計。雖以平時威望卒使遠人帖然咸服，然臣力盡矣。其年秋，卧病於京師。君天性至孝，當十一歲時，母趙夫人病肝甚劇，君與歸張氏之妹各翦指肉和藥以進，服之果瘳。後趙夫人知而切戒之，始不敢復爲。及趙夫人殁，君每哭必眩仆。文忠撫之曰：「汝忘老父乎？」乃稍自抑制。至是聞文忠病，時方在金陵，趨入侍。既至，文忠病甚，侍湯藥者五十餘日，晝不甘食，夜不交睫。文忠薨，君欲以身殉，家人環勸之始已。然每哭必喘，每喘必汗，焦肝灼肺，形在神亡。光緒二十八年二月己未，竟以毁卒，天下惜之。

君性嚴重，寡言笑，慎交游，尤好施與。初趙夫人自奉極儉，而三黨貧乏周恤甚至，遇水旱偏灾，必力勸文忠廣籌温拯之方。天津城内外善堂如林，咸佽以巨貲。君幼承母教，周急濟無，惟力是視。光緒二十二年，廬州與太湖均大水，以三千金振。二十三年，湖北水灾，又本母遺命，以千金振。二十七年，安徽水灾，請於文忠，撥銀十萬兩以振；又自出萬金爲倡，募集二萬餘金，修築無爲州堤，至今父老猶稱道勿置，曰：「使吾儕生死而肉骨者，李侯也。」論者謂以君之才之德，天子已使君襲文忠之爵，异日以通侯襄贊國事，必能宏濟艱難，恢張先業，何造物者予之材而不使竟其用歟?君娶朱氏，封一品侯夫人。生丈夫子四：國杰，正一品蔭生，户部郎中；國燕，員外郎；國煦、國熊并舉人。往者趙夫人之葬也，君卜地於合肥縣東鄉曰夏小影。其西二里許有吉壤曰茅岡，君曰：「我死即葬耳。」今諸子葬君茅岡，遵遺命也。銘曰：

惟忠惟孝，同出一源。天生孝子，忠臣之門。文忠之忠，人無閑言。乃有令子，孝哉閔騫。生從萬里，殁從九原。帝嘉乃孝，載錫之恩。宣布史館，表示黎元。君雖逝矣，名則長存。君才孔碩，君德温温。舉其大者，餘弗其論。茅岡之阡，宰樹軒軒。刻此斯銘，垂裕後昆。

都察院左副都御史薛公神道碑

故都察院左副都御史薛公之葬也，余既爲文以志之，刻石而薶其幽宫矣。故事三品以上大員之墓，其墓道必有碑，碑必有文。於是其孤又以爲請。余曰：「唐宋以來志文、碑文同出一手者殊不多見，盍他求乎？」而其孤固以爲請，余不獲辭。因思墓志藏於幽者也，墓碑表於外者也，是宜舉其大者以昭示來兹，與墓志體例固自有别。乃爲譜其世系，稽其出處，叙其政績及其恩遇，述其行誼與其學術，紀其生卒，下逮其所生，而係以銘。

其世系曰：公姓薛氏，諱福辰，字振美，號撫屏，江蘇無錫人。其始祖皥，仕宋爲翰林承旨，世居江陰，傳七世而徙無錫賓雁里，遂家焉。曾祖世球，早卒；祖錦堂，常州府學生。父湘，道光二十五年進士，官至廣西潯州府知府。三代皆以公貴贈光禄大夫，曾祖妣許、祖妣顧、妣顧皆贈一品夫人。公於兄弟行居長，弟福同，同治六年舉人；次福成，同治六年副貢生，官至都察院左副都御史；次福保，以奇材徵，官四川知府；次福祁，由恩貢生官湖北沔陽州知州；次福庚，光緒元年舉人。兄弟六人并知名，而一門兩副憲，尤世所艷稱焉。

其出處曰：公於咸豐五年應順天鄉試，中式第二名。會試不第，遂以議叙員外郎掣籤分工部，在營繕司行走。及丁文誠公之撫山東也，以山東難治且有河患，非公莫可佐理，敦勸公行。河工告蕆，丁公專摺保薦，特授山東濟東泰武臨道。丁内艱歸。服闋入都，會慈禧皇太后不豫，有詔徵醫，李文忠公、曾忠襄公交章薦公，召入稱旨，簡放廣東雷瓊遺缺道，又調督糧道，皆以供奉内廷不赴。及皇太后大安，調補直隸通永道，賜頭品頂戴。光緒十二年遷順天府府尹，十三年調宗人府府丞，十四年補都察院左副都御史，引疾歸。

其政績曰：公之佐丁文誠治河也，親駐侯家林工次，晝夜履行河干，指示機宜，未及浹旬大工告蕆，節省帑金百數十萬。其官山東也，當兵燹之後，又困河患，民不聊生。公務休養生息，在任四年，困者以蘇，瘠者以腴。及官畿輔，如在山東時，以歲之薦饑也，爲籌振捐。以海之多盜也，爲嚴緝捕。法越構釁，軍務方殷，畿南之地兵差絡繹，創設官車局以紓民力。士卒飽騰，閭閻安堵，尤善政也。

其恩遇曰：公在内廷請脉處方，悉稱上意。皇太后嘗諭諸醫曰：「汝等謂予可安養乎？治天下誠不易，任大責重，曷敢少自暇逸。薛福辰讀書人，當知此意。」蓋知公深矣。通永道駐通州，距京師近，時蒙徵召，恩賚優渥。拜大京兆，召對便殿，諭曰：「卿非但能醫病，實醫國之才也。」賜御筆「職業脩明」匾額，又賜御制一聯云「敬謹身修葵向日，光明心事月當天」。及以副憲告歸，諭令盡心調養，并賜葠苓，命御醫診視。瀕行，上賜御筆「福」「壽」字及「歲歲平安」四字直幅；皇太后又賜一聯云「人游霽月光風表，家在廉泉讓水間」。公敬謹奉歸，天章爛然，照耀鄉里。逮遺疏入，照一品例賜恤，賚帑金治其喪，皆异數也。

其行誼曰：公自幼孝於親，友於群弟。及官工部，聲望大起。而公以遠離二親，思慕不已，乞假歸省。既省太夫人於里中，又至湖南省其父。其父潯州君由安福移新寧，以守城功擢知府，拜潯州之命，未赴而卒。公奉喪由賊中歸，將謀窀穸，而江南大營潰，常州陷，顧太夫人率家人北渡江，而留公與弟副憲君治葬事，亂離之中，治葬如禮。後偕弟副憲君謁曾文正公於皖，陳恢復江南之策，文正大悦。然公以老母在，且諸弟未成立，乃留弟副憲君於營，而自歸養母、教諸弟。李文忠剿捻賊，强公以俱，捻平即歸。後感丁文誠知遇，始出而用世，非其初意矣。

其學術曰：公七歲時下筆爲文，已驚其長老。父潯州君故雄於文，其會試行卷海内傳誦焉。君承其家學，故一出試即以第二人舉京兆，京兆第二人世所謂南元也。公不以科名自滿，致力經世之學，博習經史，旁通諸子百家；又兼究《素問》《靈樞》之説，其精醫由此也。後遂蒙「非僅醫病，實能醫國」之褒，可謂不負所學矣。公雖文臣，少負膽略，當葬父之後，將赴江北，猝爲賊所得。公膚色不撓，侃侃辨論。賊不能測，竟縱之去。嗚呼！亦奇士哉！所著有《青萍閣文集》。又有「風」「勞」「臌」「膈」四種醫書，官宗人府府丞時，以宗卿事簡，擬寫定成書，而竟不果，世以爲惜。

其生卒曰：公生於道光十二年三月九日，卒於光緒十五年七月二日，年五十有八。是年冬某月某甲子，葬漆塘之新阡。元配王、繼配樊、又繼配竇并封一品夫人。丈夫子四，邦彦，出爲從兄後，襲雲騎尉世職；邦襄，廕生，官安徽合肥縣知縣；邦龢，由刑部主事官浙江知府；邦藩，三品銜候選知府。女子子三，次女早卒，長適何剛德，三適李經湘。孫八人，育麒、育麟、育虎、育龍、育驥、育彪、育楚、育藍。孫女四。其銘曰：

仕有内外，輕重分焉。時而重外，則詞臣請郡；時而重内，則班生登仙。既區分乎内外，遂互視若天淵。公則不然，合而爲一。在外則坐擁乎旄麾，在内〔一〕則周旋乎温室。故輿前有洋溢之民謡，而室内有輝煌之御筆。以外臣而内直，惟公才之孔長。在聖門爲政事，在漢代爲循良。又不遺乎曲藝，擅妙技於岐黄；通醫病於醫國，荷天語之褒揚。千載而下，想其風度。

〔一〕内，原訛作「外」，據文意改。

漆塘之阡，拜公之墓。宰樹猶新，邱壟如故。讀我銘詞，尚有餘慕。

故吏部左侍郎許公神道碑

故吏部左侍郎許公之葬也，余既以文銘其幽宫矣。功令三品以上大員墓必有碑，碑必有文，其孤又以爲請。夫墓銘藏於幽者也，而墓碑則表於顯者也，將使後之人過其墓讀其碑，有以考見其人，則宜書其大者。君之大節卓卓可傳，請舉其崖略，以昭示來兹。

公諱景澄，字竹筠，浙江嘉興人，許氏。曾祖溶、祖國楨、本生祖廷梧、父丙熺，皆以公官贈資政大夫。公年十五入縣學，同治六年中式舉人，七年成進士，改庶吉士，散館授編修，充光緒元年順天鄉試同考官，五年四川鄉試副考官，九年升侍講。十年充出使法德義和奥等國大臣，十六年又充出使俄德奥和等國大臣。十七年升太僕寺少卿，轉通政司副使，十八年升光禄寺卿，十九年升内閣學士，二十二年升工部右侍郎，二十三年署禮部右侍郎，充總理各國事務大臣，調補吏部右侍郎，轉左侍郎，此公出處之大略也。

公之使法德義和奥也，訂購鐵甲船二、穹甲快船三，親詣船廠考求船制。公著有《外國師船表》十二卷，其時作也。又上言大沽口宜設鐵甲炮船，膠州灣宜爲海軍屯埠，時論韙之。其使俄德奥和也，以俄之獵騎時闌入我帕木耳界，移書禁絶之；又議定帕界，援舊議以烏仔别里山爲界，俄則欲以薩雷闊勒爲界，相持三載，公不爲奪，界雖未定，然俄謀息矣。公駐俄垂六年，請受代不許，又以俄德兩大國交涉事繁，宜分兩使。二十二年即以公出使德國，從公議也。適俄人欲開通黑龍江、吉林火車鐵路，以直達海參崴，托爲商辦，設立公司，并請中國亦以銀五百萬入股。爰命公爲公司總辦，凡公司例得之費，公悉咨存總理衙門，不以入己。而路綫所經有溢而南者，必力阻之。且與俄約運料之船彼此稽查，毋使漏税，俄人皆曲從焉。事竣赴德，又因俄人租我旅順口，命公仍還俄定議。議定，而公請病假還原籍。溯公自出使以來，前後十餘年，奔走於火車汽船之上，折衝於電傳筆譯之中，不辭勞勩，不避艱險，内以崇國體，外以輯邦交，古稱膚使，公無愧矣！此公奉使之大略也。

既還朝，入譯署，天下想望風采，謂久勞於外，行且大用。而庚子之變作，庚子爲光緒二十六年，先是山東有亂民，千百爲輩，練習拳勇，假托鬼神，以扶清滅洋爲名。東撫毓賢信之，言於朝貴，皆爲熒惑。而端邸及剛毅崇奉尤甚，招入京師，設立壇場，横行廛市，狙擊使臣，環攻使館。公知大禍將作，力言邪術不可恃，外釁不可啓。不聽。已而兵輪集於大沽，聯軍逼於近郊，事益急，言益切。端、剛等嫉之，乃用李秉衡言，非殺主和者不可以戰。公遂於是年七月壬寅，與太常寺卿袁公同及於難。越十七日丙辰，兵部尚書徐公亦不免焉，袁與徐皆公同志也。半月之間，駢戮大臣悉出權奸，不由廷議。天地晦冥，人情恇懼，而禍亂成矣。及至和議告成，大駕回鑾，當時首禍之人皆膺顯戮，乃始追念公等，詔雪其冤，復還原職。於是三公之名洋溢於天下，翕然有「三忠」之目。靈輿南還，士大夫無識不識皆往助執紼，祭奠成市，哀挽盈途，所謂萬代瞻仰，在此一舉者，此公之大節也。嗚呼！偉矣。

公卒年五十有六。元配沈、繼配高先公卒。生四子皆殤，以從子鼎鈞嗣，特用直隸州知州，以公故也。公事迹在史館，聲名動蠻貊，所著《奏議》等風行海内，無俟贅言。謹舉其大者文於石，繫以銘。銘曰：

公起詞苑，雅擅使才。手持英蕩，足遍埏垓。昔公孫揮，周知四國。公久駐俄，而再至德，萬國情實，公具知之。虞虢脣齒，齊秦雄雌。亂之初萌，公曰大誤。誰秉國成，迷而不悟。亂之既成，歸咎於公。謂是和議，梗我戰功。曾幾何時，是非大白。三忠之名，赫然史策。復爾朱紱，焚爾丹書。彼哉戎首，今竟何如？一日千秋，死而不死。帝憫尸臣，人尊膚使。主聖臣直，身没名存。敬以此義，表示墓門。

春在堂雜文六編補遺六

故四川總督劉公墓志銘

光緒三十二年秋七月壬戌，故四川總督劉公卒於家。兩江總督、安徽巡撫合詞以聞，天子憫焉，以公學問優長，戰功卓著，任事勇直，持躬廉介，命復公故官，視總督例賜恤，生平功績宣付史館。嗚呼！公以罷歸林下之人，飾終恩禮優渥至此，其所以上契聖心者必有在矣。余固不足以知公。然故部民也，又以同館之誼相交者三十餘年，於其葬也，諸子具狀請銘，余奚辭焉？

按狀：公諱秉璋，字仲良，劉氏。明初自江西遷安徽廬江，遂爲廬江人。明季又避寇亂，遷居三河鎮。曾祖光、祖大德、本生祖大綵、父世家，并以公貴贈如其官。公自少即潛究古今盛衰治亂之原，弱冠徒步游京師，所過山川形勢、津梁險易皆心識之。李文忠父侍御君見而嘆曰：「命世才也。」文忠亦深交於公。咸豐元年，中式順天恩科舉人，出參張文毅軍，論功議叙知縣。十年成進士，改庶吉士，散館授編修。時曾文正開府安慶，一見公大器之，識其名於《求闕齋日記》。李文忠將之滬，創設淮軍，公實贊成之。同治元年，文忠至滬，奏調公來軍，疏言：「劉某沈毅明決，器識宏深，與臣爲道義交，請飭赴臣軍。」報可。時文忠用洋將戈登治常勝軍，而洋軍剽悍不可制，公善馭之，故所至輒有功，攻克福山，解常熟圍，進駐太倉。於是大軍無後顧憂，專注蘇州。蘇平規浙，公募六千人自爲一軍，轉戰而前，大破賊於嘉善。賊來援者數萬，又大破之。進攻張涇匯，其地爲要衝，賊守甚嚴。公督戰，炮子中股，裹創力戰，卒毁其壘，他處守賊皆不戰而降。乃會同程忠烈之兵直薄嘉興城，公率所部登東門，焚其火藥庫，諸軍乘之，遂克嘉興，有詔賞戴花翎。公先已由編修遷侍講，至是累遷至侍講學士。當時以詞臣從事戎行，李文忠外公一人而已。

東南肅清，曾文正、李文忠先後奉旨剿捻，公皆從焉。捻流竄無定，公先倡扼河而守之議，及賊渡河，又倡反守運河之議，賊勢遂日以蹙。然數年間，與賊馳逐於鄒魯皖豫淮徐湘楚間，大小凡數十戰。捻首任柱、賴文洸、張總愚會於豫之石固寨，公敗之禹城，敗之灣店，敗之吕城，賊不得復合。張走秦，是爲西捻；任及賴回走山東，是爲東捻。兩捻驛騷者數載，而東捻卒滅於公。當東捻之走皖也，皖境空虚。公疾馳百數十里，繞出賊前，扼之宿松。捻患不及皖者，公之力也。賊自維河復入山東，公追擊之於肥城。賊沿運河南下，犯清淮。公追擊之於張橋，又及之於楊州之東北灣，擒賴文洸。時任柱已前死，而東捻平矣。公在軍，累授江蘇按察使、山東布政使，皆未赴。及捻平，丁外艱。十一年，服闋入覲，授江西布政使。光緒元年，升江西巡撫，以母年高，請終養，不允。四年再請，從之。以母胡太夫人五世同堂，賜御書匾額。六年，上欲破例用公，詔陛見，有「時事艱難，毋稍拘泥」之諭。公力辭不起，其疏稿天下傳誦焉。是歲，叙江西籌辦甘餉功，賞頭品頂戴。八年，養親事畢，拜浙江巡撫之命。

十年，法人入寇，公於海岸築長墻，綿亘二三十里，時張旗鼓以爲疑兵。於海口釘樁木，又買海船數十，載石沈之，以彌其隙；其外則置水雷，瀕海口岸亦埋地雷。及法船入鮫門，守將吴杰發巨炮，擊沈其二船。又駛入虎蹲山，一炮中其烟筒，一炮中其桅。又以小船潛犯南岸，連擊之，所傷甚多，遂敗去，不復至。後閩諜偵知法大將孤拔、將軍迷禄皆死於是役云。當是時，各行省皆戒嚴，如奉天、如直隸、如閩、如粤、如滇、如臺灣，并有督辦之重臣，部撥之巨餉。浙江無之，而守禦完固，敵不能乘，論者謂中外交涉以來所未有也。及事平，部議加八旗兵餉。公疏言：「今海患方殷，而海軍未立，宜竭天下之力先治海軍，以禦外侮。俟海軍既立，然後徐圖。八旗生計應如何安插疏通，請飭王大臣從長計議。」疏入，未及行。及中日之戰，海軍不足於用，論者皆服公先見焉。

十二年，升四川總督。川境遼闊，内多亂黨，外接番夷，素稱難治。公督蜀八年，不輕發大衆，如萬縣、如茂州、如秀山皆有叛者，厥勢甚張。公處置得宜，不勞而定。如大小凉山、如拉布浪、如瞻對，各夷越界來犯。公檄諸鎮以趙營平屯田法困之，皆俯首聽命。十一年，恭逢皇太后六旬萬壽，加太子少保銜，賜御書「長壽」字、「福壽」字及如意蟒袍等件，上意眷注良厚。而公以老病已六疏乞休，至是又申前請。上知其誠，允之。未受代，教案起。公治外事皆務守經，先是重慶有教民羅元義殺斃平民十餘人，公捕得，立斬之。英國商輪船欲入川江，公曰：「如民船撞損何？」執不許。稅務司赫德欲加抽土釐，公曰：「釐重價昂，民皆食洋烟矣。」又不許。蜀人嗾洋商請開礦，公曰：「山有礦猶山有木，不得占山采木，豈得越山開礦？」又不許。外人銜公久矣。是歲，成都省城民教大哄，焚毁教堂十餘所。有司逮問，則皆極口詆毁教堂教士，請削去之。公曰：「事虚實誠未可知，覆訊則可，改供則不可。」及保甲局道員周某出示安民，語又侵教士。教士益憤，執以達其國公使，欲甘心於公。朝廷知公守正不阿，重開邊釁，遂罷公官。或勸公諉罪於周，公不可，曰：「如國體何？」

公既罷歸，不事生産，惟嗜讀書，手不釋卷，暇則與友人歌咏爲樂。所著自奏議、尺牘、詩文集各如干卷外，尤長於方輿之學，舉平時所經歷者，證以古事，筆之於書。又以廬江亂後學務荒廢，與同志創建三樂堂，以興起後進。家居十餘年，孜孜於此，幾自忘其身經戎馬、位至封疆矣。然朝廷念公不衰，二十七年有詔起公，以舊傷發不能赴。蓋自張涇匯受傷後，時劇時差；又以歷膺艱巨，心力交困已非一日，幸善自調攝，故未爲害。今年四月十八日，爲公八十生辰，猶宴飲如常。俄患脾泄，變而成痢，醫藥罔效，遂至不起。嗚呼！方今内憂外患猶未敉平，天子方聽鼓鼙而思將帥，而舊臣宿將凋零殆盡，宜朝廷之眷念勛臣有加無已也。

最公一生，治兵不欲驅吾兵臨危地，故無赫赫功，而乘機進取恒在諸將先。公居官以安民爲主，不便於民者，雖内違廷議、外犯敵怒不爲也，嘗謂欲利國必無損民。在江西追出積欠百餘萬，皆州縣交代未清者，非取於民也。在浙江廉得州縣因豁免恩旨，將征而未解者混入民欠項内，稽核得數十萬，亦非取於民也。浙中防務急，不能不籌餉，事平則一切權宜之法立罷。川省有因江防、海防而增加鹽釐者，亦議停止。即部臣倡息借民財之策，公亦疏言其不可。又因蜀人開礦事，詳陳礦弊，嚴定礦律。所言雖不盡用，老成之見夐乎遠矣。其所識拔者，如吴杰、錢玉興，後皆知名，吴武壯公長慶尤其著者。在四川參革道員何應鐘，後應鐘入都見李文忠，極言公治蜀之善。文忠比之「奪騈邑無怨言」，非公之盛德能如是乎？

公娶程氏，贈夫人。側室黄，以子貴，封太夫人。初無子，以弟之子爲子，曰貽孫，同治十二年拔貢生。後舉丈夫子五：體乾，江蘇補用道；體仁，光緒二十三年舉人，分省補用知府；體信，亦分省補用知府；體智，户部郎中；體道，分部行走郎中，出爲公叔父諱友家者後。女子子二，合肥李經方、嘉定徐迪祥其婿也。孫十，寅生、潤生、濟生、滋生、樾生、灝生、寶生、俊生、宸生、漢生。孫女十有二。某年月甲子，諸子奉公之喪，葬於某原。銘曰：

起家詞苑，投筆從戎。李文忠外，惟公與同。東南大定，戰事未終。皖豫湘楚，屢奏膚功。始撫豫章，繼臨浙水。軍府甫開，海氛斯起。環顧鄰疆，波蕩未已。吾浙晏然，惟公是倚。由浙而蜀，雄鎮三巴。微盧彭濮，至於流沙。撫綏雕勦，蕩滌回邪。民之父母，國之爪牙。中朝有人，外人所忌。簪紱拋榮，林泉怡志。疆事是非，付之公議。帝眷公忠，始終勿替。雹波已謝，雨露仍濃。璽書褒美，恤典優崇。大命有止，令名無窮。刻銘示後，用勵匪躬。

孫君妻汪宜人墓志銘

宜人姓汪氏，浙江秀水人。乾隆四十五年一甲一名進士、名如洋，海内稱雲壑先生者，其曾祖也。十歲喪父，執禮如成人。粤寇陷嘉興，汪氏所居稍僻，寇未至，避寇者麇至，出平時針嵛所積錢易粟，佐其母飼餓者。俄寇入，舉刃斫其母，宜人格以右手，三指皆傷，血漉漉勿顧也。負母出走，寇追及之。寘母河干，踊而入水。寇遂去，宜人幸不死，若有掖之登岸者，遂與母俱免。然無所得食，賴宜人懷有棗脯以延數日之命，皆嘆宜人之智也。杭州孫君仁甫亦避亂禾中，適與汪氏同居邱家兜。同治二年，浙西平，孫君欲歸而其婦朱宜人先卒。其母朱太宜人曰：「亂定而歸，家室殆如創造。汝内助無人，如中饋何？聞汪氏女賢，吾爲汝聘之。」於是宜人始歸於孫，年二十矣。

孫故杭右族，乾隆中開四庫館，浙人進書獨多，頒賜《佩文韵府》者三家，孫氏其一也。杭有大舉，如火藥局築垣墻以備火患，貢院置鉛筧以便水漿，孫君皆躬與其事，而宜人皆陰助之。内言不出，無得而稱焉。惟於同族無後者之墓悉爲修治，其未窆之柩一律瘞埋，則實皆宜人撤環瑱助成之。蓋鑒於寇氛所至，邱隴平夷，棺槥煨燼，故力贊孫君成此舉也，此又宜人之仁也。歲時祭祀，備物惟謹。事姑疾，抑按搔摩，夕不交睫。宜人母戴媪煢獨無依，依孺人以終，事之如在室。孫君初娶朱宜人，其父少廉君猶在，老無子，家中落。宜人曰：「朱宜人猶吾姊也，其父猶吾父也。」迎養於家。少廉君病，湯藥必躬視之。及卒，其家積九棺未葬。所嗣子曰文彬，宜人出資畀文彬爲營葬。而文彬又卒，宜人嘆曰：「又增其一矣。」益其資使蕆事。文彬之子曰鴻勛，召之來學，越三年補博士弟子員。宜人喜曰：「可以慰朱氏姊矣。」

教其子若女極嚴，故諸女皆嫺翰墨，工刺綉，而其子峻字康侯，亦以文學有聞於時。孫君有女兄歸朱氏者，夫亡，挈其子來歸，宜人與相處垂三十年無閑言。孫君有族叔母，年逾七十，家貧甚，嘗泣曰：「旦暮就木，誰施吾棺乎？」宜人即爲市美櫬，俾親見之。性極仁恕，子峻嘗怒責一人，宜人諭止之。峻曰：「其情實難忍也。」宜人曰：「忍人之所不能忍，斯爲能忍耳。」人以爲名言。生平不喜華飾，一器一物，儲以備用。不佞佛，不茹素，遇水旱癘疫必焚香默禱。語人曰：「吾一婦人豈足迓天和？特自警省耳。」幼通書史，長益淹貫，有女弟子數人，晚年猶不釋卷。病中命取《魏志》《晉書·五行志》《明史列傳》及《歐陽行周集》置卧所，時一觀覽。後目力不足，命其女讀而聽之。初病腫，繼以氣促。歸高氏、龐氏兩女刺血書，疏禱於神，願減壽益母算，竟無效。光緒二十九年四月戊申，卒於内寢，年五十九。子一人，峻也，杭州府學附貢生，中書科中書候選訓導。女三人，新城洪錫承、秀水高全棟、仁和龐世松，其婿也。孫絳年、齊年、和年、引年，女孫四。某年月日〔二〕某甲子葬於某原。峻以狀乞銘。銘曰：

〔二〕月日，原訛作「日月」，據文意乙。

媞媞宜人，古之女士。嫻習禮法，貫通經史。以相其夫，以教其子。齒未六旬，美流百世。我銘其幽，亦銘亦誄。傳《女憲》者，儻取諸此。

贈一品夫人陳母姜夫人墓志銘

贈光禄大夫陳公暨楊夫人之葬，余既銘其墓矣。而公長子夔麟、三子夔龍又以書來告，曰：「先生妣姜夫人不附於先公之塋，而别葬貴陽南門外之桃花原，不志不銘，懼無以昭示後世，用敢再具狀以請。」余受而讀之，曰：「賢母也，是宜銘。」

按狀：夫人姓姜氏，貴州清鎮縣人，家世務農不仕。夫人年十八以禮接於贈公，事贈公嚴，事楊夫人謹，無閑言。贈公雖歷宰大邑，而門以内仍如寒素。楊夫人持家一以勤儉爲主，夫人佐之，爨烹焉，煩搿焉，皆躬親之，無難色。及贈公引疾去官，寄居貴陽，橐中裝不及千金。居無何，耗其半，贈公與楊夫人又相繼下世，諸子皆幼。時江南兵亂未已，欲歸不得，欲留無資。夫人慨然曰：「慰亡撫存，余之責也，又何辭？」公之子三人，麟、龍皆夫人出，夔麒則王恭人出。夫人視之如一，延師於家，課之讀書。而家無儲畜，黔中又無可通有無，朝夕饔飧恒至不給。或勸夫人曰：「盍使諸子棄學就賈乎？」夫人曰：「陳氏固《詩》《禮》舊族，今雖栖泊异鄉，然吾已矣之泉下人矣，一息尚存，斷不忍使廉吏子孫淪於駔儈。」課讀如故。而黔亂日益亟，烽火達會垣。城中斗米千錢，魚肉蔬菜稱是。夫人以紡績供先生饌，鷄鳴而興，丙夜未息，聞諸子讀書聲則喜，偶輟讀亦不譙呵，但泣曰：「爾曹負我。」於是諸子皆勤恁於學，卒以成名。麟也入詞曹，龍也領鄉薦，夫人猶及見之，然一身心力盡此矣。舊患咯血，時劇時瘥，光緒六年十一月癸酉卒，年五十有二。夫人律己嚴，御下寬，遇親故尤厚，故其卒也，三黨内外咸惜焉。

溯自贈公之殁，夫人主持家政，教育諸孤，含辛茹苦者十有七年，父道母道以一人任之。陳氏在元初有諱泳之者，學於吴草廬、虞道園兩先生，稱名儒。嗣後皆潛德不耀，至是而三子鵲然而起，大顯於時。夔麟見官直隸永定河道，夔龍見官河南巡撫，而夔麒亦以舉人官知縣，具見贈公《志》中。海内士大夫獲交於陳氏者，咸曰：「陳氏之興，姜夫人力也。」夫人生子二，女子子一。有孫八人，孫女六人，曾孫二人，亦云盛矣。夫報施者天道也，表章者人事也。夫人之賢，烏可以不銘？銘曰：

有是母，有是子。子也才，學而仕；母也賢，怙而恃。心噣煌煌，與月齊光。表此令德，永示凱式。

浙江巡撫任公墓志銘

公諱道鎔，字礪甫，別字筱沅，晚號寄鷗，江蘇宜興人，任氏。先賢任子不齊之後，宋建炎初有諱慶源者由河南偃師遷宜興，至公二十一傳矣。曾祖元瑋，崇祀孝弟祠。祖，樹文。父烜，乾隆五十九年舉人，六十年進士，官至直隸通永道，崇祀鄉賢祠。曾祖妣余、祖妣陳、妣三皆徐氏，三代并贈如公官。生妣王，封一品太夫人。公少而孤，王太夫人課之嚴，公亦克自刻勵。道光二十九年考取拔貢生，廷試用教職選授奉賢縣訓導。蘇撫趙公知公才，檄辦松郡軍需，數月集款六十餘萬，推保升知縣。咸豐七年，選授湖北當陽縣。其地故好訟，公隨訊隨結，數載之後，訟事遂稀。會以軍興需餉，奉檄就境内勸募，一示出，二萬餘金巨款立至。驚問：「何速也？」父老曰：「公平日無絲粟累民，公有言，敢不奉命？」其得民如此。

同治元年，調補江夏縣，旋升補直隸順德府知府。順德連年亢旱，民多思亂，所屬南河縣尤甚。捕其魁置之法，一郡肅然。七年，捻首張總愚北犯，公扼之沙河。賊十餘萬夜渡漳河而至，公揮衆邀擊，身受矛傷不爲却，士氣益奮，斃賊殆盡，郡境以全。詔以道員用，加鹽運使銜，賞戴花翎。郡有洺河，界連二府一州，歲久淤塞。公牒商鄰郡，同時疏浚。郡北有響水河，亦并淪焉。履行阡陌，教民浚井區田諸法。使人至山東購買桑秧，導以蠶織。嗣是歲比有秋，有麥秀雙歧之瑞。總督曾文正疏薦，有「通達治體，端謹勤明」之語。及李文忠公繼督直隸，亦薦公才可大用。十年，調知保定府。公在順德八年，郡人勒石以紀功德，并有建立生祠者。既至保定，檢視案牘，積壓甚多。清釐積案，數年不決者每以一言決之，聞者驚爲神。

俄升授開歸陳許道，以兵備兼河務。是年秋汛，中河以險告。公飛騎親臨，督率搶護，風雨中堤岸岌岌，公兀然不動，竭四晝夜之力，轉險爲夷。往者遇有險工，糜帑動至數十萬，此役才二萬二千餘兩耳。河督喬勤恪公以聞，詔加布政使銜。光緒元年，卓异引見，時恭忠親王及文文忠、沈文定皆在政府，見之嘆曰：「名下固無虛也。」及回豫，奏署河南按察使，旋補授江西按察使。入都陛見，蒙召對，賞克食。至江西，即署布政使，以政事十六條考詢守令。又以吉南諸郡水灾，捐施錢米，脩築堤埝，民胥賴焉。迨履臬司本任，見積案更甚於直隸，事閲二十年，官更八九任，公詳請寬免限期，刊發清訟章程，不數月而舊案三千餘起皆結。四年，遷浙江布政使，嚴核釐捐，杜絶中飽，又清丈各屬荒田，酌定客民規條，因時制宜，有造於浙者甚巨。五年，移藩直隸。以王太夫人年高，擬請終養，李文忠手書敦勸，乃已。至京召見，叙籌協西餉功，賜頭品頂戴。是時，直隸有水灾，公拯濟如在江西時。又以江浙積谷章程頒行各屬，使遵行焉。直隷州縣新故交替，公私款項延不結算。公勒限清結，庫帑驟增二百餘萬。

七年，升山東巡撫。公入對時以母老陳情，聖諭慰留，命奉母赴任。有某鎮乘公初至，以苞苴嘗試不受，某鎮慚懼，僞求去。即爲奏請開缺，百吏悚然，莫敢干以私。公裁汰冗兵，撤換統領，向之羸兵皆爲勁旅。泰山、沂山間山路危險，公派兵弁開通，行旅便焉。連歲河決黄龍背，又決桃園。公方患腹疾，輿病駐工五旬之久，大功乃蕆。原估工料八十萬，至是實用二十六萬。而忌者猶欲摭河事以齮齕公，上固不信也。未幾，調任浙江。以前在藩司任内失察某翰林服闋日期，牽連被議，浙人惜之。

公遂卜宅姑蘇，奉母家居，有終焉之志。十三年，王太夫人卒。既免喪，曾忠襄疏言公魄力沈毅，堪膺艱巨。有旨徵召，公辭不起。二十一年，奉特旨陛見，諸巨公咸勸曰：「上意優隆，不可不出矣。」公入都，上問歷官本末甚詳。明年上元節，上御頤和園，賜廷臣宴，公亦與焉。宴畢，又賜乘船游園，皆异數也。時廷議欲以河南河工歸豫撫兼理，而移河督於濟寧，專治山東河工，遂詔公署理東河河道總督，馳赴河南，察核奏復。已而公奏言如舊便，從之。未幾，拜真除之命。公故官開歸陳許道，河工利弊素所悉也。力除積習，裁汰公費。往者歲修之款支用有餘，歸督署内銷。公悉數奏明，發還司庫，一歲所餘輒五萬餘兩，在任六年，則三十餘萬矣。公而忘私，此其一端也。旋奉命與李文忠會勘山東河工，公議開鐵門關故道，疏入報可。二十六年，入覲於京師。上諭以時局艱難，全賴一二老臣公忠體國，公感激泣下。

是年，拳匪事起，公知不可恃，力争於豫撫，不之省。公乃於河標之外創立三營，協守省會。豫境敉平，公之力也。二十七年，調授浙江巡撫。當北方拳亹之方熾也，浙東民聞風而起，遂有衢州戕殺外國教士之事。公酌量情罪，往復辨論，大獄不興，外人悦服。又與外人訂定約章，使後人有所依據。他若建設學堂，整飭軍伍，下以蘇浙民積困，上以副朝廷振新庶政之意。雖撫浙止一載有餘，規模宏遠矣。

公年已八十，恒患脾泄，加以頭眩，不得已疏請開缺。上方倚重，未之允。屢申前請，然後得請而歸。歸則仍寓吳中，購汪氏廢園，營爲别業，觴咏其中，精力固猶未衰也。三十二年正月朔旦，猶出謁客。月既望，感微疾，竟以不起。是月壬辰卒於正寢，年八十有四。發篋得遺疏稿，蓋具之久矣，殆能前知乎？元配史、繼配吳，贈封皆一品夫人。子八：之駒，湖南候補知府，署常德府知府，爲伯兄諱陛墫者後；之騮，山西候補直隸州知州；之駿，分部郎中補用知府；之驊，直隸候補道，歷署霸昌及津河道；之驤、德淵皆殤；德龢、德藩，均道銜未仕。女二，宜興徐致聰、桃源尹彦釗其婿也。孫八：承弼，光緒二十三年舉人，内閣中書；承祜，早卒；承沆，光緒二十八年舉人，二十九年進士，兵部武庫司主事；承濟，兩浙候補鹽大使；承憲，安徽候補直隸州知州；承傑，候補知州；承忠、承爕俱幼。孫女八，曾孫七。某年月甲子，諸子葬公於某原，以樾粗知公，具狀乞銘。銘曰：

金鵝山下，玉女溪邊。篤生偉人，爲時大賢。建牙山左，齊魯舊宁。總理大河，經營兖豫。緊惟吾浙，搴帷再來。屏藩昔建，幕府今開。浙民謳公，公曰歸矣。緑野平泉，黄發兒齒。巫陽下召，胡不少留？薶石刻銘，傳示千秋。

陳女綉君墓志銘

光緒三十一年夏六月甲子，河南巡撫陳公之女公子日綉君者卒於汴梁使署。越十日，電音達於吴下，余兒婦輩皆大詫，嘆曰：「是好女子，資稟聰明，性情和婉，如何不禄一至於斯？」余因憶其幼時從其母許夫人至吾右台仙館，余及見焉。遽聞其逝，亦爲盡然久之。而陳君書來，寄示其《哭女詩》五十篇，并許夫人詩三十六篇，且曰：「吾家寫遠，不能歸葬。秋凉暑退，許夫人當挈其柩南歸，卜葬西湖之旁。君能以一言志其墓乎？」余讀《蔡中郎集》有《童幼胡根碑》，以七歲孺子猶爲刊貞石勒銘，況陳君之女已逮成人，雖閨閤中無所表見，然蔡中郎所謂「柔和順美」，靡不備焉，是固合銘例矣，余又何辭？

謹按：女諱昌紋，綉君其字也，陳氏。貴州貴陽人，生於京師。其始生也，陳君方官部曹，甚貧，貸於人，乃粗具湯餅。女既生，而陳君官況日益饒衍，親黨皆曰：「此女有福。」女故荏弱，若不勝衣者。而性特慧，如音律、如丹青、如奕棋，一見即能效之，效之即無不工。母憐其弱，不使讀書。而女甚好之，遂粗通經史大義。歲在庚子，洋兵闌入禁城，兩宫西狩。陳君時由署順天府尹調署太僕寺卿，未出廨聞變，慨然曰：「吾故守土官，分宜死。」將仰藥，女泣諫曰：「國家恩澤在人，雖外侮突來，如飄風驟雨不能終日。大人爲國宣力之日方長，毋遽引决也。」許夫人時藏利刃於懷，每思自剄，女亦止之。未逾年，大駕回鑾，皇路清平，而陳君官位亦以大起，人皆服女之先見焉。

陳君由漕督遷豫撫，舉家從之官。境遇艴熾，而女與二親言每及時局艱危，輒爲不樂，且曰：「安得早卸仔肩乎？」嗚呼！是有漆室女之風矣。陳君未有子，以兄子爲子。女友愛之，若同産然，遇婢媪亦和靄無疾言。每歲端陽，手製艾虎分貽親串，咸嘆其巧。今年猶扶病爲之。蓋女初無大病，爲藥誤也，年纔十有七，此余《廢醫論》所爲作矣。然女年十二歲時，猶在京師，有日者推算行年，曰：「十六歲時慎無至汴梁，至則大不利。」及許夫人挈女隨宦中州，女年適十六歲，殆亦數之不可逭者乎？女病革，時時作囈語，不甚可辨，如云「碧水小橋」，又云「蓮花五色」，殆已游仙境矣。陳君又夢其戴紫金花冠，手執玉簫，行甚速，非復女子態。余寄慰陳君書曰：「白太傅之金鑾或轉世而爲謝太傅之玉樹。此雖囈言，异日安知不竟爲實事乎？」陳君與夫人亦可破涕而一笑矣。年月甲子葬西湖之某原。銘曰：

於惟綉君，如蘭斯馨。明敏之質，如玉如英。宜膺福祚，黻佩光榮。胡繁華之甫靴，未嚴霜而先零？雖或登乎仙境，將何慰乎親庭？冀形亡而神在，聊托辭乎斯銘。

吏部左侍郎孫公墓表

道光三十年，會試天下士，兵部左侍郎鹽山孫公充副總裁官，而樾即於是科成進士。嗣是隸弟子之籍者，至今五十七年，而公歸道山亦已二十一年矣。今年夏，樾病卧吴中，公之孫展雲太守適代理蘇州府事，狀公事實，就樾而乞銘。樾以八十六歲老門生，幸而未死，義固不得而辭。然墓木已拱，銘幽無及矣。無已，請表於其墓。惟墓表之體，但當舉其大者一二端，而公生平名位之盛，亦自有不可得而略者。樾因小變其例，先詳載公一生事實，以盡門下士後死者之責，而後舉其大者以告天下後世。

謹按狀：公諱葆元，字蓮塘，直隸鹽山縣人，孫氏。明永樂間，始自玉山遷鹽山，所居在城東曰趙毛陶村。五百餘年來科弟相望，遂爲津郡望族。公幼事親以孝聞，承其父遇安公之教，刻勵於學。嘉慶二十五年，應府、院試皆第一，遂入縣學，旋補餼額。道光八年，舉於鄉。明年聯捷成進士，改庶吉士，派習國書，充武英殿協修。十三年散館，授翰林院檢討。是年，遇安公卒，公以在京不及親含歛，深自引疚。服闋，擬在家奉母，不復出。母楊太夫人以大義責之，始回京供職，充國史館協修、纂修，武英殿纂修、總纂。充十八年會試同考官。京曹清苦，仍以教授爲業，視諸生時無异也。二十年，補應大考，以《雙燕賦》受知宣宗成皇帝，附入二等，异數也。歷充教習庶吉士、文淵閣校理、國史館總纂。至二十二年，升國子監司業，由中允洗馬遷侍講，充日講起居注官，咸安宫總裁，浸通顯矣。二十三年，又以大考高等升右春坊右庶子，累遷翰林院侍講、侍讀學士、詹事府事，於是眷注益隆。二十六年，詹充福建鄉試正考官，旋簡放江西學政。二十九年，爲考選拔貢之歲。江西拔貢卷費重於他省，每納一卷需銀六十兩，寒士深以爲苦。公一律蠲除之，相沿至今，皆公之遺惠也。

是時，公已由閣學升兵部右侍郎，轉左侍郎。三十年，充會試總裁，充武會試知貢舉。咸豐元年，覃恩蔭一子尚紱以主事用，分刑部。而公以楊太夫人年逾八旬，陳情歸養，許之。明年，直隸大無，輸錢以賑。又明年，楊太夫人棄養。而粤賊已由金陵北犯，畿輔戒嚴，命公以在籍大員充團練大臣，畿東倚賴焉。服闋回朝，補禮部左侍郎。八年，簡放江蘇學政。九年，借浙江貢院舉行江南恩科鄉試，充監臨官。旋奉命辦理清江浦善後事宜，移駐淮安。捐助廉俸銀八千兩，詔移獎其子世杰以六部郎中補用。又遵部議，量捐銀一千兩，詔加四級。同治元年，覃恩蔭其孫毓駿以主事用，分户部。名位優崇，門庭鼎盛，朝列榮之。俄調吏部右侍郎，轉左侍郎，署兵部尚書，屢充殿廷考試閲卷大臣，聖眷固未替也。三年，命以原品致仕，上意或憫其老乎？公自楊太夫人卒，久有歸老之意，受恩重未敢言，至是始遂其初志矣。歸里後，主邑中書院講席，修葺志乘，周濟貧乏，鄉黨稱之。後因兵亂毁其家，公亦夷然不以措意也。夫人潘氏貴而能儉，老而能勤。子尚端、尚紱皆官至知府，世杰官郎中，世振、世棻皆有俊才。孫十二人，毓駿、毓驥均官知府，毓驥即展雲太守也。公之福壽多男，近代公卿中罕有倫比。生於嘉慶六年三月甲辰，殁於光緒十二年三月己未，年八十有五。

最公一生，起家詞林，累司文柄，洊登卿貳，攝官大司馬，可謂極明良之盛、遭遇之隆矣。

然其始敭歷清華，以文字供奉而已。其後回翔九列，於六部歷其四。然部中章奏皆與同列會銜，雖有嘉猷碩畫，不自表襮，人亦不得而知。惟公視學江蘇也，樾亦寓蘇，其時有借浙闈鄉試之議，公與樾言之，深不以爲然。及今讀行狀，知公當日固有密疏力阻也。嗚呼！是時蘇杭猶完善，爲財賦所自出。金陵長圍已合，城中之賊釜中魚耳。及借浙闈，而皖士之就試者大率由泗安、廣德以達杭州，而賊即尾乎其後，杭之失守實由此道而來。自是蹂躪千餘里，綿歷五六年，雖大憝終於授首，而東南元氣所傷已多。中原積弱，至今不振，日復一日，而外患乘之。使當日能從公言，何至於此？「惟彼哲人，瞻言百里」，公之謂矣。樾於公之出處本末既備書之，而特舉此一事以表告後世。後之君子過是墓，讀是文，其亦有感於斯言夫？

程薌滋像贊

君諱桂錡，字薌滋，程氏，安徽黟縣人。性孝友，貌魁梧。初奉父命服賈，後以有膂力，又命習武。咸豐十一年，中式武舉人。粵賊之亂，君勼衆保鄉里。張文毅公奇之，欲授以官，不受。君雖武士，而喜讀書，與其兄孝廉桂鍾辨論古今，孝廉往往爲所屈，時諺謂「文舉不如武舉」云。生平好拯危濟急，忍人所不能忍，爲人所不敢爲，亦奇士也。子三人皆邑諸生，次子肇珏以君圖象乞爲之贊，冀見名氏於吾集中。余憫而許之。贊曰：

列强環伺，首重在商。君始服賈，實精且良。時方多故，國乃尚武，君以武舉，魁其儕伍。雖以武舉，郁郁彬彬。坐擁圖史，尚論古人。業雖在商，其行則士。積德於躬，稱善鄉里。往年寇警，力衛梓桑。招之戎幕，惟文毅張。君笑不顧，守我邱壟。天昌其家，荀龍薛鳳。仲子肇珏，涕泗陳言。願得一語，以光九原。哲人雖亡，圖像斯在。我作贊詞，垂示千載。

《國朝蘇州府長元吴科第譜》序

進士之有題名記，自唐始也。唐裴庭裕《東觀奏記》云：「大中十年，鄭顥知舉，上宣索《科名記》。顥表上，云：『自武德以後，進士姓名皆私家記録。臣委祠部員外趙璘采訪諸家，撰成十二卷。』宜付史館，自今放榜後并寫及第人姓名進内，仍仰所司逐年編次。」然則唐進士題名由所司逐年編次，其重如此，宜有唐一代進士之科得人最盛也。國朝自定鼎以來，即以進士、舉人登進天下士，至今二百數十年，人材輩出，其磊落軒天地者皆出其中，可謂〔一〕盛矣。鄉會

〔一〕 謂，原訛作「之」，據文意改。

試題名録皆經奏御，視唐制尤密。然歷年既久，鄉黨中轉有不能舉其名氏者，甚非所以重科名、存耆舊也。吾湖之有《科第表》，蓋創始於乾隆癸丑戴菔塘先生。今庋版公所，逐科增修，有進士表、有舉人表、有拔貢表，而鴻博特科及輶軒榮遇則冠之卷首，其例頗爲詳備。浙江十一府，惟吾湖有是，前輩采輯之功，不可没矣。

蘇州爲東南大行省，人材之富、科名之盛，甲於海内，而此録則未有之聞。元和陸九芝先生引以爲憾，爰集《太學題名碑》《館選録》諸書，參之志乘，證以見聞，自順治乙酉至光緒癸未，得進士舉人若而人，都爲一編，名曰《科第譜》，所載皆長洲、元和、吴縣附郭三首縣之人。其外六縣則稽考未周，姑缺焉。先生既歸道山，其哲嗣鳳石尚書又踵成之，至光緒三十年甲辰而止，於是三邑之士凡科第起家者，備載無遺矣。承尚書雅意，問序於余。余取而讀之，與吾湖《科第表》大略相同，而兼載武科，則爲吾湖所不及。先生創始之心、尚書纘承之力，所以景仰前修，奬掖後進，意深遠矣。自科舉廢，而科舉中人日益稀少，亦日益寶貴，詩不云乎：「雖無老成，尚有典型。」後之讀是《譜》者，其亦有感於斯言夫？

新修寒山寺記

筱石中丞之撫中州也，於節署得八景焉。其八曰「蕭寺鐘聲」，中丞賦詩云：「宦味與禪悦，喧寂有殊致。夜半聞鐘聲，如在寒山寺。」詩境清越，寓意深遠，一時賓從皆吟賞不置，其時在乙巳之冬。及明年正月，遂拜移節江蘇之命。中丞喟然曰：「浮生如寄，宦迹如蓬。吾前詩其爲之兆乎？」爰於三月下旬莅止三吴。下車伊始，興教勸學，整軍經武，日不暇給，未遑一問寒山之勝也。偶因校閱營伍，税駕郊坰，問其地，曰楓橋也。問寒山寺焉在？曰近在咫尺。乃與衆往觀。入其大門，門庳且隘；登其大殿，榱桷粗存；達觀於其左右，則荒葛崩榛中，惟燕葵兔麥而已。文待詔所書唐張繼詩舊刻石寺中，可辨者僅數字，唐六如《寒山寺記》亦漫漶過半。中丞嘆曰：「名勝之地荒蕪至此，官斯土者與有責焉。吾曩者遠在大梁，緬懷兹勝，形之歌詠。今臨其地，其能恝然乎？」乃與寮屬共謀修葺，自方伯以下不謀而同辭，僉曰：「美哉斯舉乎！」各捐俸廉，贊成其事。

爰卜日鳩工，展拓其門閭，使臨大路。由門而進，折而南行，構堂三楹。由堂而進，東西之屋各三：東屋宏敞，賓朋之所燕息也；西屋稍郲，則凡寺中舊碑咸植於是。以文待詔所書張懿孫詩今已殘缺，屬余補書而重刻焉。堂之西尚有隙地，乃構重屋，是曰鐘樓。鑄銅爲鐘，懸之其上，以存古迹。經始於光緒三十二年九月，不兩月而告成。中丞自捐廉俸以爲之倡，自方伯、廉訪、觀察、太守及長洲、元和、吴縣三大令咸醵資以佽之，都凡用洋錢二千六百。董理是役者，權知元和縣竇君鎮山也。余往年視學中州，辱有文字之契，故與余相習，因繪圖具説述中丞之命，求記於余。

考寒山寺創建於梁天監時，舊名妙利普明塔院，以寒山子曾居此寺，故即以爲名。吴中寺院不下千百區，而寒山寺以懿孫一詩其名獨著。此詩不獨膾炙於中國，抑且傳誦於東瀛。余寓吴久，凡日本文墨之士咸造廬來見，見則往往言及寒山寺，且言其國三尺之童無不能誦是詩者。乃寒山寺竟蕪穢不治，使人發勝地不常之嘆，何以存此邦之名迹而動遠人之欣慕哉？然則中丞之修葺此寺，其用意深矣。若惟是感朕兆之不虚，喜觴咏之有寄，猶非中丞雅意也。余老矣，不獲從諸君子後共落其成，輒紀本末述年月，以爲斯記。自方伯以下各出錢若干，用漢碑之例，具刻碑陰，故不及焉。余所書張懿孫詩遠不及衡山舊刻，而此記則尚能窺見中丞之意，或視六如居士舊記所見者較大乎？

蒼培孫君家傳

君諱文徵，字蒼培，孫氏，江蘇陽湖人。父諱某，字金洪。母承氏，生二子，長文典，君其仲也。幼讀書，以貧故，去而學賈。雖居闤闠間，而無機械之心，持己端重，待人寬恕，無閑言。咸豐十年，粤賊陷常州，金洪君遇賊，不屈死。君茹痛飲泣，躬營窀穸之事。事已，奉其母避寇於江北。文典爲兵阻，不克偕行，仍歸其居，未幾物故。君在江北，聞耗潛歸，爲營葬焉。當是時，東南大亂，世家巨室灰滅無遺，死者枕藉於道。子不克葬其父，弟不克葬其兄，比比皆是。而君於傾側擾攘之中，父兄兩喪皆克成葬，其天性固過人遠甚，而其材智亦有不可及者矣。同治三年，官軍收復常州。君奉母歸，復治故業，朝夜不倦，貲産愈饒。潔膳羞，備甘旨，以奉其母。母病，湯藥必躬進，不解衣而息者旬有餘日。及母卒，喪葬皆以禮。奉其寡嫂益虔，撫兄之孤子，不异己出，數十年如一日。有父執李某，貧乏無以自存，爲謀生計，傾囊助之。生平嗇於自奉，而三黨中以緩急告者無不諾。鄉里義舉知無不爲，或有争競之事，君一言平其曲直，無不悦服。於是遠近咸推曰「長者，長者」。

光緒十五年某月日，卒於家，年六十有一。娶洪氏，北江先生從孫女也，有賢德，少時嘗刲股療其母疾，不言於人，人罕知者。先君卒，繼娶王氏。子耀彬及一女，洪出也；焕彬、鋐彬皆王出。女適洪慶葆，則北江先生曾孫矣。耀彬因君每以廢讀爲憾，故又棄賈而讀，并親課其兩弟讀，蓋成先志云。

論曰：孔子稱「十室之邑必有忠信」，如君者非其人歟？漢時長安市中有劉仲昭者，經明行修，屢以有道徵，不赴。而許邵亦嘗識樊子昭於鬻幘之肆。嗚呼！廛市之中大有人在，正不必以棄書而賈爲君惜也！

《俞樾全集》後記

王華寶

三十二册、近千萬字的《俞樾全集》，諸君勉力而爲，歷時八載，即將告竣。由復旦大學與杭州市臨平區主辦、中國訓詁學研究會協辦的「俞樾誕辰二百周年紀念研討會暨《俞樾全集》新書發布會」，擬在俞先生誕辰日十二月二十五日召開，主編汪少華教授安排，我們二人一頭一尾，讓我「照應壓軸」。「壓軸」固不敢當，而《全集》付梓之際，感謝之情和諸種感慨係之，姑以感謝、緣分、值得三個關鍵詞略表寸心。

首先是真摯的感謝。 一要感謝所有對《俞樾全集》給予關心、指導和幫助的各方師友！像華東師範大學劉永翔先生賜予大序，爲本書增色不少，是最爲直接的幫助。二要感謝會議舉辦方和鳳凰出版社，感謝所有與會嘉賓的指導幫助！在此特殊時期，克服各種困難，投入時間精力和財力，來共同紀念先賢、弘揚中華優秀傳統文化。三要感謝全國高校古委會安平秋先生、楊忠先生以及各位項目評委！正是各位先生的青睞，讓汪少華主持申報的「《俞樾全集》整理校點」列爲全國高等院校古籍整理研究工作委員會規劃重點項目；正是復旦大學社科處、出土文獻與古文字研究中心，東南大學社科處、人文學院等衆多高校科研單位的支持和幫助，《全集》才得以順利展開。四要感謝汪少華兄！汪兄是實際負責人、第一主編，爲此書付出極大，親自審讀《全集》三分之二的内容。他的嚴謹執著，求真求實，埋頭苦幹，體現出復旦大學優良的學風。正是在他的帶領下，團隊成員力求以「後出轉精的《俞樾全集》優質整理本」奉獻給社會。還有他的信任與情誼，我銘感於心！最後特別感謝《全集》二十餘位合作者，像傅傑教授、張燕嬰編審、田松青編審、顔春峰教授、王其和教授、喬秋穎教授、倪永明教授、謝超凡教授等，都是學有專長的學者，并在俞樾研究方面卓有貢獻，大家爲了心中的學術追求相互配合、共襄盛舉。感謝鳳凰出版社副總編林日波、韓鳳冉編審，室主任李向東、郭馨馨、樊昕、汪允普編審，資深編審陳曉清女史，骨幹編輯許勇博士等十二位責任編輯，誠如鳳凰出版社總編輯吴葆勤編審所言，出版社組織了强大的編輯團隊，保障《全集》順利且高質量的出版。做俞樾這一類學術大師的全集，無論是整理者，還是出版者，真的非常辛苦。

其二是美妙的緣分。 在段玉裁誕辰二百八十周年紀念暨段學、清學國際學術研討會大會發言時，我曾説過「成大事，必有緣」。《段玉裁全書》如此，《俞樾全集》仍然如此。一是學術之緣。我曾策劃影印出版了光緒末增訂重刊的五百卷本《春在堂全書》，精裝七册。然自二十世紀五十年代出版標點本《群經平議》《諸子平議》《古書疑義舉例》《九九銷夏録》《春在堂隨筆》《茶香室叢鈔》等數種書以來，俞氏的大多數論著未獲再版。有關俞樾的研究長期受到忽視，九十年代中期以後，俞樾研究成果才逐漸增多。俞潤民、陳煦《德清俞氏：俞樾　俞陛雲　俞平伯》（中國人民大學出版社一九九九年版），張欣《花落春仍在：俞樾和他的弟子》（廣東教育出版社二〇〇六年版），馬曉坤《清季淳儒——俞樾傳》（浙江人民出版社二〇〇六年版）等傳記，均對俞樾的生平與著述有較詳細的介紹和研究。羅雄飛《俞樾的經學研究及其思想》（中國文史出版社二〇〇五年版）、謝超凡《游心與呈藝：晚清文化視閾下的俞樾及其文學著述》（人民出版社二〇〇九年版）、王其和《俞樾訓詁研究》（齊魯書社二〇一一年版）等論著，則從不同角度探討俞樾的思想、學術及文化成就，存在的不足，在文化史上的地位等，致使學術界和讀書界對俞樾有較多的瞭解。總體狀況仍是俞氏著作整理不充分，時有俞氏資料出現，有待甄别與研究，俞氏研究更是存在較多開拓空間。鳳凰出版社前社長、總編輯薛正興編審倡議整理一部全面彙編、校勘俞樾著作的全集，并以《九九銷夏録》爲嘗試，以測知整理工作的難易及可以提升的空間，撰寫了多篇文章，可惜天不假年，薛先生于二〇一〇年九月病逝。而醖釀已久的《俞樾全集》整理工作，此後列入了「二〇一一—二〇二〇年國家古籍整理出版規劃項目」。承蒙時任鳳凰出版社社長、總編輯姜小青編審的信任，命我尋找能承擔整理《俞樾全集》之人。我首先想到了汪少華教授。我們相識於共同從事的古典學領域，并因中國訓詁學研究會這個平臺有著更多的交流，中國訓詁學研究會同仁服膺「章（太炎）黄（侃）學派」，而俞樾是章太炎的老師，有此學術淵源，少華兄和我是義不容辭。二是地域之緣。俞樾晚年經常往返於浙江西子湖畔、蘇州春在堂，在蘇杭留下衆多的文化印記。同時，他曾短暫執教於上海詁經精舍、上海求志書院，編纂《（同治）上海縣志》。由《右台仙館筆記》所記叙事者或人物籍貫或事件發生地來説，蘇州有八十則左右，杭州有四十多則，上海有近三十則，穩居前三位，較多反映了晚清江南的社會現狀。而我就是在二〇一二年十月中國訓詁學研究會杭州年會上，敦請汪教授主持全集整理之事。《俞樾全集》新整理本在江蘇鳳凰出版社出版，俞樾在臨平生活近三十年，現在由杭州臨平與復旦大學組織協調浙江、江蘇與上海兩省一市的有關單位與個人，來舉辦「俞樾誕辰二百周年紀念研討會暨《俞樾全集》新書發布會」，何嘗不是一種美妙的緣分。

其三是非常的值得。 俞家世代務農，自俞樾祖父俞廷鑣爲乾隆時欽賜副貢生，始爲書香之家；其父俞鴻漸，爲嘉慶時舉人，二人均有著作行世。《清史稿·儒林傳三》記俞樾「生平專意著述，先後著書，卷帙繁富」。其治學涉獵廣泛，經學、小學、子學、文學諸方面皆有成就，書法亦工。著名學者馬叙倫評論説：「輓近能紹乾嘉諸老之學者，莫如俞樾、黄以周、孫詒讓三氏。」德清俞氏可以説是中國近現代史上一大文化世家。俞樾之曾孫俞平伯在當代享有盛名，因此，爲了曲園老人學術文化的傳播傳承，所有人的付出都有價值。俞樾以「通經致用」爲治學宗旨，以「梯梁後學」爲學術取向，秉承樸學理念，紹述高郵王氏學風，在對群經、諸子的校勘訓釋及理論總結，文學、藝術和教育等諸多方面，取得巨大成就，留下近五百卷的《春在堂全書》。俞氏先後掌教蘇州紫陽書院、杭州詁經精舍長達三十多年，門下精英輩出，其中章太炎、張佩倫、繆荃孫、吴昌碩、崔適、朱一新、戴望、吴大澂、譚獻、宋恕等均在近代學術界、思想界享有盛譽。他既是晚清漢學的最後絶響，又是清末民初學術重新勃起的前奏，并對日、韓學術界影響巨大。在傳統文化復興之際，作爲曾國藩的學生、章太炎的老師的晚清學術大師俞樾，必然是不可繞過的標志性的人物，在他誕辰二百周年之際，重新評估他的學術文化貢獻，必然成爲一項重要的工作。個人認爲，俞樾是承先啓後、守舊開新的學術大師。可從以下兩點窺其一斑。

承先啓後，俞樾對清代學術範式有一定的轉换與拓展。 他在《群經平議序》中稱：「嘗以爲治經之道大要有三：正句讀、審字義、通古今假借。……三者之中，通假借爲尤要。」其所撰各書，大都遵循此法則。他仿《經義述聞》而作《群經平議》，仿《經傳釋詞》，小變其例，略加推衍而作《古書疑義舉例》，頗具特色，備受學術界推崇。一般認爲，俞氏博通典籍，紹述高郵王念孫王引之父子之文風，秉承樸學一貫的治學方針與理念，歸於乾嘉樸學一脉，而又兼采漢宋、調和古今，集合校勘的成果，在研治群經、諸子以及小學各方面取得了很高的成就，在傳承傳統學術方面發揮了特殊作用，卓然一代樸學大師。而俞樾對清代學術範式的轉换與拓展等，則有待進一步挖掘。比如在諸子學方面，王念孫父子已有「經傳諸子轉相發明」的意識，而從學術範式的維度來看，俞樾有了相當程度的轉换與拓展。第一，將經、子獨立，分别做《群經平議》與《諸子平議》即是明證，較王氏《讀書雜志》史、子兼有，《續編》有集部内容，更爲純粹；并推重子的獨立價值，如《諸子平議序》説：「諸子之書文詞奥衍，且多古文假借字，注家不能盡通，而儒者又屏置弗道，傳寫苟且，莫或訂正，顛倒錯亂，讀者難之。」指出子書文本的獨特性、傳承的特殊性、閲讀的困難性等。正是這種獨立性，使得子學能够塑造政治思想文化，塑造歷史書寫。第二，擴大子書範圍，將諸子學由先秦諸子延展到漢代諸子，如《春秋繁露》《賈子》《楊子太玄經》等就是王氏《讀書雜志》所無。第三，漢宋兼采，考據與義理兼行。如何對傳統經學的義理進行哲學化的詮釋和創造，已成爲現代中國哲學研究的重要課題，俞樾有意識承續戴震以來「章句訓詁之學」與「義理發揮之學」相結合的中國詮釋學，在自己的訓詁、校勘實踐中不斷應用，成爲俞樾諸子學的一大貢獻。第四，方法論方面，治子通經。俞樾已具關注經、子之間的關聯與張力的意識，試圖「以（諸）子證（儒）經」，經、子研究相輔相成，而强化諸子的特殊性。第五，目的論方面，通子致用。諸子學研究也有致用之義，如羅檢秋《近代諸子學與文化思潮》分析：「如果説乾嘉學派還只是從學術門徑中重視三家（道、墨、法）著作（這也是對傳統經學的偏離），不自覺地彰顯了諸子學的價值，那麽，晚清國粹學派和五四新文化健將則已自覺地闡揚了道、墨、法的思想價值和現代意義，并使之成爲批判正統儒學的思想武器。因而，道、墨、法成爲近代『以復古爲解放』（梁啓超）思潮中的學術中心。」當然，俞樾的諸子研究，仍重在校勘訓詁，「義理」的闡釋還不系統，只有到了他的學生章太炎輩，「方才於校勘訓詁的諸子學之外，别出一種有條理系統的諸子學」（見胡適《中國哲學史大綱・導言》），至胡適而完成諸子學的現代轉型。學界如果承認章太炎對諸子學現代轉型的開創之功，那麽，章太炎進入杭州詁經精舍學習，跟隨俞樾等長達八年之久，俞氏的學術傳承作用，應當給予承認與重視。

守舊開新，俞樾是舊潮退落、新潮涌起之際的文化代言人。 俞樾被認爲「被動順應時代潮流，以淡漠態度對待西學」，或未盡然。《右台仙館筆記》卷十二有十三條全記有關日本之事；俞氏曾爲日本編《東瀛詩選》，深受日本學人尊重。清末國門一步步被打開，中外交流較多，俞氏筆下作品中出現不少外來詞和音譯詞，俞氏多次結合古詞、古語加以考證。這與俞樾長期生活在對外交流較多的江南是分不開的。更有學者提出，《諸子平議》作爲清代校釋子書的代表作之一，與其他討論諸子的書一起，構成了對於經學獨尊地位的衝擊，并與清末民初的「西學源於諸子説」等試圖以諸子的學説來消化吸收西學的運動有著内在的關係（見干春松《俞樾與〈諸子平議〉》）。研究國學與西學，研究中外文化交流史等，或許繞不開俞樾。

俞氏曾先後主講多家書院，在杭州詁經精舍主講更是長達三十一年，《清史稿》記載其「課士一依阮元成法，游其門者，若戴望、黄以周、朱一新、施補華、王詒壽、馮一梅、吴慶坻、吴承志、袁昶等，咸有聲於時」。可稱傑出的教育家。

俞氏重視俗文學的研究，并親自修訂《三俠五義》，改爲《七俠五義》，獲得「小説家」之稱號，既受讀書界高度贊譽，也有如魯迅揶揄謂「此老實在多此一舉」。其混合型筆記《右台仙館筆記》，將記事或叙事置於晚清江南現實與歷史脉絡之中，稱贊「性好施與」的商人「高出士大夫上矣」，傳達出俞樾勸善心意之外，更有俞氏生活在經濟最爲發達的江南、對紳商群體的崛起的某種價值認同。《右台仙館筆記》等作品具有「近世」「近己」的特點，更具近代意識。俞樾生逢開始退落的舊潮與正在涌起的新潮交匯之際，其著述或可增添衰世的文華，回應衰世的憂患，折射出其所代表群體的人情、心態、價值，或可藉以討論晚清的變局中知識階層的一種時局觀與文化觀。

一八七九年，俞樾開始撰《俞樓雜纂》，凡五十卷。其第四十五卷中專列《廢醫論》，其文分七個篇章，長達七千餘字。其中的《證古篇》中列舉周公、孔子重巫不重醫的事實，借古諷今，稱：「今之世爲醫者日益多，而醫之技則日益苟。且其藥之而愈者，乃其不藥而亦愈者也；其不藥不愈者，則藥之亦不愈。豈獨不愈而已，輕病以重，重病以死。」成書在後的《右台仙館筆記》第一一二則，舉假藥致人死亡、醫者誤開藥方等事，直稱「卜可廢，醫亦何不可廢之有」，并重提「余曾有《廢醫論》，刻入《俞樓雜纂》」，宣布「雖駭俗聽，不顧也」。俞樾可謂近代中國主張廢除中醫的始作俑者，後又撰《醫藥記》，收入《賓萌集》，對《廢醫論》作補充説明，主張「醫可廢，而藥不可盡廢」，其「廢醫存藥」思想對後世影響巨大，如魯迅對中醫深惡痛絶，稱「中醫不過是一種有意的或無意的騙子」，也可能受到師祖俞氏的影響。

俞樾頗受贊譽，也時遭詬病，似是保守與標异，亦即守成與創新集於一身之多重人格的學者，更是那個時代有代表性和標志性的人物，陳寅恪稱譽俞樾爲「一代儒林宗碩，湛思而通識之人」。值其誕辰二百周年之際，借助《俞樾全集》新整理本，既可全面認知和正確評價俞樾及其論著所藴涵的文化意義，亦將有助於人們認清學術研究的方向、文化價值的取向，爲傳統文化的弘揚和中華民族的復興作出具有認知價值的創新和貢獻。

承少華兄之命，縷述成書經過、個人感慨與認知如上。不當之處，誠請大方之家是正。是爲記。